2020
Ranking of Chinese Novels 2020

中国小说排行榜

中国小说学会 编选
中国兴化市委宣传部 承办

Novel

Novella

Short story

Web fiction

Mini–story

作家出版社

中国小说2020年度小说排行榜评委会

评委会名誉主任：

冯骥才（天津）中国文联副主席　中国小说学会名誉会长

评委会主任：

吴义勤（北京）中国作家协会

评委会副主任：

赵利民（天津）教　授　王春林（陕西）教　授

评委会成员（以姓氏笔画为序）：

王　祥（北京）教　授	王　蔚（北京）评论家	王秀涛（北京）评论家
卢　翎（天津）教　授	毕光明（海南）教　授	刘　畅（上海）教　授
刘卫东（天津）教　授	刘永春（山东）教　授	刘海涛（广东）教　授
安殿荣（北京）评论家	李　敏（河南）教　授	肖惊鸿（北京）评论家
宋　嵩（北京）评论家	张　涛（吉林）评论家	张元珂（北京）评论家
周新民（湖北）教　授	段守新（天津）评论家	郭宝亮（河北）教　授
贾梦玮（江苏）评论家	晓　华（江苏）评论家	杪　椤（河北）评论家
崔庆蕾（北京）评论家	曾　攀（广西）评论家	颜水生（贵州）教　授

2020中国小说排行榜

小小说·微型小说排行榜

1	《古玉·古盘·古砚》	陆涛声	《百花园》2020年第1期
2	《大湖》	蒋冬梅	《山西文学》2020年第8期
3	《如果猫知道》	秦俑	《山西文学》2020年第8期
4	《灭毒》	孙春平	《天池小小说》2020年第6期
5	《无名烈士》	刘永飞	《广西文学》2020年第9期
6	《战士石》	超侠	《解放军报》2020年4月29日
7	《老枪》	申平	《北方文学》2020年第7期
8	《1860年的战争·北塘》	侯德云	《微型小说选刊》2020年2期
9	《上不了桌面的桌面事》	刘浪	《小说月刊》2020年第2期
10	《鸡司令》	聂鑫森	《小说月刊》2020年第8期

短篇小说排行榜

1	《一斗阁笔记》（三）	莫言	《上海文学》2020年第1期
2	《虞公山》	徐则臣	《芳草》2020年第3期
3	《求阴影面积》	朱辉	《钟山》2020年第4期
4	《众生》	金仁顺	《广西文学》2020年第8期
5	《泰斗》	晓苏	《清明》2020年第5期

6	《大寺终年无雪》	杨知寒	《山花》2020年第1期
7	《喜悦》	李约热	《人民文学》2020年第10期
8	《一只单纯的野兽》	谢络绎	《钟山》2020年第3期
9	《她》	蔡 东	《十月》2020年第2期
10	《请喝一碗哈图布其的酒》	海勒根那	《民族文学》2020年第11期

中篇小说排行榜

1	《骑白马者》	孙 频	《钟山》2020年第4期
2	《甘草之味》	刘建东	《花城》2020年第3期
3	《丛林海》	陆颖墨	《人民文学》2020年第12期
4	《敦煌》	艾 伟	《十月》2020年第2期
5	《过香河》	张 楚	《收获》2020年第3期
6	《黄河故事》	邵 丽	《人民文学》2020年第6期
7	《浪的景观》	周嘉宁	《钟山》2020年第3期
8	《七月之光》	陶丽群	《民族文学》2020年第3期
9	《锦衣》	陈蔚文	《小说月报·原创版》2020年第5期
10	《骗子来到南方》	阿 乙	《小说界》2020年第2期

长篇小说排行榜

1	《有生》	胡学文	《钟山》2020年长篇小说A卷
2	《暂坐》	贾平凹	《当代》2020年第3期
3	《烟火漫卷》	迟子建	《收获》2020年第4期
4	《烟火》	王 松	《人民文学》2020年第1期
5	《血色莫扎特》	房 伟	《十月·长篇小说》2020年第1期

网络小说排行榜

1	《诡秘之主》	爱潜水的乌贼	起点中文网
2	《大道朝天》	猫 腻	创世中文网
3	《第一序列》	会说话的肘子	起点中文网
4	《人皇纪》	皇甫奇	中文在线
5	《花娇》	吱 吱	起点女生网
6	《长宁帝军》	知 白	纵横中文网
7	《神工》	任 怨	掌阅读书书山中文网
8	《无二无别》	沐清雨	晋江文学城
9	《技术宅推理之真相的精度》	后 觉	咪咕阅读
10	《盘秦》	春溪笛晓	晋江文学城

目 录

中篇小说及评论

长篇小说评论

网络小说评论

小小说·微型小说及评论

序 言

文本形态与创作方法的创新
——2020年中国小小说·微型小说上榜作品述评

刘海涛

近年来，探讨小小说·微型小说的创新写法的研究多起来了，展现这种文体机智的新颖构思和深度立意的作品大量涌现。一批写过优秀中短篇小说的老作家继续深耕小小说，孙春平、聂鑫森、陆涛声均出手了不俗的小小说力作。以主攻小小说而成为中国作协会员的申平、秦俑、侯德云等"小小说专业户"，迭代推出了显示他们创作高峰的作品。新秀如蒋冬梅、刘浪、超侠、刘永飞等，以一批敏锐反映转型社会的新现象和特定时代的人性内涵的新作，让人们刮目相看。

2020年的笔记体、科幻体、历史体、诗化体、故事体等文本形态的小小说均有代表性佳作，创造了"类型小小说"的艺术新高度。超侠的《战士石》是一种创新尝试，科幻人物贯穿着一种强烈的战士情怀和爱国情结，"新科幻+深立意"刷新了科幻小小说的新形态。蒋冬梅的《大湖》是诗化小小说的写法，想象中的大鱼以及人们为捕获大鱼而续接东北捕鱼风情的壮观场面，隐喻着人们是为理想和初心而坚韧地活着、奋斗着。孙春平的《灭毒》是一篇在抗疫背景下写"缉毒"的故事型小小说，作家把声东击西和意外结局的创作方法用到了炉火纯青的地步，水到渠成地建立了一种文学上的"双关寓意"。侯德云的《1860年的战争·北塘》有历史小小说的新写法。真实史料的个性化叙事，反思了清末中华民族的屈辱史，描写了落后的文化心理还包融着一个民族不甘战败受辱的精神气节。这些优秀的"类型小小说"的创新写作，明显地体现了中国的小说作家在努力探索小小说在文体形态、方法技巧上所展现的文学创新的可能性，所能实现的审美创造的艺术新高度。

2020年的上榜作品在人物塑造上有较大的收获：一批真实的接地气的底层人物出场了，一批在中国当代小小说发展史上还未见过的人物典型诞生了，在塑造人物的方法上出现了更多的可圈可点的小小说技巧。

陆涛声的《古玉·古盘·古砚》用"系列小小说"支撑起了中国当代一个老年知识分子的铮铮风骨。三篇小小说的艺术构思、人物描写和叙事风格基本相近，一个老年知识分子在社会转型的新时代里，开启了一种自省、反思、内疚、自责的灵魂拷问，描写了有如"温玉人格"的中国老年知识分子最难能可贵的洁身自爱、感悟忏悔的人性之光和人生境界。秦俑的《如果猫知道》在一个特别的场面中写出了一种乡下老人深厚的仁慈与大爱。这个普通乡下人生死离别的场面描写，勾勒了中国农村一个家族几十年的历史和亲情关系，渗透着几代人在社会变迁中相濡以沫、抱团取暖，共同应对天灾人祸的人类亲情。刘永飞的《无名烈士》用悬念、留白、巧合等常用的小小说技法写出了一个长达七十年的寻找烈士和亲人的动人故事，把解放军与老百姓这一对父子形象做了文学的概括和象征。

历数2020年中国小小说创造的人物群像可以发现，用小小说的文体可以写出底层普通人的个性与命运，通过人物独特的动作细节勾勒单线条式的人物特征，如果写出了一种二重组合式的人物性格，则更使小小说人物呈现出一种文学上的特征型丰满。

申平的《老枪》在追查一个二十岁的小伙无证持枪打猎的故事中，创建了一个发人深省的与今天现实生活密切相关的立意：从村到乡再到县，所有人都忘记了这杆老枪的存在，这实际隐喻着他们忘记了革命传统。这样的创意点铁成金般提升了作品的质量。刘浪的《上不了桌面的桌面事》则写了较有典型意义的职场生态。作品用小小说特有的"斜升式文学渲染方法"写出了下级官员因"畏官心理"而错失进步机会的遗憾，开启了我们要建设正常的职场生态和干群关系的深度思考。聂鑫森的《鸡司令》敏捷地反映了中国农村脱贫致富的新变化。从生产方式到意识形态，从农民土地意识的转变到人物关系的重组，均在作家老到的人物个性和命运的真实描写中。

2020年排行榜的上榜作品充分发挥了反映现实、反映时代、反映人性的文体优势，多角度地写出了中国人民正在经历着的与病毒的博弈，敏锐地捕捉了许多新时代生活中一些还没有被人们意识到的重大问题，深刻地发现了转型社会人们内心深处那些看不见的烛微人性，使小小说·微型小说这一"新时代的文学创意艺术"，在文体创新的广度和深度上迈出了有益的探索步伐。

古玉·古盘·古砚

陆涛声

古　玉

一个秋天的晚饭后，老作家舒启正与老伴儿散步，走在街上，看到一家古玩店，下意识地摸了摸腰上系的古玉佩，便进店请老板鉴定鉴定。

古玩店老板接过去，先双手合着捻摸，又拿出放大镜，细细观察了一会儿，把玉佩托在手心里，以意外的口气说："老先生，恭喜你，这是真的，是春秋时的，本埋在地下，该是宋代出土的。"老板还请求给玉佩拍了照，叮嘱说："这可要好好保管呀！"

其实舒启正也早知道它是古货……

早在十年前，他还在职时，比他小六岁的好友赵自安第一本随笔集出版，是他作的序。赵自安在把新书送给他时，从腰里皮带上解下这块古玉佩递给他："你看看这东西怎样？"

玉佩是圆形，如月饼大，有近八毫米厚，中褐色，有深浅差异，中间有个直径一厘米的圆孔，一面刻有粗犷的古代装饰图案，一面是光的。舒启正平时对玉并没有兴趣，接过来礼貌性地看了看。他早在两人闲谈中得知，赵自安的父亲年轻时在上海一大资本家家里服务过，见识过主人爱好收藏古玩，新中国成立初回本城开了家中档饭店。一些食客家道中落，把家中藏品拿来暗暗抵账，他父亲便陆续收下许多大小物件。

舒启正料想是赵自安的父亲留下的，不过说不出名堂，只说："是块古玉。"

赵自安问："你喜欢不？"

舒启正生性淡泊，对古玩并没有浓厚兴趣；再说，为朋友作个序，岂能接受回报！他把玉佩放到对方手里说："你家传的，这我可不要。"

"送给你。"赵自安再次把玉佩放到舒启正办公桌上。

舒启正知道，赵自安是个十分谨慎的人，万事需经反复琢磨才会决定，送这玉佩实是来表示谢意的，可见赵自安对他写的序非常满意，他也感到安慰。面对赵自安的真诚，舒启正觉得却之不恭，便任赵自安把玉佩留下。

之后，舒启正也像赵自安那样常把玉佩系在皮带上，时间一久习惯了当成自己的东西。

古玉佩如今被行家这样肯定，在舒启正心里加重了分量。他觉得挂在腰上委屈了它，就用一个精致的手镯盒装上锁在柜子里。

转眼又过了五年，舒启正年过七十，成了"舒老"。他参加一次市佛教文化研究会的活动，遇上了一个三十年前他辅导过的业余作者倪臻。倪臻告诉他，这些年一直从事古玉古瓷器研究。不久，倪臻又来看望舒启正，他便从柜子里取出玉佩让倪臻再鉴定一次。

倪臻随身带着放大镜，拿着玉佩走到窗前最亮处看了一会儿，也说："是春秋时的，可值钱呢。"

舒老好奇，便问："值多少钱？"

倪臻想了想，说："二十万。"

值这么多钱！大出舒老意料。他将信将疑："值这么多？"

倪臻随口又问："舒老是否有意出手？如果出手，就让给我。"

舒老觉得这玉得慎重对待，说："朋友送的，哪能卖钱？"

倪臻做了估价，古玉佩不再是玉，而是金钱，成了一块压在舒老心头的重石：再留着，岂不是占有朋友之财！于是，他决定归还赵自安。

可是，赵自安也退休四五年，去上海靠着儿子生活，头三年逢节日回故地还常来看看他，总留下吃顿饭，这两年却不知怎的没了信息，手机号也已是空号。他找了好几个人才打听到，赵自安手机已换成上海的号，这才联系上，便约赵自安再回故地时来他家小聚一次。他还约另一位老同事老金到时作陪，其实是为还玉时在场做个见证。

在等待赵自安期间，一天黄昏时分，舒老看电视，看到央视《鉴宝》节目展示出一块秦代古玉佩，样子、颜色与他这块非常相似，专家鉴定后估价竟高达千万元，他震惊得目瞪口呆。《诗经》曰："言念君子，温其如玉。"现在"君子"竟成天价商品！他更加急切地盼着赵自安早日来，于是又打电话催问。

终于，赵自安和老金同来了。

舒老便把玉佩递给了赵自安，以谐趣的口吻说："代你保管了十五年，现在完璧归赵，保管的责任就交给你了。"

赵自安愣了愣，没有说话，收下了玉佩。

因为老金在场，舒老没有展开关于玉佩的话题，赵自安也没再提。两人留下吃过饭，便告辞，舒老特意送出小区，直到公交车站。等老金先上另一路公交车离开后，舒老把古玉两次鉴定过程和二十万出价，以及央视《鉴宝》中所见，坦荡地全对赵自安说了。这时刻，他被自己的真诚、无私深深感动，自觉得有神圣感。回家路上，他觉得一身轻松，也有灵魂洗涤一净的舒爽，还有人格升华的自豪。

过了些日子，有两个早年被舒老辅导过的作者来看他。他们也都已从报社记者岗位退休，与他最贴心，几乎每月都相约来陪他喝茶聊天。闲谈时，他把还玉佩的事告诉了他们。

两人都说了敬佩的话。年纪偏小的一个忽然问："你还给他，他推了没有？"

舒老说没有。

年纪偏大的也问："他该说些感动话吧？"

赵自安没有说一句与玉佩有关的话。不过舒老没有回答。

偏小的为舒老鸣不平："对老师这种高尚的举动竟不当回事了。"

偏大的也说："缺点儿礼貌。"

舒老的心弦也被两人的话拨动，还玉时他也曾觉得赵自安欠点儿礼貌，心里曾隐隐不适，这时这种不适又加重了。

过后舒老冷静下来，又不由反思：古玉本就是他的，何况是好友，怎还在意这些呢？他推与不推，与我要归还的心愿又有什么关系呢？难道我在乎的是那点儿客套？

他觉得自己的灵魂还有隐垢，心生惭愧。

古　盘

舒启正忽然想起，许福元好久没有来了，便打手机找他，说是停机；又通过熟人打听，终于知道，他家连遭横祸。先是在化工厂做工的大儿子不慎跌入化工池身亡；祸不单行，不久他自己也中风瘫痪，住进康复医院。舒启正心里十分难受。

与许福元相识，是在六年前。那时舒老年正七旬，受邀去加拿大举办了个人书法展，回来在本市美术馆举办了汇报展。之后有好些书法爱好者登门造访，或是"请教"，或求"墨宝"。许福元便是其中一个。

当时许福元已六十出头，家在离市区七十多里的乡村，拿着几幅行书和花卉画来求指点。他个子不高，言行举止礼貌谦恭，忠厚老实相，原只念到初中二年级，喜欢书画。许福元几经转行，中年起为乡镇园林公司承包的修缮古建筑工程描画彩绘雕梁画栋，彼时已经退休，每月有两千多元退休金，有自留地种蔬菜自给，在苏南农村勉强可以衣食无忧。

在舒启正眼里，许福元的行书属半入门，运笔有些滞涩，与性格有关，不过也透现出后天努力的积累，实际修养明显超越原有学历。舒启正对他印象良好，便以肯定为主，略提些技法上的建议，还送了一幅自己写的行草和一本书作册页。

隔了几天，许福元又特地赶来，送来了一只画国画用的调色盘，紫砂的，直径二十五厘米。盘中拦隔成七个小池，都搪着一层白瓷，供存七种颜料；盘盖是一朵梅的形状，盘结着数朵梅花的折枝作为把子，盖内也搪有白瓷，可供调色；盘底有"顾天佑制"的印。盘内还有一张红纸做了个标签，用毛笔写了"舒启正师惠存，许福元敬赠"。

许福元说："这是光绪时的，1976年我从江西一个朋友手里淘来的。放在我那儿受屈，配老师您用！"他送得郑重、虔诚、恭敬，显然，这古调色盘在他心里分量很重。

舒启正有受敬重的安慰，也被他的真诚感动。不过他素来只重实用，不中意收藏，早有青花瓷调色盘，便拒绝收下。

许福元执意要送，舒启正执意谢却，两人一番推来推去，许福元的脸竟由涨红到泛白，最后两眼湿了。舒启正便不得不让步，不过为表示谢意，回赠他一套四体书丛帖和一本书法作品集。紫砂古调色盘他用不着，只能搁置在柜里。

之后，许福元不仅经常带自己的书作来请教，他还有个念初中的孙儿也学书画，在参加考级，他也带孙儿的书画来求舒启正指点。有时还为朋友求字，舒启正也总给他写。他每回来都带礼物：他们那一带是培植苗木的"花木之乡"，这回带株梅花树苗，下回带一盆月季……来来往往，关系也就亲近了。

一晃过了四年。一次，许福元带来一本打印的诗稿，说他从青年时起就爱写五言、七言诗，记录人生随遇的感受，积累了五百多首，想编印一本集子，求舒启正看看，写个序。

舒启正抽时间看完，觉得通俗质朴，有生活趣味，也有因信佛而生的慈悲情怀。他对许福元更增好感。然而舒启正不写诗，觉得没把握写这诗集的序，只能归还诗稿，深怀歉意地说："你另找人写序吧，到正式排版印集子时，我给你题写个书名，再写个祝贺题字。"

舒启正依稀记得，在这以后许福元似乎就没再来过。如今得知他连遭不幸，舒启正想去医院探望，更想为他做点儿什么。舒启正首先想到了那冷搁着的紫砂调色盘和他孙儿也学书画，觉得古盘应该作为他的传家宝传给他子孙；还想到那本诗集，是他一生的心灵历程，对他及孙儿都有不寻常的意义。若是印两三百本，光印刷费起码也得花几千元钱，他家经济原不宽裕，如今更不可能承担这笔开支。他一旦离世，那本诗稿便成他人生最大的未了之愿。舒启正决定资助印刷费用。

舒启正带着紫砂调色盘，买了水果和营养品，请人开车，到三十里外的康复医院。他把古盘交给了许福元的老伴儿，又表示愿资助印诗集并且帮助编印。许福元的老伴儿既感激又觉得不好意思。许福元躺在病床上，已不能言语，头脑似还清楚，不仅认出舒启正，还听懂了关于古盘和诗稿的事，激动得右手直挥动，嘴里发出"嗬嗬"的声音。诗稿在家里，舒启正便嘱许福元的老伴儿找到后邮寄给他。

舒启正收到的诗稿，仍是那份打印的，没有电子稿。他先请人打字，又亲自细细加工修改、校对、分类、编辑，请人排版，按早先的许诺，题了书名写了祝词。为赶时间保证让许福元能亲眼见到书，他还亲自到市新闻出版局代许福元申请了省出版局的准印号，不断催促印刷厂。

诗集印了三百本。舒启正坐印刷厂的送书车到了康复医院，拿出一本诗集翻着让躺着的许福元看。许福元浑身颤抖，眼里流出泪水，随后右手僵着朝他老伴儿挥挥。他老伴儿懂他的肢体语言，拿签字笔给他，托着一个本子让他写。他抖着手艰难地写下"假"和"骗"两个歪歪扭扭的字，接着就狠敲自己的头。

许福元的老伴儿解释说："您把紫砂盘拿来之后，我二儿子拿去找行家鉴定了，制盘的顾天佑不是光绪时人，是解放初的，也算不上大名家，那盘不算古董。福元知道真相后非常难过，认为原本是当古董送给您，其实是欺骗了您。"

许福元的喉头发出"嘀嘀"的声音，表示认可。

其实舒启正从来没有在意过是不是古物。然而他这时心头不由一阵疼痛：已瘫痪在床不能言语，得知当年把假古盘误当真古董送，坦诚说明真相还如此苛刻地自责，这是多么纯净的灵魂！在舒启正眼里，那两个歪歪斜斜的字，是两朵洁白晶莹的莲花，是一颗真诚和纯粹的心里开出的，比真的古盘宝贵百倍。他不由动情地恳求："这张纸给我留作纪念好吗？"

许福元的老伴儿把纸从笔记本上小心地撕下，交给了他。

舒启正珍惜地折好，放进了左胸襟的内袋。

古 砚

年已古稀的舒启正书台上新添了一方古砚，用木盒装着。古砚是长方形，古朴的橙色，上沿儿有刘、关、张三顾茅庐的半身浅浮雕，凹处嵌有墨垢，看上去有了年代。舒老并不爱好收藏，对名砚、古砚没有深入研究，不过能认出这块是澄泥砚，是中国四大名砚中唯一用土陶烧制的。

这是姚斌送的。

姚斌是一所高等职业学校的校长，爱好文学，写了一批生活随笔结集出版，请舒老作序。舒老早就听说，姚斌善于接受新的教育理念，善于思考、践行，对他早有几分欣赏，便乐意作序。送舒老古砚是表示谢意。

舒老早年曾做专业美术工作，三十多岁改行从事文学创作和艺术评论，在全国有些影响，业余还一直与书画做伴，书法也享誉一方，常有人求"墨宝"。早在二十年前当地有人出书就请他作序。十多年前他就听说，有些名家作序也有行情，得给润笔。舒老原本从事文学创作时，也长期做业余创作辅导工作，接受作序任务后，仍有辅导的习惯，总要认真看书稿，分析提炼，肯定长处，指出进一步提高的建议。舒老作序从不收润笔。也有人求他书法，他也没有要人酬谢的念头。不过，请他作序或写字的人也总会送点儿小物件、食品、茶叶、酒之类的礼物。他每回都拒收，然而对方大都坚持留下。

姚斌送这方古砚，是在请舒老吃饭时，说："是别人送我的，我不写书法不画画，给您才能派上用场。"

舒老万事力求简朴，写字不讲究砚台档次，书台上用的，是二十世纪七十年代末在文物商店买的歙砚，虽也属名砚，但只是普通级别。姚斌送这澄泥砚价值如何，他无法判断，推了几次推不掉，只好收下。吃饭时，舒老谈了些关于文学、书法的话题，姚斌边饮边听，似乎很佩服，激动地说："我还有一块古砚，也是别人送的，上面雕着龙，是乾隆年间的，在老家，我下次回去看老母亲时也取来送给您。"口气里显然有比澄泥砚还珍贵的意思。

舒老忙说："我哪用得了这么多砚台？千万不要。"

时隔不久，姚斌还是托人送来了。

这方砚台是不规则的圆形，灰黑色，沾满墨垢，上部雕刻着的深浮雕，其实并不是龙，而是麒麟，头似龙，纯写实造型，形很准；底部有一方雕刻的印章"大清乾隆年制"，按颜色看，可能也是歙砚。舒老想，姚斌并不写毛笔字，人家送他只能是作为藏品的，可能是有孩子上学求他帮忙。舒老无意去计较其中是非，又一次表示拒收。

代送者却拒绝带走："我受姚校长之托，得忠他之事，求您别为难我。"

舒老无奈，任其留下。他专心于写作，没有兴趣弄清它的价值，把它放到博古架上。

时隔半年，好友俞季年来访。俞季年是雕刻大师，对古玩比舒老内行，看到博古架上的古砚，便搬到书台上仔细鉴赏，拿起小刀在砚台背面边沿刮了刮，说："是假的，而且不是一般的假，连普通天然石头都不是，是石头碾成粉末拌胶用模子压成的，根本经不起墨磨。这麒麟也不是刀雕刻的，是模具压出来的。"

舒老也用小刀刮看，果真是。不过他认为，姚斌并不知道是假的，绝不会故意来欺骗他，而是受了别人的骗。他反而为姚斌不平："该把真相告诉姚斌。"

俞季年却又说："他好意送你，既然你相信他不是有意弄假骗你，你一说穿，他脸往哪儿搁？"

舒老只好作罢。

过后，他还是感到有点儿委屈：不向姚斌说明，姚斌还认为我收了名贵的真古砚，岂不冤？！承受还是洗清？这种纠结不时缠绕着他的心。

舒老早年辅导的许多学写作的学生中，有两个也已经退休的，定期来看望他，陪他聊天。闲聊间，他提起假古砚的事。

一个学生说："说明真相，姚校长脸上确实难堪。"

另一个说："是的，他还会觉得亏了你，会想法用别的方式再补情，就更复杂了。"

舒老只好再次打消说明的念头，假古砚的事从此沉入记忆底层。

又过了六年，舒老年近八十，所过生活正是世人所羡的安度晚年。人生到这一步，渐生彻悟，觉得财富确实是身外物，存有的古董、名人书画、雕刻艺术品，多是为人写字或给人作序人家送的，也许值些钱，可是还要钱做什么？也不应该留给儿孙任其靠变卖这些物件享受。

舒老决定逐一归还原主。

姚斌送的砚台，这回两方一并归还，其中一方澄泥砚是真的，就不再有因是假的才归还的嫌疑，不会伤及对方面子，也不会再涉及补不补情。

姚斌也已经退休在家，住在市郊。

这天，舒老叫一个曾经的学生开车，把两方砚台送到姚斌家。他本想就在门口递给姚斌后马上离开，姚斌偏要他坐坐喝口茶。他一坐下，率真本性便占了上风，觉得假砚台的事还是该告诉姚斌，免得姚斌当珍宝再送别人，便脱口说了。

姚斌先是惊呆继而尴尬："那老兄也真是，怎么用假砚来糊弄我？"

舒老顿时又后悔，连忙补救说："我想，送你的人也不会故意骗你，可能也受了卖砚台的人骗。"他的分析又深了一层，也是为帮姚斌缓解窘迫。

姚斌愣了愣，似有所悟，感激地说："真相在您老心里憋了这么多年，您背了这么久的包袱，反倒让我不安。幸好您今天终于告诉我真相，否则我还会无心地去糊弄人。"

舒老想想也是，轻松了，洒脱地说："是呀，说明你我都需要真相，不要包袱。"

坐车回家的路上，舒老不由回想，虽然有过几次想说明的冲动，别人认为不宜也就作罢，根子还是自己受"常理"的束缚，包袱背了这么多年，其实还是自己不敢放下；求真，还缺了点儿破茧而出的勇气！

评《古玉·古盘·古砚》

晓 华

这是一组以古玩收藏为题材的作品。古玩收藏是现在社会上比较热门的一个领域，一个东西一旦热起来，就会成为复杂社会关系聚集的地方，它也就可以成为观察世道人心的一个窗口，所以，作者从这个领域入手，体现出他对社会现实的敏感度。

这组作品包括三篇：一是《古玉》，作者从人与玉的隐喻关系入手，叙述朋友间的君子之交；二是《古盘》，虽是从古玩的真假入笔，但后来还是落到了人身上，表现的也还是人与人之间的真诚与坦荡；三是《古砚》，也涉及文物的真假，但是作者将重点放在说不说破这真与假上，不同人的不同看法实际上反映了社会的世风与人心。

一般来说，以物为题材的作品是以物写物，还是以物写人，关系不大容易处理好。特别是古玩、文物这类特殊的物，涉及许多专门的知识，如果一旦被绕进去，就容易见物不见人，这样就吃力不讨好了，因为文学最终是写人的。但是这三篇小说恰恰都把准了这一点，见物而不囿于物，或由物及人，或以物写人，进而能由人而写整个社会现实，可以说是以小见大，见微知著，非常值得肯定。

三篇作品互为独立，又构成了一个整体，题材一样，主要人物也一样，体现了系列作品的紧密程度，但是又能同中见异，不论是主题、故事和结构都各有个性，语言平和，叙事从容，虽为短章，却绵韧悠长，从容不迫。

大　湖

蒋冬梅

　　鱼把头站在冰面上，一千年前这样站，一百年前也这样站。他是查干的一只鱼鹰，心里装着整个大湖。

　　有人看见夏季湖面曾搅起的巨浪，传说一条从未见过的大鱼和鱼叉对峙过。

　　人人都在期盼着大鱼，可今年冬捕的重头戏，师傅决意不来了。

　　刚入冬，师傅就带着另一队人马跑内蒙古了。他用不容置疑的语气，对鱼把头说："查干，就交给你啦!"这让把头想起，大鸟把小鸟喂养大，就离开了那片树林。

　　寒冷把天地和大湖冻在了一起，策马狂奔的队伍像刀剑割开北风，车马从切口里闯了进去。马的影子跑在冰里，马匹背对着光亮，把头也背对着光亮，哈气升腾起来，像蹿出的火苗。赶在太阳升起之前，人马齐备，大战在即。马嘶，狗吠，号角声里，把头像一个将，统领着一切。

　　把头趴在冰面上，寻找冰层里珍珠一样的气泡。他看不见鱼，但鱼的呼吸会暴露自己。

　　"鱼知水性，人知鱼性!你喘气儿鱼也喘气儿!"鱼把头想起了很多年前，师傅趴在冰面上，寻找大鱼吐出的气泡。寒冷冻不僵男人的血性，师傅的脸冻得皴裂流血了，他让把头朝脸上喷一口烧酒，使劲朝大湖喊一嗓子，就又朝冰面趴下了。

　　今年的冰层从未有过地奇异，鱼呼吸的气泡都被冰层深深地锁住了，透过冰面看到的尽是形状怪异的花纹，这些异象让人们对大鱼的出现更加想入非非。

　　供桌、敖包、鼓声、铃音、口口相传的经文在叩问，一千年前这样叩问，一百年前也这样叩问。

　　风吹得非常烈，把头的心有些乱了，可他不能让人看出他的乱!

　　师傅带着把头上冰很多年了，每当冬捕遇到情况时，有师傅在，把头的心就落了底。"公家把这个事儿交给咱，咱就得担得起!"年年冬捕，师傅都说这句话。

　　冬捕前的那些天，师傅天天带着把头到冰面上探冰。查干渔场多少口子人呢，一半的日子要指靠着冬捕。一场冬捕在哪儿凿开冰洞，就像打井找水眼一样重要。他记得从冬捕前很多天开始，嗜酒的师傅滴酒不沾。直等到选定冰眼，凿出湖水的那一刻，师傅才拿出酒壶，狠狠地灌起来，他抓着酒壶的手，都在剧烈地颤抖。

这一刻，把头的手也在颤抖。

冰面上是有山丘和低谷的。把头辨识着那些矮小的山丘，一脉水波拱起一座山丘，山丘下将喷发鱼的信息。从前他拿不准水眼的位置时，师傅总是说："你一定得信自己，一半经验，一半信，才能找到鱼！"把头终于选定了一处冰层，坚定地砸下鱼铲，在冰花绽放里，叩问大湖的安静，他钻木取火般凿开一眼泉，黑色的湖水涌出，像新鲜的血。

凿出的冰洞一字排开，四匹马拉着绞盘，拖动大网向湖中布阵。水冻成透明的玉，数尺之下能看见网在游。把头跟着网，像追着一只大鸟，大鸟张开翅膀，自由舒放，仿佛要揽过整个大湖。网入大湖纵横成田，鱼像秧苗布立其间，每个网眼只有四寸大，拦住大湖也放过大湖。

人、马匹、狗在冰上踢踏，纷乱着破晓的早晨。几十号人在冰封的大湖上耕耘，索取在夏秋肥美起来的大鱼。太阳照在人头顶的时候，该起网了，鱼儿带着热气，被网裹挟着出水。把头抱着第一条出水的鱼，在镜头面前笑着。人们欢呼雀跃，将把头抬起，抛向空中。但把头知道，更多的人在翘首等待传说中的大鱼。

把头拎着一瓶烧酒钻进帐篷，像师傅那样，两手颤抖着拧开酒瓶，狠狠地灌了下去。刚才在镜头前的笑容渐渐退去，他没有把握捕到那条大鱼。

外面的锣鼓声、人声、歌舞声，一浪盖过一浪。把头知道，那些热闹不是自己的。他寂寞地坐在师傅坐过的位置，咧开嘴，用牙齿又咬开一瓶酒的盖子。

他想起有一次，同样没有像人们盼望的那样，捕到大鱼。那时把头还年轻，有些垂头丧气的，师傅递过来的酒他也没心思喝。

师傅独自喝了几口，突然给他讲起了从前的事："十六岁那年，听人说黑龙江有大鱼，我们就从白洋淀往那儿奔。没想到半道上，火车让洪水拦下了，我们就在查干湖下了车。谁承想，一下车就在这儿停了一辈子！人都说一场洪水把我拦下了，其实是大湖把我拦下了。"

把头叹了口气："人人都稀罕大鱼，你捕了一辈子鱼，可谁知道大鱼在哪儿呢！"

"你记着，人，活不过湖！大鱼，一直都在湖里！"

那一刻，两人立在查干的湖心，像大鱼游弋在无边的湖水。

评《大湖》

晓 华

　　《大湖》虽然是一篇微型小说，但表现的却是一个宏大主题，是人与自然，人与历史，人与社会。要在短小的篇幅中处理这些宏大复杂的主题是不容易的，作者以查干湖冬捕这一具有仪式感的场景为表现对象，以把头第一次独立主持冬捕为故事，在师傅与把头的关系中展现出历史与文化的传承。作品充分表达了人对自然的敬畏、对自然的依赖以及自然的神秘与深邃。正是在自然的哺育下，才会有查干湖的冬捕，才会有师傅、把头这一代代冰天雪地锻造出的硬汉，才会有他们内心深广的悲情。

　　作品的成功之处在于对场景的渲染与细节的描写，它用电影镜头一般的画面将人与自然的关系表达得生动形象，寻鱼、凿冰、下网，这些典型的细节表现的是冬捕特有的动作，简练而逼真。而当高潮出现后，作品又安排主人公退到幕后，回溯到两代人对大鱼的对话，正是这样的对话深化了主题，加深了人对自然的理解，这种具有象征意味的回忆使作品有了文化的厚度。

　　作品的语言值得一提，它是抒情的，也是写意的，作品显然有意呈现出一种硬朗豪迈而带有悲剧的风格，作品没有过多的叙述与交代，主要的精力都放在场面的描写与人物内心活动的刻画上，节奏鲜明，干脆利落，同时又注重结构的起伏变化，内外兼顾、刚柔相济。

如果猫知道

秦　俑

寒假回家，刚放下碗筷，冬生就到大伯家去看望祖母。

几月不见，老人家自然欢喜得不得了。冬生嘘寒问暖一番，讲起他在奥运会做志愿者的事，眼见祖母身形消瘦，说话都没了力气，便退了出来。

出到外头，大伯叹了口气，说："不中用了，时好时坏的，净讲些胡话。"

冬生鼻子一酸，正想说点儿什么，只听到豆子在一边喊："爷爷，小叔，猫咪快生宝宝了。"豆子是堂兄春生家的孩子，刚满六岁。

冬日的阳光懒懒地爬到了北墙根。冬生走过去，看到一只黑猫卧在草堆里，身体有些臃肿，一副似睡非睡的模样。

豆子伸手过去，"喵"的一声，猫警觉地缩起身子。

"外头冷，进屋去。"大伯过来拉起豆子，转头对冬生说，"回吧，得空多来瞧你奶。"

过了几日，冬生娘炖了鸡汤，叫冬生盛一碗端过去。

祖母精神头儿还是不好，喝了几口汤，自顾自讲起胡话来：

"地震了，要地震了……"

冬生说："地震都过去大半年了，咱这地方，不会有地震。"

"地都裂开了，该有多少人遭罪啊……"

"是老鼠精，老鼠精又出来害人了……"

"告诉你爹……多囤点儿粮食……"

这样子，多半是难得大好了。冬生轻轻地摩挲着祖母的手背，嘴里念叨着"没事没事"。脑海里回想起小时候夜半惊梦，祖母也是这般安抚他的。

祖母慢慢平静下来，屋子外头传来几声清晰的猫叫。

"怕是要下雪了，"祖母说，"你去将猫窝挪到屋里头。"

"猫穿着大毛袄子，不怕冷。"

"想来是怀上崽了，猫崽子怕冷呢。"

"那我去了。"冬生给祖母掖了掖被角，起身出去找豆子挪猫窝。猫似乎并不领情，叫唤着走开了。

又过了几日，祖母被送到医院，隔两日又接了回来。一家人都揪着心，掰着指头数日子，生怕她熬不过这个年。

小年那天，大伯传话过来，说老人家怕是不中了。

二伯、冬生爹和冬生先赶过去，在堂屋摊了厚厚的稻草，上面置一床竹席，铺上新毯子和毛巾被。媳妇们给老人家擦净身子，换上之前偷偷备好的素服，再将人抬到竹席上。

一时半刻，春生和春生媳妇赶了回来，大姑一家也相继到了。堂屋里挤满了人，儿孙们依次过来告别，老人家知道自己大限将至，竟比平时清醒许多。

"娘，这是你老憨子（小儿子）。"大伯指着冬生爹说。

老人家点了点头。

"这是你幺孙冬生，你没少疼他，如今也出息了。"

老人家又点了点头……

"娘，可想吃点儿啥？还有啥放心不下的？"大姑向前问道。

老人家动动嘴，似乎有话要说。

大姑将耳朵凑过去，听到老人家吐出来三个字——"你爹呢"，顿时红了眼圈，跪到地上，带着哭腔："娘呃，你是不是糊涂了？俺爹早没了，都走了四十多年哩！"

老人家脸色暗淡下来，一口气始终提着，一时好一时坏的，一时又说想喝水。

冬生忙去倒了一杯半温的水来。

喝了水，老人家像是精神好转，四下看了看，问："怎么没见老四老五？"

"老幺我就在跟前哩，俺家四姊妹，哪来的老五？"冬生爹哽咽着说。

见娘亲这么问，大伯、二伯和大姑也都抹起泪来。

大伯是家里掌事的，将兄妹几个叫到里屋，一商量，老娘苦了大半辈子，临走还惦记着早逝的男人孩子，可不能叫她走得不舒坦，便叫春生冬生装两个叔伯。

春生和冬生依言过去，大伯说："娘，老四老五回来看你了。"

春生和冬生叫一声"娘"，老人家激动起来："一家子总算齐了。"顿了顿，又打起精神问，"俺娘家没派人来？"

大姑忙戳自己儿子后背："娘，这是俺舅家孩子，快叫姑姑。"

大姑家的表兄本就机灵，赶紧上前叫了一声"姑姑"。

老人家沉默好一阵，说："你们哄俺，俺娘家人讲的是阜阳话……"

大姑再也忍不住了，眼泪吧嗒吧嗒往下掉，嘴里像是念着词儿："俺苦命的娘呃……那年闹饥荒，你阜阳的家人都没熬过来，还带走了爹爹和俩弟弟……他们可都在下边等着咱呢……"

老人家没再说话，眼睛睁着，一行泪顺着眼角直往下淌。大伯后来说："俺娘快三十年没哭过了，这一行眼泪流完，她这辈子的苦才算是受完了。"

一家人正伤感，豆子忽然在外头放声大哭。媳妇们忙过去看，原来是家里的猫在北墙根生了崽，生六只死了俩。豆子看到，又是害怕，又是伤心。

大伯母抱起豆子，唬道："快别哭了，再哭，狼把子来背人了。"

"我不要小猫咪死……猫妈妈会难过的……"豆子还是哭着，说不出个囫囵话来。

"傻孩子，猫又不会数数，怎么知道难过？"春生媳妇也过去帮忙哄。

过了好大一会儿，外头安静下来，屋里传出大姑一声长长的哀号："俺的个苦命的娘呃——"

哭声很快便淹没了这个黄昏。

窗外，那场憋了一冬天的雪，也不知道什么时候纷纷扬扬地下了起来。

后　记

多年后的一个早春，冬生家豢养的狸花猫生了三只猫崽，有两只刚出生便夭亡了，女儿特别伤心，妈妈在一边安慰孩子："别难过了，猫又不会数数，它不知道自己有几个孩子呢。"

那时冬生正窝在沙发里刷微博，刚好看到一则新闻：《武汉封城导致大量猫狗滞留家中，志愿者伸出援手》。他听到母女俩的对话，觉得似乎在哪里听到过，又恍惚了好大一会儿，才想起多年前的那个冬天，那只黑色的猫，还有它刚出生的四个儿女，不知道它们后来怎么样了。

评《如果猫知道》

晓　华

　　这是一篇有关生命的作品，又是一篇有关亲情的作品，更是透出一股具有中国传统文化特色的作品。

　　小说的主线是对一个老人弥留之际的描写，"死生亦大矣"，生与死在中国人的生活中是大事，祖母长年卧病在床，她的生死牵动了一家人的心。而当一个人不久于人世时又会呈现什么样的精神状态，哪怕是一个轻轻的疑问，或者是渐入糊涂状态时的幻觉，都可能反映出她一生的心事与终生的牵挂，而亲人们的举动与应对又反映出他们在人生这一重大时刻的心理，从中透出的是一代又一代人在生死面前独特的文化传承。小说借老祖母的询问拉长了作品的叙事线索，三言两语的交代不仅再现了老人坎坷的一生，更是将许多社会内容包纳进来，使一个家庭平常的生老病死具有了深广的历史内容。

　　更值得肯定的是，作者居然还有闲笔在人事之外写起了猫事，后者作为一个对称性的镜像曲折地隐喻了人的世界，使作品具有了相当大的意义空间与张力，甚至引发了形而上的哲学思考。从结构上看，这两条线索是交织在一起的，在这并置的两线之后，又安排了一个后记作为交代性的补充，使一个一次性的故事具有了后续，有了再次叙述的意义空间，虽然对于作品中人物的疑问并没有给予确切的回答，但正是这样的不答之答，让作品有了言有尽而意无穷的韵味。

灭 毒

孙春平

　　今年春节，我去南方一个城市，原计划是与几位老友同过一个旅游春节。万没料到，因为疫情，武汉市紧急封城，一夜间，满世界都紧张起来。老友们决定，抓紧订票，且留遗憾，各回各家。宾馆客服说，飞机就别想了，只有选乘火车。我说，最好是下铺，我年纪大了，夜里好起夜，请多关照。客服很快答复，说总算订到一张软卧，但只有上铺。我犹豫有顷，客服催促，请快拿主意，有客人在等候这个铺位……

　　时间还算从容，我推开软卧包厢门的时候，只有二十号上铺有位年轻人仰靠在行李上看手机，他倒时髦，已戴上口罩了。我去跟列车员提出调换铺位的请求，列车员说，等十九号下铺和二十号下铺上车，你们自己私下商量吧。这两位旅客迟迟没有上车，那一刻，我已心存侥幸了，要是有人漏乘，我倒省事了。

　　但站台上预备开车铃声响起的时候，眼见一辆救护车急匆匆停在软席车厢门口，列车长和乘警帮忙将一担架抬送上车，一直送到二十号下铺位置。担架后面跟着的是一位四十出头的妇女，略显发福了，脸上满是汗水，看样子像乡下人。细看病人，男性，六十来岁，谢顶的头上包着绷带，裸露的左小腿敷着药，上面还挂着医用胶管。女人安顿好病人，说我先垫补垫补，饿惨了，我吃完再喂你。病人"嗯"了一声，眼睛却一直眯缝着，看不出表情。

　　女人泡好方便面，坐在十九号下铺"哧溜哧溜"吃得那叫畅快，连汤水都喝得干干净净，看来真是饿得不轻。在我登铺的时候，她说，我应该喊您叔吧？要不您睡下边？我说，你得照顾病人，咋好意思和你换呢？谢谢啊。只是我下铺的时候，腿脚笨，别碰了你和病人就好。在说这些话的时候，二十号上铺的年轻人仍在摆弄手机，现在的年轻人呀，手机就是魂儿，都这德行。

　　不敢喝水，满以为可以不起夜，可过了半夜，还是去了两趟卫生间。我回来时，见女人已坐在过道的边座上，临窗远望。大地已是一片雪白。

　　我问，你家人是什么病？

　　女人叹息，脑梗，人一下就废了。

　　我又问，你是他什么人？

大叔看呢?

应该有点亲戚吧?

不沾点亲,这钱谁愿挣?

他没儿女吗?

老太太先走了。儿子打架,伤了人,坐牢了。当爹的一股火,就这样了。医院开了药,回家养着吧。

上车时怎么来得那么晚?

不是闹疫情嘛,又赶上过年,病人急着出院的多,手续好不容易办利索,奔车站的路上又堵车。

我又问,病人吃晚饭了吗?

女人说,怕他屎尿,就将就吧。

包厢里有了动静。二十号上铺翻了个身,被子险些掉下来。女人忙起身,把被子往上掖了掖,对我说,不说了,别惊醒别人。

黎明时分,列车员来换铺牌,并提醒做好下车准备。原来病人在前方站下车,那个二十号上铺也下车。列车已减速,列车长和乘警又赶过来,准备帮助抬送病人。女人对二十号上铺说,大兄弟,拜托帮把手,我手上带的东西多。

二十号上铺没拒绝,他将双肩包背好,左手便抓牢了担架的把手。见他抓担架的前右方,我便抓担架的后左方。乘警说,老先生,后面我一个人就行。我说,多只蛤蟆二两力,我总比蛤蟆力气大点儿。几个人都笑,二十号上铺也跟着笑。

列车进站,站台上很安静。担架放到光滑洁净的站台上时,有个中年汉子悄然靠前,从二十号上铺肩头接过背包,似乎还说了句什么,然后转身离去。

但就在那一刻,让我万没料到的一幕陡然出现。一直卧床不动的病人突然豹子般腾身而起,一下就将接包人扑倒在地。二十号上铺见状,拔腿欲跑,却被一直跟在他身后的女人抓住臂膀,一个漂亮的背飞,眨眼间他就被重重地摔在了站台上。说话间,只见人群中闪出几位便衣人,瞬即便将两人扭走了。

一切似梦,猝然反转,让人目瞪口呆。豹子般的病人站在我面前,用力地跟我握手,说夏老师,一路委屈您了,但愿后会有期。我怔了,原来他不光身健如豹,还知我的姓氏和退休前的职务,看来,一切,都不简单啊。

会擒拿的女人也跟我告别,笑着说,我知夏老师好写文章,如果写到今天,还是贾雨村言吧。我们缉毒警察的任务复杂又漫长,而且风险极大,还请多支持。

我知道,这不是玩笑。缉毒工作讲求隐秘,力求人赃俱获,且要顺蔓掘根,我把此篇小文中的具体时间、地点和车次尽皆隐去,也算是对缉毒工作的一点配合吧。

我说,真没想到,大过年的,又全国防疫,警察同志的工作还这么紧张。

女警察说,越是在这种时候,越不能让毒贩们趁机作乱。

开车的预备铃声响了。女警察跟我说的最后一句话是,十九号下铺是您的了,内勤同志已跟铁路部门打过招呼。祝夏老师吉顺安康。

评《灭毒》

王 蔚

　　相对于中长篇小说可以完整再现生活的多个面目、完整塑造多个人物，从而实现某些深刻的思考与表达，小小说只能紧紧抓住生活中的某个场景，甚至某个瞬间，篇幅和形式注定了它在表现宏大主题上的局限。但是，好的作家、作品不会放弃这一尝试，就像孙春平的这篇《灭毒》。

　　"缉毒"是个很丰富又很沉重的现实题材，一个案件，往往牵扯出极其复杂的人物关系、社会矛盾，情节紧凑扣人心弦，是很多作家喜欢写的，也是类型文学、影视文学的热门题材。但是从小小说角度来看，要在这么小的篇幅里梳理好"警察""群众"与"毒贩"这些或在明处或在暗处的人物关系，并且真正完整讲好一个故事，实在不是一件容易的事情。

　　但是《灭毒》做了一个大胆的尝试，作者抓住了一个最关键的场景，通过"我"这个群众的视角，带读者观看了一个精彩高效的抓捕过程。从警察的巧妙部署，到毒贩的现身、被捕，再到一切恢复平静，一切都像缉毒警察的抓捕动作一样干净利落，不留痕迹。待读者跟着"我"这个不明真相的群众一起恍然大悟时，才发现作者讲述了一个几乎完全超出我们"读者期待"的故事。它以凝练的语言，完成了一个紧凑、意外的情节。

　　同时，《灭毒》又很好地表达了一种共通的情感，一种主题的升华。当读者回看小说的前半部分，那两位化装成群众的缉毒警察，在火车上与"我"聊天时，仿佛一瞬间也回到了自己作为普通人的身份，血肉之躯，有亲人朋友，同样也有世俗的烦恼和忧愁，也正是这一个短暂的一瞬，与后面他们雷霆万钧的抓捕行动形成强烈对比，平凡身份与不凡使命的碰撞，更进一步凸显了缉毒警察的可敬与英勇，也让读者对缉毒警察、对缉毒这件事，有了更深一层的触动与思索。

无名烈士

刘永飞

  刘昌林去世前给刘广盛留下两句话：一是继续寻找刘广济，活要见人，死要见坟；二是照料好无名烈士，逢节烧纸，清明添土。

  刘广盛曾不止一次听父亲说起解放前的那个午夜，那时候刘昌林正"打摆子"，身体忽冷忽热，上吐下泻，且久治不愈，他觉得自己撑不过这场病了。就在此刻，村前的运粮河畔突然响起噼里啪啦的枪声，刘昌林的后背像被人踹了一脚，腾地坐起身来，他想下床，却一头栽了下来。

  敲门声是老伴儿帮刘昌林包好头，扶到床上不久响起的，声音两快两慢，再两慢两快，这是自己人。刘昌林示意老伴儿开门，进来的是气喘如牛的老五，以及后背上那个血肉模糊的战士。老五放下悄无声息的战士，当看到刘昌林一副要不久于人世的样子，眼泪哗地就下来了，他几步来到刘昌林床前，紧紧握住他的手不放，带着哭腔说："昌林，你不要紧吧？"刘昌林用尽了最后一丝力气说："没事。说，需要我，做些什么？"

  这时的老五噌地直起腰，抹了一把眼泪说："昌林，我有万分火急的情报要送出去，这孩子的后事就交给你了！"老五说完，转身来到战士跟前，当看到被打烂的头部还在流血，他倏地脱掉外衣，把战友的头轻轻地裹上，然后朝他敬了一个礼，就消失在浓浓夜幕之中。

  在处理战士的后事时，他们请来了铁匠马老六，老马建议给战士擦擦身子，可是，当要打开战士头上的衣服时，他们发现衣服已和战士的血肉粘在一起，老马稍一用劲，刺啦一声，揭开一层。"哎呀——"几乎同时，刘昌林和妻子一声痛苦的哀鸣，仿佛血衣是从他们身上撕下来的。刘昌林说："老马，别、别让孩子受罪啦，就这样吧。"于是，刘昌林指示抽出身下的一张苇席，裹紧，扎牢，由马老六把战士葬在了村后的空地上。

  解放后，刘昌林就在葬战士的地方起了个坟，节日烧纸，清明添土，从不间断。同时，他一直在等待老五的出现，他期待老五能带着战士的家人来，或把坟迁走，或问清姓名就地给孩子立块碑。然而，自那晚以后，老五再也没有出现过。

  1990年，一个老板打算给村里捐建一所希望小学，老板请来风水先生选址，结果看中了村后的一块土地，只是在迁坟时，出了乱子，只见年过八旬的刘昌林手握菜刀，立在战士坟前，他说："谁要动这坟，我就要谁的命。"

从村里到镇上，甚至县上的领导，都来做思想工作，他们表达的都是一层意思，那就是："娃儿们的教育远比一座无名的坟重要！"但是无论谁来做工作，刘昌林始终还是那句话："没有人家的流血牺牲，咱们的孩子哪会有什么书念！"

此时，有人建议派出所把刘昌林弄进去关几天，等坟迁走了再说。问题反映到所长那里，所长瞪着眼睛说："老头子当年的地下交通站救过多少人，立过多大功，你们知道吗？我看谁他妈的有这个胆子！"

后来，笃信风水的老板把希望小学的选址改在了邻村，村里一下子闹开了锅，大都说刘昌林的不是，说他倚老卖老，不为孩子们着想，这下好了，他们上学要跑上三里路。村里也有支持刘昌林的，马老六就是其中之一，老马说："昌林，好人嘞！年年岁岁为一个不沾亲不带故的人守坟，你们谁能做得到？昌林心里苦嘞！这广济十几岁就跟队伍走了，到现在都杳无音信，他把这战士当自己的孩子看待哩！"

说这番话时，老马又想起他怀抱战士往村后走的那个午夜，战士少说也有二十多岁吧，可是身子那样轻，甚至隔着席子都能感觉到他的瘦骨嶙峋，想来，他的父母也该像昌林这样在等待和寻找自己的孩子吧！

1995年，已过九十高龄的刘昌林溘然长逝，去世的前夜，他叫醒了熟睡的刘广盛，他叮嘱儿子要继续寻找广济，活要见人，死要见坟，他还叮嘱儿子一定要照料好无名烈士，逢节烧纸，清明添土，他说："如果广济真的像这位战士这样牺牲了，在某个地方也一定会有一些像我们这样的人为他守坟！"

1999年，村里来了个陌生人，要找刘昌林，村人这才知道，他是老五的后人。来人告诉刘广盛，老五只是个代号，他父亲原名吴庆春，这些年来他一直在寻找刘昌林的下落。后来，村子里拆除一间旧祠堂时，在一堵墙里发现了父亲老五的遗物，几经周折，他拿到了它。原来，他父亲老五一直有记日记的习惯，只是他记完最后一篇就牺牲了，至于牺牲在哪里没人知道！

说到此，陌生人把一个发黄的本子翻到一页，神情凝重地交给刘广盛，本子上潦草地写了一句话："我被敌人追赶，凶多吉少，若有人见到此书，请告知刘塔司的刘昌林，当年，我背进来的战士就是他的大儿子刘广济！"

评《无名烈士》

王　蔚

　　如果说，小小说正在经历经典化的过程，小小说作家们正试图在文学界重塑小小说的地位，那么，对历史的关照和对现实的关怀，都是他们不能回避的命题。在《灭毒》中我们看到了小小说"对现实的关怀"，这一篇刘永飞的《无名烈士》，就是小小说对"历史的关照"。

　　《无名烈士》的故事内核，实际是一个"失而复得"的传统结构。战争年代，刘昌林在地下交通站支持我军革命，他的儿子也参加了军队。父子失散后，刘昌林继续革命，遵照战士"老五"的嘱托，埋葬了一位被打得面目全非的无名战士，并在以后漫长的岁月里，保护着这位烈士的坟墓，也坚守着老五的嘱托。直到刘昌林去世之后，这位无名烈士的身份才得以确认，他正是刘昌林失散多年的儿子。

　　这个故事并不复杂，甚至情节也没有"柳暗花明"式的灵动转折，我相信有些经验丰富的读者在读到后半段时，已经猜到了无名烈士的身份。但是，细细品味每一个人物的行动，读者会发现作者更深层的用意。首先是老五，他明知道自己阵亡后刘昌林可能再也不会知道真相，那他那天为什么选择隐瞒了战士的身份？其次是刘昌林，在背着无名烈士、守护无名烈士坟墓的多个场景中，他都想到了，甚至感受到了自己儿子的存在，再加上他对"老五"的了解，冥冥之中，他会不会想到战士的真实身份？

　　这些秘密，作者都没有揭晓，但读者如果想到这里，心中自然而然会产生自己的答案。对老一辈革命者崇高信念的敬仰，对人性中最柔软的善意的理解，才是这篇小小说最珍贵的地方。

　　另外，《无名烈士》故事发生的时间跨度很长，这是它的另一个突破。我们常认为小小说囿于篇幅，难以表现跨越长时间维度的故事，而作者刘永飞恰恰是在这里做了有益的尝试，他在短短的篇幅中，将故事拉长到数十年之久，让一个秘密经历了漫长的沉淀，在显而易见的答案中，得以升华。

战士石

超 侠

　　海风吹来，带着腥甜的滋味，湿润、温暖、舒爽。这是我第一次登岛的感受。岛边那几块巨石，相互勾连，彼此依偎，仿佛几个人肩并着肩。在一块石头的罅隙里，我发现了一个防水笔记本，里面记录着这个奇异的故事……

　　当我接受了这个任务，登上这座小岛的那一刻，心情是多么愉悦，我的双脚踏实又安定。

　　这岛是如此之小，从东走到西，不过一公里，从南走到北，也不过一公里。岛的北侧，面朝大海，有一个小小的山包，山包上立着旗杆，旗杆上高高飘扬着我们的国旗，那样鲜艳、灿烂。山包下有一座小小的两层楼房，第一层就是我的寝室和厨房，第二层是工作室和观测室。岛上只有我一个人。

　　一个人驻守在一座孤岛上，刚开始想法很纯粹，远离喧嚣，恰好能看看自己想看的书，写写自己想写的东西，栽几株好看的植物，看湛蓝的天，看天边的云，看海浪飞卷、鲸鱼出没的奇异之景。这是多么幸福而美妙的事啊！

　　为什么要离开小岛呢？

　　每天早晨早早起来，升国旗，奏国歌，行军礼，白天除了警戒、观察，就是自己做饭做菜、种地养花，有什么不好？我不理解，前面先后上岛的三个战士，怎么会好端端地当了"逃兵"？这茫茫大海，又能逃到哪里去？

　　这样清静的日子过了还没一个月，我似乎渐渐理解他们了。重复，重复，再重复。没有人讲话，只有风，只有石头，只有一棵树。渐渐地，你能听到风的哭声，听到石头的喊叫，还有树的冷笑。这些，都能将你从睡梦中惊醒，后背惊出一层冷汗。

　　无聊透顶，枯燥而漫长的日子。

　　有时候，半夜里会听到外面传来莫名其妙的哭声，甚至还能看到有朦胧的影子，趴在窗口，向内张望。噩梦连连，黑夜里睡不好，白天又睡不着。我开始疑神疑鬼，几乎快要神经错乱了。

　　平日里，每隔两个月，便会有送补给的船过来，总忍不住和战友们多说几句话。我滔滔不绝，词不达意。我不知道自己还能坚持多久，但这个地方必须有人守卫。

大海像一个蓝色的男人，脾气古怪，时而狂风巨浪、暴躁野蛮，时而风平浪静、安静慈祥；石头就是一个傻傻的小孩，痴里痴气，愣怔发呆，像是在沉思宇宙的奥秘；那棵树是一个妖娆的女郎，摇曳生姿，顾盼流波，时而发些小性子，遇到事情只会惊声尖叫。和它们在一起，我也变得时而暴躁，时而默然。又过了一段日子，连牙膏、饭碗、冰箱、水龙头、电视机，也都活了起来。有一天，我听到牙膏在呕吐，听到饭碗说肚子饿，冰箱说想暖和暖和，水龙头要游泳，电视机沙沙地笑。

我是不是疯了？陡然渗出一身冷汗，难道，那些不见了的战士们是因为发疯跳进大海里去了？我不认识他们。我有钢铁一般的意志，绝不会像他们一样。

当夜，久久不能入睡，窗外风雨交加，电闪雷鸣，还有那一道道紫红色的光。它们忽远忽近，有节奏地跳动着，像是行走的火焰。我推开窗仔细观察，海岸边好像有影子在移动。我心中一惊："难道是敌人来犯？"我提着枪冲了过去，原来是石头。是石头在动！

岸边那三块大石幻化成了人形，迎向海上射来的光束。海上升起的那块不明礁石，也似人形般，红光就是从他手中发射出来的。我看得瞠目结舌，感觉像在做梦。

它们，到底是什么？是人，是石，还是什么别的生物？

我的心突突跳动，岸边的三块石头在变化，渐渐露出人类的面孔，这形象有几分眼熟。记忆的火药线被点燃了，爆炸出清晰的图像，那不是在我之前守岛的三位战士吗？他们怎么成了石头？

我仗着胆子，靠前想去查看，却不料被对面"礁石"发出的红色光波射中。一团冻气，沁入我的体内，身体渐渐冰冷，我挣扎着想要回观察室报告情况，却发现不对劲儿，头脑昏沉，皮肤上生出了硬壳。过了十几秒，这种状态才慢慢解除，那层外壳如烧熔的蜡一般退却了。我试图联系指挥部，可通信线路因暴风雨中断，暂时无法联络。

我又回到海边，与那三块大石站在一起，对面的礁石正缓缓下沉，红色的光波已然消退。我听到身旁的石头发出声音。第一块石头说："你也中招了，你的频率与我相同了。"第二块石头说："这化石光束，又将我们的时间凝固了，我们永远也走不动，只能挡在这里，对付这些可怕的敌人。"第三块石头说："想不到，敌人采用这样缓慢的战术，要悄悄占领我们的小岛，我们只能和敌人耗下去。"我惊恐至极，想要跑回去，但已经动弹不得。我的双脚到腰部，全都成了石头，和脚下的海滩连成了一体。

我问他们，这到底是怎么回事？他们告诉我，他们没有死，只是被石化了。他们被敌人的"高能降速石化射线"射中了，这种射线会改变人体细胞的构成，碳基分子逐渐硅基化，柔软的肉体也就石化了。尽管意识和记忆还在，但自我的时间却与周围完全隔离，行动速度更是缓慢到百万分之一，就像是几天之内，经历了千万年时光的侵蚀和改造，变成了活体的化石。不过这种射线还会有反弹作用，每隔一段时间，就会反弹一次，将石化的身躯，快速变为柔软的肉体，但时间短暂，犹如钟摆，摆动过后，还会变回来。敌人同样也是如此，他们化为水中礁石，提着那具"高能降速石化射线"枪，企图悄然攻占我们的岛屿。在对峙中，敌我双方都要承受漫长时光与无聊痛苦的折磨。

当我恍然大悟时，腰部和头脑，都已经开始石化。幸好我随身带着笔记本，在还有行动力时，将这件事情记录下来，以供未来首长和战友们查证。

我们没有因为条件艰苦和寂寞难耐而逃避，我们一直站在这里坚守，和敌人进行着无声而漫长的战斗。哪怕我们变成石头，哪怕要战斗千年万年，也无怨无悔。我们会永远屹立在这里，保卫我们的家园……

看到这里，不知不觉，我的眼中流下晶莹的泪滴，但很快就被海风吹干。我向着这四块石头，敬了一个标准的军礼。我一定要将你们的事迹，告诉世人，将你们承受的委屈、误解和痛苦统统解释清楚。

海潮退去，海水中的礁石慢慢露出水面。我的脑际一片恍惚，感到有一道红光射来，炙热如火焰。

评《战士石》

王　蔚

在短视频、短阅读大流行的当下，小小说可以说是一个"恰逢其时"的体裁。在大众的阅读耐心逐渐稀缺、期望却不断提高的前提下，小小说凝练、灵巧、百转千回的特点恰好成了它借助新媒体平台传播的优势，因为它首先看重的，是灵感乍现，是表现张力，是令人耳目一新的情节。所以，越来越多的创作者开始尝试这一体裁，并不断丰富它的内容和表现形式。

超侠的《战士石》是一篇科幻题材的小小说，这是一个比较新鲜的尝试。小说讲的是独自驻守海岛的战士，在与敌人的交锋中，被邪恶的科技变成石头，却依然不忘使命，驻守海防的故事。就情节而言，它不属于特别出众的，但是，它以自己独特的风格和科幻的元素，以书写国防这样"重大主题"的气势，阐释了小小说的丰富性和可能性。另外，对边防战士内心情绪、情感、意志的书写，也让它多了一层人文的温情。

说回到情节，实际上借阅读这篇小小说的机会也可以多说几句，小小说的创作，不能一味地追求奇特、反转，它还要有生动的细节，要有精神的内涵，要有人文情感，更进一步讲，要有艺术审美的价值，否则，它就只能停留在一个相对浅薄、流俗的阶段。

作为文学的一个较新的门类，小小说有着天然的"民间情结"，题材倾向于大众通俗化，语言多追求直白、流畅、易读。从生机勃勃的民间而来，这是小小说的生命力所在，将这种特质保持下去，不放弃追求严肃文学书写的意识，优秀的小小说作品将在各种创作平台上不断涌现。

老　枪
申　平

靠山乡派出所的何所长，带领所里的全部人马，全副武装，分乘两辆警车直扑后山。他们封锁道路，搜索前进，如临大敌。

事情的确很严重：据紧急报告，山里有人在持枪打猎。在禁枪禁猎的今天，居然有人持枪狩猎，这简直就是对法制社会的公然挑战。

还好，循着枪声，他们很快就发现了那个猎人，迅速围捕，很快将他捉拿归案。

现在，那个"猎人"正被反铐双手蹲在地上。看样子他也就二十岁出头，脸上充满稚气和无辜。他前面的桌子上，摆着一支长长的老式步枪，还有几发已不多见的黄铜子弹。三十多岁的何所长上网查了一下，才知道这种步枪是"七点六二式"，是一种射程远、杀伤力强的步枪，曾在抗日战争和解放战争中被广泛使用。

说吧，你这枪是从哪儿来的？

这枪……是我老太爷的。

你老太爷是谁？

那小子说出一个人的名字，竟把何所长吓了一跳：这个人，是这一带远近驰名的老英雄。他不但在解放战争中立过战功，退伍后还带领民兵捉拿过美蒋特务，轰动一时。老英雄活到一百零三岁，前不久刚刚去世。他的葬礼异常隆重，县乡领导都出席了，何所长也去了。嗯，对了，当时好像的确见过这个小子。

何所长上前给他打开了手铐，让他坐下，然后又问：这枪是怎么到你手上的？

是我自己找出来的。我老太爷藏枪的地方可隐蔽了，一般人不知道……

你老太爷手里有枪，我们怎么不知道？他的枪是从哪儿来的？

这个……我说不清楚，我只是拿出来玩玩……你去问我太爷他们嘛。

事关重大，何所长立即向上级汇报，随后带人来到港口村，调查枪案。

他们先找到了老英雄的儿子，也就是那个小子的太爷。这人也已经八十多岁了，背也驼了，眼也花了，耳也聋了，说话也表达不清了，他比比画画说了半天，何所长才大概弄清，这杆枪是老英雄当年从北京拿回来的。

看来，这枪来头还不小。何所长他们立即又去找老英雄的孙子。这人也已经六十多岁了，是个退休公务员。他说得倒是非常清楚：这杆枪是1953年，老英雄到北京参加群英会时，周总理亲手颁授给他的，另外还有一百发子弹。他小的时候，看见爷爷整天背着这杆枪，威风凛凛地进进出出。后来爷爷老了，枪就挂在家里的墙上，几乎一天一擦。再到后来，他外出读书，参加工作，偶尔回来，枪已经不见了。这可能和那时候收缴枪支有关。但是爷爷这枪不同，是国家领导人颁发的奖品，据说也是办了持枪证的。后来枪去了哪里，他也没有问过。最后他说：你们去问下我哥的儿子吧，我爷爷不能动的这些年，都是他在伺候，他或许知道情况。

于是何所长又去找老英雄的重孙子。这人近五十岁，正是那个"猎人"的父亲。他是一个老实厚道的农民，已经知道儿子因为持枪打猎被抓了，又见何所长他们来找他，就显得很慌张。何所长赶紧安慰他说：你不要害怕，我们只是调查了解情况。我就想问你，那杆枪你见过吗？

我……见过，是太爷擦枪的时候。可是太爷后来把枪放到哪里，我真的不知道，也不想知道。太爷不能动的时候，曾经让我帮他擦枪。我不喜欢摆弄枪啊炮的，就没干，我就让我儿子帮他擦。后来他老糊涂了，仍然老是念叨：我的枪，我的枪。

事情到此已经很清楚了：那个二十岁的小青年，那个生瓜蛋子，倒成了枪的最后知情者，甚至是传承人了。如果不是他不知深浅，把枪拿出来去打猎，可能这杆枪永远都不会面世了。

何所长让人把小青年和枪一起带回村里来，让他指认藏枪地点。他轻车熟路，带着他们来到老太爷故居的后屋，轻启一面夹皮墙，里面赫然现出一间庄严的小屋。只见墙上端端正正贴着毛主席、周总理的画像，画像两边是一副对联：发扬革命传统，争取更大光荣。画像和对联下面，就是一个枪架，把那杆枪放上去，严丝合缝。旁边，还有子弹带、武装带等一些"配套设施"。

何所长用手机把这一切都拍了下来，暂时放了小青年，让他随时听候处置，然后他带了枪和子弹带等返回了派出所。他要给上级写一个详细报告，既要讲清楚枪的来龙去脉，还准备提出一个问题：为什么从村到乡再到县，所有人都统统失忆，根本就忘记了这杆老枪的存在。

评《老枪》

刘海涛

　　申平的《老枪》在讲述追查一个二十岁的小伙无证持枪打猎的故事中，创建了一个发人深省的与今天现实生活密切相关的作品立意：从村到乡再到县，所有人都忘记了这杆"老枪"的存在，这实际上是隐喻他们遗忘了过去的革命历史。"老枪"是这篇故事型小小说勾连起整个"斜升式"材料的物品细节，围绕着追踪这个物品细节的过程，就形成了作品独特的故事内核。故事内核中的这个核心物品细节，包融着作家机智的文学构思和作品的核心立意。这杆"老枪"在这篇作品的故事情境中，实际上是象征了一个抽象的寓意——一个革命者几十年来跟着党用枪杆子来打江山、守江山；忘记了这杆"老枪"的存在，就是忘记了一个革命者的初心和传统。

　　作品用悬疑故事的讲述方式，一层层地推进追寻老枪的来历：问八十多岁的太爷，他不知道；问六十多岁的爷爷，他只知道枪是周总理亲手颁授但不知道在哪儿收藏；问五十多岁的父亲，他说帮爷爷擦过枪但也不知道藏枪的地点；只有二十岁的重孙才找到写有"发扬革命传统，争取更大光荣"对联的藏枪地点。这就是围绕着核心细节，用斜升式的艺术结构来组织故事材料，形成了这个充满叙述情趣的传奇故事，相当有深度地揭示了一个振聋发聩的主题：老一辈革命者的历史传统切不可在今天的时代被遗忘。这样的文学创意点铁成金般地提升了作品的质量。

1860年的战争·北塘

侯德云

我叫弗朗索瓦·德·拉尔希，1860年随蒙托邦将军远征中国。在跟随蒙托邦将军之前，我是法国驻北非骑兵第一军团的中士，一个吊儿郎当的下级军官。

我永远不会忘记蒙托邦将军写给我的亲笔信："拉尔希中士：军事部决定调派你至我处任旗手，并作为私人秘书随同前往中国。见信立即回国。至巴黎后，速来多瑙河大酒店。蒙托邦将军。"

是我父亲，阿日诺尔·德·拉尔希伯爵，暗中摆布了我的命运走向。他把自己的"混账儿子"从非洲调往中国，是想让他有所历练，兴许混个一官半职，或者至少改改他那玩世不恭的秉性。

我追随蒙托邦将军离开法国整整七个月之后，战争才真正开始。1860年8月1日下午三点，法英联军共两千人，在白河北岸登陆。我们的计划是北塘绕道，从侧面进攻大沽口炮台。

两百名广东苦力也随同我军一起登陆，他们的任务是运输武器弹药和军需品。

正是退潮时分，我们乘坐运兵船奔向海岸。在离岸大约一公里的地方，运兵船搁浅。将军一声令下，士兵纷纷跳进水里，像一大群青蛙蹦来蹦去，嘻嘻哈哈的，做游戏一般。

临近海岸时，我们发现堤坝上有小股清军骑兵正在集结。将军下令，做好战斗准备。

可是很奇怪，集结成队的清军骑兵突然消失，一个都不见了。

那天晚上我们在海边露营。参谋部杜潘中校带侦察兵前往北塘侦察，凌晨两点返回，向将军汇报说，北塘无驻军，也没几个居民，外围的两处炮台无人守卫。杜潘还说他进入炮台仔细探察，发现了一些包着铁皮的木制炮。

清晨五点，我们列队向北塘进发。

北塘是一个村庄，但看起来更像是一座城邑。有城墙，有城门，有成片的民居。

街道上有三三两两的村民在闲逛，显然绝大多数村民已经举家逃走。我希望剩下的这些人能加入我军的苦力队伍，我们需要大量人手。

将军命令士兵在村中挨家挨户进行搜查，房屋、前院、后院，不放过任何一个角落，以防清军在此埋伏。

居民区的一幕幕惨状让我们心惊胆战。很多人家的水缸里漂着被勒死的儿童和被割断喉咙的女人。他们中的大多数是头朝下被塞进水缸的。还有不少女人吊死在房梁上。

我带领十几名士兵闯进一座四合院。这是北塘最排场的住宅，看样子像是官宦人家的府邸，有几十间房屋，有空旷的庭院和花园，驻扎一个团的兵马都没问题。

这座四合院有主房七间，主房左右各有耳房四间。室内格局完全遵照中国北方习俗，主卧里有一张紧靠墙壁的大床，是用砖头砌成的大床，中国人叫炕。炕上挂着帷幔，铺着绸缎被褥，摆着靠垫。

一进卧室我就愣住了，身后的十几名士兵也都愣住了，其实叫惊呆更准确。

炕上躺着三位妇人。一位衣着简朴的老妇，两位衣着华丽的少妇。老妇躺在中间，枕一只黑底绣花枕头；年龄看似稍长的少妇，躺在老妇的左边，枕一只红底绣花枕头；年龄稍小的那位，躺在老妇的右边，枕一只绿底绣花枕头。三位妇人都梳着两把头的发型，还都是天足，看来是满人无疑。

年龄稍小的妇人，容貌美极了。我以前从未见过那么美的中国女人。

三位妇人的喉管都被切开。显然是刚刚被切开的。她们的身体还处在痉挛状态，喉咙里嘶嘶作响。鲜血在流淌，炕上的绸缎被褥都浸泡在血水里，丝绸帷幔上也溅有醒目的血迹。

两个小女孩坐在炕上的血水里玩耍。三位长辈的奇怪表情让她们觉得很好奇，她们用沾满血迹的小手，一会儿拍拍这个，一会儿拍拍那个，嘻嘻笑个不停。

火炕对面有一位身穿袍服、扎着腰带的中年男人，他坐在太师椅上，瞅着炕上的三位妇人和两个女孩。他的脖子在流血，从胸膛流到腿上，然后一滴一滴，滴在脚下的一柄钢刀上。

男人的右手握着一把纸扇，在轻轻地摇动，为的是赶走他胸前嗡嗡作响的苍蝇。

男人看见我们，目光变得凶狠而轻蔑。他似乎是在嘲笑，嘲笑我们在他的壮举面前呆若木鸡。

扇子的摇动幅度越来越小，终于停止不动。男人胸前的血迹，也渐渐凝固成褐色。

屋子里的死亡气息压得我喘不上气，两个女孩的嬉笑听着格外瘆人。我实在待不下去，转身走出房间。

我私下猜测，男人应该是这宅院的一家之主，老妇人是男人的母亲，少妇是男人的妻妾。男人先杀掉她们，然后杀掉自己。

我庆幸男人没有勇气对自己的一双幼女痛下杀手。

眼前的惨状，让我对原本无限憧憬的史诗般的对华远征产生极大的怀疑。我暗中一次又一次询问上帝，人类为何要动辄发起战争？

我对北塘村民的行为也大为不解。我们的敌人是清政府，不是他们，他们何苦要去寻死？他们是不是事先听到了什么骇人的谣言？

我命令士兵把两个失去亲人的女孩带回军营，交给随军的牧师。她们将被送往上海，由一家基督教慈善机构抚养。

很多年后我听说，女孩子中的一个因病去世，另一个长大后做了修女。

我不知道那修女的记忆中还有没有当年的血水和嬉笑，有没有亲人的死难惨状。但愿没有。

评《1860年的战争·北塘》

刘海涛

　　侯德云的《1860年的战争·北塘》是历史小小说的新写法。它的选材来自真实的史料，但叙事的方式却是个创新。从一个国外士兵的眼中和心灵里来看待一百多年前清朝政府和军队与八国联军的那场战争，这个叙事角度比较特别，完全不同于历史典籍和长篇历史小说的宏大叙事。

　　这是一个"小小说第一人称内视角"的叙事，讲述者对于"对手"的突然消失感到奇怪，居民区里被勒死儿童和割断喉咙的妇女惨状令其惊恐万分，而对一家男人亲手杀死自己的母亲与妻妾的行为无法理解，这促成了这个法国的下级军士，一个从未见过战争血腥场面的纨绔子弟开始反思对华战争和血腥屠杀平民的行为。而故事的讲述者百思不得其解的是那个杀死自己家女人的男人为什么没有杀死自己的一双幼女？特别是他几十年后补叙的这一双幼女一个病死、一个做了修女的结局，更是从这个故事讲述者的心灵中去感悟战争中仍未泯灭的"最后的人性"。这些带着战争场面残酷的血腥味和硝烟味的个性化叙事，构成了作家用小小说的文学方式概括反映清末中华民族的屈辱史，反思中华民族在与八国联军战争中失败的根源，侧写了落后愚昧的文化心理里还包含着的一个民族不甘战败受辱的精神气节。

上不了桌面的桌面事

刘 浪

1

这天，汉东一中的副校长李清荷突然接到市政府办公室刘主任的通知，让他陪同市长沈飞去全省知名的罗川中学洽谈合作办学项目。

有机会和沈市长一起出差，李清荷喜出望外，不过，他也明白，如果不是校长在外学习，如果罗川中学不是他的母校，论级别，无论如何，此行也没他的份儿。

2

次日一早，在市政府大楼的台阶下，李清荷看到了罗川之行的全部阵容：除了沈市长、刘主任外，还有分管教育的副市长、市教育局的领导和工作人员，一辆小中巴，坐得满满当当。

车在高速公路上行驶两个多小时，十点多钟便到了罗川中学。杨校长等一众领导早就等在校门前。大家见面后相互握手、寒暄一番，便进了会议室，紧锣密鼓地谈起合作办学的事。其间，李清荷凭着自身的专业素质和校友的身份穿针引线，左右逢源，大家相谈甚欢，合作办学的事也聊得八九不离十。

结束时已到了午饭时间，杨校长说，已经在附近的餐馆订好房，一起吃个工作餐，请沈市长一行品尝下当地的名菜——罗川脆皮烧鹅。

3

脆皮烧鹅到处都有，罗川的烧鹅却与众不同，名声在外。它取材于当地的乌棕鹅，这种鹅毛黑脚红，体小肉实，只有罗川一地有，年产量也有限，所以在罗川的餐馆有个通行规则，每天只卖十只，卖完为止。在罗川以外，更看不到这种食材，足见这道菜的金贵。

在餐馆坐定不久，一大盘色泽金红、皮脆肉嫩、味香可口的罗川脆皮烧鹅便上了餐桌。李清荷觉得自己是罗川人，要表现得主动一些，于是便站起来说，先请沈市长尝一下我们家乡的名菜。

杨校长笑道，李校长，你这是反客为主了啊，不过，你是罗川的校友，也是半个主人。李清荷夹起盘中品相最好的那块烧鹅，想放到沈市长碗里，但由于中间隔了两个座位，手中的筷子不知怎的竟然一抖，于是那块原本要抵达沈市长碗里的烧鹅，竟跌落在白底暗格的桌布上。

在骤然紧张起来的气氛中，李清荷略作迟疑，又伸长手臂将那块烧鹅夹起来，哆哆嗦嗦地放到沈市长的碗里。桌布上出现了一块明显的油渍。沈市长好像什么也没发生，他侧身对杨校长说，这菜慕名已久，真是百闻不如一见。

李清荷又夹了一块烧鹅放进杨校长碗里，当他坐下来的时候，不免有点忐忑。他偷眼瞥了一下沈市长，却看到他正兴致勃勃地和杨校长聊着，于是又坦然起来。

连着上了三四道菜后，李清荷的心一下子又提到嗓子眼。因为他发现沈市长虽吃得挺欢，但碗里的那块烧鹅却一直没动。李清荷额头沁出了汗，他从转盘上拿了两张纸巾去拭，却总也拭不干净。

4

除了李清荷，席间还有一个人不动声色，却洞察秋毫。这个人就是刘主任。当一碟蒜蓉粉丝蒸元贝上桌时，沈市长熟练地拿起一个，把粉丝和元贝吃完后，将壳顺手放在面前的碗上，将那块一直未动筷子的烧鹅严严实实地盖住了。这时，刘主任拿起桌上的手机，走了出去。

可能上午谈得较顺，席间气氛甚是融洽。可是李清荷却明显感觉自己慢了半拍，跟不上席间的节奏了。他恨自己多事，为什么要给市长夹菜，按礼节也该是杨校长来夹啊，自己献的哪门子殷勤？偏偏这块烧鹅又掉到桌上，沈市长表面上没说什么，但一直都没动筷子，肯定是嫌那块烧鹅弄脏了。如果再在心里怪罪他对领导不敬，那就更麻烦了。李清荷越想越纠结，恨不得狠狠抽自己几个耳光。

正胡思乱想间，一个女服务员进来换菜碟了。她轻手轻脚地将所有人面前的菜碟更换后，又单独换掉了沈市长盖着元贝壳的碗。李清荷终于稍稍松了口气。

5

当天下午回到汉东，李清荷没去学校，就直接回了家，躺在沙发上，一直郁闷到妻子下班。妻子见他闷闷不乐，有点诧异，今天不是陪沈市长去你母校吗，怎么还一脸不高兴呢？李清荷倾诉的欲望一下子强烈起来，便将那块烧鹅的事和盘托出。妻子说，这事你先别急，咱们一起想想，是不是哪里做错了？李清荷懊恼地说，当时是第一道菜上来，我也是想表达一下对沈市长的敬重，可没想到出现那么个状况，众目睽睽之下，那块烧鹅不理不是，放在那儿也不是，只好硬着头皮还是放到他碗里。

妻子想了一会儿，说，我寻思那块烧鹅不要了肯定不对，因为是道名菜，不能这样浪费；不过又夹起来放市长碗里，也确实有点不妥，毕竟是掉桌上的，有点不卫生。说到这儿，妻子突然兴奋起来，没事的，没事的，我以前看过电视，说食物都有个三秒定律，菜掉到桌上，三秒之内，细菌没反应过来，是没有卫生问题的。你是几秒？李清荷苦笑了一声，这哪里是卫生问题。

晚上，上了床，李清荷还是辗转反侧，妻子心疼了，安慰他说，这事想破脑袋都没好办法，这是一道无解题，只能怪你不小心，或者运气背。市长真要见怪也没办法了。李清荷说，校长下半年就要退休了，这节骨眼上出了这事，要是留下什么不好的印象，我扶正就难说了。妻子也来了怨气，将被子一裹，狠狠地转过身去。

6

连着几天，李清荷心里都放不下这事。可巧这天，刘主任为合作办学的事情又打电话过来。李清荷想探点口风，便在聊完正事后，支支吾吾地说，刘主任，我，我想和您说点事。刘主任说，你说吧。李清荷，那天……他想说那块烧鹅的事，但又觉得这事情太小，虽然就是桌面上的事，但说起来却上不了桌面，于是脱口变成了：您哪天有空啊？我想请您坐坐。刘主任说，择日不如撞日，我今天晚上约了几个朋友小聚，你一起过来吧，我订好房就把地址发给你。

7

当晚，李清荷喝得脸通红到家，见到妻子就说，那道题有解的。妻子说，讲来听听。李清荷说，今天晚上，刘主任约几个朋友聚会，也请了我去。结果他给我夹菜时一不留神，将一块白切鸡掉在桌上。妻子有点兴奋，我说嘛，这事也不可能只有你遇到，那他怎么做的？李清荷说，他将那块白切鸡从桌上夹起来，放到自己碗里，然后给我又夹了第二块，还说了一句，能请到李校长，我太激动了，夹菜手都抖了，让我再操练一次，以后和李校长好亲近。妻子琢磨了一会儿，说，这市里的领导，果然是人精啊！接着，她又恍然大悟，哪有这么巧，他分明是在教你呢。李清荷说，所以今天晚上的单我买了，一千多块呢！

妻子说，算是交学费了。你心里的结解了就行。李清荷一声长叹，此题无解，我倒踏实点；这有了正确答案，我怕从此不得安生了。

半年以后的一天，沈市长叫来刘主任，说，汉东一中的校长就要到龄退休了，市委组织部正在研究新校长的后备人选，我准备重点推荐一下李清荷，上次去罗川中学谈合作办学项目，他表现得不错。你觉得呢？刘主任说，是的，但听说他前不久被诊断出抑郁症，已经无法正常工作了。

沈市长听了一怔，说，怎么会这样，好好的一个人怎么会这样？

评《上不了桌面的桌面事》

刘海涛

这篇作品真实地写出了改革开放中一种有代表性的职场生态和职业心理。作品用小小说特有的"斜升式文学渲染方法",讲述了下级官员因"畏官心理"而错失了职场进步的遗憾故事。这个悲喜剧再现了长期以来我们生活中的一些不正常的干群关系、上下级关系中的隔膜和疏离的现象。

李副校长为给沈市长留个好印象,特意主动给市长夹菜,但没有送到市长的碗里而是掉在台面上弄脏了,这一件根本就上不了台面的小事,却从此让他背上了沉重的思想包袱。而沈市长并不因这件小事影响了对他的基本看法和评价,但人性的深层劣根生成的职场焦虑使他患上了精神抑郁症,失去了自己渴望进步的机会。这个带点幽默喜剧色彩的"斜升反转"的叙事,启发着我们思考李副校长的悲剧根源,开启了我们要建设正常的职场生态和干群关系的深度思考。

排行榜作品中这一类直面改革开放、社会转型中人们遇到的各种现实问题和内心矛盾的小小说,发挥了小小说比一般长中短篇小说更快捷、更灵活地反映现实、反映时代、反映人性的文体优势。作家们敏锐地捕捉了许多改革转型生活中,一些还没有被人们意识到的重大问题,深刻地发现人们内心深处那些看不见的烛微人性,使小小说这一时代的"文艺轻骑兵"在文体创新的广度和深度上,迈出了有益的探索步伐。

鸡司令

聂鑫森

伯悦总觉得有一双眼睛无时无刻不在盯着他和他的鸡场：惊疑、不服、怨艾，但没有恶意。

这双眼睛属于五十岁出头的有满余。

伯悦问父亲："我请有叔到鸡场来做事，他一口回绝。我想租赁他家的那块山林，他冷冷一笑。爹，你和他有过节？"

伯悦爹一笑，说："在我们这个贫困村，他是最早开始成规模养土鸡的人物，谁不佩服？你办的鸡场比他还大，鸡的价格卖得比他还高，他能服气？他在琢磨你哩。"

"哦，我明白了。"

伯悦是农学院养殖系毕业的大学生，应聘到外地一个土鸡养殖基地工作了三年，在此期间，老板派遣他去加拿大的家禽养殖农场考察过数月，他发现其中面向中高层消费者的有机饲养模式大有可为。他想起湘赣边界大湘镇松风垭村的老家，父亲租赁了一块两百亩山林湿地种花栽树，正可用来养殖纯生态土鸡。当他把这个想法告诉老板时，老板非常支持这个扶贫项目，并承诺由伯悦成立一家具有独立法人资格的养殖公司，总公司担保贷款，产品由总公司统一收购和销售。

"松风垭生态鸡养殖公司"成立了。

贷款五百万到账了。

本村村民愿意来打工的，也来鸡场了。

村民都称伯悦为"鸡司令"。

有满余说："这是演戏图热闹，有他伯悦哭天喊地的那一天！"

有家的山林地与伯家的租赁地相邻。有满余天天都像个戏迷似的津津有味地看戏，只是不鼓掌也不叫"好"。

鸡场四周立起了高高的木栅栏，挂上了绳网；山畔林边建起了育雏鸡的温室和养雏鸡的大棚；散养土鸡的地方，栽上了一些小松树，还种上了专门买来的牧草，又用竹篱和绳网隔出一个一个的区间。

市场上的"速生鸡"，一两个月就可以出栏。这里的"生态鸡"，要经过温室育雏、大棚养雏、林间散养几个阶段，生长期为五到六个月。

有满余觉得很好笑，说这是穷讲究。他也想去打探此中奥妙，但不屑于去问毛头小子伯悦。有时和伯悦爹碰面了，装着漫不经心的样子问："伯大哥，为了养鸡而去专门栽松树，费神！"

"散养的土鸡吃松针、牧草和虫头蚂蚁，肉紧肉香。投放的蔬菜、玉米、谷子，必须是没用过农药、化肥的，吃的水也是深井水。鸡粪又是松树和牧草的肥料，相得益彰。"

"散放的鸡怎么还要分区间？"

"在地上走的叫'穿林鸡'，能飞上树的叫'上树鸡'，不仅能上树而且还能悬空飞上八九米高的叫'云中鸡'，品种不同，价格也不同，要分区养殖。"

有满余鼻子"哼"了一声，说："这是金鸡银鸡呀，你们伯家才有本事养，我等着看你家进大钱哩，哈哈！"

六个月过去了，八万只鸡出栏了。每只鸡的脚上都套着商标认证环，上印小字："松风垭生态鸡"。市场价格："穿林鸡"每斤一百二十八元，"上树鸡"每斤一百六十八元，"云中鸡"每斤一百九十八元。一般的土鸡每斤价格不过三四十元。

有满余先是不相信，后来亲自去市场查看、打听，竟是真的。他喟叹、无端地发脾气，伯悦成了名副其实的鸡司令，他是什么？有一天，他在家喝闷酒喝多了，上厕所时不慎跌倒，右腿骨折，被家人送进了县医院。俗话说，"伤筋动骨一百天"，这种说法虽不一定准确，但养好伤确实要一段不短的时间，这是实情。有满余真的犯愁了，刚刚采买了五百只小鸡，平日他是主事的，妻子只会打下手，这下子可怎么弄？

伯悦和村支书刘时雨来到了病房，带着一兜水果，一兜点心，还递上一个红包。

有满余板着脸，心想："龙游浅滩遭虾戏，你伯悦是看我的笑话来了。"

伯悦关切地问："有叔，好好养伤。有什么要我做的事，你只管吩咐。"

有满余说："哪敢劳你大驾呀。没事，没事。"

刘时雨说："你这个性子，我都猜透了。你怎么能没事呢？家里新买的小鸡，怎么办？你老婆急得直跺脚。伯悦是想帮你渡过难关，又怕你不同意，硬是把我拉来。伯悦，你说说。"

"有叔，我爹跟你是老朋友，他让我来征求你的意见。你家的五百只小鸡，由我们鸡场来代养，专门划拨出一个区段，有专人负责。"

"怎么付费呢？你……说个数？"

"你放心，分文不取。出栏了还是五百只，一只都不会少。怕你不相信，我请书记来做证。出栏时，都套上鸡场统一制作的质量认证环，保证你只赚不赔。"

刘时雨问："你同不同意？"

有满余说："惭愧、惭愧。只是辛苦小悦了。"

"等你伤好了，我想请你来场里当生产技术指导，好不好？"

有满余低下了头，用手拍了几下脑壳，长叹一声后，说："小悦……我想的是自己，是我的家。你想的是大家，有度量，也有气魄……你是真正的鸡司令，我……愿意到你旗下……当个小兵。"

刘时雨笑了，说："鸡场要扩大，村民的山地可以入股分红，上班再拿一份工资，你干不干?"

有满余说："干! 干! 干!"

评《鸡司令》

刘海涛

  聂鑫森的《鸡司令》充分利用了小小说文体的新闻时效性，敏锐地反映了中国农村脱贫致富的新变化。这种新变化不仅是传统的饲养业，有了从鸡种遴选到饲养更新再到品牌形成等生产方式的巨变；更有了老一辈的技术能手加入了年轻新人的创业团队——这是一种颇有意味的人物关系的颠倒描写；还有着过去是想着自己的小家、自己的产业的农民意识转变提升为具备想大家、学技术、有气魄的现代农民的胸怀。从生产方式到意识形态，从农民土地意识的转变到人物关系的重组，均在作家老到的人物个性和人物故事的描叙中。

  2020年是中国扶贫攻坚战略的决胜之年，小小说文体对这个社会转型和时代巨变的反映，要抓得准、看得远、想得深。这篇《鸡司令》的选材比较新鲜和精准。"第三人称外视角的"叙述方式，能使故事的讲述者深入到年轻人伯悦和老一辈人有满余的内心，通过人物的心理意识和矛盾纠结来折射新科技农业和养殖业的巨变现实；折射人物内心的矛盾纠结以及这个心理痛苦的化解过程；这就不是表面化、脸谱化、公式化地反映中国农村脱贫致富的新变，而是从人物意识和心理深层的嬗变入手，使小小说创作零距离地展现转型的时代，用小小说的文体形式概括出这场巨变的深刻性。

短篇小说及评论

序 言

笔记或传奇里的众生相

毕光明

近年短篇小说创作一个可喜的变化，是中国文学传统的资源得到了自觉的利用与转化，2020年更为明显。从整体艺术风貌来看，笔记和传奇等古典小说体式与格调，构成2020年短篇小说的基本形态。具体表现为，一些作品直接采用笔记体打捞历史，多数作家以传奇的兴味讲述着形形色色的人生故事。

兴于汉魏、盛于宋明的笔记小说，其文体特点是杂而小，记事述闻、写人状物以"怪"与"异"为兴奋点，满足人的好奇与探究心理，在文人的笔墨兴趣里透露着个性与文化环境的张力关系。唐代出现的传奇小说，源出于志怪与传记，还受到辞赋的影响，在此基础上发展到有意做小说，讲求沉思翰藻，一篇之中摘词布景，翻空造微，以凄婉的情事悦人劝世，以"幻""奇""怪""异"激发读者的审美感兴。在这个意义上，"传奇"既是一种小说文体，也体现着小说文体的共同特征。如果说笔记是小说的一种外在形式，那么传奇就是小说这种叙事文学的本体——小说即传奇。2020年的小说，正是在这两个方面继承了古典小说传统，经过创造性转化，为经验和想象找到了富有审美穿透力的表现形式。

明确标举笔记小说或以笔记形式出现的，是莫言的《一斗阁笔记》和金仁顺的《众生》。才高八斗的莫言，自谦地将自己的书斋命名为"一斗阁"，自2019年起于兹构撰精短而意趣无穷的"笔记"。2020年发表的这组笔记，共有十二则。会讲故事的莫言，仍然从童年或少年的记忆里提取那些有意味的故乡人事。作为文学世界的"高密东北乡"，仿佛是一个共时性的舞台，只要是有趣、有个性或者奇特，所有的生灵都可以上去表演。莫言以特有的敏锐、智慧和幽默，赋予这些生灵及其情事以讽喻功能和审美价值，给传统文学形式注入了现代灵魂。

金仁顺的《众生》，是70后作家对自我成长环境的返视，弥补了这一代作家在历史叙事上的一个空缺。《众生》是典型的志人小说，《宋惠玲》《王长荣》《丁婶》《陈大夫》《二哥》《马小兵》《孙伍》《单莉》《病友》《张福》《姨婆婆》《姑妈》等十二则故事讲了十二个人，画出的是畸形年代里普通人的生存样相。这些普通人的生活境遇和性格命运不尽相同，但他们的故事都引人深思，从中看得出作家对历史的反思和对人性的审察。比如，《宋惠玲》的主人公十四岁那年成为英雄人物，事迹是为打捞"红宝书"而淹死在河里，而实际上是那本"红宝书"里夹着五斤粮票，她怕回家挨爸爸的打，才跳进河里追"红宝书"的，原来被当作正剧来宣传的历史实为悲剧，更是一个笑料。又如《丁婶》，在男女都一样的年代，煤矿里的女工并没有因为性别关系得到特别的照顾，一样摸黑上下班，丁婶在上夜班的路上被人奸污了，丈夫却把所有的愤怒都发泄到妻子身上。作为先进阶级的一员，这个男人骨子里的怯懦和贞操观念带给他的羞辱感，使他丧失了起码的人道关怀。值得注意的是，进入笔记的众生，都有异乎常态之处，而由异常因素带来的结局，给人很强的命运感。

与组合式的笔记体不同，围绕中心人物展开情节的短篇小说，多半以传奇的手法编织故事，塑造性格，描绘出现实生活中不同生存群体的处境及特异个体的精神图景。其中的优秀之作，触及了值得警醒的诸如社会风气败坏、底层物质匮乏、中产阶级精神危机、年轻一代精神失怙等问题，更从物质主义丛林里发现了抵抗道德沦丧和热爱生命的积极力量。晓苏的《泰斗》、徐则臣的《虞公山》、朱辉的《求阴影面积》、李约热的《喜悦》、海勒根那的《请喝一碗哈图布其的酒》、蔡东的《她》、谢络绎的《一只单纯的野兽》、杨知寒的《大寺终年无雪》等，都以传奇的笔致，切入被人忽视或不无隐秘性的当代人精神地带，碰触到虚无哲学笼罩下的心灵暗疾和私人愿景。

《虞公山》通过少年吴极"盗墓"的故事，引出了一个寻根问祖的命题。其实这个中学生到祖宗坟墓里寻找"吴自虞来"的铁证更富于寓言意味，作者或许借已经湮没的"家谱"来寄托锚泊传统、勾连代际的心愿。《求阴影面积》表达了中产阶级随波逐流，丧失主体性，以致心灵世界布满了物质投下的阴影的无奈与惶恐，作品同样是现代人堕于存在困境的寓言。不过并不是所有的人都被日趋糜烂的世风所裹挟。《泰斗》里的大学老教授章涵，在知识分子普遍堕落、整体沦陷的当下，特立独行，坚持原则，决不给投机分子吴修之流以机会，维护了学术的尊严和大学精神，不啻知识界的中流砥柱。

《喜悦》和《请喝一碗哈图布其的酒》均以扶贫为背景，但故事的讲述都因为作者的情感介入而富有传奇或浪漫主义色彩。野马镇八度屯的赵胜男带着未婚夫杨永回村见亲人、办婚礼，却因物价上涨而陷入尴尬，父亲费尽心思在扶贫干部的支持下公私兼顾化解了这一尴尬。乡村人的艰窘令人心酸，但新的生命照样在这样的土地上孕育，它带来的喜悦足以驱走物质匮缺带来的失落感。草原上在扶贫中发生了变化的哈图布其村，突然来了一位远方的客人，神秘得似乎源自中世纪的牧人，他的身材、衣着和豪饮暴食再现了蒙古历史和传说中的英雄形象，毋宁说他是作者复活民族精神这一期冀的投射。

《一只单纯的野兽》与《大寺终年无雪》，都是关于逃离的故事。主角都是年轻女孩，逃离的原因是原生家庭环境恶劣，母女关系紧张，而在这样的家庭里父亲是缺席的，实际是这两个女孩胡桃和李故，都是在成长期精神失怙，这样的人生缺憾造成她们难以有正常的人际交往。这是一个需要社会关注而又难以解决的问题，或许女作家更能体会精神需求在人的生存中不可或缺，因而能够赋予女性传奇以醒世作用。

《她》也是对女性的关怀。文汝静是个出色的舞者，但为了顺从丈夫的心意而放弃了最能体现她生命价值的舞蹈，做了一名贤妻良母。但从她在日常动作中都保持着优美的舞姿，"无时无刻不在秘密起舞"，就可知为了世俗生活而埋葬了艺术追求，不见得内心没有遗憾。小说以丈夫连海平为视角，自述他在妻子故去后的痛苦与忏悔，最震撼人心的是在那个平静的夜晚，妻子用反复摩挲舞蹈服的动作询问丈夫婚后她还能不能跳舞，丈夫却以沉默作答，所谓"宽厚地一言不发"，谁知道此刻外表平静的她，心里刮过怎样的不甘的风暴。可见在婚姻里男性是多么自私。这不就是千百年反复上演过的男尊女卑的传奇剧目吗？

一斗阁笔记（三）

莫 言

一 老邓之妻

老邓，是我在保定当兵时的战友。那时部队生活差，到了冬天，蔬菜就是那老三样：萝卜、白菜、土豆。萝卜多是糠的，白菜多是卷得不紧的，土豆多是发了芽的。众人的嘴里，真的淡出个鸟来了。那时，军官到了营级职务，家属便可随军。老邓职至副营，家属便随了军。老邓是山东临沂人，农村的。老婆是同村的，跟老邓还沾点亲，一口家乡话，多数人听不懂。老邓结婚早，在国家号召计划生育、推行独生子女政策时，他老婆已经生了三个儿子。那时干部工资多年没有调整，老邓虽是副营职，但工资跟我们这些连排职干部一样，每月也是五十三元。老邓家口多，老婆随军后因文化程度低又找不到工作，因此老邓的生活便格外困难。老邓的老婆有时带着三个孩子到部队食堂周围去捡东西，被好事者反映到大队部。大队政委找老邓谈话，让他回家教育老婆孩子，不要到食堂周围转悠。老邓回家把老婆揍了一顿，他自己脸上也添了几道血痕，可见这个娘儿们不是善茬子。

转过年来，老邓的老婆在河滩上开辟了一片荒地，又从山上搬来石头，垒了一个猪圈，一排鸡舍鸭棚。这个女人真是过日子的好手，她家里的生活很快就改观了。老邓一直干巴巴的小脸，慢慢地胖了，圆润了。又有好事者到大队部告状，说老邓的老婆开荒种地养猪养禽，涉嫌搞资本主义。政委又找老邓谈话，让他回家教育老婆。这次老邓肯定没打老婆，因为老邓的老婆站在我们大队部的院子里，左手叉着腰，右手挥舞着，像高级领导人作报告一样，痛骂了我们大队政委两个小时。其最精彩的骂人话我至今还记着：雷政委，你这个不吃人粮食的狗杂种，我们一家五口饿得眼冒金花你不管不问，俺自力更生艰苦奋斗发扬南泥湾精神丰衣足食了你又来找我们的麻烦，老娘今天要让你知道一下俺的厉害！俺沂蒙山人，共产党的大干部见多了，陈师长不比你大？罗政委不比你大？他们都对老百姓好，你一个小鸡巴团级干部，竟敢欺负老百姓，老娘今天要给你留点记忆！老邓的老婆冲进政委的宿舍，据说在政委的床上撒了一泡尿。男干部都不敢进去。我那时在大队部当干事，急忙打电话给卫生队，让黄军医带着一个女卫生员赶过来，连拖带拉地把老邓的老婆弄走。政委气得脸黄唇青，双手直哆嗦。大家都说，政委正巴望调到局里去当副局长，只怕要被老邓老婆这泡尿给冲黄了。但事实证明，老邓老婆给政委带来了鸿运。政委很快就调到北京，一路晋升到副军职。

　　腊月里，雪封山路，食堂的采买车无法进城，每日吃盐水煮黄豆，大家皆面黄肌瘦，只有老邓家的厨房里每天都散发出煎炒烹炸的香气。我们心中愤懑，便决定夜里去偷老邓家的禽。白天我们侦察了，老邓家的禽棚里有两只长颈鹅，每只足有十斤重，偷一只就可以供我们大队部的五位单身干部饱餐一顿。但困难在老邓老婆警惕性很高，据说她每天夜里都睡在猪圈里，我们必须施行调虎离山计。正好那几天大队的领导都不在位，我们先派人去找老邓，说上级机关指名要他到保定市人民武装部修理一挺机枪，让他当天下午就出发。老邓是军械员出身，枪械专家，当时部队使用的所有枪械，他闭着眼都能拆卸。那时交通不便，从我们营区到保定市区当天不能往返。我们计划等老邓一走，就去夜袭他家的鹅棚。老邓笑着说好，然后就走了。到了晚上九点多钟，我们开了一个小会，设计好几套方案，换上胶鞋，准备好手电，刚要出发，老邓和他老婆来了。他老婆端着一个锅，揭开锅盖，锅里是香气扑鼻热气腾腾的鹅肉。老邓的老婆说：你们这些小兔崽子，跟老娘斗心眼，还嫩了点儿。

　　这件事很像一篇公式化的小说，但确实是真事，如果我不写出来，就对不起老邓和他老婆。

二　鸟虱

　　吾乡张七，见多识广，口才极好，是个肚子里有故事也会讲故事的人，他在村苗圃曾与我共事数月，讲过的故事有一百多个。这些故事大多已被我写进小说，少数未写进小说的，基本上都不太雅，今从这些不太雅的里选一个还能入目的写出来，供没洁癖者一乐。

　　张七道：民国元年，俺姥爷十九岁，新婚燕尔，去岳父家帮忙刈麦。干到半晌午时，忽觉腹中饿甚，冷汗涔涔，无物可填饥肠。正好看到麦垄间有一鸟巢，巢中有卵四枚。俺姥爷便将那四枚鸟卵吞食，连壳都没吐。这四枚鸟卵落肚，他感到力量倍增，抖擞精神，一马当先，割到地头，人人夸他是把好手。回家后，俺姥爷感到脖子后发痒，以手探之，有四个鸟卵大大隆起，其痒日甚，坐卧不宁，遍寻名医，皆不知何症。一日，一游方郎中摇铃从街上过，我姥爷追之求诊，那郎中眇目跛足，其貌甚怪。他摩挲着俺姥爷脖后那四个包说：有些东西，即便饿死也不能吃，你明白吗？

　　张七继续道：俺姥爷说，我没吃什么呀！郎中道：事到如今，还不坦白，那你就等死吧！郎中起身欲走，俺姥爷急忙道：大夫，俺想起来了！前些天帮老丈人家割麦，突然饥饿难忍，见麦垄间有四枚鸟卵，便带壳吞之。郎中道：这就是了！你这脖子上的疮名曰鸟毒，凶险异常，如不救治，十日必死。俺姥爷慌忙下跪磕头，请求救命。郎中道：速速准备四只公鸡。俺姥爷说：俺家只有一只公鸡，母鸡行吗？郎中道：母鸡不行。俺姥爷就动员起全村人帮他去买公鸡，直到日挂林梢，天色昏黄时才弄到三只。郎中叹息道：再晚就来不及了，姑且用一只母鸡代替吧。不过，这就给人世间留下无穷后患了。郎中让我姥爷趴在地上，用利刃劈开其颈上一个隆起，随即将一只公鸡堵上去，只见那刀口里钻出许多灰白色的小虫，紧接着爬到公鸡的身上。公鸡羽毛奓起，鸣叫不止，似有不可忍耐之痛苦。片刻，刀口内再无小虫爬出。郎中便将公鸡扔在地上。只见那公鸡跳跃鸣叫，几近疯狂，猛然一跳，离地数米，落地已死。郎中急令村人点燃柴堆，又令以洋油泼鸡身，投之火中，但闻噼啪爆响，如燃竹节，又有腥臭扑鼻。郎中道，此即鸟虱之臭也。接下来郎中又按此法剖切了俺姥爷颈上两个鸟虱包。牺牲公鸡两只，皆投火而焚之。其时村中人皆倾出而围观之，中有一孩童，名叫八十，时年七岁，善驯养鹰隼，售与蒙古猎人以获利。此儿亦天才也，驯鸟之技，无师自通之。郎中以利刃剖切俺姥爷颈上最后一个虱包时，八十手托一小隼，挤在最前边观之。郎中一刀剖开虱包，随即以母鸡堵上，那母鸡咯咯鸣叫，如产新卵，顷刻即不出声，显然已血竭命毙矣。郎中大呼：闪开，直接将死母鸡投诸火堆。噼啪燃爆之声依旧。接下来发生的事是令人最感遗憾的，只见从俺姥爷脖子上最后切开的刀口里，蹦出了数十只灰白色的鸟虱，落到了那只小隼身上。那隼一声尖叫，声同裂帛，然后疾如闪电，直冲云霄，再也没见踪影。从此，高密东北乡的鸟类再也无法安眠，地球上也多了一种寄生虫。人问郎中那四枚鸟卵是何鸟所下。郎中道：鸟名青鹨，又名虱母。夜鸣旦止。夏天，羽毛繁茂，至冬，体无一羽，故又名"冻鸡"。

一斗阁主疑问：这郎中还是个人吗？

三　盗车铃

上世纪八十年代，自行车是北京人的主要交通工具。那时的车子以上海产永久、凤凰，天津产飞鸽最为流行。我当时的坐骑是一辆凤凰二八，骑在车上，如遇顺风，确有怡然自得之感。这三种品牌的车子的零件是可以通用的，这给修理带来了很大方便，但也给某些坏人偷盗车铃盖带来了便利。有一次我与几位战友聚会，谈到当年偷铃盖的事，众人皆笑。我们都是被盗者，也都是盗窃者。我记得有一次去西单音乐厅听某歌唱家唱歌，同行者乃战友老蔡。听到半截，二人均觉无趣，便中途退场。到停车处取车时，发现我的车铃盖没了，正嘟嘟地骂着，老蔡已把旁边一辆车上的铃盖拧下来递给我。我还有点犹豫呢，老蔡说，别虚伪了，拧上吧。我很想躲到旁边看一下后续的反应，但老蔡把我拉走了。过了几天，我的自行车铃盖又丢了，这次我毫不犹豫地把旁边自行车上的铃盖拧了下来。我想来想去，在那个冬天里，只因为有人偷了我一个铃盖，就使北京的很多自行车主，都成了偷铃盖的人。很长一段时间里，人们进剧场看戏或者进影院看电影，都要把铃盖拧下来装进口袋，出来时再拧上。后来，厂家发明了一种拧不下来的新式车铃，这连环偷窃才告结束。

这件事让我想到意大利著名作家卡尔维诺的一篇小说，说一个村子里的人都是小偷，张三偷李四家的鸡，李四偷王五家的鸭，王五偷孙六家的鹅，孙六偷张三家的兔子。大家都有事干，生活也充满了刺激和乐趣。忽然有一个家伙改邪归正，不偷了，这根循环往复的链条断了，村子里的人就感到生活失去了意义，然后陆续地搬走了。这个故事很有趣，似乎蕴含着一些哲理。

四　卖驴

用假话骗人，寻常事也；用真话骗人，反常事也。寻常事无可记，反常事可记之。吾乡周氏父子，聪明人也。聪明人不愿种田出大力，喜欢干一些出力少、赚钱快的事。吾乡把从事商业者称为买卖人，此称谓含贬义，但也不算太狠。周氏父子，父名文元，字金榜。子名武魁，字占镳。他们家似乎世世代代都与农民不一样。如果说地道的农民与土地是鱼与水的关系，那么周氏父子与土地就是青蛙与水的关系。他们可以在水里待着，也可以跳到岸上甚至钻到泥土中或是爬到树上。这些都是闲话，咱们书归正传。周氏父子所从事的工作，说好听点叫经纪人，说难听点就是牲口贩子，因为周氏父子只倒腾驴，因此大家都称他们为驴贩子。他们的特长就是用一些手段把一头老驴装扮成一头比较年轻的驴，然后赚一笔钱。怎样把一头老驴装扮成一头看上去比较年轻的驴呢？具体做法是：将一把谷秸点燃，去烧燎老驴身上的死毛。这个分寸比较难把握，太近了会烫伤驴皮，太远了又烧不出效果，所以这个活儿一般都是老周干。小周拤着一柄竹扫帚，待老周燎后刷之。刷时，驴似乎很享受。刷后，驴焕然一新，犹如穿上了一件光鲜的外套。处理完驴毛后就开始处理驴牙，这活儿较复杂。先用丝瓜瓢子蘸着盐末儿擦洗，驴越老牙越黄，擦洗后驴牙变白，会给买驴者留下好印象，驴也显得年轻。接下来的工序最为复杂，那就是用锥子在驴牙上钻剔出沟槽，因为老驴的牙齿经过多年磨损，已经磨平，这是判断驴年龄最重要也最可靠的标志。在磨平的牙齿上剔出沟槽，这活儿也只能老周干，小周做助手。大多数人都有过看牙的经验，知道钻磨牙齿的滋味不好受。驴也一样，所以小周要让驴嘴分开，一直等到老爹把活儿干完。驴急了也是会咬人的，这活儿多少也有一些危险呢。最后，就是在牵驴上集前，用拌有酒糟的饲料喂它一饱，让它微醺，兴奋。你看这头驴，毛眼儿新鲜，双眼焕发光彩，哪像老驴？活脱脱就是一头青年驴啊。买驴人在扒开驴嘴看罢驴牙后，提出疑问：这驴牙似乎刚刚钻过。这时，小周就说：大叔，您真说对了，今天早晨，我扒着驴嘴，俺爹用锥子钻的！于是大家都哈哈一笑，不再怀疑。这就是用真话骗人的故事。

类似的故事还有，譬如一男一女有暧昧关系，众皆疑之。女的坦然道，岂止是暧昧关系？！我们的私生子都上大学了呢！这样一说，那些专门打探传播此类消息的人反而感到无趣了。

五　写诗软件

某晚，吾在办公室学作律诗。正抓耳挠腮寻章摘句时，一学生推门而入。他头大颈细，目深额凸，有古贤人之相。未及我问，他便侃侃而谈："尊敬的老师，我是天文系的新生。听我们老师说您正下苦功学作律诗，我用两个星期的课余时间，为您编了一个作诗软件，想请您试用一下。"他突然扑哧一笑，道："那天我去食堂打饭，看到您在小树林里用头撞树，知道您在苦思冥想，其实，在当今这个时代，何必费心耗神于此雕虫小技也！"

我对这个出言不逊的学生没有好感，但还是打开电脑，让他将软件装上。他坐在我的椅子上毫无顾忌地放了一个响屁，这让我更为不快，但还是碍于情面，没赶他走。他说："老师，软件装好了，您想作首什么诗？"我说："七律吧。"他问："平起还是仄起？"我说："平起。""首句入韵还是不入韵？""入韵。""用新韵还是用旧韵？""旧韵。""请您说几个关键词。""肃杀，孤独，忍耐，无奈，慷慨，佯狂，长歌，纵酒……"他敲击键盘的速度令我目眩。我的话音刚落，他就说："好了。"

屏幕上显示出："刀光剑影气萧森，一意孤行路莫寻。开口即招高士恨，装疯可慰怨儿心。忍将村勇冲天怒，化作长歌动地吟。万众皆醒我独醉，夜阑坐起乱弹琴。"

我翻来覆去读了几遍，不知好歹。学生眉开眼笑，问："老师您觉得怎么样？"我说："这个嘛，从格律上来说呢，当然大概可能是没有问题的了，但缺少真情实感……要不，再作一首试试看？""还是七律吗？""是吧。""新韵还是旧韵？""新韵。"……

他一按键盘，说："好了。"

"心慈手软窝囊废，忍气吞声戴罪身。宁愿折腰钻狗洞，不求炫翅跳龙门。黄连入口休嫌苦，黑镬加肩莫怨沉。猛士联营欺小丑，梦边偷泣泪无痕。"

"老师您觉得怎么样？"

"这首较好。再来一首新旧韵兼通的好吗？"

"好了，老师。"

"前有虎狼后有兵，左山起火右山惊。梦生双翼飞南海，心伴孤鸿落北城。三跪滩头难免罪，九歌湖畔未成名。凭窗愁看风吹雨，竹笠青蓑任我行。"

"老师您觉得怎么样？"他笑眯眯地问。

"这个软件嘛，局部地来看呢，还是不错的，写一点空洞无物无病呻吟的诗嘛，还是可以的，但再好的软件，也写不出李白和杜甫那样的诗……"

"老师，我还可以帮助您编写小说的软件、写剧本的软件，您只要象征性地付我一点费用就可以了。"

"同学，不，大师，您贵姓？"

六 马脚穿鞋

据说，公元前一世纪，古罗马人就开始给马蹄挂掌（钉蹄铁），这事当时还有个很有趣的说法，叫作"马穿凉鞋"。中国史书中关于给马挂掌的最早的记载是后晋天福三年（938）——我坦率地承认，上面这些知识，都是"百度"来的，是不是可靠，我也不知道。但下面的故事，却是我亲身的经历，绝对可靠。

我估计像我这个年纪的农村出身的人，都看到过给马或者给骡子挂掌的场面。那场面很精彩，很刺激，看一次就能记一辈子。挂马掌的人，基本上都是健壮、精干的男人，因为这活儿，既需要技术，又需要胆量。因为并不是每匹骡马都是好脾气，它一旦不高兴，一尥蹶子，就够人受的。马掌匠大多数都是铁匠，需要根据骡马的蹄子，随时修改蹄铁的大小。大多数的马掌匠都是在铁匠铺子里等活儿。他们的铺子前，用五根粗大的圆木，交叉竖起一个木架子。他们将骡子或者马弄到架子下，用两根结实的帆布带子，兜在骡子或马的前后腿之间，然后将它们吊起来，这样，无论多么暴烈的骡马，也都失去了尥蹶子的能力。

我要说的是一个犹如凤毛麟角一样稀罕的下乡找活儿干的马蹄匠。下乡找活干，就意味着没有了器械的保护，马蹄匠要跟骡马亲密接触，风险很大。单纯因为这，还不值当我使用"凤毛麟角"这样的高级形容词，我之所以使用这个形容词，因为这个马蹄匠是个女的，而且是我的表姐。这个表姐不是那种八竿子拨拉不着的瓜蔓子亲戚，她是我母亲的堂哥的独生女儿。

我这个表姐身材并不粗壮，甚至还可以说她有几分苗条。她也不丑，甚至还可以说她比较漂亮。就是这样一个人儿，学了这样的手艺。我堂舅是个铁匠，也是马蹄匠。我堂舅并不愿意让自己的独生女儿继承自己的手艺，生产大队安排了一个小伙子给他当学徒他又不要。我表姐很喜欢这活儿，因为喜欢，所以上心，我堂舅没怎么教，她自己就看会了。

我表姐在我们村子里大显身手赢得了高度赞誉那次，是给我们第二生产队里那匹性情极为暴烈的骡子上蹄子那个中午。那时我堂舅已经很老了，只能给我表姐当助手。村子里的人听说来了一个女马蹄匠给第二生产队的疯骡子上蹄铁，全都跑来看热闹。

我们第二生产队那匹疯骡子，是真疯。它能同时飞起两条后腿踢人，又能十分灵巧地飞起一条后腿踢狗。它还能站立起来，用两个前蹄，像拳击手一样揎人，当然，用嘴咬人，它也十分擅长。我们队长和会计贪便宜把这家伙买回来，简直是买回了一头猛兽。每次要将它套进车辕，都需要动员全队的壮劳力。一旦把它套进车，它就拉着车狂奔，速度之快，我说出来大家也不会相信。也就是说，这头疯骡子，身上有不可思议的神奇的力量，它使我们队里马车的速度大大提高。有一次它从县城给公社供销社拉了一车煤，蛟河农场的一辆捷克产的胶轮拖拉机趾高气扬地超越了它。它野性发作，嗷嗷地叫着，拉着车就追，车上的煤被颠得纷纷落地。拖拉机司机刚开始不以为然，呼喊了一些嘲笑骡子的口号，骡子大怒，狂追不止，车越跑越轻，速度越来越快。拖拉机驾驶员一时慌乱，竟然把车开到了路沟里，差点出了人命。这件事流传甚广，使我们村子里人尤其是我们这些孩子感到无比地骄傲。骄傲归骄傲，但供销社的煤是要赔的。我们全队的人拿着笤帚去沿路扫煤，但还是缺了一半分量。

话说我堂舅把疯骡子拴在街边一棵柳树上，稍一懈怠，就被骡子一口咬住了胳膊。我表姐一个箭步冲上去，对着骡子的耳朵眼儿一声尖叫，那骡子像当头挨了一棍似的，两条前腿一弯就跪下了。我表姐迅速地用细麻绳将它的上唇拴起了一个疙瘩，然后将连接着细麻绳的粗绳子扔到树杈上，往下一拉，那骡子就乖乖地把头仰了起来。表姐将绳子交给我堂舅，我堂舅把绳子死劲往下一拽，那骡子痛苦得浑身颤抖，再也没有心思飞起蹄子尥人了。

我表姐从容不迫地给疯骡子剔除了旧蹄铁，用扁铲给它修平了趾甲，然后给它钉上了合适的新蹄铁。四个蹄子全部弄好，花费了大概半个小时，真是又快又好，观者无不称赞。一切收拾妥当后，我表姐将骡子上唇的麻绳松开，还轻松地拍了拍它的脑门。我堂舅将缰绳递给生产队的饲养员。众人飞快地散开，等待着疯骡子的疯狂。但奇怪的是，我们队里的疯骡子竟然没有折腾，它跟在饲养员身后，乖乖地走着，仿佛一个刚穿上新鞋的小媳妇，个头也高了两寸。

过了几年，在添油加醋的传说中，我表姐成了武功高强的女侠，那疯骡子，成了她仗义行侠时的坐骑。这就是另外一个故事了。

我表姐后来被推荐上了农学院畜牧系，毕业后分配到县兽医站工作。她嫁给了一个部队的军官，后来随军去了贵州。现在，她应该有七十多岁了，自从那个她征服了疯骡子的中午后，我再也没有见过她。

2015年，台湾地区领导人马英九先生视察高雄渔港，见秋刀鱼丰产，心中喜悦，遂出一上联："秋刀出鞘渔民笑。"在此之前，为保障渔民出海安全，台海军曾出动军舰护航，这个上联，包含了这层意思。我想了好久，也没对出贴切的下联。忽然想起挂马掌的事，于是勉强对出一个下联："马脚穿鞋骑士高。"

"高"在这里当动词用。

七　墙梦

我梦到一道墙，从东往西移动，想堵住那道从西往东移动的墙。

建墙原本是为了防贼、防风、防寒、防盗、防水、防火，也为了挡住那些窥测的目光。从没见过也没听说过建墙是为了堵住另一道墙。

墙与墙其实没有仇，当然也没有爱，在一般情况下，它们只是遥遥相望，彼此间连个招呼也不打。可眼下，这两道墙正在加速前进，相撞只是个时间问题。据说这两道墙都有鲜明的颜色，但可惜我是色盲。

我梦到了两群人，都拿着鞭子，抽打着自己面前的墙。墙扭动着，尖叫着，竭力想提高前进的速度，但它们的身体实在是太长了，太笨重了，在鞭打下，它们前进的速度并没加快。

我又梦到，那些人都骑到了墙头上，像骑手一样，用脚后跟踢墙，像踢马的肚腹；用鞭子抽打墙头，像抽马的脑袋。因为这些人骑墙的方向不一致，所以那墙就暴怒而痛苦地原地扭动起来。

后来我又梦到，骑墙的人跳下墙，互相打了起来。这些人的面前都有一个篮子，篮子里盛着鸡蛋。他们尽力保护着自己篮子里的蛋，却从别人的篮子里抢蛋，一旦抢到，就摔到墙上。每当有蛋摔到墙上，就有人欢呼，有人痛哭。

我终于梦到了这两道墙撞在一起的情形：砰然巨响，尘土飞扬，变成了一道你中有我我中有你的碎砖烂瓦的丘陵。

但这个梦很快就被另一个梦境覆盖。在这个梦境里，这两道墙犹如两条巨龙缠绕在一起，于是，两道墙就成了一道墙。

最为奇特的梦境是，这两道合二为一的墙，像一条怀孕的巨蟒一样，开始下蛋。似乎有下不完的蛋。那些蛋滚动着，膨胀着，然后砰然破壳，变成了一道小墙。

许多小墙快速地生长着，而那道大墙的屁眼里，还有许多包孕着小墙的蛋滚出来。

八　皇帝与鞋匠

我爷爷对我说过一些皇帝私访的故事，说得最多的是大清朝的乾隆皇帝。我爷爷把乾隆皇帝叫作乾隆爷。我爷爷说有一年乾隆爷私访到了我们县城……我说爷爷啊，乾隆爷没到过我们县城……你这孩子，你怎么知道乾隆爷没来过我们县城？他老人家不但来过，而且还来过好几次呢。乾隆爷微服私访，不坐轿子不骑马，把鞋子走破了，正好路边有家鞋铺，乾隆爷就进去修鞋。

我爷爷说修鞋师傅姓刘，跟我们家是亲戚，所以这个故事绝对是真的。

我爷爷说这个修鞋的刘师傅是个有眼力的人，他一眼就看出这个人不是寻常人物。他给客人倒了一碗水，还捧出一捧花生给他吃，然后非常认真而又快捷地将开了绽的鞋子修好。当客人说自己没有钱时，刘师傅说：出门在外，谁能不遇到点难处？不要钱。

第二天，刘师傅听到门外车马喧嚣，出去一看，只见来了一乘大轿，轿前很多开路的，轿后很多护卫的。平日里耀武扬威的县太爷，跟在轿后一溜小跑。刘师傅知道自己的好运气来了。

简断截说吧，乾隆爷问刘师傅的名字，刘师傅说叫刘百岁。乾隆爷说百岁太短了，我是万岁，你就千岁吧。乾隆爷挥毫给刘师傅题了一个招牌，"千岁履店"，意犹未尽，又写了一副对联：

> 大楦头小楦头挤出穷鬼去，
> 粗麻绳细麻绳拉进财神来。

这副对联真是好。

"文革"前我们县布鞋厂还生产一种商标为"千岁履"的布鞋。"文革"中废了这个旧商标，改了一个当时流行的新商标，但这个改商标的人很快就倒了霉，具体原因我就不说了。

九　东瀛长歌行

己亥四次下东瀛，观鹊台主伴我行。
两府一都加一道，看过墨迹探文踪。
初游为拜颜鲁公，祭侄文稿气若虹。
叔侄英豪吞云梦，满门忠烈盖世雄。
未曾观宝先动情，如闻兵戈搏击声。
辚辚车响动大地，萧萧马鸣悲苍穹。
烈士暮年骐骥老，环顾左右泪纵横。
继而寻碑看招牌，日人书法汉唐来。
他山之石可攻玉，虚怀若谷金石开。
二访为看歌舞伎，浓妆艳抹如献祭。
汉风唐韵依稀在，重在象征成体系。
更有宝塚艳歌舞，女扮男装满台丽。
雌雄同体刚柔济，无边潇洒万人迷。

一朵奇葩秀高枝，雨中伫立皆粉丝。
人生如梦更如戏，几家欢乐几家啼。
三渡慕名赏樱花，日夜流连不还家。
上野看罢看御苑，又到隅田千鸟渊。
树树粉红枝枝艳，醉蝶狂蜂舞翩跹。
彤云烂漫迷我眼，天鸡抖翅羽毛翻。
人生百岁也嫌短，樱花三日亦璀璨。
来如疾风去似电，我欲效仿礼花绽。
片刻辉煌照千山，胜他黑暗一万年。
痛饮清酒餐花瓣，人不得意更要欢。
四越鲸海一衣带，下榻岭上展望台。
万山如染红黄叶，湖名洞爷水澄澈。
羊蹄山头尖何缺？五百年前曾喷薄。
玉扇倒悬蓝天下，犹记富士四月雪。
驱车百里探当别，青石碑上字字血。
穴居树栖十三载，吾乡刘爷何壮哉！
谁能为公两度临？我是高密第一人。
冰天雪地锻铮骨，百死不改中国心。
竖子嘲我不爱国，吾爱国时句句火！
高粱如炽血成河，一曲九儿泪滂沱。
斜儿笑我不敢言，我敢言时天惊破。
三十三日呕心血，二十万言蒜薹歌。
丰乳肥臀示大爱，生死疲劳演大悲。
酒国早举反腐旗，后来不绝如风靡。
一声蛙鸣四野应，千万二胎因我生。
猫腔凄厉檀香刑，我以此书敬鲁翁。
凤凰涅槃东方白，万众呼喊我来和。
遥望南天思俊杰，身浸冷泉血犹热。
雪里打滚身全裸，老肉朽骨响格磔。
自谦自嘲不自恋，自怨自艾不自贱。
君子从来不好战，狗血唾面任自干。
人生难得一次狂，嬉笑怒骂皆文章。
挺我僵直病脊梁，反手举瓢舀天浆。
后生切莫欺我老，踏山割云挥破刀。
割来千丈七彩绸，裁成万件状元袍。

一腔热血喷赤壁，正是斗胆展书时。
李杜诗篇两砖悬，二赵事迹双碑刻。
大局从来非人谋，天造地设乃巧合。
犹记龙场问道后，满腔正气壮山河。
南港巨砖阔百米，北疆丰碑高千尺。
抛砖自然为引玉，创新且莫逾法度。
学书偶有千虑得，写诗误撞惊人句。
好鸟枝头多亲朋，君侯坐骑唯赤兔。
高山流水觅知音，嘤其鸣兮求友声。
独语也望有人听，学艺更盼能沟通。
香江引玉两块砖，弃之不用也枉然。
吾虽老朽爱追潮，观鹊台主兴更高。
一拍即合哥俩好，申请网上小公号。
关注天下书法事，频与墨友通声气。
愿把吾等涂鸦字，贴上此号求点批。
敢将真话示天下，被人误解亦不怕。
有人批评能进步，骂声如肥催大树。
国学浩瀚如海洋，书法万变随造化。
穷我毕生微薄力，祈盼老树发新枝。
诗至此时意将尽，隔窗忽见雪纷纷。
玉树琼花千山隐，观此慰我村夫魂。
四季轮换时有序，万物死生天眷顾。
以此草莽鄙俗句，权充两砖引首语。

后记：

　　己亥十月，深秋初冬。吾与挚友，同游东瀛。穿林莽赏红叶，登高山望平野。读名帖磋书艺更知先贤之伟大；泡温泉论诗歌痛感吾辈之无能。虽无指点江山之狂妄，却有各抒己见之真诚。时间虽短暂，收获实丰盈。尤以其间冒雨驱车三百里前往当别町探吾乡豪士刘连仁氏穴居十三载之纪念地为最可记也。睹山川之荒凉，感寒风之凛冽。想岁月如长河无尽，叹人生似白驹过隙。赞刘公生命如松柏之不凋，感猛士恒志似青云而不坠。我辈虽凡俗，难成千秋之伟业，也当思进步，习学雕虫之小技。又逢吾二人之墨迹在香江以巨幅广告牌形式展出引发轰动，不才为东北抗联二烈士题写之碑铭与题诗刻石成功。吾二人深感艺术之魅力、书法之有用，遂商定申请一公号，名"两块砖墨讯"，期以此为平台与书友文朋通声气。观鹊台主人嘱余撰一发刊之词并书之。友命不敢违，故以此俗句丑书为滥竽。敬请师友两正。

——一斗阁主谨识

十　喜鹊嘉宾

我很喜欢看喜鹊电视台一档著名的谈话节目，数人身穿艳丽马甲，头戴瓜皮小帽，围着一张老船木桌子，谈古论今，说东道西，指桑骂槐，臧否人物。天下好像没有他们不知道的事，世上似乎没有他们瞧得上的人。他们伶牙俐齿，喷吐妙语金句；嬉笑怒骂，皆成上等文章。这节目广受欢迎真不是没有道理的。经常看这节目，开阔了我的思路，提高了我的境界，使我明白了什么叫政治正确，什么叫道德高地，什么叫口是心非，什么叫装腔作势。尤其是这栏目偶尔会请一些女嘉宾，那些女嘉宾个个学贯中西，通晓天文地理，她们与男嘉宾唇枪舌剑地辩论，偶尔也会适度地打一下情骂一点俏，散珠碎玉，溅出屏幕，令人叹为观止。

前不久在超市排队等候结账，忽见邻通道那位身穿红马甲的女收银员离开岗位，去追赶一位身腰纤秀的顾客。收银员扯着女顾客的衣角往回拽，那女顾客双手提物不能掌掴收银员，便双脚交替而踹之，一边踹一边喊叫："干什么，干什么，你干什么呀！"她的声音是那样熟悉，让我一下子想到了那个著名谈话栏目上的著名女嘉宾。她戴着绣红梅花的黑色口罩，戴着绣白花的黑色棒球帽，戴着大墨镜，我只能看到她的在长发中隐约可见的耳朵。虽然看不见她的面孔，但从声音里我偏执地认为就是她。她脚上的鞋子，自然也是名牌。现在这世界上的鞋子，其实只有两种，一种是真名牌，一种是假名牌。现在这世界上的服装其实也只有两种，一种是真名牌，一种是假名牌。当然还可以用这种两分法来划分这世界上的大多数事物。

几个保安跑上来，将收银员与这位踢人的女顾客分开。收银员满面通红，眼睛里含着泪水，不时弯腰摸一下腿，她愤怒地说："你没付账！还踢人！"

"什么？你说什么？"那疑似女嘉宾恼怒地吼叫着——尽管是吼叫，也不失她嗓音的魅力——"我怎么可能没付账?！"

事实证明，她的确没有付账就疾步离开了收银台十几步之远，而且她那名牌鞋子很硬，在收银员的腿上留下了瘀青与红肿，这些都是赖不掉的——摄像头对着超市内的每一个角落呢。疑似我崇拜的某著名谈话节目的女嘉宾理直气壮、情真意切、滔滔不绝地说："我是喜鹊电视台某某节目的×××，我每次上节目的收入是××万元，我会赖这区区几百元的账？女士们，先生们，朋友们，你们相信吗？但我的确没有付款就离开了收银台，这是什么原因呢？女士们先生们朋友们，中国古代有一位著名的哲学家说过，'一心不可二用'，刚才我之所以忘了付账，就是因为我一心二用了，我的人在这里，但我的心却在思考着中美贸易谈判的问题以及委内瑞拉的政局还有即将到来的又一场世界性的灾难，你们看，我的心岂止是二用啊？所以我忘了付账。但我还是为出现这样的失误而深感歉疚，为此我向大家道歉，尤其是要向这位收银员道歉，请相信我，当我被你掳住时，我感到人格遭受了巨大的侮辱，像我这样具有广泛社会声誉的人，爱护自己的名声胜过爱护自己的眼睛，因此，我的双腿下意识地踢了几下，就像一个溺水的人，下意识地挥舞胳膊一样。尽管是下意识，但毕竟是我的脚踢了你，因此我愿意为我的脚承担你的医疗费用。"

最后，她对着收银员鞠了一躬，又对着看热闹的我们深深地鞠了一躬。

我必须承认，我被她说服并受了感动。

十一　不赞美胡同的人

有一年去某大学参加一个关于城市建设的会议，谈着谈着就谈到了北京的城墙与胡同，自然也就谈到了梁思成与林徽因。大家都赞美胡同，甚至赞美长袍与马褂，赞美辜鸿铭的辫子，反对西装与领带，当然，他们都穿着西装扎着领带，穿着系带或不系带的皮鞋。据一个深谙西方贵族生活的专家说，如果扣上了西装的全部扣子，那骨子里还是一个土包子。

我始终怀疑很多伟大而有趣的民国人物是新一轮造神运动的产物。看一下那些人互相之间的通信比较能窥见一些他们的真面目。日记里有真相，但也有一些日记是写给后人看的，这样的日记，比谣言还可怕。

那天的会议上，只有一个人表达了不同的看法，他生着一张娃娃脸，嬉笑怒骂，好像一点正经都没有，其实这是一个智商情商都很高，道德水平也很高的人，我曾经认真地对好几位朋友说过，如果让某某担任一个巨大机构的领导人，这个机构一定会兴旺发达。朋友们以为我在开玩笑，其实我说的是真话。

这个人一开口便让那些发过言的人备觉尴尬，他说："你们都他妈的放屁，按你们的意思，不但胡同要保留，大杂院要保留，男人的辫子、女人的小脚都要保护。你们住过大杂院吗？没住过。你们知道住大杂院的苦处吗？不知道。你们，包括那些在政协里一个劲儿地写提案保护胡同的人，都住在楼上享受着抽水马桶、煤气、集体供暖等现代生活的设施，而胡同里的人要上公共厕所，要烧蜂窝煤炉，昨天我一哥们儿的爹刚煤气中毒死了，我哥们儿说，死了比植物人好多了。也就是说，赞美胡同和大杂院的人都住在楼上，而住在胡同里和住在大杂院里的人都盼着上楼。胡同里和大杂院里的人一旦搬上楼，也会怀念胡同大杂院，但怀念归怀念，你让他们搬回他们是不会去的，但如果让他们搬到安装了现代设备的四合院里，那他们一定会去的……"

这是发生在上世纪八十年代末的事，今天忽然想起来，是因为看到我这朋友出了一本研究宗教的书。他的很多言论我弄不太明白，但我相信他说的都是发自他内心的话。

有一年我与这朋友去欧洲某国，他一天之内竟被小偷偷了三次，因此我更断定他是个好人。

十二　群众演员

我一老朋友，酷爱上镜头，而且总是能上得了镜头。每年到了重大节日或重要纪念日，他总是会打电话提醒我："喂，老弟，今晚《新闻联播》注意看，应该有我的镜头。"我按照他的指示注意看，果然有好几次看到了他。有一次电视台记者还专门采访了他。后来他告诉我上镜头的窍门。他说，如果明天是国庆节，那你一大早就要等候在最容易被记者发现的地方，你要么化装成头缠羊肚子毛巾的来自陕北的老农，当然你要说陕北话；要么你化装成一位身穿工装，头戴安全帽的农民工，你要说刚从某个重大建设项目工地上值完夜班直接赶过来的……总之，他说，你要摸准那些记者的脉，知道他们需要什么，你说的话不但要政治正确，而且要富有个性，有职业特点，符合人物身份。只要你掌握了这些技巧，而且不怕吃苦，冬天不怕冷，夏天不怕热，我包你十有八九会上镜头。

我起初有点鄙视我这位朋友，但现在我纠正了自己的偏见。我这朋友的这个业余爱好其实很好，没有他这样的人，我们的新闻记者，将找不到能表现主题的对象。一件事，只要专心去做，总是会有收获的。

我把这件事说给一位担任过基层干部的朋友听，他不以为然地说，为了应付上级领导的检查，我们每个单位都培养了几位能说会道又有镜头感的"群众"。他们虽然没学过表演，但他们演技高超。他们高超的地方表现在他们会把自己说的假话信以为真，如果需要，他们会被自己的假话感动得热泪盈眶。他说，有一年省里一位领导下来检查除氟改水情况，我们就安排了一男一女两个人，男的化装成挑水的，女的化装成在村头大槐树下卖大碗茶的。水桶里盛着的其实是瓶装矿泉水。他恰到好处地挑着水出现在领导面前。领导问：这是除氟水吗？好喝吗？他装出不高兴的样子说：你这个同志，看样子还是个干部，毛主席是怎么说的来着？你要想知道梨子的滋味，就要亲口尝一尝；你要想知道除氟水的滋味，就要亲口喝一瓢尝尝。接着他就用挂在桶沿上的铁瓢舀了水递给那领导。当时正值暑天，天气炎热，领导一路视察一路作指示，口正渴着呢，接过那铁瓢，仰脖咕嘟，如饮琼浆。报社记者咔嚓咔嚓拍照，电视台记者转着圈儿录像。领导身心清爽，赞叹道：不亚于矿泉水嘛！

坐在村头大槐树下那位女的，演技更是高超，限于篇幅，我就不叨叨了。

笔记小说的复活
——评《一斗阁笔记（三）》

王秀涛

　　莫言获诺奖之后，他的文学创作进入了一个新的阶段，小说、诗歌、戏剧等领域均多有涉猎，虽引起一些争议，但不可否认的是，他的创作进入了一种自如的境地。《一斗阁笔记》无疑是这种自如境界的代表，每篇十余个小故事，故事之间并无关联，看起来没有什么章法，和他之前以及新近创作的《晚熟的人》相比，呈现了打破小说创作规范、无拘无束任意而谈的状态，也显示了他在文学创作上的多种笔法，以及求新求变的一贯追求。就像王尧讲的，现在的莫言"已经挣脱外在和内在的羁绊，进入了一种自由之境，因而我们无须再以桎梏去限制他的自由自在"①。

　　相比于莫言之前带给我们的那种泥沙俱下的繁复美学的巨大冲击，这些笔记故事删繁就简，达到了另一种极致。这种变化不是突然发生的，由繁至简需要一个过程，汪曾祺说，"不要过早地归于平淡。郑板桥有一副对子：'删繁就简三秋树，领异标新二月花'。由繁入简，由新奇到朴素，这是自然规律。梅兰芳说一个演员的艺术历程一般要经过三个阶段：'少—多—少'。年轻时苦于没有多少手段可用；中年时见得多，学得多了，就恨不得在台上都施展出来；到了晚年，才知道有所节制，以少胜多。"②莫言从前期创作的模仿，对文学潮流的追随，到后来找到自己独特的文学表达方式和美学风格，体量巨大，再到如今的平实、朴素，他的变化显然也应和了这样的规律，但更多是莫言自身的文学追求使然。

　　这样巨大的反差显然和他在写法上继承了中国古代笔记小说的传统有关。题目中的"笔记"无疑充分显示了这一点，虽然莫言师承古代笔记小说的传统早已不是秘密，但和以往还是有所差别，尤其是形式上的极简主义尤为明显。《一斗阁笔记（三）》通过这种简约、节制的方法，达到了以少胜多、以无胜有的效果。在这些故事里往往只说现

---

① 王尧：《删繁就简三秋树——〈一斗阁笔记〉阅读札记》，《上海文学》2020年第1期。
② 汪曾祺：《读一本新笔记体小说》，《光明日报》1990年2月13日。

象，不做分析，点到为止，其中蕴含的人生感悟、社会批判和道德批判都不展开评说，所有可以省略的都省掉。比如这些故事的结尾常常说，"这个故事很有趣，似乎蕴含着一些哲理"，"具体原因我就不说了"，"限于篇幅我就不叨叨了"，留下更多的空白，但其中的"哲理"虽然隐去不谈，其实都内含在故事中，读者自然能够体会。文字上的节制带来的是情感上的平实和自然，如汪曾祺所说，"笔记体小说所贵的是诚恳、亲切、平易、朴实"①。没有那么多的技巧，没有那么多百转千回的情节，也没有那么多激烈的情感表达，《一斗阁笔记（三）》达到了返璞归真的朴素状态。

《一斗阁笔记（三）》中有一些是对日常性事物和现象的描述，如《卖驴》《盗车铃》等，以一种民间化的立场表达一种生活的哲学，呈现日常生活中我们所见，但又有着民间生存智慧的处世之道，不乏日常的哲理。当然《一斗阁笔记（三）》更多地继承了志人、志怪两种文学传统，这也是莫言一直以来倚重的文学资源，比如《聊斋志异》对他影响就颇深。《老邓之妻》《皇帝与鞋匠》《马脚穿鞋》《喜鹊嘉宾》《不赞美胡同的人》《群众演员》，写的是人，老邓之妻、鞋匠、表姐等既是普通人，但又不乏传奇性。虽着墨不多，没有太多情节上的渲染，但简洁生动，人物的性格、形象跃然纸上。《鸟虱》《墙梦》则延续了莫言小说对神奇、怪异事件的兴趣，所写故事看似离生活、现实很远，但表达的是人间的道理，仍然适用于普通人的情感和道德。在这个意义上说，《一斗阁笔记（三）》显示了回到小说的本初的迹象，虽非"大达"，无关"大道"，但"虽小道必有可观焉"。如曹植所言，"街谈巷议，必有可采；击辕之歌，有应风雅；匹夫之思，未易轻弃也"。这也是小说在发轫之初就确立的最基本的价值，这种价值在《一斗阁笔记（三）》中显露无疑，同时也显示了莫言所一直坚持的民间的立场，"通过'民间性'的世俗伦理来超越革命伦理及其政治伦理"②，取材也没有离开他的高密东北乡的乡土世界。

莫言在诺贝尔文学奖颁奖时的演讲中，强调自己是"讲故事的人"。《一斗阁笔记》恰恰也践行了莫言所追求的讲故事的方式，"我该干的事情其实很简单，那就是用自己的方式，讲自己的故事。我的方式，就是我所熟知的集市说书人的方式，就是我的爷爷奶奶、村里的老人们讲故事的方式"③。莫言这种讲故事的方式，放在当今小说创作的潮流和趋势中看起来不是那么"先进"和新潮，但以笔记小说的方式讲故事在今天仍有其特定的意义。八十年代曾兴起过"新笔记小说"，汪曾祺说，"我写短小说，一是中国本有用极简的笔墨摹写人事的传统，《世说新语》是突出的代表。其后不绝如缕"④。可以说汪曾祺、孙犁、林斤澜等人的"新笔记小说"在八十年代的兴起，确立了独有的

---

① 汪曾祺：《读一本新笔记体小说》，《光明日报》1990年2月13日。
② 丛新强：《论莫言小说新作的精神特征》，《中国当代文学研究》2020年第3期。
③ 莫言：《讲故事的人——在诺贝尔文学奖颁奖典礼上的讲演》，《当代作家评论》2013年第1期。
④ 汪曾祺：《晚饭花集》，人民文学出版社1985年版，第2页。

文学形态，文学史意义不可抹杀，这是对笔记小说传统的发扬，莫言接过了这样一个传统。这个传统对当下文学精神和表达方式的拓展仍有意义，李敬泽就提出了"笔记小说的再度复活"的说法，他认为在媒体时代，"笔记小说那种抓住这个世界上那些神奇的、有趣的，无意义但是有意思的片段的这种书写精神，以及在这种精神中所包含的跳荡的想象力，可能正在这个时代借尸还魂地复活着"，他主张要重新认识这样一笔沉睡的资源。[①]在大众文化时代，故事仍然有其巨大的价值，人们需要更多的故事，而不是更少，而"要想让故事成为故事，就必须将其简化，去掉不相干的细节和游移不定的感觉"[②]，这也是笔记体小说作为一种资源在今天的价值所在。

---

① 　参见李敬泽《隐蔽的传统：文言笔记小说》，《当代文艺评论》第1辑，徐兆寿主编，敦煌文艺出版社2018年版，第27页。

② 　罗伯特·弗尔福德：《叙事的胜利——在大众文化时代讲故事》，南京大学出版社2020年版，第7页。

虞公山

徐则臣

要从一个鬼魂说起。

不管你信不信，那三个人的确看到了卢万里的鬼魂。他们用手指着脑门对我发誓："千真万确，如有半句瞎话，全所你拿枪打我这里。"三个人在不同时间点，经过卢万里家的院门前，都看见他在烤火。卢万里缩着脑袋蹲在地上，面前是一个火盆，他正理着湿衣服在火上烤。在火焰和冒着水汽的湿衣服后面，他们三个人都看见了卢万里瘦骨嶙峋的上身和那张憔悴的脸，他冷得直哆嗦。卢万里显然比活着的时候更瘦了。三个目击者表述的区别仅在于燃料：第一个说，盆里烧的是木柴；第二个人说，烧的是火纸；第三个承认他没看清楚，火太大，几乎把整个火盆都吞没了。烧的什么不重要，重要的是，死去的卢万里突然回到家门口来烤火。

雨一直下，大的时候像老天漏了底，小的时候如满天的蜘蛛在吐丝，缠缠绵绵半个月没消停。所以，尽管现在是大夏天，如果鬼魂衣服湿透了，感到冷也很正常。反常的是，死去的卢万里为什么要回到家门口来烤衣服。

死人回家我没见过，但鹤顶这地方此类传闻从来没断过。算命的老赵多年来的口头禅就是：水边嘛，湿气重，阴气也重，出啥事都不稀奇。也就是说，鹤顶就是个神神道道的地方。所以卢万里的儿子把这件事作为报案的原因之一，我根本没当回事。他说有人动了他父亲的坟墓。他说不仅有三个街坊看见了他爸在院门口烤衣服，冻得直哆嗦，他还亲自梦见了父亲。在他的梦里，父亲穿着的正是在院门口烘烤的衣服，卢万里抱着胳膊对他说：

"儿子，我快冻死了。衣服全湿了。"

在他梦里，父亲的衣服的确是湿的，湿漉漉地正往下滴水。他做梦的时间在三个目击者看见烤火的场面之后，可见，父亲的衣服在烤干之后又湿了。第二天早上，他把这个奇怪的梦说给母亲和老婆听。母亲听了心酸得不行，跟邻居们说起时，止不住流下眼泪；老婆则当成个笑话，说给姐妹们听时自己都忍不住笑出声来。然后，作为反馈和回应，三个目击者看见卢万里烤火的消息陆续传到了他们家。里应外合，卢家就不能不上心了。卢万里的儿子想起来，清明给父亲上坟时是有点潦草，没烧几张纸。一定是父亲在那边缺钱了，所以衣服湿了也没的换。第三天，他一口气买了十刀火纸，每张纸上都摞满了金元宝，装在一个大号塑料口袋里捆到摩托车上，冒雨去给父亲上坟。

离坟墓还有二十米，穿过雨帘他就发现父亲隆起的坟堆缺了半边。再往下看，有人在坟墓旁边挖了一道深沟，雨水汇成激流，正从深沟里流过。浑浊的流水不停地冲刷父亲的坟墓，棺材一角浸泡在水里，流水撞击到黑色棺木上，激起泛白的水花。卢万里的儿子骑上电驴子转身就跑，背着一口袋的火纸直接到了丁字路口。他结结巴巴地对所里的值班警员说：

"有……有……有人，盗……盗……盗了我爸爸的……的墓。"

我们觉得这事不可能，卢万里又不是啥大人物，平常到不能再平常的一个坟，盗它，谁吃饱了撑的？本来下雨天也干不了活儿，大家想趁机打个瞌睡，他非要我们去破案。为了表示兹事体大，且有预兆在先，他把卢万里湿了烤干、烤干后又湿了的衣服和哆嗦喊冷的事给我们颠三倒四地讲了一遍。好吧，上车。

快到现场，一摊烂泥地，车过不去。下了车他让我们走在前面。他说天暗，他有点怕。

就是在那天的大雨里，我们发现了未遂的盗墓案，当然，盗的不是卢万里的墓。

卢万里埋在一个好地方。这一片高地，鹤顶人叫虞公山。传说甚多，有说古时候一个姓虞的人曾在这地方住过；也有说这地方埋过一个姓虞的大官；还有的说，一个姓虞的外乡人来这里修行，最后坐在山尖上飞升成了神仙。反正跟一个姓虞的人有关。这种传闻鹤顶人都懒得信，但凡跟别处有点区别的地方都有类似传说。如果都是真的，那咱们鹤顶早就仙迹处处，哪还会穷得如此叮当响？虞公山周围是片荒地，尽管没生老赵那样的慧眼，鹤顶人也看出来这地方风水不错，但因为离镇子实在有点远，人死了也极少长途跋涉埋到这地方。这两年不少人家鸟枪换炮，有了摩托车、电动三轮车，交通工具改变了距离的概念，虞公山周围才慢慢出现几座新坟。

我们围着卢万里的坟墓转了几圈，确定没人动过那口黑漆漆的槐木棺材。它露出一角，还有坟山垮掉半边，完全是雨水冲刷所致。卢万里的儿子拍胸脯保证，若非意外，他爸坟边绝不会出现水沟。坟墓的左侧低于右侧，虞公山上的雨水再凶，往下流也只会从他爸的左边走。他说得没错。坟墓周围荒草丛生，尤其是那些抱住大地不放的巴根草，拿铲子都未必能将它们连根拔起，仅靠雨水的冲刷，十天半个月怕是搞不定的。有人帮了忙。

这好办，我们继续在附近转悠，等同事开车回去取来几把铁锹。然后挖土筑坝再引流，让水从卢万里的左边走。果然，水落之后，在坟墓的右侧发现了铁锹切挖过的隐约痕迹。荒无人迹，谁会无聊来这地方模仿大禹治水呢？我提着铁锹绕虞公山的边缘走，十步之外看见了雨水没有冲刷干净的新泥。

虞公山说是山，其实就是个大一点的土堆子。也许姓虞的那人当初成仙或者刚埋下地的时候，虞公山确有一些气势，比如巍峨宽阔，那风吹日晒雨淋了不知多少年后，它已然也被消磨成了一个土丘。我跟着断断续续残留的新泥走，发现土丘坡上有一丛灌木尤为稠密。大雨把灌木洗得干净，同一丛灌木竟长出两种不同的枝叶。我用铁锹毫不费力就挑起了部分枝叶。再来一锹，剩下稍微牢靠一点的灌木也被从泥土里掘出来。一例都没有根。它们是被砍断了根插进土里的。

灌木清空后，再铲掉插灌木的一堆泥，土丘的肚子里似乎有个洞。我招呼大家过来，清除洞口堆积的虚土，再往里挖。果然有一个黑灯瞎火的洞。铁锹在洞的深处撞上坚硬的东西。卢万里的儿子想出个招，打火机点着，系在铁锹头上往洞里探。洞中氧气稀薄，但奄奄一息的火光中，我们都看见了刚才铁锹撞到了什么——打磨光滑的巨大条石。

以在派出所工作多年的经验，我知道遇上大事了。我把所有人集合到跟前，发布如下命令：

任何人不得走漏风声。

立刻原样封堵洞口，恢复伪装。

现在就协助死者家属培筑好坟墓。

"我现在就给有关部门和领导汇报，在相关决定下达之前，咱们所一定做好现场保护，不能有半点闪失。"

省文化厅接手了剩下的工作，天还没晴透就派来考古队。他们认为虞公山下可能藏有古墓。他们与县史志办及有关历史学家交流研判之后，初步达成共识：虞公山的传说或许非虚，这地方真埋葬过姓虞的历史人物。安保工作由县公安局牵头，我们所全力配合。同时，责成我们所尽快侦破该起古墓盗窃未遂案。

我们手头的线索只有两个：一是这起盗挖跟卢家的关系。大雨之后的现场线索几乎消失殆尽，但两者之间若无必然联系，那只能说太过巧合。第二个，就是县公安局提供的两个过滤嘴烟头，他们在洞里找到的。一个古怪的牌子，蓝旗。

第一个问题好解决，警员做了拉网式查访，卢万里家人、亲戚、街坊邻里，甚至随机采访了跟卢家毫无关系的人。没有发现任何蛛丝马迹。卢万里生前口碑甚好，他的左邻高度赞扬了卢万里，那个老大爷说："我就一个标准：凡是万里说有问题的，那人肯定有问题；凡是说万里有问题的，一定是那人有问题。我认识万里几十年了，这标准从没错过。"卢万里的言传身教影响了整个家庭，卢家家风挺好，门楣上还钉着"五好家庭"的牌牌。他们家没仇人，没做过亏心事，儿子、儿媳妇、女儿、女婿，人缘都不错，至少在查访中没听到任何负面评价。足够了。在乡镇，除非深仇大恨不共戴天，谁会干掘人祖坟这种损阴德的事！更不会有人抽风，要去卢万里坟边开一道深沟解闷。所以我们维持先前的判断：此事跟盗墓相关。

我把查访详情向县公安局做汇报。县局表示赞同，他们也发现，两者很可能关联密切。盗墓必须掘土，盗墓还得隐蔽，掘出的土不能露馅，运土也不能太麻烦，怎么办？现场解决。如何解决？被雨水冲走。自然便捷，神不知鬼不觉。卢万里的坟墓是距盗墓口最近的一座坟，山丘与坟堆之间正好有个凹槽，高处的雨水下泻，那地方是第一个下水口。为了加大水流带土的能力，盗墓贼掘开草皮和地表，人为地开了一条深沟。他们没想到，雨大流急，这个更有效的"挖掘机"在扩大深沟的同时，把卢万里的坟墓也给摧毁了半边，露出棺木。已经在干燥温暖的棺木里安睡三年的卢万里突然落了水，感到了冷。盗墓贼失算了，提前惊动了鬼。

剩下的两个烟头。作为一个老烟鬼，很惭愧，我真没听说过蓝旗这个牌子。警员们去镇上各个商店买蓝旗烟，全都空手而归。店主们跟我一样孤陋寡闻。这方面见多识广的只能找满天下乱跑的人。住滨河大道边上的老苏长年跑长途客车，他也说不清，答应下一趟跑车时帮我问问。我把鹤顶在外工作、求学、做生意和游荡的人名单找出来，能联系的都联系了一遍，没一个人知道。结果显示，他们大部分人都不怎么抽烟，更不会带烟回来。这很好，健康比什么都重要。

副所长想起运河街上常年跑船的吴斌，这家伙烟酒都是大户，没准知道。他老婆在家，听说找吴斌，没好气地说：

"死了。"

"死了？"

"早死了。"

"啥时候死的？"

"一年到头连家都不着，跟死了有什么两样？"

副所长出了口长气，拿出烟头照片："你见过吴斌带回来这个牌子的烟吗？"

吴斌老婆瞥都没瞥："人都见不着，哪还见得着烟？"

副所长知道再问也是瞎耽误工夫，赔个笑转身要走，被叫住了。

"本来也懒得问，"吴斌老婆说，"赶上了我就多一句嘴。我家那兔崽子好几天不着家了，你们能不能帮忙找一下？"

"什么兔崽子？"

"我儿子，吴极。"

"失踪了？"

"谁知道。学校也打来电话，三天，哦，今天第四天，没上课了。"

"平常他会去哪儿？"

"谁知道。跟他爹一个德行，四六不着的货。"吴斌老婆摊开手对着房间挥了半圈，"这个家就是个旅店。"

副所长答应着，出了吴家。正经事没干成，倒添了桩新业务，回到所里就跟我抱怨。抱怨归抱怨，还是给镇中学打了电话。教务主任说，有这事，家长再不给出合理解释，按有关规定，可以开除了。教务主任又说："咱这鹤顶，一到下雨天事就多，吴极班上还有个同学也旷课四天了。"接着说，"他俩好得穿一条裤子。"

"两个孩子平时表现如何？"

"俩孩子性格都偏孤僻，"教务主任电话里的口气有点哀其不幸，怒其不争，"不太合群。听说经常抽烟喝酒。"

我和副所长对视一下。我们的判断步子可能大了一点，有枣没枣来一竿吧。

吴极的同学叫安大平，住在运河街的另一头。父母都在家，老实得像闷瓜，见了警员手都不知道往哪里放。除了回答我同事的问题，多一个字都没说，连句客气话都没有。据邻居反映，他们两口子常年如此，相对无言。如果不是拴在墙根的那条狗偶尔发出几声叹息一般的叫声，这个家可以一整天不弄出任何动静。两口子说，大平去他姑妈家走亲戚了。

"课也不上了？"

"大平没说上课的事。"

好吧。我同事问，可不可以看一下安大平的房间，两口子没说行也没说不行，对着一扇关着的门指指，门上贴着奥特曼。一个高二男生的房间，墙上贴的还是初中生口味的招贴画。没有烟味。在一个半开的抽屉里，同事看见一盒本地产的运河牌香烟。打开烟盒，剩下的五根烟里，有一根蓝旗。同事合上烟盒，对两口子笑笑，问："大平他姑妈家远吗？"

从安大平家出来，他们直奔运河街的那一头。吴斌老婆正锁门要去菜场，这个时候肉会便宜点。她给了我同事一个白眼，不耐烦地说：

"你们到底想看什么？我都半个月没吃上肉了。"

"就看看你儿子的房间。没线索怎么帮你找儿子？"

吴斌老婆用钥匙打开儿子房门。吴极平常出门就上锁，不许母亲随便进他房间。因为门窗紧闭，浓烈的潮霉味中混杂着没能散尽的烟味。地上有烟头，没错，蓝旗牌。同事顺手翻了写字台上的一堆演草纸，有张纸正面演算了一道数学题，反面画着一个山包。山包的半腰上有一扇打开的门，一个粗暴的箭头指向门里。纸的右下角写着"祖宗"两个字。

"这是什么？"同事试探着问吴斌老婆。

"我哪知道？"她心不在焉地说，"一天到晚跟没魂儿似的，出了这扇门就像梦游。跟他老子半毫米不差。我说你们能不能快一点，再晚便宜肉都卖光了。"

同事回到所里汇报之后，驱车去了安大平姑妈家。

可能因为电视里正在播放侦探片，那俩孩子扭头看见三个警察进了门，立马从并排坐的椅子上跳了起来。安大平的姑妈也吓坏了，他们家从没来过戴大盖帽的。她跟在我同事后面说：

"他俩可啥坏事都没干啊，坐在这里看了一天的电视了。"

我同事说："没事，我们就了解一下情况。"

俩孩子个头都不小，杵在那里一个挠鼻子，一个拧着手指头。

"有烟吗？"

吴极脸上长满了青春痘。他从口袋里摸出挤皱的半包蓝旗。

"哪儿来的?"

"我爸上次带回来的。"

"带给你抽的?"

"我偷的。"

一个同事堵在门口防止他们溜掉。另一个同事指着椅子:"坐。"

他俩坐下来。安大平姑妈关掉电视,让我同事坐到旁边的木制沙发上。

"别紧张,就是了解点情况。旷课可不是个好习惯。"

"吴极说不想上了,我就陪他出来了。"安大平怯怯地说。

"为什么不想上?"同事问吴极。

"心慌。"

"吃坏肚子了?"

"不知道。"

"再想想。比如看见谁,害怕了?"

吴极低着头,翻起眼看眼前的两个警察,然后扭头往后看。堵在门前的我同事,像逆光中矗立的一座黑塔。

"嗯。"

"看见谁了?"

吴极低头不吭声。

"大平,要不你来说说?"我同事说。

安大平看看吴极,后者没反应。安大平犹豫之后小声说:"你们。"

"戴大盖帽的?"

安大平点点头。

"在哪儿?"

"虞公山。"

"哦,"我同事说,"吴极,你俩一块儿?"

吴极突然站起来,脸涨得通红:"那就是我们家的地方!我本来姓虞!"

两个孩子被带回所里。

副所长把审问结果报送给我时,哭笑不得,这是他从警十八年来见过的最有意思的案子。如果嫌疑人不是未满十八岁的少年,他敢断定这会是本年度全中国最荒唐的案件,没有之一!

虞公山那个洞是吴极和安大平两人掘的,为寻找古墓。卢万里坟墓旁边的水沟也是他俩挖的,如我们和县局推断的,是为了就近把掘出的新土冲走。那个小坟里埋的是谁,他们根本不关心,甚至都没认真看一眼卢万里的墓碑。俩孩子交代,他们利用中午和下午放学后的空闲时间来干活。刚开挖不久就下起雨,本以为雨天对工程不利,黏黏糊糊到处是泥,但发现雨水可以迅速将掘出的新土冲走,他们倒希望雨一直下下去了。

因为不会留下明显的痕迹。尽管此地荒僻，若非逢年过节，扫墓上坟的人都见不着，他们还是谨慎为上，每次工作结束，都要把洞口伪装妥帖。大雨帮了他们的忙，踩出的泥泞也很快被雨水抹平；小丘上杂草也多，被踩趴下了，喝了一肚子水后，腰又迅速地挺起来，所以我们第一次去那里，完全没留意这些疑点。

"为什么盗墓？"我问副所长。

"嗨，他们根本不认为是盗墓。"副所长拿出提审记录，"吴极认为他只是在挖自家的祖坟。他说吴斌一直跟他说，他们原来姓虞，当年老祖宗虞公出差途中意外病逝在鹤顶，天热，遗体没法久存，只能就地下葬，埋在了虞公山。虞公山其实就是个大坟堆。只是天长日久，历史演进，鹤顶人把虞公墓这事给忘了，虞公山成了一个大土丘的名字。吴斌跟儿子说，他们这支'吴'跟本地的吴姓没关系，他们从'虞'字来。当年虞公是清朝康熙年间的大官，起码相当于现在的省部级干部。因为是皇帝的宠臣，死后才备极哀荣，有如此规模的大墓。虞公客葬异地，他的二儿子是大孝子，便迁居鹤顶，长年为父亲守墓。因为是从家族中分出来，如同从'虞'字里拆出个'吴'，这一支虞公后代就以吴姓在鹤顶繁衍开来。"

"听上去挺是那么回事的。就算真是吴家祖坟，吴极这孩子为什么现在突然开挖了？"

"据安大平说，吴极跟一个姓吴的同学闹矛盾，对方说，'有种别姓吴。'为撇清跟对方'吴'的关系，这小子血直往脑门蹿，竟然要到老祖宗的坟墓里找证据。吴斌跟他说过，虞公落葬时，带了一部家谱进地下。"

这算不算"儿戏"？他还真就这么干了。这孩子都没意识到，即便真有家谱陪葬，几百年过去，也不知道腐烂多少回了。而且，找到家谱就能证明他是虞公的后人？

"吴斌跟吴极说，他们家有一部吴姓家谱，打头的是虞公的二儿子，只要两部家谱衔接上，齐了。没有比这更有力的证明了。"

家谱这么复杂的东西我不懂。我爹给我留了一本，让珍藏，我放抽屉里后再没拿出来过。但以我对家谱粗浅的了解，很多家谱开头都会有一段大帽子，历数自家姓氏的沿革，吴极完全可以拿出自家的家谱嘛。

"这个我也问了。"副所长问我要了根烟，"吴极说，他把家里翻了个底儿掉，没找着。就给吴斌的船上打电话，父亲醉醺醺地跟他说，早不知放哪儿了，回到家再说。他一趟船经常要跑三四个月，吴极等不了，找到一部算一部。头一次见到这么仓促上阵的盗墓贼。找了几本盗墓小说翻了翻，围着虞公山转了三圈，觉得哪个地方顺眼，一锹插下去就开干了。担心一个人忙不过来，就把好朋友拉过来帮忙。哦对了，他不同意盗墓这个说法。"

"不盗墓他们怕啥？"

"我们的人守在那里，大盖帽总还是有点震慑力的嘛。他俩就跑了。"

"口供跟现场都吻合？"

"核对无误。挖掘工具藏在旁边的小树林里，也找到了。"

确实有点意思。我想找个时间跟吴极这孩子聊聊。他爹我见过，跑船回来，经常摇摇摆摆穿过运河街，一大早看上去也是醉醺醺的。

专家们确认虞公山下有座古墓。墓主人虞凤常，字鸳翔，湖北宜昌人，仕宦生涯主要在清康熙年间，官至大理院少卿。也就是大理寺卿的副手，佐正卿总理全院事务并监督一切事宜，正三品，够大的官儿。专家查阅大量史料，证实了本地的传说。大理院少卿虞凤常确系陪侍康熙皇帝沿运河南巡，船队行至鹤顶时病逝。虞少卿是康熙的爱臣，他的突然亡故，让皇帝十分悲痛，其时天气尚热，尸体不宜久存，长途迁移更是不妥，便御旨厚葬于此。当年一定是立了墓碑，碑文很可能还是康熙御笔，但很遗憾，不知道在哪个年代弄丢了。很可能因为墓碑的失散，本地人对这段历史的记忆开始漫漶，最终成了众多漫不经心的传说之一。不过这也在一定程度上保护了虞公山，否则，早不知道被那些职业的盗墓贼光顾多少次了。

我们把吴斌的"吴自虞来"一说报给专家，他们讨论之后，表示存疑。现有的资料完全不能支撑吴斌的说法。虞氏一族，在北京和宜昌都有后人，子孙繁茂，有案可稽；至于鹤顶的这一支，真没听说。

考古发掘正在有条不紊地进行。鹤顶在运河边上，千百年来，无数历史人物在运河上穿梭，无数的大事在水上与河边发生，大大小小的遗迹不能算少。在这方面，鹤顶人还是见过一点世面的。开始几天，大家围观考古现场的热情挺高，里三层外三层，等专家们找到此系虞公墓的确凿证据，即一块镌有"虞少卿"字样的石头后，人群就慢慢散了。热闹不能一直看下去，自己的日子还得好好过。我们继续提供必要的安保，所里的日常工作也逐步恢复。

跟县局协商之后，对吴极和安大平进行了批评教育，然后把他们送回了课堂。我知道吴极没有想通。说实话，我也挺好奇，于是决定，干脆把它当成不是案子的案子继续办下去。周末下午，吴极母子俩都在家，我敲响了他们家的门。

儿子挖了虞公山，当妈的觉得挺没面子；但因为儿子这开山的几锹，引来一场轰轰烈烈的考古，还坐实了虞公墓，当妈的又觉得儿子给自己长了脸。不过此外，"吴从虞来"又让她哭笑不得。"你爸整天云里雾里，瞎话张嘴就来，你也信？"当妈的又十分来气，"这事用膝盖想都觉得荒唐啊。"我到吴家时，没说上两句，吴斌老婆又训开了儿子，"好的你没学，脑子抽筋倒学得挺快。不过那死鬼也没啥好的可学。"

吴极小声嘀咕："我爸没瞎说。"

"他不瞎说？嫁给他十八年，我算明白了，从头发梢到脚指甲盖儿，他从头到脚都是个骗子！"

"我爸不是骗子！"

"他要不是骗子，你妈我就是七仙女，就是王母娘娘。"

"我爸就不是骗子！"

"好了，老娘懒得跟你争了。你真是你爸的亲儿子。"

我赶紧打圆场，表示想跟吴极单独聊聊。

"随便！"吴斌老婆手一挥，"能带回家聊到管饭更好。"这婆娘拎起织毛线的袋子去邻居家串门了。

我问吴极："你爸知道这事吗？"

"不知道。电话打不通。"

吴斌跟着一个外乡人跑船，每年回来两三次，吴极掰着指头数，在家撑死了也就待一个月。活儿多？谁知道。他喜欢在水上跑，说在陆地上走不稳，上岸就要摔跤。他悄悄跟儿子说："别告诉你妈啊，我两条腿不一样长。"吴极想看看两条腿差多少，吴斌刮了一下儿子的鼻子，站着是看不准的。可是吴斌一躺床上就是前腿弓后腿蹬，两脚从来不齐，那姿势像在跑路。过去吴斌有过两个便宜的手机，一个喝多了不知丢哪儿去了，一个站在船边撒尿时，不小心滑进了水里。干脆不要手机了，反正没人找。吴极找他，都是打船老大的电话，那差不多也是个不靠谱的酒鬼。

吴家的房子不大，就这样也没塞满，客厅里的摆设稍显清冷，感觉这家人随时都可能搬走。"喜欢爸爸吗？"我问。

吴极低着头："不知道。"

"想爸爸吗？"

"不知道。"

"爸爸回到家都干什么？"

"喝酒。跟妈妈吵架。给我讲故事。"

"都讲了什么故事？"

"什么故事都有。"这孩子突然有了自信，眉毛都跳了起来，"我爸爸一肚子故事。真的，他什么都懂。他去过很多地方，每个地方都能带回来一大堆故事。不信你问安大平。我爸一回来，他就待在我家不愿走。他说我爸是他见过的最会说笑话的人，每次他都笑得两个腮帮子疼。"

"你妈妈喜欢听吗？"

"我妈说，都是吹牛，鬼话连篇。然后就吵架。有时候还会打起来。"

"你爸都跟谁一起喝酒？"

"他自己把自己喝醉。一年有十一个月在外头，哪儿来的朋友。"

鹤顶镇上姓吴的有好几家，跟他们家都不是本家和亲戚。吴极往上四五代，都是单传。他爸说，跟他们不是一路。

"你们家的家谱你看过？"

吴极摇摇头："我爸都忘了放哪儿了。但是我看过这个。"他去自己房间抱回来一本破旧的县志，砖头一样大。他熟练地翻到折页的地方，递给我看。

纸页泛黄，印刷效果也欠佳。那一页介绍虞公山的传说，列出四种：虞氏住地说；虞氏修仙说；虞公墓说；还有一个愚公说。第四种意思是，这地方原来真有座山，堵在某人家门口，这家也出了一个愚公，誓将此山夷为平地，可惜天不假年，快削平的时候累死了。大家就把剩下的这个土包叫愚公山。已经有个跟王屋和太行两座山耗到底的愚公，本地人想，还是别弄重了，分不清彼此也麻烦，于是改叫虞公山。虞公墓说，指的就是虞凤常落葬于此，名之虞公山。吴极只在此一说的文字下，用圆珠笔画了两条歪歪扭扭的线。

"这个说明不了什么问题啊。"我说。

"我相信我爸的。"

吴极说这句话时，内向、羞涩和躲闪都不见了，一脸单纯笃定的孩子气。我摸了摸他的脑袋，感觉像在摸我们家的那个小混蛋。儿子高中毕业后，再不让我摸他脑袋了。"挺好，挺好。"我说，"你爸这么说，一定有他的道理。想吃什么？"

他想吃羊肉串，如果可以，还想把安大平也叫上。没问题，我说这顿一定管饱。我们在镇上最好的羊汤馆等安大平。他们想吃的全点了。分手的时候，我要了吴斌的船老大的电话。

那人姓秦，山东口音，说话充满梁山泊的豪气。我们聊得很好。船停在码头，他留守船上，吴斌上岸溜达了。他说吴斌这兄弟不错，就是管不住自己的嘴，每顿都离不开那二两猫尿，可惜了一肚子的才华。秦老大说到猫尿时嘿嘿地笑了，他也好这口。水上跑惯了，不喝两口真顶不住那寒湿，还有"孤独"。他说到"孤独"时舌头打了个结，不习惯这样文气和矫情的表达。

"一肚子才华？"

"也是一肚子鬼话。"秦老大吐了一口痰，在电话里说，"那真是个聪明人，说什么像什么。他要不跟我搭个伴，这一年到头在运河里跑上跑下，我还真不知道时间怎么打发。"

"你知道他祖上姓虞吗？"

"那得看他喝到哪儿了。喝到位了，也姓过昊。"

我不知道接下来该问啥了，便随口说："一肚子鬼话那你还信？"

"信了能翻天？你们可能不了解他。聊透了，你就知道，这人让你心疼。对，心疼，就这个意思。"

我头脑里立马出现一个清瘦的男人，还有点病病歪歪的。事实上，我见过的吴斌虽然块头算不上多大，但绝对是个结实的汉子。

"我可能没说清楚。反正这兄弟真不是坏人。他不过是张嘴就来。你要是跟他敞开了说上一个小时，我担保你会认为他跑船是屈才了。我一直觉得他能干很多高级的事。能干什么我也说不好，反正他经常没魂儿的样子既让我冒火，又让我愧疚，觉得委屈了他。但他又能干什么呢？所以这些年我一直收留他。要是别的船老大，早换个更年轻能干的了。不好意思，啰啰唆唆的，也不知道我说明白了没有。"他的声音突然远了，一段空白，他一定是捂住了话筒，很快山东口音又回来了，"吴斌回来了，又喝多了。你要跟他说吗?"

"不必了。我就随便问问。谢谢。"我竟然有点慌张地挂了电话。

这次通话之后不到一个月,准确地说,二十八天,考古发掘还在进行,秦老大突然给我打了个电话。吴斌死了。昨晚喝多了,可能夜里起来撒野尿,一脚没踩好,栽进了运河里。今天一大早尸体浮在水上,幸亏没漂太远,要不都不知道他跑哪儿去了。现在他正加足马力把他运回来,明天就到鹤顶。他觉得先给我打个电话,可能比上来就通知吴斌老婆孩子要妥当。为什么妥当,他也不知道。这个山东汉子,在电话里露出了哭腔。他说,吴斌无论如何是个好兄弟。

由所里出面,找了一辆车去接吴斌。我以为吴斌老婆会拒绝去码头,没有,她坐在车上一声不吭。如此安静的母亲,吴极也有点不适应,他下意识地抓着妈妈的胳膊,他的手不停地抖。

吴斌被水泡得变了形,头发稀疏,白多黑少。他长一张瘦脸,跟肿胀的身子完全不成比例。吴斌老婆没有哭出声,只是眼泪吧嗒吧嗒地掉。吴极也一样,因为控制不住的惊恐,他连眼泪都很少。秦老大年轻时肯定是个壮汉,此刻两鬓斑白。他擦眼泪的时候不得不擤鼻涕。

一切从简。最后关头,再整理一下死者仪容。吴斌脸上蒙一沓火纸,这是鹤顶的风俗。旁边站着五个人,他老婆、他儿子、秦老大、我和安大平。就在殡葬工要把他推进炉子里的那一刻,吴极抓住了父亲。他把父亲的两条腿直直地并到一起,握住父亲的两个脚踝。为了看得更清楚,他弯下了腰。

《虞公山》读札

张　涛

　　单独看《虞公山》，我们会觉得很突兀，会有疑问，徐则臣为什么要写这样一个小说？当然，转念一想，作家的写作也未必每篇都是其来有自，有的就是瞬间闪念；但有的"突兀"或"闪现"的作品，倒是"大有来头"的。很多作家都有一个写作习惯，就是写完一个长篇小说后，要歇歇，却又不能停笔，免得手生，这样一来写一些"启后"性的短篇，便算是"热身"了。徐则臣在《虞公山》的创作谈中，也言及了这种"调整"与"探索"的目的：

　　　　一部长篇开始之前，通常我也会写几个短篇。一为热身，提前找找语言和叙述的状态；二是踩点，为接下来的长篇中可能遇到的问题寻找解决之道。
　　　　也有的短篇写作承前启后，既为前头的长篇善后，又为后面的写作开路，比如手头正在写的这个"鹤顶侦探"系列。鹤顶是虚构的地名，离花街不远，运河边上的一个小镇，我在好几个小说里写过。上一个长篇《北上》，写运河的，尽管篇幅巨大，还是有不少想讲的故事没有讲完，想说的话没有说到。依然是运河边的故事，如鲠在喉，那就继续讲，便有了这个短篇系列。下一个长篇若无意外，会有一个侦探小说的外壳。

　　看了徐则臣的自述，我们就会更清晰了解作为"侦探小说"的《虞公山》在其近期创作中的"意义"。从《虞公山》的叙述起点看，特别像盗墓题材的"类型小说"。卢万里的儿子和另外三个同村的人，都"梦见"或"见到"了卢万里和他的魂魄，"三个人在不同时间点，经过卢万里家的院门前，都看见他在烤火。卢万里缩着脑袋蹲在地上，面前是一个火盆，他正理着湿衣服在火上烤。在火焰和冒着水汽的湿衣服后面，他们三个人都看见了卢万里瘦骨嶙峋的上身和那张憔悴的脸，他冷得直哆嗦"。而卢万里的坟堆，也确实是少了半边，棺材一边泡在水里。
　　虞公山有"传说"，也有"历史"，"传说甚多，有说古时候一个姓虞的人曾在这地方住过；也有说这地方埋过一个姓虞的大官；还有的说，一个姓虞的外乡人来这里修行，最后坐在山尖上飞升成了神仙。反正跟一个姓虞的人有关。""省文化厅接手了剩下的工作，天还没晴透就派来考古队。他们认为虞公山下可能藏有古墓。他们与县史志办及有关历史学家交流研判之后，初步达成共识：虞公山的传说或许非虚，这地方真埋葬过姓虞的历史人物。"

　　既有"历史依据"，又有"现场证据"，警方自然要按图索骥，开始了拉网式的寻访调查。警方在现场发现了两个"蓝旗"牌烟头，顺藤摸瓜最后线索指向了常年在外跑船的吴斌以及吴斌的儿子吴极和他的同学安大平。最后调查的结果是虞公山那个洞是吴极和安大平挖的，就是为了寻找古墓，但最终的目的却是"认祖归宗"——

> 　　"吴极认为他只是在挖自家的祖坟。他说吴斌一直跟他说，他们原来姓虞，当年老祖宗虞公出差途中意外病逝在鹤顶，天热，遗体没法久存，只能就地下葬，埋在了虞公山。虞公山其实就是个大坟堆。只是天长日久，历史演进，鹤顶人把虞公墓这事给忘了，虞公山成了一个大土丘的名字。吴斌跟儿子说，他们这支'吴'跟本地的吴姓没关系，他们从'虞'字来。当年虞公是清朝康熙年间的大官，起码相当于现在的省部级干部。因为是皇帝的宠臣，死后才备极哀荣，有如此规模的大墓。虞公客葬异地，他的二儿子是大孝子，便迁居鹤顶，长年为父亲守墓。因为是从家族中分出来，如同从'虞'字里拆出个'吴'，这一支虞公后代就以吴姓在鹤顶繁衍开来。"

　　吴极之所以这样做，是因为受父亲吴斌的影响。吴斌常年在外跑船，虽然干的是体力活，劳苦奔波，但一肚子的"才华"和"鬼话"，让人很是佩服。在这桩"盗墓"事件水落石出后的不久，吴斌意外落水而亡，最后按照鹤顶的风俗安葬。吴斌这也算是落叶归根，"认祖归宗"了。

　　《虞公山》和近年来的回复传统的创作趋势相似，只是套了一个"侦探小说"的外壳，这也是徐则臣在这种趋势中寻求突破的一种努力与尝试，"必须要有一个侦探的外壳。我一直想写一部侦探小说。故事穿行在大雾弥漫的爱丁堡的哥特式建筑中间，神龙见首不见尾，想想都让人激动。但是，又是'纯文学'在作祟，我的确不希望把它写成一个类型小说，所以，我必须努力让'纯文学'与侦探的外壳无缝对接。要把握好那个度。所以得提前操练"。

求阴影面积

朱 辉

停车场上，是一排排虚实相间的汽车。红的，白的，黄的，黑的，阳光下，它们都有个灰色的影子。汽车和它们的影子整齐地停在车位里，安静得很，但你知道，它们都有可怕的马力，几十几百匹马，躲在车里面。现在它们静若处子，一旦跑起来，岂止动若脱兔，简直疾逾奔马，弄不好还势如野牛。杜若期盼过汽车，也拥有过汽车，汽车也给他惹过麻烦。他从此落下个后遗症，看见汽车有点怕。他有了心理阴影。

且不说阴影面积，我们可以先说个分界线。几年前，买车的还少于百分之五十，是少数；再早几年，更是绝对少数，是个别时髦或豪阔之人的大手笔。现在呢，大多数人都买了车，更早一批的买车人都已经换了车，甚至换过好几辆。杜若属于买车早的。买车早，据说是因为需要，其实主要还是因为有钱。

需要的东西是很多的，但你得有条件。所谓条件，基本上就是要有钱。早就有过一句话，叫人生圆满，五子登科。妻子、儿子、房子、票子、车子，这五子彼此勾连，纠缠不清，有些还可以互相转换，但要落到实处，基本上非票子垫底不可。简断截说，要买车子，你得有钱——这是句废话，买什么你都得有钱，但买车，你要有比较多的钱，至少十几万。

杜若有钱。他是大学教师，搞社科的，按理说，他应该一直不算太穷，但也不会大富。杜若从上大学开始，就一直比同学、同侪都略富裕一点，到后来，他简直可以算是一个富人了。作为一个有知识有文化的人，他当然明白，是社会有钱了，他才也有了钱。这些钱笔笔来路明确，绝不暧昧，但是，钱在街上淌，不绝如流水，怎么就流到了自己家里，他却有点犯迷糊。身为男人，他目标不明确，意志欠坚定，随遇而安随波逐流，这是他给自己的评语。作出这个评语时他心中颇为自得，觉得既中肯又亲切，恨不得写到年终小结上，因为那时他可以说已实现了财富自由。更值得得意的是，他并没有为挣钱花费太多的心思，这个城市的一个常用词，"苦钱"，惨兮兮，苦哈哈的，跟他完全挨不上边。他只是按自己的兴趣生活，兴趣倒帮他挣了钱；又或者，是他不喜争斗，好说话，是人家把他挤到了赚钱的道路上。他就像一条小鱼，水一冲，他身子一游，突然发现，自己掉到了一个聚宝盆里了。

关于财富自由，也有标准。富豪往往每天挣几百万，可他的现金也经常断流，有时真是没钱；普通人，有个几百万、几千万，就觉得自己可以随便花。杜若当然是普通人，他老婆比他更普通，家里有几百万时，适逢情人节，老婆快活地在家里模仿了一段广场舞，晚上又缠着他亲热一回，情意绵绵地说：老公，谢谢你给我送花。杜若脸上露出不解，心里大惊。老婆说：你送了我两朵花，一朵叫"有钱花"，一朵叫"随便花"。搂上来又是一阵缠绵。杜若虚与委蛇。他心里有鬼，因为那天他确实送了花，只不过送花的对象并非老婆。

关于送花的对象问题，杜若讳莫如深，我们尊重他的隐私权，暂且不说。但有一点杜若自己难以掩饰，那就是手里有了钱，他也不能一直不花。人生苦短，他不能挣了钱，只玩赏一串数字。当时正是城市大扩展时期，铆足力气摊大饼，路宽了，到哪里都远了，于是有钱没钱都在谈车。杜若也谈，也看，然后他就买了车。那时，他周围的汽车普及率还不到百分之五十。相对于他的钱，他不算冒进，但也不晚。他的车，通常就停在校园里。

杜若有钱，可以看成是命中注定。他从未钻心打洞地刻意挣钱，这也是不争的事实。说到底，是性格，加上时势，搞得他手里有了钱。

因为从未刻意挣钱，他反而不讳言挣钱。八十年代全民下海潮时，周围很多人下饺子一样地停薪留职去经商，杜若不为所动。他经常说的一句话是：挣钱这事吧，我也算老资格。这是开场白，字句语气恒定不变，接下来的话是论据，这就变化多端了，关键的数字，一直在调整。他说，要不是那把火，我现在至少一百万！隔了一段时间，那个至少，变成了五百万；最大值是八百万。说八百万的时候，他已偶然发现了挣钱的路子，所以八百万就此不再上涨，他不提这茬了。

杜若这么说，并不是瞎吹。正因为他从来都不钻钱路，他说这番话时才表情丰富，不乏夸张。你把他说一百万、五百万和八百万的手势串起来看，他的右手一伸一伸的，像是在划拳，很喜感。但喜感归喜感，事实却也是事实。杜若从小喜欢集邮，他曾经有过很多版的猴票。第一版猴票价格如窜天猴，随着经济起飞一飞冲天，作为一个曾经的拥有者，杜若的手势变幻多姿，底气十足，绝非浮夸。

关于他说的那把火，在校园里，当年也曾是大事一件。那时候时兴评选校园年度十大新闻，这件事是入过初选名单的，临近发布，被校领导遮丑拦下了，可见那把火确有名气。杜若其时硕士毕业留校，有个机会，可以不住到青年教师宿舍，因为学生食堂的阁楼正好空出来。学生食堂兼做礼堂，阁楼就在舞台的侧上方。阁楼很大，除了团委和学生会，还有一间是值班室，杜若就住到了里面。住在这里有很多好处，其中之一就是地方大。他家当多，杂七杂八一大堆，一人一间，散漫自由。所谓自由，除了你能想到的谈恋爱方便，另一桩好处就是用电自由，还可以用电炉，这在教师宿舍绝对禁止。这许多好处加在一起，自然引来求助之人。这人是他的好兄弟，好兄弟的女朋友正准备考研，寒假要复习，兼男欢女爱，他这里再好不过。杜若被缠不过，回老家过年前郑重其事地把钥匙交到了好兄弟手上。幸亏他还带走了一部分邮票，否则也将付之一炬。

他集邮，那是有历史有传统的。他父亲是某县城中学教师，集邮经年，杜若考上大学后，自然接过了接力棒。他集邮，不是为了钱，只是因为他有个集邮的爹，他自己也入了迷。他是个不想当官的人，对当学生干部本无兴趣，但为了集邮，他当了生活委员，这个职务的主要职责，就是帮全班同学拿信，能先于收信人看见信封上的邮票。邮票逐渐增多，他又成为市集邮协会副会长，这个职务有个特权，可以从邮局内部拿到即将发行的邮票，他的猴票就是这么来的。他只是从审美上喜欢那只猴子，根本没想到这猴子后来会成为孙悟空，翻起筋斗云来。

所谓孙悟空，是他自己后来自我解嘲时常说的话。猴票毕竟不是孙悟空，它没有芭蕉扇，火真的烧起来也只能葬身火海。他的好兄弟偕他的女友，在阁楼里看书兼做爱，为了畅意，接上了电炉取暖，大概是得意忘形时纸张之类易燃物落到电炉上，火势顿时不可控制。食堂是老房子，阁楼几乎是全木，两人夺路而逃，他们除了几撮头发眉毛，算得上毫发无损，阁楼却全部烧塌了。杜若在家里接到电话，腿一软，一屁股坐到地上。他想的还不是自己的猴子，他觉得是天塌了，他闯下了滔天大祸。好在学校也不愿声张，把损失数字降得低无可低，他落了一个小小处分就过了关，不过，他的猴票却一去不回了。他赶到学校，面对瓦砾遍地的火场，只在水渍淋漓的灰烬里，翻到指甲大小的半片邮票。猴头还在，脑后的神奇猴毛也在，但猴爪没有了，即使猴爪健全，也不会伸出来拔一根毛，吹口气，再变出无数个猴子。

他几乎是全军覆没。之所以说几乎，是因为他随身还带了一点邮票，说不上是最珍爱的，却是劫后余生的幸存品。他没有从价格上衡量自己的损失，但这一点邮票，却成了他所谓的第一桶金。

都是穷书生，好兄弟比他还穷，索赔根本就谈不上。正因如此，他才在此后的漫长时间里，不断猜拳一样地追忆当年的损失。无论你对他水涨船高、与时俱进的损失是否认可，你不得不承认杜若是个随和的人，厚道人。这个随和厚道之人，除了这场火灾，人生之路一帆风顺。他当学生干部，并无远大理想，只是为了邮票，不承想，同学们都认可他的服务，老师也喜欢；他不笨，考上研究生，顺利地留校，这并不容易的一件事，在他身上居然水到渠成。

总而言之，他运气一直不错。等钱多得已经日常花不完时，他不可避免地去买了车。

老实说，买车他是随大流。品牌随大流，档次随大流，正如买车这件事本身，他也就是随大流。就是说，人家都买了，他正好不缺这个钱，他也就买了。

刚买车时，他当然也新鲜过一阵子。郊游，上下班，还接送老婆。老婆感觉很好，但杜若感觉不好了。他有好几处房子，遍布于这个城市的好几个高档小区，他住的这一套，两百平方米，是上下班最便捷，生活也最方便的。随着车辆逐渐增多，路堵得厉害。上下班他如果步行，单程十五分钟，可是开车倒要半小时以上。且不说时间上不划算，开车和步行虽都要消耗能量，但能量和能量却是不一样的。步行耗的是脂肪，对身体大有益处；开车耗费的是汽油，油钱，这还没算停车费违章罚款之类的开销。他虽然不缺这个钱，但作为体重超标、隔天还要花钱去健身房的胖子，每次被堵在路上，他都要暗骂自己的智商不达标。

不过买车也不是一无是处。郊游之类的短途旅行，确实要方便一些，也有面子。说起面子，当然是开车回老家省亲最需要面子。尤其是去老婆娘家过年，后备厢里面摆满了东西，其实值不了几个钱，但喇叭一响，岳父岳母从院门口迎出来，眉开眼笑，脸上铺满了面子，比小车的表面积要大得多，连一众亲戚脸上都露出了羡慕。正因如此，这车他也就这么隔三岔五地开着。倒不是他愿意开车在路上堵着玩，而是，汽车老不开，它可能就要闹脾气。电瓶亏电是最可能的，你上车打火，却发现动不了，只能下来跑步前进；更可恶的是，有一次去郊区朋友家玩，临走时，居然发动不了。鉴于这个朋友的特殊性，他必须悄悄地过来，爽利地离开，就是所谓"悄悄地进村，打枪的不要"，可是不成，他走不了。他满头大汗，不得不喊了救援，十分狼狈。即使电瓶不出问题，车子还有可能漏水，几天不开，你一上车，发现车里汪了水，这才想起前几天下雨，外面干了，车里还没干——这都是天窗惹的祸！为什么车上那么多窗子还要再搞个天窗？这不是烧么？要天窗，自行车天窗无穷大，还无级变速，油耗是零！话虽这么说，有了车，你就得隔三岔五地把车子发动起来，开出去遛一圈，这跟遛狗类似，名曰遛车。这倒起了一个好作用，就是打消了他再养一只狗的念头。这目前也很时兴，不少有钱的、没钱的，都认为是生活的标配。

既然说到五子登科，我们当然可以把每一子都罗列一下，但今天说的主要是车，其他的，我们不妨一带而过。杜若有一子，已经上大学，因为专业好，也乖巧聪明，不需他烦心；妻子早先是商场营业员，他后来想办法弄进了一所中学，做图书管理员，也曾貌美如花，实事求是地说，现在已成一个普通的黄脸婆，不过杜若的情感或者说荷尔蒙也不是没有去处，他有自己的知己，这是隐私，连他老婆都不知道，我们还是不说吧；车子挂在杜若名下，本不值一提，但它十分深刻地介入了杜若的生活，我们待会儿还要慢慢细说；房子和票子，两者一而二、二而一，其实就是一回事。杜若手上的几套房子，是他炒房的剩余物，或者说是战利品，至于他过手的房子，一时简直想不清爽，总之，最终都变成了票子。

如前所述，杜若是个好人，既与人为善，也随波逐流。这个社会总体上财富膨胀，每个人都比以前宽裕些实属正常，但随波逐流也要踩在鼓点上，否则就是点儿背。杜若属于那种运气特别好的个例。他之所以发财，不是因为他特别想发财，而是因为他学校分给他的那套房子。那房子是学校千百套教师住房之一，并无任何优越处，但他的邻居不一般。他邻居的一个特别的习性，导致杜若不得不注意其他的房子，他看房，买房，正是从此开始。那套房子他住了两年，早已不在他手上，但杜若承认，那是他炒房的启动火箭，是他财富的药引子。

这么说，一点不是故弄玄虚。不是所有人都能摊上这样的邻居，即便摊上了，你也未必能如杜若一样解决问题。具体说，他的邻居，一个老教授，长期偕夫人早锻炼。夏练三伏，冬练三九，日复一日，风雨无阻。说风雨无阻有点矫情，事实上他们是在家里跑步，不怕风雨。在家里跑步也罢了，在头顶跑步也能忍的，但你不能清晨五点就起来跑。要命的是，几个要素：头顶、清晨五点、持续不断，都占全了。杜若和老婆苦不堪言。他们客气地交涉过几次，还买了礼物，但无效。就是说，礼物笑纳，但脚步声准时响起。杜若劝自己，也劝老婆，习惯了就好了，可没想到，习惯中还有意外。刚在规律的脚步声中迷糊过去，突然间一阵巨响，是踢翻了脸盆的声音！惊魂甫定，老婆又是一声惊呼，指着天花板说不出话，原来是有水从地板缝里渗了下来。如果是水也就罢了，很快他们发现，不是水，是类似于水的另一种液体。

不得不吵架了。关于究竟是脸盆还是痰盂的问题，双方各执一词，杜若一方并不掌握切实证据，毕竟这两种容器都是人家的日用品，声音听起来差不多。教授夫人是幼儿园老师，她一手拎着一个容器，仿佛拿着教具。再讨论下去，就要研讨液体性质和特征了。杜若完全蔫了，一句话也说不出。教授夫人振振有词，突然手一松，痰盂再次砸到地上，杜若老婆说，就是这个声音！教授夫人张口结舌，突然手捂胸口蹲了下去。这下全乱了，最后还是杜若把她送到了医院。

还好人没事。早锻炼只中断了一周，又重新开始，病后更要加强锻炼。杜若看着老婆说：他们改不掉的，几十年的习惯了。老婆说：什么几十年，他们这拨人也就是这些年才兴起锻炼，以前还不就是劳动锻炼?！杜若说：人家腿脚不方便，也只能在家里跑。老婆说：你腿脚不方便你还能跑步?！杜若说：有本事你去跟人家吵。老婆说：一吵她又心脏病发作，你送她去医院！杜若哀叹道：她心脏不好，但他们还有的活！坚持锻炼是有效的。老婆说：我们不见得能等到他们死。杜若说：惹不起我们躲得起。卖房吧。

还真是赶上了好时代。那是九十年代后期，杜若不光赶上了福利房的尾巴，国内房地产市场也开放了，就是说，他可以卖房，也可以买房。为了避免流落街头，他们要卖房，要躲，首先要买房。从这个时候开始，杜若开始满市挑房子。幸亏劫后余生的邮票足可以支付一个首付，幸亏当时的房价正处于一个平台期，他有充分的挑选余地。待他挑好房子，付了款，房价开始启动了，此时他手上同时有了两套房子，他灵机一动，福至心灵，把第一套闹心的房子卖掉，又付了两套房子的首付。如此，财富的门径在他面前展现，一而再，再而三，他炒起了房子，账户上的钱，越来越多了。

所以说，杜若的发财，在邮票上是源于爱好，在炒房上，则是迫于无奈，说是被逼的也不为过。十几年后，他手上留着几套房子，其中一套他自己住，离学校很近。他的车，基本就是每周出去遛遛。遛车的人没有目标，没有固定方向，前方就是他的方向，用俗话说，就是脚踩西瓜皮，滑到哪里算哪里。这是他的人生常态，没想到也成了他开车的常见状态。

他上班并不很严格，遛车自然要避开高峰期。随着车辆普及率超过百分之五十，向百分之七八十逼近，高峰期也差不多超过了百分之五十，就是说，每天二十四小时，除了夜间，白天基本都高峰。向郊外开，总归好些。杜若从来也不是个身手敏捷、眼明手快的人，运动素质很一般，他开车双肩微耸，头颈前伸，眼睛睁得无可再大，完全谈不上什么驾驶乐趣。但他是个聪明人，他很智慧地提高了出去遛车的效率，就是说，他往郊外开，如果电话联系上了他的朋友，他朋友也得便，他就开车过去。

　　那个朋友住郊区是因为不怎么宽裕，租的房子，年轻人嘛，杜若对她关爱有加。因为遛车兼了访友，遛车才转变成一件令人期盼的事。那天他遛车兼访友回程，神清气爽，不免有些恣意。开到路宽人少处，脚下油门就少了节制。突然前面发生情况！他顿时蒙了。

　　他其实真的不在乎一辆车。就是停在那里锈了烂了又如何呢？不过是一个车位的钱。坏了又怎样呢？修呗，顶多不过一平方米房子的钱。他为什么要去遛车?！进而言之，他又何必要去买车?！

　　麻烦由此开始。他气得病了一场。咽喉肿痛，发烧，浑身疼，不得不去吊水。坐在那里，脑子里乱哄哄的。一不留神，水挂完了，血顺着管子回了上来。他清楚地看见了自己的一段血。他倒没有慌，毕竟有文化，他站起身，把瓶子举高，增加了水压力，血又回进了手臂里。他右手举着瓶子，高一高，低一低，血进进出出。你们研究过自己的血吗？他想，你们能把流出的血再回进去吗？你们不行，但是我做到了。可是——他心里一沉：流出的血可以回进去，但时间却已不再回头。他已与车实施了绑定，要解除绑定，除非不要这个车。

　　不要这个车是容易的，但事故未处理完前，他被禁止卖车。这车后来当然有了去处，不过，这是后话。

　　那一阵子他是焦头烂额。病好了后，正好有个同学会，为了解闷，他去了。所有同学都在吹牛，混得好，有权有钱，这方面有欠缺的就发挥另类优势，用喝酒证明自己身体倍儿棒。女生不怎么吹，因为娴雅本身就说明了一切，另有浓妆加持她们的幸福美丽。杜若没心思吹。到后来，情势所逼，他也不得不开口了，他说：我这一年乏善可陈，一无是处，最大的成就就是撞了一个老头，现在还在医院里。如果不是几壶闷酒下肚，他不会这么说话。不想这话倒激起了同学们的巨大兴趣。有的说：你这是为民除害啦！碰瓷的，你应该直接撞死他！杜若哀叹道：人家真的不是碰瓷，也没有讹我，是真的脊椎骨折了。

　　其实三言两语就可以说清楚：他开车撞了人，离人行道不远，但又不在人行道。一个老头，骑着电动车，被他顶到了。到医院一查，脊椎骨折，要手术。他主责。

　　但三言两语就能说清楚的事，可不是三下五除二就能处理清楚的。他跑交警队，跑医院，跑保险公司。一个月不到，已贴了十二万。当然不能让学校同事知道。他们看见杜若的车，还照旧停在办公楼下面，谁也不知道杜若其时已经苦不堪言。还拿他打趣哩！他好不容易熬到下班，下了楼，躲鬼一样绕过自己停在楼下的车。同事说：老杜，你这车有意思。

杜若笑笑。是苦笑。同事说：你下班，对你的车说拜拜。步行回家。回家是不是还惦记着你的车？

杜若鼻子哼哼。

同事说：每天上班，你第一眼看见的就是你的车。哦，它还在。你跟它说，早上好！

杜若说：你贫不贫？

同事说：你开车没有步行快，你真是，你干吗要买车？

杜若说：我烧的。我买了停这儿看着玩，可以吧？觉得自己语气太冲，又说：还不是老婆觉得开车回家有面子。

同事真是个多嘴的。他说：钱多也不要烧在这个上面啊。开车回家，你租车啊，大奔，宝马，随便租，换着开，一天一千块足够了。过年就算十天，也不过才一万。

杜若说：一万咧。

同事说：你知道你这车摆在这里每天要耗多少？一动不动，每天至少二百五！

杜若说：一动不动倒好咯。

他闷闷不乐地加快步子，摆脱了这话痨。作为一个并不缺少经济头脑的人，这些他岂能不懂？但世界上没有后悔药。那天，他给朋友的电话，怎么就打通了呢？！

在这条路上出的事，其实十分尴尬乃至危险。他本已构思好谎言，准备了无数的口舌。但老婆被这事给吓着了，完全站在他一边，忽略了任何可疑处。这个不甚精明的老婆，曾让他深以为憾，现在他终于认识到，他这是烧了高香。朋友那边倒简单，因为他是从她家离开后出的事，她笑着说这就跟她没了干系。她说：如果你是来的时候出的事，我就会有心理阴影。这话他听了，心里不是味儿。他此后好长一段时间没有心情也没有开车子去看她，她毫无抱怨，他对她的通情达理十分领情。

老头在医院等待手术，要用到一种叫骨水泥的东西。大概就是在骨头裂缝里挤上黏合剂。本以为动了手术就可以了结，不想老头的身体底子太差，基础疾病一大堆，暂时不能手术。这一暂时可把人害惨了，可能就是遥遥无期。老实说，杜若十分害怕老头从此就住在医院，直到寿终正寝，相当于高干待遇。钱是一方面，更吃不消的是精神压力。他看到自己的车子就来气，恨不得一把火烧掉。当年烧掉他邮票的那把火，如果能延迟到现在，精准燃烧，他绝对求之不得。问题是，车子他还动不得，倒没有说他不能开，他只是再也不敢开，但交警明确说，他卖是暂时不能卖的。瞧瞧，又是一个暂时。幸亏这个暂时比上一个暂时短，几个月后，鉴于他配合度较高，获得了家属的谅解，车子准许他自己处理了。

所谓谅解和配合度高，就是他掏钱比较爽快，不讨价还价。老头的家人一大堆，除了一个小儿子，还都算讲道理；这小儿子也翻不起大浪，因为老头虽没有什么文化，但确实通情达理，他经常叱骂犯浑的儿子，对杜若，有时脸上还露出一丝歉疚，弄得杜若倒很不好意思。人心都是肉长的，他对自己曾经在心里期盼过老头早死，感到惭愧。老婆的心理压力也很大，她甚至责怪过杜若死没用，刹不住车是没用，撞倒了没有胆子加一脚油门一了百了更是没用！他那个郊区的朋友也嘲笑他，说他不阻止老头使用超出保险和医保范围的进口药物，不是心软，完全就是软弱可欺。她说她终于看出来了，杜若是个无能的人。

杜若不和女人纠缠。他自己周旋。主要不是钱的问题，毕竟有那几处房子顶天立地。但总要有个了结啊，他绝不能给人养老送终。他已打定主意，再过一段时间，他就要通过关系去找医生疏通，哪怕花一点运作费。实际上，这件事已给他造成了巨大的困扰，有一天他居然发现，他被禁止乘坐高铁和飞机，他出差受限了；如果他要出国，肯定也会被扣住。面对如此局面，他欲哭无泪，他差点就要喊叫：我会跑吗？我还有那么多家产，我会舍弃不要吗？我还是个大学教师，我会弃职潜逃吗?！可笑啊！想到房子，他突然笑不出来了，他想起如果他现在卖房子，也一定会被禁止。

他不需要卖房子。但要不要卖，和有没有卖房子的自由，这有本质区别。杜若和老婆坐困愁城，度日如年。

在得到车子他可以随意处置的准许后，他恨不得立刻就站在车边吆喝：甩卖甩卖！不惜血本大贱卖！最好这车子突然学会无人驾驶，车身一抖，呜一声自己开跑，无影无踪。老婆却有自己的盘算，她希望卖车的钱能够把老头的事打发掉，这样，就当他们家从来就没有过车。就在这时，老婆的弟弟，他的小舅子，闻声到来了。他没有直接说他要车，他说的是老一套：他混得不好，需要姐夫伸出援手。你拔根汗毛比我腰壮，手指缝里漏漏就够我混几年的了。这就是他的原话。

小舅子是个妙人，像个相声演员，绝不忌讳把自己说得贱兮兮惨兮兮。他很懂语言艺术，明明从他姐姐那里知道这车闯了祸，明明他很有兴趣要这车，可他就是不说。他东拉西扯，说起自己的女儿找到了婆家，是个官，县团级，权力不小，他得意自豪地说：也是个贪官啊。杜若毕竟是个知识分子，走着霉运他还是个知识分子，顿时心中抵触，问：那你有困难干吗不找你亲家？小舅子说：这不是还没结婚吗？还不是正式的。我不能让人看扁了对不对？我就找你，姐夫是正式的。你不会不帮我对不对？

杜若气不打一处来，就差叫他滚，脸上已露出厌弃来。老婆看不下去了，插话说：我们的车不是反正要卖吗？肥水不流外人田，还省得你去二手车市场哩。小舅子鸡啄米般点头：要得，要得。你要是怕麻烦，先不过户也行。杜若一眼看出这姐弟俩早就串通好了，即使不考虑岳父岳母，他自己也是个绝对少数，叹口气道：车，你开走，钱你看着给吧，但过户是必须的。

他担心的是这车是特种车辆，闯祸专家，不过户，小舅子毛手毛脚，在外面又撞到人，倒霉的还是自己。没想到小舅子连象征性的车款都不肯付，拖着不过户，杜若倒反过来老要打电话找他。他在邻省乡下开车拉客，接电话很不情愿。杜若这次硬气了，排除老婆的阻挠，坚决警告说，再不过户，我就去车管所报废！小舅子这才过来办了手续。车款居然当场就付了，爽快得令杜若诧异。不过姐弟俩间的一个眼神让杜若洞若观火，知道这车等于是白送的。

白送就白送吧，清爽就行。哪知道白送也清爽不了。小舅子以前一年也就来个三四回，有了车，方便了，隔三岔五就光临。杜若常常是在外面累了一天，一回家，酒香扑鼻，一桌菜，姐弟俩正在等他。小舅子以前过来，谈资宽泛，话头神出鬼没，但主要就是求帮助，各种帮助，现在呢，主题集中了，基本都是关于车。

车是文章的主题，但还有段落大意。一般分三段，第一段是说他跑车拉客，生意不好。车现在太多了，农村有车的人家也不少，农村人讲亲情，你知道的，互相搭车不算啥，有几个人要打车？现在有车算个屁！他吃一点菜，跟姐夫碰个杯，开始抱怨，这车毛病是真多，哮喘咳嗽带漏气，简直是老迈年高，他简直受够了，如果姐夫愿意，他真想把车再过户回来。最后就开始了第三段，大意是，又要修了，再不修就会趴在路上，丢人现眼，丢的不是自己的脸，是姐姐的脸，是姐夫的岳父岳母的老脸。一般说到这里，他姐姐就会问：修一下要多少钱？后来做姐姐的也有点烦了，她看看丈夫，自己不再搭腔。杜若也不搭腔，杯子都不朝他举一下，自己喝一口。见自己的文章反应不佳，小舅子说：我本来是往南京送客的，这一单不小吧？没想到开到你家附近，车子发脾气了，动不了。车就停在你家楼下，我都没法弄到车位里，不信你们去看看。这就是个不修就走不了的意思了。姐姐说：那你送客的收入呢？小舅子苦着脸说：不够啊！

这一招很管用。你想让他走，你就得掏钱。不过这一招他用得也不算多，几回而已。更多的情况，是他来了就很自觉地不喝酒，劝姐夫喝，自己喝茶水。但如若姐姐姐夫反应太迟钝，连他夸奖他那个贪官亲家如何大方都不能激起他们的荣誉感，他就会突然抢过酒瓶，给自己倒酒。他把茶水一口喝光，直接往茶杯里倒，对准姐夫的酒杯当地撞一下，一口干，你拦都拦不住的。他喝了酒就不能开车，就要在这里住下来。当然，他是个要脸面的人，主人不留，他是不住的。他拿起车钥匙就要出门。这下，轮到姐姐求他了，怎么也得先住下来啊，明天拿钱修车再走人。杜若在心里骂自己，为什么不爽快地早点掏钱？！

这个卖出去的车子，也成了个心病。他要负责三包哩。

可以想见，杜若过得不好。他最怕的不是修车，他怕修人。那老头已在医院躺了快两年，车送给小舅子也已一年多，他十分害怕小舅子又在外面撞到哪一个。幸亏，小舅子车技了得，强过姐夫，至今没有出过事故。

找个农村出身的老婆有诸般好处，譬如，农村教育水平低，能考上大学的女人，天赋都不差，这一点，他得了益，他儿子就特别聪明；这样的女人一般也不怎么会花钱，但这算是好呢，还是不好呢？至少在车上，他是憋屈了，此话怎讲？如果当时买车，买一个更高档的，带防撞自动刹车，他八成就不会撞上那老头，但现在说了也是白说。这样的女人一般还都有个弟弟，等着你淘汰车，这是没有办法的事情，除了离婚，他无法不要这个小舅子。

两年不到时间，他瘦了十几斤，倒省了去健身馆的钱。他已习惯了打车，而且决定以后再也不买车。他随波逐流大半辈子，被裹挟着顺流而下，不想撞到了大石头。所谓大石头，就是骑电动车的老头。他明白了，生活要简化，所有带来方便和满足的东西也会带来麻烦，轻易不要沾惹，譬如车，譬如宠物。

之所以对宠物有感悟，原因在于他的那个住在郊区的朋友，她的宠物惹了事。朋友是女的，她的宠物是公的。具体说，就是一只金毛犬。杜若本不反对她养狗，因为她年轻，自己又不时常去，她寂寞。但她突然打电话来说，恺撒闯祸了，犯罪了，它犯了强奸罪。恺撒在外面看到一只萨摩耶，雪白的，那萨摩耶根本看不出公母，但恺撒看得出，看得准，上去就把人家干了。人家调了录像，找上门来，要赔钱。朋友还发来了视频，可以命名为"金毛与萨摩耶的爱情"，看起来像是岛国电影。杜若心神激荡，又大为光火，萨摩耶被干一下，咋啦？怀孕了就生下来呗！而且，金毛强奸，为什么要找我？朋友说：串串一点都不值钱，人家要我承诺收下所有的串串，还要我付奶粉钱；金毛要流氓找你，是因为这狗是你送我的，不找你找谁？

杜若无法撒手不管。他代为赔了一点钱，比起给老头的医疗费，那是小钱。他借机又跟朋友缠绵了一回。这朋友是外地的，她说在学校读过培训班，但杜若不记得。怎么加上微信的，他也一点想不起来。他们怎么成为密友，完全搞不清，是个谜，如同著名的哥德巴赫猜想，无解。杜若还没惹上交通事故前，有钱，有闲，处于什么都不缺就缺补充性爱情的状态。朋友年轻迷人，是个文艺女，说是读过他讲课的统计学培训班，他真的不相信。他问过她，哥德巴赫猜想是什么？他本有调情之意，以为她至少知道"1+1"，一个男人和一个女人。不想她愣一愣，皱起可爱的眉头略一想，脱口道：不就是歌德和巴赫一起完成的猜想吗？歌德是作家，巴赫是音乐家，亏她想得出。总之，她可爱而呆萌，他离不开。他身边的许多朋友都有这样一个朋友，他也不能免俗。他让他一个学生给她安排了一份工作，他们就这样保持着关系。

但这世界上任何事情都是要了结的。有的事是你熬着日子，盼着了结，譬如撞了人；有的事是你希望永远这样，爱无尽头，永不终止，譬如他与她的关系。但人生总要安置在人世间，大势常常由不得你。譬如房价，现在就到了平台期，涨不上去，跌下来也难。对这样的态势杜若是成竹在胸，并不着急。万幸的是，他终于等来了好消息。都说祸不单行福无双至，他的好消息是成双结对来的。一是老头在经过漫长的休整后，手术了。用的是进口骨水泥。老头明事理，过意不去，主动说支持国货，国产的他也能接受。杜若排除来自老婆的干扰，果断决定用进口的。虽要多付一些钱，但绝不留可能的后遗症。他希望老头直到死，最后去火化，那一坨骨水泥还能够像舍利子一样，坚硬晶莹。第二件事还是关于车，小舅子的车被当地交通部门查扣了，因为是黑车，没有营运证。他打来电话，后来又上门。杜若硬了心肠，绝不去营救。显而易见，没收是最好的结局，他将从此抹去那辆车的阴影。小舅子诸般手段全上，威胁哀求，试图从姐姐身上打开缺口。杜若明确表示，他不惜跟小舅子划清界限，离婚也是选项之一。小舅子拿出最后一招，调父母来助拳。不想事情真的到了这个份上，他父母临阵倒戈，给了儿子一个大嘴巴，叫他滚。有多远滚多远。

杜若轻松了。仿佛一年多没洗澡，春夏秋冬都脏兮兮的，今天终于洗了个干净。舒服啊！这一年多，他是真不容易。正常上班下班，上课下课，学校里几乎没人知道他是在熬日子。这样的表现也有回报，那就是他要被提拔了。他原先是系副主任，即将提拔为主任。已经谈过话，程序也走完了，就等着宣布。杜若心情愉悦，走路都轻松得要起飞。正打算去郊区看看朋友，分享兼吹嘘一番，却接到了她的电话。电话里声音婉转动听，其内容却让人肝儿颤。她说她怀孕了，而且医生说不能堕胎，否则有生命危险。她说这孩子与我血肉相连，杀了他，也就同时杀了我。杜若蒙了，如五雷轰顶。他结结巴巴地说，几个月了？又说他似乎这几个月没有跟她做过。他使劲地回忆着说，最近的一次，不是半年多前那一次吗？她打断他说：我们多了，你记不得，我有记录的。杜若面红耳赤地争辩道：我们最近一次就是那一次，我们在车上，车停在江边。她笑道：你说的是车震那一回？她咯咯笑道：你只记得个车震，我的金毛，不不，你的金毛耍流氓那次，你不是来了吗？猫三狗四，四个月，人家的萨摩耶昨天生了，三只串串，现在都在我这里哩。不是这三只串串提醒我，我还拖着不去医院。现在检验单就在我手上，你来看看。还说，我知道你要提拔了，杜主任。

杜若手脚发抖，一屁股跌坐在沙发上。检验单不需要他去，手机嘀地一响，发过来了。同时还发来一串文字：你必须负责。第一，离婚娶我；第二，给我一套房一辆车，我走人。你选择。这倒十分简单明了，不是"1+1"，是二选一。

杜若直瞪瞪地盯着那个"车"字，大汗淋漓。他脑子乱了。哥德巴赫猜想，她笑语嫣然地说是歌德与巴赫一起猜的，他看见深目高鼻的歌德与巴赫面对面坐着，手一伸一伸地在猜拳。眼前又出现了多年前的自己，说起猴票被烧，损失达到一百万，五百万，八百万，自己的手，也一伸一伸的。他看着桌上的两只手，麻木着，在抖，不像是自己的。

胡不归?
——评《求阴影面积》

宋 嵩

据说给小说主人公起名字是一门很大的学问。最著名的例子当然是《红楼梦》里的男男女女，也有人会想起鲁迅先生笔下的阿Q、孔乙己，晚近的如《废都》里的庄之蝶等等，都为作品的艺术效果增色不少。在小说《求阴影面积》里，作者朱辉给主人公取名为"杜若"，不知是否刻意为之，却难免让人浮想联翩：但凡读过《楚辞》的读者都知道，屈原惯以"香草"来象征高洁之士和他们内心的高贵品质，而"杜若"正是其诗中反复出现的香草意象之一。无论是《湘君》里的"采芳洲兮杜若，将以遗兮下女"，还是《湘夫人》里的"搴汀洲兮杜若，将以遗兮远者"，更不必说《山鬼》中最著名的那句"山中人兮芳杜若，饮石泉兮荫松柏，君思我兮然疑作"，"杜若"总是和完美的"君子"形象一同出现，寄托着古人最为淳朴的美好心愿；而在南朝诗人沈约的心目中，"杜若"更是与逸居山林、不肯取媚于世俗的隐士们联系在一起，被盛赞为"生在穷绝地，岂与世相亲"，因此足以"芳幽人"（《咏杜若》）。在中国古典文化的强大基因所带来的"影响的焦虑"中，被命名为"杜若"的那个小说主人公，也许天生就背负着作家非同寻常的人格理想，抑或是无比沉重的道德十字架。

在《求阴影面积》里，主人公杜若呈现给读者的，恰恰就是这样一种颇具隐逸之风的样貌——用其自我评价来说，就是"身为男人，他目标不明确，意志欠坚定，随遇而安随波逐流"。"随遇而安"四字，说起来简单，想要做到却难上加难。孟子曾说，"舜之饭糗茹草也，若将终身焉；及其为天子也，被袗衣，鼓琴，二女果，若固有之"。朱熹将这段话阐释为"言圣人之心，不以贫贱而有慕于外，不以富贵而有动于中，随遇而安，无预于己，所性分定故也"。也就是说，倘若一个人能做到"随遇而安"，那么他差不多就是"圣人"了。作为一个"搞社科的"大学老师，杜若想必晓得这四个字的由来和分量。可是，他在作出这个评语时"心中颇为自得，觉得既中肯又亲切，恨不得写到年终小结上"，却只是因为自己已经实现了"财富自由"，而且"并没有为挣钱花费太多的心思"，这显然是对"随遇而安"的一种犬儒式的曲解，一种试图与时下那些"钻墙打洞地刻意挣钱"的中产阶级划清界限的自我美化。"性格"加"时势"使然，杜若有了钱，而且还"比较多"，足够他在汽车普及率远未达到百分之五十的时候拿出十几万来买一辆私家车，足够作为支撑他一再炒房的资本。在他看来，能够在达到这一切成就的同时仍然保持"不喜争斗、好说话"的性格，以及"按自己的兴趣生活"的态度不变，就是他胜过一般"成功人士"之处——一方面享受着富足的物质生活，另一方面又占据了精神生活的高度，鱼与熊掌兼得，比起那些戚戚于贫贱、汲汲于富贵之徒不知要高到哪里去了。

　　然而，杜若真的是一个像他的名字所寓意的那般"不以物喜，不以己悲"的散淡高洁之士吗？他常说的那句话，以及常回忆的那段与邮票有关的往事出卖了他。"要不是那把火，我现在至少一百万"，进而发展为"五百万""八百万"，不断上涨的数字，还有"一伸一伸好似划拳"的手势，都使他内心深处那份对财富的饥渴昭然若揭，并且伴随着一种"先前（有可能）比你阔得多"的怅惘之情。比起失去了"很白很亮的一堆洋钱"的阿Q来，杜若显然要幸运得多，尽管一把大火烧掉了价值数百万的庚申年猴票，他随身携带的那一点劫后余生的幸存品却足以在他"猜拳一样地追忆当年的损失"的同时成为炒房事业的"第一桶金"。所谓"猜拳"，并非只是宴席上酒徒间助兴的手段或童年时代幼稚的嬉闹，而是一种不无钩心斗角意味的策略游戏，其中蕴含着人与人之间最原始、残酷的算计。《空城计》里诸葛亮悠悠唱出"我本是卧龙岗散淡的人"，但这"散淡"仅仅是自称而已，事实是，在卧龙岗上他既算计着天下也算计着自己的前途，"三顾茅庐"就是他和刘备之间一场精彩绝伦的"猜拳"。这种"算计"或"计算"是人类与生俱来的天性，孟子评价舜时所说的"若将终身""若固有之"固然是对这种天性的超越，但只有极少数"圣人"才能做到。而当这种天性发展到现代都市生活阶段，便高度呈现出齐美尔（Georg Simmel）在《货币哲学》（*The Philosophy of Money*）中所说的"可计算性"特征：货币经济主宰的社会将所有事情都量化、化约成一系列因果联系，只能用知性来理解而无法用情感来把握。因此，我们在《求阴影面积》中看到杜若和他的老婆围绕着"车子"所进行的一系列计算：堵车导致开车比步行还慢；步行消耗脂肪而开车消耗汽油和停车费；开车回老婆娘家过年可以赚足面子，"比小车的表面积要大得多"……而随着杜若有了"外室"（"住在郊区的朋友"）又开车撞了老头、小舅子觊觎这辆肇事车计划用它拉客、"外室"发现自己怀孕，"因"不断产生"果"，"果"又立即成为新的"因"，一个似乎永无止境的因果链条在杜若的生活中绵延，计算的范围也由此不断扩大，最终必将溢出人的计算能力而堕入万劫不复的混乱境地。

　　这种现代都市生活中无处不在的高度的"可计算性"，被朱辉凝练地归结到了小说的题目中。"求阴影面积"，本是一道几何计算题，但与阳光下的汽车影子不同，当它指的是"心理阴影"的面积，便永远得不出确切的答案。时间、油耗、房价甚至和"小三"分手的费用都可以用冰冷的数字予以明确的量化，而一旦涉及心灵，它的无边法力便瞬间失效。因此，现代社会的一条基本原则，就是尽量与心灵撇清关系，力争与心灵无涉而达到"无情",这势必会导致出现齐美尔在《大都市与精神生活》(*The Metropolis and Mental Life*) 中所反复强调的"厌倦态度"(blasé attitude,或译"腻烦态度")、"冷漠"以及"矜持"(reserve) 的心理状态。非常尴尬的是,无论"厌倦""冷漠"还是"矜持",往往都会以一种散淡高洁、"随遇而安"的迷惑性面目示人,所谓"惆怅而独悲",其实不过是"心为形役"的一种掩饰而已。恰如《求阴影面积》里对杜若和他那个"郊区的朋友"之间关系的辛辣揶揄——"他身边的许多朋友都有这样一个女朋友,他也不能免俗……他们就这样保持着关系。""不能免俗"四字,正是中产阶级的虚伪所在。在欲望的海洋里,他们已经偏离航向太久、太久了。

众 生

金仁顺

宋惠玲

宋惠玲是在河里淹死的，那一年她十四岁。那条河在我童年的记忆里淹没了不少生命，矿长的小儿子也葬身其中。我从未见过那个据说是很文雅、有礼貌、相貌周正的少年。他的尸体从河边抬回来的时候，他的妈妈抚尸痛哭，对上前来安慰自己的、有点儿痴傻的大儿子说道："为什么死的不是你？"这句话后来流传极广，当人们形容丧子母亲的悲伤，或者表达对矿长大儿子智力的轻视时，都会把这句话搬出来。

虽然都是溺亡，但宋惠玲进入河中的理由却和大家不同，这也是日后她成为英雄人物的原因。她的一本"红宝书"掉进了河里。

很多插图和版画都再现了宋惠玲打捞"红宝书"时的情景——河水的波浪画得比海浪还要高，宋惠玲一只手紧紧抓着一本"红宝书"，劈波斩浪的动作看上去分外矫健，表情也非常坚毅。那不是一个濒死者的表情，是草原英雄小姐妹手握羊鞭与大风雪战斗（好几本小人书里，宋惠玲的故事都和她们的故事并列编在一起），并且获得最后胜利的表情。

我和伙伴们经常去河边玩，她们最初说起宋惠玲的时候，我无法相信这是真的。英雄人物都是光芒万丈的，怎么可能这么轻易地在我们身边就出现一个呢？但小人书是真的，时间地点姓名都对，让人无法质疑。有一次我还被伙伴们拉进河边的一个树林，柳树长得弯弯曲曲的，枝条披头散发的。在一个石头堆前，有人凑近我的耳边说道："这就是宋惠玲的坟。"我掉头就跑，宋惠玲在那个时刻丧失了英雄的形象，变成了游出水面回到人间的女鬼，摇曳的柳树枝是她的头发和手臂，为了躲避这些柔软的纠缠，我差一点儿跳到河里去。

不管宋惠玲，也不管有多少人死去，我们还是经常去河边，上世纪七十年代的童年是很难绕过河边的。

"宋惠玲真的那么爱'红宝书'吗?"我反复猜想,"就算她爱'红宝书',也不能为了一本书跳进河里连命都不要了啊。书可以再买啊。"我自己是绝对不会为一本书跳进河里的。我的疑问后来得到了答案。

"那本'红宝书'里夹了五斤粮票。宋惠玲怕回家挨爸爸的打,才跳进河里去追'红宝书'的。"

"那宋惠玲怎么还成了英雄呢?"我问。

"那些写书和画画的人不知道'红宝书'里有粮票的事儿呗。"

王长荣

小时候我生活的地方由三个部分组成,一个国营大煤矿、一个国营钢铁企业以及一个镇子。煤矿和钢企的工人是响应国家的号召,从各地迁移过去的,那时候我还不到四岁。"文化大革命"进行到中期。

在流行光荣榜和大红花的年代,我的个头儿一直都很矮,对戴着红花的人物,必须是仰视才能见到。在光荣榜上面,王长荣头上顶着矿灯,脖子上系着白毛巾,身上穿着工作服,他的照片占据光荣榜最中心的位置,比其他劳动模范的照片要大上一倍,胸前的红花也比别人的大出很多。

每天上学放学,我都要从王长荣的照片前面经过,抬头或者不抬头,知道他都在那儿,微笑着注视我。久而久之,对这个从未见过面的人,好像熟悉得不得了。

如同他的名字一样,王长荣二十年来始终是光荣榜上的常青树。他是全国劳动模范,偶尔到北京开会,领导们都会一脸笑容地接待他。每次开会回来,王长荣下了火车便直奔井口,换了衣服下井,在掌子面上工作十几个小时以后再回家。他虽然经常出去开会参加活动,但工作仍然比普通工人干得多,劳模是当之无愧的。

煤矿里经常出现或死或伤的事故,工人们到了几百米甚至是上千米深的地下,就像飞到几千米高空的飞机上的乘客一样,"听天由命"的分量变得格外地重。作为名人的王长荣在我的记忆里,似乎与灾难从来没搭上过关系。虽然他也和其他的矿工一样在暗无天日的地方工作,但他的身上好像有一层无形的盔甲,让他总能躲避开灾难。

我长大以后,看到媒体大肆宣扬某个模范人物时,脑子里就会有个弹簧那么一弹,王长荣像乘着升降机从井底上来一样,以光荣榜上照片里面的样子出现在记忆里。徐虎、李素丽以及其他著名的全国劳动模范也都能唤起我对王长荣的回忆。有一次我在《南方周末》上看到一篇深度报道,关注矿工长期在井下工作,得了硅肺病却得不到治疗和赔偿的问题,我当时忍不住在心里计算了一下,王长荣在井下工作了一辈子,他肺里面会含有多少煤粉?

在计划经济时代,王长荣做了几十年的模范人物,他退休以后赶上市场经济时代,他的儿子承包了煤窑，当起了煤窑主，已经退休的王长荣是现成的技术指导。王长荣与煤的关系似乎具有特殊的魔力，那么多的私人煤窑，数他们家的煤窑煤质好、产量高，煤对于王氏父子而言，是真正意义上的"黑金"，几年之内，他们便拥有了几百万的家底，富甲一方。王家有了钱，跟着有了房子车子。不久，王长荣的儿子儿媳在一次车祸中丧生了。

王长荣再一次成为人们茶余饭后的谈资。在很多人看来，一个劳模，家里有那么多钱是很不正常的，所以才出了意外。

丁婶

丁叔丁婶是山东人，"闯关东"时从山东来到东北。没什么文化的丁叔当了一辈子矿工，在我的印象里，他的矿工服、矿工安全帽，以及矿工黑色的水靴，要么穿在他身上，要么清洗了以后搭在院子里晾干。丁叔老实巴交，我们两家做了好多年的邻居，我听他说过的话没超过十句。丁婶的话比丈夫多，但也远远算不上唠叨，一口山东腔。她个子不高，不胖不瘦，和大家一样留着齐耳短发，穿灰色的衣服，不好看也不难看，每天做饭洗衣服，为家里的三个孩子操心。

煤矿难免有矿难。每次传来井下出事故的消息，丁婶和其他矿工家属一样，拼命往山上的井口跑。那条路不短，要跑上很长时间，那也是生和死之间的距离，让人肝肠寸断。丁叔好几次都大难不死。有一次井下发生重大塌方事故，死了几十个人，只有他和另一个工人幸免于难。

丁婶除了要照顾家庭，自己也有工作。她在洗煤厂当工人，几组工人轮转着工作和休息，早上八点、下午四点、夜里十二点，是几组工人交接班的时间。女工并没有因为性别的关系而得到特别的照顾，她们和男人一样，经常半夜爬起来去上班，或者在深夜里下了班独自摸黑回家。洗煤厂离住宅区很远，其中有几段路特别僻静。有一天夜里，丁婶在上夜班的路上被人奸污了。她回到家，把事情告诉了丁叔。丁叔既找不到凶手，也没有什么报警的意识，他把所有的愤怒都发泄到了妻子的身上。都是她的错，贫穷，工作，黑夜，意外事件。他们吵架，甚至动手，闹得很厉害。邻居们半夜被吵醒，有热心肠的人过去劝架，事情就这么传出来了。

那一段时间大人们的态度很微妙，聊天不再是家长里短、散漫无边，大家不提强暴事件，更没有人提到丁婶的名字。大家谈论的焦点问题，是深夜通往洗煤场的几条道路上，这些年来发生的其他事件。同样意外，同样黑暗，同样难以启齿，同样被当事人吞进肚里。

丁婶那段日子过得很艰难，但就像生活中的其他事情一样，后来，又发生了别的事件，丁婶身上发生的事情就变成了往事。

陈大夫

陈大夫和我们家很熟，所以，连我们这些晚辈都知道女护士是陈大夫的情人。

陈大夫脾气不好，待人接物有些酸气，但他是医院最好的儿科医生，没有之一，患者父母为了自己孩子的病痛，没有谁不奉承讨好他的。那个女人是儿科护士，文静秀气，笑容比话语多。

陈大夫五十五岁就可以退休了。他们家的房子正好临街，是最热闹的地段，他开了一家个体诊所，女护士也跟随着到他的诊所里当护士。那些得了病的小孩子全被带到了陈大夫的诊所里来，医院里的儿科变得清闲了。

陈大夫和女护士的工作方式，跟从前在医院里别无二致。他们的关系维系多年，早已经不是秘密。有她在眼前和身边，陈大夫说话和声细语，偶尔和小朋友们开开玩笑。她从年轻到中年，细白皮肤，眉眼秀媚。病人多的时候她忙工作，人少的时候，她坐在病床边儿上，织织毛衣，或者从陈大夫手里接了钱，出门买水果和零食。

一个医生和一个护士，一个男人和一个女人，他们每天在一起，配合得天衣无缝。

陈大夫的妻子也整天在诊所里忙碌。以前她是医院的药剂师，丈夫回家开诊所，需要护士，也需要她的扶持。诊所开在临街，中间有一个小院落，后面就是大夫家的房子。陈大夫的妻子前后里外地忙，诊所病人多时，她要助诊、开药、接待；病人少时，她要买菜、洗衣、做饭，还要照顾一个儿子。她好像是唯一一个不知道自己丈夫婚外情的人。每天中午陈大夫雷打不动的午睡时间里，她和护士在诊所里聊聊家常、说说闲话。

有一次我们在家里谈起何谓爱情，和往常一样，有人举陈大夫和女护士的关系当论据。前阵子陈大夫生病卧床了一段时间，诊所临时由陈大夫的妻子照看、打理。有一天中午，刚好送来一批药品。她和护士一起整理了一会儿药箱，看到午饭时间快到了，她把剩下的活儿交给护士，回到家里做饭。饭做好后摆上桌，陈大夫见饭桌边没有女护士，当即摔了筷子，拉下脸来，拍着桌子气势汹汹地对妻子强调："我还没死呢！"

他的妻子什么也没说，起身去前面诊所把丈夫的情人找到后面来吃饭，她自己去整理剩下的几箱药品。

二　哥

我和他妹妹是邻居、同学、朋友。他是她的二哥，我们也跟着叫二哥。

他们家有两个男孩两个女孩，大哥很有大哥样儿，上世纪七十年代末是汽车司机，八十年代初又当了汽车队队长。那时候能手握方向盘开汽车是件很酷、很了不起的事情。大哥开着大汽车，威风得很。

二哥也很有二哥的样子，细瘦身材，白白净净，头发自来卷儿，像个读书人，或者艺术家。大哥在外面风风火火干事业，二哥在家里安静自处。

我们都知道二哥有病，但具体是什么病却搞不清楚。他很少出门就跟身体虚弱有关系。但在我们当年的眼睛里，除了更好看、更秀气，他看上去跟别人没什么两样儿，他从未在公共场合倒下、昏厥，被人抬去医院过。至少我没见过。

他只穿很好的衣服。有些质地不那么好的衣服会让他过敏；他戴的表也很好，不好的表也会让他过敏。还有很多其他的东西，空气、水、食物，他只能用最好的东西，坏的和旧的东西不能近他的身，会害他生病。我们对此唏嘘不止：这是什么富贵病啊？真的假的啊？他的病把他变成贾宝玉了，只能吃好的喝好的用好的。这种病我们也很想得。

他们的父亲是煤矿的党委书记，是最大的官儿。那时候煤矿的工资、福利也比一般的地方高出一大截儿，如果他生在普通人家，那可怎么办？

我几乎没注意到他是哪天死亡的。在此之前我知道他在谈恋爱，和一个清秀、苗条的姑娘。有天我们去他家的时候发现他们并肩坐着，没什么话，微笑着。他们互相对视的眼神就是所谓的"眉来眼去"。他的死亡好像没引起多少哭声。多年来，他的家人，还有邻居朋友们，一直在等待着某个消息，这个消息终于来了。

大家都松了口气。

马小兵

马小兵是班里最爱出洋相的男生，喜欢模仿老师逗大家笑，打架时抢书包的动作像演杂技一样。他跑得快，运动会的时候，一千五百米、八百米、四乘一百米接力、四乘五十米接力都有他。他逢跑必胜，得了好多奖品，杯子、毛巾、笔记本、圆珠笔……风光得不得了。

我们家和马小兵家隔着三个胡同住着，上学放学的时候经常会碰见。但男生女生很少说话，碰见了也像不认识。

有一天早晨从马小兵家里传出一件很离奇的事情，有小偷半夜窜进他们家偷东西，被他爸爸发现了，他爸爸没抓到小偷，反而被小偷用刀在身上划了二十六处皮肉伤。事情就跟长了腿似的，传得飞快，我上学时远远地朝马小兵家看，发现胡同口站着好几个探头探脑的女人，一脸神秘地咬着耳朵说话。没过几天，传言改变了说法，说马小兵爸爸在外面胡搞，被人在玉米地里捉住后，用刀划伤了，小偷的说法是他自己编出来的。

从那以后我见到马小兵，横看竖看都不顺眼，很想把他爸爸的丑行在班里揭发出来。但马小兵一直对我客气极了，别的男生惹我不高兴时他还去对人家拳打脚踢一番，我便不好意思对他不讲义气。

升入初中后，我收到马小兵写的一封信，那是我一生中收到的第一封情书。尽管他个子很高，长得很好看，私下里招几个女同学喜欢，我仍然觉得自己受到了很大的侮辱。我把马小兵的信撕成碎片装在一个信封里，在放学的时候扔给他就走了。我快走到家时他从后面追了上来，脸涨得通红，跟着我走了几步，问我："你为什么把我的信撕了？"我心想，这还用问吗？"我不相信你不喜欢我。"马小兵跟着我走了一段后，突然说道。这话把我惹火了，我回头看着马小兵的眼睛说："我凭什么喜欢你？你以为你爸爸的事情我不知道吗？丢人现眼。"

马小兵那么大的个子竟然被我的这句话摁住了，他身子向后靠在一面红砖砌的围墙上，脸上显现出了类似于水泥的颜色，嘴巴也好像被水泥封住了。我转身继续走，在家门口时我扭头看了一眼，他已经没影儿了。

他跑得要多快有多快。

孙　伍

有段时间爸爸工作忙，午饭我们要给他送到办公室去。

我是在爸爸办公室里认识孙伍的。他是外地知青，具体哪里人没记住。他中等个子，衣服比女人还要干净整齐，脸色比豆腐还白，细长的眼睛像两条小鱼，有时眨个不停，有时又一动不动。我爸不在，他坐在办公桌对面的椅子上，盯着我看。

我把装饭盒的包放在办公桌上，在我爸的办公椅上坐了一会儿。我爸匆匆忙忙进来，拍了拍我的头。

我把椅子让给爸爸，把饭盒拿出来摆到办公桌上。爸爸吃起来。没跟孙伍说话，更没客气地问问他是不是吃过饭了。

"我想离婚。"孙伍说。

我爸看了他一眼，"哦"了一声。

"那个老不要脸的还看不上我，让女儿跟我离婚。"孙伍说，"到底谁看不上谁啊？！我后悔死了，在知青点儿跟她谈恋爱，结了婚，要不我早就考上大学去北京了。"

爸爸只管低头吃饭。

孙伍的谈兴好像没受到什么影响。

"婚我是早就想离了，不为她们两个，也要为别人。"孙伍提到的"别人"，吓了我一跳，那是当时红极一时的女影星的名字。她的名字从孙伍的嘴里飞出来，那么亲近，那么随便，就好像他们昨天还待在一起似的。接着孙伍又提起另外两个女影星，还是那种很家常的口吻，他说她们暗恋他也有好长一段时间了。这么多女人都喜欢他，让他很伤脑筋。

"是得想想办法。"爸爸笑着说，把吃完饭的饭盒盖子扣好，回身交给我。

孙伍走了以后，我问爸爸："真的有那么多电影明星都喜欢他吗？"

"他想得美。"爸爸说完就把我打发走了。

过了没多久，孙伍拿着一把菜刀上了街。他引起了很多人的注意，有人问他："孙伍，你干吗去？"孙伍就一本正经地回答："我要去杀小破鞋和老不要脸的。"听的人嘻嘻笑，接着问："谁是小破鞋？谁是老不要脸的？""我老婆是小破鞋，小破鞋的妈就是那个老不要脸的。"整条街的人都被孙伍弄得高兴起来了："你为什么要杀她们呢？""我要和小破鞋离婚，老不要脸的不答应。所以，我只能杀了她们。"孙伍很有派头地说着，径直朝丈母娘家走去。

过了半个多小时，孙伍又回到了街头。跟在他身后的是那个"老不要脸的"，她披散着头发，手里举着菜刀，闹革命似的在后面追孙伍。街上的人从没那么多过，叽叽喳喳地朝孙伍逃跑的方向拥。孙伍的老婆后来也追来了。她和母亲在拉扯的时候，菜刀砍到了她的手背上，血很快就流了出来，她的手如同戴上了一只红色的手套。在往医院去的路上，母女俩互相搂抱着，哭得鼻涕一把泪一把。孙伍在她们身后不远不近地跟着，像看热闹的人一样脸上挂着笑容，跟别人一起嘲笑那对丢人现眼的母女。

那是孙伍最后一次公开露面。几天以后，他被送进了精神病院。

单　莉

单莉是最早穿喇叭裤戴蛤蟆镜的姑娘，也是唯一一个在街上跟小伙子们一起抽烟的姑娘。她爸是大食堂的厨师，有几道菜做得相当出名，她妈妈永远把自己的头发抹得流油，走路时扭着屁股拧着腰，传说厨师的绿帽子能装满一仓库，但单莉妈妈从来没被捉奸在床过，甚至普通拉手都没有被抓住过。

单莉比她妈妈好看。腰细得不够人一把抓的，屁股像水蜜桃。她的头发梳得也和别人不一样，额头上面的头发拢起来，然后往后一梳，有点儿像时髦小伙子们的飞机头。她的衣服颜色鲜艳，紧身，任谁看了她，目光都会变成苍蝇蚊子蜜蜂，围着她打转。

她最早跟矿上技术科的副科长好过，两家住得近，一来二去好上了。后来她喜欢上篮球队的队长，就把副科长踹了。她跟篮球队队长好的时候，整天在篮球场边混，像朵鲜花插在篮球队里，小伙子们都围着她转。队长为了证明自己的主权，经常把手臂搭在她肩上。有比赛的时候，她坐在球场最中心的位置，比矿长还要醒目。没比赛的时候，他们要么聚集在一起抽烟聊天，要么用手提录音机放音乐跳迪斯科。她跳舞的时候那么高兴，谁也想不到她后来为了音乐老师甩了篮球队队长。

音乐老师是外地新调过来的，白白净净的，手风琴拉得特别好，唱歌也唱得好。从初中到高中的女学生们都被他迷住了。谁也搞不清楚他怎么会和单莉认识又好上的。

篮球队队长在大街上揍了音乐老师一顿，打得他鼻血横流，人人都以为他是货。但这个货在单莉要甩了他的时候，却抹了单莉的脖子。现场非常吓人，血喷得满屋子都是。

音乐老师是在河边被枪毙的。以前我们放学后经常到那个地方去玩，有一次还在草丛里捡到了鸭蛋。

单莉死后，她妈妈没了影踪，不知道她是出门了还是从此闭门不出。她的厨师爸爸变成了酒鬼，手里攥着个手榴弹似的酒瓶子，眼睛里面红通通的，看谁都像有着天大的恨。

病　友

读高中的时候，我有三分之一的时间在生病，住过好几个医院，也因此，认识了几个病友，这个女人是其中之一。

第一次见面时我以为她被人打了，或者被什么重击过，她身上的瘀青很多，脸上脖子上好几块紫色。她的床头柜上摆着很多东西，跟医生护士说话很熟稔的样子。她带着伤，却还是笑嘻嘻的。

病房就我们两个。没有人陪护的时候，我们就闲聊。

她没被人打。她身上的青一块紫一块，来自她的血液病。她伸出手来给我看，她的十个指甲都是紫色的，嘴唇也是紫的。

她不知道自己怎么会得上这个病，也不知道这个病是什么。从二十二岁开始，她在医院里待的时间超过待在家里的时间。她去过好几个大城市，北京、上海、广州、沈阳——她边说边伸出手指头数着，像个小孩子。每到一家医院，她总能引起小小的轰动，吸引来很多医生。她的血是紫色的！她的病他们也没见过，他们都想研究研究，她的血被一管管抽出来，抽到她发出抗议，"再抽下去就把我抽死了！"

医学专家对她进行过几次大型会诊，各有各的看法，但结果是她的病没有被治好。

她说起她的单位，她正儿八经的上班时间还不到一年，就病倒了。这些年她四处看病花的都是公费，耗资巨大，单位同事因为她已经好几年没拿过奖金了。她很不好意思，但她更想活下来。她才二十八岁，总觉得也许哪天就碰上好医院好医生，把她的病治好了。她单位里的人没有奖金也很不开心，但谁也不好意思因为没拿到奖金就咒她去死。至少当着她的面，同事们没说什么。

我们在一起住了一个星期。我出院的时候她送我到门口，有点儿难舍难分，她说她也快出院了。

半年后我们在一个婚礼上遇见。结婚的是她的同学，也是我同学的姐姐。她穿了身挺新的衣服，指甲仍然是紫色的，不知道底细的人会以为那是她故意染的。她打量着新娘子，边吃糖边跟我说："下一个结婚的就是我了。"她们同学差不多都结婚了，她快三十岁了，是个老姑娘了。我冲她笑着点头。她比我大十岁，不像老姑娘，更像个小女生，活泼开朗，什么都憧憬。

婚礼过后不久，举行了她的葬礼。

张　福

张福是个农民。一到冬天，他棉袄外面套着羊皮背心，在公路上赶着一辆毛驴车捡牛粪马粪。

很多人都认识张福，大家说起什么事情时，都会很自然地提到他，比方说谁谁的自行车在路上摔坏了，轮子飞了出去，差点儿被张福的驴踩到。谁谁家买了秋白菜，上坡时推不动了，张福帮忙推上去，还一直给送到家门口。谁谁家的孩子冬天时在路上放爬犁，要不是张福拉了一把，爬犁带着孩子差点儿钻进汽车轮子下面。张福区别于任何别的农民的地方在于，他不在田里，总是在路上，谁都看得见他。他自然而然地出现在大家的话题里。但张福也从来没成为过什么话题中的主题，他是作为某种参照物存在的，就好像路边的某间房子、某棵树。

"文革"结束了，又过了几年，八十年代到来了。八十年代的中国就像从漫长的冬季里醒了过来，阳光变得明亮起来，天地间一片生机勃勃，张福从我们上学放学的路上消失了，我们也把他遗忘了。仿佛过了很久，在全国范围内的一次"扫黄"活动中，张福，连同他做的事情被公安局清查出来。

张福手头上管理着十几个女人。那时还不时兴夜总会、桑拿浴、洗头洗脚屋之类的地方，那些女人的生活看上去和其他人并没有任何不同，但那只是"看上去"。男人们去找张福，跟他谈好价钱后，张福把某个女人叫出来，到他安排好的房子里面和男人交易。其中有一个女孩子，长得病恹恹的，瘦弱白净，林黛玉似的，看人的神情很高傲，据说她在那伙儿人里面最年轻、最好看，价钱也要得最高。

张福被抓以后，沉默了好几天，后来才开始交代。他不说则已，一说惊人。他无须凭借任何文字记录（据说他是文盲），却能把几年之间交易的情况一项一项地讲出来，时间、地点、人物、价格，甚至当时的天气以及其他某些微不足道的细节，他都能讲得丝毫不差。

一大堆名字被抖搂了出来，其中不乏有头有脸的人物和一些五六十岁已经儿孙绕膝的长者。在我们这个不大的地方，引发了一场世俗大地震，被波及的人家闹得鸡飞狗跳，离婚、寻死觅活的事件发生了好几起。更多的人看大戏，津津乐道，拍案惊奇。据说张福待在监狱里倒是很从容，他说我这一辈子能干出这么大一件事儿，死也值了。

姨婆婆

姨婆婆是一个宽脸膛的老太太，牙齿好像有些问题。为了把话说得清楚，她的语速很慢，一个字一个字地讲。可能同样是因为牙齿的问题，她吃一顿饭的时间是平常人的三倍。她这样慢腾腾的，让生性爽利又总有很多事情要做的小姨很不耐烦。有时候急了，难免要摔摔打打，发几句牢骚。这种时刻，姨婆婆便装聋作哑，隐退进她那间光线昏暗的房间里或坐或躺。人老了，诸多无奈，凡事看不开也要看开。

小姨其实不是虐待婆婆的儿媳妇，好吃的好喝的，她一样儿也不缺少地摆上婆婆的小餐桌，而且据她抱怨，她刚结婚的那几年，受了婆婆数不清的气。小姨夫天生好性子，为人厚道谦和，夹在老妈和老婆中间，对谁都笑眯眯的，对谁都无可奈何。

有一次小姨出门，在我们家所住的城市里转车。晚上吃饭时，话题说到姨婆婆的身上，小姨照例表达了一番对她的厌恶，然后说起前一阵子姨婆婆半夜里煤气中毒，她爬起来把婆婆拖到院子里的雪地里，好一阵子忙活才把她抢救过来。

"事后我很后悔，当时假装不知道就好了，反正她都八十多岁了，死了不是更省心？"

小姨是开玩笑，大家也都没把小姨的话当真。但我父亲的脸整晚沉着。他是个孝子，最恨人不敬老。小姨走了以后，他很不高兴地对妈妈说："她说的那是什么混账话？怎么可以这么做人？"

"她一直喜欢乱说话的，你又不是不知道。"妈妈替小姨辩解。

小姨刚走，一封电报拍到我们家，姨婆婆去世了。那时候的通信，没有办法及时地通知到小姨，三天后她出门回来又在我们家等候转车时才知道这个消息。整个晚上，小姨没说一句话。

第二天一早，父亲陪小姨回家帮忙料理丧事。几天以后，父亲回来。

"小姨回到家后，是怎么样的反应？"我问父亲。

"没下车就哭起来了，下了车往家走的一路上，更是呼天抢地的，没等进门，已经有人听见声音迎出来了。"父亲停顿了一下，又补充了一句，"她是真的很难过。"

"姨婆婆还真会挑时候啊。"我知道不应该，但还是忍不住笑了。

姑　妈

我十二岁那年，姑妈一家四口从外地搬来我们家附近。

说是姑妈，其实血缘关系很远。但我们两家相处得很亲近，姑妈经常来我们家做客，和我妈妈聊天聊到深夜。她们以为我睡着了，言谈不大顾忌，我才知道原来姑妈不能生育，表姐表哥都不是她生的孩子。

再后来飞来横祸。姑妈和姑父一起，出了车祸，姑父一条腿残疾了，侥幸生还，姑妈当场丧命。家里一半的人赶去奔丧、帮忙，忙了好几天才回来。姑妈再也不会来我们家里做客了，她的形象被定格在那张遗像上。我这才发觉她是一个目光异常温柔的女人，那一刻的悲伤，直到如今仍然找不到恰当的语言形容。

大学毕业那年夏天，我坐火车回家看望父母。在卧铺车厢里，我上面的中铺是一个老教师，大概是懒得爬上爬下，她坐在我的铺位上和我聊天。起初我们有一搭没一搭地东拉西扯，后来她提到她住过的一个小镇，我随口说，我姑妈以前也在那儿住过。她问起姑妈的名字，我说了。她拍起手来，原来她们竟是认识的，而且是邻居。

"你知道你姑妈不能生育吗?"老教师问我。

我说知道，虽然不是亲生的，但姑妈对表姐表哥好得不能再好了。老教师也说姑妈是个很善良的人，笑容温顺。

"我刚认识她的时候，她结婚没几年，做梦都想生个自己的孩子。"她接着说道，"我安慰她，说以后会有孩子的，让她不要着急。过了没有两个月，有一天我见到她，她喜洋洋地对我说，'我怀孕了'。那个月她整天想吃酸的，看见油腻的东西就吐。她确定自己的肚子里有个男宝宝。过了几个月，她的肚子鼓了起来，而且越来越大，见到她的朋友邻居们都恭喜她。十个月过去了，孩子没生，十二个月时，她去医院看医生。医生仔细给她做了检查，说她根本没怀孕，肚子里面其实是一股气。你姑妈的怀孕完全是一次臆想。医生说完那些话的第二天，你姑妈的肚子就像泄了气的球一样，又恢复到原来的样子了。那以后，你姑妈再也不提想生孩子的事儿了。"

我很震惊，想起法国作家蒙田说过一句话：强劲的想象产生事实。我从来没想过，这句话居然会落实在我认识的人身上。

"大时代"中的"小故事"
——评《众生》

卢　翎

　　短篇小说《众生》由十二个小故事组成。十二个小故事的主人公们生活在二十世纪七八十年代，是叙述者童年、少年时代的邻居、同学、亲戚、朋友、病友，还有父辈的同事、朋友。时过境迁，叙述者长大成人后，从记忆中打捞起他们的故事，怀着了然的心态，在勘破真相后重新审视曾经的生活，展露生活的缝隙痕迹，探究人生的图景与内心的隐秘。其中既有历经世事后的知性与豁达，又饱含人世深沉的尊重与懂得。

　　二十世纪七十年代是一个崇尚英雄的时代，"那些写书与画画的人"热衷于"制造"英雄，于是十四岁的宋惠玲（《宋惠玲》）成了英雄。只有小伙伴们知道，宋惠玲不惜跃入水中，抢救"红宝书"，不过是因为担心弄丢了粮票回家要挨爸爸的打。早逝的生命承载的是生活的辛酸，时代的荒谬。

　　《众生》中，叙述者生活的"地方"是一个国营大煤矿、一个国营钢铁企业以及一个镇子。"煤矿和钢企的工人是响应国家的号召，从各地迁移过去的"。"文革"时期，这些"地方"是特殊的"社会"，也是全新的"社会"，但是维系"社会"稳定却非主流价值观念，而是"人心"，它与另一种"力量""秩序"与"观念"相关。陈大夫（《陈大夫》）是"医院最好的儿科医生"，退休后"开了家个体诊所"，陈大夫医术精湛，深受人们信赖，"患者父母为了自己孩子的病痛，没有不奉承讨好他的"。陈大夫的诊所里，他的妻子是药剂师，他的情人是护士，三人工作、生活和睦共处。这是镇上公开的秘密，所以"连我们这些晚辈都知道女护士是陈大夫的情人"。同样是"视而不见"，面对可怜的丁婶（《丁婶》），人们又是极为冷漠的。面对人们的冷漠与丈夫的无情，丁婶只能屈从，认为是"自己的错误"，忍受丈夫的暴力，"贫穷，工作，黑夜，意外事件"，就这样被"当事人吞进肚子里"。"强"与"弱"在镇上人们的"心中"，是心照不宣的，而这"心照不宣"却正是我们内心中可怕的"力量"。

　　这种"力量"维系着生活的"平衡"与"和睦"，也使像二哥（《二哥》）、单莉（《单莉》）、孙伍（《孙伍》）这样的人成为"另类"。二哥"细瘦身材，白白净净，头发自来卷，像个读书人，或者艺术家"，"他只能用最好的东西，坏的和旧的东西不能近他的身，会害他生病"；单莉是镇子里"最早穿喇叭裤戴蛤蟆镜的姑娘，也是唯一一个在街上跟小伙子们一起抽烟的姑娘"，她热烈地追求爱情；而"衣服比女人还要干净整齐"的知青孙伍，唯一想做的事情就是摆脱他的妻子与岳母"威胁"。他们不得不接受人们的"瞩目"，当他们或因病离世，或惨死街头，或"被送进精神病院"后，镇上的人们"都松了口气"。作为平庸生活与"秩序"的破坏者，他们被"人心""放逐"了。

有论者指出，金仁顺不仅拥有超强的感受力，极为细腻的情感，而且，对人的行为方式、细节和灵魂深处的体察是异常冷静的。基于这种感受力与体察力，金仁顺的笔如手术刀般锋利，直指那些"隐秘之念"，《姨婆婆》中，小姨的"玩笑"，《张福》中张福的"惊人之举"，还有《姑妈》中姑妈的"臆念"，是我们意识不到的欲望，是我们幡然醒悟的心愿和幽微至深的疯狂。

在对往事的重叙中，金仁顺始终关注的是人的处境，人性的"幽暗"以及深入的探测与挖掘。

《众生》的写法别具一格。金仁顺将现代小说表现化入传统笔记小说中，把空间压缩在场景中，让时间流淌在细节中，删繁就简，雕琢"众生"万象，意蕴深长。正如《广西文学》的评价："金仁顺以日益老到的笔法，以日渐简省的语言，迅捷精准地勾勒身边各色人等，只需轻盈的一个转折，甚或是记述生活本身顺然的延展，各自命运的迹线总在一个个瞬间陡然清晰。笔记小说，方寸天地，于此有了启阔或浊重。"（《广西文学》2020年度获奖作品《众生》获奖词）。

对于金仁顺来说，《众生》的创作不啻一次成功的人性与艺术"探索"。

泰　斗

晓　苏

1

　　吴修的新书发布会，定于上午九点，在位于湖边的这所大学举行。作为吴氏集团办公室主任，我八点之前就赶到了会场。事实上，我还有一个隐秘的身份，即吴修的私人秘书。他很器重我，也很依赖我，让我负责整个会议的筹备与安排，包括邀请专家，联系媒体，布置会场，甚至把接送史学泰斗章涵教授这么重要的任务也托付给了我。吴修对我如此信任，我显然不能辜负了他。

　　到了开会的地方，我先吩咐工作人员把头天已经布置好的会场又重新查看了一遍，从灯光到音响，从会标到座卡，从茶水到点心，任何一个细节都没放过。接下来，我还亲自放了一段介绍章涵教授的视频，图片清晰，文字醒目，效果非常好。然后，我又走到会场的正门，仔细看了看张贴在大门两侧的巨幅海报。一张是吴修新书《荆楚文化与武汉精神》的封面，九个镏金大字分外耀眼；另一张是章涵教授在他八十华诞那天拍的照片，鹤发童颜，精神矍铄。还好，两张海报虽然贴出来一天一夜了，却没有丝毫损坏，看着像是刚贴上去的。

　　检查完毕后，我见时间还早，就从主席台右侧进了后面的贵宾室，打算坐下来休息一会儿。我早晨六点钟就起床出门了，感觉好累。

　　贵宾室里有洗手间。洗完手照镜子时，我突然发现嘴唇苍白，好像没涂口红，看起来黯然无光，像一枝快要凋谢的花。其实我是涂过口红的，只不过这天换了一个新的品牌，色彩偏于淡雅。相比而言，我还是更喜欢以前用的那种色彩鲜艳的口红，它让女人显得年轻而性感。可是，我出门时没带那一款。为了让自己稍微靓一点，我只好再往脸上补些粉。

　　我刚把粉补上，吴修也匆匆忙忙赶到了。他这天换了一身打扮，西装革履取代了往日的唐装布鞋，雪白的衬衣上还系了一条火红的领带，俨然一个学者。他一进门就问我：“黄衣，准备好了没有？”我说，一切就绪。

“泰斗呢？”吴修突然扩大声音问。

我像小姑娘那样将头一歪说：“你放心吧，不会有问题。今天一大早，我又和章涵教授联系了一次，他保证九点钟准时到会。”

“他是自己走路来吗？”吴修接着又问，两眼直视着我。

我如实回答说：“他本来说自己走路来的，但我怕他万一有什么闪失误了大事，最后还是决定派熊启开车去接。现在，车已等在他家门口了。”

问完这些，吴修总算是放了心，紧绷的脸盘终于松弛下来。他先对我暧昧地笑了笑，然后靠近我，瞅瞅四周没人，伸手便在我屁股上摸了一把。我瞪他一眼说：“都什么时候了，还这么不正经！”听我这样说，吴修立刻就打住了，没再动手动脚。他迅速在沙发上坐下来，从包里掏出发言稿，开始为今天的讲话做准备。这个稿子是我找人起草的，他可能还不太熟悉。坦率地说，吴修的很多文稿都不是他写的，包括刚出版的这本新书。

按照以往的惯例，这个发布会早就应该开了。吴修之前出书，都是书一印出来便开发布会，墨都等不到干，以至发布会上经常有人说墨香四溢。他的这本书在上个月月初就印好了，发布会之所以拖到现在才开，主要是因为章涵教授。坦率地说，吴修出这本书，其目的就是希望章涵教授出席新书发布会，甚至可以说，这本书就是冲着章涵教授策划出来的。如果章涵教授不在新书发布会上露个脸儿，那么这个发布会就等于白开了，书也等于白出。不巧的是，章涵教授前段时间一直不在武汉。他到欧洲讲学去了，一去就是几个月，直到前天晚上才从巴黎飞回武汉。因此，发布会一拖再拖，直到今天。

对于吴修出书，很多人都感到不可思议，有人还说他是吃饱了撑的。在他们看来，吴修作为一家上市公司的老总，有别墅，有豪车，有娇妻，海外的存款几辈子都花不完，压根儿没必要出什么鬼书。应该说，他们的看法不无道理。但是，这些人根本不懂吴修，更不知道他内心深处藏着一个梦。

当然，我是知道的。在我成为吴修的秘书不久，他就把他的这个梦告诉了我。吴修的这个梦与大学有关，就是有朝一日到一所名牌大学当一个客座教授。

吴修从小就是一个非常好强的人。他有一个同年同月出生的邻居，名叫高香，两人从小学到高中都是同班同学，在学习上始终暗暗较着劲。高考那年，高香以高分考上了武汉的一所重点大学。吴修却考场失利，只勉强上了一所位于黄冈的专科学校。从此，吴修便疏远了高香，甚至不跟他见面。高香本科毕业后，一举考上了母校的硕士研究生，硕士读完读博士，博士读完又留校任教，三十出头就当上了教授。吴修专科毕业后去中学当了一名老师，从上班第一天起就不安心，先是自修本科，然后便一门心思考研究生，做梦都盼着像高香那样当一个大学教授。遗憾的是，吴修连续考了三年都没考上，总是差那么几分。后来，他一气之下辞了职，凭着父亲的关系，来到武汉开了一家书刊发行公司。

吴修虽然求学不顺，但经商却是一把好手，几年工夫便成了千万富翁。有钱以后，他及时拓宽了业务领域，做印刷，干餐饮，搞建筑，随后又涉足房地产，生意越做越大，直至发展为赫赫有名的吴氏集团。

自从进入商海，吴修再也没有提及过大学，凡是与大学沾边的话题均闭口不谈，仿佛讳莫如深。大家以为，吴修已经身家数亿，富甲一方，对大学早就没有兴趣了。况且，大学曾经伤过他的心，他怎么会往自己的伤口上撒盐呢？然而出人意料的是，吴氏集团挂牌成立那天，吴修居然给十几年没有来往过的高香发了请柬，邀请他出席挂牌仪式。请柬发出后，吴修心想高香肯定会来，并且还在主席台上为他安排了席位。但是，临近开会的前一个小时，高香却给会务组打来电话，说要参加一个国际学术会议，分身乏术，深表歉意。得知这个消息，吴修当场就晕眩了，好像被人当头打了一棒。

就在吴氏集团挂牌的那天晚上，吴修破例喝了半斤白酒。酒后，他倒在我怀里，喷着酒气对我说："我一定要去湖边的那所大学当一个客座教授。"我问，为什么一定要去那所大学，他打着酒嗝说："因为高香也在那里。"

现在，我和吴修正坐在湖边这所大学的新闻中心里，等着开吴修的新书发布会。这所大学倚山面湖，风光旖旎，实在是一个开会的好地方。更重要的是，史学泰斗章涵教授是这所大学的终身教授，还担任着学校学术委员会主任的职务。

八点半的样子，吴修看完了发言稿。他抬起眼睛，把目光投向我，似乎要对我说一句感谢的话。可他话没出口，突然发现我的嘴唇不同寻常，不由一惊问："黄衣，你今天怎么没涂口红？"我说："涂了，换了一个淡雅的品牌。"

"为什么要换牌子？你以前不是一直喜欢浓艳的口红吗？"吴修盯着我的嘴唇问，眼神怪怪的，像看一个陌生人。

我想了一下说："有人建议我改用雅致一点的口红，他觉得我以前用的那一款太俗气了。"

"谁？你居然这么听他的话？"吴修用异样的声音问，好像有点吃醋了。

我浅浅地笑了笑说："抱歉，我暂时不想告诉你。"

吴修的脸顿时变得通红，一直红到耳根。接下来，他还想继续盘问我，但门口传来了一串脚步声。他只好暂且放弃追究，马上起身去迎接嘉宾。我也赶快从沙发上站了起来，紧跟着吴修朝门口走去。

2

第一个到来的嘉宾叫张不三，目前是这所大学史学院的办公室主任。他虽说年纪不大，职务不高，但精明过人，八面玲珑，特别擅长牵线搭桥。我们吴氏集团和这所大学之间的关系，基本上都是他帮忙建立起来的。尤其是章涵教授，如果不是张不三从中巧妙斡旋，不断地给我通风报信和出谋划策，我即使搭着梯子也高攀不上。不过，吴氏集团也没有亏待张不三。他每次为我办事，我都会神不知鬼不觉地送他一个牛皮纸信封。信封鼓鼓囊囊的，像一条怀孕的鱼。

吴修和张不三见面后没有握手，只是相互拍了一下肩。他们已经是老熟人了，再也不需要那些繁文缛节。张不三拍完吴修的肩，马上就将他晾到了一边，然后迅速转过身来面向我，似乎有重要的事情与我商量。

"黄秘书，泰斗搞定了吗？"张不三开口就问。

我说："托张主任的福，已经搞定了。"

"我给你出的那个点子不错吧？"张不三又问，边问边得意地笑了一下，把牙龈都笑出来了。

我赶紧跷起一根大拇指，伸到他的鼻子下面说："不错，张主任出的点子，都可以称为金点子。"

这时，吴修亲自端来一杯茶，直接递到了张不三手上。张不三接过茶杯，正想跟吴修说点什么，吴修却转身走了，说要去贵宾室外面打一个电话。快走到门口时，吴修突然回过头，给我递了一个眼色。我明白吴修的意思，他是要我把今天的报酬及时付给张不三。其实，吴修离开贵宾室，并非真要打什么电话，而是不想让张不三当着他的面收我的信封。虽然他俩熟得不能再熟，但有些细节从来都是回避的。这好比窗户上的那层纸，本来一指头就能捅破，但捅破了毕竟不好，那样容易漏风。

张不三随身带着一只小皮包，黑色，一看就是真皮的。我把牛皮纸信封递给他，他捏了一下，二话没说便装进了小皮包里。他的动作是那么娴熟，轻轻一捏就知道是五千，真可谓业精于勤。

吴修很会把握时间。张不三刚把信封收好，他就回到了贵宾室，并特意和张不三坐在了同一张沙发上，看起来亲如兄弟。坐定之后，他们一边喝茶，一边不约而同地说到了章涵教授。吴修感叹说："章涵教授的架子真是大啊，我以前请了他四五次，居然一次都没有请动。"张不三用鼻孔哼了一声说："他如果架子不大，能被称为泰斗吗？"

吴修听了若有所思，正不知道如何接话，张不三扭头盯着我问："你知道泰斗是什么意思吗？"我还没来得及解释，他自己却抢先回答说："所谓泰斗，就是泰山北斗，泰山乃五岳之首，北斗乃七星之冠，总而言之一个字：牛！"

接下来，张不三接二连三地讲了一大串章涵教授的故事，有的像传说，有的像神话，有的像段子，尽管内容各异，但都离不开同一个关键词，那就是牛。他还频频使用大师、大腕、大咖这些词语，充分证明章涵教授架子大。

张不三首先讲了一个照相的故事。他说："凡是章涵教授参加的学术会议，无论是上主席台，还是吃招待宴，或者是拍合影照，最中心的那个位子，一定是章涵教授坐，非他莫属。有一次，荆楚文化研究会开年会，章涵教授作为会长也出席了。开幕式结束后，全体与会者从学术报告厅移步到门口拍合影。前排摆了十三把靠背椅，工作人员直接把章涵教授请到了最中间的那把椅子上，也就是第七把，从左到右，从右到左，都是第七。那天雾霾严重，天空阴沉沉的。章涵教授讨厌雾霾，因此心情十分不爽，刚坐下不久便起身返回了报告厅。他离开得有点匆忙，连拐杖也忘了带走。章涵教授走后，他那个座位就空下来了。摄影师在按下快门之前，考虑到画面美观，就建议移一个人到第七把椅子上去坐。然而，摄影师的建议却无人响应，没有谁敢去坐那个空位。空位两边的几个副会长也不敢去坐，拉也没用，推也没用。后来，那个空位便只好空着。有意思的是，合影洗出来后效果却非常好，因为那个空位上竖着一根很别致的拐杖，大家一眼就能看出是章涵教授的。"

听完这个故事，吴修显得很兴奋，一边拍腿一边咂嘴说："牛，真叫牛，难怪他的架子那么大！"张不三马上卖个关子说："更牛的还在后面呢。"说完，他猛劲地喝了一口茶，然后又趁热打铁讲了一个喝酒的故事。

某个元旦前夕，省长在东湖宾馆举办了一次迎春酒会，宴请社会各界名流。章涵教授也应邀出席了，并且与省长同桌，还被安排坐在省长旁边。宴会开始后，省长首先举杯起立，给大家一一敬酒，祝福各位新春吉祥。省长敬完酒，满桌的人都纷纷起身离位，依次排队等着回敬省长。可是，章涵教授却一个人坐着没动，仿佛无动于衷。大家都回敬了省长，他仍然一动不动地坐着，丝毫没有给省长敬酒的意思。坐在章涵教授身边的，是一位表演艺术家。她好心给章涵递了个眼神，暗示他该给省长敬酒了。章涵教授却并不领情，对表演艺术家的眼神视而不见，只顾自己埋头吃菜，看都不看省长一眼。

吴修听到这里，忍不住有些激动，愤愤地说："他的架子也太大了，居然连省长的面子都不给！"张不三斜视吴修一眼说："你生什么气？人家省长都没生气呢。"吴修愣愣地问："省长真没生气？"张不三眉毛一挑说："省长不但没生气，而且还在许多场合赞扬章涵教授。"吴修迫不及待地问："省长是怎么赞扬他的？"张不三模仿省长的口吻说："当今的知识分子，差不多都不像知识分子了，只有章涵教授，还保持着知识分子的那种气节。"

有关章涵教授的故事，我在此前听张不三讲过不少，但和省长同桌喝酒这件事，我还是头一回听到。说实话，我听了这个故事感触良多，既钦佩省长宽阔的胸怀，更敬重章涵教授那种特立独行的个性。

吴修却不以为然。他横眉冷眼地说："什么气节不气节，依我看，章涵教授完全是在故作清高。"说完，他停下来喝了一口水，然后扭头盯着张不三问："难道他真像你所说的，对金钱一点都不动心吗？"张不三说："千真万确，章涵教授真是一个不爱钱的人。"吴修又问："他真的视金钱如粪土？"张不三胀大眼窝说："岂止是如粪土，在他眼里，金钱连粪土都不如。"吴修摆着头说："我不信。"张不三说："你若不信，我就再给你讲个故事。"

没等吴修表态，张不三已开始讲了起来。那是十年前的事了，张不三当时还只是文史学院办公室副主任。在那一年的教师节即将到来之际，一位毕业于文史学院的校友，下海经商发了财，特地给院里捐了一笔钱，委托院办给老师们买点节日礼物。院办考虑到老师们众口难调，觉得礼物太难买，就决定在教师节那天开一个全体教工大会，给每一位到会者发两千块钱，不到会的人则不发。当年，不少老师对开会不感兴趣，每逢开会总是请假，章涵教授便是其中一位。他几乎从来都不参加教工大会。当然，他是院里默许的。原因是，章涵教授年事已高，并且身份比较特殊。教师节的头一天，张不三出于好心，破例给章涵教授打了一个电话，请他次日到院里开会，并透露说只要到会便可以领到两千块钱。章涵教授却没有为之所动，回答说："对不起，我没有时间去开会。"张不三又耐心劝说："不会耽误您多少时间的，您领了钱就可以走嘛。再说，从您家到院里，来回不到两千步，一步就是一块钱啊。"章涵教授在电话那头笑了一下说："谢谢你的美意，即便一步两块，我也不会去的。"

张不三讲完这个故事，吴修半天无语。低头沉默了许久，他又抬头问张不三："难道这世上就没有什么能让章涵教授动心的吗？"张不三说："当然有，每个人都有软肋嘛。"吴修急忙问："他的软肋是什么？"张不三没有马上回答，突然歪过头看了我一眼，然后神秘地对吴修说："你的黄秘书应该知道。"听张不三这么说，我不禁有点紧张，感觉脸也红了。

吴修一向敏感，立即问我："你知道章涵教授的软肋？"

我赶紧否认说："别听张主任瞎扯，我怎么会知道。"

吴修这时又把目光落到了我的嘴唇上，抑制不住地问："请告诉我，究竟是谁跟你推荐了这个牌子的口红？"

我想了想说："我会告诉你的，不过，不是现在。"

3

八点四十，熊究究教授来到了贵宾室东侧门口。他是这所大学史学院的院长，也是张不三的顶头上司。张不三听觉很好，老远就听出了熊究究的脚步声。熊究究一到东侧门口，张不三立刻就从西侧那个门溜出去了，麻利得像老鼠躲猫。出门后，张不三转身给我做了一个夹烟的手势，意思是去外面抽支烟。我知道，抽烟只是个借口，他是不想让熊究究发现他已经先到。

看见熊究究进来，吴修显出很激动的样子，一边亲切地喊着老师，一边跑步上前迎接。和熊究究握手的时候，吴修还特意弯下了腰，只是腰弯得太深，把皮带都露出来了。吴修一向大大咧咧，气宇轩昂，看到他在熊究究面前如此谦卑，我感到十分滑稽。不过，我能理解吴修。吴修的博士学位是跟熊究究读的，假如没有导师的神助，他不可能把博士文凭弄到手。所以，他时刻要对熊究究表示尊敬。更重要的是，吴修的最终目的是想在史学院当一名客座教授。熊究究作为该院的院长，吴修必须首先通过他这一关。尽管这一关早已通过，但在客座教授聘书还没有颁发之前，吴修对熊究究仍然要保持一种毕恭毕敬的姿态。

熊究究进门后，先四处张望了一会儿，然后蹙着眉头问吴修："章老还没到吗？"吴修说："黄衣跟他联系过，老人家说九点钟准时到场。"熊究究似乎不太相信吴修的话，马上扭头盯着我，目光直戳戳的，像两个钢钉。

"章老肯定会来吗？"熊究究站着问我，表情肃穆，口气僵硬，仿佛章涵教授不来就转身要走似的。

"请熊院长放心，章涵教授肯定会来的。"我说。

"你凭什么这么肯定？"熊究究将信将疑地问，"章老异常清高，特别难请，很多时候连我这个院长出面都请不动他，你们是如何请动他的？"

"鱼有鱼路，虾有虾路嘛。"我莞尔一笑说，"熊启已开车去接泰斗了。"

说到熊启时，我刻意把重音放在熊字上面。熊究究听到熊字，身体不由本能地一晃，好像被风吹了一下，随后便主动在一张沙发上坐了下来。

熊启是张不三介绍到吴氏集团的。我开始把他安排在运输队开卡车，每月三千底薪。当时，张不三没把熊启的真实身份告诉我，只说他是熊究究的一个小老乡。直到熊启领到第一个月工资，张不三才跟我交底，说他是熊究究亲哥哥的儿子。我责怪张不三，问他为什么不早说。张不三说熊院长不让讲，还嘱咐他永远也不要挑明这层关系。我说："既然这样，那你为何还是挑明了？"张不三露出一脸怪笑说："因为你们给熊启开的工资太低了。"得知熊启是熊究究的侄儿以后，我很快将他从运输队调到了小车班，同时还将他的底薪由每月三千涨到八千。加上奖金，熊启每个月的收入至少有一万多。当然，这些钱也没有白给熊启，就在我给他调岗加薪的第二年，吴修从熊究究这里取得了博士学位。

熊究究坐定后，吴修亲自给他端来了一杯热茶。他接过茶杯，不慌不忙地喝了一口，然后指着我对吴修说："吴总，你的这个黄主任不简单啊，居然能把章老请来帮你站台，真是神通广大！"吴修不无得意地说："是的，她的确很能干。"我假装不高兴地说："请你们不要取笑我好吗？否则我要挖个地缝钻进去。"吴修马上对熊究究说："好，我们不夸黄衣了，还是说一说泰斗吧。"

吴修把话题一转到章涵教授身上，熊究究的话匣子突然洞开，犹如水库泄洪，滔滔不绝。吴修不由暗自欣喜。因为，他有太多关于章涵教授的问题，正好可以从熊究究嘴里找到答案。两人一拍即合，很快就讲开了。

吴修一上来就问："老师，您是史学院的院长，章涵教授怎能连院长的面子也不给？"熊究究叹口长气说："唉，院长算什么？部长的面子他都不给呢。"吴修一怔问："真有这等事？"熊究究说："我耳闻目睹，还能有假？"

事情发生在四年前。熊究究回忆说："那是教师节的头一天，教育部有一位副部长，当时正在我们学校调研。那天，部长决定召开一个小型座谈会，慰问一下教师代表。慰问名单拟定后，校长办公室及时通知到了每位代表。章老毫无疑问在名单上，并且排在首位。我也滥竽充数，忝列其中。座谈会定于下午三点在行政楼举行，两点半的样子，我们这些代表都陆陆续续到了会议室，只有章老迟迟未到。三点钟，章老还没来，校办主任便打电话问他：'您到哪里了？'章老说：'还在家里呢，我手头工作太忙，就不去开座谈会了。'校办主任尴尬地说：'哎呀，部长还等着慰问您呢。'章老呵呵一笑说，他要是真想慰问我，可以到我家里来嘛。当时，章老在电话中的声音很大，在场的人都听见了他的话。"

吴修听了大吃一惊，瞪着眼睛问："部长也听见了？"熊究究说："听见了。"吴修又问："部长生气了吗？"熊究究摇摇头说："没有，部长不仅没生气，散会后还专程登门看望了章老，并送了一束鲜花。"

熊究究讲到这里，停下来喝了一口水，看样子想歇一下。可是，他刚把一口水吞进喉咙，吴修又开口了。吴修感叹说："泰斗这个人，好像不近人情啊！"熊究究一听这话，立刻放下茶杯，扩大嗓门说："你说得太对了，他确实不近人情，还经常让人难堪！"吴修沉吟了片刻，低声问："他没给过您难堪吧？"熊究究迟疑了一下说："给过，多得很，有几次还让我下不了台。"吴修胀大眼圈说："居然这么严重啊！"熊究究哭笑不得地说："是啊，好多往事，我都不堪回首。"这时，我忍不住插了一个嘴，用乞求的口吻说："熊院长，请您给我们分享一件好吗？"吴修马上附和说："对，您最好给我们分享一件。"熊究究抬起头，先看看我，再看看吴修，犹豫再三，终于答应说："既然你们都想听，那我就给你们讲一件吧。"接下来，他讲了一件关于论文答辩的事。

那是很久以前的事了。当时，高校正疯狂地搞教育产业化，许多官员都跑到大学来读在职博士，实际上就是花钱买文凭。那年，熊究究也招了一个官员，还是一位副厅长。副厅长虽然没到学校听过课，博士论文却在秘书的帮助下按时交稿了。作为导师，熊究究收到论文后还是浏览了一遍。除了文从字顺，这篇论文几乎乏善可陈，材料陈旧，观点老掉了牙。严格地说，副厅长那次是不能参加论文答辩的，但考虑到他交钱慷慨，熊究究决定还是睁一只眼闭一只眼放他一马。为了让副厅长顺利通过答辩，熊究究事先做了周密安排，答辩委员会的主席和委员都是他的铁哥们儿。然而，离答辩只剩两天的时候，副厅长突然提出一个要求，希望章涵教授出任答辩委员会主席，并愿意为此多给史学院赞助五万元的办学经费。熊究究明知此事有难度，但又觉得五万块钱不是一个小数目，最后还是硬着头皮给章涵教授发出了邀请。章涵教授开始并没有拒绝，只说要看一下论文。熊究究亲自把论文送到了章涵教授家里，趁机还超标送去了两千元审读费和五千元答辩费。出人意料的是，到了答辩的那天早晨，章涵教授突然给熊究究打来一个电话，说他不参加答辩了。熊究究问为什么。章涵教授说论文太差，不合答辩要求。熊究究一听头都炸了，半天没回过神。

吴修听得面红耳赤，迫不及待地问："后来呢？"熊究究喝口水说："后来，我只好又临时安排了一个主席，答辩会还是按时开了。"吴修松了口气说："总算答辩了。"熊究究却说："可惜，答辩没通过。"吴修一愣问："又怎么啦？"熊究究满脸沮丧地说："副厅长正在进行陈述时，章涵教授猝不及防地来到了答辩现场。他是专程来退答辩费的，进门就把一个鼓鼓的信封扔给了我，同时还扔下了一句话。"吴修急忙问："他说什么？"熊究究说："他说这篇论文不能通过答辩！就因为这句话，副厅长的答辩结果是不合格，泡汤了。"

听罢熊究究的讲述，吴修突然低下头去，半天无语。我看着熊究究，疑惑地问："难道章涵教授的一句话就能左右答辩委员会？"熊究究语气怪怪地说："人家是泰斗呢，一言九鼎啊！"话音未落，吴修猛地抬起头来，有些慌张地问我："我的这本新书，你送给章涵教授了？"我说："送了。"吴修不安地问："如果他看了我的书，还会来参加发布会吗？"我轻松地笑了笑说："他会来的，吴总放心好了。"

吴修猛然又盯上了我的嘴，满怀醋意地说："你这款口红，也太淡了。"

我故意把头一歪说："因为有人不喜欢太艳的。"

"谁？他到底是谁？"吴修问。

"我说过，以后再告诉你。"我说。

这时，贵宾室外面突然传来了张不三亢奋的叫声。他在喊我，要我赶快出门迎客。我以为是章涵教授来了，马上闻声而出。吴修和熊究究也迅速起身跟着我往门口跑，都以为是泰斗驾到。

4

到了贵宾室门口，我们才知道来的不是章涵教授，而是这所大学的副校长任德卿。他吊着两个大耳垂，梳着一个大背头，派头十足地走在前面，一看就是个当官的。张不三紧跟其后，一手帮他拎着包，一手帮他拿着茶杯，欢快地迈着碎步，像一条摇曳的尾巴。

我和任德卿交往已久，可以说是老熟人了。据我所知，任德卿在这所大学里背景颇深，提为副校长之前曾在好几个重要部门任过一把手，做过后勤处长，干过基建处长，当过人事处长。早在他担任基建处长的时候，张不三就介绍我们认识了。吴氏集团与任德卿之间的亲密关系，就是在那段时间建立起来的。任德卿的老婆是一位律师，张不三建议吴氏集团把她聘为法律顾问，每年给她十万元顾问费。吴修采纳了张不三的建议，还将顾问费由十万增加到了十二万。打那以后，任德卿把学校的基建任务差不多都给了吴氏集团。当然，那些工程基本上都是法律顾问帮忙联系的。每当一项工程结束后，吴氏集团都会给法律顾问发一笔可观的奖金，又称业务费。

任德卿见到我，显得亲切而随和，还开玩笑说要跟我拥抱。张不三马上起哄说："抱一个，抱一个。"熊究究也说："抱吧，抱吧。"吴修虽然没说话，却用鼓掌的方式表示了赞同。然而，任德卿没有抱我，只是拍了拍我的肩。

"章先生到了吗？"任德卿关切地问。

"还没有。"我看了看表说，"老人家说九点钟准时到，现在才八点四十五分，还差一刻钟呢。"

"你的面子真够大的，居然能把泰斗请动。"任德卿朝我伸根指头说。

"功夫不负有心人嘛。"我翘起嘴角怪笑一下说，"你这么大的校长，我们不是也请动了吗？"

任德卿过于敏感，以为我话里有话，脸一下子红了。幸亏张不三及时把茶杯递给了他，算是帮忙解了个围。任德卿接过茶杯，便一屁股坐到了沙发上，闷声喝茶，一言不发，气氛陡然凝重起来。熊究究见状，立即给任德卿打了个招呼，说去外面透一口气，说完便走了。张不三也跟着出去了，我的借口仍然是出门抽烟。不过，张不三心细，出去之前还给任德卿茶杯里加了一点水。

贵宾室只剩下三个人的时候，任德卿的情绪顿时好多了。他转头面向吴修，皮笑肉不笑地问："这本新书赚了不少稿费吧？"吴修一时不晓得怎么说，便拧过脖子看我。我马上替他回答说："稿费不多，二十万左右吧。"事实上，这本书是吴修自己买书号印的，不仅没有一分钱的稿费，而且还投入了一大笔，书号费、印刷费，加上几个博士生的枪手费，足足花去二十万。听我说有二十万稿费，任德卿立刻惊讶地说："嗬，吴总又发财了，一定得请客啊！"他所说的请客，其实另有所指。我赶紧把嘴巴凑近他的耳朵，小声说："你今天的出场费，已打到法律顾问的卡上了。"我边说边伸出一个巴掌，让五个指头一起颤动了一下。任德卿很快心领神会，知道老婆的卡上又多了五千，不禁露出了满脸笑容。

我趁任德卿心情不错，便直接提到了吴修当客座教授的事。要说起来，还在任德卿当人事处处长时，吴修就向他吐露过这一心愿。那个时候，想当一个客座教授非常容易，只要学院提出申请，再请主管校领导签个字，人事处就可以发聘书了。遗憾的是，吴修当时还没有弄到博士文凭，达不到申请条件。后来，等他把文凭弄到了手，学校却突然修改了客座教授的聘任办法。新办法规定，凡聘任客座教授，必须经过学校学术委员会审核。正是由于这个规定，吴修迟迟没有让史学院为他提出申请。因为，吴氏集团一直没能在学术委员会里找到关系，所以不敢轻举妄动。好在，我们如今总算联系上了章涵教授。

吴修这时试探着问："任校长，我现在让史学院把申请交到学校，应该没有问题了吧？"任德卿沉思了一会儿说："章先生是学校学术委员会主任，只要他出席了今天的新书发布会，那就不会有多大问题了。"吴修马上又问我："章涵教授今天肯定会来吗？"我说："他肯定会来，我做事一向是钉子回脚的。"任德卿突然转头问我："章先生看了你们吴总的新书？他感觉如何？"我说："老人家看了，感觉不错。我今天早晨与他通电话时，他还夸这本书有新意呢。"任德卿听了高兴地说："这就好！章先生是个非常较真的人，既然他觉得这本书不错，那吴总的客座教授就八九不离十了，让我们等着请客吧。"

接下来，任德卿兴致勃勃地讲了一个章涵教授较真的故事。他说事情发生在十年以前，当时省属高校评高级职称都由省教育厅负责，章涵教授经常被请去担任文史哲评审组组长。每年一到评职称的前几天，章涵教授都要接到很多电话和短信，甚至还有领导写的条子，托他关照某些参评者。可是，章涵教授却不吃这一套，电话一接便忘，短信一看便删，条子一到手便直接扔进字纸篓。到了评审的时候，他什么都不管，只管认认真真地看申报材料，最后把那些名副其实的参评者评出来。有一年，章涵教授在埋头看材料时，意外地读到一本从民间视角研究辛亥革命的专著，不由两眼一亮，欣喜若狂。该书作者名叫王自爱，是襄阳一所高校的教师，也是那次唯一的一个来自地市的参评者。章涵教授此前和王自爱素不相识，印象中也没有收到任何与他有关的请托。然而，在评审会上，章涵教授却力挺王自爱，称赞他学术积累丰厚，研究视野开阔，观念现代，见解独到，是一位难得的人才。评委们都认同章涵教授的看法，并频频点头。十分奇怪的是，在第一轮投票时，王自爱居然被淘汰了。

任德卿讲到这里，换了一个坐姿，然后接着讲。他说那次共有十个教授名额，王自爱位于十一，排在他前面的是一个少妇。章先生仔细看过少妇的材料，觉得她的学术水平很一般，远远比不上王自爱。我忍不住插嘴问："那她的票数怎么比王自爱还多？"任德卿顿了一下说："她是某个副省长的小姨子，评委们事先都被打过招呼。其实，章先生也收到了一个为少妇打招呼的条子，只是他没有细看，扫了一眼就把条子扔了。"吴修问："后来呢？"任德卿说："后来，章先生发火了。他指着评委一个一个地质问，王自爱和少妇到底哪个水平高？让他们凭良心说实话。评委们都说，论水平，王自爱肯定超过少妇。章先生接着又问，既然这样，那少妇的票为什么比王自爱的多？直到这时，评委中才有人透露，少妇是某个副省长的小姨子。知道这个原因后，章先生更加气愤，当即要求再次投票，最后，副省长的小姨子落了榜，王自爱评上了教授。"

听到这个结果，吴修捏了一把汗说："章涵教授真够较真的，难道他就不怕得罪那个领导？"任德卿说："章先生从来不怕得罪领导，再大的领导他都不怕，别说一个副省长，就是在副总理面前，他也敢直言不讳。许多年前，一位主管教育的副总理来武汉视察，在东湖宾馆下榻。章先生听到消息后，连夜给副总理写了一封提意见的信，并通过特殊渠道很快送到了副总理手上。"吴修问："他提了哪些意见？"任德卿说："在那封信中，章先生对当时的教育现状进行了尖锐批评，认为教育界乱象丛生，并列举了三大突出表现，一是学校盲目升格，揠苗助长，自欺欺人；二是高校一窝蜂合并，贪大求全，名不副实；三是教育过度产业化，舍本逐末，疯狂敛财。"我屏住呼吸问："副总理看到信后，肯定很恼火吧？"任德卿说："具体情形，不得而知。不过，有一种传说倒是有鼻子有眼，说副总理看了信深受震惊，那天连晚餐都没心思吃，手上一直拿着那封信……"

任德卿还准备往下讲，张不三突然进来了。他告诉我，有几位记者已到会场，正等着采访章涵教授。我迅速起身跟吴修说："吴总，你陪一下任校长，我出去给记者们打个招呼。"吴修说："你去吧。"

我正要迈步出门，吴修忽然在我背后埋怨说："你今天这款口红，实在是太淡了，看上去一点都不吸引人。"

"今天是你的新书发布会，只要你吸引人就行了。"我回眸一笑说。

吴修冷笑一声说："不知道是哪个高人出的这个馊主意，让你涂这种寡淡寡淡的口红，莫非你有男朋友了？"

"也许吧。我三十好几了，也该有男朋友了。"我说。

5

我和记者们打完招呼回到贵宾室，发现熊究究也回来了。他和张不三正在对表，两人的眼睛都一眨不眨地看在各自的手表上。任德卿和吴修也在关注时间，还相互看了一下对方的手机。这时是八点五十五，离开会只有五分钟了。然而，章涵教授还没有来。我想，他们肯定都在担心，担心泰斗临时变卦。不过，我是一点都不担心的，可以说胸有成竹。

吴修已经开始坐立不安了。他从沙发上站起来又坐下去，坐下去又站起来，像是屁股上长了脓疮。过了一会儿，吴修命令我说："黄衣，你赶紧给熊启打个电话，问章涵教授上车没有。"我立即拨熊启的手机，拨通就问："什么情况？"熊启说，章涵教授已经上车了，最多五分钟就到会场。

"熊启怎么说？"吴修焦急地问。

"章涵教授已经坐在车上了，五分钟之内准到。"我得意扬扬地说。

"你今天涂的这款口红……"吴修双眼倏然亮了一下，然后对着我的耳门问，"该不会是泰斗送给你的吧？"

"哈哈！"我扑哧一笑说，"恭喜你，猜对了。"

这款口红的确是章涵教授送给我的。老爷子真逗，第一次见面就送我礼物。要说，我和老爷子取得联系非常晚，至今也不到十天，当时他正在巴黎讲学。他的电话和微信，都是张不三告诉我的。张不三同时还告诉我，老爷子既不爱权也不爱钱，只对美女情有独钟。我听懂了张不三的意思，很快给老爷子打了电话，然后每天给他发微信，还不断地发我的照片，从端庄的到妩媚的，再到妖娆的。老爷子果真被我迷住了，后来还主动要求与我视频。在视频即将结束时，我请老爷子出席新书发布会，他一口就答应了。我提出等他回国时去机场接他，他也没有拒绝。前天晚上，我一个人开车去天河机场，顺利地接到了老爷子，还送了他一束玫瑰花。老爷子见到我激动不已，兴奋得像个孩子，一见面就抱了我一下。在回市内的车上，老爷子一路都在夸我好看。我将他一直送到了家门口。临下车时，老爷子突然对我说："衣衣呀，你很漂亮，几近完美，唯一不足的是口红太艳，略微显俗。"我听了好难堪，正无言以对，老爷子从包里掏出一个精致的小礼盒，直接塞给了我。我打开一看，是一支淡雅的巴黎口红。

九点差两分的时候，我从贵宾室来到了会场的入口处。吴修随后也来了，和我一起恭候泰斗光临。

八点五十九分，一辆黑色宝马徐徐开到了会场门口。我和吴修马上张开双臂跑上去，像两只飞翔的草鸡。可是，到了车前，我们只看到了司机熊启，却不见章涵教授的人影。"泰斗呢？"我惊慌地问。熊启说，车开到半路上，章涵教授看到了一个中年人，就喊了那个人一声，同时让我停一下车。他们说了几句话，说完，章涵教授就愤愤地下车回家了。

"中年人说了些什么？"我问。

"他说吴总的新书是找人代写的。"熊启说。

"那个中年人叫什么名字？"我问。

"章涵教授叫他高香。"熊启说。

熊启话音未落，吴修的双腿陡然一软，然后就一屁股瘫在了地上，看上去像是中风了。

扣子艺术谈
——评《泰斗》

周新民

晓苏新作《泰斗》是一部把扣子的艺术发挥到极致的佳作。扣子又称关节，是中国古代小说，尤其是话本小说的重要艺术手段。话本小说为了吸引听众（读者）的注意力，常常在事件发展到紧要关头，停止叙述，转移叙述的笔触。现代小说也会运用扣子。不过，和传统小说不同，现代小说常常用悬疑或者悬念来取代扣子。悬念的设置甚至成为西方现代小说的一种重要艺术手法，甚至有一些小说理论家把悬念上升到哲学高度来理解。《泰斗》在扣子的运用上，既有传统小说在叙述上腾挪之魅力，也有现代小说哲理之深思。

首先，我们来看看《泰斗》在叙事艺术上的匠心。《泰斗》一开篇就把史学泰斗章涵教授是否来参加吴修新书《荆楚文化与武汉精神》发布会作为一个重要悬念。吴修本为商人，请枪手拼凑了一本著作《荆楚文化与武汉精神》。之所以耗费巨资来"打造"这本著作，是因为吴修想当大学的兼职教授。章涵是这所大学的学术委员会主任，又是著名的学术权威。吴修要想实现凤愿，一定要得到章涵的首肯。吴修本来不学无术，靠资本运作，和这所大学建立了紧密的关系。他不仅承包了这所大学的基建，还拿到了这所大学的博士学位。吴修要顺利成为这所大学的兼职教授，就差临门一脚：史学泰斗章涵来参加吴修的新书发布会。《泰斗》叙事伊始，就把章涵是否来参加新书发布会置于叙述张力之中。一方面是吴修求"贤"若渴，恳切希望章涵来参加新书发布会，为此，秘书黄衣做了精心布置；另一方面，《泰斗》又极力渲染章涵参会的不确定性。小说通过多人的口述，描绘了一位忠于学术、不畏权势、不委身于金钱的学术大师形象。于是，在叙事张力织成的叙事网络之中，吴修和章涵的形象构成了巨大的反差：吴修是善于资本运作、屡屡得手的商人；章涵是一位高风亮节的学术泰斗。随着叙述的推进，小说叙述张力不断扩大。章涵是否来参加新书发布会的悬念，一直高悬。

《泰斗》其实还穿插了另外一个重要悬疑。那就是吴修秘书黄衣的口红到底是谁送的。在工作上，黄衣是吴修的秘书。实际上，她还是吴修的情人。原本她使用的口红，都是吴修给买的，颜色较艳。而在吴修新书发布会这天，她所使用的口红，颜色淡淡的。黄衣口红颜色的变化引起了吴修的注意。他多次催问黄衣，到底是谁给她送了新口红。直到小说即将结束，悬念才解开。口红原来是史学泰斗章涵赠送的。

制造关节、悬念，是话本小说吸引读者注意力的一种方式，并没有特别的意义。如果按照晓苏的观点，出于叙述自身的需要制造悬念，大概属于有意思的小说所为。在这个层面上，悬念给读者带来了阅读快感。晓苏认为，有意思的小说更接近文学的本质。晓苏的这个观点，我认为有道理。中国古代话本小说，原本就是自娱与娱人。进入到现代社会之后，小说一跃而成为社会公器，担负着较为重要的社会功能，承担起启蒙、教化、组织的责任。因此，寻求意义，成为小说家不可逃避的责任。关于小说家孜孜以求地建构启蒙、教化的社会功用，晓苏称之为寻找有意义的小说。当然，《泰斗》也是一篇有意义的小说。行至文末，悬念终于落地。章涵在来参会途中得知吴修著作"写作"的真相后，立即折返，没有来参加新书发布会。于是，一位有风骨有节操的学者形象最终形成，伫立在读者面前。至此，晓苏通过扣子的设置，把有意思的小说和有意义的小说熔铸一体。

《泰斗》是一篇大学叙事的小说。此前，晓苏有多篇小说讲述大学故事。有影响的作品有《大学故事》《暗恋者》《保卫老师》等。晓苏在这些讲述大学生活的小说中，对大学精神已经日益沦陷的现象展开了猛烈的批判。然而，《泰斗》却有不同，赞美大学精神脊梁才是小说重点之所在。泰斗章涵，不仅仅是学术泰斗，更是精神标杆。他对于权贵和金钱鄙夷的态度，显示了这个时代仍然有精神"硬核"。章涵对于黄衣的关爱，纯粹属于天真浪漫之故，而非垂涎黄衣的美色，与吴修有本质的不同。出场不多的高香，则是章涵的精神传人。他埋头学术，敢于直面媚俗，显示了中年一代知识分子的精神操守。

大寺终年无雪

杨知寒

1

常姨用手心拍走了灰，自己矜持地坐到其他椅子上，让那张干净的给我。我们先是没有内容地笑了一会儿，一楼大厅有股灰尘的味道，挂在头顶的几台电视机上正显示同一个节目画面，采访附近村里的孤寡老人，特写他们得到的粮油。常姨说，我老家就在那儿。我说，好些年不回去了吧。她说，回去没意义，不是上坟，一般不回去。其实坟也该迁了。

常姨是母亲的老部下，淡眉小眼，人精瘦，脸也抽着两腮，显出硬朗的颧骨。头发上面枯黄，下面灰白，像很多这个年纪的女人一样，烫染总是灾难，又架不住不烫染，最后只能默默收成一束，绑在脑后，将前额拔出高耸的空白。在我记忆里她出现的大多场合都是在走廊，每次关门前，开门后，她便从自己办公室里抱一摞乱七八糟的稿子迎上来了，有时和我与母亲坐同一班电梯，讲正事前先夸人，从母亲到我，再回到母亲，却在电梯重新开门，进来一大群人后缄口。现在母亲已不在这幢大楼里工作，常姨留了下来，工作没有大的变动。人人都在想办法要回拖欠的工资，因为拖欠，他们不敢离职。我看这大楼里上班时间没什么人走动，保安和我们一样，悠闲地瞧着一楼窗外过路的行人。外面热闹得多了，也是些老头老太太，走一步停一步地闲聊天。常姨的神态和他们有些像了，那是过去在母亲办公室里，她拖延着不出去、被母亲安排给窗台上的三角梅浇水时，才能出现的表情。母亲养什么花草都不像样，只有三角梅养得久，一排窗台上有三盆是它，在南向的玻璃窗上倒映出紫红色的花影。常姨浇完水用角落的簸箕把枯干了的花叶扫走。干枯了的三角梅更好看，叶脉透过阳光清晰可见。她拿一片比较完整的递给在沙发上发愣的我，说可以当书签。常姨知道我爱看书，知道爱看书的孩子管起来省事，自己就把自己管住了。当时的我远比现在乖巧，但仍然不记得那书签随手扔到什么地方了，只记得常姨磨蹭在母亲办公桌前，翻来覆去问我最近又在看什么。她女儿那时刚上小学，也爱看书，她想让我多推荐。

这是我去南方上学后第一回见到常姨。她从母亲那儿要到我的联系方式，因为知道我在学校里写了几篇文章，也组织了所谓的心理社团，算是会说道。她最近很需要个会说道的人来帮忙，尤其是岁数小的，能和她女儿更好地沟通。我没见过常姨的女儿，只听说过多次。我上高中时她在念初中，到我大学时她进了我读过的那所高中，那里的情况氛围都是我所熟悉的。所不熟悉的，只是这女孩的性格。没去南方前听说她已经逃过几次学了，心里不觉得怎么样，一来自己也逃，二来逃学被抓只能证明人缘不够好，或逃学计划不周密，没其他可说的。常姨当时经常打电话来，多在晚上，我在自己房间看书的时候能从母亲突然调低的电视音量中，听清同时压低了声音的谈话声，大概常姨就是从那时起长出白发。这次见了面，常姨一句多余的话都没有，上来就抓我的手，力气有点重。她说，帮帮你妹妹。我说，谈不上帮忙，不就是聊天？她说，医院也给聊过天了，聊不好。我说，我也经历过青春期，知道那股劲儿。全世界忙什么的都有，就没人忙一下我。挺需要关注的。她说，没人不关注她，真的，你帮帮常姨，让人少关注她点儿，我就这个诉求。我把按疼了的手从她手里抽出来，笑笑，她很各色？她说，真是各色，学校班主任也说，带这么多年学生了，没见过傻子也见过疯子，话是不好听，咱能听明白。我上次去开家长会，她班主任把手往讲桌上一拍，说，你家孩子不正常。我脸也红了，问怎么不正常。她告诉我，李故上课就哭。不是念课文的时候，不是有人跟她说话的时候，就是自己在那儿流眼泪，讲数学公式也不耽误她流眼泪。我说，小林黛玉。多愁善感也是有的，林黛玉哭鼻子的时候大概也这岁数。您这么一说，我倒理解多了点。记得我上初中的时候，中午从不跟别人一起吃饭，也不回家，我们学校偏僻，往西走有广场也有江，我就每天一个人走在大中午快烤化了的沥青路上，向着江边。到江边就折返回来，一路自己跟自己说话儿。说的都是自己想的小说情节，您看，现在不也就用上了？都是培养。常姨突然把脸转过去，泛白色的薄唇在抖，抖了半天，转回来，看我的眼神儿跟先前有较大差别。我想说点儿什么，她开口说，姨的心叫你稳住了。她从裤兜里掏出手绢，在文过下眼线的眼睛上点起来，眼泪在青色的背景下浑浊得像污水，跟着呕出一口长叹，说，这么些人，就你说得像。李故跟我说过几乎一模一样的场景，你走的那条道儿，有一阵她也天天走。常姨把手臂伸出去一只，手指一样伸展在最末端，那距离仿佛是遥远的西部。我说，那就没事。不过是抒发压力的一种方式，高中生累，歇一口气能被甩出几十名，这是她给自己按摩神经呢。她说，李故没有排名了。我说，一次考不好，不用着急。高中考试也多，还有机会。她说，老师说不给我们排名了，李故不在乎。我问，是不是老师对您女儿有些看法？她说，同学也有。我说，这也是青春期典型的交际障碍，长大了都能相处得开。关键是去接纳别人。她总有玩得好的朋友吧？或者，谈得来的？也可以找他（她）们帮她敞开心扉。常姨说，没有脸找。我眼看着她脸上刚才那丝笑纹突然隐匿下去，仿佛皱纹是完美的战壕，她得在年龄里躲一躲，才有胆色直言不讳。由此我才知道自己不经意点出了这次谈话的重心，想说些不疼不痒的话来收场，毕竟常姨又去掏她的手绢了。这一次，她眼泪阵势更大。只是掏出手绢的同时还掏出一张相片，是李故本人。常姨的语气很重。和我告别时，她像过节塞钱一样，给我塞好她女儿的照片，说，有时间你去看看她。大寺，109坐到终点。她说的地方，小城里几乎人人都去上过香。

李故没比大寺难找。她倒是不知道我会去找她，早上下了点儿小雪，我是在雪停后快中午到的，寺里香客不多，和照片上相似的女孩子，抱着扫把在院子里一下下地，扫着。我看她在那儿，便没着急过去，站在寺门口售票亭旁看一门之隔的槛外的乞丐。大寺门口一年四季都有乞丐，冬天尤其多，开车来找不准地方，只要看看街道上哪个方向的乞丐密集，哪儿就一定对。进寺前手已经掏进口袋，我本是要给的。可乞丐仍在槛外靠着墙，静静看我，一副理所当然的样子。我像突然被人敲了一棍子，便心硬如铁地往身后青烟袅袅里走。初七，中年妇女举着高耸的香烛正闭目念诵什么，在她身旁，有师父模样的黄袍僧人也念经，我能捕捉到一些是，消业，慈悲，南无。女孩儿则在青烟与念诵之中，顺着石阶扫下来了。我故意躲开去，去找寺里的吸烟区，酝酿一会儿要说的话，捏着手里越抽越短的白纸棍儿，眼前都是过去的事。李故的相片其实我不需要带着，也不需要看。她的形象在未见之前就已由她的事迹勾勒出来，多一笔少一笔都不对，我自己心里有她的相。侧过身去，还能看着她，一个一米六不到的小影子，穿黑色长款羽绒服，脚下是黑布棉鞋，少见，孩子们更少穿了。她梳干净的短头发，是女孩子的那种短。没戴口罩，嘴抿得很紧。双脸通红，从眼睛能透出来，她不怎么怕冻。我仿佛已看到一个少女出家的样子，怕是真的，晃了下脑袋。烟头扔在雪地里，她往这边看时，我们都迎了上去。李故偏头，看看地上，说，你最好还是带走它。我说，烟头？没什么垃圾桶。她说，这是寺，人人心里都该有拾捡垃圾的念头，必要时，自己就是垃圾桶。我只好拾了，揣进口袋，算是打开话匣，请她在院中长椅上坐一会儿，意思是请教。李故把扫把放在脚下，我刚想问，她说，进香的？我说，不是很信。看你这么小的岁数，很信？李故没直接表示什么，左手钻进右手袖筒里，上身荡秋千一样前后晃起来，像一只跷跷板上单薄的杆。我注意到她没戴这个年纪的女孩子脸上少有幸免的瓶子底儿，眼睛因而明亮，看来少年得道，能明白不少禅机。她似笑非笑地向我看了一眼，说，我妈为什么找你？你看着年纪也不大。我说，你都知道了，那我不酝酿了。她说，不用酝酿，大家都挺忙的。我还有三个院子的雪没扫，等一会儿太阳大起来，都成泥了。寺里得干净。我说，不急。本来无一物嘛！李故没有再说什么，也没有走，脸上依然流露出不可理喻的笑容。我不知道是什么原因让她陪我干坐了一会儿，那一会儿，雪又开始下，大寺屋顶的红瓦上，一点点积成一片时，她站了起来，朝我双手合十。我试着回礼，她顾着拿扫把，也没看。

2

　　大寺的佛是动过的，准确说，七零八碎过。事情发生在一九四九年前，炮火连天之际僧人们无心礼佛，想着怎么把佛像保全下来，就是最大的功业了。奈何佛像巨大，搬运惹人注意，忙活几个日夜没有成果。最后僧人们请来专做此工的石匠，看出佛像身上有隐藏的关节，可像人骨般分解拆卸，将汉白玉大佛依次解成碎块，随土掩埋了。后来大寺改为公墓，再后公墓拆迁，碎佛在土间被找到。当年掩埋碎佛的圆智法师被景象触动，在杂草丛生的院子里，用脚丈量，信徒们依着隐约的方位开始挖掘。被找到的大佛残缺不全，主体仍在，修复组装一番之后，便供奉在这里。我说到这儿，身旁往嘴里塞橘瓣的父亲唔了一声。我看着他把嘴里的东西咽下去，喉结一动一动。父亲光着上身，皮肤很白，像常在澡堂泡着的人，但我了解他一辈子也不会喜欢澡堂这种地方，因他还时常会脸红，结巴，不知所云。父亲对我的表述深信不疑，尽管他比我在这城市里多住了半辈子，在很多方面，他仍然保持孩童似的态度。因为他对历史感兴趣，我才好容易想到这个话题，否则我们一旦独处在这个家里时，只能像合租的房客，他的书房和我的卧室，是分界清晰的泾渭山河。可这些年他总是希望我回家，我和母亲每周至少三通电话，但是和他没在电话里说过一句，他觉得我从没喜欢过他。其实这感觉不能说不准确，人对至亲总归是有深沉的感情的，爱或感激，都有成分在里面。后来我便不说喜欢了，只说爱着父亲，毕竟他已知道我在回避什么。

　　他咂摸了半天嘴里的味道，说，这么回事儿啊。我说，从我妈拿回来的书上看的。地方县志，应该不会假。他点点头，说，那假不了。就是心理上有点别扭，想不出来佛碎了什么样。看盗墓小说里写的那些文物被破坏的事，挺难过。现在父亲经常通过手机阅读小说，有时我从他房门前过，能看见飘在床上的一点蓝光，没开灯，他和他的白肚子在床上平躺着，圆滚滚的手指捏着显示屏。在更久以前，我将父母的书柜当作冒险般获取的宝藏，虽然不清楚为什么，但知道一旦被父母看见我去读他们的书，总是会让双方尴尬的。我知道《乌鸦》《大浴女》属于母亲，也知道《帝京》《废都》《三言二拍》属于父亲。母亲的书爱折页脚，写短评，父亲的书则无论什么，看了也和没看一样，只有时间留下的旧书感，没有主人的气味儿。我伸手向果篮，拿的是杠果，对着垃圾桶一下下剥。他说，不用对准，弄到地上我正好拖地。可我还是对得很准，比之前更注意，他却已经去拿拖把了。厨房里有关火的声音，从我上初中开始，都是父亲在下厨房。母亲在外杀伐攻占，他则更多在厨房和书房里，后者有他电脑游戏中的万里疆土。他走出来说，你妈来电话说开会，回来得七八点了。要不咱俩先吃？我说，不太饿。要是饿了你就先吃。他看看左右，不知看什么，还点着头，像回味自己的意识，说，我也不太饿。那等等她吧。我轻松了许多，他也是，他知道他说了合适的话，可是有点伤感，拖布在脚底下放着，眼见我吃完杜果的地方仍然干干净净，还是拖了一遍。他最后说，行吧。这让我不能再说行吧，我想他既然觉得我比他好一点儿，我就应该好一点儿。于是又吃了一个杜果。

快九点母亲回来了，没喝酒，步伐平稳。听她到我卧室门口来，便把书合上，回头看她夹在门缝里的脸。她轻声说，你常姨夸，说你姑娘人挺有意思的。我说，这是谁夸谁？她说，常姨女儿夸你的，你常姨学话。我说，其实她女儿也没有太各色。我们没聊几句，她忙着给寺里扫雪，寺里是雇了她还是女弟子什么的？母亲说，没人雇她，寺里其实一直不让她去。我说，常姨也是病急乱投医，我帮不上什么忙。母亲说，当妈的就这样，总得抓挠一下。你不会懂。母亲出去以后，我站到房间窗口去，拉开窗帘，外头天色黑沉，没半点光。知道可能是下雪了，因为风声很大，行人声音又少，像被风雪卷去了什么地方。年已经过去，但正月里香客都不会断，来来往往，明日大寺里若不及时清扫，像她说的，要化泥了。想到女孩儿，想到她的评语，有意思又是什么意思，然后开始明白今夜这场大雪是注定要来的。也许我可以真正帮到她的，就这一点儿小意思。

开始她和我只是默默地扫雪，用寺里僧人手上的扫把，虔诚地表示，想在正月里给佛祖扫扫院子，积点德行。有其他香客看见，纷纷将起貂皮的袖口，也要拿扫把来扫，僧人手里的扫把却不够了。我一面扫，一面和她慢慢拉近距离，快靠近时，有点儿像上学时雪天的早晨，和同班同学扫雪的情景，大家不说什么，看见便笑一下。大雄宝殿前已干净了，绕到后殿，觉得一时扫不完，直起腰跺了跺脚。李故不知从哪儿拿了一个毛线帽子给我，递在面前说，和尚最多的就是帽子，这个你先戴。我说，还人家吧，多冷我都不戴帽子的。她说，犟。不过我也不爱戴，脑袋箍得慌。我转过头，看她嘴唇冻得有些紫，还有不少雪没扫，下半天也许还要下雪，活儿不着急干。劝她进屋里陪我到处转转，我们便一同进了身后的宝殿，见一个中年妇女正监督儿子给文殊菩萨磕头。我们站在角落里背风，她一再回头看那个妇女，说，都不知道怎么想的。我劝她，人各有志。方法是偏了点儿，和你也一样。我听常姨说，从去年开始你就半天半天地逃课来这儿，这学期更是根本没怎么去上课了。学校要开除，常姨回回说好话赔笑脸，都是因为你的偏。她没直接回答，反问我，你什么时候学会抽烟的，大学吗？我说，这和你的事儿没什么关系。李故笑了，我的事儿还和你没有关系呢，你不也劲儿劲儿地问。我说，高中毕业那天，第一次抽烟。胆子很小，避开所有人，到了超市声音也不大，排练一样地说可以给我一包娇子吗？老板但凡多说一句我都不买了，可他什么也没说，除了提醒我要不要拿个打火机。她说，你拿了吗？我说，拿了。然后一直往江边走，穿过广场，到了江边没人游泳没人烧烤的地方，蹲在草丛里点的。她说，感觉怎么样？我说，不知道，抽了一口烟就灭了，后来怎么也点不着。江边风大。殿里只剩下妇女在文殊像前嘟囔的声音，她闭着眼睛看不到殿里还有谁，倒是她儿子发现了我们，警觉地往前走了两步，又警觉地退回去，双手插兜，穿的是我高中的校服裤子，城里就这么一所重点。李故望着被他踩出来的两行泥印，不知心里在想什么。我说，妹妹，其实我上高中时碰上过和你很像的女孩儿。魏子心，你听没听过，没听过就证明你在学校里真被孤立了。她说，失踪的那个？我说，失踪有八年了，有一天她突然就没来，先是说病假，后来说家里有事儿，再后来由家里找到学校，找到我。我怎么会知道呢，没人知道她到底去哪儿了。沉默了一阵，再看脚底下，阳光在青砖上落得强烈了一些，和佛像的宝光彼此辉映，门口不断有后来者，倒头便拜，扑在蒲团上。念诵多了起来。我知道李故很快会撇下我去拿扫把，距离雪化成泥的时间越来越近，在她眼里已是刻不容缓。我却浑身再没力气了，便留下自己的联系方式，表示距我回南方的时间也还长，有机会再见。往山门外走，主动和僧人们合十行礼。有一个僧人头上空着，我也忘了告诉他帽子放到了哪儿。我坐在公交车上，去见常姨，很不想去，又做不到无视手机传来的条条短信，它们都长了女人的舌头牙齿，不顾形象地哭咬着。

距离我上一次去见李故，过去了三天。三天里常姨每天都报告情况进展，我认为这些内容，心理医生和班主任都比我更需要收集判断，他们才是能和李故的生活直接发生交集的人。我的出现对一个这样的女孩子又能意味什么？这问题早已解答过了，当年魏子心如何回答我的？就在那个午休时高中旁边的小区花园里，在手推婴儿车的女人和失业的男人中间，我们的谈话交织着下象棋时喊打喊杀的声音，那些老迈的咳嗽。

魏子心对我伸出她藏在袖管里的手，那是我第一次看到，她告诉我是菜刀砍的，才能这么整齐。那只左手上食指和中指已经不能再称为"指"，给我看完她很快又藏回去，仿佛它们格外怕冻。魏子心用她藏在袖管里的手抱住我的后背，小小的身体压上去说，她母亲不在家很久了，她和继父每日相处都战战兢兢，可那些手指并不能证明虐待，他没有对她不好的证据。她说了，我耳边却好像没人说过话。魏子心耐心瞧着我背后的那些陌生人，他们来来去去，看我们一眼，很快避开，又搜来身边人去看，去指点。我问她，你动手的时候想什么了？不疼吗？魏子心说，是动了手才知道疼。然后用那只好手去拨电话，才知道拨电话那么难，根本按不下去。按了好几次，话机上都是血，你可以想象一下。疼得我等不及了，揣好自己两根指头，出门去找我后爸。可楼下保安就把我拦住了，说等等他先打个电话。我转头说，别讲了，你太傻。她说，讲给你听很好。我最近晚上睡觉前总想一件事，想以后你写书，我画画，我给你画封面。你到底想去北京还是上海？我说，我想和你待在一起。她说，我想咱们跟那些人一样，过日子。我笑起来，过日子？魏子心也哈哈大笑，知道这个词儿有点不合适。可还是接着说，接着向往，一定要过日子。买菜烧饭带孩子，一个不落。我凭什么总是被落下？她说完这句，听我突然变了个语气说，你往那边去点儿。她一时没听懂，可我和她立马就分开了，这时候魏子心还试图拨弄我的刘海儿，它们因为紧张左右分家，像个汉奸造型。父亲在隔了很远的地方看见我，我也看见他，他手里提着饭盒。我早上告诉过他中午在外面吃，他不信，他总是有自己的逻辑。

车到站后，我走了一条街去大楼里找人，在门口保安眼皮底下跺净棉鞋上沾的雪。常姨见我到了，起身迎了几步。还是在大厅，不同的是这一次在电梯门口有些人在争执，话说得很快，动作推推搡搡。在劝阻他们的是一位脸熟的中年人。中年人是记者，常姨她们认识，在拉我坐下时避免不了地隔空点头一番，算是照面。我听清楚了部分争执，听到吃药也没用，听到他没有经济能力这些话，也就不想再听了。常姨把脖子向前一探，很快收到我耳朵边上，悄声说，你觉得吵不吵？嫌吵咱们去外边儿。我摇摇头，知道她不能把我带去楼上办公室的理由，让现在的领导看见她和以前领导的女儿走得这么近，没有必要。何况我觉得应该快刀斩乱麻，假期毕竟也短。对李故一事的建议在我心里已很清楚，这个孩子有佛缘也好，心理缺陷也罢，总归不适合素质教育。再好的规则，也有被淘汰出局的人，相比之下，后者适合的规则普罗大众也许根本想不到，更别说理解了。可常姨在听了我的话之后，表情并无明显的变化，反对或认可都看不到，只显示出仿佛石化般的耐心，就像我前面说的那些，都只是些真理的铺垫。想不到沉默竟是真理。她等了一会儿，清楚等不到了，整个人陷在椅子里发怔。李故曾说我是有意思的人，常姨便一度以为我能走进她女儿的内心，从而把她拽出来。现在看来，我们只是臭味相投，且她把我也拽了进去。

3

那天中午发生过的事，其实我有好些年不再想了，也并不预备告诉给李故，尽管她在寺庙空灵的环境中无数次以那双仿佛镜面的眼睛，考问我。我很后悔那天在宝殿里告诉给她魏子心这个人，容易让她觉得背后有所谓隐情，我后来的闭口不谈是为了让隐情更隐。为掩盖这些感觉，我没再去大寺找她。年过去后，在放假给人带来的时间被窃感中，十五很快就到了，那是回南方之前最后一次家庭聚会。我喝了一点桌上的白酒，回到自己卧室，就躺下了，果不其然做了许多梦。梦境之一是回到小时候，父亲在龙沙公园里买回家的鲤鱼气球，又飘到房顶上了。之二是高中外面的居民小区里，我和一个当年在班上从没说过话的男孩子讨论魏子心的事。他说，她就是太贱，明明事情有很多办法。我靠在他的肩膀上附和，你说得对。之三是大寺着火，我也在其中，逃跑之时被绊了一跤，绊脚的正是佛像本来白玉的手臂，不知怎的被烧出许多油脂来，我不停单脚站立，用一只脚刚蹭腿上的油，继而三番两次地摔。也许还有之四，之五，实在记不起来，醒来是清晨六点半，北方天还黑着，窗外有老鸦在叫。拿手机去看，正好有一个电话进来——我有开静音的习惯。我接了，李故说，你回去了？我说，还没有，刚醒。这个时间你们是早读还是？她说，你说的是早课，四点已经过了。刚刚开静，出来打电话给你。我问，什么是开静？她说，我想跟你说的是，明年我会参加高考，随便上个大学，再考虑报考佛学院。也可能我不会再留在寺院修行，可能会去任何一个地方。我说，千万别让我知道，很久以后的某天，你也失踪了。她说，也许我妈会让你知道，到时候我嘱咐她吧。

我在一个小时后坐上109路，十五过去，大寺香客锐减。连先前路上乞讨的那批人，都仿佛吃够油水，懒洋洋地抬碗，眼神不追人。有个和尚跪在殿中蒲团上，背影很清瘦，天还寒冷，他却穿单衣，后背直接对着大开的殿门。李故捧着的应是他身上的棉衣，站在一旁，正默默观看他念经时手指摩挲的珠串。我和李故退出来，她说，等你一会儿了。我说，昨天下雪，109师傅不敢开快。马路上都能打冰球了。她说，你回身看看殿后边，看看各个院。两点大家陆续起床，扫得热火朝天。香客们少了，寺里人就得干得更起劲，不让一点儿雪化在佛祖院子里。现在你看，多规整。我说，像没下过雪。她笑了说，你什么时候走呀。我说，没几天了。今天可能也是最后一回来这儿看你。上次我找常姨谈过，表示对你支持。可能没说服她，但我想让她听听其他立场上的人说的话，也有好处。你说考大学，考佛学院，我都觉得不错。但不支持你浪迹天涯，等走出这儿你就会明白，换地方不能重新开始，世上能重新开始的事儿除了打游戏，还是打游戏。李故说，你喜欢打游戏吧？这时那个和尚念完了经，额头上渗满汗珠，一出殿门被李故看见，立刻被罩上了棉衣，李故罩他的动作就像一个刚做母亲的人，笨手笨脚用襁褓去罩孩子，和尚半天喘不上气。他对我们行了个礼，抬头时一双漂亮的眼睛显出虚弱，被沉重的眼皮盖下来，转身去了。等他离开，我默默看了李故一阵，轻声说，是我爸。五十岁的人了还在每天打游戏。李故走回来，在我面前，说咱俩继续讲。可她不知道我已经讲完了些什么，见我只是看着她，突然敌意地仰起下颌，问，怎么了？你兜来转去到底想支持我什么？你说吧。我咧开嘴动了动念头，没出声，然后按她说的，去后殿看看。

灰砖上只剩零星铜钱大小的水痕，草坪上的积雪也都被扫去，真是难得。可屋顶分明还有，尤其在檐角，堆着整块白颜色的雪，像一个恶作剧摇摇欲坠，随时准备降落在清洁的砖地上。我一人坐在台阶上，想自己刚才脱口而出的话，想先前那些脱口而出的话，后者就隐匿在它赐给凡人的梦境里。看见李故冷脸跟过来，她用了很长的时间，才在我上面的台阶坐下，我因为累，没扭回头看她。她说，你是不是觉得我肤浅了？我说，肤浅什么呢。她说，这么说在你眼里还是浅薄了。我问，他知道你的心思吗？常姨曾和我提出过一些假设，假设有社会上的人看上了李故，李故因为叛逆心，随了对方。去寺庙只是一种掩护方式，为了见面，他们还应该有更多种掩护方式。常姨一度建议我在大寺附近多走走。可我在山门之外，只看到拉客的黑车或者成群的乞丐，和李故谈及时，她则告诉我多看正面。我问什么是正面，她闭目无言，沉默坚定得像一个小小的泥人。上初三那年，有一天，我不知道自己该往哪儿去了，就出门去坐公交车，我经常随便选一辆看见的，坐到终点站，在窗子里看那些我没去过的地方，看过便好像去过了，又好像去得还不够，所以我会再坐回到出发的地方，重新开始。她大概是变换了坐姿，我尽管看不到，从声音的方位上听得出，她嘴巴的位置离我的脑后更近了，也更激动。李故带着美好的口吻说，然后我就坐到了大寺。我是在一天里第二趟来时才看见他的。那阵我在读冯至，他有句诗算是把我迷住了。我见到他匆匆过去，布鞋踏在一尘不染的灰砖上，跟着念了出来："我们准备着深深地领受／那些意想不到的奇迹，／在漫长的岁月里忽然有／彗星的出现，狂风乍起。"她话音停了，我于是回头去看，李故头上白绒绒的耳包贴得很紧，往下是颧骨两侧粉红的色彩，那是彗星过后，肉眼中视觉的存留。

她说，我需要他，其实跟他需要修行，没有两样。我说，为什么是他呢？她说，不知道你有没有这种感觉。我们会在某一时刻特别需要一个人，可能是母亲，可能是父亲，可能是很好很好的朋友。他们都应该出现在需要他们出现的时候，才能让我们感到珍贵，心生感激。可在不需要他们出场的时候，就都不对了。比如你不想在三岁的时候就拥有跟你谈论生活多么操蛋的老朋友，不想在渴望自由的年纪有一个管东管西的老母亲，比如，你已经习惯不去想象你有父亲，可还是会在影集上看到他，会在家长会上听老师点名说，叫你爸来。再比如有一天你母亲突然哭得稀里哗啦，然后求你，去趟内蒙古吧。妈不敢去，你替我去那边儿的亲戚家问问，打听打听，为什么他再也不回来了，啊？我说，常姨倒没跟我说过这些。李故发出冷笑，她哪儿会说。但凡她能说会道一点，那人也不会穿了裤子就走人。你心里明白，我妈长得很丑，别说现在顺眼点了，越丑的人越不怕老。她年轻时的模样我看过照片，惨不忍睹，没人会要。只有那个人，来东北做生意赔了钱，喝酒，闹心，经人介绍认识了我母亲。他们当然要发生关系，当然要结婚——我母亲是这样说的，不这样说，我不成私生子了？说完，李故哼出一些旋律，寺庙鸦雀无声，是正流行的《东风破》。我说，别去想了。她拍拍屁股起身。我也想走，鉴于这可能是最后一面，很怕留遗憾。我过去，把她冰凉的手指握在一起，攥到手心里，说她的爱情应该得到尊重，可也要为自己多打算。她低头讲，我说过可能不会留在寺里，也说过可能谁也找不到我。他现在想尽办法躲开我，我却还只得缠着他，缠着这里的一切。你不在其中，不可能真正明白，要把心里的雪扫净有多难。我说，妹妹，可别又学妙玉了。

这站是终点，已经是下午，我一个人在站牌下面坐着，等车来。脚下不觉扒拉着昨夜的雪，才意识到这街道多脏，雪也难以避免化成泥水，只要被人踩几脚，就灰了。车摇晃着抵达，我踏上109路高高的台阶，投了两个币，坐在倒数第二排的位置，把窗户关严，眼睛向外。要下雪的天空是红色的，这会儿颜色又上来了，暗示着今夜将有一场重雪，明早有李故他们忙的。车快发动时，几个妇女赶着上来了，纷纷刷响自己的公交卡，走过时身上带着浓重的焚香味儿，其中有张脸，是常姨的。我诧异着去点头，可她根本没看见我，在庙里看见没有，我不知道。常姨戴着灰色的头巾，坐在老孕病残座上，有些佝偻。我一直望着她的后脑勺，那些严重受损的头发，随着面孔的转向改变位置，最多的时候是面向车门。那张脸便能倒映在车窗里，一动不动，鱼一样微张着嘴。我在她前面下车，想了想还是没去打个招呼，我想她的念头里不会有和人打招呼的一项了，此处不是办公楼，不是领导办公室，不是大寺。她只是一个盯梢过后的母亲，坐在一辆行驶中的公交车上，从终点站回家。

4

母亲又去参加饭局，外面正下雪的晚上，我和父亲各在一个房间里，安静度过彼此的时间，尽管明天早上，我要离开家，再回来又是一年以后。我拉开床头那个抽屉，过去存储信件用的文件夹还在，母亲后来也帮我整理过几次，但她都不觉得怎么有意思。想到这些我不禁想笑，母亲是在名利场里游泳的人，便不在意女儿的小秘密了。倒是父亲，我始终不明白在当年他怎能捕捉得如此准确，如此狠。文件夹里魏子心的信件很显眼，与男孩的不同，她精心挑选过信纸，字也小巧秀气。刚一展页，那张脸孔便清晰跳脱出来，还是上学时的样子，眼睛像欧洲人的，被双眼皮重压着，黑密的睫毛里扑朔迷离，带一点精怪。我凝视着自己想象出来的脸，假装托在手上，假装亲吻，假装时过境迁我也能够流眼泪。信面上这样写道："人生短暂，短暂得来不及学会珍惜它便离去。所以人未必是不可以任性的。莫不如就撒那么次野。喜欢什么，尽管去做好了。了解一个人定是在极度喜欢或憎恶他的情况下才可真正地了解，那么我是可以说了解你，才鼓励你无论想做什么，有多么想当然，都尽管去做。明知我改不了你分毫，但希望你多些快乐。"

原来大家那时都在用这样的文体交流，好像两个穿越过来的老人家，在小儿女的年纪里说人生苦短。想着她而今或许在遥远的地方，拥有许多亲密的关系，也一样能满足了她当初同我许下的那些愿望，一样儿不差地过日子。我甚至在今夜里怀疑，这些年是否已经在什么地方碰见过她了，不然为什么眼前总有她后来可能的样子。魏子心今夜应该是走过了桥底的隧道，她应该穿长筒的黑靴子，踢踏而清脆地在桥下的黑暗中迎着驶来的车灯，叼着香烟，哆嗦地跳舞。她应该还是无法回家，应该还为我祈祷，也在眼前有我如今的画面。时间一跳，又见她忽然很扫兴地一扭头，眼中流露出成人的机敏，是比我当年更及早地发现了我俩身后的变故。而后她便十分从容地与我解释我们分离的理由，随信附上她后来的新地址，下半生细致的人生规划……诸如此类种种的圆满。仿佛这样我们才能够体面地在任何时候，再回忆对方，坦言那是个久违的老朋友。

而这些年我在父亲眼里又是什么样子？我们始终没有交过心，也没有往回看。其实我应该早一点告诉他，那些补课的日子里，我和魏子心把学校周围的居民楼都钻个遍，我们脱去校服，只穿自己的衣服，手拉手在很多人面前走过，学习议论菜价，争辩社会上大事的是非，像两个游客不时询问他们，路该往哪里拐。那时我们只想逃避得优雅一点儿。有时候她说着说着会哭，有时候我在她面前念写给她的诗，有时候我们拥抱彼此。我一点儿也不好看，短发，单眼皮，矮个子，萝卜头，却能在她瞳孔里看见另一个自己，插着裤袋，牵女孩儿的手，露出很有教养的微笑，仿佛我们就住在那里，某一幢楼上，柔软的双人床上还干干净净摆着我俩的棉睡衣。魏子心会偷偷带出来她在夜市买的二十一元的短跟鞋子，拔去所有亮片，剩下漆黑的布面，穿上踢踢踏踏，跟着我走。我们从居民楼的楼梯上一级级走下的时候，每一次，都假装我们住过了。有次忽然停下来，在某一层的楼梯窗口前，看见光秃的树干上露出新芽，而大雪还在层叠地不断向下盖。楼下有正走来的行人，牵着他们的小孩，小孩和我们穿一样的校服，准备回家吃大人做的饭。那一刻，我们打算就手拉手站在原地，背对那些即将上来，经过我们的人。我们还想看一会儿雪。我们只是没有更勇敢一点。

我在房间里，时间已到夜里十一点，隔壁卧室传来他的鼾声，之后是窗外晚归男女在放声歌唱一首属于他们的欢乐时代的遥远的青春之歌。我开了窗子，徐徐放出香烟在室内的味道，身上越来越寒。女人还在唱着，由男人搀扶扭到了我的楼下，他们开始按防盗门的密码了。我静静等着门锁被打开的一声，等到烟抽没了，雪也有停的迹象。可那个声音的到来，她踩着踢踏的脆响向我走近的时刻，却是异常缓慢。

在泥泞的青春里
——评《大寺终年无雪》

刘　畅

　　读罢90后作家杨知寒的小说《大寺终年无雪》，我不免感到文字间流泻着一股青春的痛楚。在小说里，李故、"我"和魏子心，三个女孩的青春因一个嘱托、一座大寺而交汇在一起，成长在她们身上似乎显得格外忧伤、沉重。小说名为"大寺终年无雪"，但这三个女孩的心灵却宛若冰封，就像李故所说："你不在其中，不可能真正明白，要把心中的雪扫净有多难。"

　　作者把三个女孩抛向苦闷、阴郁的境遇，让她们在泥泞的青春里挣扎。李故是一个多愁善感的叛逆少女，将大寺中一位僧人当作自己的情感寄托，因而荒废学业，整日在寺中修行。"我"是李故的校友，也是曾经的叛逆女孩，受李故母亲之托，前往大寺开导李故，反被她勾起了自己对同学魏子心的回忆，内心惘然而不能自拔。被"我"深埋心里的魏子心，曾与我有着近乎禁忌的暧昧关系，却自残身体，最终消失在"我"的生活中。

　　透过这个故事，杨知寒向我们呈现了一种隐秘而幽暗的成长经验。尽管三个女孩的人生遭际各不相同，但情感的缺憾却纵贯于她们的人生，使其饱受心灵的困扰。李故的母亲被男人遗弃，让她从小便已习惯父亲的"缺席"，但又总被人提醒那个名为"父亲"的男人的存在。魏子心的"母亲不在家很久了，她和继父每日相处都战战兢兢"，最终以自残的极端手段，逃离了那个令她不安的家。"我"看似有一个健全的家庭，但母亲的强势与父亲的庸碌，造成"我"与父亲的疏离，"他的书房和我的卧室，是分界清晰的泾渭山河"。于是，她们以各自的方式反叛着这个令她们感到压抑的世界——李故近乎疯狂地迷恋着大寺的那位僧人，而"我"与魏子心则在叛逆的青春里"相拥彼此"。所以，在小说中，李故对"我"说："我们会在某一时刻特别需要一个人，可能是母亲，可能是父亲，可能是很好很好的朋友。他们都应该出现在需要他们出现的时候，才能让我们感到珍贵，心生感激。可在不需要他们出场的时候，就都不对了。"在一个恰当的时候，等待那个"特别需要的人"，也就成为这三个女孩行动的动力。然而，魏子心终究远走他乡，"我"只能在回忆里黯然伤神，李故依然守候着那段全无回馈的情感，她们的青春便这样陷入无人应答的泥潭——扫不净的心中雪，都已化成泥。

青春的苦闷、感伤，并不算是一个新鲜的文学话题，但与很多青年作家不同，杨知寒对整个故事的处理颇为节制，巧妙地运用留白、梦境等方式使文本变得繁复而隐晦。就像她写到魏子心的故事，便让这个女孩的一切都笼罩在一团朦胧的雾中——她为什么自残？为什么离开"我"？在"我"闪烁、游移的叙述里，对文本的读解有了意义延伸的更大可能。而"我"的复杂心曲，又反射在三个梦上：与父亲的疏离，让"我"梦见"回到小时候，父亲在龙沙公园里买回家的鲤鱼气球，又飘到房顶上了"，飘上去的气球仿若再也抓不住的父女关系；潜意识里对禁忌情感的恐慌，则使"我"在梦里靠在"一个当年在班上从没说过话的男孩子"肩上，附和着他对魏子心的嘲讽，剖开了"我"更为隐秘的内心世界；梦中燃烧起来的大寺、被烧出油脂并将"我"绊倒的佛像，更像是"我"对自己心魔的刻写，而这也映照出"我"在大寺遇见李故、被唤起回忆后重新陷入的精神困境，故事也因此多了几分余味。

当然，作为一名年轻的作者，杨知寒在这篇小说里所展现出的笔法还显得不够成熟，对一些细节的渲染不免带有炫技的成分，而故事本身也未跳脱青春文学惯有的"生的苦闷"这一主题。但是，她对青春期女孩心理经验的呈现，是足以打动人心的，就像她自己所说："在最后一个字被人读完后，还有东西存在，那个球还在另一人心底不停转。"

喜　悦

李约热

一

雨水把路都泡烂了。

离家门口还有十几米，实在走不下去，赵胜男就扔砖头，啪、啪、啪、啪……一共二十块砖头，歪歪斜斜，泊在泥水中，差点连成一个问号。赵胜男的黑色高跟鞋，踩在问号上面，她手臂张开，走钢丝一样。新婚丈夫杨永，没有步她后尘，他左边肩膀右边肩膀都有行李，红色拉杆箱是胜男的，帆布包是自己的，都非常沉。

过来呀，过来呀。胜男催他。

肩膀上的行李不允许杨永像胜男那样走——肩膀上有重物，如果脚底不稳，非摔了不可。他的喉结动了一下，一发狠，这条路，就变成了一条干净整洁的水泥路，唰、唰、唰、唰，蹚水的声音。杨永走成一条直线，未来的家，离他的鼻尖，只有几厘米。

他的脚底凉透了。

胜男从杨永肩上卸下红色的拉杆箱，正要去接他肩上的帆布袋，杨永肩膀一抖，帆布袋滚在脚边。杨永扶稳帆布袋，脱鞋。八月的泥水从杨永的鞋里流出来——短暂的一场雨，欢迎远方的女婿，进驻八度屯。

我爸呢，我爸呢？胜男自言自语。

她的爸爸赵忠原，正在床上睡觉呢，正在床上做梦呢。五十多岁的男人，光着头，床边的墙上挂着他的假发。他缩在床上，薄薄的床单，猪肝色——昏暗的房间里，赵忠原像个着袈裟的和尚，浑身的酒气，睡觉时的表情，像要哭。他的梦太平淡了，当胜男和杨永离家十里的时候，忠原梦到自己在医院里，那个已经死去的医生在给他把脉，他看着他，没有事，没有事，就是喝酒多，有点内热。拿听筒听他的心跳，说，是想女儿了，心律不齐。这样的梦他做了很多次，每次都是那个死去的医生，跟他说话。赵忠原跟村里人说，在梦里，我从来没有飞起来，做的梦，都是老老实实的梦，看病啊，干活啊，吃饭啊，这样的梦，简直就不像梦。确实是这样，当他的女儿胜男和丈夫杨永离家还有五里地的时候，他梦到自己正在主持屯里七月十四的祭祀，各家各户拿着供品，排队给"社王"摆上。"社王"相当于北方的土地神。烧香、祭拜，他是给他们递香的那个人，他是替他们给"社王"说好话的那个人。这样的事情出现在他梦里一点都不稀奇，因为啊，再过十几天，就是七月十四，这场盛大的祭祀活动，只不过提前几天来到他的梦里。这样的梦，也太过老实了。当胜男在离家十多米的地方扔砖头的时候，她爸爸的梦里，这场盛大祭祀还没有结束，全屯的人都在吃……

胜男推开家门，哒、哒、哒、哒，脚步声响起。

感觉到有人进了自己的家，赵忠原一震，赶紧从梦里的饭桌边抽离。翻身下床，飞快地打开房门，又飞快地关上房门。

女儿身边站着一个男人，自己不能光着头迎接他们，这顶假发，似乎是为他俩而准备的。他从墙上取下假发，戴上，再去开门。一关一开，给人这个房间似乎住着一个光头的男人和一个毛发浓密的男人的错觉。杨永眼花缭乱，好像自己有两个岳父——一个光头的岳父和一个毛发浓密的岳父。

这样看起来年轻多了，比戴帽强。胜男说。

赵忠原像做错了什么似的。两千五百元呢。他说。之前他确实是戴帽，一年四季都戴，冬春戴厚一些的帽，夏秋戴薄一些的帽。戴帽不是为了耍酷，就跟现在戴假发不是为了显年轻一样，是为了盖住头上的凹槽。不同的是，戴帽显得普通一点，戴假发显得隆重一点。那一年，他在浙江的工地，被一根螺纹钢砸断头骨，治好后，螺纹钢的形状就留在了他的头上。凹下去的地方，非常吸引风，风稍稍大一点，赵忠原就听到风穿过头上伤痕的声音，像有人吹口哨一样。

值，真的很年轻，我都认不出来了。胜男说。

他们来我们家打分，如果算上我的这顶假发两千五百元，就要超过六十五分了，超过六十五分，就不算是贫困户了。我本来想拿钱去买一台电动后推车，后来买了假发。海民买了后推车，他们家就超过六十五分了。

这是赵忠原说的，说这话的时候，已经是在晚上的饭桌边，他喝了两杯酒。他说的六十五分，是野马镇判定贫困户的最低标准。李作家带着一帮人，对八度屯所有的农户进行甄别：存款、房子、家具、电器都要算分，高于六十五分就不算贫困户，低于六十五分（含六十五分）就算是贫困户。当时如果这两千五百元存在银行里，或者拿来买了后推车，他就评不上了。海民的家境跟忠原家差不多，就是多了一台后推车，结果没有评上，海民去跟李作家闹，拿自己家跟赵忠原家比，李作家再到忠原家甄别，感觉这两户确实没有什么差别，这时候赵忠原摘下假发，让李作家看到他头上的伤痕。李作家说，就凭这个，你就是了。

海民他当年不是从脚手架上摔下来吗？内伤，吐血，后来恢复得好，一点伤疤都没有留下。胜男说，以后见到海民，你不要太嚣张了，也不要张扬。

胜男就是那么善良。话说给忠原听，眼光却瞟杨永。

杨永现在像个小媳妇，眼睛不看赵忠原。忠原问他话，他先看胜男，才作答，生怕说错。

家在哪里？

平南。

哦，那里产小刀。我们这里，以前每家每户，都有一把平南小刀。

那是以前，现在那里做陶瓷，或者给人建房。陶瓷卖到香港，建筑队敢到非洲做工程。

你为什么不去？

胜男替杨永回答，他胆子小嘛。

胆子大的都去非洲，胆子小的都来八度。忠原说。

三个人都笑了起来。

我们都是胆小的人啊。忠原说。

说到自家情况，杨永像个受伤的小兽。

爹妈走了。

姐姐带大。

十五岁去广东。

二十五岁碰到胜男。

胜男比他大五岁。

这样的人。

适合带回家。

给爸爸赵忠原。

养老送终！

如果谱上野马镇的山歌调，就会把人唱哭。

这是三个人的第一顿晚餐。

二

雨又下了，还打雷、闪电。在野马镇，有人结婚或者死去，都要下很长时间的雨。雨水带来新人或者送走旧人——笑声和哭声，都瞒不过这满天满地的雨水。八度多的是池塘，池塘里有莲藕，雨水打在叶子上面，就像电影里一场盛大的战争。这几天，在哗啦啦的雨声中，野马镇的人都在打听，哪家死了人？没有！那么，雨水过后，就要有人办喜事了。

哗啦啦的雨声中，忠原和胜男、杨永在商量婚事怎么操办。

说是商量婚事怎么操办，其实是在商量婚事用不用操办。

今年猪瘟疫情暴发，野马镇的猪几乎死光，现在市面上的猪肉贵，鸡、鸭、鱼，托猪老大的福气，身价也跟着涨。肉类价格像一盆冷水，浇凉了赵忠原一家三口想操办酒席的热情。

但胜男又不甘心。爸，亲戚总得请几桌吧。

屯里，哪个不是亲戚？忠原说。

八度屯一百五十七户，姓赵的就有一百三十户。只要是个人，赵忠原都能找出对应的称谓，喊声亲戚。

就是亲戚也有远近之分吧。胜男说。

近的可以得罪，远的不能得罪。远的比近的多啊。赵忠原用手轻抚假发，似乎碰到了天大的难题。要请就一起请，要不请就都不请。

那不行，我不想让他们说我们心疼钱。

那也不能打肿脸充胖子呀，脸皮多少钱一斤？忠原说。

那怎么把杨永介绍给他们？胜男说。

在野马镇，凡是新人，都要通过一场盛大的宴席作为媒介，之后才被旧人接纳。野马镇的新人，都要举着酒杯转圈圈，接受众人的祝福，才能融入人群。今年猪瘟流行，忠原和胜男选择在这个时候把杨永介绍给屯里的人，要比平时贵三倍。

不要紧的，不要紧的。杨永缩在一边，猛地来这么一句。时间一长，他们就知道我了。

做男人，就是要有这样的脸皮。忠原觉得杨永很对自己胃口，他夸杨永有气度。男人，有时候就要脸皮厚，不管别人怎么看你，都不要在乎。他说。

你不要紧，我要紧！胜男声音高起来，杨永就缩头了。胜男又对忠原说，你是心疼钱，如果猪肉便宜，你早就去发请柬了。

钱都是你挣来的呀，这样浪费我当然心疼。忠原说。

屋里一下子安静下来，雨声格外刺耳。

这个时候，就不要考虑什么面子啦，现在菜钱贵，我们请不起。最亲最亲的叔、舅、姑、姨，堂哥堂弟、堂姐堂妹，七七八八的家里人，我们不请；不怎么亲的，平时见面只是点点头打哈哈的所有的外人，我们也不请。他们有什么闲话，我高兴的话呢，就跟他们解释，不高兴的话呢，理都不理。忠原说。

胜男还是不高兴。她的意思是至少亲友要摆上七八桌，这婚才算是结了。外人她不管。

忠原说，要请就一起请，要不请，就都不请。理由是不亲的人更加不能得罪。

忠原看见女儿不高兴，去讨好她。等猪瘟过后，生猪降到每斤五元，我们再请，现在生猪每斤十八元，买一头肥猪，相当于买一头牛，我们怎么请得起？他说。停了一下，又说，你说猪瘟厉害不厉害？确实厉害，屯里的猪几乎都死光了。你说猪瘟厉害不厉害？也不怎么厉害，赵忠锋家的那头母猪，不仅不死，现在又怀上了。我看猪瘟，也就是秋后的蚂蚱，很快就没有了，不出半年，屯里大猪小猪，又嗷嗷叫了。到时候我们再请，好不好？

胜男还是不作声。忠原的这个女儿，犟起来，八头牛也拉不住。他们一家，现在是被猪给难住了。

雨雾中一把黑色的雨伞，浮在忠原家不远的池塘边，颜色慢慢变深。

李作家来八度查看水情。他绕过一个又一个池塘，来到忠原的家门前。雨水差不多漫过忠原家的门槛，当初胜男扔砖头扔出的那个问号，早已看不见。李作家穿着雨靴，涉水而来。他从雨伞下钻出来，钻进了忠原的家。

李作家来八度扶贫一年多了，平时走村串户，听村里面的人讲他们家的事情。真的假的，他都听。

李作家还是第一次看见胜男。以前她在忠原的嘴巴里出现，都是"我女儿""我女儿"。以前她的名字，都是出现在各类的登记表里。

登记表里的名字，现在变成李作家面前的活人。

李作家最想见到的，就是登记表里的活人。八度屯的年轻人，很多都跟今天以前的赵胜男一样，活在登记表里。

比如说赵莲花家的老二。李作家刚来的时候，赵莲花家的瓦房塌了半边，李作家到赵莲花家，动员她去大儿子家住。大儿子做生意，在离旧房不远的地方，起了两层楼房，装修得很漂亮。房子塌了半边，赵莲花也不怕，任凭李作家怎么动员，她都不愿意搬，说就是死也要死在这个房子里。大儿子说，她就是想在这里等老二回来。赵莲花跟二儿子住，二儿子十几年前去福建打工，失踪了，怎么找都找不到。这么长的时间，本来应该按法律依次去派出所报失踪、申请宣布其死亡，最后注销户口。从一开始，赵莲花就紧握家中的户口簿，不让他们去派出所办理。大儿子说，她八十多了，老糊涂了，也不怕死了。没办法，只好让她继续住在那里，半边没有塌下来的房子给加固起来，虽然这样，只要一下雨，李作家就要带人去她家查看。今年春天，一个傍晚，屯长赵礼胜打电话给李作家，说赵莲花的二儿子，失踪了十多年之后，又回来了。一个印在各种登记表上的名字，突然露出尊容，李作家觉得这是个大事情，赶紧来到屯里。在赵莲花家塌了半边的房子前，透过半开的窗户，李作家看见几个人在抱着一个人哭，是那个失踪了十多年的老二。李作家想去推门，犹豫了一下，又把手抽了回来。李作家感慨，这个时候，他怎么好进去呢？他不能打断他们的团圆。天上掉下的故事，就让它静悄悄地来，又静悄悄地去吧。第二天，屯长赵礼胜又打电话给李作家，说老二又离开家了。消失、回来、离开，乡间很多很多的故事，不就是这样吗？

赵忠原家的情况，跟赵莲花家又不一样了。

赵莲花家的是伤心事，赵忠原家的则是喜事。

李作家发现，这对小夫妻，女强男弱。李作家进到房子里面时，赵忠原拉过一张凳子，让李作家坐下，他、胜男、杨永、李作家排成一排。李作家刚坐下，他旁边的杨永就像触电一样弹起来，拿着凳子，坐在他们三个人身后。

李作家觉得奇怪，说，你怎么不坐在这里，怕我？

杨永笑得很僵硬，他掏出烟，说，我抽烟，怕熏着你们。

之后，他不停地抽烟，全是胜男在说。问到他的情况，未答先笑，像个小媳妇。前面说过，他的情况，如果谱上野马镇的山歌调，会唱到人流泪。怪不得他胆怯。杨永的经历，让李作家想起赵莲花家的老二，他现在在哪里呢？

李作家知道他们一家因为请客的事犯难。如果是在城里，根本就算不了什么，就算肉价涨到天，收到的份子钱，肯定能弥补过来。乡下不一样，怎么都是个坑，肉价便宜呢，填得少一点，肉价贵，填得就多。这可是件大事。

李作家说，胜男，这事我支持你爸，现在不请，等以后有孩子，再连满月酒一起请。李作家的意思是：自己是来做扶贫工作的，他不想看到，一场喜酒，将一个家庭的生计推到艰难的境地。

胜男想的，又不一样了。她不想亏了杨永。只要不大明摆地将杨永介绍给村里面的人，她和杨永，都只能是一对"秘密夫妻"。

忠原看到李作家来，他很高兴，这个人他喜欢。因为他摘掉假发，让李作家看到他的伤疤，李作家跟乡里说，把他列为贫困户扶持这件事，让他对李作家有了很好的印象，有话都喜欢跟李作家说。

领导，我家多口人，有什么政策？忠原说。

忠原说的"政策"，意思是有什么好处和补贴。一年多来，李作家跟工作队队员一起，只要入户，就是有"政策"。比如，家里养母猪，一头奖五百元，家里养肉猪，八十斤以上的，每头奖三百元。比如说厨房和厕所，只要把家里黑黑的厨房和脏脏的厕所改建，就有一千六百元的补贴。李作家东家进西家出，拿着手机，拍猪、拍牛、拍厕所、拍厨房，不亦乐乎。

我家多了一口人，有什么政策？既然多了猪、多了牛都有补贴，何况多了个人呢，有什么政策？忠原说话的本意是这样。

李作家说，多一口人，天大的喜事，还要什么政策。你想要什么政策？

我是开玩笑啦，领导，我家多了一口人，确实是喜事。但是，这个喜事不好消化啊。忠原说。他说的是请客的事。

在听忠原讲这件不好"消化"的事之后，李作家说，屯里面的人会理解的，他们碰到这样的情况，也会"冷"处理。你啊，屯里有什么事，让杨永多去帮忙，时间一长，就认他了。

那亲戚们怎么办？

自己家亲戚，机会就更多了，逢年过节，多走动走动，不就好了吗？李作家说。

就是这句话，给了忠原启发。忠原说，领导，我有一个想法。

什么想法？

我把杨永介绍给亲戚，也不摆七桌八桌，也不等逢年过节，而是隔几天叫两三位亲戚到家里来吃饭。不是请客，不一定上什么好菜，酒是自己家酿的，也值不了几个钱，几杯下去，杨永就是他们的亲戚了。

这是个好办法，这样做很好。李作家说。

但是我有一个请求。

什么请求？

每次你都要来参加。

李作家一怔，到贫困户家吃饭，很不好，但是李作家又不想让忠原觉得自己高高在上。好的，我答应你。他说。

果然，两天后，雨停了，李作家就接到赵忠原的邀请，去他家吃饭。忠原开始实施他的请客计划。既然当初答应他，李作家也不好拒绝，每次去的时候，都先到镇上的小饭馆提点菜，有时是一只烧鸭，有时是一碗扣肉。每次李作家都被忠原家的亲戚们灌得晕乎乎的。

李作家觉得这个老赵脑子还是很灵活的。村委副主任老罗说，以前忠原不这样灵活，大概是去浙江，被一根钢筋砸头上砸醒了。村委主任老赵说，哪里是这样，是给猪瘟逼灵活的。

由这个办法，又延伸出另外一个办法。还记得赵忠原做的那个梦吗？他提前在梦里主持本屯七月十四的祭祀，当时梦里，少一个杨永。他决定，在即将到来的七月十四的祭祀中，把自己的女婿，隆重介绍给所有的人。

这真是一个好主意。

三

野马镇山歌的调调，是来自远古的声音。所有的山歌多源自忧愁，早期的山野，那些落魄的人来这里定居，能有什么快乐呀。野马镇山歌的调调，如果用长度来比喻，从来不及一个人高（或者说，野马镇的山歌，就像一个被迫矮下来的人，从来都没有高过）。男人唱起来，那就是水缸里下了一场雨；女人唱呢，则是一根鞭子轻轻打在芭蕉叶上。男人女人同时唱，你会想到悬崖边的命运。所以啊，野马镇的山歌听不得呢：

　　　山头起风山下啊落
　　　嫩鸟巢中叫啊啾啾

娘在东山衔枝啊草

爹在北山找虫啊食

大风不识爹娘啊面

东山北山断魂啊魄

……

就是这样的调调。如前面说的，随便哪个人，他的故事，谱上野马镇山歌的调调，都要听得人哭。这就是喉咙的力量。闲下来的时候，李作家就喜欢琢磨这些事情。人类身上每一个器官，都非常了不起，但是最了不起的器官，应该算是心脏吧。来到八度后，李作家听到这样一个故事：

那天，在八度屯的屯道上，一头小牛和一个小孩经过一辆拉电线杆的货车旁边，货车突然爆胎，巨大的声浪把人和牛震翻在地，小孩耳鼻流血，小牛犊也耳鼻流血。闻讯赶来的人吓坏了，都觉得不管是人还是牛都没有救了。两台农用车，一台运人，一台拉牛，人拉往医院抢救，牛拉回去等着剥皮吃肉。小孩胸口上贴着一只耳朵，没等车子到镇上，车上的人就喊起来了，没有死！没有死！

小孩没死。野马镇颠簸的路又把他震醒了。

牛死了。许是牛一生下就很颠簸，再怎么震都震不活啦。

有了心跳，就有了喊声。大人们喜出望外地喊，有了心跳的小孩在哀号……

这是赵忠原说给李作家听的故事。赵忠原说，小孩比牛更厉害。要说这人的心脏，真的是强大得很。

李作家回城的时候，曾跟朋友们聊，他说来到乡村后，看到听到很多人的故事，他有一种"小心轻放"的感觉，就是说对村里的人和事，要认真对待，要"小心轻放"。就拿赵忠原来说，他算是八度屯最有威望的人了，表面上大大咧咧，但是心底是愁苦的。他跟李作家讲他在浙江工地受伤的情形，开始的时候像讲笑话一样，他还笑哈哈的，最后则流出眼泪。

这眼泪李作家信。

李作家来到这里以后，不管是对谁，都和颜悦色，生怕有时自己不好的情绪，吓着他们。

近距离观察人们的生活，李作家没有感到一丝的轻松。城乡差别体现到人的表情上面：麻木中有期盼，高兴中有悲凉，狂怒中隐含自卑，他们多少都感到不自在。李作家觉得，时间和历史积淀下来的浑浊的部分，都附在乡间这些脆弱的生命上面，成为他们的底色。

李作家并不是为了"体验生活"才来到八度的。省里每个机关，都必须有人下到村里去扶贫。两年时间，他会在乡间游走。

李作家每天都干些什么呢？

遍访贫困户。

以下是李作家的遍访记录之一：

2018年3月27日，赵忠实家，女儿在省中医学院护理专业读大三，儿子十五岁，不愿意上学，多次动员未果。夫妇俩在家，去年政府发一头黑母猪，五天就死了，后来自己买一头母猪，前天生了十二个猪崽，死了两个。现在家中有十头肉猪，每头一百斤，政府准备补贴每头三百元，已经来拍过照了。每包饲料一百一十八元，四天用一包；精料每包二百二十四元，每包用十二天。买玉米喂猪，每斤一元，十天前买了四袋，每袋一百二十斤，现在还剩两袋；还买米糠，每斤八毛，每袋一百斤，春节到现在用了七包米糠。有牛三头，去年补贴两千四百元，发了一千八百，还有六百没到账。种有速生桉一千株，三年了，有一层楼那么高。种玉米，自己只有一亩地，因村里很多丢荒的地，多少亩不知道，反正下了二十四斤玉米种，种子每斤二十元；水稻也是这样，用了三斤种子，每斤三十六块钱。买尿素两包，每包一百二十五元，复合肥三包，每包八百元。母亲八十九岁，有残疾证，视力四级残疾。去年12月份打工收入一千元，今年1至3月份没去打工。养老金补贴一百元，低保补贴九百二十五元，高龄补贴九十元，残疾护理补贴五十元，养老保险一百元……

李作家所在野马镇五合村，共三百四十五户贫困户，加上上级要求，还要访问一百户非贫困户，所以这样的记录，李作家共有四百四十五篇。可以说，整个村庄，他心里有数。

这些天，他到得最多的是赵忠原家，他家多了一个杨永，一个胆小的孤儿。亲戚朋友往来不断，虽是粗茶淡饭招待，但忠原和胜男及亲戚朋友们欢欢喜喜，李作家却隐隐约约觉得好像哪里不对劲。哪里不对劲呢？是杨永在亲戚面前的表现，他的眼神躲躲闪闪，都不敢正眼看人，不像一个骄傲的女婿，倒像一个心事重重的老人。跟灿烂的胜男相比，一点都不入画。胜男说，他人老实，他怕见很多人，熟悉以后，会慢慢好的。

四

七月十四，八度屯一年一度的祭祀活动。本来这样的活动李作家不应该去参加，但是他想去看看，赵忠原怎样把女婿介绍给全屯的人。祭祀活动分两个部分。第一个部分是各家各户去祭拜"社王"，前面说过，"社王"相当于北方地区说的土地神。第二部分是聚餐。

各家各户的供品都在塑料桶里，煮熟的鸡肉猪肉在塑料桶里，塑料碗装着糯米饭最终被装在塑料桶里，塑料矿泉水瓶装着米酒在塑料桶里，塑料酒杯在塑料桶里。塑料桶被男人的手或女人的手提着，来到"社王"前。

李作家看着一个个塑料桶，他在心里说，这下，我们和神仙，也共用统一的餐具。

今天最耀眼的绝对不是装满供品的塑料桶，而是赵忠原一家三口。赵忠原身穿黄色的道士服（说是道士服也不对，是宽大的布衣衫），站在"社王"门口，他的两边是胜男和杨永，衣服的颜色分别是崭新的红和崭新的白。如果这样的情形换在自家门口，如果他们手里拿着糖果盘、卷烟盘，就是一对迎接来家里吃喜酒的新人。

这样做合不合适？赵忠原也曾考虑过，毕竟这是"社王"的地盘，让胜男和杨永在这里正式跟屯里的人见面有点不可思议。但是人的脑子是会拐弯的，说不定以后杨永跟他一样，成为七月十四这一天屯里最受尊敬的人。杨永帮他打下手，接香、插香，胜男也一样，她来帮屯里人摆供品、收拾供品。他们都是来帮忙的。在这个过程中，赵忠原会郑重地把杨永介绍给他们。还有另外一层意思，那就是，这是一年中，他赵忠原在八度屯最威严、最有威信的时候，今天，所有八度的人，第一尊敬的是"社王"，第二尊敬的就是赵忠原。他想在这个庄严的时候，把女婿介绍给屯里的人，他们从此会对女婿高看一眼。

八度屯一百五十七户，每户的供品都差不多。三个大香炉，三三得九，每户九根香，拜三拜，各怀心事，默默念叨，每户也就一分钟。仪式就这样完成。

递香、接香、插香，杨永忙得不亦乐乎，赵忠原没有在前来祭拜的人刚进来时介绍杨永，而是在祭拜之后，胜男帮他们收拾供品时才介绍：这是我的女婿杨永。先拜神，再介绍女婿，公私两不误。烟雾中，人头在赵忠原、赵胜男、杨永面前起起落落，"社王"面前，杨永的名字被一次次提起。全屯一百五十七户人家，杨永的名字一共被提起一百五十七次。

赵家三个人在"社王"跟前接待屯里人的时候，李作家的脑子，在过"电影"。过什么"电影"？过八度屯各家各户的家事。因为这是八度屯人员最齐的一天，只有这一天，好些全家外出打工的人，都要回来。

赵福全回来了。他左手提着塑料桶，很吃力的样子，很显然，他右手还使不上劲。看见李作家，他也不打招呼，黑着脸走去拜"社王"。在八度，李作家经常遇到这样的人，开始的时候李作家还觉得很纳闷，不是说乡下人都热情好客吗，怎么经常遇到这些黑着脸埋头走路的人？他们也不是对李作家有什么意见，是因为家事沉重，消耗了他们的热情。赵福全比去年精神多了，去年李作家第一次见到他的时候，他躺在自己家的床上，骂省城的那个老板。他去他的木材厂打工，右手被机器夹成粉碎性骨折，影响到胸部，吃不下饭，体重减了十五斤，人变得很黑很瘦。这是他家最黑暗的时候，因为所谓的"祸不单行"砸在他头上了：他老婆赵丽花前几年在省城遭遇车祸，腰椎骨折，车主驾车逃逸，事发路段没有监控，逃逸车辆最终没有找到，影响到事故的认定和赔偿，福全打工几年剩下的钱全拿了出来给老婆治病。老婆腰椎治好后留下后遗症，由于车祸影响到膀胱，每月总有七八天小便失禁，必须定期到省城的医院拿药、做理疗。两个人为了求医跑来跑去很不方便，干脆就在省城医院附近的城中村租了间小房子。老婆小便不失禁、不去理疗的那些日子，就到附近街道的电子厂做零活，每月一千五百元；赵福全则去附近的木材厂打工。赵福全受伤后，老板只付了一万多的医疗费，就不再理睬他。因为没有劳动合同，没有办法只能打官司。赵福全这样一个几个月就换地方打工的人，哪里有什么耐心去打官司？那时李作家刚来八度不久，觉得这样的事他应该管一管，他托朋友找到那个老板，还开车到省城去见他，他要跟他讲道理。李作家以为自己很厉害，是个人物，写过什么什么样的书，想拿这些虚头巴脑的东西来震慑老板，老板哪里听得进去，李作家几乎是被老板手下的人轰出来的……

赵忠深也回来了。领导，今天又来"欺负"老百姓了。他说。他是整个八度屯，唯一一个敢拿李作家开玩笑的人。

忠深个子不高，肩膀窄，穿西装，松松垮垮。在屯里走路，经常戴游泳运动员戴的护目镜，那是他在县城当老师的女儿去青岛旅游时给他买的。跟忠原戴假发一样，不是为了扮酷，是因为他有一双见风流泪的眼睛。他小时候没少被人拿这个来开玩笑，他有开别人玩笑的喜好，是从自己身上得到的灵感——他曾经是整个八度屯被人拿来开玩笑最多的人，因为他哭的时候有眼泪，笑的时候呢，也有眼泪。忠深以前是屯长，因为土地纠纷，带领屯里的年轻人跟隔壁奉备乡板磨屯的人打架，最后被关了三个月，屯长职务被免。虽然不当屯长，但是八度屯所有的消息尽在他掌握之中。李作家刚到屯里的时候，所有的情况，都是他跟他说的。自认为跟李作家很熟，所以他敢跟李作家开玩笑。半年前他和老婆被女儿接到县城带外孙，从此他八度屯的家，大门紧闭。

李作家说，忠深，今天的领导，是"社王"吧，他都不敢欺负你，我更不敢欺负你。

忠深马上拿手指放在嘴唇上，嘘了一声。不要乱开玩笑，他那个领导，跟你这个领导不一样。忠深说。"他那个领导"，指的是"社王"。

怎么不一样？

他那个领导，不能拿来开玩笑，你这个领导，可以拿来开玩笑。忠深说。

我这个领导，怎么就可以开玩笑啦？李作家故意跟他抬杠。

忠深说，有些领导，你只能立正；有些领导，你可以拍肩膀，知道吗？忠深说，你这个领导，可以拍肩膀，上面那个领导，不能拍肩膀，只能烧香。忠深真的拍了拍——他一只手提塑料桶，一只手拍李作家的肩膀。正在这个时候，一阵风吹过来，他赶紧收手，别过头，但是要躲已经躲不及了，眼睛闸门不紧，眼泪很快流了下来。他赶紧放下塑料桶，掏出纸巾擦眼睛。边擦边说，瞎了算了，真费事。

今天没戴护目镜？今天风大。李作家说。

今天不能戴，风多大都不能戴。忠深说。

李作家明白这是为在"社王"面前显恭敬。

你看看忠原，他的头多亮。忠深又说。

李作家这才留意到，在"社王"那里忙活的赵忠原没戴假发，烟雾之中，他头上的凹痕隐约可见。李作家想，他们对"社王"的尊敬，到了可以不顾伤疤有多深有多丑的地步。

忠深笑着说，我先去拜"社王"，等下和你喝几杯。说完提着塑料桶到"社王"那里去了。

李作家在脑子里过了一遍八度屯的"电影"后，盛大的聚餐开始了。主角当然是赵忠原、赵胜男和杨永。赵忠原带领赵胜男和杨永一桌一桌给屯里人敬酒，说得最多的一句话就是，胜男和杨永的喜酒，我以后补！

喝多了酒的李作家轻飘飘的，他想，如果他浮到半空中，会看到什么？他会看到七月十四这一天，八度屯无数的头颅和手臂，被一个篮球场框成一幅图画，杂乱又透出美感。这幅图案，藏着一百五十七户人家的所有秘密。

五

要理解一条生命，你就必须吞下整个世界。谁说的？好像是那个写《午夜之子》的鲁西迪透过他的小说人物说的吧。这句话，李作家很认可。刚到八度屯那些日子，只要李作家一在村头出现，很多人就围上来，目的就是想多要一些补贴。如果你把这些场景跟他们以前的生存际遇割裂开来，很容易得出这里的人很贪，都在想怎样才能不劳而获的结论，会心生不悦，因此戴上有色眼镜看待他们。如果再把这样的消息传出去，就会引起很多人对他们的误解。事实确实如此。有段时间李作家回城，在各种场合都听到关于贫困户的各种段子，大多是怎么跟政府闹着要补贴、懒惰、无知等。如果是很好的朋友，他会跟他们说屯里的真实情况，讲一户一户人家，他们都遇到过什么样的事情。有时喝多了酒，他就会高声对朋友们说，穷人刚刚得到一些关注，你们"中产"内心就不平衡，就受不了了？李作家跟他们说，在这个世界上，都是富人编穷人的段子，而穷人编不了富人的段子。朋友说，穷人编不了富人的段子？为什么这样讲？李作家说，因为他们没有这份闲心，而且他们也想不出来，怎么去编富人的段子，他们都各自为生计忙得屁滚尿流！李作家会因为一些关于贫困户的段子跟朋友们发生争论，每次都被"群殴"，李作家很郁闷。难道是我错了吗？

这样的事，终于发生在八度屯。

李作家的好朋友，省戏剧院的伟健为支持李作家，来八度屯进行慰问演出。之前伟健曾跟李作家了解村里面的情况，想以村里面的故事作为素材，创作一个小品，李作家跟他讲了赵忠原在浙江受伤的事情，为遮住伤疤，先是戴帽子，后是戴假发。伟健觉得有意思，就创作了一个小品，伟健对李作家说，这个小品，全国首演就放在你扶贫的地方。全国首演，伟健的口气很大。他确实有些牛气，他在中南几省喜剧界小有名气，他的节目，差点入选央视春晚。在省电视台，每周有一档情景剧场，由他领衔出演，说他是明星，一点都不过分。所以他说的"全国首演"，丝毫都不夸张。

八度很多人在电视上看过伟健演的小品，知道他要来演出，都很高兴，早早就来到屯里的篮球场等候。十多天前，这里刚举行大型的聚会。伟健也是拼了，以前他的标志性发型是大背头，为了这个小品，他剃了个光头，由此看出他对自己的新节目非常满意。他顶着光头出现在李作家面前，李作家都认不出来了。

忙中出错，出发时伟健把重要的道具，剧中人的假发忘带了，化妆时才发现。为了救场，李作家只有找赵忠原，借他的假发当演出道具。

八度屯好久没有这样热闹，附近村屯的人都来了，就是为了一睹伟健的风采。

赵忠原一家，就坐在李作家旁边。忠原的假发献出去了，他戴了顶帽子，等着看伟健出场，看伟健戴上自己的假发，会是什么样子。

歌舞、杂技、魔术、小品，伟健在众人的期待中登场了。

一个秃头的贫困户，因为懒惰、不思改变，把政府送来的两只种羊，一只卖了买假发，好显年轻去追一位姓农的寡妇；一只杀了吃肉，还嫌政府发的羊太老，自己啃不动……

全场的人，包括赵忠原，笑得前仰后合。

坐在赵忠原身边，李作家无地自容。

他觉得他和伟健是两路人，甚至可说他和伟健不是同类。当初他跟伟健聊赵忠原的故事，特别说到他头上的疤痕，凹下去的螺纹钢的痕迹，风大的时候，头上就响起口哨的声音。伟健怎么就不记得呢？大概他的兴奋点不在这上面，他真的很能化"腐朽"为"神奇"。舞台上，赵忠原那顶拿来遮伤疤的假发被伟健用夸张的肢体动作，套在油得发亮的光头上，满场的人爆发出惊天动地的笑声，李作家觉得非常难过。演出结束，伟健兴冲冲地问李作家，怎么样，效果不错吧？李作家强压心中的不满，说不错，你听那满场的笑声。他很想跟他说，要理解一条生命，你必须要吞下整个世界。但是，对于伟健，对于很多人，这也许苛刻了一点。李作家觉得自己没有同道。没有。

后来这个小品，真的成了伟健新的代表作。他的光头，真的不白剃，倒是可惜了忠原的假发，被伟健的光头套了一次，就大了一号，害得忠原经常用手去扶。

这让李作家始料未及。

六

胜男发现杨永晚上躺在床上，整晚睡不着觉，是中秋节过后不久的一个晚上。这个杨永，整晚睡不着觉已经有十多天，都没有跟胜男说。这个安静的失眠者，躺在胜男身边，眼睛始终睁着。

黑暗中，胜男讲梦话，叫了声杨永。杨永一震，马上应答，有什么事？并且用手去推她，把胜男给推醒了。

迷糊中，胜男说，你想做什么？

杨永说，你叫我的名字，我以为你有什么事情要跟我说。

没有啊。

哦，那你是讲梦话了。

我讲梦话你听得到？你不睡觉呀？

我睡不着。

怎么睡不着？

不知道，已经很多天了。

你怎么回事？

胜男觉得问题严重，你睡不着觉，怎么不跟我说？你不睡觉，也不觉得累？胜男说。胜男想到这些天来，白天杨永跟她去帮她舅舅建房子挑砖头，而每个晚上，两个人缠在一起，没感觉杨永有什么不对头。

胜男按了开关，房间亮堂堂的，灯光刺得胜男睁不开眼，而杨永的双眼则炯炯有神。

我也觉得奇怪，以前在泉州，宿舍里不管怎么闹，我都睡得着。他说。

杨永在跟胜男回来前，在泉州的刀具厂打工。八人一个宿舍，每天晚上工友们在宿舍里打牌喝酒，闹得很晚，也不影响他呼呼大睡。

是不是太安静了，你不适应？胜男说。

我也不知道，以前在泉州，躺下不久，脑子一下就迷糊，然后一觉到天光。现在，脑子越睡越清醒。杨永说。

胜男心疼杨永，她抱住他，来来来，好好睡好好睡。用手抚他的头。她让杨永枕着她的手臂。杨永也很配合，假装睡着。假装。

但是假装不了多久。之后的几个晚上，他把胜男的手臂都枕麻了，脑子还是亮堂堂的。

很多人和事，在他脑子里，像在放大镜下边，一清二楚。

"放大镜"下是泉州工地，是宿舍里的男人，刘海、张全、莫小成。对了，莫小成，他最好的兄弟，安徽人，圆脸，大个子，脾气好得上天，什么事都说好好好，什么事都说我来我来我来。他离开泉州时莫小成都哭了，他说他要来看他。还有蒋继石，瘦，矮，老板叫他蒋总裁，他也答应。煮饭的王姐，胖，每天笑脸盈盈，她和老公马哥承包工地的小饭堂，给杨永他们煮饭。每个人都可以跟她开玩笑，她不气恼，她老公马哥也不气恼，他们就这样把钱给赚了。王姐还是胜男和杨永的媒人，开始王姐把胜男介绍给自己的弟弟王涛，王涛把胜男的肚子搞大，然后就跑了。王姐替弟弟收拾残局，把胜男当妹妹，跟她一起骂王涛，带她去做人流，让她管饭堂的账。王姐对胜男说，王涛不行，花心，你跟他肯定没有好果子吃，你要找个老实的。王姐说，不可能谈一个就成功的，不瞒你说，我谈了两个，第三个才到老马，我也打过胎……她怕胜男不相信，当着胜男的面问老马，老马，我在跟你之前谈了几个朋友？老马说两个。王涛是个王八蛋，王姐是个神仙，胜男把王涛当坏人，把王姐当好人，有多恨王涛，就有多喜欢王姐。王涛是王涛，王姐是王姐。王姐说，整个工地，就是杨永最老实，听话，又不用养父母，你跟他互相了解，合适的话带他回家当上门女婿。后来胜男真的这样做了，才有了前面那首谱上野马镇山歌调调的关于杨永的换行文字：

> 爹妈走了。
> 姐姐带大。
> 十五岁去广东。
> 二十五岁碰到胜男。
> 胜男比他大五岁。
> 这样的人。
> 适合带回家。
> 给爸爸赵忠原。
> 养老送终！

"放大镜"下，泉州工地上，小饭堂里的胜男，穿一条很紧的牛仔裤，看到杨永的时候，眼睛就亮一下，然后低头打菜。她被王涛抛弃的故事工地上每一个男人都知道，开始的时候杨永还在宿舍里跟朋友们一起笑话她，多多少少有吃不到葡萄的感觉。后来他跟她好，情况又不一样了。以前一副看不起胜男的样子都是装出来的，等到胜男跟他好，他感动得都要哭出来。如果王涛那个王八蛋是个老实人，哪里还能轮到他。他对胜男死心塌地。胜男说我三十岁了，爸爸身体也不好，我们不要在外面打工了，回八度，结婚，在附近找些活儿干。杨永二话没说，就跟胜男回来了。

……

晚上杨永一上床，就害怕脑子里的"放大镜"。他甚至觉得这个"放大镜"就像胜男家门口的照妖镜，而自己像个虚弱的妖精，要被它收了。吃安眠药，不灵。吃本地土药，也不灵。杨永身体就吃不消了。长时间睡眠不足，谁的好身体也会吃不消。这段时间，杨永容易闹肚子，一吃药就好，一停药就不行。胜男带杨永到县医院去体检，没查出什么，也只好给他开止泻药。回来八度有两个月了吧，杨永人瘦了一圈，眼眶都凹下去了。

医生治不好，只能自己想办法了。老丈人赵忠原想的办法是让杨永跟他睡一张床，他认为自己常年对"社王"恭恭敬敬，身上多多少少有点仙气，他想让自己身上某种神秘的力量发挥作用，把自己的女婿尽快打入睡眠之中。这一回，他要有用武之地了。赵忠原每天睡前烧香、烧纸，好像有一个主宰睡觉的睡神需要祭拜一样。除了这一点有些神秘之外，其他的招数很接地气，就是没完没了的唠叨和震天响的呼噜声。凡是声音，皆有魔法。

赵忠原的"方子"显然不管用，唠叨声和呼噜声伴随散发着老年人房间特有的浑浊的气味，并不能让杨永安然入睡，只不过又给他的"放大镜"增加了新的内容。

他于是就撤离岳父的房间，换地方，在楼顶的铁棚下支了张木床，这样能听到哗啦啦的风声。杨永想让哗啦啦的风声，呼唤脑子里的瞌睡虫。但是，这样的声响，太过单调，脑中的"放大镜"始终明晃晃的，多大的风都不能吹灭里面的光亮。

一天，村医忠光来拍忠原家的门。

门开了，他对胜男说，你家杨永失眠、拉肚子的原因，我弄清楚了。

什么原因？

很简单，就是水土不服。

胜男想想，很有道理。杨永十五岁离开家乡去广东，又从广东去福建，已经不适应乡下的水土了。

胜男说，那怎么办？

忠光说，叫他们从你们打工的地方，拿塑料桶接自来水，寄过来，给杨永泡茶喝。

胜男当着忠光的面，打电话给王姐。

王姐在那一头，听到胜男的声音，喊了起来，到现在才给我打电话，有了老公，就忘记王姐了。

胜男说，你那么忙，没什么事去找你，不挨你骂才怪。

王姐说，你有什么事，是不是乡下待不惯，又想回来？我告诉你啊，那个莫小成，那个跟杨永最好的安徽人，回去不到一个月，又卷包袱回工地了。老家现在哪里待得下，除非老弱病残，你们是不是也跟他一样，想回来？

胜男说，不是的，是想让你帮个忙。

王姐说，什么忙？

胜男说，给我寄工地上的自来水。

王姐以为自己听错，什么，自来水？

胜男把杨永失眠、拉肚子的事跟王姐说了，王姐满口答应，好好好，我马上给你寄。王姐手机来不及挂掉，胜男听到她跟旁边的人（马哥）说，工地上的自来水包治百病，我还是第一次听说。胜男没有听到的，是挂掉电话后，马哥说的话。工地上的自来水，寄到胜男的村里，得有多贵？王姐说，再贵也要寄。王姐也是脑洞大开，不仅寄水，还给胜男寄来工地上的木渣、塑料管接头、制作刀具用的工具等杨永熟悉的东西。王姐希望杨永看到这些熟悉的东西后，能镇脑安神。她对马哥说，睡不着觉，肯定是心理问题。

从那时起，野马镇快递收发点，多了来自福建的特殊的邮件。赵忠原隔不久就过来打听，我家的水，寄到没有？

一个月以后，杨永扛着他的帆布袋，上了去县城的班车。在八度的几个月，他享受新婚的甜蜜，也饱受失眠的折磨，他一头钻进前往县城的中巴，把新郎官的生活，留在八度。这是小两口的第一次别离。离开八度的头一晚，夫妻俩有一场对话。

胜男开玩笑说，你又要恢复单身了。

杨永说，我可不想这样，在福建看不到你，我心会发慌。

胜男说，这都是命，以前想得太简单。你看八度一百五十多户，夫妻同时在家的，也没有几户。两个人同时在家才不正常。

杨永说，也是，我这段时间在村里，都听到闲话了，不缺胳膊不少腿，怎么不出去干活？好像夫妻同时在家，就是罪过。

胜男说，就当回来休婚假吧，这个婚假把你折腾得没有人样。

杨永说，也真的是奇怪，王姐寄来的自来水，还真管用。你不信还真不行。

胜男说，也不知道是你慢慢适应了八度的水土，还是工地的自来水帮了大忙。我担心你到工地上又不适应那里的水土，到时，又该我给你寄水了。

这个时候，杨永的脑子里出现工地宿舍八个人闹腾的场面。很奇怪，这是他回到八度，睡得最好的一晚。

七

半年之后的一天，李作家接到赵忠原的电话，电话那头说话很急，要李作家快去帮忙，送赵胜男去医院。李作家开车赶到赵忠原家，胜男腆着个大肚子，坐在椅子上。

看见李作家，忠原说领导，医院的车送病人去县城了，没办法，只有叫你了。

怎么回事？李作家问。

忠原把李作家拉到一边，轻轻说，胜男不舒服，出血了。怕是要流产。

李作家赶紧让胜男和忠原上车，路不好，也不敢开得太快，心便焦急起来。但又不能表现出着急的样子，一路安慰他们，没事的，没事的。在福建的杨永这个时候也打来电话，他在那边哇哇叫。李作家叫忠原把电话拿到他的耳朵边，他跟杨永说，没事的，没事的。

果然没事。怀孕五个月，胜男还是第一次做孕检，不做不知道，一做把人乐坏了，是双胞胎。出血是因为胎盘前置，很常见的一种症状，只要平时小心，不会有大的问题。听到这个消息的时候，忠原是蒙的，不敢相信这是真的。胜男笑靥如花，马上给杨永打电话，李作家没听见杨永在那边说什么，只听到胜男笑着对他说，你不要疯，你不要疯。杨永肯定也是乐坏了。

看着眼前的他们，李作家内心有一种喜悦。

是新的生命带来的喜悦。

有情的乡土
——评《喜悦》

曾 攀

　　李约热下乡扶贫两年，做第一书记，去的是大新县三合村五山乡，那里有个八度屯，某种意义上说，他就是小说中那个李作家。乡下的一沟一渠、一石一木，他了如指掌，在乡间走村串户，遍访农家，控辍保学，落实政策。下乡扶贫以来的上千个日夜，记忆汹涌澎湃，但李约热却显得克制。在他那里，写小说和别的时候不一样，感情在奔涌，反而要冷静，他需要好好看清楚发生的一切，靠近，端详，审视，再拉开距离，随后方慢慢动手。其中形成的距离感和陌生化，不是简单的技巧和态度，而是另一种情感的处理方式。在他那里，小说不是构思出来的，而是沉淀下来的。乡亲们的忧虑喜悦、悲欢苦乐，乡土世界的生离死别、路径命运，是如此熟悉而强烈，他犹豫是否要和盘托出抑或保持沉默，但最后还是选择了记录和述写，如现代文学中另一位同样关切乡土的沈从文在《抽象的抒情》中所言："惟转化为文字，为形象，为音符，为节奏，可望将生命某一种形式，某一种状态，凝固下来，形成生命另一种存在和延续，通过长长的时间，通过遥遥的空间，让另外一时另一地生存的人，彼此生命流注，无有阻隔。"于是乎，"李作家"将沉寂的乡土，转化为生命的流注，情感充盈，打破"阻隔"，也便有了"生命另一种存在和延续"——《喜悦》(《人民文学》2020年第10期)。

　　短篇小说《喜悦》讲的是野马镇八度屯的赵胜男带着未婚夫杨永回村见亲人、办婚礼，却撞上"今年猪瘟疫情暴发，野马镇的猪几乎死光，现在市面上的猪肉贵，鸡、鸭、鱼，托猪老大的福气，身价也跟着涨。肉类价格像一盆冷水，浇凉了赵忠原一家三口想操办酒席的热情"。他们陷入了前所未有的尴尬境地，父亲赵忠原无奈之下，只能借助村里七月十四的祭祀活动，带着女儿女婿和乡亲们相见相认，"全屯一百五十七户人家，杨永的名字一共被提起一百五十七次"，算是完成了仪式；然而婚后的杨永因为水土不服，还是离开了八度屯，眼看着调子越来越灰暗，但小说最后笔锋一提，怀孕的赵胜男因胎盘前置送去医院，却有惊无险，还查出怀上了双胞胎。

　　"胜男笑靥如花，马上给杨永打电话，李作家没听见杨永在那边说什么，只听到胜男笑着对他说，你不要疯，你不要疯。杨永肯定也是乐坏了。

"看着眼前的他们，李作家内心有一种喜悦。

"是新的生命带来的喜悦。"

"喜悦"之情易于传染，从杨永、赵胜男身上，即刻转移到了李作家。小说再将如是这般的移情传递出来，山川河流，乡土故人，倾注了情意与情感，互感而相通。

小说之"喜悦"，是有情的流溢，在那个深情厚谊的乡土世界，自然与俗世间，总是密切牵连，"这几天，在哗啦啦的雨声中，野马镇的人都在打听，哪家死了人？没有！那么，雨水过后，就要有人办喜事了。"天地自然之中，还有不绝于耳的山歌，"随便哪个人，他的故事，谱上野马镇山歌的调调，都要听得人哭。"这其中无不是情愫的流动、融通与升华，"人类身上每一个器官，都非常了不起，但是最了不起的器官，应该算是心脏吧。"李约热自然是要用心写一出野马镇的歌诗，在此之前，他付出心血，投入感情，由是"情动于中而形于言"。在小说中，村里的三百六十五户贫困户，加上一百户非贫困户，他逐家逐户遍访，大到一车一屋，小到一鸡一猪，他如数家珍，他们的故事，也是他的心事。"可以说，整个村庄，他心里有数。"

值得注意的是，李约热的小说从一种恣意放纵的野性书写，转向了"小心轻放"地处理人物的身份姿态，"李作家回城的时候，曾跟朋友们聊，他说来到乡村后，看到听到很多人的故事，他有一种'小心轻放'的感觉，就是说对村里的人和事，要认真对待，要'小心轻放'"。这是经验与认知给予作者的新的转化。李约热离乡进城，由城返乡，这里头颇有意味。扶贫要扶质，物质的质、质量的质，也要扶智、扶志，养其志向和志气，建立脱贫的内在动力。颇有些启蒙的意味在其中，然而这与现代文学百年来的文化启蒙有所不同，扶贫攻坚建立在事功之上，解决实际问题，与农民共情同在，并将困难与苦难进行现实转化，沈从文曾谈到关于"事功"与"有情"的关联，两者似乎时常彼此相悖，甚至"顾此失彼"，然而付诸文化与文学之时，又时常呈现新的形态。在李约热那里，"事功"与"有情"是并行不悖的，甚至彼此掺杂，相互成就。

李约热以前也写乡土，《涂满油漆的村庄》《李壮回家》《青牛》等，他从村庄来到城市，这些小说，常常有一个外在的视角，他凝视农民的性情与苦难，那是野气横生的充满生命力的所在，他充满悲悯，不无批判，但他很少介入他们的感情，鲜有参与他们的命运。《喜悦》不同。李约热将自我投掷于那片热土，他的身心在那里，灵魂在那里。李约热化身李作家，将情思注入乡土，同悲喜、共进退。这一回，他没有肆意大胆地放任他的"野性"，而是要"小心轻放"，他和他们相通、相似，正如他在创作谈中所言："现实空间和小说世界里的事物，魂是相通的，神是相似的。"然而，这里的共情却非同情，他并不比乡亲们高出一头，他时刻在他们中间，感知冷热，觉悟死生，试图将八度屯的故事讲进野马镇的序列中，延续他一直以来的乡土情结与叙事谱系。

一只单纯的野兽

谢络绎

一

过了惊蛰，冷空气时有回转，却不过做个凶狠的表情吓人罢了。阳光每次来都比上一次更好。这样的时节是适宜来到南方的，我却因为一些比事情本身更复杂的想法，一拖再拖不愿动身。后来的一天，我竟然得到一个少有的出差任务，于公于私都逼迫我不得不承担起责任。就算这样，我仍将机票订在第二天下午，到落地兰城，基本上那一天就过去了。我暗示自己，晚一天是一天。

那时，距我的外甥女离家出走，已经有一个月之久。

"找回来我打死她！"她的母亲向我求助时这样说。

我的这位已知天命的姐姐，是个长相朴实，对人生从来没有什么美好渴望，深陷于油盐琐事的平凡女人。她习惯于抱怨微小的失利，久而久之，人生就还她以彻底的泥沼。在她看来，她的大女儿胡桃便是这纠裹的污秽之一。

胡桃个子小小的，眼神有种来路不明的坚定，脾性难以捉摸。有时候她化身流氓在街头挑事，有时候又关闭门窗，营造出家里没有人的假象，躲在角落里看书。

高中毕业后，胡桃勉强在临近的省会城市读了个大专，专业是室内设计。我想，不需要达到多么高超的程度，只要受过基础训练，具备比较通俗的美感，毕业后找个业务不错的公司锻炼一两年，再回到我们家乡那个三线小城，开间工作室，服务于普通老百姓的家装需求，轻轻松松就能有口饭吃。到了一定时候再找个般配的男人知冷知暖地过日子，这样的人生就很好，强过我姐姐许多倍。

我姐姐是个劳苦的体力工作者。她原本学习成绩不错，却卡在一桩糊涂的事情上，整个人连同心智再也不愿前进一步。说来痛心，这件事牵扯到胡桃。

高中二年级的某一天，我姐姐在学校厕所无知无觉地生下胡桃，到现在除了她自己，没有人知道肇事的男人是谁。这件事对她的影响，除了中止了学业，最为恶劣的是，对于男人，她产生了彻底的仇恨。尽管后来在我们的母亲强行的匹配下，她结过一次婚，生下了我的外甥，却又很快离婚，从此再也不与任何人谈论感情。她变成了一个只会愤怒的人。她在小城里最大的自由市场租了摊位卖菜，生活的核心是缺斤少两和打骂孩子。只要见着胡桃，她便左右不对付，斥她好吃懒做，不与她交心，嘴上一个样，心里一个样。胡桃的弟弟，我的外甥，住校读初中，几乎不回家，很大程度上是出于对家中鸡飞狗跳的环境的逃避。而这样的逃避是我再熟悉不过的。我有意考取了远在北方的大学，顺利读研读博，留下来工作，一年到头礼节性回一次家，母亲去世后，我托词说忙，总不回去也不会有什么问题。

只要我回去看他们，望一眼他们正在过的生活，我就会产生深深的内疚，好像我独立出去过着另外的生活是对他们的背叛。好在我只要将他们的生活再望一眼，嗓子里就会积起浓痰，一定要吐出来才行。生理反应减轻了我内心的背负。我清楚地知道，我的确同情他们，但要我过多地参与进他们的生活，仅仅提供建议还好，如果有什么事是必须依靠我亲力亲为方可解决的，我便会感到痛苦。我好不容易才脱离了这些啊。我选择不闻不问。这个家里有那么多人痛苦着，少我一个，大约也是对那种可憎的生活的一种净化。

正因为如此，我对胡桃离家出走这件事并不感到惊讶，隐隐约约的，我甚至称其是一件好事。这听起来好像有失人伦，但我一直觉得，符合人伦的事情未必符合人性，有时候人们沉沦，不过是在以一种更具破坏力的方式对抗着一贯有害的生活。

二

当我不得不动身前往透露出线索的兰城时，我的内心只剩下一个声音：速战速决。这个声音促使我终于在落地兰城后的第二天，阶段性处理完工作上的事情之后，赶在太阳落山前来到一个新建的小区，站在编号为23的一幢多层楼房下拨打胡桃的电话。

在胡桃离家出走的一个月间，她给我姐姐打过两个电话，语气自然，也没有要钱，身陷传销组织这一点基本可以排除。来电显示清楚地表明她使用的号码在兰城。得知这个消息后，我马上找到一位精通移动通信技术的朋友查找定位，尽管那个号码长期处于关闭状态，但当它第二次开机使用，朋友还是成功查到了电话拨出时的准确位置。

听出是我，胡桃惊慌地支吾着，半天没有说出一句完整的话。

我从话筒里传出的嗞鸣声同现实环境发出的杂音几乎重合这一点感觉到，胡桃就在离我不远的地方。我转了转身，不过刚刚四十五度，猛然看到一套立起来的绘制着细碎图案的纯棉睡衣，倚在一楼的一间窗户上。胡桃瘦得消失在其中。她勉强越过领口的目光因为无可回避倒显得直接和坦荡起来。我这才感到，她在电话里发出的混乱谨小的颤音，不过是出于对我的突然降临的即时反应，本质上她应该是需要我的，她看到我却不躲避，直视我又分明有着犹豫，大约是因为既盼望着我，又对于我即将到来的揭示感到难堪。

我自然还是要站在人之常情的角度上责难她："你让家里急死了知不知道！"

她这才迅速跑出来，穿过单元门侧边的小花园，那里有一个独属于她所在的那套房子的入口，一道半圆形的木栅门，她推开它，拉我进去。我因为心里怀着复杂的情感，既想速战速决，完成任务带她回去，又隐约感到，住在这样的地方当然比回到她母亲身边好，前提是一切正当。可是，要如何才能正当呢？这样的内心活动并不单纯，干扰了我对周边环境作出理性分析，只盯着她穿着搭垂着厚厚流苏的粉红色拖鞋，走在小花园红色的地砖上。她的脚踝发红，肿得厉害。我问她怎么了，她毫不在意地说没事。进入她刚才站立的那间玻璃房后，她马上折起双腿，面对窗子陷进靠墙摆放的一只白色皮沙发里，眼睛半闭着，似乎要睡着的样子。这是她惯用的伎俩，每每在即将爆发的冲突面前表现出事不关己的淡然姿态。这总能成功激发我的厌倦。有什么必要费劲呢，对眼前这一切产生兴趣，搞清楚这套房子的主人是谁，同胡桃是什么关系，她缘何不辞而别住到这里来，又是如何生活的，接下来打算怎么办？不，没有必要。我的任务是将她拉回到从前的生活中去，相对于上述令人迷惑的充满不安定气息的未知，我想，回到家，至少可以保证她的人身安全。

"收拾东西，跟我走。"

"等一下。"

"起来。"

"等一下。"

她俯身抱住膝盖。短发从她的耳朵后方扫下来，遮住了大部分脸，显露在外的尖尖的下巴线条非常优美，带着一种好看的苍白。我看清绘制在她睡衣上的图案是白色戴墨镜的史努比，靠在一颗夸张的大草莓上，做出十分享受的表情。这与将它穿在身上的胡桃有着某种相似，尽管她无声无息的动作传递出的是孤独与痛苦，但谁说负面的东西就没有人去享受？它们甚至更让人沉迷。我看着眼前这位二十出头刚刚参加工作不几日就躲起来的漂亮女孩，一心想拉她起来。

"再给我一点时间。"她突然说。

明白我来的目的就好。我放松下来。只要愿意走，早一时晚一时都不是问题。我伸长手臂轻轻搭在胡桃拱起的背上，安慰她就好像知道发生了什么，就好像知道发生的一定是不好的事情。她终于抬起头来，眼睛却不看我，而是盯着侧边墙上挂在一张空空如也的电视柜上方的时钟。

"姨妈帮我。"

她从沙发靠背上取下一张过塑的简易菜单。

我随便点了两个家常菜，胡桃说不够，要我再点几个，我加了一个，她仍说不够。

"再加一个。"她说。

我警觉起来，什么人要来吗？

胡桃将菜单往身后的靠垫下一插，仰起脸看向窗外。

从我们相见到现在，她的身体一直保持着面向户外的姿态，在她身后有着什么，譬如铺满金釉纹饰瓷砖的开放式厨房，悬挂着巨幅静物油画的门厅，通向二楼的红木旋转楼梯，这些因为远离窗户，或者是远离她，而隐藏在阴影中的设施，我只有在背对她背对窗户时才能看得真切。这真是一套被寄予了美好愿望的房子。但是她好像对此毫无感觉。她游离于她所置身的世界。我克制着，遵循不过问不卷入的原则，盯着她。但是她紧张期盼的样子慢慢消解了我天生的胆大和后天被逼出来的沉着。我更仔细地环顾四周。这个陌生的地方也如我所愿地再次响起轰鸣声，配合着我不安的心跳。我想起这是个新小区，进来的时候看到大部分房子阴沉寂寞，无人入住。这会是一段长时间的无序的装修期，遍地建筑垃圾，那种被敲下来或有待铺在什么地方的砖块随处可见，尘土飞扬，白天黑夜，电钻声在墙壁间钻进钻出，投诉无门。我起身去关窗户，胡桃阻止了我。

"外卖就要到了。"她说。

也好，如果将这个陌生的地方再行切割，进行严密的封堵，只会令人越发慌张。这样我便自动略过了关窗户与迎接外卖并无冲突的常识。我拉过一张金属角凳，坐下来，对她所说的"一点时间"作出限定："吃完饭就跟我走。我查过了，最后一班车在晚上十点，到家会很晚，但是不要紧，我送你回去，我在你家住一晚，明天就走，我还要工作。"

她没有出声，我视为默认。我感到又轻松了一些。与此同时，我注意到在沙发的另一头，紧靠着扶手的位置上竖着一只小号行李箱，颜色是热烈的橘红。

"先清理一下吧。"我对胡桃说。

"现成的，"胡桃说，"就没打开过。"

她也看着那只行李箱。

她的回答令我吃惊。我想起她打给我姐姐的两个电话，从第一个到现在，中间隔着这么久，而她居然声称在这段时间里从未打开过行李箱。

"你……"

我感到为难。我不是一个热心的人，在探问隐私方面缺乏天性与经验上的支持。胡桃头枕着沙发扶手平躺下来，眼睛仍在她努力下压的脸庞的带动下望向窗外。那一刻我有一种感觉，一只庞然大物就要破门而入。

"在等什么人吗？"

"等外卖。"

"绝没有这么简单。"

我重新坐下来，抓住胡桃的手，强迫她看我。"走吧。"我这么说着，却没有使劲拉她。我知道如果她真的站起来跟我走了，关于这里的一切，便会被她永远咽进肚子。自然，我也明白，她不会走得这么爽快。我需要陪她进行完最后的瞻顾，有可能是要与什么人告别，也有可能只是一场代表这个含义的空洞仪式。我想了解这一切，但又习惯性地抗拒着。

"一开始可能的确有些复杂，但是到现在，就是这么简单。"她将双手伸到扶手后面，有气无力地拉伸了一下，"我只是在等外卖，这是第一步。"

直到上一秒我还当她是个没有思想的小朋友，我姐姐的女儿，我的外甥女，一所不入流的学校混出来的幼稚大学生。可她将略带忧郁和神秘气息的话说得这么干脆利落甚至有些蛮横，让我刮目相看。这成为我真正对她遇到了什么感兴趣的起点。她亦得到暗示，面对挺直上身正襟危坐的我一点点给出回应。这是对重视和认真的回报。

生平第一次，我与我所厌恶的家族，这个家族中的一位麻烦成员进行了一场事关隐私的交谈。

三

不长不短，到胡桃讲完，送外卖的人按下门铃。

那时候天色昏暗，我们没有开灯，但是窗户并没有关，来人是出于真的没有看到我们，还是仅仅认为应该以较为正式的方式介入，又或者外面的响声太大，不如此他怕叫不开门，我不得而知。唯一可以确认的是，当胡桃话音落地，忽然而至的缺失感放大了我的震惊，新的声音提供了转折机会，来得正当时，不至于使震惊膨胀。大约人生就是这样不断被给予延续的可能的。就像那个隐藏在岁月深处，虚假得像一道阴影的男人一个月前突然出现在胡桃面前一样。

需要坦白的是，一开始，我庸俗化了这个半路出场的家伙。我来到这里先看到胡桃和她的居住状况，再见她在讲述前，调出存在手机中的一个中年男人的照片，便立刻将他们之间的关系归入了不正当一类。我拍落她的手机，像每一个痛心于女孩子年纪轻轻就误入歧途的过来人一样，急于用简单粗暴的手段实施拯救。胡桃自然明白我在担心什么。她十分不屑地捡起手机，带着受到侮辱的厌烦说：

"是我爸爸，好吗！"

疯了吧，我睁大眼睛，满怀嘲讽。我望着她，继而望着这间大屋子。最后一道阳光从我的眼皮下溜走了，混沌无明的夜晚已经到来。在这个漆黑的世界里，要么是胡桃疯了，要么是我疯了，我们其中必有一个处于妄想之中。不然呢？甚至连那个男人都是我姐姐的一个妄想，甚至胡桃，根本就不是我姐姐生的。一个人怎么会在那么肮脏的地方出生呢，她只能是犯下重罪被惩戒的对象，从天庭抛至凡间充满恶臭的地方。她是一个无中生有的人。他也是。

"你看看他的眼睛，鼻子，还有这个尖下巴，"胡桃拉大手机上那个人的照片，聚焦在他挂着山羊胡的有些尖刻的下巴上，"看哪，每一个部位都是证明。"

"不，一点都不像。"

我慌乱地拂了一下胡桃的额头。

四

我正不知道该去哪里。

姨妈。

我把两个户型特别像的客户家的尺寸搞混了，材料不同，工厂做出来的东西没办法安装，公司要我全额赔付，我没有钱，只好不辞而别。我想他们一定会找到我家里去，所以我不能回家。我也不想回家。我想过去找你，可又很怕你。你身上有种能将人拒之千里的陌生感，我还是不要向你靠拢为好。彷徨间，我接到一个关系要好的同事的电话——我逃走的事情只有她知道，她说公司那边没事了，要我回去。

那时候我已经在城郊一家小旅馆里住了几天，根本没有想到还有回头路可走。尽管我心中有疑惑，却不得不想办法打消疑惑，因为，除此之外我想不出还有什么地方可以去。

当时是下午三点半，我记得很清楚，写字楼周围没有一棵树，玻璃幕墙和大理石地板上全是反光，一道道剑一样尖利，刺得人浑身火烧火燎。我走在其中产生了一个奇怪的想法，如果我能被这样的强光融化掉就好了，化成一摊水，无声无息地蒸发，一点一点地消失，我不必为要去哪里担忧，也没有人知道我去了哪里。

我真的停了下来，好像这样能化得更快。

我听到有人叫我。这个人大概从我现身开始就盯着我，我朝前走的话，一直走一直走，就能走到他面前去，可我偏偏停下了，他便急了，叫我，喂喂喂，接着是我的名字，要我走起来。应该是这个意思吧。我看着这个人，离着有二十多米的样子，在写字楼门口，时不时被经过的人遮挡住。他穿着淡青色中式棉麻长褂，一条同等质地灰色长裤。这身不合时宜的装扮因为这个人旁若无人的神态而显得无所谓起来。

我想起前些时候在一个客户家看见过他。

那家人是想重新装修一下住了二十多年的老房子。我去时他们正在聊天，他鼻下人中两侧被修剪整齐的胡须盖满了，下巴上拖着一撮长长的山羊胡。他好像对我很感兴趣，主动凑近了问一些设计上的问题。这家的主人是他的弟弟，人很随和，也就随便他反客为主。我对他印象深刻。

我穿过交错的行人走到他面前，问他有什么事。他说有些设计上的事要问我，看能不能找个咖啡馆聊一下。他的热情让人很不自在。我拒绝了他。我说你弟弟家的设计工作我已经转给其他同事了。我说出那位同我要好的同事的名字，请他去找她。令我意外的是，他们已经见过面了。他说事实上正是他请我那位同事联系我回来的。我不太明白他在说什么，只想尽快离开眼前令人感到稀里糊涂的一切。我侧身要走，说楼上公司有事，还等着我回去。

"事情都解决了。"他说。

"什么意思?"

他告诉我，他辗转找到我们公司的一位负责人打听我的情况，许诺我欠下的赔偿款由他来结，尽管他认为完全由个人来赔付并不合理。然后，他更正那位负责人说，胡桃是辞职不干了，不是跑了。也就是说，我根本没有得到公司的谅解。我那个关系要好的同事私下里感谢他，他便请她以公司的名义联系我。

"情况比较复杂，必须当面说，贸然约在别处，怕你不会来。"

我们坐在公司楼下的咖啡馆里，外墙是隔绝阳光的绿色玻璃，冷气开得很足，里外两个天地。我看着他，越看越熟悉。我觉得他可以将我完全吸纳进去，进入他的眼睛、鼻子、脸颊、嘴巴、下巴，以及这些东西组合在一起产生的奇特感官，一种特殊的神态之中。这时候他对我说，他是我爸爸。

"不可能有错，太像了。"

他激动地掀开他的山羊胡，让我看他的下巴，还用另一只手遮住鼻子下面的胡须，使整张脸显露出更多。

"年龄也对，我打听过了，出生地也对。你妈妈姓胡，叫胡梅对吧。不会有错。"

五

是的，我妈妈叫胡梅，我叫胡桃，我随妈妈的姓。

我从小就被告知没有爸爸，等弟弟到了每天追问爸爸在哪儿的年龄，我也是这么告诉他的，我说，你没有爸爸。我说"你"，而不是"我们"，表明这件事与我无关，因为我已经习惯了，就像一只狗不会问它的爸爸是谁、它怎么来到这个世界的一样，它是不必思考的，一切生来如此。

但是现在有人走到我面前说他是我爸爸。

他说他当年犯下大错，没有能力承担，长辈们也暗中安排他转学到临省小镇兰城，此后我们那个小地方，他再也没有回去过。即使他在他弟弟家看到我，这个与他几乎一个模子刻出来的年轻女孩，他一眼认定了我的身份后，也没有想过要回去看一看。他没有勇气回头。他是个彻头彻尾的懦夫。那个叫胡梅的女人一直停在十七岁那一年，他将这样的她收藏起来，不允许她见光。但她是个活物啊，总要以特定的方式流动，我就是她的流动的延续，流到阳光下，流到他眼前。他举起双手遮住发红的眼睛请求我原谅他。

我要原谅他什么？

我对此完全没有概念。我不知道如果有一个爸爸的话，生活会有什么不同，邻居与同学，我当然总能看见他们与自己的爸爸相处的场面，说实话很尴尬，我认为老天没有让我承受那样的尴尬实在是因为爱怜我，这样的安排让我感到轻松。所以，没有什么原谅不原谅的，不存在原谅这件事情。至于说对我妈妈造成了什么影响，我听完整件事情，认为她并非全然的受害者，她也是施害者，只不过对象是她自己。

男女之间的那点事情，现在连小学生都很清楚，一个人是做不了的，任何一方，只要一开始不是被强迫的，都要为相应的结果负责。我爸爸走了，那是他的问题，那么我妈妈呢，后来作出的选择与他没有什么本质上的不同。是，我妈妈完全可以更彻底一些，直接抛弃我，但是，她对她自己的放弃与一开始就抛弃我有区别吗？她停滞下来，让我活在她的停滞之上，在狭隘低级的空间中打转，这样就好吗？一个人难道仅仅活着就是好的吗？多少次我都想，如果她没有生下我该多好。

就这样，我端端正正坐在他面前，没有丝毫的难过与疑惑。对我来说，他连无关紧要都算不上，根本就是一片无法抓取也无从留意的空白。我认为他还是立刻消失为好，也认为他会这么干，毕竟二十多年前他就是这么干的。

他看着这样的我，以为我只是过于震惊和悲伤了。他握住我的手，安慰我说，放心，尽管我不会回去，但你这个女儿我愿意认，不然也不会过来找你。接着他用近乎讨好的语气问我能不能跟他去一趟医院检测DNA。

即使我们如此相像，我的五官再有棱角一些身材再高大一些便是他，他的五官再圆润一些身材再矮小一些便是我，即使我有一个同他二十多年前背弃的女人同样的姓，即使他明确地知道我来自他从小生活的那个地方，这一切还是不如血液的构成那么令他信服。

我问他然后呢，确定我是他女儿之后呢，要怎么认我。

问出这句话我不过是在调侃，我对他如此坚信我会接受他的条件，原因是"他会认我"而感到好笑。但是他说："跟我走。"

我溃不成军。这的确是我需要的。我最为头疼的问题始终是去哪里。任何地方召唤我我都乐得前往。

"你可以在这里生活就能在兰城生活，"他说，"我想办法查过你的通话记录，差不多一个月才往家打一回电话，且是你主动打，也就是说，你妈妈那边的态度，你根本不会考虑。"

我几乎立刻就喜欢上了他替我作分析和决断的样子，是不是所谓爸爸，就是充当这样一种角色的人？想到我几分钟前还不屑于他的到来，现在却宁愿被他牵着鼻子走，我感到十分羞愧。但这并不能阻止我跟随他。我们立刻动身前往兰城，原因是他说，他熟悉兰城，那是他的天下，在兰城做什么都方便，包括检测DNA。

事情到这里为止，如果让你感到有任何不可思议之处都是正常的，姨妈，你了解我的身世，我本来就是不可思议的化身。我想，我都已经这样了，何妨再不同一些？

他开的是一辆漂亮的深蓝色轿车。

我一上车就睡着了，到他叫醒我，我的眼前便出现了这幢房子。你注意到花园里种满了花没有？是的，它们还只是些幼芽，还有待培植，但它们让我满怀希望。还有那边角落里有一个水池，里面装着一些可爱的长不大的小鱼。这些是我来这里以后，看到邻居家这样，我照猫画虎自己侍弄的，我的脚肿了是因为做事的时候踏空了。我告诉你这些，是想说，即使这些全都没有，花园是荒芜的，水池干涸，它依然很漂亮。这就是我看到它时的感觉。再说明白一点，我不是因为这些修饰之物判断它漂亮的，而是，它是我爸爸带我走进的一个地方。

下车前他从手包里拉出几张连在一起的电话卡，撕下来一张，交给我。

"用这个号联系我。"

我们从车上下来，他将我的行李箱提到花园栅栏门外，接着回到车上，打算将车开入地下停车场。

"等我一下。"

因为附近有户人家在装修，声音时有时无，我一阵恍惚，他重复了一遍我才听清楚他在说什么。我点点头，抱着自己的背包，靠近行李箱站好。

突然间，我身后响起疾驰的声音，头顶聚集起无形的压力，这压力"咚"的一声落到了实处，我受到了重击。我虚弱的意识第一时间作出的判断是，我的脑袋四分五裂了。

他们有三个人，两女一男，全都提着砖头。其中一个将我的头砸出血后害怕了，行动变得迟缓。我在眼前又亮起来的刹那间夺过她手中的砖头，没留半点余地地冲她的太阳穴抡过去。她尖叫着扑倒在地。另外两个人立刻蹲下来呼唤她。她痛苦地抱住头，指缝中渗出鲜红的血，身体扭成一只虾。

越过他们，我看到我爸爸走过来。我丢开砖头。

他慢慢走过来，慢慢地，一条十几米的小道，他走了一个世纪那么长。

那两个人看到他，也不管地上的那位了，立刻围上去质问。那个男的动手扇了他一巴掌。我听出来，正如你一开始怀疑的那样，他们以为我是他在外养的女人。他垂下头，也不解释。怎么解释呢，要真是外面养的女人倒也简单了，这是带了一个私生女回来啊。他任他们拉扯。我捡起刚刚扔掉的砖头，指着他们说："放开，都他妈给我放开！"我冲其中一个狠狠砸去。那女人捂住脸跳起来，躲避袭击。与她的动作同步的是，我来到躺在地上的那个女人身边，一脚踏上去，发狠："再不滚我踩死她！"

这一下连我爸爸也求饶起来。他们成了一伙了。我沮丧地抽回脚。我爸爸拉我走进花园，打开门，将我的行李搬进去，说："桌子上有外卖菜单，楼上房间柜子里有零钱，先点东西吃，我处理一下就回来。"

隔着窗子我看见他又把车开了出来，与另两个人一起将地上的那位抬上车。我不在其间，他们看起来是那么默契，一阵风一样就使现场恢复了原样。

他开车离开的时候侧过脸来朝这边望了一眼。我还不知道他的电话号码。我想要移动脚步追上他，却像被施了魔法。

六

我们打开灯，开始吃饭。

一道菜配一份米饭，大约这是这家餐馆送外卖的规矩，所以我们得到了四份米饭。我打开每个餐盒上的盖子，将它们整齐地摞起来。胡桃坐在桌子的另一侧，用嘴巴叼起一块排骨，含在嘴里慢慢剔骨。我掰开一次性筷子，递给她。

"对不起。"我说。

"什么呀？"她的手迟疑了一下，接过筷子插进米饭，故作轻松。

"我做得太少。"

"关你什么事。"

"你刚才说的'我都已经这样了'是什么意思？"

"什么？"

"我想知道'都这样了'是什么意思。"

"就是这样啊，你看到的这样。"

"这句话是你决定跟随你的……爸爸，事实上你们还没有来得及做DNA检测对吗？那个人，就暂且叫作那个人好了，跟随他来到这里之前说的。"

"来之前和来以后，情况没什么两样。"

"这个，"我看着胡桃，似乎是因为已经忍受了长时间极致的煎熬，她变得什么都无所谓了，"还是有区别的吧。以前，在我印象中，你什么都不懂，对人和事没有自己的理解，也不能承受和解决任何事情，之后呢，至少……你能够做到捡起砖头打跑威胁到你的人。"

胡桃笑了。又马上深沉下来，说："这只是你离得远和近看我的区别。"

她放下筷子，不打算再吃了。她面前的米饭几乎没动。然而这时候她却来了精神，从蜷缩上去就没有再离开过的沙发上跳下来，打开橱柜找出一只塑料盆，将那些没有人动的米饭倒进去，然后看着我。我自然也没什么胃口，又好奇她要干什么，便也停下来。

"吃完了？"

"吃完了。"

她愉快地收拾起桌上的剩菜，依次倒入盆中，再用她的筷子搅拌起来。足足有一大盆。她扶在盆子上的手溅上了不少汤汁，但她满不在乎，继续搅拌，直到所有饭菜变得均匀，变成了一团看起来十分倒胃口的酱色垃圾。我这才注意到我们点的所有菜中，即使是常规需要搭配辣椒的菜，比如手撕包菜，都没有放辣椒，我点菜的时候并没有对此作出特别说明，那就是说，在这之前，胡桃已经给他们立下了规矩。此刻她端起盆子，走进花园。

她要干什么？

她刚才说她在种花，是要把它们埋在什么地方沤肥吗？一段时间后，当它们质变成更为不堪的发着霉流着水散发出恶臭的污秽，再依次浇灌到花枝的根部——这是我怎么都理解不了的自然界的互惠定律。我们当然可以从植物学生物学等学科中找到理论支持，确切地知道究竟是些什么元素顺着根部直达顶端，为一朵花的绽放提供养分；也可以搬出哲学那套辩证理论对极致的转化加以阐释。但是抛开这一切，看那最直接的呈现，一朵娇艳的花必须通过肥料这等污浊之物才能达到美的极致，这难道不是造物主对人间的一种玩弄吗？

我望着胡桃的背影，看着她先拉亮花园里的灯，再蹲下来，与此同时有什么东西跳进了花园，仿佛一道光，边缘却很柔和，接着我便听见了狗叫声，带着轻快的欢愉。我站起来，看清在花园的走道上，一只棕色流浪狗一边摇尾巴，一边晃动着伸向盆中的脑袋。它是那种最常见的身形像狼，但极其单薄瘦削的土狗，身上毛发短少，多处纠成一团，挂着泥疙瘩，在它结实的右后腿的上部，半张手掌大小失去皮毛的疮疤清晰可见。我本能地后退一步。胡桃一点都不嫌它脏，在它贪婪地舔食盆中的饭菜之时，用力抚擦它的脖颈。

"嘿，慢点，慢点。"她说。

我试着往外走出半步，这只狗立刻紧张地抬起头，耳朵也竖起来了。胡桃安抚它说："没事，没事。"我停在门口。它俯下头继续吃。

它很快吃完了盆中之物，用沾满油渍的嘴巴左左右右拱动胡桃的双腿，对她的施与表示感谢。胡桃抱了抱它，让它的头在她的脸上蹭来蹭去。最后她拎起空盆，站起来说："好了，明天再来吧。"这只狗听话得停下了所有撒欢的动作，在小道上站了片刻，随即纵身一跳越过栅栏，消失在夜色中。

"它每天都来。"

胡桃回到房间，在厨房冲干净手和盆子，重新坐回沙发上。

七

第一次是在我爸爸离开后的当天晚上。在那之前我眼前只有七零八碎的时间，被我拆成了一秒一秒的时间，一秒如同一年的时间。

我时刻担心他的安危，不知道那几个人会把他怎么样。我几乎把他们所有可能的身份都想了一遍，再模拟他去解释，看是否行得通。我按照他的吩咐点了外卖，我点了两人份，可是晚饭时间过了很久他都没有回来。他不会来吃饭了。我起身直走进花园，试图回忆上午到底发生了什么，回忆在整个过程中有没有任何一种可能可以改变结果。等到我从户外转回来，打开房间的门，一股浓重的剩饭剩菜的味道扑面而来。我迅速收起饭盒，装进塑料袋，将它们拎到花园里，准备第二天再扔进大概还要走五十多米才有的垃圾桶里。然而不久我就听见外面有响动，隔着窗户我看到一只狗在扒拉这些饭菜。它吃光了它们。这未尝不是一件好事。我看见它在鱼池那里晃悠，立刻冲出去将它赶跑。

第二天更加煎熬，直到晚饭前我想起那只狗来，我至少可以等到它吧？我问自己。我点好菜，等待着，就像你已经知道的那样，我没有等到我的爸爸。好在，那只狗来了。

我把饭菜直接拿到外面，蹲下来招呼它。它犹豫着靠近，动作僵硬，准备随时逃跑。它把饭菜拱了一地。吃饱后它摇着尾巴离开，很不舍又很坚定，不再四处打转，鱼池对它失去了吸引力。那天晚上，我借着房间透出的光把地上的残留清扫干净。第三天我在楼上找到一只灯泡，装进花园里空空的灯罩下。我还想了一个办法，找出一只盆子装那些饭菜，这样，那只狗在吃的时候就不会弄得到处都是了。真实的情况正是如此。它感受到了我所做的都是在服务于它，它由于感激而更懂得分寸。它定点来，吃完就走，毫不拖泥带水。逗留的过程中，它充分享受着我的服务，也充分表达着它的感谢。它一天更比一天与我亲近。它沿着花园栅栏撒满了尿。

有一天我绝望至极，一个人躺在沙发上，从晚上到第二天晚上，时间的光影在我眼前层层变幻，慢慢消逝，却仿佛与我无关，我躺在时间之外，也躺在人世之外。我感到自己已经死了。这时候我听到它来了，它没有像往常那样，看到食物就焦急地用突出的嘴巴一下一下撞击玻璃。这声音将我拉回了现实。我艰难地起身，走到它面前，对它说："对不起，今天的晚餐晚点才能到。"但它丝毫不在意有没有晚餐这件事，而是围着我的脚踝，快乐地打转。它的尾巴摇得令人眼花缭乱，眼睛里迸出一颗颗小星星。我刚一蹲下来，它就抬起前肢搭上我的肩，很快又放下来，继续围着我转，用头拱我。它快乐得不知道要如何表达了。我早已身不由己跪在了地上。我抱住它的脖子，用力抚摸它。

我的眼泪滴在它的身上。

八

我转过身，仿佛这样就能使那只单纯的野兽回到视线中来，我可以重新打量它，跳出食物，看清它的眷恋与等待，从它流浪的四足上找到痛感逐渐减轻的原因。我会伸出手，向它示好。它也一定会放下警惕，信任我，靠近我，感受我的体温与情绪。它会真正理解什么是安全的人类，从此活在长久的依靠中。

"去，"我拉动胡桃的肩膀，她干瘦的身体听话地直起来，好像我轻易收起了一副圆规。她去拖动行李箱。"不，"我说，"我们明天晚上再走，你到楼上好好睡一觉。"

她疑惑地看着我。

"明天晚上它还会来对吗？我们喂饱它，带它一起走。"

"长途汽车不允许带狗，我不知道该怎么办。"

"这是你迟迟不愿走的原因吗？"

"一部分吧。"

"不用担心，我们明天租一辆车。"

胡桃扑到我的身上，像那只狗扑到她的身上一样，她扭动着，与我脸贴脸。我有点不自在，我不适宜接受太亲密的举动。我推了她一下，她软绵绵倒在沙发上。她太瘦太无力了。我扶她起来，用心感受她的重量。我带她上楼，看到主卧一侧的卫生间有个很大的浴缸。我简单清理了一下，调好水温。我没有办法对清脆的水流声无动于衷，我想坐下来，把头伸进浴缸。我努力控制着自己。

水池边的柜子摆满了各式各样的洗漱用品，还有造型精致的化妆品，我将它们推到地上。

"不要用这些，不知道是什么人的东西。"

水很快灌满了。

"你需要休息，来，试一下。"

胡桃开始脱衣服，我退了出去。关门前我提醒她墙上挂着耳机。我做了一个戴耳机的动作，又将头侧了侧，双手合一，举在左腮上。好好睡吧。胡桃微微勾着肩，双手挡在婴儿般的乳房上。她眼里的雾气漫得到处都是。

九

第二天晚上七点整，它来了。正如胡桃说的那样，它从不让人失望。

我们让它好好饱餐了一顿。在它准备走的时候，胡桃拉住它。它困惑地望着她。我小心走到它跟前，同胡桃一起抚摸它。它立刻跳起来，围绕我们伸直前肢，将头俯下去，接着嗅我们的脚背，对着天空发出骄傲的吼叫，做尽了讨好的动作。我让胡桃上去洗澡，像昨天那样，尽量放松。只有这个办法能让她睡一会儿了。半个小时就好。我们重复了前一天的程序。胡桃的身体有了不易察觉的血色。

那只狗安静地待在花园里，腹部贴着地面，头扬着。它还不能完全信任这里。它也不需要信任这里。我冲它招手，要它进入房间。我已经调好了另一间浴室的水温，将要对它进行大清洗。新生活就要开始，我们得准备好，一副去除了污垢的身体和一个删除了记忆的大脑，我们慢慢来。可它仅仅是站了起来，并没有迈开脚步。我只好走到它身边，温柔地拉它。

"相信我。"我说。

它并没有理解我的用意，它对未来一无所知。它对我强迫性的动作非常抗拒，我让它进入房间的用意表露得越明显，它就越是要往后退。我只好摆手要它不要走，再指指花园深处，请它留在那里。它重新弯曲前肢，卧进花丛中。我回到房间里，等待胡桃洗完后下来，我们一起想办法。

外面忽然黯淡了一下，有人挡住了壁灯投射出的光芒，又很快闪开了。

我警觉地蹲下来，躲在沙发扶手背后。狗从黑暗中一跃而起，它黄色的皮毛在灯光下变作一团混乱的影子。它死死咬住那个人涨红的左手。我扒住沙发，露出眼睛。我从那个人晃动在灯光下狰狞的表情中看到他与胡桃相像的部分，他们发怒时，下巴会拉长，会像一把尖刀，会发出寒冷的光。我要走出去参与战争吗？我瘫坐在地，背靠着沙发。我能将这一切抛至身后吗？我听见花盆碎裂的声音。我转过头。那个人满身鲜血。他大声呼救。他的声音淹没在突然响起的电钻声中。我闭上眼睛，握紧拳头。我的身体已经飞走了。我呼唤自己，回来吧，回来。我满脸是泪。我抄起身边的角凳，我常坐的那张，我坐在上面吃饭，听胡桃讲述，一个男人与一只狗。我颤抖地拔去凳腿底端的四只垫脚，露出金属豁口，使它更像一件打斗用的工具。我冲进花园，对准那只狗使劲挥下去。

它几乎立刻停下来，眼中的火迅速熄灭了。

他拉过我手里的凳子，狂风暴雨般砸向它已经呆掉的脑壳。我无法阻止他。我大喊大叫，我说不。我拉他。他不给它喘气的机会。它无心恋战。他在它无法招架之时将手中的凳子反转过来，刺向它。只有胡桃能救它。我向后跑去，跌撞着上楼。

我扒开浴室的门。

胡桃戴着耳机，头歪在一边，像是贪恋母亲羊水的婴儿，上半身已经来到人间，下半身还在犹豫，在她所信任的安稳中游弋。

一场巨大的不受惊扰的睡眠，她躲在里面。

最里面。

负责之难，负不起责及其后果

——评《一只单纯的野兽》

毕光明

 故事并不复杂，却也不简单，充满了意外和悬念。一个不知道父亲是谁，在无爱的单亲家庭里长大的瘦弱而漂亮的女孩，大专毕业后在一家装饰设计公司上班，一次工作失误，公司要她全额赔付，她没有钱只好不辞而别，逃到城郊一家小旅馆里躲了起来。就在她走投无路之际，她原来一直以为这个世界上不存在的生身父亲突然现身，要帮她结赔偿款，还找到她当面相认并当即领走，驱车将她带到了兰城他在一个新小区买的复式公寓，不意还没进门就遭到袭击，发生流血冲突。在仓皇和混乱中父亲把她安顿了进去，交代她点外卖，便一去不回，幸好一只流浪狗出现，让她找到了寄托，人与狗同病相怜，建立起深厚的感情，直到将近一个月后寻找她的姨妈到来。正当她的姨妈打算第二天带走她和这只狗，她那得而复失的父亲突然在夜色里出现，引起又一场流血冲突，不过这一次冲突发生在人与狗之间。故事一开头给人留下悬念，最后都一一解开。

 这个故事看上去是在讲述一众人等的逃离，有让女同学在十七岁的花季在学校里怀孕产女的肇事者的逃离，更有由他制造了耻辱和苦难的单亲家庭里发生的逃离——姐姐胡桃从公司出走，和她的弟弟念初中时就受不了家中鸡飞狗跳的环境而几乎不回家的变相逃离。逃离甚至是一种家族传染病。故事的讲述者姨妈，何尝没有逃离行为。她逃离什么？她要逃离的是这个家族里让那么多人痛苦的那种"再望一眼，嗓子里就会积起浓痰，一定要吐出来才行"的肮脏至极的生活。然而，用"逃离"来概括这个小说的主题，还不算准确。更准确的应该是"逃避"。故事里所有的逃离者，都是在逃避一种无法面对或无法忍受的人际关系、现实处境或看不到尽头的糟糕透顶的生活。那么，为什么会有这种没有人愿意接受的生存处境？实际上是由他们中的不负责任的行为造成的。或者是不对他人负责，或者是相互不负责，或者是自己对自己也不负责，于是有了施害者，有了受害者，还有了既是受害者又是施害者，于是有了家族的不幸和生之苦痛。揭示家族性的不负责任以及逃避责任造成的恶劣后果，才是这个小说最有批判性和启示意义的思想主题。

从小就被告知没有爸爸的胡桃，她的不幸与痛苦，当然是"那个隐藏在岁月深处，虚假得像一道阴影的男人"造成的，也是既是受害者又是施害者的胡梅造成的。两个中学生的越轨，使得这个世界上有了一个仿佛背负着罪恶出生的女孩，并且让她在成长过程中缺失了宝贵的父爱。主要肇事者逃避责任，首先受害的是胡梅，她本来成绩不错，却因出了糗事而中止了学业，沦为在自由市场卖菜的劳苦的体力劳动者。但她人生轨迹的改变自己也有责任，因为"男女之间的那点事情，现在连小学生都很清楚，一个人是做不了的，任何一方，只要一开始不是被强迫的，都要为相应的结果负责"。可是这个胡梅，不仅没有对自己负责，也没有对她的孩子负责，她对自己的放弃无异于对孩子的抛弃，因为错生并不意味着不能善养，需要的只是既然生了就要好好养的责任心。不负责任的行为，不止发生在两个尚未完全成年的年轻人身上，它又何尝不是一种家族性的行为。高中生胡梅在学校厕所里生下孩子，这个传闻还能不遍及全城，得知自家儿子惹事的家长又是怎么做的？"长辈们也暗中安排他转学到临省小镇兰城"，如果说此时这个男生还没有能力承担，那么作为家长难道不知道应该承担的责任？

不负责任和逃避责任的行为，造成了戕害人生的严重后果。胡梅读高二出事对她的影响，"除了中止了学业，最为恶劣的是，对于男人，她产生了彻底的仇恨"，"成了一个只会愤怒的人"，"生活的核心是缺斤少两和打骂孩子"，她的心理被扭曲，人生彻底地跌进了泥沼，无法自拔。这两个不负责任的男女，对他们的女儿胡桃造成的伤害更是无法形容。残缺的原生家庭和缺失的亲情，给了胡桃巨大的人生失落感，让她成人后仍然陷在孤独与痛苦之中。没有父爱的岁月，让她度日如年，每分每秒都难熬。父爱其实是这个漂亮而柔弱的女孩最大的渴求，尽管她在没有爸爸的日子里看到邻居和同学与自己的爸爸相处的场面觉得很尴尬。在她自己的爸爸一朝意外出现，固然是因为本来就想逃离而恰好无处可去所以顺从地跟着这个尚未完全相认的爸爸来到了兰城，但她极力从面目和神态相像上找依据，说明她在心里已经认定了这个父亲，她太需要这个父亲。从她兴趣浓烈地学着邻居侍弄小园子，种花养鱼，还对她姨妈说"我不是因为这些修饰之物判断它漂亮的，而是，它是我爸爸带我走进的一个地方"，就可以看出血缘亲情的父爱对她有多么重要，而她为此"已经忍受了长时间极致的煎熬"，得不到父爱的煎熬有时候让她感到生不如死。这样的煎熬，哪能使她的性格一点也不被扭曲呢？

在小说里，胡桃遭受的痛苦，父母要负主要的责任，但问题是她的爸爸妈妈未必意识到自己的责任。在没有完全现代化的社会里，责任意识还是个奢侈品。胡桃的爸爸，终于找到自己的女儿了，但他首先做的不是尽力弥补因为他的逃避给孩子造成的爱的缺失，而是提出做DNA确认血缘关系以让自己放心，也找到领回女儿的理由，他唯独没有想到如何做才是把已经成年的女儿当作人来看待。尊重是负责任的前提，而他私自查询胡桃的通话记录，并在未事先征求意见的情况下就替她做分析判断，把父权用得很到位。人际关系是区分传统社会和现代社会的标志，依附性的人际关系，是传统社会的根本性特征，在这样的文化环境里，独立自主的人格很难形成，做事负责任也就要受制于环境和他人。胡桃的生身父亲将她领回了新居，还没进屋，就遭到已经听到风声守候在旁的二女一男有预谋的袭击。不用说，这三人是她爸爸的女人和岳父岳母。他们误以为领回的是被包养者，故而趁胡桃的爸爸去地下车库停车了，用暴力的方式从后边袭击胡桃，用砖块砸她的脑袋，完全是你死我活。在那个女人被胡桃奋起反抗、打倒在地之后，从车库出来的爸爸，看着胡桃踩着他的血流满面的女人，竟是"慢慢走过来，慢慢地，一条十几米的小道，他走了一个世纪那么长"，说明这个夹在中间的男人一时不知如何应对，何况他本来就是个这一生的命运被家长所决定的彻头彻尾的懦夫。不难想见，胡桃的爸爸把这三人载走后要费多大力气才能平息这场家庭风波，因此对他把女儿一个人丢在新居里不管不顾，可以理解其尽责之难。

她

蔡　东

关严房门，拉上窗帘，我是我自己的了。

身体像叠起来的被子几下抖开来，在床上摊平。攥紧的拳头变软，手指离开手掌，一根根分开，过了一会儿，并住的脚趾也松开了。在外游荡的神魂缓缓落回到身上。我依次感觉到额头、脖子、肩膀、膝盖的存在，它们作为我的一部分，此刻跟我一起，等待着沉入宁静。跟我一起等待的，还有一些本来不属于我的东西。比如，左边后槽牙里用来填充龋洞的白色复合树脂，大概十年前它成为牙齿的一部分。还有五年前到来的一小段镂空金属管，撑在胸口的动脉里，让血液得以顺畅流过。最近这几年，右眼增添了一样东西，来回飘动的黑影，并非实体，无法碰触，却始终跟随，如此真实。它来了就再没走，于是黑影也成为我的一部分。

所有这一切，一直属于我的，后来成为我的，都随我一起陷入细沙般柔软的寂静中，越陷越深，寂静的尽头有一个安全的小山洞，我终会到达那里。我翻个身，挪到床的另一侧。靠窗的一侧是她躺过的地方。我的小迷信，以为在她躺过的地方入睡会更容易梦到她，这样就能在梦里见个面了。这是相见的唯一方式。然而只是我的臆想，哪有什么规律，她偶尔出现，并且梦里我不知道这意味着什么，没有紧紧拉住她，也没有急切地倾诉。梦总是全然自由又毫无逻辑的。醒来时，梦境迅速退去，我重新闭上眼睛，反复回想，在梦的断壁残垣中久久徘徊。

在她躺过的地方醒来，有那么一个瞬间，又忘了，叫她的名字，声调从低到高。女儿在外头应了一声。我的心一沉到底，身体坐起来，把房门打开一条缝，问，这就上班了吗？

走出房间，看见女儿连芯子斜倚着墙，站着穿鞋。临出门时她四下看看，钥匙，车钥匙呢？我说在沙发背上，边说边拿起钥匙，快走几步递给她。

姥爷再见！防盗门关上的时候，外孙女道别的声音传过来，跟关门声一样清脆利落。

早晨的匆忙和紧张也被关在门外。门合上的一刹那，我瞥见外头的白昼年轻明亮。屋里，纱帘只拉开一道缝儿，我站在柔和的光线中，搓搓手，准备开始我的一天。早饭是热面条配腌黄瓜，吃完我来到楼下的花园。

工作日的花园属于老人和孩子。会走会跑的孩子们荡秋千、溜滑梯、跳沙坑、坐跷跷板，哪知道什么叫累，一玩就是半天。小一点的孩子躺在婴儿车里，老人们推着车，沿着彩砖铺成的小路一圈圈地散步。

我坐在一棵凤凰木下。

时值秋天，眼前仍是大片的碧绿。清晨的阳光照向菩提树的树冠，光线从心形的叶片间漏过去，充盈的光线中绿叶更加清透，毫无杂质的坦然的绿色。露珠晶莹，垂荡在菩提叶子细长的叶尖上，风吹过，一颗颗掉在地上，滚动着滚动着不见了。花坛旁的扶桑开着深红色的花，花瓣如绉纱，花蕊长长地向外伸着，几棵夹竹桃也还开着。到底是四季有花的南方。

园子西南角有几棵大叶紫薇，花期已过，树叶还是密密的，叶子吸纳着阳光，看上去比春夏时分还要油润饱满。风雨连廊旁，冬青和红叶石楠被修剪成一个个圆球，细看过去，红叶石楠的几片叶子变红了，透出一丝淡淡的秋意。

不知道谁家的窗户里传来弹钢琴的声音，一开始若有若无，似林中小径起伏隐现，接着，小径出了林子，宽阔起来，向着前方伸展得越来越快，琴声逐渐激扬，最后一连串的敲击，为清晨的花园降落一阵骤雨。

一只棕色的巨型贵宾犬拖着一个老太太走。经过凤凰木时，我认出了他们。记得第一次遇见他们是老太太牵着狗，慢悠悠走过来。离近了看，我的第一反应：这只狗是假的。全身羊毛般的小细卷，分明是一只玩具狗。狗摆动着四条腿往前走，我跟上去，心想：难道是电动狗？细看上去，狗鼻子表面像黑色的荔枝纹皮，鼻翼潮湿，微微颤动，还是不确定，直到看见它抬起前腿去够老太太的肩膀，用侧脸蹭她的下巴，才相信这是活生生的小动物，只有真正的狗才会露出这般热切依恋的模样。

老太太头发雪白，驼背比前几年更厉害了。她应该也能模糊记起我来吧，正这样想着，她转身冲我点点头，我也招手致意。狗在一棵龙眼树下细细闻嗅，然后拖着她继续往前走。

老连？是你吧。

循着声音看过去，看见一个穿枣红色坎肩的男人踱过来。我赶紧起身打招呼，也叫不上他的名字来，只记得姓王，住在三栋，心里暗自称呼他为"三栋的"。以前他总是一手推着婴儿车，一手擎着手机，音乐外放，曲目循环。不知别人作何想，曲子对胃口，我也就不怎么厌恶。这会儿他独自一人，看上去精神很好。

下来转几圈？孙子呢，上幼儿园了吧，真快呀。我感叹着。

太慢了。他笑着说。接着问，好几年没见，回老家了？

任务完成，早回去了，现在孩子都上小学二年级了。我伸出两根手指。

闲聊几句，他看看四周，这趟跟老伴一起吧？

我闭上眼睛又快速睁开，脑子里出现短暂的空白，漫长的几秒后，我说一起一起，她出去买菜了。

他拍拍我的肩膀，说多住几天。

我点点头，说，她也该回来了，我往门口迎一下。边说边朝着东边的铁门走去。

东门旁边有一排木质长椅，我坐过去，不停地望向门外，像是在等人。等着等着，我以为还是以前，好像坐在这里等她就真的会出现，提着一袋子鲜菜水果，欢欢喜喜地向我走来。我等呀等，地上的影子慢慢拉长，她怎么还没回来？心里有点害怕，手哆嗦着，从裤子口袋摸出手机打电话，提示音还没响起，我整个人一激灵，全身冰凉，只眼眶里暖暖的。等泪全部流下来，我用手背抹抹脸，又向门外望了两眼。

连芯子提前给我说，今晚末末有兴趣班，要晚些回家。九点刚过，她带着末末回来了。对了，末末就是我外孙女，这小名儿还是我起的。女婿姓周，他们刚结婚的时候我开玩笑，以后孩子小名儿可以叫末末。几年后孩子出生，旧话重提，两夫妻正发愁呢，当即采纳，连芯子人裹在被子里，声音传出来，末末，小末末。

末末头发高高挽起，身穿黑色连体衣，腰间围着短裙，是玻璃纸一样的蓬蓬裙。这是我头一回见末末穿舞蹈服的样子，恍惚间想到另一个人。连芯子看着末末，忽然转头问，我妈那时候都跳什么舞呀？

我一愣，说只知道跳得好，哪叫得出名字。

没亲眼见过她跳，但妈的气质真是不一样。连芯子说着，不自觉地调整体态，挺直了后背。

我点点头，思绪一下子飞走了。所谓气质，并不玄妙，她明明穿的是睡衣，看起来却像身上挂着一件希腊式裙子。她早年的舞姿凝固在胶卷时代的几张旧照片上，照片并没有放进相框摆出来，现在也不知道变成什么样子了。泛黄，虫蛀，变脆，一拿起来就碎成几片？

末末的身影从眼前掠过。今晚学的是爵士舞，末末一边说，一边踮起脚尖，五根手指向上伸直，然后她的头好像从一根长杆下钻过去，接着肩膀、胸腔、腹部依次向前送，再往回拉，我的眼前出现了一个柔软完整的波浪。

趁着末末演示新学的动作，我压低声音问女儿，小周经常出差吗？一出去就好些天，顾不上家呀。她说，刚带着项目转去另一家公司，开始会忙一点。她显然没有往下讨论的兴趣，这情况她也改变不了，我不好再说什么。毕竟，我真正参与她生活的日子已经过去了。气氛滑向凝重，她语气轻松地说，放心放心，幸福会遗传的。你和我妈幸福了一辈子，我也尽得真传。

我笑笑说，能有什么不放心的。一边又暗自打定主意，趁这几天再能帮她一点儿算一点儿吧。

这天晚饭后，我让芯子坐着，刷锅洗碗擦灶台都是我来。先让她歇歇，不一会儿又要辅导功课，孩子睡下她才能喘口匀和气儿。上周末一起去商场，我发现一处室内游乐场，两眼一下子亮了，买了张通票让孩子进去玩，换她一两个小时的清闲。后来在卖甜品的地方我买了两支草莓冰淇淋，一支给她，一支给末末。

厨房收拾完我准备下去散步，芯子笑着说，爸，你越老越贤惠呢。我嘴上说，一直贤惠，心里说，你妈生病后我就什么都会做了。

花园里转了两圈，依旧坐在凤凰木下。这是老伴夸过的花树，说凤凰木开花不扭捏，成片成片地开，开满花的树冠在空中横铺，像一个跳舞的人正展开身体。躺在病床上的时候她还说过一句话，等我好了再去女儿家住几天，看看楼下那棵树。

凤凰木初夏开花，一树金红，是我见过的最热烈的色彩。

音乐声随风飘过来，听见这声音便知道三栋的老王也在园子里。二胡演奏的《汉宫秋月》回荡在夜色里，渐渐地，空气变重了，像含满水分一样含满惆怅。一想到老王家的孙子听《汉宫秋月》长大，我就哭笑不得。老王倒是个讲究人，记得早晨的时候是古筝曲，明快一些，晚上才是二胡。

月亮升起来，待在半空中，像是正好停在楼上一户人家的窗前。一天一天的，它瘦下来了。注意到月亮的模样，算算来这里已近半个月，我寻思着该去下一站了。

接下来几天我为女儿家做大扫除。细细擦拭地板、台盆、镜子、家具，又收拾四处散落的玩具，码进几个收纳箱里。有整整一箱都是毛绒玩具，猫、松鼠、海豚、小熊、长颈鹿，还有一些有名有姓陪着孩子长大的人偶。

搬起收纳箱走进卧室，把箱子往松木床下面推，床下有东西挡着，推了几下推不进去。我跪在地板上往里够，手碰到一个毛茸茸的东西。看也看不清，心一横，拽了出来。

是个毛绒猴子，满脸灰尘，一只耳朵不见了。我用半湿的布把猴子抹干净，放在窗台上晒，等猴子全身暖过来，它没进收纳箱，住进了我的行李背包。

家事是无穷无尽的，接下来我在屋里转悠，看看还能做点什么。洗衣机上有一堆衣服，担心洗起来有讲究，拿起来又放下。阳台花架上放着几盆吊兰，是缺水的样子，我挨个浇了水。

这一天真短。很快到了下午放学时分，末末被专职接送的阿姨送回家。小姑娘迅速跑进自己房间，我站在门口试着跟她说说话，她不理我，沉浸在另一个世界里。嗯，这孩子具备专注的天赋，我因此心生感激，轻轻为她带上门，转身忙自己的事情了。

跟女儿告别之前，先跟凤凰木道别。我走到树下，心里默念：我替你来过了。树枝间的鸟扑棱着翅膀飞走，几片叶子缓缓落下来。

来之前，我在电话里对女儿说，想你了，来看看。别的什么都不提。若说是为她妈来看看凤凰木，白惹她一顿伤心。年轻人的力气全用在应付生活上了，不够伤心的。

明天我启程去往下一个地方。

车子在山脚下等着，待客满后开始上山。沿着盘旋的山路，车子转过一个弯，又转过一个弯，随着山势逐渐向上攀升。路旁山间有一条小溪，时隐时现，树木稀疏处显现出一道白亮的溪流，到了植被茂密的地方，不见溪流，只隐约听到流水的声音。

目的地是一座建在半山腰的小镇，抵达的时候，黄昏已至。找到一家宾馆住下，洗把脸，向外看，最后几缕光线已然消失，天色暗了下来。第二天醒来拉开窗帘，窗玻璃上一层冰纹，推开窗户，漫山遍野白茫茫的，下霜了。

吃过午饭，我往镇子西边的小酒馆走，一路想着酒馆的名字，叫什么来着，想不起来了。走到了抬头一看：归林酒肆。

时候还早，酒馆里没几个客人。我在窗边坐下，让店家温了一斤黄酒。等着吧，我要找的人深夜之时才会陆续到来。

傍晚时山里升起青色的烟霭，两杯酒的工夫，天黑透了，远处的山融进夜色，几乎看不见。不知道过了多久，外面传来一阵笑声，我往门口张望，见一条美人鱼正婀娜地往里走。她化的妆很浓，眼皮褶里嵌着两抹深紫色的珠光。黑色羽绒服敞开着，里面的上衣像一层闪闪发亮的鳞片，紧紧包裹住她的身体。她手里拎着长长的尾端开叉的蓝色鱼尾，进门后将鱼尾放在长凳上，店家马上为她端来热酒和几样小菜。

接下来进来几个侏儒。他们扮成外国人的样子，头上戴着假发，身穿黑色礼服。坐定后，他们摘掉假发，随便擦擦脸上的彩色颜料，开始大口大口喝酒。

夜渐渐深了，舞者、柔术艺人、拿着手杖的魔术师，还有一些游客，陆续进来，酒馆里越来越热闹。我找的人一直没现身。接近午夜时分，一个裹着军大衣的高个子男人走进来，他肩上站着一只鹦鹉，身后跟着一只孔雀。他在我旁边的座位坐下，点了半斤酒，配菜是花生米和酱猪蹄。他跟我打招呼，问我是哪里人。我说北边，这下才看清楚他的脸，半边脸上有一大块紫红色的胎记，灯光下看着颇为可怖。

聊了一会儿，我瞅个机会问他，你常年在这里，见过一个人吗？他马上说，啥样的人？话出口就觉得不对劲儿了，既无名字又无相貌特点，让他怎么回答。我往嘴里倒一口酒，环顾四周，回忆像一股流水从地底下慢慢涌上来。

说起来是六七年前了，我和几个刚退休的朋友来镇上泡温泉。也是晚上，也在这家酒肆。

泡完温泉全身放松暖和，加上几杯酒落肚，恩恩怨怨便开始泛起，又到了陈芝麻烂谷子时段。有咒骂单位领导的，大家跟着附和，有不满自己老婆孩子的，大家打哈哈，忽然有人夸起我的老婆来，夸她人善静，脸上总带着笑，说话不紧不慢的，气质还那么好。我心里得意，嘴上说气质什么，都一大把年纪了。不知道谁问了一句，她年轻的时候跳舞吧，怎么后来也不上台了？我说，自己不愿意跳了，跳舞哪能跳一辈子。

我们说着笑着，后来也搞不清到几点了，有两个人已趴在桌上睡过去了。我强睁着眼睛，准备叫店家结账。这时候，坐在我们前桌的人慢慢回过头来。整晚他都安静地坐在那里，背对我们，一动不动。

我看见转过来的脸，酒醒了一大半。

一张戴着面具的脸。煞白的鬼脸，仿佛被一双手用力拽着，拉得长长的，脸部下方是歪斜的血红大嘴，嘴里两排尖利的白牙，再往上，一个带钩儿的鼻子，鼻子上面是两个不规则的孔洞。接着，一辈子再也忘不了的一幕要出现了。面具留下的孔洞后面是这个人的眼睛，我看见眼泪充满了他的双眼，泪水颤动着，颤动着，终于流下来，两行泪流过煞白的面具，一滴滴，落下来。

我别过头去不敢多看他，谁知道他主动走向这一桌，还醒着的人忍不住倒抽一口冷气，身体往后缩了缩。他说羡慕你们亲兄热弟，不像我孤零零一个人，父母妻儿都过世了。我问他是不是当地人，他说不是，接着解释所为何来——在哪里做表演都能糊口，这些年一直待在镇上是因为桥东住着个盲人。我们还是云里雾里的，他正正身子，低声说，那盲人能看到死去的人，知道他们在哪里生活，过得好不好。

我只觉得脊背冰凉，其他人脸色也变得青白。我们勉强陪他喝了几盅，他还想继续说，跟我一起的朋友朝我使个眼色，说不早了，我俩把趴着的人拉起来，一起离开酒馆。我回头看鬼脸面具人，桌旁只剩他一人了，看不见他的脸但我注意到他的眼神，他留恋地看着我们这几个陌生人，见我回头，他抬起右手向我挥动。

胎记男人听我讲完，啜一口酒，问，你的什么人没了？我说，老伴，我妻子。他摇摇头说，所以你又来到这里，也算个痴人呀，酒话也信。

我说，当年不信，现在信。

人就是一心盼着解脱得救，盼出些大骗子来。桥东哪有什么盲人，以前有几个摆摊算命的老头，这几年也见不着了。胎记男人说。

是，去看过了，现在那里是一家奶茶店。

胎记男人沉默下来，神色变得黯然，半天才说，真有这样的奇人就好了，我也找他打听点事。

忽地，他肩上的鹦鹉发出清亮的口哨般的声音，伏在地上的孔雀站起来，头上的羽冠一颤一颤的。我以为它要抖开尾屏，不料它左右看看又趴回地上，尾羽收拢在身后，泛着金属色泽的绿光。

青灰色的月光照着一座青灰色的石拱桥。我跟胎记男人来到桥边，不，现在我叫他老苗了。我俩互相搀扶着走到桥的最高处，倚住栏杆往桥东张望。

河水缓缓流过，小镇在夜色中徐徐铺展开来。青瓦屋顶一重重高低起伏着，一道道飞檐柔软地弯向天空，巷子曲曲折折，伸向前方的黑夜，路灯稀疏，站立在大树的身旁。

此刻，我站在半圆形的桥拱上，低头往下看，还有一个半圆映在水里。

老苗叹息一声，说，生老病死，谁也逃不过。一阵风吹来，我身体来回摇晃，那种感觉又来了，胸膛是中空的，就像脚下的桥孔。我重新回到那一刻：医生宣布她死亡，有什么东西硬生生穿过我的身体，我被开了个大洞。

一年过去了，那个大窟窿还在。

老苗拉我一下，嗨，谁不苦呢，你看看我，打小儿没人疼，自己养活自己。你至少有工资，退休也能吃上饭。来，别闷在心里，说说她长啥模样，什么性格脾气，会跳什么舞。

我心里一惊，问，你怎么知道她跳过舞？

这就忘了，刚才在酒馆里你自己讲的。老苗双手举过头顶，扭动起身体来。

我推他一把，说别瞎闹。提到跳舞都是老皇历了，但这么多年来她的身姿始终自然挺秀，像清晨阳光下的一棵小松树。我说，她跳过一阵子，很多年前了，快记不清了。

后来呢？老苗问。

我说，还不是跟大伙儿一样找份普通工作，上上班，照顾照顾家里。

是个贤妻良母吧，她一撒手你日子就难过了。

当然，她是个好人，好女人。我迟疑一下，补上一句，舞跳得也好。

那是我第一次看见她跳舞。也许过往的记忆都已模糊不清时，那个片段仍免于湮灭，随时能从一团晦暗中跳出来，放射异彩。

上世纪八十年代，每到腊月，市里会举办一场迎新春文艺晚会。那年的晚会在工人文化宫旁边的礼堂举行，她的节目安排在相声后面。两个相声演员退场，大幕合拢，舞台上传来急促的脚步声，接着，红色天鹅绒幕布往两边拉开，灯光先是很暗，随即舞台上方打下来一束光，她出现在那束光里，闹哄哄的礼堂安静了下来。

记不清舞蹈细节了，但我一直记得那场舞给我的感受。一开始能注意到舞台两侧几束柱光的存在，还有她耳垂下方流苏耳环猛然闪出来的一道光，后来没人在意这些了，她跳跃、旋转、摇摆，她本身就是发光的物体，吸饱了日精月华，自行发光。

如果说舞蹈动作是一种语言，那我并未完全听懂，但我感觉到很复杂也很澎湃的情感，一波波撞击着我。我听见旁边有人议论，说她就是文汝静，跳舞上过几回电视，还在省里拿了奖。

音乐节奏逐渐加快，礼堂的气氛沸腾了。台上那是个野孩子，风吹，日晒，雨淋；天然，快乐，恣意。最后，我看到她在燃烧，像天地未开时一团混沌的火焰，渐渐地，那团火焰长出骨骼、皮肤和毛发，诞生，接近诞生了。就在诞生的前一刻，灯光熄灭，音乐戛然而止。我盯着黑暗的舞台，整个人像发高烧一般，从头到身子都滚烫滚烫的。

离开温泉小镇，我前往此行的最后一站，一处名叫青林泽的湖泊。

从高处看，湖泊像一个葫芦，住下的地方在葫芦嘴旁边。

门廊下坐着，四下寂然，恍恍惚惚地，以为自己待在墙上的一幅画里。近处的树木和房舍显得很大，远处的水和云不过寥寥几笔，比一场梦还要缥缈，我在哪里呢，大概是白房子旁边那个黛色的小点。

旅馆前台告诉我，湖边的篝火晚会还是在葫芦下肚那里。我提前往那边走，沿着湖岸，走过葫芦的长颈、上肚、腰线，湖面变得开阔起来。岸边有片芦苇丛，这时芦苇花已谢，清瘦的芦苇一秆秆站着，几只水鸟伸着细脚立在秆子上，看过去一派萧索冷清。

秋天欲走冬日将来，湖边没有几个游客，四处都安静，虫叫和鸟鸣清晰完整，还能听到黑夜一步步走近的声音。直到有人点燃一堆干木头，夜晚的火光照亮一小片湖水和天空，人们这才从四面八方走过来，汇集到火堆旁。

我凝视湖水，如果湖水也看着我，不知它有没有认出来。那一年站在湖边的是两个人。

为了庆祝结婚三十周年，我跟文汝静来这里旅行，白天游览湖中小岛，饭后在湖边散步，等篝火点起来的时候，很自然地牵手萍水相逢之人，一起围着火堆跳舞。

那天晚上真是她吗？我到现在还有些怀疑。那天晚上看到的似乎是另一个人，至少不像那个年纪的她。篝火正旺的时候，她从游人形成的大圆圈上把自己解下来，悄悄靠近火堆，等我注意到的时候，她正独自起舞。

原来舞蹈可以模拟流水。大水从高处落下来，涌向弯曲的河道，迂回蜿蜒地流过去，前进，拐弯，回旋，随着河道的形状和地势的下沉抬升，水流弯曲尽变化。除了四肢，她身体的每一个部位都在起舞，包括脊柱、血液和魂魄。她的身姿越来越柔软，好像快要化作雾和烟，乘风而去。眼前的一切让我感到震撼，同时又暗自盼望这震撼赶紧消散。我也脱离圆环，走过去拽住她的衣角，她没有停下来，挽起我的手，带着我旋转。我抗拒的身体渐渐变得松弛，跟上她的步伐，宛若随水漫流，涨涨落落。

那是婚后头一次看见她跳舞，也是最后一次。

此时，火堆驱走水边的寒意，烤热了清冷的空气，乐曲声响起，人们拉着手，从成年人的忧愁和戒备中挣脱出来，不管左右两边是谁，一起享受这忘情无忧的短暂时刻。

我在湖区待着，每晚都来到篝火旁，回想我俩在湖边度过的日子。有一天，我在湖水里看到一个身影，是个倒背着手的人。吃了一惊，以前觉得真正的老人才会这样走路，转念一想，可不到岁数了？也该是这个模样了。

除了年老力衰，微薄的退休金亦不足以支撑漫长的旅行，房费一天天往上涨，再不舍，还是要回家了。

我害怕回自己的家。家里很挤，归置着多年生活的物件，满满当当没有缝隙，同时又萧条冷寂，仿若一间空房。在那处房子里，我历经了她的后半生，她看上去不胖不瘦刚刚好，她膨胀，再膨胀，迅速变瘦，干缩脱相，直到成为瓷罐里的一把粉末。

火车擦着一座座城镇的边缘呼啸而过，迎面而来的不只是田地、树林、隧道，还有连绵往事。坐在车上，仿佛正驶向时间的深处。

徐阿姨提到她的名字，我以为听错了，文汝静，她不是在南方跳舞吗？徐阿姨没详细说，只强调人早就回来了，工作也找好了。我妈很快站起身来，前来说亲的徐阿姨只好也站起来，她心有不甘，似乎还有很多话等着往外倒，我妈妈轻轻说了一句，女方大两岁呢，别忙活了，回去吧老徐。徐阿姨走后，我妈冲着我爸说，咱这里不知是第几家了，鞋底都磨薄了吧。她说给我听的，我知道。

那是我这辈子唯一一次力排众议。大姑上了点年纪，多次委婉规劝，拖着长音说，你这样老实，这样可靠……后面就没有话了，无尽之意全在空白里。我几次都不接茬，她就直接表达个人观点了：搞文艺的女人，开放，不安分，哪有心思好好过日子呀。我妈见势也跟着说，长得好，又爱打扮，看她好像扎了耳朵眼呢，边说边吸气，不停摇头。

什么年代了！我气愤地说。

堂弟居然也捣乱，阴阳怪气地说，名人呢，见过她，在操场上跟几个不良青年在一起。别说你不知道，就是那几块料，烫着鬈头跳迪斯科，扭胯，抖啊抖，不知羞。

我胸口一疼，何至于被人这样说。她舞动的身体，好像携带着难以尽述的罪恶。不光女性长辈不喜欢她，很多小伙子也只是远望她一眼，等她走下舞台就躲开了。我想起第一次约会看电影时的情景，她穿淡蓝色连衣裙，头发往后梳，在脑后用橡皮筋随意一扎，露出小巧明净的额头，我心里感叹，这是跳舞的人才会拥有的美好额头。她很腼腆，并不比别人更擅长调笑。想着想着，血气上头，这叫什么事呀，我愈发想对她好一点。

图她什么，穿得露，会扭屁股？大姑神色鄙夷。

那是艺术！我高声说，额上的青筋暴起来。堂弟嘿嘿一笑，做了一个具有色情意味的下蹲动作。

大姑憋着一股劲儿，你是见得少！

我也憋着一股劲儿，相信我俩能和别的年轻夫妻一样，恩恩爱爱过日子。事实的确如此，我们勤恳上班，养育了一个孩子，住房从平房换成楼房，存折从没有变成几张，当然啦，渐渐地她也不再穿带颜色的内衣，大部分是肉色的了。粗看细看，这都是一个幸福的家。唯一的危机，是的，危机，那时我脑子里的确闪过这个词。

女儿刚上幼儿园的时候，忽然有几个旧日的朋友来找她，我在里屋听着，似乎是拉她一起去排舞。他们走后，房间里还飘动着一股危险气息。我嘴上没说什么，心里其实不愿意她去，我们已过上安稳生活，我害怕她想起舞台上的自由和激情、荣耀和掌声，那些光鲜东西的后面，从来都潜伏着动荡、混乱和破坏。我甚至忌讳想起那两个字来，仿佛有剧毒，仿佛是洪水猛兽。

她不知道从哪里翻出来演出服和头饰，在灯光下翻来覆去地看。我偷偷瞄一眼，发现服装看起来很粗糙，毫无光彩，头饰也不像在舞台上那么鲜艳，一堆廉价塑料。

她到底没去。年终岁尾的时候单位有人撺掇她登台，她推说身上有伤，怎么也不肯。她也很少跟我谈起舞蹈和舞蹈家了，再往后，跳舞的经历绝口不提，有人羡慕她自然舒展的体态，难免问起来，她脸上的表情略显尴尬，复又坦然。后来演出服也看不见了。所有的痕迹消失，无人记得那些旧事。我们白头到老。

广播里传来报站声，下一站到家，我忍不住打了个大大的冷战。

最后的那段日子，她会突然叫我的名字，海平，连海平。我回过头去，她欲言又止，呆呆地看着我。我知道她又想起以后了，为她处理后事时我还能撑着，等后事办完我一个人回到家，剩下的那些日子，可怎么过呢。她强忍眼泪，艰难地用胳膊肘把身体支起来，说，一开始难熬，总会习惯的，看眉毛你准是个长寿的人，不知道还要有多少福要享呢。我听了，几步走到她看不见的地方，捂着嘴哭一阵再回去劝慰她。我们互相哄着，哭哭笑笑，又苦又甜，直到，她永远合上眼睛。

那段日子，她身上柔软的脂肪和有力的肌肉都不见了，一层薄皮勉强挂在骨头上，像披了一件不合身的宽大衣服。夜里她侧身躺着，我从后面搂住失去水分枯瘦如柴的她，她挨紧我，都知道这是最后的相依为命。她病中的神情跟以前一样，脸上带着笑，安详满足，让人看见她的脸就觉得舒心。

那段日子，我偶尔回想起第一次见她跳舞的情景，那联结着爱意滋生的隐秘瞬间，一阵冲动上来，想谈谈越来越遥远的过去，临张嘴又觉得没什么可说的。我这个年纪，愿意把所有的事情归结为宿命了。也许每个人年轻时都沉迷过几样事，并误以为自己在那些领域具有神秘的才能。

我打开背包，拿出一件东西抱在胸前，是从女儿家床下找到的毛绒猴子，它被遗忘在黑暗里，头上只有一只耳朵。这一路走下来，我琢磨着它要有个名字才好，一次湖边漫步时想到不如就叫"独耳大圣"。

在自家门口站了一会儿，我对独耳大圣说，我们回家吧。

我的手，大圣的手，一起推开门，走进去。自她去世后我启用新的纪年方式，将这一年称为"分离元年"。门打开，分离元年的一幕幕涌出来。

保留她的毛巾、牙刷、拖鞋、杯子，一切生活用品，好像这个屋子里还是两个人在生活。

天变冷了，找到她常穿的一件棕色开襟毛衣，挂在门口衣钩上。

有时把枕头被子搬到床的另一边，在她的地盘躺下。有时待在我那一边，她那边也不空着，照样铺两床被子，躺下后我的手从被子下面伸过去，抓着一角被单，好像握住了她的手。

多少个早晨醒来，迷迷糊糊的，我的手去找她的手，那是幸福的时刻。每个误以为她还在的时刻就是我最享福的时候。

一开始茶几表面的灰尘像一角硬币那么厚，眼睁睁看着，灰尘变成一元硬币的厚度，再后来，我从自己家逃走了。

站在灯下，看着影子，我确信自己回来了。我让独耳大圣坐在沙发上，接着打开电视，不管什么台，只要有声音就行。

睁开眼，看见窗帘缝漏进来的阳光，听见外面传来电视广告的声响，这一年多来，我头一次庆幸自己活着。我走到客厅，抱起独耳大圣，一下一下摸它的头。我熬过了第一晚。

也许，可以去她的小房间坐一坐了。

小房间是她常待的地方。多少回了，我想把一件好玩的事情告诉她，推开门来，下一秒我意识到，她已经不在了。多少回了，我听见小房间传出声音，推开门来，她当然不在，是风把什么东西刮到地上。我总是站在门口看一看，不敢再往里面走。

一切保持原状。窗下放着一把木质靠背椅，那是她经常坐的椅子，椅背上还搭着她的衣服，一件绞花羊毛外套。小桌上放着一本书，拿起来，看到书签别在一百五十七页。我坐在她的椅子上，从一百五十七页开始看。

自然光渐渐不够了，我合上书，转转脖子，活动活动酸痛的肩膀。猛然看见一个人，勾着头，弯腰驼背坐在那里。再一看，是镜子里的我。墙边放了一架穿衣镜，正好能照见椅子这边。看到自己在镜中的形象，我下意识地调整，收回往前探的脖子，打开背，挺直腰。

就在这时候，我忽然想到什么，过去的画面一帧帧快速从眼前闪过。

无论穿着睡衣还是戴着围裙，她始终身姿挺拔。她端坐在沙发上，头和背在一条直线上。她晾晒衣服，手臂在空中划出一道柔美的弧线，她剪脚指甲，抬腿，收腿，宛若仪式。隔一段日子她就把我的四季衣服找出来，细细检查一遍，将纽扣松动的放在一起，然后她捻起一根针，举到光线充足的地方，另一只手捏着搓细的棉线，对齐了，在清透的阳光中，棉线极富韵律地穿过针眼。

一幕幕黯淡的家庭场景逶迤而来，它们从没像现在一样清晰、优美、光华闪耀。

她无时无刻不在秘密起舞。

回到那一晚吧。我宽厚得一言不发，她反复摩挲演出服。多么平静的夜晚，无声的对话比能说出来的话意味更明确。

我走到瓷罐面前，想解释些什么，话哽在喉头，该从哪里说起呢。

盼望在另一个地方找到她。也许她还是生病时的样子，头发掉光了，黄黄瘦瘦的，我会用最热烈的目光看着她，我会如少年扑进母亲怀抱，如父亲将女儿搂进臂弯，不，以赤诚的情诗中丈夫热爱妻子的方式，不用她开口，我就自愿化作她需要的任何东西，腰间的一根银链，手腕上的一束飘带，一束追逐她的光，甚至是她足底的一双舞鞋，如果她张开双臂仰起脸庞，说来一场雨吧，我就化作一朵云彩，飘到她头上，为她降落一场温柔无声的细雨。

记忆之境与和谐之思

——评《她》

张元珂

  《她》是蔡东在 2020 年发表的一篇颇受读者和业界关注的短篇小说。无论是以类指性的第三人称"她"作为标题，以第一人称"我"（男性）作为讲述视点，还是以隐匿叙事和虚实手法为主体修辞，都使得这个短篇在审美形式上别有一番意味。但更为引人瞩目之处，还在于这个短篇对于超越个体的、关涉现代人情感与精神处境的深层探察。因此，从小说艺术形式到主题表达，《她》都可圈可点，经得起反复咀嚼。

  书写记忆之境，揭示记忆之谜，显然是这个短篇所着力开掘的第一主题。在小说中，"我"与"她"的爱情被背景化，辅助于记忆主题的次第展开，即侧重呈现"记忆"与幻境、"记忆"与精神之间的互源互构关系。从主题表达向度来看，"我"对于"她"（即"文汝静"）的绵延不绝的思念，以及因这"思念"而深陷记忆时空的无奈，所呈现的不单是对个体至性至情图景的描绘，更有对"记忆"对于人之存在关系及意义的形而上追问。回溯成了"我"不得不操之的宿命，因为"我"被逝者形象和往昔生活所俘获并深陷其中，但迈入记忆之门，也即意味着寻找与释怀。在小说中，由"女儿家"、归林酒肆（温泉小镇）、青林泽湖畔、"我"家中所串联起的空间架构，以及由"分离元年"所不断生成并延展成的时间谱系，将"我"与"她"相遇、相知、相伴的生命之旅重新予以编织。"我"和"她"所生成的"世界"成为"独特的这一个"，在其面前，无论"我""她"，还是文本之外的你，谁又能参透这人生的无限内涵和外延？再进一步追问，人类历史演进的苍茫，个体精神记忆的苍茫，哪个更宏阔，哪个更无解，谁又能说得清呢？因此，在笔者看来，记忆之境如此漫长且纠缠不清，小说家无论处理自己的"记忆"，还是建构他者的"记忆"，其实都是将"镜像"予以重置并自立为主体。毫无疑问，《她》以此表达了超脱于个体境遇的存在之思。

  两性关系，即女人如何在自我与他者之间寻求自生之路以及精神家园，也是《她》所着重探讨的话题。"她"是舞者，从青春岁月到后来步入世俗生活，"舞"无疑构成了其生活的重要内容和精神依托。但当作为理想与身心所寄的"舞"遭遇来自世俗婚姻和男权理念挤压时，"她"选择了妥协——收拢、舍弃或掩饰不被广为认同或接受的个体执念，转而在精神与世俗之间求同存异、共建"生活"。"我"与"她"因舞而相识，而相伴，其情切，其意绵，直至"生死两茫茫"。小说对生者与逝者情感、意绪的表达可谓至深至诚。表面上看，"她"放弃了"舞蹈"，实则不然，从日常到精神，她一直在"舞"，只不过方式不同往常而已。而对"我"而言，曾经因无意识中默许"她"之弃舞意图，竟成为一生挥之不去的歉疚。正是因为"我"与"她"彼此"后撤一步"，爱情与婚姻才拥有了无限自由的延展空间，"两性和谐"的爱情神话在此上演。因此，《她》可引发一系列有关现代中国女性情感与命运之路的全面反思：从"娜拉出走"的个性解放，到后来"无路可走"的悲哀，再到彻底封闭自我、试图与男权社会彻底绝缘的极端实践，"女人"始终没有走出那个被建构、被代言的牢笼；女人与男人同为主体，超越性别差异，在两性和谐基础上，重构主体形象和生活之路，似是切合实际的正途。

作为知识女性，蔡东对"女人"的观察和体悟已远远超出"饮食男女"层面，她以小说方式所揭示或探讨的这些问题显然与中国新文学传统有着渊源相继的关系。或者说，"女人"作为一个话题——重构女性主体和全新可能性——在蔡东及《她》中又一次得到集中探察。由此，我们可以看到，相比于同代同龄小说家，蔡东的写作多了一些典雅和理性思考，且又常不乏哲思。在小说创作普遍欠缺思想性的当下，她这种文学姿态和实践就愈发显得珍贵和不可或缺了。

请喝一碗哈图布其的酒

（蒙古族）海勒根那

　　没有人知道那个高大的家伙是什么时候冒出来的，他出现在哈图布其嘎查的人群里就像一头骆驼站在了羊群中间，初见时人群因仰视不由得产生一阵骚动。这应该是个异乡人，人们一边惊叹一边作出判断，因为在科右中旗草原，十里八村的牧人彼此都认识个大概。可是朗朗晴空怎么会忽然多出这么一个人来？而且他泰然自若，见谁都咧咧那张乐呵呵的大嘴，好像相识已久的样子，那满口牙齿颗粒饱满，雪白坚硬，在阳光下像白玛瑙一样闪闪发光，一看就是蒙古族男人钙质充盈的牙齿，是专吃牛羊肉喝马奶子铸就的。再衬上一张典型的蒙古脸——塌鼻子、又高又红的颧骨、一双细细的小眼睛，这五官要是组合到西亚或东欧人脸上就没的看了，但在这里它们相得益彰，彼此都找到了合适的位置，搭配起来显得那么舒服，得劲，充满别样的神采。除了这些，人们还注意到他的穿着，那身略显古旧的藏青色长袍仿佛中世纪的布料，一柄精致的蒙古刀悬在右腿前。而他脚下那双雕花讲究的靴子更非同一般，至少该是博物馆玻璃罩里的物件，尺码之大像两艘小船。在科右中旗草原，即便像今天这样隆重的敖包盛会，也只有年长者注重蒙古长袍和马靴的穿着了，年轻人大多不再守旧，西装、夹克、短袖什么的，任性地追赶城里人的潮流。所以，人们越发对这个人感到好奇。高个子倒是漫不经心，迈动他的大步左摇右晃地走路，所到之处人们自然散开，不时让他那一堵墙似的倒影从人群的头顶跌落在草地上。

　　牧民们是刚刚从敖包山上下来的，近两年哈图布其嘎查风调雨顺，村民脱贫，人心振奋，村委会决定筹措资金，让牧民们好好热闹一把。这不，初夏一大早，人们开着大小车辆就围聚到敖包山下，手提草原老白干、面果子、奶干、大白兔糖块，登上高高的山顶，为敖包堆子添枝加石，撒下祭祀品，许下吉祥的祝福和心愿……但这个高个子显然不是大家祈愿来的，他的来头还要细究，人们开始围住他问东问西。起先当然要问这位朋友是哪里人，要到哪个地方去。高个子微笑不语，或者傻呵呵地乐一乐，避而不答。莫非这个人是个哑巴不成？人们越发问得急切，以求证他到底会不会说话，高个子不得已抿了下嘴唇，用他那只熊掌一般的大手指了指远方，说："从那边来的。"这一开口不要紧，临近的人不得不捂紧了耳朵，这哪里是人发出的动静，瓮声瓮气的，像极了一头发情期的公牛，震得蜜蜂嗡嗡乱飞，远山微微颤抖。"那边是哪里？是阿鲁科尔沁，还是乌珠穆沁？还是二连浩特？"高个子晃了晃大脑袋，伸出舌头调皮地打了一阵嘟噜。"你叫什么名字？这个总可以告诉我们吧？"他挑了挑眉毛，抖动起朝天的鼻孔，猛的一声"阿嚏——"打了一个震天动地的喷嚏，一时间飞沫四溅，气流冲开了刨根问底的人群，好家伙，这一下可再没人靠前问询了。既然高个子不愿透露他的底细，就干脆叫他"远方朋友"好了，这个名字既好记，又能彰显哈图布其的热情好客。

透过人群的间隙，高个子把目光转移到不远处，那里十几个男人正忙着杀猪宰羊，他的细眼睛晶莹地亮了，随之而下的是嘴角的涎水，他拍了拍肚皮，对人们说："我的肚子饿了……"人们马上听到了发自他肚皮的咕咕叫声，像揣了一窝青蛙那样。今天是嘎查村委会请客，杀的是村集体养的猪和羊，吃的是村集体种的菜，村集体还养了几十头西门塔尔牛，思来想去，书记和嘎查达（村主任）还是一头也没舍得杀，这油光铮亮的黑牛可是值了好多银子的。此时几百号村民一起动手，架起炉灶，搭起彩条布、军用帆布帐篷，劈柴的劈柴，收拾下水的收拾下水，煮肉的煮肉。一时间，山脚下的草地炊烟袅袅，热闹不已。

等待吃食是一种煎熬，那渐渐飘散开来的肉香最先钻进饥饿者和孩子们的鼻子，让人忍无可忍。高个子一边抓耳挠腮一边吞咽着口水。几个十六七岁的少年赛摩托车回来，一路尘土飞扬，电光闪闪，携带的高音喇叭播放着草原流行歌曲——"套马的汉子你威武雄壮，飞驰的骏马像疾风一样……"来到近前，摩托车戛然停在高个子脚下，一个瘦小的少年拍了拍车把，说："咳，大个儿，敢不敢和我们赛摩托？"高个子龇龇牙，说："不，不，我只会骑马。"旁边矮胖的少年说："什么年头了还不会骑摩托？来，我教你骑。"高个子不好推辞，一手搬起拴马桩似的长腿，跨到摩托上，仿佛大象骑在小羊身上那样，只轻轻一落屁股，摩托车身立马沉下去一大截，两个轮子像受了委屈的长鼠子，吱吱叫了好半天，直到瘪成了一层皮。几个少年傻眼了，面面相觑，车主人蹲下察看车胎，不由得哭丧了脸。

那边，小伙伴推着摩托去镇上补胎，这边，村民们已分席落座。猪羊肉已然煮好，热气腾腾用大盆端上桌来。蒙古族人一向有盛情款待过路人的习俗，辈分最高的族人对高个子做了个请的手势，说："咳，远方朋友，请你喝上一碗哈图布其的酒！"本来是用二两半的玻璃杯倒的酒，高个子听老人说喝上一碗，索性把酒倒到木制奶茶碗里，倒酒的见了，忙给斟满，高个子举碗一饮而尽，顺手掭起随身携带的刀来，刀鞘用鹿角精雕而成，刀把应该是一块狍腿骨，这样别致的蒙古刀人们还是第一次见。他伸手割肉了，在胸口上割了三块肥瘦相间的羊肉，不过他没有放进自己的嘴里，而是抛向了远处的草地，那是蒙古人餐前敬天敬地的规矩。族人们晓得这是懂礼节的人，并非一个莽汉。再看他的吃相，刀法娴熟，波澜壮阔，左手拿肉，右手内握，大拇指按着刀背，行云流水一般，将剃下的条条雪白抑或黑腴抿到唇边，随着"咻"的一声，那片肉就像条虫子一样被吸吮到嘴巴里，然后舒舒服服地在舌间伸伸懒腰，打上几个滚，便被喉头迎接了去，没来得及咕噜一声就消失不见了。整个过程好似马头琴师正拨弄他悠扬的琴弦。族人不再动刀动筷了，目不转睛地看着他吃肉，这种吃相仿佛只有《蒙古秘史》中的祖先才有，不由得唤起了人们的怜悯之心。人们想，这个人肯定是个流浪汉，他没家没业，四处讨吃，所以不肯说出自己的来历和姓名，害怕给他的家乡丢脸，这次他像匹饿狼那样空着肚子跋山涉水，一路仓皇走到这里，终于遇到了哈图布其这些好心的人。于是人们想当然地认为，这个孩子应该是饿瘦了，你看他的胳膊，只和树桩一般粗了。可是这个年月怎么还会有流浪的人，党和政府正在搞精准扶贫，像他这样的人明天就该到巴彦茫哈苏木去，政府肯定会把他记录在案，很快就会在哈图布其嘎查给他盖上两间瓦房，到时人们还会替他申请，基于身高，瓦房也要比整个村庄其他房子高出一截，那要多补贴五百块砖、二十袋水泥和一整车沙子，另外还要给他加盖一间牛舍，从村集体赊给他三五头最膘肥体壮的西门塔尔牛，分上两百亩锦鸡儿草地……高个子一直没有注意人们的关切和窃窃私语，等他终于抬起头时，桌上已风卷残云，整整一大盘肉只剩下一堆堆干净如洗的骨头，连骨缝中间都筋头无存，令旁边蹲守的几只四眼黑狗悻悻地哼叫，极为不满地瞥了瞥他。此时高个子如梦方醒，看看周围鸦雀无声的族人，一时羞红了脸。

人们安慰他："吃吧吃吧，远方朋友，嘎查今儿个杀了三头猪四只羊款待大家，肉管够吃！"妇女们忙不迭地又去捞肉添菜。须臾，又端上大盘肉来，兼以刚出锅的血肠心肝腰肚，毛菜也一盘一盘端上来——羊汤土豆片、小白菜炒花脸蘑、尖椒炒茄丝、清烧黄花菜……酒宴仿佛才刚刚开始。有人又给高个子倒酒，这是六十五度的草原老白干，崩一点儿火星就会点着，那蓝幽幽的火苗蹿动两下就消失不见了，你以为酒火灭了，可碗口却热汪汪的，眯眼仔细瞧，才知那火是透明的，就在酒面上静静地飘着，忽忽悠悠，无声无息。此时手离酒碗半尺高都会被它灼伤。这么烈的酒小酌一口就会割痛嗓子，高个子却又咕咚咕咚把它干掉了，最后一大口下咽之前，像漱口水那样在嘴巴里咕嘟了一阵，似要用酒把牙齿涮洗干净。这个喝法又把族人惊到了，平日里，嘎查的男人们都爱吹牛皮，都说自己的酒量如何大，一顿能喝几斤酒，谁也不服谁，如今可遇到对手了。不过，男人们有着自己的小九九，心里盘算着怎么试试客人的酒量。

说话间，嘎查第一书记端着酒杯过来了，这是嘎查唯一的汉人，三十出头，个子不高，别看其貌不扬，来头却不小，他可是浙大毕业的高才生，上边派来的帮扶干部，操着一口略带南方口音的普通话，领着村委会一行人等挨桌给村民敬酒。有人给第一书记介绍"远方朋友"，书记把杯中的矿泉水倒掉了，说自己本来不会喝酒，但家里来了客人怎么也要尽下地主之谊。一旁的小伙子忙给书记倒酒，书记说："多……多了……"一杯酒已倒得满满当当，小伙子说："不早说，我以为是'多倒'呢。"书记吃了哑巴亏，也不好说啥，村民们起哄："书记干了！书记干了！"书记架不住怂恿，双手举杯："远方朋友，欢迎你来哈图布其！"闭起眼睛屏住呼吸，先饮下半杯，说："吃口菜，吃口菜不算赖。"说着夹了一口黄瓜拉皮，强把下半杯酒咽进肚子里，这边，高个子早将一碗酒饮下。村民们又起哄："草原三杯！家里来客人了，书记一定要来个草原三杯！"

书记忙摇头，这时一位年长者站起身，亲手给书记倒上一杯酒，说："书记，这杯酒我是替村民们给你倒的，哈图布其的好光景都是你给带来的！"年轻书记摆手："大叔，您知道这不是我一个人的功劳，要感谢就感谢党和政府……"一个酒嗝打上来，话说到这个份儿上，酒是不能不喝了，书记虽是文质彬彬的南方人，但也是条汉子，关键时刻不能掉链子，满满两杯酒说干就干掉了，高个子倒是来者不拒，仍然用奶茶碗喝，说话间就饮下了四碗酒。书记抹了一把嘴巴，脸顷刻间红灿灿的，眼神也迷离起来，说："远方朋友，我们的'男儿三技'竞赛马上开始了，还有刺绣表演，一会儿邀请你观看节目啊。"有人来搀扶书记，被书记推搡开："我还没多，我还没多……"一边的嘎查达说："不行就扶书记去村委会休息，他这些天忙里忙外累得够呛。"书记摆手："不，不，我才不要睡觉，我还要等着看比赛呢。"他走路有些摇晃，没墙可扶却不倒去，就像蒙古汉子骑马一样，看着晃晃悠悠，并不会从马背上摔下来。

紧接着，人们开始轮番为高个子敬酒，都说："'远方朋友'，请你喝上一碗哈图布其的酒！"高个子也不含糊，谁来敬酒都干上一碗，一会儿的工夫，二十几碗酒就灌进了肚子里。女人们都是绵羊心肠，不忍心这么多男人灌醉一个异乡人，纷纷去拉扯自己家里的，不要他们把客人喝倒喝坏。可"远方朋友"看上去一点儿事都没有，除了高高的颧骨处泛起红晕，眼睛也没见小没见直，舌头也没见大，脸上始终挂着那副憨态可掬的笑容。

竞技场那边锣鼓喧天起来，大喇叭的声音飘荡过来——先是雄壮的国歌，接着传来一个男主持的标准蒙古语，人们知道是赛会要开始了，大人孩子纷纷离席，往一个方向跑去，刺绣表演的女人们则去彩条布的帐篷里换绣娘服。一个年轻绣娘扒开门帘偷窥着高个子，里边传出嬉笑打闹的声音，"去你的，不要胡说嘛……"随后，十几个女人被年轻绣娘追打出来，与麻雀一起叽叽喳喳地拥向会场，年轻绣娘落在后面，一步三回头地向这边观望。嘎查达来邀请高个子，不料一个男人拎着酒瓶从灶台走过来拦住去路，他是嘎查有名的屠夫，刚才一直忙着杀猪宰羊，烧火煮肉，这会儿就和嘎查达说："客人还没喝好呢，我想陪他再喝几杯。"嘎查达用目光争取了一下"远方朋友"，嘱咐道："适可而止，不要把客人喝多了。"

这是个敦敦实实的车轴汉子，头大如斗，脖子和身体一般粗细，毫发如狗熊般黑重，一看就是个"心狠手辣"的角色。几个爱喝酒的闲人围过来看热闹。屠夫有一个绰号叫"狼赫尔"（酒罐子），这谁都知道，干他这个行当的，给谁家宰牲畜都会供一顿酒喝，特别是近几年，每家一年冬夏两季都要杀上两口猪，肥猪滚滚，酒肉不断，久而久之，屠夫练就了一副千杯不醉的好肠胃。隔着桌子，狼赫尔并不坐下，举起酒瓶，瓶嘴对人嘴，"吨""吨"一阵水流声音，几串大气泡在酒瓶里由下而上，顷刻间一瓶酒灌进了嗓子眼儿里，狼赫尔用手掌抹了一下瓶口，随后开了腔："高个子，我来陪你喝酒，喝得过我，我请你去乌兰浩特最大的饭馆。"

好家伙，一瓶白酒就这么对瓶吹掉了。人们再瞧"远方朋友"，有人递酒给他，头一秒他还在笑呵呵的，下一秒仰仰脖，整瓶酒水就进了肚，没谁看清他是怎么喝掉的。棋逢对手，有好戏看了。狼赫尔这才坐下来，说："兄弟，我今儿个高兴，所以才想和你多喝几杯，他们这些人都喝不过我，我和他们喝酒没意思。几年前，我还是个贫困户，我上有老下有小，老人有病孩子上学，自己又爱喝酒，实话，日子过得真不咋地。自从'小白脸'书记，就是那个高才生书记来了以后，他帮了我不少忙，帮我给老人办了大病医疗保险，给我争取政府各种补贴补助，孩子考大学又是他帮我跑的贷款，我媳妇腿残疾，过去没啥手艺，天天喂鸡打狗的，两年前去了村里的刺绣培训班，旗里来的白老师手把手教，她自己学会了又教我，"屠夫伸出他的一双又粗又硬的大手，上面还沾染着猪血羊血，他说，"就我这双手，不是吹牛，刺绣个花呀朵呀的，我比嘎查里的老娘儿们强，她们都绣不过我，你信不？"说着话，从随身的兜子里掏出一幅作品，展开给"远方朋友"看，只见皮画上一双蝴蝶飞舞在马兰花间，针脚细腻，栩栩如生，屠夫小心翼翼，动静大了怕蝴蝶飞走似的。"这刺绣讲究绣、贴、堆、挑，技术精着呢。"这回狼赫尔不再对嘴吹了，像"远方朋友"那样，他把酒倒在奶茶碗里，"我们两口子就是这么脱贫致富的，为了刺绣我最近把喝了半辈子的酒都戒了，可今儿个我一定要喝点儿，高兴啊！过去嘎查里像我这样的贫困户多了，可现在都脱贫了，日子都过得一天比一天好，老百姓还求啥？"说着两个眼泪疙瘩就在眼圈里打起转，用手一抹，说了句："喝酒！"兀自一饮而尽了。

喝酒也有大小酒场之分，小酒即小酌，大酒需要有酒量的人拼着喝，说干就干谁都不落后。而且喝大酒的酒场要喝得默契，既有能吹牛的也有能听吹牛的，"远方朋友"确实是个好听众，一言不发，说喝就喝，狼赫尔说啥他都支棱着耳朵听，兴致满满，所以今天这个酒场俩人喝得比较合拍。狼赫尔就给他讲哈图布其嘎查这几年的变化，说现如今村村通了水泥板路，家家红砖蓝瓦窗明几净，最牛的是每家的牛圈里都有几头油光铮亮的西门塔尔牛，至于为啥在牛圈里而不在草地上，那是因为生态禁牧，为了青山绿水。接着又吹——满村翘着翅膀的大雁其实是路灯杆，路边又种了哪些稀奇的树木和花花草草。狼赫尔说："阿里巴巴还在我们这里种了沙棘树呢，叫什么'蚂蚁森林'，知道那个叫马云的不，他和我们书记都是浙江人，个头比书记还矮呢……"说到最后，狼赫尔想起给"远方朋友"安排住处，说啥都要他晚上到自己家住去，他醉眼蒙眬地瞄了瞄"远方朋友"的身高，一时犯了难，说个头高些倒是可以弯腰进门，宽度就难办了，实在不行就把窗子卸掉，从窗户进屋。

眼见着桌前的空酒瓶子摆了一溜。狼赫尔像口慢慢烧热的锅，脸色红如猪肝，他裸着上身，浑身粗毛孔筛出豆大的水珠，后来就淋漓下来，那是热气腾腾的汗水，足以蒸熟一锅馒头。"远方朋友"也出汗，但是那种细细密密的，像清晨草原上看不见的温凉露水，只有浸湿了靴子或马蹄才让人知晓。再喝，狼赫尔起酒的手有点儿不听使唤了，脱手两回也没拧开瓶盖，他稳了稳身子，深吸一口气压进丹田，一个大酒嗝打将上来，浓烈的酒气直呛人脑门。这当儿，有人瞧见他的腋下水流如注，禁不住叫了嗓，喝酒的人都明白这是酒漏，狼赫尔的酒漏开了，这也是喝酒人的暗道，没有暗道酒只会在人的肠胃里、血管里燃烧，直到把人烧焦烧化。再看狼赫尔，糊满眼屎的两眼重新有了光亮，脸色似晚霞中的沙滩退潮了，他不再使手去拧瓶盖，而是直接用牙咬开，这次他起了两瓶酒，一瓶留给自己，一瓶递给对方，用发直的眼睛望着高个子，说："兄弟，酒逢知己千杯少，咱俩再吹一瓶……"

围观的人虽然都是些不怕事儿大的汉子，但也忍不住劝阻："唉，还是一碗一碗喝吧，这么喝会喝坏了身体……"狼赫尔却不管这些了，酒喝到这个程度他只想表达感情，他举起白酒瓶，先是把它当作麦克风，扯着嗓门唱起一首广场舞歌曲，一会儿有词没调一会儿有调没词，最后终于唱累了，不得不趴在桌上，脑袋一歪嘴一斜，便到梦中烀他的猪头肉去了……

围观的人都乐了，说让他这么睡吧，现在就是把他抬到集上称了卖肉他都不会醒了。"远方朋友"这会儿有了些许醉意，他摩挲了一把红彤彤的脸，弯腰脱下两只靴子，只见裤腿湿得像蹚了河，脚趾也似被水泡得发白，靴筒向下倾倒，两股清泉便一泻而下了，酒香立马弥漫开来……男人们随之惊呼了：酒道！魁中的酒道！民间俗语讲，一道后脑勺开窍，二道汗下眉梢……八道腋下尿尿，九道清泉灌脚……前几个酒道人们倒是多少见识过，可这"清泉灌脚"还真是第一次见，男人们不禁啧啧称奇，算是大开了眼界。

不远处的赛场一片喧闹。"远方朋友"穿上靴子，晃晃荡荡向着赛场走去，嘎查的人们都聚集在那里，大喇叭里的草原歌曲盖住了百灵鸟的啁啾，却压不住徐徐尘土，几个少年正在跑圈赛马，马鞭挥动，马蹄飞驰，叫好声连成波浪。高个子认出马上少年就是要与他赛摩托的几位，便张开大手为他们鼓起掌来，又使劲儿打了一个尖如鞭梢的口哨，赛马扬鬃翘尾，雷声隆隆地掠过眼前。赛场中央，搏克手们已决出最后的胜负，高个子挥动双臂，以搏克鹰舞向他们致意。没见过棕熊跳舞，这回见识了。几位魁梧雄壮的冠亚季军还之以礼，高喊："高个子，过来和我们比试比试！"被旁边的搏克手拽了拽衣角，低语："唉，瞧瞧他的体格，估计咱三个一起都不是他的个儿。""远方朋友"并没有一试身手的意思，耳边夏风习习，羊羔皮一样毛茸茸的阳光披在身上，他昂首阔步，路过射箭场。一位眉宇英俊的青年已斩获头魁，箭靶上遍布箭痕，十环兼有，但都没中靶心。高个子拿过弓箭，轻轻一拉就拽个满弓，距离百米远，"嗖"一声箭镞响，正中圆点，箭手们惊了，上前察看，却见那支箭竟射穿了靶子，想取出来非双手双脚蹬拔不可。"远方朋友"哈哈一笑，交弓箭于英俊小生，继续前行。百余名绣娘正埋首刺绣架穿针走线，一色红艳衣袍铺展开来，如点缀青草地的朵朵萨日朗花。那位年轻的绣娘瞥到了"远方朋友"，提裙站立起来，腰身袅袅娜娜，眼神犹如波光荡漾般地向他招手，女人们这时纷纷抬起头来，目光像蜜蜂嗡嗡叮咬着高个子，一时竟忘了女人该有的矜持和羞怯。

"哦，他好高大呀！""嗯，比咱嘎查任何一个男人都牛壮。""听人说，他刚刚吃掉了大半只羯羊哎。"还喝光了嘎查所有的酒。""瞧瞧他的胳膊比我的腰还粗呢,好像不费力气就能搬动敖包上最大的石头。""不知哪个有福的女人嫁给了他……"女人们窃笑起来。

年轻绣娘挥动起衣袖,喊他:"咴,你要去哪儿?"

高个子冲着女人们拍了拍肚皮:"我的肚子饱了,要赶路去了……"声音洪亮如高音喇叭,所有乡亲们都听到了,他们或放下手中的活计,或回过神来,目送"远方朋友"。人们望着异乡人的背影,议论纷纷:"我们还不知道他的真实名字呢。""是啊,不过看他的体魄,他的名字该叫都仁扎那(锡林郭勒传说中的著名摔跤手)。""可他的吃相……好似《蒙古秘史》里那位最能吃能喝的祖先——大巴鲁剌。""不,他的箭法更像圣主的四獒之一'者勒蔑'。""这么说,他还是蒙古人传说中的'酒神'呢……"

无论他是谁,无论高个子矮个子,都是个过路人,都是科右中旗草原最尊贵的客人。人们最后得出结论,于是一起高呼起来:"咴,欢迎你再来哈图布其!"

彼时高个子已经走远,他转过身向乡亲们挥手致意。他蹚着一眼望不到边际的没膝深的锦鸡儿,这是牧民们人工播种的,过去这里曾经是寸草不生的流动沙丘,如今变成了万亩枝繁叶茂的饲草地。此时头顶之上,数不清的云雀和百灵鸟赛着歌喉,此起彼伏,仿佛一场以天为幕的盛大合唱;近处,清澈的乌力吉木仁河如同一条银带缓缓伸展,飘动;远处,群山如黛,白云像昂扬的雪峰一样高耸,又似一群天马奔腾踢踏。高个子就向着奔马似的云山走去了,一会儿间消失在大野深处。

人群中最失落的要数那个年轻的绣娘,她咬着嘴唇,还在向高个子走去的方向悄悄挥手,用温柔微小的任谁也听不见的声音说着:"再见了,远方朋友,你什么时候能再来喝哈图布其的酒……"

超现实主义与现实题材的美妙碰撞
——评《请喝一碗哈图布其的酒》

安殿荣

　　一位神秘的远方朋友，路过科右中旗草原，正赶上了哈图布其嘎查欢庆的盛会，受到牧民们的热情款待，他们一起吃肉喝酒、观赛马、看摔跤、比射箭……远方朋友吃饱肚子后挥手离去，继续赶路。简单来概括，蒙古族作家海勒根那的短篇小说《请喝一碗哈图布其的酒》讲的就是这样一个故事。然而远方朋友的路过，不同于一般意义上的路过，在对这一场景的呈现中，作者将这位远方朋友塑造成了一个充满超现实主义色彩、具有鲜明民族特征、仿若从传说中走来的蒙古人形象，一方面使小说充满了神秘感，一方面也为传统文化与当下生活的相遇以及相互审视搭建了一个有效通道，因而呈现了非常丰厚的内容：民族文化与民族性格、发生在草原牧村的脱贫故事，以及牧民生产生活方式在当下的延续与转变，都通过"远方朋友"的这次路过，淋漓尽致地展现了出来。

　　近几年来，脱贫攻坚成为当下最火热的政治生活和社会生活，是当下中国最不可忽视的现实之一。很多作家也投身其中，有深入贫困地区进行深度采写报道的，更有的作家直接下到村里，担任第一书记。他们创作了大量表现脱贫攻坚题材的各文类作品，其中尤以散文、报告文学居多，也有小说创作。但如何用小说书写脱贫攻坚故事，仍是值得探讨的话题。通常情况下，对当下正在发生的社会现实的书写，容易陷入一种简单呈现的习惯叙事，专注于表现事件的发生与推动，以及对前景的瞻望，或是塑造披荆斩棘、一往无前的扶贫干部形象，或是表现贫困地区人民自力更生、奋斗不息的感人故事。而海勒根那这篇小说，专注于一个盛大的欢庆场面，在传统文化与现实生活的碰撞中，既有现实对传统的敬畏，也有传统对现实的认同，使脱贫成果在传统与当下的比照中获得检验。因此，这篇小说既具有现实意义，也具有很强的艺术表现力，又不失为展现蒙古民族生活习俗、性格特征，以及传统文化的优秀文本。

　　首先让我们一起来看看这个具有象征意味的远方朋友。"他出现在哈图布其嘎查的人群里就像一头骆驼站在了羊群中间"，有一张"典型的蒙古脸——塌鼻子、又高又红的颧骨、一双细细的小眼睛"，"那身略显古旧的藏青色长袍仿佛中世纪的布料，一柄精致的蒙古刀悬在右腿前。而他脚下那双雕花讲究的靴子更非同一般，至少该是博物馆玻璃罩里的物件，尺码之大像两艘小船"……这有如神话传说中走出来的人物，吃肉喝酒有着《蒙古秘史》中祖先才会有的样子；他只会骑马，坐上摩托车，能把车轮子压得瘪成一层皮；拿起弓箭，轻松就拉个满弓，正中靶心……在远方朋友以如此传奇的样貌和举动出现时，哈图布其的欢庆场面在作者笔下却是非常写实、接地气。喜悦的牧民们轮番登场，展现了牧民们在当下的生活风貌，尤其是对嘎查第一书记和屠夫"狼赫尔"两人形象的塑造，避开了脱贫过程中可能经历过的种种艰难不谈，却单单呈现文弱的第一书记已经与牧民们打成一片，还受到长者敬酒，而那位曾经的贫困户屠夫"狼赫尔"竟学会了绣花，可见在脱贫攻坚过程中，不管是扶贫干部还是贫困户，都付出过什么样的努力，牧村脱贫攻坚的成效可见一斑。

如何检验脱贫成果，除了各项数据指标，更重要的是人们内心的认同，以及对未来的安心和有所期许。海勒根那的这篇小说不但写出了牧民们的认同，也通过高个子远方朋友（这里的远方，不单代表地域关系，更多的是时间的古远），看到了传统生产生活方式在当下的延续与变迁，表达了欣慰与认同。这个远方朋友也许并不存在于现实生活之中，但却是很多蒙古人心目中的形象，还引起了绣娘的爱慕。这也从另一个角度说明了，将本民族优秀传统与经济发展结合起来，才是草原牧民最佳的发展方向。

这位远方朋友让人不知他的来处，也不知他的去处，但他的路过贯通的却是一个民族的历史、当下与未来，以传统遇见当下，这种遇见是会心一笑，是安心离开。小说就是如此呈现了当下脱贫攻坚的最美好成果。

中篇小说及评论

序　言

显著的现实意向与驳杂的内在世界
段守新

2020年度中篇小说在整体态势上呈现出一种突出的、鲜明的"现实意向"。作家们对现实的关注和书写热情，明显超逾了对于其他层面或维度的探求。这里所说的这种"现实意向"，就其时间性而言，不只包括对当下经验的敏锐提取，也包括与之相关的某种历史跨度的延伸和联结；而就其空间性而言，同样不只表现为对于社会生活广度的拓展，也表现为对于驳杂幽深的人的内在世界的深掘。

孙频的《骑白马者》不仅其叙事空间被放置在荒僻的深山密林，其叙事主体也是一个避世者，通过他的视角和行踪，把一系列人物的生存和命运串联为一张松散的社会网络，并从中传递出一定的现实信息。小说中的人物，无论是作为叙事人的"我"，还是（曾经）拥有亿万身家的老板田利生，抑或是那些卑微如蝼蚁的山民，都不过是在这历史的飓风中载浮载沉的尘芥，各有其沉默难言的故事和隐痛。陈蔚文的《锦衣》把视线转移到声色繁华的都市。从租房、衣饰这些物质细节切入，细致而又深刻地写出了新的一代人在价值观、身份认同等方面的转变。相形之下，沉闷和黯淡的故乡反而成为格格不入的"异乡"，不能再为他们提供任何意义的精神皈依。既有城市叙事中一种常见的模式，是借助于某个外来者的视角，揭示、批判城市的糜烂和堕落，而故乡的安宁与美好往往成为他（她）的价值依据和心灵栖息地。感应着现实的变动，《锦衣》对这种"故乡/城市"固有叙事模式的改写和突破，构成了它最应值得注意的地方。此外，张楚的《过香河》、阿乙的《骗子来到南方》或者写轻狂浮浪的青年人，或者写老奸巨猾的骗子，他们的发迹和败落故事以及与他们相关的各色人等，也都程度不等地展现出了我们这个喧嚣时代斑斓驳杂的某一侧面。陆颖墨的《丛林海》着力刻画军犬金刚的忠勇以及南沙守礁战士的生活，作为军旅题材，同样丰富了当下现实叙事的涵容。

还有一类作品在包含当下生活的同时，通常还会有一个较为绵长的历史景深，以此容纳一个人、一代人的人生轨迹或社会的沧桑变迁。邵丽的《黄河故事》中，"母亲"

是作家精心塑造的另一个重要角色。在她的身上，承载着深厚的黄河文化或中原文化特殊的历史积淀，她与"父亲"因为人生观、价值观的分歧而生发的冲突，以及由此导致的诸多不幸后果，读来令人格外沉重。但恣睢暴戾的"母亲"在小说中也并非完全只是被指责的对象，而是被赋予了社会、文化、性别等多重视角的内涵，让我们在为之扼腕的同时，也无法不产生"同情的理解"。刘建东的《甘草之味》同样是在较长的历史时段中，借助两种不同的人生观、价值观的碰撞，写一代人的人生遭际和社会生活的嬗变。自称是"共和国的儿子"的小姨父秦大贵，在改革开放浪潮中乘势而起，飞黄腾达，与恪守原则、本分务实却时时事事不得志的"我父亲"的人生既相互缠绕，又凸显反差。当故事中的他们，也包括故事外的我们，在回眺和咀嚼他们的个人史及其携带的社会史时，无法不产生诸多难以言表的复杂况味。周嘉宁的《浪的景观》表现的则是一段"与青春有关的日子"，上世纪末商品经济大潮的涌动，给个体所带来的那种芜杂无序而又生机勃勃的成长际遇，在叙事人不无怀旧意味的讲述下，闪烁着独独属于他们一代人的"光晕"。

以上两种叙事都显现出一定的"社会性"宽度。相较之下，像艾伟的《敦煌》和陶丽群的《七月之光》等更倾心于向着人的欲望、情感、人性等深层世界掘进。艾伟的《敦煌》讲述的是一个关于"爱的穷途末路"的故事。故事里的几对男女，无论是恋爱还是婚姻，都无一不处在爱着又伤害着的状态。尤其是在作为故事主体的小项与陈波的婚姻中，这种状态被描绘和解剖得异常血肉淋漓。作者由此几乎写尽了人性深处难以遏制的欲望、虚浮、贪婪、嫉妒、猜忌、扭曲、疯狂、救赎等等。小说结尾，在神秘、庄严和悲悯的宗教境界中，历经劫难的生命最终获得抚慰和容纳，死而复生。陶丽群的《七月之光》则是在善与恶、爱与恨的灵魂肉搏中，渐次散发出人性内部的光芒和暖意。小说在一个几乎被战争毁掉生活的孤僻老人与一个弃儿之间设立戏剧性结构，细腻又极富层次感地写出了情感的多样性。它使我们看到：不是恨，而是爱和包容，才是实现人性救赎，让世界和生命充满希望的真正力量。

骑白马者

孙　频

1

我骑着摩托车沿山路盘旋而上。

正是五月，黄刺玫漫山遍野，横扫其他植物，凭着气势竟跻身为山中一霸，几欲要把半条山路都吞噬掉。走着走着前面忽然就没有路了，嬉笑打闹的黄刺玫挡住了去路。在阳光下看上去，这些浅黄色的野花忽明忽暗，像一些鬼魅之眼睁开了又闭上了，忽然间又睁开了。发酵过的花香肥腻殷实，在山风中静静飘着，让人恍惚觉得前面一定隐藏着什么。等到摩托车碾过去，却发现，什么都没有，花妖后面仍然只是一条寂静的山路。

在没有人的地方，树木、石头、山谷看上去都明艳异常，还有些凶猛，随时会扑面而来。

沿山路盘旋而上的时候，会看到这巨大的山体里镶嵌着贝壳类的海洋生物化石，还能在断崖上看到里面清晰的岩层，花岗岩、片麻岩、辉绿岩、石英岩、角闪岩，一层一层，如那些早已长眠的时间。曾经的海洋、鱼群和火山如今静静埋葬于这大山深处。在山中行走，常有沧海桑田之感忽然迎面袭来。

走着走着，路的前方猛地跳出一个半山坡，林中一片开阔的空地上现出一座孤零零的小木屋，这是护林员住的房子。我一直骑到离木屋很近的地方才停住，熄灭油门，从摩托车上下来，顺便把挂在车把上的一个塑料饭盒摘下来。屋门口正蹲着的一个男人始终没有回头看我一眼。我走过去，站在他身后，发现他正给一只小狗挠痒痒。另外两只大狗躺在旁边晒太阳，它们过于安静了，已经不再像狗，好像已经过渡成了另外一种陌生的兽类。听到我的脚步声，它们没发出任何一点声音，其中一只微微睁开眼瞟了我一眼，便又闭上了。那只小狗大概刚出生不久，巴掌大，正张开细嫩的四肢，露着肚皮，任凭主人给它挠痒痒。我站在他身后，咳了一声，说，这小狗是刚抱来的吧？以前没见过。

他还是没有回头，只背对着我说话，声音听起来嗡嗡的，装满回音。刚生下没两天，是那对母子生的。说着他指了指那两只晒太阳的大狗。那两只狗看上去年龄个头都差不多，分不出哪个是母亲，哪个是儿子，都纹丝不动地晒着太阳。

他继续摆弄那只小狗，我则继续站在他身后看他摆弄狗。深山里的光阴夹杂着虫鸣鸟叫和草木的清香，缓缓从我们身上踩过去，脚步迟缓犹疑，似乎只要我一伸手，就能抓住它。木屋前的一块菜地是他自己开垦出来的，主要种土豆。土豆是山民们的主要食物，几乎顿顿不离土豆。一般来说，早晨是土豆小米稀饭，中午是烩土豆或焖土豆，晚上是土豆泥，拌上盐，再喷上一勺葱油。地头干裂的黄土里像牙齿一样长出了一排参差不齐的青菜，还有几棵剑拔弩张的大葱，各自在头顶举着一朵毛茸茸的大花，引来了一群蜜蜂。

此外便是无边无际的山林。这木屋和菜地像是从山林手里好不容易抢出来的，一不小心就会被夺回去。我看到木屋边上已经包了一圈瘦小的毛榛和栎树。山林是会自己走路的。有时候猛一回头，却发现它已经跟在你身后了。

四周山林如海，木屋如沉在井底，站在屋前就能听见阴森的山风在密林深处徘徊低吼，伴着红角鸮（一种长着两只大耳朵的鸟）哀哀的叫声。不过当有阳光照下来的时候，山林看起来忽然就璀璨极了。站在这半山腰上看下去，山林绚烂夺目，绿色的是油松和侧柏，白色的是山梨花或杏花，红色的是花楸或山杨，黄色的多半是黄刺玫。等到秋天的时候，黄刺玫的果实可以采来磨成面粉，做馒头或是烙饼吃，有一种奇异的清甜。

蹲在地上的护林员终于站了起来，矮个儿，穿着一身洗得发白的旧迷彩服，表情呆滞地看了我一眼，又偷偷看了一眼我手中提的饭盒，目光缓缓驶到别处，说，过来了？我在这山里第一次遇见他的时候，他就是这样，穿着这身旧迷彩服，眼睛一旦盯住什么就半天不动，像轧路机一样死命在上面碾压。有时候，他分明已经不再看你了，但出于庞大的惯性，他一时还不能把自己的目光及时拖走，只好任由那些空心笨重的目光黏在你身上。因为一个人独自待久了，他的语言能力已经明显退化，经常要过半天才能找到下一句话，这使他的每一句话听起来都是残疾的。

第一次见到他的时候，他牢牢盯住我看了大半天，我被看得毛骨悚然，他才终于说了一句，过来了？我说，一个人巡山怕不怕？他呆望着远处，极慢地眨了两下眼睛，半天才丢出一句，谁说不怕？我问，一个月给你多少钱？他转过身去用慢动作喂狗，那时候还只有那一只母狗，等狗都吃得差不多了，他才丢出一句，八百块。这时他慢慢扭头看了我一眼，磕磕绊绊地补充道，额也是挣过大钱的人，早几年，在山下的，厂子里，看门，一个月还给额，三千块……三千块呢。后来，厂子，不景气，关门啦，额上山也是图，图挣人家，两个钱。

我明白了，他也是逆流上山的人。这几年山民纷纷从山上搬下去，搬到平原的县城里，多半都是因为打工和孩子的上学问题。山民们大规模迁徙下山使得平原上人口剧增，一时房租上涨，几个新小区的房子几乎都变成了山民聚居区。山民们下山之后把山上的土豆和伞头秧歌也带到了平原上，以至于晚上的广场舞里突然嫁接了好几条扭秧歌的伞队，花红柳绿的。大山里则更加空荡幽静了，鸟兽和树木纷纷住进了废弃的山村。但也有少数人会逆流而上，从平原回到山里。比如这护林员，比如我。

我也住在这样一间小木屋里，在阳关山更深的八道沟里。我在木屋墙上挂了一张巨大的地图，无聊的时候就站在地图前看地图。我从小就是个喜欢琢磨事情的人，我慢慢在地图里看出了一些门道。地图上有三条大通道，一条是内蒙古高原和东部平原之间的长城，一条是青藏高原和南部平原之间的茶马古道，还有一条是从古长安出发途经大漠一直向西的丝绸之路。这三条大通道把平原和高原，沙漠和绿洲，游牧区和农耕区都连了起来。移民们千百年来在这些通道上迁徙流动，远离故土，走西口、闯关东、下南洋。

就像这阳关山，全是密密麻麻的原始森林，古时候的人们大概是为了躲避战乱，从平原来到深山里，很多年后又因为子女的教育问题迁徙到平原。有的山村学校，原来有一百多个学生，后来到几十个，十几个，到最后只剩下了一个学生。我已经分不太清楚，对于人们来说，这种迁徙是一个必然要到来的进化过程，还是一个不可抗拒的衰败过程。对于我来说，前半生是跟着欲望走的，后半生，我只想跟着心走。

我把手里的饭盒递给护林员，刚炸的油糕，皮还脆着，给你送几个过来。他站在那里没动，只拿眼珠偷偷扫了饭盒一眼，半天才敢问一句，甜的咸的？我说，石榴形状的是咸的，半月亮形状的是甜的。他仍不肯接饭盒，笨重的目光碾压过黄土和大葱，不知道要落到哪里，嘴里却说，额自小，好吃甜的，就是，甜的吃多了，这不，牙也快掉没了。我硬把饭盒塞给他，他这才接住了，也并不急着打开，就那么用两只手矜持地抱在胸前，好像并不想要。嘴里还在向我拼命解释着，额不是，很爱吃，油糕，不太好消化，额不急着吃，等，等放到晚夕（傍晚）再吃。

对于他来说，吃一顿油糕就等于过节。我隔三岔五来给他送点吃的，几乎每次都这样，他表示他不是很爱吃，也并不急着吃，要先放一放再吃，然后等我转身离开的一瞬间就会把它们吃光。我再次骑上摩托车准备拧油门的时候，他双手紧紧抱着那只饭盒忽然大声对我说，夜来，有一只花豹，敲额的门，额用强光手电，一直照它，照它，它就在门口，蹲了一黑夜，天明才走掉，额一夜，没睡。我说，晚上记得把门从里面关好。然后拧了一把油门。他手捧饭盒小跑两步又追上来，有些绝望地对我喊道，你没见，好大，一只花豹，就在额门口，守着。

他张开的嘴里果然没几颗牙，看着有些荒凉，像个黢黑的山洞。我知道他不想让我走。但我还是拧了一把油门，骑着摩托车重新上了山路。

这条山路是沿着文谷河修的，河拐弯的地方，路也跟着拐弯，像河的影子。文谷河从阳关山最高峰出来之后，自西向东，流经几座大山几道大沟，最终流入盆地，汇入汾河。河流的两岸孕育出不少小村庄，珍珠一样被河流穿成一串。所以只要跟着河流就能出山。在我小的时候，木材厂砍下的圆木都是放进河里，顺流而下带出山的。那时候，我经常会骑在一截圆木上跟着河流漂一段再爬上岸，在岸边看着那些滚圆笔直的木头在河道里熙熙攘攘地拥挤着，谈笑着，结伴出山而去。冬天，河道结冰，白色巨蟒一般蜿蜒在山间，那些圆木则一路滑着冰，照样呼啸着出山。

河流在视野里若隐若现，即使钻进了河柳丛里踪迹全无，仍然可以听到哗哗的流水声就在咫尺。走着走着，河流冷不丁又冒了出来，活泼泼地在阳光下闪着金光，河流两边青草夹岸，蒲公英携伞飞行。偶见有白色的巨石挡在河道中间，河流也是欢快地侧身而过，并不上前挑衅。

几道巨大的山沟像神将一般守在河流两侧，八道沟、八水沟、大背沟、大沙沟、小沙沟、末后沟、西塔沟。在每个沟口都驻守着大力士一般的山风，它们终日呼啸着守在那里，梭巡、比武，力大无穷，可以轻易把一辆汽车掀上天。

走着走着忽然看到河边的山坡上有一树白花，山梨花开得太多太稠，好像整棵树都燃烧起来了。这棵树像支火把一样站在山坡上，竟把周围一圈都照亮了。我站在树下，花瓣像雪一样落在我脸上。又往前走了一段路，河滩上出现了养蜂人的帐篷和蜂箱。我停下摩托车，向他走过去。在回到山中的这两年时间里，只要在山里见到陌生人，我都会试图过去搭讪几句。我试图在找寻一个人。我相信这个人其实还在这深山里。

养蜂人头上戴着斗笠，斗笠下罩着烟雾一样的面纱，看不清眉眼。我走过去的时候，他隔着一层面纱打量着我，并不言语。我看着那层面纱，心里忽然就一紧，但还是和他打了个招呼，忙着呢？蜜蜂在这里采的是什么蜜哪？他隔着面纱吐出三个字，百花蜜。一阵山风拂过，烟雾一样的面纱荡漾起来，露出了他的一只嘴角，那只嘴角看起来坚硬神秘。

我抬头看了看天，群山之上已经开始出现幽暗的暝色，一只苍鹰张开巨大的双翅，正在暮云里无声滑翔。我用手指关节敲了敲蜂箱，对他说，给我打一斤蜂蜜，不会掺假吧。

他二话不说，噌地揭开一只蜂箱，里面设着隔断，像小公寓房一样，无数只蜜蜂正栖息在里面，猛一看，简直让人有点眩晕。有几只蜜蜂从箱子里飞了出来，我吓得往后一躲，他使劲向我招手，怕什么，蜜蜂要怕你才是，蛰了人它就没刺了，少了刺的蜜蜂是不会回家的，反正是要死的，它们情愿死在外面。死在里面的尸体也很快会被其他蜜蜂清理出去，你看看这蜂箱里多干净，啧啧，比我住的棚子都干净，蜜蜂可比人爱干净多了。

他说着抽出一块隔板，上面粘满蜂蜜和蜜蜂，他用指头蘸了蜂蜜放在自己嘴里吮吸着，边招呼我，来嘛，过来吃，你吃吃看嘛，看到底是真的还是假的。说着又从木板上掰下一块胶状物递给我，再吃吃这个，蜂胶，卖得死贵，好东西，和人参一样。

我嚼着那块难以下咽的蜂胶搭话道，一只箱子里住这么多蜜蜂，就一个蜂王？他放下隔板，小心盖上箱子说，原先一只箱子里就一只蜂王，不过现在蜜蜂与时俱进，改革了，有的箱子里能住两只蜂王。蜂王也不容易，一天到晚坐着不动，就干两件事，吃蜂王浆和生孩子，一辈子吃了生，生了吃，一只蜂王一天要生三百只蜜蜂呢。

我指了指箱子旁边的蜜蜂尸体说，这些蜜蜂怎么就死了？都是丢了刺的？他捡起一只死蜜蜂给我看，死掉的蜜蜂轻飘飘的，像个空壳，他说，因为它是只雄蜂嘛，这就是它的命，雄蜂的婚礼和葬礼是在同一天举行的，结婚的那天就是它的死期。人各有命嘛，蜜蜂也一样。

山中的光线正无声而迅速地向西撤退，地上的灌木和河流渐渐失去颜色，蜕变成枯瘦的黑白。只有长着松树的山顶还在夕阳里闪闪发光，如同银色的雪山。我看了看河滩四周，只有密林和灌木丛，还有这条日夜不息的河流。我问他，就你一个人在这河滩里过夜，不怕吗？他嘎嘎大笑着把斗笠摘掉，方才的那只神秘的嘴角消失了，变成一个圆圆的大脑袋，眼睛和嘴巴比别人大一个号，整张脸看上去有一种辽阔感。这样一张脸，在黄昏的光线里看着竟有几分明媚。不像是我要找的人。不过也说不定，人的面相是可以随环境变化的。

我下意识地看了看周围，确实，那个暗处的人可以幻化作无数种面孔出现。因为，我根本没有见过他。

他用手指指蜂箱，说，有这么多小朋友陪着我，我还怕啥嘛。我们养蜂人就是跟着花期走，一路上都在打听哪里的花刚开了，哪里的花快要开了，哪里开花去哪里，像不像采花大盗？前几天听人说方山的枣花开了，明天就准备赶过去呢。和你说，有一次我在野地里搭帐篷，旁边就是个老坟墓，不管它，反正我也不认识谁在里面，里面的人也不认识我，无冤无仇，总不至于半夜出来吓我。要是里面是自己认识的人，那就有点麻烦了，为啥？因为你能想见它的样子嘛，你要敢闭上眼，它就在你眼前晃啊晃，晃啊晃，你就觉得它真的从里面走出来了，你说是该和它喝酒呢还是和它聊天呢。所以不认识的死人也就不用怕嘛。停顿片刻之后，他瞪着两只铜铃大眼补充了一句，伙计，蜂蜜你到底要还是不要？

我买了一罐蜂蜜，挂在摩托车把上，沿着山路继续往前。走着走着，连山顶上金色的夕照也消失了，夕阳沉没，鸦青色的群山愈发肃穆寂静。我经过了大沙沟、八水沟，走到八道沟的时候，天色已经完全暗下来了。山路两边的森林已经变成了没有任何缝隙与光亮的黑森林，阴森蓊郁，有几棵大松树的枝杈狰狞地举向夜空。森林和崎岖的山路完全连成了一体，已经看不到河流在哪里，但水声还挂在耳边，越发清脆。光听着这流水声，会觉得这条河正在黑暗中变结实变强壮，似乎马上就要从地上站起来了。渐渐地，连我自己也被这夜色完全融化了，我伸出手来竟看不到自己的五指，我消失了。

等到眼睛完全适应了这大海一般的黑暗，就会发现这样辽阔的黑暗也是分层次的，深深浅浅的黑暗杂糅在一起，如同剪影。进了八道沟就是苍儿会，路边出现了一个岔路口，我略一犹豫，还是拐进那条岔路。几分钟之后，一座空无一人的山庄阴森森地出现在了我面前。

我把摩托车停到一边，坐在一块石头上，点了一根烟慢慢抽上了。夜空里已经出现了星星，深山里的星空分外澄净，那些闪着寒光的星星看上去就在头顶，伸手就能摘下来。此刻我的头顶上方正悬着一把巨大的勺子，北斗七星横亘于荒野之上。一年当中的二十四个节气里，北斗星的勺子把都会指向不同的方向。几千年里，山民们都习惯以北斗星来判断时令。

星空下的山庄默无声息，没有半点灯光，看上去鬼影幢幢。这座度假山庄已经被废弃在这深山里好几年了，门口大石头上刻着四个字"听泉山庄"。进了山庄的大门先是一片山杨林，一大片建筑在树林里若隐若现，有宾馆、餐厅、会议室、活动室。在宾馆的后面还有几个巨大的园子，有一个江南园，花园里种下了不少茂林修竹，按照江南景致设下了四景：杏花烟、梨花月、孤山梅、梧桐雨。又在园内引水造湖，湖边建有亭台楼阁，一座水榭叫"夕月楼"，一处凉亭叫"苍霭亭"，轩为"听雨轩"，还仿照网师园建了一扇月宫满月门。湖上架有石拱桥，可在桥上垂钓观鱼。假山叠成数道绝壁，一条瀑布从山顶飞泻而下，假山边种了红枫、牡丹与黑松。秋日霜染枫叶，冬日，还可以出来一种青松伴崖石的生趣。

再往前走是一个世界园，园子里都是一些微缩版的世界著名建筑，金字塔、埃菲尔铁塔、比萨斜塔、凯旋门、自由女神像、希腊神庙，还有一座小型天安门。这些微缩建筑像侏儒一样挤在一起，相互取暖。再往前走是一个史前动物园，林立着各种用水泥做的史前怪兽，除了各种各样的恐龙，还有鱼龙、长颈龙、沧龙、械齿鲸、帝鳄等怪兽，还有些叫不上名字的奇怪动物，很多已经缺胳膊少腿。最后一个园子是个花花绿绿的游乐园，废弃的过山车如巨蟒一般盘旋在杂草之中，旋转木马下面挂着几匹颜色剥落的木马，首尾相追，一动不动。当年山庄还没有建完就停工了。

如今，山庄门口早已荒草没顶，在夜色中看过去，似是狐妖鬼怪们住的荒冢。

2

抽完一根烟，我站起来，抬头看着夜空。这星光下的废墟早已脱尽了肉身，骨骼林立。所有过往留下的残垣断壁，与这原始森林交错生长在一起，在荒野中散发出一种奇异的美。其实我早就发现了，就是那种一切变成废墟之后奇异而无法言说的美。

最初的焦虑在山林的星移斗转中渐渐消失。每次当我在月光或星空下驻足，悄悄打量这座废墟，都会觉得，在这样的深山老林里留下这样一处梦境般的废墟，也许并不是全无意义。我好像暗暗捡到了一个被遗留在深山中的谜语，却无法告诉任何人。

大山与夜空的交界处闪过一颗流星，拖着大尾巴，转瞬即逝，脚下的大戟和青蒿散发着冷香。在这样寂静的山林里能听见时间层层剥落之后，掉在地上的扑簌声，如落叶一般。

听泉山庄里面包裹着的是曾经的阳关山木材厂。1956年建成，1998年消失。

我就是在那座木材厂里出生长大的，父母都是厂里的工人。小的时候，我和厂里的发小周龙，在春天的时候去山里捡柴挖野菜，卷耳、鹅肠菜、小苜蓿、歪头菜、野葵都是可以吃的，金露梅和银露梅的嫩叶采了可以当茶喝。野杏花折几枝，插在罐头瓶子里可以开好几天。春天的大山里，花香熏得人昏昏欲睡，每到中午，厂里的大喇叭就开始广播评书，家家户户听着评书吃午饭，就着野葱和腊八蒜。然后在花香里小睡片刻。

夏天的时候，我们去山里采木耳、挖草药。我熟悉这山中的每一种药材，蛇苔可以治蛇毒，木贼止血明目，翠雀可以治牙痛，蝇子草治肠胃炎，小花草玉梅可治肝炎，梅花草清热退烧。黄昏的时候，我和周龙经常躲在木材厂对面河里的大石头上偷偷观察别人，我们对厂里每个人下班后做了什么都看得一清二楚，竟慢慢掌握了每个人的生活规律。那时候全厂只有一台黑白电视机，信号还不好，到了晚上，便有人抱着电视，有人拖着电线，有人裹着床单，一群人前呼后拥地抱到山顶上去看。我和周龙则在天完全黑下来之后，躺在尚有余温的大石头上，沐着月光，听着身下哗哗的流水声。萤火虫在我们身边飞来飞去，星星点点的，有时候还会落在我们额头上，胳膊上。

秋天我们去山里捡蘑菇采野果。蛇莓、山桃、覆盆子都熟了，毛榛的种子可以做肥皂，野酒花可以酿啤酒，刺梨和毛樱桃可以酿果酒，五铃花的根可以熬糖，野玫瑰可以做玫瑰酱。工人们把砍下的树木放到窑里熏干，再把干木料垛成一堆一堆的四方形，一眼看过去，简直无边无际，如兵营扎寨。那时候人们盖房子都得用木料，为买到木料还得走后门，所以木材厂的工人们都以自己的这份工作为骄傲。

冬天的时候我们进山打猎。大雪足有半腿深，山腰上挂着雪白的冰瀑，晶莹剔透，往返的时光都凝固下来，文谷河已结成冰河，在冰面上滑着冰就可以一直滑出山去。山中冬夜漫漫，工人们没有什么娱乐，有时候便以听房为乐。有人在熄灯之后，裹着大衣穿着棉鞋，蹑手蹑脚走到人家门口，坐下来，把耳朵趴在门上听房。有时候听着听着就靠在门上睡着了，结果早晨人家一开门，他扑通一声摔到了人家家里的地上。还有的时候，竖着耳朵听了半天却什么都听不到，忽然有人把手搭在他肩膀上拍了拍，我都还没回家呢你听什么？快回去洗洗睡吧。

我十二岁那年才第一次出山，第一次见到了坐落在平原上的县城。那天晚上我坐着厂里的运木料的卡车，跟随父亲进了趟县城。我正在车厢里睡得迷迷糊糊的，忽然被叫醒，猛然看到前面跳出一大片灯火。我从没有见过那么多灯光，那么多商店，街上有那么多人。有些被吓住了，竟说不出一句话来。后来跟着父亲进了一个商店，我吓得连头都不敢抬，里面摆的好东西实在太多太多了，我却根本不敢多看一眼，就一直低着头。没想到世界上竟有这么多好东西，简直像来到了天上的街市。

我是1997年参加的高考。高考完之后我就已经有预感，可能要与心仪已久的大学失之交臂了。高考完的那个傍晚，我一个人在山里溜达，不觉走进了八道沟。这种大沟的两面都是高山耸立，沟中间一条河川，河川的名字多简单粗暴，依顺序分别叫作头道川、二道川、三道川。出沟后都汇入文谷河，随河水出山。高山之间的一道天空渐渐暗下去了，有住在山顶的苍鹰偶尔从头顶滑过，姿态静谧悠远。

我不想回厂里，也不知道该干点什么，感到一种无边无际的巨大虚空，于是就那么沿着河川一直往前走，往前走。走着走着天就黑透了，高山和夜空之间生出一道柔和的界线，再走，半轮明月就爬上来了。月光照着山谷，河流闪着银光，我脑子里想了很多很多，像是把自己的一生都在这个晚上想完了，却又像是什么都不敢去想。

我一边胡思乱想一边沿着河流往前走，泉水叮咚，微云淡月，晚风里尽是草木的清香，走夜路的野兽也会躲开我，它们都怕人。我就那么走啊走，后来走着走着忽然发现天已经开始亮了，月落乌啼，东方出现了青白色的天光。我竟然在山谷里走了整整一夜。

高考成绩出来了，我果然只考上了一所普通大学，又因为四年的学费问题，我最终作出决定，放弃上大学，去城里打工。那时候我便暗暗发誓，即使是打工，有一天我也要让所有的人都看看。

在我离开厂里的第二年，因为木材逐渐被钢筋水泥代替，商品房开始代替自建房，木材已难有销路，木材厂完成了它的历史使命。大部分工人只好下山，到平原的县城里租间房子，自谋生路。还有的工人去了更远的河北、山东打工。我的父母也跟着工人们去了平原上的县城里，开始了四处打零工的生活。

1999年的秋天，我独自一人进了阳关山，回了一趟深山里的木材厂。让我惊讶的是，已经停电停水的厂里居然还住着十来个工人，他们已经在废弃的工厂里住了一年多了，其中就有周龙和他的母亲。

秋天是山里最美的季节，层林尽染，秋阳点亮了山中的每一片树叶，好像每一片树叶上都站着一支蜡烛。松树下的银盘巨大如伞，大片橙色的沙棘如火焰燃烧，山鹛争相啄食刺李，松鼠用石头打磨着橡果。我和周龙在山里慢慢转了一天，我问他这一年多是怎么生活的。他说，其实也好办，喝山里的泉水，吃山里的野果蘑菇，砍柴生火，自己再种点土豆，也就够吃了，在山里哪有活不下去的？我说，晚上没电你们做什么。他说，晚上就点着蜡烛聊天。我说，就你们十来个人天天在一起，还有什么可聊的？他嘴角微微一笑，目光很柔软地亮了一下，可聊的多着呢，我们想说的话说都说不完。我沉默了一会儿才说，为什么不下山去？他的目光垂下去，看着脚下的一株草芍药，说，觉得在山里自由，也不知道出去了能干什么。

晚上，我们在他破败的宿舍里，点着蜡烛，喝着用地榆嫩叶泡的茶继续聊天，过了十二点了，我们还在聊，过了半夜两点了，我们还在聊。我们坐在昏暗的烛光里，守着彼此巨大的影子，都毫无睡意，似乎真的有说不完的话，却又不知道自己到底说了些什么。就这样，我们一直相守着坐到了天亮。东方既白，他吹灭烛头，在一缕青烟里对我微微笑着说，你看，有没有可聊的？

又过了几年，我父亲去世，我按他的临终交代把他葬在了大山里。山里的坟墓就像山里的人家一样，都孤零零地游荡在大山的褶皱里，很少有墓碑的，无名无姓，只是每座坟墓上都种着一棵柳树。有的柳树已经很老很老了，得两个人才能抱得过来，树皮漆黑皲裂，像是真的来自阴森的地下。柳树下的坟墓则小如馒头，几乎要缩回到地底下去了，这必定是座年龄很老的野坟。

埋葬好父亲之后，我又回了趟厂里。走到厂门口的时候吓了一跳，原来的木材厂和厂里一望无际的木料垛都不见了，取而代之的是一座修了一半的度假山庄。门口镇压着一块巨大的石头，上面刻了四个字，用红油漆描了：听泉山庄。

这山庄好像是从天外飞过来的，铁门上挂着一把生锈的大铁锁，我在门口往里张望了半天，正准备翻墙进去，忽觉得背上有些异样，一扭头，正好和一个坐在树下的老头四目相对。那老头坐在大树的阴影里，正饶有兴趣地看着我。我向他走过去，他戴着草帽，指缝里别着一根筷子那么长的手卷纸烟，放在嘴角品了一口，眯着眼睛，有些高兴地对我说，翻啊，继续翻啊，额看着你翻，怎么不翻了？

额，是山民们独有的一个发音，一到了十几里之外的平原上就会自行消失。很多年里，我走在城市的街上，在人群里偶尔听到这个发音，都会觉得像被什么东西狠狠咬了一下，连忙在人群里到处寻找。那个代词却已经同它的主人一起消失在了人海里。

我忙说，老伯，木材厂呢？你知道这里原来有个木材厂不？

老头坐在树下，把一条腿抬到另一条腿上，抖着腿说，兀来大（那么大）个厂子，额能不晓得？小子，你是来买木料的还是来耍游乐园的？

我一愣，说，老伯，我家就是这厂里的啊。

老头也愣了一下，继续抖着腿说，你看着兀来小，衣裳穿得时兴，也是这厂里头的人？你不晓得？木材厂倒塌以后，有个老板看中了这个地方，真是个偶人（坏人），看见有山有水风景好，就把厂子租下来，还租了额们四百亩地，一亩地一年给四百块钱，说是要盖个度假村搞旅游开发。说现在种几亩地又挣不了钱，让额们都给他打工，他给额们发工资。不少人家的小子在外头打工，都给叫回来了，说家门口就有钱挣。现在彩礼要得太重，不少小子都吃（娶）不起婆姨，就都回山里来了。结果那偶人盖度假村盖了一半就跑了，估计是没钱。把额们都要笑了一遍，真是个偶人，租下的地也毁了，庄稼都不能长了。跟前的两个村，苍儿会和岭底，因为抢度假村的工程还打了起来。

我问，那老板后来去哪儿了？

老头站起来，顶着大草帽，拍了拍屁股上的两片土，上下打量着我说，早跑尿了，不晓得去哪里了。有人说他为了盖度假村欠了一屁股债，还不起钱躲起来了，有人说他跑到南方做买卖去了，又挣了大钱。反正是找不见了，听说这偶人也是从阳关山里出去的，不晓得是哪条沟里生出来的。原先日捣（骗）额们说，要搞旅游开发，旅游能带动跟前几条沟致富，村里几家靠路的都赶紧借钱开了农家乐，俺行（家）也开了，结果呢，连个鬼都不上门吃饭。

我使劲朝铁门里张望着，说，那厂里留下的十来个工人去哪儿了？

老头把烟叼在嘴角，从身上摸出一把青铜色的大钥匙，走过去把铁门哗啦啦打开，说，那就不晓得了，额守在这里本来是要收门票的，里头有恐龙嘛，好看着呢，不过你原先就是厂里头的人，就不收你的钱了。

我在废墟一般的度假山庄里游荡了半日，仿佛在梦游。我曾经熟悉的宿舍、厂房、熏窑、食堂，连一点痕迹都没有留下，好像它们只是我的一个梦境，从来就不曾真实存在过。但分明地，我每踩下去一脚，都有一种心惊胆战的感觉，好像踩在了它们的尸骨上面，我走得步履蹒跚，像一场战争之后唯一剩下的幸存者。

我在宾馆后面忽然看到了那片荒芜破败的江南景致，它们出现在这北方的深山里，看起来有一点侵略性，有一点胆怯，还有一点滑稽。因为长期无人打理，那一点江南的情致早已变形，疯长成一种自暴自弃的匪气。继续往前，我来到世界园里，看到了那些侏儒般的小型建筑，有的只建了一半，我感觉自己像个误闯进来的巨人，它们个头矮小，拥挤而诡异地站在一起，又像是正在卖力地服役，拼命要告诉人们，这就是世界，世界其实就是这个样子的。然后，继续往前，我看到了那些用水泥做成的恐龙和怪兽，很是魔幻。风吹日晒，恐龙身上涂的颜料已经褪掉大半，露出了里面的水泥。我错愕地从一个微缩世界里一步跨进了史前，看着这个马戏班一样笨拙的史前园，竟觉得有些心酸，不忍多看。以为这就该走到头了，没料到，一个五颜六色的游乐园猛地蹿了出来，立在我面前。设备已经生锈，盘旋的过山车看上去摇摇欲坠，木马呆呆立在眼前。

更令我惊奇的是，就在这游乐园里，竟然还有一块整齐干净的莜麦地，边缘清晰，像一块突然飞过来的绿毯子铺在那里。莜麦地里连棵杂草都看不见，说明这地是有人经常来照料的。

我在这片废墟里站立了很久。天色渐渐暗了下来，山林拖着自己巨大的阴影静立在四周，腕龙伸出的长脖子变成了一道蛇形的黑影，似在空中拼命探寻什么。那些矮小建筑的屋顶在昏暗中看过去，像一片阴森的墓碑。在那一瞬间，我有一种感觉，我觉得修建这山庄的人根本不是来赚钱的，他像是跑到这深山老林里来搞一场盛大的行为艺术。他用这种魔幻而天真的组合方式把这些建筑叠加起来，最后竟让它们在深山里叠加成了一种梦境，古怪而神秘。他更像一个艺术家。

我走出山庄大门的时候，那个老头还等在那里。看见我出来了，便又把铁门锁上。我说，老伯，你们村不是开了农家乐么，太晚了，我今晚不下山了，要不去你们村住一晚？他攥着那把大钥匙，似乎在黑暗中犹豫了一番，最后还是点点头，对我说，跟额走吧。

老头姓井。去他家的路上，我问，农家乐平时有生意吗？他摇头晃脑地说，不是和你说了嘛，平日连个鬼都不上门。当初要是不给人们念想，人们也不会想着开甚农家乐挣钱，靠甚旅游挣钱，额们在山里本来也活得好好的，有吃有喝，就是钱少点。跑回来的小子们后来又下山打工去了，得挣钱娶婆姨啊，不然这辈子就等着打光棍吧。现今村里的光棍汉是越来越多了，女子们如今都不愿留在山里，都想嫁到城里，要楼房要小汽车。额们是老了，不想动了。

我说，那个开发度假村的老板是个什么样的人，你见过吗？

他说，怎么能没见过？烧成灰也认得他。那个偶人，个头中不溜秋，平常人长相，横看竖看都不像个兔头（厉害）。

我笑笑，说，这人其实挺有意思。

他忽然扭头看了我一眼，我们在黑暗中短暂地四目相对了一下，他说，你认识这人？

我在黑暗中都感觉到了他的目光，微微一愣，说，没有没有，就是随便说说。

黑暗的森林从四面八方包围着我们，我能听见森林里传出的白骨顶苍老的叫声。老井的影子已经消失在了黑暗中，模糊一团，他看上去就像一个透明的魂魄在我前面游荡。走着走着，前面的密林里忽然渗出一点灯光。是一个小山村。

3

这个山村叫山水卷。在这深山里，时常散落着一些古老而优美的村名，像什么柳树底、木瓜会、佛罗汉、杏坛、青岸。

村里不过十来户人家，十几盏灯火洒在漆黑的山谷里，萤火虫一般微弱。刚一走进村口，忽听见一片犬吠声袭来，此起彼伏，划破夜空，有几盏灯火在犬吠声中次第熄灭下去。还亮着的几盏愈显孤寂和寒凉，似乎只要用手轻轻一碰，也会转瞬熄灭，隐遁于黑暗。山村背后黑色的山峰看上去巍峨阴森，高耸入夜空。

一进村我就感觉到了，这个村子里有一种奇怪的紧张，好像空气里到处飞舞着密密麻麻的神经末梢，不小心碰到一根，其他就会哗哗响成一片。我跟着老井进了他家的院子里，东面三间房，西面三间房，六间房里只有东面最里面的那间亮着灯，其他几间都黑黢黢地沉着。那间房里亮着一盏昏暗的灯泡，灯光枯瘦，整间房看上去像一颗黑暗中长出来的牙齿。院子中间有一棵枣树，树下有张石桌，桌子上还歪歪扭扭刻着棋谱。

老井让我在树下坐会儿，他去给我做晚饭。我问，你老伴儿呢？他指指屋里，躺着呢，是个瘫子。我正坐在树下抽烟，忽听见院子里什么地方有轻微的脚步声，脚步声在我背后忽然停住，我猛一回头，看到我背后站着一个男人。一个四十岁左右的男人，光着膀子站在那里，一只手里夹着一根烟，烟头一明一灭。另一只胳膊只剩下三分之一，创口已经被新长出来的肉包起来，包成一只稚小的胳膊，看上去像是刚刚从身体里长出来的肉蕾。男人盯着我，慢慢举起左手吸了口烟，烟头一闪，脸上倏地亮了一下，目光阴沉凶悍。

这时候，老井把晚饭端出来了，一笼山药丸子，一锅小米稀饭，一碟炒酸菜，还有一口杯高粱酒。他对男人低声喝道，连个衣裳都不晓得穿，快进去。男人并不理他，又游弋到了我对面，继续挑衅地盯着我看。他走路的时候，那只小胳膊在他身上甩来甩去，像个随身携带的玩具。老井又给我捧出一碗血红的西红柿酱，说，这是额家小子，早二十年前就下山打工去了，那时候还没什么人下山打工的。他在山下受了不少苦，有阵子还挣了不少钱，后来做买卖又全赔进去了，在山下活不下去了就又回山里来了，回来的时候就成这模样了，少了只胳膊，婆姨也跑了。

男人不耐烦地喝了一句，少说几句不行？老井闭了嘴，拿围裙反复擦了擦手，待了一待，进屋去了。一阵晚风拂过，树上的小青枣像下雨一样噼里啪啦落了一地，我走过去给男人递了一根烟。他就着窗户里暗黄的灯光，冷飕飕地打量着我身上穿的衣服，脚上的鞋子，又对着我的鞋子冷笑了一声，说，你脚上的耐克是真的假的？我没说话，递烟的手也没收回来。他犹豫了一下，还是接住了那根烟，又就着灯光仔细辨认了一下是什么烟。最后才叼在嘴角，啪一声，用火机点着了。

抽了口烟，他炫耀地抖了抖右侧的那只小胳膊，好像随时要打开窝着的翅膀飞走，然后又用标准的普通话问了我一句，你来山里干吗？我说，我们木材厂的人早都下山了，我就是回来看看。他眯起眼睛盯着我，回来看看？看什么？有什么好看的？我说，木材厂什么时候变成度假山庄我都不知道，这是什么时候的事？他一边抽烟，一边鹰隼般地在我面前盘旋着，说，奇怪吗？时代发展的必然结果，现在都买楼房住了，你家还用木料盖房子？

我不言语，坐到树下开始吃饭，小青枣像棋子一样敲打着石桌，不时落到我碗里一颗。吃到一半忽听见他又问我，你在山下做什么？我含糊地说，做点小生意。他冷笑两声，小生意？能抽起这么好的烟？

我没再说话，蘸着西红柿酱大口吃完了那笼山药丸子，那杯酒我一口没动，这个地方让我感到不安。山中的夜晚凉气逼人，他不穿上衣是故意的。显然，展览残肢能带给他某种快感。

我小的时候，没事就在这些山村里玩，对这些山村太了解了。因为闭塞，山村里的人近亲结婚的比较多，所以生下来的孩子要么是傻子要么就特别聪明。又因为在大山里长大，从小受的禁锢很少，山野的广袤无际使山民性格里有一种无拘无束的东西。一旦下山，之前物质和眼界的匮乏，就会导致他们充满掠夺性，每到一个地方就多一层欲望，很像当年的蒙古族骑兵。我之所以这么了解他们，是因为，我自己就是这样一个山民。

我掏出烟盒，自己点上一根，又给他递过去一根。这次他不接，因为没有了右手，那只左手看起来极长极大，关节突出，有些可怖地挂在那里。我伸出去的手只好又缩了回来。山里温差大，晚上还挺冷，他站在那里似乎打了个冷战，那只小胳膊挂在那里，像金属一样闪着寒光。我不再看他，只管低头抽烟。

然后我看到了他的两只脚，光脚穿着塑料拖鞋，又移到了我对面。只听他说，这杯酒，你为什么不喝？嫌这酒不好？我笑了笑，说，不会喝酒。他用左手端起酒杯晃了晃，又逼过来一句，为什么不喝这酒？怕有毒？我环顾了一下四周，村庄两边都是黢黑幽寂的高山，一轮金色的残月刚爬上山顶，坐在院子里也能听到来自山谷里的流水声。我看着他的眼睛慢慢又说了一遍，真不会喝。

他也盯着我看了几秒，忽然一翻手，把一杯酒都倒进喉咙里去了，然后使劲把杯子往桌上一蹾，继续盯着我说，看清楚了吗，有毒没？

我说，兄弟，哪有这样喝酒的。他像匹马一样喷着刚硬的酒气，目光开始变钝变笨重，坦克一样缓缓向我碾压过来，他盯着我说，你骗谁？做生意的还有不会喝酒的？我当年下山就是这么喝过来的，一开始给人打工，后来一步一步做到经理，后来我自己创业，为了拉客户差点把胃都喝烂，在山下那么多年，我能不知道？你倒是给我说清楚，这酒你为什么不喝？

我目光落在他那只肉蕾一样的小胳膊上，我盯住那里看了几秒，笑着说，这胳膊怎么没的？欠人钱了还不起？

他手里还捏着那只空酒杯，死死盯着我，并不说话。我把一只手伸进裤子口袋里，慢慢摸索着，他的眼睛又盯着我那只手，一眨不眨。我们之间的空气变得很脆很硬，玻璃一般。夜更深了，山谷里的流水声愈发清晰，近在耳侧，似乎我们此时正漂流在一条大河之上。我那只手终于从口袋里掏了出来，握着半包揉皱的香烟，我把那半包烟扔在了石桌上。

我们谁都没去动那半包烟。这时候，老井戴着围裙过来收拾碗筷，闻到男人身上的酒味，忽然，他伸手就在男人的后脖子上扇了一巴掌，嘴里说，又喝酒，甚也干不了还老想喝酒。男人没有还手，直直梗着脖子，一边翻起眼睛瞪着老井，那只小胳膊来回晃荡着。僵持了一会儿，他梗着的脑袋慢慢垂了下去，然后，也没和我打声招呼，就趿着两只拖鞋走开了。

老井在很慢很慢地收拾碗筷，并不抬头看我。我站起身来，又点了一根烟，说，由着他多说几句，少了条胳膊，谁心情都不会好。老井头也不抬地说，他觉得自己也风光过，他不甘心落这个下场。我半天无语，抽完一根烟之后才说，刚吃过饭，我出去转转，消化消化。

说完我才忽然注意到，不知什么时候，院门已经从里面锁上了。院子里摆着一只洗衣服用的大铝盆，储了一盆水，月亮正卧在里面，像一只安静的贝壳。

老井把碗筷哗啦抱进铝盆里，月亮碎了一盆。他一边用丝瓜瓤刷碗，一边说，早些去西房里歇息吧，黑天半夜的去哪里转，山上有麻虎（狼）。

这时候我已经敢肯定，这个村庄是有秘密的。不过，在这大山里，每道褶皱里都可能隐藏着一个秘密。有的秘密如林间草木一样，从长大、凋零到腐朽，都不会有人知道它们曾经存在过。有的秘密如山间蛰伏的猛兽，即使离得很远，你也能从空气中嗅到它们身上的气味。

我想起我九岁那年，有一次来了一支测矿的队伍，在山里到处放炮炸石头，折腾了几天无功而返。那天，我一个人在山上玩，忽然碰到一个妖怪一样的老人，头发和胡子长得都快拖到地上了，指甲太长了，已经卷了回去，卷成了蜗牛壳的形状，身上披着麻袋一样的破布。我吓得半死，不敢哭，连路都走不了了，却听见老人忽然结结巴巴地问了我一句，小儿，是不是……日本人投……投降了？前两天……我听见打炮了，是哪个……部队……打的炮？原来，这是一个解放前藏在了山洞里的老兵，当年他们那支部队和日本人在这山里打仗，除了他之外全军覆没，他怕被日本人抓到，躲起来就再不敢下山，一躲就躲了几十年。

我又想起小时候在山上玩耍的时候，只要下过雨，山坡上就会露出很多白骨，还有很多龇牙咧嘴的骷髅，朝天瞪着两个黑洞。胆子大的小孩会把骷髅当皮球一样踢来踢去地玩。据说这里曾是秦朝的一个古战场。

我又想起岭底村那个面目和善的老头，据说他的老婆早就跟人跑了，下山去了。很多年里，就只有他和他唯一的女儿相依为命，那女儿长大之后也没有嫁人，三十大几快四十岁的时候，还和父亲生活在一起，寸步不离，无论种地还是赶集，都是一起来再一起走。

我又想起这大山里有一种古老的风俗，拉偏套，从前几乎每个山村里都有拉偏套的女人。就是一个女人可以有很多相好的男人，相好的登门，没有空手来的，都讲究一个义字。要么带钱，要么带吃的，还要帮助女人家里种地。这样一来，女人就靠着拉偏套养活了一家人，给丈夫买酒，供养孩子们上学。

那次下山之后我又是好久没再上山去，等到再上山的时候，已经是五六年之后了。这次，我拎着简单的行李只身上了山，雇了几个人，在离听泉山庄不远处的山谷里，建了两间木屋。后来又从附近的村民手里买来一辆二手摩托车。

我再一次站在了听泉山庄的门口。大门紧锁，锈迹斑斑，门口的荒草已经没过人头。我想起了曾经在木材厂生活的种种片段，记忆如落在雪地上的爆竹碎片，使眼前的废墟看起来竟有些触目惊心。它看起来仍然不像是真的。我从小长大的木材厂就埋葬在它的下面，可是那木材厂的下面还埋葬着几百万年前的岩层，岩层的下面又埋葬着曾经的海底，几亿年前，这里遨游的是鱼虾和海兽，各种水草交缠嬉戏，贝壳伸出柔软的手脚在海底走路。那时我只要双脚腾空，就可以在这海底游来游去。

时间静静地埋葬了一切。

周围一片死寂，看不到一个人影，我于是翻墙进去了。宾馆和餐厅的玻璃都已经碎掉，一扇扇窗户张着黑洞洞的嘴巴，山风如蛇一样穿梭而过，呼啸于其中。宾馆大堂里的桌椅都还在，蒙着厚厚的灰尘，墙上挂着巨大的蛛网，只是没有一个人影。我穿过去，来到了后面的园子里，那几个园子更加破败，都已经被荒草吞没，蝮蛇在草丛间游过。那些侏儒般的建筑隐隐藏匿其中，偶尔露出一角诡异的飞檐，看上去像一片年久失修的乱坟岗。怪兽身上爬满绿色的藤蔓，在死寂中竟生出一种奇异无声的暴烈。一辆手推车扔在墙角，上面爬满了牵牛花，从车轮到车把，将那辆破手推车严严实实地缝在了里面，粉色的紫色的牵牛花盛开在冰凉的金属上。更令我惊奇的是，那块莜麦地居然还在，平整干净，傲气逼人，竟长得生机勃勃。

从山庄出来之后，我向老井住的那个村庄走去。走到村口的时候，太阳刚刚开始落山，金色的山顶闪着光，而黑暗已经开始从无边的森林深处升起。这次我看清楚了，村口有一座破旧的山神庙，庙前有一棵几人抱不拢的老槐树。三个老人并排坐在树下的大石头上，一个模子里拓出来的动作和表情，袖着两只手，目光僵硬迟缓地盯着我看。我走过去很远了，他们的目光还黏在我身上。山村里就这样，谁家如果来了一个亲戚，全村人都要跑过去围观好半天，好像是全村人的亲戚，所以我并不奇怪。

村子不大，我很快就把整个村子绕了一圈。

山村枯寂，鲜有人声，只有叮咚的流水绕村而过，竟有回声，一时让我怀疑这村子早已经变成空心的了。全村竟然没看到一个小孩，我记得小的时候去那些山村里玩，村口的大树上经常爬满了小孩，那些小孩看起来就像是从树上刚长出来的。现在，山村里只剩下了几个石像一样的老人，他们坐在门口的石磴上，颓败的屋檐下，飘着灰白的头发，灰蒙蒙的眼珠子可以盯住人一看大半天。

我坐在河边的大石头上慢慢抽了两根烟，看着河水在我脚下一点一点变暗变浑浊，黑色的河水陡然比白天变得狰狞，流水声脱离开河水，游荡于四野。天黑下来了，一轮明月爬了上来。河边是一片古老的松树林，有一棵松树还站到了水中，倒影瑟瑟。松树高大疏朗，树下铺着厚厚的松针，踩上去柔软异常，让人的脚步声都有了兽类的警觉与轻盈。有的松树下还长着雪白的银盘和姬松茸，在月光下闪着银光。我起身走进松林，松涛阵阵，清亮洁净的月光从枝叶间筛进松林，使地上看起来像匹华美的豹子。

我行走的时候，月亮穿过树枝也跟着我无声行走，一切都寂静极了。

居然没有犬吠声。我忽然就感觉到，那个秘密可能已经被这个村庄消化掉或吐出去了。现在，这就只是一个与世隔绝的小山村，安静、苍老、弱小，被时代遗弃，随时都可能消失在大山深处。我在松林里隐约看到，村子里的几盏灯火次第亮了山谷里。

老井家的院子开着门，我走了进去。院子里空荡荡的，地上铺着一层月光，一个老头坐在枣树下，正趴在石桌上独自下棋。枣树下吊着一盏昏暗的灯泡，在黑暗中挖出一束光柱，光柱里像雪花一样飞舞着无数只小飞蛾。我走近那束光柱仔细辨认了一下，正是老井。他埋着头，看起来很忙，一个人既下红棋，又下黑棋，刚飞出去一匹红马，又跳出来一只黑炮。我在他对面坐下，我们两个人被罩在灯光里，如同乘坐着一艘孤单的宇宙飞船，周围皆是茫茫太空。

我说，老井。他抬起头盯着我看了半天，目光由虚变实再变虚，重新低头看棋，嘴里喃喃招呼了一句，上来了？手里又跳了一个红车。他下棋，我看棋，沉默半天，我忽然像想起了什么，问道，你老伴儿呢？他没有抬头，说，没了，都说瘫子不好死，还不是死了，谁都要死的。我又问，那你儿子呢？怎么没见你儿子。他还是没抬头，好像也没听见我说什么，只专心看着棋盘，忽然，他用很大的力气杀出黑炮，啪一声吃了红车。吃完之后，手里摩挲着两只死掉的棋子，慢吞吞地问了我一句，你从哪边过来的？走松树林没有？在松林里没看见额家那小子？

我看了看不远处黢黑的松树林，疑惑地说，你儿子在松树林里干吗？他又捡起一只黑卒走了一步，说，他就埋在那林子里，没看见？我浑身一哆嗦，吃惊地看着他，你说什么？他把黑卒推过河，眼看着它送了死，这才慢慢抬起头，看着我说，他都走了五年多快六年了，你上次来额家，你走了没几天他也走了，也不晓得去了哪里，也不晓得是死是活，连个电话都没打过。额就在林子里给他立了个衣冠冢，额要是哪天死了，等他的鬼魂找回来的时候，好歹也有个去处。

我惊呆了，半天才问出一句，他为什么要走？他把那些黑色的棋子纷纷推进河里，目送着它们纷纷被淹死，只留下孤零零的老将和两个孱弱的士兵遥遥守在故地。他把那些棋子全部推下河之后，突然就暴怒地说，你说为甚，他好歹也是见过世面的人，也是挣过大钱的人，别人都不敢下山的时候他就下山打工去了，他在山下什么没见过？你穿的好鞋吃的好烟让他看，你说是为甚了？不是你刺激了他？他还不是想活出个人样给额看？就他一个残疾人！

我忽然不知道该说什么，便沉默下来。月光像霜一样在院子里铺了一层，寒光闪闪。他已经重新开始摆棋，很认真很用力地把一个个棋子摆好，还觉得不够端正，搅乱又摆。他的声音却逐渐变小变弱，好像不知道自己在和谁说话，你说额家那小子要是当年不下山，就在山上放放牛，种种地，是不是也过得不赖？空闲时候还能和额一起下下棋。他下山的那些年，额老盼着他能回来，回来看看额们，可等他真的回到山上了，额又觉得他不该回来，觉得他还是在外面好。出去了的就再回不来了。

我沉默不语。

他又说了一遍，出去了的就再回不来了。

棋摆好了，他呆呆看着两队人马，看了许久许久，好像在等对方先走。对方不动，他便终于替对方先走了一步当头炮，这才像想起什么，忽然问了我一句，你又回山上干甚来？我说，还是山上好，自在。他冷笑一声，说，现今山上的人差不多都下山去了，山上的学校都没了，人们都觉得山下好，热闹，你倒回来干甚？我又沉默片刻，说，山里清净。他笑了一声，头都没抬。

一时无话，他又寂寞地走了两步棋。犹豫了一下，我终于问道，听泉山庄那老板后来一直没回来？他忽然抬头盯着我，说，你打听田利生想干甚？我说，田利生是谁？他说，你不是想打听山庄的老板吗？就是这人。我说，没什么，就是忽然想起来问问，这人其实挺有意思。

他手里摸着一枚棋子，试探着问我，田利生是不是也欠了你钱？

我说，没。

他胡乱把那枚棋子敲下去，慢慢说，听说这偶人……盖山庄借了不少钱，还占了额们的地，现今是旅游开发没搞成，地也不能种。要能把这偶人找见就好了。

说到这里，他用眼角的余光偷偷瞟了我一眼。

我说，找见他又有什么用？

他说，怎么没用？有用，让他把这盖了一半的山庄盖完，搞旅游。

我说，你上次不是说，这人要么躲起来了，要么就是跑到南方挣大钱去了。

他忽然抬起脸来看着我，声音平平静静，真要挣了大钱额都给他放鞭炮，起码能让山庄那个烂摊子开业了。

一阵山风吹过，挂在枣树下的灯泡猛地摇曳起来，昏黄的灯光披头散发地晃动着，他的那张脸一明一灭，时而跳进光影里，时而又躲在阴影里。我能感觉到，有什么东西正从黑暗的心脏里缓缓地一步一步地走出来。

被风吹下的枣树叶纷纷扬扬地旋转于我们的头顶，好像我们正端坐在一场大雪之中。我替他推出一个红车，说，中国这么大，谁知道他去了哪里，怎么可能找得到？他手里捂着一枚棋子，并不放下，眼睛盯着棋盘说，你要是欠了债，会往哪里躲？

说罢他抬头缓缓看了我一眼。我微微一哆嗦，没吭声。

他继续道，你想那田利生自小就是在这山里头长大的，他对哪里最熟？他要在这大山里躲起来，还能被外人寻见？怕一辈子也寻不见吧？他盖这山庄把自己的钱都砸进去了，你说他要是真的在南面挣了大钱，能不回来收拾他这烂摊子？

我又替他敲了一枚棋子，看着棋谱说，你的意思是，这个人其实一直就躲在这山里？他没有言语，只从腰间摸出一张纸撕成两半，又摸出一包烟叶，卷了两根纸烟，伸出舌头舔了舔，把口封上了，递给我一根。我抽了两口，说，这人找到找不到和我也没什么关系，我就是随便问问，人家又没欠我的钱。他干笑两声，继续抽烟，一根烟快抽完了，他才半笑着说，看你这么上心，额还以为那偶人也欠了你的钱，欠了钱就把狗日的找出来，问他要钱嘛，你要说没欠那就没欠。

我已经敢断定，这些村民也在寻找那个叫田利生的人。

确实，我也想找到他，但我对他的寻找并不像真实的，更像网络中一种虚拟的游戏。

那个晚上，到很晚我才告别老井，一个人沿着河流，朝山谷里的木屋走去。月亮大极了，近在头顶，月光照亮河流，河水闪着水银似的碎光，银盘和白桦都在月光里闪着银光，夜归之路看上去光华夺目。红纹腹小鸮的哀鸣幽深地回荡在山林里，当地人管它们叫呱呱油，它们多住在坟墓或枯树上，叫声也比别的鸟枯冷，在深夜里很容易分辨出来。一只青鼬无声无息地在我前面踱步，我停下，让它先过去。一只大花鼠攀着树枝从我头顶跃了过去，毛茸茸的尾巴在月光下甩过一道优美的弧线。

我伫立月下，看着自己被月光投在地上的影子。这影子像时间的阴面，我可以看到它，而时间的阳面，我是无法看到也无法触摸到的。它的源头也许在那些镶嵌在山体中的海洋化石里，也许在山中那些千年古树的年轮里。不知道这时间的阴面和阳面之间，是否有着一道神秘的阀门，可以随意出入往返。回到山中的这段时间，我住在木屋里，只有两身衣服来回替换，却觉得已经足够了。一双已辨不出颜色的旧耐克鞋，袜子破了洞，仍旧穿在脚上。喝山里的泉水，每日吃两顿饭，也多是土豆莜面，或是山里采来的蘑菇和野菜。除此之外，我竟什么都不需要了。曾经那些缤纷绚烂的欲望一层层褪去，如今竟有一种水落石出的枯瘦和洁净。

我抬头看了看月亮，月光像雪一样落在了我脸上。它似乎可以把一切照出原形，让一切无处隐遁。没有人知道，我其实根本不缺钱，在我随身带的那张银行卡里静静蛰伏着一笔庞大的存款。然而我发现，我对钱的概念渐渐模糊下去了。如我所料，重新回到山里之后，每日的生活几乎都不需要钱。那张银行卡终日藏匿在我贴身的衣服里，我没有一次想到过要用它。它的功能正渐渐退化，正变得与一块石头一张纸无异。有时候忽然想起它，又觉得它像一个时刻栖息在我身上的庞然大物，诡异可怖。

月光倾盆而下，整个山林如沉在很深的水底，黢黑的树影成了摇曳的水草，夜行的动物和鸟儿姿态轻盈逍遥，如水底的游鱼，连山间的石头都变成了珍奇的贝类。脚下的山路似凌空铺设而成，能一直通到月亮里去。我跟着流水声慢慢往前走，并不在意到底走到了哪里，就像多年前我高考完的那个夜晚，我沿着山沟一直往前走，往前走。那个晚上，我在心里规划好了我的一生，我决定一旦走出这大山就永不再回来，无论吃多少苦。后来，走着走着，山与天的交界处就出现了一层青色的光芒，然后，那点光芒慢慢蜕变成了玫瑰色、橙色、血色、金色。我知道，天就要亮了。

这么多年里，我时常做梦，却永远只能梦到十八岁时候的自己，我梦见自己终于去上大学了，走进教室却发现教室里空无一人，走廊里有我高中同学的背影，我拼命追过去，但怎么都看不到他的那张脸。这二十年的时间里，我渴望能追上所有的人。

现在，我只渴望被所有的人忘记。

4

山中岁月虚静，一日便长于千年。我骑着那辆二手摩托车漫山遍野地溜达，从一道沟到另一道沟，从一个村庄到另一个村庄地找人喝酒。一来是为了打发孤独，二来是为了打听一些关于田利生的消息。

找人喝酒之前，我一般要先去岭底村买点酒肉。岭底村的村口有棵大槐树，一千多岁了，快老成了妖精。树下有个小卖部，极矮小的一间房，门窗都不过巴掌大，黑乎乎的，像只螺蛳壳蹲在那里。门上终年挂着门帘，夏天是竹帘，冬天是棉布帘，棉布帘是用五颜六色的布头拼起来的，喜气洋洋的，在冬天尤其是下雪天十分扎眼。

这么小一间店，一掀帘子进去，就会被里面凶悍的香气迎头一击，像大棍袭来一般。这家小卖部常年卖自家煮的猪头肉，也不知道是用什么办法煮的，皮肉通红烂熟，异香扑鼻。有时候去得早些，便能看到一只金红色的猪头完整地摆在案上微笑，鼻子、耳朵都完好无损。他家也卖猪尾巴和猪蹄，但口感上稍逊于猪头肉。

这天，我掀帘子进去，店主戴着两只油腻的蓝套袖，正坐在猪头后面抽烟。见我进来，叼着烟挥起刀，在案板上哗哗刮两下，拍拍猪头问，要哪边？我略一端详，说，要鼻子，再要一只耳朵。话音刚落就见刀光一闪，猪鼻子和猪耳朵给我砍下装了袋。我又要了一瓶八两醉，付了钱，还递给店主一根烟。在山里，见人就递烟是一种礼仪。

我拎着酒肉，骑着摩托车晃到了葫芦村。听说这村里有个人和田利生比较熟。我知道老井和那些债主可能也在寻找田利生。与他们相比，我像一个潜在水底的人，在水波的光影里，在明暗的交替中蛰伏着，我抬起头就可以看到他们从水面上游过去的影子。斜射的阳光落入水中，穿过波纹，忽然照亮了水底的某个秘密。

我也问过自己，为什么要寻找这个与自己无关的陌生人。显然，我与老井和那些债主们找他的目的是完全不同的，老井是想让他把山庄建完，债主们是为了问他要钱。可是对于我来说，每次在月光下去看望那片废墟的时候，总觉得那坟墓般的废墟里面埋葬着一种奇特的生机。天真而骄傲，像一个少年写在日记本里的稚拙理想。

但我和老井有一点认识倒是不谋而合，那就是，这个人很有可能还在这山里。

走进葫芦村，我刚想问人打听有没有一个叫刘天龙的人，忽然就见一面墙上用石灰赫然刷了三个大字，天龙街。气势轩昂，大字后面还有一个箭头朝里指示方向。一种沙漠客栈里才有的杀气从这三个大字里溢出来。我沿着这条天龙街往里走，却不知道哪家是刘天龙的家。有锣鼓声在街上欢天喜地地穿梭回荡，好像大夏天就在准备过年一样。我循着锣鼓声来到一个敞开的院子门口，只见院子里有一圈人围着一只大鼓，大鼓很大，像个小房子，里面能住好几个人。三条壮汉裸着上身，正扎着马步，围成三角形隆隆打鼓。其中一个像是怕裤子掉了，不时空出一只手来提提裤子。

旁边还围着两个拍大镲的壮汉，金黄的大镲上系着红绳，在阳光下鲜艳夺目，大镲一开一合，状如闪电。两个壮汉如雷神一般威风。外围还围着几个妇女，一边嗑瓜子，一边盯着大鼓微笑着，也不知道在笑什么。还有一个圆鼓鼓的女人坐在地上看打鼓，一边看一边拍手，她看起来怎么也有五十多岁了，居然还扎着两只羊角辫，像个大号的儿童，但目光呆滞，看起来多半是个傻子。因为近亲结婚多，山村里经常能见到各种傻子，倒也不稀奇。

终于热火朝天地敲完一个段落，几个人满头大汗地歇下来喝水，一边喝一边用鼓槌敲对方的脑袋玩。我凑过去问，现在不过年不过节的，你们怎么想起来大夏天敲鼓？那个提裤子的打量了我一眼，喝了两口水才说，歇着没事情做嘛，种地本来就不挣钱，现在地也没了，被田利生租走搞旅游开发了。在外头打工一个月挣两千块钱，还不包吃住，没屎意思，还不如回山里舒坦，反正也饿不死，给人打什么工嘛。额们几个凑钱买了个鼓，没事就打鼓玩嘛，清早打，晚夕打，自家给自家寻点高兴事。

山里人喜欢打鼓倒是真的，他们对鼓有各种打法，丰收鼓、花庆鼓、牙鼓、求雨鼓。我摸摸那口大鼓，像一只温顺沉默的大动物，我小心翼翼地问道，你说的那个田利生，现在跑哪儿去了？一个女人灵巧地吐出两片瓜子皮，差点吐到我脸上去，只听她说了一句，鬼晓得那狗日的躲到哪儿去了。我只好又问，你们村有没有一个叫刘天龙的，他家住哪儿？一个长着一口黄牙的男人笑了，一个指头朝街上比画了一下，往里头走，要一直往里，最后一家，看仔细，就那独门独户的一家啊，就是他家。

我只好顺着天龙街一直往里走。很快一条街就走到头了，房子一家挨着一家，并没有见到黄牙男人所说的独门独户。我正在街尽头来回打转，忽然看到不远处的山坡上孤零零地坐着三间砖头房子。那三间房看起来又瘦又小，游民一般孤单又羡慕地望着村庄。我知道黄牙男人说的谜底了，最后一家啊，就是这家。

走到房前，只见屋檐下挂着一条横幅，红底白字"农民大学"，横幅在风中猎猎飘摇。门口停着一辆破旧的电动三轮车，在旧脸盆和破瓦罐里种着几株指甲花和鸡冠花，还把空鸡蛋壳扣在上面，以增加花的营养。我正猫着腰看花，竹帘一挑，从中间屋里出来一个矮个子男人。因为个子矮，看人的时候习惯性地仰着脸，好像时刻在寻找太阳的方位，向日葵一般。他问我，你寻谁？我说，我找刘天龙。他很干脆很自豪地说，额就是。我晃了晃手里的猪头肉和八两醉，说，过来找你喝酒。

他狐疑地看了我一眼，用很聪明的口气说，怕是找额有什么事吧。然后他反手挑起帘子，另一只手做了个邀请的姿势，请，屋里坐下再说。

屋里简直可以用家徒四壁来形容，一张土炕，炕上卷着两卷寒瘦的被褥。一张木桌，两把木椅，一只破板凳，墙角还卧着两只鼓鼓囊囊的大麻袋，不知道里面装着什么。我忍不住好奇还是问了一句，这麻袋里装的是什么？他朗声说，猪饲料。

他去给我倒水切猪头肉，我在屋子里到处闲逛。屋里还有个歪歪扭扭的破书架，书架上摆着几本满是灰尘的书，有《论语》《奇门遁甲》《黄帝内经》《处世谋略》《孙子兵法》《中毒与急救》《丰田车》。一只水泥板柜像棺材一样一声不吭地蹲着，大概是用来装粮食的。板柜上摆着一张照片，他和一个女人的合影，刘天龙站着，那女人坐着，女人看起来年龄比他大好多，像是他妈。再仔细一看，我忽然发现，照片里的女人正是那个扎着两个羊角辫看打鼓的傻子。

我一边思忖一边抬起头，正看到墙上贴着一张发黄的纸，最上面用挺拔的钢笔字写着"天龙报第十期"，下面的标题是"您我共同走一起，脱贫定会大风起"，再下面是密密麻麻的四字真经，我看到最后一句"谦虚互友，百川乃大"，再下面还有落款"一个想和大家一起走上精神与经济共同脱贫的农民"。还盖了一个红色的大印章"农民大学"。

这时，刘天龙把切好的猪头肉端上来了，酒杯也取来了，还在一只古董般的陶瓷茶缸里给我沏了一杯银露梅茶。我说，你自己还办了一份"天龙报"？厉害呀。他把两只手搭在胸前，像个导游一样向我介绍道，办农民大学总得有份自家的报纸嘛，"天龙报"额已经办了十期了，内容都是额一个人编一个人写，额相信再多办几期，效果就会出来，你看这句，肚中无食，身上无力，心无理念，如人无心。还是能说到点子上吧？

我点点头，编得不错。

他又移步到书架前，拿起那本《丰田车》，用手掸掸灰，拍着书对我说，额把这本书研究了最少十几遍，人家丰田车的理念是什么？就是先造人再造车，掌握丰田的生产方式，必须懂得丰田怎么培养人才，怎么造就丰田文化，你看看人才在这社会里多重要？额和村里人说，他们不听，不听额也没办法嘛，额和他们本来就没法子交流。

我指着那本《奇门遁甲》说，你还研究这个？里面是不是有穿墙术和隐身术？你学会了没？他像没听见，伸出手把那几本书上的灰尘挨个掸了掸，一一摆放整齐，有些倨傲地向我介绍道，你看额还研究中医和哲学。额得了病从来不去看医生，都是自家给自家治病，山里头什么草药都能采到，额还能给额老婆治病，还给额二叔治好过肺结核。你有没有肺结核？额可是知道一个治肺结核的秘方，还是悄悄告诉你吧，捉一只癞蛤蟆，活的，往蛤蟆嘴里塞三个生鸡蛋，用泥把蛤蟆糊住，放到灶洞里烤熟，再把蛤蟆肚里的熟鸡蛋取出来吃下去，吃了几次就把他的肺结核给治好了。额也喜欢看哲学，额认为农民脱贫是需要有哲学思想的，不然能脱了个贫？额说什么他们都不信。你看看这《孙子兵法》，额认为农民养猪一定要先看看《孙子兵法》，养猪靠什么？一是道，二是天，三是地，四是将，五是法，阴阳、寒暑、远近、死生都决定了你能不能养得好猪。

说到这里他又做了个邀请的姿势，请我参观他的另一间屋子。门上也挂着门帘，我一挑门帘进去，猛地看到屋里正卧着三头大白猪，不知是什么品种，身材魁梧，鼻子很长，头很小。原来这间屋子是专门用来养猪的。我说，你在屋里养猪啊，猪的待遇不错。他微微点点头，垂下的一只手跷着兰花指，这使他整个人看起来忽然有几分奇怪的轻盈。他说，外面风吹日晒，冬天把人都冻成活鬼，猪也能冻死，三间房额和额老婆又住不过来，就让出一间给猪住嘛，谁住不一样？

我说，给猪住也挺好，挺好。

这时门帘一挑，忽然飘进来一个人，说是飘进来的，是因为此人居然没有脚步声，忽然就出现在了我们身后。我扭头一看，吓了一跳，是个圆滚滚的女人。再一看，这不是刚才看打鼓的那个傻子嘛。她体型笨重肥大，但走起路来居然没有任何声音，影子一般就飘了过来。她扎着两只羊角辫，头发上刚插了几枝蒲公英花，盯着我呆呆看了几秒，忽然咧开嘴，无声地对我笑了笑。然后又拉住了刘天龙的一只手不放。

刘天龙拍拍她的头，你这是又要得饿了吧？然后转头向我介绍道，这是额老婆。我想起他俩那张母子般的合照，心里不免暗暗吃惊。只见刘天龙似乎犹豫了一下，但他好像很快就下了什么大决心，他抬起一只手拍着女人的肩膀，那只手上的兰花指还跷着，他的眼睛躲开我，看着我身后的三头猪，郑重地对猪说，额老婆叫花花，是额从山里头捡回来的，她一个人在山里转悠迷了路，额碰见她的时候，她都快要饿死了。和你说实话吧，她脑子有点问题，还是个哑巴，也不知道是从哪道沟跑过来的，她也讲不出来。额就把她领回家里来了，额也是一个人过，她也是一个人，俩人一起搭伴过日子总比一个人好吧。别看她有点傻，可是会认人，也能认下回家的路，每天跑出去要，要累了就自己找回来了，都丢不了。

我摸出两根烟，递给他一根，他说，出去抽，这里有猪，别呛着它们。我们走出去，就那么站在房前抽了会儿烟，一根烟抽完，他不似刚才那么郑重紧张，我们都仰起脸来看着天上快步奔跑的云。大山里的天空经常是一种剔透的蓝色，像一面汪洋大湖悬在我们头顶。我找话道，确实，两个人过怎么也比一个人要好，一个人还是太孤单了。

他继续仰脸看云，我注意到他那只跷起的兰花指始终没有放下。认真看了半天云，像是累了，他终于垂下头，说，你这人不赖，走，伙计，回屋喝酒去。

我俩围着桌子开始一杯一杯地喝酒，那女人抱着一只塑料碗坐在我们前面的那只小板凳上，碗里放了几块猪头肉。她拿勺子吃肉，每吃一块，就抬起头对着我使劲地笑。刘天龙起身给她碗里倒了点醋，说，晓得吧，蘸着醋吃肉不腻。又坐下，眯着眼睛，把一杯酒哗啦倒进嘴里。几杯酒连着下去，自己并不吃肉，却又忙着给女人碗里添了几块肉。

他忽然一声叹息，你算说对了，两个人怎么也比一个人要好，就是和一个傻子一起过，也比一个人要好。她怎么也是个人啊，她是个伴儿啊，大黑夜里，只要身边躺的是个活人，心里头就觉得踏实。你看额这老婆，是个傻子，还不会说话，只会哭和笑，高兴了就笑，不高兴了就哭。有时候额去山里采草药采木耳，她就四处找额，额要是晚上住在山里没回来，她能哭一个晚上。你看她心里明白不明白，谁对她好，她都明白着呢，就是说不出来。额每天给她扎辫子给她做饭，还给她看病给她洗衣服，都是额伺候她，没人伺候额，可是能有个伴儿额就知足了。

我说，人是得有个伴儿，起码心里头就不空了。我们又干了一杯，我把烟盒放在桌上，他假装看不见，直到我递给他一根，他迟疑了一下，才默默接住。抽了一口烟，他徐徐喷出一缕青烟，拿烟的那只手还是跷着兰花指。他忽然有些伤感地说，额无儿无女，一个人过成什么样就什么样了，额要是死了，也只有额这傻老婆会哭额，会到处去找额。额也算有点头脑的人，就是生错了地方，这个没办法，额认命。额现在就想给村民们办个农民大学，额当校长，带领全村人致富，从物质到精神上的致富。脚踏大地，手撑春天。怎么样？也是额写出来的。

我像忽然想起来什么，随口说了一句，你让我想起一个人，叫田利生，你认识这人不？我觉得你俩不知道什么地方有点像。

刘天龙放下杯子使劲一拍大腿，说，额要是不认识他谁还认识他，额在他那里打工的时候，他觉得额能写会画，很赏识额，就让额给他写山庄的宣传语，深山明珠，华北宝藏，这句宣传语听过没？就是额写的啊。

我装作恍然大悟的样子，说，原来就是你写的啊。

他神情变得肃穆庄严，个头好像忽然间也膨大了一倍，他郑重点点头，的确是额写的，盖度假山庄的时候，额可帮他写过不少东西。他还请额喝过酒，就额们两个喝，一直喝一直喝一直喝到半夜。

他指了指我的杯子，又指了指他的杯子，有些焦灼地来回比画着，试图给我解释，就是这样坐着喝，喝了两瓶好酒，就着腌狍子肉和麻油拌苦菜。他能看得起额，他是真能看得起额呀。

说到这里他忽然哽住，说不出话来，便又独自喝下去一杯酒，之后用手指抹了抹两只嘴角，定了定神才说，额知道，村里人都看不起额，额也不在乎他们看不起额，额活得很知足，有吃有穿有老婆，还有书看，还想怎样？人一辈子还不就是这样，到终了人人都一样。额知道田利生的不少事，喝了点酒，就告诉你吧，其实田利生和额一模一样，也是山沟里长大的穷小子，要甚没甚，可是人家比额有本事，挣了钱，又回山里盖度假山庄，钱不够，还能把别人的钱借来用。后来他就跑了，《孙子兵法》里的瞒天过海嘛。

他忽然吊起两只醉眼看着我，额早先问过他，你打包票这度假山庄能挣了钱？你猜怎么？他光是笑了笑，甚也没说，你说他这是甚意思？

我默默不语地抽着烟。

他这时候伸出一根指头慢慢朝我晃了晃，又使劲指着自己，那根指头在微微发抖，指了自己好半天才说出话来，额刘天龙一辈子就这样了，额认了。可有的人就不像额这样认命，你晓得田利生的本事有多大，他喝多了自己告诉额的，他当年下山的时候，身上就装着几块钱，晚上就睡在桥洞下面，在城里给人到处打工，什么营生都干过，连死人都抬过，后来赚了点钱还被人骗过，可是他后来还是挣到了大钱。他可是有本事的人哪。

这时候傻女人端着空碗蹭到了刘天龙身边，一边对我怯怯地傻笑一边看着盘子里的肉，见我看她便躲到了刘天龙身后，又探出一角脑袋来偷偷看我。刘天龙夹了两块肉放到她碗里，她高兴得手舞足蹈，又坐回板凳上去吃起来。我给他和我各倒了一杯酒，一口喝干，我说，连你老婆的辫子都是你给她扎的，不容易啊。

他拍着胸脯说，自己的老婆嘛，刚来额家的时候，她瘦得像只毛猴，你看这会儿，吃胖了最少也有五六十斤。额就盼着额能比她多活几天，要是额先死了，怕她一天也活不了啊。

我想起了我的妻子，但我不愿对任何人提起她，我只愿把她埋在自己心里。第一次见到她的时候，我刚去省城打工不久。我在城中村里租了间最便宜的房子，我开始四处找工作，一边找工作一边去大学里蹭课。城中村藏污纳垢，楼下是烟雾缭绕的麻将馆和粉色灯光的小发廊，还有肮脏的小诊所，门口挂着灰扑扑的白帘子，帘子上印着个红十字。栖息在城中村的除了村民，就是落魄的本地人和刚进城的外地人。

那晚，我一个人在楼下的小面馆里要了一碗面，一个女孩坐到了我对面。长头发长脖子，小眼睛，高颧骨，穿条短裤，光脚穿着拖鞋。她的右胳膊上有青色的文身。她也要了一碗面，然后递给我一根烟，自己也点上一根，老练地抽了一口，朝我喷出两个烟圈，嘴角半笑不笑，说，老见你在这儿吃面，外地人吧？我停下吃面，看着她，说，是。她说，在外面混不容易吧。我忽然就无来由地愤怒起来，说，你管我。她撇了撇嘴角，说了句，傻×。然后朝昏昏欲睡的服务员打了个响指，给我来四个啤酒。

两瓶啤酒喝完，我问她，你是做什么的？她握着瓶脖子说，我是本地人。我说，本地人怎么了，了不起？她把酒瓶往桌上使劲一蹾，用一个手指指着我的鼻子，说，傻×，你敢再说一遍。我扔下筷子，手中握了一个空瓶子，看着她说，你到底想干吗？

她呆了片刻，小眼睛里忽然泛着光，半笑着对我说，×，你知道不，你和别人真不大一样，我早就注意到你了，我看你快连碗面都吃不起了吧。我倒喜欢看你在那儿想事情，也不知道在想什么，哎，你说说，你倒是想出什么来了？

我手里还抓着酒瓶子，我很想告诉她，其实我考上了大学，只是我没去上，录取通知书就在我身上。但我什么都没说。

只听她又说，哎，要不咱俩处对象吧，在一起租房子能省下一个人的房租，还能一起做做饭，一个人的饭，妈的，真是不好做，剩个饭还得再买个电冰箱？再说了，这里的房租马上又要涨了，还不能月付，最少押一付三。

我说，你为什么不回家？她撇撇嘴，我自己跑出来的。我久久看着她胳膊上青色的文身，说，你多大岁数就跑出来了？她又招手要来两瓶啤酒，我们一人一瓶，瓶盖飞出去，她咣咣猛灌几口，嘴角挂着白沫，她也不擦一下，只咧开嘴，笑着说，十六，下雪天穿着秋裤光脚跑出来的，牛×不？

我们在城中村合租了一间出租屋，她有台旧电视机，还有炒瓢电饭锅碗筷等一套现成家什。她在出租屋的电灯开关上，门把手上，窗户上，都贴上了彩色的纸蝴蝶，还在桌子上摆了两个坐在一起的木偶人。在一起住了半年她都没回过一次家，也从没有给家里打过一次电话。

住了半年之后我提出要离开。那个晚上，她洗了头发，换了件干净睡衣，关好门窗，悄悄打开了煤气阀才在我身边睡下。我半夜被尿憋醒，只觉得头晕恶心，想喊人，却已经说不出话来，浑身像团棉花，我滚下床，挣扎着爬到门口把门打开，我俩才勉强捡回两条命来。此后她便没收了我的钥匙，把我关在出租屋里看电视，每天下班带饭菜回来给我吃，无论我去哪里她都寸步不离地跟着。我说，你觉得这样有意思吗？她说，你别想走，你就在家里躺着看电视，我什么苦都能吃，我也能挣到钱，我养你。

又过了一段时间，一个周末，她让我陪她一起去逛街。那天她特意扎了个高高的马尾辫，显得人很精神，中指上戴着一个几十块钱给自己买的戒指，她说戴戒指就表示自己快要结婚了。她一路上都拉我的手。逛街的时候，我借口到公共厕所里上厕所，然后，赤手空拳地从她身边逃走了。

我对坐在板凳上的胖女人笑了笑，她像一个稚童一样盯着我，然后也无声地笑了起来。

这时候我转移了话题，我说，田利生这么赏识你，也没告诉你一声他去了哪儿？

他的目光似乎在我脸上停留了一下，并没有聚焦起来，又很快移到了猪头肉上。他看着那半盘肉问，他也借了你的钱？

我一惊，忙说，没，我根本不认识他，我就是觉得这个人挺有意思的。

他忽然语速很快地说，怎么个有意思了？甚就叫有意思？实话告诉你吧，你想找他，额比你还想找他呢，他跑了，额的工作也没了，额那工作成天写写画画，多好。

我说，那你去找过他吗？

他点点头，说，额倒是去山水卷找过他，前几年的事，当时山水卷的村民把他藏起来了，怕他被那些要债的人收拾了。他要是死了，他们的地也没了，旅游开发的事也泡汤了，他们肯定要保护他。结果额去了也没找到他。估计是他后来又从山水卷跑了。

我说，他自己跑了？为什么？

他说，山庄盖了一半，他不得想办法弄钱？不知道跑哪儿去了，后来也没见他再回来，估计是没弄到钱。

我说，现在地也不能种了，度假山庄又成了个烂摊子，说句实话，像他这样的人，你们恨不恨？

他看着我慢慢地笑了，露出了一嘴炫目的黄牙，他说，说句实话吧，一亩地四百块钱，人们还是愿意把地承包给田利生，为甚呢？因为现在种地根本不挣钱，不如包给别人还有两个租金。你说下山打工吧，额就不愿意去，租个人家的破房子，山下的人也看不起你，在自己家起码心里舒坦。现在这社会，人人都想着怎么致富，额村里的人本来还等着靠他的旅游开发挣钱呢，他倒跑了。不过田利生这个人其实并不爱钱，你是不知道，他平时连件好衣裳都不舍得给自己买，抽的也尽是赖烟，吃饭就吃一碗面，你说他要钱有甚用？所以嘛，他把挣下的钱都投到度假山庄里打水漂了。依额看，钱对他来说就是过过手，他自己都不留，恨他做甚？

我忽然就有些失态，刚倒的一杯酒居然就洒出去一半，我连声说，对，钱其实就是过过手，还不知道最后流到哪里。

我们又一连喝了好几杯，直到把一瓶酒都喝光。他趴在桌子上睡着了，发出一串轻微的鼾声。坐在板凳上的女人捧着那只空空的塑料碗，像小女孩一样看着我，我朝她看的时候，她便使劲对我笑。我指了指趴在桌上的刘天龙，试着对她说，他睡着了。她像是没有听懂，还是咧嘴对着我笑，嘴角垂下一道口水，一直滴到了手上。我摇摇晃晃地起身，走了出去。走到屋门口忽然听到后面有呜呜的声音，回头一看，却见她已经不在凳子上了，她过去抱住刘天龙，嘴里正发出呜呜的哭声。她又胖又大，刘天龙又瘦又小，看起来她像只柜子一样，能把刘天龙整个装进去。我想过去帮忙，又一想，终究还是没进去。

我离开卧在这山坡上的三间小屋，朝着自己的摩托车走去。在这山林里，即使醉酒摔倒也无妨，大不了就地在路边的草丛里睡一觉。这是我在山外渴望了多年的自在。

晚上，我举着一支蜡烛站在那张巨大的地图前。上高中的时候，我最喜欢学地理，尤其喜欢背那些花花绿绿的地图。再长的河流，落到地图上也不过是一条细细的蓝线，就像被施了魔法的龙，一直变小变小，直到最后变成了一只虫子。那时候看地图对我来说是一种享受，我会觉得自己获得了无限的自由，如大鸟一般，可以随意在那些高山大川之间往返。

事实上，在离开大山之后，我也确实流浪过很多地方，我每到一个地方，都遇到过自称是从洪洞大槐树迁徙出来的移民后代。我在广州做服装批发生意的时候，曾在一个村里见过一座王氏祠堂，祠堂里详细记载着这户王姓家族的迁徙过程，他们的祖宗是明朝洪武年间从山西洪洞迁徙过来的。

我在成都时曾经认识了一个女人，东北口音，她却说她家祖上是清朝时候从山西移民到东北的。她说她还是山西人，又向我打听关于山西的种种，说她一直想去趟山西，尤其想去五台山烧香许愿，她特别想有个自己的孩子，听说五台山许愿很灵。又说她那个地方的人，不是移民就是流民，要么就是被派过去戍边的，没有几个是本地人。她在成都开一家按摩店，手里有几个花枝招展的姑娘。她自己四十大几了还没有结婚，无儿无女。后来她认了个十八九岁的干女儿，认亲的时候隆重摆了酒席，还邀请我去参加。那干女儿当场叫了声妈，领了一个六万块的红包。她对她干女儿说，只要你听话，肯为我养老送终，我死了以后财产都是你的。酒席上她喝醉了，抱着她的干女儿痛哭，一边哭一边不停地说，以后你把我当亲妈，我把你当亲闺女，你把我当亲妈，我把你当亲闺女。

过了没多久，她的干女儿就偷了她的全部积蓄逃走了。她反倒一滴泪都没有了，她笑着对我说，怕什么，当初老娘出来闯荡的时候也就这样，手里一分钱没有，晚上直接睡马路，不就是绕来绕去又绕回去了，地球还是圆的呢。再后来，她就消失了，不知道去了哪里。

我还曾在开封的一条老街上见到过一个卖馄饨的人，他长着一张外国人的脸，深目高鼻，却说着一口流利的河南话。我问他是哪个国家的人，他用围裙擦擦手，说，师傅，俺就是河南人，俺爷爷就是在这开封长大的，他的爷爷是北宋时候就来到开封的犹太人，来了就再没走。我说，你真不觉得自己是犹太人？他长长的睫毛在阳光下像鸟一样扑闪着，我发现他的眼珠是蓝色的，但他还是认真透顶地说，俺就是河南人，以前有人也回去过，后来又回来了，犹太人根本不认我们。

流浪的地方越来越多之后，我从大山里带出来的口音渐渐消失了，没人能听得出我到底是哪里人。我有时候会说自己是东北人，有时候说自己是山东人，还有时候会说自己是湖北人。我孤独地北伐、南征，事实上，我已无法向别人讲述我究竟来自哪里。在我看来，我出生的大山与任何地理上的划定都没有关系，它是隐藏在空间里的空间，是存在之外的存在，古老、坚固、缥缈。有时候我远远想起它的时候，都忍不住会怀疑它到底是不是真的。如果它并不是真的存在，那我便也不是一种真正的存在。那我所有的欲望和不甘也只不过是一种幻象。

夜已经很深了，还是睡不着。我披衣出门，沿着山路慢慢往前溜达。黑串在不远处发出甜润的叫声，dear，dear。一大片山林在晚风中摇摆，发出低低的呼啸声。满天都是星星，夜空就在头顶，那些星星似乎随时都能掉下来。我借着星光，不觉走到了听泉山庄的门口。那片废墟在黑暗中静默着，我隐约还能听到它的呼吸声，它看起来像极了我在城市里反复做过的那些梦境。

我坐在门口的石头上抽了根烟。山庄的梦幻感让我再次想到了那个叫田利生的男人。我能感觉得到，他一定还在这大山里，甚至，他可能就躲在离我不远的地方，一边抽烟一边默默地观察着我。想到这里，我不禁打了个冷战，起身朝四下里看去，只有寂静黝黑的山林，我却仿佛看到这无边的山林里浮出一张人脸来，这人脸越来越清晰，发着光亮，像灯笼一般飘到了我面前。他似有千言万语要和我说，却只和我默默对视片刻，便又消失了。

我打听到了，听泉山庄里那块霸气的莜麦地是属于兄弟俩的。这对兄弟都是老光棍，住在几里地之外的杏坛村，相依为命。我买了一块猪头肉，买了一壶八两醉，看那家店里卖的五香豆腐干也不错，便又称了二斤豆腐干，一起拎着上了摩托车。

据说这兄弟俩住的院子是全杏坛村最破的院子，所以很好找，我一进村就毫不费力地看到了这个院子。土坯墙塌了一半，院门是用细树枝扎起来的，我刚一进去，忽然有一只皮球那么大的小狗滚到我脚下，细声细气地冲着我叫起来，一边叫一边不停往后退。院子里有两间正房坐北朝南，西面搭了一间小棚子做厨房，房前种了几棵树，还种了一排黄瓜，有只黄瓜很老了也没人摘，大头朝下耷拉着。有个老人正抡着镐头在树下刨坑。听见狗叫便停下来，一手拄着镐头，一手搭起凉棚朝我这边张望。

我有些看不出他的年龄，只见他一头白发，脸上有一只很大的红鼻子，十分夺目，大概是酒糟鼻的缘故，鼻头通红，在阳光下看上去像只草莓。两只小眼睛因为害了眼病，不停流泪，只是很勉强地睁着一条缝。他驼着背，穿着一条很长的灰色涤纶裤，裤腰提得极高极高，一直提到了胳肢窝那里，又用红裤带使劲绑上，这使他看起来只有下半身没有上半身，好像两条腿直接就和脑袋连在了一起。

我心想，不知道这是哥哥还是弟弟。一边想一边朝他走去，那只小狗划着四只小短腿，一边倒退一边还不忘朝我叫几声，叫得有点敷衍，它看起来简直比一只老鼠大不了多少。我走到老人面前，他两只手紧紧扶住镐头，小眼睛十分警惕地盯着我。我对他晃了晃手里的酒肉，说，老伯，我也是这山里的，就是过来坐坐，找你们喝酒。在大山里，从一个村到另一个村串门喝酒是常事。他还是用两只手牢牢抓着镐头，沉默了片刻，忽然就语速极快且暴躁地冲我嚷了一句，额不认得你，回你行（家）去。

我正站在那里不知所措，右边那间黑洞洞的正房里忽然吐出一个人来。又是一个老人。这个老人看起来更高更瘦，拄着一支拐杖立在门口。他身上穿着一件很古老的旧军装，把扣子一直扣到最上面一颗，箍着皱巴巴的细脖子。他眯起眼睛打量了我好半天，然后朝我招手道，进锅舍（屋子里）坐坐来。

院子里刨坑的老人跳着脚喊道，你认得这人？瘸腿老人不耐烦地朝他做了个赶鸡的动作，不认得就不能说话了？快做你的活吧，管得真宽。说着，拄着拐杖把我带进了他屋子里。一进屋我感觉像掉进了山洞，周围黑咕隆咚，需要呆立片刻，眼睛慢慢适应了这黑暗，才大致看到了屋里的陈设。地上凹凸不平，有一张土炕，炕上连着冷灶，一只板柜和一只立柜一胖一瘦地站在一起，地上还有张破木桌，一高一矮两只凳子。我环顾了一下四周，发现屋里光线暗主要是因为窗户外面罩着一层牛皮纸，大概是冬天的时候怕冷，起保温作用，结果到夏天也懒得拆了，反正到了冬天还要用。

我把酒和肉放在小木桌上，说，老伯，能喝点酒不？他先看了我一眼，又盯着酒肉看了半天，好像在辨别它们的真假，然后冲着门外喊了一声，燕红啊。不一会儿，一个二十七八岁的姑娘走了进来，借着屋外的光线，我看到这姑娘长得倒眉清目秀，烫着鬈发，穿一条绷得紧紧的牛仔裤。她进来看了我一眼，叫了一声，爸，咋了？他指指猪头肉，说，把肉切了，额们喝点酒。她有点不高兴地说，说不喝了不喝了又喝。但还是拿着肉去了厨房。

他坐在高凳子上，让我坐在矮凳子上，这样使他看起来有点居高临下。他指了指自己的腿，意思是那条腿不能打弯，只能坐得高高的。我说，是你闺女？他很得意地说，是额当年从垃圾堆上捡回来的，她刚生下几天就被爹妈扔到垃圾堆上了，额把她捡回来把她养大成人，还供她念完了初中，你晓得她现今在哪儿不？在广东，可挣钱了。

这时候我听见那姑娘对院子里刨坑的老人说，爸，你快歇歇吧，日头这么大。我心想，原来她管两个老人都叫爸爸，看来是被这兄弟俩一起养大的。别的小孩从小都是一个爸爸一个妈妈，她倒好，从小两个爸爸。这么想着，心里忽然就一阵难过。只听院子里的老人高声吼道，干不完歇什么歇？去哪儿歇阴凉？歇下来怎么活？歇下来吃甚？

过了一会儿，她把切好的猪头肉端了进来，切得薄薄的，拌了黄瓜丝，浇了醋，拿来两双筷子。我招呼她一起吃，她对我笑了笑，我给你们做面去。说罢又出去了，两条细长的腿挺好看，我心想，这姑娘在广东不知道干什么工作。

这时候地上忽然大摇大摆地走过去一只大老鼠，并不怕人，好像是按时出来散步的，倒把我吓了一跳。他却很镇定地说，额当是什么，一只毛姑姑嘛，家养的毛姑，和家里人一样。这时候我发现那筷子上面都是一层厚厚的油腻，好像几百年没有洗过的样子。他倒了两杯酒，催促我，吃嘛。我畏惧地看着那筷子，迟迟不敢动手。他慢悠悠地自己先喝了一杯，又往嘴里送了块猪头肉，嚼了，斜着眼睛看着我说，你不吃是嫌额脏，怕额下毒毒死你吧？

我忙说，怎么可能，我是不饿，早饭吃多了。他又给自己倒了一杯酒，像蜜蜂一样凑过去闻了闻，又小口喝了半杯，咂咂嘴，说，你不用和额犟，人总得动脑子吧，人不用脑子能行？人不用脑子那就是猪。你真不用和额犟，额是参加过二万五千里长征的人，参加过敌后武工队，额能不晓得？

我心里正想着他的年龄不大可能参加过长征，忽听见他使劲敲着筷子又说，你不用和额犟，怕额下毒毒死你是吧？你动个筷子不行？死不了，吃吧。我只好横下心来，拿起油腻腻的筷子夹了一块猪头肉送进嘴里。我俩碰了一杯酒，他有些高兴地说，你看，没把你毒死吧，你怕个甚？你真不用和额犟，额甚没见过？毛主席，周总理，额保证完成任务，额是民兵队长，小分队，跟额走，拿绳子捆了狗日的，这阵子就去村西头集合，快跟上额。

他脸上出现了一层梦幻般的迷狂色彩，他好像迷路了，又好像急于要靠近某种沉睡，一种古怪的沉睡绑架了他。在那么一两个瞬间里，他满是皱纹的脸上真的浮现出了几缕四十年前才有的光华，那种年轻璀璨的光华从很深的皱纹里忽然浮了出来，又在瞬间凋敝、消失。我明白了，这人可能脑子已经有点不清楚了，他已经分不清四十年之前和四十年之后的时间了。这些时间对他来说，已经如雨林里的藤萝交缠，永远地共生为一体。他甚至分不清楚自己到底是二十岁还是六十岁。

我给他满上酒，敬了他一杯，他神情恍惚地喝掉酒，嘴里又开始咕哝，你真不用和额犟，额什么都知道。

我说，我不和你犟，给我讲讲，你这腿是怎么瘸的？

他审视地盯着我看了好半天，才犹疑地说，你是上面来的干部？

我说，不是，我就是随便问问。

他有些微微的失望，但还是开口道，这腿，拐了好多年了，额在街上本来走得好好的，就被一辆车撞倒了，额可不是那种讹人的赖皮，额对那司机说，没你的事，走吧。那车就走了，结果额的腿就落了个残废。残废是残废了，不过一年能有一万块钱的残疾补贴，额和额大大（哥哥）就靠这一年的一万块钱过生活。你想想，一万块钱啊，这么多的钱还不够额和额大大花？额俩花都花不完。所以告诉你吧，不要以为额没有钱，额的钱多的是，额满足得很，一个正常人一年也挣不下一万块钱吧。额可是民兵队长，村里的民兵都得听额的，一个民兵跑过来告诉额，鬼子又进村了，额得拿枪，枪放哪儿了？你等着，额去问问额妈，她就躺在那张炕上，她老是病着，下不了炕，就一直在那炕上躺着，等一下，额要给她去送饭。

我下意识地扭过脸朝那张炕上看了看，炕上铺着一张墨绿色的油毡，油毡上面只有一卷油乎乎的被褥和一卷卫生纸。并没有一个人影。我忍不住打了个寒战。

5

那姑娘送进来两碗手擀面，刀工了得，面条切得如银丝一般，上面撒了黄瓜丝浇了西红柿卤头。然后就坐在一边看着我们，自己也不吃饭。我用叔叔对小女孩的口气问她，燕红啊，两个爸爸你觉得哪个更亲？她没说话，倒是老人喷着一嘴浓烈的酒气，用筷子敲着桌子说，哪个亲？额和他是一辈子合不来，他那脾气，见谁骂谁，连额也骂，要不是老子残废了一条腿每年能挣一万块钱，额俩吃什么喝什么？喝西北风？早把两张嘴吊起来了。

这时候忽听见有人在窗根下用极快的语速回骂了过来，一万块钱怎么了，没你的一万块钱还不活了？每天三顿饭是谁做？每天是谁去种地？是谁割的莜麦？老子每天给你做饭伺候你十来年了，你说甚说？

那姑娘朝我摆摆手，小声说，他们就这样，每天就在这院子里转圈，也不敢出门，也不和邻居交往，每天都要吵架，不过一会儿就忘了，他俩其实谁也离不了谁，少了一个另一个也没法活，就靠在一起相依为命呢。

屋里的老人不敢再大声骂回去，只是小声嘟囔着，告诉你，不要和额犟，人都是长脑子的，对不对？他抬起头看着我，又问了一遍，人都是长脑子的对不对？我说，对。他哧溜又喝下去一杯，然后又一杯。我说，老伯，你每天都怎么过的？他用手抓起一块豆腐干，咬了一口，细细嚼了，说，怎么活？慢慢活。

然后他低头看了看我碗里的面，说，快吃吧，里面没下毒。我端起碗往嘴里划了两口面，他见我吃了面，便笑眯眯地又问我，看你身上穿的衣裳不赖，你每天花五十块钱够不够？额看你不够。额还不知道，这社会，你肯定不止一个老婆，你说吧，你到底有几个女朋友？别以为额甚都不知道，额不会看电视？电视里演的额都记得清清楚楚，一个男的找了好几个老婆，说是女朋友。人总得动脑子的，对吧？额还是个民兵队长。

我又吃了一口面，说，我现在就一个人。他快乐地用筷子敲着桌子，你看，你看，额就说嘛，你一天花五十块钱肯定不够，你老婆和你离婚了？是嫌你女朋友多吧？好几个女朋友，一天花五十块钱怎么够？我看他挺高兴，便说，老伯，你呢，怎么一直没成家？他慢慢搬动了一下自己的那条瘸腿，就像在搬动一件笨重的旧家具，然后，他把脸慢慢扭向那张黑黢黢的炕上，他的声音听起来忽然有些悲伤，他说，额妈就躺在那张炕上，她病着，起不来，她一直就躺在那张炕上，她问额，二强，是你回来了？外面是不是下雪了？穿厚点，不要冻着了。

这时候那姑娘把酒瓶子抱走了，她说，不能再喝了，一天三顿要喝酒，都是喝最便宜的酒，四斤酒十五块钱，有一次喝得爬都爬不起来，躺了一段时间，就那段时间没喝酒，一下地就又开始喝。他哀求地看着她，闺女，再喝一杯，就一杯啊。她便又给他倒了一杯，顺便给我也倒了一杯。然后抱着酒瓶子出去了。

我俩把这杯酒也干得一滴不剩，我才问道，老伯，听泉山庄的游乐园里有一块莜麦地，可是你家的地？他昂着脖子，很得意地说，除了额家的还能是谁家的地？田利生那个偶人，一亩地四百块钱就要租额们的地，人都是长脑子的，对不对？四百块钱能花几天？花完了钱额们到哪里找人要钱去？只要还有地就不怕饿着，粮食才是额们的大事，以为额真没脑子？额是民兵队长，手下管着十几号人，毛主席，周总理，额都和他们老人家保证过的。

我说，那田利生也同意把你们的地留在游乐园里继续种？

他的眼睛看起来像是浸泡在酒精里的，通红通红，却越来越浑浊。他盯着我说，那偶人敢不同意？他不同意试试，额可是民兵队长。忽然，他趴在我耳边小声说了一句，额手里可是有枪的，谁不怕额？然后又抓起一块豆腐干扔进了嘴里，慢慢地慢慢地嚼着。

我说，那块地在游乐园里，那你们怎么进去种啊？

他有些不屑地看着我，怎么也不用脑子想想，人都是有脑子的嘛，肯定是有后门的，那后门的钥匙就归额保管。

这时候，从门外忽然跳进一个人来，冲着我们用极快的语速嚷道，你说钥匙归你保管？天天去种地的是额，钥匙在额身上，甚时候轮到你保管了？

我一看，是那个在外面刨坑的哥哥，此刻他驼着背跳到我们面前，两条腿上直接连着一个白花花的脑袋。我忙说，老伯，快歇下来吃口饭吧。他狠狠瞪了我一眼，额的活干不完就不吃饭，不像你们这些闲驴瘦马，甚也不干也敢吃饭?！粮食从地里长出来就是随便让你们吃的？你说，你打听田利生到底想干甚？

我吓一跳，忙站起来说，不想干吗，就是进去玩的时候看到你家的地还在游乐园里，种得还不赖，一年能打多少斤莜麦啊？

他吼道，地是额的，谁也别想租走，盖金龙宝殿也不行，给额金元宝也不行。

我说，没人要动你们那块地，田利生都没动，我就是想问问你们，那田利生后来到底去哪儿了？

他举起脸，气冲冲地对我又吼，额们不晓得，额们和他没关系，他开发他的旅游，额们种额们的莜麦。那偶人还想租额们的地？他小子试试。额现在还天每（每天）去种地，秋天就能打莜麦吃，别人家哪还有地种？现今这全村就额还有地，谁也不能动了额的地。

我被他的气势吓得后退几步，顺手拿起放在板柜上的一把扫帚端详起来，我找话说，这么软和，是不是拿马尾巴做的？他驼着背向我冲过来，一把抢过扫帚，吼道，不要动额家里的东西，甚也不要动。然后又冲着坐在凳子上的弟弟吼道，她燕红不要以为拿回来五万块钱就能吞掉额们的财产，财产是额们俩的，不能给别人，谁都不能给。回来了不就是吃额的喝额的，将来结了婚生了娃，再带回来一个小的吃额的喝额的。

弟弟瘸着一条腿，站不起来，只好使劲翻起眼睛看着哥哥说，额说藏在板柜里保险，你说会被毛姑姑咬，非要埋到地里头，埋到地里头就不会被人发现？等额们睡着了，人家偷偷进来就把钱挖走了，埋在院子里，一挖就挖到了。

哥哥又大吼，额把兀来大个坑都挖好了，棺材都能埋进去，还埋不下五万块钱？

弟弟说，人总得有点脑子吧，你到底有没有脑子？埋在院子里，黑夜被人挖走了怎么办？

哥哥咆哮着，那你倒是说，到底放到哪里保险？不埋到地里埋到你的骷髅里？

弟弟挂着拐杖拼命站了起来，哥哥驼着背冲上去，两个老人扭作一团，像动画片里的熊大熊二抱在一起嬉戏打闹。

趁他们打闹，我把口袋里的五百块钱放在板柜上，悄悄出了屋子。出门一看，那姑娘正无声无息地守在门口。她在阳光下对我笑了笑，笑容很是好看，她总让我觉得她不像是在这个家里长大的，好像和这个家一点关系都没有。她说，从小就这样，我早就习惯了。顿了顿她又说，他们说的财产就是这两间破房。你不要怪他们，他们只是太没有安全感了，因为他们太可怜太不容易了，所以他们的任何东西都不允许别人动一下，他们怕自己仅有的一点东西都被人抢走。

我点点头，说，两个老人能养活了自己已经不容易了，能活在自己的世界里其实也挺好。她皮肤苍白，鼻子挺拔，从侧面看，下巴尖尖的，从她脸上隐约能看出她亲生父母的模样。我想，她小时候会不会奇怪，为什么别人都是一个爸爸一个妈妈，而她却是两个爸爸。只是心里想想，到底没说出口。

她看着地里刚刨出的那个坑，忽然有些疲倦地说，他们总怕被人骗了，其实就两间破房，哪有什么东西可被骗的。我这几年在广东打工，这次给他们带回来五万块钱，想让他们修修房子，可他们不愿意，一定要把这钱存起来，又不肯存到银行，说银行不安全。两人每天商量着把五万块钱保存到哪里，都商量了有十来天了，天天吵架，还是没个结果。过两天我也要回去上班了。在南方的时候，我总想回来看看，可一回来又想赶紧走掉。

我想应该对她说点什么，但终究没有再开口。

她把我送到门口，忽然说，你找田利生？早两年我就听村里人说过，田利生可能跑回他老家躲起来了，他老家那个村叫花前村，过了西塔沟，都快到老蜜沟了。这个人，我见过一次，有一次我爸爸带我去那游乐园里种莜麦，园子里没什么人，正好碰到他了，他一个人坐在木马上抽烟，见了我们还过来帮我们种地，其实人还挺和善。

这天，我骑着摩托车到镇上寄信。我每月给妻子写一封信，我从不留自己的地址，因为她根本不可能给我回信。不过这并不重要，重要的是，我一直在给她写信。

离开她之后，我辗转过好几个城市，干过各种活，又试着交过几个女朋友，却都无法长久。我仍然渴望成功，舍得用一个月的工资买一张成功学讲座的门票。我从不和过去的同学联系，也不想知道关于他们的任何消息。几年之后，我却还是在某一天回到那个城中村，四处打听她的下落，她居然还在那个城中村里租着原来的房子，当时那城中村已经被列入拆迁范围。再后来，我结婚了，我妻子就是她。结婚后我才发现，她其实比谁都适合做妻子，她喜欢默默守在我身边，喜欢做饭喜欢做家务，尤其喜欢蒸馒头。蒸馒头的时候，她总是独自待在厨房里，久久看着锅里冒出的白雾笼罩一切，她整个人会变得极其静谧安详。

庞水镇上有一个小邮局，邮局里常年只有一个男人上班。我每次去的时候，都见他穿着墨绿色的制服，像棵植物一样长在柜台后面盖邮戳。我会趴在柜台上久久看他盖邮戳，怀疑他晚上睡觉是不是也在这柜台后面，因为他看起来永远都一模一样，从不曾挪动过。他并不主动和我搭话，好像他根本就不需要和人说话，他只是埋着头盖那些黑色的邮戳。

寄完信走出邮局，阳光正从一朵巨大的云里钻出来，整个世界忽然陷入了一种意外的明亮，好像到处都是崭新的，到处都在闪闪发光。我坐在台阶上抽了一根烟，那邮局里的职员竟然也走出来了，坐在我身边问我要了一根烟。他居然有腿，并且会走路，我吃了一惊。我们俩坐在那满是灰尘的台阶上各自抽了一根烟，相互没说一句话。

邮局旁边是个破旧的小诊所，诊所里有个白胡子白眉毛的老中医，看起来至少有一百岁了。诊所门口常年立着一块木牌子，上面写着几句话，"东方曰星，其时曰春，其气曰风，风生木与骨。南方曰日，其时曰夏，其气曰阳，阳生火与气，阴生金与甲，寒生水与血。"抽完烟，我骑着摩托车走了，他依然坐在阳光里，默然目送我远去。

庞水这个名字就是大水的意思，听起来颇为富丽堂皇，因为这个镇子是在三条河流汇聚处长起来的，最不缺水。一九四九年在这里建了一个文谷河水库，那水库在冬天的时候会结成一面洁白的冰湖，大镜子一般，明晃晃地落在群山之间。冰湖上一马平川，开阔辽远，山峰隐匿，世界忽然变得浩荡洁净，大卡车都能轰隆隆驶过去。冰湖极大极璀璨，便衬得那镇子瘦小羸弱，瑟瑟地偎依在冰湖旁边。

前几年不知从哪里传过来旅游开发这几个字，全镇的人都在摩拳擦掌，做了不少小木船在水库上漂着，但深山里鲜有人至。到了冬天，这些小木船便一起被冻进了冰湖，像琥珀里的小虫子尸体。原先的相貌还在，只是不能动了，这种沉寂会在某个瞬间里忽然给人一种无来由的阴森感。

每次经过这镇子的时候，我都会想，田利生会不会就藏在这镇子里，就在这些来来往往的人群里，每一个擦肩而过的陌生人都可能是他。他的衣角倏忽闪过，出现在月夜的山林里，湖中的倒影里，出现在山鹏的叫声中。只是，我一直无法看清那张脸。在那么一两个瞬间里，他从人群中猛地回过头来，我却忽然看到了一张和自己一模一样的脸。我惊骇地发现，我已经变成了他，或者，是他变成了我。

他像我的一个梦境，我觉得我必须得找到他。

我决定去一趟花前村。从我这里到花前村，要翻过几座大山，经过几条大沟，八道沟、大沙沟、小沙沟、未后沟、西塔沟。再往前走就是老蜜沟，已经进入了原始森林的最核心地带。那里的植被基本都成了针叶林带，到处是高大疏朗的落叶松，只夹杂着少许青杆和白杆。因为海拔高，那里只坐落着极少的几个村庄。

早晨起来，带了两个凉馒头我便骑着摩托车上路了。路过一片白桦林的时候，我听到有啄木鸟在林子里，笃笃笃，有条不紊地敲打着树干。山民们把啄木鸟叫作花牵树得木，听起来更俏皮更明艳。白桦林的旁边还有一片红桦林，一白一红，唱戏似的。红桦的树皮不像白桦那么紧致结实，看起来颇有些衣衫褴褛的感觉，但那些红色的树皮在清早的阳光里鲜艳夺目，几近于要燃烧起来了。在我小时候，就用过红桦树皮做的帽子和书包。

每翻过一座山，经过一个大沟的时候，便能听到有很远很空旷的风声从深不可测的地方奔跑而来，衣服被吹得鼓起来，像只气球，似乎连人带摩托车都能被轻轻托起来，御风而行。所以每经过一道大沟的时候，尽管被山风吹得七歪八扭，我心里却十分喜悦，感觉自己马上就要飞起来了，连笨重的摩托车都在瞬间变得轻如羽毛。

越走海拔越高，山路两边的植物从花楸、糙苏、蛇床、舞鹤草渐渐过渡到亚高山灌丛草甸带，随处可见地榆、花锚、金莲花、木贼。鸟儿也从啄木鸟、褐马鸡、斑鸠过渡到了云雀、金雕、红嘴山鸦。走着走着，便见前方群山之间，天高云淡处飞过一只大金雕，两只巨大的翅膀稳稳托着流云，睥睨一切，迎着阳光悠扬骄傲地滑翔。我久久目送着那只金雕远去的背影。

已是正午时分，腹中开始感到饥饿，我停下摩托车，把两个凉馒头吃完，趴到河边喝了几口水。河边的草地上长满了眼睛一样的紫地丁，好像遍地都是柔软的目光。吃完我继续赶路，沿着河流又走了一段路，忽然看见河边栖息着一大群羊，一个放羊的老汉孤零零地坐在河边的石头上。看见我过来他急忙向我招手，我停下摩托问他怎么了。他手里握着一支赶羊铲，脸上紫黑色的大嘴唇，笑起来的时候，嘴巴可以一直豁到耳根处。他笑着说，伙计，着急不着急走？不着急的话就跟额说几句话吧，好些天没人和额说过话了，憋死了，这羊又不会说话，羊要能说话额早就和羊捣歇（聊天）去了。

我看了看四周，除了他和一群白花花的羊，就是山林和草甸。我想了想，便放好摩托车，问他，这羊是不是都在午睡？他连忙点点头，说，它们刚吃了草舔了盐，晌午要歇两个钟头，头羊不动，大羊就不动，大羊不动，小羊就跟着不敢动。

头羊是一只威风凛凛的黑山羊，长着两盘大角，管理着一群温顺的白绵羊，白绵羊都蜷成一个团，看上去像一块块岩石。我掏出烟盒，递给他一根，自己也点了一根。我俩对着河水抽了会儿烟，他问我，去哪儿？我说，花前。他抬头看看天，那不远了，再翻过两座山就是。

他们放羊的一天动辄要走十几里路，所以看哪里都觉得近。一只小羊不愿再佯装睡觉，想偷偷溜走，老汉见状，并不起身追赶，只用羊铲射过去一颗石子，小羊便又乖乖躺下，继续装睡。两根烟抽完，我们到底也没说上几句话，我觉得有点对不住他，但还是决定继续上路。他也打算继续上路，便叫醒了头羊，那只威风凛凛的黑山羊亮着两只大角站了起来，于是，所有的绵羊都跟着站了起来，简直像一支训练有素的部队。山羊沿着河流往前走，后面跟着浩浩荡荡的绵羊部队。我骑着摩托车也慢慢向前走。

羊群准备过河了，这儿的河流从一片河柳里冷不丁拐出来，带着些野气左顾右盼，脚步湍急匆忙。那只山羊带头过河，走到河中央的时候，脚下一打滑，居然掉进了河里。后面的绵羊见头羊掉进河里了，纷纷跟着跳进河里，最后面的小羊们犹豫了一下，也跟着跳进了河里。顿时，一条河像煮饺子一样，漂满了大大小小的绵羊。绵羊不会游泳，只好一边挣扎着一边咩咩叫着，一边被流水冲走。

我见状，赶紧扔下摩托车过来帮着捞绵羊，老汉快要哭了，一边跳脚一边大叫，不要跳了不要跳了，你们怎么就不能长一点脑子。说罢扑通一声跳进了河里，手忙脚乱地扛起一只绵羊，再扛起一只，绵羊在他肩膀上哀哀地哭叫着，自己跳进去的，也不知道在哭什么。我们折腾了半天，最后还是淹死了好几只绵羊。老汉守着一堆绵羊的尸体，好像农民在秋天刚刚收成的棉花。

村里人要开着拖拉机过来接他和羊，而我打算继续赶路，他为了表示对我的感谢，送给了我一只刚刚淹死的小羊，说羊羔肉最是鲜嫩。我看看天色，已经下午光景了，西行的阳光开始迟钝下去，不敢再逗留，我便把死去的小羊绑在摩托车的后架上。它摸上去四肢柔软，好像还活着一样。

6

因为海拔的原因，能感觉到山林里的凉意越来越重，脚下的泥土也渐渐变成了深色的黑毡土。两边的油松和冷杉变得越来越高大粗壮，高高的树冠连得遮天蔽日，连一丝阳光都透不进来。林子里的很多地方还残留着去年冬天的积雪，这些积雪可能终年都化不掉。山林的深处隐隐能听到大鵟的叫声，阴森凄厉。

太阳已经开始落山，苍鹰的身影飞进夕阳里，接着，那最后的金色光线也一点一点消失了。即使是在日落之后行走在这样的原始森林里，我仍然没有感觉到任何恐惧，我真正的恐惧，其实都在人群里了。在我最充满征服欲的那些时候，其实也是我最恐惧的时候。我做过搬运工，洗碗工，做过服装批发，做过调料推销员，开过小超市，开过小饭店，再到酒店，再到金店。那些往事像用玻璃垒起来的，垒到一定程度的时候，却发现一切竟是透明的，就像不曾存在过一样。那是我创造出来的一个乌托邦。

一弯冷月从山林间升了起来，云朵流动得很快，看起来像是月亮正在云层后面奔跑。山林间的积雪反射着冰凉的月光，高大的冷杉像剑一样刺向夜空。走着走着就看到，前面隐隐出现了几点微弱的灯光，那是个隐藏在森林里的村庄。

果然是花前村。我有些纳闷，这样一个原始森林深处的小村庄，终年有积雪不化，为何给自己取名为花前。村里只有七八户人家，最边上一户人家的大门洞开着，门上还挂着一盏红灯笼。山风呼啸而过，红灯笼在风中左右摇曳，血红色的灯光溅了一地。

我扛着那只死羊进了院子，院子里又是狗叫又是鸡叫，还有猪在什么地方哼哼，听起来像进了动物园。我打量了一下这院子，借着月光能看到院子里坐着三间房，奇怪的是，只有两间的上面盖了二层，而且二层比一层瘦小一圈，看上去像小孩子过家家把积木随便搭了上去。

其中一间房里亮着昏黄的灯光，我推门进去。屋里有一男一女，男的坐在自制土沙发上，很瘦小，剃着个光头，小眼睛，留着两撇八字胡，八字胡下面有两颗巨大的门牙，他正像只大兔子一样一边剥着花生吃一边喝酒。女的则很丰满，黑色紧身衣绷在身上，到处波浪起伏，一只眼睛稍微有点斜视，头发染成栗色还烫了，挂着一头卷儿，她一手端着酒杯喝酒一手往铁皮炉里扔柴。这森林最深处的村庄一年四季都得生炉子驱寒驱潮。

我说，我来这里找人结果迷路了，能不能借宿一晚上？我可以出钱。我又指了指那只死羊，说，这羊羔是今天刚死的，淹死的，不是毒死的，也送给你们吃肉。男人用小眼睛盯着我看了几分钟，又盯着死羊看了几分钟，忽然咧开嘴笑了一下，一嘴黄牙，招呼我道，伙计，来找人的？尽管住下，来，先过来喝杯酒再说。又对炉前的女人说，老婆，快去拿根猪尾巴来。然后，他又笑嘻嘻地看着我说，额可保存着好几条猪尾巴呢，自家舍不得吃，都给切人（客人）留着呢。本来还保存着个猪鼻子，一直没切人来，额就自己吃了，早知道就给你留着嘛，是不是？

女人把一条粗大的猪尾巴端了上来，还添了一个酒杯。他给我倒了杯酒，我一看，酒装在一只大葫芦里，有点仙气，喝了一口，好烈的高粱酒，感觉和喝酒精差不多。他给我抓了一把花生，说，尝尝，这是额自己种的。我剥了一个花生，扔到嘴里，生的，很涩，像是刚从地里挖出来的。我说，吃着不赖，你还会自己种花生？他抿了一口酒，有些不屑地晃晃光头，种花生？小看额了吧，你看看这锅舍（屋里）的家具，每一件都是额自己做的，柜子是额自己打的，这沙发是额自己包的，还有这房子这院子，都是额自己盖的。他又拎起一段猪尾巴朝我晃了晃，这猪也是额自己养的，额养猪，从来不喂什么乱七八糟的泔水，额就喂它粮食和土豆，吃得和人一样好，额养的猪那都是无公害猪。你去附近几道沟里打听打听额田中柱是什么人物？额不骗你，额还真是个人物。

说罢，他骄傲地和我碰了一下杯，一饮而尽，然后，剥出一粒花生，高高抛起来，用嘴稳稳地接住了。

我打量了一下周围，房间里的家具倒真不少，有床有立柜有平柜有茶几有沙发，还有两只花凳，上面摆着两盆呆头呆脑的万年青。柜子上地上还摆着很多根雕和葫芦，天花板上也挂着大大小小的葫芦，挤眉弄眼地看着我，最大的一个简直有半个人那么大，老态龙钟，像个葫芦爷爷，我好像不小心闯进了葫芦的老穴。所有的家具上都落着一层厚厚的灰，看起来已经有几千年没有打扫过了，出土文物一般。

我说，难道这根雕也是你自己做的？他不解地看了我一眼，好像我的问题着实羞辱了他，他反问我道，不是额做的是你做的？连这吃饭的木碗，看到没，都是额自己做的。这葫芦也是额自己种的，上面都刻了画的，三打白骨精，猪八戒背媳妇，要什么有什么，你要不要买几个？这花凳也卖，价钱嘛，你看着随便给，反正都是额亲手做的，几百不嫌多，几十不嫌少。

我喝了一口杯中的酒，呛得嗓子疼，但猪尾巴卤得真不错，绵软入味。我啃完一截猪尾巴，说，看不出你还这么心灵手巧。他又往嘴里扔了一颗花生米，把两只手得意地叉在胸前，我注意到他的右手上少了半根指头，使那只手看起来像某种武器一样可怕。他冷笑一声说，你以为？额当年技校毕业的时候也是个人物，额从小练过武术，会缩骨功，有一次打架被关起来了，额就用缩骨功跑了出来，再抓老子，老子还用缩骨功跑出来，看谁还敢抓老子。额还会电工，额可是一个好电工啊，所有的电路问题，不管大大小小，额都能解决。你也不去打听打听，额田中柱是谁？告诉你吧，额真是个人物，年轻的时候有人让额去国家安全局上班，只要交一万块钱就进去了，可是额不愿意，守着老婆过小日子多好。额不喜欢受人约束，不喜欢成天坐在办公室里上班，额要是愿意，早就在国家安全局上班了。额这个人就是喜欢自由快活，啊，喜欢自在散淡。额也不愿意跟他们出去打工挣那几个辛苦钱，在山里多好，守着老婆，能种地，还能上山打猎。

你不知道额枪法有多准，额年轻的时候进山打猎，跟着野兽一跟就是七八天，也不睡觉，什么花豹狗熊野猪，都打到过。对了，那副花凳你到底要不要？便宜卖给你。还有那只最大的葫芦也便宜给你，上面刻着寿星佬儿。

我咳嗽了一嗓子，有些不好意思地说，我骑着摩托车，不好带啊，以后再说吧。他立刻说，怎么不好带，额给你绑在摩托车上。话音一落，我们俩都沉默了下去。沉默了半天，为缓解尴尬的气氛，我站起身来到处游弋参观，看到这屋子还套着一个里间，我便进去参观。里间地上摆满了各式各样的工具，刨子、电焊机、切割机、电圆锯、电钻、气钉枪、车床，和墙上杂乱无章的电线及一大堆插板连在一起。我忽然感觉自己像来到了科幻电影的某个空间里，周围的世界忽然就变得不真实起来，连外屋的那两个人也忽然像外星人了。这些工具上也落着厚厚一层灰，几千年没有打扫过的样子，使我意识到，这还是在田中柱的家里，我并没有游离到外星球上。

回到沙发上我俩继续喝酒，我说，老田啊，你从哪儿弄了这么多工具？他正嚼着一颗花生米，嚼着嚼着就得意地笑了起来，好多都是额自己用破零件做的，那台电焊机看到了没？就是额自己做的。我大惊，你还会做电焊机？他一边对我笑着一边忽然伸出了那只缺了指头的右手，在我面前炫耀地晃了晃，像是怕被我抢走，又赶紧收回去了。他指着那只手说，晓得这个指头怎么没的？就是被这玩意儿切下来的，就像切菜一样，那指头掉下来了自己还能动。这不，额指头少了一根，少一根就少一根嘛，什么了不起的事，额眼睛都没眨一下，额起码自由，自由多好。你说，自由好不好？

我说，对，挺好挺好，老田，我得敬你一杯酒。他高高兴兴地连喝了几杯，喝得小胡子上都是酒，在灯光下亮晶晶的。他忽然摸着光头站了起来，摇摇晃晃地走到床前，从床下拖出一只尿盆来，他笑嘻嘻地问女人，老婆，你说额尿到哪儿去呢？然后，不等老婆回答，他就叮叮当当地尿到了盆里。

为了能盖住这撒尿的声音，我大声说，老田，你家里哪儿来的这么多灰？怎么像刚从地里刨出来的。他心满意足地尿完，抖了抖，放下尿盆，又摇摇晃晃地回到了沙发上。他脸上的表情越来越明媚喜悦，好像一晚上发生了很多欢天喜地的大事。他指着女人说，额老婆不喜欢打扫卫生嘛，不喜欢就不扫嘛，灰多点就多点嘛，又死不了人，你说是不是？钱少就少花点嘛，又死不了人，你说是不是？额和额老婆天每（每天）都过得高高兴兴，想干甚就干甚。额和额老婆说，你想和谁睡就和谁睡，主要是图个高兴嘛，啊，图个高兴。额老婆有二十几个相好的，就是图个高兴嘛，额们过得比鸟儿还自由。

说到这里他扬起小眼睛看了看挂在墙上的歪歪斜斜的破钟，忽然说，九点了，到了额睡觉的时间了，一到点额就睡着了，额先去睡了，你们俩聊吧。说罢起身走到床前，脱了外面的裤子，穿着一条脏兮兮的绒裤钻进了被子里，然后悄无声息地用被子蒙住了头。过了大约一分钟，最多一分钟，我便听到被子下面传出了有节奏的鼾声。

那女人把手里的酒喝完，把最后一根柴扔进了红红的炉膛里，把炉门关上，然后斜眼看着我。我有些心惊，想，她为什么要这样看着我。后来一想，她的眼睛斜视嘛。那女人放下杯子，站在炉子前，两只手搭在肥硕的胸前，有点像报幕员。她沉默片刻，似乎有些犹豫，但还是问了我一句，你……不睡？我忙笑着说，时间还早，睡不着啊。她依然站在那里没动，两只手还搭在那个位置，来回搓着。

她又沉默了一会儿，忽然低下头看着自己的两只手，一缕烫过的鬈发垂下来遮住了她的一只眼睛，她挑起那只眼睛，用眼风斜斜瞟了我一眼。我忽然有些紧张，胡乱拿起一只杯子，问，我口渴，哪里有水？她指了指蹲在墙角半人高的大水瓮，我走过去拿起葫芦瓢，舀水喝了几大口。

喝完水回头一看，那女人已经走到了床前，她指了指沙发又指了指地上及床上，说，你随便睡，想睡哪儿睡哪儿，额也睡了。说罢上了床，也拿起被子蒙住头，很快就无声无息地睡着了，把我一个人留在了空荡荡的地上。在昏暗的灯光下，那两个蒙在被子里的人安静得有些吓人，像两颗埋在土里还没来得及发芽的土豆。

我走到院子里点了一根烟，那只狗冲我有气无力地叫了两声便也悄无声息了。松树清冽刚劲的冷香塞满了整个院子，如同一场冰凉的大火在燃烧。只有原始森林深处才有的神秘像只巨大的野兽，无声地行走在我身边，我看不到它，却能感觉到它的呼吸就蹭着我的鼻子。月亮再次从云层后面钻了出来，冷冷注视着大地上的一切。我一边抽烟一边在院子里徘徊，我明白了，这个女人是拉偏套的。没想到，直到现在，大山深处还有女人操持着这种古老的营生。

我和衣在沙发上迷迷糊糊睡了一觉，第二天早晨，天还没亮，就见院子里已经烧起了一堆熊熊大火，火光在晨雾中挖出了一个明亮的大洞。火上架着一口澡盆那么大的铁锅，猛一看，还真的以为是架起了澡盆子准备洗澡。我凑过去一看，锅里煮的都是小土豆，老田正叉开双腿，扎着马步，用一把铁锹使劲搅土豆。我说，老田你这是在做早饭？怎么做这么多？他头也不回地说了一句，额家从不吃早饭，这是猪食。

天渐渐亮了，晨雾退去，整个院子慢慢从黑暗中浮了出来，带着点不情不愿。火堆在晨光中渐渐枯瘦下去，热气腾腾的猪食熟了。老田喂猪的时候我认真参观他的院子，发现院子里有五间房的地基，却只盖了三间，我问他为什么，老田慈祥地看着自己的几头猪，说，盖了三间就没钱盖了嘛，能盖几间算几间，是人盖房子，又不是房子盖人。

我看见院子里有棵枣树，枣树杈上挂着的玉米穗子比我见过的玉米都要小，就好奇地问，老田，你这玉米是什么品种？这么袖珍，你的小土豆也是袖珍品种？

这时候他老婆也起床了，正在院子里梳头，她打着哈欠接了一句，没钱买化肥嘛，纯天然的，可不长这么小。

我又踱步到鸡笼子前，一看，里面养着几只草鸡，一只公鸡，居然还有两只褐马鸡。我说，老田，你居然养褐马鸡，你怎么没养两只孔雀？他笑得小胡子都翘了起来，大嘴咧开，露出了三十二颗牙齿，说，以前养得更多，还有珍珠鸡，额还驯了只老雕，厉害得很，后来都死了。我说，可惜了，怎么死的？他老婆不紧不慢插了一句，饿死的。

这时候老田已经把那口刚煮过猪食的大锅洗得锃亮，他兴致勃勃地敲着大锅说，今儿晌午吃羊肉，就把你夜里带来的那只羊羔给煮了，吃羊羔肉再喝点酒，别说国家安全局，叫额去做神仙额都不去。说着说着他的口水已经流出来了，忙擦了一把。他又围着那口锅手舞足蹈，看看，这口铁锅也是额自己打的，费了不少铁哪。我大惊，你还会自己打铁？他不屑地看了我一眼，敲着他的大锅说，打铁算什么？你记住，这世上根本就没有额不会的事情，额田中柱大小也是个人物。看看这锅，煮两个猪头不成问题，煮一只整羊也不成问题。今儿吃你的羊，等额过年煮了猪头，把猪鼻子和猪耳朵都给你留着，你年后过来，放开肚子吃。

等到中午时分，果然吃到了喷香的煮羊肉。我们三人围着桌子，一边大块吃羊肉一边喝酒，他老婆酒量惊人，一眨眼就悄悄灌下去好几杯，看样子能轻易把几条大汉放翻。我惊叹，好酒量。老田一边啃羊骨头，一边说，额和额老婆说，你想喝酒就喝酒，想抽烟就抽烟，想睡谁就睡谁，人就图个高兴嘛，要不图高兴，额老早就去国家安全局上班了嘛，哪有守着老婆好？你看额家门口一年四季挂着红灯笼，不过年不过节也挂着，就图个高兴嘛。有一次额小姨子来额家，黑夜等额老婆睡着了，额就和额小姨子睡到一起了，快活嘛，人活着图甚？就图个快活。

他老婆一只脚踩在椅子上，嘴里啃着羊肉，斜着眼打量他一番，就你？

他觍着脸从羊肉里剔出几只小拐骨，拿块破布细细擦了半天，然后把羊拐骨捧在手心里，像捧着一团雪花。他笑着对老婆说，就是说个笑话逗你高兴，等额把这羊拐骨染成红色的给你玩，好不好？四个羊拐骨，还差个乒乓球，额也给你做。

7

我酒足饭饱地歪在椅子上打着嗝，慢条斯理问了他一句，老田啊，你们这村里的人是不是都姓田？他啃着羊蹄点点头，大部分姓田，几辈子以前就是一个老祖宗。我说，那你们不都成亲戚了？他说，出了五辈子就不算亲戚了。我忽然像想起了什么，问道，有个叫田利生的人你认识不？是不是就是你们村的？

他把脸从羊蹄上抬了起来，看着我忽然意味深长地笑了一下，两撇小胡子一抖动，说，额和他打小一块儿放牛一块儿耍，你说认得不认得？你说过来找人，就是找他吧。我说，这人真是你们村的？他在八道沟那边开了个度假山庄，你知道不知道？

他抱着那根羊蹄又慢慢地啃了一会儿，啃得只剩下了一根明晃晃的骨头，然后扔给了趴在地上的狗。他似笑非笑地看着我说，先说说，你找他干甚？我忙说，其实也没什么事。他说，你是不是也觉得田利生很有本事？我正不知道该如何搭话，只听他又继续道，人家十几岁就下山了，在城里到处做买卖，听说挣了大钱，可不是有本事的人？

我刚想开口，他忽然语气一拐，自己把话接上了。他声音忽然变大变粗，像他身体里住着的另外一个人猛地探出了方形的脑袋，他说，人人说他有本事，你倒给额说说看，什么叫有本事？到底什么叫本事？

我一时愣住了，但很快就明白过来，现在他根本不需要我的回答。果然，他又继续，额俩光屁股时就在一起耍，田利生有几斤几两额还不清楚？放牛他不如额，打猎他不如额，手巧他不如额，额能打到豹子，他打到过甚？种地他不如额，额一个人种了几十亩地，额能一个人盖房子，额能一个人打家具，额能用破零件组装电焊机收音机，额连剃头都能自己给自己剃，你看额这光头剃的，不赖吧？你倒是给额说说看，到底什么叫有本事？

他用缺了一根指头的右手拍着桌子，脸涨得通红，披在肩上的衣服也掉了下去，露出了穿在里面的背心，我看到背心上印着几个红色的大字，金万程轮胎。他老婆咣当扔过来一条羊腿堵住了他的嘴，她说，快少说几句吧，额跟着你没饿死就算不赖了。说罢又一仰脖子，咻溜下去一杯酒。他又要跳起来辩解，我忙说，你可能还不知道吧，这田利生为了盖度假山庄欠下了不少钱，被人到处追着要债，现在都不知道跑哪儿去了，他会不会就在你们村？

他呆了一呆，好像一时没听明白我在说什么，片刻之后又像恍然大悟一般，把掉下去的衣服重又披在肩上，笑嘻嘻地对我说，欠了人好多钱？怪不得你上来找他，额晓得了，你是公安局的。我忙说，不是不是，我就是想找他说说话。他独自点了点头，若有所思地说，那额晓得了，田利生欠了你不少钱，你是来讨债的。

我又要否认，他却忽然扭过脸来，神秘地笑着对我说，要是欠了你钱，那额得告诉你，额在山里头真见过田利生一回。去年额去西塔沟打猎，在林子里忽然撞见了他，他和另外两个人在一起溜达，额说，你甚时候回来的，也不回村里坐坐？他说，过阵子就回村里去，这几天忙，和朋友谈个事情。他指了指和他一起走的那两个人，介绍道："这是额的朋友，原来在八道沟的那个木材厂里上班，额们有事，先走了，回村里了找你喝酒。"他们三个就走了，他后头一直也没回村里来，额在山里也再没碰见过他。

我大惊，问，他说的那个在木材厂上班的人长什么样？他又独自喝了一杯酒，歪头想了想，说，就瞟了一眼，谁能记那么真，也就是个普通人样。我说，个子呢，个子高不高？他又倒了一杯酒，却举着酒看着他老婆说，老婆啊，你看看这有本事的人到头来欠了一屁股债，你说你是跟着他好还是跟着额好啊？他老婆撕了一块羊肉，回他说，少放屁。

他又扭过脸来，兴高采烈地对我说，伙计，你说说看，你说他田利生真比额有本事吗？他能强到哪里去？最后还不是躲回山里来了，哪有额过得自在。

说完他把杯里的酒咣当灌进了肚子里，然后，看了看墙上的破钟，忽然说，到额午歇的时间了，你坐着，吃着，喝着，额得先睡会儿。然后摇摇晃晃地站起来走到床边，娴熟地钻进了一堆皱巴巴的被子里，把头严严实实蒙住，立刻又睡着了。

回去的路上，我一直在想，如果田中柱说的是真的，那和田利生在一起的那两个人究竟是谁？可能是周龙，也可能是别的工人。难道他们一直就在这山林里没走？他们又怎么会和田利生在一起？

一只赤狐在前面闪过，它回头看了我一眼，倏忽便没有了踪影，一阵山风袭来，整个山林发出了沉闷沙哑的喘息声，我像行走在一只巨大的肺里。这山上的几道大沟都幽深不可测，没有人知道那些大沟的尽头到底通向哪里，也没有人知道这山林的深处究竟埋藏着多少秘密。想在山林里找到一个人，几乎是大海捞针。

天黑下来了。我在幽寂的黑森林里赶路，一边想起了很多往事。我想起了很多年前的夏日傍晚，那时候，木材厂还没有倒闭，我和周龙躺在厂门口那条河里的大石头上，偷偷观察工人们下班以后的动向，谁和谁在谈恋爱，谁和谁刚闹了别扭，谁喜欢一个人进山采木耳，我们都知道得一清二楚。等天彻底黑下来之后，我们躺在尚有余温的大石头上，听着耳边潺潺的流水声，看着身边飞来飞去的萤火虫。

我又想起在城市里生活的这么多年，就是在路边看到一棵树，我都会习惯性地走过去看看树底下有没有蘑菇。我父亲过世前，住在我买的楼房里死活不愿用有马桶的卫生间，一定要远远跑到公厕去上厕所。我忽然想到，让一个人彻底放弃自己的习惯真的是一件很难的事情。这个想法在已经被黑暗笼罩的森林里发出了奇异的光亮。猫头鹰藏在什么地方哀鸣，我恍惚看到路边的黑森林里静静立着三个没有脸的人，石像一般，他们正无声无息又满怀心事地看着我。

又一个黄昏，我独自来到听泉山庄的门口。木材厂改成度假山庄之后，门前的那条河还在，河里的那几块大石头也还在原处。我躺在那块最大的石头上，等待天色一点一点暗下来。半透明的黑暗像植物一样从山林里、河水里长了出来，很快就淹没了大地上的一切。我躺在那里，多年前的那些人和事如在眼前，我伸手就可以摸到他们，仿佛中间这二十年的时光其实并不真正存在过。我恍惚看到周龙就躺在我旁边，一边听流水声，一边伸手捉住了一只萤火虫。我对他说，这么多年你都去哪儿了？

没有人应答，只有在黑暗中愈发清晰的流水声包裹着我。我定睛往四下里一看，除了我，并没有第二个人影。山林与巨石都已经隐匿于黑暗，边缘清晰可触。不远处的听泉山庄死寂地蛰伏在黑暗中，与平时并无不同。

我连着去河边守了多夜，都没有看到任何人影。二十年前的那些人和事，再次变稀薄变透明，当我向他们走去的时候，他们朝我笑着，却从我身体里穿行而过，了无踪迹。

这个晚上，我在河边的大石头上一直坐到深夜，抽了半包烟，只听到附近有黑串在叫，开始有困意袭来，我便起身，准备回去睡觉。

从山庄门口经过的时候，我忽然就产生了一个奇怪的念头，想进去看看它半夜的样子。于是我翻墙进去，穿过那片杨树林，朝着那片鬼影幢幢的废墟走去。

一轮残月挂在高大的树枝上，大嘴乌鸦站在月亮里啼叫。我一步一步地往前走，仿佛听到脚下踩到了什么呻吟声。我有一种奇异的感觉，我只是站在了天地间的一重空间里，在我的脚下和我的头顶，还有数层空间，我认识和不认识的人正在其中来来去去，熙熙攘攘。

前面就是那幢黑黢黢的宾馆，宾馆的后面就是那几个梦境一般沉睡的园子。它在黑暗中看上去分外庞大和沉寂，我在那幢楼下点了一根烟呆呆站立了一会儿，任由四面八方的荒凉包裹着我。一根烟抽完，我用力踩灭烟头，再抬起头的时候，忽然发现宾馆的一扇窗口亮出了很微弱的光。我浑身一哆嗦，疑心是自己眼花了，揉了揉眼睛定睛再看，确实是一点微弱而惊心动魄的光亮。

我循着那点光亮进了宾馆的大门，爬楼梯上了二层，我屏住呼吸，无声无息地走到了那个房间门口。我轻轻推门，门虚掩着，一推就咯吱一声开了，散发出木质腐败的味道。

房间里有两张床，中间一只床头柜。然后，我看到地上坐着三个衣衫褴褛的人，围着一支正燃烧着的蜡烛，他们正坐在那里聊天。听到门响，那坐在地上的三个人不约而同地朝我扭过脸来。

尽管十几年没有见过了，我还是立刻就认出，其中一张脸竟是周龙。另外一张脸似曾相识，当后来看到他的那条断臂的时候，我忽然想起来了，他是老井的那个儿子。还有一张脸是我从没有见过的，一个陌生人。

他们围着一支蜡烛坐着，蜡烛的旁边摆着一壶茶。周龙看到我似乎并没有太大的意外，他让我也坐下，从床头柜上拿了一个空杯子，给我也倒了一杯茶。我喝了一口，是拿金露梅嫩叶晒的茶。

我们四个人默默地坐着，一时无话，我终于先开口道，我们有十几年没见了吧。周龙的脸在烛光里忽明忽暗地跳动着，我有些看不清他的表情，只见他点点头，说，有十几年了，时间过得真快。我说，这十几年你都去哪儿了？他说，哪儿也没去，我一直就在这山里。我惊讶道，你从来没有下过山？他静静地说，从来没有。我说，那你这十几年在山里都干吗呢？他似乎笑了一笑，然后沉在一团暗影里说，可做的事情太多了，打猎、采蘑菇、摘野果、晒茶叶、酿酒，晚上泡壶茶一起聊天，可以一聊就聊到天亮。

我听到自己的声音开始发抖，有那么多可聊的吗？他的脸被烛光劈成两半，一半是明的一半是暗的，我看到明的那一半在烛光里柔和地笑着，像极了多年前我们一起在他宿舍聊天的那个夜晚。然后，我听到他说，可聊的多着呢，我们想说的话连说都说不完。

我忽然想起来，宾馆的这个位置正是从前木材厂职工宿舍所在的位置。我看着那团烛光，不由打了个冷战，踌躇半天还是说了一句，这宾馆是不是就盖在咱们厂以前的旧宿舍上面？周龙没有说话，只是坐在那里，安静地微笑着。他什么都不问我，不问我这么多年去了哪里，都干了些什么，他一句话都不问。这让我越来越感到惊慌，我把那半杯茶一口气都喝了下去，还是觉得口干舌燥。

我舔了舔嘴唇，转脸对老井的儿子说，我去过你家，还在你家住了一晚，你记得不？他用那只完整的胳膊给我添了茶，目光柔软，同样安静地对我笑着说，你记错了，我从来没有见过你。我有些绝望地说，怎么没见过？你姓井，你爸爸在村里开了个农家乐，你妈是个瘫子，对不？他只笑着摇了摇头，却不再说话。

我又扭脸对那个陌生人说，你是哪里的朋友？也是我们木材厂的吗？我怎么从来没见过你。那男人盘腿坐着，上身纹丝不动，也对我笑笑，说，我就是这山里人。我问，哪道沟的？他笑着说，在这深山里，处处可为家。我忽然就脱口而出一句，你是田利生吗？

他在烛光里甚至都没有再看我一眼，只平平静静地说，朋友，你认错人了。我忽然就有些失控，我对这三个人大声说，你们认识田利生吗？就是建这个山庄的老板，我想和这个人聊一聊，就只是想聊一聊，我有很多话想和他说，我知道他想干什么，我知道他为什么要建听泉山庄。

他们三个好像根本没有听见我在说什么，周龙对那陌生人说，刚才讲到哪儿去了，继续啊。那人便又讲了起来……第四天晚上我偷偷去天桥下一看，他还睡在那天桥下面，他的那匹白马就拴在旁边。白天这里不许流浪汉放铺盖，他白天就骑着马在城市里到处捡垃圾，靠吃垃圾为生，只要看到有字的纸就捡起来保存着，他把这些有字的纸攒起来装订成一本厚厚的书，晚上就躺在马路边看这本书。我偷偷躲在一边，见他躺在了路边，在身上盖了一条很脏的破被子，捧起那本自己装订的书，很认真地一个字一个字地看着。我觉得不忍心，便忽然从暗处走了出来，他有些吃惊地看着我。我要给他放下点钱，他坚决不要，我拿出一个面包给他，他也坚决不要。我在他面前呆呆站了一会儿，说，你的马怎么办呢，城市里没有草原，它吃什么？他说，我的马从来不吃草。然后他又低下头去看书，我只好离开了。到了第五天晚上我又去天桥下一看，他已经不在那儿睡了，他的马也不见了。因为我发现了他，所以他骑着马走了。以后我再也没见过他……

我忽然有一种"天方夜谭"的感觉，山鲁佐德为了活下去，必须在每天晚上给国王讲一个故事，而且从来不能讲到结尾。我想，他会不会就是田利生，他被另外两个人绑架了？为了活下去，他得不停给他们讲山外面的故事？可他讲得津津有味，甚至都不看我一眼。我又想，也许他真的不是田利生，他就只是一个陌生人。听到后来，一阵困意袭来，我居然睡着了。

第二天醒来的时候，我发现房间里只有我一个人，那三个人都没有了踪影。我环顾了一下房间，很久没有人住过的样子，玻璃已经碎掉，地上、窗台上落满了灰尘，床头的油漆剥落下来，整个房间里散发着一种腐朽的霉味。我有些怀疑昨晚看到的三个人只是一个梦境，但是一低头，我看到地上有蜡泪的痕迹，床头柜上还摆着那只我昨晚用过的空杯子。

连着几个晚上我又去听泉山庄等着他们，我彻夜站在黑暗中寻找一扇透出烛光的窗户，但是，没有，他们再没有出现过。

我终于作出了决定，接手听泉山庄的烂摊子，重新把中断了几年的土地租金付给山民们，把重建山庄的很多工程也承包给了当地的山民们，我给他们开出很高的工资，在外面打工的那些小伙子们又纷纷回到了山里。我还请了设计师来专门设计山庄里的那几个园子，把从前留下的废墟重新修葺一遍。江南园里亭台楼阁，移步换景，新建起了明月楼、花药馆、饮绿轩、听风阁。园中新挖了一池湖水，拱桥卧于湖水之上，湖边柳树成行，傍晚夕阳西下之时，万千垂柳临风摇曳，如烟如雾。湖中种了荷花养了锦鲤，可以泛舟，可以观荷，还可以凭栏赏月。假山奇石间曲径通幽，花药杂草隐没其中，缕缕幽香沁人心脾。

整个山庄更加像一个不真实的梦境了。

我把我银行卡里那笔庞大的存款全部用了出去，一分钱都没有留下。我用了二十年历尽艰辛攒下的这笔钱，如今如流水一般悄无声息地流走了。我张开双手，手心里空无一物，心中却万般宁静柔软。

在山庄正式开业前的那个晚上，我又给妻子写了封短信，信中写道："时间说慢也慢，说快也快，有时候觉得一辈子其实也不过就是一眨眼的工夫。只要我们的魂魄还在这个世界里，就还会有相见的一天。我在这里过得很好，山川沉静，斗转星移，它们是如此牢固而长久，没有人间的一切变数。钱在这里没什么用处，在这里几乎不需要花钱，我每一天都过得很平静很自在，没有什么可以再绑架我，相信你也一定会喜欢上这里的。"这天正好是我妻子去世三周年的祭日。

那时候她已经生病几年了，病情日益加重。她去世的前一天晚上，忽然爬起来，动手给我蒸了很多馒头，各种形状的馒头，燕子形、佛手形、石榴形、莲花形。我不忍多看，也不忍阻止，只说，蒸那么多能吃得完吗？她也不说话，细细把面团捏成各种动物和花卉的样子，放进锅里。出锅的馒头白胖雀跃，散发着人间最结实最朴素的气味。最后，她关了灯，躺在我身边，我把她抱在怀里，她已经变得极轻极瘦，像个小女孩一样，没有一点分量。我们就那么拥抱着，久久无语。晚风从窗户里吹进来，纱帘像烟雾一样弥漫在屋子里，摞在桌上的一堆馒头在黑暗中绽放出小麦的清香。我以为她快要睡着了，却听见她的声音忽然从什么遥远的地方飘了过来，很轻，像片羽毛，还有些欢快，她说，你本来是可以去上大学的，可惜没上成。我每天晚上睡觉前都要担心，一觉醒来你已经不在了，现在终于不用担心了。

山庄开业之后，只有前三个月有陆陆续续的游客来玩，山上的，山下的，有单独来的，有三五成群结伴来的。三个月之后，山庄里已经基本人迹罕至。我知道，过不多久，山庄的铁门又会重新锁上，那把大铁锁很快就会变得锈迹斑斑。

我毫不惊奇。因为，这一切我从一开始就知道。

8

又一个深秋来到了，大山里再次变得绚烂而萧瑟，五光十色的树叶纷纷扬扬地飞舞在金色的阳光里，大喜鹊几口就吃掉了一只山梨，松鼠们坐在树下耐心地打磨橡果。山庄的大门早已经锁上，很久没有再打开过了。

这个深夜，满天星光，一条灿烂的银河从头顶迤逦而过。我在山中独自溜达，不觉来到山庄门口，便点了一根烟，在荒草里的一块石头上坐了一会儿。夜露寒凉，打湿了我的衣服，我正准备起身回去，却忽然看见有个人影正立在山庄门口。是个男人的身影，中等个子，我看不清他的脸。只见他站在那里，隔着铁门朝里面张望了很久，然后他掏出一根烟，点上了，一边抽烟一边有些快乐地哼起了一支小调。一根烟抽完，他踩灭烟头，又趴在铁门上，留恋地朝里面看了一眼，然后转身离去。他慢慢消失在了黑暗中。

我想冲着他的背影大喊一声，田利生。但终究没有，我只是站在原地，目送着他的背影一点一点地消失在了夜晚的森林里。

然后，我裹了裹披在肩上的衣服，慢慢朝我的小木屋走去。

历史反思与现实书写的审美熔铸
——评《骑白马者》

刘永春

　　孙频的小说创作在国内 80 后作家中并不具有特别典型的代际特征，尤其是其深沉的苦难叙事与乡村书写在这一代作家中并不多见。《骑白马者》充满浓烈的思辨属性，在一个被充分压缩、折叠、隐喻化了的时空中，小说尽可能全面地包含更多的时间变化、空间迁移，并于其中折射出对命运、对人性，甚至对存在本身的执着追问。这些因素共同构成了这部中篇小说深切的历史反思与现实书写。

　　《骑白马者》的叙事结构具有高度的浓缩性特征，因而其建立多维深度模式的诗学目标是十分清晰的。在时间、空间、事件三个维度上，小说都努力建构充满细节与褶皱的回溯性叙事样态，从而使得文本充满弹性与张力，与时代的关系更加紧密，与作者的写作立场、情感形态、价值立场也更加贴合。在这种方向上，《骑白马者》既体现了孙频小说的社会指向、时代意识，也有效完成了又一次审美创造。

　　小说的叙事主线是"我"在充满原始森林的阳关山里的寻找之旅。山外不断喧腾着滚滚向前的时代与山里静谧停滞的世界形成反差与互文，"听泉山庄"成了小说所有寓意的结点。这座山庄所包裹着的阳关山木材厂，从建成（1956 年）到废弃（1998 年），见证了半个世纪的社会变迁，也是这部小说中最为深远的时代背景与情感底色。作为叙事进程最核心推进力量的是叙事者"我"。叙事者"我"是小说叙事时空折叠的构造者、呈现者和阐释者，也是小说揭示其周围人物形象悲剧命运的核心手段。在地理空间上，听泉山庄是核心；在叙事线索上，"我"和田利生构成一明一暗、相辅相成的两条线索。在此基础上，小说的叙事结构聚焦于城市化给阳关山里的山民们带来的历史命运与现实困境，小说的主题空间也得以沿着历史与现实两个维度顺利展开。将历史反思与现实书写进行有效的审美熔铸，证明了孙频扎实深厚的叙事功力，也体现了其将思想性与艺术性进行微妙平衡的创作能力。

　　《骑白马者》十分独到地选择了博物志般的自然书写，对阳关山里的自然世界进行细致入微的刻画，同时赋予人物的行为与性格以鲜明的山地色彩和诗性风格，从而在一定程度上消弭了上述通病。整体上，这部小说的叙事、情节、人物都充满神秘气息，既符合小说着力进行的探秘叙事的需要，也充分营造了属于孙频自己的艺术风格。一方面，广博的自然书写服务于人物性格塑造。随着"我"的视角，大山里的花草树木、自然万物与社会环境依次出场，每种事物都有名有姓。层出不穷的事物及其名称弥漫在文本各处，构成了"我"对阳关山历史与现实的感知途径，也对"我"从大山到平原，又再次返回山里的人生选择进行了注解。博物志般的细节呈现同时塑造着乡村生活与大自然的时时融合，也不断说明着乡村里的物质匮乏。另一方面，广博的自然书写加强了小说的隐喻色彩，深化了小说的主题空间。自然万物具有与人物形象同样的人格地位，可以使得阳关山里的人与物变为一体，共同成为被城市化进程遗忘和损害的对象，从而与山下平原上的生活现实形成更加强烈的对比。《骑白马者》的叙事神秘幽深、视野广阔，无论博物志般的自然书写还是奇人异事的人物塑造都真实独特，表现出作者扎实的叙事功底和新颖的叙事探索。

真幻结合的叙事形态与贯穿始终的探秘结构融合起来，小说的叙事变得非常连贯、稳定与结实，共同形成了这部小说扎实的叙事与厚重的主题。小说中的"我"沿着大山的脉络行走，路上遇到的各色人物都带有神秘莫测的山民性格和恍恍惚惚的行为特征。这些人物散布在阳关山的各个角落，他们的故事与命运都是虚实相间的。护林员、养蜂人、看门人老井和儿子小井、葫芦村的刘天龙和傻子老婆以及正屋里养的三只猪、杏坛村两个残疾老人一起抚养收养来的女儿、花前村的田中柱和他"拉偏套"的老婆，所有这些人物连同"我"在内仿佛都是田利生的化身，却又都是阳关山里实实在在存在着和生活着的人们。作者有意将两者间的界限进行模糊处理。小说结尾处，作为小说最核心意象的白马一闪而过。这匹白马，当然也跟陌生人讲述的故事，跟"我"夜遇三人的情节，与"我"对田利生的整个追寻过程，进而与小说的全部情节一样，其真实存在与否变得无法证实，一切都陷入了一场梦境。小说的叙事进程借由"我"的行踪一步步收拢，最后聚集在这匹白马身上，同时又由这匹白马推翻了全部叙事的真实性。这种自反性叙事带有明显的先锋小说属性，既形成小说独特的朦胧色彩和真幻结合的叙事形态，也是小说主题展开的有效方式。

《骑白马者》这部中篇小说再次证明了其创作实力，也得到了中国小说学会主办的"2020年度中国小说排行榜"等各大榜单与奖项的充分肯定。作为一部中篇小说，其所具有的叙事质量、主题深度、艺术创新等方面都引人注目，尤其是对叙事探索的执着坚持和对时代主题进行深度呼应的创作姿态都是在当下中国文学创作中最值得重视的部分。《骑白马者》是孙频一贯创作立场产生出的新的成功实践，也是目前80后创作整体实力的有力证明。将历史反思与现实书写紧密熔铸在一起，沿着这样的立场继续出发，孙频的小说创作必将产生出值得期待的更多成果。

甘草之味

刘建东

我大抵记得十二岁那年的事，我们家突然门庭若市。

在那些行色匆匆的人之中，就有我的小姨父秦大贵。他们像是从一列叫作忧伤的火车上一起下来的一样，均哭丧着脸，说话的声音要么高亢激昂，要么低沉沙哑。他们是我们乡下的亲戚和一些不相干的老乡，来城里投奔我父亲，做绝育手术。

我父亲董耀先并不是一个医生。他只是在交运局职工医院里工作，是医院药房的副主任。但他是我们村第一个在大城市的医院里工作的人，所以，他们都确信不疑，我父亲董耀先是一个了不得的医生。那年秋天，我父亲说破了嘴皮，也无法阻止他们前来求医的热情。我记得那一阵子，几乎每天我们家都会有陌生人出现，父母让我和弟弟喊他们大爷大娘叔叔婶子，甚至爷爷奶奶。我看着他们的年龄不比我父亲母亲大多少，有的还更年轻一些，所以喊起来就含糊其词，在喊"爷爷""奶奶"时就像嘴里含着一个鸡蛋。

小姨父是由小姨陪着来的。我觉得小姨的心情和小姨父不一样，正好相反，一个兴高采烈，一个垂头丧气。过去的几年，小姨一口气给秦家生了三个姑娘，她早就厌倦了这种无止境的生育机器的身份。她和我母亲说话时，不时传来阵阵的笑声。而小姨父却闷闷不乐，一声不吭，他坐在我们家床边，不停地抽烟，不停地唉声叹气。他把烟屁股扔到地上，狠狠地踩着。他对我父亲恶声恶语："我不信乡里、县里的医院，他们也不信。我只信你。"

父亲虽然知道自己不可能是那个主刀的医生，但是小姨父浓重的乡音，和这份来自亲人的信任，还是让他骄傲万分，油然而生一份满足感。他挺直了腰杆，提高声量说："放心吧大贵，我给你找我们医院最好的医生。一点也不疼，也不会留下任何的后遗症，他有个外号，叫蒋一刀，在全市都鼎鼎大名。这一段时间他成了我们医院最难请的人，来找他做绝育手术的人络绎不绝。你把心结结实实地放到肚子里，该吃吃，该喝喝，明天就给你动手术。"

听到父亲提到手术一词，那年三十三岁的小姨父却仿佛看到了世界末日似的，放声大哭起来。这是我第一次看到一个大男人如此肆无忌惮地痛哭，觉得非常好玩，我和弟弟挤到他面前。看着他的脸上涕泪纵横，我们俩相视一笑，互相推搡着对方。父亲把我们俩拨拉到一边，安慰小姨父："没什么好怕的，一点也不疼。真的一点也不疼，就跟被小小的蜜蜂蜇了一下似的。"

这个叫秦大贵的小姨父，丝毫也没有被我父亲的言语所安抚，反而变本加厉，哭声震天，仿佛都要把我们家的屋顶捅破似的，引得我们那栋筒子楼上的邻居都来观看。我母亲对他们说，别看了别看了，以后没法生儿子了，伤心的。而我小姨则满脸羞愧地说，丢死人了丢死人了，这么大的男人哭得像小娃娃。邻居们不像我和弟弟那样纯粹地看热闹，他们抱有仁厚的同情心，每人对小姨父说了一句不疼不痒的宽心话，就回去了。背过脸去的他们都有着一张快乐的笑脸。

小姨父秦大贵的哭声，似乎持续了整整一夜。只是那哭声渐渐由大变小，由重变轻，慢慢地变成了一股泉水似的，在夜晚里细细地流进了我们的梦里。

第二天早晨醒来吃饭时，已经听不到他的哭声。他端坐在窗前，脸色纸白，凝视着外面开始喧闹起来的街道，忧伤地说："我儿子没了。"

没有人理会他的悲伤。他看看大早晨都在忙碌的每个人，觉得自己受了冷落，心有不甘，他央求我父亲："我害怕疼，有啥能让人不害怕？"

父亲为难地摇摇头，然后看着墙角的那堆草药，说："要不你嘴里吃点什么，可能能转移你的恐惧。"父亲从草药堆里拿了一把树根样的草药，放到小姨父手里。

小姨父问："这是啥？"

"甘草，甜的。"父亲说。

他接过来，摊开看了看，尝试着把一小片甘草放进了嘴里，使劲吸吮着，脸上露出贪婪的表情。

我和弟弟没有时间看他像小孩子般无比贪婪的样子，我们甚至有些鄙视他夸张的表情，一片甘草哪有那么陶醉，我们又不是没有尝试过。我们匆匆吸溜两口玉米面粥就背着书包上学去了。中午放学回来，他仍然坐在窗前，仍然吸吮着甘草，像是清晨时光的再现。一个刚刚做完绝育手术的男人，此时已经没有了恐惧。他有种万念俱灰的悲壮和凄凉。他把窗子打开，让秋天的冷风吹在他僵硬的脸上。我母亲非常担心他，害怕他想不开寻了短见，从我们三楼的窗户跳下去。小姨大声说："放心吧姐，他没那个胆儿。"还是我小姨最了解小姨父，知道他没有勇气去做气吞山河的举动。他就那么一直坐着，狠狠地吸吮着甘草，也不再哭泣，只是枯坐着。我顺着他迷离的目光向窗外张望，大街上除了偶尔经过的三三两两的人和自行车，其他什么也没有，不知道他在看什么。

那天晚上，小姨父终于有了一点活人的气息，他像是死过一回又复活一样，一口气吃了三碗炸酱面。吃饱了饭的小姨父摸着我的头问我："仙生啊，你长大了想干啥？"

其实我挺喜欢小姨父的，初中毕业的他喜欢高谈阔论，我每次回老家见到他，他都拽着我，和我聊天，天南地北，时事政治，好像他去过很多地方似的。有的我能懂，但大部分都不太懂。我挠挠头，无知地说："不知道呀。"

他就严肃地说:"这可不行,你看你们,啊,条件多好,不愁吃、不愁穿,你得想想,别光贪玩,到我这么大了心就慌了。得想想长大了要干点啥,要成为一个啥样的人物。"

那天晚上,他和我父亲一本正经地谈论起理想。他咬牙切齿地说:"我只有一个理想,就是出人头地,让老婆孩子过上好日子。你呢?"

我父亲心底里有些排斥小姨父秦大贵。他觉得小姨父是个夸夸其谈、不切实际的人。小姨父因为当过三年兵,就觉得自己与一般的种地农民不一样。他自称是共和国的儿子,是喝着共和国的奶长大的。他之所以与共和国同龄,并不是一种巧合,而是与共和国一样,有着神圣而特殊的光荣使命。每当他如此描述自己时,父亲就乐得合不拢嘴。父亲嘲笑他:"说到底,你还不是在农村里种地,你那一亩三分地,就种种田,收收粮食,能有啥光荣使命。"

小姨父对我父亲的蔑视并不为意,发誓说:"你别笑,早晚你会相信我的。"和小姨父相比,我父亲的理想就有些虚无缥缈。他想了想,对小姨父说,他在农村上学时就是想去当兵,当上兵后就是想保家卫国,在医院工作后就是想着救死扶伤。我父亲有些犹豫,他不知道这算不算理想。

小姨父斩钉截铁地说:"不算,这算哪门子理想。你老变来变去的,那算啥理想。"

夜已深,母亲和小姨已经进入梦乡,父亲也在不断地打着哈欠,困倦已经牢牢地战胜了每一个人,唯独小姨父还清醒无比,他最后看一眼窗外漆黑的夜晚,突然像是缓过神来似的对恹恹欲睡的父亲说:"我恨死你了。是你让我失去了一个男人的尊严,失去了成为一个儿子父亲的机会。你这样对待共和国的儿子,祖国和人民都不会答应的。"

我父亲被他这句话吓得一下子就失去了倦意,没想到自己做好事会落下这个结果,义愤填膺地说:"你别给我扣帽子,又不是我要让你做,是你找我来帮忙的。你可不能怪到我身上。这跟我有啥关系。"父亲非常生气,对小姨父的不可理喻的想法愤慨不已,他想不通,小姨父竟然会有这样稀奇古怪的想法。他站起来,身体颤抖着,他再也不顾及礼貌,快速地逃离小姨父,爬到床上去睡觉了。

从结扎手术之后,小姨父就依赖上了甘草,临走,他从我们家拿走了一大包甘草,那一片片像树根样的东西,成了他的宝贝,让他终身受用。

初中三年级的时候,我曾经在《现代汉语词典》里查到了"甘草"一词,里面的解释是这样的:多年生草本植物,茎有毛,花紫色,荚果褐色。根有甜味,可以入药,有镇咳、祛痰、解毒等作用。

回到家的小姨父,总觉得自己的身体不像是自己的。他对自己的身体时时产生怀疑,可是我父亲说他好高骛远的性格并没有丝毫的改变。小姨父本来就对弯下身体种地不感兴趣,这次更是有了充足的理由,他说,结扎手术让他没了力气,弯不下腰去。第二年夏天,我和弟弟放暑假回老家去看小姨时,在阳光照耀的田边地头,小姨父挂着一把锄头,戴着一顶草帽站在那里,悠闲地品尝着甘草的味道,而小姨则弯着腰在地里挥汗如雨地锄草。他指着那绿油油的玉米说:"仙生,路生,你们看到了啥?"

"棒子地。"弟弟路生抢着说,"全是棒子地。"

小姨父摇摇头,冲着我努努下巴:"仙生,你说。"

我犹豫着说:"小姨在锄草。"

小姨父很不满意地摇着头:"你们只看到了你们看到的,却没有看到你们没看到的。"

"那是啥?"我问,他这种绕口令似的话让我们俩很费解。

小姨父说:"那是一个阴谋,一个埋没共和国儿子梦想的阴谋。"

我和弟弟都不懂他在说什么。

当我把地头这个场景说给父母时,母亲气得在屋里团团转,说:"他怎么能这样,怎么能这样?这哪里像一个男人。这不是欺负我小妹吗?"

父亲说:"我早就说过,他就是这样的人,不切实际,好高骛远,眼高手低。你还不信。"

他恨我父亲。他明知他的结扎和父亲无关,可他仍然满怀着对父亲的幽怨,逢人便说是我父亲劁猪一样劁了他。在以后若干年里,他们的每一次碰面都不欢而散。一见到父亲他就怒目而视,仿佛是父亲让他堕入万劫不复的深渊似的。他们的关系变得十分微妙,父亲不止一次向母亲埋怨道,以后凡是小姨父的事,他一律不管。父亲回老家的次数越来越少,他觉得一回到故乡,那些曾经让他帮忙结扎的男亲戚女亲戚就像看敌人那样望着他,目光都带着刺,他浑身上下不舒服。他委屈地对母亲说,好像真的是我非要给他们结扎似的,这到哪儿说理去。

父亲说是这么说,可事到临头,他又不得不管。

为了自己的理想而奋斗的小姨父,拖着一个被他说成是假男人的身体,不得不再次向我父亲低头,在时隔一年之后又来到了邯郸城里。

那时候父亲正在自学各种医学书籍,其中有一本是北京中医医院革命委员会编的《辨证施治纲要》,我曾经偷偷地翻看过,里面的望闻问切、六经辨证、三焦辨证那些词,我根本看不懂,只记得书的扉页上毛主席的一句话:"中国医药学是一个伟大的宝库,应当努力发掘,加以提高。"他虽然没有行医资格,可是他一直想成为一个医生,他对中医有了浓厚的兴趣,经常抱着一本《新编中药歌诀》,从早读到晚,像是唱歌一样,什么"桑叶甘寒肺肝经,清热明目祛痛风",什么"黄芩味苦药性寒,归心大肠肺肝胆",什么"桔梗苦平归肺经,解热镇咳祛痰脓"。一旦我们感冒发烧,头疼脑热,他格外兴奋,因为展示他学习成果的机会来了。他从单位里拎回一包包中草药,什么柴胡、苏叶、桔梗、甘草、麻黄、防风、黄芩,等等,他一一地告诉我们那些陌生草药的名字,以及它们的功用。除了他,我们没有人关心它们具体有什么用,只要能让我们赶快把烧退掉,不再不停地咳嗽,就阿弥陀佛了。我们甚至不关心它们叫什么名字。有人生病的日子里,我们家飘散着非常浓烈的中药味道,这种苦苦的味道,在我们狭小的房间里打个转,然后就飘到楼道里,飘到每家的餐桌上。一起上学时,隔壁的二小讥讽我和弟弟："我爹说，你家吃不起白面，又用草药改善生活呢。"我们兄弟俩追着他打。

小姨父这次来，看来是做好了充分的心理准备，打算向我父亲低头。他背着一口袋玉米面，特意拎着两包桃酥点心，还没进门，我和弟弟就闻到了那香甜的味道。他戴着一顶棉帽子，进了屋赶快把棉帽子摘下来，低眉顺目地对我父亲笑。真想不到，他轻易就把对我父亲的仇恨给忘掉了。

父亲正拿着一本医药书在看，他头也不抬，不吭声，假装没看到他，高声念诵着："葛根辛平归胃经，发汗解热止疼痛；发热口渴呕吐泻，头身疼痛肩背凝。"

在父亲中药歌诀的诵读声中，小姨父表现得很耐心，他一直等着父亲的诵读告了一个段落，才说："姐夫我来了。我的甘草吃完了。"

父亲继续读："生地甘苦性大寒，心肾小肠心包肝；滋阴清热凉血液，降逆五血破瘀坚……"

小姨父装作很认真地听着，等父亲一停下来，他马上又说："我给你买了桃酥。这家桃酥是咱县最好的，我跑了二十里地去买的。"父亲屁股挪了挪，并不抬眼看他，目光停留在中药歌诀上。

小姨父并不气馁，他说："我给你道歉来了，以前是我不懂事，该死。要不我给你……"

父亲适可而止，没让小姨父把那句话说完，他抬起头来，面露愠色，说道："要不是他小姨哭着来求我们，我是千不该万不该再去招惹你的。又看你日子过得那么饥荒，仨丫头穿得补丁摞补丁的，连顿白面馒头都吃不上。算了，原谅你了。你能耐，你真行，我是服了你了。"

小姨父立即就笑逐颜开，他急忙掏出烟来给我父亲点上："你大人不记小人过，宰相肚里能撑船，饱汉子不知饿汉子饥……"态度极其谦恭。

父亲急忙阻止小姨父再说下去："越说越不像话了。饱汉子饿汉子都出来了，这哪儿跟哪儿啊。不过咱可丑话说到前面，以后可别再落埋怨。我不想做了好事还里外不是人。"

小姨父随声附和："那是那是。你是大好人。姐夫，你说你说。"

父亲不紧不慢地说："一是念在咱们是亲戚的分上。二是考虑你家里的情况确实也太艰苦，拉扯一大家子，也不容易。三是我正好和我们局管后勤的是战友。你到那里好好工作，也给我长长脸。别让人家说我这个介绍人的不是。"

"放心吧姐夫。我一定不辜负你的期望，努力工作，积极上进，为四个现代化贡献力量。你就看我的表现吧。"小姨父信誓旦旦地表白，让我和弟弟觉得非常可笑，就像我们在老师面前表态一样，一个烧锅炉的怎么为四个现代化贡献力量，真是可笑。他竟然落到和我们同等的水平，这让我和弟弟很不齿。

父亲为小姨父找的工作是烧锅炉，在交运局职工澡堂烧锅炉。小姨父暂时忘掉了他内心的悲伤，忘掉了他人生的目标与理想，开始快乐地烧锅炉。他对我父亲的态度大变，仿佛他从来就没有恨过我父亲一样，他千方百计地讨好我父亲，一到开支那天就来我家，给我父亲买包黄金叶烟，然后趁机在我们家蹭顿饭。父亲对他的态度不冷不热，言语也并不热情。小姨父肯定能感觉到父亲的冷淡，但他假装看不到，照样和我们有说有笑。他最喜欢看我父亲从单位里拿回来的《人民日报》，每次他都把报纸从头到尾看个遍。看完之后，他像是肚子里憋着太多的话想要说，而父亲又对他爱搭不理，他又觉得母亲是个家庭妇女，与他想说的话不相配。所以他盯上了我，他就凑到正在写作业的我跟前恭维我两句："你看看仙生，多文气，啥时候都见你在学习。不像路生，在家里就见不到他的影。"然后他就借机把他的满腹经纶向我倾倒。他像是发现了什么秘密似的告诉我说："你等着吧，我们国家很快会有大事发生。"

我头也没抬，好奇地问："啥大事？"

"我也说不清，反正，我觉得要有很大的变化，我们都要有变化，再不能浑浑噩噩地混日子了。"

他指着《人民日报》上的一篇社论让我看，而且字正腔圆地用普通话给我读了一段，他那带着乡音的普通话听上去和说相声一样，逗得我大笑。我父亲瞥我们一眼，又埋头自顾自地看他的书。厨房中的母亲探过头问："笑啥呢？"

我说："没事，我小姨父变城里人了。"

父亲不知道是不是被我不断响起的笑声所吸引，他把书背在身后，走到我们面前，围着我们转了一圈，又回去坐下，继续读，并不时地向我们张望。

过了几天，我才明白父亲围着我们转圈的目的。

那些日子，父亲迷上了针灸，他手痒痒得难受。他经常手里捏着一根银针在屋里踱来踱去，那银针的闪光晃得我弟弟董路生头晕，他说："我头晕，到外面吹吹风。"他推开课本，一溜烟地跑了。父亲并没有停止读书和踱步。原来他在找合适的时机、合适的人选来练练手。那天小姨父秦大贵是自投罗网。

吃完午饭，父亲终于按捺不住内心的冲动。他把小姨父按到椅子上，卷起小姨父的裤腿，露出瘦弱的膝盖和小腿。他拿出那个长条的小铝盒，打开，里面摆满了闪闪发光的银针。小姨父坐在那里瑟瑟发抖，他哀求道："姐夫，我没病，不想扎针。"他眼里露出恐惧。

父亲轻描淡写地说："你怕啥，谁没扎过针？一点也不疼。就跟被蚂蚁咬了一口一样的。你连蚂蚁都怕，亏你还当过兵。"

"我没病，扎啥针。"小姨父反复强调这一点。

既然父亲找到了最合适的对象，他岂能善罢甘休！他按住小姨父因为恐惧而晃动不已的肩膀，就像当年结扎前安慰他一样："没事的。一点也不疼。有没有病你知道啊？很多人得了病自己并不知道，你也是。我早就在观察你走路的姿势了，你一条腿总是向外撇，这说明你腿上的气血不畅，腿上的气血不畅就说明你有潜在的疾病，轻则腿脚麻木，重则半身不遂。"

不容分说，父亲把银针用酒精消过毒，便毫不留情地在小姨父的膝盖处下了手。小姨父及时地从兜里掏出一片甘草，快速地送进嘴里，响亮地吸了一口。我和弟弟都好奇地围着他们，睁大眼睛看着小姨父抖动的膝盖和脚踝。我母亲劝父亲："他不愿意，你就别扎了。"

父亲固执地抢白母亲："又死不了人，我这是在给他治病。他还得感激我呢。你说是不是？"他转身对小姨父说。

小姨父早就忘了该怎么说话，他的脸色发青，嘴唇发紫。

母亲不忍看，转身出去了。

小姨父的反应异常强烈，父亲的银针还没扎到他腿上，他就身体扭动，大呼小叫。父亲警告他："你要是乱动，扎错了穴位，就不是我的事儿了。"

这句话真管用，小姨父立即吓得僵在椅子上，脸色由青变白，他颤抖着说："姐夫啊，看在咱们是亲戚的份儿上，你一定要扎准了啊。"

父亲镇定自若地说："放一百个心吧。我在梦里不知道扎了几百遍了。一点问题没有。"

不管父亲再怎么吹牛，毕竟这是他头一次针灸，再加上小姨父紧张得仍然有些晃荡的身体，父亲的自信心便打了些折扣。他的手也随着小姨父的身体晃来晃去，但内心那股无法遏制的兴奋，让他还是果断地扎下了第一针。于是我们便听到了小姨父那一声撕心裂肺的尖叫，看到了他腿上的鲜血。父亲也慌张了，他一时不知道下一步要干什么，而扎上去的银针还随小姨父的身体不停地摇动着。母亲应声从外面跑过来，惊呼道："咋了咋了，让你不要扎不要扎，你偏不信邪，自己又不是个医生，装啥大头蒜。"父亲的第一次尝试以失败告终。可他并不气馁，那几天他吃不下睡不香，都在琢磨着为什么会失了手，他自言自语："按理说不应该呀。没错呀，一切都是按程序来的呀。不会错的呀。"他还去请教医院的老中医邢大夫，那个戴着厚厚镜片的老医生。

父亲还去澡堂的锅炉房找过小姨父，问他到底那天扎得疼不疼。小姨父煞有介事地摸摸膝盖，说："疼吧。"

父亲追问："你好好想想，到底疼还是不疼？"

小姨父犹豫了："好像有点疼。"

"到底疼不疼？"父亲并不死心。

"好像又不怎么疼。"小姨父说。

这些后来父亲在饭桌上转述给我们的话，让他彻底放下了心理包袱，他开始了又一次的冲刺，他摩拳擦掌，信誓旦旦。那个礼拜天他特意去请小姨父来家里吃饭。这让小姨父受宠若惊，连买一包黄金叶烟的惯例都忘了。父亲举着银针，问他："真的不疼是吧？"

小姨父说："不疼。"

其实，第二次还算是成功的。没有见到血，也没有听到小姨父的叫声，只是小姨父额头上的汗水比往常要多许多。所以，那个春天里，一到礼拜天，小姨父就成了我父亲练习针灸的靶子，他身体的各个部位都是我父亲下针的地方。身上扎满银针的小姨父，很安静地坐在椅子上，或者躺在床上，早就没有了恐惧与担忧。他甚至自得地看着《人民日报》。他鼓励父亲说："姐夫，一扎针我就觉得浑身舒坦，跟洗了次澡一样。"

父亲见怪不怪地说："洗澡哪能跟扎针比。洗澡只是把你身上的脏东西洗掉，扎针却是把你身体里的脏东西扎没了。"

有时候小姨父浓密的黑发丛中也长出来几根银针，而他低着头在那里看《人民日报》，很享受的样子。我问："小姨父，你说的大事，啥时候来呀？"

他指点着报纸说："快了快了。你就等着吧。有比你还急的人。"

我一直好奇小姨父为什么坚持说第一次扎在他身上的针不疼。他从来没有说过。这是他和父亲的一个秘密。

我不知道小姨父说的大事是什么，可是发生在他和我父亲身上的大事却来了。

先是小姨父突然辞职不干了。

不得不说，小姨父是个脑袋瓜灵活的人，他在快乐地烧锅炉的过程中，接触了许多经常在澡堂泡澡的人。父亲每周带着我和弟弟去那里洗一次澡，那种老式的澡堂有一溜长长的更衣室，中间有一个窄窄的过道，两旁是两溜长条形的木床，有二十多张。很多中年人除了洗澡，还在那儿休息聊天。有很多都是常客，小姨父就有机会去认识他们，有一次他向我们炫耀说他和说相声的康达夫聊了好多次。康达夫、李如刚是当时河北相声界的名人，经常在收音机里能听到他俩说的相声。康达夫就住在邯郸贸易街十九号院。因为离得近，所以他经常去交运局的澡堂洗澡，我们也经常见到他，可是没有人和他聊过天，小姨父却有这样的经历，这成了他炫耀的资本。有的人和他成了朋友。他生命的转机就是朋友提供给他的，他受了一个经常泡澡堂子的朋友启发，按着朋友的指引，要回村去开砖窑了。走之前，他破天荒地买了一只烧鸡，一包花生米，一瓶邯郸大曲，来和我们道别。此时的小姨父，充满着对未来的渴望，他眉飞色舞，喝了几口酒之后，就开始畅想着砖窑挣钱之后的生活。我父亲忧虑重重，问他："开砖窑好是好，可你没有经验呀。那可不是说把土和成泥，架到火上烧烧的事儿。"

"这个你放心。老张去和我一起干，他有经验，他在山西烧了五年的窑。"小姨父信心满满地说。老张就是他在澡堂子里交上的朋友。

母亲在旁附和着："是呀，你和小妹商量没有？你别砖窑开不成，烧锅炉的工作也没有了。这工作你姐夫费了多大的劲才给你找来的。"

"烧锅炉算啥。"小姨父满脸的不屑，"我以后有了钱可以自己把澡堂子买下来。"

"你有钱开砖窑吗？"父亲问了一个非常现实的问题。

小姨父立即停下了筷子，脸色也变得忧郁起来："这是主要问题，现在是万事俱备，只欠东风。"

"那你打算怎么办？"父亲问。

"借。"小姨父说，"我早就想好了。钱我从亲友处借，你们放心好了，姐夫，姐姐，我不白借你们的。就当你们把钱存到我这里，我比银行给你的利息多一倍，你们看怎么样。"

"好啊好啊。"母亲高兴地说。

父亲瞪了母亲一眼："八字还没一撇呢，砖还没烧出来一块，你好啥好。"

父亲尽管一万个不情愿，但还是碍于亲戚的情面，借了五百块钱给小姨父，小姨父是千恩万谢，给父亲母亲许愿说："我发了财，也要让亲戚们都富起来。"

他还分别从山东的大姨父、邢台的三姨父那里借了钱，带着一大家子人的期望，踌躇满志地回乡创业去了。临走时，小姨父对我父亲切切地说："如果你真的成了大夫，能不能再给我做一次手术，让我恢复男人的身体？"他内心深处还在念念不忘结扎一事。

父亲摇摇头："这可不是我说了算的。这是国家政策大事，我一个小老百姓哪能说改就改的？"

小姨父走后，父亲立志要当一个真正医生的步伐开始加快。父亲的事业在他做了足够的铺垫和准备之后，却并没迎来重大的转机。他一心想当一个医生的梦想迟迟无法实现。在小姨父走之后不久，父亲偷偷与中医科的邢大夫谈妥，在他那里过过当医生的瘾。如果单纯地扎扎针灸，不会出什么大事，后来他得寸进尺地竟然动了给患者治疗骨折的念头。这一次，惹了大麻烦了。后来母亲不止一次地埋怨父亲怎么就有那么大的胆子去给别人做手术，如果真的出了人命，可让我们娘仨怎么办。

那是一个晚上，父亲一直没有回家，眼看着夜幕四合。我们坐在饭桌前等待着父亲下班回家。要是以前，我们都吃完晚饭了。直到夜里九点，父亲才拖着沉重的脚步回家。他阴沉着脸，一句话不说。坐了足足有半个小时，父亲才说出实情。原来，中午临下班时，邢大夫急着回家炖刚托人买的新鲜排骨，就让父亲临时盯一会儿班。药房里人手多，父亲乐得在外科里坐坐，体验一下当医生的感觉。没承想快吃午饭时来了一个被自行车撞断小腿的年轻小伙。小伙子疼得脸都变了形，却咬着牙没有叫出声，这也给了父亲胆量，让他可以放手去接骨复位，他已经观摩邢大夫很多次了，各种步骤早就烂熟于心，虽然也有些紧张，可他还是一边在脑子里重复着每一个步骤，一边算是按部就班地把骨头复了原位，打了石膏。打完石膏，父亲擦了一下额头，才发现，自己的头发湿漉漉的。父亲瘫坐在那里，像是爬了一座山那般累，但心里却无比舒坦与愉悦。他打开窗户，让风吹在他大汗淋漓的脸上，都忘了吃午饭，坐在那里竟然睡着了。汗还没落净，一个美梦也没做完，他就被从椅子上拎了起来。小伙子的家人推着小伙子又来了医院，这一次，小伙子没有了刚才的坚强，那种钻心的痛苦叫声响彻医院的楼道。幸亏邢大夫不放心，早早地赶到了，不然父亲非得被病人家属打残废了。邢大夫很快给小伙子重新接好了断骨。下午，父亲和邢大夫都被叫到院长办公室，被狠狠地批了一通。院长让他们停职，写出深刻的检查。父亲并没有从这种越权行为中反思自己，反而纠结地问自己："我明明是按照老邢的步骤做的，没有错呀。哪里出问题了？"看来，父亲想要当一个医生的贼心不死，不是一次挫折轻易能给打败的。

父亲要为自己的错误负责，他背了一个党内警告处分。邢大夫被全院通报，作出检查。

放暑假回老家时，我才真正明白小姨父所说的大事是什么。他领着我和弟弟，穿过一片树林，停在一片麦田边，远远地能看到泜河大堤上郁郁葱葱的树木迎风招展。据父亲说，泜河向北一直流，最后汇入滏阳河。父亲说，他小时候，能够坐船从老家到邯郸城。小姨父意气风发地指着麦田之中耸立起来的砖窑，和冒着一股黑烟的大烟囱，一排排红红的砖垛，以及忙碌的烧砖工，得意扬扬地说："你们看看，这就是我的砖窑，我的事业。大事就是从这里发生的。"他穿着一件灰色的西服。西服并不平整，像是被揉搓过似的，皱巴巴的。他说："我很快就能挣钱，你俩说，想要啥？"我想要一本写保尔·柯察金的小说《钢铁是怎样炼成的》，我弟弟路生说只想要一副拳击手套。

他一只手叉着腰，另一只手指点江山。小姨父不只领我和弟弟去过他的事业前沿，父亲、母亲，包括偶尔回来一趟的大姨父、大姨，都见识了他的砖窑红火的情景。他对他们说："不出两年，我就能把投入的本钱都收回来。第三年就能盖上房子。让三个妮儿每天都穿新衣服，每天都吃饺子。"

父亲确实被眼前的景象震惊了。他没有表态，回城的一路之上都脸色铁灰，闭口不谈小姨父的砖窑，倒是母亲一直在喋喋不休地憧憬着能从小姨父那里分到多少高额利息。

从火车上下来，父亲才说了离开老家的第一句话，他发着狠说："这都什么世道，秦大贵都能当上个砖厂厂长。"他没有说出他想的后半句话，但是我们都明白，父亲不甘心他永远是个在医院工作的行政干部，而不是个受人尊敬的医生。

小姨父的事业刚开始顺风顺水，他用很短的时间便把成本收了回来，他成了我姥姥家的明星级人物，地位直线式上升，而我父亲和当工程师的大姨父都排在他的后面。每次到我姥姥家，他都喜欢在村子里转悠转悠，以便听到村里人对他无以复加的吹捧。那个时候的小姨父可谓是春风得意马蹄疾。

谁也没想到，他美好的事业会中途夭折。

砖窑开工后的第三年，我考上了大学。那年的秋天，在遥远的兰州，我收到了父亲一封热情洋溢的信，他在信中教育我要脚踏实地，不要好高骛远，并拿我小姨父来做反面教材。字里行间，隐隐透露着一股幸灾乐祸。我这才知道，小姨父的砖厂出了事故。小姨父也落下了残疾。

砖窑发生了坍塌。小姨父去抢救烧窑的工人，自己也被砸在里面。小姨父被送到我父亲的医院时，全身上下都是砖灰和血迹，也不知道到底哪儿伤着了。小姨哭得死去活来。

躺在病床上的小姨父对我父亲说："每次碰到你，我就会倒霉，身上就少点什么。"

小姨父万幸没有大碍，只是砸在了右脚上，少了三个脚指头，脚踝变了形，他在医院里和家里躺了两个月，再下地走路时就成了一个瘸子。他改变命运的努力被踩了急刹车，烧窑的工人死了两个。他变卖了砖窑，把所有的钱都赔上了，还是不够，又借了亲戚一大笔钱。他丝毫没有那种绝望的表情，反而安慰我父亲母亲："你们尽管放心，我还会东山再起，你们的钱我会加倍给你们。比银行利息的两倍还要高。"我父亲不信他的话，父亲说："你只要踏踏实实地种好地就行了，我们不稀罕你的利息。"其实父亲真没打算他能还得起这笔账。

我利用国庆节假期去看望过小姨父，脚上缠满石膏和绷带的他一点没有灰心丧气，眉飞色舞地给我讲起当时事故现场的情况，好像说的是发生在别人身上的事儿似的。他说："我当时应该想点什么的，对吧，比如想想欧阳海拦惊马，黄继光堵枪眼，董存瑞炸碉堡……可是我没有啊，现在想想真是后悔啊。我真的应该想点什么呀。想点啥才是正常的，你说是不是？不过我觉得自己挺伟大的，这些天，我躺在病床上，越琢磨，自己的形象就越高大，我就越佩服我自己，越觉得自己是个了不起的人，是一个超凡脱俗的人，是一个能够成就大事的人。虽然牺牲了两个工人，好歹我也救出一个工人呀。我这是什么精神，救死扶伤的人道主义精神，大无畏的英雄主义精神。我恨不得给我自己发个奖状。"

虽然他的话有些自吹自擂的成分，但基本也是尊重事实。不光是他自己，在我的头脑里，他的形象也在改变。因为我永远记得在田间地头，他扶着一把锄头，吸着甘草，悠闲自在的样子。那无所事事的形象是一个乡村懒汉。我觉得我得重新认识小姨父。他身体里流淌着一股让我肃然起敬的血液，让我刮目相看。

但在我父亲的眼里，小姨父的形象就从来没有改变过，他夸夸其谈，不切实际，是一个好逸恶劳的典型。父亲在信中这样给小姨父下定义："他终究会一事无成。"

小姨父却从来不相信自己的命运会在田地间徘徊，他那么地厌恶土地，想要让自己的家人过上好日子。为此，他愿意做任何事情，包括向任何人低头。

他第二次向我父亲低头是在脚伤痊愈之后，在乡间他已经寻找不到失去的梦想和远大的抱负了，他只能回到城里，继续寻找机遇。这次，他拎着两瓶泥坑酒送给我父亲。我父亲虽然时常对小姨父充满抱怨，可是当看到小姨父落魄时，他又涌起了无尽的同情心。扶弱济贫的心理让他忘记了对小姨父的那些偏见。

重新回到城里，成了瘸子的小姨父无法干重活，他在交运局职工医院当门房，收收报纸信件，看看大门。我父亲叮嘱他，这可是他拉下脸来求院长办的唯一一件事，他可别把工作搞砸了，让父亲脸面无光。

从外面半开的窗户看进去，小姨父似乎是一个安于现状、无欲无求的看门人，他平静地坐在那里，微笑着面对每一个进出的医院职工，闲散时看看报纸。弟弟董路生有一次和别人打架在医院里躺了两天，小姨父坐在他旁边，劝他以后别到处去给父母惹事，小小年纪不学好。

路生反唇相讥："你不也是寄人篱下，看别人脸色混饭吃吗？"

小姨父愣了愣："你怎么能这样说呢。你别看我现在在这里过着庸庸碌碌的日子，可是这里，"他用手指着自己的脑袋，"我这里从来没有停止过思想，从来没停止过对未来的梦想。你有吗？"弟弟撇着嘴说："我没有，现在痛快就得了，想啥未来。"

小姨父与路生话不投机，他还是愿意与我聊天，他觉得和我在一个说话的频道上。

小姨父用行动证明了他从来没有停止过的奋斗目标，有一天早晨八点，他在医院大楼口拦住我父亲，他拖着个残疾的右腿把父亲拽到他门房里，悄悄地对父亲说："姐夫，我发现一个秘密。"

父亲纳闷地问："啥秘密？"

"你们医院香火不旺的秘密。"他故意压低声音，好像怕别人听到似的。

父亲觉得很好笑："你开啥玩笑，这又不是和尚姑子庙，什么香火旺不旺的。"

"你别笑。我是认真给你反映这个事的。"他扒头向窗外开始来上班的稀少的人流看了看，放心了才说，"我可没告诉任何人。只说给你一个人听，连院长我都没说。你听好了。这虽然不是和尚姑子庙，可性质是一样的。和尚姑子庙如果香客少，香火自然就不旺。你们医院如果看病的病人少了，你们挣的钱肯定就少。这个道理是一样的。"

父亲想了想，他觉得小姨父说得也有道理。我父亲工作的职工医院，背靠着交运局这棵大树，长期以来吃大锅饭，人浮于事，得过且过，确实是这个情况。没想到小姨父来了时间这么短，一下子就看出了医院存在的症结。

"要致富先修路。要想让病人都来你们医院看病，你们首先得把环境搞好了吧，让病人一进门就像到家了一样，他心里安生了，就能踏下心在你们医院看病了。"他拖着腿把父亲拽到大厅里，指着大厅的墙和房顶，"你看看你看看，破破烂烂的，灯有的亮，有的不亮，大厅里暗得总像是阴天要下雨。墙好像是盖了楼之后就没刷过，墙皮子都快掉光了，像一块一块的癣，这哪像是个医院，倒像是垃圾场。"

每天在这里工作的父亲，还是第一次打量自己的工作场所，以前是习以为常了，从来没有留意到这座七十年代建起的三层门诊楼，竟然如此破败不堪。他说："你想说啥？"

小姨父一只手叉着腰："当然是替你们医院分忧解难，我虽然只是医院的一个临时工，可我也有主人翁的精神。我在替你们着想呢，得先把大厅粉刷粉刷，换换灯泡，门上刷刷漆，焕然一新了，才能吸引病人呀。"

我父亲这是头一次打心底里觉得小姨父的话靠谱，他由衷地拍了拍小姨父的肩膀，离开小姨父去了药房，在那里放下包便去了院长的办公室。从一楼往三楼走的过程中，父亲仿佛也才是第一次发现，医院哪儿哪儿都看着不顺眼了，哪儿哪儿都是又脏又破又旧。院长在办公室，父亲一口气把自己想说的话说出来，大意是在重复小姨父的话，应该把门诊大厅修缮一新。院长皱了皱眉："耀先，你是药房的主任啊，这事归后勤管，你就别操心了。你把药房的事管好就行了。"

父亲碰了一鼻子灰，心灰意冷，从此再不提修缮门诊大厅的事儿。令他意想不到的是，半个月之后，早晨去上班时，门诊大厅却开始粉刷墙壁了。父亲站在大厅里，看着几个穿着蓝色工装的工人正在忙碌，热火朝天地正在刮墙皮，一时间竟愣住了。回过神来，他看到门房里的小姨父正冲他招手。他走到门房窗户那儿，小姨父神秘地小声说：

"你别声张。下班我和你说。"

一整天，父亲都心神不宁，不知道到底发生了什么。

下班时间总算熬到了，小姨父站在医院外面的路旁等着他。那个春天的傍晚，日头还没有完全落下去，站在那里的小姨父，在夕阳的映照下，脸上挂着暖洋洋的幸福笑容。父亲说，那种笑容他在秦大贵开砖窑时见到过。

小姨父点着一支烟，像是等待自投罗网的鱼一样等着父亲疾速地靠近。父亲急急地说："怎么回事呀，感觉这里面有你什么事。"

小姨父淡定地吐出一口烟："当然。这是我一手策划实施的。"

父亲大吃一惊。

"你别吃惊。这些人是我从老家找来的，他们干这种活轻车熟路，一点也不费劲。"小姨父得意地抽着烟。

"你找来的？"父亲还不大相信。

夕阳把小姨父的脸映得红灿灿的，他眨巴着眼睛："确实是。这是我头一次去见院长，我觉得他人挺好的，说话和气，对人友善，通情达理。"

"你去见院长了？"父亲觉得有点不可思议。

"是的。"小姨父得意扬扬地说，"我不像你，你是为了公家的事。我是想着自己的私事，所以我没有空着手去。我给他送了两瓶丛台酒，一条石林烟，还有装在信封里的五十块钱。他就把这事交给我了。"

这件事情对父亲的打击很大，后来他多次和我们提起他当时沮丧的心情。他不明白，为什么他通过正常的渠道去反映问题，却得不到答案，而小姨父搞点歪门邪道却得了势。他气愤地说："这是什么世道，什么世道。"

说归说，他无法阻止院长把装修医院门诊楼的活交给小姨父。每天走进门诊楼，他都觉得，躲在门房里的小姨父，在用一种胜利者的目光嘲笑他。他转过脸去看小姨父，小姨父却装作在一本正经地看书。

在我父亲的郁闷、疑惑与惊讶之中，小姨父开始了他的第二次创业，他不仅粉刷了门诊大厅，还粉刷了医院整个三层楼的所有房间。他没有告诉我父亲他究竟挣了多少钱。但是活干完后他特地请我父亲母亲下了趟馆子。这是我母亲人生中头一次下馆子，还是在我们那一带赫赫有名的燎原饺子馆。小姨父豪气冲天，大方地说："饺子随便吃，酒敞开喝。"

我父亲本来酒量就不行，可是那天，他喝得有点多。被母亲搀扶着走出燎原饺子馆时，身体飘飘悠悠。舌头也大了，他努力想拍拍小姨父的肩膀，却总是拍到空气中，他含糊着说："你真行，你真行。"

据我母亲说，那天晚上，喝多了酒的父亲还头一次流下了眼泪。母亲向我和弟弟透露，父亲是伤心的。多年来，父亲一直想要改变自己的社会身份，可是不管他多么努力，迟迟无法达到。也是那次，我才知道，每个人在社会中尽着同样的义务，承担着同样的责任，做着同样的工作，却有着不同身份，不一样的身份标签。我父亲"以工代干"的身份让他多年来感到压抑与郁闷，让他觉得低人一等。他最大的梦想就是成为一个正式的国家干部，摆脱掉始终记载在他档案里的"工人"二字。而当他看到，他瞧不上眼的小姨父根本不受这些因素的制约，无所顾忌，以得到实际利益为最高目标时，他才会浮想联翩，联想到自己。小姨父捞到了烧窑失败后的第一桶金。干完这趟活，小姨父尝到了甜头，立即辞掉了门房的工作，在邯郸城里租了间小房，干起了招揽工程的活。他不辞辛劳，手写了很多粗糙的小广告，每天一大早就骑着自行车到邯郸城的大街小巷去张贴。他神秘的身影经常出现在一些我们从来都没有去过的地方。很短的时间里，他就成了一个邯郸地理通，他比我们每一个人都确切地知道每条小街小巷的方位和路线。父亲曾经在去医药公司的路上碰到过小姨父，他骑着自行车去医药公司进药，在中华大街与丛台路交叉口看到一个熟悉的背影，他喊了一句"秦大贵"，果然是小姨父秦大贵。他背转身来，说了声："稍等我一会儿。"他把那张手写的广告用糨糊刷到电线杆上，才转过来和我父亲说话。

父亲问："你干啥呢？"

小姨父憨笑着说："贴广告呢。"他把手中的广告递到父亲眼前："我自己写的，请多批评指正。"

小姨父秦大贵文化程度不高，却写得一手好字。白纸上的字写得潇洒漂亮。父亲没工夫看他的广告，他有点担忧地说："你这样行吗？有多少人看你的广告。电视上的广告还看不完呢。"

小姨父自信地说："会有的，会有的。面包会有的，活儿也会有的。反正我就记得一点，只要付出了辛苦总会有所收获。"

小姨父的自信并不是空中楼阁，实际上他的小广告发挥了作用。一周之后的一天，正在单位工作的父亲接到了一个电话，点名要找我父亲董耀先。电话里是一个瓮声瓮气的男人的声音，问我父亲粉刷六十平方米的房屋要多少钱。

父亲气不打一处来："我不粉刷房屋。"

那瓮声瓮气的声音更加生气："你神经病呀，你不粉刷房屋，乱贴什么广告？"

父亲这才突然意识到是怎么回事，他说："啊，我想起来了，是有这么回事。对不住对不住，我忙晕了。"

原来，没有固定电话的小姨父秦大贵，在广告上留的是父亲单位的电话。而且，过几天就会有电话点名找我父亲，询问有关粉刷房屋的事情。父亲非常气愤，他直接去了小姨父租住的地方。

那是父亲第一次去小姨父临时的家，在渚河路一个偏僻的小巷子里。自行车都推不进去，只能放在胡同口。父亲怕自行车放那儿不安全，把正在吃面条的小姨父拉到胡同口，抓着自行车的把手，和他说话。

小姨父急着说："啥事这么急？别拽我，别拽我，你这人咋不讲理呢？你得让我把面条吃完吧，要不你就在我屋里说。这胡同口的，风大，着凉了咋办？你有家有业的，又守着医院，不怕得病，我可怕。"

父亲皱着眉："你哪那么多废话。我问你，你小广告上留的是谁的电话，谁的名字？"

小姨父义正词严："你的名字，你的电话。"

父亲指责他："你怎么能这样，也不和我打声招呼，天天有人给我打电话，问能不能给他们家刷房子。干扰了我正常工作不说，你让领导怎么看我，还以为我搞什么投机倒把呢。"

小姨父挠挠头："哪有那么多道道，我不留你的留谁的。这么大个城市，我就你和姐姐两个亲人。你家里连个电话都没有，我只能留你单位的。"

"这么说你还有理了，你倒埋怨上我了。"父亲也拿小姨父秦大贵没办法，他只能告诫小姨父，"赶快把我的电话和名字改了，要不我就不替你传话了。"

小姨父厚着脸皮说："好好好，一旦我有条件了，立马就装个电话。到时候你有啥业务联系，就让所有人打我的电话，我天天去给你汇报。我不嫌麻烦。"

父亲被他逗笑了，他故意板着脸："我能有啥业务，需要你给我转。总之你赶快想办法，天天接你那些电话，都烦死了。我都成了你的业务员了。"

就在小姨父秦大贵的事业从电线杆上的小广告起步时，我父亲正在收获他事业的高峰，他从药房的代理主任被提拔成了主任，身份得到了认可，档案里那"工人"两个字终于改成了"干部"。那时候我正好放暑假在家，作为干部的父亲心情大好，他提议全家去丛台公园游玩，并在丛台之上合影，照了个全家福。照片中的父亲笑得灿烂无比。谁也不知道，他幸福的感觉持续的时间太短，就在他一心想要向人生的顶端冲刺时，他被时代的巨浪裹挟着，慢慢地滑入了人生的低谷之中。

父亲最早预言了交运局职工医院的衰败。

父亲头一次对自己的前途产生了动摇，是在那年的春天。他每天唉声叹气，像是灵魂出了窍。那年我正好面临大学毕业，他一再地叮嘱我要分到机关，千万不要分到企业，他说他那个自收自支的企业单位，说不行就不行了。父亲一封封地给我写信，目的只有一个，就是不要重蹈他的覆辙。他在信中写道，医院的效益好不好，我最清楚，每天从药房走的药已经不能和以前相比，一月不如一月，今不如昔，药就是医院的命根子，连命根子都没有了，医院还有什么救。他在信中详细地向我描述着他每天看到堆积在药房中那些药的心情，他是喜欢他的职业的，是喜欢那些药的，无论是西药还是中成药，抑或是中草药，他都当成他的宝贝似的。那些药都是他从药材公司里一箱箱、一盒盒采购进来的，就像是他的孩子似的。每当他看到它们被病人们拿走，被医生拿走，被病房拿走，他仿佛看到了那些病人绽放的笑颜，那些药进出得快，他才感觉到，他的工作是值得的，是有所成就的。父亲说他真的有一种自豪和荣耀感油然而生，他的付出是高尚的。那一刻，父亲是最纯净的，是可以忘掉世间所有的欲望与烦恼。可是现在，那些药品却堆在那里，越堆越多，像是在嘲笑他。他说他已经很少去医药公司了，医药公司的老赵总问他为什么不去进药了，父亲说他羞愧得无言以对。

就是从那年的春天开始，从他意识到医院的命运开始，父亲患上了失眠症，他开始吃安定片。从此，失眠伴随了他的一生。他把那个褐色的小琉璃瓶放在床头，那是他的安慰，看到它，父亲就看到了熟睡的自己。每天睡觉前他倒出一片白色的药片，不用水就把它咽了下去。

父亲在焦虑中打发着无聊的时光。他仍然替小姨父接听电话，而且他非常乐意为小姨父接听电话。每接一个电话，小姨父秦大贵都付给他五块钱。他认真地把电话里所有的话都记下来，记到一个他专门准备的小本子上。每周，小姨父都会揣着钱到我家与我父亲碰一次面，然后两人严肃地进行交接，一手交钱，一手交货。我母亲笑话他们，像是两个接头的特务。不过，通过这种特殊的联系渠道，拖着一条瘸腿、含着甘草的小姨父时来运转，装修业务开始渐渐多起来，他从老家招呼的工人从两三个，固定到了十个。除了粉刷工，他还拥有了瓦工、油漆工、电工，他俨然找回了当年开砖窑时的感觉，找到了一个小老板的感觉。他重新穿上了西装。这次的西装是一件灰格子的，粗呢子料的，是他在陵西大街百货大楼降价时买的。穿上去虽然不像上次那件一样皱巴，但看着有点僵硬。西装也有点大，穿在瘦削的小姨父身上，宽宽大大的，兜风。父亲在焦虑中等到了我毕业分配。如他所愿，我分配回邯郸，进了政府机关，做一个小公务员。他如释重负，从我身上看到了人生的希望。我报到那天，父亲特意破费在燎原饺子馆请我们吃饭，小姨父姗姗来迟，被我父亲毫不客气地说了两句，说他当老板了架子大了。好在，是个大喜的日子，父亲的说辞也算硬中带软。小姨父打哈哈说："没办法呀，我现在是身不由己。你都不知道，业务有多忙。我生意好了，这说明大家的生活都开始好了，我们国家开始慢慢富强了。这是多么可喜可贺的事儿啊。这是人民的幸事，国家的幸事。我一个共和国的儿子，多么开心啊。"饭桌上，父亲又在感叹和忧虑他们医院每况愈下的现状。小姨父喝了两杯酒，接着父亲的话茬开始对交运局职工医院评头论足，他说，父亲医院那些同事没有一点奋斗的精神，每天只盯着那些柴米油盐的小事，每天只想着那些蝇头小利，哪能有大的作为，只能天天浑浑噩噩地混日子，等着发工资。他说起上次父亲找院长粉刷医院门诊大厅的事儿，他还说起自己在收发室，观察他们上班来得晚，下班下得早。他说："我都看得清清楚楚，他们进进出出的，都逃不过我的法眼。"他说得兴起，越说越兴奋，把他在医院门房里看到的、想到的，通通说了个遍，他没留意到，我父亲的脸色在一点点地变化，变得阴沉难看。母亲觉察到了父亲的变化，在桌子下面拉了拉小姨父的袖口，可他根本没意识到问题的严重性，还在那里激昂慷慨地诉说医院的种种弊端，他正讲到父亲药房的同事老江的爱好。他说老江每天就往护士那屋里窜，和年轻的护士们打情骂俏。小姨父说，你们想想，都是这些人，医院能有什么好。父亲再也无法忍耐，他拍案而起，酒杯应声掉到地上，摔得个粉碎，他冲小姨父说："我们医院好与不好，也轮不到你在这里说东道西。"说完，父亲拂袖而去，这顿饭吃得不咸不淡，不欢而散。

父亲在焦虑中开始思索自己的人生规划。一个四十多岁的男人，突然间失去了方向感。有时候他故意放慢了吃安定的节奏，他睡得很晚，我看到过他在深夜的街道上踽踽独行，他落寞的身影令人心疼。在母亲的示意下，我跟在他的身后，他走得很慢，像是在等待着谁，或者等待着什么。夜晚的街道，那条叫陵西大街的街道显得更为空旷和宁静，脚步声清晰可闻。那声音犹豫而焦躁，徘徊而忧郁。我看了看表，是午夜十二点十分。后来他停了下来，等着我靠近。他平静地说："坐一会儿吧。"十字路口，东西方向是贸易街，白日里是热闹的所在，如今，只能在夜色中重温一下数小时前的喧嚣了。我们坐在路口的马路牙子上，父子间难得地在此时交流一下，父亲问我："工作怎么样？能不能适应？"

我回答："还可以，马马虎虎。"

父亲说："这个态度不好。你还年轻，怎么能马马虎虎呢！干什么都得有想法，有目标，有规划。"

我说："知道了。"

路口的灯光昏暗，十字路口没有行人和车辆。仍然可以闻得到街道上残留的蔬菜和肉的味道。

停了片刻，父亲又问："你想成为一个啥样的人？"

我从来没有思考过如此高深的问题，结结巴巴地说："就是，就是，好好工作。"

路灯光把我们俩的身影投射到我们面前，很短的一团，看不出是个人形。父亲摇摇头："这还远远不够。要做一个让人瞧得起的人。"

父亲独自徘徊在午夜的街头，一直想的问题就是要做一个令人敬佩的人，让人瞧得起的人。这个朴素的追求其实一直没有磨灭他的意志，即使焦虑如潮水般汹涌，他都在规划着自己的人生。他不满足于一名医院行政干部的身份，他在努力成为一个医生。他对我们说："我想让这身白大褂名副其实。"

父亲的努力终于得到了回报，他如愿取得了医师资格。他兴冲冲地把在单位单身宿舍住的我叫回家，向全家人宣布了一个决定，他郑重地说："我要承包医院的中医科。"显然他是经过了深思熟虑的。父亲介绍说，江河日下的医院准备把个别科室承包给个人，以应对眼前的危机。他不想再这么庸庸碌碌地混日子，他想去参加承包竞争。父亲跃跃欲试，势在必得。一旦他决定了要去参加承包的竞选，母亲说，他竟然改掉了数年来对安定的依赖，不用吃药，睡眠出奇地好，就冲这一点，母亲表达了百分百的支持。我想起那个夜晚父亲说过的话，想起什么样的人才是一个让人瞧得起的人，我也暗自为父亲的冒险举动喝彩。那个时候弟弟董路生还在遥远的内蒙古当兵，他没有参与我们的投票。

父亲得到了家人的支持，像是加满了油的发动机开始运转起来。他每天晚上回家后就趴在桌子上开始撰写竞选承包的报告，不停地和我商量，和已经成为一个生意人的小姨父商量，他是不耻下问。经过一周的准备，竞选承包的报告基本完成，父亲志得意满，拿着手里的报告就像是站在自己承包的中医科室里一样。不过，小姨父冷眼旁观，给他提了个醒："报告好不好是一回事儿，但能不能承包成是另一回事儿。"

父亲不高兴了："你怎么老给我泼冷水？你啥事儿都能成，到我这儿就干啥啥不成。你就说我是个废物呗。"

小姨父摆摆手："我不是那个意思。我是说，承包这事不是靠把报告写好就能拿下的。"

"那你说，靠啥？"父亲咄咄逼人。

小姨父闪躲着："反正得有点其他的功夫。我上次在燎原饺子馆说，你还不爱听，给我拍桌子。其实你把这件事想得太简单，你想想，那年你们院长为啥没听你的话，却听了我的话了，让我去粉刷你们医院门诊楼。"

父亲执拗地说："反正我不搞歪门邪道，而且我也不会搞。我是医院的老职工，我当然有权利和资格承包医院的科室。"

小姨父看说不动父亲，便放弃了："好吧好吧，我专门搞歪门邪道行了吧。"

真的让小姨父说准了，结果在一个月后出来了，父亲落选了。中医科被一个福建人承包了，福建人到医院来的第一天，到每个科室去送礼，一个包装得很漂亮的纸袋，每人一份。父亲没有打开，直接把那个有点分量的纸袋丢到了垃圾箱里。

挫折再一次拥抱了父亲。他重新到药物之中寻找睡眠的质量，再次恢复了吃安定片，而且加了倍，两片。时间是从小姨父的身体上偷偷溜走的。他像是一夜之间就圆了起来，成了一个胖子。他早就解雇了我父亲，不需要父亲替他接电话了，开始是BP机，后来是大哥大，现在有了自己的爱立信黑色手机。他成立了自己的装修公司，忙得一塌糊涂，乡音也早就不说了，说的是带点乡音的普通话，有点南腔北调。他还是喜欢穿西装，不过讲究了许多，板正，纯正的毛料，而且打上了领带，红色的。他比我们穿着都讲究，比我们更像是一个城市的成功者。唯一没有变的就是他的爱好，吸吮甘草的爱好。

我提了职，理论研究室的副科长。结了婚。巧合的是，我妻子肖燕是市第一人民医院的内科医生，她是正牌医科大学毕业的。父亲对我的婚事非常满意，经常和我妻子在饭后聊天，听她讲讲她们医院的事情，还是药房主任的父亲听得很有耐心，而且会不住地赞叹："还是大医院正规，还是大医院正规，好好好。"

1997年的夏天，缺了三个脚趾且自感身份地位陡增的小姨父秦大贵，突然想到了他身体上的另一个重大缺陷。对于他来说，那个夏天并不太阳光明媚，而是有些忧郁。

最早捕捉到小姨父心理变化的是我的父亲董耀先。我跟随领导到上海开会，一周之后刚到家，父亲就急匆匆地把我拉到卧室里，小声问我："你小姨父找过你没有？"

我说："没有啊，他找我有事呀？"

父亲先叹口气，然后才说："他是有钱烧的，开始往回倒腾了。"

"倒腾啥？"我问。

父亲的叙述满是对小姨父奇怪想法的鄙夷，他说："这就是历史，过去的事，你能改吗？改不了。"

父亲头脑中，小姨父的念头与太阳从西边出来一样不可靠。小姨父在那天下午出现在医院时，表情与父亲开始渐渐熟悉的那种趾高气扬的风格大不相同，显得郁郁寡欢，坐在药房里掏出烟就抽，连平日里与药房那几个姑娘打情骂俏的常规都免了。父亲说："走走走，到外面去抽。这儿哪是抽烟的地儿。"

他们站在交通局职工医院的院子里。交通局职工医院那个大木牌匾还是新的，这是新改的名。医院里连新做一块牌匾的钱都省了，在原来的牌匾基础上重新刷漆写字，只是改了一个字，把"运"字改成了"通"。小姨父盯着那块牌子，心事重重地问我父亲："医院还是老样子？"

父亲说："是老样子。大家都等着它哪天突然就黄了，如果真到那时候，大家也就彻底不再抱有希望了。那也好。"

小姨父显然不是来与父亲商讨交通局职工医院的前途命运的，他自顾自地说："那年我来你们医院做手术时，医院就是这个模样。"

父亲上上下下重新打量了一下自己把身家性命都寄托在上面的医院大楼，不得不承认："是的，已经快二十年了，楼旧了，人老了。"

小姨父说："我怎么觉得十几年前的事就像发生在昨天一样。"

父亲轻描淡写地说："不可能，我早就忘记了。"

"我忘不了。"小姨父提高了声音，甚至有点歇斯底里。

父亲看了看小姨父有点不自然的脸，问："你咋想起十几年前的事了？"

小姨父咬着牙："我忘不了。我每天都在想这件事，所以每天它都像是刚刚发生一样。"

父亲问："你还能感觉到疼？"

小姨父说："是的，疼。"

父亲努力回忆着："我记得你说不疼。就跟被蜜蜂叮了一口似的。"

"开始是那样，但疼的感觉越来越强烈。"小姨父说，"疼得我都睡不着觉了，我真想找你要点安定，每天都睡不醒。"

父亲嘲笑他："你要是天天睡不着觉，也不至于现在这么胖。你看看你都胖成啥样了。"

小姨父并不在乎我父亲的讥笑，他沉浸在他描绘的痛苦中，他说："姐夫你得帮帮我，你不能把我推入火坑就不管不顾了。"

父亲说："帮啥呀？"

小姨父说："十几年前，你让我失去了做男人的尊严。今天你得帮我把它找回来。"

父亲大吃一惊："你胡说什么？第一，当年你做手术又不是我逼着你做的。第二，我没法帮你找回来。"

小姨父说："能的。我打听清楚了，可以重新做手术把它恢复好。据说也是一个很小的手术，很简单的。"

父亲摇着头："那不行，再小的手术也是违纪的。我不能帮你这个忙。再说，你恢复了又能怎样？你现在公司有了，钱也有了，姑娘也都大了，老大都上大学了。你还想要啥？"

"我想要个儿子。"小姨父脸色凝重，"要不，我这么大个产业，以后交给谁？"

父亲生气地说："你闺女不是你生的？"

小姨父说："理儿是那个理儿，但闺女和儿子是不一样的。你有俩儿子，当然站着说话不腰疼。"

不管小姨父怎么说，怎么哀求父亲，父亲都义正词严地拒绝了，他说："这是我做人的底线，坚决不能碰。"

在这个困扰了他十几年的问题上，小姨父看来是决心已定，他说："你不给我面子，不帮我。我去找仙生，他媳妇也是医生，比你还正宗。"

父亲忧虑地对我说："他找你，你说啥也不能答应，这是路线方针的事儿，是犯错误的事儿。你和肖燕都还年轻，可不能干这种毁前程的事儿。"

我说："我还以为多大的事儿呢。知道了爸，我叮嘱肖燕，不帮小姨父这个忙就是了。"

父亲仍然是放心不下，他还专门给肖燕打了电话，千叮咛万嘱咐，要她切记不要帮小姨父这个忙。肖燕对我说："爸是不是有点岁数大了，这点事说了大半天。"

我说："对他们来说，这是大事。"

不出父亲所料，小姨父果然找到了我。他开了一辆二手奔驰，招摇地停在我们单位门口，大中午的，我走出单位大门时，同事们都拿异样的眼光看着我钻进那辆二手奔驰里，弄得我有些脸红。我问他："姨父，你从哪儿借来这辆老爷车的？挺能骗人的。"

"借？我自己买的。你感觉一下，货真价实。"小姨父得意地说，腮帮子鼓动着，我就知道，他嘴里含着甘草。车里挺宽敞，坐着虽然不如新车舒适，也还凑合。小姨父说："车是抵债抵的。"

我说："小姨父，你越来越像大老板了。"

"你别笑话你姨父。我连个纯种的男人都不算，还提什么老板，没乐趣，人生没乐趣。"小姨父无限感伤地说。

他开门见山，也省得我虚与委蛇了，我说："小姨父，你来找我是有事吧。要不你也不会浪费你挣钱的时间请我吃饭。"

"我说啥来着，还是大学生聪明，有道行，有知识，有文化。不像你爹，说半天不知道说啥，讲不明白。不知道是真不明白还是装不明白。"小姨父说。

我抢先说："不行。"

小姨父说："我还没说啥事呢，你咋知道不行。"

我说："不行就是不行。小姨父，道理你比我们懂，不用我说了。我不想让肖燕以身试法，纸包不住火，万一真出了事，你让肖燕以后咋工作？"

小姨父苦口婆心："你和你爹一个德行，都是死脑筋。这么多年，我经了多少事多少人，要是都像你爹和你这样的人，我啥事都干不了。我给你爹医院院长送了多少礼、多少钱，人家院长还不照样当着，还管着你爹，你爹倒是瞎清高，还底线啥的，还不是归人家管。"

小姨父秦大贵最后急了，他以情动人，他说："你想想以前，你上大学时，都是半夜里上火车，哪次不是我骑着自行车送你到火车站？火车根本挤不上去，我还得想法把你从车窗户推进去。哪次送你我不累得臭死。你从兰州回来，到车站接你的不也是我？大包小包的，不都是我替你扛着？"

他说破了天，我也没有松口。我说："小姨父，一码归一码。你对我的好，我永远记得。但这事没商量。不行。"

小姨父把车停在路边，让我下了车，他忘了要请我吃饭的事，他气鼓鼓地说："你真是你爹的儿子，又臭又硬。"

其实我和父亲心里都明白，在偌大的邯郸城里，已经深深地扎下根来的小姨父秦大贵，远远不止认识我们一家人，他的人脉甚至比父亲还要广，他要干的事儿，还真不是我们能阻止的。

我们的担忧很快就变成了现实。

十几年后，他再次上了手术台，成功地恢复了他男人的尊严。他没有第一时间把这个消息告诉父亲，而是给我打了个电话，他的声音明显明亮高亢，可他故意说得轻描淡写，他说："很简单的，就半个小时的事儿。你记着啊，你姨父还是二十年前的姨父，质量上乘，如假包换。可别搞混了。"

他没有说在哪家医院做的手术，他也没有叮嘱我不要把消息向外散播，他寥寥数语把事情讲明白后就挂断了电话，这不太像他的风格。我第一时间告诉了父亲。父亲沉默良久，然后说："奇怪。"

我问他："有啥奇怪的？"

"这不像他。"父亲说。

我说："我也觉得。"

父亲又有了疑问，忧虑地说："你说，他要干啥？"

"生孩子呗。"我不假思索，脱口而出。

父亲接着抛出了最尖锐的问题："和谁呢？"

我想说我小姨，可我想想小姨的年龄，"小姨"两个字就没说出口。我说："也许小姨父只是想做回男人。"

父亲摇摇头："我了解他，不可能。他一定有啥鬼主意。"

小姨父悄悄地又挨了一刀，未作任何声张。父亲说："越安静就越可怕。"

父亲的预言变成了现实。

秋天里，传出了小姨父有了儿子的消息。消息的来源是伤心欲绝的小姨，那天她突然从乡下跑到了城里，在我们家里一把鼻涕一把泪，哭得死去活来。我赶到父母家时，她的哭泣还在持续，她已经向我父母诉说了一番，又哭着向我复述着经过，她一边骂我小姨父一边讲。我大致明白了事情的原委。怪不得我父亲说我小姨父不靠谱，他偷偷与其他女人生了儿子，却怎么也抑制不住内心的狂喜，打电话给我小姨，向她报喜。小姨说，她一听到这个消息就气得昏死过去了，第二天就来了城里。她不住口地骂我小姨父是没良心的、挨千刀的，她在家里替他照顾着一个瘫痪的父亲、一个生病的母亲，他却在城里拈花惹草，居然生了个野孩子。

　　我母亲问小姨："孩子的事爷爷奶奶知道不？"

　　小姨突然停止了哭泣，眼泪挂在脸上："知道。"

　　母亲又问："那他们啥反应？"

　　小姨一拍大腿，又猛烈地哭起来。看她这反应，小姨父的父母肯定也是欣喜若狂。

　　我父亲面有怒色，说道："我就知道他肚子里憋着坏水，看吧，果然是。啥人干啥事。"

　　兴师问罪团的成员不包括我小姨，父亲怕到现场局面失控，也怕小姨情绪过激，会有什么不良的后果。所以，母亲在家里陪着悲伤过度的小姨，父亲、我和肖燕去见了小姨父。地点在机械局职工医院，在医院门口，父亲停下来看了看医院的招牌，上面写着康美医院。父亲皱了下眉，嘟囔了一句："这什么鬼名字。这不是机械局职工医院吗？"父亲不知道，那个时候，机械局医院已经提前改制成现在的医院。

　　小姨父在医院大厅里等着我们。他喜形于色，嘴里仍然含着甘草，咧着嘴一直笑，我们阴沉着脸，还没向他问罪，他却压抑不住自己的喜悦，说道："同喜同喜，谢谢你们来捧场，谢谢谢谢。"他还掏出喜糖往我们手里塞。我和肖燕尴尬地接过喜糖，而父亲吊着个脸，并没有接。父亲说："我们不是来道喜的。"

　　"都一样都一样。"小姨父说。

　　"那可不一样。"父亲正色道，"我们来是谴责你的，批判你的，审判你的。"

　　小姨父仍然笑得合不拢嘴："都一样都一样。"

　　不管父亲如何动怒，把事情说得如何严重，小姨父都用笑脸挡回来了。他说："大老远来了，总得去看看我儿子吧，你们看了准喜欢。太他妈的可爱了，一看就是我儿子。"

　　他硬拉着父亲向病房里走，父亲身体僵硬，被他拉着向前走。父亲说："你松开我，你先把你的问题说清楚。你怎么对得起他小姨，怎么对得起你那三个姑娘，你良心何安，你……"

　　父亲的话还没说完，我们已经来到了病房里，父亲突然中止了对小姨父的声讨，目瞪口呆地盯着病床上坐起来的那个年轻女人。小姨父松开父亲的胳膊，走到病床前，笑着说："也不用多介绍，你们认识比我早，以后都是一家人了，就不用太客气了，哈哈。"

　　我盯着那个女人，感觉在哪里见过似的。她比小姨年轻许多，才三十多岁。父亲好像一时间停止了思想，僵在那里，脸通红，不说一句话。

床上的年轻女人先开了口，叫了声："董主任。"

小姨父说："还叫啥董主任，叫啥董主任，叫姐夫，一家人不说两家话。是吧姐夫？"

父亲语无伦次地说："啊，啊啊啊……"

女人羞涩地叫了声："姐夫。"

父亲竟然也脸有羞色，他拽住小姨父向外走。我们跟着他们出了病房，不知道发生了什么。走到离刚才的病房远一点的地方，父亲停下来，怒气冲冲，指着小姨父："你给我说清楚，到底咋回事呀？你说。"

小姨父镇定自若，吸着甘草，一脸的满不在乎："啥咋回事呀？"

父亲说："苏若瑜，苏若瑜咋回事？"

我这才明白，坐在病床上的年轻女子叫苏若瑜。记忆慢慢浮现出来，我认识她，她给我打过针，是交通局职工医院的护士，是交通局职工医院打针最好的护士。每次我去都找她打，很轻很温柔，不疼。

小姨父依然不恼："你不都看到了吗？她现在是我儿子的妈，是你外甥的娘。"

父亲说："我不是说这个，我是说，她怎么会和你，那个那个……"父亲有些说不出口。

小姨父说："你不就是想说，她怎么会和我搞到一起。很简单。我在你们医院看门时就留意到她了，年轻漂亮，性情温和，脾气好。可我那时是个穷光蛋，不可能有别的杂念，就算我有什么想法，也不敢有啊。只是觉得你们医院里，除了姐夫你，就她最好。现在我不是有杂念了吗，敢想了吗？我也不是穷光蛋了。想有个儿子的想法又不是一天两天的事，是几十年的事，这你都知道。所以一旦找回了以前的身体，我就琢磨怎么实现我的梦想，我琢磨来琢磨去，就想到了她。所以我们就在一起了。"

父亲打了个寒战，这事发生得太突然，他一时接受不了，在父亲脑海中，苏若瑜是个没有什么心机、单纯善良的姑娘，就是婚姻大事迟迟无法解决。她这种角色的转变，短时间内不可能让父亲适应。他感叹道："太离谱了，太离谱了。"

我们再没有返回病房。父亲带着我们，匆匆逃离了医院，忘记了兴师问罪的事儿。一路上他都在沮丧地叹气："怎么会这样，怎么会这样！"也许，处在事业低谷的父亲，永远无法理解小姨父此时此刻的想法，他也永远无法理解，这个他看不上眼，而且有点讨厌的小姨父，怎么会想干什么就能干成什么，而他，却一路坎坷，一事无成。这是忧伤的父亲永远无法忘怀的一个秋天，一个令他难过的秋天。在小姨父迎来他的生命第二春之时，父亲却拉开了他人生戏剧中灰暗的一幕。

我小姨在邯郸城里只待了三天，她没有见到苏若瑜，只见到了兴高采烈的小姨父秦大贵。小姨父打不还手，骂不还口，虽然摇摇晃晃的身体承受着痛楚，却依然吸吮着甘草，一脸陶醉的样子。三天里，小姨哭够了，悲伤够了，痛苦够了，可她和我们一样，没有任何能够改变局势的办法。她身心俱疲，像个死人。老家里的两个不能自理的老人，却每天晚上出现在她的脑海中，让她无法入眠。第四天一早，放心不下的她还是背着沉重的悲伤，踏上了返乡的路程，临走前，她对我父亲和母亲说，就是全天下的人都认了那个孩子，我也不认。

很长时间里，我小姨都无法从伤痛的阴影中走出来，她尽心尽力地照顾着小姨父的父母，即使当他们偶尔谈论到他们的孙子露出欣慰的笑容时，我小姨也没有生出对他们的怨恨，她只是把所有的恨都怪到钱上，她觉得一切都是钱多惹的祸。如果不是因为有了钱，小姨父不可能做这种事。可是这个想法又让她陷入了深深的困惑中，如果没有足够的钱，她的三个宝贝女儿怎么能上得起学，她家怎么能住上全村最气派的房子。我小姨就是在这种悲伤与困惑互相交织的岁月里，慢慢地变得白发丛生，皱纹堆积，看上去比我母亲要老好几岁。

小姨父秦大贵的儿子满月时，他特地回老家办的满月酒。他邀请了我们全家，我们都没有去，我们都还没有原谅他对小姨的背叛。他回乡办满月的宏大场面还是小姨向我们转述的。小姨的讲述充满了悲伤与愤恨。她完全以一个旁观者的角色参与了那场宴席。她说她没有露面，而是把自己反锁在屋子里，从窗户看到了他们厚颜无耻的把戏。那么大的场面也是她从来没有见过的，院子里和街上都挤满了人，就连她的公公婆婆都幸福地坐在当院里，乐不可支地接受着乡邻们的祝福。她没有见苏若瑜，也没有见那个孩子。后来她干脆闭上了眼睛躺在床上，但是欢笑声和喧闹声不绝于耳。黄昏时分，当喧嚣停歇，一切安静下来时，她才走出自己的屋子，院子里狼藉一片。在夕阳的陪伴下，她默默开始收拾残局。她说，她头一次感觉，夕阳的光是那么冰凉。

小姨在丈夫和两个老人那里寻找不到任何的慰藉，只有在我父母那里，才能听到令她感动与温暖的话语。她与我父母结成了统一战线，经常跑到城里来向他们诉说内心的苦痛。我母亲出主意说："干脆你把大贵爹娘都接到城里来，守着大贵。"

小姨忧伤地抹着眼泪："她爷爷奶奶不干，要是能这样，我们早进城了。他们说，死也要死在家里，不能背井离乡。我也是没法子，谁让我是这个命呢。"

母亲狠着心试探着说："要不，你就别管他爹娘了。他自己都不管，丢给你一个人。自己倒在城里寻开心快活。"

一说到这事，小姨便没了主张："他没时间管呀。你们也看到了，他成天忙得屁股找不到板凳的。"

母亲生了气："他忙成那样还有闲心找女人呀。你就是心肠太善、太软，太好欺负，没人管你。"

小姨既痛苦万分，又没有决心丢下老人不管不顾，她只能在谴责小姨父和自己承受痛苦中徘徊。

而小姨父再次成为父亲口诛笔伐的对象。他渐渐地冷漠了小姨父，也建议我们远离小姨父。他再次断言："我早就说过，别看他风光，他长不了。真正干大事业的人都是心胸宽阔、善良正直的人。你看看他，那么卑鄙无耻，那么肮脏下流，简直就是二流子的做派。"而突然转换了身份的苏若瑜，也让我父亲焦虑万分。那段时间里，父亲吃安定的数量已经增加到了三片。半年之后，当苏若瑜重新回到医院里上班时，医生们都知道她请假去生了孩子，却不知道她的丈夫是谁。关于这一点，她一直讳莫如深。父亲每次碰到苏若瑜，都觉得羞愧难当，好像是他做错了什么事似的，好像是他与她共谋了一件见不得人的事似的。每次碰到一起，他都是匆匆地从她身边逃走。有一次终于躲不过了，在走廊里，苏若瑜还是那么羞涩地轻轻叫了声"姐夫"。

父亲急忙摆摆手，小声说："别这样叫，别这样叫。"

"那你是不承认我了？"苏若瑜盯着我父亲。

父亲汗都出来了："是是，不是不是不是。"他都不知道该怎么回答了。

苏若瑜说："那我们还像以前那样行吗？你别见了我就躲着我，感觉我像个瘟神。"

父亲说："好好好。"

父亲虽然嘴上那么答应了，可他过不了心里的那个坎。他不可能像以前那样看苏若瑜，在他眼里，她已经不是以前那个快乐的护士，不是以前那个单纯的姑娘，不是那个打针轻柔的护士。父亲从她身上看到了另一个人，那是个陌生的人，一个让他觉得暂时还无法接受的人。他甚至向我们透露，他多么想问问苏若瑜，她到底看上了我小姨父哪一点，即使冒着道德的谴责，也要和他在一起。可这些疑问，他始终闷在心里没有说出口。

更加令他不解的是，苏若瑜一旦确定了与我父亲之间的关系后，她变得极为热情，时常自觉不自觉地要到药房里和父亲说几句话，拿一些小零食放到父亲的办公桌上，这让父亲很别扭，那天听了药房张青的一句话，吓得我父亲把手中的水杯都掉到了地上。张青夸张地说："苏护士对你那么好，那孩子是不是你的呀，主任？"父亲立马就绷上了脸："不许胡说，不许胡说。"

父亲小心地处理着他与苏若瑜的关系，这让他心情很不爽，很复杂，他把所有的罪责都怪到小姨父身上，他当着我们的面没少数落小姨父，他说："国家怎么就不管管他呢，我们犯个错误还背个处分，谁来处分他呢？"没有人处分小姨父，他在自己的事业上狂奔不止，事业兴旺，开始筹划着做房地产生意。他四处游说，想着把所有的亲戚都拉进去，给他投资。他说得很明白："我不是那种富起来就忘乎所以的人，不是那种有点钱就嘚瑟得连亲戚都不认的人，我时刻想着亲人们，是真想让你们和我一起致富，一起奔小康。你们那点钱对我来说是杯水车薪，根本起不了什么作用，我主要还是去银行借钱。"所有亲戚都相信了他的蛊惑，因为他们看到了他从一个穷得叮当响的农民成为一个老板的整个过程，只有我父亲不信，他宁死也不相信他的成功是值得歌颂的，是可以与之同流合污的。他说："你们谁愿意蹚他那趟浑水，你们蹚，反正我是不蹚。"

父亲的态度令小姨父很苦恼。多年来，他与我父亲之间的关系虽然说算不上融洽，但他一直很在乎我父亲对他的看法，他找到我，向我讨教说服父亲的办法，在我印象里，小姨父含着甘草的样子是他最经典的特征："我拿你爹是真没办法，他是我的苦主。

我到现在还记得，你爹当年在我身上扎针的事，你记得不记得？可我就是对他恨不起来，他身上有一股让我佩服的精神，认死理，耿直不屈，当然我做不到，我要是像他那样，会一事无成。"

我看着小姨父呗着甘草的样子，好像不是甜的，总有种酸溜溜的感觉："这没办法，谁都有自己的本性。"

"那你说，我的本性好还是不好？"他抛出一个尖锐的问题让我答。

我挠挠头，不知如何回答。

小姨父笑着说："算了，不为难你。今天主要是解决你爹的事儿。你给我出个主意吧，我是真想让他参与，这不显得我们一大家子其乐融融吗？"

我提醒小姨父："当初你烧砖窑时，不也借过我家的钱？你当时是怎么借的？"

在我的提示下，小姨父主动去找了我父亲，他没有再向我父亲夸耀房地产公司的分红前景及对亲戚们的财富贡献，而是向我父亲哭穷。他说他不挣钱行吗，他现在一个人等于养着两个家，都要花销。他还没把话说完，就被我父亲赶了出去。他不提两个家还好，这让父亲想到了难以相处的苏若瑜。他说："如果你不是我妹夫，我早就把你扭到公安局去了。"

小姨父把嘴里的甘草吐到地上，也发誓说："我要是再进你家门，我就不姓秦。"然后拖着他的瘸腿走了。

尽管父亲强烈反对，母亲还是偷偷地把家里所有的积蓄取了出来，交给了小姨父，她对小姨父千叮咛万嘱咐，一定不要把这事告诉我父亲。

其实父亲后来也隐隐觉察到了母亲的决定，他并没有再说什么。

当小姨父的儿子一岁半时，他又做出了一个令我父亲意外的决定，就是要入股我父亲工作的交通局职工医院。这对我父亲来说是一次致命的考验。

交通局职工医院就像是深秋的树叶一样，眼见着就一天天枯萎下去。早就预见了医院前途的父亲也依然无法接受它没落的结局。改制的文件一个月前便下发了，整个医院里人心惶惶，谁也不知道改制对他们每个人来说，意味着什么。那段时间是父亲最难的日子，父亲更加焦虑。他意识到，曾经预言过的人生灾难，终于降落下来了。他天天唉声叹气，像秋天里仅存的蝉。

父亲是较早知道医院最终命运的那个人之一。他在惶惶不可终日中等来了一个人——小姨父秦大贵。父亲并不知道，满面春风的小姨父是来宣告他的命运来的。小姨父说："姐夫，告诉你个好消息。"

父亲阴沉着脸，郁郁寡欢地说："我能有啥好消息。混吃等死。"他看着小姨父嘴巴不停地嚅动着，那甘草的味道像是能从他嘴里溢出来，在屋里蔓延，父亲觉得那味道是苦的。

小姨父说："姐夫，你可得坐稳了。"他把我父亲按到沙发上，"你坐得稳稳当当的，我怕这么大喜事落到你头上，你受不了。"

父亲满脸的不屑："你的喜事都是你的，跟我有啥关系？"

小姨父这才搬把椅子，坐到我父亲对面，庄重地说："姐夫，我又做了人生中一件重大的决定，这事与你有关。"父亲嗤之以鼻："你做的任何决定都跟你自己有关，关我屁事。"

小姨父不再卖乖，直截了当地说："我入股了交通局职工医院。"

这句话对我父亲来说，比晴天霹雳还要严重。他看了看小姨父一本正经的表情，意识到了小姨父不是在开玩笑。父亲后来对我说，他当时就觉得自己的血脉被一下子冻住了，冰凉冰凉的。他抓住小姨父的袖子，他能感觉到自己的手在颤抖："你说的是真的？"

"当然是真的。"小姨父自豪地说，"我做出这个决定是因为若瑜，她不想离开医院，她说她喜欢医院的氛围，她说她天生就是要和医院打交道。所以我就把医院买下来，送给她做礼物。"

我父亲似乎没有听清小姨父在说什么，他的脑子里空空荡荡，这个结局是他万万没想到的。

小姨父还沉浸在自己的扬扬自得中，他以为他替我父亲做了一次完美的选择："我还做出了另外一个决定，这就和姐夫有大关系了。我想让你当医院的院长。"

接下来，小姨父苦口婆心地说了一番大道理，他说，他把这个医院盘下来，可不想简单地作为礼物送给苏若瑜，他干所有的事都是深思熟虑的，是要干好的。他动情地说："姐夫，在我最困难最灰暗最需要帮助的时候，你总是能伸出援助的手。想想当年，我一个被结扎了的男人，一个残疾人，在老家活得不痛快，憋屈，走到哪里都被人嘲笑。我立志要从农村里走出来，干一番轰轰烈烈的事业，是你最先给了我勇气与决心。我来到了邯郸，虽然只是个烧锅炉的，但让我积累了最初的经验和信心。后来开砖窑，你给我提供了资金支持。开装修公司，也是姐夫你替我接电话，把一桩桩的生意送到我面前。这一次，无论如何，你得再帮我一把，姐夫。我是个门外汉，我之所以敢这么痛快地入股医院，就是因为有你在。有你在，我就觉得心里踏实牢靠，就觉得投入多少钱都能有所回报。"小姨父说得情真意切，他自己都被感动得要掉眼泪。

那是父亲的多事之秋，那年父亲五十五岁，即将步入人生的最后一段路程，却要面临着痛苦的抉择。

那天傍晚，父亲召集我们开了一个家庭会议。母亲兴高采烈，下午她给我们每个人打电话时都会补充一句："你爸这回要扬眉吐气了。"可看父亲愁眉不展的样子，不像是一个要当院长的人，一个扬眉吐气的人。

大家一致支持父亲去当这个院长。

母亲说："你干了一辈子想得到啥，不就是想让人家都看得起你，得到大家的认可？"

我说："你在这个医院待了快一辈子了，你对医院最熟悉了，知道问题出在哪儿。医院要想重整旗鼓，该怎么改，你是最清楚，也是最合适的人。"

肖燕说："这是最好的实现人生价值的机会。"

路生说："爸，你常跟我说，机会来了，可别让它溜了。"

在家里人一致的支持声中，父亲保持着沉默。

其实，父亲要当医院院长的消息在不知不觉中已经扩散了。开始有父亲的老同事上门来请他喝酒，请他以后多多关照。

那些昔日的同事，此时此刻，都面临着人生的重大选择，要么领取一定的钱走人，要么留下来继续工作。两者选其一，没有任何其他的选项。内科主任老蒋比父亲还年长一岁，他说："这个岁数了，领点钱就回家养老，丢人。可单位性质完全变了，一个国家的人，怎么就成了一个私企老板的人了。真想不明白，想不明白呀。"像老蒋这样的大有人在。他们无法接受被彻底扫地出门的命运，只能委曲求全地继续在医院里工作，他们对我父亲说："你要当院长了，可得照顾一下老同事呀。"我父亲越否认，他们就越不高兴，以为父亲不念旧情，也变得和那个他们不懂的什么股份一样无情。到后来，父亲干脆谁请客吃饭都去，不承认也不否认。谁送礼都照单全收，只是父亲认真地把礼品清单记在一个小本子上。

有一天深夜，床头的电话突然响了。母亲打来的，她焦急地让我回去一趟，说是半夜里她惊醒，发现床上的父亲不见了，母亲急得哭泣道："这大半夜的，他到哪儿去了。"

我打了辆出租车，在寂寥的街道上寻找着父亲。我清晰地记得当年我跟在他身后，看着他落寞的身影缓缓移动的场景，那是多年前的陵西大街，当年的燎原饺子馆已经被一个高大的商场所代替。夜晚中，商场巨大的影子让街道显得并不那么空旷。父亲没有在此踯躅。我抱着试试看的心态，让司机把车开到交通局职工医院。果然，在无垠的夜色之中，父亲站在医院大院里，正仰头看着被黑暗紧紧包裹着的门诊大楼。"来了？"父亲听到了我的脚步声。

"嗯。"我轻声说，唯恐打搅了父亲。

我挨着他向空中观看，什么也看不到，连门诊楼的轮廓都看不清。但他一直就那么执着地仰着头。

出租车远远地等在那里，已经熄了车灯，连出租车都隐在了茫茫的黑暗之中。而父亲则向夜空袒露着他的心迹："我在这里工作了整整二十六年。我爱过它，恨过它，怨过它。这一阵想想，它就像是一个兄弟，我和它在一起成长，一起变老；一起高兴，一起烦恼；一起得到荣誉，一起受到处分。要真的做出离开的决定，还真舍不得。"

我没有说话，此时，说任何话都是多余的。看来，父亲已经做出了他最后一次人生决定。

"你学过辩证法吧？"父亲问。

我说："学过。"

借着暗淡的月光，我看到父亲的头发坚硬地向上竖着："任何事物都有辩证法。身体有疾病了，就有一套分析解决的办法，叫八纲辩证法。我们老祖宗把身体的疾病分为八纲，阴、阳、表、里、寒、热、虚、实。万变不离其宗，所有的病都离不了这八纲。

一阴一阳，哪方面多了或者少了，都不行，要达到平衡，就应该做到阴阳和谐、表里如一、寒热均匀、虚实统一。这个院子、这座楼已经存在了快三十年了，它还那么坚固，可是它已经跟不上社会的步伐了，阴阳不和谐了，表里不如一了，寒热也不均了，虚实也不统一了。你说它不出毛病才怪呢。"

我静静地听着父亲的八纲辩证法，我不大懂，但隐隐地感觉到其中的一些深意。他在用八纲法来比喻医院的命运和他的人生呢。

他继续说："就拿我和你小姨父来说。其实我们俩都不能算是阴阳和谐的人，不过，你想想，谁又能真正做到这一点呢。你小姨父是阳盛阴虚，虽然他年纪轻轻的就做了结扎手术，按说他应该阴气上升，阳气下降，可他正好相反，只知道一路向前猛攻猛冲，他的症状是精神亢奋，气粗面赤，脉数大有力，属阳证。我和他有些相反，典型的阴证特征，精神委顿，语音低微，面色灰暗，目光无神，动作迟缓，瞻前顾后。"他停顿片刻，也许这个想法在他脑子里想得太久了，叹了口气："每个人有每个人的命数。"

我在想我自己的命数，按照父亲对人的理解，我不知道我的阴阳辩证关系如何。

"你爱你现在的单位吗？"父亲仰视的姿势并没有变，他突然转换话题问我。

我想了想说："不爱。"

"那你怨它吗？"父亲又问。

"不怨。"我老实回答。

父亲重重地叹了口气，说道："走吧，你明天还要上班。"

父亲做出的决定令所有人大吃一惊。小姨父第一时间赶过来，疑惑地问父亲："怎么会这样？"

已经打定主意的父亲反而很轻松，长时间以来的心理负担全部卸了下来，他红光满面，笑逐颜开："就不麻烦你替我着想了，我的人生我自己做次主。"

小姨父说："姐夫，你真行，给我当头一棒。你说说你，怎么想的，这么大一个医院，让你来当家做主，让你扬眉吐气一回，你不干，却非要自己去开个小诊所，你开过诊所吗？你当过医生吗？治好了万事大吉，皆大欢喜，如果给人家治坏了，治死了，你咋办？这些你都想过吗？"他急得把甘草都吐到手心里，扔到了垃圾桶里。

父亲说："你以为我这些天都在做美梦，当院长呢？我在想我自己的前程，我想得一清二楚。"

小姨父气鼓鼓地走时，撂下一句话："你早晚会后悔，吃回头草的。"

听到消息的老蒋拿着一瓶丛台酒找上门来，与父亲开怀畅饮。老蒋无限感慨地说："我怎么就没有你的胆量和勇气，我就是个普通人，没有什么大的志向。好歹它还是个医院，不是别的什么乱七八糟的单位，在这儿混几年退休得了。"

父亲说："我觉得人生就是一个慢慢地从不明白到明白的过程，只要是想明白了，人生就没有白活。"

那天晚上，两人悲壮地共同回忆了在交运局职工医院工作的点点滴滴，两个不胜酒力的人喝下了那一瓶酒，都喝得东倒西歪。父亲非要送老蒋出门，两人在夜晚的大街上高声唱起了歌，一首又一首，直到把嗓子喊破。

母亲一直以为父亲的选择是一个最大的错误，她始终都无法从这个有些悲观的念头里抽身而出，整天闷闷不乐。我和肖燕为此带着她去了趟丛台公园散散心。印象里还是上大学时来过一次丛台公园，那是父亲转干之后，我们全家来这里照过一张全家福。那个赵武灵王留下的高高的台子，还是旧时的模样。母亲站在丛台上，背对着整个邯郸城，照了一张并不开心的照片。在以前的照片中，丛台是那么高大，整个邯郸城都在它的脚下，而现在，不远处越来越多的高楼大厦映衬着它慢慢变得渺小的身躯。城变了，人变了，丛台也变了。

我劝慰母亲："想开点吧。你没看到爸爸做出这个决定后有多快活。我觉得有几十年没有看到父亲这么无拘无束的快乐表情了，尤其是这几年，当他意识到医院不行后，很明显地，他的笑容减少了许多，他吃安定的剂量也增加了。我觉得爸爸都有些抑郁了，他焦虑，烦躁，发脾气的次数你没发现越来越多了吗？你是想让他快快乐乐地生活，还是想让他继续每天闷闷不乐的？"

母亲思忖良久，说："我以为，他当个院长会快乐起来。"

我想起暗夜之中父亲说的那八纲辩证："我觉得这才是我爸做出最终决定的关键因素。你觉得他愿意接受我小姨父施舍给他的权利吗？"

母亲陷入了沉思。

"在我爸心中，从来就没有觉得我小姨父做的哪件事是正确的，他也从来没有佩服过小姨父的做人做事原则。如果让我爸接受了小姨父的建议，就等于是让我爸认可了小姨父的做人做事原则。"我越说，越觉得自己在慢慢地懂得父亲那套阴阳辩证的道理。

心有不甘的母亲在走下丛台时，无奈承认了这个现实，她说："随他去吧，他怎么开心怎么来吧。"

在所有人的质疑声中，父亲成为少数从医院里办理离职手续的人之一。他心怀坦荡地开始筹办属于自己的诊所。2000年的夏天，父亲拿到营业执照时，开心得像个孩子。他在他住的那栋楼的一楼，租了一个单元房，简单装修之后开业了，诊所的名字是他自己起的，叫明阳诊所。他把那个营业执照挂在房间墙壁的正中央，每天都仔细地擦拭一遍，站在那里认真端详。

小姨父的医院稍早一个月开业，医院的董事长是苏若瑜，老蒋当了院长。老蒋一扫当时与我父亲喝酒时的失落情绪，上任的第二天就请我父亲喝酒。父亲欣然应邀前往，此时两人喝酒的心态与前次大不相同。他们都完全放松下来，喝酒的氛围就没有当时那么悲壮。老蒋容光焕发，拿了一瓶珍藏了二十年的丛台酒，笑着激我父亲："我们俩还能不能像上次一样把它喝掉？"

父亲痛快地说："能啊。谁怕谁啊。"

他们并没有像上次那样缅怀美好的过去，而是在畅想未来，并且像两个小伙子似的互相鼓励对方，要把自己的事业做好。两人果然喝掉了那瓶酒。令两人奇怪的是，他们居然没有像上次那样东倒西歪，一点也没有头重脚轻的感觉，意识很清醒。老蒋问父亲："这是怎么回事？"

父亲说："上次是阴阳失衡，这次我们找回来了。"

父亲在寻找他的阴阳平衡，他的小诊所慢慢地有了点起色，他专门用中医治疗一些疑难杂症，小诊所虽然不能说病人盈门，却能让父亲找到一个做医生的自豪与荣耀。小姨父却不管那一套，他的生意越做越大，他商业的版图横跨了装修、房地产、医院、贸易，什么挣钱他做什么，他成了邯郸城里有名的精英，当选了区政协、市政协委员，他的身影经常出现在电视上，做访谈，接受采访，他说话的腔调和那些当官的几乎一样。他的身体越来越胖，走起路来越发显出腿脚的毛病。有人私下里管他叫瘸腿大亨。

2010年，小姨父的身体突然消瘦下来，两颊的皮都往下耷拉着，在自己医院检查的结果不好，小姨父不信，又跑到石家庄、北京检查了个够，结果都是一致的：他得了癌症。那之后小姨父踪影皆无，没有人知道他去了哪里，就连苏若瑜也不知道。一个月后他才露面，他出现在父亲的诊所。他戴着一顶大檐帽，一身休闲的打扮，非常低调。他坐下来，环顾明阳诊所那间并不宽敞的房间，他说："姐夫，这一个月来，我最想念的人是你。"父亲说："不应该吧。你肚子里那点脓水，我还不知道？"

小姨父秦大贵就笑了："我们俩，风风雨雨，快一辈子了，你太了解我了。我就是不甘于自己的命运，所以得一直这么折腾着。现在，也折腾够了，该歇歇了。这一个月我找了个没人的地方猫着，我想通了，人不得不认命。这是老天爷告诉我，该停下来了。好吧，我停下来，我不相信那些大医院，我相信你。就跟当年我相信你一样，到城里来投奔你，让你领着我去做结扎手术。现在，你给我治吧。"

做结扎和治疗癌症是两回事，父亲劝他还是到大医院里去治："不行去北京上海，或者去日本，你有这条件。为什么不去试试呢？"

不管我父亲怎么劝，小姨父是打定了主意："反正是一个死。人终有一死，不过是早一天晚一天的事。反正我这辈子认定你了，上两次，你给我结扎，你把我三个脚指头弄没了，我成了瘸子，后来我琢磨，我身体上少点什么，我的人生境界就提高一大截。没准，这回你再给我治治，再少点什么，我的人生境界又迈向一个新的高度呢。"这个时候，他也不忘调侃一下。

面对已经走向人生尽头的小姨父，父亲懒得再和他理论，他说："你要是相信我，你就得抱着死马当成活马医的心态，我尽最大努力试试。"

小姨父爽快地说："你就大胆地试吧。我这一百八十斤就交给你了。"好像身体是旁人的。

父亲与小姨父，达成了一个君子协定。小姨父放弃了手术与化疗，让父亲放手在他身上试验。父亲按照他的阴阳、表里、寒热、虚实理论，与小姨父一起，小心翼翼地踏上了冒险的旅程。

每隔一段时间，小姨父都会从父亲的诊所里钻出来，经过针灸之后，带着一提包中药回去喝。父亲劝他戒掉嚼甘草的习惯，他说："这对你的病一点用处都没有。"

小姨父说："戒不了了，就跟你天天得吃安定睡觉一样，我要是不含着甘草，就浑身没劲，打不起精神来。"

在吃了父亲大半年的中草药之后，小姨父的病情竟然神奇地得到了控制，不知道是父亲的药起到了作用，还是别的什么原因。又过了一个冬天，当春天来临的时候，小姨父把所有的生意都交给了苏若瑜，独自一人踏上了周游世界的漫漫路途。他并没有从我们的视野中消失，他经常给我们寄来他在世界各地的照片，他在加勒比海游艇上喝着啤酒、在塔希提岛上与当地人跳舞、在东京人头攒动的人群中旁若无人地傻笑、在泰国的寺庙外虔诚地双手合十……他好像永远没有离开过我们，他甚至已经不再需要我父亲的中草药，他和父亲的冒险旅程已经悄然结束。我们很少再听到他提他的病，行走在世界上的小姨父秦大贵，看上去比我们任何人都健康。

小姨相继把两个老人送到了另外一个世界，她突然间感到了无比的孤寂和悲凉，她苍老的面容镌刻着对另外一个人的思念。有一天，她突然对我们说，她要去找小姨父，陪着他一直到死。小姨的举动让我们惊讶，但看着她历经风霜的面孔，我们还是满足了她的要求，含泪把她送上了通向世界的飞机。小姨从来没有坐过飞机，在经受了痛苦而漫长的呕吐之后，她和小姨父在巴黎相见了。在寄给我们的照片中，小姨的面容惨白，而小姨父则春风拂面，他们像是两代人。过了半年之后，照片上的小姨就变了，变得年轻了，她的穿着、神态，都变了。那是一个我们完全陌生的小姨。

2015年的夏天，我去美国访问交流，在纽约时代广场，突然有人拍拍我的肩膀，回头一看，是小姨和小姨父，他们满面笑容、非常健康地对我说："嗨。"

小姨足足年轻了二十岁。我们站在那里聊了几句，我问问他们的情况，他们也问问亲人们的情况。然后我突然问小姨父："从我小时候，就看到你嘴里一直在吸着甘草，都有大半辈子了，什么味啊？"

小姨父使劲吮了吮甘草，咂摸着，想了想说："啥味也没有。"

多味人生的立体呈现

——评《甘草之味》

郭宝亮

　　刘建东的中篇小说《甘草之味》（《花城》2020年第3期）是一篇层次繁叠、内蕴丰厚的优秀之作。小说以简洁的叙述，立体地呈现了改革开放以来中国人的多味人生。

　　小说以董仙生的视角，描写了父亲董耀先、小姨父秦大贵的不同人生选择和命运沉浮轨迹，生动折射出了改革开放以来中国社会的巨大变迁。父亲董耀先和小姨父秦大贵是两种不同类型的人物，他们生逢改革开放的时代，父亲董耀先试图通过自己的正当努力，将"工人"身份变成体面的"干部"；而"农民"出身的"临时工"小姨父秦大贵则希望通过各种手段改变自己"底层人"身份，变成暴发户。这注定是一个发生巨变的时代，一个人人都要为自己的身份改变蠢蠢欲动的时代，而正是这样一个时代，才为个人改变自己的身份提供了广阔的舞台。刘建东的小说首先突出了时代与个体的关系，把个人命运放置在时代巨变的大背景中，来展现个体命运的多种可能性。众所周知，改革开放的二十世纪八十年代，是一个新旧交替、冲破藩篱、思想解放的年代，它给许多人提供了追梦和欲望膨胀的机会，特别是像秦大贵这样的底层人。作为一个最底层的农民，秦大贵天生有一种"好高骛远、不切实际、眼高手低"的秉性，这种秉性是他不甘心命运的卑微和对天生不公的一种无言反抗，而另一方面实际上是作为城里人"我"父亲的骨子里的歧视性评价。小姨父不得不低三下四求父亲董耀先做了交运局澡堂烧锅炉的临时工，尽管他为此不得不付出让"我"父亲董耀先在他身上练针灸的代价，但却是他试图改变卑微命运的第一次搏击。小姨父秦大贵是不甘心的，他终于从报纸上和朋友的口中嗅到了政治空气松动的气味，他决定回乡创业——开砖窑厂，然而他的再次受挫——砸伤了一条腿——让他不得不重回城里当了一名门房。残疾的当门房的秦大贵实际上是个硬汉，时代的蛊惑使得他开始了更宏伟的创业，他贿赂厂长，承包医院刷墙工程，进而组建了自己的建筑队，俨然成了腰缠万贯的老板。秦大贵是改革开放时代的草莽英雄，象征着改革开放时代的体制外的一路英豪，尽管他们身上不乏资本原始积累时期的原罪。改革开放实质上正是一场在合规与违规之间的钢丝竞走，秦大贵就是在这竟走中的冒险者和投机者。而父亲董耀先则走了另一条路，靠自己的正直奋斗追求着一种体面的专业奋进之路。由工人身份到干部身份再到成为一名真正的医生，始终在合规矩和合道德的"正路"上奋进，但却永远难于飞黄腾达。他谋求的"体制内"的这条"正路"也随着交运局职工医院的衰落而灰飞烟灭了。两个人的道路象征着改革开放时期的不同人生，他们的命运起伏与大时代的起起落落几乎是完全同构的。

当然，小说描写的个人与时代的关系只是第一个层次，而更深的层次还在于写人，写人的命运起起落落浮浮沉沉，写这起落沉浮中的百味人生以及感悟。秦大贵成为改革开放的弄潮儿、草莽英雄、冒险家、投机者，成为暴发户，他甚至可以将结扎过的身体重新恢复生育能力，并包养二奶，生育儿子，他成为这个时代呼风唤雨，尊享各种自由特权的富人豪民。更邪乎的是，昔日屈尊当医院门房的秦大贵，如今成为职工医院的大股东，可以决定院长的人事任命。他决定让姐夫董耀先来当院长，以报答襄助之恩，同时炫耀他这个瘸腿大亨无所不能的巨大能量。秦大贵大红大紫，事业发达，万事亨通，"他的商业版图横跨了装修、房地产、医院、贸易，什么挣钱他做什么，他成了邯郸城里有名的精英，当选了区政协、市政协委员，他的身影经常出现在电视上，做访谈，接受采访，他说话的腔调和那些当官的几乎一样"。然而，天有不测风云，人有旦夕祸福，常言道："眼见他起朱楼，眼见他宴宾客，眼见他楼塌了。"如日中天的小姨父秦大贵患了绝症，面对生死大限，秦大贵终于大彻大悟，从此他换了一种活法，他远离尘世的纷争，不再舍命打拼，而是隐姓埋名，周游世界去了。而父亲董耀先则觉悟得更早，他拒绝秦大贵邀他出任医院院长的请求，而是主动放弃体制，自己开了一个个体诊所。他从传统中医辨证施治的理论，感悟到人生百态的"阴阳和谐、表里如一、寒热均匀、虚实统一"的道理。秦大贵永远不满足于现状，欲壑难填、一路拼杀，实属阳盛阴虚之证，长此以往，焉有不折之理？可见刘建东在此言说的是人生之理，生命之道。"甘草之味"，味苦而回甘，长嚼则无味矣。"甘草之味"岂不是生命之味、人生之味乎？

丛林海

陆颖墨

一

钟金泽和金钢的第一次相会，是在华北的一个大军港。

钟金泽新兵入伍训练刚结束，就被选入两栖侦察队。作为特种兵，侦察队每一个科目都是挑战，钟金泽的成绩都在前头，大家都称赞他，说训练完了肯定能成个"武林高手"。钟金泽听了很高兴，他初中时就得过省里的少年武术冠军，选择到海军陆战队当兵，就想当个"武林高手"。他心里就是朝这个目标努力的。

但是，一个新增加的科目，改变了他的人生。

从直升机上快速滑降，侦察队训练好几年了，都是平地滑降，钟金泽滑得很漂亮。这一次增加了山地滑降，因为是第一次训练，难度很大，危险也大。之前平地滑降钟金泽得了第一，这回他自告奋勇第一个冲出舱门。

从上百米的空中滑下，他头朝下，戴着战术手套的左手紧握滑降绳，两腿盘起，用陆战靴夹住绳子，保证下滑的速度，右手拿着微型冲锋枪。山峡间的风大，漫山的椰子树都飘起了秀发，远处的山峦涌动着绿色的波涛。绳子随风摇摆的幅度也大了。钟金泽顾不上这些，两眼死死盯着山坡，努力避开树林和岩石，寻找稍微平坦的泥地，同时在寻找阻击他的目标。突然，树林中冒出了两个胸靶，他瞬间启用微型冲锋枪，两个点射，击中了目标。这时，头部已接近地面，他瞄准了一块草地，一个翻身，稳稳落下。就在双脚着地的瞬间，他心里喊了一声："完了！"

右脚落到一块不大的石头上。石头的表面和泥土平齐，厚厚的青苔让他误认为是青草。巨大的下降力让他的右腿滑出，骨折了。

住院生活非常难熬。三个月后，他终于站了起来，能和以前一样行走。但是医院的结论给了他沉重一击：两年内，右腿不能进行剧烈运动。

两年，对一个服役期只有两年的列兵来说，意味着什么？难道就这样一边休养一边等着退役？侦察队肯定是回不去了，他不甘心，找领导寻求适合他的战斗岗位。领导很关心他，也为这么一位优秀的士兵感到惋惜。和医生商量多次，结论是回到普通步兵连他都不符合条件，因为同样有大幅度的跳跃和冲刺，除非他还想住回医院。唯一可能的岗位就是装甲车驾驶员，但也要等到明年。因为每辆装甲车都是各个战位协同训练，今年已经开训半年多了。

他着急，领导和战友们也为他着急。

出院后的第十一天，就在钟金泽憋得快要发狂的时候，领导把他找去了——有两个岗位：一、去汽训队学开车，学成后调到舰队机关小车队；二、海军军犬训练基地要开设一个军犬训练员班，去北京学习一个月，然后接回刚刚毕业的军犬，带着军犬去西沙六号岛。

六号岛？

他知道，六号岛现在正处于前线，海上形势紧张，更重要的是他去过六号岛。于是，钟金泽毫不犹豫地选择了军犬和西沙。

在北京郊区海军军犬训练基地的训练场上，钟金泽兴奋地看到了一条条生龙活虎的军犬。看着军犬钻火圈、躲炸点、跃高墙、渡激流，钟金泽不由得感叹一只只军犬都是好样的。他们训练员班有二十多个学员，来自全国各地海军部队。每位学员都要在这二十多条军犬中，找到适合自己部队的军犬。

钟金泽看了好几天军犬表演，有点儿眼花。长得都差不多，表演技能上也各有优长。挑哪一条呢？他想了好久，终于找到训练教员，说要找一条不怕大海、不怕风浪的军犬，希望能在海上试一下。钟金泽这么想，是因为他在侦察队时，在西沙海训过。那次礁盘上风急浪高，好多战士在齐大腿深的海水中跋涉，差点儿被大浪冲倒。钟金泽当时也受到了惊吓，所以长了记性。

教员很为难，说在这北京郊区到哪儿找大海去？再说前几天军犬们在白洋淀泅渡，风浪也不小。谁都看到了，哪只军犬也不差。

钟金泽很倔，坚持自己的要求。他说，自己要去的那座岛，是在远海。南海的风浪，白洋淀怎么能比？万一就是在风浪大的时候有敌情呢？

教员只好把钟金泽的要求汇报了上去。没想到上级很快答复：这个建议很好！

第三天，两辆大卡车出现在了华北的一个军港。一车是学员，一车是军犬。

选择这个日子就是因为风急浪高。下午三点，风更大了。港区内波浪滚滚，不停地拍打码头，轰鸣声中浪花能溅到岸上。而港外的浪涛就更大了，不时有水柱越过防波堤。只听一声令下，一群军犬沿着一千五百米的防波堤朝尽头跑去，看上去像一股黑色的急流。很快，它们冲到了防波堤的尽头。

像紧急刹车，都停住了。早已守在这里的驯犬员大声下令："跳下去！"面对大浪，所有的军犬都有些迟疑。这尽头是内港和外海的交界处，右边浪小些，左边白浪滔天。它们似乎拿不定主意该往哪儿跳。

一条军犬跳进了外海，马上让白浪淹没，很快又冒出。它艰难而奋勇地向前游动，淹没，冒出。紧接着，所有的军犬都跟着跳进了外海。

登陆舰就在外海，很快驶了过来。舰上的学员们都很激动，没想到军犬个个都是好样的，无一例外跳进了外海。教员在意外中带着自豪地说，没有一条给他丢脸。

钟金泽赶紧找到教员："第一只跳下来的军犬叫什么名字？"

"金钢。"

"我就要金钢！"钟金泽急切而坚定地说。

军犬们都上了登陆舰。教员带着钟金泽找到了金钢。金钢马上明白站在面前的就是自己的新领导，它把脑袋伸过来，友好地蹭了蹭钟金泽的裤腿。钟金泽蹲下来轻轻地拍了拍金钢，也表示友好，说道："好样的。"想了想又说，"有成绩不要骄傲，出了渤海湾这个小鱼缸，南中国海上的风浪你可要好好见识。"

钟金泽话音未落，几个学员不干了，一下子簇拥过来。

"你，什么意思？这么小看我们渤海湾。"

"谁说渤海湾的风浪比你们南海差啦？我这条胳膊就是去年寒潮时抢险摔伤的。"

……

犯了众怒，钟金泽还真不好辩解。这时，舰上一位军官过来训斥钟金泽："你这个同志，太不会说话了。"他又回过头去，对那几个学员说："大家消消气。渤海、黄海、东海、南海，都是我们的母亲海。南海我们经常去执行任务，那里的风浪确实还不大一样。"

二

钟金泽和其他学员一道，带着自己的军犬，在旅顺坐上了南下的军舰。军舰从北到南，沿着祖国的海岸线，经过渤海、黄海、东海，最后到南海。沿途在不同的港点停靠，各部队的驯犬员就近上岸。

首先是经过渤海湾。启航那天，风浪不小，不少战士都晕得吐了，不少军犬也晕得吐了。也许是从小习武的缘故，钟金泽不晕船，但他一直担心金钢扛不住。金钢还真争气，有三分之一的军犬都晕了，它还能坚持住，只是没有刚上舰时那样活跃。钟金泽很赞赏地看着它，觉得自己挑对了，没看走眼。他情不自禁地把金钢拉到自己身边，想表扬几句。

好像是要他好看，就在钟金泽自得的时候，一声不响的金钢，哇地吐了。钟金泽虽说躲得快，靴子上也沾了不少呕吐物。金钢吐得晚，所以把别的军犬分几次吐出来的，一次都完成了。钟金泽之前有些慌神，看金钢吐完后，反倒平静了。

过了渤海湾，在青岛靠岸了。该离舰的离舰，剩余的军犬上岸休整了两小时。启航前，那些呕吐过的军犬，就是死活不肯上舰。钟金泽拉了拉金钢，金钢也死活不肯上舰，钟金泽硬要把它拉上去，金钢拼命挣脱。钟金泽火了，对金钢吼道："那么大的浪都敢跳，这点儿晕船算什么！"

一位带队的军犬教员对他说："别急，跳浪和晕船不是一回事。七十年代，就有船员受不了晕船而跳到海里去的。"

教员走过去，摸了摸金钢的脑袋，突然大声吼："起立！"

金钢一听，定了定神，马上站稳了。

教员又说："上舰。"

金钢没有动，眼神中露出了复杂的情绪。

教员又说了一声："服从命令！"

金钢像被电击了一下，又像想起了什么，马上挺起身子，下定决心，大步走上了跳板。

教员对所有的军犬下令："上舰，服从命令！"

或快或慢，大部分军犬都上了舰。还有三只军犬依然不肯上舰。教员说："这三只军犬，是谁带的？"

三名驯犬员站了出来。

教员问他们是哪个部队的。得知一个是南海陆勤部队的，两个是东海守岛部队的。教员马上通知刚下舰的三名北海陆勤部队的驯犬员，让他们把三条没晕船的军犬送回来，把这三条晕船的军犬调整过去。

青岛启航后不久，蔚蓝色的海面渐渐变成灰白，甚至泛出淡淡的黄色。钟金泽想，应该是进入黄海海面了。这一段航程，风浪小了点儿，可是还有几只军犬，包括金钢，虽然服从命令上了舰，航行中依然晕得厉害。钟金泽对这几条晕船厉害依然上舰的军犬，内心产生了敬意。

到了上海军港，教员把依然晕船的几只军犬，也调整到内地部队去了。

钟金泽怎么能同意放金钢走呢？他请求教员把金钢留下，继续南下。

教员说："金钢确实不错，但每条军犬的特点不一样。它晕得这么厉害，能一路吐到南海吗？到了南海，又怎么吐到西沙？给你换条不晕船的，也是对你们部队负责。"

钟金泽想了想，终于同意了。

让钟金泽没有想到的是，金钢得知它要被别的驯犬员领走时，冲着他叫了几声。那叫声里带着不满、埋怨和委屈。更让钟金泽想不到的是，金钢挣脱着要离开码头，走上跳板。

钟金泽心头一热，对教员说："让它跟着走吧。"

教员想了想，叹口气："好吧。"

从上海启航后，军舰接着南下，舰上留下的驯犬员和军犬都基本正常了，只有金钢在独自呕吐。钟金泽看它吐出了黄水，知道它好几天没吃东西了。这样下去，不会有生命危险吧？

他有点儿后悔一时心软，让金钢上了舰。弄不好吐废了，不是把金钢害了吗？古人说，慈不掌兵。他自己虽然是一个新兵，但金钢是他掌的兵。

很快到了舟山渔场，看到上万条渔船打鱼的场面，军犬们又兴奋起来了，一个个跑上甲板欢叫。就是金钢连站的力气都没有了，依然没有进食，钟金泽有些紧张了，找到教员。教员说："坚持到下一站吧。"

钟金泽回到船舱，摸着身体极为虚弱的金钢，说："一定要坚持住，坚持到下一站。"

金钢吃力地睁开眼睛，看了他一眼。面对金钢的眼神，钟金泽眼睛有些湿润，喃喃地说："对不起。"

他看到金钢的眼睛也有些发亮。

很快就要经过台湾海峡了。

就在要进入台湾海峡的时候，就在钟金泽估计金钢快要撑不下去的时候，他尝试着给它递上食物，没想到金钢突然开始吃了。一口，两口，钟金泽想让它停一下，怕它吃多了会吐，没想到金钢饿极了，吃了好多。

钟金泽揪着心看着金钢，怕它吐出来。

终究没有吐。

"金钢！"钟金泽紧紧地抱住了金钢。

金钢也挣扎着站了起来。双方都是热泪盈眶。

在福建军港，军犬们都上了岸，一个个都撒开了欢。金钢也上了岸，走起来晃晃悠悠的，像在扭秧歌。钟金泽又紧张了，问教员："金钢是不是晕船晕废了，还能不能恢复？"

教员笑了："这是好事，晕完船，就晕大陆。我敢保证，这回再启航，再大的风浪，金钢也不会晕了。"停了一会儿，他又说了一句让钟金泽感动又自豪的话："这样的军犬，我也少见。"

再启航不久，海水变得湛蓝起来，看来是进入了广东海域。金钢果然和别的军犬一样，变得精神抖擞了。

经过伶仃洋，没多久就到了湛江，钟金泽和几个驯犬员，带着军犬上岸报到。军舰带着最后两名驯犬员和他们的军犬，穿过琼州海峡，去北部湾方向了。

一个星期后，钟金泽带着金钢向西沙出发，到六号岛报到。

从此，金钢跟着钟金泽走向深海，上了西沙六号岛。在西沙，它立下了赫赫军功。特别是有一次，它和海军陆战队两栖侦察队的连长张亚平比武，战胜了张亚平，在整个西沙名声大振。后来，金钢又跟着钟金泽去往南沙，在那里，它遇到了前所未有的困难。

三

两个多月前，它跟着钟金泽转战到南沙守礁。

在茫茫大海之中，礁堡立在水中央，基座还没有一个篮球场大，上面的活动场地都不到半个球场。高温、高盐、高湿、强紫外线，上面的战士们极其艰苦。长期的海天一色会让人大脑迟钝，形成"海盲"，所以守礁的战士都是三个月一轮换。之前，所有的军犬在礁盘上不到两个月就憋疯了。因为金钢是"老海岛"，钟金泽于是带它上礁盘挑战三个月的目标。两个月，金钢艰难地闯过了。就在钟金泽数着日子等它最后冲刺的时候，金钢竟也突然失去了理智。那个下午，它一时失控，咬了新兵小周。虽然只是咬破军靴，虽然第二天它又恢复了正常，但是钟金泽和所有人都知道，金钢的第二次发狂不可避免。这时，台风就要来临，没有任何船只可以把金钢带到西沙或者大陆。为了部队安全，上级命令把金钢处置掉。

战友们不忍心处死这只功勋卓著的军犬，更不愿意看它发疯以后毫无尊严地死去。

终于，钟金泽他们发现台风的前奏海流是由南向北的。他们为金钢找到了一条求生之路——金钢坐上救生筏，顺着海流漂向西沙。

现在，救生筏离开了礁盘。

随着漂流筏子的远去，战友们的气味消失了，钟金泽的气味也消失了，紧接着礁盘上特有的咸腥味也在消失。金钢哭了。它试图不哭，但依然止不住眼泪。

没来南沙前，金钢在西沙参加过一次极为艰难的海上训练。当时，岛上写着一个标语：轻伤不下火线，重伤继续战斗！有一位将军上岛，问钟金泽："这标语我看不明白，重伤怎么还能继续战斗？"钟金泽尴尬地笑了笑，说原来写的是"重伤不哭"。将军"哦"了一声，又问："为什么不能哭？"钟金泽说哭声会影响大家的情绪，再说这个"哭"字看着也别扭。将军说："那还是改回'重伤不哭'吧，实事求是！"钟金泽马上改了。改完后，他还拍着金钢的脑袋说："知道吗，不能哭。"金钢听懂了，马上点点头。

金钢不是没哭过。那是刚来西沙，一次在珊瑚礁上训练，它的右腿划破了。跳进海水，伤口剧痛，金钢哼了好几声，应该也算是哭。当然，从那以后再也没哭过。钟金泽说了不哭，金钢特别敏感，更要坚决执行。

雨大了，雨点打在橡皮筏子上，发出啪啪的响声。雨声和回荡的海流声交织在一起，金钢仰头看了看乌云越来越密的天，又紧盯着前方。临行前，钟金泽告诉金钢，这雨要伴随着它漂流。金钢听明白后，兴奋地摇了摇尾巴。在南海海面，只要下雨，烈日的暴晒就能躲开了，就能避免脱水，也就能保证体力。

现在，海流正把金钢送到西沙。只要到了西沙就好办，那片海域的岛礁，金钢非常熟悉。

浪越来越大，雨越来越急，筏子漂流的速度也越来越快。金钢伸出舌头，长呼一口气。

可是，金钢万万没有想到，漂流会偏离航线。

一天一夜过去了，第二天早上，雨说停就停。海面变得湛蓝，像秋日的天空一样。金钢知道，天要晴了。

太阳突然把云层撕开，强烈的光线刺到了金钢身上。好在出发前钟金泽给金钢穿上了救生衣，怕它万一遇到大浪脱离筏子。现在救生衣给它挡住了强烈的紫外线。

金钢仰起头，眯缝着眼望了一下天空。白晃晃的太阳已经钻出云层，稳稳挂在头顶。筏子上马上变热，海面上也开始冒出水汽。金钢浑身燥热，它必须打起精神，迎战高温。

筏子航行时，有微风迎面吹来。风力增强，说明海流在加快。烈日下的金钢，对风特别敏感，它张大口，美美地呼吸了几下。筏子两边，水面上划出的波纹变粗了，浪花也高了。忽然，金钢觉得哪儿不对劲，马上看太阳的位置。它不由晃了几下脑袋，再仰头看太阳，终于判断出筏子现在漂离了预计的航道，方向偏了。经验告诉它，问题严重了，这样漂下去就要漂到别的国家去了。

四

在西沙，钟金泽带着金钢漂流过。那次漂流，金钢还立了大功！

那是金钢和钟金泽新兵时的战友、两栖侦察队的张亚平比武后。金钢战胜了大名鼎鼎、武艺高强的张亚平。张亚平虽然输了，但并不觉得丢人。他为人爽快，还特别喜欢金钢，和它成了好朋友。比武后张亚平听取了钟金泽和海岛部队的许多建议，共同研究出了一套新的海上训练方案。报上级批准后，张亚平所在的特种兵队伍和钟金泽所在的海岛部队协同训练。当然，每次金钢都参加。

有一次训练是漂流。他们乘着筏子，顺着海流从六号岛漂流到一号岛，再从一号岛返回六号岛。漂流前测好海流的方向，是朝一号岛漂去。如果漂流成功，在一号岛完成各种礁盘训练，再等待五天后由南半球越过赤道的反流把他们送回六号岛。因为天气和海洋预报没有异常，整个漂流过程不许使用指北针，确定方向白天看太阳，晚上看月亮。

漂过去很顺利，返程却遇到了麻烦。

按照测算，返程潮流很明显，参训官兵从天上的北斗星也能看出该回程了，很兴奋。来的时候，金钢、钟金泽和班长刘岩在一个筏子上。返航时，张亚平死皮赖脸找到钟金泽，把金钢要到了自己的筏子上。两只筏子一前一后，钟金泽在前，张亚平在后。

夜色中的天空，月亮和星星都很明亮。波浪里看不到倒影，黛黑色的海浪泛出的白色浪花非常明显，一道一道像战士们身上的海魂衫。漂流几小时后，天空开始要发白，太阳快要出来时，海上突然起了大雾。预报中没有雾，奇怪。很快，两个筏子互相看不到了，只能不停地用各种水鸟声编成的口令保持联系。

一团一团的雾气迎面袭来，在雾海漂流，四周白茫茫。看不到尽头，又似乎到处都是尽头。忽然，钟金泽在前头的雾中对张亚平说："别老学海鸥叫了，唱歌吧。"

张亚平让他先唱。钟金泽也不客气，马上唱了起来。歌声在湿重的雾气里传得很沉，也很浑厚。金钢觉得耳朵都有些发颤，痒痒的。这歌曲金钢太熟悉了，钟金泽老唱。

钟金泽好像就只会这首歌，名字叫《打靶归来》。钟金泽常说这几个字，特别是那个"归"字，他的四川口音是从鼻子里发出来的。

钟金泽刚唱完，张亚平马上取笑："又是《打靶归来》，你就会这一首？耳朵都起老茧了。"张亚平边说边比画着对金钢做表情。

张亚平在取笑钟金泽，金钢大致知道什么意思，没理他。前边刘岩的声音传来："老歌怎么啦，我们就喜欢这首歌，他能唱出川剧味来，你能吗？"钟金泽又跟了一声："该听听张亚平的山东吕剧了。"

张亚平是山东人，知道钟金泽回敬他唱歌像吕剧。他愣了愣，扭头对金钢坏笑。经验告诉金钢，这种笑容后面，准有什么"坏主意"等着，它马上警惕起来。果然，张亚平比画着对它说："你大叫一声，吓吓他们，就像上次你对我吼那样。"而后夸张地张了张嘴。金钢马上明白是要它冲钟金泽吼叫，当然不会理他。

张亚平见它没动，以为它没明白，轻轻在它身边吼了一声，算是催促。金钢依然不理他。

金钢只听钟金泽的。当然，现在是在任务中，在这个筏子上也要听张亚平的指令。但是钟金泽把它交给张亚平的，让它暂时服从张亚平的命令，它怎么会对钟金泽吼呢？张亚平又拍了它几下，金钢依旧没有动。张亚平急了："服从命令！"

"服从命令"，这四个字金钢当然听得懂，分量也很重。但是，让它对钟金泽吼，怎么执行？

见金钢没有动静，张亚平似乎有些沮丧，拧了一下金钢的耳朵。而后，清清嗓子，打算自己唱。

就在这时，金钢叫了。执行命令是军犬的天职，拒绝命令是军犬的耻辱，金钢不可能在张亚平这儿落个不执行命令的坏名声。它仰起头，对着钟金泽汪汪叫了起来，高一声，低一声。

张亚平惊住，钟金泽惊住，连大海白雾都惊住了。都在倾听金钢的声音。

金钢的叫声是有音符的，一个一个音符，很快让人大致听出原曲——就是《打靶归来》。这首曲子它听了多少年，多少遍。是钟金泽的最爱，自然也成了它的最爱。没人的时候，金钢不知偷偷练着哼了多少遍，只是没在任何人面前唱过，不，是汪过。

曲子很快汪汪完了，好一阵的寂静。

终于，两个筏子上都响起了掌声和欢呼声。钟金泽赶紧将筏子折回来，把金钢从张亚平的筏子上抱了过去。说实话，许多军犬会跟着音乐跳舞，但金钢哼出乐曲让他太意外了。

钟金泽拍着金钢的脑袋，对张亚平说："当年我从训练基地领回金钢，教员说，金钢训练好了，智商能超过十岁儿童。现在我看，金钢比十岁的孩子厉害多了。"金钢知道他在夸自己，十岁、十二岁，这几个词钟金泽说过多少遍了。

钟金泽接着吹开了，金钢虽然不全听得懂，但感觉到句句都是夸自己的。

那一次在台风中救下渔民，金钢立了功，得意得不行，让刘岩训了一顿。金钢吸取了教训，现在，在大家的表扬声中，它赶紧低下头，眼睛出神地看着水面。正是这一看，让它一个激灵。

来时，过了大半航程，他们遇见了一大片珊瑚礁盘。在水下很近的地方，透过翡翠一样的海水，阳光随着波浪晃动，好似繁星点点。水下的珊瑚林中，随着光线的变动，变幻出各种色彩和图案。随着筏子的移动，一片片珊瑚林交替显现，在水下摇曳飘动。五颜六色的鱼儿，在珊瑚树枝之间游弋穿行，真好看。大家都说比六号岛上的椰林好看多了。

战友们在赞叹，金钢也有些小小的冲动，真想一头扎下去游戏一番。它看珊瑚林的时候，闻到了一股强烈的海腥味。这种腥味，区别于一般的海面。它循味看去，看到水下还飘舞着一条条不知名的植物，像海带，也像海草，味道很吸引它，有点儿像煮熟的海蟹。这片水下树林很大，筏子在树林的头顶上航行了好长时间。

钟金泽和刘岩对这片树林很有兴趣，指指点点，说他们是在林梢飞行，还说要给这个礁盘起个名字。

金钢牢牢记住了这片树林的气味，这是它的习惯。现在是返程，都漂流一大半时间了，虽然有大雾看不见海面之下，但那股腥味是应该能闻到的。金钢发现了问题，它马上冲着钟金泽和张亚平叫了起来。

两个筏子正要分开，张亚平身子探过来，伸手拍拍它的脖子："让你叫，你不叫。受了表扬，又叫了。"

钟金泽马上说："有情况。"同时用目光询问金钢。金钢用前爪指指水下，又画了一个大大的圈，再指指筏子的前方，摇了摇头。

钟金泽对张亚平说："漂流方向错了。"

急忙打开备用的指北针，果然严重偏离了航向。原来，他们漂流出来不久，就拐了九十度的弯，按时间计算，再有几个小时就可能漂到非实控区了。

紧急呼救。

我们的巡逻快艇很快赶到，把这两只筏子接了回去。

上岸后，张亚平抱着金钢亲了一下："好悬呀，要不是你老弟，还不知要发生什么呢。"

五

这次漂流训练，让大家更加认识到大海的莫测。海上训练与大陆不一样，与岛礁训练也完全不是一回事。钟金泽和张亚平带着"老海岛"们，反复研讨这次返航漂流失败的原因。几天后，上级也派来了专家。通过对返航期间潮流的研究，终于找到了原因。

说到土台风，南海的官兵没有不知道的。土台风，天气预报测不到，神出鬼没，让人们措手不及。上次钟金泽带着大家救出的那艘触礁的外国渔船，就是中了土台风的招。专家们找出的原因是：在土台风前形成的土海潮，让这次漂流拐了弯。

海潮的流向由寒向热。在西沙南沙，由北向南的海潮是北方形成的寒流南下，而由南向北的海潮是南半球过来的寒流越过赤道形成反流。这南北两种寒流如果同时发生，而且经度相差也不多，就会在海面上相撞。因为双方寒流力量的不同、角度的不同，撞击后形成了大大小小不同方向的各种支流。这种支流如果力量大，会形成独立的海潮和台风，而且走得很远。钟金泽他们拐错方向就是遇上了这种支流。

他们在对着巨大的南沙海图分析时，金钢总在旁听，当然，它不可能都明白。事后，钟金泽再给金钢补课，用它能懂的动作和词汇。

后来的每次海训，针对不能提前判定的海流的研判反倒成了重点。布置任务，金钢也都在边上。特别是那次演练前期的考察，上级给钟金泽、张亚平他们派来了直升机，让他们在空中把整个西沙海域基本看了个遍。

在空中看西沙，钟金泽还是头一回。他不断地被身下广袤博大的海面震撼，感叹大海的奇妙莫测。他对张亚平说："你看这大海，现在静止不动，像蓝色的草原。"金钢在飞机上更加兴奋。这些岛屿，金钢都去过，也很熟悉。在海图上，钟金泽多次讲过它们的位置，但从空中这样看，完全不一样。看着飞机的投影在海面上滑行，就像一只小虫在大地上爬行。金钢也受到了大海的震撼。

钟金泽说到"草原"这个词，唤起了金钢许多记忆。在军犬训练基地时，金钢在锡林郭勒、呼伦贝尔草原上训练过。尽管草原也是一望无际，但金钢不怕，因为脚下坚实的土地可以让它尽情驰骋。还有大地上的各种气味，可以使它在判别方位时从容自如。但是，在大海面前，一切都变了。一离开海岛、礁盘，在流动的海上，既不能奔跑，也不能捕捉气味、分辨方位。

因为那次雾中漂流金钢立了功，上上下下都期望它作出新的贡献。但是金钢很长时间没有给大家带来兴奋了，流动的海水让它无从下手。但钟金泽对它不放弃，一直为它找出口，让它能做的先做，一步步朝前。首先是把西沙各个礁盘弄清楚，牢牢记住它们的气味。后来，金钢又把有水下森林的海域，以及它们气味的差别记住。再后来，让它尽可能分辨出不同海区的气味差别，哪怕是极细微的。

最艰苦的训练，是在112号礁盘。

在最新印出的1∶6500的海图上，这个礁盘刚刚出现。因为南海的博大和复杂，对它的勘测总在不断完善。这几年，海军勘测部队艰苦作业，只要发现礁石，不论大小，总是第一时间通报部队。这个命名为112的礁盘，表面由茂密的珊瑚组成。从水面上看，一簇一簇的。在水下，礁盘的基座很大，而且是坚实的火山岩。落潮时，会有大片的珊瑚像丛林一样露出海面。这儿的珊瑚呈金黄色，在太阳的照耀下，金光闪闪。

钟金泽和张亚平第一次踏上这个礁盘，就被这片丛林吸引了。张亚平上过军校，知识面广，他判断出最大的一簇丛林下面会有一个不小的洞穴，由珊瑚交织而成。洞穴高出水面的部分应该不少于半米，上面由珊瑚枝交织盖住，空气肯定和外面是通的。

张亚平决定亲自下去探测。钟金泽抢着要下去，说这儿的海情他熟。张亚平说："那次直升机的滑降，你是第一个冲下去的，把我甩成了第二。这么多年，我一直想找回一个第一。这回肯定是我下去。潜水是我在特种兵学院主要的课程，你才学几天，能赶得上我吗？"钟金泽虽然觉得他口气又大了，但也不好再说什么了。

张亚平穿好潜水衣，背上氧气瓶，在水下围着礁盘潜行一圈。他还真发现了通道的洞口。张亚平冒出水面，告诉大家他要钻进这个通道。钟金泽想拦已来不及了，他让金钢用嗅觉在上面珊瑚枝的缝隙中追踪张亚平。

但是，张亚平的行动线路上，许多珊瑚枝是在水面之下。金钢只能不断跋涉，在下一个露出水面的地方，找到张亚平的气味。

六

突然，张亚平的气味似乎消失了。

金钢马上报告。钟金泽想了想，只能让金钢下水潜行寻找。

金钢很快钻进了那个洞口。潜水，它训练过。去年，有一群科学考察人员到六号岛研究珊瑚礁。潜水员在水下作业，他们带了一条经过训练的海豚，定期下水送器材、取标本。钟金泽抓住这个机会，让海豚带着金钢潜水。虽然金钢在水下的时间不能太长，但它的潜水本领进步很快。

戴上潜水镜的金钢，在洞里飞快寻找。通道很漂亮，金色的珊瑚在清澈深蓝的海水里，形成一幅幅流动的画面。金钢每潜行一会儿，就会找到一个露出海面的珊瑚丛换气。就这样，它很快到了通道的尽头。这里没有张亚平所说的洞穴，却好像有张亚平的气味，这气味飘忽不定，很奇怪。张亚平在哪儿呢？它又在水面换了口气。

很快，它的嗅觉捕捉到了一股张亚平的气味，低头发现一串串水泡冒出水面。气味就在这水泡里！

金钢一头扎了下去。由于这一片水下全是火山岩，光线很暗，金钢一下碰到了底，额头有些擦伤。它顾不上疼，咬牙定神，发现火山岩里又是一个通道，不远处有亮光，张亚平就在前面。它赶过去，才发现张亚平氧气瓶上的管子卡在那边洞口的一根珊瑚枝上了。它用爪子去拨管子，珊瑚枝上的倒刺把管子钩住，拿不下来。金钢不得不蹿上水面，换口气，再快速潜下，张开嘴，准确地咬住了那根珊瑚枝的上半截。锋利的牙齿切断了珊瑚枝，它的嘴又被划伤了。

张亚平出水了，金钢也带着它的轻伤出水了。

出水后的张亚平对钟金泽说，已经看到了洞穴。他要去掉潜水装具，再潜进去一回。钟金泽死活不答应，说太危险了。张亚平说："危险啥？金钢什么也没带，不也潜进去了吗？难道在潜水上我还不如金钢吗？"

张亚平顺利进去后，把大家也一个个领了进去。金钢虽然带着伤，但轻伤不下火线，也坚持着跟了进去。真是个好洞穴，面积有上千平方米，高出水面的部分大多在半米以上，有的还超过一米，真像个大厅。大家胸部以上都可以露出水面，头顶上布满了金色的珊瑚。阳光透过珊瑚的树枝照射进来，水面上也泛着星星点点的金光。再仰头，可以看到斑斑点点的蓝色天空。

张亚平和钟金泽很兴奋，因为这一带在西沙的边缘，离其他国家很近，而周边几十公里之内没有岛，也没有较大的礁。这完全可以作为躲避台风的应急场所。而且脚下的火山岩很扎实，范围也广，应该马上建议上级勘察，能不能建一个水下洞库，或者工事。

各式各样没有见过的鱼在身边游弋。它们不怕人，应该也从来没见过人。钟金泽对张亚平说，他刚上西沙的时候，许多"老西沙"告诉他，原来岛和礁盘边上也有好多没见过的鱼，也都不怕人。后来来的渔民多了，那些鱼都不见了。张亚平感叹道："这儿真是一个热带鱼的博物馆啊，可要好好保护。"

就在这时，他们看到了一条特别奇怪的鱼，大概有一个巴掌那么大，全身闪烁着蓝色的荧光。在它的鳃鳍后面有一个标准的圆圈，远看像时钟，近看像"金利来"的标志。那个圆圈那么圆，就像印上去似的。战士们都说肯定有科研价值，想把它抓住带回去。

没想到，他们刚要动手，鱼好像知道了他们的心思，一头钻进了像鸟笼一样的珊瑚洞穴，看得到，手却伸不进去。有个战士急了，准备用刺刀伸进去驱赶。钟金泽急忙吼住，怕伤着了鱼。还有战士建议砍掉两枝珊瑚，钟金泽训斥："你们知道就这么一个枝要长多少年吗？"

大家于是依依不舍地和鱼告别。

完成了任务，他们把建议向上级报告了。建洞库的事，上级说建议很好，还要深度论证。但是，作为避难点，马上就可以实施。专家来勘察后，建议把通道最后一段岩石挡住的地方直接打通。打通的方式让钟金泽他们大开眼界，用的是最新的爆破方法：小剂量炸药分时段连续爆破。整个爆破过程中，上面的人几乎感觉不到震动，洞里面那些美丽的鱼也只是受了一点小小的惊吓。

因为整个洞穴都由金色珊瑚组成，大家习惯把这儿叫作"金色大厅"。

七

金钢很着急。偏离了航向，飞快的潮流要把它送往不在我方控制范围的岛礁的方向。

天上的太阳，虽然偏向西方了一点，也弱了一点，但还是很猛。阳光打到金钢身上，仍然像钢刺一样，黑色的橡皮筏还在发烫，幸好救生衣为它挡住了大半个身子。现在筏子已经被海流劫持，它必须抗争。以往都是钟金泽下达命令，而现在没人下命令了。

金钢用牙齿解开一个水手结，快速捧住一瓶矿泉水，咬开瓶盖几口喝光。而后，它把两只桨拿出来，前爪套进桨把上的橡皮套。按照训练的那样，它用力划了起来。

筏子艰难地和海流对抗，虽然抗不过海流，毕竟延缓了朝西边的移动。金钢心想，咬牙，坚持住，能多划一下也是胜利。

划了不知多久，金钢感觉到浑身无力。论爆发力和冲击力，它常常让钟金泽引以为豪。但耐久力是它的弱项。就是弱，它也不放弃。只要还有一口气，它就要回到它的西沙。

太热、太累，前肢从酸痛到麻木，终于支撑不住了。双肩异常难受。但是，它依然没有停下。

看不到希望，它也不肯放弃寻找希望。

隐约中，金钢的眼前出现了金光，真好看。金光里一座小岛出现了，上面还有一片小小的椰林。是六号岛！眼前的椰林，是那样地亲切。近了近了，首先看到的是接替它的军犬黑剑，还有一大帮水兵，都拥到小小的码头上，他们扔过来缆绳。它接了几次都没接到，不知怎么的，前爪就是不听使唤。终于，一根绳套套上了它的右前爪，它身子一震，听到轰的一声。

八

金钢醒来了。

由于过度疲劳和脱水，刚才它昏睡过去了。现在，它和它的筏子，都被裹在一张巨大的渔网里。一艘不小的渔船，正在收网。金钢在筏子里，明显感到网格绳索的压力越来越大。桨还在前爪上，四肢和整个身体都动弹不得，而且，由于网格的收缩，前爪被双桨折起，关节被拧得生疼。

不一会儿，上了甲板。

几个渔民围拢过来，对着它的筏子指指点点。金钢看到，他们指点的是筏子左右两边分别喷上的中国国旗和海军军旗。它警觉地看向渔船尾部，是一面邻国的国旗。这面国旗，它非常熟悉。对周边国家的国旗，钟金泽让它记得滚瓜烂熟。

金钢明白了自己的处境。现在它浑身无力，四肢酸痛而且被渔网勒住不能动弹，没有任何反抗的机会。

它得迅速寻找对策。

这渔网是尼龙的，它用利齿试着划了一下，马上断了一格。无疑，它很快能把网咬开。如果有出发前一样的体力，它冲上甲板，这几个人还真不在话下。但现在它做不到。而且前爪上的双桨还套着，行动极为不便。更重要的是，它头脑昏沉，四肢根本不听使唤。

两个年轻渔民过来，拿着长长的铁链。金钢知道要是自己让铁链困住，那就更麻烦了。不能让他们得手！

等那两个人走近，刚要解开渔网时，它突然扬起头，双目射出凶光，大啸一声。

这叫声猛烈低沉，两个年轻人一怔，赶紧撤后几步。远处的几个人也被吓得退后几步。

这一吼，金钢竭尽了全力。它觉得自己气都喘不过来了，眼睛有些发黑。但是它努力让自己撑住，就这样不动，逼视着对方，把所有的力量，都凝聚到双目中。

就这样僵持着。

那几个人在不远处商议起来，他们一时没法对付这只军犬，得等他们的巡逻艇过来。金钢是听不懂他们的话，但从他们的手势和神态以及自己特殊的感觉，金钢判断他们要把自己交给他们的巡逻艇。

金钢现在急需补充水分和食物。稍稍休息后，它的体力就能够恢复，就能冲出这个渔网！

渔网开始动了。金钢一看，他们是想把渔网吊在半空。抓住时机！金钢装作被渔网的收缩力推动，顺势弯下腰，飞快地咬脱了前爪上的两个橡皮套，弓着后背，把脸紧贴网格。渔网停止了上升。金钢翻身趴在了筏子上，用筏身作掩护，它"解决"了两瓶矿泉水、一个食品包。

太阳就要接近海面了。有些微微的凉风吹来，金钢重重地吸了几口，准备迎接即将到来的大战。

有两艘返航的渔船在远处海面出现，这边船上有人吹起了海螺。听到螺号，那两艘渔船一前一后靠了过来。金钢看情况有变，撕破渔网，大吼一声扑上了甲板，直奔驾驶舱。

不到一分钟，金钢已经把驾驶舱的三个人全部赶了出去。它先不理会他们，快速找到通信电台，把天线咬断。这样，他们就无法通知巡逻艇了。这种训练，不知经历了多少次，实战还是第一回。

不一会儿，一艘渔船过来了，船头慢慢靠近这艘船的船头。金钢冲上船头刚要起跳，对方的渔民突然拿出高压水枪。一股强大的冲击力，准确地把金钢击倒。金钢被打疼了，痛苦地哼叫着，在这边船头打了几个滚，一直滚到了另一个舷边。在对方视线看不到的地方，它飞快起身，顾不上左肩被水枪击中的疼痛，顺着外侧的舷边朝船尾飞奔，到了后甲板，它斜插过去，又腾空跃起。

两艘船的后甲板离得较远，两条船呈八字形相连。长距离的助跑，让金钢产生了极大的爆发力。它黑色的身躯像闪电一样，在空中划了一道美丽的弧线，稳稳地落到了那一艘船的后甲板。真带劲，好久没有这么酣畅淋漓地飞跑了。

这段时间在南沙礁盘上，金钢是怎么训练跑步的？不到半个篮球场的地方，每天转着圈跑，一不小心就要掉到海里。跑久了，还容易头晕。

那支水枪又从船头射来，紧追着它。但总是够不到它的尾巴，等它落到甲板，船头的人连它的影子也看不到了。

驾驶室里的人还没反应过来，它已经冲进去，咬断了电台天线。

九

这时，第二艘渔船也快速赶到。

金钢看后面赶来的这艘渔船比前面两条都要大，一下子觉察到了形势的严峻。

南海海面的这些渔船都配有高压水枪，是专门防海盗的。渔民们一旦遇到海盗，边呼救边靠水枪与海盗抗衡。等到渔船越聚越多，等到巡逻艇过来，海盗也就只好放弃。船大，高压水枪的力量就大。

金钢从这艘船的船尾，跳上了靠过来的船头。

奇怪的事情发生了。

船头上没有出现高压水枪，有两名水手站在一边，目光有些怪异。这种情况更让金钢警觉。它顾不上了，一路狂奔，冲进了驾驶室。

驾驶室里的情形让它吃惊。舱里有两个人，都笑眯眯地看着他。金钢看电台，没有打开。它用目光逼视这两个人，刚要扑过去，忽然嗅到一股熟悉的味道。没错，这是记忆里的两个熟人。是谁呢？正揣摩，有一个红衬衣叫了一声"金钢"。

金钢浑身如过电一般，怀疑起了自己的耳朵，晃了晃脑袋。

"金钢！"那个红衬衣冲过来，抱住了它。

哦！金钢认出来了，上次钟金泽带它冒险从台风里救出来的，就是这个小伙子！边上那个笑眯眯看着它的是小伙子的父亲，也是上次一起被救出来的。因为刘岩的父亲被他们国家的巡逻艇抓住过，还打伤了腿，所以刘岩决心当海军。当时要不是钟金泽把刘岩抱住，这个父亲不知要挨刘岩多少棍子。

金钢跟着这父子俩走出了驾驶舱。

其他两艘船上惊魂未定的渔民全呆了。父亲大声对大家说起了上次台风获救的事，接着红衬衫又说了起来，说着说着，抱着金钢哭了。

金钢眼睛也热热的，嗓子哽得厉害。它似乎能听出他们在说什么。

接下来，这艘船上的人搬出了一箱箱东西，不知是罐头还是烟酒，给两艘渔船分去。后来又加了几箱给捞起金钢和筏子的那艘船，搬回了金钢的筏子。

父亲让人把筏子搬进舱里，而后，返航。金钢冲进舱里咬住绳子，又把筏子拖到甲板上，要把它扔海里。金钢不愿跟着渔船返航。父子俩把它拦住，他们商量一会儿，渔船突然掉头，朝着东北方向，也就是金钢期望的西沙方向驶去。

金钢一怔，马上明白了，兴奋得不知怎么才好。儿子用标准的中文、简单的词汇比画着告诉金钢，好好睡一觉，他们只能送到西沙边缘，那边有台风还没走，到了台风边缘再等待。

确实需要睡一觉，金钢还要搏击风浪！

有规矩，和陌生人在一起，金钢是不能睡觉的。但现在，它明白自己必须睡，西沙海面的台风在等着它，要积蓄体力。钟金泽不会给它下指令了，只有它自己做主。

父子俩安排它住在甲板上方的一个大房间，一看就是船长住的。船上位于甲板以上的房间很少，因为有窗户，通风好，但金钢拒绝了。相邻的几个房间，它也没有要，因为它看到这儿人不少。对于父子俩，它可以放心，但对其他船员，它依然警惕。

无奈，父子俩只好带它把整条船看了一遍。甲板下，除了机房和大型冷库，船头船尾各有一个船舱，都是渔民住的。船头的船舱，还兼着锚链舱，住的人少，空间大，金钢就挑了这儿。刚要躺下，忽然觉得不对，这只船舱只有一个进口，在顶部，一旦被人封住，它毫无还手之力。它起身跳上甲板。虽然钢板上尚有太阳的余温，但天已不像白天那么热了。它选准前甲板，准备在这儿过夜。

父子俩看着它，不知怎么才好。忽然，儿子一拍大腿，领着金钢回到了后甲板舱室，打开了一个大房间，和厨房相连，有三十多平方米。金钢一闻，就知道这是餐厅。三面都有窗户，回旋空间大。它终于同意，睡着了。

十

天还没亮，隔壁厨房的操作声把金钢惊醒，金钢起身，不敢再睡。过了一会儿，红衬衣把它叫到甲板。天上又见蒙蒙细雨。金钢心中一阵狂跳，眼窝发热。这细雨告诉金钢，已经接近西沙海域了。它的鼻子似乎也嗅到了西沙的味道。它马上提起精神准备迎接风浪。

返回餐厅，已为它准备了丰盛的早餐。有罐头，更有牛肉和排骨，这都是金钢爱吃的，摆了好几个盘子。金钢很感激，它的肚子很羞涩地咕噜了几下，它张开嘴，要风卷残云把它们消灭。舌头刚碰到一片牛肉，忽然像被烫了一下似的顿住。

到西沙以来，金钢一直就只吃钟金泽和刘岩喂的食品，其他人的，它一概不吃。在这方面，金钢也犯过错误。按理，在岛上只要不起台风，金钢的饮食都很丰富，它的伙食标准很高。但台风期一长，补给一断，只能以罐头为主。台风前，钟金泽他们会在落潮时，在礁盘上捡来一些鱼类晒干储藏。当然，做好了也会给金钢一份。金钢觉得自己饭量太大，抢战士们的鱼吃，有点不好意思。终于，它偷偷在礁盘上捡了几条石斑鱼和金枪鱼，放到了一个多年前废弃的礁堡上晒干，而后藏在礁堡里。谁知，第二天钟金泽就发现了，把鱼拎过来，挂在了它的犬舍门口。钟金泽没有批评它，却比批评还要难受。每个路过的战士都要问问，金钢这是怎么回事？这件事，和哭一样，成了金钢揪心的记忆。

从南沙出发漂流前，钟金泽告诉它，到了西沙，只要穿海军服的给它食品，它都可以吃。但是没有告诉它可以吃渔民的东西。钟金泽不在，它再一次自己作出了决定。它摇了摇尾巴，抱歉地朝父子二人叫了几声。应该说，这是金钢最最诚心的表达了，尾巴，它是轻易不摇的。对钟金泽、刘岩，它摇过。就是张亚平，也没有享受过这个待遇。而后，它从筏子上找到了自己的食品包，解开吃了。

父子俩相视了一会儿，似乎也理解了。

就在这时，一个渔民着急地冲进来告诉父子俩，刚才有两个渔民偷偷给巡逻艇发了电报，巡逻艇正在追过来，还通知他们返回。父子俩脸色变了，商量了一下，红衬衣拿出海图对金钢比画着，告诉它现在他们是在西沙海域的西边，但风浪还没下去，只能等待。

就在这时，渔船掉头返航。

又返航了，金钢正不知怎么回事，红衬衣把金钢领到右舷边，指着远方的一片浪花给它看。金钢刚一伸头，整个身子扑向了大海。

是红衬衣推了它一把。

金钢在海面上游泳，着急地叫唤。渔船停了下来，两个船工把救生筏抬了出来，扔到海面上后，渔船便快速驶离了。

金钢只好游过去，爬上了它的筏子。它看了一下东方，风浪不大不小，好在原先那股凶猛的海流消失了。现在筏子下面的潮流是向北的，只要不朝西，它在细雨中等待就行了，等风浪再小些，它就拐向东。它感激地朝这边海面回望一下，看到渔船已经很远了，红衬衣还在船尾向它挥手。它赶紧挥了挥右前爪，生怕对方看不清，又深情地吼了一声。

这一声对方听到了，很快用汽笛作出了回应。金钢的眼睛又热了。

十一

南沙礁堡平台上，钟金泽正在检查雷达防风设施，几小时后，台风就要来临。现在旗杆上的国旗在猎猎作响，钟金泽和雷达兵的衣服都鼓了起来，仿佛有飞腾的感觉。两人不自觉地抓住了手里的绳子，绳子系在礁盘上。刘岩顶风冲到钟金泽的身边，呼呼的风声把他的声音吹走了一大半，钟金泽把耳朵贴近他的嘴巴才听清楚。是来报告上级刚刚通报的海流变化的情况。

这工作本来不是刘岩负责的，他来报告？钟金泽听了几句，马上把手头工作处理完，钻进了礁堡。

气象报告是上级明码电报传来的。钟金泽和刘岩摊开海图，很快发现一股日本海过来的寒流已经袭击了南沙北部的海域，正在向西推进。马上就叫来中国海洋大学毕业的气象员展开计算。金钢按预定海流漂流的位置，果真就在这两股海流的交界区域。

所有人都倒吸一口凉气，心悬了起来。如果没有特殊情况，金钢就要被这股海流冲出原有海流，因为这个位置新海流的速度很快，势头很足。

钟金泽问气象员："能探测到金钢现在的情况吗？"

他说完这句话自己也心虚。漂流前，气象员和报务员用礁盘上储备的单兵对讲机做了两个简易的呼叫设备。单兵对讲机的最大距离也就是二十海里，现在怎么还能收到信息呢？因为为金钢设置了特殊的频道，到了西沙海域，只要在二十海里之内就可以根据信号强弱的变化找到它，普通收音机调到这个频道，也能听到当时那边传来的声音。当然，前提是金钢那边必须正常开着，而且电池没有用完。这对西沙那边的舰艇搜救特别有用，对直升机的搜救就更有用了。现在金钢已经出去几百海里了，在南沙怎么可能搜索到它的信号呢？

钟金泽还不死心："咱们那个全球甚高频对讲机，能不能调到那个频率上？"

"能。"

"那赶紧调上联系啊。"钟金泽急忙说。

报务员说："不行啊，我们向它发射，对方可以收到，但我们收不到它的。它可发不了这么远。"

钟金泽想了想，也是，自己一急就全糊涂了。他让自己冷静下来，马上打电话给西沙，找到正在那儿执行任务的张亚平，再次叮嘱他，一定要在那边准备好，做好搜救金钢的准备。

张亚平在那边很诧异，说台风还没来，你怎么就张罗台风后的事。"这边上级已经部署，金钢到了西沙我会第一时间搜救。这边就不用你再操心了，你还是抓紧搞好自己礁上的防台工作。"但是，听到金钢有可能偏离航道，他还是心里一惊。

张亚平的话虽然让钟金泽很不满意，但他还是让自己清醒。抓紧部署防台，迎接即将来临的挑战。

张亚平放下电话，静坐了一会儿，又马上拿起电话，接通了西沙守备部队的作战指挥室。他想了解一下台风过后，搜救金钢的总体方案。

对方说，台风过后，首先是岛上的舰艇和在岛上避风的渔船分别搜救，气象允许时，直升机在空中搜救。

张亚平问有没有对搜救任务的细化布置，比如，哪个舰船负责哪片海域？什么时候飞机可以出动？几架飞机？什么人上舰船，什么人上飞机？

对方说现在岛上的首要任务是防台，搜救是在台风过后。台风过后的气象，目前也只是预测，不可能细化，也没精力细化。

张亚平说凡事预则立不预则废，他建议根据台风后可能出现的情况，拿出几个备用方案，到时候略作调整就行。这样可以抢时间，兵贵神速。

值班参谋有点烦了，说："这儿忙得要死，为一条军犬，你要我们马上给你做出几套方案来，现实吗？"

张亚平想想也是，但是他不想放弃。他原想当面向守备部队首长汇报，因外面风太大，只好用电话再去打扰首长，说自己想拟订个搜救方案，提供给作战指挥室。

得到首长同意后，他又联系了钟金泽，详细询问了金钢身上的呼救信号，同时要钟金泽那边的气象员帮助尽快测算出这几天金钢漂流过程中的海流变化情况，也要测算出台风过后西沙海域及附近的海情。需要数据，他可以搜集提供，但测算工作非常复杂，西沙这边忙于防台，暂时没有精力。

几个小时后，钟金泽那边把金钢漂流的可能航线报了过来，把金钢可能偏离漂流的方位也报了过来。张亚平很吃惊，这不是要漂流到别的国家去了吗？

钟金泽告诉张亚平，他们那边台风来了，随时保持联系。他们的气象员首先也要忙于礁盘上的防台工作。

金钢现在到哪儿了呢？

张亚平在询问，钟金泽也在询问。

这时，钟金泽想起了一个人。他马上拨通六号守备队，问阿洪是不是在岛上的潟湖避台风。那边说是。阿洪船在潟湖里，人员都在营房里，马上和钟金泽通上了话。

阿洪是位老船长，常在六号岛一带打鱼，也常到岛上来避风或者问医求药，和官兵们很熟。特别是有次钟金泽带着金钢，让他们避免了一次严重的火灾事故，阿洪他们对钟金泽和金钢特别感激，也很亲热。

钟金泽记得阿洪跟他说过，他们这些在远海打鱼的渔民，都是一伙一伙的，每一伙都有自己的通信电码。他们的电码也保密，生怕遇到鱼群通知同伴时被别人知道，也来抢鱼。当然，这种电码保密技术也就那么回事，像阿洪这样的"老南海"，在普通收音机里听几声嘀嘀就能判断出来是啥意思。钟金泽在电话里让阿洪马上关注一下周边海域渔民的通信情况，特别是关于金钢的消息。

阿洪说，他的渔船也接到了台风后搜救的任务，所以这段时间已经关注重点方向的渔船通信，但没听到任何关于金钢的消息。

钟金泽有点失望，也有点感动，只好嘱咐他继续关注。

这种失望没有持续多久。

早上，阿洪在全球通用的渔船呼救频道——16频道上，听到了有条渔船向他们国家军方呼叫，说他们船上有一条中国军犬。发电报的人似乎很不熟练，这几个字中间还有发错的。但是，阿洪判断出肯定是金钢，马上向守岛部队报告。钟金泽很快知道了。

钟金泽的心揪了起来，他的第一预感被证实了。但是，他身在南沙，毫无办法。他马上接通六号岛，问阿洪那个方向还有没有我们的渔船，看怎样能把金钢弄回来。他估计，那个方位风浪也不小，又在公海上，对方的巡逻艇即使过来，也不会为一条犬跑那么快，我们要争取时间。

阿洪说，这个办法他也想到了，但没有找到熟识的渔船。同时，他也安慰钟金泽，这16频道的呼救，除非海难和遇到海盗，否则一般情况是没人用也没人搭理的。

钟金泽马上让自己的报务员也关注16频道。

张亚平也得到这个消息，他比钟金泽冷静了些，觉得有消息总比没有消息强。只要金钢还在，就会有办法。他安慰了钟金泽，也迅速用电话找到阿洪，和他一起研究金钢可能出现的方位。台风一停，所有搜救舰船都可以朝那些可能的方向奔去。

也巧，就在张亚平和阿洪通话商量时，阿洪说船上的报务员刚过来，又递上一份电报。

钟金泽和张亚平自然不知道，这个电报是红衬衣和他的父亲一块儿发的，他们用特殊的方式向这边传送了金钢的方位。

钟金泽的心情和海面的风浪一样，越来越不平静。希望起来了，内心的焦虑比希望更加强烈。

十二

雨还在下，天渐渐黑了下来，海面又变成了铅灰色。金钢朝东边看了一下，风浪明显在减弱，它觉得应该划桨冲进海流的中心。只要冲进去，几个小时后就到西沙了。而天亮以前，西沙海域的台风就将消失。台风消失后，西沙的舰艇和直升机都会来寻找自己。钟金泽告诉它，张亚平就在西沙，他一定会带着他的特种兵一道寻找。

只是，在南沙的钟金泽他们，还要困在台风中好久好久。

金钢朝南沙方向凝望了一下。南沙的风浪，它是看不到的。但巨大的波涛在心头翻滚起来了。

正准备出发，一阵阵咕咕咕的声音吸引了它。它一回头，发现右侧一大群海豚从后面游来，黑压压的一片，有不少还在水面上飞跃，像跳起漂亮的体操。好机会，金钢马上兴奋起来，划动双桨，冲进了海豚群。

筷子的闯入，让海豚发生小小的骚动，它们并不了解这个"不速之客"。队列有些慌乱，但还是向前游动。金钢像检阅队伍一样，一条条找寻，终于，它瞄准了队伍最后一条大海豚，有两个橡皮筏子那么长。它把筏子靠过去，咬下双桨上的橡皮套。呼的一声，从筏身跃起，骑到了海豚的背上，牙齿不轻不重地咬住海豚的背鳍。海豚一下子被吓蒙了，紧接着想挣脱，它扭动着，想把金钢甩下。金钢迅速用双爪捂住了海豚的鼻孔。

在西沙，金钢遇见过海豚。金钢不仅学潜水，它还常和海豚一起戏耍。在科研人员和钟金泽的训练下，金钢掌握了水中驯服海豚的办法。捂住海豚的鼻孔，就切断了它回收发出的声呐波，对海豚来说，等于盲了眼睛，会马上被驯服。金钢甚至还学会了和海豚沟通的叫声。

海豚开始还在不停挣脱，金钢没有捂得太重，几次差点让它甩到海里。它急中生智，发出了叫声，还真奇怪，海豚情绪一下平复了。

有好几条海豚围过来，像是要来应援。这是海豚的特性，遇到凶猛鱼类攻击时，它们会并肩作战。现在，它们在四周游弋，用声呐波探测金钢，不敢贸然发动进攻，似乎无法确定它的身份。

金钢知道它们在伺机攻击，拿不准是主动放弃还是迎战。迎战这么多海豚，它没有经验。它试着又学叫了几声，是对海豚的友好叫唤。

海豚们听到了，愣在那儿。眼看着自己的橡皮筏子就要冲远了，金钢赶紧在海豚背上骑好，摆动它的背鳍调整方向，让海豚追了过去，海豚还真听它的指挥。

这次，那些围过来的海豚没有再跟着上来。

金钢很快追上了筏子。它真不知道自己为何得手。它当然不会知道，是身上的救生衣让很多海豚从声呐波的探测里，判断它是一名士兵。

海豚为什么会畏惧人类，同时又亲近人类、听从人类，这在科学研究上有很多说法，但还没有一个准确的答案。

等金钢驾着海豚驶出好远，后面的那几条海豚一哄而散，追赶它们的队伍去了。金钢稳稳地抓住海豚的背鳍，宛若操纵驾驶杆。海豚老老实实地调整方向，驮着金钢冲进了正在变小的风浪里。筏子，金钢用一根绳子固定在自己身上。

就这样，金钢驾着海豚，拖着救生筏，向西沙进发。金钢发现，海豚航行的速度很快。从嗅觉上判断，它知道自己可能进入了"金色大厅"的那片海域。于是，它尽量凭感觉朝"金色大厅"靠近。

十三

浪渐渐变小，海面变得平缓，像漂浮的黑绸缎。海豚的情绪稳定了，它快速航行，头部像一把剪刀，把海面剪开，撕出两条白线般的波浪。白线形成一个大大的尖头，把金钢、海豚和筏子都装在里边。尖头朝前方快速推进。金钢的心情也豪迈起来，不由汪汪汪地叫了几声。好一会儿，它才反应过来。它又在唱歌了，是钟金泽唱的那首四川口音的歌曲。

就在金钢觉得胜利在望的时候，海豚一阵尖叫，悠长而凄厉，想要拼命挣脱。金钢一惊，马上发现右前方一个白色的东西朝这儿移动。从航向看，是冲自己而来的。那是一条远洋白鲨。金钢迅速放开海豚，跳到了自己的筏子上，准备迎战白鲨。

对于鲨鱼，钟金泽让它在水里跟各种橡皮模型格斗训练过，但那只是在西沙礁盘上的浅水里。真的鲨鱼，金钢还没遇到过。在这茫茫的大海上，现在这条白鲨，有好几个筏子大，金钢一时不知怎么办才好。它看了一下海豚，已不见踪影。

远洋白鲨速度很快，前额猛地露出水面，海水从它头部分开滑下，露出了亮晶晶的像琥珀一样的头顶，两只眼睛露出凶光。它似乎饿慌了，猛地张开大嘴，一股腥臭味从十米开外直扑过来。嗅觉灵敏的金钢，让这股腥臭味熏得有点头晕，就在这时，金钢看到了鲨鱼那刀片一样的利齿，在夜色里发着寒光。

就在白鲨离金钢不到两米的时候，金钢从筏子上腾空跃起，迎着白鲨扑去。它在鲨鱼上空一个转身，准确落在了鲨鱼的背上，一口狠狠咬住了它的背鳍。

鲨鱼一个激灵，马上猛烈地摇晃起来，想把金钢甩开。它怎能做得到呢？甩得越凶，金钢咬得越紧，背鳍也越疼。鲨鱼急了，紧急下潜，在它背部快要没下海面时，金钢一个腾空跳回了筏子。鲨鱼冲击金钢时，已把筏子冲到几米开外，还好，金钢跳过去勉强够到。

也许是背部的创口让海水刺疼了，鲨鱼很快蹿出水面。这回，它没有张口，一头朝筏子猛撞过来。筏子被撞翻前，金钢一个跃起腾空，再次落到了白鲨的背上。这回，它也使出了凶招，把鲨鱼的背鳍咬掉了一块，鲨鱼在剧痛中只好再次下潜。

金钢又跳向筏子，等待鲨鱼的再次反击。

金钢这回落空了。

筏子被发疯的鲨鱼顶得太远了，金钢落到了海里。它有些发慌。

鲨鱼再一次露出了水面，马上发现了海面上漂浮的金钢。它带着满腔的仇恨和愤怒，再次张开了布满利刃的大口，直扑过来。

金钢也露出了利齿，它明白，这是殊死一搏。现在，它失去了支撑，只能尽自己全力拼了。

这时候的金钢，已经完全处于劣势。

一股大浪作为鲨鱼的先锋，劈头盖脸冲来，金钢的眼睛一时模糊。它马上甩甩头，眼露凶光，寻找生机。它只有最后两招：如果鲨鱼正面冲击，它争取避开，咬住它的胸鳍；如果鲨鱼翻身，从水下攻击，它尽快脱下救生衣，作为依托，以微弱的弹跳力攻击鲨鱼的心脏。这方法金钢在模型上练习过，但是胜算不到一半。

它像足球守门员一样，全神贯注，判断对方的攻击方式。进攻要有提前量，万一判断错误，只有失败。

时不我待，它主动出击，扑向鲨鱼右侧的胸鳍。但它错了，鲨鱼翻过了身子。金钢马上知道自己失算了，只能以死相搏了。

就在这时，一道黑光射中了鲨鱼！

鲨鱼身子一颤，怪叫一声，转身跑了。鲨鱼转身时尾巴掀起的大浪，再一次把金钢冲得好远。金钢不知道发生了什么，甩甩脑袋仔细一看，竟然是海豚一头把鲨鱼顶开了，且把鲨鱼顶跑了。

金钢当然不知道海豚并不怕鲨鱼。鲨鱼凶猛，但头脑简单。海豚智商极高，又极其灵活。它刚才摆脱金钢，就为了让自己能灵活迎战，寻找战机。海豚知道，鲨鱼的头部、胸部和腹部都有软骨，只要猛击，必然受伤。

金钢感激地对海豚叫了几声。

远洋白鲨不见了，海面恢复了大战后的宁静。

金钢和海豚一道，把筏子翻了过来。它想和海豚告别，让海豚离去。没想到海豚对它很友好，似乎怕白鲨再次出现，不肯走。金钢十分感动，不好意思再让它驮着自己了，但是海豚靠近筏子，用鼻子顶着筏子向前航行。金钢只好重新骑上了海豚。

海豚总是这样，服从于人类，又在大海上托举着人类。当然，金钢被它误认为是人类，是它的福分。

忽然，巨大的水墙在远处的海面升起。水墙朝金钢这边延伸过来。这是南北半球的两股大海流相撞而引起的，景象非常恐怖。金钢赶紧返回筏子，海豚大叫一声，算是告别，紧急潜水。一股巨浪过来，把整个筏子抛到空中。金钢从筏子里飞了出去。

十四

金钢醒了过来。它发现身边的海水红红的，才意识到那是它自己的血。再看，左前爪有一个大伤口，它用舌头舔了几下，血才慢慢止住。感谢钟金泽为它穿的救生衣，让它避免了重度摔伤。

它晃晃脑袋，像是要把脑子里的一张网甩掉，可晃了几下还是发蒙。它起身看了看四周，原来是一个礁盘，也是大片的珊瑚林。这个珊瑚丛林有的在水下，也有的露出海面。这到底是哪儿呢？它用目光搜索，又在发蒙的脑子里回忆。忽然，它嗅到了一股熟悉的味道。它眼睛一亮，一大片金色的珊瑚。

啊，"金色大厅"！

只要在这儿静静地等待，西沙的战友肯定能找到自己。它用前爪摸了摸脖子上的呼叫设备。

忽然，遥远的海面传来闷闷的轰鸣声，它连忙看去，虽然很远，看上去波浪也不大，但隐约冒出海面的水柱让金钢十分警觉。金钢马上判断又有水墙，并且很快将来到这里。再抛一次，不知会被抛到哪儿去。

快，赶紧钻进这个通道，躲到那个洞穴里——"金色大厅"。

金钢赶紧爬起来，忍痛朝通道入口飞快跑去。它猛然看到一道白光，再细看，那条白鲨居然又来了。白鲨一直在围着礁盘游动，虎视眈眈地盯着金钢，那目光里依然充满仇恨。显然，远洋白鲨从血水的味道里知道金钢受伤了。金钢不由对海豚的一路护送再次充满感激。

金钢没有理它。它看到远处的水柱果然变成了水墙，正在向这边快速推进。它赶快找到了入口处，正要下水，白鲨又追了上来，在还有不到三米的地方，张开大口，死死地盯着金钢，等它下水。双方对峙片刻，金钢迅速咬开胸前的扣子，脱下救生衣，叼着朝白鲨扔去。白鲨下意识咬住。金钢一头扎进水里，飞快钻进了那个通道。

穿过丛林，穿过暗道，刚刚进入洞穴，海水就从头顶的珊瑚林中浇了进来。巨浪压过来了！洞穴里的水面也开始剧烈晃动，形成大浪，而且越来越猛。金钢紧紧抱住一根珊瑚石柱。很快，柱子上的石刺扎得四肢和胸腹生疼，但它决不松开。随着海面的晃动，它疼得越来越厉害，它知道胸前和四肢都磨破了。它闻到一股腥味，看到面前的海水渐渐变红。它的视线在这红色的水里变得模糊起来，身子却似乎不那么疼了。

十五

巨大的台风裹着滔天巨浪覆盖了礁盘，巨浪蹿过来的时候，整个礁盘似乎都在颤动。钟金泽心里一惊，又超出预报了。

在南中国海，台风预报不准是常事。先前是海流不准，这次台风又大大超过原来的强度，钟金泽马上问："上级有没有通报台风的变化情况？"

回答没有。

他还是觉得不正常，马上让报务员发电报问海情。报务员开机操作了半天，没有任何信号，奇怪！

钟金泽赶紧从背风的一面通过射击孔，用反光镜看顶部的钢铸塔形天线架。一看，坏了。这么结实的天线架居然拦腰弯折了。

钟金泽这才想起，刚才一阵台风把平台那边唯一的篮球架吹得飞了起来，篮球架就是砸在礁堡顶上的。那轰隆一声巨响把礁堡里的人都吓了一跳，特别是新兵，还下意识抓起了枪，以为遭到了炮击。现在想，是正好砸到天线架了。

"天线架弯了，无线电线路断了。"他说。

"那我们用有线电话联系。"

钟金泽说："我关心的是避雷针。"

礁盘上的避雷针就在天线架的顶部，因为这是礁上最高处，也是最结实的地方。如果避雷针失效，那么礁盘上的雷达和其他军用设施都可能遭到雷击，连礁堡里也很危险。

仿佛是要验证他的担心，远处的海面一个蓝色的火球飞速滚过，不一会儿传来一阵轰隆隆的雷声。

"快拿缆绳来。"

战士们很快搬来了缆绳，钟金泽也很快将绳系到了腰上。在六号岛上的抗台经历让他学会了如何应对。

天线架是弯了，但依然在礁堡顶上。避雷针线路没断最好，如果断了，那就是再困难也要把线路接上。

战士们马上明白他要干什么，都不让他去。特别是刘岩，他要自己去。

钟金泽说："你们经历过这么大的台风吗？你们学过武术吗？"还没等人回答，他就冲了出去。

出门的那一瞬，由于绳子较松，他一下子被冲出去五六米。要不是里面的人连忙拉紧，他就掉海里去了。

在礁堡的背风一面，趁着大浪的间隙，他蹿上了房顶。又一个巨浪过来，他死死抱住天线塔根部的角钢。

巨浪消去，他抹了一把脸，迅速查找避雷针线路。还好没有断，他放心了。他赶快又检查天线接口，是螺丝松了，抓紧拧紧。

他没有马上撤离，等着再一个巨浪过来。

就在这时，一道蓝色的闪电直击礁堡顶部，就像一条蓝色的鞭子抽在钟金泽的头部。雷声像在礁堡上炸开一个巨大的炸弹。所有人都惊呼起来，呼叫声穿过雷声、风声、浪声。

钟金泽知道他们是在为自己着急，但是他没有一丝恐惧。在西沙那么多年，和响雷擦肩而过不是一次两次了，开始也怕，后来只要知道身边有避雷针，就一点都不会怕了。

像他预计的那样，又一股巨浪过来了。

看似是被巨浪刮走一样，他顺着巨浪的尾巴下了礁堡。到了平台，很快进入了礁堡。等他进入礁堡的时候，所有的人都张着嘴，呆呆地看着他，半天没有回过神来。

他顾不上换衣服，马上接通无线电，问西沙海域的情况。

西沙这边，强劲的台风已经过去了。接到搜救金钢任务的舰船马上启航，直奔预定的目标。每艘船上都有对讲机,全部关闭呼出功能,设定的呼入频道就是金钢筏子上和救生衣上呼叫设备的频道。只要听到响声,就是金钢那儿发出的。

张亚平估算了一下金钢可能出现的位置,觉得舰船的航速有点慢,现在天气多变,万一再来个土台风,什么都完了。他请求直升机马上起飞,岛上的航空兵指挥室答复,西沙海面的上空仍然有小股土台风,气象不适合起飞。

张亚平直接找到机场指挥室,详细询问了目前的飞行条件。因为他在特种兵学院也学过驾驶直升机,知道气象条件确实很差。南沙的台风,前奏已经到了西沙海域的边缘,拐弯向东去,影响了部分西沙海面。还有一股台风是土台风,从东面过来,昨天还相互撞击了,现在去向不明。这种情况直升机是不能起飞的。

张亚平一屁股坐了下来,心里凉了:这要等到什么时候?

航空兵指挥员安慰他:"别急,军舰不是出去了嘛。"

张亚平心里一动,呼的一下站了起来。军舰能出去,说明现在的台风离海面有一定距离了。

他问:"那些局部台风离海面有多高?"

回答:"最低的时候仅一百二十米。"

他请求按作战要求起飞。

作战室里所有的人都诧异地看着他,因为这种紧贴海面的飞行,危险系数很高。不是紧急作战任务,不是特殊的飞行员,是不会采取这种飞行方式的。

指挥员自然否决了他的请求。

张亚平不放弃,说出了岛上现在的两位飞行员的名字,他和他们协同执行过任务,曾经驾着直升机在山谷里贴着林梢飞行。那个危险系数不比这个小,他还说了一句有点儿赌气的话,不行把直升机给他,他驾驶去。当然,说完他也心虚,这种高难度的飞行,他确实没有把握。

指挥员说:"那次是情况紧急,接受地方的请求,要在山中迅速找到火源,由陆战队扑灭。那是为了避免大山火,这次是为一条军犬,已经出动那么多部队,现在还要让直升机冒这么大风险,有必要吗?"

张亚平说:"有必要,生命都是平等的。"

指挥员说:"是平等,将军和士兵是平等的。但是要让飞行员和你提着脑袋找一条军犬,这个账三岁小孩都算得出来。"

张亚平用最简练的语言,向他们介绍了金钢的故事,强调它来西沙后救过多少人,说:"你们觉得值不值?"

短暂的沉默后,指挥员马上召集开会,那两位飞行员也来了。在保障安全的前提下,大家一致同意飞行搜救。两架直升机都出发,张亚平上其中一架,同是特种兵学院毕业的指导员上另一架。听到这个结果,张亚平眼睛湿润了,他把情况通报给钟金泽。当对方为他们担心时,张亚平故意用得意的口吻说:"这回你没法和我抢了。"

上级很快批准了这个方案。十分钟后，两架直升机起飞，几乎贴着海面。飞机按照张亚平和钟金泽设定的方位搜寻，很快，在对讲机里听到了海浪声，说明金钢那边的呼叫设备对讲功能没有消失。果然，几分钟后，他们看见了那个救生筏。但是，没有金钢。

原来，金钢漂流前，礁盘上为它制作的呼叫设备是配有电源的。为了避免时间过久电源电池用光，气象员和报务员专门从礁盘上的太阳能面板上取下两小块吸光板单元，做成了两个微型太阳能充电器。一个固定在筏子上，一个固定在救生衣上。

根据救生筏的位置和刚才测定的两股台风相撞的时间，以及海流情况，他们很快计算出金钢可能脱离救生筏的位置。

直升机在那个位置方圆五十公里内反复寻找，没有发现另外一个呼叫设备。两种可能，一是呼叫设备失效，二是救生衣跟着金钢消失了。

这回真该庆幸钟金泽检查避雷针时，把礁盘上的天线也恢复了。张亚平在飞机上及时和钟金泽通报了情况。钟金泽说："能不能去六号岛？把黑剑接上。"张亚平马上明白了，他知道，六号岛接替金钢的黑剑感知能力很强，特别是它跟了金钢半年，对金钢的感应距离不会少于五公里。

飞机马上折回，在六号岛艰难降落，再艰难起飞。然后，继续贴近海面飞行。到了搜寻区域，张亚平问飞行员："能不能再低一点？"

飞行员说："没问题。"

很快，飞机的下端离海面不超过五米，远看，像一艘快艇在海面上飞行。张亚平吃惊地看着飞行员，没想到飞行员神情镇定，笑了笑，说："放心，等完成任务，我把起落架放下来，在海面上给你划出浪花。"

张亚平感激地看了下飞行员，情绪也稳定了。就在这时，黑剑叫了起来。

顺着黑剑指定的方向，他们看到了远处的海面上那金色的丛林。就在这时，他们还看到海面上又一股巨浪向那片金色扑去。直升机一个急转弯，先紧急避开。

十六

要顶住，不能松开！它命令自己。现在只要一松双爪，就会掉到水里淹死。

……

像它预料的那样，风浪很快消失了。

阳光筛过珊瑚林透了进来，天空中传来直升机的轰鸣音。不一会儿就有人上了礁盘："在这儿，在这儿，肯定是金钢。是金钢！"

啊，是张亚平！张亚平的气味，张亚平的声音。张亚平在上面不停呼唤，金钢张了张口，就是叫不出声。情急之中，它想了个办法，竭尽全力用鼻子重重哼了一声。

张亚平听到了，很快就钻进了"金色大厅"。金钢知道张亚平就在身后，想回头，浑身已不听使唤，没法动弹。张亚平赶紧过来，从身后把它抱住。这时的它两眼直冒金星，金星像在飞舞，它连喘气的劲儿也快没了。

张亚平看它张了张口，又睁开了眼，激动得不行。他给金钢戴上犬用氧气面罩，抱着金钢快速游出了通道。紧接着，一根绳子从直升机上放了下来。

张亚平把绳子系在自己腰上，拦腰抱紧了金钢。

金钢觉得自己在上升、上升。它微睁的眼中，看到了好蓝好蓝的天、好蓝好蓝的海，还有那金灿灿的珊瑚丛林。那丛林亮得晃眼，满眼都是金色花朵在盛放。

终于，它趴下了。它知道这是在直升机上。张亚平把耳机放到金钢的耳边。里面好多人，都在叫着它的名字。有小周，有刘岩，当然还有钟金泽。金钢心头一热，那股暖流再次窜到了眼帘，它真想竭尽全力喊一声，但无法做到。

泪水尽情地流下。重伤不哭。它像在对自己说，但是眼泪依旧不给它面子。泪光里，它看到了钟金泽、刘岩他们在礁盘上迎战台风，它心里隐隐作痛。它知道自己快不行了，它再也无法见到他们，他们再也无法见到它。

"失血过多，生命危急。上级命令，飞机不用返航永兴岛，直飞三亚海军医院急救。"

这是金钢在失去知觉前听到的最后一句话，已分不清是张亚平说的，还是飞行员说的。

和平时代的英雄叙事
——评《丛林海》

崔庆蕾

英雄叙事是贯穿于当代军事题材小说的一个重要向度，在革命战争题材小说中，英雄叙事往往是当仁不让的主线，对于英雄形象的塑造成为作品的核心，英雄形象图谱也由此成为当代文学人物画廊中浓墨重彩的一脉。但在和平时期军旅题材小说中，对于英雄的叙事发生了重大的转变，失去战争、战场这个最能塑造英雄的重要舞台和场景之后，如何塑造英雄成为一个新的课题和难题。在这个背景之下，看陆颖墨的中篇小说《丛林海》别具意义，它在一定程度上回应了如何塑造和平时代的英雄人物这一文学难题。

《丛林海》是一篇以军旅生活为题材的小说，正面展现了和平时代下军营生活的独特风貌。作品的巧妙之处在于通过一只狗的视角来完成对时代语境下军营生活的展现，并在人与狗的互动中展现人性与狗性，以及士兵与军犬之间的特殊情感关系。

作品没有紧张的情节冲突，重在通过一只军犬的成长以及历险的描述，展现现代军营生活的内容。军犬金钢是作品当仁不让的主角，作者通过对金钢的拟人化塑造，扩大了金钢这一限制性视角的叙事范围，从而通过金钢的视角展现了当代军营生活的独特风貌。金钢首先是一只本领高强、业务能力过硬的现代军犬，它意志坚强、训练有素，并能通过自身特殊的感知能力超额完成各种任务，屡立战功。作者通过金钢的训练与成长，细腻呈现了现代军犬"是如何炼成的"。其次，金钢的特殊之处更在于它超出普通动物本性、能与人性高度互通的一面。它与训练员钟金泽之间形成了高度融合又相互替代的关系。在作品中，对于现代士兵的叙述一定程度上是通过对军犬叙述的转喻来完成的。作为士兵的钟金泽渴望成为顶天立地的英雄，但训练中的意外受伤使得作品对于现代士兵的正面叙述被迫终止，金钢的出现则自然地承担起了正面呈现现代军营生活乃至士兵精神风貌的重任。人与狗在叙事中融为一体，共同接力完成了展现现代军营生活的叙述任务。小说中，金钢的成长，也是现代士兵的成长，金钢所经历的惊险又精彩的海上大冒险也是现代士兵的历险和自我检阅，它的历险成功成为现代士兵展现高昂斗志和精神风貌的特殊方式和重要象征。

　　金钢的海上大冒险构成了小说的高潮部分，金钢的勇猛、机智、顽强在这个过程中得到了淋漓尽致的展现，可谓是一次现代军营训练成果的集中巡礼和大阅兵。但这个过程更是人与狗高度互动、相互信赖的见证。无论是被困在台风旋涡中、心急如焚的训练员钟金泽，还是更靠近前线的张亚平，都给予了一条军犬超出普通动物的尊重、爱护与人道主义之心。钟金泽在金钢出发前所作的细致准备与周全考虑、张亚平顶住压力派出直升机冒险超低空搜寻的行为都为金钢的成功历险归来提供了必不可少的前提性条件。因此，海上大冒险，是金钢英雄式表演的过程，也是体现人与狗，士兵与军犬之间特殊情感关系的过程。在这里，人与狗脱离了动物层面的支配关系，而成为一体性的、象征着现代士兵精神的融合载体。丛林之海，不仅是展现英雄勇武之力的自然舞台，也是体现人性和情感的精神高地。

　　可以说，作者通过一个巧妙的视角，展现了现代军营生活的面貌。既延续了以往军旅题材小说对于英雄的叙事，也将这一叙事范畴扩展到了作为军营生活一部分的军犬身上。和平时代的军营并不充满枪林弹雨，但它同样是考验军人素养并"生产"英雄的场域，不管是一个普通士兵，还是一条军犬，他们都在为守疆卫土默默做着努力和奉献，他们就是和平年代里英雄的化身和象征。丛林之海，是淬炼英雄的熔炉，也是英雄表演的舞台。作者借助于一人一犬的特殊叙事方式，巧妙完成了对于和平语境下英雄的叙事和塑造，既是对以往文学史英雄叙事的回应，也是对新语境下英雄叙事的新探索。

敦　煌

艾　伟

　　有一段日子，小项和周菲经常一起散步闲聊。小项是成都人，大学毕业来到永城，分配到了永城电视台，孤单一人住在集体宿舍里。周菲也刚从外地调入歌舞团，虽然有自己的房子，但丈夫和孩子暂时没有跟着一起来。两人惺惺相惜，成了闺蜜。

　　她们免不了谈男女之事。小项坦白，至今没谈过一次恋爱，单恋过几次，也只是一个人感动，连男人的手都没拉过。小项从少女时代开始就喜欢写日记，她把自己的那点小心思都写在日记里了。周菲说，她也是，结婚前没人追，倒是婚后，男人们好像突然在她身上发现了一个金矿，不时会发一些暧昧的信息给她。

　　一次闲聊，周菲讲了她在上戏进修时的一段情感。男的是学表演的，很帅，每天来她的宿舍。宿舍住着四个女生，他为她而来，她们既羡慕又嫉妒，这让周菲的虚荣感得到了满足。他们一起看了几次电影后很自然在一起了。

　　周菲还没说完，小项就生气了。小项认为周菲是个坏女人，一个有夫之妇怎么可以干这种事。小项抛下周菲，一个人沿着护城河怒气冲冲地离去，令周菲很尴尬。

　　后来周菲对小项解释，她其实只想告诉小项，男人都差不多，以后小项会知道。周菲说，她和那位帅哥在一起时并不美好，帅哥自私得要命，这种男人以为同你好是对你的恩赐。小项还是不能认同周菲的行为，她说，我如果结婚，不会和别的男人乱来。

　　经人介绍，小项认识了陈波。第一次约会，小项问周菲，穿什么好？小项毕业不久，在打扮上没太费心思，平时穿着随便，还像大学生的样子。周菲带着小项逛街，选购了几件衣服。周菲说，衣服并不是流行就好，要适合自己才对。小项长得小巧玲珑，胸小，好在皮肤白皙。那天周菲替小项挑了一件吊带衫，下面配一条裙裤。周菲说，这样会使你显得修长。小项对着镜子看自己，第一次看到自己可以这么漂亮。

　　那次约会，小项对陈波基本上是满意的。陈波是外科医生，看起来相当沉静，脸部瘦削，显得结实而精干。

　　约会了几次之后，小项想带陈波来见周菲。周菲开玩笑说，你这相当于见家长啊，看来你认真了。小项说，我吃不准才让你看。

　　是在一个茶馆见的面。小项和陈波先到，一会儿，周菲从茶馆门口走进来。室外的光线使周菲看起来面目模糊。小项和陈波站起来。陈波礼貌地和周菲握了个手。陈波握手十分有力。一双典型的外科医生的手。只是陈波的手心冰凉，好像是个没有体温的人。这一点让周菲很吃惊。那天陈波是拘谨的，低调的，话不多，他一直看着小项，目光幽深。基本上是小项在说，叽叽喳喳的，像栖息在电线杆上的一只小鸟，亢奋地和周菲说着最近的八卦，好像这会儿陈波不存在似的。中间，小项去了一趟洗手间，陈波的目光一直跟随着小项。周菲注意到，只要小项消失片刻，陈波就会不安。

小项和陈波的关系算不上浪漫。经人介绍本身就是个平庸的开头，提前消解了"浪漫"这个词。有了开头，就意味着一个方向，走着走着，小项和陈波就走向了婚姻的殿堂。

结婚前，小项是有疑虑的。作为结婚对象，外科医生陈波是理想的，他家境好，在西门街有一套现成的婚房。陈波在医界小有声望，收入不菲。陈波话虽不多，但很照顾小项，让小项有安全感。小项因此觉得在永城有了根基，好像她就此不再是漂泊的，而是可以根深叶茂生长的。心有不甘还是有一点的，小项和陈波在一起时，没有太多的激情，一切平淡如水。她谈不上爱陈波，对陈波的激情甚至比不上过去的单恋对象。她多么想有一次像模像样的恋爱，她不奢望如书中描述的那样，至少是可以让她全身心投入的。

周菲对小项的想法不以为然。周菲觉得陈波挺好的。周菲母亲的直肠出了问题，生了个良性肿瘤。周菲是找陈波开刀的。周菲毫无缘由地信任双手冰冷的外科医生陈波。周菲凭直觉认定这双手做手术一定是冷静而精准的。母亲的手术做得堪称完美。在医院，陈波十分严肃，每次见到周菲都尽量笑一下，竟然有些腼腆。周菲去过陈波的办公室，物品各归其类，办公桌一尘不染。周菲对陈波因此很有好感。周菲对小项说，陈波那么在乎你，家境又体面，这样的老公哪儿找去，过了这个村没那个店了。

周菲让小项别有的没的尽生些不靠谱的念头。

那年深秋，小项和陈波结婚了。陈波的父母希望儿子找一个本地姑娘，有共同的地域背景，他们会更放心一些。不过既然儿子这么迷恋小项，他们也不排斥，只是私下担心，陈波这么迁就小项，会成为一个"妻管严"。这病医生治不好。陈波的母亲不无玩笑地对自己老头说。陈波的父亲多年来一直有怕老婆的名声，他不住点头，趁机饿道，这是家传。陈波的父母都是知识分子，父亲在大学教授马列，母亲在研究所研究海洋生物，不过都退休了。除了金钱上的资助，他们懒得管儿子的家庭生活。小项有时候会觉得陈波父母对陈波态度过于超然，有些淡漠了。这也可能是陈波的个性造成的。平日里，陈波和人相处都有距离感。

照陈波父母的想法结婚这件事越简单越好，酒席也不用办。一个隆重的婚礼和婚后漫长的日常生活没有半毛钱关系。小项不同意，她希望有一个正式而隆重的婚礼。从少女时代开始，小项脑子里一直有一个瑰丽的梦，她在某一天会遇上一个白马王子，然后披上洁白的婚纱和王子结婚。在那个梦里，连结婚的仪式都是在教堂里办的。陈波支持小项的想法。不过去教堂是不合适的，他和小项都不是基督徒，梦想一下可以，真要在牧师的见证下结婚，他们自己都觉得不妥。同所有的婚礼一样，请亲朋好友饱餐一顿，其间让婚庆公司安排诸种礼仪，共同见证一对新人在《婚礼进行曲》中走入婚姻的殿堂。

小项的母亲参加了婚礼。小项的母亲面容有些憔悴，不过和小项长得很像，年轻时应该是美人坯子。小项的母亲一脸愧疚，面对亲家公夫妇甚至有些卑微，好像小项高攀上了一门好人家。小项对母亲的低姿态颇为不满，她对母亲耳语，你没必要装得好像我嫁不出去似的。小项的母亲带来一只红色的小盒子，小项知道这只盒子。这是外婆给母亲的结婚礼物。外婆家从前开过珠宝行，不过到母亲出嫁时，典当得差不多了。总还是有些宝贝的，外婆把家里最值钱的东西都传给了母亲。现在，母亲又把这只盒子及盒子里的东西传给了小项。

小项的父亲没来。婚后的某一天，小项对周菲说，在她十岁那年，父亲和母亲离了婚，各自组成了家庭。小项没有把自己结婚的消息告知父亲，她和母亲更亲一些。周菲有些吃惊，她和小项走得这么近，小项竟然从来没说起自己的家庭，周菲突然觉得小项身上有很多秘密。

仪式中有一项父亲把女儿送到新郎手中的环节。陈波的父亲担当此任。陈波的父亲非常乐意，挽着小项的手臂，庄重得像一位真正的父亲。陈波的母亲语带讥讽地说，老头子这辈子就想有个女儿，今晚他算是找到感觉了。

婚礼那天，小项和陈波进入洞房都累坏了。第二天他们醒来的时候已是十点。西门街很安静。阳光从窗帘缝隙中照射进来，照在地板上。从窗帘的缝隙望出去，看到西门街的两棵银杏树，树叶金黄，像一堆燃烧的金子，灼人双眼。母亲送的那只红色盒子放在梳妆台上，盒子表面镶嵌着由白色象牙拼接而成的月季花饰。母亲曾告诉过她，等她出嫁时，会把这只盒子以及盒子里的宝贝送给她。母亲嫁人后又生了个女儿，小项以为母亲不会记得自己说过的话。母亲没有食言。小项是感动的，母亲对她比她预料的要好。小项看着那只盒子，在一众现代家具显得中相当醒目，好像这只盒子才是这个房间里真正的主角，把婚房照亮了，好像房间里因为有这只盒子，她和陈波就会百年好合。

小项说，想看吗？里面的东西很值钱。陈波摇摇头。小项问，一点好奇心也没有？

小项从床上起来，走到梳妆台前，把盒子抱在怀里，回到床上。她打开盒子，一件件给陈波看，玉佩、蓝宝石、翡翠、珍珠以及一只雕饰繁复的拇指大小的金佛像等。小时候，母亲从来不让小项看里面的东西，小项很好奇，曾把盒子上的小铜锁砸了，偷偷看过。结果被母亲打了一顿。在小项悲伤地大哭一场后，母亲说，这些东西以后都是你的，是你的嫁妆。后来母亲找人修好了那把小铜锁。

小项说，陈波，要是我们生个女儿，这盒子和里面的东西就做她的嫁妆。陈波显得有些激动，他把小项搂在怀里，亲小项的额头。小项突然生出对陈波的依恋，一种类似生死相依的感觉。这是小项第一次感到自己对陈波其实是有感情的。是的，陈波沉静干净，只是不太会说甜言蜜语罢了。

小项再次起身，从抽屉里拿出自己的几本日记本，放入红色盒子里。小项说，以后把日记也送给女儿，当她嫁妆。

谈恋爱时，陈波知道小项喜欢记日记。陈波问小项，你的日记里都记着什么？小项说，你想看啊？看了不要吓着你啊。陈波说，有很多秘密吗？小项说，很多小心思吧。小项停了停，表情严肃地说，在你之前，我没让一个男人碰过，你想看你就看吧。陈波温和地笑，说，我不看。

后来，这只盒子成了小项的一个特殊领地，陈波和她之间很自然形成一个默契，陈波不看小项盒子里的东西。

一

一年后，陈波和小项有了女儿豆豆。

小项原指望陈波的父母可以照顾一下豆豆。陈波说，怎么可能，我爸妈当年连我都不管，把我寄养在农村老家，我是乡下奶奶带大的。果然，公公婆婆除了偶然心血来潮来看看孙女，平时基本上不闻不问。公公婆婆在钱方面是大方的，说让小项他们请一个保姆，钱他们来出。带孩子实在太累了，请保姆这件事，小项动过心思，陈波反对。陈波说，医院里我面对的全是陌生人，可不想在家里再见到外人。小项知道陈波这样说只是个借口，他其实是不想女儿像他那样被外人养育。虽说奶奶也算不得外人，但寄养本身让他同父母之间有一种微妙的隔阂，不可言传，难以消除。陈波倒是很勤快，在小项哺乳期时几乎包揽了所有家务，对豆豆也很疼爱，恨不得整天抱着她。女儿什么也不知道的时候，陈波就开始讲故事给豆豆听。那些故事是陈波乡下奶奶讲给他听的，土得掉渣，却蛮有民间智慧的，女儿没有反应，小项经常听得花枝乱颤，弄得陈波很不好意思，特地去书店买了一沓童书来讲。

小项的观念不知不觉有些改变，她对男女之事不像以前那么矜持了，办公室里女人之间的一些玩笑，她不再排斥。她生出一个粗俗的念头，老娘孩子都生了还怕什么。在电视台，小项平常接触的都是些光鲜靓丽的人物，身边演员主持人一大堆，经常听到关于她们的各种各样的绯闻。电视台一位主持人，几乎每年要闹一次恋爱，并且每一次都是全身心投入，轰轰烈烈。最新的一次是她爱上了一位比她小十岁的富家少爷，大家都认定少爷是玩她的，她却飞蛾扑火般投入。这种事小项听多了，就习以为常了。想起以前听到周菲婚外和别的男人好，她的反感如此强烈，有些好笑了。生完孩子后，主管策划部的副台长韩文涤让小项参与策划了几台晚会，相当成功。这些晚会的一些串台词出自她手，有妙手点睛之效，广受好评。

周菲调到永城快三年了，终于尝到了"梦想很丰满，现实很骨感"的滋味。周菲的心中一直有一个梦，她想做一个能够充分表达自己这多年来生命体验的舞剧。几年前她看了云门舞集，非常感动。她看过很多现代舞剧，那是纯西方的，表达的往往是个人生命中本能的暴烈和激情。云门舞集特别东方，舞蹈语言是现代的，内里却安静如一幅一幅水墨画。她觉得这是她要的，她想做一个比云门舞集更有叙事性的舞剧。本来她盼着调到永城歌舞团能组一个自己的团队，调她过来的人也答应会让她按自己的想法做。三年很快就过去了，周菲终于认清了事实：没钱。她要做的不是市场欢迎的，纯粹是自我表达。这有点自私，可周菲就想做这样的作品。她不想辜负生命，浮夸之作宁可不做。

这三年，周菲除了弄她的舞剧剧本（反正暂时也没钱排，她一直在改），基本上很空闲，和小项常见面。周菲有舞台经验，能恰到好处地给小项的策划项目出些点子。小项受益匪浅。周菲在男女方面很敏锐。小项老是提起韩文涤，出现的频率有点高。周菲意识到小项喜欢韩文涤（可能小项自己还没意识到）。周菲是认识韩文涤的，虽没深交，总还是有些了解的。周菲觉得韩文涤并非简单的人，周围美女如云，至今没有传出任何绯闻。人长得有些像年轻时的王心刚，气质沉稳低调，只是目光比王心刚要锐利一些。据说他最有魅力的时候是开策划会，话不多，常有妙语，含金量很高，直指问题核心，适当的地方来几句冷幽默，逗大家开心。电视台有不少女人喜欢他。他不来电。美女们夸张地表示痛心疾首。还有人怀疑他的性取向。周菲知道所谓的性取向问题，只不过是台里女人打趣，不能当真。周菲觉得小项对韩文涤产生喜欢或者崇拜之情也属正常。周菲也算是阅人无数了，韩文涤虽然待人温和有礼（照小项的说法身上有股暖烘烘的气息），却总是和人保持距离，周菲凭直觉断定这男人一定是有野心的，不可能在私德上犯错，影响仕途。

小项有今天与韩文涤的信任和支持不无关系。小项心里面很感激他。她想过送他一件礼物，表达谢意，又怕他拒绝。他是个气场很大的人，不能说他不温和，但总还是让人感到身上威严的难以接近的东西。小项是有些怕他的。

在哺乳期，小项也非常注意穿着得体。她的乳房不大，可奇怪的是她的乳汁特别多，她怕溢出弄湿衣服，上班时做了不少防护措施。这使她的胸看起来比平时要大。她自己也觉得沉甸甸，比往日性感。她很享受这种沉甸甸的感受，希望自己永远沉甸甸。生完孩子后，很多人说小项变得漂亮了，皮肤里好像有光芒透出来。

有一次小项发现自己的乳汁从衣服里渗出来，感到挺难为情的。她本想去厕所里往胸口垫一些纸巾，见走道上空无一人，就面向墙壁把手伸入胸口，垫将起来。刚好韩文涤从办公室出来，看到这一幕。小项捕捉到了他的目光，同平时不一样，是男人那种。小项的心不由得狂跳起来，脸也红了。小项几乎是逃回办公室的。

后来小项时常回忆那一幕。当时的狼狈转换成了某种暧昧而温馨的感觉。好像因为那一幕，她和他之间有了某种私密关系。

小项的暗恋史源远流长。小项初次暗恋的对象是高中时的班主任，一位严肃的语文老师。小项记日记的习惯就是这位语文老师鼓励的结果。小项作文好，经常被当作范文在班上读。后来语文老师调到别的学校了。她听说是因为生活作风问题调走的，据说和另一个班上一位女生有了不伦恋。小项不相信。她倒是设想过那个不伦恋的女生是自己。小项在各个时期暗恋过各种各样的男人，有时间漫长的，也有时间短促的。短促的几乎若昙花一现。小项对自己如此频繁地对男人动心感到不可思议，有时候她会觉得自己很"花心"。

小项和韩文涤在走廊迎面而过，韩文涤经常对她视而不见。即便这样，小项想起他来，心里面还是温暖的。她说不出他在哪里刻意帮了自己，她却感到他的帮助是全方位的，润物细无声的。即便他们除了工作关系没有任何私交，现在韩文涤还是成了小项某种精神上的依靠。

夜深人静的时候，韩文涤开始以另外的面目出现在她的想象里，他对她变得温柔，变得温润如玉，他们成了亲人。她偶尔会想象一下和他肌肤相亲，但更多的是精神上的想念。她赋予韩文涤无数高尚的品质（没有绯闻成了他高贵品质的一种），她告诉自己她爱慕和崇拜他是因为对这些高尚品质的认同。她由此生出人生的暖意。

时间一久，小项只要单独面对韩文涤，她都会有眩晕的感觉，变得呼吸困难。她因此不敢太靠近他，总是和他保持一定的距离，怕自己真的会晕过去。有时候在电梯里碰到他，她除了对他傻笑，大气都不敢出，她很担心自己会失态。

小项在业界有了名声。有一些企事业单位会在节庆日搞晚会，他们会找小项策划。其实小项知道，他们找她策划也并不完全是她水平有多高（当然还过得去），更重要的是他们看中小项手中有演员和主持人资源。小项出马，晚会马上就高大上。小项在工作中会遇见一些陌生男人，他们中的一些人会心仪她，会在某个特定的日子，比如三八节或情人节，给她发暧昧的短信。不能说小项毫无喜悦，虽然她明白这些短信不能完全当真，很多人只是逢场作戏，但哪一个女人会不喜欢有人追呢。她盼望韩文涤在这样的日子里发一个问候或鼓励的短信。从来没有。

认识的人多了，小项经常介绍一些人给周菲，希望他们能出钱支持周菲。小项真心觉得周菲能排出一台好舞剧。可是他们除了对周菲的美貌感兴趣，正事儿没有任何进展。周菲很气馁。周菲有一次和小项喝酒，周菲说了句粗话，要是我卖身他们能出钱的话，我也干了。小项听了竟然觉得难受。在这一行里，看得多了，小项对女性的处境还是敏感的。

小项听到韩文涤家庭生活的传言是半年后的一个酒局上，有人提起韩文涤，说韩文涤的夫人很漂亮，外面有人了，韩文涤也知道自己戴绿帽子的事，一直忍着。那人说，他夫人和韩文涤妻子是闺蜜，有一天韩文涤打电话给他夫人，韩文涤在电话里抽泣，说都是他的错，不怪他妻子……小项听了非常震惊。她一直以为韩文涤家庭生活很幸福，没想到是这样子。小项感到心痛，感觉要泪崩了。她连忙起身去了一趟厕所。

周菲当时也在。周菲看到小项从厕所回来眼睛是红的。周菲的心沉了一下，敏感地意识到同刚才的传言有关。小项开始频频敬酒，喝得很猛。周菲本来要拦她的，又想，小项也许想喝醉一次。随小项吧，反正喝醉了也可以安全送她回家。

小项喝高了，并没有醉，只是有些兴奋。饭局结束，小项夸张地和每个人拥抱告别。周菲一直在边上作陪。直到人全散去，小项抱住周菲痛哭。

如周菲所料，小项如此失态是因为怜惜韩文涤。小项替他不值。小项甚至觉得要是她是接到他电话的那个人，是听到他哭声的那个人，她会感到幸福的。周菲这才知道小项已深陷在对韩文涤的情感之中。小项问怎么办。周菲不知道如何安慰她。

周菲是冷静的。她并不在乎那个叫韩文涤的人。她痛惜小项。凭直觉周菲不认为韩文涤会接受这份情意，但有什么办法呢？她只好鼓励小项主动出击。出于对人性的了解，小项现在这个样子，不撞南墙根本回不了头，醒不过来。不过周菲还是警告小项，一定要保护好自己的婚姻，那个人不可能娶你，你以后会知道稳定的婚姻对女人来说多么重要。

有很长一段时间，小项沉溺在对韩文涤某种温柔的怜悯和母性情怀中，虽然有周菲的鼓励，但她还是有点胆怯，迟迟没有行动。她想起哺乳期时，他看到她往胸口放纸巾时的目光，好像这目光至今还黏在她的胸脯上。她想象他承受的创痛，想象他哭泣的样子（没想到这么高大的男人也会流泪），她多么想他能埋在自己胸口哭泣。

又过去了很长一段日子。

一天，小项上班到得早，竟然在电梯里碰到韩文涤，并且是单独相遇。他还像往日那样严肃，甚至没看小项一眼。小项一直看着他，她和他靠得如此近，她几乎嗅到了他身上特有的温暖气息（更多的是她的想象）。不知怎么的，小项突然泪流满面。韩文涤似乎很吃惊，问，你怎么了？他从口袋里拿出一沓纸巾递给小项。小项几乎没有思索，抱住了韩文涤，把脸贴在他胸膛，失声痛哭。小项不知道是为他哭还是为自己哭。她只想哭。韩文涤身体僵硬，没任何反应。小项抬头看他，他的表情有点惊愕。不过，他很沉稳。他指了指电梯上的摄像头，说，监控。

小项迅速离开他的怀抱，好像韩文涤的身体发出高压电，击中了她，让她本能退离。他们的办公室在11层，电梯很快到了。小项几乎是从电梯里逃离出来，好像是她刚刚受到了非礼。

回到办公室，小项羞愧难当。出于自尊，她给他发了一则短信，对自己的失态向韩文涤表达歉意。让小项意外的是韩文涤回复了她。韩文涤说，一直以来把小项当作小妹妹看待。别的不再有进一步的表示。小妹妹在小项看来是个暧昧的词语。收到这条短信，小项突然感到雨过天晴，希望又以近乎顽强的方式从失望的土地里长了出来。小项想既然都这么主动过了，丢过人了，就丢人吧。小项开始在短信里表白。韩文涤的回应谨慎而节制。

那段日子，陈波想和小项亲热时，小项都拒绝。睡觉前，小项不忘拿起手机，给韩文涤发一个短信，言辞热烈。晚上，韩文涤从来不回复小项。有一天小项睡不着，偷偷跑到卫生间试着给韩文涤打电话，想知道他是不是还开着机。开着机的话说明他看到她的留言了。他已关机。小项回到床上，陈波问，出了什么事吗？小项说，你想哪儿去了。陈波说，你刚才去打电话了？给谁？小项说，你神经啊。一会儿，小项说，你怎么疑神疑鬼的？要不你查看一下我电话吧。小项这么说，并没有把电话递给陈波。陈波翻过身说，睡吧。

和韩文涤的关系没有朝小项所希望的方向进展。一个月后，韩文涤不再回她的短信。在单位里，他对小项也越来越冷淡。小项想，大概是自己太主动，把他吓跑了。

小项觉得自己失恋了。小项茶饭不思，还经常失眠，深陷其中不能自拔。她因此感到很痛苦。没有恋过便失恋更令小项感到挫败。这种状态持续了很长一些日子。

小项想起周菲让她主动表白时留下的警告（当时小项极度排斥周菲的话，认为周菲有偏见）。周菲说，你要做好受伤的准备。韩文涤不是一般人，外面都在传他快要升官了，不会在这种事上犯错，他老婆都对他那样了，他都不愿离婚，这得需要多大的意志。况且你又是他的属下，像他这种男人，知道兔子不吃窝边草的道理。周菲是多么聪明。

小项明白男女之事强求不得，道理虽懂，她还是心有不甘。好在小项的工作很忙，需要和各种各样的人打交道，她又是个注意自己形象的人，得把自己的情绪牢牢把控好。另外，她接触的人很多是开心果，说学逗唱，一副游戏人生的派头。欢笑总是能缓解沮丧的情绪。久而久之，小项就死心了。有一天和陈波亲热后，她想起韩文涤来，竟然觉得那个人非常陌生。

小项对自己说，陌生是对的，我从来就没了解过他，一切都是想象的产物。

二

小项习惯于把自己的情感生活告诉周菲。小项虽然说得轻松，周菲意识到，小项还没有真正忘掉韩文涤。对于一个没有谈过一场真正的恋爱就结婚的女人，小项是不会善罢甘休的，无论是精神还是肉体，出轨是迟早的事，不是对韩文涤也会对其他人。

夏天的时候，韩文涤真的如传言一般，升职调到别的单位。同事们为韩文涤举行了一个欢送仪式。小项竟然有些怅然。小项以为自己完全把他放下了，韩文涤要离开时，她意识到他从来没从自己的精神上抹去。小项和同事们一样，祝贺韩文涤荣升，说一些场面话。那天韩文涤第一次在公开场合对小项亲近，他走到小项边上，笑着说，空了去我那儿坐坐。小项听了还挺意外的。这不是她熟悉的韩文涤。在台里，韩文涤从来不主动让属下去他办公室。小项的心思不由得动了一下。她看着韩文涤。韩文涤却把目光投向另一个美女。

韩文涤离开电视台后，小项经常想起他。不过小项没得到他任何消息，更别说受到他的邀请了。韩文涤走时说过的那句话，小项念念不忘，心有所动。她恨自己是不是有些轻浮，就凭他这么一句话，心里又凭空等着什么似的，死灰复燃了一般。有好几次，她路过他的单位，想上去坐坐。不做同事了，他会怎样对她呢？不过这样的念想并没持续多久，小项心中的涟漪慢慢平静下来。她不再想起他，好像他在她的世界里消失了，已是一个不存在的人。

但他还是在的，那年秋天，小项突然收到韩文涤的一则短信问候，你好吗？

看完短信，小项愣了好长一会儿。她心中生出遥远而悠长的感觉。接到短信的那一刻，她意识到自己并没有真正遗忘他，相反在等着他的出现。他依旧在身体或记忆的某处，等待某个时机激活。

我很好，你呢？这句话，她写了好几遍，终于颤抖地按键发了出去。

他迅速回了条短信，我也很好。

这样，他们开始了频繁的短信往来。从前的感觉慢慢被唤醒了。现在，她收到他的短信时，会有一股暖流在身体里流过。她不知道是不是该相信他短信上说的。他说他很珍惜她的情意，也让她原谅他的不解风情。他的言辞依旧是谨慎的，不过意思明白多了。她回忆或虚构过往的一切。当初暗恋他时，她是那么绝望，又怀着希望。在和陈波做爱时，脑子里幻想的是这个人。在这样的秘密交流中，她有了幸福感，好像她突然得到了一件原本并不奢望的宝物。她觉得自己似乎恋爱了，这回是真的，虽然有时候她依旧将信将疑。

走向更亲密的下一步是自然而然的。终于有一天，韩文涤提出和她约会。韩文涤的约会非常直接，他开好了房间。这不像是他的做派。他是个多么含蓄的人。在小项的想象里，他应该请她喝咖啡才对，不应该一步跨向宾馆的某个房间。不过小项很快试着理解他的行为，他很忙，或者他害怕在公开场合碰到熟人。永城就这么大，他认识的人又多。

小项是怀着温柔和爱去和他约会的。在约会前，小项在镜子里端详自己，她觉得自己并不好（之前她一直为镜子里的自己骄傲，现在却自卑得要命）。她从来没和相爱的男人约会过，她不知道见面怎么和他相处，她还担心自己的身体没有反应。她很忐忑。

她进入房间时，他已经到了。她有差不多半年没见到他了。虽然近段日子他们每天在交流，但他只活在她的想象里。而现实和想象毕竟是不一样的。在进门前，脑子里的他高大而温情，她被脑子里他的光芒灼照，有轻微的眩晕感，心跳强烈到她不能呼吸。她感到自己的担心完全是多余的，她的身体完全打开了。只是他完全不是她想象的样子。没有光芒，相反，他显得有些慌张，甚至有些气短，好像他意识到自己在做一件并不光彩的事。这令她的心里产生一种轻微的抵触和尴尬，好像自己的行为也是见不得人的。她刹那平静了。有一种陌生的气息从房间里弥漫开来。这不是好兆头。

韩文涤坐在那里一动不动。小项想，他应该过来抱住她。气氛是如此冷。有一刻，小项犹豫是不是要逃走。她舍不得。小项注意到韩文涤看她的目光是无助的。他大概是真的没有经验。她忽然心疼他。她想，已走到这一步，我主动一些吧。

她动作僵硬地抱住了他。他马上回应，开始亲吻她。他显得很疯狂，但她感到他的嘴唇是冷的。她不知道哪里出了差错。她希望自己的热情可以唤醒他的激情。小项主动脱光自己。韩文涤只是亲吻她，没有进一步的动作。小项解开了韩文涤的纽扣。韩文涤犹豫了一下，没有阻挡。

然后，他们失败了。他们赤裸相见，韩文涤没有任何反应。小项尽量帮助韩文涤，他还是不见起色。

小项问，你是紧张吗？

韩文涤说，可能。

小项说，同她也这样？

韩文涤有些失神，语调含混，同她没问题。

小项想起那个传言，他们说他美丽的妻子在外面有了情人。小项就是听到这个才激发对他的热情。现在她有点明白这个传言的意思了。小项突然抱住了韩文涤，在他的胸口呜呜地哭起来。

你怎么了？他问。

没有关系。没有也没关系。我不在乎。她说。

这是他们第一次，也是最后的一次。那天他们分手时，他和她的目光一直在逃避对方。回到家，小项装作什么也没发生过，给韩文涤发信息。她还是愿意和他保持亲密关系。韩文涤没有再回她。

一个月后，小项意识到韩文涤在她的生命中消失了。这一次是真的消失了。空闲的日子，小项还是会想起他来，想起他失败时窘迫的样子，她为他惋惜和心痛。现在她知道他是个压抑的男人。这个看上去沉稳而低调的男人，或许这么多年来真的一直默默地爱着她。她愿意相信是这样。

同时，她也为自己惋惜。她爱过他，但她终究没有得到他。

三

等到豆豆上幼儿园，小项突然空闲下来。再次想起她和韩文涤的事，小项竟然有一种陌生和荒诞感。那些事情好像发生在很久很久之前，甚至远到仿佛是前世，很不真实，与己无关似的。那种曾经有过的深刻的悲伤早已不着痕迹，一切山高水远了。她想，原以为无比深切的情感到头来终究都成了一片虚空。

周菲找到了金主，终于可以排她的舞剧了。周菲对小项说，金主是高层某公子的白手套，这点钱对他们来说就像头上拔下来的一根白发。话虽这么说，周菲也不是不担心赵总自有目的。对于他们来说目的无非是色，不是对周菲色，就是对周菲手下的女演员色。不过这个赵总从来没提过任何要求。他们是在一个饭局上认识的，席间，周菲说起自己那个永远排不了的舞剧。赵总马上答应帮她。当时周菲并不相信，一笑而过。哪知道第二天赵总差人送来了一张支票，给了一半的钱。

　　周菲觉得有必要谢谢他。她不想单独同他见，就拉上了小项。小项这段时间一直在嚷嚷着空虚之类，老是拉着周菲逛街买衣服。这家伙东西乱买，看见一件好衣服，会买两件。周菲从小项买衣服的行为中想起一个成语：不知餍足。她觉得这个小女人总归有点贪婪啊。

　　本来周菲拿小项做挡箭牌，小项竟拉起皮条来。饭局毕，两人把赵总送走，小项说，赵总不错啊，我以为是个臭男人，竟然是个靓仔。天哪，这么年轻管着这么大摊子事，你不动心？周菲听了哭笑不得，说，你是不是爱上人家了啊，要不我给你们牵个线？小项打了周菲一下，说，你的男人，我哪敢碰。周菲听了刺耳，不过她懒得同小项解释。

　　两人都喝了酒，周菲是开车过来的，周菲找了个代驾，先送小项回家。一路上，顺着刚才的气氛，两人聊着八卦，也不顾忌车里面还有个代驾在。小项议论起台里的女主持人，那个每年要谈一次轰轰烈烈恋爱的女人这回动真格了，那小她十岁的少爷居然要娶她，女主持折腾着要和丈夫离婚，丈夫不肯，几次自杀未遂。周菲说，看来是真爱，他们好了有三年了吧，你们那女主持恋爱的频率明显下降了啊。小项笑了，说，她真是有激情啊，取之不尽，用之不竭，每一次都像威风锣鼓，排山倒海，气势恢宏。周菲开玩笑道，我看你现在也是这样，一副春心荡漾的样子。小项白了周菲一眼。

　　关于和韩文涤的事，小项巨细靡遗地同周菲讲过，连那次约会也讲了。当时小项是多么伤感，好像自己是舞台上的一个角色，刚刚经历了一场生死之恋。不过，现在小项完全忘了那一出，好像她已把那个深情的自己丢到了历史的垃圾桶里。

　　也许是喝了酒，小项言语或多或少有点轻浮。小项说，周菲我问你，要是我这辈子只有陈波是不是亏掉了？周菲说，你不是有过韩文涤，还同人家上过床。小项说，哪有。又打周菲。周菲说，好了，别闹了，你还是好好守着你老公吧，陈波挺好的。激情有什么好，细水长流才是真的过日子。小项对周菲讲过她和陈波床上的事，小项说陈波一板一眼，在床上精确得像在手术台，机械重复着同一套动作。那次周菲被小项逗乐了，说，你可以放荡一些啊。小项说，陈波会受不了，以为我从外面学来的。又说，他表面上不太问我外面的事，但他多疑。

　　两人一路玩笑着，代驾小哥突然出声了，问，你们是演员吗？两人愣了一下，这突如其来的发问让她们发出嘎嘎嘎的欢笑声。小项来劲了，趴到左驾座位的背上，看着代驾，还忍不住摸了一把代驾的脸，对周菲说，刚才没注意看，是一位帅哥哦。周菲制止了小项，说，人家开车呢，你别闹。

　　周菲心想，小项真的是孔雀开屏了。至少今夜是这样。是因为赵总吗？

　　春夏之交，小项听同事说，省里请了一位英国专家，要在西湖景区搞一个关于舞台空间利用的培训班。不是小项所在的系统搞的，但主办方给了电视台策划部一个名额。英国的舞台艺术深具传统，小项的同事都争着想去。小项也想去，不过她懒得争，在心里放弃了。结果最后轮到的是她。

报到那天，天气突然转暖，刚好小项带着夏装，就及时换上了。小项的身材是小巧玲珑型，她自认为不太合适穿裙子，宽大裤子或裙裤合适她，再配上宝蓝色的短袖T恤，把她的皮肤衬得十分白皙。那天小项换上衣服，看着镜子里的自己觉得自己都爱上了自己。小项对自己的身材很满意。在家里，要是豆豆不在，她喜欢赤身裸体，也不管窗帘是不是拉好。陈波对小项这个行为倒也没有制止，只是看到她裸身，就把窗帘关上，生怕被别人看了去。

那天小项报到时有点晚了，大多数学员都到了，围在报到处，叽叽喳喳说话。学员来自全省，男男女女，年龄相当。他们基本上来自同一个系统，或多或少是认识的，至少听说过彼此吧。小项谁也不认识，她好像突然闯入一个陌生的领地。不过小项认为这挺好的，可以认识一些新朋友，可以开阔视野，还可以拓展一下社交圈。现在的社交圈，同学（哪怕只同学三天）也是天然的社交纽带。

有一双眼睛一直盯着小项。他走过来帮小项拿行李，小项的行李不多，就一只拉杆箱。小项没有拒绝。同学嘛。在去房间的路上，那人介绍了自己，叫卢一明，他说，他去过永城，在一次会议上见过小项。小项记不起来了。小项仔细看他，理着一个小平头，觉得他像一个运动员。那天，他穿着一件藏青色的长袖衬衫，大概是因为肌肉发达，衬衫显得有点紧，也因此显出他的挺拔来。后来，他告诉小项，他每周要去健身房三次。他说，不健身，身体会难受。

到了房间，小项在镜子里看自己，一边看，一边想起"艳遇"这个词。她有一种预感，在这三天里，可能会发生一些事。她对卢一明不了解，她想象了一下，如果和这个男人真的有艳遇，她是否可以接受。她对着镜子里的自己露出淫荡的笑意，说，为什么不呢？近来，她经常起念，想尝试陈波以外的男人。

吃晚饭的时候，卢一明端着盘子坐到小项对面。卢一明很自然约小项晚饭后一起散步，小项爽快地答应了。到目前为止小项在男女之情上没多少实质经验，但面对卢一明时她表现得沉着老练，好像她是个情场老手。后来，小项才明白，卢一明才是情场老手，她只不过是个雏儿。

两人沿着山谷小道，一会儿到了苏堤。大约是周一的缘故，晚上的苏堤行人不多，显得很清寂。小项经常来杭州，都是来去匆匆，少有闲心在西湖漫步。年轻的时候，倒是独自一个走完过长长的苏堤。现在的西湖因为灯光的缘故，晚上看起来美轮美奂，好像真的到了天堂。苏堤倒是幽暗的，大概因为苏堤的绿植十分茂盛。

在一个黑暗的深处，卢一明拉住小项的手。小项稍稍犹豫了一下，没有回避。小项以为自己准备好了，事实上并非如此，他们手拉手散步时，小项感到自己是拘谨的，僵硬的。她原本以为拉着男人的手，身体会有欲念。没有。卢一明却是有欲望的，她感受到他手上传来的温度，感受到他手上的不安分。他不说话。不说话是某种危险的开端。她有点担心，周边人这么少，如果他这会儿做出些什么，她不知该如何反应。

在一棵桂花树下，卢一明突然用力把小项揽在怀里，迅速用嘴封住了小项的嘴。小项吓了一跳，然后是本能反抗。她发现自己不能适应如此迅速就走到这一步，在她的想象里，男女之间应该先有言语暧昧，或含蓄的表白，或甜言蜜语，卢一明却毫无铺垫，跳过语言直接进入行动了。她本能地推开卢一明，说了一句没头没脑的话，你对别的女人也这样吗？

仿佛是这句话带出了小项的生气。她觉得自己受到了轻辱。小项甩下卢一明，几乎是逃离了苏堤，沿着山谷的小道回到宾馆。她以为卢一明会追上来，或向她道歉，或继续拥抱她。如果他那样做，她也许会原谅他的粗鲁，他们还可以出来散步。他没有，他站在那儿，看着她，好像对小项的反应颇感稀奇。

小项跑回自己房间。她关好房门，靠在门边，气喘吁吁。奇怪的是欲望在那一刻突然在身体里苏醒了。她的手指在自己嘴上划了一下，迅速唤起刚才瞬间的印象。她闭着眼，好像这会儿卢一明正吻着她。那一瞬非常仓促，因此或许完全是她的想象，她觉得他的嘴唇饱满热烈。她的嘴微微张开，迎接着他。她感到心脏猛烈跳动，胸口发胀，好像这会儿她身体里唯一存在的就是那颗脆弱的心脏。

后来她躺到床上，一直看着手机。或许他会给她一个短信，请求她的原谅，或者向她表白他这么做是因为喜欢她。一个小时过去了，手机没有任何动静。她不知道他是否从苏堤回来了。她反省自己是不是显得太决绝了？会不会伤害到卢一明？她的身体发烫，伴有轻微的抽搐。仿佛是为了转移自己的欲望，她给陈波打了个电话。陈波似乎吃惊她会给他打电话，问她怎么了。也许因为身体里的欲念，她说话特别温柔，她甚至想，这会儿如果陈波躺在身边也是好的。不过她很少在陈波面前流露她的情欲，他们谈家常。陈波问了培训班的情况，小项则更关心女儿豆豆。

就在小项和陈波通话的时候，一条短信蹿了进来。小项迅速打开短信。是那个卢一明发来的。短信大胆直白：我想你。

小项的心跳震天动地，她甚至怕陈波在电话的那头听到。有很长时间小项没有说话，陈波问怎么了。小项这才反应过来，说我有事了，空了再聊。然后就迅速挂了电话。

她还没来得及回他短信，房间的门敲响了。她觉得自己的心快要从胸腔里飞出来了。刚才她已打了几个委婉拒绝的字，没来得及发出。她决定删掉。这时，陈波的短信进来了，问她为什么电话挂得这么急。好像是陈波的这个短信让她下了决心，她突然有点厌烦，狠狠地按下按钮关掉了手机。她打开房门，卢一明一把抱住了她。

当卢一明离去，小项静静地躺在床上，看着天花板。她觉得太不可思议了。她和卢一明才认识不到一天，她竟同他上了床。她回味着刚才的情形。他很好，她很享受。她认定他是高手，是个惯犯。他竟带了避孕套。她对此竟生出小小的妒忌来。

不过小项心里还是涌出一种奇怪的幸福感。她终于了了一桩心愿。他比她想象的要好。她想同人分享她此刻的心情。她自然想到了周菲，拨通了周菲的电话。

电话那头传来嘈杂的音乐声。周菲可能在某个剧场排练。得到赵总的钱后，周菲便开始排练她的舞剧。漫长地排练，边排边改。周菲说。小项管不了那么多，此刻她就想分享。她只有周菲可以倾诉。

小项听到自己在电话里的声音几乎是颤抖的，声音里有一种扼制不住的欢喜，好像她突然得到渴望中的宝物，急于示人。

男人和男人不一样。小项说。

什么不一样？周菲说。

周菲听了很久才明白怎么回事。周菲从排练厅出来，听小项细说。

我高潮了，以前没有过，陈波很快。小项说。

周菲很吃惊。小项和陈波结婚快五年了，并且有了孩子，小项竟然才知道女人的秘密。周菲本来想骂几句小项的，听了这话心就软了。这是小项应得的。她告诫小项，一定要小心，别怀上孩子，除非你打算和那个花花公子结婚。小项说，不会，我爱陈波。周菲冷笑一声说，你对陈波的爱很奇特。

四

英国教授是个中年男人，相当肥胖，他夹着讲义从教室门进来时，昂着头，摇晃着身子，步子结实，像一只在河边奔走的鸭子。英国人对中国戏剧界的情况并不了解，讲解得十分简单，属于低级课程。小项和卢一明同桌。卢一明小声对小项说，这些西方人，总是以他们为中心，居高临下看我们，以为我们还是蛮族呢。小项忍不住笑了一下。卢一明不太说话，说出来倒是一句是一句，甚至有些刻薄。这课确实无趣，小项的思绪就飞了。卢一明身上散发着热烈的气息，就好像小项身边置放着一只冬天用来取暖的火熄。想起昨晚的情形，小项一下子有了感觉，一股暖流从身体里流过。卢一明仿佛知道小项的心思，在课桌下拉住小项的手，在小项耳边说，昨晚你哭了。小项顿时耳根发烫。她感到昨晚自己确实有些失态，快感在她身体里爆炸时，令她猝不及防。她紧紧地握住他的手，她觉得自己的手会撒娇了。她甚至想掐疼卢一明。

卢一明不想忍受这种课，偷偷地溜出课堂。小项觉得教室里一下子变得空空荡荡。这之后，小项一直在玩手机，她希望卢一明会短信她，让她逃课。现在她不会再迟疑，她会毫不犹豫从教室里出去。也许对英国教授不礼貌，她无所谓，反正是"蛮族"，没所谓的教养了。她专注于手机，听到有同学在和英国教授交流开放式舞台让每一个观众成为演员的可能性，同学认为这在西方行得通，在东方有难度，因为东方观众比较含蓄，不愿在公众场所放开自我。

小项在课堂上心猿意马地坐了半个小时，也偷偷地溜出课堂。到了教室外，她就发了一条短信问卢一明在哪儿，并说她也溜堂了。卢一明迅速回她，你在房间？小项回复，是的。

小项回自己房间，卢一明已站在门口。小项说，你这么着急？卢一明没吭声。小项想，这句话等于在说自己，是她这么着急，谎称自己已到了房间，好像怕他不会约她似的。

如果说昨天晚上小项的身体或多或少有些拘谨，今天她完全放松了。她想男女之间要想深入了解，最快的途径莫过于上床了。多年后，小项对这个想法作了修正，她认为上床谈不上彼此了解，只是发现了另一个人最私密的习性而已，至于他的思想、品性、为人处世无法在床上完全看清楚，而是需要日常生活。

既然课程是如此乏味，小项后来几乎每天和卢一明在偷情。她的身体变得十分敏感，动不动就会有反应。她觉得自己好极了，甚至觉得自己是个尤物。这两天她几乎没想起过陈波，倒是想起过韩文涤。她替他感到可惜，她认为他至少是想要她的，但他完成不了。他注定不知道她的好。

卢一明完事后喜欢抽烟。抽完一支烟，他会穿好衣服迅速离开，干脆利落。这让小项觉得他是个无情的人。不过小项没有多想，他带给她快乐就够了。在他面前，小项不再是骄傲的，她对他低眉顺眼。他拿出烟，她会替他点上，然后她靠在他身上，问他一些问题。这些问题其实没有必要问，如果她和他没有以后的话，这些问题并不存在，但她就是憋不住。她想自己好像又用情了。她问，你有很多女人吗？卢一明调皮地看了看小项，反问，你说呢？小项说，你是个坏蛋。卢一明说，别胡思乱想了，我没那么花心。小项说，我才不信。小项又问，你怎么会看上我？你一眼看出我是个容易得手的女人？卢一明说，你容易得手吗？看不出来，我见到你就喜欢上了你。小项不知道卢一明说的是真是假，很可能是逢场作戏，但还是有些感动，她主动亲吻卢一明。

有一天，卢一明突然问，你去过敦煌吗？小项摇摇头。卢一明陷入沉思，一会儿，他好像突然惊醒了一样，没头没脑地说，敦煌是个令人怀念的地方。

小项不知道卢一明为什么提起敦煌。不过她记住了这句话，记住了那个地方，记住了他说话的样子。那一刻他的目光是空洞的，好像敦煌本身就是个空洞的地方。在平常，他的目光都是坚定的，他看她时，她会觉得他的目光可以把她的衣服剥落，让她变成赤裸。她意识到，她和他只是在此时，她有过去，他同样有。她问，你为什么突然说起敦煌？

他没回答。他把烟掐灭，起来穿衣服。他除了和她亲热，不愿说起自己的生活。她却有自己的想象，敦煌一定有着他刻骨铭心的故事，敦煌对他意义非凡，而她让他想起了敦煌。她觉得她在他那儿更像是一个通往敦煌的媒介。

三天的培训很快就结束了。分手的那天早上，小项主动让卢一明来她房间。他没带套子。小项想，这几天做得太多了，大概他都用完了。小项担心过怀孕，但她完全昏了头，不顾一切地接纳了他。小项放纵而悲伤，被一种垂死的情感控制，好像末日来临，她和他从此再也没有未来。在激动的时候，小项问，你会不会想我？会不会到永城来看我？

卢一明在点头。她敏感地意识到卢一明的敷衍。她想，真相就是如此，对他而言，这只不过是一次艳遇。她的身体突然僵住了。她感到痛感从下面传来。这三天她如此欢喜，可这会儿，她宁愿他是陈波，赶快结束。她闭上眼睛，眼角泅出泪水。

这次她没给他点烟。她命令他赶快起床，去药店买一盒事后避孕药来。他有些迟疑（这迟疑也让她不快），不过还是去了。她一直躺在床上耐心等待，一动不动，好像她的肉身此刻是死的。半个小时后，他回来了。他变得比往日体贴。他给她倒了一杯开水，从盒子里取出一片毓婷，递给她。他说，这药伤身体的，你以后不能这么任性，我以为你是安全的，否则我不会这么做。她点点头，心里涌出暖流。她想，他还是关心她的。

五

小项回家的那天晚上，陈波早早把豆豆哄睡，想和她亲热。她断然拒绝。拒绝的原因是下体不适。她怀疑那三天太放纵了，被感染了。她甚至有些担心染上的是脏病。陈波在一旁唉声叹气。她感到歉疚，有点怜悯他。透过窗帘的缝隙可以看到那两棵巨大的银杏，枝繁叶茂。它们在西门街有多少年了？小项曾听陈波说起过树龄，不过她忘了。陈波说，他小的时候觉得这两棵树一直通到天上，他有一个愿望，变成一只鸟，飞到树的顶端，去看看天堂的样子。四周十分安静，某些时候能听到豆豆的咳嗽声，陈波说，这两天豆豆支气管有点发炎，不过无大碍。小项紧紧抱住陈波，把脸贴在陈波的背上，说对不起，我有点不舒服，等身体好了再给吧。小项感到陈波的身体紧绷。陈波是个自尊的人，他轻轻推开小项，说去睡沙发，这样难受。小项差点流泪，为了不让陈波看见，她转过身，又轻轻说了声对不起。

第二天醒来的时候，小项吓了一跳，床单泅了一大片鲜血。她吃了毓婷，提前来例假是正常的，不过血流这么多她还是害怕。更害怕的是感染，若真染上脏病，这时候流血麻烦就大了。外科医生陈波也吓坏了，让小项去医院。小项不愿意去，陈波很坚持。是陈波开车送小项去医院的。她本能地坐在后座，好像怕陈波看出端倪。若真的是脏病，她该如何同陈波说呢？她脸色惨白。她看到陈波的脸同样惨白。她还发现陈波没把她送到自己供职的医院，而是去了另一家。陈波解释，那一家妇科更专业。小项意识到陈波是个敏感的人，怀着和她一样的恐惧。恐惧让小项神情恍惚，好像这车子里埋着一颗定时炸弹，随时会引爆。

这三天你在干什么？为什么打电话你老是关机？陈波问。

我不舒服，躺在床上，我可能生大病了。小项停了停，又说，陈波，要是我真的生大病死了，你会不会难过？

陈波回过头来，眼睛通红。他的手往后伸，握住小项的手，说，你不要胡说。

在去医院的路上，陈波一直拉着小项的手。小项想起在杭州卢一明拉她手的样子，觉得那一幕像是一个梦境，一点也不真实。陈波好像也在某种恍惚之中，他的车差点撞到对面过来的一辆中巴。小项挣脱陈波的手，说你专心开车。

检查的结果是没什么大碍，有中度的炎症，另外就是由炎症引起的例假紊乱。谢天谢地，没有脏病。医生问，你最近吃了什么药物吗？小项连忙摇头，说没有。医生说，吃点消炎药，静养一些日子就好了。医生不知道陈波是同行，她严肃地对陈波说，一个月内不能有房事。又说，以后房事前要洗干净。这会儿陈波的脸是黑的，没听到医生的话似的，没有任何回应。

从医院回来的路上，小项想起卢一明，她拿出手机，给他发了一个短信，告知他来了例假。对方一直没有回。小项因此一直在看手机。快到家时，小项才收到回信，只有一个字，好。小项的心颤抖了一下，想，她分手时的感觉是准确的，他真的没怎么在乎她，他就是个老手，也许他第一眼就看穿了她，知道她盼着出一次轨，并不需要太花工夫。事实上，他确实没费劲就得手了。

日常生活中，陈波表现得非常好，下班准时从幼儿园或父母家把女儿接回，顺便买些菜，煮晚饭，然后一家三口一起吃。将近一个月，陈波一直躺在沙发上。小项通常会在睡觉前发一个短信给卢一明，问卢一明在干吗。卢一明往往如实回答，也会问候小项。小项虽然认为卢一明对她未必多有情感，可她还是指望着和卢一明交往下去。他们在杭州的三天中倒没说多少话，分别后才开始说些生活中的点滴。令小项遗憾的是卢一明没有一句温存的话，好像那三天在他生命中并不存在。小项有时候会觉得卢一明回她短信只是在应付她，心里面多少有些失望。可有时候卢一明会主动发来问候的短信，小项又兴奋起来。慢慢地小项习惯了这样的交流，并在这种不涉情感而又私密的交流里，得到乐趣。只要把个人的期望降到最低，只要把愿望当成事实，一切都可以在想象里变好。小项甚至想过，也许有一天，卢一明会突然出现在永城，特意来看望她。

周菲最近一直在排她的舞剧。小项抽空去排练场看周菲。周菲在台上忙。她们用眼睛打了一个招呼。小项在台下找了个位置坐下。他们正在排练其中的一个场景。小项听周菲说起过这个舞剧。周菲说，她不是女性主义者，不过她是女性坚定的维护者。周菲认为女性不需要同情，而是需要赞美。周菲没讲过剧情，不过小项猜测，剧情大概和周菲的生活可以一一对应。周菲排练的是家庭生活一幕，女主角以独舞的方式表达对丈夫的愧疚感。小项不觉有点羞愧。她回忆了一下，已有好久没关心陈波了。

在排练的间隙，小项和周菲聊了几句。小项问周菲什么时候会上演。周菲说，一直在变化中，她自己都不知道会排成啥样，她希望把她的生命感受表达出来。小项本来想谈谈卢一明，她以为一夜情不会生情，还是会的。她觉得自己太多情了。她想让周菲帮着分析分析。大概是刚刚看了周菲排练的片断，小项认为现在谈这事不太合时宜。这得要多没心没肺才行啊。和周菲告别时，小项说，戏挺不错的，我感动了，期待首演。周菲苦笑，只说赵总的老板出事了，可能会牵连到赵总，赵总那儿还有一半资金没拨过来，要是没有后续资金投入，这出戏可能就黄了。仿佛为了安慰小项，周菲又说，不过办法总比困难多是不是？

几乎是周菲戏里的模仿，有一天，女儿不在，陈波在厨房做饭，小项突然从后面抱住了陈波。陈波回过头来，诡秘一笑，说，医生吩咐过我哦。小项说，没关系，我应该好了。

陈波没回话。小项不放过陈波。陈波终于关掉了煤气灶，一把抱住小项，把小项扔到床上。

一会儿，陈波满头大汗地从小项身上爬起来，到厨房继续做饭。小项躺在床上，内心对陈波生出从未有过的温柔。她想，陈波终究是豆豆的爸爸，别的男人再好也是假的。

晚上躺下后，小项问起豆豆爷爷奶奶的事，说已有一段日子没见到二老了。陈波说，这段日子他们去东南亚玩了。昨天还打电话过来问豆豆想要什么礼物。小项沉默了。结婚这几年，在心里，小项并没有把陈波的父母当成亲人。陈波的父母倒是挺喜欢她的。这些年，二老一有空就满世界跑，回来时都会买礼物给她。她有好几只名贵的包都是婆婆送她的。

陈波说起小时候的一件事情。小时候在奶奶家，中午午睡时陈波总是溜出去，爬到屋顶上，看隔壁家的院子。童年时他喜欢隔壁家小阿姨，她是村里的小学老师，人长得特别好看。她的老公在城里开火车，要一个月才回家一次。有一个男人经常在中午到院子里来，每次来都戴一顶太阳帽，并把帽子压得很低。一会儿屋子里传来小阿姨的叫声。陈波以为她被那男人欺负，用屋顶的瓦片砸隔壁家。男人和小阿姨从屋子里出来时，手拉着手。陈波没认出那个男人。陈波一直想把这事告诉她的丈夫。

后来呢？小项问。

后来爸妈把我接回永城，我以为要在老家上小学的。陈波说。

你没告诉那个开火车的男人？

没有。陈波说。

一会儿，陈波又说，有一次火车司机回家，把我叫到一边，问起我是不是看见有男人找他老婆。他大概听说了什么。我什么也没说。他骂了我一句走了。

这天晚上，小项没合过眼，心里一直想着陈波的故事。陈波的故事意有所指似的，令她不安。不过她又想，一直以来陈波最喜欢说的就是童年往事，好像那是他此生最快乐的时光。

六

那年十月，小项去了一趟法国，是跟着永城小百花剧团一起去的。小项跟团做一些日常工作。其实也没她多少事，相当于单位给了她一次出国的福利。她是兴高采烈地出国的。

在巴黎的演出是此行的重头戏。虽是文化交流，但观众大都是华人。在海外，华人见到祖国来的人真是热情，演员们在整个演出过程中，感觉空前地好，有一种国内没有的盛大成功的幻觉。演出结束，华人们把他们包围，拍照，让演员们觉得自己成了大明星。

演出结束，演员们顺理成章地要求团长请客，吃夜宵。一行人选了一个韩国烧烤店。团里美女众多，以团长为核心，把团长包围住。在热烈的气氛中，女演员们用轻佻的口吻同团长说话，她们要团长烤牛肉给她们吃，有几个还要团长喂。这只是演员们日常的恶作剧。这些美人们一个个都是开心果。团长倒是很镇定，她们提什么要求，他就怎么做。但看得出来，团长喂美女时，心里面是愉悦的。小项感到很好玩。她想起卢一明，给卢一明发了一张现场的照片。她给照片起了个名字：齐人之福。

周末一大早，周菲突然接到陈波的电话。陈波是从来不打周菲电话的。这么早接到陈波的电话，周菲愣了一下，生出不祥的预感。

陈波的声音听起来有些暗哑，嗓子好像充血了，不过他的声音依旧是平静的，合乎周菲熟悉的那个外科医生的形象。陈波问，小项外面有人了吗？周菲吃了一惊，说，不会吧，我没听她说起过。陈波又问，卢一明是谁？周菲想，糟了，外科医生都知道对方名字了。外科医生从来是精准的。周菲虽然听小项讲起过此人，不过没见过他，她就说，我不认识。陈波说，我看过小项的日记了，小项在日记里说，她同你说过这人。陈波的声音听上去像在述说某个病情的诊断报告。周菲是那种不会说谎的人，一说谎就结巴，她说，是吗？我记不得了。那边没吭声。周菲说，你在看她的日记吗？陈波说，是的，我一夜没睡，她外面有人了。周菲不知如何作答，她想了想，劝慰道，陈波你别全信啊，日记也许只是幻想，小项特别喜欢幻想，你知道的。那边沉默。周菲继续说，也许小项只是对某个男人有好感，这很正常，我也经常对男人有好感。陈波挂了电话。陈波显然不信周菲的话。

周菲知道事情严重，第一反应是给小项打电话。她得让小项有准备，并且最好让小项和她的口径一致。小项关机了。周菲想，法国那边现在还是午夜，小项应该还在睡梦中。周菲留了一条短信：小项，你看到短信，第一时间给我电话，有急事，先不要接其他任何人的电话。

那天下午一点半，周菲终于接到了小项的电话。也许是刚醒来，小项的声音带着一种黑夜的气息，略带四川口音的普通话有种性感的磁音。大概身处异国，让她有远离尘世的感觉，对周菲所言的急事，她压根儿没有往自己身上想，还以为是周菲出了什么事。

出事了？没有主语，但她的声音听起来是与己无关的。

是的，小项，陈波一早给我打来电话，他看了你的日记。周菲说。

周菲急着想同小项对口径，也想知道小项的日记究竟记了些什么。小项那边已发出哀叹，完了，陈波会发疯的。

然后就挂了电话。

有很长一段时间，小项呆坐在那里。有一些念头开始在小项的脑袋里清晰起来。她今年以来又开始恢复写日记，她把一切都写入了日记，全是纪实，并无周菲所说的幻想。她的日记藏在那只妈妈送她的盒子里，一定是陈波打开了它。盒子用小铜锁锁着，可陈波打开了它。陈波曾对她说过，他永远不会打开那只盒子的，他食言了。也许是她太忽略陈波了，陈波起了疑心。她对陈波太放心了。她今年才又开始写日记，她用力回忆，应该只有卢一明那一段，并无涉及韩文涤。但卢一明那一段足够刺激陈波了。

小项和周菲通完电话后，一直等着陈波的来电。陈波没有打来。小项不像陈波那样沉得住气，她打了过去。她本来以为有惊涛骇浪等着，但陈波并没有多说，只是说，难得出一回国，玩得高兴些。小项在电话里哭了，说，陈波对不起，我爱你。陈波说，你在说什么呢？小项又说了一句，陈波，我爱你。陈波笑了，说回来再说吧。

一件事是不是没说出就不存在？比如如果不记在日记里，比如如果陈波看了日记然后不捅破，比如如果从此后他们不再提起此事。就像刚才，陈波什么也没说。不说话就不存在吗？存在的，反而更加无处不在，反而比说出来还要沉重。

就因为陈波在电话里让小项玩得开心一些，小项就感到分外内疚，放下电话，她情不自禁哭了起来，好像失恋了一样。陈波的沉默或者高姿态只有一个指向就是不原谅。

七

小项回国那天，是陈波去机场接的。从法国飞来的航班是午夜抵达永城的。那是一个雨夜，陈波开着小车穿行在湿漉漉的街巷。

我给你买了一双马飞仕图皮鞋。小项说。

一路上，小项想的不是马飞仕图皮鞋，而是家里那只装着日记和首饰的红色盒子。也许占据两个人内心的唯有那只红色盒子，他们的沉默通过红色盒子进行着交流，只是太沉重了。

好像什么也没发生。豆豆睡了。小项进女儿的房间，亲吻熟睡中的女儿。眼泪还是没有止住。她把带给女儿的礼物——一只粉红色的邦尼兔，放在小脸的一侧，好让她明天醒来有个惊喜。

小项回到房间。她看到那只红色盒子。它上锁了。锁换了，不是原来那把小巧的铜锁，而是普通的黑锁。那黑锁像一枚核子炸弹，看上去非常小，但足以毁掉这个她栖身的只有一百多平方米的小小的家。

然后就是洗澡，做爱。分外地激烈。陈波咬了她，陈波说，我爱你，你知道吗？我爱你，我没法想象没有你。小项说，我知道，我知道。小项本来也想说我爱你。在法国，在电话里，她这样对陈波讲过，现在她讲不出口，好像一出口就证明她是虚伪的。她任他咬，她感到身体的某个部位可能出血了，尖锐的痛，她忍住了，好像这会儿痛是她唯一的解脱。

一切同小项想象的不一样。她以为回国后他们会大吵一场，她做好被外科医生陈波狠狠揍一顿的准备（她甚至还想过他会杀掉她并肢解她），她会跪下来认罪，请求饶恕，她会向陈波保证，以后不会再犯错。陈波没给她机会。什么也没有发生，陈波甚至都没问她一句。

这不是小项理解中的陈波。陈波表面平静，只有她知道他有多偏执。他把什么都藏在心里。他的父母曾对小项说，他们从不知道自己的儿子在想什么，希望她能走进他的心。

小项知道事情没有那么简单。陈波打开的是一只魔盒，魔鬼从盒子里放出来了，钻入了陈波的心里，它吸食陈波的精血，在成长。

之后的事就是在日常生活中生长出来的，慢慢把两个人带入深渊。小项想，这才是陈波，他的疯狂是阴性的，一点一滴，细水长流。

最初是他们亲热的次数变得频繁。几乎是一有机会（比如女儿不在），陈波就会抱住小项，不分场合和地点，有时候在厨房，有时候在浴室。过去陈波是温柔的，甚至是静默的，现在虽然依旧沉默，却变得无比粗暴，没有前戏。小项想，他这是在强暴她。是的，强暴，小项没有别的词语可以描述陈波的行为。恐惧已进入小项的身体，每一次拥抱，小项的身体都是僵硬的。小项觉得一切都是报应，她做了坏事，第一次对她的惩罚是让她感染并流血，第二次是老天把惩罚的权柄交给了陈波。

有时候是正常的。正常地温存，正常地静寂，正常地亲吻。这个时候小项是感恩的，希望陈波永远这样。即便如此，小项也没享受可言，那无处不在的恐惧让她的身体再也体会不到男女之间的乐趣。

一天晚上，陈波温存地亲吻小项，陈波突然说话了。陈波原本在床上不爱说话的，现在他在自言自语。一会儿，小项才听明白陈波在背她的日记，是卢一明占有她的内容。小项意识到，他们亲热的时候，陈波的脑子里都是小项的日记。这段日子陈波在模仿那个记在日记里的人。小项紧紧抱住陈波，哭了起来。小项想，他终于要说出来了，这就对了，让他说出来，让她来坦白，来认错，只有这样，她和他才是有救的。

小项说，对不起，对不起，对不起。

陈波说，你讲，他是怎么对你的。

小项说，我该死。

陈波说，你讲，我想听。

小项说，我日记都写了。

陈波说，我想知道一切。

小项说，求求你，饶了我吧。

陈波说，你讲了我才原谅你。

陈波在她身上粗暴蛮横。同时陈波也是软弱的，可怜巴巴的。他的目光既是疯狂的，也是渴望的（像一个渴望糖果的孩子）。小项心软了，她讲了和那个男人的细节。陈波起先是闭着眼睛安静地听着，然后突然掐住了小项的脖子。

小项后悔说出那些细节。这是对自己的再次伤害，也是对陈波的再次伤害。覆水难收，说过的话再也收不回来了。她其实早已知道，这个看起来平静的外科医生，内心一直潜藏着偏执和疯狂。

凡事都有自己的模式，一颗细小的种子会慢慢生长。性爱也是这样。小项尽量配合陈波，满足陈波的各种要求，可她心里明白，她和陈波的关系脱离了常轨，滑入险境。

陈波总是能在小项说出的细节里，找出新的可能性。他会问出新的关于那个男人的问题。小项意识到，陈波虽然把那只红色的盒子锁上了，并且把钥匙交给了她，他还是在偷看她的日记，他自己留着一把钥匙。日记里的每一句话对陈波来说都是问题，需要小项去填满并界定他无边无际的想象。如果小项不说，他就折磨她。自从小项讲述过一次后，陈波开始骂她贱货。小项刚开始觉得刺耳，感到羞耻，不过不久就适应了。她认为自己确实是个贱货。她如此轻易，怀着莫名兴奋，让一个几乎是陌生的男人占有了她。在某种气氛下，小项觉得自己的罪在"贱货"这个词语里得到赦免，同时激发出她一种宽泛的母爱，拥有坚韧的承受力。

当小项的身体布满了伤痕时，已是冬天。小项清醒地意识到，他们不该如此下去了。她知道，陈波病了，陈波被一种邪恶的欲念控制了。

陈波，我们还能在一起吗？小项问。

我没想过这事。陈波说。

你不会原谅我了，陈波，我把一切都毁掉了。小项说。

陈波没吭声。

我们怎么办？

我不知道。

我们是不是要看看心理医生？

陈波坚决不去。小项知道陈波不会去。一个外科医生怎么可以去看心理医生。

我们得把一切都忘记。否则我们没有未来。小项说。

让我想想。

这样的时刻，陈波的表情像个孩子，软弱，不知所措。小项并不指望陈波会想出什么办法，心里已做好离婚的准备。也许陈波所做的这一切都是因为爱她，也许她为了豆豆也应该守住这婚姻，但小项清楚地知道，目前这种状况只会带来毁灭，对谁都没有好处。

一整天小项都没见到陈波。陈波开着车出去了。傍晚，小项给陈波打过电话，想问他是不是回家吃饭，陈波没接。夜里十点多，陈波回家。陈波的表情庄严而圣洁。小项又看到了过去那个熟悉的陈波。陈波告诉小项，他坐在永江边想了一天，他离不开小项，打算原谅她。他说，他不想再想起小项那三天所做的一切，与那三天有关的东西不能出现在他们的生活中。陈波要求小项删去周菲的电话（卢一明的电话及信息早已删除），从此不再同任何知道此事的人往来。关于日记的处理，陈波说，找一个隐秘的地方，把这只镶着象牙月季花的红色盒子埋藏。

埋藏这只红色盒子，小项是理解的。如果陈波把心里的魔鬼捉出来，关入盒子里，埋在地底下，也许陈波的心魔就消了。有一件事小项不能理解。小项想烧掉那本日记本，至少把那三天的内容烧掉。陈波不同意。陈波说，我记得上面每一个字，烧不掉了。

埋那只红色盒子陈波搞得颇具仪式感，好像那红色盒子是一口婴儿的棺材。陈波和小项开车去了一趟陈波的乡下老家，老宅有一个院子，院子里有一棵苦楝树。他们在苦楝树下挖了一个坑，把那只红盒子埋了下去。在埋下的那一刻，小项望了望天空。天空碧蓝。那一刻小项觉得自己的身体好像被洗净了一样，既轻盈又干净。她心中涌出新的希望。

小项从乡下回来的第二天，永城下了第一场雪。雪来得很猛，一下子盖住了大地。在南方，雪因为稀少而令人兴奋。单调的白把绿色和建筑都覆盖了，大家都很高兴，很多人冒着雪，在雪地上奔走，呼喊，一个个像孩子一样。就在雪天，小项约见了周菲。

她们有一段日子没见面了。小项回国后一直没和周菲联系。小项接到过周菲的电话，问起和陈波的事处理得如何。小项在电话里简要和周菲说了一下，告诉周菲，等她处理好了，会联络她。

小项注意到周菲见面一刹那吃惊的表情。周菲的表情是一面镜子，照出了小项此刻的状态。小项低下了头，说，你的戏怎样了？

周菲没有回答，周菲问，小项，你怎么这么憔悴？

周菲伸出手，把小项的衬衣领子拉开。小项本能地把领口护住，她不想让周菲看到身体上的伤疤。周菲没放过小项，小项脖子上的血痕完全暴露在周菲眼前。

他弄的？周菲问。

小项再也忍不住，失声痛哭。周菲紧握小项的手，说，他怎么可以这样对待你。

小项说，我不怪陈波。是我对不起陈波，把陈波毁了。我那段日子也是鬼迷心窍，就想尝试陈波以外的男人。如果陈波能原谅我，我什么都肯做。

小项说，好在陈波是爱她的，她和他一起在努力恢复正常的夫妻关系。他们打算从头再来，因此，她得删除同杭州有关的一切。小项说，我答应了，这次见面后，我会把你的电话删掉，不再见你。你不要再打我电话，我不想再出错，如果陈波看到我们有联系，陈波会旧病复发。

周菲问，你因为这事才找我的？

小项点点头。

周菲说，小项，你是个傻瓜，我不知道怎么同你说，我不会删掉你的电话，你哪天需要我，一定要打电话给我。

八

整整一年，小项几乎断绝了社交，一下班就回家。陈波也是。他们都在尽量忘记那件事。

这一年，外科医生陈波变得越来越消瘦，他竟然开始脱发了。也许是他纠缠于她身体的次数太多，简直不知餍足。也许是工作太辛苦了。小项担心陈波在手术台上会出什么事故。那是陈波的立身之本，要是出个差错，陈波这辈子就完了。好在作为外科医生的陈波是理智而冷静的，他在手术台上的专注无人能及。他在医院里的声誉超过了他这个年龄应得的。他广受病人信任。

有一天，有一个女人从另外一个城市来找小项。那是一个难掩悲伤的漂亮女人，她直接来到小项的单位，递给小项一封信。信的封口完好。小项看了一眼信封，上面有收件人和寄件人的地址，收信人是小项。小项马上意识到对面的女人是谁。

在办公室接待这个女人显然不合适。小项把她带到台里的休闲区，那儿有一个咖啡室，平常人不多，很安静，不会被人打扰到。

她猜不透这个女人的到来意味着什么。不过，她倒不慌张，不会有比陈波发现她的秘密再坏的情形了，而且她觉得这个女人的到来并无恶意。

没有任何客套和铺陈，女人告诉小项，卢一明死了，死于一次车祸，在高速公路上，被一辆失控的大卡车撞飞。听到这个消息，小项一时没反应过来。小项当然猜到坐在前面的这个女人的身份。小项看得出来，她并不是来算账的。那女人告诉小项在撞飞的车内还有另一个女人。

他风流成性，也许你知道。那女人说。

女人喝了一口咖啡，说，她很冒昧来找她。这信是从他的遗物中找到的。应该是一年前写的，没有寄出。女人说，她没看这封信，本来想烧掉的，又觉得应该把这信转交给属于它的人。

也许对你很重要。我没见过他给谁写过信，可能在他心里你不同一般。见到你，我明白他为什么给你写信了。她说。

女人没有久留，很快就走了，好像害怕听小项讲述与卢一明有关的往事。她离去后，小项突然像被抽空似的全身战栗，眼泪瞬间汹涌。要是这个女人不来，小项几乎快忘记卢一明了。她不但删除了手机上他的信息，也删除了脑子里有关他的记忆。现在他一点点在黑暗中浮现，她记得即便在亲热时，他的目光也是茫然的，好像他的灵魂不在现场。她意识到自己所受的苦，同这个男人有关。现在这个男人死了，但并不等于一切消失了，这个男人还将出现在她和陈波日复一日的生活中。她不知道自己是在为他难过还是愤怒。

小项决定不打开这封信。她得遗忘一切，遗忘才能自救。要是陈波可以遗忘就好了——她知道陈波并没有遗忘。像那位女人一样，她想过烧掉这封信，不过最终还是保留下来。她把这封信锁在单位写字台最深处。

那天回家，陈波似乎觉察到小项神色有异，问小项出了什么事。小项故作轻松，说没事。陈波并没有相信。安静的外科医生陈波，现在变得越来越多疑。晚上，陈波在翻箱倒柜找什么。陈波说，他在找一本刊载他医学论文的杂志。小项知道不是的，他的病又犯了。他的头脑有幻觉，他总是怀疑小项隐藏着什么。

生活在继续。陈波在努力。陈波偶有失控，但失控后，总是痛哭忏悔。好在她和陈波都爱女儿。小项一直觉得女儿长得不算好看。她和陈波长得都还算周正，豆豆几乎没有遗传他俩的优点，不受控制地长成了另外的样子。小项有时候会感叹，豆豆真的是不起眼的小孩。这让小项不太愿意让单位的同事见到女儿。她或多或少是有点虚荣的。

那一年，豆豆突然变了，眉眼儿长开来了，原来的塌鼻子隆了起来，眼睛也变大了（豆豆眼睛原本看起来像细小的一条线）。老师特别喜欢豆豆，说豆豆继承了妈妈的天分，唱歌跳舞都特别好。连豆豆的爷爷奶奶都发现了豆豆的变化。奶奶说，都说女大十八变，豆豆这么小就从丑小鸭变成了白天鹅。大约亲情之外，人还是喜欢漂亮的小东西吧。豆豆的爷爷奶奶一辈子享受惯了，不爱自己做饭，经常下馆子。最近二老下馆子喜欢带上豆豆。

生活一如既往地进行着，表面上风平浪静，只有小项知道，恐惧并没有从她心里退去。她猜不透陈波脑子里在想什么。有一天，陈波问小项，你说豆豆像谁？不像你也不像我。小项开始以为陈波开玩笑。陈波是严肃的。小项这才隐约感到另一种怀疑开始侵入陈波的思想。

不知从什么时候起，陈波对女儿变得冷淡了。他不怎么愿意接女儿，借口现存有的，比如临时有个急诊手术之类。小项不会开车，只好踏着自行车去接豆豆。小项有活动时是非常忙碌的，她抽不出时间时，只好麻烦豆豆的爷爷或奶奶。二老接了几次后就觉得生活被打乱了，就出钱雇了个专门接送豆豆的阿姨。

陈波着迷于和小项做爱，好像唯有如此他才是安心的，他才确信自己拥有小项。这一年来，小项对性事已没有一点兴趣。但她从来不拒绝。虽然陈波有时候会控制不住动粗，她也忍了。这是她欠他的。他们亲热的时候，偶尔豆豆会来敲门，陈波迅速从小项身上爬下来，穿着短裤，训斥豆豆，并把豆豆锁到自己的房间里。小项听到隔壁房间传来女儿的哭声，对压着自己的陈波说，陈波，我求求你，你一直对豆豆好的啊，你怎么啦，她是你的骨肉啊，你对豆豆好一点好不好。

陈波用怀疑的目光看着小项。小项的内心冰凉冰凉。小项再次确认，某种怀疑侵蚀了他的脑子，控制了他的情感。小项想，难道他在怀疑豆豆不是他亲生吗？自己的初夜都给了陈波，陈波是知道的呀。他们结婚不久就有了孩子，如果这也怀疑，陈波真是脑子有病了，是病入膏肓的病。

当小项意识到陈波的疑虑，她想过做一个亲子鉴定打消陈波的心魔。又想，陈波从来没有说出过他的疑虑，如果她提出来，陈波一定会觉得被冒犯。即便陈波亲口同她讲他的怀疑，她提出这件事，陈波也不一定会同意。

豆豆生日那天，陈波对女儿特别好，特地为豆豆买了新衣服和一个火车玩具，蛋糕是陈波下班时带回家的，陈波一边亲豆豆，一边喂她蛋糕。豆豆对陈波的突然亲昵受宠若惊，不知如何反应，只好无助地看着小项。不过豆豆马上适应了，毕竟是亲爹。后来豆豆开始拍陈波的马屁，表情近乎谄媚。小项看了很伤感。

小项是从豆豆的口中得知陈波带她去了一趟医院。是爸爸的医院吗？小项问。不是，是开车过去的，很远的医院，在另外一个地方。爸爸让我不要告诉你。豆豆说。医生从女儿的口中提取了一些唾液，并剪了一撮头发。陈波也是。他们在医院里等了半天。当陈波看到报告单时，泪流满面，紧紧抱住豆豆。豆豆不知道爸爸怎么了，她问，爸爸，你要死了吗？陈波摇摇头，说，爸爸对不起你。

小项感到无比委屈。她大哭一场。在痛哭的时候，小项明确意识到这个家庭已经破碎了，她得离婚。回顾这一年，她自己都惊奇自己是怎么熬过来的。现在好了，陈波已确认女儿是他的骨肉，就这样分手吧。放过彼此，对谁都好。

我们再在一起，会是悲剧。陈波，你放过我吧，我看不到希望。小项说。

起初陈波不肯。他认为他和她正在变好，并且会越来越好。这在小项的预料之中。陈波对她有一种偏执的迷恋。有时候小项觉得这种迷恋未必是真正的爱，可能是她对他的伤害造成的。可怕之处就在这儿。小项从来是决断的，只要她做了决定，她就会迈出这一步。小项觉得从此后她不再欠着陈波了。她在外面租了一个小房子，先搬出去住。至于女儿豆豆，是一个难题，她不知道如何向她解释。她还小，什么也不懂。她知道离婚对孩子的伤害有多重，她自己就是一个例子。她实在没有办法了，她非如此不可，她得离开陈波，否则对这个家，对她和陈波都是灾难。她决定把女儿留给陈波，她断定现在女儿是陈波生命中最重要的人，陈波会小心保护她。她当然会来看女儿。总有一天女儿会明白的。多么悲哀，自己的悲剧还是降临到女儿身上。

虽然还没有正式离婚，却已惊动了陈波的父母。一天，陈波的母亲来到小项的出租屋。陈波的母亲是从豆豆那儿听说的。豆豆告诉奶奶妈妈搬出去住了。不久前，小项还对豆豆撒过谎，说自己这段不住在家里了，因为工作很忙，还经常出差，不过会随时来看她。看来豆豆年纪虽小，却什么都懂了。陈波的母亲是个直性子的人，她说起自己此生最后悔的一件事就是把陈波放在乡下老家，让陈波奶奶带大。她说，那会儿他们都太忙了，没办法。陈波跟他们不亲，心里有怨气，接回城里后他几乎不同他们说话。他们从来没搞清陈波在想什么。说到这儿，陈波的母亲，这个开明的知识分子流下泪来，她说，豆豆说陈波一直在欺负你。其实我早发现了，你这两年身上经常有伤，我看着都心痛。我不知道你们夫妻怎么了。陈波一直对你好的啊，他脑子出问题了吗？

小项没回答。她说不清楚。听到陈波的母亲这么说，她还是有点感动。至少她是理解的。她没有站在陈波的立场上骂小项。

我担心的是豆豆。你们是大人离就离了，可豆豆怎么办？陈波虽是我的儿子，可豆豆跟着陈波我不放心，我担心会把豆豆毁了。陈波母亲说。

这是劝和的一种方式吗？婆婆是想让小项回心转意回家吗？听了陈波母亲的话，小项不是没有犹豫。她觉得婆婆说的不无道理。但她真的无法再回去了。她说，陈波对豆豆好，是真的好。豆豆也和陈波亲。

你看问题太表面了，我研究海洋生物的，海洋生物为了自保都懂得拍马屁，何况小孩子。你不觉得豆豆更信任你吗？婆婆说。

婆婆说她找过陈波，谈过豆豆的问题，如果陈波和小项最终离婚，希望女儿让小项来养育，陈波坚决不同意。陈波还说，他和小项只是分居，不会离婚，他也不会同意离婚，让他们不要操心。后来陈波的母亲退而求其次，说不离婚是最好的，假设一定要离，陈波不放心小项带豆豆的话，索性他们来带。陈波母亲说，我们小时候没带过你，把你放在乡下，算是我们欠你的，我们在豆豆身上还。陈波沉默了，黑着脸，不再回答母亲一句话。

那天的谈话没有任何结论。小项没弄清楚陈波母亲找她的目的。传达的信息量是够的。这个海洋生物研究者把所有的问题都摊在小项前面了。

这天，小项特意去幼儿园接女儿，带女儿去她最爱的肯德基吃饭。吃饭时，小项问豆豆，如果爸爸和妈妈分手，你愿意跟谁？豆豆埋头吃着鸡翅，说，我不想你们分开。

小项和陈波分居了一个月后，陈波居然奇迹般地想通了，他同意离婚，并在离婚前给小项买了一套两居室的房子。那是一个周末的早上，陈波敲开了小项的出租屋，带小项来到永江边的一个小区。陈波说，有一户人家要出国了，急着出售房产，我想买下来给你住。你不能住出租屋，太委屈你了。小项知道陈波是有钱的。关于钱的来历，小项不是太清楚，也许陈波的父母给了陈波一部分积蓄。那房子很好，在永江边，可以看得到江景，房子装修风格简洁，很符合小项的审美。陈波见小项满意，就买了下来，房产证上是小项的名字。小项很感动，她觉得陈波真的是在乎她的。

办离婚手续的那天，陈波要求，女儿归小项。小项很吃惊。她一直以为陈波舍不得女儿的，一定会把女儿留在身边。陈波的母亲也这样说过。小项说，我当然要豆豆，你当真？陈波说，豆豆跟着你更好，毕竟你是母亲。

小项以为是陈波的母亲做了工作，后来她敏锐地意识到陈波在这件事上有他的心思。他不是真的不要女儿，他只是让女儿困住小项，让她不去找别的男人。在陈波的潜意识里，他们这个家分开只是暂时的，随时都可能破镜重圆。

小项深究自己的内心，她其实也是希望这个家庭不要破碎。在她心里，她依旧认定陈波是对她好的。陈波是个可怜的病人，只是控制不了自己而已。

九

小项带着女儿豆豆开始单身生活。这一年时间,虽然有女儿陪伴,她的生活可以用"寡居"来形容。

她和周菲恢复了从前的闺蜜关系。小项把周菲的电话删掉了,她是从朋友那儿问来周菲的电话,打电话给周菲。小项说的第一句话是,周菲,我离婚了。

周菲和小项在三江口一家咖啡馆见了面。周菲说,小项的气色比上次好很多。一年半之前的那次见面,小项简直不成人形。这次小项打扮得体。她穿着一件深咖啡中式套裙,胸口点缀细小的白色花朵,雅致纤秀,她不着痕迹地施了粉黛。离婚后,小项的状态大有改善。

周菲这段日子并不顺心。赵总终于出事了。不过他还算有信义,在被抓之前想办法把答应给周菲的另一半捐助打了过来。很快赵总便判了刑,八年。周菲知道赵总只是白手套,但他什么事都自己揽了下来。其实没用,那位公子也没逃过法律制裁,再也无法帮他了。她去看过他几次。他气色越来越差。他说,他可能生病了,以前他肺部有结节。周菲担心他的身体,通过关系让赵总出监做了一次检查,查出是癌变。周菲帮他办了保外就医。

幸好发现得早,他还有救。周菲说。

治好了?小项问。

医生说没大碍了,不过医生挺帮忙的,一直开诊断书给狱方,所以一直保外就医着,没再进去受苦。周菲说。

小项说,这个赵总吧,眉清目秀的,人品不错,怎么会给那公子哥做白手套呢?

周菲说,知遇之恩吧。一次在酒吧,公子被流氓围攻,赵总当时也在,并不认识公子。他救了公子。后来公子对他特别好,他一下子变成了人上人。

小项说,唉,以为是福,哪知惹的是祸。

周菲说,都是命。

小项说,这赵总是喜欢你的。

周菲不语。

小项问起周菲的剧,你排得怎么样了啊?你得提速。

周菲显得有些烦恼,说,越排脑子越乱,总是没达到预想的效果,我都怀疑自己是不是废了。

离婚后,陈波每周都到小项出租屋里吃一顿饭,也是为了探视女儿。陈波喜欢去学校接豆豆,有时候他和豆豆会在外面吃,再把女儿送回永江边小项的居所。有一次,陈波向小项求欢。小项拒绝。小项说,这是不可以的,我们离婚了,这算什么呢?陈波就抱抱小项，在小项额头亲吻一下，赞美小项，你现在越来越漂亮了。小项轻轻把陈波推开。

秋天的时候，陈波来看女儿，带了新女友，一位幼儿园老师。虽然是可以预料的，但小项心里一直没想过这件事，没有思想准备，因此有一点点震惊。一会儿她明确意识到她和陈波之间的句号出现了。小项意外地发现自己的潜意识里竟然没有这个句号。那女孩很乖巧，合适陈波。陈波说，是她一定要来看看你和豆豆。我想，也行。那天，小项做了一桌的菜款待陈波和那女孩。吃完后，那女孩和豆豆去玩了。豆豆似乎很喜欢那女孩。大概做幼教的懂小孩的心思，容易笼络孩子。陈波来到厨房，问小项，这女孩怎么样？小项说，挺好的，安静，善良。陈波说，你这么说我放心了。爸妈一直逼我，要么和你复婚，要么找一个结婚。我来听听你意见。小项说，你结婚吧，这么好的女孩哪里去找。

小项对自己的单身生活突然厌倦了。单身生活总归是辛苦的。小项也算是美女，离婚的女人免不了会有人试探。那些在社交或工作中所碰到的男人，大都算得上是成功人士，她不动心，好像寡居对她而言是一种安慰。在潜意识里，她也许想以此惩罚自己。现在她想，也许有个家庭也是好的。

秦少阳是位留美海归，在一家上市公司做文化总监。上市公司三十年年庆，需要搞一台晚会，通过朋友介绍找到小项。小项第一次见秦少阳竟然想起韩文涤，并不是两人多相像，完全不像，想起韩文涤小项自己都感到惊讶。秦少阳下巴的胡须刮得干干净净，有着中国男人少见的天真气质，笑起来特别灿烂。他们在工作中相处得非常愉快，好像彼此认识了一百年。接触多了，小项对秦少阳的个人生活有了一些浅层了解。小项以为像秦博士这种人，温文尔雅，事业有成，应该早就结婚生子了，没想到还是单身。小项笑道，你是钻石王老五啊，我一定要替你找一个配得上你的美女。秦少阳目光灼灼地看着小项。

他们认识一个礼拜后，秦少阳单独请小项吃饭。秦少阳说，我带你去一个好玩的地方，放松一下。结果他们来到永江旧码头停泊的一艘客轮上，那客轮已改装成一家高档西餐馆。跟着秦少阳走进一间小小的包间，小项想这儿哪里算得上是好玩的地方。小项发现秦少阳有些表达并不准确，可能在美国待久了，习惯于用英文，汉语相对贫乏了，或者可能是美国那地方实在太乏味了，国内什么地方都变成好玩的了。他们坐在包厢里，包厢里点着蜡烛。酒还没喝，秦少阳脸已红了，竟有些腼腆。秦少阳似乎为了让气氛轻松一点，指了指窗外，宽阔的江面上零星飘过几只货船，发出带着水汽的马达声。红酒醒好了，秦少阳从服务员手中接过盛酒器，替小项和自己倒上。秦少阳一下喝干了酒杯里的酒。小项对秦少阳特别好奇，她带着好玩的观察的表情看着他，她不知道这个有绅士派头的男人今天会不会喝醉。小项没想到秦少阳会向她求婚。

小项，我想娶你。秦少阳借着酒劲说。

小项并不认为秦少阳是认真的。男人都差不多，需要上床时甜言蜜语，从床上下来后，那些话就像刮过的风，不着痕迹。小项笑了，说你们美国人对待婚姻这么随便的？

秦少阳目光坚定，好像并没有听小项说什么，他说，我第一次见到你就想娶你，我觉得你什么都好，你就是我一直等着的人。说完秦少阳又喝了一杯酒。小项突然有点感动，她看出他是认真的。她笑说，你喝酒才这么说，酒话谁信。秦少阳说，我可没醉。小项笑了，她对他不无好感，在他面前她一直是放松的。她伸手抚摸了一下他的脸，温柔地说，我没有你想的那么好。

自然他们在一起了。小项本来不指望他们的关系是长久的，到那台晚会成功演出后，秦少阳和小项还在一起。

因为在秦少阳那里特别放松，小项喜欢在他们亲热后倾诉自己的过往，当然是有选择地讲。她没讲韩文涤。更多讲了卢一明。陈波也有涉及。陈波对小项而言不堪回首，不想多讲，但总归还是要讲到的，否则秦少阳理解不了她和陈波何以离婚。卢一明不一样，某种意义上这个人改变了她的人生。况且卢一明死了，死是一种赦免，原本故事里的轻浮自觉地被过滤了，她可以更庄重地讲述她和他的故事，讲述那三天她和他不知餍足的青春往事（小项觉得同现在比那时候无论身心都年轻，虽然那时候她已为人妇且有一个女儿）。她还讲了他某一天奇怪地提起敦煌，她说他虽然语焉不详，可她觉得敦煌对他来说一定很有意义，同他的生命密切相关。小项还提到在高速车祸后，卢一明的太太来看过她，带来了一封信。小项以为讲这些事可以把秦少阳吓跑。没有。秦少阳安静听着，目光充满理解和温情，好像这才是他想象中的小项。秦少阳对那封信有好奇心，他问，信里都写了什么？小项说，她没拆开。为什么要拆开呢，没有任何意义了。秦少阳说，你害怕知道信里内容？小项摇摇头，不害怕，我只是不想看。

她不问秦少阳的经历。她不想知道他任何过往。

他们开始有伴侣的感觉了。他们一起逛街购物，一起下馆子吃饭。有时候带着豆豆，豆豆不排斥秦少阳（也许家庭变故让豆豆变得没有安全感，所以对有可能进入自己生活的人她都小心讨好。这么小的孩子，心计这么深）。他们三个走在街上像一家三口。秦少阳经常替小项买单，小项不是个占便宜的人，她算得很清楚，她也总是给秦少阳买礼物，价值大致相当。吃饭当然是秦少阳付，小项认为这理所当然。

女儿已在寄宿学校读小学。秦少阳有时候会在小项那儿留宿。小项和秦少阳在一起看电视。有一天，小项在电视新闻上看到了韩文涤。小项听说过韩文涤去省城任职了。在电视上看到他还是第一次。那天他在接待外宾及其夫人。他的夫人在陪。小项见到传说中他美丽的夫人。确实是个美人。笑容是标准定制式。看到这一幕，小项心如止水，平静得连她自己都吃惊。

你认识他？秦少阳问。

他曾是我的上司。小项说。

秦少阳没再问下去。

他升官升得真快。小项又说。

大多数时光秦少阳会赶回自己的住所。那上市公司不在市区，他的住所离市区有点远。秦少阳出门的时候，小项会想想秦少阳和她的关系。秦少阳已不下三次催促小项，尽快确定婚期，他说，这样他才安心。他还说，他怕有一天小项在他的生活中消失，找不到她。小项说，怎么会，我有单位啊，这房子也不会飞走，你随时可以找到我。每次，秦少阳离开后，小项会抱住枕头，这枕头还透着秦少阳的体香。他是小项碰到过的最干净的男子，温存体贴，他们的身体也相处得非常和谐，身体彼此寻找、探索，总能发现意外的惊喜。小项感到自己都有些依赖他了。有一天，秦少阳对她说，如果小项有一天离开了他，他会不知道怎么生活，生活会失去意义。小项听了不免感动，可是在秦少阳面前，小项从不表露自己对他的依赖，好像他们随时都可能分手，好像他们的亲密关系仅止于性。只有当秦少阳走后，她的心里才涌出怜惜。她抱着枕头说，你这个傻瓜。

六月的一个晚上，周菲断断续续排了三年的舞剧终于公演了。舞剧名一改再改，最终定名为《妇女简史》。想起这部剧，小项真心觉得不容易。周菲为这舞剧耗尽心血。小项蛮佩服周菲的耐心和毅力。一个人只有如此专注才可以有收获吧。也只能说收获，还谈不上成功（至少现在还不能说成功）。不过什么又算是成功呢？

小项和秦少阳一起看了《妇女简史》。这是小项第一次完整看这出剧。这是一个男人和一个女人既相濡以沫又彼此折磨的故事。主题大胆，有赤裸的性，也有残忍的暴力。两个人慢慢走向自我毁灭，走向彼此的祭坛。在舞剧的高潮处，舞台漆黑，整个剧场漆黑。突然一束光从天而降，背景中出现一尊高大的佛像，光线好像是佛像散发出来，一男一女两个舞者把手中的刀子刺入彼此的心脏。拿着蜡烛的诵经者从舞台四面八方拥入，围着两具尸体，佛经的吟诵声慈悲、庄严，又带着一些恐怖的气息。这时候，大佛内响起敲击声，声音大到把诵经声完全盖住了。刚才死亡的一对男女死而复活，他们忘记了一切，开始了他们的舞蹈，回到舞剧开头的那一幕。不过，现在他和她的四周都是诵经人，他和她跳到每一个诵经人那儿，都会发出刚才的敲击声，好像他们此刻正在佛的肚子里。

演出非常成功。一定有很多人当面祝贺周菲。小项觉得在这样的场合，她不去凑这个热闹了。她给周菲发了一个短信，由衷地赞美她。好几处，我看到了自己。小项说。

小项和秦少阳出来的时候，小项还沉浸在舞剧的气氛中。她没想到周菲编导了这么一出令人毛骨悚然的舞剧。小项和秦少阳不由自主地拉着彼此的手，好像唯有如此才可以得到安慰。小项不想说一句话。秦少阳似乎知道小项的心思，也没出声。仿佛那舞剧还在继续演出，好像他们一出声就会中断故事的进程。快要离开剧场时，秦少阳轻轻说了一句莫名的话，哪天我们去看看敦煌。

在剧院外面，小项骤然撞见陈波。小项没想到陈波也来看了。难道周菲也邀请了陈波吗？陈波这会儿黑着脸，看着小项。小项意识到陈波在等着她。陈波的小女友无助地站在一边，目光里有愤懑和委屈。显然这之前陈波已和她闹得不愉快了。

陈波把小项拉到一边，质问小项，那男人是谁？小项说，你干什么啊，同你有什么关系？陈波说，你怎么能这样？小项说，你醒醒，我们离婚了，你只是孩子的爹。陈波说，我不同意你同这个人交往。小项指了指陈波的女友，说，快回到她那儿去吧，当心她跑了。陈波说，我不在乎。

小项不想再理陈波，拉起秦少阳上了车。秦少阳埋头开车，一直没问，偶尔看一眼小项。小项表情严峻。小项说，刚才是我前夫。秦少阳说，我猜出来了。小项怕秦少阳担心，说，他没别的事，问我豆豆的事。秦少阳显然不信，目视前方，朝永江边小项的寓所开去。

一会儿，他们到了小项的家。秦少阳似乎想走的意思。小项说，晚上你住我这儿吧。周菲的戏让人不安，你陪陪我。

他们正在亲热的时候，屋子的门被擂响了。小项马上意识到是陈波。她想，他真是个疯子，他怎么可以这么闹。小项对自己的身材很自信，并没穿衣服，来到客厅。门外传来陈波的声音，小项，你开门。小项说，男友在，不方便，有什么事，明天你来单位找我。陈波说，我不相信，你让我进来。小项说，你这是干什么，为什么要这样。秦少阳也从房间里出来了，不过他穿好了衣服，他有些胆怯，这个青年时期在美国成长的男人显然没碰到过这种场面，他担心小项把陈波放进来，他们之间会有一场决斗。

小项对秦少阳使眼色，让他说话，证明屋子里确实有男人。秦少阳想了半天，结结巴巴地说，你好，我叫秦少阳，是小项的未婚夫，只要小项同意，我随时准备娶她。

小项差点晕过去。她想，这位博士真的是书读多了，太老实了。

门外再也没响起敲门声。过了半个小时，小项意识到陈波走了。不过她并不确信，陈波固执，天晓得他走没走。也许在楼下的小区里辗转徘徊。小项又想，他们离婚了，离婚后陈波变得正常了许多，有时候他来看小项，小项甚至觉得他比以前开朗，也会开玩笑了。他应该不会如以前那样做出疯狂的事来。她希望是自己想多了。陈波有了女友，他们会结婚，会有一个孩子，会从此过上幸福的生活。

第二天，秦少阳一早走了，他要赶到郊区上班。小项打扮好，下楼时，发现陈波站在不远处，脸色苍白而憔悴，眼眶深陷，神色痛苦，目光迷茫，却又有坚定的疯狂。自从陈波带女友来过小项家后，在她的感觉里，她和陈波已画上了句号。现在看来，这个句号并不是句号，只是一个长长的省略号。小项想，陈波的心里依旧还装着她。这是一种什么样的心理呢？他们分开了，事实上，分手后，他们友好相处，对彼此都是解脱。陈波为什么要这样？

小项假装没看见他。陈波不放过她，陈波拉住她，说，我决定了，我们复婚。小项愣住了。昨天晚上，小项总是想象陈波像一个幽灵一样在小区里徘徊，她一夜没睡，她的体能和精神已达崩溃的边缘。她突然感到愤怒，她吼道，你凭什么？凭什么你想干吗就干吗？发了一通脾气后，小项抑制不住大哭起来。陈波站在一边，安静地看着小项。

后来的一段日子，陈波没再来找小项。小项听说陈波和那位小女友真的分手了。有一天，小项路过那幼儿园，那女孩正站在门口的游乐场，她看小项的目光充满敌意，还带着些许嘲弄，和小项先前的印象有很大的落差。小项有些恐慌，赶紧离开。那女孩走出来，叫住了她。那女孩说，我知道你的一切，陈波和我每天讲的都是你。小项停下来，既然都说到这儿了，干吗不深入了解一下内情呢。那女孩继续说，你前夫疯了，他不会让你和你的海归男友心想事成的。小项问，他想怎么样？那女孩说，他是医生，他有的是办法，你让你那海归男友当心点吧。小项非常吃惊，愣住了。女孩说，我是好心，当心点总是好事。

小项没有把那女孩的警告告诉秦少阳，免得让秦少阳担惊受怕。

陈波好像失踪了。连周末也没来看女儿。这不正常。小项不禁有些忧心。女儿问小项，爸爸怎么不来看她。小项敷衍道，爸爸这阵子出差了。

秦少阳只要不出差，一如既往来小项家。他原本是个开朗的大男孩，看起来涉世不深（可能因为他在美国待的时间太长了），面对现在这个局面他不免有点无所适从。开头还好，当作一切没有发生过，两个人还是像过去一样，下下馆子，看看电影。慢慢地，小项发现秦少阳变得心神不定，和她说话时欲言又止，一副心事重重的样子。小项一度怀疑秦少阳是不是介意了，也可能是厌倦她了，这段时间他再也没有提过结婚的事。她想男人都一样，甜言蜜语就像流水，水过无痕，都不可信。小项对此非常失望。

有一天，秦少阳还是没能忍住，同小项讲了他的心事。他说，他最近经常收到陌生电话，不是同一个电话打来的，电话老变，但内容是一样的，要么说开车要当心，要么说他知道人体结构，可以像庖丁解牛一样肢解他。用点药就行，不痛。再用点药，你的身体就会变成水，不会留下任何痕迹。秦少阳告诉小项这事是因为在来小项家的路上，有一辆车插向他的车，幸好他及时避让并刹车，不然会从高架路坠落下去。小项问，这种电话多久了？秦少阳说，半个月了。小项看来电显示，确实都是陌生电话，没有一个电话来自陈波。小项说，少阳，你最近结了仇家吗？问完后，小项自己都觉得是废话，除了陈波，怎么可能会有人想置秦少阳于死地。小项想起那幼师同她说的话，她一直以为是个玩笑，或出于某种恶意，看来她是真的在警告。小项还是不敢相信陈波会干出这种事，和陈波一起生活了这么多年，在她心里，陈波还是一个善良的人。每次，他们吵架后，陈波的眼泪和悔恨都是真实的。

小项决定去见陈波。小项来到西门街。小项有好久没来这里了，西门街的一草一木她熟悉到闭上眼睛都能想得起来。她敲开了陈波的门。陈波见到她显得颇为受宠若惊。小项注意到这房子似乎重新装修过了，有一种焕然一新的感觉。她还看到在卧室靠床的那面墙上，她和陈波的婚照放大了，装在一个巨大的镜框里。照片上的他们看起来非常甜蜜，目光中充满了对未来无限的希望。陈波说，那时候，我们多么年轻啊。小项说，陈波，你这是什么意思？我们已离婚了，你挂着这照片又何苦。陈波说，我想好了，我前段把屋子用涂料刷了一遍，把家具也换了，要和你复婚。陈波这种疯狂的念头让小项心里冒出一股冷气。

小项决定不问陈波关于电话的事。问了也是白问。即便是陈波干的，陈波也不会承认。谁会承认这种事。小项和陈波谈起女儿，小项说，女儿一直在问你为什么不去看她。陈波说，等我把一切都搞停当，我就把你和豆豆接回家。我以前没处理好，我保证以后再也不会了。

小项和周菲见了一个面。小项夸周菲的舞剧非常出色，很震撼。周菲告诉小项，"云门舞集"的人看了她的舞剧，想邀她去台湾演出。小项祝贺周菲。周菲意识到小项找她有事，不再谈她的舞剧。倒是小项还沉浸在舞剧中。小项说，周菲我问你，那男女都杀了对方，你为什么要让他们重生，开启新生活，他们在一起还能生活得好吗？周菲说，总得要有些梦想，人间也没那么绝望，什么都有可能发生是不是？

小项回到家里，把秦少阳留在她家里的东西全部整理好。在整理的时候，小项已泪流满面，秦少阳的每一件东西，她都舍不得，但她知道不能留下来。那件衬衫他刚换下来，还没来得及洗，还带着他的气息，她忍不住把衬衣贴在脸上。她哭得更欢了。她喃喃自语，说，这都是为了你好，你和我在一起不会幸福的，我不配再有幸福，但你一定要有。对不起，对不起，这是最好的办法。

那天秦少阳来到小项这儿，小项面色阴沉。秦少阳问小项怎么啦。这时秦少阳看到自己的包放在客厅的沙发上。秦少阳说，小项，你要赶我走吗？小项强忍住自己的眼泪，装出一副绝情的样子，说，我们到此为止，你以后不要再来了。我得回去了，陈波是孩子的父亲，什么人都比不上陈波重要。

十

仿佛一切没变化。小项和陈波还有亲爱的女儿豆豆在一起，还是一家人。就好像周菲舞剧的结尾。结尾就是开始。第一天晚上，陈波抱着小项，非常温柔。小项是紧张的，她已习惯了秦少阳。她感受到陈波身体里传来的疑虑。她想自己应该配合他。她感到自己是多么机械。

日子一天一天过去。现在看起来一切正常。陈波在他们做爱时再也没有失控，陈波要得也不像以前那么频繁。看得出来陈波在努力克制自己。这令小项起了幻想，好像她和陈波真的回到了开始。如果一直这样，也不错啊。她因此有一种苦尽甘来的感觉。她甚至觉得自己做了一个对的决定。她放过了秦少阳，让他免于恐惧，而她修好了原本破碎的家庭。这让她感到些许的欣慰。如果从前的一切是上天对她和陈波的考验，目前看起来他们经受住了考验。

这期间秦少阳给她发过无数的短信。在短信里，他说他会一直等着她，只要她愿意，他依旧盼着同她结婚。小项没有回他。她想象过他的痛苦，也担心过他。他曾对她说，如果失去她，他会不知道怎么生活，生活会失去意义。然而她明白她不能回复他，一回复，会没法收拾。

有一天，小项洗完澡，从浴室出来，看到陈波在看她的手机。她感到不妙。陈波还是在怀疑她。陈波说，刚刚有个短信进来。小项没说话，拿起手机看了一眼，是秦少阳发来的。小项没回话，也没看陈波。这事儿最好的方式是沉默。如果陈波看了所有的短信，他应该明白，她没回过一个。陈波不应该生气。可她知道陈波在生气，他的脸这会儿是黑的。

这天晚上，他们亲热时，小项再次意识到那个黑洞依旧在陈波身体里。小项想，一切只是美好的幻想，问题没那么好解决的。

清明节前，陈波向小项提议是不是提前祭祖，然后，全家一起找个地方去度假。小项那段日子工作特别忙，手头有好几个策划项目在做。不过为了家庭有什么不可以放下的呢。她说很好，我们一家人有好久没出去玩了。

祭祖那天，小项做了一桌的菜。祭祖的方式完全照永城的习俗。小项点上蜡烛，发现纸钱没了。她对陈波说，她去小区念佛的婆婆那儿买点纸钱来。陈波说，你快去吧。

小项回来的时候，吓了一跳。她看到蜡烛和祭祖的菜肴中间放着一只红色的盒子。小项站在那儿一动不动，恐惧占据了她整个身心，她感到自己快要崩溃，随时会晕眩过去。陈波像没事一样，对小项说，你搬出去住后，我就把它挖出来了，埋在那儿，我总担心它烂掉。小项脸色苍白，低头烧纸钱。她对自己说，不要哭，没事的，陈波把盒子取出来没别的意思，真的是担心盒子烂掉。烧完纸钱，小项跪在桌前，对着祖宗磕了三个响头。

晚上，小项哄豆豆睡熟，回到房间。陈波已洗完澡，等着她。小项心领神会，进浴室洗澡。一天下来，她已非常疲劳。也不完全是疲劳，应该是麻木，或许是紧张。她慢慢洗着自己的身体。几年下来，她的身体已不如从前，但底子好，身材还是紧致的。她比任何一次都要洗得缓慢和干净，好像以此可以洗干净她身上一切"脏"东西，或者想以此挨过这个夜晚。

她出来的时候，陈波把房间的灯关了。她以为陈波睡着了，长长地松了一口气。今晚陈波终于放过她了。她躺到床的左侧，轻轻盖好被子，怕把陈波弄醒。

陈波突然抱住了她，一下子进入了她。陈波说，你讲，你讲啊，卢一明是怎么弄你的……

这世上没有破镜重圆的故事。即便是重圆也不是原来那面镜子。

三个月后，秦少阳在小项的手机中消失了，他不再发来信息。突然之间断了音信，小项心里空落落的，有些恍惚。她担心他出了什么事。过了一周，她拨通了他的手机。电话里传来电子语音：对不起，你拨打的电话是空号。她的心一下子提了起来，涌出某种不祥的预感。后来，她打电话到他的公司。一个女孩接的电话，对方回答，秦老师好久没来上班了，公司里的人都不知道他去了哪里。

小项愣住了，那一刻一直隐藏在她心里的幻想明确地降临到她的脑子里。电话那边，那个女孩在问，你是谁？你有秦老师的消息吗？小项挂了电话。

小项开始拒绝和陈波亲热。哪怕陈波有时候强行行事，她也不让他得逞。陈波也是脆弱的，在她的反抗下，他会迅速退潮。几次后，陈波也不再碰她。他们还躺在一张床上，但他们之间的距离却像隔着一条银河，遥不可及。

这样过了两个月。一天晚上，他们像往日那样钻进被窝睡下。灯已经关了。这两个月，小项的睡眠特别差，有时候她整晚都睡不着。那个幻觉一直跟着她。她努力想压制那个幻觉，压制不住，反而把幻觉当成了真实。她觉得自己也病了，有点儿分不清真实和幻觉的界限。

陈波也没睡着，半夜时分，黑暗中传来陈波的声音，你为什么不毒死我？

什么？小项吃了一惊。

我知道你半个月前买了砒霜，我一直等着你下药。小项，我没救了，也许我死了才有救。陈波说。

小项没想到陈波知道她买了药。他什么都知道，他现在不像一个外科医生，而像一个神探。她相信，她手机上的一切他都已看过了，包括最近她给秦少阳发的信息。虽然她拨打的电话已是空号，可她向那个空号发了无数条短信。她告诉他，他和她在一起是她此生最美好的时光，她愚蠢地放弃了，她替自己惋惜。

小项突然泪流满面。她下过几次决心，想把药投到陈波的茶水里。她发现自己根本没有这个狠劲。毕竟他是孩子的爹。

他在这个世界上消失了，同你有关吗？小项问。

也许吧。我找过他，我知道他一直在联系你。我威胁他，让他悄无声息地离开永城，不要再联系你，否则我就对付你。我知道他在乎你，每个人都有弱点，不是吗？陈波说。

他还活着？小项问。

陈波脸上露出疑惑的神色，他看了小项一眼，一会儿才确定小项在问什么。他脸上露出奇怪的微笑，说，谁知道呢，我是个病人，做过什么事我自己都不确定。

小项知道在陈波这儿是不会有答案的。他的脑子里有一部分永远深不可测。小项也不想得到答案。

很多时候小项愿意相信只不过是她臆想了秦少阳的"消失"。但愿只是臆想。他还活着。她这样希望。

十一

小项和陈波终于摊牌了。他们之间再也没有挽回的余地。陈波固执地不答应分手。陈波对小项说，除非你把我杀了。

有一天，陈波的母亲约小项，说想和她单独谈谈。这么多年来，陈波的父母基本上不介入小两口的家庭生活，除了金钱上的资助，小项也没感受到来自公公和婆婆的太浓烈的亲情。小项不知道婆婆要同她谈什么。一路上她想好了，这一次她一定要向婆婆讲述她和陈波婚姻的真相。

她们在月湖边找了个茶馆。婆婆精心打扮，说明这不是一次随随便便的见面，而是"正式"的。公公和婆婆有些腔调和普通人不太一样。

那天见面，作为海洋生物学家的婆婆，讲起了海豚：海豚是海洋里最聪明的生物，它们和人类很像，一夫一妻制。雄性海豚看中雌性海豚后，就会求欢。雄海豚交配完成后就会离开，远走他乡。

你知道为什么雄海豚要远走他乡？婆婆问。

小项知道婆婆会马上给她答案。

海豚是最钟情的动物，如果雄海豚不离开，雌海豚会安定不下来，会发疯，这样它肚子里的宝宝就会有危险。只有雄海豚离开得足够远，远到雌海豚感受不到爱人的存在，它才会安心孕育自己的孩子。婆婆说。

小项知道婆婆不是来给她普及海洋知识的。这是婆婆的方式，喜欢用冷门的海洋生物习性做谈话的开场白。小项有时候会怀疑这些知识是婆婆顺口瞎编的。

终于说到正题。婆婆说，我知道陈波和你的婚姻不幸福。作为父母知道是怎么回事。陈波这孩子心理一直不太健康。你们这样下去，陈波和你都会毁掉，还有豆豆，豆豆还年幼，她承受不起你们家庭的冷暴力。

小项开始理解婆婆开场白的意思了。

你是想让我离开永城？小项说。

你千万不要认为我狠心。我知道陈波很爱你，非常在乎你。我经常对陈波爸爸说，你和陈波真是前世冤家。我们去咨询过医生，医生认为陈波童年有阴影，有强烈的不安全感，才导致他抓住你不肯放，只要你在他身边，或在这个城市里，他就不会得到安宁，无法重新开始。婆婆说。

小项有点惊讶。婆婆说出了自己心中所想。她确实无数次思考过这个问题。

这对你也好，你是个好女孩，受到这么大委屈也从来不同我们说。那次见到你身上有伤，我都难过得要死。婆婆说。

小项想，毕竟是高级知识分子，平常不显山露水，心里明镜似的，什么都看在眼里。

你去找你的幸福吧，你会找到一个好男人，会有全新的生活，你是个讨人喜欢的女子，一定会的。豆豆你不用担心，我和她爷爷会照顾好她。一定会让她健康成长。我们这辈子最后悔的一件事就是小的时候没把陈波留在身边，我们很愧疚。照顾豆豆对我们来说也是一种补偿。

婆婆几乎在哀求了。这个平时看起来平和却不流露情感的女人这会儿眼眶泛红。

那天从月湖茶室回来，小项开始为离开这个城市做准备。她认为婆婆说得有理，留在这个城市，她逃不过陈波的"魔掌"。当然很可惜，她在这个城市已有了自己的事业，如果去别的地方，一切得重新开始。不过她又想，她现在有手艺，有资历，应该在任何一个城市都有能力养活自己。

那天晚上，她到单位整理自己的办公室。在抽屉的深处，她看见一封信。几年前一个女人送来了这封信。她没拆开来过。她拿在手上，犹豫着是丢掉还是拆开来阅读。她沉思了一会儿，把那封信放了包里。

整理好办公室的个人物品，她给同事写了一封告别信，放在自己的写字台上。她觉得必须写这封信。她可不想让同事们认为她无声无息地从这个世界上消失了，像秦少阳那样。

十二

第二天，小项离家出走，没同陈波和女儿告别。她不知道怎么告别。陈波的母亲应该会告诉陈波和豆豆的。她暂时没想好目的地，她只是想旅行。她想陈波、豆豆或其他人可能会找她。她关掉了手机。她本想把电话卡扔到河里的，又想，万一有意外的事发生呢？所以，她只是关机。她告诉自己不要打开电话。听到女儿的声音，她的心会软。好不容易下了这个决心，她不想前功尽弃。

她坐上高铁，向西旅行。她暂时有了一个目的地：成都。成都是她的老家。她想先去一趟成都，看望一下母亲，或许还会看望一下父亲。不过她不会同父母讲她失败的生活。两边的风景向她扑面而来。列车好像逆时间而行，好像这会儿她正在从今天的自己慢慢退回青涩的自己，退回到最初写日记的那个少女。她想起了秦少阳，他们在一起时，他喜欢问她的过往，问的少年时光，问她爱过几个男人，他说，他不在乎她的过往，只喜欢现在的她，现在的她刚刚好，是上天给他的礼物。当他这么表白时，小项从来不说话。她不问秦少阳的过往。一个海归博士，一个三十六岁的男人，一定有长长的情史。她不问。她不想知道他的过去。她觉得他现在的一切就是所有，她什么都不需要知道。

可是她太傻了，她现在才深刻认识到他是她此生碰到的最好的男人。但她放弃了他，也伤害了他。他"消失"了。那个臆想又可怕地出现在她的脑子里：他被肢解，然后硫酸把他的肉体融化成了流体……

她泪流不止。对面座位上一个小男孩对妈妈说，阿姨流泪了。小项看了看男孩，抚摸了一下男孩的头，说，阿姨没事。她露出某种幸福的笑容。是的，只要回忆，生命的磨难中总还是会有温暖的时光。

在成都老家住了三天，小项决定继续西行，她想去西藏看看。她一直想去看的。记得在看周菲的舞剧《妇女简史》时她就有一个念头，舞剧虽然尖锐，但最终是宽容的，充满了对生命的宽厚，舞剧里，包括幕景上和舞台上，有上百个出家人身穿袈裟聚在大佛下诵经，场面令她感动，那诵经的声音神秘、庄严、慈悲，那一刻，她觉得唯有这种声音可以安慰人生的苦难。

在成都，小项每天做同样一个梦，她梦到了月牙泉。她依稀记得自己少女时代也梦见过月牙泉。她觉得很奇怪。她记起卢一明的那封信。在一个安静的午后，在老家后面的小院子里，在沿壁而上的蔷薇藤蔓下，小项从自己的简单的行李箱里取出那封信。她好像下了天大的决心，拆开信。这是一封写于五年前的信，信纸都已泛黄了。小项深吸一口气，读了起来——

亲爱的小项：

我这么称呼你，你有点吃惊吧。我知道在你眼中，我只不过是一个花花公子。我确实是的。我不讳言这一点。不讳言不表示我不痛恨自己。我经常感到自己丑陋。我很少照镜子。我害怕在镜子里看到一张不堪的脸。

小项，对我来说，杭州的三天是我生命的奇迹。在那三天的缱绻缠绵中，我多次想表达心里的话，都没说出口。我想，我在你那里的形象一定糟透了。后来我就自暴自弃了。我感到你对我产生了某种依恋，而我却害怕了。我要在你前面把自己的形象毁掉。这就是我们分手时我有意为之的行为。

我非常不安。这不是我想要的。我必须要诚恳告诉你我对你的情感。我想修补我在你那里的形象。至少此刻我写这信时是这样想的。但我不知道我最终是不是有勇气把这封信寄出。此刻我很空虚，也很悲伤。我知道这辈子空虚和悲伤会一直伴着我。

我第一次见到你就喜欢上了你。你让我想起我生命中最重要的时刻。那时候，我和一个女孩在敦煌，我们已走到穷途末路。我不知道你明不明白，爱就是穷途末路。我是多么爱她。她是个天真的女孩，你看着她的脸，你会觉得她干净得像是未经尘世。实际上只是表面。世上有很多假象，有些女人看上去很干净，目光明亮，毫无杂质，但并不表示她们不复杂。我得说，你和她很像。气质非常像。我最初看到你时，吃了一惊，我以为她再一次回来了。

我和那个女孩深爱过。这个你不要怀疑。但如我所说，爱会导致穷途末路。我不想在这封信里具体展开。说起来都是些鸡毛蒜皮的事。总之，我们相爱。我们伤害。我们怀疑。我们和解。我们为了自救，想过与世隔绝的生活。我们到敦煌时，仿佛已活过一辈子了。我们看一个一个经洞。晚上坐在月牙泉边。天很低。星星非常大。沙堆高悬在天边。那一刻我们已没了力气。我们相约沉没于月牙泉冰凉的水中。

她走了。我活了下来。我们被打捞上来后送到医院。我竟然被救了。从另一个意义上说不是被救，而是被打入了地狱。这之后，我一直过着地狱般的生活。

你出现了，仿佛时光倒转。我惊讶于自己的激情。在那三天中，我一直在想一个问题，我是不是可以重新再来。但我也同时看见了终点：爱的穷途末路。我这样说是不是不够真诚？好吧，我再真诚一点。我已是个已婚男子，我妻子漂亮，宽厚，她知道我背叛她。我不时拈花惹草，对不起她，她默认。这就是婚姻。经不起检测，可让人觉得可靠，可以依赖。这是我考虑的。另外，我害怕爱。我再一次表白，在那三天里，我爱上了你。

因为爱上了你，我在心里面不想让你难过，并且我很想在你那儿有一个好的形象。今天晚上，我很空虚，也很悲伤，我写下这封信。我不知道我在说什么。也不知道是否会发给你。我在想，如果发给你，我的生命又会发生什么。

后来你突然同我中断了联系。你不会知道，我来永城看过你。我看到你带着女儿从幼儿园出来。你女儿很漂亮，像你。也许我到永城来打算约你重续旧情。我不确定。但看到你如此幸福，我退缩了。理智告诉我，我不应该毁掉你的生活。

现在你知道了，我是个优柔寡断的人。或者你可以说我是个不负责任的人。不过我有一个预感，我不会活得太久。一个人的预感往往是准确的，我确信。

在那三天的最后时光，我同你说起过敦煌。我突然说了，语焉不详。如果我最终寄出了这封信，如果你有一天读到这封信，你就会明白了。也许有一天，你会去敦煌，去月牙泉。在月牙泉的西北角有一块大石头，我女友的骨灰撒在那儿，上面有她的名字。

我为什么要同你讲这些呢？其实这些话更多的是说给我自己听的。你是恰好成了我倾诉的对象而已。不过我想让你明白，那三天我幸福并且害怕，然后逃避。

就写到这儿。我都不知自己在说些什么。安好。人们总是这么说，可总不能安好。

卢一明醉后

读完信，小项非常吃惊。看得出来信写得很随意。很多跳跃的短句，表达时思维处于不稳状态。这封信彻底颠覆了卢一明在小项这儿的形象。如果说她到目前为止是不幸的，那这不幸很大程度来自这个男人。当然她自己也负有责任。在她受苦的时候，她对他不无仇恨。她后悔没早看这封信。如果早看到，她可能会更平和一些。

天空飞过几只天鹅，排成人字，向北飞去。小项涌出一个念头，她想去敦煌看看。她想象，他活着的时候，大概总会去月牙泉看看她的吧。现在他也死了（读完这信后她都怀疑不是车祸而是自杀），那石块边也许杂草丛生了。

第二天，小项北上去了敦煌。到敦煌不像想象中那样困难，从敦煌机场到月牙泉的路途不算太远。傍晚时分，小项到了月牙泉。她很容易找到那块石头，比她想象中的略大一些。她试图寻找上面的名字。没有。小项怀疑自己是否找对了地方。

有一个男人来搭讪。一个还算有风情的单身女人总会引来搭讪的男人，尤其是那些独行的背包客。小项对自己说，此行她将守身如玉。那个人自称是艺术家，把小项带到他的画室。她看了他临摹（其实是一种创造）的无数佛像。进入那个屋子，她的眼睛都被刺痛了。所有的画面以金色（黄金一样的金色）和靛青为基调，呈现出一种整体的圣洁。可是每一幅画上的佛像都是人间的，世俗的，甚至是情欲的。小项的身体那一刻有些触动。那个艺术家从背后抱住她时，她挣扎出来，温和地说，你安静一点，佛在这里，这里便是圣地。艺术家说可以去宾馆。她只是笑，说，我走了，你画得很好，你会成名的。在小项的工作岗位上，她接触过无数画家，她这么说是真诚的。

小项刚迈出门，艺术家说，你等等，我有话同你说。小项站住了，她想看看艺术家会翻出什么花样。

我不是本地人，在这儿有十五年了。艺术家说，你知道你刚才看到的石头边发生过什么事吗？

小项惊愕地抬起头来看着艺术家。艺术家表情严肃。

那地方曾经发生过凶杀案，有一位姑娘死在那儿。法医说是被人按住头窒息死的。杀死她的是一个混蛋，他自己也畏罪自杀，但运气好，被救活了。艺术家说。

什么？小项以为自己听错了。

是一位漂亮的姑娘。我见过她。艺术家说，很可惜是不是？这么年轻的生命就消失了。他们是一对情侣，到敦煌来玩。那女孩在旅途中爱上了别人，男人起了杀心。奇怪的是男人有女孩的遗书，是双双殉情的遗书。男人因此逃过一劫，没被起诉。

小项愣在那儿。她陷入巨大的迷惑之中。一股冷风吹过院子，小项感到寒冷。艺术家问她怎么了。她没回答。她几乎是逃走的。此刻她需要安静，她需要整理自己的情绪。她不知道发生了什么。这世界太不可思议了。她该信什么呢？那封信里的话还是艺术家的话？

小项想起周菲的舞剧，那两个舞者相互刺杀时，舞台上的光影像水波一样，他们好像是两个溺水的人。小项怀疑周菲是不是也到过敦煌，听这位艺术家讲过这个故事。

第二天小项一早就醒了。她一刻也不想待在敦煌。也不想知道真相。这世上真相有好多种，关键是你相信哪一种。

小项整理好行李，照既定方案奔赴拉萨。她搭了一辆便车到火车站，她坐普通的火车，到处转车，终于在一个星期后抵达拉萨。

现在，她终于站在广场上，抬头仰望布达拉宫。她有一种灵魂出窍的感觉。天空碧蓝如洗，白云一动不动，布达拉宫既是沉静的，又是辉煌的，笼罩在一种金色的光晕中，甚至布达拉宫周边的山体，在夕阳的映照下，也是金色的。她有点理解敦煌那个艺术家的用色了，金色和青色就是天堂的颜色。

布达拉宫的广场上，都是俯身朝拜的香客。这一切是熟悉的，小项在图片、录像以及电影中见过这些场面，但看到香客们脸上的虔诚和微茫的希望，她还是感动。她感到生命如尘土一般，谁也抵挡不住那只神秘的命运之手的拨弄。看起来过去的每一个选择都是自己做出，可回过头去看，还是见出无处不在命运的照拂下。

后来，她站在大殿的一侧，听着几百位喇嘛诵经。她听不懂经文，她只能倾听声音本身，那么阔大的仁慈的声音，在整个殿宇里萦绕，通向天际。这些声音此刻钻进了她的身体，就像喝下去的烈酒，在胸腔在胃部热辣辣地扩散。一直以来，她拜佛，谈不上真正信佛。现在她也谈不上真正有信仰，只是身体里涌出一种冲动，她想和那些藏人信众一样，对佛顶礼膜拜一次。她让自己贴身在大殿的石板上，久久地双手合十，举在头顶，直到坚持不住。她匍匐在那儿，双手捧住自己的脸，痛哭起来。在泪光中，她看见陈波、豆豆，还看到在她的生命中消失的秦少阳。

那天，她回到拉萨圣地天堂大酒店，抑制不住打开了手机。她以为会有陈波和女儿的短信，竟然没有。她想，陈波的母亲做得真是绝啊，她真的把她从他们家的生活中删除了。她不知道婆婆是如何描述她的离家出走的，一定把她描述成冷酷的人。她心有不甘，内心酸楚，此刻她多么想把女儿抱在怀里。

她站在房间的窗口，看着拉萨傍晚的风景，内心茫然。天空已从浅蓝变成青色，那么透亮，好像青色的另一边就是天国。这是个安静的城市，神无处不在，有一种庞大的威严在四周生长，让人卑微得不想发出任何声音。远处的拉萨河闪耀着亮晶晶的波光。她久久地凝视着远方，好像就此可以看到自己的去处。这时，"叮"的一声，进来一则短信，一个陌生号码发来的，短信没有署名，上面写了一句话：

你好吗？在敦煌听一位画家讲起一个女人，想起你。

情感世界的探幽索微

——评《敦煌》

王春林

  艾伟中篇小说《敦煌》所聚焦的，是女主人公小项的复杂情史所引发的种种精神困局。小项的工作单位，是永城电视台。在和身为医院外科大夫的陈波结婚前，除了几次单恋，连一次正儿八经的恋爱都没有谈过。或许正因为如此，当她听闻到闺蜜周菲一段出轨的故事的时候，一方面是"嫉恶如仇"般生气："周菲还没说完，小项就生气了。小项认为周菲是个坏女人，一个有夫之妇怎么可以干这种事。"另一方面，则是自己的一种信誓旦旦："她说，我如果结婚，不会和别的男人乱来。"但事实上，在和陈波通过经人介绍的方式结婚后，小项最遗憾、最耿耿于怀的一件事，就是自己竟然没有谈过一次像模像样的恋爱。为此，她不仅感到百般委屈，而且还千方百计地试图有所弥补。这样一来，也就首先有了她对曾经的副台长韩文涤一番不管不顾的倒追。只有到这个时候，周菲方才清醒地意识到："对于一个没有谈过一场恋爱就结婚的女人，小项是不会善罢甘休的，无论是精神还是肉体，出轨是迟早的事，不是对韩文涤也会对其他人。"果不其然，因为韩文涤的性无能而草草了事后不久，小项就利用一次参加培训活动的机会，不仅结识了只是萍水相逢的卢一明，而且两个人很快就打得火热。

  但小项却根本就没有料想到，由于自己从少女时代开始就有着记日记的习惯，更由于她竟然胆大包天地把和卢一明之间的这次艳遇都不管不顾地写到日记中的缘故，等到她一次跟随永城小百花剧团到法国巴黎演出的时候，她和卢一明的出轨这枚炸弹终于被引爆。在偷看了小项的日记相关内容后，一贯冷静的外科大夫陈波把电话打给了一位曾经在日记中被提及的知情人，也即妻子的闺蜜周菲。从这个时候开始，小项便陷入了永无休止的被陈波折磨的过程之中。如果陈波因此而火冒三丈还好办，怕就怕他的这种貌似没有受到刺激一般的沉静："这不是小项理解中的陈波。陈波表面平静，只有她知道他有多偏执。他把什么都藏在心里。他的父母曾对小项说，他们从不知道自己的儿子在想什么，希望她能走进他的心。"正因为在平时的日常生活中已经对陈波有相当的了解，所以，小项才清楚地意识到，事情绝对没有那么简单："陈波打开的是一只魔盒，魔鬼从盒子里放出来了，钻入了陈波的心里，它吸食陈波的精血，在成长。"尤其不能忽视的一点是："他的疯狂是阴性的，一点一滴，细水长流。"关键在于，尽管说当事人小项已经预感到了问题的严重性，但她却无法料想到，到最后竟然会严重到不可收拾的地步。陈波不仅在肉体上疯狂地折磨小项，在她身上留下了累累伤痕，而且还一再要求小项说出和卢一明偷情时的细节，以此而构成对小项的巨大精神折磨。所有这一切，都让小项意识到："陈波对她有一种偏执的迷恋。有时候小项觉得这种迷恋未必是真正的爱，可能是她对他的伤害造成的。可怕之处就在这儿。"虽然说在小项的主动要求下，陈波不仅和她离了婚，而且还找了一个幼儿园的老师做新的女朋友，一切看似逐渐恢复正常。然而，一旦发现离婚后的小项，又有了一个名叫秦少阳的海归男朋友，陈波马上就又回到了不正常的状态。他不仅立即中断了与女友的恋爱关系，而且还以各种威胁的方式强制性地要求秦少阳离开小项。到最后，怀抱着一丝幻想，小项被迫无奈地再一次回到了陈波的身边。然而，好景不长，没过了多久，小项就意识到了陈波的故态复萌。就在小项彻底陷入一种绝望状态的时候，对他们之间的不正常关系早已有所洞察的婆婆，也即那位海洋生物学家专门来找她。在强调小项是一个好女孩的同时，婆婆认定问题出在陈波身上："作为父母知道是怎么回事。陈波这孩子心理一直不太健康。你们这样下去，陈波和你都会毁掉，还有豆豆，豆豆还年幼，她承受不起你们家庭的冷暴力。"那么，陈波的心理为什么会不健康呢？知识分子婆婆不无坦率地揭示了其中的缘由："我们去咨询过医生，医生认为陈波童年有阴影，有强烈的不安全感，才导致他抓住你不肯放，只要你在他身边，或在这个城市里，他就不会得到安宁，无法重新开始。"就这样，借助于婆婆的一番话，作家艾伟在强有力地揭示出陈波内在精神情结的同时，也给出了解决问题的唯一可能，那就是小项的被迫离开。

就这样，既为了拯救陈波和豆豆，也为了拯救自己，小项最终还是被迫离开了永城。一个无法回避的问题是，这样的一个中篇小说，又为什么一定要被命名为"敦煌"呢？这就牵扯出了与卢一明紧密相关的另外一条故事线索。应该注意到，敦煌最早被提及，是在小项与卢一明发生艳遇的那个时候。那一天，卢一明突然毫无预兆地提到了敦煌："小项不知道卢一明为什么提起敦煌。不过她记住了这句话，记住了那个地方，记住了他说话的样子。那一刻他的目光是空洞的，好像敦煌本身就是个空洞的地方。在平常，他的目光都是坚定的，他看她时，她会觉得他的目光可以把她的衣服剥落，让她变成赤裸。她意识到，她和他只是在此时，她有过去，他同样有。"虽然说卢一明并没有回应小项的提问，但"她却有自己的想象，敦煌一定有着他刻骨铭心的故事，敦煌对他意义非凡，而她让他想起了敦煌。她觉得她在他那儿更像是一个通往敦煌的媒介"。无论如何，我们都不能不佩服小项预感的精准到位。这就又牵扯到了小项焦头烂额时，卢一明那封信件的意外出现。正是在这封信中，一直被小项当作"花花公子"的卢一明，以沉痛的语调讲述了他和前女友一段在敦煌的殉情故事。在卢一明的讲述中，因为"爱会导致穷途末路"，已经没了力气的他们俩，便"相约沉没于月牙泉冰凉的水中"。没想到，她走了，我却因为被救而侥幸活了下来："这之后，我一直过着地狱般的生活。"也因此，到这封信快要结束的时候，卢一明才会说："也许有一天，你会去敦煌，去月牙泉。在月牙泉的西北角有一块大石头。我女友的骨灰撒在那儿。上面有她的名字。"事实上，正是在读了这封信之后，小项才决定立即北上前往敦煌。然而，等她赶到敦煌的时候，却从一位自称是艺术家的人那里，了解到了故事的另外一个版本。原来，这一对情侣一起到敦煌来玩，途中女孩爱上了别人，男人便起了杀心。亏得那个男人有他们俩双双殉情的遗书，所以才逃过一劫。听闻艺术家的讲述后，小项一时间陷入到了巨大的迷惑之中："她不知道发生了什么。这世界太不可思议了。她该信什么呢？那封信里的话还是艺术家的话？"关键的问题恐怕还在于，这个世界上到底还有没有真相可言。在我的理解中，艾伟之所以非得要把卢一明与敦煌紧密相关的故事穿插到小说中来，其实是为了借此证明叙述者此前关于外科大夫陈波心理状态的理解和认识，也未必就是事物的真相。更进一步说，即使高明如小说家者，能不能凭借所谓的艺术想象最终抵达人物真实的内在精神世界，恐怕也还是一个值得思考的问题。就此而言，生命存在本身或许还真就是虚无的。大约也正因为如此，所以，艾伟才会借助于小项这一人物形象发出一种如斯的生命感悟："她感到生命如尘土一般，谁也抵挡不住那只神秘的命运之手的拨弄。看起来过去做的每一个选择都是自己做出的，可回过头去看，还是见出无处不在命运的照拂下。"既如此，小项到最后对仁慈佛音的服膺，也就是一种合乎逻辑的结果："那么阔大的仁慈的声音，在整个殿宇里萦绕，通向天际。"

过香河

张　楚

1

过了香河收费站，还不能说是出了河北。在香河跟白鹿之间有个西集检测站，验完行车本、身份证、保险单，拿到进京证，才算真正入了京城。在验行车本时，那位斜眼女士发现蜜蜜有两次违章没有缴纳罚款。真他妈倒霉，蜜蜜扭过头问，舅，你带现金没？我忘了带钱包。我说我身上一毛钱都没有。蜜蜜皱着眉头摊了摊手，妈的，银行卡里也没钱了。我瞥了瞥蜜蜜，用微信替他缴了罚款。操！他往地上啐了口痰，又擤了把鼻涕，抬脚在鞋帮处抹了两抹。

我们上了车。他的车。他的车是辆白色宝马。我向来对车没什么概念，在我看来，这辆昂贵的宝马还没有那种银灰色的普通大众漂亮。他开得很快，当然也没有超速。收音机里放着相声，老相声。老相声演员跟德云社的演员有些不同，声气里少油腔滑调，仿佛穿了很久的长袍马褂。高速路两侧的树木恍惚拱了苞芽，又恍惚没有。不管怎样，春天来了，又似乎没来。蜜蜜，以后跟老艾说话注意点，我递给他支红梅烟，清了清嗓子，想了想说，你也老大不小了，哪能说话没把门儿的？

叫我叶蜜，舅，他睃我一眼，跟你们说多少遍了，别再叫我蜜蜜，你们老也记不住！

好的，蜜蜜。

你不知道她多气人，蜜蜜说，我怀疑她得了老年痴呆。哪天把她送进敬老院，我也彻底省心了。他吧嗒了两口过滤嘴，灭了，我赶紧又掏打火机，袜子内裤好好的，没漏没洞，你扔了，她捡回来洗洗涮涮，不照样穿？你寻思你真是土豪地主？那是一次性的，蜜蜜撇了撇嘴，再说了，都扔垃圾箱了她还乌鸦似的叼回来，恶心不？卫生不？那你也不该骂她老不死的，我说，你好歹也是大学毕业。我那算啥狗屁大学，他挠了挠头说，我光顾着练吉他打篮球了，英语四级都是花钱雇枪手考的。

我没再说话，偏头看他。他的脸比丝瓜短点，三层眼皮，每隔两秒他的眼睛就以蜥蜥岔舌吞噬昆虫的速度眨一眨。他从初中就这样眨，一晃都眨了快二十年了。初始以为是眼疾，老艾和老叶带他去县医院。医生说，人哪，每天都在不停眨眼，正常人呢，一分钟眨十次到二十次，去掉睡眠时间，一个人一天要眨眼一万次，眨一次眼就跟擦一次玻璃窗一样，能使眼睛保持清洁，而且，闭上眼皮时可以预防光线不断地进入瞳孔，眼底的视网膜能暂时休息一下。

老艾和老叶没料到眨眼还有这么多学问，他们拿着医生开的眼药水回了家，每隔俩小时就将蜜蜜按在炕上，将眼泪般的透明液体小心地滴进他的眼皮。点了七天药水，蜜蜜还是不停地眨。老艾和老叶又带他去北京儿童医院，排了两天队也没挂上号，干脆带着蜜蜜去动物园看蟒蛇看孔雀，还看了熊猫跟河马，然后蜜蜜手里攥着棉花糖，一家人坐着绿皮火车回云落了。

在很长一段时间内，蜜蜜的眼睛恢复了正常。所谓的正常，就是从前一秒眨两次，后来两秒眨一次。我们都眨眼，只不过他比我们着急，我记得当时老叶说，只要不把它当病，它就不是个病，况且，医生不是说了吗，眨眼相当于擦玻璃，越擦越亮堂，是好事呢。既然老叶这么说了，老艾也就这么信了。反正无论老叶说什么，老艾基本上都认为是对的。老叶从部队转业后在村里当过两届妇联主任，专门负责超生妇女的计划生育工作。他最得意的是，成功地打消了李根旺老婆再次怀孕的念头。他老婆已经生了四个女孩。

前几天，我把电脑纸箱扔了，蜜蜜说，她也不嫌累，那天正赶上停电维修，她吭哧吭哧地抱着纸箱爬到十三楼，浑身的臭汗。还把纸箱藏进我办公室的卫生间。你说我的员工们怎么想？老板连瓶瓶罐罐、破箱子破鞋都攒着卖破烂，还能发啥大财！我随便损了她两句，她就哭哭啼啼。她眼泪咋恁便宜呢？

你不是还没招聘员工吗？你那能叫随便损两句吗？又是傻子又是白痴的，也就是老艾，换成我，大巴掌早扇过去了。我抬起胳膊朝着空气猛烈扇了两下，正手一下反手一下。他肩膀抖了抖，方向盘一歪，车差点撞上高速护栏。舅啊，我满肚子苦水，只是没处倒，你哪天有空了，我陪你喝两盅？他笑着瞥我两眼，你们学校离我家太远，不然让我女朋友天天给你炖牛肉、蒸海鲜。

我忙得很。我不爱吃海鲜。

忙啥啊？你快五十岁了吧舅？咋想起辞职来进修了？还学的编剧。编剧是啥玩意儿？编瞎话？编一集瞎话多少钱？啥？一线编剧每集三十万？啧啧，五十集就是一千五百万，扣税还剩下……一千二百万。靠！他踩了踩刹车，望着我说，这买卖不赖啊！比卖手机膜利润大。

好好开你的车，蜜蜜。

叫我叶蜜，舅，叫我叶蜜。

他并没有生气，不过他努力显出生气的模样。他一生气，特别像《海绵宝宝》里的章鱼哥。这孩子从小就长得老，不过，嫩丝瓜和老丝瓜还是有区别的。他的眼角也有皱纹了。他眨眼的频率也比以前更高了。

即便是私下场合，他也不愿意我们管他叫蜜蜜了。

2

蜜蜜叫叶蜜蜜。蜜蜜是老艾和老叶的儿子。老艾是我老姑的大闺女。老艾生了龙凤胎，大的是女孩，叫叶甜甜；小的是男孩，叫叶蜜蜜。叶甜甜很皮，十岁那年偷着去河里洗澡，淹死了。那段日子，老艾差点把眼哭瞎了。老叶呢，患了恐水症，从河边走哆嗦，看到水缸哆嗦，喝口水也哆嗦，当然水不能不喝，不过后来他再也不洗澡了。冬天还好，夏天老叶穿行在村庄的葬礼或婚礼上，犹如随身携带着简易垃圾箱，都是老艾趁他睡着了，偷偷地给他擦胳膊擦屁股。叶蜜蜜当时倒没什么，闷了几天，该吃吃该喝喝，照样鼓捣他的收音机。

他打小就喜欢收音机，一开始听中央台的"小喇叭"，后来听单田芳的《白眉大侠》，再后来就拆了收音机，将零件卸得七零八落。我们当时都对这个长得比水芹还细的男孩抱了无限的幻想，他让我们想起历史课本中的瓦特，想起法拉第，想起爱迪生，想起薛定谔，我们都以为我们的后辈中总算要出个人物了，即便不能是爱迪生那样的大人物，好歹也能到大型国有企业里当名工程师。可蜜蜜长大后只考上了所普通本科，学的机电，却天天打篮球，要不就抱着吉他唱民谣，还组了支乐队，乐队的名字叫"夏天的云梯"。据说毕业前他们举办过一场校园演唱会。我从没见过他在舞台上的样子，按照他的说法，那至少是他人生的高光时刻之一。当他在空旷庞大的舞台上唱那首Beyong的《海阔天空》时，透过冒着烟味的烫过的棕色鬈发，他看到黑暗中渺小的人们举着手机，一束束的光捅向夜空，犹如无数把《星球大战》里的激光剑，在无边的夜幕上写着激昂的情诗。当"情诗"两个字从他的厚嘴唇里哆嗦出来时，他的眼睛以暗夜闪电劈过旷野的速度眨了两眨。

毕业后他去北京混日子。我搞不懂为何这些孩子都喜欢到北京扎堆，哪怕住地下室吃咸菜，哪怕送快递送外卖。那时我还在县城里当公务员，跟他来往稀松。我向来对年轻人的热忱充满了怀疑。我似乎从来没有年轻过。按照蜜蜜的说法，他在北京饭店的后厨切过菜，能将土豆丝切得比银线还细，要不是老被一名住房部的胖阿姨骚扰，没准早混成凉拼了。那可是北京饭店啊！他眯着眼说。可据我所知，那是家很老旧的饭店了，除了离王府井和天安门近些，菜还没有胡同里的苍蝇馆好吃。

据他说，还在后海的阁楼酒吧里当过驻唱，一小时七十八块，唱到后半夜他感觉嗓子都冒烟了，如果不是不想跟那个专唱法语情歌、长得貌似刚果黑猩猩的海拉尔姑娘纠缠，他极有可能也会在后海开酒吧，专门卖浏阳河威士忌和驻马店生产的传教士啤酒，一瓶进价五十块的洋酒卖一千五！总之当他叙述起那些年的北漂日子时，眨眼的次数比平时缓慢了许些，仿佛沉淀的、灰颓的时光给他的眼皮打了针镇静剂。

他还在海淀新中关大厦前，也就是十号线海淀黄庄B出口的空地上卖过唱。在我印象里，那里基本上都是抱着孩子卖假发票的、手工擦鞋的、贴廉价手机膜的，还有就是衣冠楚楚神态自若的小偷。可蜜蜜说，那里是高校区，谈笑有鸿儒，往来无白丁，他都唱英文歌，他的英语发音就像是平翘舌不分的南方人说普通话，不过他照样吸引了很多音乐爱好者。"美妙的嗓音是爱的通行证"，那时候微信流行，他跟他的粉丝建了个群，群有个风骚甜美的名字，叫蜜汁源。蜜汁源群顶峰时期人数曾达到二百零三人。他不定期在群里发布演唱的时间和地点，以及他PS了无数遍的照片，照片里的他总是戴副黑色墨镜，头顶上是墨西哥宽檐草帽，吉他扛在肩膀上，总之看起来像位郁悒的盲诗人。而他的那些歌迷，即便是下大雪，也会撑着伞将他围圈起来，默默地听他唱贾斯汀、山羊皮或枪炮与玫瑰的老歌。多年后那个群依然没有解散，不过没有人在里面讲话。按照蜜蜜的说法，那仿佛是块肃静的墓地，既然是墓地，当然不需要聒噪的赞美诗，也不需要早已死亡的上帝。

你知道吗舅，蜜蜜有次说，我过得苦哇，你想都不敢想！为了省房租，我在地下室跟一对情侣合租，一间房，十平方米，还是张双人床。两男一女挤一张床，幸福吧？我们在墙上钉了根铁丝，睡觉时就把布帘拉上。布帘上有四个戴红头套穿蓝色紧身裤的蜘蛛侠，他们分别朝上下左右四个方向爬，灯熄灭了，还在不知疲倦地爬。要是他们吐的蜘蛛丝能堵住我耳朵就好了。为啥不买耳塞？难道买了耳塞就感觉不到床铺像海啸时的波浪那样咆哮吗？妈的，那个推销假药的重庆小子又黑又瘦又矬，咋就长了根驴屌！……舅啊，我就是那时患上失眠症的。

舅啊，你知道失眠有多难受吗？

眼睁睁看着天黑下来，眼睁睁看着天亮起来。

他可能不知道，我也有失眠症，只不过，比他初到北京的日子幸运些，我有张属于自己的弹簧单人床。那张床也老了，哪怕是打了个喷嚏，也要等着楼下投诉。我辞了公职，跑到这个在儿歌里咏唱过的地方，住在一所比麻雀肠子还细的学校里，念狗屁编剧班，在我那些亲戚们看来，大概脑子被驴踢了。用老艾的话来讲，就是人要死活不肯过好日子，连菩萨也劝不住。不过你一个人，在哪里都一样，怎么欢喜怎么来吧，老叶安慰我说，实在混不下去，就找蜜蜜。放心，蜜蜜哪怕只有半碗饭，也不会让他老舅饿着！老叶说完干了盅二锅头，二锅头的呛辣味很快就被他身上浓烈的汗液味道遮掉了。你看，说不定我比蜜蜜还不如。

我那时才晓得蜜蜜在北京过得不错。初到北京时，他约我在国贸地下餐厅吃贵州跑山鸡。我等了很久，才看到他晃着比火鸡还长的脖子进来。他套件黑色敞领翻毛飞行员夹克，夹克有些短，这显得他的腿跟鹭鸶似的，他脖子上拴着条粗金链，看样子即便在澡堂子里泡澡也漂不起来，脚上呢，是双没脚踝的油亮皮靴。总之他把自己打扮得像东北那片的直播歌手。他快速眨着眼，大声呼喊着我的名字，犹如欧洲人见面般热烈地拥抱着我，又长辈似的拍拍我的肩膀，说，胖了，胖了。他跷着腿点了跑山鸡，点了糟辣脆皮鱼，点了稻草烧鲫鱼，还点了锅苗寨酸汤鱼。他不停地给我夹菜，盯着我囫囵着吞咽。当我不停打着饱嗝时，他眨着眼说，舅啊，我带你到房子里看看。

你从北京买房了？我惊讶地盯着他，从哪里买的？哎，三环内的房价比纽约都贵，我从通州买的，不大，一百八十平方米，够我住了。

他似乎在期待着我继续问点别的。我没问。至于他怎么赚的钱，我也没问。他有些失望地扫我两眼，舅啊，你胃口真好，要不我再给你来碗鸡汤？

当我跟他到地下停车场时，才发现他是骑摩托车来的。那是辆黑色宝马摩托，看上去手扶拖拉机那么庞大，当他干瘪的屁股骑上座位时，仿佛一枚50毫米的麻花钉钉到了铝合窗上，从车玻璃挡板看过去，他只露个扁蚂蚱似的狭长脑袋。我很严肃地劝他晚上最好别骑摩托出行。他问为啥，我说，路人远远瞅着一根细丝瓜架车把上，没上身，也没下身，会吓死的。他愣愣地看着我，半晌才说，舅啊，你幽默起来挺瘆人的。我说，让你意外的事多着呢。他拍了拍后座说，上来吧，带你兜兜风。你们这些老人家，肯定没体验过心率一百五的感觉。

那天我确实体验到了心率一百五的感觉。不仅如此，还体验到了什么是心率过缓。当他将房间墙壁上的储物柜挨个打开时，我看到了整齐如键盘的白色方格，每个格子里都有双鞋，像是每个佛龛里都供着尊佛像。鞋是新鞋，只不过搁置的时间长了，难免鞋面上落着灰尘。我从小就喜欢这个牌子，现在总算把一九九六年到二〇一六年所有款式所有颜色的纪念版收齐了，他摸着下巴上的胡子问，咋样？我问，你要开网店吗？他"喊"了声，那些收集老照片、收集黑胶唱片的，是为了卖钱？那叫精神享受。我不禁瞅了瞅他的脚。他小时候都穿布鞋，会干农活了，鞋的款式才多起来：玉米地施肥时穿老叶攒的部队绿胶鞋；稻田里间稗草时穿两块五一双从集市买的塑料拖鞋；雨后揪扶被风吹倒的高粱时穿过膝的黑雨靴。高三时我给他买过一双"双星牌"球鞋，他穿了整整半年，腊七腊八脚都冻皲裂了还不舍得脱。

过几天我妈就来了，给我和员工们做饭，他将储物柜的门一扇一扇小心关紧，我才察觉柜角都贴着标签，标签上写着年份、尺码与产地，印度尼西亚、越南、土耳其、罗马尼亚、菲律宾……手写的，字侉大侉大的。这么多年了，这孩子的字还那么丑，但写得很认真，丑得非常一致。

据说，老艾第一次去蜜蜜那里颇费了番周折。她先从周庄村头坐短途汽车到县城，从县城坐长途汽车到市里的东站，再从东站坐2路公交到火车西站，然后坐一个半小时的高铁抵达北京南。她不会坐地铁，蜜蜜叮嘱她直接打车，到蜜蜜的公寓花了一百三十多块钱。老艾可能没想到出租费那么贵，她面色通红地说，咱们县城的赵四烧鸡才四十二块钱一只，这……三只烧鸡就没了？蜜蜜知道她对烧鸡情有独钟，知道赵四烧鸡对她而言不啻是另外一种货币，他对老艾抱怨似的疑问并未介意，他穿着条纹睡衣睡裤趿拉着拖鞋悠闲地领着老艾参观完自己的卧室和办公室，又领着老艾参观未来员工们的办公室、卫生间、厨房和储物间。当然，他的员工们都还在某个地方等待着他的呼唤，他们就像远方焦灼的牧羊人，祈盼着蜜蜜的如期降临。

那天阳光不错，老艾走在一间又一间明亮的房间里，房间里飞舞着宁静的灰尘，窗台上摆放着盛开的紫色满天星，这一切让她的眼眶渐渐潮湿起来。她不停地嘟嘟囔囔，至于嘟囔了什么蜜蜜半句都没听清。后来老艾扶着门把手问，我住在哪里呢？蜜蜜一愣，他竟把最重要的事情忘记了，可他毕竟从小拆过二十多台收音机，他说，妈啊，你住我卧室，我住办公室。老艾说，那王如云来了怎么办？蜜蜜咧嘴盯着老艾说，妈呀，我现在是单身狗。老艾笑着问，咋，为了养狗不要女朋友了？蜜蜜说，妈呀，王如云被我甩了。我俩分了。

老艾瞪着蜜蜜，不晓得说什么才好。后来老艾跟我叨叨，她觉得特别对不起王如云。王如云是北京延庆的姑娘，以前跟蜜蜜是同事。王如云脸大眼大，身坯大，手脚也大，老艾第一眼就看上了，觉得这姑娘干活肯定是把好手。那年春节王如云在老艾家住了三天，头天晚上烧的土炕，有些倒烟，老艾听到王如云咳嗽了半宿，晨起时眼睛比巨型安哥拉兔还红，心里不落忍，从兜里踅摸半天，好歹掏出二百六十块钱，让王如云和蜜蜜晚上去镇上住旅馆。王如云说，阿姨，我没您想的那么娇嫩。于是老艾当天让村里的铁匠和水暖工安装了两组暖气，又从她妯娌那里背过来半袋大同煤块。刷碗也不用老艾，王如云那蒲扇大手三两下就将碗底的油渍蹭得干干净净，连丝瓜瓢都省了。没事了也不多言不多语，坐在炕沿上嗑瓜子看各地方台的春节联欢晚会。人家可是北京姑娘呢，老艾跟我说，半点儿架子没有，听说听道。王如云还为蜜蜜堕过胎。本来老艾老叶想那年将婚事办了，可蜜蜜死活不同意。你个王八羔子！有啥洋气的！人家是北京户口，家里有房有车，你咋就不开窍！老艾骂了一上午，骂也就骂了，蜜蜜只是坐在椅子上用手机打游戏。他打游戏时，眼就眨得慢。老艾喜欢蜜蜜打游戏。

如今竟然不要王如云了，老艾觉得无论如何都说不过去。翌日天还没亮，老艾就从床上爬起来，蹑手蹑脚去厨房给蜜蜜做早餐。蜜蜜最爱吃煎柴鸡蛋，八成熟，上面涂层老艾春天做的酸豆酱，再涂层饱满的蒜蓉汁。做完早餐老艾去洗漱，才发现唇角生了排细密的水泡。据老艾说，她想了两天，才鼓足勇气给我打电话。在她看来，亲戚中只有我混过仕途，当过股长，发展过党员，做过上访户的思想工作。我是出面劝慰蜜蜜最合适的人选。我对老艾说，年轻人的事我们不要管，管也白管。你当初要死要活，偏要嫁给老叶，我姑父用皮带抽你，我姑戴着顶针掐你，你不照样没松口？恋爱中的男女，做烈士的心都有；分了手的男女，做杀手的心都有。

老艾就不说话了。可能老艾没想到我会把话说这么绝对。她的沉默让我有点心疼。我说，哪天我去蜜蜜那儿看看你吧，咱姐俩喝点小酒，我这里还有瓶陈年茅台。老艾这才结结巴巴地说，弟啊，我忌酒了，糖尿病，血糖九点多。我劝她注意饮食，水果少吃，含糖的饮料也别喝了，胰岛素该打就打，别舍不得。她心不在焉地嗯嗯啊啊。后来才知道她嫌每年二百块钱的农村合作医疗费太贵，根本就没交。

我记得以前老艾有事没事就喝红糖水，一茶缸一茶缸地喝，咕咚咕咚地喝，像是三伏天里饥渴的骡子。

3

虽说要去看老艾，可一次都没去成。初春我搬了次家。以前我住在学校南区宿舍，后来房子被收回，我被安置到北区的一栋筒子楼。那栋楼大概也有三十多年了，屋内没有厕所也没有洗漱间，晨起要排队方便、洗漱。我的新室友是山东人，青岛四方区的，学的中国古代美术史。他长得也特别像古画里的人，细眉细眼，溜肩长臂，住了几天，发现他颇有雅士风范，是个难得的慢性子。

他的慢反映在方方面面，比如起床，他先要抱着那个长约一米的棕色维尼小熊抱枕苏醒十分钟，然后才磨磨蹭蹭穿衣服，下床后他会茫然地盯着书桌，一盯就是半天，不晓得是在整理日间的行程还是在回味昨晚的梦境。当我吃早餐回来，他开始洗脸。洗脸要用洗面奶，他会耐心地用掌心来来回回地蹭着鼻头、下颌、双腮、额头和尖耳朵，他把脸洗完了，我在图书馆都看了半个小时的书了。等他洗完脸如完厕，会从衣柜里挑选衣服，如果觉得裤子和上衣不搭配，他就会陷入选择困难症。这倒没什么，主要是当他发现换掉的那条裤子上有块栗子大的油点时，他会想到洗衣服。等把衣服泡好，发现洗衣粉也没有了，于是，他穿着拖鞋去学校南区的日用品商店买洗衣粉。

而他人缘那么好，在去商店的路上，会遇到读本科时就认识的打扫卫生的大爷（这个大爷被解雇过，然后又被聘用）、食堂卖北京炸酱面和河南烩面的大姨（他加了她的微信，据他判断，大姨的丈夫应该在人民大会堂当保安）、刚从芝加哥交换回国的师弟（师弟的一位美女同乡在中央民族大学读硕士，长得很像吴若萱）以及篮球场认识的经管系球友……当然这样也挺好的，只不过他的时间总是不够用，而且有时时间难免发生错位，比如他最近一件麻烦的事情就是，记错了雅思考试的时间。他以为是十四号，结果是四号，当十天后发现这个事实时，他多少有些懊恼，报雅思的两千块钱白交了。为了安慰自己，他只好重新报了名。为了庆祝重新报名成功，他决定和女友去泰国旅行。

我给他起了个绰号，叫蜗牛，不过思来想去这个称呼也不是很合适。再说了，一个无聊的中年人给二十多岁的小伙子起绰号，显得有些为老不尊。不管怎样，自从跟蜗牛同居一室后，我发现自己原来是电影中的闪电侠，这让我挺骄傲的，无论上课还是在图书馆自修，都有种偷盗了他人时间的喜悦。那套十二册的《维特根斯坦全集》我早就不读了，我觉得没有必要再折磨自己，不能因为读哲学书再去研究概率和线性代数，再说即便将概率和线性代数学透彻了，也不一定能把维特根斯坦的话弄懂。我倒是对他的身世很感兴趣，他的父亲卡尔·维特根斯坦是奥地利钢铁工业巨头，母亲莱奥波迪内是哈耶克外祖父的姑表妹。1903年，维特根斯坦前往林茨的一所技校学习，同学里有个人叫阿道夫·希特勒。维特根斯坦跟蜜蜜一样，从小爱好机械与技术，十岁时就制出过一台简单实用的缝纫机。

当蜜蜜在学校里组建乐队吟唱着风花雪月时，十九岁的维特根斯坦已经到曼彻斯特维多利亚大学攻读航空工程空气动力学学位。据说为了彻底搞清螺旋桨的原理，同时出于对数学基础的兴趣，维特根斯坦阅读了弗雷格的《算术基础》……然后，他去拜访弗雷格，并且听从了弗雷格的建议，又去拜访了罗素，剩下的事情我们大概都知道，罗素是如何赞美他的："他对哲学具有比我更多的激情；他的是雪崩，相形之下的我似乎只是雪球。"一战期间，维特根斯坦在战场上完成了《逻辑哲学论》初稿。他认为所谓的哲学问题已被解决，了无生趣，就去小学教书。这是个一直处于"主动性"的人，在这点上，他跟我有点八字不合，总是超出我的思维边界。

这样我放弃了维特根斯坦，开始读威廉·福克纳。有时我将那本让人头疼的《押沙龙！押沙龙！》扣在桌面上，呆呆望着窗外。窗外是那种北方常见的白杨树。青白色的皮，盘旋着上升的树瘤和笔直的枝条让叶子的响声显得格外透亮，我常常以为外面在下雨，而当我将目光投向窗外，只不过是春风拂过，那些绿油油散发着清苦味道的叶片哗啦哗啦地响着，同时泛着白亮耀眼的光芒。

我当初来这里，只是不知道我还能干点什么。我对写剧本一无所知，且没有一毫兴趣。不过我知道，这是个赚钱的行当，当然，也是个杀人的行当。要想老老实实写出来，大概相当于让老叶去当省长或书记。后来我不再追查所谓的"意义"了，人没死，总要干点事，无论这事喜不喜欢。世界的意义必定在世界之外。这样，我如往日那样听课、蹭课、翘课或者逃课，那天我正在听国学院的老头讲八卦乾坤，蜜蜜来电话了。他说他要住院了，问我能不能陪几天床。我问老艾和老叶呢。他支支吾吾地说，他们都在老家。我问王如云呢。蜜蜜说，舅啊，如今她是猫，我是老鼠。

当我见到蜜蜜时，他裹件腥红色运动服躺在雪白的病床上，仿若才端出烤箱的南美对虾。蜜蜜换了半月板，那块他从来没有在乎过的骨头变成了块金属。幸亏他还没有从公司正式离职，住院的费用公司给报销。我妈不管我了，蜜蜜哭丧着脸说，我妈跟王如云见了面。她俩去吃了顿卤煮，还每人喝了两瓶小二锅头。我说老艾不是戒酒了吗？蜜蜜说，架不住王如云哭啊。王如云啥话也不说，灌口酒，哭一阵。哭一阵，灌口酒。我妈就劝，劝了半天屁事也不顶。你也知道我妈心比海绵还软，最见不得别人伤心。她就陪着王如云喝呗，开始用酒杯，后来就吹酒瓶。俩人都喝高了，王如云抱着我妈哭。我妈也哭。你知道我妈哭起来，声音比土狼叫还瘆人，把服务员吓坏了。劝也劝不住，老板娘就来劝，还是劝不住，老板就来了。老板看见桌上的两屉庆丰包子吃光了，炒肝也吃干净了，就劝她俩回家。王如云哼唧哼唧还是哭，老板就报了警。我就把我妈领回来了。我妈骂我狼心狗肺，我骂她软柿子。她一生气就跑回老家了。舍不得打出租，还跟我问去火车站咋坐地铁。我这膝盖坏了，要动手术，前几天给她打电话，她说田里活多，忙不过来，自己不来还不让我爸来。啥鸡巴玩意！

我说你这就叫报应，明知道膝盖有旧伤，还偏去打篮球，明知道你妈心软，还偏让她去会王如云。你要是再骂你妈，我也不管你了，屎尿都拉在病床上也不管。蜜蜜不吭声了，别过头去。他旁边的病床上是个女孩，竖着耳朵听我们讲话。我看到蜜蜜的眼眨得像大雨之后蜻蜓震颤的翅膀。

蜜蜜还没出院，老叶先从云落过来。他不光自己过来，还带了三罐酸酱、五颗发臭的酸菜、十斤剥好了的花生米和十五个刮了毛的猪蹄。反正他把蜜蜜的冰箱保鲜层都塞满了。他当兵时任过伙食班的班长，擅长挥舞着铁锹炒大锅菜，其实呢，他炒的小灶更香，尤其是炖肘子和熘肝尖。肘子火候大了容易炖烂炖飞，熘肝尖火候小了容易熘嫩浸血。老叶平时不下厨，只过年过节才系上围裙露两手，这两手也就够了，肘子才端上桌就被客人抢光了，他们通常给他剩两片散发着油光和蒜香的猪肝。老叶年轻时见过来自五湖四海的人，人到中年时跑过乌鲁木齐和银川的大货车，走到哪里都不发怵。他下了火车后没有打出租，而是买了张北京市交通地图，从衣兜里掏出那管笔尖快磨秃了的永生牌钢笔，戴着花镜勾勒了一条地铁路线。他事先准备了一元硬币，顺利地买了票，然后背着那个沉甸甸的尿素袋上了地铁。当他推开病房的门站在蜜蜜跟我面前时，我们都惊呆了。那年北京的春天老下雨，细细的，密密的，这让老叶仿佛是个走夜路掉进河里的旅人，眉角、发梢和脸庞湿漉漉，衣角和裤脚滴答着水。你个臭小子，该好了吧？他笑嘻嘻地盯着蜜蜜说，你老寻思自己是美国梦之队的队员，其实呢，他掏出三块钱一盒的三塔牌香烟在鼻孔下嗅了嗅，打了个喷嚏，说，其实不过是咱们村篮球队的水平，还是替补的。

老叶陪蜜蜜住了半个月，老艾才来。老艾拉着张老脸，唇角弯垂，行动迟缓。我妈像不像慈禧太后？蜜蜜挤咕着眼说，她寻思自个儿掌管六宫呢！瞧她那件羊绒衫，穿了三十年，绒球都磨秃了，还不下架，我从SKP给她买了件Burberry豹纹真丝女式上衣，她竟然说比家里炕上的那条床单还丑，我真服了她！蜜蜜嘴不闲着，眼也不闲着，他盯着老艾拿块用内裤裁剪的抹布擦了他的办公室，擦了他的卧室，擦了他未来员工的办公室和厨房，又去擦马桶。你就不能闲会儿？鬼似的飘来飘去，我头都被你晃晕了。老艾溜了他一眼，将抹布用热水烫，用洗衣粉搓，然后搬了家用折叠梯擦客厅的灯管。老叶！我听到老艾恶狠狠地喊道，没眼力见儿，快来帮我扶着！老叶就将手里那只刚褪完毛的白条鸡扔水池里，小跑着过来，一只手扶着梯子，一只手攥住老艾比斑马还细的小腿。手洗了没？老艾皱着眉头嚷，你把我裤脚都攥湿了。老叶慢条斯理地说，没洗，我刚把鸡粪掏出来。老艾站在梯子上俯瞰着我们，犹如圣母在云端俯瞰着受难的众生。我听到她冷冷地说，他们爷儿俩的心啊，真是比老鸹都黑。然后，她的目光热切地打在我身上。

我就点点头。老艾发牢骚的时候，我就点点头。

4

那年春天，我的蜗牛室友真的跟他女朋友去泰国旅行了。他们去了一个礼拜。等蜗牛爬回来，黑亮黑亮的，动作似乎更迟缓。他打开那个睡袋似的长条行李包，一件一件往外掏衣物，等把衣物叠好，都夜里十二点了。要帮忙吗？他笑笑说，不用大哥，我自己来。他似乎很介意别人碰他的东西，哪怕只是双鞋帮被海水浸泡过的鞋子。我的手机掉海里了，唉，他用纸巾将鞋面擦干净，打了鞋油，用刷子来来回回地蹭，我想他至少蹭了有六百下。等那双鞋子亮得刺人眼时，他哎呀了一声，我的那双凉拖丢在芭提雅的宾馆里了……哦，除了凉拖，还有我给你买的泰丝领带，从普吉岛买的呢。他说话时眼睛无辜地盯着我，仿佛是我弄丢了领带。出于礼貌，我随口问了句他们在泰国的行程，他就絮絮叨叨地说起来，他的语速比平常人的语速要慢一半，等我睡着时他还在慢慢腾腾地述说着他们在芭提雅碰到的不靠谱的导游。我迷迷糊糊地想，他能安全地活到这么大，真是不容易。以后过十字路口的时候，千万记得拽他一把。

那天蜜蜜说要带着老艾和老叶来学校看我。我说太远了，比从北京到老家的时间还要长。蜜蜜说，不是我要看你，是老艾和老叶，其实也不是老叶，主要是老艾。她老不放心你，怕你老了，再学坏了。我说那就来吧，我请你们吃潮汕牛肉火锅。蜜蜜嘿嘿笑着说，你没给我找个舅妈吗？我说你再贫嘴，就用锤子把你另外那条腿的半月板也敲碎。

他们还是让我吃了一惊，来的不光是老艾全家，还有王如云。蜜蜜什么也没说，王如云倒是很客气，舅舅舅舅地喊着，仿佛喊了几十年。老艾的那张圆脸时不时挤出丝微笑，然后时不时地瞥蜜蜜两眼。我就知道了，王如云肯定是老艾带过来的。老叶身上的味道没那么浓重了，看来老艾在他睡着时替他擦了身。

为了以示隆重，我叫了蜗牛和另外两位同学，同学要去北大听讲座，这样，只有我们六人围绕着那张十人台的转桌稀稀拉拉坐好，等着锅里的水滚开。老艾似乎对蜗牛印象不错，问他是哪里人，多大，父母做啥工作的，读的啥专业，以后是留在北京还是回老家。蜗牛都郑重地一一作答。他标准的普通话和低音炮般的男中音让老艾更是喜欢了，又问他有没有女朋友，女朋友是干啥的，父母是干啥的。蜗牛还没应答，蜜蜜说，妈，你要做媒啊？老艾说，这么好的小伙子，能当回媒人也是福气。蜜蜜说，人家是研究生，将来留北京的，你还要给人家介绍个咱们村的姑娘吗？老艾愣了愣，羞涩地说，哎，咱们村里的姑娘，怎配得上他呢。蜗牛这才说自己有女朋友，也在读硕士。老艾就略显怅惋地盯着蜗牛说，唉，要是甜甜还活着……一提到甜甜，老叶就哆嗦起来，我赶紧给老艾递了个眼色，老艾小女孩般垂着头，看着滚烫的锅底里冒出的红辣椒发呆。

那顿饭吃得很慢。话题大都围着蜜蜜马上要开张的公司展开。蜜蜜说公司在工商局办了营业执照，税务登记过段时间再办理。员工也不用多，四五个人就能忙过来，要是老艾和老叶添把手，效率就更高了。我才知道他的公司主要业务是加工手机膜和各种零部件，听他的意思，在原来的公司跑销售时，他已经打通了各种关系，销路是不愁的。按照他的口风，公司每年赚个三四百万是小意思。王如云自始至终没怎么讲话，只是低头吃肉。她胃口很好。她长了双蒲扇大手是有道理的。等酒足饭饱，蜗牛才说，呀，我女朋友发信息了，在学校等我呢。我瞅了一眼，那姑娘是半个小时前联系的他。姑娘有个很好听的名字，叫阿杰莉娜。

蜜蜜他们打车回通州，我跟蜗牛回宿舍。宿舍门口的树下站着个女孩，穿着件粉红色连帽衣，背对着我们，无疑就是他的女朋友了。这所学校有规定，女生不准进男生宿舍楼。尤其是我们这栋的宿管大妈，都是朝阳区的，眼睛自然更毒辣。其中有个姓杨的，天天拉着张寡妇脸坐在门厅里，盯贼般盯着往来的学生，即便苍蝇飞进来，也要逮住掰开双腿辨清是公是母，母的绝对就地正法。蜗牛只能跟他女朋友在树下说话了。幸亏那棵树不仅枝繁叶茂而且粗壮雄阔，两百年也有了，远远望去只能看到黝黑的树皮，看不到树后的人。

等我接到老艾的电话时，已经是暮春了。我知道蜜蜜的公司开张了，作为一家手工作坊式的公司，蜜蜜雇用了五名职工，当然，这五名职工里包括老艾和老叶。老艾和老叶是厨师、保姆、保洁员、搬运工、装货员和邮寄员。老艾说，她要被蜜蜜气死了，人家王如云常常来公司打下手，蜜蜜连个好脸也不给。更让她恼怒的是，他把那辆宝马摩托车卖了。为啥卖？蜜蜜有天骑着摩托车去打篮球——我不让他去他就不去吗？向来都是我说往东他偏往西！在国贸跟辆奥迪撞上了！奥迪车主边开车边打电话，就撑到摩车托屁股。幸亏蜜蜜命大，从摩托车上摔下来，只磕破了脸皮。车主大概是个角色，横得很，连句好话也没有，只是说他入了保险，让保险的人来处理。你还不知道蜜蜜那脾性？当时就爆炸了，跟人家吵起来，不光吵起来，还动了手，把人家的门牙打掉了一颗。唉，反正到最后，蜜蜜鬼迷心窍，非要把那辆破相的摩托车卖给那个掉了颗门牙、说话漏风的人。那人死活不买，蜜蜜就天天打电话，又去公司堵人家。人家被缠得没办法，答应出二十万。

我有点发蒙。我记得蜜蜜说过那辆摩托车花了四十多万买的，这才骑了不到半年，就半价处理了？我说话就跟放屁一样，老艾咬着牙，蜜蜜那王八羔子，非说一看到摩托就烦，眼不见为净，贱卖就贱卖吧。他那点花花肠子我还不知道？这不，前几天他买了辆轿车，难看得很。膝盖没好全，还老开车去体育馆打篮球。你当舅舅的可要好好管教管教！他公司刚开张，哪里有闲心玩？膝盖上还镶着块钢板，再作下去，钢板坏了咋整？这要残废了，拄着拐杖上蹿下跳，就算是王如云，也不会嫁给他了。

好吧，为了让老艾放心，我不得不约谈蜜蜜。蜜蜜说，舅啊，我正在打篮球！你忙啥呢？要不过来一块打？我才到体育馆！我记得你以前是单位篮球队的。我说好，七八年没摸过篮球了，可蹦起来还能摸到篮板框。蜜蜜说，舅啊，你就别吹牛逼了，是骡子是马牵出来遛遛。

为了教训下蜜蜜，我特意带了个帮手。这帮手不是别人，正是蜗牛。蜗牛别看性子慢，打篮球却是把好手。基本功扎实，花活玩得好，手指转球左右手背衔接揉球，动作既唬人又迷人。我们到那里时他们正在打半场。在旁边观察了会儿，发现他们装备虽然齐全，却全是半破子手。蜜蜜见到我跟蜗牛有点意外，他可能没想到我们真的来了。他殷勤地向他的球友们介绍我们。他的介绍有点夸大其词，不过很是让蜗牛受用。他说我是国内著名的编剧，像《千秋引》啊，《丈母娘会武术》啊，《太监也疯狂》啊，这些收视率超百分之一的巨作都是我写的。说实话，这些电视剧的名字我都没听说过。他又介绍蜗牛，说蜗牛不但是研究唐伯虎的专家，还是唐伯虎的第八代传人，毕业后就到故宫博物院当研究员了。那些球友对我们似乎很感兴趣，又是递烟又是递水。我们也没说啥。说啥呢？

打完篮球已经傍晚，几个球友纷纷收拾东西。蜜蜜挥挥胳膊说，今晚我做东，吃日料，都别回家了。球友们也没反对，带着我们去停车场。蜗牛偷偷问我，蜜蜜的朋友都是啥人啊？最便宜的那辆车，也要一百多万。

那家日料店在三元桥附近，东拐西拐的，上了楼才发现是家私人会所。男女服务员穿着和服在门口鞠躬相迎。屋里只有两张檀木桌子，中间用影壁隔开，再里面是个KTV包间。老板是个日本人，长得像蓄了胡须的福山雅治，中国话说得比蜜蜜还溜。看样子他们熟得很，老板说今天上午才从北海道运来条蓝鳍金枪鱼，你们真是有口福。还有条寒鰤鱼，要是喜欢，一块儿做了。蜜蜜叼着香烟说，上！把最新鲜的都上一份！别忘了海胆我要……他还没说完，福山雅治抖了抖小胡子，笑眯眯地应道，两份。

那天晚上喝的清酒。清酒也许是世界上最难喝的酒了。尽管如此我们也都喝了不少。我跟蜗牛很少插话。我们只是听着他们讲。听着听着我似乎明白点什么。这些球友多是有钱人家里的孩子，听口风不是读过哈佛商学院的MBA，就是在中信证券任职，其中有个孩子是山西人，他明显喝多了，耳根子比龙虾还红，他拍着蜜蜜的肩膀问，你爹那个矿卖了没？最近大形势不好，该出手就出手，我家老头卖了三个矿了，矿多累主啊。

蜜蜜说，我家还好，毕竟有个钢铁公司接着，说完他瞥了我一眼，说，我爹是个土财主，目光短浅，我撺掇他去海外投资，他又不肯，要是把马德里市政厅买下来，价钱不早就翻倍了嘛。球友哎了声，又跟他碰了杯酒，说，这些老古董迟早要被淘汰的。他们这代人啊，没知识，更没见识，真是走了狗屎运。

我夹了块金枪鱼慢慢地吃。我很替老叶开心。走了狗屎运的老叶从来都不知道自己开了家钢铁公司，还有座矿山呢。

蜜蜜明显喝大了，结账时钱包掉出来也丝毫没有察觉。我替他捡了起来，里面大概有三十张银行卡，还有张合影，黑白的，模糊不清。我辨认许久，才看清是蜜蜜和甜甜的合影。他们长得并不像，完全瞅不出是双胞胎。当我将钱包递给蜜蜜时，他嘻嘻地笑着说，舅啊，我可从来都想着我姐呢，我常常跟她唠嗑，她只听我说，却不搭腔，不过，我知道她想我，她还像小时候那么爱我，总是趁我睡着时偷偷亲我。她其实一直想着我们，对不？

我只好拍拍他的头。说实话，这么多年来，他在我印象中还是那个四五岁的男孩，抱在怀里犹如营养不良的猪仔。稍大些，他总是坐在过头屋的水泥地板上，戴着近视镜手持放大镜，研究收音机的电子管和线路，神态犹如优雅威仪的老科学家。当我们从他身边蹑手蹑脚走过时，总会闻到刺鼻的、零件烧焦的煳味。我很难把这个记忆中的男孩跟眼前这根丝瓜重叠铆合。我只比他大十几岁，却像隔了几个世纪那般遥远，他在我面前似乎永远也长不大了。我是他舅舅，却从来没有想过去了解他。每次看到他，我就想起切斯特菲尔德的那句话：青年人往往自视聪明，就像醉汉自觉清醒一样。这话简直就是针对蜜蜜说的，或者就是针对作为他舅舅的我说的。我也知道，这样想他有点不公平，但是习惯成自然了。

那晚我跟蜗牛先行告辞，蜜蜜的朋友们也喝多了，非要去K歌。让我意外的是，下楼时我仿佛晃到了王如云。她躲在一楼那扇庞大透明的旋转门旁抽烟。她来等蜜蜜吗？为何不一起吃晚餐？我愣了愣，抬起手跟她打招呼，可她装作没看见的样子迅速转过身去。她对面是双层立交桥，黑魃魃的，犹如蟒蛇的骨架，车辆萤火虫般慢吞吞地行驶，没有声息，而空气里是西府海棠花粉的颗粒。我留意到她的肩膀很宽，站在夜色中仿佛忧伤的柔道运动员。她就那样背对着我，哆哆嗦嗦地抽烟。

5

老艾坐了一个多小时的地铁来找我时，樱花都快谢了。那天值班的是杨宿管，除非老艾去做变性手术，否则我就是跪下管老艾叫亲妈，她肯定也不放老艾进楼。大厅玻璃门外有间狭窄的接待室，老艾看着来来往往的学生一句话都不肯说。不然咱姐弟俩去咖啡馆？老艾摇摇头，那玩意难喝得很，还不如红糖水。我说咖啡馆里也有汽水，你不是顶爱喝橘子汁吗？老艾似乎被说动了，可路过体育馆时，她指着参差不齐的台阶说，弟，我们在那里坐会儿吧。

这样，我跟老艾肩并肩坐在观礼台上看着足球场。场地上有帮孩子正在踢足球，他们嘹亮的呐喊声间或传来，让老艾时不时有些走神。她说，她还是同意蜜蜜跟王如云分手了。没错，王如云是个难得的好姑娘，可是……可是，我想抱孙子，蜜蜜也想以后要孩子。我问，王如云想丁克？老艾垂着眼睑说，王如云也稀罕孩子，只是生不了。王如云跟蜜蜜好之前有个高中同学，俩人处了好些年对象。如云那时小，不懂事，也不知道爱惜自己，为他打过两次胎，后来跟了蜜蜜，又打过一次。医生警告过她，可她根本没往心里去。你说我跟老叶要是都死了，蜜蜜老了，头疼脑热连个端茶倒水的人都没有，我在阎王那里能省心吗？

咸吃萝卜淡操心，再说，日后哪里敢靠孩子养老？不都得掏钱住养老院？老艾撇撇嘴，打死我也不去养老院。丢不起那人，你小，你见识短，养老院可是地狱啊。根本没人管你，屋里比茅厕还臭，屎尿拉一裤裆也没人给你擦。我要老了，瘫了，蜜蜜不养我，我就吃把安眠药死了算了。好死总比赖活着强。

那王如云……还常去蜜蜜那里？去。这姑娘啊，一根筋。你说蜜蜜有啥好？长那砢碜样儿，钩虾似的，眼睛眨巴眨巴，看着就心烦，老艾叹口气说，除了手里有两个钱，会唱几首破歌，会打篮球，会啥？你说，他会啥？我是掐着半颗眼珠也瞧不上他。

一阵喊叫声传来，原来是甲方攻进一球，孩子们欢呼着搂抱在一起。老艾盯着那些孩子说，蜜蜜要是能给我生几个孙子，再生几个孙女，该多好。我不禁笑了，你给蜜蜜找个蜂后算了，生两窝，还会采蜜，连红糖也省了。老艾有些不服气，不就是拉扯孩子吗，有啥大不了？你老姑不拉扯了我们姐儿八个？都活得好好的，没见谁早夭，你老姑也活到九十岁。

我盯着老艾。老艾的脸开始有些僵硬，后来怎么就笑了。我恍惚想起了她少女时的模样。老艾那时在大队的小卖部当售货员，卖牛舌饼、香油果子跟小黑枣。我放学时常从小卖部路过，老艾总是偷偷往我衭兜里塞两颗水果糖。那时，她笑起来比小黑枣还甜。她后来还在县城的国营饭店四部干过厨师，她叔伯大伯在那里当会计。据说老艾的手艺得到了烧鸡大师赵岩的真传，这个羞赧的姑娘熏制的烧鸡酥脆腻香，皮老肉嫩，成为四部招牌菜。要不是后来跟老叶结婚，老艾没准儿也成烧鸡大师了。据说县城最火的赵四烧鸡店，就是那位大师的后人开的。这么多年过去，这个卖过小黑枣、熏制过烧鸡的女人有双浑浊的三角眼，鼻子常年红润，每到春天就犯干燥性鼻炎，嘴巴不再微微上翘，两条泾渭分明的法令纹让她的唇角耷拉着，犹如哀伤的河流。她唯一没变的就是发型了。她一直留着小学课本里刘胡兰式的黑硬短发。不过，如今头发也都白了。

王如云这孩子是真不赖，厚道本分，老艾的声音甜得像砂糖橘，我把她当亲闺女，还认了干女儿。你们宿舍那个小唐，真的有女朋友了？

我这才明白老艾大老远地跑来，究竟是为了什么。我拉着她的手说，老艾啊，人家小唐打算去海德堡大学读博士，就算他没有女朋友，就算俩人对了眼，你想让王如云干等五年？她也老大不小了吧？如果我没记错，也快三十的姑娘了。老艾似乎有些失望，不再说话，拖着虚肿的两腮盯着草地上跑来跑去的孩子们。她身上还穿着那件腈纶的蓝底白道的毛衣，绒球早就磨没了，薄薄的。她为啥不穿那件Burberry豹纹真丝女式上衣呢？

那天中午我请老艾吃了碗兰州拉面。当她端过那一大碗热气腾腾的免费面汤时，似乎嫌葱花和香菜有点少，伸手抓了一小撮。结果被正在捞面的师傅吼了嗓子，手干净不干净！瞎抓个啥！老艾的手哆嗦了下，葱花掉进瓷盆里，这时师傅放下手中的大碗，戴着塑料手套将掉进去的葱花抓出来，扔进身后的垃圾桶。老艾的嘴角抽搐着，说不出话。我说你别生气，跟这种人生气不值得。老艾说，我有啥生气的，我儿子在北京有房有车，他有吗？她声调很高，说完又故意瞥了那师傅两眼。师傅脸色如常，只是手里的面抻得更细了。

吃完面我执意将老艾送到地铁口。老艾说，我这个礼拜蒸酸菜猪肉发面包子，你跟小唐过来吃吧？

于是那个周末，我跟蜗牛去蜜蜜家吃包子。那晚除了我们和蜜蜜一家，除了王如云，还有个染黄头发的姑娘。姑娘坐在蜜蜜身边，王如云坐在老艾身边。老艾时不时将凳子挪一挪，离王如云远点。蜜蜜和那姑娘有说有笑，动不动还弹弹人家的脑门，姑娘说包子热，蜜蜜还夹到自己嘴边使劲地吹。姑娘也话多，讲着公司里女同事的事情，动不动就爽朗地笑半天，后来她站起来敬我酒，一口干了一大杯啤酒。看样子酒量比王如云还好。她说，舅舅，你还认得我吗？我姓邹。我说我脸盲症，有回跟我们局长走个对面也没敢打招呼，怕认错人。她似乎对我的回答甚是满意，说，蜜蜜住院，我在他旁边的病床，你忘了？我还给过你海南杜果，橄榄球那么大。我这才恍惚想起来，她就是那个蜜蜜老偷眼观瞧的邻床女孩。看样子她跟蜜蜜关系很熟络，反正比王如云跟蜜蜜亲近多了。

我拿眼去瞥老艾，老艾装作没看见，只是嘘乎着给蜗牛夹红烧排骨。王如云端起酒杯敬酒，老艾叹息着说，干闺女啊，妈的血糖又高了，这酒啊，不能沾了。王如云的酒杯端在空中，放也不是，喝也不是，这时蜗牛说，王姐我敬你。听说你也喜欢画画，有时间我们切磋切磋？王如云爽快地干掉，蜗牛又说，我们公司每个礼拜都有美学讲座，你要是感兴趣，可以报名参团，我跟我们经理说说，给你打个折扣。王如云没吭声，盯着蜜蜜，蜜蜜盯着邹姑娘，邹姑娘盯着老艾。老艾说，一晃都该立夏了，虽说不该饮酒，可好日子不喝口，总觉得缺了点啥。老叶啊，你不是有瓶法国葡萄酒吗？赶紧让孩子们尝尝，别老让他们喝猫尿了。

老叶慢慢腾腾地说，遵旨，老佛爷。

6

整个夏天如此漫长。为了不至于饿死，我接了个活儿，去写关于扶贫的剧本。为了写剧本，跑到千里之外的祁连山住了半个月。房东清晨都给我煮碗面，大概因为我是客人，酱油和盐多放了些，齁得我整天想喝水。村附近的山上盖了养鸭场，是精准扶贫对接项目，有二百个鸭棚，每个棚里都养了三百只鸭子。我很羡慕邻居那对夫妇，早起四点半就披着露水去鸭场，他们要不停地捡鸭蛋、投饲料、锄鸭粪，一日三餐都在鸭场吃，晚上七点夫妇徒步回家，他们先经过两道种满了山药的山梁，再经过那条时常断流的河流，然后走过种满了板蓝根的农田，穿过开满了金盏花的荒地，才能到家。当他们看到我在树下乘凉喝啤酒，牵着的两只手慌忙散开，男的嘿嘿笑着问，又喝上啦？他们本地的方言跟他们的莜麦面一样粗糙筋道，如果不看他们的眉眼，你会误以为他们在寻衅吵架。说实话我很羡慕他们头顶星斗上工下工的日子，我要是能从村里娶个老姑娘，手挽手到养鸭场捡鸭蛋，肯定就不去城里了。

从山里回来，正是北京最热的季节，干燥、烦闷，青蝉嘶叫，也没叫下一场雨，只有月季繁盛疯狂，开得洗脸盆那么大。我从地铁口钻出来，看着钻入地铁口的穿西装的年轻人，几乎透不过气来。这时老艾给我打电话，没声好气的。她说，弟啊，有空帮我倒把手。蜜蜜啊，唉，又住院了。

蜜蜜又换了块半月板。看着他躺在雪白的病床上，我丝毫不觉得意外。我坐在中央空调的风口听老艾不停唠叨，不听老人言吃亏在眼前，没痊愈还老打篮球老喝酒，东跑西颠，日作夜作，看你这下还嘚瑟不？蜜蜜只是躺着打手机游戏，即便是邹姑娘用勺子舀了西瓜喂他，他也懒得张嘴。邹姑娘板着脸说，你是割了舌头还是拔了牙？蜜蜜这才嬉笑着咧开大嘴，将冰镇西瓜吸进喉咙。老艾跟我偷着说，这姑娘啊，对蜜蜜真好，我只是不明白，她图蜜蜜啥呢？也是，据说邹姑娘是北京土著，从小就住在朝阳区太阳宫，读的编导，在电视台上班。看样子老艾对邹姑娘的家境也颇为了解，父母离了婚，她判给了母亲，继父呢，带了个儿子，年岁跟她差不离。邹姑娘的母亲在城乡超市当收银员，继父是街道办事处的会计。房子是她母亲的，七十平方米，顶楼，没电梯。不过，老艾说，小邹还没跟她妈说蜜蜜的事。据说她妈年轻时风光得很，当过红卫兵的头，是把刷子，她担心蜜蜜根本应付不了她的审查。没错，老艾用了"审查"两个字，仿佛蜜蜜是个嫌疑犯。

我忍不住问，王如云呢？老艾说，哎，这闺女，很久没过来了。我倒是挺想她。她刷碗刷得可真干净呢。

蜜蜜出了院，也不过消停了个把月，仍瘸着腿去体育馆的篮球场。打不了球就在旁边帮人家看衣物、买水，同时负责吆喝鼓掌。买卖倒不如何操心，老艾老叶跟仨员工忙得脚尖朝后，他也懒得搭把手，反正销路不愁，几个大客户的采购商都是多年交情，他手松，私下给的回扣比他们的年薪还丰厚。老艾说晚上装完货倒头就睡，都想不起来给老叶擦身。老叶只要从员工身边走过，人家就忙不迭捂鼻子，后来他们从早到晚都戴着口罩，有高级过滤功能双层保险的那种，连雾霾跟老叶的气味一块儿过滤了。

而蜜蜜跟医院的缘分也不浅，出院没两个月，就又搬了进去。那天晚上我在操场慢跑，没带手机，跑完又端着脸盆沐浴液去澡堂排队，回到宿舍时蜗牛说，大哥，你手机都快被艾姐打爆了，赶紧回吧。等我打过去，先听到了老艾的哭声。我很多年没听过她的哭声了，她的哭声让我想起乡村葬礼时的农妇。她抽噎着说，蜜蜜出事了。我让她慢慢讲，她又号啕了好一阵子，才说，王如云把蜜蜜的筋挑了。我一时没反应过来，老艾就喊，他舅啊！快来医院吧！来了就知道了！

等我赶到医院，蜜蜜正在手术室。老艾和老叶坐在外面的椅子上。老艾时不时扒住老叶肩膀号两声。老叶沉着脸说，没想到王如云看着老实，却如此心狠手辣。很久没露面的王如云中午说请蜜蜜吃火锅。蜜蜜就去了，去了就被王如云灌多了，等他醒过来时发现自己躺在如家宾馆。他想撒泡尿，迷迷糊糊喊着王如云的名字，没人应答，他想下床，却发现根本动弹不得，开了灯，床上几摊血，他去瞅自己的脚，发现脚踝血淋淋的。他倒是很镇定，打了120，打了前台电话，打了老艾电话，这才给王如云打。王如云的手机关机了……老艾擤了把鼻涕，说，这可咋整呢？膝盖没长好，筋又断了，这要真成了瘸子，还能娶到媳妇吗？老叶用块脏兮兮的手绢不停地擦老艾的眼睛，又擦他自己的眼睛。

动完手术的蜜蜜很快就醒过来。醒过来的蜜蜜只是盯着天花板，听老艾骂王如云，然后老艾老叶跟我商量报警的事。我说这属于刑事案件，再观察观察蜜蜜的病况，明天一大早去宾馆所属地的派出所。老叶说，他跟如家那边也商量好了，房间还保持原样，那可是犯罪现场，宾馆监控视频里也有蜜蜜和王如云一起上楼的证据，总之，王如云这个歹毒的女人跑了和尚跑不了庙。老艾只是不停地骂着王如云，骂完王如云又骂自己引狼入室，老觉得她可怜，跟蜜蜜分手后还认了干闺女，没想到却是个杀人不眨眼的主儿。

我们正喊喊喳喳，蜜蜜猛地喊了一嗓子，不能报警！

他刚动完手术，中气却十足。我们愣愣地盯着他。他胸腹起伏目光涣散，报警？报狗屁的警！谁敢报警我跟谁没完！躺两天，老子又能去打篮球了！妈的，我又没进火葬场，你们哭个屁！

我们面面相觑，后来我朝老艾老叶使个眼色，他们鸟悄着退出了病房。我倒了杯温水犹豫着递给他，他没接，头缓缓偏向一侧，并不看我。我说，你这是什么态度？受了伤，爹妈疼，你吼个啥劲？他不吭声，只是瞅着窗外。窗外是棵巨大的速生白杨，树叶肥大鲜绿，能听到蝉在嘶叫。这个炎热的夏天的傍晚，天还是那么亮，一大块一大块的光斑透过杨树的枝叶和明净的玻璃晃在他身上，我看到透明的液体从他的太阳穴顺着颧骨上的绒毛滴到枕头上，不晓得是汗，还是泪。舅啊，他压着嗓子说，我一丁点儿都不疼，没事儿。我瞅了瞅他的双脚，被白色纱布裹得严严实实，他当时还从宾馆的床上摔下来，额头磕到桌角渍了血，也包扎起来，他躺在那里，看上去仿佛一位弥留之际的麻风病人。我欠她的，舅，他顿了半天才说，我好歹是个爷儿们，哪能报警？是吧，舅？我委实不晓得如何作答，将水又递给他。他接过去，闷声说道，我欠她的……总算还上了……两讫了……舅……两讫了呢。

7

蜜蜜的膝盖和脚筋九月份才恢复得差不多，不过平时还是坐着轮椅。体育馆肯定去不成了，他就坐在轮椅里拍那只经常慢撒气的篮球。员工们嘴巴上戴着厚厚的口罩，耳朵里塞着从淘宝买的劣质耳塞，面色凝重地加工着手机膜，看上去犹如兵工厂快退休的老工人。老叶天天蹬着三轮车去超市买牛蹄筋、排骨、羊盖骨，用高压锅焖得烂熟，逼着蜜蜜上顿吃下顿吃，他说这叫吃啥补啥。我劝他不如多买点核桃、黑芝麻、鹌鹑蛋、猪脑啥的。老艾呢，不甘心，按照她的说法，就是要跟王如云掰扯掰扯，她偷偷给王如云打电话，开始提示关机，后来就提示该用户已注销。看来，她这辈子别想再遇到这个擅长刷碗的姑娘了。

邹姑娘呢，跟蜜蜜比以前更黏糊，这是老艾跟我说的。多好的姑娘啊，一点儿不嫌弃蜜蜜，老艾说，蜜蜜如今可是个残疾人呢。本来老艾想会会邹姑娘的父母，被蜜蜜半路拦截了。你真是吃饱了撑的，蜜蜜说，你好歹让我拄着拐杖见未来的岳父岳母吧？缺心眼！老艾对蜜蜜的指责并没有生气。她觉得蜜蜜说得一点儿没错。邹姑娘来看蜜蜜的日子，她就当盛大节日过，鸡鸭鱼肉换着样来，听说邹姑娘爱吃龙虾，还专程跑到海鲜批发市场去买。据说掏钱时老艾的脸是紫色的。她心里盘算着一个礼拜吃两次龙虾，一个月就是八只，一年呢，就是九十六只，一只个头小点的龙虾也要两百块钱……可转念想到蜜蜜坐着轮椅眨眼睛的模样，很快就释然了。从那以后她主动要求加班到夜里十二点，有次老艾犯了前列腺炎，凌晨两点半起夜，他看到老艾坐在节能灯下，双手在机器里娴熟机械地移挪，胳膊旁边是一摞一摞散着塑料味的透明手机膜。他就喊，老艾老艾，睡觉了。喊了几遍老艾也没吭声，老叶就蹑手蹑脚地到她身旁，歪头瞅了瞅。老艾闭着眼，鼻腔里发出轻微的、均匀的呼噜声。老叶很是感慨，他说年底了一定要让蜜蜜给老叶颁个最佳员工奖，都睡着了还坚守在生产一线。

等蜜蜜能拄着拐杖行走了，他突然想起要干点别的。看来老叶炖的猪脑蜜蜜没白吃。所谓干点别的，就是打算开家文娱公司。舅啊，我想办个选秀比赛，类似"好声音"那种。"好声音"看过吧？呦，你不知道，中国热爱音乐的人比诗人还多。"好声音"为啥那么火？励志热血，不看长相看唱功，点燃了普通人欲望的小火苗啊。他们财大气粗我比不了，不过，我可以把节目录完后卖给爱奇艺或优酷。我说你别白日做梦了，这种节目早创收视率新高，物极必反，不多久就要走下坡路，等你公司成立了，导师选好了，节目录完了，宣传跟上了，也就没人看了。国人的劣根性之一，就是喜新厌旧，从来只听新人笑，不听檐下旧人哭。

蜜蜜坐在轮椅上不吭声，他的两条章丘大葱般的腿弯曲着，老让我担忧稍不留神就会折断。再说了，那些参赛学员哪里找？人家好声音有职业星探，都是资深专业音乐人，坐着飞机天南海北犄角旮旯儿地选人，你寻思每条座头鲸都会在月光下唱歌？蜜蜜说，舅啊，这个我不愁，你还记得我们"蜜汁源"微信群吗？里面有很多牛逼的业余歌手，有搞传销的，有坐台小姐，有程序员，还有剧院保安和地铁安检员。舅啊，高手在民间，你可千万别瞧不起民科，蜜蜜打了个响指目视着我，只要你给我从文体局办个许可证，一切问题就都不是问题。

我说，我在北京认识的最牛逼的人，就是你了。

蜜蜜笑了。他挥了挥手，说，你能给我找些靠谱的赞助商吗？

我想了想说，你看老艾跟老叶如何？

蜜蜜就调转轮椅去了厕所。

让我意外的是，蜜蜜的文娱公司真搞到了批件，也找到了赞助商。据说帮忙搞手续的人是邹姑娘的远房亲戚，至于有多远已无从考证，反正邹姑娘动用了她父亲的表姑的女婿的外甥。最大的赞助商是经常跟蜜蜜在体育馆打篮球的山西人，我还记得他父亲是开矿的。这年头，人们总是对开矿的人充满了敬意。不过，我怀疑这个山西人打篮球把脑子打坏了。据说开始他们想把比赛现场放在北京电视台的录制大厅，不过费用比较昂贵，另外选手们要是从全国各地飞过来，这机票钱、宾馆住宿费和饭费，都是让人挠头的开支。后来还是老叶一句话点醒梦中人，你为啥不在咱们县录节目呢？

是啊，为啥不在云落县搞？跟县委县政府搭上桥，不光这住宿饮食解决了，也能套不少赞助费。现在各地搞文化宣传，奇招怪招频出，争西门庆的故乡也要争到法庭上，何况这种全国规模的选秀比赛？蜜蜜看着我，老艾和老叶也看着我。我只好说，好吧，看在你断过筋的份儿上，我找找老宋——死马当活马医。

老宋是我初中同学，如今是我们云落县的宣传部长、县委常委。他年轻时最喜欢托尔斯泰的小说，我跟蜜蜜拜访他时拿了套人文社的《托尔斯泰全集》。我两年没见过他，他除了头发稍白，倒没啥大变化。他对蜜蜜的创意颇感兴趣。我觉得这事似乎有些眉目。老宋初中时是我们班的文体委员，初三迎新春晚会时，还穿着借来的西服唱过《西游记》的主题曲《敢问路在何方》，唱得有模有样，只是每到高音处就破嗓。我们同学聚会时，喝完酒后的项目必有 K 歌，也全是老宋的提议。那天老宋握着我的手说，你放心，外甥的事啊，就是我的事，这种利民惠县的大项目，我们是求之不得，求之不得哇。这情形好像是我帮了他一个大忙，我的下巴在心里半天没合上。

老宋确实没有让蜜蜜失望。他的提议得到了县委书记的首肯。县里正在申请"中国曲艺之乡"称号，此时举办一场有全国影响的比赛，对申乡之路无疑是锦上添花。他们十分痛快地答应了蜜蜜，还应允所有选手的住宿费全包，如果他们是坐长途火车来云落，火车票也给报销。至于节目录制后跟哪家网站合作，他们进行了周密的研究部署，最后选择了家巴拉巴拉网站。这家视频网站建成不久，据调查，主要客户是高中生、农民工和喜欢打游戏的大学生，日均流量达两千万。

那几个月，我基本上没见到过蜜蜜。偶尔我去通州吃老艾捏的大馅发面包子。老艾和老叶领导着三名员工坚守后方，老艾每天都是凌晨三点才睡觉，用老叶的话来说，就是她得了神经官能症，即便早早爬上床，那双手还是在空中不停地抖动，只有把散发着臭味的手机膜塞给她，她的呼噜声才会渐渐响起。老叶说，他无比怀念老艾鼾声如雷的日子。

蜜蜜他们的声势挺浩大，不时有关于他们的消息传到我耳朵里。他们把录制现场放在了云落县的广播电视局。那些参赛学员统统住在三星级的县政府招待所，然后坐着大巴车前往录制棚，大巴车前面还有两辆鸣笛的警车开道，煞是威风。让我意外的是，蜜蜜说服了一位主管农业的副县长参加了比赛。这位副县长以前是中学音乐老师，民族唱法，拉一手好二胡，长得富态喜庆。据说他参加蜜蜜的节目也是县里常委会通过的。他们认为，隔壁县的副书记在"快手"卖烧鸡，一天卖了六千只，为啥他们就不能派一名副县长参加歌唱比赛？歌唱比赛可比卖烧鸡档次高多了。

他们还和市里的电视台签了合同，到时候直播决赛全程。蜜蜜他们请的四位导师包括一个上世纪九十年代末的二流歌星，一个光头海归音乐博士，一个韩国变性歌手，还有一位鲐背之年的老作曲家。蜜蜜还是很精明的，他们四个的出场费可能还没有那四把转椅的价格高。这场赛事从深秋一直持续到深冬。决赛现场是我们县的巨蛋剧场。这个剧场属于电影院。

据说老艾跟蜜蜜要了五十张特约嘉宾票，她和老叶筹谋半宿，决定把这些票赠送给邻居李根旺和他的歪脖老婆、李根旺的四个女儿四个姑爷、村两委班子全体成员、大伯家的二哥二嫂、莲姐家那个在芬村小学当音乐教师的外甥女、住在敬老院酷爱京剧的表弟，以及周庄小学上学年的三好学生……决赛当天，我们家的亲戚、村中睦邻、村两委班子成员赶着马车、骡子车，开着拖拉机、三马子车、面包车或者轿车纷纷奔往云落县城。他们穿着过年才穿的衣帽，包里装满了瓜子、糖块、手纸和饮料。在他们看来，这场隆重的盛会让冬闲时节变得有乐子了，为了跟上潮流，他们还网购了廉价荧光棒和细杆烟花，可烟花在安检时被没收了，这让他们颇为不快。当五名决赛选手之一的副县长穿着马褂登场时，现场的观众欢腾起来，他们还从来没现场听过大官唱歌呢，他们忙不迭肃然站立，双臂如麦浪般左右摆动，整齐划一地呼喊着副县长的名字，同时将绿色荧光棒和巨型广告牌高高举起，他们激昂的呼喊声几乎淹没了副县长的歌声……

本来我约了蜗牛同去云落看决赛，不过蜗牛最近遇到点麻烦事，用他自己的话讲，就是跟阿杰莉娜的关系处于崩溃边缘。至于个中缘由倒没细说，他向来注重保护个人隐私。为了安慰他，我请他吃了顿麻辣小龙虾。我才知道青岛人酒量那么好。当蜗牛将第十二杯扎啤一饮而尽时，我看到眼泪从他狭长的丹凤眼里滚出来。他说其实泰国之行时就隐约哪里不对劲，这种微妙的不对劲只有恋爱中的人才能体会，譬如她坐在海边发呆，眼望着猎户座叹息，即便是潜水跟海豚嬉戏，她也从来没有笑过。蜗牛手里没有多少积蓄，旅游的钱AA制。泰国回来，她又从电影学院旁边租了房，每月房租就五千五。蜗牛问她哪里的钱，她说跟一位大哥借了十万。至于是什么大哥，她也没做过多解释，只说在公司打工时认识的客户。她在政法大学读研，业余时间会去律师事务所干点杂活。她不容易，蜗牛说，母亲离婚，继父是酒鬼，打骂是常事，本来想考清华的研究生，回国后能找个好点的教职，考了两次都没考上。

我愣了下，她是……外国人？蜗牛点点头说，嗯，在越南的格鲁吉亚人，你知道她为啥跟我谈恋爱吗？我说难道不是因为你是小唐伯虎？他没吭声，掏出手机给我看照片，照片上是个健身房里练器械的外国小伙。你瞧，蜗牛将照片放大，将大脑袋探过来，哽咽着问道，我跟她前男友，耳朵是不是长得一模一样？我只好点了点头说，没错，都是典型的招风耳。

蜗牛过不几天人回了青岛。蜜蜜的好声音决赛我也没去，终日蜷宿舍读书。风的声音不大，从玻璃上滚过，静悄悄的，仿佛野猫呼吸，只不过翌日醒来，玻璃上布满诡异的白色森林。喜鹊在窗前那棵老槐树上瑟瑟发抖，嘴里叼着不知从何处觅来的珍珠红果。我低头看看扔在桌上的福克纳小说，无边的厌倦浮升起来。我的日子过得够糟糕了，为何还要过书中糟糕的生活？后来我盯着书架上的那排白丝绒的《维特根斯坦全集》，竟也隐隐鄙夷起来。没错，那个干冽的冬日午后，我站在一间散发着姜片、馊饭气息的宿舍里鄙夷了维特根斯坦。维特根斯坦在一战战场上完成了《逻辑哲学论》初稿——哲学问题已被解决，于是他"怀着贵族式的热忱前往奥地利南部山区，投入格律克尔倡导的奥地利学校改革运动，成为一名小学教师"。尽管他的执教生涯因为南部农民的粗俗愚蠢而终结，不得不到修道院当园丁，但总体而言，这是个一直处于主动性的人。他一直在选择主观世界，而不是被客观世界选择。他的存在也许最大程度上诠释了逻辑经验主义。这大概是对一名孤寡中年人最善意的讥讽了，然而我并不羡慕他是天才人物的最完美范例。当我意识到这点，旋而想到很久没联系蜜蜜和老艾了。

8

蜜蜜的节目录制完后，县政府派了辆大巴车送决赛歌手去北京机场和火车站，路过香河收费站安检时，发现得了季军的那位来自贵州的歌手原来是个潜逃多年的杀人犯。八年前他把债主连同一只泰迪犬用水果刀捅死在出租屋内。他对被捕似乎早有心理准备，验身份证前本想跨过高速护栏从下道逃跑，怎奈被热情的政府工作人员死死拉住，怕他乱走迷失了方向，不好向领导交代。这个憨厚的贵州人被警察押走时还在安慰蜜蜜，他会在监狱里继续苦练海豚音，出狱后再报名参加蜜蜜的赛事。他始终相信自己能练出比维塔斯还要高半个音阶的海豚音。

过不多久，县里接到上面通知，禁止行政官员参加任何性质和形式的娱乐节目。蜜蜜和他的伙伴们不得不和县里斡旋。斡旋的结果就是，必须删除关于副县长的所有镜头。好吧，最大的噱头消失了，他们不得不把焦点放在参赛的那位白血病患者身上。这个患者除了长得矿碜点、病情尚未痊愈，似乎一切都完美无瑕：美妙如外星人般的歌声、鬼魅的机器人舞步让他仿佛是被上帝打过两拳又亲吻过的人。当一切似乎都被摆平时，他们接到通知，跟他们签约的巴拉巴拉网站被封了，这个网站被怀疑恶意传播黄色视频和其他非法链接。

蜜蜜命苦啊，老艾将饺子边捏成花朵的形状，慢腾腾地摆放到高粱秆扎的盖帘上。不过，他总算安生了，她瞥了眼躺在沙发上打游戏的蜜蜜，说，那三个员工也辞职了，为啥？发不起工资谁还给你白干？好吧，看来我们都接受了这样的现实：蜜蜜没能赚得钵满盆满，反倒赔了老本。不过，老艾眼里的灵光闪了闪，说，蜜蜜被小邹她妈接见了。

据说拜见准丈母娘前，蜜蜜的眼比平日里眨得更快。他听邹姑娘多次提及，她母亲是个厉害角色，可到底厉害在何处，哪里又是个角色，邹姑娘倒说不太清，按照她的表述就是，她身边的人，包括她母亲身边的人，都认为她母亲身上长满了棘刺，换句话说，他们都对她的母亲充满了由衷的敬意和恰到好处的恐惧。出于对群众评价的信任，蜜蜜心里打了很久的小鼓。见面头天夜晚，他基本上没睡觉，晨起时挂着黑眼圈。也是，他的膝盖和脚筋尚未痊愈，走起路来细瞅，还是能瞅出些猫腻，更别提他那双眼睛了。为了给未来的丈母娘留个好念想，蜜蜜把见面的地址选在了咖啡馆，那家咖啡馆即便是白天也森冷黑魅如盘丝洞，只有巨型白色蜡烛的光芒提醒着顾客，这里是人间福地，能喝到苏门答腊盛产的麝香猫屎咖啡。他颇为谨慎地选择了靠窗的包间，这样的话虽身陷暗处，但也有丝丝缕缕的光线透过白色窗纱透进，他将靠窗的位置留给了自己，他说他当时是这么想的：也许老太太会在若隐若现的光线下被他清奇的面貌吸引，比如他高悬的希腊式鼻梁和宽阔性感的约鲁巴人厚嘴唇，从而忽略了五官其他的部分，比如鱼唇般的眼睛。后来会见的结果跟蜜蜜猜度的相差无几，那位烫着大波浪、眼神如金雕般犀利、语速比法国人还快的老太太事后跟邹姑娘说，这小伙看起来不赖，不过皮肤怎么那么白？不会是白癜风吧？他房子多少平方米来着？

蜜蜜看起来还是老样子，懒洋洋的，只不过以前能吃十个肉包子，现在吃六个。我估计他把自己攒的那点老底全嚯瑟光了。这是种不需要太高智商的本领。有时他坐在员工的椅子上，跷着二郎腿呆呆地望着窗外，直到房间里弥漫着肉皮的煳味——那是燃烧的香烟将他的手指烤焦了，不过他看起来丝毫没有感觉到疼痛。他没再去篮球馆打篮球，老艾偷偷跟我说，蜜蜜不是不想去，而是没有交今年的会费。老艾还说，蜜蜜打算将那辆宝马车卖了，可小邹姑娘死活不同意。

我以为蜜蜜会跟我聊聊。聊什么呢？我也拿不准，不过我觉得一个暂时失败的人通常会需要一名忠实的倾听者。可他只是快速地眨着眼，目光越过我，落到那台彩色电视机上。他什么节目都看，《婚姻保卫战》、《非诚勿扰》、卖锅卖假宝石的电视购物、十万岁的狐狸女仙和三万岁的玉皇大帝孙子在九重天外谈恋爱……那天他转到纪录频道，看到十几条毒蛇正在追逐一只老鼠。那些吐着芯子的蝮蛇犹如锦衣卫杀手，在峭壁岩石间，在灌木丛中，在沙土地里疯狂地追逮那只灰毛老鼠。那只吓破了胆的老鼠上蹿下跳，东躲西藏，每每险象环生处又能安然脱身，让人觉得仿佛是上帝的那只手在庇护着它，看着看着蜜蜜转过头，看着我。他的眼睛眨了眨，说，舅，我就是这只耗子。死不了的皮耗子。

皮耗子，他舔了舔嘴唇，皮耗子。

我递给他支香烟，将电视静音，想了想说，别瞎折腾了，蜜蜜，干脆回云落吧。你不是吉他高手吗？开个音乐培训班，钱能乌泱乌泱地涌来。他直愣愣地盯着我，嘴巴僵硬地努了努。要不就开烧烤店，弄点特色菜，烤菜蛇烤蝎子烤法国蜗牛、烤鲍鱼烤海螺烤海肠，再烤点羊盖骨黑鲇鱼啥的，配几款新鲜的捷克精酿啤酒，本薄利厚，咱们云落人，穷是真穷，可最贪吃，我帮他将香烟点着，说，可为而不为，是懦夫，可为而为之，是勇士，不可为而为之，是愚夫。他呼出口浓烟，眨巴着眼说，舅啊，你说的我没整太明白……不过……连你这种老年人都出来混，我干吗还回那兔子不拉屎的地儿？

我一时不知该如何接话，我听到白炽灯由于电压不稳传来的嗡嗡声；电视里女主角跑着跑着鞋跟断了，她只得拎着鞋子横穿马路；老艾跟老叶正嘀嘀咕咕，神情肃穆如默克尔跟特朗普商讨欧美大事；邹姑娘在看快手直播，一个嗲声嗲气的男人正在推销口红；春天尚未来临，孩子们已经在夜色中捉起了迷藏……后来，我听到自己说，你看过萨特的《死无葬身之地》吗？蜜蜜摇摇头。我还听到自己说，有位奥地利的哲学家，跟你一样，从小热爱机器，他说，其实，一个男人的梦想几乎是从来不会实现的。

蜜蜜端起易拉罐啤酒喝了两口。他在灯影下眨眼的模样，让我无端地厌恶起来。

行啊，舅。他说，你这反鸡汤才是货真价实的鸡汤啊。

啥意思？我说。

天机不可泄露。蜜蜜说。

9

我有段时间没去老艾家。老艾倒是打过几次电话，炖了松茸乌鸡，还炖了我最爱吃的河豚，我都推辞掉了。

春天又来了。春天总是来得那么冒失。仿佛春风一度，万事万物就膨胀着炸裂。那天我正在图书馆的沙发上小憩，便接到了蜜蜜的电话，他喊喳着说，舅，告诉你个好消息！我打算拍网剧。我头晕晕沉沉，并没听太真切。说实话，我对他那晚的话还耿耿于怀，什么叫"连你这种老年人都出来混"？维特根斯坦说，为眼睛近视者指引道路是很费力的，因为你不能对他说：看见十里外的教堂吗？朝这个方向走。

如今最火的是啥？是网剧！这个时代最需要的就是精品网剧！你可要多研究研究，写出《四平青年》《北京女子图鉴》《无证之罪》这样叫好又叫座的。

我忍不住问，你想拍啥？

我要拍的剧，有悬疑有穿越，有谋杀有神话。我还想加点科幻因素，打个比方，你去了一个平行世界，发现舅姥姥、舅姥爷还活着；我妹妹没得白血病；我舅妈也没跟你离婚，你是不是会舍不得回来？你最好的选择就是，谋杀另外一个世界里的另外一个你，然后冒充另外一个你，继续过着幸福的家庭生活。

我没吭声。

舅啊，帮我写剧本吧！哪天你过来，让我爸炖肘子，咱爷儿俩顺便好好唠唠。我就不信攒不出牛逼的本子！等外甥赚了大钱，按一线编剧给你劳务费，你要愿意，入干股也成，咋样？

我说，这活儿你舅干不了，人老眼花血压高，还天天吃着褪黑素，你找专业编剧吧。

他似乎有些失望，不过肯定是意料中的失望，他的声音听起来依然高亢，那……我先找别人搞，别人搞完了你再搞！谁让你是我舅呢，对不？

等他挂掉电话，我还没回过神。他可能知道我对他没有信心，从来不看好他。不过，我突然意识到，他看我大概也是一样吧？

我一直在等蜜蜜所谓的剧本，但始终没有等到。不久我的一篇小说被朋友推荐给某位导演。那是篇很糟糕的小说，可导演很是推崇。他家住在三里屯附近，当我见到他时，他正抱着一只豹纹短尾猫在阳台上抽烟。和我想象中的名人不同，这是位谦逊得让我心虚的人，他不停地给我续茶，给我点烟，每隔十分钟就问我空调的温度是否适宜。那时停暖了，风还挺硬。我以为他要买我的小说版权，结果发觉并非如此。他正在构思一部电影，他的意思是让我做这部戏的编剧。他猫一般浑圆的瞳孔注视着我，让我对他充满了想象中的敬意。他说，这是个韩国人在里约热内卢的故事。主人公之所以是韩国人，是因为制片人和投资方都是韩国人。一部关于灵魂救赎、身体救赎的电影，最重要的是避免人物形象陈腐，男主的身份是哲学家，没错，这是一部关于韩裔大学哲学教师和里约热内卢黑帮的故事……当他提到哲学家时我莫名地兴奋起来，这也许是之后整个春天我和他厮混的缘由。我们常常在他宽阔的近乎空荡的客厅里小声地构思着故事框架，辩论着故事的走向以及诸多异想天开的细节，这些细节往往让我们亢奋起来，他那个脖颈比白天鹅还优雅的女朋友不停地给我们斟酒，从不插话。在很长一段时间里我都怀疑这个安静的女孩是个哑巴。通常喝着喝着我就困了，躺在他们家客厅的沙发上沉沉睡去，半夜醒来，会听到他和女孩亲热的声音。

他经常带我出去吃饭，每次吃饭的人都不尽相同，有台北来的家具商人，有部队厨房用品生产商，有洛杉矶回来的独眼画家，画家的龅牙情人，某五星级酒店的老总以及长得犹如海狸鼠的某省要员公子……我的酒量剧增，通常一斤白酒后还能整十几瓶比利时啤酒。我发觉，这里的每个人似乎都是一部秘史，他们看上去鲜亮、热忱，脸上的肌肉时常因为激情的焕发而略显僵硬，可我知道，我对他们一无所知，包括几乎三两天就喝顿大酒的导演。没错，到了我们交往的后期，我们似乎忘记了电影的事情，我也很少再去他家里，而是直接打车到他预订的酒店包房，或者某个朋友家的别墅，就是在别墅阳台的遮阳伞下，我第一次喝到了小说中常提及的马提尼酒。他有数不清的朋友，喝不完的美酒，慷慨的赞助商，精致得犹如名媛的女人，我有时候会产生种错觉，自己俨然变成了一名食客。

还好，我断断续续接到老艾的电话。她的方言一下子就将我拉回到云落乡村。她说，蜜蜜他们去老家拍戏了。拍什么戏？她也搞不清楚，反正蜜蜜带了帮人回了云落县。蜜蜜自己当导演，还有俩专业演员，据说是中戏表演系毕业的，剩下的都是群众演员，有蜜蜜的初中同学，有长得像梁朝伟的业余歌手，还有在云落县农业局当主任的表弟，他们还借到了县评剧团的行头，备着筹拍古装戏。反正能省则省，不能省的就不拍。蜜蜜的表弟叫荀连生，也是我外甥。他有个朋友开饭店，当了赞助商，提供在云落期间的饮食。蜜蜜承诺饭店老板，将来会在鸣谢单位里添上他们饭店的名字。拍的啥戏？老艾说，她真的不晓得，反正有场戏是在饭店拍的，三个小伙子揍男一号，他们摔碎了几个盘子几个碗，还有把檀木椅，只是动手时没把握好轻重，把男一号的眼睛打成了乌眼青，男一号只好戴着墨镜继续拍戏。老艾还说，小唐也去了呢。我有些讶异，小唐能干什么？我还寻思他在青岛呢。老艾说，你咋瞧不起人家小唐呢，小唐是美术，还是剧务。没有工资，可小唐说，这比写论文有意思多了。

联系到我正在经历的一切，我突然有点同情起蜜蜜来了，拉个草台班子就干起来，还有点悲壮呢。

至于邹姑娘那边，老艾说，情况也比较安稳。这是唯一让她欣慰的事情了，她说，她已经跟邹姑娘的父亲友好地会见了十多次。当老艾提到这十多次见面时，不禁笑出了声音。由此看来，这些会面充满了温暖的回忆。没错，老艾说，老邹，也就是小邹的父亲，是个和蔼的老头，常年坐在轮椅上，嘴角流着涎水。他以前是某区财政局的处长，退休后发现颅内长了瘤，就动了手术，手术不成功，就只能天天坐在轮椅上了。他有处房子，八十多平方米，两室一厅，他妹妹就搬过来伺候他。那可真是相亲相爱的一家人，老艾感慨道，他妹子也老大不小了，死了男人，孩子结了婚，没啥事，就来当保姆，长得那叫喜相，真是菩萨转世，每天做饭洗衣、给老邹洗脸擦脚、喂药唠嗑。老邹可稀罕我了，每逢我去了，都拉着我的手说个没完没了。当老艾详细地跟我讲述亲家们如何进行日常会晤交流时，老叶通常不吭声。后来老叶偷偷跟我说，那个老头确实不错，只会流着涎水说俩字："真好。"无论老艾说啥，老邹就答"真好"，比鹦鹉还有礼貌。

蜜蜜那边不久传来消息，剧组解散了。直接原因是男一号失踪。那天的戏，是男一号发现自己是财神转世，惊喜之余凭咒语拿到了许多钱财，等他开着宝马去找当了富豪情人的恋人，才发现恋人已失踪。按照后面的设想，这个不靠谱的恋人穿越到了唐玄宗后宫，要跟杨贵妃正式争宠。剧组人员都住在一家二星级宾馆。宾馆的老板是荀连生的初中同学，不光提供住宿，还提供免费早餐。男一号是特殊待遇，房间里还有个靠窗的浴缸，朝窗外望去，能看到烟波浩渺的涞河。确认男一号失踪之前，他们彻底搜查了他的房间，除了两双没洗的袜子，只有张便签。那张画着宾馆图案的便签安静地压在电话下面，上面只写了一句话：亲爱的导演，我去找玉皇大帝汇报工作了，祝你好运！

按照蜜蜜的意思，男一走就走，大不了再换个演员，反正男一来回穿越，穿着穿着鼻眼被虫洞磨损变形也是情理中的事。荀连生也谴责失踪的男演员，说皮相一般，喝起酒来没够，演床戏时则过于敬业，将来肯定红不了，没啥大出息。蜜蜜觉得荀连生很有眼光，就提拔他当了导演助理。当他们重新踅摸男主时，女主也辞请了，她说她母亲患了重病，本来哥哥嫂子看护，可嫂子不久前怀了孕，家里缺人手，她只能回老家照顾

ICU病房里的母亲。蜜蜜和蜗牛开车把这位孝顺的女演员送到了火车西站，验票前蜜蜜又塞给她三千块钱。据蜗牛说，女演员当时泪如雨下，说等母亲病愈肯定连夜赶回剧组。她对女主和杨贵妃的宫廷斗争有更大胆的设想，到时会跟蜜蜜夜谈。蜜蜜听着听着又从车里拿了条香烟送她。这女主是烟鬼，两天三包点五的中南海。

男主和女主都跑了，还拍个屁，蜜蜜打道回府。临行前他叮嘱苟连生，要守住阵地，道具啥的先放在他们农业局仓库，评剧团的行头也不要先归还，尤其是龙袍和凤冠霞帔。他用了一句很老的电影语言来表达他的豪情：我胡汉三还会回来的。

老艾照例是包饺子，我照例坐地铁赶往蜜蜜的公司。也许不能叫公司了，一个员工都没有了。当我见到蜜蜜时，他正躺在沙发上打游戏。他更瘦了，坐起来时犹如黔灵山冬天的猴子。

我说，剧本我都等了小半年，也没等到。

蜜蜜打了个哈欠说，舅啊，根本没剧本，都是我想拍啥就拍啥。大导演不都这样吗？王家卫啥的。

我想笑，没笑出来。我怕我会语露讥讽，赶紧换了话题。

那晚的饺子吃得也有些沉闷。没买龙虾，买的麻辣小龙虾。老艾将盘子塞到邹姑娘前面。老艾失业后急遽衰老起来。她的钢丝般的短发多日未曾梳洗，看上去犹如刺猬的盔甲，她拿着块抹布走来走去，结果厕所擦了好几遍，堆满手机膜的桌子上依然落满灰尘。她也不给老叶擦胳膊擦腿了，据老叶说，她在睡梦中的双手仍在空中不停地、有频率地抖动，像是位执着的指挥家，即便把散发着臭味的手机膜塞给她，她的呼噜声也不会响起，只在黑暗中浮起沉重的、带着哨音的叹息。老叶唯恐老艾精神出了问题，每日侦探般小心翼翼盯护她，以防止她从楼梯上滚下去，从阳台上摔下去，或者把那瓶快过期的安眠药吃下去，总之，老艾还没有事情，老叶已经快疯了。我只好安慰老叶说，老艾不会有事的，只要蜜蜜安然无恙，老艾就永远是老艾。

吃到半截蜜蜜去接电话。金属半月板和数月前被挑断又连上的脚筋让他走路的姿势宛若僵尸。老艾瞄我一眼，似乎有话要说。我正琢磨着是否私下里跟她聊聊，这时邹姑娘说话了。说话前她一直细致流畅地剥着小龙虾坚硬的外壳，时不时把沾满调料汁水的手指放进嘴巴里吧唧吧唧地吮吸。这个贪吃的姑娘扫了扫我们，擦了擦手说：我跟蜜蜜要结婚了。

我去看老艾老叶，他们明显也是第一次听到这则消息，尤其是老艾，她的眼睛都快赶上巨鱿鱼了。有那么片刻桌上鸦雀无声，似乎我们都被这个好消息给吓呆了。邹姑娘回头看了眼蜜蜜，说，你打个狗屁电话啊。她的声音掺杂着小龙虾的麻辣味，让我们终于苏醒过来。老艾的脸犹如在蜜罐里浸泡了半年，每条皱纹、每根眉毛、每块老年斑都散发出甜美的味道，她拉着邹姑娘的手问，你们……想好了？你爸妈咋说的？

我结婚跟他们有狗屁关系，又不是他们嫁人，邹姑娘舔了舔嘴唇说，我和叶蜜打算冬天结婚。

老艾拉着邹姑娘的手，舍不得放下，却也没再问什么。这时老叶说，我还有瓶好酒，你们要不要尝尝？还没等旁人接话，老艾就嚷道，你个老古董！有啥好商量的！还不赶紧献上！小唐！你不是会做锅包肉吗？赶紧添个菜！蜗牛慢慢腾腾地说，大姨，我炒菜手快，你们别急，马上就出锅。

那晚除了花四十分钟将锅包肉煎煳了的蜗牛，我们都没喝多。阿杰莉娜找了个新男友。新男友是某大学将要离婚的美学副教授。凡是能够说的，都能够说清楚，凡是不能谈论的，就应该保持沉默。我打算将那套《维特根斯坦全集》送给蜗牛。

10

我没想到邹姑娘会求我办事。他们单位打算搞一台消费者权益晚会，她写的脚本。她第一次干这种活，难免有些心虚，写好后让我帮忙审审。也许在她印象里，剧作家都是公文高手。我没好意思推辞。说实话问题不少，有些话我觉得当面交流比较稳妥，便约她在蜜蜜家会面。她说，舅啊，下午领导就找我谈脚本。我们领导是个戴牙套的中年妇女，正处于更年期……我想在汇报前先跟你聊聊。既然她这么说了，我也就应了。坐了很久的公共汽车，又走了很远的路，才在约好的那家湘菜馆晃到她。她不是个健谈的人，点了满桌子菜，没一个我爱吃的。她不停地用筷子翻弄着剁椒鱼头的眼睛。我知道那里的肉最鲜嫩。当我们交流完脚本的事，鱼头只剩下白色骨架，面条也被她秃噜秃噜地吃完。我还以为她只是对龙虾才有这么旺盛的食欲。谢谢你，舅，她打个了饱嗝说，这次时间太赶，下次我陪你喝酒。你喜欢白的还是啤的？我说，啥都行，啥都喝不多。她也没接话，低头看了会儿手机，而后抬起头漫不经心盯着窗外的天桥。我想午餐可能要结束了。对于这位见面多次却宛如陌生人的未来外甥媳妇，我觉得沉默或许是最真诚的交流。

后来我也将目光甩向窗外。酒馆二楼跟天桥几乎持平，我看到天桥上有个老头坐在桥孔边侧，不时朝着行人磕头。也许不能叫磕头，他一条腿都没有。当他从地上抬起双臂接过路人递过的钱币时，露出没有门牙的牙龈傻笑。这老头不是骗子，邹姑娘说，骗子大多数人都能一眼瞅出来。我说是吗？邹姑娘说，当然，除了叶蜜。她笑了笑。她笑的时候还是挺耐看的，有两颗不对称的虎牙。她说，你外甥傻得很，有回我们过天桥，碰到个身强力壮的小伙，穿着身运动服乞讨。他自称是自行车运动协会的会员，这次骑行的路线是从佳木斯到深圳，可半路不慎被偷了钱包，身份证银行卡全部丢失，他饿了一整天了，哪位好心人要是资助他点钱财，他感激不尽，等他补办完证件，会将钱从微信上转账。然后呢？我看着邹姑娘问。她吐了吐舌头，叶蜜当场甩给他三百块钱，还说，哥们儿，赶紧吃口热乎饭去吧，甭还了，谁他妈没倒霉时候？你看，你外甥就这么傻，弱智儿童，不过……邹姑娘用牙签剔着槽牙，慢声细语地说，男人傻点，对老婆肯定错不了，是吧，舅舅？她犀利的眼神探过来，我只好郑重地点点头。

过不多久老艾来学校找我。我正在宿舍收拾行李，课业快结束了。我不知道是继续留在这里，还是回我曾经无比厌弃的云落。我和她仍坐在体育馆的看台上，俯瞰着椭圆形草坪。老艾说，她打算和老叶回老家。蜜蜜的公司破产了，房子也退了。我半晌才反应过来，问道，那房子……难道不是蜜蜜买的？老叶拍了拍我脑门说，你个傻孩子，他哪里有钱从北京买房？租的，月租一万五呢。我沉默了会儿，那他结婚怎么办？住哪里？邹姑娘知情吗？老艾说，这姑娘啊，真不简单，知道蜜蜜房子是租的，只说了句，没事，住我爸那儿好了，让我大姑回家歇着。你说她到底图啥？她妈呢？她妈不是个厉害角色吗？老艾紧张地左右张望一番，小声说道，哎，小邹没敢跟她妈提这茬，瞒着呢，可瞒过了初一，能瞒到十五？这小邹啊，老让我摸不着她的经脉，我这当婆婆的，心里慌着呢。

老艾还跟我商量，打算秋后回云落县城开店，专门卖烧鸡，烧鸡的名字都想好了，就叫"蜜制烧鸡"，要跟赵家的叫叫板，看谁的味道更正宗。我说你都三十年没熏过烧鸡了，手艺早废了吧？她"喊"了声，好歹年轻时熏了千八百只烧鸡，咋会忘？我想开了，蜜蜜在北京混得不易，我跟老叶赚点钱，供他东山再起。说到"东山再起"四个字时她拍了拍自己的大腿，又拍了拍我的大腿，郑重得很，好像家里真藏着一个末路英雄一样。我说，开店也要钱，你们手头够吗？老艾摇了摇头，她脸颊旁的钢丝被秋风吹起，眼睛茫然地盯着足球场上奔跑的球员，半晌扭过头盯着我说，借，你忘了？咱家亲戚多，掰手指头数数，光表姐表妹堂姐堂妹连姐连妹，就有十三个，一家借五千，十三家是多少？七万来块呢！

那天，我开着蜜蜜的车拉着老艾和老叶回云落老家。本来蜜蜜也要回，可邹姑娘怀孕了，妊娠反应强烈，两口子去了医院。老艾跟老叶回家的目的极其明确，就是跟亲戚们借钱。老叶有点晕车，玻璃窗没有关严实，能听到呼啸的风声。我听他俩不停嘀咕着。老艾说，跟四舅家的二姐少借点，二姐夫小脑萎缩，去年夏天把农药当雪碧喝，住了半个多月医院呢，命差点没了，老叶沉吟着说，三千；老艾说，三舅家的三妹，男人得了癌症，住院化疗借了一屁股债，老叶说，免了；老艾说，大姑家的大姐，孩子在深圳开公司，大姐夫在施工队当泥瓦匠，没啥缴费，老叶嗯了声，一万；老艾说，五妹家的房子拆迁，闹了三套房，听说刚卖掉一处，老叶想了想说，两万……说着说着，老艾忽然冒出一句，不晓得王如云那丫头到底跑哪里去了。老叶黑着脸吼道，提她干啥！还等着她把你儿子手筋也挑了吗?！老艾喏喏道，你最近肝火挺旺啊，蜜蜜没跟你说，他的银行卡昨天收到笔转账？不是小数目，十万块钱。这个账户啊，以前是他跟王如云合用的，连小邹都不知道。老叶沉默了会儿说，要真是她的钱，赶紧给我退回去！老艾叹息了声，嘟囔道，王如云干活可真是把好手，那大手，丝瓜瓢子似的……

老叶不吭声了。

车过香河时，老艾慢悠悠地说，弟啊，只有过了香河，我这心里才踏实些，像老做梦的傻子，激灵下就醒了，你说怪不怪？我刚想跟她开个玩笑，手机响了，是导演打来的。我跟他有些时日没有联系了，他的声音听起来既熟悉又陌生。他问道，兄弟，你有护照吗？我说，我还从来没去过外国呢。他说，那赶紧办个，下个月你陪我去趟韩国。我说去韩国干吗？他说，我们见一下制片人，你忘了吗，是韩国人投的资。我这才想起那个还没来得及写的剧本、里约热内卢的韩裔哲学家以及黑帮秘史。我咳嗽了声，说，我哪里也去不了啦，打算回老家跟亲戚合伙做点小生意，不搞编剧了。他说你开什么玩笑？这时候撂挑子？我们这部电影将来是要送戛纳主竞赛单元的。我知道他没有说谎，多年前他确实拿过一次戛纳了。不过，我在呼呼的风声中听到自己说，我真的要跟俺姐去卖烧鸡了，你再找找别人吧大哥！对不住了。

放下手机，老叶老艾疑神疑鬼地盯着我，他们似乎想问点啥，但终归没有开口，或许，他们脑中还盘算着借钱的诸多事宜。他们面皮薄，这辈子还从来没开口跟别人借过钱呢。当车开到关镇服务区时，老艾忸怩着说她要撒尿，快憋不住了。我就停了车，跟老叶溜达到屋檐下闷闷地抽烟。老艾矮矮的，跟个没长开的倭瓜似的，扭搭着朝洗手间小跑。她的背影跟我母亲极为相像，我不禁喊了嗓子，老艾！老艾！老艾就转过身朝我们笑了笑。说实话，都奔六十岁的人了，笑的时候，还那么羞涩。

不确定的叙事

——评《过香河》

李　敏

关于张楚，很多人都会注意到他的身份：一个小县城的税务官，同时也是小有名气的作家。我们很难想象他的日常工作与他的写作生活之间的关联，一边要求的是理性、精准的计量、无感情的数字；另一边则是虚构、驰骋的想象、无法控制的激情以及深切的悲悯。正是在"税务官"身份的映衬之下，作家张楚的叙事中，充满了各种不确定的因素，在我看来，这种不确定的叙事已经成为张楚小说的重要标志，《过香河》也因此是一部典型的张楚作品。

《过香河》里有一个空间结构，主要人物的活动范围基本上都在"北京"和"云落"，不过正如题目所揭示的，香河的位置很重要，它是北京与河北的分界线。但是小说开头又说了，"过了香河收费站，还不能说是出了河北"。这个分界线并没有那么确定，"过香河"的方向也是不确定的，小说开头时，"我"和"蜜蜜"过香河是去北京，小说结尾时，"我"和"老艾""老叶"过香河是回云落。在不确定的空间结构里，人物也找不到确定的归属。主人公蜜蜜大学毕业后就漂在北京，小说结束时，他的短暂的辉煌事业结束了，公司解散，前路未知，不过他依然不肯回云落，如"我"所言地开吉他班或者开烧烤店，过安稳而确定的日子。叙事人"我"也无比厌弃云落，以至于年近五十岁时辞去公职，放弃确定的生活方式，离开云落来到北京。"我当初来这里，只是不知道我还能干点什么。"对他们而言，不确定显然意味着无限的可能，为此他们乐于支付代价：放弃对空间，尤其是对类似于"故乡""土地"等空间的固守。

《过香河》里悬置了道德立场，对错、善恶都是不确定的，这也是张楚小说一贯的特点。《过香河》采用了严格的限知视角，叙事人"我"是蜜蜜的舅舅，"我"所叙述的事情全部来自自己的见闻，没有上帝视角，也没有凌驾于叙事人之上的作者声音。"我"听到蜜蜜责骂母亲，看到他抛弃女友、附庸风雅、冒充富二代；"我"也看到他钱包里放着的他和姐姐的黑白合影，看到他被前女友挑断脚筋后流下的眼泪，听到他投资失败后的落寞与感叹。"我"只叙述我的见闻，不对蜜蜜的行为做出任何道德判断。在

《七根孔雀羽毛》《U形公路》《疼》等小说中，作者也只是在讲述那些出轨的男人、妓女或者凶手的故事，不评判也不质疑。在张楚看来，小说家的责任肯定不是教化读者，所以他不判断人物行为，也不设置善恶各自有报的情节，来暗暗地传递一些价值观，我认为他更想突出的是世界的不确定性，"这虚实相间、变幻不定的文学棱镜所折射的皆是沉浮于当今纷繁世界中的人们支离破碎的面影，而你我又何尝不在其中呢？"[1]

《过香河》的故事走向也是不确定的，叙述者的声音看似平实，情节却并不那么老实，就像蜜蜜快速眨动的眼睛一样，《过香河》里情节流转迅速而不可捉摸。蜜蜜发达了，蜜蜜抛弃了王如云，我们还没来得及同情王如云呢，王如云就挑了蜜蜜的脚筋；蜜蜜和邹姑娘好上了，蜜蜜去录节目失败了，去拍网剧也失败了，蜜蜜破产了，我们还没来得及为他担心呢，邹姑娘宣布要和他结婚了。小说里还有一些次要的人物和情节，"我"的室友"蜗牛"和他的恋爱，蜜蜜结交的开着豪车打篮球的富二代们，"我"遇到的导演和他的无尽的盛宴、无穷的宾客，他们都没有来处，也不用交代去处。他们的出现只是增添了情节的密度，增加了这个世界的不确定性。

小说里，老艾老叶是蜜蜜的父母，是"我"的表姐表姐夫。在这个一切都不确定的小说世界里，老艾老叶被设定为稳定不变的符号，他们的价值取向、行为方式都显得传统而家常，小说并没有让他们交上好运，而是让他们承受了这个不确定的世界的一切打击。"车过香河时，老艾慢悠悠地说，弟啊，只有过了香河，我这心里才踏实些，像老做梦的傻子，激灵下就醒了，你说怪不怪？"对他们而言，北京是做梦的地方，云落是梦醒的地方，他们的确定性是与云落密切相关的。然而，云落其实也不那么确定，当他们细数可以借钱的亲戚时，发现亲戚们的生活都在发生着重大的变迁。我们无法预测故事的走向，老艾他们能借到钱吗？他们的烧鸡店能开起来吗？蜜蜜还能"东山再起"吗？小说没有给我们任何暗示。据说，唯物辩证法的逻辑思路是："不确定性——确定性——不确定性。个中的确定性是相对的、短暂的，而不确定性则是绝对的、永恒的。"[2]就此而言，《过香河》以及张楚的很多小说都是唯物的而且辩证的。

小说结尾，叙事人"我"在电话里拒绝了导演的不确定的邀请，"我"打算和老艾他们一起在云落开烧鸡店。与蜜蜜相比，"我"其实是小说中最不确定的人物，"我"一面实践着不确定的生活，一面对"不确定"本身的意义进行着质疑。"我"最终在老艾酷似我母亲的背影里，在她羞涩的笑容里，寻找到确定的方向。张楚的很多小说都在不确定中传递一种痛楚感，《过香河》却终止于温情脉脉：虽然不能预测未来的故事，但是至少在此刻，"我"是确定的。

---

① 宴博：《不确定的美学：波拉尼奥的小说〈2666〉的时空结构解析》，《外国文学》2017年第1期。
② 王明居：《一项跨入新世纪的暧昧工程——谈模糊美学与模糊美》，《文学评论》2000年第4期。

黄河故事

邵丽

一

如果不是为了给父亲寻找墓地，我觉得在很长的时间内我也不会再回郑州。如果不回郑州的话，我们家庭发生的那段历史，我是没有时间也没有心情讲出来的。但是话又说回来，试图忘掉历史的人，恰恰都是有故事的人。

至于为什么要寻找墓地安葬我的父亲，说起来真让人难以启齿。他死去几十年了，骨灰却一直在殡仪馆的架子上放着，积满尘土。而那些尘土，大部分却是别人骨灰的扬尘。我常常觉得上帝是最好的小说家，他曾写出世界上最短也是最精彩的小说："你必汗流满面才得糊口，直到你归了土，因为你是从土而出的。你本是尘土，仍要归于尘土。"归根结底，这也是我们要安葬父亲的动因，他一直没有被埋到土里。对于一个死去的人来说，没有埋到土里就等于没死完、没死透、没死彻底，只是一个野鬼游魂罢了。

我到深圳已经二十多年了，后来我又把母亲和妹妹接来深圳，她们也在这里十年多了，而我父亲的骨灰还留在郑州。每到清明或者春节，我和妹妹便依着老家的习俗，买点黄表纸，到楼下西侧的十字路口烧一烧，算是对往生者和活着的人都有个交代。火燃起来，明明灭灭地映红我们姐妹俩的脸。时间过滤了悲伤，更何况我们本来就不十分悲伤。我们有时还会一边烧一边说起别的事情，有时候还会笑起来。行道树上的火焰花偶尔有一两朵跌下来，轻微的一声响，像是一声轻轻的叹息。花开得正盛，在夜晚的灯光下更是红得决绝。深圳的花从冬天一直开到夏天，我们总是分不清木棉树、凤凰花和火焰木的区别，都是一路的红。但这火焰花开在树上像是正在燃烧的火焰，白天一路看过去，一簇簇火苗此起彼伏，甚是壮观。

火焰花下，适合我们搞这个仪式。也红火，也清爽。母亲从不参与，但也从不干涉，她对此没有态度。

最近几年过春节，深圳都是这种阴不阴晴不晴温不暖的天气，好像对过年有着深刻的成见，非要闹情绪似的，让人一天到晚心里堵得像是塞满东西的屋子。我百无聊赖，睡得晚，起得也晚。那天早上起来下到一楼，看见母亲和妹妹还坐在客厅里有一搭没一搭地说话。昨天是阴历二十四。二十四，扫房子。打扫屋子时拿下来的全家福照片被母亲拿在手中擦拭。从侧面看起来，她像一架根雕。她很瘦，干而硬，又爱穿黑衣服。两只树根一样的手拿着相框，让人有一种硌得慌的感觉。她就是这样，以自己的形象、语言和作为，始终与世界拉开距离，至少是以这姿态与我拉开距离。

我没理她们，把面包片从冰箱里拿出来放进吐司炉里，然后拿了一只马克杯去接咖啡，自己随便弄点东西胡乱吃吃。每天早上我起得晚，而我母亲和妹妹总是六点多起床，七点多就吃完早饭了。她们俩还保留着之前的生活习惯，早睡早起。岂止是把之前的生活习惯带到了深圳，我看她们是把郑州带到了深圳，蒸馒头、喝胡辣汤、吃水煎包、擀面条、熬稀饭，而且顿顿离不了醋和大蒜。搬到深圳这些年了，除了在小区附近转转，连深圳的著名景点都还没看完。对于我母亲来说，什么著名的景点都赶不上流经家门口的那条河。不过那可不是什么小河，母亲总是操着一口地道的郑州话对人家说："黄河，知道不？俺们家在黄河边，俺们是吃黄河水长大的。"

"这过完年啊，"母亲看着那张照片，嘴张张合合，往照片上喷着哈气。我看她夸张的样子，很想笑，对自己的亲生女儿，没有必要这般表演吧？的确，就这两年她像换了个人，会说起父亲。过去许多年里，她是从来不提我父亲的，我们当着她的面也从不说起父亲的任何事情。在我们家里，好像父亲这个人是从来不曾存在过似的，"你得回郑州一趟，人家一直打电话，说殡仪馆又要搬迁了。还得给你爸再挪个地方。"

"回郑州？"我端着咖啡，挨着妹妹坐在她斜对面，"你呢？"

"我们不回！"

我问的是她，她回答的是我们。我母亲这些年就是如此，她敢于替我妹妹的一切做主。而且，现在只要说让她回郑州，她好像遭受多大惊吓似的。

"那好吧！本来我也想回去一趟，把我那套老房子处理了算了，趁着现在郑州的房价正高。"

"别。你先问一下你弟弟，看他要不要。"她跟我说话从来就不容分说，"再一个说了，我老了也得有个挺尸的地方吧？"

"好。"我嘴上答应着，心里却暗自好笑。我弟弟又不在郑州，也很少回郑州住，他在郑州买个房子干什么呢？我的眼睛像透视镜一样，对她那点小心思门儿清。她是想让我把那房子留下来，却又不肯说，她在我面前是需要维持尊严的。我并不缺那一两百万元，我是故意说卖房子的事给她听。既然她不开口讲出来，我就没必要让她过于遂心如意。

"还有，"她停下手里的活儿，用右手食指重重地敲打着桌面，严肃地看着我和妹妹，"你们姐弟几个商量商量，让你爸这样挪过来挪过去终究也不是个办法。不行的话，在黄河北邙山给他买块墓地安葬了算了。人不就是这回事儿？不入土就不算安葬。

你爸死几十年了没安葬，他不闹腾才怪！入土为安。"

我妹妹好像才突然睡醒似的，从手机上抬起头，看看她，又看看我。估计刚才我们说的什么她都没怎么听，但只管伸个懒腰站起来说："好！我没意见。"

对母亲的话，我却一下子没有意识过来，端着咖啡杯子的手在唇边呆住了。自从我爸死后，几十年来她第一次这样郑重其事地主动说起安葬他的事儿。不知道为什么，我的心突然有点发紧，手心里汗津津的，说不清楚是疼痛、伤心还是恼怒。

"我打电话问过了，一块差不多的墓地二十多万，你们看看怎么办吧！"

我一边抿着咖啡，一边拿眼睛盯着她。我知道她这话是说给我听的，这钱弄到最后还是得我出。于是我想了一下说："妈，普通墓地二十多万，只能用二十年；好点的墓地五十多万，宽展，而且可以终身使用。你不是不想让我爸挪来挪去吗？再者说，还有你，百年后我爸身边可给你留个位置？"

我这样说的时候，眼睛一直没从她脸上挪开。她先是像被蝎子蜇了一样立起来，想说什么，又似乎感觉我不怀好意，叹了口气重重地坐下来说："百年之后是以后的事，我死了，自己又不当家。你们把我埋在那个……他身边，可不是我自己要求去的！"

她差点脱口说出"饿死鬼"三个字，过去她老是这样称呼我死去的父亲。

"那就这么定了？"

"好吧。那就买好的，五十多万的！"母亲说。

"妈，要不这样，"我笑着对她说，"要是二十多万呢，我自己拿了就算了。这五十多万，你看我们姐弟五个，一人拿十万，剩下的钱，包括安葬的各种开销全都由我包了。这样大家都尽点孝心，您觉得怎么样？"

她看看我，又看看我妹妹，好像没听懂似的，一脸迷茫的神情。

"不过我大姐二姐还有弟弟，你得先一个一个给他们打电话说一下。我这次回去好跟他们商量这事儿。"

她终于弄明白我的意思了，估计心里有点恼怒，把镜框来来回回翻了几遍，然后面朝下，咣当一声扣在桌子上，说："好吧！"

那是我们家唯一的一张全家福，我弟弟周岁那年照的，弟弟还被母亲抱在怀里。那个相框里父亲的照片，也是他留在世上唯一的一张。他表情别扭得好像走错了门似的，目光迟疑地看着镜头，一只眼大，一只眼小。

深圳这座城市，说到底也就几十年的工夫。可她平地起高楼，活生生长成一副王者之相，现代化的高楼大厦，大块的绿地，原生的和移植过来的古树，虎踞龙盘。生机勃勃的现世存在，会让人忽略她的历史。

我刚来深圳时，是一名工地上的建设者。那时我刚初中毕业，是个瘦骨伶仃的毛丫头。唯有的，是眼里的那份倔强。我离家闯世界时的弱小，母亲可能早就忘了。可我怎么能忘得了呢？

灶王爷赏饭，从承包公司的餐厅开始，我慢慢起家，是这座新兴的城市成就了我。她包容、接纳、充满机遇，她给了我这样的打拼者一个广阔的生长空间。有时我关了灯躺在黑夜的床上，隔了窗去看外面灯火璀璨的一座城。偶尔一两声隐约的汽笛的回响，有恍若隔世之感。一切都是安稳的、踏实的、充满秩序的。我的屋子，纯天然的木质地板。我的床，我身边睡着了的丈夫。我以为我已经彻底忘了自己是他乡之人，忘了自己的过去。就像身处的这座城市一样，忘了她的历史。

刚开始做餐饮的时候，我的餐馆有几个拿手菜在附近名声传开了，生意还不错。后来我将粤菜、豫菜和其他一些地方菜融合，尽可能满足全国各地各种人的口味。名气渐大，不仅扩大餐馆，开了分店，又与人合开了一家快餐公司。

我有做菜的天赋。我们姐弟几个后来都开饭店，估计跟我父亲有很大关系。对此，我母亲是不甘心的，至少表面上死不认账。要说几个孩子也都挣钱，但开饭店挣的钱让母亲非常不屑。虽然她未必听说过"君子远庖厨"的圣人之言，但靠吃都能活一辈子，养活一家人，到底是个啥世道呢？这是母亲心里的疼痛。她羡慕我们的老邻居周四常，孩子个个有出息，不是县长就是局长，逢年过节家里跟赶集似的不断人，还都拎着大包小包的。我们家可好，不管谁回来都是浑身油渍麻花的，头发里都有一股哈喇子味儿。

有时候我想戗她几句，想想又忍了。她抱怨的时候，从来不觉得自己住在深圳的高端小区，而且这些都是靠开饭店换来的。我，也就是她的亲生女儿，如今是多么耀眼！我是深圳几家最大的餐饮集团公司的老板之一。

我真的天生就是该吃这碗饭的，来深圳做餐饮业不几年，生意很快就做得风生水起，在周围的佛山、珠海、东莞都开了分公司。我做生意实在，舍得下本，而且保证食材新鲜地道。宁可利润少一点，薄利多销，也绝对保证质量。我的盒饭业务几乎包揽了半个城的学校、医院和工厂。

那时深圳的房子还不贵，我买了一套花园洋房，三层，楼顶还带个大花园。那年妹妹离婚后来深圳住几天想散散心，看到我过得这样舒适，非要闹着到深圳来跟着我，说是要换个环境。我说："咱妈又离不开你，你过来她怎么办？"

小妹说："那肯定把咱妈也搬过来啊，你房子这么大，空着多不好！房子圈不住人气儿可不行。刚好你公司也缺人手，用自己人不比用外人强？"

我权衡了一番，与我老公商量，可否让我母亲和妹妹来深圳与我们同住？我老公是个热情对待所有亲戚朋友的家伙，他哪会有不同意的可能。与其说是商量，只是想给老公打一下预防针，"你要有所准备，我妈可不是个一般的妈。"我说完定睛看他，想让他明白跟我母亲共同生活的艰难。我老公不说什么，只是轻松地笑笑。从那张单纯得一目了然的脸上，我知道一切对他都不能构成什么问题。

就这么简单，我妹妹辞了职，开始当然是瞒着我母亲。她们就此搬到了我这里。千里迢迢，背井离乡，我们俩都不曾想到，母亲这回竟然这样顺当。她们一住就是十多年，母亲虽然嘴上抱怨各种不如意，却从来不提回郑州的事儿。

眨眼之间就过完了年，年后这一段时间是餐饮业的淡季。我把公司的工作给合作伙伴和妹妹——她在我公司做财务总监——安排妥当，就从深圳回了郑州。

在高铁快进入河南境的时候，我不禁想起当初让她们来深圳的情景。开始妹妹跟母亲说这事儿，母亲像被烫了一下，差点跳起来。她说："那地方又热又潮，人还不卫生，老鼠长虫都吃，太恶心了！"

妹妹说："家里有空调，热了你不用出门。况且也没人逼咱吃老鼠长虫不是？你想吃啥咱们自己弄。"

"反正我是不去！"母亲说。

我妹妹威胁她说："你要是不去，就自己留在郑州好了，我去！"

我妹是幺妹，只有她和我弟弟敢跟母亲当面顶嘴。

母亲看着她，长长地叹了口气，犹豫了半天才说道："现在的你姐，可不是小时候的她。她要是发起脾气来，还不把我们俩给吃了？"

妹妹吃惊地问她："你乱说！我姐还会发脾气？你这是听谁说的？"

"不用听谁说！"母亲说。

妹妹说："妈，别老是挑剔我姐了。你有我姐这样的闺女，真是你的福气。看看你吃的用的，有谁对你这么好？"

"她有你对我一成好，也算我没白养活她！"母亲恨恨地说。

妹妹打电话笑着跟我讲起这个，我也在电话里把它当成笑话来听。我嘴上笑着，心里却有无限的酸楚。

我那些年是怎么过来的？

我做什么工作，我住什么房子，我结婚嫁了一个什么样的男人，谁关心过？特别是我母亲。我总是设想，哪怕哪一天家中接到我死在外面的消息，她肯定也会一如既往地活。我在她心中的分量，并不比我父亲更重一点。

不过，我母亲能主动跟我妹妹说起我的脾气，我真有点吃惊。不是她以死相威胁，反复叮嘱我那件事情在任何时候、给任何人都不要说出去的吗？事情已经过去很久了，不管是我还是我母亲，都应该守口如瓶才是。所以这一辈子，这事儿绝对不会从我嘴里说出去。即使她说了，我也绝不会承认。

我故作轻松地说："我的脾气怎么了？别说我没脾气，即使有脾气，也绝对不敢在她面前发啊！"

"那是，谁都会，就你不会！"妹妹说。

说到最后，妹妹的声音却有点哽咽了。妹妹说："三姐，我知道你的委屈。咱们姐弟几个，你对咱妈最好，对咱们家贡献也最大。"

我说："胡说什么呢？哪里有什么委屈！而且早就过去了。"

很多东西，的确已经过去了，甚至从来就没人记得，比如我受到的冷落和伤害。

也或许一切都没过去，但我们谁都不愿意去触碰，那太危险了。

比如我父亲的死。

正月初十那天，我正在郑州丹尼斯进口超市买东西——去大姐家得给小孩们买点吃的。走到款台拿出手机刷钱的时候，我看到有妹妹的几个未接电话，还有她给我发的微信，说母亲突然晕倒送医院了，是被急救车接走的。我顷刻之间急出一头汗，超市里太闹腾，我顾不得结账，放下东西就匆忙往外走。我想到春节前刚刚给她检查过身体，除了胆固醇有点高，其他各项指标都正常。医生还开玩笑，说再活二十年都没问题。怎么会出这种状况呢？她的身体按说不应该有大问题呀！除了这个，我还吃惊自己会如此的紧张，心里默念了几声菩萨保佑。

走到超市外面给妹妹打了电话。在电话里，妹妹的声音显得很轻松，依然像往日那样没心没肺的口气。她说："姐，你不用急着回来了。医生已经全面检查过了，没大问题，说是一过性的黑蒙，主要是脑部供血不足引起的。"

我松了一口气，说："你快吓死我了，也不再发信息说一下。不过这距她上次犯病快二十年了，那次是2000年的农历七月二十六。"

"咦？"妹妹吃惊地说道，"我真服了你了姐，对妈最孝顺的真是你，连她生病的日子你都记那么清楚！"

之所以记得这个日子，是因为孝顺吗？也许是，也许不是。说是，事到临头我还是这么恐惧，怕她有个闪失；说不是，毕竟那是我自己的日子。

我打了一个哆嗦，被自己的心思吓了一跳。

因为，这个日子我死都记得，它与我母亲当时犯病的时间只是重合而已。但我发誓，我们家没人记得，包括我母亲也不会记得。

每年的这个日子，我都当成自己的生日来过。

二

我跑了一个多小时也没找到殡仪馆。新开的道路横七竖八，连导航都常常弄错。周围布满了盖好的和正在盖的高楼大厦。世界在破坏中得以重建，但的确福祸相倚，看是对活着的还是死去的人而言。死者为大，宜静不宜动。

每个城市都有自己的生长逻辑，但也习惯于模式克隆。有时候从郑东新区走过，我觉得自己好像并没有离开深圳，从建筑到周围的绿化，看不出来有什么差别。

绕了半天找不到方向，我只好停车向路边的一个老人问路。老人摘掉头上的草帽，一张黢黑苍老的脸，我竟然认出他是过去我们村的，但是叫什么名字已经记不得了。我下了车，向他问好。他狐疑地看了我半天。我说出我父亲的名字。他看着我，擦了好几下眼睛，好像要哭的样子。估计他是沙眼，当地人叫风流眼，遇风流泪。他说他不愿意搬离这个村子，但是房子都拆完了，他就在工地上给人家帮忙，干点力所能及的零活。他虽然没我母亲年龄大，但也很老了，应该像我母亲一样，住在某个孩子家里享清福。

他朝右前方的一个地方指了指说，咱们村里死了的都在那儿挺着。"挺着"就是躺着的意思。我的父亲也在那个几乎看不到的地方挺着吗？我仔细看才看到一片灰砖建筑，它被灰头土脸地夹在几条道路中间，只是因为有一个在顶端抹了白漆的烟囱，才能让人勉强认出它来。这个建了不到十年的建筑，又面临着拆迁，它将成为饥不择食的城市胃口里的一粒齑粉。

我们那儿过去是郑州郊区比较偏远的村庄，不过村子靠近黄河，与我们紧邻的圃田，曾经出过一个叫列子的名人。这里在公元前四百多年之前就被称作郑国，不管郑国长什么样，早已面目皆非了。不消说黄河水频繁泛滥，造了被毁，毁了再造。就是改革开放后，我们原来居住的村庄也早已经被那只巨大的城市之胃吞没了，舔得干干净净，没有留下任何痕迹。不过圃田竟然还有遗存，列子当年隐居修炼的那座屋子还在，据说已经申报了非物质文化遗产。列子在当地的传说颇多，除了是什么思想家、哲学家、文学家、教育家，还是养生专家，非常会吃。连庄子都夸他会轻功，能"御风而行"。这个传说跟当地人的会吃不知道有没有关系，据说国宴师傅很多都是来自这个地方。

如今，高速公路从此穿行而过，那些在这片土地上种植、恋爱、争吵和繁衍的人们不知所终。现在这里已经规划成一个市内森林公园，城区还在不断地扩张。他们模仿别的城市，将一些不知从哪里弄的古树移植过来，在这里生长得从容而傲慢，好像它们几百年前就住在这里似的。倒是我这个土生土长的当地人，举目萧然，无所凭依。

跟老人告别的时候，他问："你妈还在不？"

我说："还在。身体还好着呢！"

"嗯。"他把草帽戴上，低头摆弄着手里的扫帚，"你姐可是发大财了。你们姐弟几个都发财了。唉，"他目光犹疑了一下又说，"那又能咋样呢？你爸死了恁多年了。你妈倒是享福了。你爸死时候，还是我们几个人跑了几十里从河下沿抬回来的。"

估计他并没闹清楚我是我父母的哪个孩子。

"我爸的尸体那时候是怎么发现的呢？"我抓住仅有的一点机会，想跟他聊几句我爸。可他不再搭理我，只顾低头扫他的地去了，顷刻间我们之间沙尘横飞。

在城市的驱赶下，父亲的骨灰也搬迁了好几次。现在没地方去，只好暂时寄存在殡仪馆的骨灰堂里，跟无数素不相识的人挤挤挨挨相依为命。这已经是他的第三个栖息之地了。父亲命苦，生前没有过几天安生日子，死后也颠沛流离，不得安宁。更可悲的是，写着他名字的骨灰盒里，装的也许根本就不是他的骨灰，甚至也不是某一个人的骨灰，而是很多人的骨灰。这事儿细想起来真的很恐怖，幸亏我父亲性格好，没有什么仇人——在第二次搬家的时候，运骨灰的卡车在道路上发生了侧翻，所有的骨灰都撒了出来。当时殡仪馆严密封锁消息，很多年后我们才从别人口中得知。但大家都像我们一样，把它视为无稽之谈，更没人去殡仪馆闹事，都宁愿相信自己亲人的骨灰没有问题。

何止如此呢？父亲的死，到现在还是一个未解之谜。不过也说不定，也许根本没有什么谜。但是，在他死的前几天到底发生了什么？没有人告诉我们，母亲更是守口如瓶。虽然当时甚至其后很长时间，村里还有人在背后指指点点，说是我母亲逼死了父亲。但毕竟只是胡乱猜测，拿不到台面上。况且他堂堂七尺男儿，怎么可能会被一个比他矮一头的女人逼死？也太说不过去了。我只记得之前几天，母亲曾经跟父亲在食品公司闹过一场，但那绝不至于让父亲轻生。况且那个事情过去之后，母亲回家并没有再跟父亲继续闹腾，甚至提都没再提这件事，父母两个的生活也没有任何反常。

我父母一共生了我们姐弟五个，前面我们三个姊妹像下饺子似的来到人世间。从我记事起，我就知道我们家是母亲当家，满屋满院都是母亲。父亲像是一个影子，悄没声儿地回来，悄没声儿地走。母亲每天忙忙碌碌，忙完地里忙家里。可是父亲像个没事人一样，不是谁家有个红白喜事去帮人家做菜，吃一顿饱饭心满意足地回来，就是跟着一群人去打兔子钓鱼，好像他是这个家里的过客。

等添了我弟弟和最小的妹妹，家里日子更不好过了，经常是吃了上顿找下顿。父亲虽然不干什么活儿，但饭量很大，估计很多时候都吃不饱。有时候他站起来去盛第二碗饭，母亲就会看着自己的饭碗，恶狠狠地小声骂道："贪吃鬼！"母亲生气时的脸很黑，骂人的时候更黑，又穿一身蓝黑衣服，像一团沾满墨汁的废纸堆在那里。有时候她骂完，把碗吭当一声搁在桌子上，两只手扳着自己的一只腿，斜欠着身子坐在那里生气。她不光生父亲的气，也生自己的气，生一堆儿女的气。我母亲这一辈子，大部分时间似乎都在生气。她觉得这个世界上的一切，都跟她的想法格格不入。

我虽然小，也明白母亲骂的这句话是什么意思。每当她这样骂父亲的时候，我们吃完各自碗里的东西，也不敢再去盛饭了。这倒成了一件体面事，母亲老是拿这事在外面夸自家的孩子懂事，说："我们家要是饭做少了，根本吃不完，孩子们那个懂事啊，你让我，我让你，谁都不肯吃；做多了反而不够吃，孩子们抢着吃。"

在家里母亲倒是很少当着我们的面数落父亲，有时候他们吵架也是回到自己屋子里，关着门吵。只是有一次中午，除了干菜和一点玉米面，母亲实在找不到更多做饭的东西。而父亲却从人家的宴席上吃得油汪汪地回来。母亲气得把水瓢都摔碎了，当着我们的面口不择言地数落起父亲来，说："只有地痞流氓二流子才光顾着自己那张嘴，一人吃饱全家都不饿了吗？"

我父亲有时也会带一些剩饭菜回来，香气诱人。如果不被我母亲看到也就罢了，我们几个狼吞虎咽地吃一顿。若是被我母亲迎面碰到，她就一把夺过来扔在地上："连要饭的都不会吃人家的剩嘴头子！"

父亲也不辩解，闷声不响地回到屋子里，坐在凳子上抽耳朵上夹回来的那支烟，他不会抽烟，总被那明明灭灭的火和一团烟气弄得挤眉弄眼的。要么就面无表情地看着地下，很像在煞有介事地思考人生重大问题。

我们趁母亲转身的工夫，狼一样地抢食地上的食物。这更加让母亲恼羞成怒，她过去用脚踩，把馒头踢飞，然后逮着谁，迎头就是一巴掌。大的哭小的跳，场面甚是壮观，很像武打片里的一场群殴戏。

由此，我母亲更加仇视我父亲，所有的混乱不堪都是他带给这个家的。母亲需要稳定，需要长卑有序的尊严和面子，需要有个家的样子。而父亲就是破坏秩序的始作俑者。

上学之后才听村里的老辈人说，我爷爷和我姥爷是世交。爷爷是个远近闻名的老中医，写一手好字，开的药方都被人当字帖用。姥爷家境富裕，是三村五里闻名遐迩的乡绅，也写得一手好书法。两个人到一起，就是写字、下棋、喝酒。据说我爷爷最佩服的人就是我姥爷，说他人仗义，事儿做得公道。要是没有我姥爷主持公道，村子早就乱得没有章法了。

母亲从未说起过他们，父亲也没说过。只是有一次我大姐入团要填表，问起姥爷和爷爷来。正在纳鞋底子的我母亲突然抬起头来，显出一脸的自豪。她说："你姥爷，真没白活！"后来听我二姨说，枪毙我姥爷的时候，正在上中学的母亲就穿着上白下蓝的学生装，站在离她爹很近的地方。枪响之后，血沫子顺着风扑了我母亲满脸满身，她眼睛都没眨一下。

"你爷爷也没白活！他跟你姥爷一样都是体面人。"过了一会儿，她又补充道，"你姥爷拄着拐棍儿往村里一站，那没有不听他说话的。再大的事儿，他只要站那儿三说两说，都摆平了。"

父亲出走的那天夜里，天气非常恶劣，外面电闪雷鸣，风雨交加。我们早早就上了床。半夜里我们突然被他们房间发生的激烈争吵弄醒了，然后就听见有什么东西被打碎和我弟弟惊恐的哭声。我们姊妹四个的房间与父母隔一间堂屋，他们住东屋，我们住西屋，弟弟跟着他们睡。

大约半个小时后，他们房间里安静了下来。除了听见外面的风声雨声，夜晚屋子里静得吓人，仿佛能听见我们几个的心跳。不过没有一个人说话，也没有一个人起来看看。刚开始的时候，被惊醒的小妹吓得想哭。大姐在她脸上狠狠拧了一把，她缩进被窝里再也没敢出声。

第二天早上我们才发现父亲不在。第三天、第四天，天气转晴了，万里无云，世事一派祥和。但我们再也没见到父亲。

母亲依然忙里忙外，操持着一家人的吃喝。我们没有一个人问起过他，好像家里压根就没有这个人似的。

第五天早上，我们还在梦里，就被母亲一个一个从被窝里拽起来。她让我们立马穿上衣服，往我们每人头上和腰里勒上一条白布。她冲我们喊："都出去哭吧，你爹死了！"

二姐听了，坐在床上哭了起来。母亲一把把她拽起来吼道："哭什么！要哭去后面好好哭！"

她的声音听起来，有好大的怒气。

那时我刚从二姨家回到这个家不久，心里根本不知道害怕。我们跟着母亲，来到屋后的院子里，看到院子中间的席子上躺着一个巨大的尸体，被水泡得像一头牛，浑身散发着腐臭的气味，头肿胀得像一个粪筐那么大。这怎么会是我们清秀瘦弱的父亲呢？我犹犹豫豫地站在那里。母亲不由分说便把我按跪下，然后就号啕起来。我们扭头看着母亲，她移开捂在脸上的手巾，拿眼睛狠狠地剜我们，我们只好也学她的样子，跟着号啕起来。

二姐只是默默地流泪。

在我们村子里，我们这个姓氏是一门很小的人家，没人出头管事儿，再加之父亲又是横死，所以也没举办什么葬礼。我们哭了一场，就把父亲草草送到火葬场了。

事后听母亲跟村上的人说，黄河水那么凶险，哪一年不淹死一堆人？父亲是趁下大雨到黄河捞鱼，被大水卷走了。再后来，母亲说起这事儿的时候，总是会在后面加上几句："摔死的都是会骑马的，淹死的都是会浮水的。许是饿死鬼托生的，怎么那么贪吃呢！"

此次之后，再说起父亲，她都喊他"饿死鬼"。

我那时候懵懵懂懂的，听了母亲这话，真是觉得父亲是自己找死。他太贪吃了，下那么大的雨去打什么鱼呢？除了二姐，本来我们几个跟父亲也没多少感情，他死了也就死了，过去了也就过去了。我们甚至还有点庆幸，家里的空气应该不会再那么紧张了吧？

几十年后，母亲给父亲选择了黄河边的邙山墓地。母亲说，你爸活着的时候喜欢去北边的黄河打鱼，就葬在那里。我也觉得那个地方不错，人家的广告语就是"生在苏杭，葬在北邙"。虽然那个北邙说的是洛阳，但是邙山东西狭长，黄河边的邙山的确也属于北邙。

我找了好几个老同学，他们还都在管事儿的位置上，但是价格怎么也压不下来，五十万已经是最少的了。对于快速发展的城市来说，墓地本来就是稀缺资源，而邙山墓地更是寸土寸金。

母亲想把父亲安置在这里，不知道考虑了多长时间，肯定不是突发奇想，但也不会谋划很久，她是个心里存不住事儿的人——只有父亲的事情除外，那是她的黑匣子，也许父亲根本就没什么事儿。那到底是什么事情促使母亲做出给父亲买墓地这个决定的呢？她是突然想到还是悟到了生命中的某个东西？

那天我给母亲打电话，问她给大姐二姐和弟弟说了没有。我说虽然我的房子可以卖两百来万，但一下子也出不了手。这几年生意上连续投资，手上也没闲钱啊。母亲不耐烦地说："打了！都打了！"

其实，开始我就知道让我们姐弟几个每人都拿钱的想法几乎是不可能实现的。我母亲就是想要我主动说出来，所有的费用我一个人出。这话我早憋在喉咙口了，不吐出来，是不想让她觉得太随便，谁的钱也不是大风刮来的，况且各自是一家人，我可以在姊妹困难时帮他们一把，但每次把责任都推给我，显然令我不快。要是我遇着困难他们帮不帮我，就难说了。

但是出乎意料的是，现在母亲的态度突然转变了，立场似乎很鲜明。她斩钉截铁地给我说："我也想通了，这不是谁拿不拿的事儿，不是谁钱多谁钱少的事儿，而是你们几个，都得对你爸尽尽孝心！"

"你爸好歹也是一辈子，你们现在吃香的喝辣的，都这么好，做儿女不尽一点孝，良心上过得去吗？"

我天！这是我母亲吗？是从她口里说出来的话吗？一辈子否定自己丈夫，否定得如此彻底，几乎可以说是一无是处。她这是怎么了？这话从她口中一说出来，我在电话这头差点笑出声。可想想又有点沉重起来，无论如何，不管她是怎样想的，现在她能对我父亲说这样的话、做这样的事儿，至少对我们这些孩子们的感情算是一点弥补、一点安慰吧——那感情的缺口虽然随着岁月的流逝曾经模糊过，但只要认真打量，它依然在那里，从来没有消失过。

三

现在郑州老家这里只剩下了大姐一家人。弟弟随弟媳一家搬去了开封，母亲和小妹又跟我去了深圳。原来二姐和二姐夫住在辖区的东南角，他们在那里开了一家小饭店，主要卖卤肉、羊肉汤等地方小吃。二姐的店在附近很有名气，她会做生意，也很会做人。由于她的卤肉卖不完其他小店就没生意，所以她每天卤多少肉是定量的，去得晚了就没了。她这样做，主要是想给同行留足生存空间。后来二姐查出淋巴癌，为了看病方便，他们卖掉饭店和住房，搬到市人民医院附近去了。那儿离火车站也比较近。

大姐住的地方早已经由村庄变成了社区，是村子拆迁之后就地安置的。大姐夫在村里人缘好，大小也是个村干部，所以他们家分了临街的三层楼。大姐和大姐夫开的也是饭店，店面比二姐的要大得多。当初大姐执意要起个"大饭店"的招牌，大姐夫不同意，说二妹开个小饭店，我们起个大饭店的名字，自己不说什么，人家外人会看笑话。但大姐执意这样做，后来虽然生意做得很红火，但她的口碑还是赶不上二姐。二姐把饭店卖掉搬走跟这有没有关系，也未可知。二姐就是这种性格，酸辣苦甜都搁在自己心里，从来不抱怨什么。

陆续有了孙子辈之后，大姐忙不过来，大姐夫也不想干了，就把一楼二楼的饭店承包给人家。他们一家住在三楼。说实在的，有这么多年的积累，他们的日子过得轻松又殷实。

大姐和大姐夫都是二婚。要说也不算，反正也没办结婚手续就在一起过了。他们的婚姻认真说起来，绕的圈子还真不小。大姐现在嫁的这个人，我可以喊他姐夫，也可以喊他表哥。表哥的母亲是我二姨。二姨是母亲的堂妹。

曾经有那么几年时间，我被二姨抱养过。那时父亲还活着，不知道什么原因，那年夏天我拉痢疾，长达一个多月治不好。家里也确实困难，拿不出更多的钱给我看病，再加上当时农村的医疗条件有限，几片包治百病的小药片，却怎么也治不了我的病。拉了几十天，开始还会跑厕所靠墙根，慢慢裤子都提不上了。医生束手无策，父母更是一筹莫展，到最后也就不再抱着我去医院了。父亲自己也想了很多办法，给我弄来一些药草，一样一样地熬了喝。我喝进去多少吐出来多少，终是没有用处。后来他干脆天天躲出去，不敢面对我，害怕看见我那难受的样子。母亲也不知道听谁说了，狗翻肠子人拉稀，这病没得治，就直接把我扔到灶火后边草灰堆里，随便拉去，反正也不用洗。她后来从不提这事儿。要说也没啥大惊小怪的，乡下小孩子命糙，哪个病了不是拖拖就好了？要是好不了，那也没办法，拖好了是病，拖不好了是命。说白了，其实是等我自生自灭。这样拖着拖着我真的就气息奄奄了。我不吃饭，也不再说话。我妈便在我们家西屋地上铺了一张席子，把我放在上面，就等着我咽气了。

不知道我二姨怎么听说了这件事儿，那天天还未明，她就拉着二姨夫来到我们家。一看见蜷成一团的我瘦得没了人形，二姨抱着我大哭道："我的儿，你妈这是让你等死啊！"也许她是菩萨派来救我的，我已经两天没睁眼了。她的眼泪滴在我脸上，我奇迹般地睁开了眼睛，眼巴巴地看着她。二姨是个从不会说重话的人，那天和我妈戗戗了半晌："就是个猫狗也不能看着它死吧？"我妈说："你说得轻简，这都多少时候了？药也没少吃，钱也花干了。换你伺候她一个多月试试看！她自己不吃不喝，谁有本事救活她？"

二姨闻听此言，抱着我蹲在地上放声大哭。二姨夫把我从二姨怀里接过来，抱着我头也不回地就回了他家。他们没有闺女，只有一个儿子，就是上面我这个表哥。二姨天天没日没夜地把我搂在怀里不松手，熬一锅小米汤放在跟前，喂了吐，吐了再喂，愣是把我从死神手里夺了回来。

我的病奇迹般地慢慢好转了。待能吃点其他东西，我二姨夫就用一垛麦秸换了一只奶羊，一天一大碗鲜羊奶。家里养了两只母鸡，鸡下蛋的时候，二姨就让我蹲在鸡窝旁等着。带着体温的鸡蛋热乎乎地握在我的小手心里，快乐得眩晕。我奔过去交给二姨，全家人都舍不得吃，全都给我攒着。

我二姨不知道从哪得了个偏方，说鸡蛋囫囵着隔水干蒸，治痢疾。我吃的时候，表哥就在旁边看着。我让他，他就说不爱吃鸡蛋，可我分明听到他吞咽唾沫的声音。一个秋天过去，我吃胖了也长高了，更重要的是，脸上有了笑颜。可能就是那些有爱的日子，奠定了我此后人生的信念。我每天几乎是贪婪地窝在二姨的怀里，这是我梦想中母亲的暖。而我自己的亲娘，自从我记事起就没有抱过我，还整天说我是块木头。我夜晚做梦都能梦见我母亲用一根指头戳着我的头说："无情无义，整天木个脸，好像谁都欠她二斗米钱。"

在二姨家的几年，是我过得最幸福的时光，后来我也一直把那里当成自己的家。我还学会了撒娇，晚上躺在二姨的怀里，我娇羞地说："我会听二姨二姨夫的话，好好念书。等我长大有本事了，买好多好多鸡蛋，给你们吃。"我第一次说出这样矫情的话，不敢看二姨的眼睛，我知道二姨会笑得嘴都合不拢。可是她的眼泪哗哗地淌，把我的头发都弄湿了一大片。

"我苦命的儿！"二姨用指头梳着我的头发，心疼地叹息道。

我把二姨夫抱我回去的那一天当成是我的新生。农历七月二十六。我母亲第一次晕倒也是在那一天。我一直有点奇怪，为什么母亲正赶上那一天生病？莫非冥冥之中真有什么神奇的力量吗？

表哥和我大姐是同班同学，在学校里两个人非常好，谁若有点儿稀罕的东西，都偷偷带给对方。但当着别人的面，两个人从不说话，一开口就脸红。这事儿被同学看出端倪，开始起哄，喊他俩两口子。二人也算是青梅竹马，情投意合。这事不知怎的传到我母亲耳朵里了，她跑到我二姨家大闹了一场。我妈不喜欢二姨的儿子，说他没有汉子气，太懦弱。她连带着把二姨二姨夫数叨得恨不得找个地缝钻进去，她跳着脚说："你们得管好自家儿子，他再招惹大姐，我闹得让他上不了学！"

二姨小声回嘴道："骂过来骂过去，那不是你的外甥啊？"

"我不认这个外甥！从小就瘪犊子一样！"母亲瞟了一眼二姨夫道。

其实二姨也不喜欢我大姐，她觉得我大姐太能了，也太自私，大的不睬小的不让，吃屎都得占个尖儿。所以二姨索性借着这个事儿，先托人给我表哥定了一门亲，好歹将这事平息了。

还是我大姐先结的婚。男方家庭条件不错，爹是邮电上的一个小头目，妈在卫生院工作，是有头有脸人家的孩子。我母亲最看好的就是男孩的汉子气，高大威猛，坐像一座钟，走路一阵风。把我母亲高兴得合不拢嘴说："敢作敢当，一看就带种！"

但结了婚不久，两人就开始打闹。我姐脾气逞强惯了，处处要压人家一头。那个男的也是个火暴脾气。结婚没几天就开始斗，男人索性不进家，在外头整夜玩。不回来就不回来，我姐丝毫也不会示弱。男人从外面打一夜的牌回来，看看锅里没个热乎饭。鞋上一脚泥，直接要进屋睡觉。我姐拦着劈头盖脸地吵道："邋遢死算了！我刚刚拖完地，你就不会爱惜点儿？"他闻听此言，穿着鞋跳到婚床上，边蹦边用被子褥子蹭他的鞋子。"我看你是皮痒欠揍，你算个鸟毛，这还是不是俺家？"我姐气得当下就扔下手里的活儿，回了娘家。

日子还得过，儿子不争气父母遭难，我姐一次次跑，他爸妈一次次带着他去我家把我姐接回去。这还不算什么，过些日子，我姐发现他不只是打牌，还爱赌成性。于是屡屡阻拦他，把他惹急了劈头盖脸就是一顿暴打。我大姐挺着大肚子，青紫着半拉脸哭着回娘家，说："妈，这就是你相中的男子汉，真带种！"我妈说："他爹娘不管吗？"我大姐哭着说："谁敢管他？说轻了，摔盆子打碗；说重了，电视机随手就砸了。"

我母亲不羞不恼地听着："看这样，儿子赌钱也不是一天半天了，他爹娘不管就是帮凶。有人生没人养的，你咋就恁好欺负？"

我大姐哪是个省油的灯？打不过儿子骂爹娘，打也打了，骂也骂了。开始他父母还管，后来干脆躲开不问了。一家人早已经是麻木了。

我妈说："不急。你现在还没有说话的地儿，等你肚子里的孩子落地，你还不想说啥说啥，想咋说咋说！"

半年后，我大姐果真生了一个大胖儿子。我妈仗势冲到人家家里找事儿，人家一家人慌着讨好，滚烫的鸡蛋茶堆尖捧上一大碗，这是当地最大的礼节。热脸蹭个冷屁股，我母亲推开家里人，当着人家爹妈的面训斥那男的："你要想当爹，就要有个当爹的样子！不好好过日子还不如早点离了算了，孩子我们带走！"

那男的还没说话，公公婆婆早就慌作一团，恨不得和儿子一起要跪下来磕头求饶。

"我们会管好孩子，他再不学好我就拿砖头拍死他。"那当爹的说。

我妈这一闹，再加上得了个大胖儿子，男的着实老实了一阵子。我妈还挺得意的，教导我姐道："这管男人啊，得看火候。你看关键时候我一出面，他就老实了吧？"

哪知话还没落地儿，要赌债的来家把门堵了。他在外面又输了十几万。堵门的说，不还钱就剁手。

我母亲得了信，没等我姐回去求救，就央着村里的一群人过去了，把一家人堵到屋里，问他们怎么办？

那男的知道这回祸惹大了，扑通跪在我母亲面前。

"站起来！"我母亲厉声说道，"大老爷们儿能随便跪吗！"

那男的跪着没动。我母亲对我姐说："抱着孩子跟我回家吧！"

那男的从怀里掏出一把刀来，把自己的左手放在地上，用右手举刀把左手小指剁掉了。

一家人鬼哭狼嚎地扑到一起，妈妈捂着儿子的手说："钱我们替他还，我们还。"

到关键时候，爹妈还是心疼自己的儿子，舍不得打舍不得骂了。

我母亲看这情形，心早已经凉到底了。这样纵容着，还能有个好？她看着他血淋淋的手，丝毫不为所动："离婚。"

那边的母亲哭号着说："他年轻不懂事，再给他一些时间，他会改的。"

我母亲说："摊上你们这样护犊子的爹妈，他这赌怕是戒不了的，没救了。"

我母亲这样说，好像她很懂。其实她真的见过，她小时候见她爹料理过赌徒，都是指天发誓，最后个个都家财散尽。赌真是改不了的。

我母亲说完，就带着众人把我大姐和孩子接回了娘家。

对方花那么多钱娶个媳妇，又得了个孙子，末了落个人财两空，毕竟心里过不去。三番五次来求情。男人长得确实排场，事到临头还会办事，今天买新衣服，明天买金戒指，说话求饶像换了个人似的。不知底细的真觉得我母亲不懂事，心也忒狠。我姐有点动心了，她说："妈……"我母亲挥手截住她说："这事儿啊，长痛不如短痛。你是不知道利害。话我先撂这儿，你要还跟他过，今后他把你娘儿俩卖了也别再踩我的门了！"

拉拉扯扯，拖了一年多才把婚给离了。

这边大姐结婚不久，那边我表哥也结了婚。他们婚礼的时候我去了。女方长得比我大姐好看多了，人也温柔。结婚后两个人过得还不错，生了个女儿，我二姨给带着。那几年时兴到南方打工，男的女的都出去打工。表哥恋家，又担心二姨二姨夫的身体，不愿意到南方去，就在郑州随便找些零活做。表嫂跟着人家去了东莞，开始在工厂，后来做保洁，再后来我表哥都闹不清楚她做什么工作了。头几年一年还回来一两趟，给我二姨放下一点钱，大人小孩都买些吃的穿的。后来过年也不回来了。再回来就是要求办离婚，家产一分不要，女儿也不要，只要一张纸带走就行了。

表哥刚离了婚，我姐就带着儿子搬他家去了。大姐的儿子那会儿正是会说囫囵话的时候，忽闪着一双星星一样的大眼睛。见了我二姨二姨夫就喊爷爷奶奶，又忙不迭地去拉妹妹的手。二姨二姨夫又喜又忧，吓得一整夜睡不着觉，怕我母亲去闹。我二姨买了点心果子，要去找我母亲商量，临出门被我大姐拦下了。我大姐说："不去，不用说，越说事越稠。"

大姐又说："这回由不得她做主。"

结果我母亲一句话都没说，认了。真是愣的怕横的，横的怕不要命的。

我大姐和我表哥两个人虽然重新组织了家庭，但也没再认真去办结婚手续。法律上说是不允许近亲结婚，怕后代有遗传病。但他们还是坚持生了个儿子，很聪明，也很健康。

从那以后我们再见了表哥，都喊大姐夫。

我到大姐家的时候还不到十点，坐下唠了一会儿家常。大姐身边放着一堆儿童衣服，好像是刚刚洗过的，她在一件一件地拆衣服领子上的标牌。我也有这个毛病，女儿的新衣服先剪标牌，小孩子皮肤嫩，标牌摩擦怕孩子不舒服。几次我伸手想帮她，都被她拒绝了。后来她对大姐夫说："你带着三妹出去转转，她很久没回来了，看看咱们这里的变化。"大姐夫迟疑一下，说："咱们一起去吧，今天三妹回来，我们别做饭了，到下面饭店吃算了。"

大姐瞪了他一眼，说："去吧，我做饭！饭店的饭有啥吃头儿，你还没吃够咋的？"

大姐夫没再说话，带着我出了门。只要他身边没有其他人，我依旧喊他哥。我说哥，不用开车，咱就在附近随便走走吧！他说，好。然后就自顾低着头，带着我向村子西边的新区走去。路两边种着香樟和银杏，都是很名贵的树种。树坑里看着是嫩绿的草，修剪得非常平整，用脚踩一下，却发现是塑料垫子。一棵棵排列整齐的塑料草苗种在垫子上，做得很逼真。新区刚刚建成，一派新气象，从道路到房屋都是新崭崭的，但是看起来满不是那么回事儿。不过要真挑毛病，又说不上来什么，就像看到那树坑里的塑料草坪一样，光鲜，却形容不出心里是什么滋味儿。说到底，是找不到家的感觉了，这也许就是我，包括我母亲和妹妹不愿意回来的原因吧。

我表哥打小就性子腼腆，不善言辞。我妈一辈子就看不上老实巴交的人。可我了解他，他跟我二姨夫一样，心里特别实诚，就是说不出来。以我大姐的泼辣性子，那会儿怎么会喜欢上他？或者说他们怎么会相互喜欢？这也真是让人想不到。各花对各眼，世上的事儿确实不好说。

我被养在他们家的时候，表哥特别疼我，不用我二姨和二姨夫交代，他处处让着我。能感觉他发自内心对我的接纳，好像我从来就是他自己家的妹妹。那时因为我瘦小，觉得他好高大。现在他明显变老了，不但头发全白了，眉毛胡子也星星点点地白着，背也有点驼了。他对着我笑的时候，我突然有种想哭的感觉。想起有一年下大雪，他去学校接我。他嫌我穿得单薄，不由分说就把自己的棉袄脱下来裹在我身上。路上的沟坎被大雪封平了，我不小心踏进一个坑里，半截身子都被埋进去了。他将我捞出来，顺势提起来扛在肩上往家走。大雪漫天，天地间晃动着我们兄妹俩，那情景我一辈子也忘不掉。我踢腾着要下来，怕他累着。他反而跑起来。不知触碰到哪根神经，我咯咯咯笑起来。他不知我为什么笑，却也跟着笑起来，越笑越止不住。他把我放下来，我们俩索性一边打着雪仗，一边大喊大叫大笑着往家跑。我表哥一向讷言，仿佛是被压抑得太久，需要来一次宣泄。毕竟是两个小孩子啊，生活的困窘让我们过早成熟到沉默。我们就那样疯着、笑着、闹着，跑了一路。他笑起来的样子很生动，与平日里闷闷的模样大不一样，像是两个人。他只穿一件单褂子，却大汗蒸腾，头顶上都冒出烟来。那时他多健壮啊！

想着这些，我扭头去看他的脸。他要是笑的时候，模样仍是周正好看。而他却闷着，无端地露出几分悲苦。

我说："哥，你还好吧？"

"挺好的呀！"他回过头来，又那样看着我笑了笑。

"咱家那闺女现在咋样？"

"去找她妈去了，在那边成了家。偶尔回来一趟，看看奶奶。"

他看看我。

"只要孩子过得好就行。"我也看看他。

可能是天有点冷，他笑了一下，嘴巴略微有点僵硬。

"哥！"我站下来，也希望他站下来，说几句话，或者拉拉他的胳膊。可是他还低着头慢慢往前走。

我心里说不出来地难受，眼睛湿润了。

我们回到家时，大姐已经做好饭了，一个肉丝炒红辣椒，一个木耳海米炒白菜丝。主食是一盘素煎包，底子炕得焦黄。还有一盆紫菜蛋花汤，黑黑黄黄的热汤上，细细地撒着一撮青蒜苗末儿，看颜色就觉得好喝。我们家的人都天生的好厨艺，再怎么简单的饭菜，也能做得像模像样。但说实话，招待远方的客人的确有点寒酸了。

大姐夫看看菜，看看我，又看看大姐。大姐解下围裙扔在椅背上，用手捶着腰说："我们眼下比不得三妹，山珍海味人家顿顿吃。小户人家就这样，从小就在一个锅里捞稀稠，她啥不知道？"

我连忙说："是是是，我现在吃得很少，减肥呢。"

大姐夫拍了一下手说："哎呀忘了！早上我起来专门给三妹买的她爱吃的烧鸡和合记牛肉还在冰箱里呢！"

我心里一热。大姐却有点嗔怒地瞪他一眼说："那你还不赶紧拿出来？"

我也好几年没回来了。大姐虽然也比过去老了，但她吃得胖，看起来满面红光，好像跟大姐夫不是一代人。吃饭的时候，大姐跟我郑重地说起父亲墓地的事儿，她说母亲已经给她打过电话了，让她出十万块钱。

我故作轻松地说："要说这事儿早就应该办了，老是让咱爸挪来挪去，连个固定的地儿都没有，也不合适。"

"这事儿是不是你的主意？"大姐瞪着我问。她跟母亲一样，从小到大就用这种口气跟我和二姐说话。

大姐夫低头给我夹了两块牛肉，又给我盛了一碗汤。虽然他没抬头，但我知道他在小心地听着。

"不是谁的主意，关键是这事儿应该办了。"我也明显感觉到大姐的话里有情绪，努力显出不在乎的样子，"妈跟我和小妹商量，我们都同意了。"

"反正我是拿不出来这么多钱！"大姐忽然涨红了脸，眼里竟然涌出了泪来。她把筷子拍在桌子上，索性捂着脸哽咽着哭了起来，"我们比不得你，十万块钱跟拔根毫毛一样。老大老二生孩子的生孩子，上学的上学。都是些造粪机器，睁开眼睛就只管要钱，四处都是用钱的地儿。我和你姐夫都不干了，你们觉得我会屙钱啊？"

"大姐。"我看着她，一时不知道说什么好。她用"你们"这个词儿，更是让我觉得刺心，好像我们是合着伙子来勒索她似的。什么时候母亲被划到我阵营里来了？我和母亲，能是"我们"吗？

"三妹轻易不回来，你不会好好说话啊？"大姐夫想劝她。

"你出去！"她不容分说地尖声向大姐夫吼道，然后用手指了指门口。

我怕大姐夫尴尬，说："你先出去吧姐夫，没事，我跟大姐说说话。"

大姐夫出去了。大姐从座位上站起来，又一屁股坐在沙发上。她忘记了沙发上都是孩子的衣服，又像烧着了似的跳起来，换到另一个沙发上，用手拍着沙发扶手说："用钱的时候才想起来我是她闺女了？那时候咱弟弟卖房子，卖给人家要十六万，卖给我，她非攥掇着要十七万。你想想，我还是她亲闺女吗？"

大姐说的这事儿确实是母亲干的，当时弟弟在开封开饭店正缺钱，准备把这里的老房子卖了，对外要价是十六万。大姐知道了想要，来跟母亲说，意思是看能否再便宜点儿。母亲不晓得大姐知道底价，好像还很偏向大姐似的，把价格说到十七万。大姐气得脸都白了，房子也没买。虽然当时一万块钱不是个小数目，但事情已经过去这么多年了，她还在为这事较着劲。

"还有你！"她忽然用手点着我，对我怒目而视，"你这样干，有意思吗？你以为我不知道是吧？"

"我？"我一脸无辜地看着她，"我怎么了？"

"你怎么了？你知道为什么从小到大我和妈都不喜欢你吗？你心里藏的东西太深！你明知道这个事儿办不成，至少不是这么办的。我、你二姐还是咱弟弟谁会拿出十万块钱来？可你为什么还非要撺掇母亲给我们都打电话呢？你这就是为了看她的笑话！你就是想证明给她看：都靠不住，最后还得靠你！这个家都得靠你！"

我的头好像受到重重一击，有点眩晕的感觉。她说的也不完全是错的，开始我的确就是想让母亲看看每个孩子的态度。她一辈子说一不二，也该清醒清醒了，该让她为她的自负难受一下。但后来也的确是母亲的态度变了，她说让儿女各自尽孝心，也是事实。我满脸委屈地说："大姐，这事儿真不是我提议的，是咱妈说让每个儿女都为爸尽点孝心。你别想多了。"

大姐的口气也慢慢缓和了下来，但吐出来的话却更狠："三妹，你用顺从来抵抗她，你用孝顺来折磨她，你以为我们都看不懂是吧？你这样做不嫌累吗？她都多大岁数的人了，你还要她，不放过她？再说了，"她冷笑一声，"她现在想要我们对咱爸尽孝心了，当时你们小不知道，可我能不清楚父亲是受了什么样的羞辱才跑去投河的吗？她就是这样指着父亲的头，"大姐的指头几乎戳到我脸上，"她那天说，'你要是有一点囊气，就扎河里死了算了！'"

她看着我惊愕的表情，放缓了语气："当然，她也没想让父亲真的去死，只是图骂着痛快。可父亲却真的死了。父亲死了，死得那样难看，她落了一滴眼泪吗？家里死一只羊都比父亲死了更让她伤心！"

她一口气说了这么多，突然就安静了，似乎也痛快了一下。

我心中波浪滔天，恨不得放声大哭一场。但我脸上依然平静。我说："大姐，我记得父亲出走那天我们几个挤在一张铺上睡觉，你是看见了还是亲耳听到了妈那样骂过爸？"

大姐脸红起来："还用亲眼所见吗？全镇子里的人都知道。"

可能大姐夫听见屋子里声音小了，他推门进来了。我把大姐重新拉到餐桌边，把她的筷子捡起来擦了擦递给她，笑着安慰她说："大姐，这事儿咱们几个还要商量着来。如果你现在真拿不出钱来，我先替你出了。"她不说话，大姐夫也不敢说话。我继续说："现在我就是这样想的，就是想着把父亲的墓地买了，赶紧结束这件事儿。本来我已经考虑好了，这次回来处理我的房子，反正卖房子的钱我也用不着，就先给咱爸买块墓地，等你们以后宽裕了再说！"

"你们想买你们买，别说替我垫上的事儿！"大姐的火一下子又蹿了上来，"咱爸活半辈子就是个笑话！他还没让咱们家人的脸丢尽？好意思去占几十万一块的墓地？人死了就是死了，埋啥样他还能知道咋的？况且这能改变他带给咱们家的耻辱吗？"

"大姐！"我的情绪再也控制不住了，站了起来。她怎么可以这样说自己的父亲？过去我是没忘记，但也没记住什么。"咱爸已经死几十年了，他是什么样都不重要了，重要的是他给了我们几个生命。你只记着他带给我们的耻辱？你倒要说说，咱爸到底带给咱们家什么耻辱？"

"那还用说？"她的嘴张了张，却并没说出什么来。

大姐夫连忙把我拉坐下，用乞求的目光看着我。我心一软，真的有点可怜他，于是就不再说什么了。

大姐一直没再动筷子，我和大姐夫也没动。屋子里的空气像凝固了似的，浓得化不开，让人喘不过气来。又坐了一会儿，我站起来，从行李箱里掏出一堆给新生儿买的礼物，还有红包装着的两万块钱，放在客厅的桌子上。本来还想说点儿什么，但脑子里一片空白。

我甩上门，直接从楼梯走了下去。快到一楼的时候，大姐夫才气喘吁吁地撵了下来。我莫名其妙地对大姐夫说："哥，过日子不是靠忍的，她要一直难为你，该打就得打。男人不能软弱，软过了头就是窝囊，别像咱爸！"我哭了，大姐夫也流泪了。

四

关于父亲，我只听二姨只言片语地说起过。那时她已经是胃癌后期了。我负担了全部治疗费用。可她做了胃切除手术后，受不了化疗的折磨，坚决拒绝继续治疗，回到家里养病。

人常常就是这样，你对他非常好的人，他未必会还报你的好；而对你有恩的人，你也未必会报答得了人家的恩情。我觉得我对二姨就是这样，除了每年打几个电话，就是回到郑州的时候去看看她。所谓看看她，无非就是给一点钱，拼命让她接受，几乎就是强迫了，为着让自己安心。我曾想接她到深圳跟我住，我母亲坚决反对："她又不是没有儿子，你接她来算什么？再说了，还有你二姨夫，总不见得他也跟着来。"我母亲话说得咄咄逼人。这倒不是阻止我接她来的原因，我主要是害怕她过来，母亲那脾气，会让她整天心不落地。其实我心里很清楚，二姨那样责己的人，她哪就肯真的来呢？

我从来没有专门为二姨回来过，更没有在家陪伴过她。我不能放弃最后陪她的机会了。我丢下手头的工作，专门从深圳赶回来陪她，不管需要多长时间。

她已经消瘦得不成样子了，但精神还算好，经常断断续续地跟我聊过去的事情，我姥爷，我母亲。"你妈这一辈子，也不容易。"我二姨一辈子都不会说自己的好，更不会说别人的不好。

我给二姨熬小米粥，做手擀面，炖鸡蛋羹，就像我小时候她喂我一样喂她。她吃不了几口，只是神情快乐了一点。她催我回深圳，却拉着我的手一刻不肯松开。她依赖我，就像个小女孩。她没有闺女，我大姐肯定是指望不上。我哥有时回来看看，也只是看看，待不了多长时间，我姐的电话就会追过来。

我二姨夫比我妈小好几岁，却也老得不成样子了。虽然身体没什么大毛病，但也说不上好，不是这疼就是那痒。他费力地照顾老伴，老两口相依为命。我真担心，我二姨不在了他怎么办呢？想想他那时候一口气抱着我走了十几里路，气都不带喘的。人，没几年好日子，就像二姨说的那样。

傍晚会有一段安静的时光，太阳落下去了，天还很亮。我扶二姨坐到院子里的躺椅上，看着倦鸟归巢，天一点一点地暗下来。啪的一声，一片梧桐叶子落下来，像是一头栽倒在地上。有一种锐疼刺进身体的某一处。隔壁邻居家有小孩在哭，是个口齿伶俐的女孩儿，估计也就五六岁的样子。她的哭闹里带着娇嗔，正是拥有全世界的年纪，那般理直气壮。我想到了我的女儿，她也是这样，哭起来无凭无据无法无天，感情竟然可以宣泄到如此畅快，哪是我们可以想象的啊！她们这一代人，生出来就含着金汤匙，享受万般宠爱。不过，总有那么一天她也会像我一样，坐在老人跟前，眼睁睁地看着亲人们一个个离开，却又无能为力。

我握着二姨的手，一个关节一个关节轻轻摩挲，有时候我们不知道怎么的就说起了我父亲。我没有打断她，也没有专门问过父亲的事情。我在她的叙述里慢慢地、小心翼翼地还原我的父亲，真害怕稍微多用一点力，父亲就消失了。但后来我发现，其实我的努力完全是徒劳的。在二姨的嘴里，我的父亲是一个矛盾体。有时候他是那样善良，踩死个蚂蚁都心疼，对人和气，甚至还有些儒雅。有时候他又是那么懒惰、颓废，让人哀其不幸怒其不争。在我母亲眼里，这些都还不是最重要的，母亲最恨的是他贪吃。听不得别人家里来客，他会在人家门前转几遍，生着法子也要去帮厨。那时正逢困难时期，谁家也不想多管一个人的饭。虽然他总能用简单的食材做出蛮像样的饭菜，但他不请自来还是让人家觉得是个笑话。遇到谁家有红白喜事，他就更不把自己当外人，不等请就提着菜刀找上门去。我大姐所说的耻辱，估计就是这个形象的父亲吧。除此之外，我还真不知道父亲曾经给我们家带来过什么耻辱。

其实，每个人都经不起认真打量，谁都有不堪的时候。只是，父亲遇到母亲，就像油遇到了水，妖怪遇到了孙悟空，她总是让我父亲现形。我有时候会走神，觉得现在的大姐夫，就好似当年的父亲。好端端一个体面男人，愣被大姐弄得一脸困顿。幸亏现在过的是好日子，吃穿用度不用忧心，大姐夫还不至于像父亲那样被羞辱。

"唉，你爸啊，"二姨说起我爸时候的表情，有时候看起来有些过于认真，反而让我觉得很陌生。她说的每句话也像是经过深思熟虑、字斟句酌的，这更是让我心里疑窦重重，好像她故意在回避着什么。所以她说的时候，我一字不落地听着，总是沉默以对，等她慢慢地表达完，生怕漏掉一个细节，"他算是生错了地儿，一辈子没跟人红过脸，也从来没见他说过别人的不是！"

"村里人都说他是个热心人，待人又得体！"二姨夫补充道。

而有时候她又会说："你爸确实是狗屎扶不上墙，也指望不上他。你妈一个人拉扯一大家子也真够苦的。如果不是他太那个，你想想你妈会那样对他吗？"

我问二姨关于我父亲留下的食谱的事儿。这事儿过去在镇子远近传得神乎其神，说我爷爷家曾经有一本秘传的食谱，传给了我父亲。我父亲又传给了我二姐。父亲活着的时候私下教过的几个徒弟开的饭店，都说是我父亲秘传的手艺。而且我家姐弟几个都开饭馆，也都有几个拿手菜。

二姨夫说："怪了，我整天和他在一起，从来没听说过你爸留下过什么食谱，更没听说过他教过任何一个徒弟。"

我记得我曾经就这事儿问过我二姐。我二姐说，父亲死前确实到学校给她送过一个本子，那本子上也确实写的都是做菜的事儿，是父亲自己写的。但她没有仔细看，父亲死后她珍藏着，有一天却发现本子不翼而飞。

一直到二姨去世后，她说的父亲"那个"，我才多少明白一点是什么意思。在我拼缀起来有关父母的图景里，父母这桩婚姻，两个当事人都不大愿意，完全是我爷爷强行拉郎配一手造成的。

我父亲生于中医世家，家庭条件优裕，从小到大都是衣来伸手饭来张口，没受过任何委屈。可我父亲除了会念书，其他心思全用在吃上了，常常偷我爷爷的药材炖鸡煮鸭。他卤的猪头肉能香一条街，做年食也样样在行。开始我爷爷看他聪明，对他寄予厚望。后来看他只在意庖厨，非常失望。但他打也打了，骂也骂了，儿子却终是不上进，最后索性由他去了。好在那时候爷爷家丰衣足食，也不在乎父亲糟蹋一点食材和药材。父亲尽着性子痛痛快快当了几年"少爷厨子"。

而我母亲虽然是个女孩子，但从小就被我姥爷送进了学校，成为县中为数不多的女学生。她学校未念到毕业，解放了，我姥爷被当作恶霸被政府镇压。说起我姥爷，他的故事可以拍一部电影，肯定还得是加长版的。他出身优裕，自幼聪慧过人，过目不忘，完全可以考个好功名。但他志不在此，特别喜欢《东周列国志》里的人物，义字当先。他在乡里更爱出头逞强，喜欢当老大，仗着家里有钱，既喜欢仗义疏财，又热衷于抑富济贫。有人对他感激涕零，也有人对他恨之入骨。我姥爷被枪毙那一天，传说跪了一街筒子人，求政府手下留情，都是受过他恩惠的人。

我母亲自小就随她父亲的性子，敢作敢为，倒也是个自立自强的主儿。父亲被镇压，她一点也不觉得羞愧，竟然指挥着愿意帮忙的人给爹爹办理了丧事，像送别一个正常人一样，丧礼办得有鼻子有眼儿。平日里出出进进，她腰板挺得直直的，小小年纪，家里家外都能独当一面。在全镇子上，也算是响当当的女汉子。我爷爷为此格外看好她，这桩婚事是过去爷爷和姥爷商量过的，所以尽管两个当事人都不满意，爷爷还是拿当年和我姥爷的约定镇着他们，逼迫他们结了婚。大概在我爷爷的世界观里，说过一次的话，就是诺言。

按照当时的形势，我爷爷的家财和他在当地的影响，也足以被划个地主富农。好在上天眷顾他，让他在我姥爷被枪毙后不多久竟然无疾而终。我父母结婚的时候，家里的财产大部分都被充了公，只给他们留下了两间破房子和必要的生活用具。

开始母亲还把对未来的希望寄托在父亲身上，想着他出身大家，见过世面，应该有主见，有魄力，两个人齐心协力挑起生活的担子，没有什么过不去的。她哪里会想到，父亲眼高手低，说起来头头是道，干起事情来百无一用。所以家里的事情，渐渐地都要由母亲来做主。

后来我大姐出生，家里的日子过得更加紧巴。刚好有一个机会，外地的几个客商要去武汉贩药材，不知道怎么打听到我父亲懂这个，就找到他让他帮帮忙，一起去一趟武汉。母亲想着这是个好机会，就把自己千辛万苦攒的一点钱拿出来，把自己的金戒指都卖了，让他跟着人家去武汉长长见识。

临行前，母亲一夜未睡，帮他收拾路上用的东西。缝了一条腰带，把钱夹在里面。

天还未亮，母亲就擀好面条，把我父亲喊起床。

面条里放了细细的姜丝、葱花、麻油，还卧了几个荷包蛋。

"人家说这面越拉扯越长，"母亲用少有的温柔口气说，"人在外面，得想着家里。一定多长个心眼儿，不能光顾吃喝。要把人家的生意照顾好，咱们自己也赚点儿。"

"这你就放心吧！"父亲胸有成竹地说。

吃过饭，母亲提着包袱，一直把父亲送到路口，看着他和那几个客商会合，直到看不见他们人影了才回去。

还是十几岁的时候，我父亲曾经跟着他的父亲我的爷爷去过武汉。我姥爷那一次也去了，他们是到武汉三镇拜访湖北的几个朋友，在那里好住了几日，天天吃香喝辣，坐着朋友的汽车到处游逛。那真是一个光怪陆离的世界，景美人美，吃的也美。尤其是武汉的小吃，让父亲乐不思蜀，大饱了口福。

父亲跟着那帮客商搭火车走到汉口已经是第二天傍晚了，他们草草吃了碗面就找地儿休息，准备第二天一早去药材市场。毕竟人家是来贩药材，不是来海吃胡喝的。但父亲被心里的馋虫勾着，哪里睡得着？看看一帮人睡了，他自己又溜到江边的小吃摊上一家一家地品味。吃到高兴处，也学旁边的人买了米酒大碗来喝。谁知道那酒喝着好喝，但后劲大。等他想站起来的时候，已经醉得东倒西歪了。好不容易找到住宿的旅馆，天已经快大亮了。他扔在床上昏睡了三天三夜。同去的人喊他不醒，见他不是个做事的人，也不再管他，把他身上的钱财洗劫一空，一去不回头。按后来母亲的说法，人家没把他扔长江里喂鱼，已经算是万幸了。

三天后父亲才醒来，看看身无分文的自己，一时间没了主意。后来他把自己身上值钱的东西都抵给旅馆才得以脱身，靠沿途要饭走回来的。母亲看见他蓬头垢面、衣衫不整地回来，只道是他被人偷了，不但没责怪他，反而还千方百计安慰他说，你不知道外面的险恶，第一次出去没经验，慢慢就学会小心了。

二姐和我出生后，家里的日子更难了。母亲找到我舅舅借了点钱，安排父亲去城里买一台缝纫机。她在城里上学的时候跟人学过一点缝纫，想把这个手艺捡起来挣点钱补贴家用。谁知道他去城里转了一圈，买了一辆三轮车回来了。

母亲看他煞有介事地骑着三轮车回来，样子看起来很是滑稽可笑，就耐着性子问他："让你去买缝纫机，你怎么买个这东西回来？"

"这东西？这东西好啊！"父亲从三轮车上跳下来，像得胜回朝的将军，一边轻轻抚摸着三轮车座子，一边眉飞色舞地跟母亲说，"我去供销社问了，缝纫机要票，没有票人家不卖。这个不要票，这多好啊！多实用啊！给人拉点东西，既不用什么手艺，又自由自在，而且男女都能干。缝纫机就你自己能用，我不能在家闲着吧？"

母亲不但没生气，还就着这事儿，逢人便夸奖他有眼光，有头脑。

开始一段还真不错，给人家拉货送东西挣了点钱。每天见了钱，都完好地交给母亲。可巧有一天，他给饭铺子送菜，卸货的时候看见大厨正在做菜。他一时技痒，讪笑着凑过去说："老弟，要不我帮你干一会儿？"

大厨斜睨他一眼，说："老兄，还是好好送货吧！这活儿哪是你干的？"

父亲便去找掌柜的。掌柜的也听说过我爸，只知道他过去老是去人家帮忙，但没听说他在饭店做过，便对我爸说："老兄，今天不行，这可开不得玩笑，外面好几桌客人等着上菜呢！"

父亲说："不误事的。不误事的。"说罢就去菜案边站着。大厨正想看看他的笑话，便把刀顺过来，刀把子递给我父亲。

我父亲接过刀，神情立马肃穆起来。他挽了挽袖子，并未急着下手，而是一边用磨刀棍细细地磨着刀，一边认真地看着面前点菜的单子，仔细盘算了一下，才开始切菜。也未见他有大动作，只见菜刀贴着案板，像小鸡啄食似的不停地动着。不一会儿工夫，他面前就规规整整摆满了肉丝、肉丁、肉片和花红柳绿的各种配菜。案上的东西准备齐了之后，他才开始开火、架锅、烧油。在父亲的操持下，一时之间只见勺子翻飞、碗盘叮当。平时蔫不拉叽的父亲，好像突然间换了一个人，简直像个音乐演奏家，把各种乐器调拨得如行云流水，荡气回肠。一会儿便让老板和大厨看傻了。

"我的天！"老板以掌击手，兴奋地喊道。

没多长时间，客人的菜全部做好了。菜案干干净净，锅灶也利利落落。这让掌柜的和大厨看得心服口服，半天才回过神来。掌柜的本来就是个二把刀，靠糊弄过路的赚几个钱。找的大厨也是一般的厨子，只能应付个粗茶淡饭而已。

"今天真是开眼了，想不到咱这里还有这样的高手！"掌柜的不住嘴地赞叹道，"人家多少有点手艺都去考厨师了，您咋没去呢？"

父亲就不能听到人家表扬他做菜好，这是他最高兴的事儿。他乘兴把大厨喊到跟前，把做菜的方法和火候一一讲给他，让他照着做。掌柜的也高兴，觉得我父亲实诚。待客人走了之后，让他拣拿手的做了几个菜，跟大厨三个人在外面坐了。

掌柜的说："今天算是遇到高人了。不知道能不能请大哥委屈到我这小铺子里，算给小弟我帮帮忙。"

大厨也在旁边，不住口地喊我父亲："师傅，师傅。"

我父亲说："很抱歉，这个我做不了。"他知道如果要跟母亲提到这个，母亲肯定会跟他拼命。

"价钱您只管提。"掌柜的说。

"不是钱的问题。"父亲说。

掌柜的无奈，只好劝我爸喝酒。三个人喝干了两瓶烧酒。父亲喝了酒，仍和上次一样，头晕眼黑。掌柜的要找人送他，他大咧咧地说没事儿。两个人把他扶到三轮车上，他走了不多远，便一头栽到沟里，肋骨立时断了两根。

家里没钱，母亲只好把三轮车卖了，卖车的钱还不够治病的。母亲虽然脾气不好，但大事上总还是明白事理，人都这样了，她反而不再苛责，尽心给父亲治病。特别对于父亲喝酒，虽然坏了两次事儿，但母亲并没有过分责怪他。她觉得一个男人不吸烟，再不喝酒，就更没一点汉子气了。她偶尔说起我姥爷，一顿喝一斤酒，一点醉态都没有，说话滴水不漏，那叫一个威风！

但是出两次事以后，父亲再也滴酒不沾。他知道自己吼不住那一口。

看着他一个大男人整天无所事事，母亲暗自着急。想着他自小背过汤头歌，多少也懂点医术，于是就去托了镇上的一个人，让给他找点事干。这个人曾经是她爹的跑腿儿，和她家的人关系很好。过去她爹也常常带他在家里吃饭。她爹被镇压了，这个人却因为在政府里有关系，被树成受欺压的劳苦大众的典型，后来竟然当了干部。但他人倒不坏，当了干部之后对我们家还是比较宽容的，至少没有落井下石。我母亲去求他，他二话没说，就安排我父亲到镇上一个兽医站当临时工。要说这真是有点乱点鸳鸯谱，兽医跟人医毕竟是两码事。好在我父亲还懂点中草药，安排到兽医站，如果他愿意好好干，也说不定真的能干好。

但他去了不到半年就被开除回来了，还背了三十块钱的罚款。那时候的三十块钱，够一个家庭吃一年半载的。事情的经过是这样的：有个生产队的一头驴生病，已经病得走不成路了，用拖拉机拉到兽医站。那天刚好我父亲值班，看了看这头驴后，他说已经没有治疗的价值了。不知道他是想展示一下自己的手艺或者是可惜这头驴，他提议大伙儿凑点钱把驴买下来。五块钱买了一头病驴，杀了之后他配了煮肉的汤料，然后亲自下手卤了一锅驴肉。兽医站的人每人都分了一份儿。后来不知为什么被镇上知道了，说是破坏人民公社生产资料，要追究兽医站的责任。兽医站的领导把责任一股脑推在我父亲一个人头上。他被开除不说，还罚了三十块钱。

不过他那次出事儿以后，卤煮驴肉便成为镇子上的一道地方名吃，一直到现在都经久不衰。再一个就是我父亲会做饭的名声也传出去了。

为了这件事，我母亲大病了一场，好久都没迈出过家门。身体好了之后，她性格像变了个人似的，脾气暴躁得简直像一支炮仗，遇火就着，对父亲再也没有任何温情。从此之后，我们家人再也没人敢在她面前说到吃的话题。没人在后面督促着，父亲也不再出门找事儿干了，天天浑浑噩噩混日子。后来发展到母亲在家里不管怎么对待他，他都跟木头人一样，装作没听见。

父亲死后，有一次母亲跟二姨哭诉道："如果他能出去拼一拼，就是把家里所有东西都输干，我也不会责怪他一句，他也不枉活一场！"

二姨说："人各有命，就像你说的，我嫁一个杀猪的，不照样得过日子吗？"

说起二姨夫，母亲总是不屑一顾，她觉得好歹我爸也是个少爷出身。"不过，他一个大男人，天天在家里混吃等死，活着就是丢人。就这你还说我家的孩子教育得好，教育得好。好什么好？不都跟他一样，一窝子饿死鬼托生的！"

我二姨夫在我二姨病逝后的第七天死于心肺衰竭。我回到深圳还没来得及喘气，又飞回了郑州，帮哥哥处理后事。

在我母亲嘴里，二姨夫一辈子都只是个杀猪的，是个没丁点出息的人。可这个杀猪匠和我二姨恩爱一辈子——可能也称不上恩爱吧，平淡夫妻，一辈子没吵过嘴，但也没爱得死去活来过；从没大富大贵过，可也从不缺衣少食，相依相伴过了一生。二姨缺少我母亲的志向，从不巴望自己的丈夫或者儿子能出人头地。他们两个相依为命，都活到八十多岁。

对于他们的去世，母亲并未表示过多伤心，该做什么还做什么。只是说到二姨的时候，她会说："要说不该啊，她比我身体好嘛！"或者说："她这一辈子，过得也不值。"对二姨夫的死，她没有任何态度，问都没问过，自然没人知道她心里是怎么想的。我想，她不至于对食品公司那档子事儿还耿耿于怀吧？

五

二姐是在孤独中长大的孩子，在我们家，她虽然比我处境好一些，但也不怎么讨母亲喜欢。为什么唯独我们俩不讨母亲喜欢呢？虽然我们从来没在一起说起过这个事儿，但是各自心里都有数。二姐贪吃，而且性子懒散。这是母亲最受不了的。而至于我，母亲说得更难听，她说我从长相到性格，特别像我父亲。有一次忘记因为什么事儿，她跟大姐说起我。她说，你三妹要是再长了胡子，活脱脱就是你爸又从黄河滩爬回来了！

在我们家，二姐长得最漂亮，就是不爱说话，是我们村有名的冷美人儿。我父亲最喜欢的也是二姐，暗地里夸奖这个闺女像个大家的孩子。二姐说，她不像我们几个深受母亲的控制，时时处处孤立父亲。她不但不讨厌父亲，甚至还有点喜欢他。他从来不打骂孩子，大小事说一句狠话都很少。她说她喜欢父亲看她时的目光，柔软得跟兔子一样绵软的眼睛。打记事起就喜欢腻着父亲，整半天整半天地拱在父亲怀里自个玩儿。父亲偶尔会给她讲些个故事，猫姑姑的鱼汤之类的，反正都跟吃有关。猫姑姑给小猫做鱼汤，新鲜的鱼放上几朵蘑菇，再加上葱、姜……煮出白浓浓的汤，那个好喝啊，把小猫的肚皮都撑破了。每次故事还没讲完，二姐的口水都流出来了。母亲嫌二姐贪吃，也可能与这有关吧。

我母亲不喜欢二姐的再一个原因，就是她脾气特别倔，自己不愿意干的事情，怎么说都不行，打骂也没用。有一次，她嫌母亲用我大姐的旧衣服给她改做的棉袄太难看，不愿意穿。母亲就把棉袄从她身上扒拉下来扔在地上，说不愿意穿就别穿！大冬天的，她硬是穿着一件单衣去上学，回来冻得感冒了好几天。

不过，说她贪吃还真有点冤枉她，我觉得她只是好吃，最多是会吃而已。在吃的问题上她比较挑剔，喜欢吃的东西一定要吃够，不喜欢吃的东西，宁愿饿着肚子也不吃。本来在我们家"吃"就是一个最大的贬义词，是一种恶。而她不但贪吃，还把倔劲儿用在吃上，这让母亲更加愤怒。一个人对吃这么讲究，还有什么救儿？所以母亲刻意要在家里创造一种以吃为耻的氛围，并把这种观念深深地种植在我们的骨子里：贪吃的人都不是什么好人，都不会有什么出息。

我们对于父亲的疏离就跟母亲的这种教导有关。一直到现在，我们也避免在母亲面前谈论吃。虽然都开饭店，但是在家里闭口不谈饭店的事儿。母亲不管在任何时候、任何情况下，也绝对不会去我们任何一家饭店吃饭。

二姐是我们家唯一一个读书读出功名的人，这让母亲以吃为耻的文化受到很大的冲击。收到录取通知，二姐也不向她报喜，通知书关抽屉里，一句话都没有。其实母亲早已经听说了，但她不说，母亲也不问。她曾经向我大姐抱怨道，知道是个不孝顺的，翅膀长硬了还不知道会咋着呢！所以二姐考上学，本来是给家里挣足了面子，应该在村里放一场电影祝贺一下。有人提起这事儿，母亲一口回绝了。二姐走的时候她也没送，一早就下地干活儿去了。

我借了一辆自行车，把二姐送到了市内的学校。

二姐财会专科学校毕业后，分配到区政府上班。她漂亮，又有文凭，一上班就被区里一个副书记看上了，想娶回家当儿媳妇。副书记找了个中间人，就是原来跟着我姥爷，后来在镇子上当干部，给我爸安排过工作的那个人。他来找我母亲。刚刚说明来意，我母亲便说："其他人说这事儿，我不一定答应。要是您说了，我信！"

母亲跟二姐说这门婚事的时候，带着几分得意，好像她立了好大的功："看看人家的那个家，若不是不讲出身成分了，人家能看上咱？"

让母亲想不到的是，二姐死活不答应。她知道那个副书记的儿子是个混世魔王，打架斗殴不说，多少女孩都被他糟蹋过。

对二姐的拒绝，母亲眼睛都没抬，说："年轻人，哪个不昏上几年？看人家那家庭，父母哪会不操心？结了婚就好了。"我二姐说："人家家好，和我有什么关系？我是跟人过，不是跟他家庭过。谁想嫁谁嫁，反正不是我！"

母亲气得站起来，指着二姐半天说不出话来。后来看见二姐往外走，她在后面跳着脚说："从小到大你都哭丧着个脸，等着我死是吧？人，说一句就得算一句！我已经答应过人家了。你要不答应，要么你离开这个家，要么我死。你看着办吧！"

二姐二话不说，收拾了几件简单的衣服，头也不回地走了。

就是那一次，那一年的阴历七月二十六日下午，母亲又一次气得犯了病，一头栽倒在沙发上，口吐白沫，人事不省。后来拉到医院抢救了半天，虽然并没有生命危险，但还是把我们吓得不轻。

最终二姐还是屈服了。

本来就是硬撮合的，再加上性格差异那么大，结婚以后两个人完全过不到一起。书记的儿子不务正业，天天泡在歌厅酒吧，经常是十天半月我二姐还见不到一次他的人影。但我二姐从没回家诉过苦，跟任何人都没提过这事儿。后来还是我母亲看着不对劲，结婚几年了也没孩子。找人一打听，两个人基本没在一起住。母亲把二姐找回去问她，这些事儿为什么不跟她说。

二姐说："不想说。"

母亲说："那就立马跟他离婚！"

二姐说："不想离。"

母亲说："你说不离就不离了？"

我母亲实在咽不下这口气，到书记家跳着脚骂了几次。人家那家也不是任人撒泼的地方，立刻催着儿子离了婚。本以为我们家还会闹，我母亲一句话没再说。我二姐净身出户，带着自己的衣服就走了。

二姐离婚后，那家人倒是有点后悔，毕竟自己家的儿子什么样他们比谁都清楚。二姐与他结婚几年，从不吵闹，也没向家里提过任何要求。在单位更是低调内敛，踏实得像颗螺丝钉。穷人家也能教养出这般又懂事又有尊严的孩子，他们觉得很难得。

他们再找那个中间人来说合，被母亲一口回绝了。

二姐离婚后也没有回娘家住，而是住在区里给的一间单身宿舍里，像是什么事都不曾发生过，安安静静过自己的日子。二姐后来又找的这个人也是她的同学，原来在西北当兵，执行任务的时候腿被冻坏了，是立过军功的。后来转业到地方上，安排在镇政府办公室工作。在学校时二姐倒没有怎么在意他，记不得他什么样子了。但现在他毕竟是当过兵的人，受过部队的训练，总是把自己收拾得整整齐齐，腰杆挺得笔直，办事利利索索，如果不仔细看，走路的时候完全看不出腿是受过伤的。二姐知道他的伤情有多重，他能坚持这个姿态，需要怎样的毅力啊！

这个人也很同情二姐的不幸，总是不动声色地帮助她。毕竟她的前公公还干着领导，虽然人家丝毫没有难为她，其他的却很少有人敢和二姐走得近。势利是人的本能，她也不怪谁。可大家的冷淡和明显的距离感，让后来的二姐夫感到不快，他就是那个时候走近二姐的。

二人相处久了，日久生情。他向我二姐求婚的时候，我二姐就提了一个条件，要求两个人同时辞职，不再看人家的脸子了。

他二话不说，先打了辞职报告。

母亲听说了这事，跟二姐闹得要死要活的。一家子人都上不了台面，好不容易出了这么一个体面人，说不干就不干了。又要找二姐的同学去闹，被我二姐呵斥住了："辞职是我自己的事，也是我要求他辞职的，你找人家说什么理？"

我母亲说："不是因为他你会辞职？"

我二姐说："我结婚是你选择的，离婚也是你定的。难道你还想让我再来一遍吗？"

我母亲气得三天不吃饭，病得一个月起不了床。

二姐他们两个人辞掉工作结了婚，在他们居住的村（那会儿已经叫社区）东边盘下了一个餐馆，主卖卤煮驴肉和牛羊肉类的食品。周围的人都说二姐的卤肉好吃，传说是我父亲给她秘传过食谱，得过我父亲手把手的真传。每当有人问起他俩的时候，他们都矢口否认。这让人家越发觉得这传说是真的，而且添油加醋，越传越神。

后来是我问她，她告诉过我，父亲确实给过她一个做菜的笔记本。她一直藏在家里，不知怎么的，那个本子不见了。我二姐找我母亲讨要，我母亲死不承认，说她没拿。二姐这种性格，倔起来谁也没办法，天天追着母亲要。后来把母亲逼急了，母亲说："你说是我拿，就是我拿了。我塞灶火里烧了！"二姐更急，说："那是我爸留给我的，你凭什么烧了？"母亲劈脸给她一巴掌，把二姐打得一头撞在门上，头上立马鼓起了个大包。母亲说："我凭什么烧了？就凭我不想让你们成精！一个两个都成馋嘴精了！"

对于二姐的再婚，后来母亲再也没有干涉，可是她辞了公务员开饭店，真是让她吐了一回血，一下子老了好几岁，一个人关着门叹气："学还不是白上，真随了你那死鬼爹。原本我说她哪来的恁大福气，到底是盛不住啊！"

母亲一次也没去过我二姐的店，经过那条街都绕着走。逢年节走娘家，我二姐绝不带自己饭店的食品，带的都是超市里买的礼物。

也真让我母亲说着了，也许是遗传基因的作用，也许父亲留下菜谱这件事在我们心里深深地扎下了根，要不我们姐弟几个怎么不约而同都选择了开饭店呢？

二姐他们的饭店开了几年，生意很不错，也赚了一些钱。她却一路瘦下去，而且一直没生孩子。二姐夫拉着她去医院检查，结果发现患了甲状腺肿瘤，已经有癌变了。虽然手术做得还不错，而且三个疗程的化疗做下来，二姐的身体并没有很大反应，头发也没掉，但二姐夫还是不放心，经常要拉着她去全国各地的大医院找专家。二姐想着刚好趁着这个机会，也可以给二姐夫治疗治疗他的伤腿。于是两个人一合计，就把饭店转让给别人，老房子也卖了，买了一个旅行车，天天跑着求医问药。最近我联系了她两次，他们一次是在北京，一次是在天津。直到我要走的前一天他们才赶回来。

本来我在郑州东来顺火锅店定了个房间，二姐喜欢吃涮羊肉。可是怎么说她就是不出来吃饭，我只好让火锅店把东西打包送到她家里来。

那天我到她家的时候，他们正在整理大包小包的中药，屋子里弥漫着一股药香。因为是逆光，或者是心理作用，我看着她瘦得像个影子一样坐在那里，禁不住一阵心酸。我屁股还没坐稳，她就说起母亲打电话安排父亲墓地的事儿，说早就该好好办了。然后，她手朝里面指了指，对二姐夫说："你去把东西拿过来给三妹吧！"

二姐夫站起来的时候，我才拿眼睛去打量他。他也比过去瘦了，但精神头很好。他身上有一股正气，因此看起来哪里都大方端正，和二姐很是般配。关键是两个人相敬如宾，日子过得很称心。不过到底上了岁数，能看出来腿走着还是多少有点不利索。他回到里屋，拿过来一个用报纸包着的大纸包，在沙发上打开一看，里面是十捆百元钞票。

"这是十万块钱。"二姐夫指了指那钱，然后怕烫着似的缩回手，两只手来回搓着。

我"哦"了一声，站起来走过去，把纸包重新包好，放在二姐面前的桌子上。我说："二姐，姐夫，这个事儿你们不要管了，先抓紧时间看病。二姐，尤其是你，谁不知道你现在过的什么日子？这几年你们俩看病估计把家里的钱都折腾差不多了。即使你们要出这笔钱，我也先替你们垫上，以后再说好不好？"

"那怎么行？"二姐生气地瞪着我，"谁也代替不了我，你也知道父亲跟我最亲。"说着她的眼圈红了，低下了头。

"我知道。等你们缓过劲来再说吧！我这次来不是要钱的，就是过来看看你们。一直想让你们去深圳住一段时间，你们总是害怕给我添麻烦。自己一家人，能有什么麻烦呢？"我的眼泪也流了出来，在我们家，我跟二姐最好，"而且我跟大姐也说好了，我的房子卖了，钱也不存了，先把坟地买了，把咱爸安置好，以后再说好吧？"

二姐低着头没说话，也没再推让。

我怎么会不知道父亲对二姐最亲呢？在我们家，唯一能跟父亲说话聊天的只有二姐。二姐跟我说过，父亲出走的那天下午，曾经专门到学校来找她。那时她还在上中学，他在学校门口旁边等着她放学出来。那是秋天了，他一个人瑟缩着站在离校门口很远的地方，害怕人家看见他。二姐出来没看见父亲，只顾低着头跟在其他学生后面往前走。后来她感觉有人在旁边跟着她，扭头发现了父亲，也不知道他已经等多长时间了。但周围都是同学，她也不好意思喊他，那时候的学生都怕家长到学校来，让同学们看到笑话。女儿在前面走，父亲就远远地跟在她们后面，直到周围没人了，二姐才站下来。

父亲从怀里掏出一个夹了肉的馒头递给二姐，馒头里的肉夹得很厚，一闻就是父亲卤料的味道。那是他从人家酒席上带过来的，包馒头的纸油汪汪的。二姐接过来，感觉还热乎乎的。

两个人站在那里，父亲看着瘦小的女儿三下五除二就把一个大馒头吞进肚里，意犹未尽。父亲的眼圈却登时红了，一脸的惭愧，那神情好像是在说："姐，爸没本事，要是你生在过去，想吃什么爸都给你做。"

俩人还没说几句话，远处又过来几个同学。二姐急得想走开，害怕被同学撞见。

"二姐，我想给你说个事儿，"父亲从怀里掏出一个红塑料皮本子递给二姐，"这个你放起来……"

那几个学生走得越来越近，二姐匆忙接了，没等父亲把话说完便扭头跑开了。

那是父亲和他的孩子说的最后的话，至于他还想说什么，永远也无从知晓了。

二姐说，她和父亲分开后就开始后悔了，以后很多年里，她一直为这件事情后悔，不仅仅是因为后来他死了。她说，当时她就非常伤心，一个寒瑟的父亲，特地来看女儿，她就那样把他撂开不管了。她应该让他把话说完，当时没想那么多，只是觉得以后还有机会。

"谁知道，再也没有机会了！"二姐每次说到这里，都会哭一次。

二姐讲了这一段故事之后，我曾经跟她讨论过这么一个问题：如果父亲不是自杀，他为什么要跑那么远去学校找你，交给你那个笔记本？在家里完全有足够的时间，也有很多机会啊！可见对于他的死，他是有预见的。至于那天夜里跟母亲发生的争吵，最多是促使他下决心的一个因素。说母亲逼死了父亲，完全是无中生有的臆猜。

二姐长长地叹了口气，说："咱们家那环境，还容得下他吗？"然后又摇摇头说："别想它了，都过去了！"

火锅把二姐家的温度升高了，她的新家还没开通暖气，空调功率太小。二姐解开围巾，脱了外套，我看到了她脖子上手术留下的疤痕。现在的外科技术好，倒是做得细细的不太明显。我站起来，把我脖子上的珍珠项链取下来要给她戴上，装饰衬托一下，刚好能遮住一部分痕迹。二姐坚决不要，使劲和我推让，脸涨得紫红，脖子上的疤痕变得更红了。二姐夫说："三妹真心给你的，你要再推让就生分了。留下吧！你也从没给自己买过一件首饰。"我眼圈又红了，我那里有一大盒子珠宝玉器。看看我身上的衣饰，再看她。同是一个母亲生的，命运却有着巨大的差距。

我说："这珠子不值几个钱。二姐是个美人，戴在她身上就是比我戴着好看。"

那是我年前刚买的南洋珍珠，十毫米的金珠，我知道我要是说出来价钱，抵死她也不会要。

我对二姐夫说，该去给二姐添几样像样的衣服了，女人打扮得漂漂亮亮，运气都会跟着好起来。

二姐夫以军人的认真口吻说道："是的，年前后我催她七次了！这几年病着，她心都懒了。"

我笑了笑说："二姐，你过的是自己的日子，干吗总是跟谁赌气似的？"

她有心结，父亲的死，以及，母亲对她的干涉，一直都没有化解，沉积在她的心底。但我知道，你无法说服她，除非她自己走出来。

二姐这才不再推让了。她把珠子在脖子上转了一圈，问二姐夫："好看吗？"二姐夫笑了笑，点点头说："三妹说得很对，人就得打扮，看着精神。明天就去买新衣服，咱好马得配好鞍。"

二姐的情绪也轻松多了，对我说："三妹，现在咱妈最离不开的就是你了，你也够心累的。"

我笑了，说："天底下谁会信啊？她不是离不开我，是离不开小妹。"

"信不信由你，"二姐本来也想笑，但没笑出来。她下意识地摸了一下脖子上的疤痕，"我最了解她，你别看她说什么，要看她做什么。她就是嘴硬。她为什么自打去了深圳一趟也不回来？"

然后她拿起我的手压在她手上，认真地说："别跟咱妈计较了，她一辈子就那样。她一直跟我过不去，更跟你过不去。我吧，生性就这样子。那时她可能觉得或许你能有点出息，能吃苦，也能忍。她就是怕你像咱爸，太没心劲儿了！你什么都不要，都不争取，她是恨铁不成钢。她最崇拜咱姥爷，就怕自己的孩子像咱爸。"

我的泪涌上来，努力把它压下去。但是仔细想想，二姐的话也让我不舒服。她怎么也会像大姐一样，看得出来我在跟母亲计较？这话从大姐嘴里说出来我还受得了，从她嘴里说出来我很难接受。不过话又说回来，我不是也一直觉得二姐心里在跟母亲计较吗？

但我不能跟她辩解。虽然我无论如何也改变不了她母亲也是我母亲这样一个事实，但母亲从小到大这样对待我，总得有一个理由吧？我始终痛苦的不是她这样对我，而是她为什么这样对我？

但是我说的却是："她那样子对咱爸，我这些年也一直在想，咱爸又有哪样做错了呢？说咱爸给咱们家带来耻辱，连大姐也这样说。咱爸到底给咱们家带来什么耻辱？"

"那要看怎么说了，每个人看问题的角度不一样。"二姐若有沉思，"算了，反正都过去了。"

二姐这话，让我更是难受，莫非她也曾经认为父亲给我们家带来过耻辱？

"我不认为咱爸给咱们家带来过什么耻辱，而且如果没有咱爸，咱们几个会开饭店吗？"我心里空落落的，有一种坍塌般的悲凉，"有些事情可以过去，有些事情永远都过不去。我现在琢磨出每一道菜，都会想，我这菜就是做给爸看的，就是想让他满意！咱妈整天讨嫌他，说他嘴馋，他要是活着，我就让他吃个够，龙肝凤胆我都给他买！"

一句话，说得我们姐俩的眼圈都红了。我们不敢看对方，眼睛盯着咕嘟咕嘟冒热气的火锅。后来还是二姐夫添菜，我们才结束了这难挨的沉默。

吃过饭，我们又说了一会儿话。临走的时候，我给二姐放桌子上五万块钱，说让她和姐夫看病用。她也没有推让。

第二天我回深圳是坐的飞机，我急着赶回去看看母亲的病情。大姐夫把我送到机场，接到二姐的电话，她和二姐夫也赶到机场送我。二姐还收拾了一包东西，说都是母亲爱吃的咸菜什么的，让我带回去。我把东西塞进行李箱里，回到深圳才发现咸菜下面整整齐齐压着十五万块钱。

但是那串珍珠项链她留下了。

六

最早起步的时候，我十几万块钱给自己在郑州买了套房子。一来那时候郑州的房子便宜，与深圳比起来像买白菜似的。二来是怕钱握在手里不牢靠，说到底更是为了让自己安心，万一哪天外面的路走不通了，自己总是个有家的人。

回到我自己的房子里，才觉得是真正回到了郑州，而不是像走在梦境里，飘忽得惶惶不可终日。有时候我不想受任何人打扰，就关掉手机，静静地坐在空荡荡的房子里想那些过去的事情。历史正汹涌而来，我像坐着时光之船，一点一点地穿越历史的激流，与自己的过往擦肩而过时，即使是伤痛也变成了甜蜜。

我想起了母亲。跟母亲在一起生活了几十年，我也没弄明白她。她的性格非常古怪，或者说非常奇特。我常常想，即使我父亲是一个上进的人，能达到母亲所要求的高度和标准吗？母亲最羡慕的人就是我们家邻居周四常，父父子子都是走的仕途，里里外外都风风光光。而我们呢？母亲觉得一家子都是卖饭的，挣再多钱，也是从人家嘴头子里抠出来的，怎么说得起嘴？一粒老鼠屎坏一锅汤，都是我爸把儿女带歪路上去了。

二姨说，母亲的性格最像我姥爷。我姥爷最后被枪毙，也不是作了多大的恶，而是他眼睛太尖、嘴巴太利。他是镇上的摆事老大，谁家父子兄弟分家，闹三天打断胳膊腿都扯不清。着人请他去，他穿着长袍拄着拐棍往人家堂屋里一坐，三下两下就把家当给分了。虽然他处事公道，大家也都相信他，但毕竟事到临头，有满意的有不满意的，反正满意不满意都得听他的，一句都不敢抱怨。一个镇子就这么大，谁敢保准今后没事求到他门下？不过话又说回来，在熟人社会里，让人敬着却又让人怕着，终不是啥好事。

我从一开始就知道在这个家里母亲最不喜欢的是我。但她从来没说过我有哪一点不好，也许她是整个不喜欢我，也许是我没有一点讨人喜欢的地方吧。小时候我在家里就是干活儿最多的一个，她像从来没看见一样。其实，哪个孩子不渴望被疼爱呢？我越是刻意迎合，她对我的反感越甚。莫非仅仅因为我在长相上像父亲？这无论如何说不过去，毕竟我性格不像父亲，也并不贪吃。

开始母亲最喜欢的就是大姐一人，说她不但漂亮，也会说话，办事也有胆儿，拿得起放得下。后来有了我弟弟，她的心思大部分就放在我弟弟身上了。但相对我们姊妹几个而言，她还是偏向大姐。没儿子的时候，她希望在女儿中培养一个男儿。有了儿子，她觉得找到了希望，殊不知真正性格像我父亲的就是我弟弟。但她不承认，也不允许我们任何人这样说。

父亲去世后，二姨曾经跟我说过，母亲找人算卦，人家告诉她我命里克父母，父亲去世就是因为我妨的。一直到今天，我和母亲从未亲近过。她和妹妹在一起，看电视都挤在一张单人沙发上，出门手牵着手。我哪怕靠近她一点，都能明显感觉到她身体的抗拒。

唉！她究竟是害怕我什么呢？以她的性格，我不相信她是害怕我真的会妨死她。

整个成长期我都非常自卑，为自己给父母带来厄运而惴惴不安，因此在她面前就更加局促，到后来说话也变得结结巴巴的。母亲说我长大了是个会使心眼儿的人，整天低着头，说话哼哼唧唧的像蚊子叫。

"低头婆子仰头汉！整天低着头，心里有啥见不得人的事儿？"母亲说。

母亲的情绪感染了大姐，或者说，大姐觉得她可以代替母亲。家里除了母亲，大姐就是当家人。父亲对这个家庭的影响几乎可以忽略不计。在这种环境下，家里的粗重活儿自然都是我的，洗衣服、做饭、打扫院子。我干活儿多，出错就多，经常被母亲责骂。我记得有一年冬天，快过年了，气温特别低，我提着一篮子衣服去河里洗。河上空旷无人，就我一个，棒槌敲打着衣服，"碎——碎——碎"地传出老远。我并不觉得委屈，干活儿似乎天经地义。即使是这样的日子没有尽头，能让我待在这个家里就让我很满足了。我常常在书上看到"忧愁"二字。可忧愁是富贵人家的事情，我没有权利忧愁，我只是盼着母亲让我上学。我拼命地干活儿，好让母亲满意。

那天洗完之后，可能是蹲的时间太长了，站起来的时候一头栽倒在地上。两只手本来就冻得都是口子，地上的沙和石子儿都钻到伤口里，让我疼出了两眼泪。寂寞的旷野里，天那么高远，我那么渺小。

我要是栽倒在河里呢？我要被水冲跑了又有谁会拉我一把？也许死了会更好些，我父亲不会就是这样想的吧？

我吓得哭了起来，对着一河的水哇哇哇地号叫："啊——啊——啊——爹呀，妈呀，二姨呀，二姨夫呀……"

在家里我不敢哭，掉滴眼泪都不容许。母亲心情不好时，碰巧我干的活儿她又不满意，她就会拧我，但只是拧我的胳膊、屁股。大姐也会拧我。她拧我的时候不说话，只是死劲儿掐我的脸。母亲也骂我："我还没死呢，你给谁哭丧？"偶尔她心情好些，便会笑话我："瞧瞧，自己倒会惯自己，我们家出了个小姐！"

我每次委屈得受不了了，就会跑去二姨家。我哭二姨也哭，她说："哭出来就好了，小孩子老憋屈着会落下病的。"

那天哭完，回家我也没跟母亲说，自己跑到卫生室让医生把石子儿拣出来，包扎一下就过去了。直到我结了婚，才在老公的哄劝下，又做了一次手术，把里面的最后一颗小石子儿拿了出来。那剩下的一颗石子儿，在我肉里疼了多少年？

估计我母亲从来就没想过，我那会儿还是个小孩子，而且是个十三四岁的小女孩儿。

在二姨家，我的身体和情绪都慢慢恢复了。读完小学，有一天母亲突然来到二姨家，说要把我带回去。二姨和二姨夫都很吃惊，说孩子在这儿好好的，你这是干什么？母亲不耐烦地朝他们摆着手说："闺女是我生的，我也没说过要把她送给你们。你儿子也大了，你们家就两间小房子，男大女大的，一个屋里住着不方便。她杵在你们家里，净是碍事儿。"母亲说完，瞪我一眼命令说，"站在这里干啥？还不赶紧去收拾你的东西！"

我靠着二姨站着，看着母亲凶狠的样子，腿都是软的。但我怕她跟二姨闹，便嗫嚅着说："我马上就去收拾。"

她朝我不耐烦地摆摆手说："那就赶紧去吧！"

二姨跟着我来到里屋，一边帮我收拾东西，一边流泪。二姨夫蹲在门口，一根接一根抽烟。表哥那天出去了，不知道是有事儿，还是故意躲出去了。不过即使他在，肯定也不敢说什么。

我跟着母亲回了家。原来是家里添了弟弟妹妹后，她腾不出手干家务活儿了。她见我身体好了，让我回来好歹多个帮手。那时候大姐在她面前还吃香，霸道凶狠，啥事都推给小的。二姐本来就倔，不大听她使唤，一天到晚捧本书，心不在焉地干点活儿她也看不上。二姐也没少挨打。母亲说："随她那死鬼爹，啥都别想指望。"

快开学的时候，我跟母亲说我要上学。母亲吃惊地看着我说："你也要上学？你大姐、二姐都上，你再上，莫非要把我拆骨卖肉？"

我说："妈，我保证一边上学一边干活儿，绝对不在家吃闲饭。"

"不上了！"她对于我敢还嘴，更加恼羞成怒。

过了好久，她看见我一直站在那里没动，口气有点儿软了，说："你这样的死脑筋，上也是白上。你先把家里活儿干好，以后再说吧！"

我不再乞求她，我知道跟她说软话没用，只有把事儿做好才有可能改变她的想法。所以我每天五点多起床，十点多才睡，把家里的事儿理得头头是道。我再提出上学的时候，她没有阻拦。

我初中毕业后，顺利地考上了高中。那天趁她在家做针线，我蹭到她跟前，跟她说我要上高中。

"不上！"她抬头斜了我一眼，就低下头去。父亲活着的时候，有时尽管她说话不好听，但还讲理。父亲不在之后，她的脾气变得更加暴戾，说话就跟放小刀子似的。

我站在她跟前，磨磨蹭蹭不走。

"你就是在这里扎根儿，也不能再上了！"

我依然站在那里。她干完手里的活儿，看都没看我一眼，噔噔噔地从我身旁走出去了，脸色阴沉得像要下雨一样。

这次看来是真不让我上了。

我想到了二姨，我不想她还能想谁呢？趁母亲不在家，我去找二姨。到了二姨家已经快中午了，我看到二姨夫和哥正在吃饭。二姨不在，二姨夫说她去舅舅家了。说话间，哥已经给我盛好了饭。在我吃饭的时候，哥说："你二姨明天才能回来，你要是有急事，我骑车载你去，或者我把她喊回来。"我想了想说："如果二姨在那边没有急事的话，还是把她喊回来吧，我有点急事，在咱们家说方便些。"我在二姨家里，说话就口齿利落，像换了个人。

我哥饭都没吃完，放下手里的碗，推着自行车就走了。

二姨半下午回来了。我一直站在门口等她。她看见我，眼圈先红了。还没待她进屋，我扑通给她跪下了，抱着她的腿哭着说："二姨，您救救我吧，我想上学！"

"你妈又不让你上学了？"二姨蹲下来，抱住我的腰，"我明天就去给她说。她要是不同意，我供养你！"

说话间，我哥也从外面进来了。我们四个人坐在屋子里，你看看我，我看看你，好像谁都没勇气再提这个话题。大家心里都明白，二姨去见我妈也于事无补。后来还是我哥打破了沉默，我哥说："这样吧，明天我去给大姨说，你上学，我去替你干活儿。"

"那肯定不行！"我脱口而出。我知道，二姨二姨夫身体都不好，这个家离不开他，我不能再拖累这个家庭。

"没事儿，"我哥说，"就这么着！"

我知道母亲的性格，我哥这样说也只能是安慰我而已。

我跑来二姨家，也只不过是哭一场，发泄发泄罢了。二姨能有什么办法呢？

吃过饭，我提出要回去。二姨也没再留我。她一直在哭，她知道自己斗不过我母亲，让我哥骑车把我往回送。我们一路无话，但好像又说了一路的话。我知道他说的什么，他肯定也知道我说的什么。

到了村口，我哥把我放下，连看都没看我一眼就折转头往回走，根本没提去找我母亲的事儿。我猜他肯定在哭。我看着他走远了，突然间又泪流不止，我喊道："哥！"可能是因为迎着风他没听见，或者他听见了不敢停下来，只顾低头骑着车走了。

我停了好大一会儿，拐上另外一条路。那条路直通黄河花园口桥，桥下就是黄河最深的地方。我走到黄河边，想着过往的一切，万念俱灰。前无目标，后无退路，还不如一死了之，免得牵累这么多人。我不是怕母亲的脸子，而是看不得二姨一家人的眼泪。

我还想到了我的父亲，肯定他也是怀着我这种绝望的心情，纵身跳入黄河的。父亲会浮水，我也会。既然黄河能带走父亲，也一定能带走我。

一想到父亲，我不但没有伤心，反而有一种说不出来的高兴。

月亮升起来了，把河滩照得恍如白昼。我沉着坚定，一步一步朝河边走去。河边是茂密的香蒲，我扒开香蒲往前走。前面有两只憩息的水鸟突然受到了惊吓，扑棱棱飞起来，就在我头顶上盘旋。我继续朝前走，眼前出现了一只鸟巢，像一个精致的手工编织的小篮子，那么小巧，那么温暖，挂在香蒲秆上。我走过去，看见鸟巢里有两只刚刚出生的水鸟，还有几只鸟蛋。在月光下，鸟蛋发出异样的光，好像通体晶莹剔透。我看着那两只幼小的生命，毛茸茸的，张着小嘴叫着。我站住了，犹豫起来，多么温馨幸福的一家啊！我不能打扰它们的生活。我折回头，慢慢往岸上走去。

抬头寻找那两只老鸟的时候，我突然看到了远处的城市。在夜色里，它离我是如此之近，灯火此起彼伏，照亮了半边天空。虽然在这里长大，可我从没有这样认真地打量过她，尤其是没有看过她深夜里的面容。平时她僵硬的、阔大的钢筋水泥身躯，在夜里突然显得柔软起来，像起伏的山峦。她那明明灭灭的灯火，多像生命的律动。是的，她像有生命似的看着我，温柔地眨着眼睛。她在召唤我。我为什么不走向她？这难道不是一条比死亡更宽阔、更诱人的道路吗？

我的心一阵疼痛，一阵温暖。就这样死去，我不甘心。我要走进城市，我要感受城市。虽然我并不知道外面的世界等待我的将会是什么，但至少它会给我自由，让我自己能够决定活不活，以及，怎么活。

我没有明确的志向，我甚至没有梦想，我追逐的是一个可以远远离开家的地方，越远越好。

后来的事实也证明了，没什么，真的没什么。我一个身单力薄的小女孩子，随着建筑大军进入城市，而且直接去了深圳。那不是一道窄门，她所给我的生命的力量，比父母给我的更坚实，也更坚定。

说真的，从我离开家那一天起，我已经下定了决心，不管混成什么样，我决不会再回家。

七

我父亲还在的时候，我二姨夫在郊区食品公司上班。那时候食品公司还属于国有，基本上所有的副食品都由国家垄断，不允许私人经营。其实说到底，二姨夫就是个杀猪的。这也是最让母亲看不起的地方，所以二姨夫很少到我家来。我母亲要是去他家也不搭理他，如果她偶尔去二姨家，碰巧只有二姨夫一人在家，母亲会扭头便走。她只跟我二姨说话。

二姨夫在食品公司负责杀猪、分割猪肉，最后还要处理猪骨头。认识他的人都说，杀猪匠可是个肥差，给个大队书记也不换。当时这活儿也确实是个肥差。看到他从街里走过，很多人都露出钦羡的目光。他浑身上下散发着猪油的香气，满脸油光。在那个吃不饱的年代里，他不但能吃上肉，还能喝上肉汤，确实让人羡慕不已。

他之所以能吃肉喝汤，就是当时猪骨头也是国有财产，不能随便废弃，要卖到废品收购站。收购站就在食品公司隔壁，但食品公司得把猪骨头处理干净才能交给收购站。这就是二姨夫能吃肉喝汤的根源。最后一道工序，是他负责把剔剩下的骨头放在大锅里煮，以便把骨头上的肉剔除干净。所以，他和食品公司的其他工作人员吃肉喝汤不但是权利，还是责任。

那时候生活匮乏，卖和买都凭票。一个人一月二两肉票，所以也不是天天杀猪，老百姓一年都吃不上几次猪肉，有时候十天半月才杀一回。每当杀完猪之后，食品公司的人就蜂拥而上，围着几口大锅啃骨头喝汤。有时候啃不完，还能从骨头上剔下一些肉来，被他们揣在身上偷着带回家。

刚刚开始的时候，二姨夫可怜我父亲，赶哪次杀猪多了就会偷偷地把我父亲带进去吃喝一顿。那是我父亲最快活的日子，他总是早早地去，帮我姨夫打打下手。熬汤的活儿他争着抢着就做利索了，啃一次骨头会让他高兴好几天。后来去得多了，他跟食品公司的人也熟络了，就不再偷偷摸摸，而是大摇大摆地去了。

有一次煮肉，父亲又是早早地过去。这次他带了一包自己配好的几味中草药，趁二姨夫没注意扔在汤锅里。肉还没煮好，香气已经溢满了半条街。食品公司主任跑过来，问我二姨夫是怎么回事儿。二姨夫只顾在烧锅后面低着头干活，也没太在意，就跟主任说："没怎么啊？怎么了？"

主任说："你鼻子让蛆堵住啦？还没闻见香味儿？"

话还没说完，副主任带着食品公司的好几个职工跑过来，都是奔着这香味儿来的。

二姨夫疑惑地看看父亲。父亲也红了脸，嘿嘿地笑着说："也没什么，就是在药铺弄了几味中药放进去。你们放心喝，滋补壮阳，保证可以让老婆满意。"对他而言，说出这样的话等于是冷笑话。食品公司主任也没笑，他神情严肃地训斥道："这是吃的东西，你敢乱弹琴，不要命了？"说完，他实在禁不住那馋人的香味，舀了一勺汤递给副主任。副主任刚一进口就笑逐颜开，说："是真他妈的好喝！"副主任又舀了一勺递给主任。

主任吹了吹，把一勺汤全部喝下去了。然后闭着眼，一脸的陶醉，向我父亲伸出大拇指说："想不到你还有这个绝活儿！"

父亲得意地搓着手，嘿嘿地笑，那意思好像是说，我也不是白来吃肉的。

后来每逢杀猪的日子，主任都让我二姨夫喊上我父亲。二姨夫也不好到我家去，就站在我家门口附近等。后来我父亲掐好日子，有时候二姨夫还没上班，他就在路上等着他。

过了一段时间，食品公司主任说："你老是这样来不合适，万一人家说句闲话，我顶不住。这样吧，你读书多，每次你到食品公司来，也不是为了吃喝，你给大家说说书里的故事，算是咱们食品公司的理论学习夜校吧！"

父亲听见这话，高兴得了不得，毕竟这是他的强项。每当吃饱喝足，他就坐在那里给大家说故事。从《水浒传》《三国演义》到《烈火金刚》，他讲得头头是道儿。高兴了甚至来一段"三言二拍"里的荤段子，让人听得合不拢嘴。大伙儿听得入了迷，恨不得彻夜不让他走，常常会说到凌晨才回家。食品公司的主任总结说："过去人家说书中自有颜如玉，书中自有黄金屋。现在应该加上一句，书中自有猪肉汤啊！"

这次他没得意，显出尴尬的神色，讪讪地笑着说："也是。也算是。"

那一天恰逢下大雨，雨水把我们家的后墙给冲垮了，眼看着房子摇摇欲坠。母亲让我和二姐去找他。我们赶到食品公司，看到他坐在一圈人中间，眉飞色舞地说着什么，周围的人哄然作笑。昏黄的灯光照着他油乎乎的嘴和黏腻腻的头发，活脱脱一个电影里汉奸的形象。我跟二姐羞得简直想找个地缝钻进去，互相推托着谁都不肯进去喊他。我们捂着耳朵面朝着墙，既不敢看也不敢听。直到等着他讲完一段，二姐才让我过去喊他出来说话。二姨夫也跟着出来了，听了我们说的消息，俩人慌了说："你们先回去，我们马上再带几个人一起去看看。"临走他还没忘记把用塑料袋装的省下来的一点碎肉递给我二姐。

我和二姐刚刚走出食品公司的大门，就看见母亲怒气冲冲风风火火地赶过来。她也没打伞，浑身淋得精湿。湿衣服像绳子一样缠着母亲，让她看起来像个水生动物。她一眼就看见二姐手里的塑料袋，不由分说，劈手夺下来，拿着那个袋子就冲进食品公司院子里。我和二姐在后面小跑才能撵上她。她进了院子后，刚好与他们带的一群人迎头碰上。她吼了一声冲向我父亲，把那包碎肉劈头盖脸地朝他砸去。碎肉和汤汤水水顺着我父亲的头发往下滴落。我二姨夫过来劝阻，我母亲一口痰吐在他脸上。然后也不管我们，扬长而去。

那是母亲第一次在有外人的场合没给父亲留脸面。

八

在深圳稳定下来之后，我回了一趟郑州，临行前专门去香港给母亲和姐妹们买了大包小包的东西。那时候母亲跟妹妹住在一起，我到郑州的时候，妹妹没在家，跟着单位的人一起出去旅游了。妹妹本来想让她也跟着一块儿去，她说跑不动，就留在家里。她这些年跟我妹妹几乎没有分开过一天。她依赖她，确切说是控制她。

我总觉妹妹的离婚是与母亲有直接关系的。这桩婚姻原本是母亲给定下来的。妹夫是个公务员，人长得体面，工作也体面。母亲的确比较满意，她自己也出去说，几个孩子里面这是她最满意的婚事。但妹妹结婚后，她几乎寸步不离地跟他们在一起生活。我妹妹心大，是个马大哈脾气。妹夫也是个有心胸的人。平日里小两口言来语去的，说了什么彼此并不在意。毕竟感情好，两个人有时候开起玩笑来也不怎么讲分寸。当妈的听了，却觉得这里那里都不对劲。有时候女婿无意说点什么，她不等我妹妹开口，直接就接上去了，弄得女婿甚是尴尬。对于女儿，她更是任意指责，只要不高兴了，非要说出口来不可。

慢慢地，两口子之间就出现了罅隙。但我妹妹是个没心没肺的性格，大大咧咧地不当回事，也从不拿老公当外人。有时候明知道母亲没理，却还是站在母亲这一边跟老公斗气，哭了闹了，就觉得没事了。时间长了，妹夫夹在两个人中间确实不好过，但他始终忍气吞声，觉得忍忍就过去了。但他的忍让换得的却是母亲变本加厉的控制。有一次因为单位提拔了几个人，没有妹夫。他回来向我妹妹发了几句牢骚，说了，心里的结也就解了。谁知我妹妹又学给了母亲。我母亲找个机会，就仔细地盘问妹夫，一边问一边横加指责。本来单位的事就够烦心的，回家还要再受丈母娘一遍羞辱，这把妹夫平日压下去的怨气激起来了。实在是忍无可忍，他分明不是在跟一个人过日子，而是在与两个人作斗争。于是，他就跟我妹妹摊牌说："咱妈仅在家里管管我也就算了，现在她连我工作的事儿也想管，这日子能过下去吗？"妹妹又拿这话去吓唬母亲。谁知母亲根本不吃这一套，她说："不知道好歹的东西！乡下孩子，住我们的房，吃我们的饭，我们娘儿俩伺候得像爷一样，家务活儿没让他碰过一指头。凭啥还这么仗势？他说过不下去，那你就拿话撑着他！想怎么着都行，看看谁后悔！"

妹妹觉得母亲说的也有道理，就拿硬话撑住了妹夫。

婚最终还是离了，我母亲等着人家后悔，可很快那边就结了婚。刚离婚那会儿，我妹妹哭了一阵子。后来自己也觉得没了丈夫更舒适点，不用在意谁谁的感觉了，想睡就睡想起就起，妆不用化衣服也不用挑拣，饭想怎么吃妈就给怎么做，也挺好的。妹妹年轻貌美，在银行工作，收入不算差，离婚后介绍对象的也不少。我妈看了总是挑肥拣瘦不满意。她也懒得跟我妈理论，反正妈说好就好，说不行就不行，她没意见。她的口头禅就是，不操闲心，简简单单地生活，只要快快活活就成。只要不让她自己想事儿，处处让妈当家做主，她图个省心。反正我妹妹省心了，我妈就开心了。这世上如此般配的母女，说出来还真没几个人相信。

这次母亲不愿意跟着妹妹出去旅游也是有原因的。她曾经跟着出去玩儿过，和一群年轻人在一起，开始大家都客气着。可她还跟在家一样，什么事由着自己说了算。时间长了，大家就觉得老太太有点过分了。人家不驳她的面子，可也不理她那么多。出来玩儿带个老人，两边都很尴尬。她渐渐觉得大家都对她的不敬，大家说什么故意递眼色插不上话，心里非常失落，旅游还没结束，就气鼓鼓地让妹妹带着她回来了。后来我妹妹出去玩儿，她十有八九都反对。这次见她实在要去，就赌气说懒得动，自己在家待着。

我赶到妹妹家已经很晚了，当天晚上也没说那么多，洗洗就睡了。第二天我睁开眼，已经快九点。我听见客厅里有动静，便走过去，看见她正在翻我带的东西。我脸也没洗，就赶紧过去帮忙。

她低着头翻捡东西，看见我进来，一脸的尴尬。

"你这都是在市场上捡的货底子吧？"她说。

我笑着说："那可不是！这都是我去香港买的，因为怕不好带，我把包装盒都扔了。"

"嗷！"她拿起一支欧姆龙血压计扔在床上，"在咱们这儿地摊上，十块钱就买了。"

我耐心地说："妈，您不懂，那是专门给您买的，日本原装的，要一千多。"

"这也是给我的？"她拿起一打丝光袜，当时比较时兴这个，"这是人穿的？跟葱皮儿似的。"

"这是给妹妹买的。"我打开最大的那个包袱，"这是我给您买的几件衣服，您刚好试试合适不？"

她扭头看了看，不屑地说："不试。看着就不行。"然后拍了拍自己身上的衣服，"看看你妹给我买的衣服，哪哪都是合身的。布料还厚，穿着沉甸甸的。"

我笑了笑，拿起一件马甲给她披上，说："衣服可不是料子越厚越好。这个您还是先试试看吧！"

"咦？你啥意思？你是说你妹妹买的东西不好？"她好似遇到蛇一样拨开我拿衣服的手，"不行！我不喜欢这不长不短的东西！"

"这个呢？"我把一件毛料外套往她身上披，"这是法国进口的，牌子货。"

她一把推开我，转身就往她自己房间里面走。

"我不需要你孝顺，我不要你的东西！也不会穿你买的东西！"她说。

我感觉到自己体内有一枚炸弹爆炸了，累积了几十年的能量一下子爆发出来。我冲过去，一把抓住她后面的脖领子，想把她拉回来。她一边往前挣，一边拿手往后面推我。但我毕竟比她力气大，强行把她拉回来按在沙发上，低声叫道："我看你试不试！我看你试不试！"一边说，一边就往她身上套那件外套。她拼命挣扎，但是一言不发，咬着牙跟我对峙。但毕竟是那么大年龄的人了，很快她就不反抗了。

我们俩都斜靠在沙发上喘着粗气，愤怒地看着对方。

她忽然现出软弱的神情，几乎用乞求的口气跟我说："今天这事儿，不管到啥时候，不管对谁，都不要说出去。说出去我只有死！好吗？"

我没理她，猛地站起来，走到卫生间用冷水冲了半天脸。我出来看见她很平静地坐在沙发上，冷冷地看着我。她那种眼神我是第一次看到，是一种深入骨髓的厌恶。我不禁一阵发冷。

"你回来就回来，买这些大包小包的东西干什么？就是为了让邻居看见，说你对我孝顺、对我好？"她的眼睛里突然流出了眼泪，这是我第一次见她流泪。父亲死的时候她只是干号几嗓子，并没有落泪。"你太有心眼儿了。你对我好？真对我好吗？"她的眼泪越过脸上的沟沟壑壑，那黑褐色的泥土一样的颜色。在这块土地上，我从来没感受过温暖，"你这样子做给别人看，还不是为了报复我？小时候我对你不好，你偏对我好，看我老脸往哪搁？你就想这样子让我羞愧死是吧？"

我也冷冷地看着她，一句话都没再说。但是心里突然有一种极大的、恶作剧般的满足，我觉得我平生第一次在她面前占了上风。

第二天我就回了深圳。我和她单独住在同一个屋子里，觉得那三室一厅的屋子还是太小了，压抑得我时时刻刻都想爆炸。

九

关于父亲是被母亲逼死的说法为什么在我们镇子上不胫而走，到现在也没闹明白。其实我们家也没人真正去追究过原因。一来也没外人在我们跟前说起过，二来母亲对这种说法压根儿没当回事，甚至连嗤之以鼻都算不上。二姨倒是跟我说起过，她的说法还有一定的合理性。她说："人家也不是说你妈逼死了你爸，而是你爸受不了你妈对他的态度，自己投河死了。"

态度？我估计这个词二姨不知道在心里斟酌过多少次，但我听了心还是往下一沉。这么多年我们要么是从未想起过，要么是忘记了或者刻意回避，在母亲营造的家庭氛围里，我们的"态度"在哪里？如果父亲真是被"态度"逼死的，那么这"态度"里，有多少是我们的成分？难道这些事情一股脑都怪在母亲一个人身上吗？

然而，想了一下我还是说："听说会水的人，投河是淹不死的，所以他们死的话也不会选择去投河。是不是真是我爸去打鱼被河水卷走了呢？"

"真不好说，"二姨轻轻地叹了口气，"那谁说得了呢？到底河跟河不一样啊，人家都说黄河是面善心恶，长江是面恶心善；我没去过长江，黄河每年淹死那么多人，有几个不是会水的？"

我说："我爸跟他们不一样，他懂得黄河的水性。差不多每次下大雨或者发水，都要去黄河打鱼。"

二姨说："常在河边走哪有不湿鞋？我约莫着那是你爸的命。"

在村人眼里，我父亲是一个非常幽默风趣、知书达理，而且相当有生活情趣的人。打兔子钓鱼，套野猪网鸟，还会讲故事，简直无一不通。更重要的是他的一手好菜，哪怕是一根白萝卜到他手里，都能做得跟别人不一样。毕竟他是大家庭出来的，吃过见过那么多，而且读过很多书，背过汤头歌，懂中草药。

我记得父亲在的时候还是大集体，没有包产到户，我们郊区人还靠种地过日子。有一次在田里干活，他到田边的沟里解手，发现了一个兔子窝。于是他又喊了几个人，从窝口开始刨土。然后他把耳朵贴近土地，听了一会儿，拿着铁锹朝地下插去。在他插下去的地方把土刨开，果然锹下有只兔子。父亲没用一滴水，把一只兔子剥得干干净净，然后跑着到周围采集了一些野草野花什么的塞进兔子肚子里，放在火上烤。那个香味儿弄得大伙儿也没心思干活儿了，到处跑着找兔子窝。后来我父亲还为此在生产队的大会上做了检讨。

那时候的生活已经渐渐有了起色，村里谁家有红白喜事总是请我父亲帮忙。我父亲忙活一天，可以得几个馒头，一盆抹桌子菜。我们家的生活虽然好了一点，肉还是吃不起。再说了，这总比父亲游手好闲强得多。母亲尽管厌烦得不得了，开始极力反对，后来到底管不了。父亲倔强起来，母亲也没办法。于是她只好睁一只眼闭一只眼，只当没看见，反正她是从来不会吃一口的。

有一次，母亲回我舅舅家走亲戚去了。刚好我家的一只羊被生产队的拖拉机撞倒了，流了很多血。眼看着奄奄一息快没命了，父亲趁着它死之前，就把羊杀了。其实羊很小，也很瘦。我爸用羊骨头烩了一锅菜，把好点儿的羊肉都给母亲留着，等着她回来再吃。

饭做好后，全家人正准备吃，我妈从姥姥家回来了。看见我们围着桌子等着吃饭，便问我大姐道："哪里弄的肉这是？"大姐说，我爸把家里的羊给宰了。她并没有告诉母亲，说羊被撞着了。也可能是故意不说，也可能还没来得及说。母亲一听这话，二话不说就折返到厨房拿了一把菜刀出来，要去砍我父亲。父亲赶紧逃到西边屋子里，从里面顶住门。母亲拿着菜刀，一刀一刀剁在门上。她一句也不叫喊，害怕邻居们听见。后来菜刀深深陷在门板上，她实在没力气拔出来，才算作罢。

可等母亲回到堂屋，我们已经把桌子上的菜吃差不多了。母亲气得把桌子一把掀翻了，瘫坐在地上，一左一右地扇自己的脸。

十

刚到深圳的时候，我在建筑公司的工地上当小工。其实小工是最累的，搬砖、和灰、清理建筑垃圾什么的，都是小工的活儿。那种累是说不出来的，也不是劳动强度有多大，而是消磨你的耐力。所以多年之后有人问我那会儿累不累，我真不知道该怎么说，只能说记不得了，也许是真的想不起来。很多时候做梦都还是在搬砖，或者和灰。攀上脚手架，一脚踩空，我从上面掉下来了。正奇怪着摔这么狠怎么会不疼，恰好就醒过来了，一身都是湿淋淋的汗水。

那天是下班后的休息时间。男的都打牌喝酒去了。天气晴好，蓝天白云。我坐在简易宿舍门口看书。有个穿着休闲装，长得黑黑胖胖的大个子男人领个狗在工地上转。他已经从我跟前走过去了，又转回来，走到我的跟前问："你是在这里干吗的？"

"哪里？"我疑惑地指了指前面的工地，"这里？"

他认真地看着我，点了点头。

我说："我是工地上的工人。"

他吃惊地看着我："我们工地上有这么小的工人？"

我翻他一眼说："个子小不少干活儿，我都干一年了。"

我看看他，也不知道他是谁，听他说话口气蛮大的。我低下头继续看书。

"你多大了，闺女？"他没走，停下来站在我跟前。

"十八了。"我说。为了到这里打工，我多报了三岁。虽然我瘦了点儿，但个子不算低。

"你有十八？"他准备扭头走了，又拐了回来，也不跟我商量就把我手里的书拿过去。那是一本《高中数学》，他看着快被我翻烂的书页和我在上面记的笔记。

"这上面都是你写的？"他的声音温和得让我难受。长这么大，从来没遇到过有人这么温柔地跟我说话。再加上刚才那么没有礼貌，我有点不快。而且他的河南信阳话让我听起来有点困难，但出于礼貌，我还是认真地点点头。

然后他放下书，一声不吭地走了。

过了有三四天吧，工头突然通知我让我去公司财务科报到。到了财务科上班以后我才知道，那天跟我说话的是公司老板，怪不得他说话口气那么大。他是怜悯我，他的女儿跟我差不多大小，因为神经衰弱，经常头疼，不能到学校上课，就请老师在家里教她。患个头疼就能请老师在家上学？反正有钱人就是任性。

　　老板安排我在财务科当了记账员。过去工地上的工友们看见我都阴阳怪气的，不知道我走了谁的门子。连我自己都觉得不可思议，运气来得太意外了。记账员的工作与做小工有天壤之别，相当于建筑公司的白领。在这里，我又打起了上学的主意。我一边工作，一边报考了电大。课程对我来说并不是很难，数学我能考满分。我不明白这么容易的题，有的学生为什么愣是学不会。上电大时，我是最优秀的学生。

　　老板的女儿叫任小瑜，我们是在我到财务科上班一年后才认识的。那天财务科长通知我说，下午下班后不要走，老板和老板娘要请你吃饭。当时我很诧异，我一个毛头丫头，人家老板凭啥请我吃饭，而且还带着夫人！

　　下班之后，科长把我领到职工食堂里面的小餐厅，把我介绍给老板就出去了。我看到老板和一个中年妇女在屋子里坐着喝茶，我站在门口手足无措。老板和那女的见我进来，都站了起来，热情地跟我握手让我坐下。坐下之后，我才弄明白这个妇女是老板娘。她并不像是影视剧里的当家夫人，她们一个个耀眼而且霸道，一副高高在上、不食人间烟火的样子。而眼前这个女人看起来面目良善，模样周正耐看，但打扮得非常朴素，甚至还没有我们财务科的年轻员工打扮得入时。平时老板穿衣服也不十分讲究，那一次见他我还以为他是工地的工头之类的。

　　正说话间，一个女孩子推门进来了。她穿着一身运动装，理了一头短发，瘦得像根棍儿。皮肤是那种不健康的苍白，嘴唇也没有血色。但人看起来温和恬静，倒是个好孩子的面相。

　　"爸，"她走到我旁边拉了把椅子，"这就是你跟我说的爱学习的姐姐吧？"

　　老板摸了摸自己的头，不好意思地咧着大嘴憨厚地笑了。

　　他们三口热情地述说着，开始因为紧张，我不知道他们在说什么，听了好一会儿才弄清楚是怎么回事儿。原来老板家里有个保姆兼家庭教师，现在人家结婚走了。她想让我接这个角色。

　　我一口回绝了，我说我还是想上班。

　　"你看这样好不好？"老板娘讨好似的看着我，"你半天上班，半天陪小瑜学习。至于家务，我另找人。"

　　"好吧好吧姐姐！"那女孩拉着我的胳膊摇晃着，"你这么小就出来打工，还能考上电大，肯定有一肚子故事！我爸爸天天在家夸你。我一个人在家好难挨，我想让你陪着我一起学习！"

　　"她叫任小瑜，"老板娘怜爱地看着女儿，"从小被娇惯坏了，不懂事，恳请你能带带她。"

老板也看着我，说："先委屈你试试吧，也不勉强。不行了再说。"

我看着一家三口诚恳的样子，勉强答应了。那时候我对富人没有一点好感，也是多年受仇富教育的结果。

任小瑜果然是个好孩子，虽然生在富贵之家，可一点都不娇横，还特别有善心。有一天学习完，我们一起出去散步，在小区外面看见一个孩子面前摆个牌子，上面写着："我饿了，实在走不回家了。请好心人给我十块钱。"她马上就从口袋里掏出十块钱给那个孩子。回去的时候我问她："万一是个骗子呢？"

她站下，认真地看着我说："万一不是呢？"

我看着她，看着明亮的天空和宽阔无边的草地，看看远处的高楼和身旁盘根错节的老榕树，看看树上树下快乐的鸟儿在啁啾，我的眼睛润润的。纵使我是铁石心肠，也很难不被这样一个冰清玉洁的女孩打动。这一世界的好都属于她。我也已经长大了，想明白了很多事理。我不能责怪父母生下了我，但也不能不说，是自己投错了胎。家庭环境对一个人的性情影响太大了！

并非我天生不是个嫉恨人的人，我是被这一家人的善感化了。我在小瑜身上，不，在他们这个家庭也学会了很多东西，那是在我那个家庭根本体会不到的，那种亲人之间的爱和默契，那种充满善意的做事风格，那种待人处事的谦恭，都对我以后的人生产生了极大的影响。在他们家，我对财富、对富人有了全新的认识。穷不一定都是好，富也不一定就天然带着恶。

小瑜长得瘦弱，却是一个超级爱吃的家伙，也真是会吃。学习期间，基本上每周她都要带我去几个好吃的地方，从日本料理到墨西哥烤肉，从杭帮菜到川湘菜，从海鲜到笨鸡笨鸭，基本上没重样过。但让她想不到的是，只要吃完她爱吃的菜，回来我都能试着给她做出来。她喜欢吃川菜馆的麻辣小鲍鱼，每个礼拜都要去吃。偌大的一盘红辣椒碎，里面埋着可怜的几只小鲍鱼，一盘菜几百块，差不多是我半个月的工资。我拉着她去鱼市上转，鲜活的小鲍鱼十块钱一只。我们买了十几只，另外买了葱姜、新鲜的青花椒和小红尖椒。我回家用刷子将鲍鱼洗净，放在开水中烫一下，取出完整的鲍鱼肉，切片。锅里放一点橄榄油，先将鲍鱼片爆一下，加入葱姜和新鲜的红辣椒和青花椒。鲍鱼本身带鲜，不要任何调味品，只需一点生抽和黄酒。做出来之后看着就让人馋涎欲滴，小瑜一口气吃了半盘，老板和老板娘也连称鲜美，好吃。

做菜我这么无师自通，自己也感到很吃惊。虽然我很小就开始做饭，但都是萝卜白菜家常便饭，鸡鱼肉蛋都很少做，像海鲜什么的过去见都没见过。莫非我们家族真有会做菜的基因？

有一年过中秋节，老板要在家里请几个好朋友吃饭。任小瑜提议由我来做菜。她的这个提议立即得到了老板和老板娘的赞同。这就是这家人的风格，倒不是他们认为我能做好，而是觉得不该当着孩子的面驳我的面子。那天我和小瑜亲自跑到市场上买菜，把我们最喜欢吃的菜列了个菜谱，做了十几道菜。那真是我最得意的一次，菜还没上完，就把参加宴请的人的味蕾征服了，都交口称赞，说在哪个高级饭店请的专业厨师？小瑜得意地把我这个半大妮子介绍给大家的时候，几位客人都惊呆了。

这样过了两年，小瑜的成绩上去了，我也拿到了电大会计学专业的本科毕业证，接着我还想考会计师资格证。任小瑜也要去加拿大留学了。我完成了任务，也算报答了恩情，准备着离开这个家。临走的那一天吃过晚饭，我正准备回去休息，老板却招呼我留下了，说要给我谈件事儿。

"我们公司的餐厅，是我最头疼的事情。"老板开门见山地给我说，"换了好几任厨师，大家还是不满意。除了中午，实在没办法了，才有一些人在这儿吃饭。公司想接待客人，菜总是不让人满意，弄得很没面子。有些中层干部和员工请朋友吃饭，大家宁愿舍近求远出去，也不在咱们自己餐厅吃。这么大个公司，餐厅都弄不成个样儿，公司补贴很多，还连年亏损。"

我认真地听他说，没有插话。

"我的想法是，让你把这个餐厅管起来。"老板说。

我很吃惊，这可比不得在家里烧几道家常菜。况且我仅仅是一个小小的记账员，没有任何领导经验。但我也不想一口回绝，不就是做饭吗？我思考了一会儿才说："请您给我几天时间，我考虑考虑再说好吗？"

我长成了一个大姑娘，我有了自己的想法。

我私下里考察了一下，觉得餐厅的问题可以归纳为三个：第一个是主管负责制，会造成主管与厨师之间的矛盾，没有厨师负责制合理；第二个问题，我们公司大部分员工是北方人，而请的厨师都是当地的南方人，菜品和口味方面南北方相差太大；第三个问题是北方人晚上喜欢吃面条或者喝粥，而这些东西南方厨师根本不会做，或者做不好。

去送任小瑜去机场的路上，我把我的想法跟老板讲了。我说："咱们这个餐厅，位置特别好，周围基本上都是市场和公司总部，想吃点好的要跑好远。如果我们做好了，公司的员工吃饭不但可以不花一分钱，餐厅还能挣钱。无非就是把公司临街的地方调整出几间房子给餐厅，需要朝外开个大点儿的门脸。"

然后我说出我的决定："我不想当这个主管。我想承包这个餐厅，我先试三个月，若是能成，除了我们的员工免费吃饭，我再给公司每月上交五万元利润，算是房租费。"

我说的是五万元，不是五百也不是五千。我被自己吓了一跳。对于做餐饮，我骨子里有一股子狂野。

老板还没答话，老板娘就激动地拍了一下车座扶手，说："这个也算我一份儿。反正小瑜走了，我在家也没事儿！"

老板微笑着点了点头，又摇摇头说："果真，我没看走眼啊！"

然后他侧过身问我："听小瑜说你爸自己写过菜谱，难不成真给你们留下过秘传绝技？"

我不知什么时候竟然给小瑜说起过我的父亲。但老板此时此地说起他，让某种情绪击中了我。我有点发抖，不知道是激动还是伤感。

我意味深长地回答道："是啊！"

十一

我想说说我的爱情。

有人说穷人不配拥有爱情，毕竟贫贱夫妻百事哀。这是我从父母和我的那些穷亲戚身上看到过的。再美好的初见，也终是会被日子的窘困弄得千疮百孔。在我开始创业的那几年，拒绝过许多真真假假的求爱者。一晃我就过了三十岁，小瑜的妈妈给我介绍过不下十个人，我并不是没看上，是压根儿就没认真看过，心不在此。我一个人在深圳，唯一能待得住的地方就是小瑜家。叔叔阿姨两口子是真心待我好。小瑜一直在国外，每次假期回来我们俩都黏在一起，几乎没分开过。小瑜真是又懂事又孝顺，在国外也时刻惦记着爸爸妈妈，每次打电话都让我多去家里陪他们。我一有空就会去，反正我一个人也没什么事，真是把这里当成自己的家了。每次去都顺便在超市买些菜，亲自下厨做给他们吃。阿姨常常开玩笑说："丫头，咱们家小瑜要是个男孩，我就让她娶你。你和这个家天生有缘分。"

小瑜当然不会娶我，她嫁了个美国老公。她那边欢天喜地，四处晒旅行照。这边爸妈哭得稀里哗啦的。就这么一个女儿，却远嫁到大洋彼岸。当时我也觉得嫁个外国人，心里无论如何都过不去。我打电话问她："你是不是吃错药了？你那么百依百顺的一个人，怎么在婚姻大事上不听听叔叔阿姨的意见呢？"

"你怎么这么糊涂呢？"她一边嘻嘻笑着，一边特别认真地跟我说话，"一码归一码，孝顺是孝顺，那是我应该做的；可婚姻是我自己的事儿，我不能让任何人替我做主。况且，我父母并没有阻拦我，一直说尊重我自己的选择啊。"

我的心一阵疼痛，想想姐姐和妹妹的婚姻。我对婚姻有一种本能的抗拒和恐惧，之所以一直不找对象，恐怕也和这个有关系。

每当叔叔阿姨心里因想女儿而伤感的时候，我就劝他们说，还不如移民到美国，索性跟着小瑜他们一起生活算了。叔叔说，他的公司离不开，如果他走了，从河南老家拉出来的这几百号人怎么办？况且他一口西餐都咽不下去。阿姨也说，她一句英语都不会，跟个外国女婿生活在一起，她根本无法接受。

那些日子我怕他们伤心，去家里的时间更多了。我去他们家以后一直拿着家里的钥匙，小瑜出国的时候我想还给他们，阿姨还把我说了一通："你也想走啊，小瑜不要我们了，你也想抛弃我们？"他们完全把我当成自己的女儿了。我出入自由，我交代保姆买什么菜做什么饭，我管制叔叔抽烟喝酒，带阿姨去做护理去上瑜伽课，一副当家做主的样子。不了解的人还以为我是任老板的另一个女儿。阿姨听人这么说，也从来不反驳，反而得意地看着我，一脸的幸福模样。我不得不说，我命好，开始闯世界就遇到这么一家人。并不是每个人都能如我这般幸运。

叔叔总是担心阿姨想女儿会想出病来，就让她每隔一段时间去美国看看小瑜。没跟他们在一起生活的时候，他们这样的人是别样世界的人，和我的家庭相去千里。他们原本也是基层小公务员出身，两夫妻辞了工作一起闯天下，同甘共苦，相濡以沫，一步一步熬到今天。与他们相处多年，从未见他们发生过大的口角。有时候叔叔因为工作不顺心，回家说话声音高一点，阿姨就连哄带劝地安慰他。阿姨不高兴叔叔喝酒，逢他喝醉也生气，生气也只是嗔怒："你不爱惜自己身体，你老了病了我可不伺候你！"叔叔就笑道："那还不好办？到时候我就找个年轻漂亮的伺候，你可别不乐意。"阿姨说："估计你不敢，你找一个试试？我不说话，你闺女就会收拾好你。"叔叔说："我怎么会怕一个毛丫头？我是怕你不要我，上哪再找一个给我亲手擀面条蒸馒头的女人？"

我觉得他们就像孩子一样，还保留着童心。这样从不斗心眼，对所有人都坦诚相待的两口子，怎么能把企业做这么大？可又如何不能把企业做这么大？这对我后来的企业管理也是一个深深的触动。

他们斗嘴的时候若是我在，就假装愤怒地提出抗议："秀恩爱等我不在的时候秀，别忘了家里还有一个大龄女青年。"我总能在合适的时候逗得他们哈哈大笑，我们合着就该是一家人。

真的！

就是那次，叔叔和阿姨又一起去看小瑜，我奉命在家里看家。家里还养着小瑜的宝贝狗任小白和任小白的女儿小小白。任小白是一只白色的泰迪犬，已经十四岁了，走路都有点蹒跚，得有专人伺候。阿姨不在，我就是狗保姆。

叔叔阿姨刚走不久，家里就来了客人。

我正打扫卫生，听见有人按门铃。我打开门看见一个一脸傻笑的人站在门口。小小白大声地抗议着，不想让生人进门。他却开口便叫："小瑜姐！"

来的人是个毛头小子，长相嘛，乍一看一般般，仔细一看更加一般般。个头倒是不低，怎么着也得有一米八靠上。这么高大的个子，却一脸稚气，戴着两只银圆大小的圆饼眼镜，看起来很搞笑。

我被这个人的傻气逗笑了："你什么眼神，凭我这五大三粗的样子，你哪只眼看见我是你小瑜姐了？"

"那你是谁？"他把头伸进门里寻找。

"我是你小瑜姐的朋友，不行吗？"

我把他让在沙发上，给他倒了水，便上楼给小瑜打了个电话。小瑜那里是半夜，她睡意蒙眬地听我说完，在电话里哈哈大笑，她说："他就是我给你讲过的那个傻呆。"我在这边也哈哈大笑，"傻呆"的故事我听得可不少。我问小瑜："我该怎么安置他？"小瑜说："你怎么安置任小白，就怎么安置他得了！给他找个睡觉的地方，一天三顿饭管饱。出门脖子上挂个牌，写上咱家地址和你的电话号码，别万一走丢了回不来。"

这人是任小瑜的表弟，阿姨的亲侄子。阿姨姓乔，她侄子叫乔大桥。小瑜给这个表弟取绰号"傻呆"。傻呆也不是十分傻，是他们老家的高考状元，清华大学建筑系学生，今年硕士毕业。假期结束就要去美国读博，已经被美国康奈尔大学风景园林专业录取。小瑜说，她这个表弟除了会学习，情商是个零，一句囫囵话都说不好。谁要是问他长大干什么，他就回答，学习。要是问他有什么爱好，他仍是回答，学习。他在清华读了六年，北京城都没转过来。小瑜曾问他清华大学校园有什么特色。他直接给她发来一张校园的鸟瞰图，然后再发一大堆评论文章。再问他，他就说学校哪哪有几棵百年老树。再问仍旧说不明白，好像他在清华只待了六天，而不是六年。

"不知道这样一个傻呆，是怎么考上康奈尔大学风景园林专业的。这个专业一直是康奈尔大学的优势，别说在美国，就是在世界范围内都算得上前列了。"小瑜说。

也别说，看看那瓶底儿似的眼镜就知道为什么了。

家里多了一个人，让我很有压力，下了班还得想着给他弄饭。但他在家里待了两天我就放松了。乔大桥比任小白娘儿俩还省心，给啥吃啥。到了饭点，我做饭，他就规规矩矩地坐在餐桌边等着，两手放在膝盖上，等着我端给他吃。菜做好了，若是我忘了放碟子和筷子，他不说话，就坐在那里一直等着。我的天！这真是弄个油饼挂脖子上都不知道转圈吃的主儿。有一次我有个应酬，给他打电话说晚会儿再吃饭。一直到我回来，他就坐在餐桌边傻等着。我赶紧给他做了个蔬菜沙拉，下了一碗水饺。他呼呼啦啦就吃完了。我问他："沙拉好吃吗？"他回答："好吃。"我收拾碗碟时发现，洗的蔬菜全部吃了，旁边小碟子里的沙拉酱动都没动。我哭笑不得，笑话道："傻呆，你吃的是原味蔬菜。"

从那以后我就和小瑜一样称呼他傻呆。他随即就答应了，一点抗议的意思都没有。

我比乔大桥大七岁，在他跟前却像个妈。我带着他理发，进理发店时像个流浪汉，出来时就变成了一个少爷。我看他打扮得三不整四不齐的，就领他去买衣服。我挑什么他就穿什么，我是设计师，他就是我的模特儿。从服装店出来，就像换了个人，精精神神一个帅哥。

我给了傻呆一把钥匙，上班时我告诉他看书累了就出去转转。他也很听话，看一会儿书就到隔壁的市民广场晃悠一圈。那天我回来，他告诉我今天转了十一圈儿，走了三万多步。我说那好吧，今天犒劳你，咱们出去吃吧！他立马站起身，在门口等着我带他出去吃饭。在路上，我给他讲各种菜的味道和特色。他看着我，嗯嗯嗯地答应着。我以为他对这些不感兴趣，便说："人活着，不懂吃还有什么意思？"

"是的，可也不一定！"他认真地回答我，这是他第一次敢于反驳我。

"好吧，傻呆，"我像对待小孩子那样拍着他的肩膀，"你倒是给我说说，有什么意思？"

他脸红了，低下头，没有说话。

我的头发是轻烫一下披在肩上的，做饭时以免碍事，就随便弄个什么绾一下。有一天我给傻呆煎牛排忘了弄头发，低头的时候头发挡住了眼睛。我正要用手理一下，头发忽然被身后的一双手拢起来。我知道是傻呆，也没太在意，只是感觉他用个什么东西给我别了一下。吃完饭我去清洗时才发现，头上别着一个水钻的发卡。我最不擅长的就是弄头发，不是披着就是绑着，被他这么拢起来别上一个头饰，一张脸都变得闪闪发光。我跑出去问傻呆："你这东西哪来的？"他一脸诚实地回答："在商场买的。"

"你自己？去商场了？为什么想起买这个？"

"你的头发总是披着，我觉得拢起来更好看，更显气质。"

好看？气质？天啊，这是傻呆在说话吗？

接下来还有更多的意外，他会突然买一本书说："送给你的。"

"为什么要送我这本书？"简·奥斯汀的《傲慢与偏见》，小瑜推荐给我读过。

"你很像她。"

"谁？"

"伊丽莎白。"

"咦？傻呆啊傻呆，你是说我像伊丽莎白小甜瓜吧？皮糙肉厚是吧？"我说完哈哈大笑。

"有啥好笑的，"他沮丧地看着我，"我是认真的。"

"说你是个傻呆一点都没冤枉你！我哪里有一点'伊丽莎白'的影子？莫非哪里还有达西等着你老姐我是吧？"

调侃了几句，脸色突然就凝重起来。某种伤感的情绪蔓延开来，我的脸上肯定出现了类似忧伤的神情，也许那一会儿真的像迷茫时的伊丽莎白。

"你会有的。你很好，非常好。"

我看见了他镜片后的眼睛，纯净得像一只羔羊。

我把书还给他，突然无厘头地烦恼起来，把他扔在客厅里，独自走了。我的突然翻脸让他不知所措，接下来的几天我对他都爱答不理的，我做好饭会命令他自己去端盘子，自己摆碗筷。他吃完了我又凶他，让他自己收拾。他真的去洗，我又劈手夺过来。我被一种前所未有的情绪控制了，一种深藏在心底，连自己都不知道的烦恼和喜悦。

我在黑夜里拧自己的脸，我这是在干什么？我面对的只是一个孩子，一个傻呆。

我给自己冲了个冷水淋浴，在镜子里，我甩甩头发让自己恢复精神。一切又恢复了原状，我恢复成一个大姐，一个小母亲。我忘记说了，傻呆三岁就没了母亲。母亲说是进城购物时走失的，二十年没有消息。有人猜测死了，又有人说被人贩子卖到山窝子里了。失踪两年被法院宣布死亡后，父亲又娶了后母，生了两个妹妹。傻呆是跟着祖母长大的，他读书的费用全是姑姑，也就是小瑜的妈妈出的。

闲暇时间，我又开始带着傻呆四处游走。我们去植物园，他拽一根草茎，三下两下就拧成一个戒指，捧着递给我。那么大的手，托着一点小小的精致，真是憨态可掬。抬眼看他的脸，一脸孩子气的傻笑。我们去看电影，他一下子变成另一个人，他会告诉我电影的来龙去脉，原著是谁、人物故事的合理和不合理、演员哪一点没表现到位，等等。他熟悉那么多演员，包括国外的，好像都跟他哥们儿似的。莫非他什么都懂得，却装傻充愣欺骗我们？

好在他就要离开了，他要去遥远的美国。我们，或许一辈子都不会再见面了。

果然我没猜错。傻呆真不傻，他去美国后开始对我全方位展示他的霹雳手段，一天一封邮件，狂轰滥炸。我不知道他从哪儿弄到我的邮箱的，他并没有问我要过。傻呆的爱情炽烈到足以把我融化。我知道我们之间的差距有多大，年龄、文化以及阶层，每一项都足以让我窒息。所以我一直拒绝，绝望地等待着他苏醒。他开窍了，说不定哪一天就会和小瑜一样宣布婚讯，娶个洋妞也说不准。

这样痛苦地煎熬了三年，我瘦了，瘦得像个麻秆一样。瘦了之后也变白了。我不是矫情，我真的忧郁了，是那种来自心底的掩不住的哀伤。他们说我的气质越来越像一个大企业家。的确，我的生意越来越好，我变得越来越高级，离原来的我也越来越远。

这一天终于到来了，傻呆告诉我他提前毕业了。他发来穿着博士服的照片。那一刻我有点迷糊，不是说要五年才能毕业吗，怎么三年就毕业了？也太牛了吧？

照片上，他长大了许多，肩宽了，像一个成熟的男人了。他张开双臂，像个外国人一样对我歪着头笑着，那笑容我是那么熟悉。我多想扑进去，那个怀抱是我日思夜想的。我想爱他，好好爱！

傻呆说，美国有给他工作的机会。

我回复他，好啊，你有才华，那边的空间可以让你更好地施展。

傻呆说，我要你也过来，嫁给我。美国的中国餐也有很大的市场。

我毫不犹豫地告诉他，我不会去的！离开中国，我做出来的仅仅只是食物而已，不管挣多少钱都不会成为我的事业。我并不明白我为什么这样说，我是爱差不多被我遗忘的家乡吗？我已经走得太远了。

我告诉他，"忘记我吧！找个合适的姑娘成家立业。"

我好久再没收到他的任何消息，我昏睡了两天，觉得一切都过去了。也许根本没来，也不该来。我要求自己把一切都放下，毕竟长痛不如短痛。

一个月后，阿姨打电话让我回家一趟，说有要事。我连忙放下手头的工作赶回家去。进门就看见了笑嘻嘻的傻呆。那一刻，我如遭雷击。阿姨说："大桥把什么都告诉我了，他要娶你。"

"我？"我也顾不得面前是阿姨，泪流满面，泣不成声。

"好孩子，这几年你一直都心事重重，你该早点告诉我。"

我呆呆地站着，哽咽着说："阿姨，这不合适。"

"再没这么合适的了，傻孩子！他不娶你娶谁呢！往后啊，该改口叫姑姑了。"阿姨过来拉住我的手说。

我和傻呆第二天就去办理了结婚手续。傻呆把工作签到了深圳的一家设计院。办完手续，我们默默走到办事处对面的公园里。好像一切才刚刚开始，又好像一辈子的话语都已经说完。他说："你去哪我就跟到哪，我是你永远割舍不掉的一部分。"

我看看他，把手递给他。这是我们第一次手拉手。他把我揽在怀里，我把头抵在他的胸口说："傻呆，我也是。"

傻呆说："你是我生命中最重要的人。"

我说："傻呆，你是我的全部。"

说完，我忽然颤抖起来，泪流满面。我拿着他的手放在我泪湿的脸上，轻声说道："阿呆，阿呆，掐我的脸，我要疼！我不是在做梦吧？"

然后我就伏在他怀里痛痛快快地纵声哭出来。有生以来，我这是第一次这么痛痛快快地哭，那声音盖过了周围的一切。我的眼泪鼻涕濡湿了他的新衬衫，我哭花了自己精心勾描的脸。我把我这些年的眼泪都攒着，就是为了哭给他，一个傻呆，我的阿呆！

在傻呆面前，我彻底地打开了我自己。多年藏在心底的郁结，一层层地揭开，我的家庭，我的母亲，甚至我父亲的死。我说："阿呆，一直以来我都是赌着一口气过来的。我也不清楚赌什么，反正是放不下。"

傻呆抚着我的后背，深情地说："没事亲爱的，你会放下的。"

"会吗？"我在黑夜里大睁着眼睛。

不过，我终于相信了这个世界上是有爱情的。我的父母不懂得，我的兄弟姐妹不懂得，但我懂得了。

十二

这次回来，本来我不想再找弟弟说安葬父亲的事儿，我知道说了也是白说，我弟媳妇那一关就过不了，到时候不但拿不到钱，还会惹一肚子气。但母亲既然已经给他打了电话，说这钱要他们拿，我不见就是我没走到，到时候两边都会怪罪我。

这次母亲对父亲的事儿这么上心，我和妹妹猜了很多次，都猜不出来她的心思。是不是跟她这两次生病有关？也许她觉得自己也快走到生命尽头了，见面时要对父亲有所交代？

但母亲并不是那样的人，她一生都不肯示弱。

到弟弟那里去我还要了却一桩心愿，我想去看看他们那里办事处的派出所所长，我曾经托人家办过兄弟媳妇的一桩事儿，办完之后一直没有时间感谢。

弟弟算是弟媳家的入赘女婿。我们姐弟几个的婚姻，除了我还算顺当，其他几个的事儿扯起来都有点长。当年弟媳的父亲在我们村子边上开了一个超市，弟媳也跟着父母过来读书，刚好跟我弟弟是一个班。弟媳长得虽然不是太漂亮，但被娇养的孩子不一样，气质独特，且能歌善舞，自幼学得一手好琵琶。弟弟一门心思迷上了她，可是人家根本没把我弟弟放在眼里，她喜欢的是我们这个城中村村主任的儿子。高中一毕业，两个人就大操大办结了婚。

那时候城市化刚刚开始，村里大拆大建，政府和开发商都要征地，所以村主任是个肥差，恐怕也借机敛了不少钱。村主任的儿子买了一辆大路虎，天天跟开个坦克似的到处显摆。有次他拉着父母去朋友家喝酒，回来的时候被前面的一辆破手扶拖拉机挡住了路，路虎发挥不了威力，怎么按喇叭，前面始终不让开路。那天他们都喝了不少酒，情绪极度亢奋，再加上有点生气，他大着舌头问父亲："老大，今天让您破费点小钱吧？"他父亲眼睛都没睁开，大大咧咧地说："小子，你看着办吧！"他一脚油门轰到底朝拖拉机冲去。想着他这么好的车，对付一个破手扶拖拉机根本不是事。没承想拖拉机被撞飞了，车斗里拉的几十根钢筋借着惯力冲出来，有几根从路虎的风挡玻璃上直插进来，他父子两个穿个透心凉，当场就死了。

那时候我未来的弟媳刚刚生了一个儿子，正是在家里颐指气使作威作福的时刻。可是这突如其来的打击，让这个家顷刻之间支离破碎。婆婆虽然伤得不重，但精神却差不多崩溃了，家里什么事儿也管不了，家里亲戚过来连偷带拿，弄得一个家乌烟瘴气。弟媳本来贪图人家的家业，可房本上没一处写的是她的名字。更难以接受的打击来了，婆婆失去了丈夫，失去了儿子，她再不能失去孙子。开始霸着孙子不让儿媳妇碰，后来干脆抱着孩子藏起来不见面了。

弟媳被这突如其来的变故弄得晕头转向，天天脸不洗头不梳，病得要死不能活，父母只好把她接回娘家。恰好那时我们村子拆迁，把他们的超市也给拆了。她父母又带着他们回了老家开封。

我弟弟觉得这是天赐良机，一而再再而三地追到人家家里，捧着大金戒指求婚，非要到人家当上门女婿不可。对这送上门来的好事，人家还能说什么呢？兄弟媳妇收拾得花枝招展地应下了这门婚事，二话不说就去办了结婚手续。老两口生有一儿一女，儿子结婚后另过了。跟前就这么一个闺女，父母高兴得不得了，直喊我弟弟活菩萨。他们觉得是我弟弟救了他家闺女，救了他们一家子人。

这事儿把我母亲气得一死一活的，但是没用。说来也怪了，母亲对我们几个姊妹从来都是斩钉截铁，不允许还嘴，就是对自己的儿子，从来没敢说过一句硬话。但这次我母亲开始还是拼命阻拦了，要死要活的。我弟弟说："我就是要娶这个人，你要是敢逼我，我立马去投黄河，让你们家断子绝孙！"

母亲吓得脸色都变了，她知道我弟弟不会浮水。

母亲的重男轻女是摆在桌面上的。自从我们家有了弟弟之后，她就再也没有把我们姊妹几个看在眼里，全世界就只有她的儿子。好吃的好穿的都是他的。但弟弟是扶不上墙的烂泥，虽然也不干什么坏事儿，就是混吃混喝，没囊气，更没什么志气。有一次，我二姐说，他就是我父亲的翻版。这话被我母亲听到了，一巴掌扇到二姐脸上，五个指印几天都没下去。她死都不愿意承认自己的儿子像他爹，更不会允许自家人这样说。

弟媳他们那个镇子离开封中心城区很近，现在已经成了市经济开发区。说来也怪，不管我弟弟做事如何荒唐，自打和弟媳结了婚，突然就上路了。两夫妻在镇上开了一家饭店，开始是我弟弟亲自掌勺，硬是把饭店一铲子一铲子炒出名气来了。后来他培养了几个徒弟，又招了大厨，生意慢慢做大了。开封是个古都城，古迹颇多，来看古城的人尽管不火爆，可也常年络绎不绝。几年下来，临街盘了几间门面房，接连生了两个闺女，一高兴后面又买了几亩地盖了个小院，日子过得相当滋润。

我母亲一直没认这个儿媳妇，这也是她这么多年不愿意回河南的一个原因。我妹妹有时候逗她："你不认媳妇总不会孙女也不认吧？"我母亲说："我这一辈子就厌烦闺女。"我母亲就是这样，她后半辈子都是吃闺女的，住闺女的，但是要让她心里认可闺女可真是不容易。

去年弟媳妇的娘家侄子想去当兵。但这孩子在当地名声太坏，品行差，打架斗殴是家常便饭，是派出所的"常客"，所以派出所死活不给盖章。弟媳不知道怎么打听到我跟派出所所长的老婆是小学同学，关系很好。其实，过去许多年并不来往，只是近几年我成了家乡的名人，她来深圳旅游找我，是我接待的。她很是感激，关系就热络起来了。

弟媳便让弟弟给我打电话。我拒绝了，说这事儿不好管，让人家为难的事儿我开不了口。我弟媳自个儿给我打了电话，还没张口就先哇哇大哭。说她娘八十多岁了，就这么一个孙子，不把他安置好，老娘会死不瞑目。对于这个半路冒出来的弟媳妇，我不知道该怎么拒绝，也知道如果拒绝了她，我弟弟面临着怎样的处境。于是万般无奈，就给派出所所长的老婆打了电话。派出所所长的老婆倒是干脆利索，她在电话里说："这不是个事儿，你谁都不要找了，这事儿你妹子我说了算！咱们办事处就是走一个兵，也是你这亲戚的！"

果真人家把这事儿利利索索给办了。

那天去看他们，因为带的东西多，我让大姐夫开车跟我一起去。现在郑州和开封已经实现了一体化，道路非常好走，我们早早就到了他们家。弟弟已经明显发福了，头发也谢顶得厉害，那个中年油腻的样子猛一看真像我父亲。但认真打量，跟我父亲还是相差甚远。我父亲骨子里有一种尊贵，那是别人触碰不得的，虽然历经岁月的消磨，但依然坚硬；而我的弟弟则缺少这种东西，他是一味地软。我母亲不承认儿子像父亲，我倒是觉得他不配像父亲。

我弟媳则打扮得光鲜亮丽，乍看起来比我弟弟小好几岁。其实她比我弟弟还大两岁。弟媳一副志得意满的样子，一见面没有寒暄几句，就高门大嗓地说着他们现在的一切，刚刚从云南买回来的红木家具啦，在云南茶山上定制的老树普洱茶啦，刚刚去日本旅游买回来的衣服啦。反正绕过来绕过去，就是闭口不提父亲墓地的事儿。

在我脑海里闪回的，还是我们过去的家庭。我想起父亲和母亲，心头难免有一阵心酸。看着我油腻不堪的弟弟，禁不住总是想到在昏黄的电灯光下说书的父亲。

说了一阵子话之后，我给派出所所长的老婆打了电话，说中午我请他们吃饭。人家也挺给面子的，我放下电话不久，两口子就过来了。中午喝得很是高兴，两口子也很会办事，所长夫人给我带了礼物，场面弄得热热闹闹，给足了面子。弟弟弟媳也很高兴，我弟弟亲自掌勺，上的都是店里的高端拿手菜。我们几个轮番敬酒，大家尽兴而归。

吃完饭，我送走客人，去了趟洗手间。从洗手间出来，发现人都回后面院子里去了，只有大姐夫站在门口等我。我正要出去，却被服务员拦住了，说让我到款台结账。我愣了一下，笑着说："你弄错了，我是你们老板的姐姐，今天是你们老板请客。"服务员也笑着说："老板娘刚才专门交代了，说是你请来的客人，这账她让你结。"见我愣了一下，服务员说："我听老板娘说，您是深圳回来的大富翁，这点小钱算什么啊？您不知道老板娘的脾气？这两千九百二十块钱如果您不拿出来，得从我的工资里扣。"

我笑了笑，赶紧从包里抽出三千块钱给她，说多出来的算是小费，我们深圳都兴这个。服务员立时脸笑得开了花一样，说："姐可真有气质，和我们老板娘比起来，你是牡丹，她也就是朵西兰花。"说了自己先捂着嘴笑歪了脸。

出了门，我看见大姐夫已经坐在车里了，知道他为刚才的事儿不高兴。我拉开车门，把他喊下来，小声说："哥，算了，这种事儿一介意，反而显得我们小气，让咱弟弟也下不来台。"

他长叹了口气，跟着我回到后面院子里，坐下来喝了一阵子他们的古树普洱茶，又和弟弟弟媳说了半天话。弟弟说："姐，你轻易不回河南，走时想带点啥？我给你买去。"弟媳妇不等我谦让就抢着说："深圳什么没有？人家咋会稀罕咱这些不入流的东西？"我弟弟闷了一会儿，站起来又坐下，终还是起身去院子里翻出一袋子晒干的草叶子，说："这是我们秋天在黄河滩挖的蒲公英，沙地里长的，连着根拔出来晒干的。这个熬水喝，消炎效果非常好。咱妈爱嗓子发炎，不用吃药，拿这煮水喝一天就好了。"弟媳妇也赶忙说："对对对，蒲公英可是个好东西，特别是黄河滩里的，纯野生，听说还有降三高的作用呢！"

关于父亲的墓地问题，他们一字没提。我更不想再提起。

车子走到半道，我弟弟突然发来一条微信：三姐，我挺想咱妈的，她要是愿意回来住一阵子，我去郑州陪她。

我回复道：好的！想想过于程式化，便把感叹号删了，在后面加了一个愉快的笑脸。

我离开的那一天，大姐夫送我。二姐和二姐夫后来也赶了过来。在机场托运完行李，到了安检口跟他和二姐、二姐夫告别的时候，大姐夫递给我一个用旧了的小化妆包，他说是大姐让交给我的。我随手放在手提包里。在飞机的头等舱安置好之后，我带有几分好奇地打开那个小包，里面一层一层地用餐巾纸包裹着一卷硬硬的东西。一共包了五层，打开之后，一个红皮笔记本的塑料封面里，夹着一个自制的小本子。那种纸质相当低劣，但剪裁得很整齐，顶头用白线极精细地缝合在一起。白线已经泛黄了，被手指摸过的地方也形成了灰黑色的霉斑。仔细辨认，缝起来的地方还露着"兽医站处方笺"的暗红色字迹。

那一刻，我几乎魂飞魄散。平静了好一会儿，哆嗦着掀开小本子，扉页上写着：《关于做菜的几种方法》，居然还用了书名号。一页页地翻下去，一共二十几页，每页一道菜，详细地记述了选材和制作方法。

这就是我们探寻了几十年的秘密，我父亲的菜谱。钢笔，漂亮的楷体，线条流畅优美，刚柔并济。

你可以想象我搂着那个本子，那种激动，那种癫狂，那种伤感，那种得意，简直是无法用语言描述出来的。我静静地等待着飞机倾斜着身子升到两千米、五千米、八千米、一万米的高空，它的爬高过程也是我的心情爬高的过程。等飞机平稳了，我镇定地站起来，把自己关进头等舱的卫生间里，哭了笑，笑了又哭，纸巾用了一大堆，脸上的妆容被冲得乱花残蕊。我索性用清水洗了个彻底。假面消失了，镜子里几乎是一张让我自己陌生的脸。我打量着这张脸，想起傻呆呆常常说的一句话：你不化妆的样子才是最好看的。真的是这样，说不上是清水出芙蓉，但确实很好看。我对着镜子，给了自己一个开心的笑脸。

十三

回到深圳，我给母亲看了父亲的墓地购买合同。只是预付了定金，手续繁复得比买楼盘都不差，真正拿到墓地还得排队等到一年之后。这也就意味着父亲在入土之前，至少还得流浪一次。有人说现在的人生不起、活不起，也死不起，我算是信了。

母亲还没出院。她自己不愿意，说是要做完全部检查再说，反正现在国家给报销。我笑了，我说国家不报销难道还不给你看病是吧？

"那可说不定！"她总是喜欢口犟。关于购买墓地大家兑钱的事，她一句都不提。

我和医生商量了一下，医院保留住院手续，白天观察，人晚上回家住，第二天早晨再来。医生同意了。母亲也挺高兴，在这里住几天，虽然住的是单间，可满楼道人闹哄哄的，医生护士一会儿一趟，她根本睡不安生。病号饭有盐没味的，估计受了不少委屈。在她下床我妹妹给她穿鞋的时候，她提出想吃老家菜，说人一生病，就特别想念老家的味道。

我笑着说道："您和小妹天天在家不都是吃老家菜嘛！"

她说："那不一样。"

我朝妹妹挤挤眼，依然笑着说："不行您换个口味儿，去尝尝我们的餐厅好不好？"

她也不答话，径直朝门外走去。

我开车带着她们跑了半天才找到一家好点儿的河南馆子，点了几个河南特色的菜品。有红烧鲤鱼、老豆腐蘸酱、炸八块，尤其是她喜欢吃的扒羊肉。开始上菜，她吃得很高兴。我妹妹看她情绪不错，就特意多给她夹菜。后来等扒羊肉上来了，她把筷子放下，站起来趴在上面一边看一边拿鼻子吸溜吸溜闻着，然后摇摇头，扑的一声坐下了，脸色也阴沉起来。她用手指着盘子里的羊肉说："这菜不是这个做法嘛！肋条肉要用肥肉，这瘦不拉叽的羊做不好。葱段也得用油炸黄，不能炒成这样黑不溜秋的！"

我和妹妹惊呆了，从小到大，这是她第一次说到菜，而且是我父亲最拿手的一道菜。我和妹妹相互看了几眼，谁都不知道该说什么。后来还是妹妹说："这是在深圳，能吃到这样做的羊肉已经不错了，就凑合着吃点吧，回家让我们姐儿俩亲自给你做。"

她要了一碗疙瘩汤，桌上的菜一口也没再动。吃完饭回家的时候，我们一路无话。最近一段时间，我觉得母亲的情绪确实很反常。

妹妹陪母亲住楼下，我和老公女儿住楼上。寒假还没有结束，老公带女儿去普吉岛玩去了，屋子被保姆收拾得纤尘不染。回家这几天，快把我累散架了。我把浴缸的水放满，想躺在里面舒舒服服泡个澡。

在我昏昏欲睡的时候，听到母亲和妹妹在下面说话。楼上楼下的浴室在同一个位置。母亲说："……要说你们姊妹兄弟几个，嫁的娶的就你三姐夫最好。人有学问，又懂得跟人亲。我们娘儿俩在人家家一待这么多年，一个不喜欢的脸色都没有。"

"你不是说，住的是你自己闺女的房吗？"我听见我妹妹哧哧地笑。

"别再胡说，再怎么说人家是一家人！女婿脸难看，我能吃得下饭？再说了，你房子弄好几年了，要不是你姐夫不让搬，说住一起热闹，我们娘儿俩……唉，我能不知道好歹，大桥这孩子，待人亲。"

"而且是真亲，我姐夫是不是真有点傻，跟谁都像没出五服一样，傻亲傻亲的。"我妹妹又哧哧地笑起来。

我母亲叹了一口气："我不是不想让你再找，是怕你找不到好人。你能遇着一个你三姐夫这样的，我死也瞑目了。"

我的眼睛湿润了，真上岁数了，最近变得越来越爱哭。我们姊妹四个，只有我一个人的婚姻是自己做的主。我母亲见到大桥后一直客客气气，不夸赞也不批评，从来没有态度。现在她这样评价大桥，其实也是对其他几个女儿的道歉。她实在太强势了。

母女二人沉默了一会儿。

后来我听到母亲说："……你爸啊，本事不大，气性不小。"母亲像是自言自语，也像是在对妹妹说。

父亲死的时候我妹妹还小，对父亲一点印象都没有。平时我和姐姐说起父亲，她也很少插话。

"妈，我爸已经去世几十年了。"我听见水花呼啦呼啦响，估计是在给我妈搓背。母亲这些年一步也离不开妹妹，她也真是会伺候人，"妈，您快快活活过好自己的晚年，什么都别想了。"

"唉——"母亲长长地叹了口气，"要是能放下就好了！"

我不忍心再听下去，起来把窗户关严实，也没心情泡澡了。浑身又疼，人又困，躺在床上却怎么都睡不着。父亲死时的情景老是在眼前晃来晃去。父亲的死像一个死结，纠缠了我们几十年，莫非母亲想把它解开吗？突然想起来，在我回郑州给父亲买墓地之前，她曾经给妹妹我们两个说过这样的话："不入土就不算安葬。你爸死几十年了没安葬，他不闹腾才怪！"这话是什么意思？到底是谁？怎么闹腾了？父亲肯定不会闹腾她，只有她自己闹腾自己，心里过不去这个坎儿罢了。

可是这道坎儿我也不敢往深处想，真不敢再想下去。

过得去吗？

过不去吗？

一股无以言表的杂乱而又清晰的疼痛浸透了身体的每一处。我们只有一个父亲，可是他已经死去了；而活着的，也是我们姐弟五个唯一的母亲啊！

母亲，我是恨着她的。可我恨了多少年就爱了多少年；恨有多深，爱就有多深。倏忽之间，她已经八十六岁了。我在黑暗中大睁着眼睛，任泪水濡湿枕头。我清晰地意识到，她离死亡越来越近了，这是我心底最恐惧的，要多恐惧有多恐惧。

我心里某些冷硬的东西在松动，好像沉积了几十年的冻土层在慢慢融化。尽管我不去想，可那些过往的日子突然雪片般地向我飞来，一层一层地落在我心底，令我百感交集。

下午在医院看妹妹给母亲穿鞋的时候，我突然想起一件事。我在郑州的老房子收拾东西的时候，看见母亲乱七八糟的衣服里面，还裹着一只纳好的鞋底子，只有那一只。当时我就猜想，另外一只是丢了，还是根本没纳出来？那只鞋底子很大，显然是父亲的。如果是父亲去世前纳的，为什么母亲还要一直保留着呢？

那只鞋底子虽然做工不是很精致，但明显看出来，母亲还是下了很大功夫的。鞋底子纳得厚厚实实，针脚密密麻麻。它像有生命似的与我对望。一瞬间，我被感动得热泪盈眶。我想起二姨说过，家里再穷，我母亲也保证父亲出门必须穿戴得齐齐整整、干干净净，能有模有样地站在人前。这母亲一针一线纳出来的鞋底子，曾经寄托过她多大的希望啊！

我拿起那只鞋底子，把它紧紧贴在脸上很久很久，感受着它的坚硬和温暖，然后把它放进我包里。我想，等父亲入土的时候，我一定要把它跟父亲放在一起。

郑州的小房子我在售房网上挂出去了。可我没告诉任何人，在东区最好的地段北龙湖西岸，买了一套带院子的洋房，两层带地下室，加在一起有四百多平方米。我母亲要是想回郑州就让她回来住，她稀罕土地，深圳的楼顶上搁满了盆盆罐罐，里面种满了荆芥、玉米菜、薄荷、小茴香，都是她让我妹在网上买的家乡的菜种。一个带院子的房子会是我母亲晚年最美好的期盼吧，可以让她任意栽花种菜。这里距开封也只有半个小时的车程，孩子们谁想陪她住谁就过来，反正房子足够大。

我待在郑州的这一段时间，抽空转了市区的各个地方。西区改造成了一个标准的绿城，拥挤却很有秩序。而庞大的郑东新区，高楼大厦之间，有着阔大的开放式公园，处处草木葳蕤，生机勃勃。郑州，也许克隆了别的城市，但她长得像谁又如何呢？无论像谁，她毕竟是她自己，她有自己的核心文化，她有自己的发展逻辑。过去那个老郑州是回不来了，但是一个崭新的郑州依然是郑州。人在变，城市也在变。我父亲死去几十年了，不也一样在改变？

我的家乡，一切皆好，一切都会变得越来越好。当我们想着她好，想着让她好的时候，她怎么能不好呢？

我父亲将回到黄河岸边的邙山，他可以俯瞰河流的两岸。他老人家在另外一个世界，也一定改换了容颜，体态从容，坦然以对。

我估算了一下，这个眼下已经拥有一千万人的特大城市，按照国家中心城市的规划，还有两千万人的增长空间。虽然这个城市处处都是豫菜，但不具规模，没有完备的标准，也不成体系。这里的粤菜馆子也有几家，但做得不伦不类，更是不具规模。我要回到郑州来，我想研究开发豫菜体系。我还想把地道的粤菜搬回来，甚至想搞一个菜系融合工程。我设想用餐饮撬动一个有着巨大的潜力的市场。这样的设想，母亲还会觉得做餐饮拿不出手吗？

我的父亲叫曹曾光，他生于黄河，死于黄河，最后也将葬于黄河岸边。他再也不是我们家的耻辱，我要完成的正是我父亲未竟的梦想。

生命的窄门与通途

——评《黄河故事》

崔庆蕾

　　《黄河故事》不是关于黄河的宏大叙事，而是对黄河文化滋养下的一个家族历史的生动描绘和呈现。在小说中，家族犹如一棵枝繁叶茂的大树，深植在黄河沃土之上，也伸展在二十世纪的历史风雨之中。

　　小说叙述了一个家族三代人的历史。爷爷和姥爷的生命史充满了传奇色彩，作为地方上的两个有身份和威望的人物，他们为这个家族注入了贵族血统，无论是父亲的自尊和高贵，还是母亲强悍的性格，都流动着家族文化传统的流风余韵。父母亲一代更像是上一代的影子，革命的风雨洗尽铅华，涤荡了旧世界，重建了新秩序，往昔繁华不在，旧时王谢堂前燕，飞入寻常百姓家。在平凡的日常生活中，父母亲以各自的方式抵抗着生活的坠落，但更大的悲剧不在于外部生活环境的变化，而是两人之间巨大的性格差异。这种差异不仅造成了父亲的悲剧性死亡，也制造出浓重的阴影笼罩在下一代人的心头，成为家庭内部张力产生的源头。

　　父亲和母亲作为家族历史的延续，并未建立起老一辈人所期望的和谐关系，父亲和母亲巨大的性格差异，让整个家庭陷入争吵、分裂的状态。弱势的父亲像一个落难的公子，在现实和家庭的双重空间中失势又失重，这里既有个体层面的性格因素，也有社会层面的巨变所导致的个人身份消失之后的无所适从，父亲很难从一个传统的乡村贵族身份自然地转化为新时代的有为青年，母亲的强势性格则进一步加剧了父亲生存的艰难。父亲的死亡颇具象征性，它既是一个家庭内部事件，也是一个历史性事件。父亲既没有能够成功融入家庭结构，也没能融入新的社会结构。这一事件充满悲剧性，但这一悲剧性在母亲的叙述中被淡化甚至抹削掉了，父亲的死亡及其形象都被颠覆、被污名化了。父亲和母亲所建构起的家庭关系充满剧烈的内部张力，这种张力也是这个流淌着乡绅血液的家族与外部社会关系张力的一部分。

　　小说的大量笔墨集中在年轻一代的成长和生活上，但年轻一代同样是家族传统和关系的延续。父亲的死亡使得改变家族命运的重任落到了年轻一代身上，但出乎所有人预料的是，承担起这个历史性重担的人竟然是最不受母亲待见，同时又有着部分父亲性格特征的"我"。"我"的崛起像一束光照亮了这个被暴政的母亲所主宰的家庭，但这一切并不能从根本上弥合整个家庭因为性格的巨大差异所带来的情感裂隙。除了"我"之外几个姐弟的婚姻在母亲的主导之下无不走向失败的境地，大姐和二姐的分别再婚充分验证着母亲的失败，小弟的入赘也是对母亲所设计的人生路径的反抗。暴政的母亲是失败的母亲，是被世俗功利所裹挟的母亲，而晚年母亲形象的微妙变化则显现出温情复归的一面。母亲形象是这部小说的一个重要亮点，她与父亲形象以一种对称性的结构组成家庭关系，也成为父辈面对时代转换时不同处理方式的另类代表。

值得回味的是"我"的艰难的成长史，它是一个人如何从家族以及原生家庭的笼罩性影响中走出来的一个典型例证，"我"像一个弃儿一般在家庭中艰难生长，并被迫离乡。借助于时代变革所提供的巨大机遇和空间，"我"在异乡的土地上长成了参天大树。从家中的逃离其实是越过了一道生命的窄门，门外是风霜雪雨，也是无限生机，"我"最终把这条通往异乡的路铺成了生命的坦途。借助于"我"的成功，这个家族再次与整个时代达成和解与同步，重新融入时代的整体节奏中。值得注意的是，小说隐含了"出走—回归"的模式，"我"决定回到黄河故土发展豫菜餐饮，既是为了实现父亲未竟的愿望，也是重归传统的象征，是借助于外部力量振兴传统的一次反哺行动。从黄河出发的故事最终又汇入了浩荡的黄河之中。它不是关于黄河的宏大叙事，但又最终融入了宏大的"黄河叙事"之中，因为人的背后是巨大的传统与厚重的文化，所有的人和故事都流淌着文化的基因。

浪的景观

周嘉宁

我曾不知道天高地厚地以为，2003年是我青年时代最倒霉的一年。按照计划，我本应顺利度过大专最后一学期。但是4月"非典"疫情变得严峻，我就读的野鸡学校封校的同时，提前解散了应届生。没有对我造成具体影响，我当时已经在一所广告公司实习了整整三年，这份工作是群青跟着彬彬去日本前留给我的，他走了，我多少有点顶替的意思。和群青相比，我缺乏野心，这个行业不适合我，而我也没有其他想去的地方，于是老老实实地学习软件。被学校解散以后，反而多出来很多时间可以每天都去办公室学习。结果到了5月中旬，业务受到疫情影响严重，将上海分部遣散了。

我稀里糊涂地接受了这个消息，只想着接下来既不用去学校，也不用去上班，不知道该做什么。为了回避父母的担忧和责难，我依旧像平常一样每天按时出门，甚至更早。网吧里空荡荡的，只有一些不怕死的衰人，我也不怕死，但受不了那种极度警惕和绝望的气氛，不愿待在那种地方，于是便沿着黄浦江畔，一片区域一片区域地寻找露天篮球场，那里有大量和我一样，不分昼夜闲逛的人，我们每日流动，与不同的陌生人打球。我还去了多年没有去过的植物园和动物园，去了旧机场的停机坪，去了崇明岛，看见不少平常想象不到的风景。搭最晚一班船渡过东海回家时，二楼甲板只坐着我一个人，外面的黑暗中也看不到别的船，我在春日温暖的海风中玩手机上的俄罗斯方块，几乎忘记了被打断的未来。

之后的就业市场极其不景气，而我无心投放的简历竟然收到一份回复，甚至不需要面试，于是酷暑来临之前我成为一间画廊的临时工。去了才知道负责人口口声声所谓的布展全部都是工地上的体力活。我和几位真正的工人一起搭脚手架、搬运、测量、砌墙和粉刷。几年前在美校没有学好的东西在这里又跟着师傅从头学了一遍。每天傍晚我爬下脚手架，心想目前的局面就是这样了，我毫无未来可言，此刻却在做着自己能够胜任的事情。

9月开学以后，社会秩序已经慢慢恢复，我一再拖延，终于还是回到学校正式办理毕业手续。学校竟然又缩小了一圈，不是心理错觉，学校原本借用了闹市区背面一栋机关建筑，一再缩水，那年一楼和二楼被收回，成为知青联谊会。我往上爬了两层，在办公室里遇见两位同样来办理手续的同学，但大家都埋头核对材料，一心只想和这里告别，谁都不愿和谁打招呼，也不关心彼此的去向。办完手续以后我与社会上的一切正式脱离了关系。本应该给家里打个电话，却第一时间打给了群青。他上个星期回国了。

"你在哪里？我去找你。"群青接起电话说。

"你说个地方吧。"我回答。

"那去外滩看灯啊。"群青说。

我这才想起来，这原本是一年里我最喜欢的日子，国庆假期前一天。夏季一事无成，然而空气干燥，气温适宜，高架一半在阴影里，一半是金色的。真正的假期甚至连第一天都还没有开始。

群青是我在美校关系班的同学，不是高中，是中专。这个班上的大部分人都和我一样，学习不行，没有特长，父母有一些人脉，但人脉不过硬，没多大用处，只能把我们安排在这里作为过渡，希望我们在流落社会之前能够开窍，或者至少学会一些谋生的技能。学校在吴淞郊区，靠近海，与世隔绝，曾经是海军训练基地的营房，所以操场上仍然留有很多身体训练设备，我们在这里像法外之徒一样度过了成年前最自由的三年。群青是班里唯一有美术基础的，他能调配出差别细微的颜色，使用工具得心应手，了解各种材料的特征和形态的变化。他的父母都是贵州一所工厂技术学校的美术老师，上海过去的知青。群青原本可以考上当地最好的重点高中，但他只想往外面跑，于是坚持独自回到上海参加中考。回来以后才知道两地使用的教材不同，这样稀里糊涂准备了一个多月，自然一所像样的学校都没有考上。群青这个人在学校里没什么朋友，一来他专业成绩太好，和我们班甚至整个学校的整体氛围不符合，二来他性格内向，心事重重，不好接近。

开学第一个星期，我在宿舍打赌输了以后连做五十个俯地挺身跳，还没做到二十个，就晕头转向撞到床架，撞得满口血。在医务室里面遇见群青，他因为擅自使用工作间的车床，削掉半个手指尖，血染半边衣袖。我们两个人哼哼着一同被校车送往市区的医院，路上相互展示牙齿的缺口和指尖露出的骨头。回来的时候，群青的手指包扎完毕，我则永远失去了半颗门牙。我俩因此成为患难之交。

之后我和群青都选了标本处理课，因为无法满足于课堂上只能摆弄死鱼和飞蛾，便一起去学校后山碰运气，希望能捉到鸟或者其他小动物。大部分时候一无所获，但最终在冬天结束前撞了大运，我们捡到一只刚刚死去的黄鼠狼，遵循物尽其用的自然法则，将腐烂的肉留给后山的昆虫食用，取下头部带回学校，去腐清洁，再经过一个星期双氧水的浸泡之后，获得一枚洁白坚固的纪念物。群青去日本的前夜，我们买了两只红星小二，学习古惑仔那一套，以黄鼠狼的头骨为证，一饮而尽，约定了永恒的友谊。

转眼几年没见，我们约定在英雄纪念碑底下见面。横穿过中山东路以后，我不由自主朝防波堤飞奔，直到一眼在人群中看见群青。他长得普普通通，但向来都极其好认，穿着一件迷彩冲锋衣，走的时候是寸头，现在留成了长发。我一边跑一边大声喊他，他也大力朝我挥手。

"你的牙怎么还没修好?"群青见到我就大笑。

"不重要!"我也大笑,知道自己非凡的心情绝非幻觉。

我和群青上次来外滩还是五年前的国庆前夜,全市市民都拥向黄浦江看焰火,无论从哪个方向进入外滩都寸步难移。人群像层层巨浪一样往防波堤倾轧,警察手挽手站成人墙,目不斜视,并且有卡车不断运来一车又一车公安学校在校生。所幸我们逆着人流在开始焰火表演前爬上了福州大楼楼顶。很多居民带着躺椅和板凳,旁边鸽棚里的鸽子在黑暗中休息,轻轻发出咕咕声。天空中升起第一朵烟花时,美得好像夜空本身的产物,是和闪电或者雨水一样的大自然。人们内心的赞叹也成为共振。但是那天没有一丝风,江面上燃烧以后的硫黄烟雾无法消散,反而在空中凝聚,很快我们便什么都看不见了。

焰火表演结束以后,人群渐渐松动,公安学校的学生先行撤离,接着是警察,到了后半夜,整片外滩只剩下巡逻队和成群结队不肯离去的中学生。每个人手里都握着巨大的充气塑料玩具,从任意两个方向迎面遇见的队伍,瞬间汇拢开始战斗,又瞬间结束各自继续向前,直到遇见下一群对手。我们买了大号充气榔头,但不属于任何一支队伍,我们跟着胜利的队伍跑,也跟着失败的队伍跑。直到马路彻底空了,公交车都已经停运,我和群青回到防波堤,和剩下的人一起,围成一小堆一小堆坐着,在郊游的气氛中,等待清晨的到来。

那之后不久彬彬家里突然出事,临时决定举家搬去日本投靠亲戚,避避风头。学校里的人都以为群青和彬彬的恋爱就此到头了,出人意料的是,群青花了大半年时间就考出了日语三级资格证书。第二年春天,他放弃了美术类大学的专业考试,通过留学中介找到一所位于横滨的语言学校。当年出国留学在我们这样的破学校里并不常见,几位老师虽想挽留,却立场不定,于是不知怎么的便木已成舟。高考前夕我到机场和群青告别,之后独自坐大巴回到学校,跑去网吧打了一宿游戏。

高考失利以后我不想出去混社会,鼓起勇气回到补习学校复读,第二年春季招生勉强考上一所大专。报到第一天我就后悔了,学校里死气沉沉,没有住宿,我不得不搬回家里,和父母住在一起,这让我觉得自己是社会的蟑螂。但群青的情况比我糟一百倍。他刚到日本便发现学校的注册地在横滨,就读的学区却在偏远乡郊,不通新干线,每天从火车站发两班巴士,四周皆是荒野。而且按照规定,在校期间不允许打工,他相当于是被中介骗了。由于父母为他出国而背了债,他只能离开学校,回东京打黑工,到日本的第一个月就成为黑户。然而群青在电话里和我讲得惊心动魄,一点没有沮丧的意思。我问过好几次彬彬家里到底是不是真的有问题,我看新闻里很多人去了日本以后打一辈子黑工,和家人十年没有相见。我的意思是他别把自己整个搭进去。但群青保证说彬彬家里只是被牵连,事情会过去的,他们每一个人都会重新获得自由。在此之前,他有他的计划。他要先还清父母的钱,如果政策允许的话,也想继续在东京找个学校念书,走一步看一步。

结果几年里平平静静的，群青打工的餐厅却遭遇同行举报，几个黑户都被遣返。他告知我的时候，已经坐上了虹桥机场的巴士。这对他来说是重创还是解脱，我也说不好。

我们逆着人流离开防波堤，提着一袋零食，回到楼顶的天台。鸽子已经回到棚里，天台上没有其他人，刮着秋季罕见的大风。晚上不会再有焰火表演，现在都改成灯光秀了，激光在对面的楼群上打出虚拟的浪，还有海豚跃出浪尖。但我们在楼顶看不到，前面的楼群遮住了视线，爬到水塔上面，还是不行，只能听见时断时续的音乐里，低音的轰鸣。群青费很大劲才在大风里点上一根烟。

"你接下来有什么打算？"他问我。我没想过，我没有什么打算。

"喂，那我和你说件事情，你考虑考虑。"他语气变得严肃。

"你说啊，我听着。"我回过神来。

"我和你提过我有一个朋友吧，之前往来东京和上海做二手衣物和古董买卖的。他要移民去加拿大，所以在人民广场的服装档口着急找人接盘。我昨天去见了他，也去档口看过，和以前老谢那里肯定不能比，但是气氛不错，都是同龄人。我在日本没少帮他忙，他答应前两个月不收我们租金，相当于送给我们练手。之后的合同我们直接跟台主签。我问了老谢的意见——"

"赶紧接下来啊，这么好的条件，别拱手让人了。"我有点着急。

"你听我把话讲完行不行。我现在的情况是，彬彬一时回不来，我五年之内签证受限也别想再回日本，从前的计划都泡汤了。但我得赚钱，遣返的罚款，外加父母那里欠的钱也都还没有还清。所以现在我没有回头路，也没有自由。你也得先考虑考虑清楚，可能会很苦，也可能会失败。过两天再告诉我就行。"

"别过两天了，过了这村没这店。"我心里泛起一些热浪，是很久没有过的感觉。

"有你这句话就行了。"群青也站了起来，把烟头弹开很远。我们靠在水塔的栏杆上，能看到对岸巨大的白色光柱打向天空。

服装档口的事情不是空穴来风。念书时，我和群青在学校里几个青年老师的影响下迷上了摇滚乐。傍晚他们在学校广播室里一边喝啤酒一边用高音喇叭放平克乐队的歌，我们在操场上一边跑圈一边听得热泪盈眶。当时能够找到的资讯极其稀少，书店里的音像制品柜台翻来覆去只有两排摇滚磁带。还有一档电台节目，但每周只有一次，而且主持人疯疯癫癫的，有时候整整半个小时听众们都迷失在失真的噪声中，不知如何是好。我后来从这档节目里了解到一则歌友会的信息，便叫上群青一起怀着朝圣的心情去参加过几次活动。活动多半在五角场附近几所大学的学生活动室里，组织者放一晚上演唱会的录像带，介绍欧洲和美国的摇滚新浪潮。大家七倒八歪坐在地上看，可能因为心情过分郑重，都看得疲惫万分，结束以后全体像梦游一样拥到门口大口大口呼吸和抽烟。来的人大多是附近大学里诗社和剧团的成员，都在练吉他，都在找排练场地，都说自己的乐队在招募乐手，人也都挺好的，又忧郁，又懂礼貌。

起初我以为老谢是歌友会的组织者。他年龄最大，体格如劳动者一样强壮，因为极度热情而显得笨拙，说一口滔滔不绝的脏话，与知识分子大学生们内向拘谨的气氛格格不入，却几乎每次活动都到场。我一开始以为老谢就是那位疯狂的主持人，打听下来才知道他是华亭路服装市场的个体户。他这个人夸夸其谈，特别容易动情，有时候让人受不了。有几次他讲述他亲眼见证的伟大演出时几乎要泛起泪花。但老谢因为搞服装的关系，交际甚广，常常能带来稀缺珍贵的演出录像带，所以大部分人虽然看不上他，歌友会却没他不行。

　　不过老谢不知为何却对我和群青刮目相看。他说群青是年轻版的窦唯，而我是年轻版的——他想了半天说出一个我从没听说过的外国人名字，他解释说反正也是传奇级别的朋克。他这个人夸起人来没谱到了不真诚的地步，不太能信，但我心里还是挺高兴的。有一次活动上放的是平克乐队的《迷墙》现场录像带，结束以后大家的情绪格外激动，迟迟不甘心散去，于是我和群青又跟着他们去了大学附近的一间酒吧。这是我第一次去酒吧，没有带够钱，就只要了一杯啤酒，从头喝到尾。虽然我当时对柏林墙的事情一无所知，但其他人一路聊到布拉格之春，我昏头昏脑地听着，被感动得一塌糊涂，结果出来的时候回吴淞的末班车已经没有了。我和群青也没有太担心，和其他人一起走在路上，陆续握手告别，最后只剩下我们和老谢，老谢的热情没有消散，还在说个没完。郑重其事的气氛随着夜晚的流逝而变得更为深邃，我感觉自己被当作真正的成年人一样平等地对待着。我们又在路灯底下站了很久，最后老谢借给我们一百块钱打车回宿舍，我们问他留了联络地址。过了一个星期再去歌友会的时候却没有遇见他，于是我和群青按照地址去还钱给他。

　　当时的华亭路服装市场还在鼎盛时期，层层叠叠的露天档口罩着铁皮或者遮雨布。我和群青一头钻进迷宫般的通道，顿时蒙了。原本只在音乐录像带里见过的事物突然变得触手可及。美军风衣、李维斯牛仔裤、阿迪达斯复古运动衫可以随意挑选。仿佛档口的世界不遵循外面的物质流通法则，专将幻梦变为现实。

　　老谢的档口是从自己家的天井延伸出来的违章搭建，具有得天独厚的优势。他没想到我和群青会去找他，很高兴，提早收摊，领着我们去了他的仓库。他的仓库就是身后自己家的阁楼，也是违章搭建，楼梯又窄又陡，我的头几乎顶着前面群青的屁股。但是仓库里面整洁干燥，一股迷人的牛仔布料味道。挪开货物之后，是一块两米见方的狭窄空间，按照年代分类排列着各个国家的军队防寒大衣、战地迷彩、工作服和海军毛衣，墙上贴着海报和唱片封套。老谢说上面有的大明星都在他这里买过牛仔裤。群青指着一张窦唯的海报问："窦唯也在你这里买过裤子？"

　　"'魔岩三杰'都来过。"老谢得意地回答。

　　"什么时候的事情啊？"群青将信将疑。

　　"也就是香港红磡之后那两年吧，他们从南京一路演到上海。"老谢说。

　　"真的假的，都没听说过。"我说。

"你们知道什么，那时候还在听小虎队呢。"老谢说。

"窦唯在现实中是什么样?"群青问。

"特别牛逼、特别时髦，穿美军风衣和鬼冢虎球鞋。当时没人那么穿。"老谢说。

"那他在你这里买了什么?"群青问。

"你们等等。"老谢说着在身后的书架上翻找，抽出来一本杂志来，指着里面的一张照片说就是这条裤子。那是一本日本杂志，通篇采访也不知道讲了什么，但照片配的确实是极其年轻的窦唯，而且有好几张，是他和朋友们在北京郊区的水库玩耍。我和群青拿在手上看了半天，没有任何一张照片里能看清他到底穿的是什么裤子。但是群青立刻对老谢说，他要买这条裤子，就要窦唯穿着的这条裤子。

群青当时是同学里最有钱的，因为他自学网页设计，轻松找到好几份兼职，赚到的钱都花在老谢那里。升旗仪式的时候，他穿着从老谢那里买来的紧身李维斯牛仔裤和牛仔衬衫，大摇大摆地横穿操场，看得其他同学目瞪口呆。

渐渐地，学校里那几个青年老师都专门来向他打听裤子是哪里买的。于是群青找我商量，从老谢那里进一些裤子到学校里卖。起初我们小心谨慎，每周末只带两三条回学校。等现金流滚动起来以后，胆子也敞开了。直至生意被学校教导处出面取缔，我们陆陆续续卖出四十多条裤子，都是紧身到绷着蛋的款式。于是在接下来的两年里，每周一全校升旗仪式的时候，操场上有四十多个人穿着我们卖出去的牛仔裤，不时扯着裆部调整蛋的位置——我觉得这几乎算是一场革命了。

群青要分给我卖裤子的钱，我没要，他想尽办法给我，我又想尽办法还给他。最开始用来进货的钱都是他做网页赚来的，而且他在上海寄住亲戚家里，各方面都需要钱。但是过了一个星期，群青送我一双匡威球鞋，最正统的高帮系带，白底红边，整条华亭路都没有卖。我吃惊地问他是从哪里弄来的，他说他横扫了整个上海，最后在第一百货商店的运动专柜找到，仅此一双，英国制造，我至今都记得价格是三百七十五元，一笔巨款。这是我得到过的最珍贵的礼物。

我和群青一起去签档口合同的那天，我穿着他送给我的匡威鞋，他穿着从老谢那里买来的窦唯同款牛仔裤，这两样东西都不可避免地磨损和褪色，但在我们心中永远代表着尊严和好运。路上我不时去摸左侧肋下，那里的衣服内兜里插着一只牛皮信封，装着我全部存款。我们签下的档口在人民广场迪美地下城，转来的租约又续签五年。我对五年没有什么概念，我生命中还不曾出现任何一件事情是以五年作为计数单位的。

我们入场的时候外贸市场已经发生过一次大震荡。华亭路市场2000年拆迁以后，有资本和人脉的老板在淮海路区域开设独立商铺，剩下的汇入襄阳路。老谢的档口和家里的违章搭建在拆迁中被全部移除。他这个人善于一蹶不振，无法适应时代的震荡，于是没有参与襄阳路市场抢占地盘的腥风血雨，在家里炒股票，荒度时日，一年之后才重出江湖，盘下两个小仓库，退居到七浦路市场，自此只做批发买卖。市场的大生意都在一楼二楼交易，三楼是废物们的荒漠。老谢盘踞三楼一角，手机信号若有若无，用电子设备联络不上，要找到他就得转两趟公交车亲自相见。整片批发市场以天桥为起点，乌烟瘴气，小偷成群。全国各地货源汇集，因为抢货和帮派斗争，巷子里的械斗时有发生。老谢的境遇表面看起来一落千丈，实际却因为陆续接了好几笔贸易公司的大单而交了好运。但他无动于衷，大声哀叹，坚持认为自己被流放了，从上世纪的幻梦中被流放。所幸，我们的友谊从那个幻梦中被保存下来。

当时的迪美地下城与其他地方垄断货源和势力割据的状况完全不同，进驻的多半是我和群青这样刚刚入场的同龄人。地下城是九十年代中期建造的新型防空洞，面积等同于半个人民广场，分区域招商，缓慢拓展。一半已成规模，另外一半还无人管理。我们的档口位于边界，编号 A37。虽然与期待中的一切相距甚远，但这里的气氛极其地下，男孩女孩都没钱没背景，美院和服装学院的学生居多，也不着急赚钱，因此有一种不成气候的学校社团感觉。大家每天交换来自批发市场和服装厂各种无用的小道消息，使尽浑身解数打扮，只为了让自己看起来不同于外面的普通人。

我和群青虽然干劲十足，却毫无头绪。头一个月我们搭乘地铁和轻轨，纵向和横向扫荡了上海市区和近郊的纺织批发市场，却始终无法在货源上达成一致，而且过多的垃圾货源像污染物一样伤害我们的意志力。之后随着气温断崖下跌，我们渐渐乱了阵脚。到了11月底，无论什么样的货源消息都会追踪，孤注一掷的念头变得非常强烈，有好几次追进居民小区单元房里传销组织的老窝。我心里很清楚，再进不到合适的货就等着完蛋吧。这是我记忆中最冷的冬天，夜以继日刮着北风，我和群青沿着苏州河，从一个仓库摸到下一个仓库，像冰天雪地里迁徙的动物。

12月的第一个星期，我们得到消息说虹口那边鬼市有批冬天的货天亮进仓，得赶早去抢。我和群青第二天凌晨三点按地址找到仓库，空无一人。我们在避风处等待，太冷了，只能不停聊天分散注意力和保持清醒。熬到破晓时，薄雾里出现一辆货车，远光灯照在我们身上。不等司机师傅卸货我们就跑过去看，是从山东运来的一批贴标羽绒服，日单户外功能性品牌。我和群青交换了一个眼神，就已经确定这批货无论如何都要拿下。只是我们热情过头，失去讲价的先机，全部的钱只够支付订金。死皮赖脸与司机师傅交涉下来的结果是，先交订金，晚上九点取货并交付全款，过时不候，订金不退。

我和群青离开仓库以后，双手插兜往轻轨站的方向走，外面是一片拆迁中的棚户区，气温甚至比夜晚更低。第一班轻轨还没出站，我们站在露天站台上，刚刚失去了全部的钱，是真正意义上的一无所有。我问群青："我们去哪里？"

"去找老谢想想办法。"

"不是说好不找老谢吗？"

"我们说好了不从他那里进货，没说不能借钱。"

"这有区别？"

"从他那里进货是不思进取，从他那里借钱是走投无路。"群青的语气不如平时确定，但我心里清楚他说得没错，我们走投无路。到批发市场的时候，老谢刚刚发完一车皮的货打算回家睡觉，见我和群青披着一身晨雾，几句话就问清楚了我们的处境。他先领着我们去楼下出租车司机面馆里吃了一大碗面，然后叫我们等着，他自己去银行跑了一趟，回来的时候手上多出一只塑料袋，大大咧咧从里面掏出来几沓现金递给我们，数目远远超过我们实际需要的。我心里狠狠一暖。

"你们搞到车了?"老谢问我们。

"什么车?"我和群青都一头雾水。

"你们拿什么去运货?"老谢说。

"助动车行吗?"群青问。

"我爸有一辆。"我说。

"我操! 你们闹着玩吧。"老谢拍掌大笑。

我和群青面面相觑，不明白他是什么意思。

"几百件羽绒服你们搞辆金杯车都得跑几趟。"老谢说。

"你有金杯车吗?"群青问。

"我不会开车，我骑三轮。"老谢说。

"三轮摩托?"群青问。

"三轮板车啊。"老谢回答。

"你骑板车送货?"群青问。

"操! 你不是百万富翁吗?"我问。

"你们这话说的，一副没见过世面的样子。板车比金杯车能装啊，能和公交车抢道。"

"怎么样，你会骑三轮吗?"我问群青。

"这有什么难的。"群青说。

晚上我和群青在老谢的仓库碰头，骑着他的板车回到清晨的仓库，担心过的事情一件都没有发生。货已经全部清点好了，一捆捆码得整整齐齐，司机师傅开着取暖器，一边吃盒饭，一边听相声。我被暖烘烘的空气里飘浮着的羽毛绒绒刺激得鼻涕眼泪横流。

"你哭什么?"群青问我。

"我没哭，你他妈才哭。"我一说话却呼呼流出更多眼泪。

这批货我们分两车拉完。第一车直接拉到地下城，但地下城那段时间消防检查，晚上十点以后不允许进出，所以第二车只能拉到群青家里。群青回到上海以后没再寄人篱下，自己在浦东轮渡码头附近租了便宜的屋子居住，那屋子破得惊人，没有空调，没有热水，不通煤气，住在那里像是每天都在军训。我俩轮流蹬车，轮流坐在车板上护货，碰到上坡就一起下车推，连滚带爬地赶上最后一班轮渡。那天的黄浦江上大风大浪，整艘船都往一边倾斜，我和群青费了很大功夫才把板车固定好。然后我们拆开两件羽绒服自己穿上，爬上甲板。没有云，空气冰冷干净，能看见明亮的冬季大三角。

"你闻闻，是不是有鸭子的味道?"群青突然把头埋进衣服里。

"废话，说明这是货真价实的鸭绒。"我说。

群青咔嗒咔嗒地点烟，我们被鸭子的味道围绕，暖暖和和，自由自在。

春节里我和群青高高兴兴地去给老谢拜年，正巧碰上老谢过生日，一定要留我们去乍浦路的大饭店吃饭。年初四的夜晚，整条乍浦路灯红酒绿，空气里浸着白酒的芬芳，每间酒楼门口的大水缸里都游着红彤彤圆鼓鼓的发财鱼，齐齐朝着一个方向挤，撞到玻璃再折返。酒楼里面金碧辉煌，桌面大小的枝形吊灯下面坐满人，食物被放在干冰里冒着烟端上来。蟠桃大会也不过如此。

"没想到你平时挺摇滚的一个人，这种做寿风格怎么和我爷爷一样。"我讽刺老谢。

"你们懂个屁。今晚迎财神，明年走大运。"老谢回答。

老谢大宴宾客，渠道上的合伙人、报纸和时尚杂志的编辑、电视台刚刚露面的年轻主持人……还不断有新的朋友从其他地方转场过来的，热情洋溢，都已经喝多了。老谢挨个给大家互相介绍。说到我和群青的时候，他说我们是他来自上世纪的老朋友。我挺感动的，我不知道老谢原来有那么多的朋友，而我们是里面年纪最小的。大家互相握手，拍打彼此的肩膀，坐下来喝酒。他们聊娱乐圈消息、股票、夜总会和世界局势。大部分事情我都没有经验，却听得津津有味。我觉得老谢的朋友们普遍过着既浪漫又务实的生活，在金钱的热浪里翻滚，却愿意为一些特别抽象的事物一掷千金。有位戏剧学院的老师问群青是不是本校学生，还是哪个剧场的演员，看着脸熟，肯定在台上见过。群青说他不是学生，没有念过大学。那位老师一定要留下群青的电话，说等开春招生的时候再联络他。之后服务生端上来一只裱花奶油蛋糕，于是那位老师带头唱起了生日快乐歌。我这才知道原来老谢三十五岁，而我一直以为他只有二十七八岁，他是那种和具体年龄数字没有关系的人，似乎从未年轻，也不会衰老，但是再一想，自我们认识起，确实已经过去好多年。吹灭蜡烛之后，歌却没有停下来。我们一起唱了罗大佑、伍佰，《Hey，Jude》——"Na，Nana，Nananana"——一首接着一首，越唱越激动，酒越喝越多。唱到《明天会更好》的时候，已经有人开始哭泣，大家都站起来，号啕大哭的人站到椅子上，还要往桌子上爬，被拉住。酒楼里其他桌上的人也加入进来，人群啊年龄啊身份啊，诸如此类的差异都短暂消失，但是在集体的合唱中，整体气氛却突然不可挽回地跌向伤感。

"唉!"坐在我旁边的女孩冒出一句轻轻的叹息，我不知道她是什么时候坐下的。不是我吹牛逼，美校也好，地下城也好，我是在漂亮女孩扎堆的地方长大的。我刚刚进美校的时候，高年级的学姐们烫着头，个个打扮得像香港大明星，傍晚在操场上练习迈克·杰克逊的舞步，我觉得自己暗恋过她们中间起码一半的人。所以也不能怪我整晚都没留意到她。她长手长脚，个子中等，自然卷发费了很大力气用皮筋绑住，又随时都要挣脱出来似的。穿着不协调的长裤和短风衣，有种乱七八糟的流浪儿气质。我心里琢磨着她的那句叹息是不是有点讥讽的意思。

"你也是电台的吗?"女孩转头看着我，像是留意到我的内心活动。

"什么电台?"

"那是我搞错了。你是做什么的?"

"我是个体户，和朋友一起卖衣服。"这是我第一次以这样的身份介绍自己。

"挺有意思。但你看起来一点也不时髦啊。"

"我还行吧，我可能是那种在精神上比较时髦的人。"

"哈哈哈，你是有种自暴自弃的气质。"

"那主要是因为我缺了半颗门牙。"

"你的牙怎么了?"

"你看过《古惑仔》吗?"

"哈哈哈，别闹了。你们的店在哪里?"她继续问我。

"不能算是店，没有名字，而且也没决定好到底卖什么。"

"那倒是挺酷的。"

"不是像你想的那样，我不是那种酷酷的成天无所事事的人。我勤劳勇敢。"我几乎每说一句话都在后悔，不知为什么无法自控地想要表演拙劣的幽默。

"我问个正经问题行吗?"女孩问我。

"你说。"

"我能采访你吗? 你和你的朋友——"

"你是说正经的采访吗? 我们有什么可采访的啊。你是记者吗?"

"是啊。"接下来她说了一个报纸的名字，我没有听说过。

"我平时不看报纸。"我非常不好意思。

"我们还在创刊的筹备阶段，而且我还是实习生，今年夏天才正式毕业。"

"为什么要采访我们，不会有人要看的吧。"

"我在做一个叫作二十一世纪新浪潮的专题。"

"什么是新浪潮啊?"

"就是写写我们大家都是怎么瞎胡闹的。"

"哈哈哈哈。你叫什么?"我问她。

"消失的象。"

"什么，这是什么破名字?"

"这是笔名，我在报纸上发表文章的时候用这个名字。"

"用这样的名字能写出正经报道吗?"

"不都说了是瞎胡闹嘛。"

"这个名字到底是什么意思啊? 你喜欢动物还是怎么回事?"

"没什么特别的意思，就是一本书的名字。"

"是小说吗? 我书读得少，但我会去找来看看的。"

"不必不必，我也就是随便起的。"

"那我应该叫你什么？"

"小象？别人叫我什么的都有，我没所谓。"

"那我就叫你小象好了，我觉得你比较像一头小象。"毕竟我从未在真实的世界中见到一头小象啊。我们交换了电话号码，我在手机通讯录里保存了"消失的象"。

接近零点的时候酒楼里的人都开始往外拥，大家合力抬出整捆整捆的满地红，手臂粗细的高升和冲天炮，桌子大小的焰火盒子，垒成一座座碉堡。我看得目瞪口呆，直到第一支焰火呼啸着蹿上了夜晚的天空，震耳欲聋的，我缩起脖子感觉自己身处战场。如果此刻财神正在巡游，他一定也会驻足观望。

"恭喜发财。"老谢拍拍我的肩膀。

"太厉害了，钱的味道应该就是硫黄味的吧。"我说。

"你还没见过前几年更厉害的时候，放焰火放到警察都要封路待命。"

"生日快乐啊。"我也拍拍老谢的肩膀。

"别提了。三十五岁，一事无成，在这里空许愿望。"

"一事无成挺好的，这不正是时代的潮流嘛。"

"后来你还去过歌友会吗？"老谢突然问我。

"再也没去过了，歌友会还没解散？"

"早就解散了。我最后一次见到那群人还是千禧年的元旦，你能想象吗，都过去那么久了。我们去了好几所学校做放映，其实就是玩命玩了三天三夜。后来大家都开始使用互联网了，感觉是一夜之间，每个人都取了不同的网名，比自己的名字酷多了，从此再也不需要在现实中见面了。"老谢大声叹气，又动情了。

"我觉得那样挺好的，我其实没有特别喜欢那些人。"

"我知道，那种臭傻逼知识分子味儿呗。但我有时候就是会被这种东西迷住。"

"我不懂知识分子什么的，我只是不喜欢那里的一种阴郁气氛。"

"做生意不能太执着于气氛。"

"你是说我吗？我一点都没觉得自己在做生意，没那种正儿八经的感觉。"

"那你境界挺高的。"

"别笑话我了，我是说真的。我不知道做生意的感觉，你是过来人，你教教我。"

"你见过那些在海里冲浪的人吗，在明晃晃的水里长时间地等待一个完美的浪，等浪来的时候，奋力跳上板子，在浪尖上划出一道又长又美的白色弧线。"老谢这样说，好像我们正置身于虚构的海，而他奋力向前伸出手去说，"你看。"人们踩着厚厚的红色纸屑，引爆更多的引火线，站在硫黄的浓雾中许下新年愿望。我看见群青被点燃的哑炮烧着了头发，却没再见到小象的踪影。

"我们现在看到的也是浪的景观。"老谢说。操，他这句话真的太煽情了。

那批货一共三百七十五件羽绒服，开春前就几乎卖完，提前还清了欠老谢的钱。功劳主要归群青。他会说日语，模样像日本青年，每天只要坐在档口便是一种广告宣传，让人不由自主也想穿上他的衣服，成为同样的颓废派。我们为了更进一步地渲染氛围，从老谢那里要来不少九十年代的日本杂志海报贴在墙上。而且我们只卖一种衣服，特别硬核。不少人以为我们直接从日本进货，有海外关系，对此我们从来也没有否认，口碑很快便传了出去。

赚到钱的虚荣心稍稍鼓舞了我和群青，之后只要那位司机师傅从山东拉货到上海，我们便第一时间去候着。为此经常凌晨便各自出门，沿着苏州河，摸黑骑车去仓库，在冷雾中等待他的货车入库。大部分时候我们都空手而归，但其实我从心底里来说，也没有对好运的再次眷顾抱有期望，倒是师傅被我们倔强的意志力弄得挺不好意思的，建议我们说，要想找到称心货源，还是得亲自去北方沿海地带跑跑，那里遍地都是服装厂。

于是我和群青去驾校报考了 B 型货车驾照。自此以后每星期都有两三天清晨，我们在人民广场公交站见面，一起坐驾校班车去嘉定的练习场学车。第一次去广场集合的时候天都没亮，有霜冻，为了节省体力，我们坐上班车以后彼此都不讲话，打着瞌睡。但车厢里很冷，窗户漏风，很难真的睡着。驶出市区以后两侧是宽阔的土路。天始终不亮，像在大片的阴影里。这样的日子持续了整个春天。

这期间老谢提议我和群青去一趟北京，说那里搞服装的气氛很不一样。这趟旅行我和群青都期待已久，想从野狗一样的生活里喘口气。

到北京的第一晚我和群青在鼓楼的青年旅馆睡大通铺，都是背包客，晚上八点以后淋浴间就没有热水，拉屎得去外面的公共厕所。但附近的胡同里都是二手衣服店、乐器行和酒吧，卖各种意想不到的破烂；去小饭馆里吃刀削面，旁边坐着一群穿匡威球鞋的朋克。特别野，特别贫，特别嚣张，让人不由自主想要成为这个公社的一员。

接下来的四天里，我和群青每天都去世纪天乐和动物园批发市场报到，大铁皮棚底下都是满口京腔的男孩女孩，又疯狂又颓废，个个都像在演王朔的电影。我们在世纪天乐的一个档口狠狠心，拿下几件美国的二手皮夹克，价格高得离谱，但老板特别能聊，最后还给我们留了一个地址，叫我们离开之前一定要去那里看他们乐队的演出，他请我们喝啤酒。回去一查才知道他是那种教父级别的鼓手。

最后一天傍晚我们真的按照地址找了过去，却在什刹海背后的胡同里迷了路，天黑以后整片胡同都没有路灯，我们饥肠辘辘摸进一间酒馆，意外发现二楼的露台在办派对，炭盆里烧着火，很多吃的，很多酒，有个流浪汉在拉手风琴，跺着脚唱悲怆的俄罗斯歌曲。那里卖十块钱一杯的鸡尾酒，一股酒精和香料味，但我和群青喝了一杯又一杯，全部都喝多了。走出来的时候，不知道怎么的突然置身什刹海边，那里的冰还没有完全化开，湖面上停着白色的鸭子船。而我们什么都顾不上，蹲在树下，哇哇乱吐。后来我们运回来的那几件皮夹克，还没有来得及上架就被隔壁几个摊主一抢而空，早知道豁出去把那批货全包下来了，这件事情我至今想来都有些遗憾。

第二天我和群青宿醉着坐夜班快车回上海，驶出北京没有多久，我便接到小象的电话，黯淡的电子屏上闪动着"消失的象"这几个字时，火车正开进山里的隧道，周围一片黑暗，这个电话像是来自另一个地方，其他的世界，以至于我接起电话傻乎乎地问："你在哪里？"

"我在学校宿舍，站在阳台上。你呢？"小象的声音从黑暗中传来，又清晰又确凿。

"我在从北京回来的火车上。也不知道开到哪里，刚刚穿过了好几座山，现在外面是平原。"

"真好啊，你去了北京。"

"我猜你肯定忘记了我们的约定。"

"我没忘记。"

"那就是反悔了，发现我们的采访不值一做。"

"我一直在写毕业论文，废寝忘食的，刚刚写完就给你打电话了。真的很抱歉。"

"抱歉什么，我很高兴你没有消失。你的论文是关于什么的？"

"我不会告诉你的，你肯定会觉得特别枯燥。"

"你不说说怎么知道，没什么能让我感到枯燥。"

于是小象认认真真从头说起。起初我们都还有点紧张，她只想尽快说完，渐渐地却越说越远了。中间她偶尔会停下来，等等我，于是我发出一点声音，让她知道我始终在，无须担心。我握着手机蹑手蹑脚地从上铺爬下来，在过道找了一个靠窗的座位坐下，我一点都不觉得枯燥，反而入了神。中间我打断了她一次，是因为手机提示没电了，于是我拿着充电器来到车厢交接处的插座旁边，坐在地上，接缝处不断涌进来潮湿柔和的季风，我想火车已经离开了华北平原。她问我还在听吗，我说是的，我可以一直听下去。所以一直等到她讲完以后，我才告诉她，"火车已经离开华北平原了。"

"那明天我们约个时间见面好吗？我们可以开始采访。"她问我。

"明天是指醒来以后的明天吗？"我问她。

"是啊，醒来以后的明天。等你回到上海以后。"她确定地回答。

于是我们约定了见面的时间地点，照理应该道别，但我们都沉默着不想说再见。这样的时刻我应该说些什么呢？我心中有着千言万语，我可以说说美校后山的四季，吴淞码头靠岸的远洋船，还有黄鼠狼的头骨。我还可以问她，你知道吗，北京的公共厕所没有隔断，拉屎的时候正对着对面人的脸。我不记得前后的顺序，但是这些话我全部都说了，直到车厢里的人陆续从无边的梦中醒来。我站起身，窗外已经是黎明的农田和天际线的霞光。

"哎呀！"我惊呼。

"怎么了？"

"我本来想好要在火车过长江的时候告诉你的，现在已经过了。"我告诉小象。

火车到站以后我和群青告别，没有回家，却直接坐上了通往五角场方向的公交车。

歌友会时代我曾去遍了那里所有的大学，没有想过几年后重返是要去见女孩。我在校门口给小象发了一条消息，然后凭记忆穿过操场，往学生活动中心的方向走。我猜想小象还在睡觉，但是她立刻回复了我。她也醒着，而且一点也没有感到意外似的，好像我们本来就说好要在学校见面一样。我却紧张起来，走进旁边的小卖部里想买些什么，口香糖或是可乐，结果只买了一小盒避孕套揣在口袋里。这不在我的计划之中，我和小象没有任何计划。

我原本还在担心是否记得小象的长相，但其实她刚刚进入我的视野范围，还只是一小片模糊晃动的光晕，我便认出她来。她的模样和冬天见面时不太一样，穿着不长不短的裙子，头发没有绑着，迎面走来像一把乌黑的小小火焰。步伐飞快，手指上挂着的一串钥匙响个不停，转瞬便来到我跟前。

我们逆流穿过去教学大楼上课的学生，来到学校后门，各自吃了一碗面条。一夜没睡，却都感觉不到疲惫。小象问我想去哪里，我没有什么想法。于是我们坐在排球场边看了好久排球队的训练，然后才穿过草地回到她的宿舍。又是一个晴朗的白天，干燥的青草轻轻擦过我的裤脚。

"当心脚下。"小象在草地上灵巧地跳跃。

"当心什么？"我跟上她的步伐。

"天热起来以后，草坪上就会有前一天晚上留下的避孕套。"小象回答。

天黑之前我和小象在她的宿舍里用完最后一枚避孕套才抱在一起沉沉睡去，再次醒来已经斗转星移。我们在一起待了两天，离开小象的时候，外面温度骤降，我再次穿过草坪，凌晨的露水降落在我的身上，我的心里怀着无限温柔和无限混乱。

三个月以后，我和群青考出了驾照。从老谢朋友那里买下一台几近报废期限的桑塔纳。车是从希尔顿酒店淘汰下来的，之前跑了八年的酒店出租，虽然和梦想拥有的吉普越野相去甚远，但开价只要一万块钱，是我们所能负担的上限。而且车被维护得很好，里外看起来都干净体面，后窗遮着干净的白色纱帘。引擎自然是老化了，动不动就温度过高，车里必须常备一箱水给水箱补给降温，但老谢允诺说开上两年没有问题。我们也觉得跑短途拉货足够用了，于是验车之后当即付了款。拥有车以后的第二天，我和群青便打算开车去杭州近郊的服装工厂碰碰运气，顺便在高速公路上拉拉车速，清理引擎积碳，算是为之后去北方跑长途练练手。

我们清晨出门去接小象。她早早等在路口，背着旅行袋和水壶。这将是采访的最后一站。我原本以为所谓采访不过是聊一下午的天，结果却从春天一直持续到夏天，小象跟随我和群青跑遍了上海的批发市场。她有种热忱到奋不顾身的劲头，甚至比我们更忘情地投入我们的生活中，以至于所有让我和群青感到疲惫和重复的事情，以她的视角被重新看待之后，又再次具有了意义。

群青向来对我找女孩的审美嗤之以鼻，却意外地和小象非常合得来，毫无防备地接纳了她。我觉得这一方面是因为小象有种能令人敞开心扉的天赋，而且完全没把群青心事重重的性格当回事。另外一方面是因为我和小象并没有能够发展成真正的恋爱关系。我对小象的感情强烈且真实，但在我想要付诸真正的行动之前，她告诉我，她的男友在法国念政治学。他们相处多年，感情坚固，互相支持，约定两年后在巴黎重聚。所以她每周末都去法语培训中心上课，打算去法国念书。我想象过和她恋爱，无数次的，但能想到的场景和事情却都非常有限。我没有受到过良好的情感教育，缺乏勇气，而且目光短浅。但不管怎么说，我和小象成为朋友，是值得信赖的朋友，也是伤心万分的朋友。

我和群青第一次真正开车上路都争先恐后要握方向盘，又都很紧张，两个人不断熄火和踩急刹车，在市区磨磨蹭蹭，等开上高速公路已经烈日当头。车里的冷气修不好了，不得不开着车窗，一旦提起速来，猛烈的风灌进来把群青的烟灰吹得到处都是，而且发动机的声音与公路的噪声震耳欲聋，只有把音乐的声音也开到最大才能与之抗衡。而小象兴致高昂，她大声跟着唱歌，朗读高速路牌上面奇怪的美丽的地名。

到了杭州以后，我们沿着钱塘江进了山，山里大片大片的茶树令人流连忘返，我们把车停在山腰处，顺着溪流的方向走，在茶林深处遇见一间小庙。庙里的气氛平静温和，有两棵挺拔的银杏，有香火，但没有人的踪迹。我们被一种少见的心情驱使，纷纷抽了签。小象抽的是大吉，我抽的是小吉，群青抽到凶。我想看群青的签上写的是什么，但他已经把那张纸扔进香炉里烧了，说这样菩萨才会帮他解决问题。小象的签上说的是宝塔和星辰，我的签上说的是迁徙的鸟。我们也没有看懂，模棱两可，但都把签留了下来。

我和群青第一晚便已经在网吧搜索了杭州所有制衣厂的地址，在地图上做好标记，规划了路线。第二天出发前群青叫我把现金都拿出来，不要全部放在包里。

"那放在哪里？"我问。

"都分散开来，袜子里、裤腰里都塞一点。"群青回答。

"有这个必要吗，又不是在穷乡僻壤。"我虽然不服气，也还是照做了，两只袜筒各塞了一卷钱，其余的钱卷在信封里塞进裤腰，有种郑重闯天下的荒唐感。

接下来的两天，我们循着地图分片扫荡，去了十间工厂，却一无所获。于是第四天，我们抛弃了地图，过复兴大桥以后，沿着钱塘江一路往北，落日前在临海工业区里找到一间工厂，打听下来有一批日本订单的惠比寿牛仔裤正在加工五金配件。我和群青吸取了之前的教训，装模作样，冷静讲价。这批货的量很小，厂里的人显然没当回事，只想随意将我们打发，给出的要价却低得惊人。我们找机会掏出藏在袜筒和裤腰里的钱，赶在对方反悔之前把货拿下。

然而刚刚返回停车场，便有三四个人大声吆喝着从两个方向走对角线朝我们靠拢。我大脑空白一片，用眼角余光看到群青和小象都朝着车的方向冲刺，于是我也拔腿要跑，却被人从侧面猛踢膝盖和肋骨，滚到地上，下意识地紧紧蜷住身体，以缓冲肩膀和后背受到的重击。好不容易挣脱起身，看见一个人仰在地上，鼻梁歪了，他正茫然地伸手去扶。而群青抢着从后备厢里取出的千斤顶，仿佛青年哪吒。其余几个人见这阵势也怂了下来，垂着手，不再逼近。于是群青举着千斤顶和我一起缓缓后撤，掩护我拾起地上的货，跃进车里。接着群青放开手刹，踩下油门，从未有过地一气呵成，车子剧烈抖动着冲出厂区。

外面暮色降临，空气湿热，群青稳稳地握着方向盘，肩膀笔直，令人平静。小象靠在我身边，手指蜷在我的手心里，像一只休息的鸽子。我们的货都在，一件没少，我们的桑塔纳在关键时刻经受住了考验，自此以后也成为忠诚可靠的老友。我捏了捏小象的手指，想说一句话，但稍稍吸一口气，胸口痛到眼前发黑。

"停车。"我突然剧烈反胃到背脊都汗湿了。

"你别瞎动，要是肋骨断了扎进肺里就完了。"群青说着靠边停车。我原想反驳两句，但打开车门便立刻吐了，吐的时候太痛，只能吐一会儿，休息一会儿，靠在座位上小心翼翼地喘气，再继续吐。群青下车抽烟，见我吐得差不多了，便点了根烟，猛抽两口以后递给我说："抽几口，会好受点，能镇痛。"我浅浅抽了一口，适应以后又抽了好几口，烟雾进入身体以后，不知是不是心理作用，痛感真的退去一点，至少又能开口说话了。

"刚刚那几个人是怎么回事？"我问。

"不像是厂里的，没准儿是当地黑社会。"群青说。

"黑社会来弄我们干吗，我们就拿了这么点货。黑社会那么小气啊。"我说。

"我觉得那几个人多半是搞错对象了。"小象说。

"那你说我们都心虚跑什么呢？"群青说。

"任何人碰到这种情况都会想要跑吧！"小象说。

"你在日本没少打架吧？看你刚刚那架势，不是我们美校的做派。"我问群青。

"装装样子，现在虎口还是麻的。"群青说。

"我至少为采访贡献了精彩的结尾。"我说。

"我觉得我们永远也不会知道这个结尾到底是怎么回事了。"小象回答。

"要是按照电影情节的发展，刚刚那个人被群青打死了，我们在这里抛下车告别，各自消失在荒野，永远不会再相见。"我说。

"你别胡扯，那个人不会死的。而且这里是杭州，也不是荒野。"群青说。

"别那么严肃，哪里都可以是荒野。"我说。

"那天你抽到的签到底说了什么？"小象问群青。

"你真的相信这种东西？"群青问。

"就是因为不相信所以才问你啊。"小象说。

"但我也没太看懂，就说了螳螂啊黄雀啊之类的。"群青说。

"'螳螂捕蝉，黄雀在后'吗？"小象问。

"原话不是这样，但差不多就是这个意思。"群青说。

"真够无聊的。"我说。

"是啊，真够无聊的。"小象说。

"你花了那么多时间在这个采访上到底值得吗？"群青问小象。

"当然值得，你们等着瞧。"小象说。

"这种虚无的事情，你怎么能那么确定，可真羡慕你。"群青说。

"再给我一根烟吧。"我问群青。

"我的烟快没了。"群青说。

"我还有薄荷糖你要吗？"小象问我。

"我们现在在哪里？"我问。

"不知道，但我们一直顺着钱塘江，再往前可能就是入海口。"群青说着拿出地图。我们凑在昏暗的顶灯底下琢磨许久，对照工厂的位置和行驶的方向判断，我们所处的位置在海宁观潮台的对岸，这时天已经彻底暗了下来，没有月亮，也没有潮水。

"我们要是在这里不走，说不定能看到巨浪。"我说。

"哪来的巨浪？"群青分给我一根烟。

"不知道，潮水是行星之间的引力造成的。"我在胡说八道，我觉得我的脑子摔坏了。

"操，油灯亮了。"群青说。我没搭理他，找出烟盒里最后一根烟。车门全部打开着，但是车一停下来就没有风了，密密麻麻的蜻蜓在低空盘旋，仿佛近处就将有一场风暴。而小象带着她的傻瓜相机跑出很远，闪光灯在黑暗里打出的光晕在我的视网膜上停留了很长时间。

这一趟回来，我断了两根肋骨，轻度脑震荡，有阵子往右侧翻身就会头晕。因为必须在家里静养，吃喝全部依靠父母照顾，持续了一年多的谎言终于说不下去了，意志力也已经瓦解，便干脆从香港公司遣散说起，直到在杭州工厂被打，全部都告诉了家里人，中间一度说得情绪激动，却不敢停下来，怕一旦停下来，那股劲头就消失不见。说完最后后背发凉，等着大闹一场，但好久都没动静，回过神来，发现我妈背转身去，正轻轻擦去眼泪。弄成这样我特别难受，差点也要落泪。

之后老谢不听劝阻非要来探望我。酷暑天，抱着一只西瓜从地铁站走到我家，又爬了几层楼梯，一身臭汗站在我家狭小的客厅里，像退潮以后搁浅的海豹，满身泥沙。我父母本来就怀着对个体户的偏见，不太待见我那些所谓社会上的朋友，老谢横冲直撞的模样无疑印证了他们的疑虑，于是他们冷淡地打过招呼以后就回避了。老谢自己浑然不觉，放下西瓜以后，从包里掏出一套《战争与和平》说是给我解闷。之后他情绪激动，绕着沙发前言不搭后语地说了一堆，概括起来就一个意思，我和群青出名了。

"什么意思？怎么出名了？"我莫名其妙的。

"你们两个傻逼堂而皇之闯进外地黑工厂拿货，械斗之后抢了一批牛仔裤回来。"

"是不是群青跑你那里吹牛去了？械斗个屁，就是个乌龙罢了。"

"报纸上登了啊。专题大报道，厚厚一沓。"

"今天出刊了？那你给我带报纸了没？"

"哎，我把这正事给忘了！"

尽快把老谢打发走以后，我缠紧胸托去楼下溜达了一圈，第一间报刊亭说这期是创刊号，送赠品，已经卖脱销了，第二间报刊亭还剩五六份，我只买了一份，我为小象高兴，希望有更多人能买到剩下的。报纸出乎意料地厚，小象的文章是特刊头版，我站在路边迫不及待地翻到那一页，是一张占据了半个版的黑白照片，我们泊在观潮台对岸时小象跑出很远去拍的。画面里没有我和群青，只有车门全部敞开着的桑塔纳，以及我撑着车框，夹着烟的手。天将暗未暗，我们的车像一台搁浅了的飞行器。周围的风景虽然被定格，却仍然给人瞬息万变的印象。这是整篇报道里唯一的照片，而文章本身竟然占据了接下来的整整六个版面，我明白了小象说等着瞧的意思，这几乎是抗洪救灾级别的报道了吧。

回到家里，我平静了一会儿才开始读这篇文章。读完以后又回过头去，把重要段落重读了一遍，反反复复读了好几遍。里面全部的事情都是我和群青经历过的，我们不断移动，在各种交通工具上，从浦西到浦东，从长江流域到华北平原，带着一点点的钱和可有可无的决心，游荡在批发市场铁皮大棚闷热的通道间。

文章的结尾，"没有人消失在观潮台对岸的荒野"，小象转而描述了之前一个普普通通的凌晨："我们从浦东江边的仓库出来，珍惜春天仅剩的几个夜晚，没有着急回家，反而往纵深处越走越远。周围的一切都是新的，刚刚浇灌的道路甚至还没来得及命名，我们有一搭没一搭地讨论大陆的尽头是什么，便来到了尽头。那里是一个通宵开工的地铁工地，冷光灯像好几枚巨大的人造月亮，不见人影，但是机器全力运转，一根根直径惊人的管道将那里的泥浆源源不断地输送到卡车上，再运送出去。我们无所事事，在吞吐的轰鸣声中看得如痴如醉。直到灯光熄灭，机器一部接一部地停止运行，天快要亮了，从公共绿地里跑出来一大群觅食的猫，轻轻穿过马路。"

"这里为什么会有那么多的猫？我问他们。而群青摆摆手说，不是我养的。"

文章至此结束了，最后的署名是——消失的象——就好像我和群青以及作为第一人称叙述者的小象虽然没有消失在荒野，却依然在奇异的氛围中消失在了时代的这一边。我想起在采访持续的这三个月里面，很多个夜晚，我们三个人从地下城走出来，季风潮湿柔和，我们行走在延安路高架桥底下，如同行走在沉默的鱼腹下面。我极其想念小象，回过神来，拨了她的电话。

"你写得真好，你把我们写得像堂吉诃德一样浪漫。唉！"我说。

"那你为什么还在叹气？"小象说。

"因为在所有浪漫的事实中，你还是漏掉了关键性的一项。"

"不可能，你说说。"

"我们会开手动挡，持有货车驾照，是不是很浪漫，还有比这更浪漫的吗？"

"哈哈哈哈。"小象的声音始终确定，无论如何都不会消失。

一个月以后，我胸侧和背后的瘀青已经痊愈，老谢帮我挑了一个良辰吉日返工。等我回到地下城才意识到老谢为什么说我和群青出名了，我不得不对着各种人，把事情的经过讲了一遍又一遍，渐渐地那段经历对我来说，便成为他人的冒险。正逢迪美地下城新一轮扩张，成为时髦大学生和年轻白领的乐园，周末总有记者来这里捕捉浪潮的走向。似乎想要赚钱，便总能找到捷径。这样天时地利人和，我们档口的现货第一次被彻底卖空了，我和群青因此决定把去山东跑货的计划提前。

我们不在档口的时候雇了老谢的远房表弟帮忙。表弟十九岁，蓬勃开朗，前一年高考失利，不想复读，也没有正式去混社会的决心。家里情况不错，于是打算送他出国读书。所以他上午学英语，下午来我们这里，周末晚上去酒吧跑堂，和客人练习英语口语。

出发前我们又和那位跑长途的司机师傅见了一面，带着香烟和白酒，算是感谢和告别。师傅爽快地给我们牵了几条服装厂的线，又兴致勃勃传授了一通在路上找小姐的经验，帮我们调整了离合器，最后以昂贵的价格卖给我们一台从广州带回来的新款导航仪。

第一次去山东正是秋天最好的时候，我们计划从潍坊，到胶州、即墨，最后至崂山和青岛返程。每到一个城市，我们都按照惯例先找网吧歇脚，吃泡面，搜索当地的服装厂和市场，标记在地图上并且规划好路线，为了省钱，轮流在招待所或者网吧或者录像厅过夜。因为吸取了之前的教训，进入厂区的时候我们都小心谨慎，避人耳目，对门卫通通谎称自己是来招工的。最终抵达青岛时，已经过去了十几天。除了导航仪不断导致的方向混乱外，其他一切顺利，约定的货都将在年底前陆续发往上海。返程前，我们去海边看了看，天冷了，海滩浴场一个人都没有，移动更衣间都锁起来了。秋天已经彻底结束。我们踩着湿滑泥泞的沙滩走出很远，死去的海藻被留在砾石里，海面起着湿冷的雾，往陆地移动，流动在植物和楼房之间。

回到上海以后我和群青晨昏颠倒，几乎每天凌晨都去地下城接货。我们和其他几十个人一起，各自等待晨雾中一辆辆来自四面八方的长途货车。天寒地冻的，我们都精神抖擞，如同置身战壕。

十二月底我和群青第二次去山东，走相反的路线，从淄博到济南再到泰安，最终在泰安耽搁了很多天。我们在当地一间小工厂觅到一批日本订单，户外冲锋衣，那个品牌当时还没有进入中国内地市场，群青想要把整个厂的货全部买断。这个想法在我看来匪夷所思，我们的策略始终是小批量走货，保持更多选择的自由，也不至于被利益压垮。群青的突然冒进令我感到不安，彼此无法妥协。我认为群青利欲熏心，他认为我随波逐流。

第二天清晨群青便出门了。我醒来发现他的旅行袋不见了，手机关机，我去停车场一看，他把车开走了。操你妈，群青。我以为他已经一走了之，于是去附近的火车售票处查了一下当晚回上海的火车票，走到半路开始下雪，我冷静下来，回到招待所，意志力也随之消失殆尽。

然而接近傍晚的时候，群青推门进来。

"我去爬泰山了。"他放下旅行袋，拍去身上的雪子，仿佛远方来客。

"泰山?"这真是他妈的出人意料。

"一上山就开始下雪，我坚持了一段，没有要停的意思，见势不妙赶紧折返了。"

"还在下雪吗?"我起身来到窗边。

"好大啊。"群青回答。

"我一直在想拿货的事情。"

"你怎么想的，我觉得你要是实在不同意——"

"不是这样，可以都拿下来。但是想想去年这个时候。"

"我们像野狗一样从一个仓库到下一个仓库。"

"我就问你，你没担心过眼下的一切都会消失吗?"我问他。

"当然都会消失啊，不然呢，建成一座纪念碑吗?"群青头也不回地回答。

晚上我们勉强找到一间没有打烊的饭馆，喝了不少白酒，出来的时候已经是漫天暴雪，我从没见过这样的风景，被强烈震慑，想着纪念碑的事情，又一个人在无序混乱的大寂静中走了很久，才愿意回头。两天以后雪彻底停了，空气清澈寒冷，高速公路重新开放。我们清理了车身的积雪，用热水浇灌冻住的雨刷，离开泰安之前先去了那间工厂，一路沉默，交付了全款订金，拿下整个厂里的货，然后联系老谢，向他临时租用在虹口的仓库。

回程途中，高速公路的积雪已经被清理，堆在护栏两侧，冻成连绵的灰色冰原。一路上看到好几起事故，追尾的，侧翻的，调了个头撞进护栏的，司机们缩着脖子站在外面的积雪里等待救援。我们像极地中的破冰船，筋疲力尽地龟速行驶，精神紧张到不敢打开收音机。直到驶出了积雪的区域，风景瞬间开阔，两旁是冬天的山和冻住的湖。我们的车虽然无法制冷，却能放出十足的暖气，群青突然精神起来，一脚油门踩到底，我们似乎在重力加速度中穿越到了虫洞的另外一侧，周围都是飞艇的残骸。

回到上海，圣诞节已经结束，于是我和小象说好一起跨年。市区的交通从下午起便瘫痪了，所有人都想在这一天终结旧的事物，我也一样。从一个地方缓慢地移动到下一个地方，经过高架、隧道和桥，电台里播放着冬季的热门金曲，主持人不断接听打进来的热线电话，互相高高兴兴地说着美好的愿望。马路上的年轻人都精心打扮过，穿着靴子，戴着贝雷帽，去和喜欢的人见面。我的心里也不免流动着极为温柔的物质。

到小象办公室的时候，她正挣扎着从行军床上爬起来，毯子还保留着半个人的形状，她嫌碍事地把头发全部绑在头顶，戴着眼镜，套头衫从领口到胸口都是脏的，像是已经在办公室里住了很久。我从没见过比小象和她的同事更疯狂更热爱工作的人，他们的办公室二十四小时都在运作，备着折叠躺椅、睡袋和各种生活必需品，如同夏令营地。

时间还早，小象让我稍等片刻，她要把手里的校对稿看完。她的二十一世纪浪潮项目还在继续，关于我和群青的采访文章让她在报社获得了年度奖励，也获得了更多支持和自主权，包括可以调用的摄影记者。这段时间她都在追踪一个本地乐队，我因此也跟着她看了好几场演出。乐队还在自我塑形和调整阶段，整体气质摇摆不定，既愤怒炽热，又柔软放浪。成员的数目也说不好，少的时候两个，多的时候五六个。主唱是体育学院的学生，国家一级运动员，不会乐器，但一心想做乐队，想成为帕蒂·史密斯那样的人，在台上的能量和嗓门都很大，跳起舞来像悬崖上的羚羊。小象毕业以后便和她一起合租了一间旧公房，在五角场附近的教师小区里，走路就能去排练房。大开间带阳台，窗边和门边各摆着一张床，中间用桌子和沙发隔开，装着极其吵闹的窗式空调。她俩都不收拾房间，衣服在椅子上堆成小山，地板缝里全是朋友们通宵畅谈留下的烟灰，锅碗瓢盆和唱片书籍一起摆得到处都是，硬币一旦掉在地上，就别想再找到。

但我和群青都挺爱去那里的，每次赚到钱了就从超市买一堆吃的过去找她们涮火锅。配菜都是群青弄的，要不是见他利利索索地切葱花和剁蒜泥，很难想起来他在日本待了好多年。乐队的其他成员也会带朋友过来，多的时候十几个人，都端着碗坐在地上，有的人还得合用一只碗或一双筷子。这样从头到尾吃上好几个小时，电闸跳两三次也影响不了大家的兴致。有一次散场以后，小象在电脑键盘底下找到五百块钱，我们分析下来这笔钱肯定是有人故意留下的，估计是发了笔横财，便想帮助一下这里贫穷的朋友们。

小象递给我一些过期的报纸，于是我坐在行军床上边看边等她，毯子像小动物的窝一样热烘烘的，床脚放着她的法语参考书，厚厚一沓，每本上面都是无数标签和折角。她已经完成了法语考试，我没有问她成绩，但不用说，她可以通过世界上任何一场严苛的考试。我把那些书整理好，挪到一边，胡思乱想着睡着了，被叫醒的时候是晚上九点，小象已经收拾好了东西。她穿着快要拖到地上的大衣，戴着绒线帽。走出门外，像很久没呼吸过新鲜空气的人那样，打了一个寒战。其实天气回暖了，我们开车穿过淮海路，马路上有种纸醉金迷的气氛，巨型的广告牌和霓虹灯全亮着，以至于我们关了车里的暖气，打开车窗。空气又潮湿又暖和，像是春天提前到来，小象把胳膊伸出窗外，来回摆动，轻抚着风，直到开进隧道。

"我在报社做实习生的时候，跟着我师傅做的第一个采访就在这里。"小象说。

"隧道里吗？"这里开始堵车，前面亮着无尽的尾灯。

"是啊，当时还只造到一半，正深入水下。我们戴着安全帽，跟工作人员去过水底的工地。工作人员讲解了盾构法的建造技术，但我没听进去，完全被这里深邃的气氛迷住了，感觉空气的密度和振幅都和外面不同。"

"哪里不同了？"我摇起车窗，外面都是废气。

"现在不行，现在感觉不到了，我也再没感觉到过。"

"到底是什么感觉？"

"那时觉得前方阻断的淤泥被渐渐清除之后，通往的不是江的对岸，而是其他地方。"

"其他什么样的地方？"

"你从来没有考虑过去其他地方吗？"小象问我。

"我不是刚从其他地方回来吗，还遇见了暴风雪。"我没有回答她的问题，更为专心地踩着离合和刹车，向前挪动。我们的头顶究竟是黄浦江的哪一段，我尽力想象其他的地方，想象四壁的混凝土和越来越浑浊的废气，外面都是无尽的水和平静的浪。而我们的车已经缓缓沿坡道驶出了隧道，遗憾的是，外面虽然起着雾，楼群的分布一如既往，是我见过无数次的江的对岸。

我和小象去了浦东一间现场酒吧和乐队的朋友们见面，他们在那里做暖场演出。因为在路上堵了很久，到的时候他们已经演完了。那个地方是很早以前的防空洞改造的，一半沉在地下室，要走过一段楼梯和一段又长又曲折的走廊。里面空气浑浊，两面墙上贴满海报和照片，舞台跟前的方寸之地挤满了人，撞来撞去。我们在后台的休息室里找到其他人，他们正好叫了盒饭，于是我们坐下来一起吃了迎接新年的晚餐，互相祝愿新年快乐。

但我们都没能在那里坚持到零点，外面演到一半的时候，消防接到投诉，过来拉掉了电闸，于是所有人都挤在狭窄的楼梯里往外拥，几乎每个人的手里都捏着烟，确实快要烧起来了，但是井然有序，也没有人感到危险。好不容易走到外面，干净清澈的空气一下子涌进肺里，氧气饱和到头晕。门口围着很多人，都不甘心就此散去。在这种地方我总会想起歌友会的老朋友，但其实压根儿没有相像之处，全变了，过去那种压抑的气氛早就荡然无存，我也不知道那些在学生活动中心门口抽烟的青年后来都去了哪里，来到二十一世纪以后，他们成为什么样的人。总之我再也没有见过像他们那样郁郁寡欢又彬彬有礼的人了。

晚上主唱要去男友那里过夜，我便和小象一起回到她那里。房间里比外面更冷，我们下载了一部电影来看，但小象在办公室里住了两天，特别累，很快就睡着了。于是我把电脑调成静音，独自看完了下半部。窗外传来庆祝新年的焰火声，像来自远方的炮火。接近清晨的时候，我做了极度混乱的梦，在梦中无声地大哭，继而惊醒，伸手在真实的世界中摸索，小象仍然在我的拥抱中，我抚摸她的脸，却惊慌失措地摸到一手真正的泪水。

新年里我和群青都不打算休息，元旦第一天便去市场找老谢，看见批发大楼门口拉着警戒线，旋涡状的人群正在向外疏散。我以为又是群殴，见到老谢以后才知道，是有人爬到大楼顶上跳了下来。二楼东北帮的，我和群青也有点印象，平时穿得珠光宝气的，专卖韩国衣服，二楼连着好几个档口都是他的。去年开始不做外贸了，直接从韩国拿版过来找工厂做假货，胆子肥了，货都是用火车皮装的。结果有一批货被对手抢版先做了出来，导致他这里大批货物积压，资金链立刻断了，借了高利贷，垮掉的过程有如一场雪崩，没能撑过年底。

"我得去庙里拜拜菩萨，新年第一天怎么那么不吉利。"老谢说。

"你太迷信了啊。"群青说。

"你们完全捕捉不到风向，没听消息说襄阳路的市场要拆了吗？"老谢问我们。

"听说了，但没那么快吧。"我回答。

"事情都会有连锁反应，这里的台费已经翻了两倍不止。你们的档口签了多少年？"老谢又问。

"我们签到北京奥运会，还早着呢。谁知道到时候是什么情况。"我回答。

"是啊。讲不定我们半途就发财了。"群青说。

"你说赚到多少钱算是发财？"我问他。

"一百万？"群青说。老谢嗤之以鼻。

一百万究竟是多少，我和群青心中都没有概念，然而周围的事物正在不可避免地经历一场缓慢的持续的地壳运动，塌陷、挤压、崛起，我们身处其中，不可能察觉不到。租约到期的摊主撤走一批又一批，随即便填补进来新的，从未有过断档。我们眼睁睁地看着造假体系的建立和扩张，乌泱泱的假货带来乌泱泱的人流，每到周末，长途大客车拉来四面八方的旅行团。"以前这里不是这样的"——我和群青都试图向表弟描述地下城的光辉岁月，但其实没什么可说的，那根本称不上是光辉，只是更贫穷，更混乱和更诚实。倒是表弟在这里交到了不少朋友，打烊以后他和他的朋友们一起去滑冰或者去KTV。他还确信自己见到了谢霆锋。

我和群青都不愿在地下城里待着，觉得那里乌烟瘴气，于是等北方的积雪融化得差不多的时候，又或长或短地，跑了好几趟山东。一方面为了拓展货源，寻找新的方向，免得在地下城同流合污。另外一方面的原因主要在我，我以最愚蠢的方法逃避与小象的告别。在外面待的时间最久的一回，我们在菏泽的一间小厂订下一批冬天的防寒风衣后，离开山东地界，前前后后总共游荡了将近三个星期。原本只想沿着黄河往西行驶一段，而水域逐渐开阔，大片大片的水鸟突然从栖息地起飞。我们下了国道，走地图上没有的小路，中间不时停车、撒尿、抽烟、望野。我没提回程的打算，群青便也不问，两肋插刀，一路奉陪。住招待所，找网吧，泡公共澡堂，不知不觉已经来到黄河转角。在那里的水库遇见一群游野泳的老人，送给我们一袋煮好的玉米，又指点我们去附近山里看瀑布。

进山之前，我和群青前后收到表弟发来的短信，两条短信一模一样，"老谢有事，速速回电。"但我们看到的时候手机已经没信号了。是座小山，荒蛮迷人，昆虫齐鸣，穿过几片荆棘以后已经能听见激流和岩石的碰撞声。但我们心神不定，惦记着老谢的情况，决定不再深入山脊的背阴处，转而朝平坦开阔的地方走，寻找手机信号，结果一路走到公路旁边才接通了表弟的电话，表弟在那头颠来倒去地告知，老谢被警察带走整整一个星期，档口也被查封，现在不让联络，具体情况还不清楚。

"什么叫具体情况还不清楚啊。"群青又拨了几次老谢的电话，当然不可能接通。

"别打了，现在就回去。"我打断他。

"你说老谢干什么了？"群青问我。

"他能干什么啊？"

"嫖娼还是吸毒之类的，都不像是他会干的。"

我们瞎琢磨了一阵，回到车上。按照地图和路标指示的方向开上高速公路，开始折返。因为怀着坚定的决心，一刻都没耽误。夜深以后的公路上都是跑长途的重型货车，像梦游的幽灵，彼此拉开很长的距离，远光灯的范围内都是寂静。我和群青在休息站买了几罐红牛，轮流开车，另外一个人也不敢睡着，大声放着最吵闹的音乐，大声交谈，尽量不打扰地穿梭在那些幽灵之间。

"你知道黄河的尽头在哪里吗？"群青问我。

"在哪里？珠穆朗玛的雪峰吗？"

"我也不知道，你就没想过这个问题吗？"

"没想过，我一点也不想去那里。你呢？"

"我想过啊，但我想的是，我们的终点无论如何也不会在那里。"

十几个小时以后，我们从内环转到延安路高架，清晨，下着雨，空空荡荡，展览中心尖顶那颗黯淡的红色五角星出现时，便预示着下一个岔道口我们即将返回的现实。

我们刚出菏泽没多久的时候，老谢便出事了，被扣在拘留所审着，一审审好多天，像个要犯似的。后来弄清楚事情原委，是有个浙江帮的小子背后插刀，那段时期全市批发市场都在打假整治，那小子趁此形势举报老谢走私。老谢稀里糊涂被人盯了一个月，两车渠道不明的货栽在警察手里。警察顺着老谢的线索，端掉了一整条运输链，牵连不少人。

老谢十五天以后被放了出来，但意志消沉，不愿见人，不接电话，也不回复任何短信。从表弟那里辗转传过来的消息说，家里托了很多关系找到一个被追债的人替他顶罪。到了老谢这里已经算是运输链的最末端，轻轻判了八年。说好的价格是一年十万，但对方家里有小孩和老人，于是老谢送去了全部积蓄，我们都不清楚那一共是多少钱。我和群青去批发市场找过他几次，他的档口始终贴着封条，不出一个月再去看，便易主了。浙江帮那个小子我们都认识，是一个面容苍白、尖嘴猴腮的青年，在防火楼梯抽烟时碰见，还聊过两句。应该也是一个棋子罢了。老谢出事以后，他在市场里也待不下去，突然间销声匿迹。

之后表弟的父母也不敢再让他晃在社会上，把他送进全日制的英语补习学校，着急送他出国。我和群青在这种形势下当然没有挽留，除了结算清楚他的工资之外，还额外给了他一个红包。之后如果他真的要出国，足够他买一张价格合适的往返机票去任何地方。这一年地下城有人一夜暴富，就有人一夜退场，金钱的味道不再是比喻和想象。我所认识的时代冲浪手都已经不知不觉地消失在了白色泡沫里，而我和群青没有被席卷而走，不是出于我们的头脑或者野心，只是因为尚存一些好运。

等到老谢终于露面，天已经凉了。这期间我和群青奔波于仓库、批发市场和地下城，一天都没休息过。所以老谢来找我们，我们决定无论如何要一醉方休。

我在延安路高架下面一路小跑，大老远便看到老谢站在涮肉店门口。寒流突袭，他穿着皮夹克，戴着帽子，面容严肃，像个保安。我想起来我从没见过他严肃的样子，但他严肃起来也一点都不威严，甚至有点可笑，还有点可怜。因为太久没有见过他，我们彼此都挺不好意思的。涮肉店门口摆着烧热的炭，火星一阵一阵地无序飞舞。老谢不知怎么的伸出手来，于是我们郑重地握了握手，他的手干燥有力。我这才看到他的脸上，我以为是灰尘，其实是文了一颗空心的小小泪珠——"操！真浪漫，牛逼啊老谢！"我说。

我们三个人都怀着没有明天的决心喝酒，喝得地上都是啤酒瓶和黄酒瓶，被炭火的热气熏得神志不清，频频举杯共饮，愿世间所有的卑鄙者，所有的白痴暴徒胆小鬼，所有的杂碎恶棍匪徒废物混蛋无赖，愿他们万劫不复，愿他们自食其果，愿他们坠入深渊。

"我要去结婚了，祝福我吧。"老谢突然像要去赴死一样地告诉我们。

"别闹了。"我说。

"说真的，我要结婚了，我要离开这里，再也不会回来。"老谢说。

"你什么时候有对象了？"群青问。

"我们在 eBay 上认识的。我把我那些宝贝都卖了。"老谢说。

"都二十一世纪了你竟然还玩网恋。"群青说。

"你把那些衣服都卖了？"我问老谢。

"卖了。阁楼里面那些衣服全都卖了，但你放心，杂志和碟片我都为你留着，全部转移到你们在用的那个仓库里。仓库那边我预付过租金，现在还剩下几个月，到时候你们可以续租，要是不想再租了，我的东西卖了也好，留着也好，随意处置就行。"老谢说着说着真的严肃起来。

"发疯了，你不打算再回来了吗？"我问。

"我做这行十几年，没有回头路。既然想好要走，就不会再回来了。"老谢说。

"你要去哪里？"群青问。

"我对象在悉尼。"老谢说。

"你会说英语？"我问。

"操。"老谢说。

"无论如何你的东西我们都会给你留着的。"我说。

"不用了，我不会再碰那些东西了。我的前半生，都在幻觉中。"老谢缓缓说。

"谁不是呢，你能确定你的后半生就能摆脱幻觉吗？"我想到那些衣服心都要碎了。

"我本来想不辞而别的，再也不见任何一个老朋友，但我还是不够酷。"老谢说。

"我们能找到那个杭州小子。"群青说。

"都到这个地步了，找不找都不重要。"老谢说。

"你这个人啊，还说什么幻觉，你真是一个大傻逼你知道吗。"群青说。

"哈哈哈，行吧，我是一个大傻逼。"老谢说。然而他前一秒还在笑，后一秒便泪流满面："那我们在世界上的其他地方再见吧！不见也行。"

"那好。"群青说。

"不见也行。"我说，说完便转身吐了。

恢复意识以后我已经身处医院的输液室，第二袋生理盐水快滴完了。我努力回想几个小时前的事情，老谢的眼泪，我们的交谈，最后我一屁股坐在树下，不愿再站起来，留下手掌的挫伤和额头的乌青，无论如何，记忆的一小片区域已经埋入泥沼，不会再现。然而输液室里暖气十足，护士不见踪影，群青和老谢却都没有离开，在旁边的长凳上睡得四仰八叉，轻轻打呼。我找不到手机，也不清楚时间过去多久，但我一点也不想叫醒他们。我仔细想着老谢和我们告别的话，那些话啊，我一个字都不会去相信。但我知道他要去解决自己的问题了，今天过后，我再也不会见到他。

老谢具体是哪天走的没有告诉我们，之后我和群青去整理仓库，把他留下的东西都封箱保存了起来。而去年从泰安厂里订回来的那批冲锋衣原封没动在仓库里放了将近一年，终于赶上应季的销售时间。由于数量庞大，群青顺势提出，我们可以趁此机会在淘宝上试水。我对网络销售向来提不起兴致，觉得不够老派，也不够古惑仔。但是群青两年前便已经注册好了账号，早已有了跃跃欲试的启用打算。

网店的事情上，我们尽力而为，却没有怀着任何期望，然而经历了缓慢的销量爬坡之后，竟然每天最少也能卖出去三十来件，巅峰时能达到一百件，远远超过在档口的零售。我们总结下来，一是出于季节需要，二是我们前前后后在美校和广告公司学会的东西用在页面设计上绰绰有余，三是我们赶上了网络销售的第一波红利。两个月以后，账上总共多出十万块，以前摸爬滚打得到的任何一笔收入都比不上。这个数字过于不真实，以至于我和群青都觉得必须庆祝一下，才能克服强烈的虚无感。

然而我们从来没有庆祝过，我和群青的人生中似乎都从未出现过任何值得庆祝的事物。在过去的三年里更是已经习惯了最低能耗的日常生活，像是一场漫长的锻炼，在物质与精神上始终保持着相对贫穷的状态。我们不知道该如何庆祝，也不知道该去哪里庆祝。

星期五晚上我们叫上了小象和主唱，一起去了外滩江畔的楼顶酒吧。谁都去没过，是从购物指南杂志上找到的。因为要去好地方，每个人都穿上了自己喜欢的衣服。置身于陌生的昂贵的事物之中，来自地下城的风格格格不入，但我们自由自在的，并没有因为自己和其他人不一样而感到拘束。酒吧有宽阔的露台，正对江面，刮着料峭的春风，很冷，但是烧着一盏盏的煤气灯，大家都围坐在蓝色的火苗底下，脸被烧得又烫又红，喝了一轮又一轮的酒。这大半年来我狼奔豕突的，忙得跟狗一样，而小象申请好了法国的学校。我们因此很少再单独见面，两个人都克服着自己的脆弱，将情感的需求奋力限制在友情范畴之内。小象剪了很短的头发，像是在做非常具体的出征前的准备。我总能被她心里常存的坚定所打动，此刻变得更为强烈。

"我们打算春天去北京。"主唱说。

"又去演出吗？"我问她。

"这次不是演出，是搬去北京。这一年里去全国各地参加了好几次音乐节，认识了不少乐队的朋友，大家都想往北京跑，都说好了，也都鼓励我过去。北京的能量场真的特别厉害，每次从那里回到上海，都像是做了一场春秋大梦。"主唱说。

"那是下了很大的决心啊。"我说。

"都打算好了吗？"群青问。

"打算好了。有朋友在通县乡下租了一个大院子，还空了两间平房。我在那里住过，他们吃住排练都在一起。我打算先在那里住一段时间。"主唱说。

"你男朋友呢，和你一起去吗？"群青问她。

"分手了。你们没看出来我很痛苦吗？但我不能被这种东西打败了。"主唱说。

"到北京了再另找，鼓楼东大街上遍地都是玩乐队的男孩。"我说。

"小象也和我一起去啊，你没告诉他们吗？"主唱拍拍小象。

"我还没说，之前不是一直没能决定时间吗。"小象说。

"去北京？"我的血液瞬间涌向大脑，手脚发麻。

"你去北京干吗，你也组乐队？"群青问小象。

"报社的师傅调去了北京的新闻杂志，我决定跟他。我一直想当调查记者，北京的杂志辐射面更广一些，可能有更多伸展的空间。"

"你不去法国了？"我打断了她。

"不去了。"小象回答。

"不是都申请好学校了吗？"我不自觉地提高了声音。

"申请好了，但我决定放弃了。"小象尽量平静地回答，仿佛在安慰我，而我分不清自己是混乱还是难过。

"你们两个真太突然了，北京有那么大吸引力吗？"群青说。

"你们不也去过北京吗，那里有种公社的气氛，在这里永远也不会有。"主唱说。

"我理解。在这里永远也不会有。"我说。

后来对岸楼群的霓虹在一瞬间熄灭，但轮船仍然缓缓行驶于黑暗的江面。酒吧里的驻唱乐队已经开始收拾设备，主唱跑去和他们交谈了两句，接过麦克风朝着我们清唱起来——"天下没有不散的宴席，你的眼泪，欢笑，全都会失去。"——大家这时候都已经喝多了，变得极其伤感，但我看着小象，她的眼睛闪闪发光。我才缓缓意识到，我的心脏所遭受的重击不是痛苦，而是极其难得的喜悦。我为小象感到高兴，她不再是年轻的女孩，她在自己的世界实践中成为年轻的女人。这让我羡慕极了。我们都为主唱拍手，露台上零零星星剩下的几位客人也都在拍手，不是热烈的掌声，但持续了很久很久。

酒吧打烊以后，我们穿过马路，来到清晨的防波堤，庞大的货轮从晨雾中驶来，每个人的身上都罩着薄薄一层水汽。我们像是身处无边无际的梦，轮流传递着剩下的最后一根烟，小象递给我，我珍惜地抽了一口，又递了下去，轮了两圈。星星在冷冷的光线里逐渐消失，出租车在我们身后排队等待着，而司机都站在外面抽烟，一点儿也不着急，任由我们继续待着，什么都不做，连烟都抽完了。

"抱歉我没有事先告诉你。"小象坐在我身边。

"别这么说，我没那么小气。"我安慰她。

"当时你从北京坐火车回来，在车上，我们打了一晚电话。"小象说。

"下车我就去见你了。这是我做过最浪漫的事了，以我的智商，只能做到那样了。"

"等我坐火车经过长江和华北平原的时候会告诉你。"

"可别忘了。"

"我的决定没错吧，真不知道啊。我以后说不定会后悔至极。"小象说。

我想说那你随时都能回来，但没有说出来，我并不希望她真的回来。当时我们身处的世界里连一件大事都还没有真正发生过，但我知道在之后漫长的时间里总会发生，到那时，小象只会步入世界震荡的深处，越去越远。要说我感到难过，那是因为我们即将告别，却并没有真的在一起。而此刻，对岸的天空笼罩着水雾和早春粉红色的光。小象坐在我身边，一如既往地清晰、确凿，尚未消失不见。

我们的庆祝才刚刚结束不久，外贸市场便发生第二次巨震，襄阳路市场确定了整体拆迁的时间并且发出公告，随之产生的连锁效应导致地下城档口租金再次急剧上涨，相比三年前翻了四倍不止。从襄阳路涌入一批实力雄厚的摊主接手了半边地下城，抹去了这里最后一些浪漫和无序的气象，行业内不正当竞争白热化，从此成为真正的角斗场。我们的档口处于激流中如一粒小小顽石，所幸我们还剩下两年合约，以及几条长期且稳定的货源。因此收到租约到期通知时，我和群青理所当然都认为是搞错了，完全没有放在心上。

直到台主本人找上门来，一看，根本不是当初和我们签合同的那个人。一番交涉以后才弄明白，三年前将档口签给我们是二道贩子，如今租金水涨船高，而且随着地下城的版图不断扩张，我们的位置竟然在格局的迁移中渐渐占据了中心地带一隅，导致附近板块几个制假的帮派都在打着吞并的主意。台主是温州人，看似是客客气气和我们商量，实际已经和接盘的下家有了协议，完全没给我们留下余地。

我们负隅顽抗了一阵，然而这期间卷帘门两次被撬，货物没有失窃，却遭损坏。管理员置若罔闻，二道贩子联络不上。我尚且怀有鱼死网破的傻逼决心，但第二次恶行发生之后，群青联络了台主，谈拢了价格。一周过后，台主约我们在附近银行见面，现取了十万块钱给我们，算是违约赔偿。事情的发展过分迅疾，令人来不及做出任何情绪上的反应。

从地下城撤走的当天，气象预报挂了热带风暴预警，外面飞沙走石的，地下城里却仍然挤满放暑假的学生。暴雨在午后降临，滞留的人只能等待风暴转弱或者过境，好几个档口放着粤语怀旧金曲，竟然涌现出些许《昨日重现》的伤感气氛。但排水系统很快就不堪重负，地底开始渗水上来，于是大家又从无所事事的状态中纷纷惊醒，恢复了各自为阵的面貌，从漫起来的大水中抢救货物。

然而没有任何东西值得我和群青去抢救，我们留在这里的大部分货物，连带着情感，本来就已经毁坏了。于是我们坐在浸水的纸箱上面，无动于衷，看着其他人众志成城，用防火沙袋徒劳地阻拦正从地底泛起的浪。而群青当着管理员的面，点了一根烟。

暴雨在傍晚终结，档口整片整片陷落，大家停下手里的动作，在水里发呆和叹息。外面的马路也被淹了，车困在漩涡里，没有交警，于是司机们自己下车疏散，有几个还穿着睡衣，流浪的狗湿漉漉的，都像从一场梦游中醒来。一年里白昼最长的日子已经过去，接下来，暮色将一天比一天提早降临。但是空气干净，流动着深邃的泥土清香，折断的大树横倒在地上，树叶和断枝堵塞了下水口。我和群青光着脚，蹚水走出地下城，原本想带走的东西一样都没有拿，至此与这里告别。我们在这里听过不少都市传说，自己却一样都没有遇见。没有见过窦唯，没有见过谢霆锋。我们也结交了一些朋友，却很遗憾，没能在他们消失前发展出任何坚固的友谊。

失去档口使得大部分事情暂时停摆，而我和群青终于得以度过一个暑假。于是群青三年里第一次回贵州看望父母，杳无音信，直到八月底才返回上海。他已经还清了家里全部的欠款，因此心情轻松，而且在贵州的时候每天爬山，晒得漆黑，精神抖擞。

我们的心情都发生了变化，说不上是沮丧或者消极，但确实有种类似及时行乐的愿望。既不想返回地下城，也不愿入驻批发市场，于是除了保持网店运转之外，干脆打起游击战，每天都装着货物去市场里挨个兜售。要是好运，跑一个上午就全部清空了。而我们两个人仿佛游戏界面里的宝物小贩，行踪不定，无足轻重，不会影响任何一条叙事线的发展，却给他人带去惊喜，同时也收获劳动的喜悦。

年底平凡的一天，我们从仓库出来，去熟识的修车师傅那里给车做保养，顺便把脱落很久的保险杠复原回去，修车铺就在批发市场旁边，于是我们把车放在那里，顺道去市场里面看看行情。刚刚从地下层出来，便看到外面的人仿佛管道里的污水一般，从天桥的方向往市场里拥。我和群青本能闪开，知道又是一场群架。去年开始，每隔一段时间楼顶和天桥就有人往下跳，还有人跑去更远一点的河边。恶性械斗也或大或小地发生过好几场。楼里不相关的摊主都司空见惯，利落地拉起自己的卷帘门。

我和群青从未见识过规模如此庞大的斗殴，手持钢管的人乌泱泱往里拥，大部分不是市场里的，也分不清到底哪边是哪边，两方面的人进来以后一时都很茫然，盲目地示威。直到赶来的警车警笛齐鸣，仿佛突然吹响的开场哨，两边的人随之自然分出一道空地，对峙片刻以后分成两股洪流，从防火楼梯和电梯往二楼跑，一路打砸。我和群青跟随一小撮群众往外面走，而大楼两头出口都已经被警察封锁住了，不让进出。我们只好回头，找到安全的角落待着，等待风头过去。

"你看那个人。"群青压低声音捅我，我顺着他指的方向，看到消防通道入口站着一个穿着皮夹克的青年，面容苍白，尖嘴猴腮，从自己人的队伍中失散了，握着一把警用手电，倒退着环顾四周。

"操！没看错吧？"我确认了一遍。

"不会错，肯定是今天被他们那伙人叫回来充人数的。"群青说着已经跟了过去，我也紧随其后。我们各自从被捣毁的残骸里捡起一截角铁，握在手里又冷又锐利。

那个人步入消防通道以后，停住脚步，背对着我们，似乎也在彷徨。如果要动手，现在是最好的机会。但我肌肉紧绷，精神崩溃，心脏的噪声让大脑混乱涣散。直到眼睁睁地看着那个人，下了很大决心似的迈出步子往上走，打破了刚刚寂静的平衡。我在意识中已经伸出手去，他却突然大叫一声，往后踩空一步，继而像被子弹打中的大鸟，滚下半截楼梯坐在地上，发出蜂鸣般的呜咽。两个抢着三轮车铁把式的人自上而下，从他身上踩过，冲下楼去。留下那个人，额角到耳朵被抡开了，像一页翻开的书。

眼前的场景过分古怪和阴暗，我一步也不愿继续靠近。无论刚才在我心中燃烧着的是什么样的火焰，都已经彻底熄灭。我和群青远远扔开手中的角铁，发出哐当巨响，那个人竟然回头看我们，像是求助，又像是示好。

不出半个小时，整栋大楼已经哀鸿遍野，特警入场，拉网兜人。封锁打开以后，我们穿过废墟，和其他群众排队等待放行，出示和登记了身份证以后，得以离开大楼。外面飘着细小的雪子，刚刚清过场，四处都不见人影。我和群青走到修车摊，师傅问里面的情况，我们还处于惊愕中，什么都说不上来。师傅递了烟给我们，说我们的车不行了，随时都要报废，别再折腾了，补点润滑油，再凑合帮我们把保险杠复原回去，等过段时间彻底坏了再找他换辆别的——"吉普行吗？"他问我们。我们都不吭声，抽着烟，站在门口等他把车开出来。

"刚刚你有没有动过一丝那种念头？"我缓过来以后问群青。

"嗯。"他回答。

"我们没动手是对的，你说呢。"

"不知道。但我当时想好了，万一我俩真的动了手，不管是谁，都算在我头上。"

"算在你头上是什么意思？"

"作为感谢。"

"感谢什么？"我蒙了。

"我打算走了。他们不会再找到我的，不管出什么事，我都算是畏罪潜逃了。"

"你去哪里啊？"

"我托关系搞定了签证的事情。"

"不是说回不去日本了吗?"

"不回日本,我要去加拿大。彬彬家里人没有回来的希望了,事情已经定局了。但是她考上了加拿大的学校,所以我打算先过去以后再想其他办法。无论如何,到了那里,我和她就都自由了。"

"你确定那是自由吗?"

"不确定,但我现在是这样想的。"群青回答。

批发大楼周围的路障还没有解除,缴械投降的伤者陆陆续续从里面出来,七倒八歪地排成一排,一直排到了大楼拐角,都松了口气似的,大口大口吐着烟。师傅把我们的车开了出来,保险杠用好几层封箱带给重新粘了回去,绑得结结实实。这车早已过了说好的两年期限,但它体体面面,和我们珍惜的每件东西一样,保持着尊严。师傅打开车门说:"你们听说里面的消息没?又打死一个人。据说几个核心成员当场抽的生死签去认的罪。我在这里十几年了,这种阵势前所未有,门口那些人处理到现在还没处理完。我告诉你们啊,我们今天在这里也算是见证一个时代的落幕了,自此往后,里面所有的人都要重新考虑接下来的打算。"这话说得挺牛逼的,我端端正正敬他一根烟。

我和群青也重新考虑了接下来的打算。我们中断了进货,计划在他离开之前将仓库里的存货清空。至于那以后,群青让我早做打算,但他不会再参与其中。我一如既往地接受和应允,心里却一片空白。回想起来,那一段时间里,我仿佛置身于一场被动的梦,而这场梦早在我意识到之前便已开始,起点在哪里,自然无法追溯。我并没有因此而感到困扰或者沮丧,相反,我精神百倍,每天在仓库和市场间摸爬滚打。直到告别的前一晚,我们在仓库里彻夜结算账务,做完的时候也差不多该出发去机场了。路上天慢慢亮起来,广播里通宵的音乐节目正要说再见,我想着这些年里,一起见证过四季的清晨,不由有些激动。而群青歪在旁边睡着了,头枕着玻璃,在颠簸中发出轻轻的咚咚声。因为时间还早,我把车停在机场高架的岔道口,摇下车窗抽了一根烟。冷风灌进来,群青醒来打了一个寒战,茫然四顾,问我:"到哪里了?"

"到机场了。"我告诉他。

"我梦见我们在高速上,出口全封了,我们经过一个又一个山洞。"

"这像是现实,不像是一个梦。"我说。

"嗯,这像是一场历险。"群青说。

将群青送走以后,我回到家里关起门来,大睡一场。醒来以后翻出老谢当年大老远跑来送给我的《战争与和平》,发现这套书竟然是他看过的,不仅看过,书页被翻得柔软,还留下不少折角和画线,想必是真的很喜欢才送给我,我不禁有些感动,随之再次感到羞愧和懊恼。我在家里不分晨昏地看书,忘乎所以地置身于书中多雨的旷野,与几支纵队一起行走在浓雾里。在老谢重重画下粗线的段落里,士兵们几乎都处于中场休息，他们刚刚结束了一场战役，吃饱了，还喝了酒，在篝火旁边烤得暖烘烘，虽然失去行动和精神的自由，却被有规则的东西限制和引导着，战场之外的世界荡然无存，反而感觉无忧无虑。对此，我感同身受。等我终于从书里缓过神来，已经过去了十来天，正好是战地医院里一个伤员能下床呼口新鲜空气的周期。

我从家里出来以后做的第一件事情，是去医院补好了门牙。然后我锁了仓库，并从银行里取出三年来的全部存款，交给我妈，作为交换，却不知道自己要交换的到底是什么。我妈看着我的牙，又看着我的钱，百感交集，又气急败坏，大哭一场。第二天钱原封不动地放回了我的抽屉里。我才意识到这真的是很大一笔钱，我不知为何赶上了一次浪潮，清醒过来的时候，却已经搁浅在了岸边。

之后我从邮箱里找出主唱发给我的一条音乐网站的招聘，职位要求写得很模糊，只强调对于二十世纪后半叶的流行音乐具有热情。我按地址写过去一封邮件，立刻得到回复，约好去面试。对方是一个知识分子打扮的青年，比我略略年长。他坐在会议桌的尽头，看起来却比我更羞怯和紧张。我为了缓和气氛，说了一些十年前歌友会的轶事。他不好意思地说，他当年也曾参加过不少活动，还因此在电台做了一年实习生。但千禧年还没到来的时候，他便出国念书了。如今刚刚回国，想要参与互联网文化的发展。他说这里的工资微薄，但我们会共同见证新事物的诞生。这样的话无法打动我，而且我负责的具体工作是条目输入，每天对着同样的表格页面输入唱片信息，如同流水线的工人。

无论如何这都不是我的打算，我对新事物的诞生毫无兴趣，我只是失去了无所事事的勇气，并且还在等待旧梦的彻底终结。于是我按时上班，专心致志，丝毫不感觉枯燥。在工作的第一个星期过后，我在网站试运营的内部论坛里看到"魔岩三杰"的演出消息，他们要在连云港的海边游乐场里举办一场迎接北京奥运会的义演。时间是七月最后一个周末的晚上。

三周以后的星期六，我按照巡厂的习惯，清晨从仓库出发，七点前便开上了高速公路。两边都是熟悉的夏日风景，距离我和群青上一次开在这条公路上，已经过去了整整一年。打开音响，还是伍佰，《夏夜晚风》，是一个演唱会的翻录版本，伍佰唱到一半说："我来过这里好多次，好干净哦。和我住的地方很像，我们那边也下雨，也一样炎热。"

我反正已经习惯了高速公路的酷暑，汗在椅背留下身体的形状，柏油路面的反光像一个又一个的水洼。中途遇见一段暴雨，我在漫长的水幕中同时开着远光灯和雾灯，于无穷无尽的寂静里突然钻出乌云，看到右侧山坡上连绵的白色风车，缓缓转动。

下了高速以后我去麦当劳里大吃了一顿，吹了空调，活动了身体，傍晚出发去往海边。顺着公路驶离市区，大海便在身侧，有时错觉自己正行驶于海面。太阳没有落山，月亮已经升起，同时散发着浅浅的温柔的光。一个小时以后我来到地图上指示的位置，却没有任何游乐场的迹象，远处的沙滩空空荡荡，突兀地立着几根被海风腐蚀的罗马柱。

我一度以为弄错了日期或者地点，但门票确认无误。于是我尽量朝着海岸线的方向行驶，直到被植物和堤坝阻拦，只能下车继续步行。没有舞台，没有白色的光柱，没有人。我在粗糙如砾石的沙滩上奋力往海边走，经过无人使用的沙滩排球网，天迅速暗下来，粉色的光消失殆尽以后，一座巨大的建筑物凭空矗立在我跟前，是沙滩上的金字塔，我叹息着抬头，尖顶旁边出现了一颗明亮的星星。

太牛逼了，这是我见过的第二座金字塔。美校的第二年暑假我和群青一起去西安，通宵硬座，下火车以后便直接从游客集散中心坐车去看兵马俑。上了一辆破破烂烂的小巴，只有我们两个人，一上车便睡着了，醒来时置身于荒漠，眼前是一个简陋庞大的铁皮棚，像废弃已久的竞技场。我们虽然心怀疑虑，但在高音喇叭的循环下，被下了迷药似的购买了昂贵的门票。里面竟然也分成一号、二号和三号坑，中间用小火车连接。小火车是免费的，直接跳上去就行。我们坐火车转了两圈，仿佛游览月球陨石坑的旅人。一号坑很大，厚厚的土里稀稀落落放着几个兵马俑，探照灯的强光把空里的灰尘照得一清二楚。二号坑和一号坑一模一样，尺寸稍小。三号坑是露天的，还在建造中，没有兵马俑，却矗立着一座金字塔，巨大、压抑。火车会从金字塔的内部穿过去，里面什么都没有，只有一段长长的干燥的黑暗和一些风的回声。

我用手机拍下了海边的金字塔，想用电子邮件给群青传送一张照片，但信号时断时续。于是我沿着沙滩一路往前走，将手机举过头顶，尽力收集来自虚空的回响。前面的沙滩上出现了一小堆一小堆聚拢在一起的人，搭着帐篷，烧着炭火，伴着音箱放的歌轻声合唱。我走到他们中间，像走入一段回忆，仿佛那些郁郁寡欢的年轻人自学生活动中心门口失散以后，便始终被困在这片沙滩上。

"朋友，你也是受害者吗？"有一个人大声问我。

"我吗？"我停下脚步环顾四周。那个人朝我走来，他穿着一件解放军空军夹克，看样子是那种或许能成为朋友的人。

"你也是来看演唱会的吗？"他问我。

"我可能弄错了，我没找到游乐场。"我回答。

"你没弄错，我们也一样，我们都是被骗的。没有演唱会，也没有游乐场，都是虚构的。这里只有大海。"他大声叹息。

"都是虚构的啊。"我却放下心来。

"你要加入我们吗？都是朋友，来都来了，我们在讨论怎么维权。"他指指身后。

"不了，我的朋友也在等我。"我指指前面，感谢了他，和他告别，继续沿着沙滩往前走。我不再怀着寻找任何事物的决心和愿望，反而感到轻松和自由。没有浪，海面漆黑宁静，与天空连接在一起，泛起薄薄的雾。我的手机突然亮了一下，提示我邮件发送了出去，黑暗中金字塔的照片，咻的一声，在某一个瞬间，便穿越了雾的防火墙。

精神图景与时代浪潮

——评《浪的景观》

赵利民

擅长写作青春成长小说的 80 后作家周嘉宁，近年来自觉进行着创作的蜕变。她努力将自我成长融入社会的浪潮中，在个体与群体、个人与社会的互动中展现青年人成长的精神图景的同时，更以有机节制的叙事策略，以写实的手法呈现出社会生活的变化图景与时代浪潮。

叙事依然采用作者常用的第一人称。"我"在读大学期间，本来有一份广告实习的工作，由于受 2003 年"非典"疫情影响，公司遭解散。一段时间，"我"便成为一位闲逛者，为回避父母的担忧与责难，依旧早出晚归。由在网吧消磨时光到街头漫无目标地游走，黄埔江畔、露天球场、植物园、动物园，乃至旧机场停机坪都留下"我"的足迹。依据本雅明的解释，闲逛者是边缘人物，常常被描绘为疏离于他所观察的人，其形象是一个人群中的孤独者。但作者并不仅仅局限于此。

作品更多表达了年轻群体的参与与融入，在时代变革面前，他们不可能无动于衷。"我"、群青、老谢还有小象是作品中有名字的不多的几个人物。毕业后，"我"与从日本被遣返回国的美术中专老同学群青重新取得联系，二人做起了贩卖服装的生意，被卷入二十世纪八十年代末至九十年代初的"下海"风潮。我与群青的服装生意虽不是严格意义上的下海，但也在这段经历中，体验到了大风大浪中自由搏击的兴奋和快乐，还有被"抛入"的无助、无奈和沮丧。正如老谢所言"你见过那些在海里冲浪的人吗，在明晃晃的水里长时间等待一个完美的浪，等浪来的时候，奋力跳上板子，在浪尖上划出一道又长又美的白色弧线"。他们对未来充满着憧憬与期待。

挣得人生第一桶金的感觉是美好的。上海湿冷的冬夜，历经曲折拿到第一批货时，"我"被暖烘烘的羽毛绒绒刺激得鼻涕眼泪横流，与群青的对话更是富表现力，"你哭什么？""我没哭，你他妈才哭。""你闻闻，是不是有鸭子的味道？""废话，说明这是货真价实的鸭绒。"在群青咔嗒咔嗒的点烟声中，他们被鸭子的味道围绕，暖暖和和，自由自在。

"人是社会关系的总和"，在相互之间打交道的过程中，他们也在收获着友谊，一起努力求生存中建立起来的友谊弥足珍贵。对青年人之间的友情的表现是周嘉宁常常涉及的主题，也是这部作品的暖色调之一。"我"与群青之间的友情自不必说，"我们"与老谢因生意而发生的交往并产生的友谊已远远超出了功利的需要，实属难得。老谢其实不老，年龄三十出头，行事风格既有浓厚的烟火气，又有其内在的孤傲和对生活的独到见解，是一位性格中颇具复杂性的人物。老谢接地气，懂生意经，同时，又是一个"迷信"的人，过生日搞得俗气十足，以至于"我"很难把这位有些摇滚风格的人与那样的做派联系起来。就是这样一位有些粗俗，甚至总说脏话的老谢，其内在又有质朴、重情、高雅的一面，他对朋友、对友谊虽谈不上两肋插刀，但也古道热肠，让人信赖。他能欣赏"我"与群青，是因为二者身上的艺术气质，老谢对流行服装和摇滚音乐也有自己的见解。为寻找货源而误入黑社会地下服装厂继而发生械斗，"我"受重伤，老谢前去看望并相送自己细读过的《战争与和平》，全然没留意"我"家人世俗的眼光。当老谢陷入困境时，"我"与群青同样送出温暖的友情。老谢有很多朋友，而"我们"是里面年纪最小的。大家相见，互相握手，拍打彼此的肩膀，坐下来喝酒，他们聊娱乐圈消息、股票、夜总会和世界局势……"我"有如此的感怀："我觉得老谢的朋友们普遍过着既浪漫又务实的生活，在金钱的热浪里翻滚，却愿意为一些特别抽象的事物一掷千金。"

"抽象的事物"是什么？在小说文本中不难找到答案，那就是在纷纷扰扰、变动不居的世俗日常生活中寻找生存的意义。纵览中外文学史，"寻找"是诸多文学经典的一个古老而常新的主题。阅读本部小说，在表层叙事与深层叙事中同样可以窥见这一"母题"。作品表层勾勒出为生计、为货源走南闯北不断移动的情节。从浦西到浦东，从长江流域到华北平原，"带着一点点钱和可有可无的决心，游荡在批发市场铁皮大棚闷热的通道间"。从深层而言，他们其实是在寻找比赚钱更为重要的东西。小象在为"我"与群青所作的颇有传奇经历的报道中，采用抒情之笔叙写他们从浦江边仓库出来时的所为："珍惜春天仅剩的几个夜晚，没有着急回家，反而往纵深处越走越远。周围的一切都是新的，刚刚浇灌的道路甚至还没来得及命名。"

在时代潮流中，这些年轻人在浪涛中奋斗着、寻找着，有喜悦、有获得、有挤压、有焦虑、有伤感、有失落，但他们不忘内在的追求，不断寻找着生命的意义，在困顿中努力追求着自由自在的精神生活。

七月之光

（壮族）陶丽群

一

四十分钟，不会有错。

老建爬上最后一级台阶（其实并无台阶，只是一些被他经年累月攀爬踩踏出来，比较方便下脚的石头窝子）。早些年他有过一块黑色的劣质电子表，每次在竹排山脚下开步，他便开始计时。有时四十五分钟，有时五十分钟，但从未超过五十分零十秒。后来他慢慢摸索，根据自己气喘的程度和心跳的缓速来计时，稳稳地把时间控制在四十分钟上。对于一个长年累月爬惯山的人，四十分钟，可以想象得出竹排山的险峻和高度是相当考验人的体力和耐力的。但，这又如何？老建攀爬这座山已四十来年了。这座山长满了竹子，秋天满山竹叶发黄，夏天则一片苍翠，站在山顶上，你很难对眼下的景致无动于衷。但老建来山顶并非欣赏美景。

左脚稳妥地踏在山顶的平地上时，他缓缓出一口长气。早得不能再早了，天边的曙光才冒出淡淡的曙色，远处山头的光景尚笼罩在朦朦胧胧的黯淡里，不过，过不了多久，那些朦胧的轮廓便会慢慢清晰起来。竹排山背面一边山脚下的屯子，叫白牙屯。在竹排山顶俯视白牙屯，矮巴巴的石头房子像鸡笼一样蹲在芭蕉树下。那些住在石头房子里的人，小个子，凸额头，眼窝陷，眼睛小，他们的下巴短而尖，古怪的五官加上一个短下巴，总让人忍不住想朝那上面挥拳头……他们在夏天傍晚时会从石头房里出来，到山脚下的莫纳河（当然，那些短下巴肯定不这么称呼这条河）洗澡，男人穿短裤，尖声叫喊的娃们浑身赤裸。老建很少看见女人们出来，也许她们天黑后才出来，而他不可能天黑还待在竹排山上，下山比上山更危险，况且他对女人洗澡并无兴趣。他偶尔会看见那些穿花衣花裤的女人在地头忙活，长久待在某一棵芭蕉下，挥动手里的镰刀或短柄锄头。那种生活场景，其实与这边并无二致。

老建稍稍站了一会儿，他感觉今天心跳得有点快。夜里他睡得不太安稳，额头往头顶这块地方有些眩晕，不过他知道自己并没有什么毛病，他非常了解自己的身体。山顶没有风，但空气新鲜而清凉，很快就把爬山出的一层毛茸茸的汗水吹干了。山顶很开阔，长着矮小的灌木和一种七色花，香甜的花香飘浮在清凉的空气中，真是不错的早上。老建深深吸了口气，待体力恢复通透后，他朝那边走去——能够望见山脚下白牙屯的山背面。他开辟了三条通往山顶的崎岖山路，因此在山顶上有三个相当明显的豁口，这三个豁口最终在一株硕大的七色花旁交汇，共同通往竹排山能够望见白牙屯的方向。真奇怪，难道山水也知道界线不成？竹排山朝中国的这边坡势也相当险峻，但总体而言还是能攀爬的。而面对越南这边，也就是能够看见白牙屯的这边，就像被刀削斧劈一般，这面山崖，别说人爬，恐怕连鸟都难以落脚，直直插入山脚那条并不算太宽的河里，好像这座山是从河里长出来的。

这么多年，嗯，四十年来，老建每隔几天就会爬一次竹排山，像在虔诚履行一种只有他内心才明了的庄重仪式。他是个高个子的六十一岁老人，多年来爬山使得他的筋骨非常结实（当然，他本来就生长在山里），瘦削的脸上棱角分明，看人的时候目光坦诚，鼻梁很挺直，这是老建脸上最引人注目的部位，这个挺直的鼻梁明白无误地透露出他性情中某种美好的品性。

清晨的曙光渐渐亮起来，远处山上飘移着渺渺雾气，它们会在越来越亮的曙光里慢慢消逝。老建刚才在山脚下时，感觉山脚下的天光比山顶要明亮得多，到了半山腰时，路过双亲二次葬的坟墓，天光似乎黯淡了许多，只模模糊糊看见落脚的地方。他只是在双亲的坟墓边稍微缓了手脚，并不停留。从双亲的坟墓边往竹排山顶去的路是老建开辟的三条路线中最难爬的一条，因此他并不常走这条路，一个月通常走一两回。路过坟墓时，老建瞥向二老的目光充满歉疚。他知道他们是带着对他的不解和牵挂离开人世的。

插在一块石头边的苦楝木棍直挺挺戳在那里。前几天下了一场小雨，他上山时折来当拐杖。老建把木棍拔出来，提着走向悬崖边。白牙屯在山脚下渐渐亮起来，炊烟在芭蕉叶间袅袅升起。老建需要非常靠近悬崖边才能看见山脚那条河。流经白牙屯的这段河流看起来很窄小，其实不然。竹排山面对白牙屯的这面山崖像月牙一样中间往里凹陷，月牙的两端一端在河里，另外一端，当然在老建的脚下。山脚下的河面实际上被延伸出去的山体遮去了。白牙屯并不直对老建站着的高崖，以河水流向为参照，这个隐匿在芭蕉叶间的小屯子在老建的下方。

老建的呼吸变得紧迫和沉重起来，天光越来越亮，他闭起双眼，脑子里轰然作响，一些混乱的、血肉横飞的场面不断闪现在他的脑海里。这么多年来，这场面一直在他的脑海里翻腾，像间歇性发作的头痛折磨着他，促使他一次又一次攀爬这座山。其实战场上最惨烈的声音并非枪炮声，而是人受伤后的惨叫和哭号声，这种声音直观地展现出战争的残酷。

老建开始感到小腹慢慢胀起来，眩晕在他的额头一圈一圈扩散。他猛地睁开双眼，白牙屯在越来越清亮的天光里清晰起来，他开解裤子前门扣子，掏出家伙，尽量靠近悬崖边，开始方便起来。

每次要爬竹排山，他尽量憋着，带着隔夜积下来的体液爬山，然后贴在悬崖边上，朝山脚下的河里撒尿。

是不是能落到河里，其实他并没把握。但他得这么做，这也是他如今唯一能做的。在他的幻想中，白牙屯人早起来河边挑水烧饭，会吃下他排出来的体液……

过程缓慢持久，有时候他甚至希望就这样永远下去。这当然弥补不了什么，挽回不了什么。但人要活下去，就得有个像样的理由。你道时光飞逝，往事如烟，而一些隐痛只会让你越来越活得不堪。老建活着的理由很少，爬竹排山是他少之又少的理由之一。

他凝固似的站在悬崖边，裤门敞开，积蓄了一夜的体液早就排结束了。晨曦的风带着七月湿润的露水气息在越来越亮的光色里醒来，穿过他的裤门，凉意便从那里朝全身弥漫。一个寒战随之而来，老建恍如梦中。这很危险，假如寒战带来一个惊吓，很可能慌了神就一头栽下去了。

一头栽下去！四十年来，这个念头不断模模糊糊闪过老建的意识，就在它一点点将要麻痹并吞噬掉他时，随后突然而至的强烈自责将它猝不及防击溃了。危险的、不断重复的，又不断被击溃的意识。它们像两个老建，几十年来在他的身体里血肉横飞地搏斗，都想将对方置于死地。

栽下去？开玩笑！从那场惨烈的战争里捡一条命回来就是为了从这里栽下去?！愤恨和怒火总是成为最后的胜利者，将他的求生意念一点点拉回他的躯体。

老建从悬崖边慢慢转身，退回到安全地方。那块坐了四十来年的偏平的褐色石头接纳他沉重的肉身。

早些年，老建的愤恨会演变成委屈和干号，身体下那块石头承载着从这个汉子身体里流淌出来的忧愤和哀伤，它见证了这躯体经历四季所有的情感变化。在四十来年里，有三只名为开荒、开路、开山的狗追随他来到山顶，在山顶上狗总是很安静，一种高远的气势震慑了这几只与他为伴的生灵。最近五年来，他形单影只，变成一个孤单的人……

太阳破云而出，霞光万丈，晨风缓慢吹拂，灌木丛里开始活跃各种昆虫，草绿色的"菩萨"跳到老建的脚背上，又一跃而起跳走了。虫鸣开始在光亮的天色里喧闹起来。

老建从恍惚的世界里醒来，他使劲拍了一下大腿，把残存的杂念拍掉，然后站起来。白牙屯上的炊烟多了，他最后朝那个屯子瞥了一眼，转身朝来路返回。在那株茂盛的七色花边，他选择了另外一条下山的路。这条路通常会有不少野物，主要是草蛇，无毒的，倏地从你面前经过，迅速横穿曲折的山路，消逝在就近的一株竹子根里。还有肥硕的老鼠，拖着一条粗尾巴，看起来笨重却极为灵敏，一头扎进竹丛里。这些山货通常不会引起老建的兴趣，前几日下了雨，他觉得覆盖了一层厚实竹叶的地面应该会长出一些山蘑菇。这东西哪怕清汤寡水煮，汤水也能喝出鸡汤的滋味。

果然不少，就在近路的竹丛下，比脚拇指大，雪白而圆润，顶在地面上，像一颗颗硕大的白珍珠。竹林深处应该还有不少，这东西拿到莫纳镇去卖很抢手，能卖五到八块一斤。目前是雨季，就这座山，竹排山，也会让他有几百块钱的收入。这几年，老建都能从这座和他一样孤寂的山中收益不少。只是他花钱的地方极少，卖了蘑菇，正巧在集市上碰见弟弟，留下少许购买生活用品的钱，余下便全给了他。他极少去弟弟家，那是个平凡不过的家庭，稍微有些心计的老婆，已经出嫁的两个女儿。大女儿的两个孩子长年累月托付与父母照管。弟弟其实也是享有天伦之乐的，他的生活并不困窘。

老建单单就有些恐惧那天伦之乐。每次去弟弟家回来，抽身离开热气腾腾的家庭气息，他总会好几天回不过神来。所以便少去了。

"哥，你出来吧，家里不缺你这口饭！"额头长着密集皱纹的老弟总是劝他，他比老建年轻五岁，早年养家糊口的艰辛使他看起来才像当哥的。这个民间木匠有颗厚道心，肩膀上总吊着装木匠活儿的工具，游走在莫纳镇周边的村子里找活儿。他的五官酷似老建，都是有堂堂相貌之人，只是个子稍矮，是个对生活没多大野心的人，不过他总是尽心尽力照顾家人。

老建不喜欢弟弟这个话头，他摆摆手："一大家人，闹得慌。"他装出嫌弃的样子。

……

他折了根细竹条子，把摘下的圆白蘑菇串起来，串了两大串子，挂在手臂上慢慢下山。明亮的阳光透过茂密的竹叶射下来，林子里到处都是从竹叶间漏下来的丝绸般的光线，新鲜湿润的空气里带有竹叶的清香气息。林子里并不寂静，竹叶在微风中沙沙响，鸟鸣虫叫，和一些无法寻到出处的声音，但你会从这些并不算嘈杂的声音里听出更大的安静，像来自人内心深处的安静，你会被这种接近于生命的美好安静突然感动了。

往年，五年前的往年，每逢草木葱茏，这山上总会传来某个村人粗犷的喊山声，人在林子里忙活着什么，忽然直起腰来那么一嗓，很难说那不是一种源于这林子赠予的深刻的情感的爆发。

老建不善于这种情感表达方式，他更喜欢和林子里的安静融为一体，像暮年的生命一样寂静。

他缓慢下到山脚，穿过长满杂草的石板路。一条碎石路，石头缝间也钻出杂草了。他暗暗叹息，再来两场雨水，杂草就该把路淹没了。这几年七八月份这条从山脚进入村子的路总是杂草漫漫。他一个人的脚步，哪怕日夜不歇地走，也阻止不了杂草生长。

沿着碎石路慢慢进入村子。

这个叫百大的小村子四面环山，村人的田地都在半山腰上。往年这个时候，玉米该抽穗了，如今半山腰上的地里长满了荒草，用石头垒起来的田埂依稀可见，不过山腰上再也看不见通往地里的曲折石路了，全被杂草淹没了。面对村子的那面山上，有几株高大的黄皮果，那是黄善家的。绿得发黑的叶子间吊着一串串沉甸甸的黄皮果。早两年黄善夫妻还会在这个月份背着背篓来摘出去卖，这两三年就不再来了。黄皮果在树上由青变黄，然后慢慢脱落。到第二年春天，树底下的地上便钻出好多黄皮树嫩黄的苗子，只是不知道为什么老长不大。略高于村子，也就是在黄善家黄皮果树的后面，有一座颇为高大的四四方方的露天地头水柜，那是国家搞西部大开发时镇上给百大建的饮用水柜。原先那里有一个往下凹陷的石窝子，接住从山上往下流的一线泉水，到了雨季时，山上冲刷下来混着泥巴的雨水总是把石窝子溢满，水便不能喝了，像浓汤一样黄澄澄的。村里人只能冒雨顺着山泉上山到泉眼处背饮用水。

如今偌大的水柜蓄满一池清凉的泉水。老建从镇上买来一条脚拇指粗的白色塑料软管，在软管的一头捆绑当作沉底用的石块，甩进水柜里，软管一头垂挂在水柜外他够得着的地方。每次需要用水，他便用力吸那管子，把水从水柜里吸上来，冲澡，洗衣服，天旱时灌溉种在水柜下方的玉米地和菜地，极为方便。他在水柜下边侍弄了三块颇大的玉米地和两分左右的菜地，地里的收获够他一个人全年的口粮了。他偏爱辣椒，两分菜地靠近水柜的那一角固定种席子大的一片指天椒，余下的种包心菜和香菜。玉米地里套种花生，炒花生米下酒，他的生活实在也没什么指望了。

清晨真正来临了，明亮的阳光洒在静谧的村子里，他的家在村子中央，地势稍高，一栋以石头为基脚的干栏楼，村里全是这样的干栏楼房。以前屋顶盖茅草，国家实施西部大开发后，对农村进行茅改瓦工程，茅草屋顶变成了黑瓦屋顶。五年前实施异地安置，镇子里来了庞大的搬迁队伍，帮着村民们搬迁到生活条件更便利的新村去。为了防备村民回迁，搬迁队伍要把村里的老房子全扒掉。村民们不干了，扬言扒掉房子就不走。破败的干栏楼因此得以幸存。

老建黄昏时坐在屋门口，山风带着草木的气息从山间吹过，大大小小的干栏楼静默在群山间，他觉得自己像个富有的国王，当然，国王很孤单。他和弟弟一家搬到新村后，在新房里吃了一顿开火饭就回来了。一晃五年。悄无声息地在这个遗落的村子里生活，五天外出一次赶莫纳镇集子，在一些特别的时候爬竹排山登顶。老建没感到任何不适，他不觉得孤独，他早就习惯它了——孤独——那是他的另一个自己。

路过万寿家门时，老建被他家门口一片妖艳的紫红吓了一跳。万寿家有三个女儿，姑娘们总喜欢侍弄花草。她们在屋角和院边上种了不少招蜂引蝶的指甲花。这东西生长极泛滥，院子几年无人照管，它们便蔓延整个院子，花枝招展，快要长到闭拢的两扇陈旧木门前了，人从院门外的路边已经无从下脚，直通到那两扇门前。

那两扇门没挂锁，只是闭拢。老建记得万寿家有一口好火灶，省柴。万寿当初很舍不得家里这口灶，说是他爷爷那一辈筑下的，他和他父亲，以及三个女儿全仰仗这口灶烧出来的一汤一饭养大，五年前他临走前魂不守舍地请求老建久不久过去烧烧他家的老灶，暖暖灶肚。老建觉得这老东西真是老糊涂了。十八户人家，每户人家的堂屋里都摆过神堂，上面曾肃穆地罗列祖宗牌位。活着的人走了，死了的人呢？也许他们还盘坐在荒寂的神堂上也未可知，谁敢突兀进去烧人家的火灶？

从他们家的屋顶上悬挂下来两条长长的丝瓜藤，藤子上已经挂有几个镰刀一样的丝瓜。也不知道丝瓜种子是怎么上到屋顶的。

唉，一个万物蓬勃的七月，天空已经从晨时的灰白渐渐转变成淡蓝色了，又将是一个碧空如洗的好天。早上就这样来临，有如经历过的无数个毫无悬念的早上。四周的群山如此巨大而宁静，老建的移动在群山中显得势单力薄，如同大地上的一只蚂蚁。

二

走上四级由大块石头垫成的台阶时，老建一眼就看见家门口的石礅上坐着一个人。他马上便认出着淡蓝色斜襟褂子的人影，内心深处柔软了一下，好像被一束温暖的阳光忽然照拂了。他伸手摸了一把下巴。其实他多虑了，他的胡须一向都是连根拔掉的，它们不会像刀片刮过那样一夜之间又长出来。他的脚步不由加快起来。唉，四十几年，不，怎么才四十几年，已经六十一年了。很奇怪，她连孙子都有了，她曾经光洁的额头也不可避免地爬上愈来愈深的皱纹，可她某些言行依然如做姑娘时一般，带有点儿顺从的羞涩，好似时光不曾向她展现过狰狞的一面，可这怎么可能呢？老建总是在她顺从的羞涩里变得像年轻时那样有些拘谨。这真是太奇怪了。

她应该很早就出来了，这里离镇子上有三公里，中途要路过一个一般的女人都得小心翼翼的山坳。其实那山坳并没什么特别。某年一个外地要饭的人不知怎么回事来到了那儿，结果死在那里了，老建和村里几个男人把乞丐埋在那山坳间。人们忌讳这样客死异乡的人。老建不怕，那样的灵魂还少吗？其实，从百大搬迁出去的人们并不住在镇子上，不过也差不多了。五年前，这个村子的十八户人家，不，应该说十七户人家全搬到新村去了，那里有通过管道流出来的干净自来水，有相对平展的稻田，娃娃们上学方便，抬抬脚就能到镇上的学校了。

"洛！"远远地，他朝来人送出热切的招呼。

洛从石礅上站起来，手里捧着一包用芭蕉叶当包皮的东西——山里人一向这么包东西，这地方长了太多的芭蕉。洛宝贝似的捂着，脸上带着隐隐的温顺的笑，在晨光里恬静地看着朝她走来的男人，他呼唤她的声音里永远带着只有她才觉察到的柔软。这光景很多时候让她恍惚，四十多年前那个意气风发的少年郎，依然没有变。老建瞧着洛手里拿的芭蕉包皮，知道肯定又是吃的，应该是老柴房今早刚出的豆腐。那是镇子上的一家老字号豆腐。做豆腐的老板不姓柴，早先他们的豆腐是在一间柴火房里熬的，所以叫柴房豆腐。每次她总是给他带来吃的，十天半月的她总是顺着那条越来越荒芜的山路，回到这个安静的世外桃源般的村子。

"你又爬山去。"洛有些责怪，不过她松弛的嘴角依然挂着笑。每次来总是叮嘱他不要再爬山，山里没人了，万一有个闪失，没有哪一双眼睛能够看得见。

老建照例瞧着她的左手腕，那上面戴着一只散发醇厚光泽的镂刻着精致花纹的老银手镯。那是三年前老建给她打的。洛一辈子没戴过什么首饰。山里人的日子其实不好过，稍微有点儿家底的人家会给儿媳一只细弱的银手镯。洛由于是招婿上门，她的老父母因此厚着老脸省了这笔其实并不大的开销。

"怎么不进屋，门没锁！"老建说。他从来不锁门，去镇子上也不锁，山风和西斜的阳光很轻易就能像个老朋友进入他的屋子里。他喜爱这宁静但并不僵硬的一切。有些时候，听着清风里送来清脆的鸟鸣声，他甚至快要忘记内心深处的嶙峋了。

"屋口凉爽，还是山里空气好。"她说，很快她意识到有些失口，新村四周其实也全是山，只不过地势比百大开阔了些。

老建觉得好笑，她也学会镇上人的排场了，动不动就"山里"，她让他觉得有点儿新鲜，不过并没半点儿责怪她。

"今天是六月初六！"她接过他挂在手臂上的蘑菇串，把那包芭蕉包皮递给他。老建看见她前额灰白的发际汗津津的，显然她也刚到不久，赶早把节日的食物送来给他了，这三年来洛一直这样做。洛的上门丈夫三年前去世了，那个心眼挺实的外村人，非常佩服老建矫健的身手。他的个子矮小，但力气极大，在这片山腰上，最干净的玉米地和花生地总是他们家的，而洛极少下地。儿女们稍大，他领着他们下地，也不让洛下地。极少有的疼老婆的男人。洛到老了，脸上仍能保持着柔顺而羞涩的笑容，很难说不是个子矮小的夫婿贴心疼出来的。

然而洛心里有另外一个梦，他知道。她也知道他知道。

他看着她结婚生子，一年更替两季玉米和一季花生，竹排山上的竹子绿了又黄，这是生活决定的，包括人生命中的有无。他只能看着她，在和岁月的长久对峙中，他对她，渐渐变得豁达起来。她就在村子里，喝着同一条泉水，走同一条石板路，每天她在他的视线里忙碌，生活决定他只能拥有这么多。他对她强烈的想象和向往在一次又一次煎熬般的磨砺中渐渐柔软下来，变成一种纯朴却也越发醇厚的情感。她只要平安地在他看得见的岁月里活着便好。

他们在石板路上相逢，相视一笑，那是对命运的妥协的笑。

……

"馅是碎花生和白糖，我想包点黑芝麻的，"她望着他，目光中满含信赖，"去年的芝麻种不成，收成太少了，还不够一碗。那东西好像不适合在那边种，上肥也不见长，叶子倒是能长。"她总是把新村称为那边。

"花生和白糖也好吃！"老建说，热切地瞧着她。其实十天前她刚来过，带着一包芭蕉叶包的还温热的老柴房豆腐，还有半块胳膊般粗也是用芭蕉叶包的越南火腿肠。

他坐在她刚才坐的石墩上，那墩子还带着她暖洋洋的体温。老建仔细瞧那包东西，芭蕉叶的筋络结结实实扎住芭蕉叶，在上面打了个活结，他轻轻一拉，芭蕉叶便湿漉漉展开了，立刻就闻到了芭蕉叶和糯米的清香气息，这接近生命的气息。他确实有些饿了。那是六月初六的糍粑团，把糯米蒸熟后放在石臼里捣成黏糊糊的糯米糕，拧下一团团鸭蛋大小的糯米糕摊煎饼般摊开，包上馅料再封口。以前还在山里时，他们的糯米不是大米的糯,而是玉米的糯。新村有稻田,村里人便开始种植水稻,结束了世代以玉米为主食的生活。老建觉得糯大米和糯玉米一样美味。

洛提着那两串鲜蘑菇推门进屋,很快便端出来一把椅子,坐在老建的对面,快活地瞧着他吃糍粑团。

"今天要出去吃饭吗?"洛问他,她知道他生命里的一切隐痛,但她从未见他流露出半点沮丧,他像这山里的每一块石头般质地坚硬——当然是指他的刚毅,他的心肠一点儿都不硬,这一点她甚至比他本人更清楚。

"假如要出去,一块儿走。"洛说,有些向往,她指的是老建去他弟弟家吃节日晚饭。他有时会去,但多半不去。假如还没搬出去,他是会去的,他不能让村里人觉得他们两兄弟生分。他其实挺喜欢一个人喝两口,一碟晶亮的腊肉和炒花生米足够了。他不适应大团圆的家庭氛围,他更愿意一个人小酌两口到微微醺醉,然后熄灭了灯火,靠在门板上坐着,等待村子渐渐沉入夜的安静中。

某些时刻,比如半夜里他被突然而至的雨水吵醒,那些急促敲打在瓦片上的声音,像极了战场上凌乱而恐惧的脚步声。那样的夜晚往往会把他既往坚如磐石的外壳剥离殆尽,他变得软弱起来,恐惧让他把棉被当成唯一的盔甲。假如有一双眼睛能在黑暗中看见,它会看见一个战栗不止的灵魂,巨大的泪水在黑暗中凝聚成唯一的光亮,根深蒂固的剧痛牢牢捕获这个不幸的灵魂。

"有这个就够了!"老建说,他整整吃了四个糯米粑。洛给他带来十个,里面的白砂糖馅已经融化成糖浆了,糖浆暖融融的,这是最好吃的时候。然而不能再吃了,糯米不易消化,剩下的明早可以煎着吃。

洛轻轻叹息。老建知道她的想法,她希望他到新村去住,"早早晚晚的总也能见着人。"

"你总要做点吃的,节日总该吃一顿好的。"洛轻声说,她想象得出一双筷子和一个饭碗的孤单,她其实知道他多半不会出去。"我带来一只猪耳朵,给他们烤过了。"她的目光朝厨房里微微望了一下,美好的羞涩又在她的表情里闪现。

老建高兴起来——不是因为她带来的猪耳朵,而是因为她的身上有点儿钱。洛今年六十二了,过了六十岁,就能领取到每月一百二十块钱的养老金。这点微不足道的养老金让农村失去体力的年迈老人活得有点儿尊严。老建常常担心她把这点儿养老金全补贴家用了,她随儿子生活,儿媳妇有点儿刻薄。而她是无论如何都不会接受老建给予的任何关于钱的帮助的。他知道她身上有点儿钱,他就放心了。一个上了年纪的丧偶女人,口袋里的钱终归才是最贴心的。

"瞧,你都帮我打点好了,晚饭不用愁了。"老建说,他重新把那包糍粑包好,搁在膝盖上。他的高兴放大了洛心里的难受,一个孤单的人的快乐,似乎让人更揪心,她瞧着他,说:"我帮你把晚饭做好吧。"

老建笑起来。清晨的太阳还没爬到山顶,这个时候做晚饭太早了。

洛也笑了起来，两个人不再说话，安静在他们中间一寸一寸蔓延，群山静默，看着人类一个充满悲悯而高贵的约会。

她一直在等待他说一句话，她要那句话。她觉得那将是岁月恩赐给她的最珍贵的礼物，虽然来得迟了些，但她充满期待。如今他们都老了，肉体的激情已然不再重要，他们只需要相互陪伴，将彼此余下的岁月献给对方。

洛有时候会迷茫：她不知道她的想法是不是有些自私。她在葱茏年华时结婚生子，她知道男女由五谷杂粮滋养出来的来自肉身的古老情欲，她并不为此感到羞愧，这不仅是孕育生命的古老方式，也是人类生命之本能。她在她的婚姻里遵循这古老情欲的召唤，并迎合它的到来。对于丈夫，她的肉身是忠诚而顺从的——将近四十年的婚姻生活里，她一直向他毫无保留地打开她的肉身，给予，同时也是索取。她的生命，是完整的。

而他一直孤单，漫长的或暖或冷的夜晚，许许多多的夜晚，他一定饱尝了那蚀骨的孤单和悲伤。她内心一直觉得对他有隐隐的亏欠和愧疚。所以她不能主动开口，她只能等待。

时光寂静。

"我给你摘点儿黄皮果带回去吧。"老建终于打破了沉静，他摩挲那包芭蕉皮，充满笑意地望着洛。

她扭头朝不远处山坡下的水柜望去，目光悠远地落在那棵茂盛的黄皮果树上。

"我不爱吃这东西，酸丢丢的，倒牙齿。"她轻轻摇头。

"给娃娃们吃。"老建站起来，朝厨房走去。

几只毛色光滑的公鸡在厨房另一侧领着几只母鸡寻食，其他的不知钻到哪里去了。老建从未正经喂养过它们，茂密的草丛间到处是活蹦乱跳的草虫，这是它们最好的食物了。他养了差不多三十只鸡，每年临近春节除了给弟弟留下两只，全挑到镇子上去卖，总是很快被抢购一空。老建没给这些鸡搭窝棚，随便它们在哪里过夜。这些家伙很有趣，你难得见它们集全地待在家里，但每到刮风下雨，它们便像得到某种神秘召唤似的，从各自搭建的野窝里齐齐跑回主人家，像寻求庇护似的挤满老建的堂屋，赶都赶不走。

村人还没搬走时，他还养狗，狗成为他另一个自己。村里人搬走后，他再也没养过狗，人害怕孤单，狗其实也怕，狗忠实于人类，但并不代表它不需要来自同类的陪伴和慰藉。只有真正品尝过孤单滋味的人，才能体恤到世间万物的孤寂，以及孤寂里的酸楚。

老建很快提满满一篮黄皮果回来，洛坐在石墩上缝补他一件腋窝裂开的褂子。他把篮子放在洛的脚边。洛低下头，咬断线头。

"还有吗？"她说，指的是需要缝补的衣物。

"没有了，就这件。"老建擦掉额头上的汗水，在她刚才坐的椅子上坐下，摘掉黄皮果串上的叶子。洛把那件褂子挂到屋檐下的晾衣竹竿上了，抓起屋檐下的竹条扫把打扫院子。

"中午要祭拜土地庙！"她说。老建点点头，这是风俗，他当然明白。也就是说洛得准备好中午祭拜的各类食品，这些节日的祭拜食品和祭拜活动一般是家里年长妇人做的。她的意思是不能待太久。

老建很快把黄皮果收拾好。

他目送她顺着那条长满杂草的出山的曲折小径走出去，臂弯里沉实的篮子拽着她，她的身子有些倾斜。

"洛！"老建朝身影喊了一声，回荡在山间的回音带着几分悲怆。身影转过来，立在原地。洛知道他并未有任何交代，他只需要她转过身看看他。老建的身影在她的目光中渐渐模糊起来，明亮的阳光在她凝聚的泪光里变得五光十色。洛朝他挥挥手，她知道一转身，这块并不大的山窝里便聚满了空旷，让她揪心的空旷，空落的房屋，沉寂的草木，坚硬的石头，山上祖先们低矮的坟冢，还有一个人。但她还是转身了。她的身影转过一栋日渐破败的屋墙，顺着出山的路走着，很快，一座矮小的山便融化了她的身影。

早上终于蓬蓬勃勃走到一天中最亮的光景，这个月份的每一天都在走向季节的深处。

三

一连下了几场让人心悸的雨水，从屋后的山上冲刷下来的雨水混着泥土，污浊不堪。水柜里的水简直成了黄汤，洗衣裳都嫌脏，更无法饮用了。老建把厨房里的水缸搬出来放到屋梢下，接了满满一缸雨水，可以烧水煮饭。这个村子里的人，在雨水充沛的季节里，山泉被污染时常常靠雨水生存。"天上来的泉水"，他们并不忌讳。山里恶劣的生存条件教会了他们怎么顽强地生存。

老建和一屋子的鸡安然迎接雨季的到来，每年的雨季都一样。雨一阵一阵的，前脚瓢泼大雨，后脚一阵风吹来，雨水越来越倾斜，最后被风吹走了，太阳便亮晃晃出来，满含水汽的阳光热辣辣暴晒湿漉漉的村庄，阳光吸收着大地上的水汽，墨黑的山上袅袅升起烟雾一样的水蒸气。老建领着一屋子的鸡从堂屋里出来，人和鸡都感到沉甸甸的，那是丰沛的水汽充盈着身上的每一个毛孔，必须要晒一晒。他站在热烈的阳光下，环顾四周的天空，被群山剪出来的一方天空澄净透亮，看来今天是不太可能有雨了，即使有也不会是大雨。他转身凝望村庄后的竹排山，山上的竹子已经快疯了，绿得发黑的竹叶全部覆盖了山体，山已经被竹子淹没掉了。

即使下雨山路也不会打滑，路滑是因为走的人多了，脚步打磨路面才会湿滑。而这座山上的每一条路都只属于老建一个人，老建是山路唯一的造访者。他打算上去了。斗笠戴上，柴刀落进刀鞘里，稳稳当当绑在腰间。这是一个进山人的装扮。他敞着屋门，天再下雨，方便这些陪伴他的家伙进屋躲避。

绕到屋后，他选了三条上山路最便捷的一条，人便闪进竹林里。从竹叶上滴落下来的雨水响亮敲打在他的斗笠上。草蛇多了起来，蜿蜒在上山的路上。老建砍下一条拇指粗的竹条子，一路横扫，把这些没骨头的东西赶进竹丛里。白嫩的蘑菇珍珠般铺满地面，散发出腥甜的气味。林子里的空气清新得使人身上的每个毛孔都张开了。老建解下斗笠，随手挂在路边的竹枝上。抬头看不见天，林子越来越亮，他觉得今天应该不会有雨了。上山的脚步有些轻飘，这几个夜晚的睡眠，常常被半夜突然而至的急雨所困扰。他靠在床栏上，胸口像有万马奔腾，起伏在夜的深邃里，小腹部下袭来一阵阵令人干呕的剧痛。悠远深长的痛。其实他身上没有一处伤口，剧痛完全是从他的意念深处生发出来，他无法阻止和控制，只能忍受它锋利的獠牙啃噬。

他在夜的深黑处痛苦得难以自拔，像个命悬一线的人。

……

一阵微风拂过，挂在竹叶上的雨水密集落下。路边一棵山鸡果挂满了半青不黄的果实，那些早熟而遗落在树下的被老鼠啃咬出一个个齿印清晰的豁口。去年老建摘了半蛇皮袋子给弟弟送去，家里的几个孩子贪吃，这东西又难消化，三五天都不拉一次，孩子们捧着鼓突突的肚子哭坏了。

也许今年可以摘去卖掉。老建从山鸡果树下路过时想。潮湿而闷热的空气让他出了一身汗水，身上薄薄的灰色圆领T恤贴着他的前胸后背，他一脚踩在一块凸出路面的石块上，停下来朝上望去，没几步路了，竹丛已经开始疏少，越靠近山顶竹丛越少，取而代之的是遍地矮小的七色花和长满青刺的野骆驼，地势也开始慢慢平缓起来。老建静静站着，身体因为出了一通汗而变得舒畅通透。没有任何急意。没关系，可以等。老建想。

终于登上最后一块石头，视线豁然开阔，风也变得更柔和了。山顶上的岩石干净得如同水洗，透出一层湿润的黝黑光泽，老建常年踩踏出来的小路几乎被滥生的七色花淹没了。他的脚步碰落了挂在花瓣上的雨水，很快便到了那块突出山体的悬崖，一并进入他双眼的，是悬崖下的白牙屯。

"千刀万剐的！"

诅咒千千万万次了。站在悬崖上俯视这个越南小屯子，愤恨总是一下子抓住了他，他唯有诅咒。四十年来这个屯子似乎没有变化，他在悬崖上碰见过这个屯子几场喜事和白事，人像蚂蚁一样在山脚下忙碌，隐约的喜乐或哀乐飘上悬崖，人们忙着往生和向死，和百大一样。往年百大都有喜事和丧事，喜事属于年轻的生命，而丧事则是暮年人在人间最后的仪式。老建在五十岁之前是百大的八爷，抬棺的八位司仪爷之一。他和另外七个八爷抬过百大无数位故去的人的灵棺，送他们回归土地。

人总是要死的。但人总是要经历过的那些事，老建并没经历过，两情相悦洞房花烛生儿育女，一个盘山而活的庄稼人，把这些从生命里剥离掉，日子还剩下什么？只不过一个看得见的生和死罢了。

老建站在悬崖边，瞧着山崖下的越南小屯子，深深的恨意落地生根。他紧着身子，却憋不出任何急意。悬崖下的河水浊黄不堪，它只要流经悬崖下的白牙屯，拐过竹排山，就进入莫纳镇，进入中国了。老建在悬崖上的每一次排泄，流经短短的一段异国河流后，最终也会回到祖国的河床里。

但再短，它也流经那个异国。

他徒劳地退回到那块常坐的石头，他要等。如今百大只剩下他一个人了，他的时间像古老的村庄一样空旷寂寥，没有任何人和任何事等着他，还有什么等不及的。

等。

洛是一个多么好的女人，无数个夜晚影影绰绰地摇碎他的梦。他记得她怀第一个娃时，看见她日渐丰盈起来的腰身，年轻的老建只想从这悬崖上跳下去。他也想过离开百大，也是这个影影绰绰的身影，让他无数次钢铁般的意念变成了绕指柔。他看她盛装出嫁，看她初为人母，看她青丝变白，看她容颜变老，如今她又一次孤身走到他面前。

三十七年前她也这样靠近过他。那时候老建还那么年轻，然后他却已经见识过太多的生死，不，应该说是死。如今还有多少人记得那场战争？你只要在每五天一次的莫纳镇集市上走走，看看满大街从口岸进入莫纳镇市场上做生意，穿拖鞋戴尖顶斗笠穿花衣裳的越南女人，以及她们那口地道的本地话，就知道已经没多少人记得1979年那场战争了。1979年，二十一岁的老建作为中方担架队救护员之一，跟那些和他一样年轻得来不及长胡须也是第一次扛枪上战场的年轻人从莫纳镇口岸出去，进入越南北部前往高平战场。

1979年的2月中旬，按照莫纳镇的习俗，日子依然沉浸在年的节气里，年尚未过圆满。但边境线上的枪炮声打破了年的平和，年已经无法再过下去了。坐落在边境线上的村庄，村里人早在年前就被动员撤离村庄。但春节期间，他们还是陆陆续续回到自己的村庄。百大屯也一样，在大年三十那天回到家烧暖自家的柴灶，点燃香火敬神堂。这是必需的，大不了一死，村民们想。年三十的午夜没有爆竹声，任何和爆竹声类似的声音都极有可能造成恐慌。村里一片沉寂，清冷的空气里弥漫着无言的紧张，午夜的深处隐匿着看不见的危险。他们小心翼翼挨到天亮，大年初一的早上和往常一样清冷，静谧。早起的村人面面相觑，贴不贴门神呢？上不上对联呢？最后大家心照不宣地回到自家门里，半掩门户，不能关紧，要迎春。

1979年的正月初一是1月28日，到了2月17日，边境线已经硝烟弥漫战火纷飞，闷雷一样的枪炮声滚滚而来。老建所在的担架救护队跟随部队出了莫纳镇口岸进入越南，他们并不是第一批前往战事前线的部队，一路上不断与一辆辆运送前线伤亡士兵回国的卡车相遇。没多久，老建他们便在靠近越南高平的一个村庄与战争劈面相逢。

2月的天空灰蒙蒙的，寒冷的空气里弥漫着火药刺鼻的气息。这是一处山坳，村庄就坐落在山坳里，一个典型的山区农村。目之所及，除了缓坡就是芭蕉树，矮巴巴的泥墙屋子掩映在芭蕉叶间。山腰间上挂着镰刀似的玉米地，棒子早就掰了，只剩下干枯的玉米秆立在地里。该烧地翻耕了，过了正月，就是点播玉米的节气。这和中国边境线上的任何一个村庄一样。边境线上的两国村庄，甚至熟悉彼此的语言。

可战争打破了所有的秩序，它让古老的村庄失去了以往的宁静，土地上了无人影，战火把春天所有的生机燃烧殆尽。

午后，忽然下起了雨，村庄里有越南兵在把守，我方官兵匍匐在距离村庄不远的一条沟壑里，等待合适的突击时机来临。傍晚时分，嘹亮的冲锋号吹响了。那是怎样凌乱的场面。老建觉得像一场游戏，但这场游戏是真枪实炮杀人见血的。年轻的躯体中弹后像截木桩一样栽倒。老建和担架队救护员们朝那些栽倒的士兵扑过去，企图让那些栽倒的士兵在他们的救护下捡回一条生命。

十七天后，老建从战场归来，一脚跨过简陋的国门，他觉得像经历了一场残酷的噩梦。

百大又恢复以往的生活秩序，村民们在早春三月的山间开始点播玉米种子，比往年晚了些，但总算能让种子落到地里，地里有了种子，人的日子便有了希望。

洛一直在等。老建从越南战场回来后，她就一直在等。她做了各种准备，新婚的被面和绣花的枕头巾，贴身的精致衣物和缎面的大红色洞房门帘。她心里每天带着光和向往，想和他在这片山里生儿育女，让他们的日子在石头上流淌而过。她对人生没有太大的向往，老建就是她全部的向往。洛等了三年，却在他的祝福下成为他人妇。

这是生活所决定的，正如毁了他一切的那场战争。

微风夹带丰沛的雨水气息吹过来，隐隐地从悬崖下传来因雨水暴涨而变得湍急的河流声。在冬季枯水期，河床下落期间，莫纳河其实并不深，有时候河中心会隐约露出河底的石头。竹排山坐落在百大屯和莫纳河之间。水量丰沛的一条河就这样和百大屯擦肩而过，致使百大屯因缺水而只能种植耐旱的玉米。而比百大屯更往山里去的百楼屯却因傍河而居，在五年前的异地安置中免于搬迁，因为莫纳河赐予了他们一片平坦的良田和便于灌溉的有利条件。

老建一筹莫展地坐着，似乎爬山时出的一通汗水把身体里的水分全带走了，纷繁的往事和眼前的难堪让老建泪水充盈。这难堪，纠缠了他一生，折磨了他一生。

"操！"他一拳捶在身边裸露的石头上，疼痛早就麻木了，一种四分五裂的感觉穿透他的胸腔。

他站起来，"啊——"振臂一挥，声嘶力竭的吼叫破胸而出，把堵在胸口的一口闷气吼了出来，重重叠叠的群山送给他颤颤巍巍的回应。

"啊——"遥远的群山传来一声嫩生生的回应。老建怔了一下，他再吼一声，他的声音跌落群山之后，那嫩生生的回应声立即响起来，连接着传来好几声回应。老建笑了，这难缠的娃娃！他又吼了一声，算是回应，然后无奈回望了一眼悬崖下的白牙屯，开始下山。

阳光很好，似乎不会再有雨了，也该停了。老建选了水柜下几块稍微平坦的旱地种玉米和花生，那地好，从水柜引水灌溉也容易，但接续几场大雨便害涝了，无处排水。7月的玉米正在结棒子，是需要晒的时候，再不能涝水了。

老建下到挂斗笠的地方，开始边下山边摘路边鲜嫩的蘑菇，他把斗笠翻过来，蘑菇装在斗笠里。靠山吃山，老话是有道理的。在这片山里，不耕不种，养活个把人没问题。那淡黄色爆炸头的女娃娃喜欢喝蘑菇汤，他可以打散两个鸡蛋煮一锅蘑菇汤，再搁把葱花末，味道就更美了。英吉利！那名字真逗，有一阵子这孩子没来了，该有个把月了，老建还真有点儿挂念她，每次她到来，这个不安分的孩子总会给沉寂的村庄带来不少鲜活气息。他想到她身上那些古怪的行径，每边耳朵上打四个洞眼，戴不同颜色的耳钉子，胸前还吊一只模样吓人的铜骷髅头，身上的衣裤到处是破洞，说那叫时尚。老建觉得那身衣物和要饭的没什么区别。不过模样长得挺喜人的，眼睛大鼻梁挺，额头有点儿突。英吉利来自县里，是个画画的，不知她是怎么找到莫纳镇来，又钻进了比百大屯还往山里去的百楼屯，说那里头风景好。去年深秋，她从百楼屯出来，顺着快被杂草淹没的岔路进到荒芜的百大屯，顿时被满山的黄竹吓住了，摆开画板就画起来。彼时老建正好从竹排山上下来，脱了褂子赤身冒汗，冷不丁出现在山脚下，英吉利和老建同时大叫一声，都被对方吓住了。英吉利认为老建是山上的野人，而老建从没见过这样一个黄发爆炸般蓬乱、浑身破烂雌雄不分的怪物。英吉利倒是胆子大，惊吓过后自报家门，老建才确定这黄颜色的爆炸头是个人，还是个女娃娃。当天老建杀鸡炖汤，安抚这位外星人般的不速之客。老建独身居住空村让英吉利佩服得不得了，在英吉利眼里，这空旷破烂而又景色别致的空村简直太魔幻了，特别有魅力，而老建独住空村简直就是"伟大的行为艺术"。这让老建哭笑不得，他盯住英吉利身上到处是破洞的烂衣裳，嘱咐她买几件像样的衣裳穿。她说那叫个性，也叫艺术，说着拿起挂在屋墙壁上的小柴刀，在已经破洞百出的裤子上又割出一个破洞来。老建目瞪口呆。英吉利来得挺勤，每月总能进山一两次，背着比身板还大的画板和颜料袋子，浑身丁零当啷响一路进山。她每次从百楼屯出来，必定会拐到老建这里瞎聊上一阵，有吃的就吃有喝的就喝。她给老建带来的永远是各种桶装方便面和各类让老建哭笑不得的零食，动物饼干、牛肉干、腌制的袋装凤爪、口香糖、袋装炒花生。有一次抱来一大捧野花，说是没带零食孝敬老建，献野花一束，不成敬意。英吉利二十一岁，小巧玲珑的个子，老建吓唬她，进山的路上曾有过死人，路上有游魂呐。英吉利甩着爆炸头说，她不怕鬼，人也不怕，狗也不怕……

"啊——"

老建下到半山腰时，尖锐的喊山声再次传来，突兀而嘹亮，直直地炸响，显然是等急了。这是他们约定好的，英吉利进来不见人，便朝群山叫喊，老建若在山里，定会听见并回应，若不见回应，老建定不在山里，出山进镇子去了，也可能转到别的山头去，转远了。

"你没有手机？"英吉利问他。

"我这里就养公鸡和母鸡。"老建说。

英吉利无奈，翻了几个白眼。

老建回应了一声。他还想找一根嫩毛竹，这东西趁新鲜炒最好吃，黄皮果也正好摘给那娃娃。英吉利6月初来时，黄皮果还挂青，她在果树下转，遗憾得直跺脚。

顺着小路进了村子，老建朝院子张望，却并不见英吉利，黄皮果树下也不见人影。人又不知道蹦哪儿去了。她身上的年轻劲儿有时候真叫老建羡慕。老建回想起自己年轻时。他年轻过，然而他的生命却没有活力。

上了院门台阶，故意咳嗽一声，也不见英吉利露面，却一眼望见屋门板上扎着一把红色小巧的水果刀子，钉住一张字条。这是英吉利的水果刀，不知她又搞什么名堂。他摘下小刀，取下字条，心想往后谁娶了这女娃娃那可真够呛了。

"建叔，给你送来一个礼物，就在床上。这是在集上捡来的，给你做个伴，我回县里了，下次来看你哈，你的亲爱的英吉利！"落款是一个画得颇有章法的笑脸。

老建满头雾水。礼物？这娃娃真多事。他把一斗笠蘑菇放在屋檐下的竹椅上，进屋。两间厢房和堂屋，堂屋很宽绰，饭桌在神堂下，饭桌上放着一大塑料袋东西，不用说，全是花花绿绿包装的零食，还有几桶方便面。老建哭笑不得，他哪会对这些感兴趣。他进了房间，立刻惊得瞠目结舌。

床上的蚊帐下居然睡着一个瘦条条的孩子，黑色齐膝短裤，淡蓝色套头短袖，细瘦的四肢裸露在外面，窄小的脸，淡眉塌鼻梁，两只小手握成拳头举在耳边，睡得正酣。四岁？还是五岁？他没生养过，对孩子的年龄无从判断。他发现孩子的右手里捏着一张字条，小心地从孩子的手里抽出来，不用说，一定是英吉利搞的。

"我叫呆呆！"

英吉利的字，用水彩笔写的，拖着一个惊心的红色惊叹号。

老建站在那儿，又惊又气。他瞧着床底下一双小小的沾满泥巴的布鞋，站了一会儿，轻轻靠近那孩子，捏捏他摊在床边的两只裸露小腿，孩子在睡梦里突然浑身抽搐了一下，惊得老建慌忙退开，绊倒床边一把小椅子。孩子又动了一下，细瘦的脖子来回转了转，睁开眼睛，安静躺一会儿，挺起小身子慢慢坐起来。那两只眼珠，天啊，全都集中在眼角，白多黑少地盯住老建。老建惊愕万分，居然是一个长一双斗鸡眼的孩子，那模样看起来就像个傻孩子，难怪英吉利叫他呆呆。

"爸爸！"孩子坐在床上，冲着老建笃定地叫了一声。老建感觉到脑袋嗡的一声响，一阵热流直冲脑门：他听得懂这种软糯的口音，分明是一个越南崽子！

四

一个长一双斗鸡眼的半傻不呆的越南孩子！

孩子赤脚站着，瞪一双斗鸡眼，小尖脸上是傻瓜常有的呆傻表情。老建痛恨这副面孔！真奇怪，越南人怎么都长一副相同面孔，短下巴，尖面孔，塌鼻梁，双眼凹陷，眉骨突出，怎么能长这样一副面孔？老建感到心里的怒火在燃烧。孩子木头一样站在饭桌边，老建正在吃早饭，黏稠的玉米粥和炖嫩南瓜块，南瓜又甜又软，老建拍了蒜瓣当作料，味道很鲜美。他不允许孩子和他一起吃饭，必须这样。老建把粥喝得大声，大嚼南瓜块。

"爸爸！"傻瓜冲他叫了一声。他光脚穿着布鞋，小布鞋是湿的，黑乎乎的，肮脏不堪。这崽子穿着去踩水洼了，专门捡水洼踩，他在水洼里跺脚，斗鸡眼兴奋地挤在眼角，嘴里哇啦哇啦叫，身上那身短衣服皱巴巴的，散发出一股汗酸味。没有什么换洗衣服，老建也不愿意伺候这越南崽子。两天，还有两天，再过两天就是莫纳镇集了，他打算到时把这傻瓜带到集市上，往越南人堆里扔掉了事。英吉利是在集市上捡到的，他的父母定会来集市上找。这个不靠谱的英吉利，他知道她迟早会惹出事的，而这个事情实在太大了。这两天无论他走到哪，小傻瓜像个小尾巴一样跟着，一双脚尽往泥水坑里踩踏。你道他傻，倒也不是太傻，一双斗鸡眼盯着你，好像知道老建时刻想甩掉他。

老建把筷子摔到饭桌上，火冒三丈，"老子不是你爸！"他凶狠地冲孩子叫，"再叫就把你剁了。"

孩子立刻闭嘴，斗鸡眼翻白。他们能交流，边境线上中越双方的村庄，大抵上都能听懂对方说的土话。他断定这傻瓜的家应该在边境线一带的农村。傻瓜除了会叫吃喝和爸爸，还知道叫上茅坑。

"屙——"他叫，老建就扯下他的裤子，抓起他的胳膊拎到茅房里，等他屙完了取一瓢冷水冲洗傻瓜的屁股。

他对英吉利充满了恼怒。这个疯疯癫癫的娃娃以后断不能惯着她了，她像风一样来无影去无踪，他的怒火无从发泄。

"吃！"傻瓜把摔落到地上的筷子捡起来，直直递给他，不知道是叫老建吃还是表达自己也想吃。

老建愣了一下，傻瓜那双白多黑少的眼睛盯住他，他无法从这样一双奇特的眼睛里看到什么。孩子的脸上是木呆呆的执拗表情。老建的心像被什么撞了一下，心里硬邦邦的怒火软下来。他夺过那根筷子，饭是没法吃了，他转身在旁边的碗柜里取出一只塑料勺子，放在他那碗玉米粥里，把粥碗推到孩子面前。

"吃！撑死你这傻瓜！"

孩子没碰那碗粥，伸出脏乎乎的小手，直接抓取碟子里嫩绿的南瓜块吃。

"吃——"他两手并用，一块往自己嘴巴里送，一块递给老建，老建给气得不知说什么好。他瞧着孩子，不坐旁边盯着不行，他会捧起菜碟子像狗一样直接埋头往碟子里吃。老建这两天一直拿筷子敲打他的手。孩子记性不错，再也不敢碰碟子了。手抓也好，说不定以后能用上筷子。不过这不是老建的事情，傻瓜拿筷子也好，像狗一样埋头啃也好，和他有什么关系？这孩子只是半个傻，还挺温顺，用心教一教也许能顶半个正常人用。

"你吃！"老建只顾忙着琢磨，口气冷不丁软了下来。他突地被自己温和的口气吓住了。

"爸爸——"孩子满嘴的吃食，含糊叫他。

老建只好站起来，出了厨房。

这傻瓜到来后，老天就开始放晴了，天空明净如洗，云白天蓝，再也不压在山顶上，天地之间变得高深幽远起来，天是天，地也是地了。山里的气温就算到了三伏天也不会热得撩人，总会从什么地方吹拂来隐隐约约的山风。风是凉的，这种时候若待在竹林里，会更凉爽舒适。老建站在高高的院子上，那条出村的小路无比寂静，山也很安静。阳光无声地照耀着，太安静了。只有每年的三月初三，壮族人祭拜祖坟的日子，那条寂静的山路才会迎来它曾经熟悉的脚步。人全回来了，只要能动的全都回来了。村里人搬去了新村，但他们故去的先人仍然埋在山上。一年一次和逝者相会的日子，他们携带老小和祭拜食品，陆陆续续进山。每家人都会给老建带来一包用芭蕉叶包好，还温软的五色糯米饭。在村人眼里，是老建在替他们守护旧时家园和祖先的坟墓。老建等弟弟一家人回来。其实也没谁，就弟弟夫妇两人。弟弟夫妇两人和几个族亲一起回来，老建会杀好鸡等。香火纸钱他是不碰的，这些都是女人们做的事情。他那份香火钱，在祭拜日前就给了弟弟，让他给弟媳妇帮忙采购。祭拜那天，山里热闹起来，半山腰上的祖坟被拔掉杂草，土也重新培上，一座座坟茔在杂草里新鲜露出来，坟顶上也插上白色的招魂幡。

老建一般只祭拜父母的坟墓，祖爷爷祖奶奶们就给弟弟夫妇和族里的年轻人们去祭拜了。不孝有三，无后为大。老建在双亲的坟前有深重的愧疚，然而这能怪他吗？又该怪谁？

爆竹声在山里不断炸响，幽远的回声在山间回荡，惊醒沉寂的古老村庄，山间欢声笑语。接近午时，祭拜结束了，村人们回到自己的空屋，在杂草丛生的院里架锅做饭，这顿饭一定要在老屋吃，一定要在祖宗跟前吃。弟弟夫妇就在老建家里吃，这是一年当中老建家唯一有人气的时候。空旷已久的村庄上空升起袅袅炊烟。家里的饭交给弟媳妇忙活，老建悄悄上了村后的竹排山。半山腰，村庄上空的炊烟和院子里忙活的人尽收眼底。似乎又回到五年前的村庄，简陋而充满生机，贫穷而安静祥和，村里从没发生过违法犯罪的事情，法律似乎离山里很遥远，他们恪守从遥远先辈那里流传来的伦理与宗法，这比任何法律更能约束人们的内心和行为。

如今这一切都远去了，阳光照在空旷的村庄里，时间似乎也静止了。再也没有新生命的到来提醒村庄时间向前的脚步，只有当山上的杂草一岁一枯荣，才能使村庄感觉到时间的流淌。

山里当然有山里的好，山外当然也有山外的好，至少出去的人没有再回来的想法。而对于老建来说，他还是觉得山里更适合他，空旷寂寥，更像他的一生。

"爸爸——"

老建打了个激灵，吓了一大跳。孩子不知什么时候从厨房里出来，静悄悄站在他身后，两只手捏着两块嫩绿的南瓜块，嘴巴还在吞咽着。

"回饭桌去吃！吃饭应该在饭桌上，只有要饭的才走着吃。"老建抓住他的后衣领，孩子立刻两脚悬空，被他拎回饭桌边。

玉米粥孩子一口没吃，那碟嫩南瓜块空了。

这样的天气，能上山顶就好了！老建想着，他瞧在院子里撵鸡的孩子，叹了口气。他为什么老叫爸爸？妈妈不会叫吗？没有爷爷奶奶？他和谁来莫纳镇？真是个顶讨厌的傻瓜。英吉利更讨厌，孩子又不是猫狗，哪里能顺手捡来，太不像话了。

老建戴上斗笠，打算到玉米地去瞧瞧地里的雨水排干没有。得想办法排掉涝在地里的积水。小傻瓜趔趔趄趄跟着，脑袋顶着白花花的阳光。老建要把他留在家里，并在院里撒了很多玉米，把散落的鸡全都召集回来。孩子兴奋得直尖叫。但看见老建朝院子下走去，他立刻撇下聒噪的鸡群，追随老建。

"别老朝水洼踩！"老建呵斥他，傻瓜吓了一跳，一屁股结结实实坐在水洼里。老建很绝望地捶自己的头。

"站起来！"他几乎咆哮。

孩子艰难地挣扎着，抬起半身，又结结实实坐回去。老建无奈，拽住他的胳膊把他从水洼里拉出来。

"你到底是个什么？啊？你到底是怎么回事？这不是你的祖国，你来这里干什么？"老建骂骂咧咧，拉住小傻瓜的手走，避免他再次摔到水洼里。孩子的裤子又湿又脏，突出来的小额头上冒出细密的汗水。路过一丛茂密的旱荷花，老建顺手拧下一片阔大的叶子，把杆子塞进孩子手里。

"拿着！"他说，绝望得像面对一团他无法解决的大麻烦。其实他对孩子并不陌生，弟弟那两个女娃娃，五岁之前多半时候都在老建家里度过，他知道怎么哄孩子，讨孩子们的欢心。但这个长一双斗鸡眼的傻瓜，还是个越南崽子，哄他？还是让他见鬼去吧。

小傻瓜快活起来，举着这把阔大的绿油油的雨伞，两只斗鸡眼充满笑意，他倒是自在了。

到了水柜边，老建把孩子的衣裤扒下来，孩子赤条条站在阳光下，他瞧着孩子两腿之间的小家伙，盯着，盯着，心里一阵悲怆，拉住吊在水柜上的塑料软管，用力一吸，一股清凉的水柱倾泻而出。他把水淋到孩子身上，冲洗他小小的身子。

孩子并不惧怕水，舒适的清凉让他大声尖叫起来。

"爸爸——"他兴奋地表达他的快活。

"你这猴崽子，老子还得伺候你了！保不准我火气一上来就把你扔进水柜里。"老建火气又上来了，一下子把水柱兜到孩子的头上，孩子哇地大叫起来，急忙闭上斗鸡眼，两条湿淋淋的手臂紧紧抱住老建的大腿。

"站好！"老建把那两条小胳膊掰开，拎着他的胳膊推离自己。

孩子立刻直挺挺站着，两只小手掌捂住双眼，水从他的头上倾泻下来。老建用一条木棍支好水管，让水一直淋在孩子身上。然后转身下了田埂，钻进茂密的玉米地里。在玉米地深处，他透过浓密的叶子瞧那孩子。

傻瓜一直捂住双眼站在水柱下。真是个呆子！老建嘟哝，朝地的另一头走过去。他在玉米根下套种了十窝南瓜。吃瓜苗的月份已经过去了，现在正是吃南瓜的时候，南瓜结了不少比拳头大的嫩瓜仔，在玉米根下到处滚。老建摘掉不少南瓜叶子，以便南瓜仔得到更多的养分。他打算集日时背去卖。一篓子，二十斤该有的。一年四季他的地里总是有些东西可以卖掉，换一些油盐钱。老建的母亲还健在时，在家务活和农活儿上不厌其烦地教他，他甚至连缝补都会。老建的父亲是个手艺相当好的木匠，想把一手绝活儿教给两个儿子，但老建对木工活儿不感兴趣，这让老父亲很伤心。老建和弟弟，一个擅长种地，一个只会木工活儿，弟弟甚至连套牛耕地都不会，他家的地总是由老建帮忙耕犁。

母亲在地里忙活，告诉老建春播秋收，人不欺地地不欺人。她在一年四季的耕种中日渐衰老，跟着种地的儿子也不年轻了，她是有疑虑的。她坐在田埂上休息时，对地里忙活的儿子发愣。她喜欢洛，那姑娘性子好，面相和善，她早就看出儿子对洛的情愫了。洛讨夫婿后，老母亲又托人陆陆续续给他介绍过几个外村的品性和相貌都不错的人，儿子连面都不肯见。她早早打下一对银手镯，两个儿媳妇每人一个。老建的那一个，母亲临终前遗憾地留给了他。洛的上门夫婿三年前去世后，他把手镯送去重新锻打，给了洛……

"爸爸——"

叫喊声从茂密的玉米地传来，老建正在摘玉米地后面菜地里的青瓜。青瓜长得不错，他只种了三窝，竹条子搭的瓜架子，青瓜差不多把架子都压趴了。这东西生吃也能管饱，蘸一点蜂蜜更好吃。今年春天时，他在竹林里寻得一窝蜜蜂，给弟弟带去一瓶，给洛一瓶，洛不要，他留下了。

"爸爸——"

傻瓜又在叫了。老建忽然心酸起来，他本该也有娃娃这么叫他的，他本该和洛有一堆儿女的，他本该也有男耕女织的生活的，他和洛本该在柴米油盐的时光里一起衰老掉的。这都是人生最基本的东西，然而他什么都没有。

"爸爸——"叫声里夹杂哭声，然后哭声传来。老建听那哭声一点一点移动，哭声离开水柜，很快，他就看见孩子赤条条地出现在往家里去的碎石路上，他边走边哭，在阳光下挪动小小的身子，小小的手臂拖着那把巨大的荷叶伞。

"爸——爸——"哭声回荡在空旷的村庄里，孩子趔趔趄趄走在炙热的阳光下。

"嗨！"老建心里像被什么东西激烈地撞了一下，忽地站起来，振臂朝孩子喊一声。哭声立刻戛然而止，小傻瓜顺着喊声转过身，当他看见老建站在离他不远的玉米地后面时，他呆呆站了片刻，似乎正在吃力辨认，然后哭声又一点点响起来。孩子一下子跳下小路，扑进长满杂草的荒地里，杂草淹没了他半个身子，他跌跌撞撞朝老建寻过去。

"爸爸——啊——"傻瓜打着哭嗝，上气不接下气。

老建跨进杂草地里，双手掐住孩子的腋窝，"真是个磨人的东西。"他朝孩子嘟哝，把孩子从杂草里提起来。孩子张大嘴巴，声嘶力竭地哭，窄窄的脸涨得通红，两只斗鸡眼糊满泪水，哭得一抽一抽的。

"好了，好了，我在这里。"老建把他放在玉米下的阴凉处，塞给他一条青瓜。孩子拿着青瓜，眼巴巴盯住老建，小脸蛋绷得紧紧的，眼珠不错地盯住老建。

"好了，我们去玩水！"老建劝孩子，他用一根瓜藤绑住几条青瓜，把孩子一把夹在胳膊下，穿过茂密的玉米地。

水柜上的水管还在流水，老建放下孩子，抓着水管往他身上淋水，孩子渐渐停止了哭，捏着一条青瓜站在水管下。

"爸爸——"他叫起来。

"拿着。"老建把水管塞到孩子手里，让他拿着自己淋水，孩子立刻扔下水管和青瓜，一把抱住老建的大腿，又凄惨地哭起来。

"好了，好了，我在这里，我得帮你把这身衣服洗洗，你听明白吗？洗洗。"他指指地上的衣服。孩子的哭声立刻弱下去，蹲下小小的身子，边哭边开始手忙脚乱地搓洗他那几件小衣服。

老建瞠目结舌。

"我来洗！"老建说，他料定这孩子在成长中一定吃了不少苦头，这让他心里涌起一股奇怪的难受滋味。小傻瓜敏感，懂事，充满被人遗弃的惊恐，像只可怜的小狗。

老建再次把青瓜和水管塞到孩子手里，就着从孩子脚边流下来的水搓洗他的两件衣服。孩子瞪大一双斗鸡眼，把老建整个人结结实实看住了，小心翼翼咬着青瓜。

"好吃吧，小崽子？"老建问他。孩子只是瞪着他。呃，真是个傻瓜。老建很快把衣服洗好，从水柜边的一丛旱荷花下摸出一块香皂。

"闭上眼睛！"他打算给孩子好好洗洗。这句孩子没听懂，一双斗鸡眼瞪得圆溜溜的。老建只好作罢，往孩子身上打香皂，用他的衣服擦洗他的小脑袋。

半夜的雷声又把老建惊醒了，接着雨便在黑夜里急促而来，响亮敲打在屋顶的瓦片上。老建在黑暗中起身，靠在床栏杆上，孩子在他的脚边睡着了。他不允许孩子和他并头睡。夜里他伸一伸脚，碰到孩子温软的小身体。孩子睡得很安静，偶尔在梦中发出一声稚嫩的叹息。

雨又来了，他总是在有雨的夜里深陷无边的痛楚。那场雨水，浇冷了老建漫长的大半生。

五

冲锋号在傍晚的雨中嘹亮吹响，战争的灾难之火烧向那个宁静的村庄。

从中午开始，他们一直匍匐在村外的一座缓坡上。满坡的芭蕉，是种植的芭蕉，而不是野生的，周围那片连绵的土坡上有规整的田埂，应该是属于缓坡下那个村庄的。虽然才是早春二月，但芭蕉叶碧绿，老掉的黄叶子被砍掉了，堆在芭蕉根下。已经有芭蕉开始结硕大的紫色坠子了，像个巨型玉米棒子似的从芭蕉树的顶端冒出来。六七月份，五六十斤重的芭蕉坠子会把芭蕉树压得弯了腰。越南北部盛产芭蕉，在边境线上，好些中国的村庄也种植芭蕉，它们像粮食一样能养活人。

宁静的村庄也传出枪声，可以看见穿土黄色军装的越南兵在简陋的村庄里上蹿下跳，边打边往村庄另外一侧的山坡坳口退去。

交锋的时间并不长，越方的枪声被迫撤出村庄，村庄在短暂的时间内拿下。

天空慢慢变暗下来，枪声变得稀少了，雨却渐渐大起来。队伍得到消息，要在这个村庄里休整。整整一天，饥寒使得整个队伍疲惫不堪。一场战火后，村庄变得破败且凌乱。老建钻进一间木板搭起来的破棚子里，紧张和寒冷使他像害了寒热病般不断哆嗦。

雨越下越大。

棚子不大，在一个角落堆着一大堆长短不一的木板，另一个角落堆放农具，三把锄头，两个竹篾筐子，一根扁担竖放在筐里，一头靠在木板棚墙壁上。木板墙缝里插着三把镰刀。一把断了柄、刃口生锈的斧头散落在筐子边的地上。老建匆匆扫了一眼棚子，脱下身上的衣服。他想拧一拧，衣服全湿透了。他光着膀子朝那堆木板走去，衣服得晾一下。木板堆和棚子墙壁之间有一个豁口，老建靠近那个夹缝，一阵母鸡惊慌的叫声从夹缝里传出来，接着飞奔出来一只褐色的母鸡，老建吓了一跳，手上的湿衣服落到地上，他光着膀子站着。

幽暗的夹缝里有一个人，一个穿淡蓝色花衣花裤的年轻女人，一条辫子搭在胸前，瑟缩成一团，惊恐地望着老建。老建立刻判断出她是村民，但她为什么不跟村民转移？为一只母鸡？

老建一时不知道该怎么处理眼前的事情，报告是必须的，可有什么东西在心里阻拦他。

村民，她是村民，不是吗？村民和战争有什么关系？他想着，朝那幽暗的夹缝靠近一步。他可以轻声对她说点儿什么，她可以不必那么紧张，只要她不出声，也许什么事情都没发生过，他什么也没看见。不料年轻女人忽然迅速从角落里扑出来，伸手猛地攥住他的下身。一阵剧痛从大腿根处强烈袭来，强烈的疼痛使得老建浑身刹那间绷紧，两个膝盖一软，跪到潮湿的地上。

"放开！"老建龇牙咧嘴，两片嘴唇艰难地挪动，他甚至听不到自己发出的声音。下身剧烈的疼痛在加强，饥寒和疼痛终于使他慢慢软了下来，眼前渐渐发黑。

老建醒来时，几个人围在他身边，是自己人。

"怎么回事？不中弹不流血的？"大家有些疑惑。

老建依然感到钻心的疼痛盘踞在体内，他挣扎着动了一下身体，剧痛从两腿间弥漫上来，疼痛使他剧烈地颤抖了一下。

"没事，只是有点儿，累。"老建说，每句话都被疼痛牵扯。女人早已无影无踪。

老建一连尿了几天血，每走一步路都痛出一身冷汗。十五天后，战争结束了，从莫纳镇口岸回到祖国，他感叹捡回一条命，然而另外一种不幸悄无声息地降临了。这位历经生死有着旺盛生命力的战士，站在恋人面前，再也无法拥有甜蜜而又痛苦的坚硬了。

有时候他回想，也许他不应该脱下湿漉漉的衣服而光着膀子走向那个幽暗的夹缝，那个傍晚老天爷不该下雨打湿了他们，最可恨的是，为什么要发生战争？

岁月静静流淌，没有战争的漫长岁月，老建再也不是原来的老建了，原来的老建永远留在那场战争里，留在那个下雨的湿漉漉的异国傍晚里。

老建在半夜的雨中陷入无边的痛苦，他不再是白天的他，这个老建是脆弱的，无助的，破碎的，他需要一个温暖的怀抱，需要一只温暖的手，安抚他孤寂的无处安放的悲伤灵魂。他靠着床栏杆，垂着头坐在黑暗中。黑暗带来的无助是更深的无助，黑暗带来的悲伤是更厚重的悲伤。老建无法自拔，强烈的疼痛烙印在他的记忆里。

一只温软的小手轻轻碰触到他的脚踝。

"爸爸——"黑暗中传来孩子小心翼翼的呢喃。

孩子移动小小的身子靠近老建，他闻到孩子身上散发的温暖气息。他靠着老建，小身体随着呼吸轻轻颤动。老建伸出一只手臂，手掌盖在孩子小小的额头上。

"爸爸——"孩子又叫了一声。老建模模糊糊地答应，孩子很快就靠着他睡过去了，小小的呼吸声平稳传来。老建在黑暗中挨着孩子躺下了。温暖的小身躯很快让老建从无法自持的伤痛记忆里走出来，睡眠在黑暗中渐渐来临。

莫纳镇的集日很拥挤，靠近口岸右手边是莫纳镇旧中学，因为离边境线实在太近，几年前搬迁了，中学的操场便成为越南人集中交易的市场。来莫纳镇做生意的全是穿长衣长裤的越南女人，尖顶斗笠压得很低，盖住她们的眉眼。她们大多会操持温软的普通话，不很流利，但不妨碍交流。这主要是针对从中国内地去做口岸生意的各种生意人。她们会辨别，碰到本镇人以及边境线上的中国边民，她们便转换成土话，彼此都听得懂。越南人带着芳香的黑咖啡、甜腻的炼奶、硕大的火腿肠、棕色的椰子糖、木拖鞋等越南特产来赶集，大宗的交易则是越南药材和木料，一吨一吨进入中国口岸，来到中国市场。这些大宗生意主要是国内各地老板经营的，而中国诸如牙膏、肥皂等日用品则是越南人喜欢的。

阳光很好，明亮柔和，晨风中夹带越南咖啡略带点儿煳味的醇香，这是莫纳镇集市上的特殊气息，整个莫纳镇几乎被做小本生意的越南女人占领了。集市很早就开始热闹起来，午后就差不多结束了。乡镇的集市成得早，散得也早。

老建背着竹篾背篓，让孩子坐在背篓里。小傻瓜擎着一个煮熟的玉米棒子，斗鸡眼圆瞪那些来往的过路人。

"爸爸——"他拍打老建的肩膀，很兴奋。对于即将要做的事情，老建觉得有点儿不靠谱，可这孩子实在跟他没半点儿关系，尤其还是个越南崽子。

"不要叫我爸爸!"他呵斥孩子,他已经多次这样呵斥孩子了,然而傻瓜只认得吃的,什么都听不进去。

老建穿过拥挤的集市,尽量贴着街边走,他担心在集市上碰见熟人。他的背篓里装着一个越南孩子,这让老建无法解释。

进入中学的旧大门,老建开始有点儿紧张。偌大的操场上乱糟糟的,到处都是小摊子,一张防水布铺在地上,摆上商品,就是一个摊子。年轻的越南女人盘腿坐在塑料布上,热切地瞧来往的行人。本镇子的人很少进入这里,他们对于越南人和越南商品早已熟视无睹。进入旧操场这个交易市场的大都是来自附近乡镇和从县城里来的人。他们从这里盘越南货,带到自己的乡镇或县城去卖,赚取中间差价。

操场的西北角有一棵硕大的小叶榕,那里的摊子比较少,老建打算在那里撇下傻瓜。他沿着旧中学的围墙走,绕开人多的操场。

"听着,我可没欠你什么,什么都不欠你,这几天老子没亏待你,尽你吃尽你喝,老子对你够客气了,你从哪儿来回到哪儿去吧,这不是你的国家,回去让你的国家抚养你!"老建低声自言自语。没什么人注意他,今天运气真不错,甚至在集市上也没碰见一个熟人,以往总会碰见搬到新村的村里人,他们就住在镇子边上,隔着一个山口,在那里可以听见集市上的喧闹声。

爸爸! 这个傻瓜怎么能这样称呼他,两片嘴唇一碰就把这个神圣的称呼给了他。这是一个梦,对于绝大部分男人来说,是一个再普通不过、也容易实现的梦,然而对于老建来说,只能永远是个不可触及的空梦。

老建难过起来。

来到小叶榕下,他背着傻瓜站在树下东张西望了一会儿。很好,操场上的人们只顾眼前的生意,没什么人注意到这边。他放下背篓,把傻瓜从背篓里拎起来。他的玉米棒子啃得差不多了,胃口挺好,傻吃傻喝的。站到地上,眼前热闹纷乱的人群让傻瓜发慌了,一下子抓住老建的裤腿。

"放开!"老建呵斥他,从布袋里掏出一串黄澄澄的黄皮果。

傻瓜果然放开了,斗鸡眼瞪着老建手里的吃货。

一大串黄皮果,用草藤子扎着。老建把黄皮果塞到孩子手里。英吉利给的那包零食也放在孩子的脚边了。孩子立刻扔掉玉米棒子,扯着黄皮果吃起来。

"真是个小混蛋!"老建把玉米棒子捡起来,扔进背篓里。孩子只顾埋头吃。老建环顾四周,没什么人注意他们。他飞快拎起背篓,瞧了一眼傻瓜,他的目光落在孩子细瘦的脖颈上,这小脖颈让老建心里有些难受,很快,他便将那缕难受的滋味甩掉了。难受? 他有资格为谁难受? 他大半辈子的难受又有谁体谅? 洛体谅他,洛是知道的,她知道一切,但她还不是撇下他结婚生儿育女去了。他的难受只有漫长的岁月懂,只有一个个孤寂的黑夜懂,只有他自己那颗孤独的心懂。

老建碰了碰傻瓜的脑袋,那脑袋并不圆,后脑勺突出,前额也突出,唉,怎么长这副样子?! 傻瓜不断揪黄皮果吃,他居然也能吐出不能吃的果核,而且专门揪大颗的吃。

你是真傻还是假傻? 老建叹了口气。

傻瓜抬头飞快看他一眼。

"爸爸——"他含糊叫一声。

"吃吧!"老建轻声说,心里有什么东西撞了他一下。傻瓜又埋着脑袋吃起来,小嘴里不断吐出绿色的果核。老建慢慢挪到傻瓜身后,一闪身转到榕树背后,急匆匆朝学校的后门走去,很快融入人群里。

好了,我们就此告别吧,误打误撞相识几天,就此结束吧,没什么可说的了。

老建背着背篓,心里默念着,朝集市中心走去。他打算买几斤煤油,点灯的煤油快用完了。新村有电,米再也不用磨盘磨了,当然也不需要再点煤油灯,弟弟家还买了电视机,老建一去,他便打开电视机,指着电视新闻告诉他这是党的总书记,那是国家总理。他在弟弟脸上看到神气和满足,也察觉到弟弟的优越感。不过他一点儿也不责怪他,他希望弟弟能过得好。打火机也需要买几个。如今的打火机弄得越来越假了,以前他的父亲有个白色的铝壳打火机,装的是白色的如芝麻粒大小的火石,可不是如今的气体打火机。老打火机耐用,装一颗火石能用很久。父亲并不抽烟,但他习惯在身上带一只打火机,从外村赶木工活儿回来晚时,在山路上点燃一把火把。在山里人心中,火不仅能烧饭,火代表吉祥,火能辟邪,能驱散黑暗中看得见和看不见的不祥之物,火到之处,万物安详,人心安宁。

打火机、煤油、盐巴,或许还需要一双防水长筒胶鞋,眼下正是雨水季节,进出两腿泥水,很不方便。老郭是不是已经替他从县城买回虎骨油了? 那是一种抹关节的祛湿消炎药液,云南产的。眼下雨水多,湿气大,洛的膝盖关节炎又该犯了,那油对她的关节炎管用,就是味儿大。她的身板还好,除了关节炎,其他没什么毛病。她今年六十一了,他比她大四个月,但她看起来还显得很年轻。她常年用艾草烧水洗头,不知道是不是这个原因让她的头发至今还乌黑,她的身上总是有一股淡淡的艾草的清香,这个女人呐……

老建走在集市上,竭力想一些事情,但一直到了街尾,该买的东西都没买,那些想的事情只是在他的脑海里一飘而过,他的心神并不在上面。

也许那傻孩子……他心神不宁地琢磨,活了大半辈子,做下这么一件拧巴的事情。可这孩子实在是跟他没关系呀。

他又从街尾折回来。赶集的人越来越多,做边贸生意的外地货车缓慢穿梭在街道上,像个巨无霸。早先的莫纳镇街道很窄小,房子也是古老的木板房子,双边关系缓和后,边贸市场也开放了,进出口生意开始红火起来,为了树立良好的国门形象,政府给镇上的居民部分补贴,居民自筹部分,按照政府规划统一建起楼房,街道也拓宽了。莫纳镇摇身一变,成为一个有潮流气息的边防小镇,街上穿梭着戴尖顶斗笠和穿花衣衫木拖鞋的越南女人,异国情调也出来了。虽然只是个乡镇,但镇上的商店却有一个个响亮阔气的招牌：国际美发店、跨国五金店、中国早餐店、双边粮油店……

老建在街上一路买打火机、煤油、盐巴、防水胶鞋，虎骨油没买到，老郭说县里的药店也缺货了。他只好买了两瓶去湿气的药酒。一想到酒，老建忍不住笑起来，洛还是有点儿酒量的，山里的女人大多能喝两口。山里日子过得艰苦，田地全挂在山腰上，出门尽是爬山，晚上喝上两口玉米酿的农家酒，能解乏，夫妻对饮也是种乐趣，像石头一样嶙峋的山里人的日子，就只剩下这点儿乐趣了。

洛每次进山来看他，时间不紧，她会下厨房弄两个菜，和老建喝上两杯。玉米酒度数低，半斤八两对洛来说不是问题。两人把饭桌支在宽敞的堂屋里，屋门打开，凉爽的山风穿堂而过，洛给老建夹菜，碰杯，小口饮酒，脸上是驳杂的漫长岁月赋予的宁静微笑，一低头一抬头的端庄，老建喝着喝着就喝出了帝王心。当帝王也不过如此，有菜有酒有知心的女人，还有这片只属于他的阔大天地，夫复何求？只是到了洛要出山的时候，醇冽的玉米酒就浇出了满腹愁绪。她等他，等他说。他也知道她在等他一句话，然而他什么都没说。人生快要到尽头了，葱茏的年轻岁月都过去了，那一句话历尽风吹雨打，已经不重要了。

洛在夕阳下出山，身影渐渐模糊在小路那一头，他有一种安详，也有一种欲哭无泪感……

是不是就此回去？老建站在回山里去的岔路，没怎么踌躇，他便越过了岔路口。他必须去瞧一瞧，瞧一眼会让他更踏实，唉。

天空忽地暗下来，说变就变，阳光也退去了。这些短命的光！老建嘟哝起来，今天早上出来得急，也因为要做这么一件事，遮身的雨披也忘记带了。

一进入旧中学大门，果然，学校操场西北角落的小叶榕下围满了人，隐隐的哭声从嘈杂中传来。就看看，就看一眼。老建说服自己，越过操场上那些越南地摊，很快站在人群外。

傻瓜在哭，一双斗鸡眼糊满泪水，小脸哭得通红。黄皮果还在他的手里，脚边那袋零食却不见了。

"爸爸——啊——"他抽抽搭搭叫着。

"越南崽子！"人群里有人说。

"瞧那双斗鸡眼，八成是个傻子。"

"嘿，这不是上集那娃娃吗？那天他也在这里哭，那双眼睛，没错，是他。"

"穿得还干净，八成是和父母走失了。"

"能两集都走失？我看多半是被扔掉了，这帮猴子！"

一个年轻人从人群中走出来，蹲在孩子面前，"说，你是跟谁来的？"他问，食指弹了一下孩子的脑袋。

"爸爸——"孩子冲他叫了一声，人群哄笑起来。

小青年尴尬了，伸手拍了拍他的脑袋，"谁是你爸爸？老子连老婆都没讨。"又拧了一下孩子的腮帮，显然是下了劲儿的，孩子的哭声变得又高又尖。

两个镇上的孩子上前夺他的黄皮果，孩子的哭声戛然而止，把抓着黄皮果的那只手藏到背后。镇上的孩子推了他一把，傻瓜跌坐到地上，黄皮果也落地了，他睁着一双斗鸡眼干巴巴地看着黄皮果被夺走，泪水还挂在他的脸上。

"喏，真是个傻子，东西被夺走了也不哭。"

那两个夺走黄皮果的孩子也不吃，一颗颗扯下来朝傻瓜扔去。黄皮果打到他的脸上，额头上。

"爸爸——呀——"孩子又哭起来。

老建站在人群外，狠狠心，转了身。

"那边有个娃娃，是你们那边的人，可能走丢了。"他走进摆满摊子的操场，在一个卖咖啡和炼奶的越南女人跟前蹲下来，摆弄塑料布上的炼奶罐。那上面全是越南语，他一句也不认得。

"表哥，我自己的孩子也没人看呢，我哪里管得了别人。"越南女人说。

"是你们那边的人。"老建说。

"我管不了，管不过来呀。"越南女人重复。

"不知孩子的父母哪里去了。"老建觉得应该让她明白，这样扔下孩子是不对的。

"这种事情多了，管不了呀。"她说，黑红的脸上渗着汗水。

"孩子很可怜的。"老建拿起一罐越南炼奶。

"拿罐炼奶吧，表哥，很甜的，兑咖啡喝，真的很好。"越南女人已经把注意力完全转移到生意上了。她盘腿坐在塑料布上，脚上那双淡蓝色尼龙袜破了几个洞，有一根脚趾从破洞里钻出来。老建欲言又止，罢了。他把炼奶罐放回摊子，站起来。

又回到人群后，傻瓜还坐在地上哭，脚上的鞋子脱了一只，他捉住那只脱落的鞋子，哭得小脸蛋红通通的，额头上全是汗水。

"那爹妈真不像话，娃又不是只猫狗，说扔就扔。"

"越南崽子，你操哪门子心？"

"瞧你这话说的，哪里的崽子不是崽子。"

"呵，你好心眼，去，带回家去养。"

"我好心眼就该帮别人养娃娃了？我养得过来吗？"

"那你是光嘴皮子上同情嘛。"

"抬杠是不是？抬杠也不是这么抬吧？——喂，你俩干什么？"

那两个镇上的娃娃又去夺傻瓜那只鞋，傻瓜坐在地上踢蹬两只脚，另外一只鞋也脱落了，两个娃娃捡起那只鞋就钻出人群，傻瓜哭着慌忙站起来，面对围观的人群却不敢跑出去追，只上气不接下气地站着哭，"爸爸——呀。"他叫起来。

老建再也站不住了，一手一个捉住那两个抢了鞋子的娃娃。

"把鞋子给老子拿回去！"他呵斥两个娃娃，推着他们俩钻进人群，站到傻瓜跟前。

"爸爸——呀。"傻瓜尖声叫起来。

两个娃娃把手里的鞋子朝傻瓜身上扔，趁着老建松手，他们慌忙钻出人群跑掉了。

"喏，娃娃的爹来了。"

"瞎说，那是百大村的老建，他一辈子都没结婚，哪里来的娃娃?"

"不结婚就没有娃娃了?"

"闭上你的臭嘴吧! 人家可是上过战场打过越南的，那时你还不知道你爸在哪里呢。乱说话小心闪了舌头。"

"打过越南? 那是什么时候的事情? 这老家伙知道这是越南崽吗?"

"无知的，1979年打的越南，你书都读到狗肚子去了。"

"你这人，问问都不行，我又不是神，什么都懂。"

"我问你，你是不是莫纳镇的人? 是莫纳镇的人就该知道1979年打越南的事。"

……

"爸爸——"傻瓜看见老建，一把抱住老建的腿，泪痕斑斑的小脸蛋扎进老建的裤腿里。

"好了，好了。"老建捡起那两只鞋子，蹲下来帮孩子穿上。

"有谁知道这娃娃的来历吗?"老建冲着围观的人群问。

"上集他就在这里哭了，后来不知去了哪里。这娃有点儿傻，冲谁都叫爸爸。"人群里有人答道。

"明显的，这傻瓜是被扔在这里了。前两年就发生过这样的事情，不过那是个女娃娃，右脚萎了，小儿麻痹症，上梁村的一对夫妻捡去养了。"

"这帮猴子，只晓得张开大腿生，不好了就扔到我们这边来，良心灭了，天杀的。"

"好了，别哭了。"老建帮孩子擦掉脑门上的汗水，孩子一抽一抽地打着哭嗝，两只小手捉住他的裤腿。

"把他送到口岸，口岸会联系那边人的，他们应该管这些。这算不算国际事件? 算吧，那他们应该管。"

"对，送去口岸。"

"啧，瞧你们说的，口岸又不是慈善机构，还管这个。"

……

老建低头看傻瓜，他已经不哭了，依偎在他的腿上。他发现给孩子穿错了鞋，右脚的穿在左脚上了，又蹲下来帮孩子正好鞋。一时没了主意，在小叶榕下坐下，孩子靠着他也坐下了。

天空更阴暗了，乌云黑沉沉地压在头顶上。

"都散去吧，都散去吧，一个孩子，没什么好瞧的，这事我来解决，各位都走吧!"老建朝围观的人群挥挥手。

雨开始落下来，人们渐渐散了。操场上摆摊子的越南女人们手忙脚乱收拾摊子。无风，只是下雨，这种雨往往不会下太久，一阵一阵的，冷不丁就下了，一天能下好几场。

雨不大，小叶榕下倒是干爽，炒豆子似的雨穿不透层层叠叠的树叶。老建站起来。

"爸爸。"孩子惊恐地叫一声。

他只好又坐下。

"坐下吧，坐下。"他拍拍身边，对孩子说。

孩子挨着他坐下了，干后的泪水在他的小脸上留下一条条痕迹。

"你叫什么？嗯？你知道你叫什么吗？"老建问孩子，爆炸头英吉利叫他呆呆，他不可能叫呆呆。英吉利肯定瞧着他是个傻子，顺口就浑叫了。

孩子的斗鸡眼盯着老建，一只小手牵住他右手的拇指。小手柔软，凉爽，一股细小而又无法抗拒的力量从那几根小手指传递到老建身上。

"哎，连个名都不知道，怎么弄的。"老建愁起来。雨越下越大，雨滴透过小叶榕响亮地滴落到地上 。一老一小在榕树下坐着，榕树身粗大，身上满是疙瘩，树下的落叶黑乎乎地在地上铺了一层。雨一直在下，一老一小的，在昏暗的榕树下生生坐出相依为命的模样。一直到临近中午，这场不大不小的雨才算过去，天空并不透亮，一片灰白。

"走吧！"老建站起来。孩子似乎在打瞌睡，忽然惊醒似的睁圆斗鸡眼，踉踉跄跄跟随老建走出小叶榕下。

操场满是一摊摊积水，越南的女商贩们带着她们的货物躲在旧教室的廊檐下，看来是摆不成摊了。傻瓜又兴奋地往积水里蹚，鞋子很快就湿了。老建不再呵斥他。站在教室廊檐下的越南女人们静静瞧着一老一小走过操场，那孩子蹚在水里兴奋尖叫着，她们都知道他在叫些什么。

街上湿漉漉的，湿润的空气里弥漫一股当归味道，这是从口岸边的中越药材交易市场飘散过来的。从越南进口的药材，不仅有当归，还有田七、天麻、葛根、金银花等，小山似的堆在交易市场的铁皮棚子里。来往于莫纳镇的外地货车大都是做药材生意的，一车车运往内地的城市。

老建花五块钱给傻瓜买了一个拳头大的糯米团，从街道拐上岔路，走上回山里的路。路是碎石路，湿漉漉的，并不滑，老建让孩子自己走。孩子小，背着走三里山路还是相当费劲的。

英吉利可真有本事，吊儿郎当的人居然也能把这傻瓜弄到他那里。

"怎么办，你说你？"老建边走边和孩子说话。

"爸爸！"孩子口里含着吃食，两条小短腿踉踉跄跄地跟上老建。

除了爸爸、屙、吃和莫名其妙的尖叫，这傻瓜再也不会别的话了。但他能领会别人的话，你指一指凳子，他会把躺倒的凳子扶起来，或把凳子搬来给你。孩子不是全犯傻，脑袋还是有一点儿清醒的，可能只是在说话方面有障碍，用心教一教或许能成半个正常人。

可这和他有什么关系？

老建闷声不响，只顾走着，一回头，傻瓜远远落在他后面，正在奋力追着他的背影奔跑，扑地摔倒在路边满是雨水的杂草上，又迅速爬起来。老建只好停下来等他，这回他让孩子走在前面。但傻瓜无论如何也不肯，推他走，也不肯，一双斗鸡眼恐惧地瞪着他。老建忽然明白，傻瓜走在前面，就看不见他了，他担心老建又消失了，他得让老建在他的斗鸡眼视线之内。

"你哪里是个傻子？你分明精着呢。"老建哭笑不得。

天空又一暗，雨猝不及防就来了。山上有树，可离路边太远了，碎石路两边全是矮小的杂草和裸露的巨大石头，没有可避雨的地方。雨一下，傻瓜就兴奋尖叫起来，在雨中快活得像只鸭子。老建的两个侄女也这样，小时候跟老建，侄女们一哭，他就端一盆水放在院子里给她们玩，这招比什么玩具都管用，孩子们似乎天生喜欢戏水。

实在没什么避雨的地方。老建从背篓里翻出装盐巴的塑料袋套到孩子头上。也不顶用。一老一小湿淋淋地在雨中走着，孩子又摔倒了，这回他没爬起来，直挺挺地扑在地上哭了。

"爸爸——呀。"他叫起来。三里地，走了大半了，也许傻瓜累了。

老建只好把背篓里的东西整理好，把他放进背篓里。他举目瞧着四周，半山坡上一块地里长着一丛旱荷花，立刻奔过去。

"爸爸——呀。"孩子在背篓里跺脚，哭得撕心裂肺的，突然哭声一顿，没了声音，老建回头一看，背篓被他跺得倒在地上了，孩子也扑倒在背篓里，两只小手落在碎石路面上，肯定是摔疼了。

真是个猴崽子！老建嘟哝着，往半坡上爬，傻瓜越发哭得嘹亮了。摘了几张硕大的旱荷花叶子，老建举到脑袋上，雨立刻遮去了，不大不小，正好能遮上半身，雨再大就不顶用了。

老建举着旱荷花叶转下来，孩子立刻不哭了，呜呜咽咽地在背篓里要爬起来。

接着上路，两朵碧绿的大荷叶在雨中的山路上慢慢朝山里挪动。

六

淋雨，傻瓜打了两天喷嚏，清亮的鼻涕直流。老建觉得不要紧，山里的孩子，头疼脑热感冒拉肚子，哪里就用上医院，山里人要这么娇嫩，早就活不成了。小毛病太阳晒一晒，出一身汗，又活蹦乱跳的，山里的孩子都是这么长大的。他到地头挖了一挂鲜嫩的生姜，拍碎了煮水给孩子喝，孩子喝了一口，小脸扭曲起来，哭了，姜汤水从嘴里淌出来。

"喝，喝了才不感冒！喝！"老建把姜汤碗端到他嘴边，傻瓜扭过头去，手推开姜汤碗。老建喝了一口，辣是自然的，肯定辣了，不然哪里能发汗。良药苦口，毕竟还是个孩子，即便不傻也不会喝。老建放了一把红糖，红彤彤的姜汤水，他先喝了一口，甜蜜地咂吧嘴巴，傻瓜也不喝，辣味已经先入为主，他固执地扭着脖子。

老建只好作罢。到了午后，孩子居然发烧了，小猫一样蜷缩在床上，呼出来的气都是热乎乎的。老建着急起来，娃不是自己的娃，出了事担待不起。他出门瞧瞧天空，无风，没有阳光，天空是灰白色的，不像有雨，也不像出太阳。他回了屋里，打算带傻瓜到镇卫生院瞧瞧。若是自己的娃，非捏着鼻子灌不可。他找来背篓，在里面铺了塑料布，一张铺的一张盖的，傻瓜可以稳稳当当待在里面，雨再大也不怕了。也不会有太大的雨，山里其实大雨很少有，老建从来没碰过一场像样的大雨，山里的雨像山里的风一样，一阵阵地来，外边可能是大风大雨，穿越重重叠叠的山来到这里，势头也减弱几分了。往年的雨水可没今年这么多，7月份还没到头呢，还没到下旬呢，把往年一整月的雨都下完了，去年整个7月份就下了五场雨水，玉米长得很好，地也没有涝。就是9月份时又多了几场，去年整个8月份才下两场雨水……

老建把背篓收拾好了，从堂屋下的祠堂柜子里摸出一个腌制酸菜用的罐子，里面有一小扎用橡皮筋扎的散钱，足够给傻瓜瞧感冒了。老建在镇上的信用社还存有些钱，都是长年累月卖山货和鸡鸭积攒下来的，用于瞧病以及以后的身后事备用。他盘算好了，小病小痛可以忍，大一点儿的病可以花钱瞧，大得起不了床吃喝不下的，就交给老天爷了。这和钱没关系，这是山里人祖祖辈辈流传下来的关于生命的观念。人还活着，在山上刨食，人死了往山上一埋，横竖都在这山上了，生死都不可怕。除去这笔备用钱，他一生没什么别的花销，当然他也没多少钱，山里人，怎么勤奋，石头也不会变成钞票，能管饱穿暖就很不错了。余下的闲钱，大都补贴了弟弟。早年两个侄女还读书，需要钱，现在都成家了，弟弟一家没什么负担了。

老建把傻瓜放进背篓里，他的小手热乎乎的，人烧着呢。又觉得该带点吃的去，傻瓜今天没怎么吃饭。于是又把孩子抱出来放回床上，进厨房烧火炖几个鸡蛋。

嗐，折磨人的。他操心起来。这种操心在他的生活里是少有的，平时全是为自己操心，当然，他自己没什么可操心的，粮食就在他看得见的地里，山里人除了粮食，还有什么可操心的。弟弟的两个娃娃，其实也轮不到他操心，操心也只不过是瞎操心。这来历不明的小东西，这操心，让他觉得生活里有了点儿热闹，有了点儿心里牵挂的东西。

他居然叫他爸爸。当然，这个傻瓜可能对任何男人都叫爸爸，在傻瓜的心里，"爸爸"没有意义，那是他毫无理性可言的混乱思维里唯一被记住的符号，仅仅只是一个符号，他并不知道"爸爸"为何物。可那又怎样，老建活了大半辈子，第一次有人叫他爸爸，别人也许不在意，但他在意。

他以为横在心里的坎会像一堵厚实的墙壁一样难以逾越，他以为时间不曾改变一切，他以为伤口一直血肉模糊，他活得太孤单了，这种孤单放大了往事在他心里投下的阴影，他的生活几乎被这种阴影全部覆盖了……

老建把煮好的鸡蛋放进冷水里浸泡，冷却后装进塑料袋里。五个，够了。他看着这几个白皮而圆润的鸡蛋，心里暖了一下。等孩子胃口好起来，可以杀只鸡给他熬鸡汤喝。他站在厨房门口，面对村庄出山去的山路，一个人影从小路的拐弯处移出来。爆炸头？很快就否定了。洛！他终于确认，心里突地跳了一下。她一定会有办法的，山里每个当过母亲的女人，都会无师自通地治疗娃娃们的一些小毛病，这是母亲的天性，也是生活使然。

他快步朝院子靠近小路的那端走去，"洛！"他对人影喊了一声，声音在群山里回荡，送到人影的耳边，人影顿了一下，又继续走。洛淡蓝色的圆领短袖衫渐渐清晰起来，她饱满，结实，像山里长的玉米。她走得不急不缓，很快就进了村子。

等天晴了，路上的杂草得除一除，他看见洛为了绕过路上带刺的野骆驼而轻轻跳着脚。她很快走到院子的石头堤坝下，手里提一个沉甸甸的布袋子。

"要出去？"洛看见他手里那几个鸡蛋。

"你来我就不出去了。"他笑。有一缕头发掉落在她的耳边，这使她看起来有些顽皮。她当姑娘的时候，多么美，这样的一缕头发会让年轻的洛充满慵懒的风情。当母亲的洛也很美，当了母亲后，她长胖了一点儿，饱满结实，像极了风调雨顺之后成熟的玉米棒子。但这和他无关，她当了母亲了，然而不是他让她当上母亲的，她当母亲的美不是他给予的，这是他这辈子最大的遗憾。他最怀念的还是当姑娘时的洛，如今她脸上也爬上了淡淡的皱纹，脸庞也有些松垮了，老建又觉得她本该也就是这样子。不管是什么样子的洛，出现在他面前，都是让他欣喜的洛。

洛上了院子的堤坝，往院子四周瞧了瞧。院子里有鸡，老建两年前就不养鸭子了，这货贪吃，太费粮食，不像鸡，能在草丛里找食喂饱自己。

他接过洛沉甸甸的袋子。

"老张头的玉米酒，三斤！"她说，眼睛却往别处瞧。院子是干净的，雨水洗过的干净。

"这老东西又能动了？"老建欢喜起来。老张头是瓦村人，说到酿酒，在莫纳镇上再也找不出第二个了。他舍得选好玉米，酿的酒口感醇厚，气味芬芳。半斤下去，浑身的血就鲜活了。他喝了他的酒几十年了。年前听说他得了一场病，老建以为他的寿到时候了。山里的老人吃了几十年的玉米，爬了几十年的山，身体一向硬朗，要么不病，要么就该抬上山了。没料到老东西居然又能动了。这半年来，老建一向喝镇上的酒，那酒是从县里贩来的，喝进嘴里，那哪里是酒，咽下去割了喉咙似的，烧是烧够了，但没什么回味，没有酒的味道，像一个人没有了性情，终归无趣。

好了，现在又能喝上了。他目光软软地瞧着眼前的女人，她是真懂他，体贴他。

洛的目光飘飘忽忽的，扫了一遍院子，然后才落在老建的脸上，阳光照在她软软的笑容上。

"今天不是集。"老建从布袋里取出酒瓶，拧开盖子，对着瓶口深深吸气，一股粮食发酵的芬芳扑鼻而入。他不禁赞叹起来。

"我特意去村里买的，他不再挑到镇上了，挑不动了。酿得不多，就买到三斤。"洛说。她朝厨房走去，他跟在她后面，进了厨房，从碗柜里取出碗，倒了小半碗，酒水像雾一样浓白，抿一口，爽滑的口感，他含着，慢慢体会酒味在舌头上一寸寸蔓延，然后才下咽，简直是要人醉了。他望着洛，说不出的满意。

"他们说的可是真的?"洛问他。

"什么?"他问，其实他心里明白，笑起来。

"别跟我装!"她的胳膊肘碰了他一下，神情里有些嗔怪。他心里涌动起一股难以抑制的激情，转而又悲切起来。洛的神情，完全是一个女人对自己男人的神情。

他出了厨房，她跟在他后面，进了堂屋。房间里很透亮，光线从门口和窗子里透进来，一眼就看见躺在床上的孩子。洛站在屋门口，静静瞧床上的孩子。

"感冒了，发热呢，我正想带到镇上瞧瞧，你就来了。"老建坐在床沿上，伸手摸摸孩子的额头。洛依然站在门口。

"进来呀，你总是有办法的。"老建招呼她，洛依旧没动。

"他们说是个越南娃娃?"沉默片刻，洛问。

老建盯住她，目光里带有愧疚。他朝她点点头。

"送到镇政府去，这不关我们的事。"她说，固执地站在门口。她不愿靠近那孩子。

"爸爸——"孩子软耷耷地叫一声。

洛吃了一惊。

"他脑子不太清醒，管谁都叫爸爸。"老建说，握住孩子热乎乎的小手。

"我们够苦的了。"洛说，声音颤颤的。

他明白她的意思，都不再说话了。傻瓜似乎感觉到不祥气息，挪近老建，发烫的小身子热烘烘的。老建要站起来，孩子却抓住他的衣角，斗鸡眼直直瞪门口的洛。

洛转身出屋子。老建把剥了壳的鸡蛋给傻瓜，出来了。

"孩子发热了，你给瞧瞧，有什么办法。"洛坐在屋檐下的竹椅上，屋檐下的阴影和委屈挂在她的脸上。老建蹲在她身边。

"你给瞧瞧，是个娃娃嘛。"老建碰碰她的胳膊。

洛拧了一下身子，一串泪水落下来。她伤心了。老建慌起来，他从未见过她这模样。他听见她哭过。在夜晚的竹林里，月光洒在她年轻圆润的身体上，她靠着他哭，发烫的身体一颤一颤的。白天里的洛总是笑，但老建知道她的泪水留在夜晚里了。

他拉过她的手。她的手厚实，手掌有常年操劳结的茧子，硬硬的一层，结在每根手指根下。

"洛! 你给看看吧，那还是个娃娃。"老建轻声说，他瞧她的眼泪。

"这么多年，太苦了，你还没吃够苦头? 嗯?"洛说，"你若不觉得苦，那就枉费我一片心了，我一直苦……"她的声音像被突然掐断了。

"你知道我的，"老建说，"可那毕竟还是孩子，孩子什么也不知道。"

"我不管，反正都是那边人。"洛倔强地说。

他轻轻抚摸她的手。洛拍掉他的手，站起来。

"我走，我这就走。"她说。

"洛！洛！"老建慌忙拉住她，"我们先把他弄好，弄好再想办法，成不？这个样子，我们怎么弄？你想想，对不对？"

洛瞧了他一眼，显然也在犹豫。

"先把他弄好了！"老建热切地瞧她。

洛低下头，泪水又落下来，老建伸出拇指，快速抹去那泪珠。他见不得她的泪水。

"你尽给自己找苦头吃。"洛叹了口气，转身进了屋。

"是寒感的，淋雨了吧？"洛坐在床边，摸摸孩子的额头，孩子清凉的鼻涕直流。

"是淋雨了，我煮了姜汤，他不喝。"老建说。

"娃娃哪里能乐意喝这个，尽瞎弄，你去挖点姜来。"洛说。

"姜有。"老建说，"今早刚挖的，嫩姜。"

"老姜有吗？"

"没有了。"

"拍碎了，越碎越好，要拍，不能切，火烤热了拿来。"

老建端来一碗热乎乎的碎姜，洛找来纱布，把姜裹上，叫老建脱下孩子的衣服，露出后背。孩子趴在老建的大腿上，露出半个身子。洛将裹着碎姜的纱布在孩子背上使劲擦，直擦到孩子后背发红。又擦了孩子的两个手掌心和脚心。反反复复地擦，酱汁辛辣的味道在空气里弥漫，孩子倒是很安静。

"姜辛辣，能发汗，汗水发出来了，娃身上的寒气也跟着出来了。"她一边忙活一边说。那缕头发又掉下来了，在她的耳边一荡一漾的，他瞧着，忍不住伸出手帮她把那缕头发别到耳后，她抬头看他一眼，软软地笑，醇香的米酒似的笑，恍恍惚惚的，老建醉了一般。

"爸爸——"孩子哼哼起来。

老建飞快地看洛一眼，有些难为情。

洛哼地笑起来，不再绷着脸。

"我知道你为什么上心，都是这爸爸叫的。"她把他给看穿了。

两个人顿时又有些伤心起来。

"今天你陪我喝两口，这么好的酒，得喝两口，我弄只鸡，也煮些汤给娃娃喝。"老建说，声音尽是对孩子说话时的怜爱，这个女人始终在他心里最柔软的地方，一辈子了。

"我是托傻瓜的福了。"洛说，埋怨似的。

"你还吃上醋了！"老建笑起来。

"我吃他的醋?!"她朝孩子的屁股拍了一巴掌。

擦得舒坦了，孩子又迷迷糊糊睡过去。

酒菜弄好时，也已接近傍晚，太阳这时才朦朦胧胧地出来了，像熟透的柿子一样红，整片山坳宁静柔和，草木葱茏，虫在草丛里鸣叫，一阵风来，草窸窸窣窣响，衬得这个古老的村庄越发宁静肃穆。人是离开了，可时光并不忘记这个村庄，它在暗中蓬勃着。两个人在厨房里忙活，饭桌上摆上了炖鸡，鸡汤晶亮芳香，洛放了点儿百部。她在竹排山下挖来的，一种草药的根，白嫩嫩的，像人参一样长着根须。百部是清凉补，适合在潮湿而闷热的夏季进食。青菜是炒瓜苗，还有一碟青瓜炒西红柿。饭菜上桌了，三个碗，一只碗里盛半碗鸡汤，还有一只肥嫩的鸡腿。

孩子出了一身汗水，衣服湿透了，烧退了不少，鼻涕也止住了。洛换下他的衣服，又用热碎姜擦了一遍身子，她用一张薄被单包住孩子，把孩子抱到饭桌前。

老建正在往碗里倒酒，饭桌边的女人和孩子让他恍惚起来，酒就溢出碗外。

"得缝两身衣服。"洛说，孩子安静地趴在她怀里，眼皮耷拉着。

"你给缝。"老建说。

他自斟自饮起来，洛给孩子喂鸡汤。孩子让她变了一个样子，老建从没见过的样子。孩子这时候只是孩子了，在她的眼里只是孩子，不再分那边这边的孩子。她轻轻吹饭勺里的鸡汤，软声软语哄孩子。

"喏，张嘴，乖，喝了能好。"

"你吃呀！"她对老建说，手里忙活孩子。自从孙子长大后，她再也没弄过这么小的孩子，怀里的娃让她重新变成了母亲。

老建喝着，忽然地抹了双眼。

"你瞧你，眼睛浅的。"她嗔怪他，往孩子手里塞一个大鸡腿，孩子扭头，把脸埋进她的怀里。她放下鸡腿，收拢胸口，把孩子抱紧了，手掌轻轻拍孩子的后背，嘴里软软地招呼孩子。

娃和女人。老建瞧着，瞧着，心里软软的，一股如火般炙热的激情油然而生，激情在他体内催生出奇异的力量，温暖而坚硬的力量。力量慢慢在他身上游走，朝一个地方游去。一缕细小而尖锐的疼痛在小腹下隐隐弥漫而来。疼痛过后，他感觉那力量在小腹下凝聚了，力量慢慢催生出了结实的坚硬，那坚硬渐渐变得清晰起来。老建感觉全身的血液在身体里咆哮着奔跑，蓬勃的力气在他的体内膨胀，他红头涨脸的，望着洛的双眼放出奇异的光芒。

"洛！洛！"他轻声叫起来，拉住她的手，按在蓬勃坚挺起来的地方。

"洛！洛！"他哭了起来。

"唯有爱"，才能给生命以光
——评《七月之光》

段守新

如果对陶丽群的小说有所了解，我们会发现她习惯于赋予她笔下的人物某类生理性或心理性病征，比如伤疤、残疾、智障、不孕症、酗酒等等，在深层意义上，它们往往隐喻着这些人物精神上的某种"隐疾"。《七月之光》里的老建同样如此，1979年那场惨烈的中越战争，使得他的下体受创，失去了性功能，由此也几乎毁掉了他的整个人生——他不得不眼睁睁看着相恋多年的洛嫁为他人妇，而他自己也逐渐变得性情古怪、行为乖僻，四十多年间，把自己深深地锁闭在一个人的世界里。

小说从老建四十多年间坚持隔几天就爬一次竹排山写起，这座山的山脚下即是邻国的白牙屯，老建在登顶之后，通常会往下面撒一泡尿，以此来释放内心的仇恨。战争虽然早已结束，但是战争留给受害者的创伤和隐痛却一直如影随形，挥之不去，成为他一生难以走出的噩梦。小说的力度所及，不只在于细致地描绘了老建孤苦寂寞的日常生活，更在于常常突破生活的表层，掘进到人物的精神世界，呈现出他灵魂深处的疼痛和痉挛：

> 某些时刻，比如半夜里他被突然而至的雨水吵醒，那些急促敲打在瓦片上的声音，像极了战场上凌乱而恐惧的脚步声。那样的夜晚会把他既往坚如磐石的外壳剥离殆尽，他变得软弱起来，恐惧让他把棉被当成唯一的盔甲。假如有一双眼睛能在黑暗中看见，它会看见一个战栗不止的灵魂，巨大的泪水在黑暗里凝聚成唯一的光亮，根深蒂固的剧痛牢牢捕获这个不幸的灵魂。

对于老建来说，那场战争已经将他撕裂成两半：一半是作为幸存者的自我，在以后的岁月里只拥有纯粹生理性的生存；而另一半则是作为受摧残者的自我，已经被永久性地囚禁在黑暗的精神炼狱中，煎熬和挣扎，惊悸和哭泣。"老建再也不是原来的那个老建了，原来的老建永远留在那场战争里，留在那个下雨的湿漉漉的异国傍晚里。"同样也可以说，现在的老建是一个双面性、分裂性的老建，在白天或在世人面前的他像岩石一样刚毅和倔强，而在夜晚或在独自面对着内心的时刻，"他不再是白天的他，这个老建是脆弱的、无助的、破碎的，他需要一个温暖的怀抱，需要一只温暖的手，安抚他孤寂的无处安放的悲伤灵魂"。

老建表面看来与常人无异，但从现代心身医学的角度看，实际上也是一个典型的病人：先是因生理受创导致心理变异，又因心理变异影响到他的身体和精神健康，两者交互作用，恶性循环。所以我们看到，每当夜雨袭来的时候，他会失眠，也会感受到身体某个部位的疼痛，"他靠在床栏上，胸口像有万马奔腾，起伏在夜的深邃里，小腹部下袭来一阵阵令人干呕的剧痛。悠远深长的痛。其实他身上没有一处伤口，剧痛完全是从他的意念深处生发出来的，他无法阻止和控制，只能忍受它锋利的獠牙啃噬"。这样的状况，自然也无法不影响到他的人生选择和人际交往，比如，他的父母直到死也无从知道他为什么选择一个人生活；政府把百大屯的村民异地安置到条件更好的"新村"，只有他选择重回大山离群索居；以及他与唯一的弟弟一家，保持着有限度的交往；等等。尤其是在与洛的关系上，此前他是"看她盛装出嫁，看她初为人母，看她青丝变白，看她容颜变老"，而即便是在洛的丈夫去世后，洛在有可能常常回来看望和照料他的日子里，他明明知道"她一直在等待他说一句话，她要那句话"，他选择的还是沉默。

小说的叙事在整体上呈现出一种绵密而又灵动的艺术感性，常常通过人物的视角不断在现实与过去之间闪回跳跃；但在情节、结构的安排上，却又体现出一种极为理性的控制力。如果说前面三节重在写老建四十年如一日的沉闷的生活日常，写战争给他带来的创巨痛深；那么后面三节，则转而写转机，写人物逐渐走出阴影重新获得生命的完整和希望。随着一个来历不明的越南孩子的突然介入，老建的生活再度被打乱和改变，借助这种戏剧化的人物关系和冲突，小说细腻而又富有层次感地写出了他的情感、心理转化的过程。作为战争的受害者，老建有理由对战争的另一方以及与之相关的一切充满敌意和仇恨——尽管这未必合乎理性，但确实又使我们无法不报以"同情的理解"。因此，他对这个"越南崽子"，从一开始就表现出一种下意识的嫌恶和排斥，他可以容留他（暂时性的）住宿、饮食，但是态度不免生硬，甚至有时不无粗暴，至于接受他和他以后共同生活，那更是绝无可能的事。然而，真到了他把孩子遗弃在莫纳镇边贸市场后，尤其是又偷偷看到孩子的无助、哭泣以及他人对他的欺凌后，老建内心深处一直具有却又一直刻意压抑的善良还是冲决了仇怨的闸门，他再次把孩子带回家中。

在《七月之光》中，作者对人的精神、情感的丰富性与复杂性，始终秉持着一种尊重和细心聆听的态度。她不只相信，人心、人性是一个苦苦鏖战的灵魂搏斗场，善恶对撞，爱恨交锋；更（愿意）相信，爱、怜悯、同情心与宽容，具有引领人最终走出精神炼狱的终极价值。我们在老建想要遗弃那个孩子而终于没有遗弃的关键节点上，已经看到了这种趋向；而在孩子淋雨发烧之后，老建笨拙地照料他以及同样笨拙地恳求洛共同照料时，这种趋向则越发显明。他对他之所以如此，不只是出于基本的人道主义关怀，即孟子所谓的"人皆有不忍人之心"，事实上还有人性中深厚的对于天伦之乐的向往。也许对一个弱智孩子来说，那一声声"爸爸"完全是无意义的某种声音符号，但对老建来说，却像一下下温柔的敲门声，在敲击他四十年来紧闭的心扉。老建并不是不渴望生而为人父的基本权利，相反，正是因为太过渴望而又无法达成，才导致如今的精神残缺和心理畸变。终于，在小说结尾，当他坐在饭桌前，看着洛和洛怀中的孩子，这种近在眼前触手可及的尘世幸福是如此真切、如此动人，他也由此真正获得了来自生活和苦难的启示，"老建瞧着，瞧着，心里软软的，一股如火般炙热的激情油然而生，激情在他体内催生出奇异的力量，温暖而坚硬的力量。"是啊，这是爱的激情，爱的力量，它远远比恨的力量更为强大。只有爱，才能给生命以光，给创伤以抚慰，给世界以希望。正如作家本人在关于《七月之光》的创作谈中所说，"时光在不断流逝，跨国的河流从未间断，从战火纷飞里血的仇恨到如今的和平相处，并不是时间淡化了曾经的仇恨，并不是遗忘了牺牲在战火中的生命，而是彼此捂住自己内心曾经血肉模糊的伤口，带着人类永恒的爱朝对方迈出了靠近的第一步。"（《唯有爱》）这第一步迈出去也许相当艰难，而抵达永久性的世界和平和人类福祉的路途也许还相当漫长，但是，只有迈出去，只要迈出去了，这个世界才会有希望——总会有希望。

锦　衣

陈蔚文

初秋的周末下午，吕美红接到中介电话，说临时出来套酒店公寓，房东急租，问她要不要去看。

来上海的第三个年头，她搬了四次家。前几次与人合租，都留下极不好的回忆。尤其第三次合租的女孩，一名看去很普通的文员，酷爱上网聊天到深夜，敲击键盘的声音像子弹穿过隔音不好的墙壁，向她密集射来。女孩还带回不同的男孩过夜，大概都是网上认识的，发出的声音比子弹更可怕。

另一个合租对象倒没什么动静，房间里挂满粉色的毛绒卡通玩具，温馨至极。吕美红第一次来看房，当场决定搬来合租。搬进来才知道，相处起来不是那么温馨，女孩只收拾自己房间，公共区域的卫生一概不理，包括厨房和洗手间，吕美红像是住家保姆，要承担打扫任务，包括收拾她和朋友聚会后的厨房——那简直是个尸横遍野的战场。如果要等女孩收拾，吕美红就只能饿肚子或叫外卖。

吕美红很少叫外卖，不健康，不卫生，还有不经济。准确说，这三者顺序应倒过来，首先因为不经济，然后不卫生，不健康。所以一个厨房对她来说很重要，小点没关系，至少得有灶具。

她实在不愿与人合租了，也厌烦了老小区里那种埋汰房间，怎么收拾也有种年深月久的邋遢。躺在弹簧松懈的床上，似乎承受着之前所有租客那些虚飘的孤独之梦的重量。

经历了几次合租，她对自己有了个交代，不是她娇气，实在是合租太考验人折磨人了，合租会损耗人的精力，影响工作，降低效率，所以尽管合租比单租要便宜几百元，但从综合成本考虑，并不合算。

她目前借住在一个远亲那儿。不白住，她要帮亲戚做家务，辅导孩子学习。那个孩子被宠坏了，很顽劣，她想赶紧搬出来。连续几个周末的下午她都在看房，却没合适的。中介让她去看的这套酒店公寓，老实说，即使房东急租，也超出了她的预算。

她同意去看房。只是去看看，不合适就算了。她并没有认为自己真的会租下一间酒店公寓。

公寓钥匙在酒店物管处，物管办公室的门关着，门上贴了张字条，说临时有事离开一下。中介是个年轻小伙子，"要么我带你先看下户型，这间公寓同层都是一样的面积户型。若户型可以，咱们再等物业回来。"

中介叩开了一间房。一个穿白色薄睡袍的女人抱着胳膊，斜倚着门，年轻漂亮的外乡脸庞，房里有泡面和香水味，卧室隐约地放着音乐，被子半堆，仿佛还有体温残存——不止一个人的体温，这是个引人遐想的房间。

中介小伙子在这个漂亮的女人面前明显紧张起来，他笑着解释物业人员不在，他带客人来看下房型，"不好意思，打扰了。"穿白睡袍的女人表情缓和了点，"看嘛。"四川口音的她侧了下身，让他们进去。

吕美红迅速扫了眼房间，她看见左面靠墙有个带小水池的橱柜，柜面上搁了只电磁炉，可以做饭。进门处的过道两旁都嵌了柜子，应当有不小的储物空间。她匆匆扫了眼卫生间，居然有台小洗衣机。"这都是公寓标配的，"中介说，"这栋酒店式公寓设计时就结合了住家的需求。"

突然，她有些动心了。她本来只想来参观的。租金比她预算高了好几百。但她喜欢上了这里，房间的氛围与她之前租的那些小区的老房多么不同啊！那些有年头的小区老房子充满着陈味，她在里面住了三年，或者说，她住这样的房子其实已快三十年——她在老家的房子和这些房子差不多。一样充满油烟味，一样油污的排气扇，一样难看过时的家具。她当初不就是为了摆脱这个家才来上海的吗？

眼前这间酒店公寓和她住过的所有房子都不同，洁净、现代，正像她理想中的生活。既然是理想，她没想过要很快实现。她还不具备实现的条件，以她目前的收入。如果她足够理智，应当礼貌地告诉中介，她回去考虑下。考虑的结果是她会找出N个理由证明这套酒店式公寓并不适合她。

可她听见自己说："我们去看下物业来人没有。"

房东是外地人，在这幢楼投资了三套公寓。不久前刚添二胎，忙乱得根本没空对付蔡小姐的不辞而别。中介说，蔡小姐之前租了一年，又续签一年，但离约定租期还有三个多月，她不见了，欠了一个月房租和两个月水电费。

房门打开，出现在吕美红面前的是一间凌乱至极的屋子，像搬家搬到一半的现场。到处扔着东西，橱柜门半开着。洗手池旁的垃圾桶塞满外卖盒，好在天气有些冷了，但还是散发出一股异味。

中介也是蔡小姐走后第一次带客人来，大概没想到这幅画面，抱歉地说："到时房东应会出些保洁费，这间房收拾好，同刚才看的那间一样的。"又添了句，"街对过那个小区，有个单身女房客突然走掉，房东拖了十几车垃圾，听讲房里还有只死猫。"

吕美红没说话，她站在半开的橱柜前——里面胡乱塞了许多衣物、风衣、外套，她摸了摸一件黑色大衣，缩回了手。还有一摞鞋盒，她用脚轻轻碰了下。

"这些衣服可以请保洁一起处理的，送他们也行。"中介说。

"这屋子实在太乱了，你问问房东，房租多少？你把这里拍给他看下。"吕美红说，没什么表情，像在说与己无关的事。她推开窗，一株高大的法国梧桐在离窗不远处。这个城市最多的就是这种树，据说最早因种在法租界而得名。

中介联系了房东，把屋子照片用微信发了过去。房东回复说，如果今天能签掉合同，比之前的租金每月少一百，另外付两百的保洁费。

"这个蔡小姐是干什么的？"她问了句。

"不晓得，长得蛮漂亮，哦，好像在一个什么师范学音乐，听她提过一句。没想到屋子被弄得这样邋遢。"中介说，"我有次带客人来看房，碰见她和一个男人在路边等出租车。"

"是吗？她男朋友？"

"哪儿晓得，她们这种……"中介笑起来，暧昧而世故，"那天落雨，他们撑着伞，没看清男人啥样。"

她租下了这间房。在房东说的条件之外，她多争取了一周的打扫时间。起租日期在一周后，她换了锁。没找保洁。两百块可以在超市买一堆东西了。她做家务的能力不差。周六晚上，她把东西从亲戚家运了来。

周日全天，她都待在屋子里。她像面对重大考古挖掘现场般按捺着激动。满屋的凌乱，盥洗盆上有堆化妆品，几支半截口红，用了一半的洗面奶、粉底液、睫毛膏。在放电磁炉的那个矮柜里，还有锅碗。

她又一次站在了挂衣物的橱柜前。鞋盒里多是春夏单鞋，在橱柜角落，还有双黑靴子。积了灰，不过皮质不错，鞋码比她的脚大一码。没关系，垫双鞋垫就成。靴筒紧窄，蔡小姐应当有双细长的腿，不像她小腿肌肉发达——上高中时，她要骑半小时的单车到学校，车子是她母亲淘汰的，骑起来费劲。

她试了下靴子，拉链有些拉不上。她用了点劲，又试了次，拉链拉上了，但绷得小腿很难受。没事，多穿穿就绷开了，她穿着靴子站了起来。这个高度一下给了她某种支撑，高于生活的海拔。她的手拂动橱里的衣服，缓慢的，一种陌生的质感，因为曾沾着其他女人的体温而有些奇异。这是些好衣服，和她的衣服不一样的衣服。

她的衣服多是网购的，她费劲地从网上寻找那些性价比尽量高点的衣服，但这种概率并不大。"一分钱一分货"是永恒真理。有一些她自认为还行的衣服，和眼前这个衣柜里的衣服一比，立时显出高下。也许在房东或其他人眼里，这是堆需要花人力处理掉的垃圾，可对她来说，它们像天降的礼物。她几乎舍不得一下看完。

她庆幸是个男中介带她来看房，如果是女中介，面对这一橱柜衣服，一定会像她一样想占为己有吧。在决定租下这间房之前，她在脑子里迅速演算过一遍。是的，一年房租是超出了预算，可遍布房子的各种物品某种程度上弥补了——重要的是，她住进了一个崭新空间里。这个空间似乎通向一个新世界，一个真正与这城市接洽的世界。若没有这些衣物的怂恿，她进入不了这空间。

橱柜里的衣服拼凑出一个女人的身形：个子比她高，应当有一米六五左右，纤瘦，但胸不小，这从几个文胸的尺寸可看出，蔡小姐对蕾丝似乎有偏好，好几件衣服以及那几个文胸都镶着蕾丝。

这是个如中介所说的漂亮女人，留长波浪鬓发——某件大衣的肩膀处粘着这么根鬓发。对了，橱柜里竟然有顶短的金色假发。衣服上有香水味，盥洗台上有小半瓶香水正是这味道。馥郁的甜香，因为蔡小姐的不辞而别又散发出幽微的神秘力量。她轻轻喷了点，香水为空气赋予了一种新的内容。她取出一件绛红系带大衣套在身上，袖子长了点，其他挺合身。她在镜前打量，她从没尝试过这个颜色，这个颜色必须要好的质地才能撑住，否则就会俗气。轻软的羊毛裹着她，配上紧绷着小腿的黑靴子，镜中女人让她有些陌生。她浑身有些燥热，还没到穿呢大衣的季节。

这是属于她的意外馈赠，她查看着它们。每查看一次，像重新发现一次并欣喜一次。洗手间盥洗台上有的瓶罐已干涸，有些还能用，包括半盒摔裂的安娜苏粉饼、卸妆水之类。她一样样仔细擦拭。这些高于她生活的物品，虽以残缺方式进入她的生活，可有什么关系呢？生活的本质就是残缺，所有的完整最后都会变成残缺。还能用才是最要紧的。

她洗完澡，躺在床上，时间已很晚，明天还要上班，但她又起来了，再看一眼，就一眼，她打开橱门，取出件麂皮绒的灰色的风衣。她曾想买件类似的风衣，在网上看了几圈，终于没买。要么质地差，要么价格高了。她摸了摸柔软的麂皮，就像那是只真正的可爱的麂子一样。套在身上，腰围紧了点。腰部有几条收腰的褶皱，拆掉就不紧了。她找出剪刀，边拆边有点做贼的感觉，她真的可以擅动这些衣服吗？蔡小姐万一回来了呢，也许她只是临时有事离开？她担心地问过中介，中介否认了这种可能："这种事我们碰多了，笃定不会回来，不然手机不会停机。"

中介的回答让她安心了些。是的，从种种迹象看，蔡小姐不会回来了。房里除了凌乱的衣服物品，其他都拿走了。她为何突然离开了呢？如此匆忙，甚至来不及把这些衣物打包。也可能蔡小姐本不打算要了，买新的比打包旧的更方便。

吕美红想起中介说的，"她们这种……"哪一种呢？物质的、虚糜的、冒险的、动荡的、不安分的，这些形容词似乎还不足以概括中介的口气，他的口气里也许还包含着更讥讽的内容。

她换上了一个蔡小姐的深紫色文胸，手感丝滑，她没有这样的内衣。她的内衣都很便宜，洗几次就变形了。当然，她和她的男友李工都不在意这件事，李工自己穿得更随便，他的衣服只要尺码合适，他都觉得可以。他也不在意她穿什么，在脱去她的衣服时，很少留心她的内衣，像那只是鳞，与鱼肉味道毫无干系。

周一她穿着那件麂皮绒灰色风衣，比往常早几分钟到了公司。这份工作是她来上海后的第二份工作，公司里女性多。来报到办理入职手续时，她带了几包老家特产红薯干，包装不大好看，有点乡镇风，味道却不错。第二天上班，她提前到办公室，发现昨天送同事的红薯干被胡乱丢在一个放废纸的小筐里。办公椅下的地上还有一包。那是女主管的位置。

那几包红薯干她吃了很久，每次吃，仿佛咀嚼一种难言的味道。她还是没舍得扔。

她沉默谨慎，埋头工作。没多久，听说有人说她这样拼，是想早点被提拔，和另一个女同事水果姐（她节食，经常只吃水果）争某个位置。

有次午饭，大家围坐桌边吃工作餐，水果姐说："吕美红，你穿衣服还真是随性。你都在哪儿买衣服啊？"似笑非笑，像顺嘴一问。

她一窘，这天她穿的是件藏青色衬衫，早上出门后才发现有点褪色，想回去换又怕迟到了。水果姐这一问，使她意识到，自己的穿着可能早被同事议论过了。

这家公司女员工不少，她们议论明星、影视、婚育，还有衣服。如果谁穿了新款来，必定有一拨女同事围上来议论一番。水果姐是其中最热衷议论的，"衣服最要紧是质地好。"她常说这句，像强调一个亲自发明的真理。水果姐的衣服都不便宜，有老公做后盾。她自己是金山人，金山在上海西南远郊，但到底属于上海。老公其貌不扬，从湖北乡村考出，一路读到博士，在家外资公司工作。

"没钱只好随性，不像你有老公做后盾。我还能上哪儿买，网购。"吕美红目光看住水果姐，回答说。她答得平静——似乎从很早起，她就有了这么种应激模式。当遭到挑衅、挖苦甚或侮辱时，她的情绪首先转化成平静。

"你瘦，怎么穿都行。"水果姐笑着说了句，岔开了话题。

吕美红继续低头吃饭，她亮出了她的姿态，可以了。不必较真。她厌烦这种争斗，这种皮笑肉不笑的倾轧的办公室文化。这份工作待遇还行，她希望能稳定地干下去。

那时她还租住在老式小区，与人合租，下班回来，她躺在床上，疲惫极了。男友来电话，她说了几句就挂了。男友是她老乡，春节回家的火车上认识的，当时没想会与他有什么发展，只因是老乡（同在一个地级市，她家在市里，他家在下面乡镇），又都在上海工作，留了联系方式。一来二去就谈了。男友是工科生，211院校读的研，毕业后来沪。毕业时和单位谈的是研发岗，不过没写进合同。三个月试用期满转正，却被分到了工程岗，单位的工程岗频繁出差。她让他去找领导说，男友很为难，说工程部缺人，出差也有补贴，反正还没结婚，趁这几年多挣点。她不再说什么，觉得还没结婚，沉甸甸的担子已压了下来，压得人喘不过气。

男友，叫他李工吧，公司里都这么叫他，用度俭省。他很少给她买礼物，出去吃饭总是小馆子，先看价再点菜。再后来，他们很少吃馆子，买菜自己做。一开始去超市两人还有点不好意思买打折的，有了关系后，去超市就直奔打折区。通常晚上八点半之后去，这时的菜多有折扣。

她第一次和他约会，看他埋单时掏出的钱包都有点脱皮了，当时她心里一酸，简直想说，我来埋单吧。他的手机也是老款，屏幕摔裂了一条纹还在用着。她又有什么理由要求他不节省呢？城市生活不易，要花钱的地方还有大把等在后头呢。

李工很努力。他越努力，她越觉得吃力。

他们逛过几次商场，发现除了免费空调外，这是个自取其辱的消遣。差的她看不上，好点的折后也不便宜。有次她看中了一件连衣裙，修身，有质感，她看了下价格，不可能买的，但她很想试下。她说了尺码，让营业员拿来试下。从她和男友踏进店里的时候，营业员就不怎么热情，以她阅人无数的那双利眼可能已看出，她是不可能买下这条裙子的。

"这个码子没货了，你确定要的话，我可以从其他店调。"也许这是她们应付不买只试的顾客的回复。

"我试了才能确定要不要。"她的应激模式又开启了，她平静地对营业员说。

她回来难过了很久。如果她更骄傲一点，可以说：是的，我确定要，你调吧。但骄傲是要付出代价的。和钱比起来，她宁愿不要骄傲。

她有眼光，但是没有钱。她宁愿她没眼光，真正地"随性"。可她热爱衣物，因着曾经的重度匮乏而成为同样重度的执念。当年，她的高中英语老师是位优雅女人，中年离异，真丝控，把在外面兼课的课时费都变成了真丝。每到夏天，她穿着各式各样的真丝衣裙。有次她和班上女生说，真丝比爱情重要得多。每当她心情不好时，把一摞真丝衣物拿出欣赏，心情立时好多了。吕美红当时完全理解不了。毕业十年聚会，英语老师也来了，五十多岁仍清雅，据说她已再婚，丈夫是位画家。她穿着件普蓝真丝上衣，在灯下发出优裕从容的光泽。吕美红坐她身边，被她人与衣服辉映的光震惊了。那种光泽瞬间把席上时髦的女同学们盖过。像湖水，似天空，她不知该如何形容。她贪婪地盯着老师——这才是真正的美。衣人合一，互为匹配。有个流行词，"自带光环"，英语老师就是这样。

她的整个少女时代，却是光环的反义词"暗淡"。母亲在县卫生所工作，长年穿白色工作服，这为她极少买衣服提供了借口，她也不怎么给女儿买。吕美红一提要添衣，就会引来母亲喋喋不休。吕美红有限的衣服中多半是女性亲戚们淘汰的，高中时，表姐给了件暗红灯芯绒外套挺好看，只是一边肘部快磨破。吕美红剪了两块黑色圆布，用粗针脚的暗红明线缝上，旁人倒以为特意这么设计的。大概因为匮乏，她对衣服的心思绵延不绝，似乎要弥补从衣物中受到的伤害——她从没告诉母亲，中学阶段因穿得差，不仅被女生奚落，还在一次校运动会上被男生嘲笑。那次要求集体穿白衬衫黑裤子。她的白衬衫是父亲的旧衣改的，男式衬衫领；黑裤子短一截，吊在脚踝。

她不与母亲说，晓得说了也无用。她毕业后在老家上班几年，不顾家里反对，到上海找工作，就是想离了家。上海是个漂亮城市，有无数漂亮美物，虽不属于她，至少能看见——上海人说的"睇野眼"，也是好的。

从前她以为上班就好了，就能填平那些屈辱。然而发现自己太天真，上班后没什么改变，她仍黯淡。工资除去房租、日常开支，余不下什么，逢年过节还要发红包给父母。找男友后，经济也没改善。

春节前，她偶然知道有些同事发了年终奖，比如水果姐。她没有，有点诧异便鼓足勇气去问主管。比她大不了几岁的女主管答：这奖金是去年春节前入职的员工才有。你是去年春节后一个月入职的，所以没有。

听上去合情合理的解释让她只能说"哦"。应激模式瘫痪中。女主管比她更平静。可回头想，怎么也不对，她在公司工作了近一年，扣掉春节后那一个月，也该有十一个月的吧？哪有因为一个月，就把另十一个月抹掉的呢？她没再去问，知道女主管一定会给出另外"合情合理"的解释。

来沪七年的女主管聪明精干，对着她，好像人是不能有质疑权的。

水果姐和女主管关系好，公司里谁都知道，两人周末常约逛街吃饭，购买力也相当——别小看这个，这是划分类与群的重要参照。她倒也习惯了独来独往，在小城市，这或许是孤独。在大城市，这是自由。租了公寓后，她下班后迫不及待地回去，二十七平方米的公寓，面积正好和她年龄一样。空间虽小，但有着与这城市迷人的那部分完全同质的空气。

超出房租预算的部分她精打细算地计划，生活压缩到最简。

她告诉李工换了租房。"多少钱？"他问。她知道他第一句会这么问。她告诉他了。他没说什么，但她感觉到电话那头他情绪的变化。觉得贵了，当然，如果不是那些衣物以及物品，她也觉得贵。

李工住公司提供的宿舍，在青浦那边。双人间，满屋子的烟味、臭袜子味，她去过一次就再也不去了。

房间归整得差不多，蔡小姐留下的东西，她又在床下找出了个黑色手包，银色搭扣。夹层里有几枚硬币和一张快递寄件单，上面的字迹模糊了，大致看出收件地址是江西某地。包内还有串檀珠和一面化妆镜，一本妇保病历，写了小半本，字迹潦草，只看得出患者二十七岁——与她同龄，并不姓蔡。或许用的假名？最后一页的就诊时间在两个月前。

她还在搁电磁炉的柜子下发现六七只玻璃杯，每只杯子底部都贴着标签，用圆珠笔写着周姐、姐夫、大头、马莉、老K。蔡小姐的牌友？在床头和墙之间，掉了一本小台历。在一些日子上用笔画了圈。来大姨妈？排卵期？吕美红自己也曾在台历上这么画过。

那进门处的柜子，即使再想拖延这快乐，衣服也看完了。蔡小姐眼光不错，衣款都还简洁，这正符合吕美红。时髦的往往是廉价的，这是她在网购生涯中逐渐强化的美学观。

她在那件绛红大衣口袋里摸到一个小玩意儿，金属的叶子小挂件，连着半截断绳。

叶子有点卷曲的造型，像被风吹过。她注视这枚叶子，像注视它背后藏着的某个秘密。她还从柜子上面找出一床空调被和四件套床品。

这一柜衣物要多少钱呢？一只文胸也许就贵过她的外套。

她在大一时，曾为买件新衣一个星期早餐吃稀饭馒头，中午和晚上吃方便面。那是她第一次拥有生活费，她毫不犹豫地把其中一部分作为置装费。她在校门口的小商业街上买了双黑色丁字皮鞋，准确说，不是皮是革。不到两个月，鞋面开裂。她去找老板，那个染着黄头发的胖女人比她更惊讶："就这价钱，不穿两个月，你想穿两年？"她把鞋扔进垃圾桶，回学校了。大二暑假，她买了双真正的皮鞋。商店打折的坡跟黑皮鞋，皮质不错，式样老气。她买了一包玻璃碎钻，用502胶一颗颗粘上，鞋子好看多了。这双鞋她穿到毕业。

这些毕竟是小打小闹的改造。她无法把化纤面料改造成羊毛或真丝，无法把平庸的式样改造成品牌的设计感。也就是说，她不能从本质上改变衣物，以及自己的人生。那如何才能从本质上改变人生呢？她也迷惘。大学时她读《包法利夫人》，对这个女人充满同情。哪怕世人都觉得她爱慕虚荣死得活该，可她理解她，像理解某个表姐或堂妹。

而她不可能成为包法利夫人。她没有她的美貌也没她的任性。她小心翼翼，按部就班。安全第一，这是她的信条。父母训诫多年后的塑造结果。她弟弟从训诫中走向了反面。高中就抽烟早恋，还偷同学的钱，因为想买新款手机。这几年因为去了当地亲戚开的公司帮忙，算转回些正道。

她的安全信条偶尔会迷失在当年英语老师身上重磅真丝闪动的光芒中——"你值得拥有"，拿什么拥有呢？曾经，她的初中同桌鼓动她去深圳，说给她介绍男友。同桌早年嫁去深圳，丈夫开厂，大她一轮还多。年年春节开车回家，街坊围着看那辆红色豪车。

吕美红去了趟深圳玩。同桌接待的，席上有个男人，她丈夫的生意伙伴，表情严肃，男人有条腿是假肢，出过车祸。女同桌没瞒她，说穿上裤子完全看不出，也不影响功能。说男人对她印象挺好，让她考虑下。

她没考虑，她无法想象只为了钱和一个男人生活。李工至少有壮实的身体，至少在某些时刻，能为她完整地使用，或完整地使用她。

钱可以慢慢赚，她对自己说。虽然这个慢，的确有些慢。仅凭她的收入买那些她想要的衣服，就颇为遥远。突然出现的蔡小姐的衣物，使这个慢变得更慢起来。有一天买得起时，是不是已来不及穿了？

第一阵寒潮来时，她穿上蔡小姐的黑大衣，就是那件她当初看房时，第一眼看到的黑色羊绒大衣。袖子长了些，卷了一圈上去，不影响什么。内搭是柜子里找出的橘色堆领羊毛衫，袖子上有个洞，像烟头烫的，她织补好了。她系上大衣腰带，穿上那双过分紧绷的靴子。打开房门去上班时，浑身一阵紧张。她很怕迎面碰上突然回来的蔡小姐，冷冷地盯着她问："你是谁？你怎么穿我的衣服？"她甚至有几次做梦，梦见一通敲门声。一开门，一个漂亮女人站在门口，是蔡小姐。

她对自己说不可能的，蔡小姐还欠着房租和水电呢，不可能回来的。可她还像做贼一样，匆匆进了电梯。有次她在电梯里碰见那位看房时的四川口音女子，吕美红正想冲她笑下，她已在低头看手机，她压根儿不认识她了。

她希望同事们注意到她的衣着，又希望她们不要注意到。还是注意到了。午饭时，有位实习的姑娘直接表达了对她大衣的赞美，再是女主管，飞快把她从头到脚扫了眼。这一眼，她知道等同实习姑娘的赞美。

因为蔡小姐的衣物，在女同事们的眼里，她也许没那么廉价或随性了。这是她从她们的眼光中读出的。那眼光中包含了点惊讶，似是对她这个人的重新界定与认识。她甚至希望公司开展一次洗浴活动什么的，好把带蕾丝边的文胸露给她们看。但她现在只能露给男友李工看。

周日，李工结束一个工程出差回来。他和吕美红约好来她公寓一起吃晚饭。吕美红中午做好了几个菜，又找出那床四件套换上，酒红色丝质面料，吕美红躺上去，小心翼翼地放平身体，像躺在别人的床上。身体适应了那种丝滑后，她深吸了口气，这是多么美妙的感受啊，如在月光里，在湖水中，她的皮肤贪婪地触及那丝滑。她突然坐了起来——她发现脚底干燥地摩擦着床单。

她想起蔡小姐留在洗手间的精油和磨砂盐。她去洗了澡，用精油按摩了身体，再用磨砂盐去了下脚的角质，厚厚地给脚底涂了些乳液。她重躺上去，伸腿，没有那种摩擦到床单的感觉了。皮肤与床单融为一体，她感觉到自己的清新与美好，是的，她几乎从不会把这词用到自己身上。但此刻，她觉得了，她在美好中睡着了，以致李工打她的电话才醒。天不知何时已暗下。

李工带了两个卤菜来，咸且辣，有一个是他最喜欢吃的肥肠。他老家在地处湿热的江南丘陵山区，从小吃惯咸辣，还有腌腊食物。她说过几次，这习惯不好，可他改不了，她也就不说了。

卤菜味道迅速把她之前涂的精油味道盖掉，她皱了下眉，不过李工没注意，他的注意力都在这间房上。

"怎么好好的想到换房？"李工问。

"早想换，和人合租太难受了。"

"房子不错，除了贵，没啥毛病。"李工努力地想要开个玩笑，不过他的样子一点都没开玩笑的轻松。

"听说这房东在这幢楼有三套公寓。"她说。

"有钱人多了。"他搛了一筷子卤菜。

"前面这个房客留了不少东西，衣服啥的。"她想想，还是说了。

"我刚来上海，租了个七楼半的房间。前个房客竟然在房间放了各种应急备灾背包，还储存了很多水、压缩干粮、药品和工具之类，就差挖出个防空洞了。"李工并没在意她说的"衣服"。她倒是注意到他的衣服，普通黑夹克，拼了个咖色领子，衬得他肤色有点暗。

他们这次有十天没见面了，饭后他匆忙洗碗——他的匆忙她知道是什么意思，她把床又整理了下，不知为何，她有点紧张。

他急促地脱光自己和她，用他惯常如公式的那几个前奏姿势。他吻她的脸、脖子，像刚才吃卤菜的急不可待。她闻到他嘴里和身上的卤大肠味。她突然有点反胃。他没洗澡就上床了，他的理论是做完再洗，省得洗两回。她反对过，有时有效，有时无效，看他当时的急切程度。

但这次，她坚定地说，你去洗洗吧。卤大肠味把她预设的某种与丝滑床品联系在一起的氛围全然破坏了。仪式感，她生活里少有可以支持仪式感的物品。比如这床床品，它的光滑是为清洁的身体和气味准备的。

"待会儿吧。"李工的呼吸声越发粗重，动作也大起来。她听见什么东西粗糙地摩擦床单的声音。是他的脚，不停在床单上划拉着。

"去洗洗吧，涂点东西。"她推开他起身从床头柜拿过瓶护手霜。

"干啥?"

"这床单新的，面料容易勾丝，都被你划毛了。"

李工没吭声。几秒后，他起身了，套上衣裤，脸色难看。她听见门打开然后被重重撞上的声音。李工走了。

她没想到他反应这么大。不过是叫他洗洗，有错吗? 不该注意下个人卫生吗? 妇科炎症多麻烦，她的医保关系还在老家，看个病既麻烦又费钱。他有什么好气呢? 他平时不是挺爱惜东西，为什么不能爱惜下这床床单。

她打开窗子，透透房里的味儿——那股卤大肠味。从窗口望去，灯火密集。她想到李工离开时的脸色。他是个敏感的人，起初认识他时，看他不修边幅的样子，她以为他大大咧咧，后来发现不是这样。

他有次和她说，项目组派了两个女财会人员做审计，有空就在那聊购买经。两人家境都不错，聊的都是不便宜的牌子，他听得烦，和她俩说:"喏，我这从头到脚一身不到两百块，挺好。商家就是抓住顾客爱牌子的心理，价格太虚高了。"

那两个女人听了说，李工真会过日子，你太太有福了。"那以后，她俩就不怎么当我面聊购物了。"他说，像是自己成功而及时地制止了一场炫富。

吕美红没说什么，心里想的却是，他当那两个女同事炫富，他呢，是炫穷。炫穷比炫富更糟，况且人家只是正常聊，并没炫。她们谈论的只是消费力与购买习惯范围内的事物，就像大妈们谈论买菜一样。是他敏感了，他把自己从头到脚不到两百块的衣物作为一种不虚荣的"美德"展示，使这身衣物绕过了物质的领域去向了另个领域。他把"穷"抬到了一个高度，使后面连着一个词"干净"。穷而干净，继而产生美德的自信。

多可笑啊，她仿佛看到他在两个衣饰精致的女人面前炫耀他"不到两百块"的一身——不用看都知道，那是多平庸的一身，从材质到款式。这身衣服只是能穿，根本不承担审美之责。

好牌子里包含的面料、设计、做工等等都是它贵的理由，他理解不了，也不欲理解。那两个女人，以与衣饰配伍的涵养回答得体，"李工真会过日子，你太太有福了。"——他以为他战胜了她们的炫富，实际上，是她们轻易击败了他的炫穷。

她一觉出她在怜悯他，就想赶紧逃开。或许她没资格怜悯他，她的处境不比他好，某种程度，他晋职加薪的机会比她还大，可她还是怜悯他。她怜悯他的同时也顺带怜悯自己，因着她和这个她怜悯的男人有肉体关系。

电影《北京遇上西雅图》里，女主人公文佳佳说，钱没有意义。是的，钱是没意义，当老志又飞去和妻儿团聚，她守着空房时，钱是没意义。但转身穿上体面衣服出门，想买什么而不必再三算计时，钱还是有意义的，且意义重大。她偶尔会想起那个女同桌介绍的男人，那个假肢的男人，当时她的拒绝真的是种明智选择？她不知道该不该为自己有这个念头而羞愧。

"你以为大城市那么好待？这次机会难得，你叔的朋友是单位二把手，只要进了面试基本没问题。"她母亲发来微信，说老家有个单位准备招人，稳定。

她对那个单位没兴趣，或说对老家没兴趣，其中的"稳定"也如同一件令人乏味的衣服。上海之于老家就像个超现实世界，连超市也不同——她租的这个酒店公寓旁有家超市，有不少进口商品。每周五晚上有促销，她固定周五去，挑些打折品，这家超市与公寓如此协调——散发着城市之光，精细的，优渥的。它们吸引她，召唤她，令她生出无限依恋。明亮的灯光，锃亮的货架，还有店内的顾客。有次排在她前面的是个中年女人，买了满筐商品，大概是每周一次的集中采购。她一件件取出。手指白皙，指甲泛着定期护理的光泽。盒装的蓝莓、凤梨、巧克力、奶酪、坚果，印着日文的沐浴液、洗发水、柚子醋调味汁——她之前在货架上也看到，小小一瓶，价格感人，贴着中文标签。柚子醋用来干吗的，拌沙拉？她站在女人身后。女人背影修长，真丝印花长裙，微曲短发修剪有形。女人手中拿着一把名车钥匙。

她希望有一天自己能成为这个女人，过另一种生活，一种和一直以来她过惯的生活不一样的生活。像孩子对糖的渴念。尽管看上去遥不可及——就连这间公寓，超出她预算的公寓，一年后还会不会续租都不确定。

一场秋雨后转凉，她上下班路上都围着条蓝黑格子围巾，蔡小姐留下的。成分是真丝和亚麻，质地柔软。这是蔡小姐的，还是某位男士的？杯子下面贴着的大头或老K？

吕美红人生里的男人屈指可数。在和李工前，和一个男人有过短暂的一段。某个饭局上认识的男人说是做投资的，当时他穿了件合体的深蓝色西服，整晚她都在注意那件面料泛点微光的西服。在那件西服的推动下，发生了一些事。然后她知道他是银行业务员，主要工作是推销信用卡。有次他把她拉进了一个客户群。他在群内很活跃。越活跃，越显出他整个人像鲁莽的青春期尚未过去。

这段结束后，有次在返家火车上，当她听身边的李工和一个同事聊什么"一体化勘探开发机理"时生出钦佩。对衣服的虚荣，具体说，一件深蓝色西服令她犯了愚蠢的错误，她为此羞愧。外表朴实的李工像是命运给她一次纠正错误的机会。

她连朋友圈都很少看了。看得越多，越不认识朋友。她在网上看那些时尚帖子，有吸毒般的快感。她关注了不少时尚达人的微博，还花几块钱围观过一个时尚博主的微博问答——有人问：怎样才能用不多的钱穿得看上去高级点？博主答：最好的方式就是少而精，买个好点的深色真皮包，冬天备条质感好的羊毛连衣裙和围巾，指甲修圆，头发理顺，该脱毛脱毛，投资瓶好香水往衣柜里定期喷点。要是买不起好的设计款，就挑款式简洁的，不要城乡杀马特全身铆钉吊坠啥的……

没多少新意的回答正好证明"显得高级点"有着约定俗成的规律。这个问题有数百人围观，为什么都想显得高级点呢？"先敬罗衣后敬人"，衣服仅仅是面料的连缀吗？仅仅只是蔽体御寒吗？不！它是符号，是标签，某种程度也是命运与道路。现实就是如此。吕美红领受过。自从她穿蔡小姐的衣服后，她能感觉到眼光落在衣服上折射后的态度。连公寓门口开便利店的阿姨也热情些："今朝侬这件大衣蛮好看咯！"又转头和店员同事说，"现在好多人乱穿衣服的，哪像我们那时，三清四落才挺括。"

当然还有同事包括女主管，待她似乎都有了点变化。非显性的，但她能感觉出那种微妙。有次物业打电话给她，说邮递员通知邮箱满了，让她清理下。同事听到，问："你租哪里？物业服务蛮好嘛。"

她说出公寓名字。

"不错嘛！比我租的房好多了。"同事说。她一笑，表示认可。她喜欢这间公寓，还有窗外那棵枝繁叶茂的法桐。她买了个不错的木质小音箱，如果在以前的租房，她是不会买这价位的音箱的，但这间公寓让她毫不犹豫地买了。它搁在电脑旁，流出各种旋律。她又一次感到美好的降临。她想起在哪本杂志上看过一位设计大师说："'自己'这个东西是看不见的，撞的一些别的什么，反弹回来，才会了解'自己'。所以，跟很强的东西、水准很高的东西相碰撞，然后才知道'自己'是什么。"

她当时看了好几遍，没怎么懂。忽然此刻理解了，譬如她与这间公寓以及蔡小姐留下的物件的碰撞，使她发现了一个新的自己，或说对一个新我的渴望。

下班她去清理邮箱。现在谁还写信呢，水电煤她都凭户号在便利店交费。打开邮箱，果真满了。多是水电煤缴费单，几封像广告促销的信，还有几张明信片。她抱了一摞回房。明信片一张是广东寄来的，一张是来自云南一个小城，落款是潦草的一个字母"H"。一张写着"一切可好？"，另一张有铁轨图案的明信片上写着"总会过去的……"收件人写着这间公寓的地址门牌，没写姓名。从日期来看，是蔡小姐租房子时寄来的。

"当一艘船沉入海底，当一个人成了谜，你不知道，他们为何离去……"电脑音箱传出歌声，她把明信片搁进抽屉，也许蔡小姐哪天会来呢。这两张明信片上的话，虽然短，但都真心。这能看出来。真心多难啊。她不能扔掉，得保管到她不租这公寓为止。

外头正下雨，她烧开水，泡麦片粥。在等水好时，她站在窗边看那株法桐，雨更大了，枝干在雨中晃动。她记得到上海的第一天，清早的火车站外也是下雨，她拉着笨重的行李箱在街上走，想找一个公交站，雨越下越大，她只好在天桥底下避雨。那时她最想的就是找个干燥的地方，属于自己的，有杯热水和食物。现在不仅有了这一些，还多了一株法桐。

李工在那次愤然走后，一直没联系。她也有点赌气，没和他联系。有天下班，接到他电话，说他妈周六到，一起吃个饭。

"我妈不愿在外吃，要么去你那儿做吧？"李工说，"我妈这半年身体都不大好，我想带她做个检查。"

李工没说具体哪儿不好，但语气中透出沉重。也许这是他主动打电话给她的原因。她没见过他妈，去年春节本来说去他家，她外婆当时病危，她哪儿也没去。

周六中午晚一点李工和他妈才到，她中间打电话问，李工说在地铁上，他妈不肯坐出租车，晕车。

李工的母亲瘦小，见着她十分客气。给她带了土特产，又硬塞一个信封在她手中，她推拒，李工说，收着吧，这是我们那儿的礼数。嚷着说饿，自去盛饭，像在自家——多少有些夸张的，大概想向母亲确定自己和吕美红的关系。

李工母亲吃得少，说胃不好，吃不了什么。吕美红去盛碗萝卜排骨汤递给李工母亲，老人慌慌站起接过，直说自己来。吕美红看她瘦削的样子，心里有点发酸。

饭后李工抢着洗碗，让吕美红陪母亲到楼下转转，聊聊天。

李工母亲让她多担待儿子的脾性，"保平这孩子心好，就是和他爸一样急性子。有时牛脾气上来，你别往心里去。"又说，"你们都不容易，在这么大个地方，啥都靠自己，家里也帮不上，你们相互多照应。等有了娃，我带上几年，也算帮上一把。"

保平是李工的大名。吕美红听着"有了娃"心里茫然。昨天她母亲又在微信上劝她回去。还说，若是小李也肯一起回，说明他是真心对你，我和你爸就不再反对你们的事。之前，家里对她和李工的事是反对的。

她没和李工说，她自己都不愿意的选择，李工会愿意吗？好不容易在这个城市奋斗几年，虽说还一无所有，毕竟站住脚了。她喜欢这间公寓，还有窗外的法桐——这种树有种天生的气派，即使长在再下只角的地方也是气派的。她住的这一带，虹口区的某条路，据说算中只角。下只角呢，本地人专指闸北、南市等苏北人集中居住的地方。上海有名的《七十二家房客》，说的就是下只角的二房东们，把房子横七竖八地划分成小间，还搭建小阁楼。她去过闸北，那里也有不少法桐树，路过一个小菜场，她在门口摊档买了盒熏鱼。塞了块在嘴里，鱼还是热的，脚边是烂菜叶和泡沫餐盒。她喜欢这里。

她喜欢这座深阔的城。喜欢碰撞之后发现的那个"自己"，喜欢蔡小姐留下的那些东西，那些高于她生活的物件，有时她甚至有奇怪的感觉——当喷过蔡小姐留下的香水，搽上玫瑰气味的身体乳，穿上蔡小姐留下的外套和靴子，再用盥洗台上那些口红中的某支涂过嘴唇后，她觉得自己部分地变作了蔡小姐。

李工母亲检查结果出来了，胃癌，中期。医生建议手术，术后配合放化疗。李工骗母亲说是早期，没事，做个手术就好了。他母亲说回老家做，李工坚持在上海做，去联系了医院。床位要排到年后。

吕美红对李工像有了新认识，她原以为他会同意母亲回老家做手术。毕竟在上海做，花费更大。

李工母亲回老家前，她下班后去李工那儿看她。天又更冷了一层，头天下了今年第一场雪。老人直说她这么忙不用来的，又怪自己得病，"可把保平累着了。"

李工在厨房手忙脚乱地煮汤，瘦了一圈，胡子拉碴。接下来，他母亲的这病对他和整个家庭都将是严峻考验，精神的，还有物质的。她没留下来吃晚饭，说吃过了。回去，出地铁的路边，她买了块烤红薯，回去再冲杯麦片就是晚饭了。她捧着那块热红薯，快走到公寓时，抬头，残雪挂在梧桐树枝头，街道像一幅木版画。一个女人从二楼窗口探头叫女儿，"冷煞了，添件绒线衫！"十四五岁的女儿头也不回走掉了，大概去补习，拎着补习袋，单薄的黑卫衣下是一条蓬蓬的绿纱裙。

春节回去，她走了几家亲戚，和高中同学聚了个会，多是问她啥时结婚，啥时买房，啥时生娃。这几个问题如通用货币，出现在任何场合。她含糊带过，如百无聊赖的异乡人一心等着返程。年初四，父亲和邻居因为一点小事发生口角，最后拉扯动起手，母亲冲过去，拦在父亲身前。邻居是个急脾气，母亲怕伤着父亲。而父亲又企图挡在母亲身前，最后，仨人之间的冲突变成了父母之间的拉锯战。可之后父母关系并没变得更好。她宁愿他们没有那场拉锯战。

父母和她的主要话题还是劝她回来，让她想清楚，在外头再待个十年又能怎样，还是买不起房。她想起同学在聚会上和她算的账，你和男友的收入，除掉吃喝交通，得存多久能买一套二手房？首付基本上得四成才能从银行批到贷款。四成的钱在本地可以买一套很不错的新房了！同学在银行上班，算账是专业。可她并不完全认同这个账。有一间属于自己的房子是很重要，但生活本身以及在哪里生活，每一天，每一分，每一秒，比房子更重要。

算完账的同学接着开始聊股票基金，又说起某个女同学的离异，"她现在找的这个比她小好几岁呢！"一桌人笑起来，像"小好几岁"充满复杂意味。她有点透不过气，想起看过的小说里的一句话，大意是：当她形只影单时，她是孤独的；而当她和这些人在一起时，她孤独得甚至没有了孤独。她真是不喜欢老家聒噪的空气，还有陈旧的道德。

她想到李工，他回老家可能也不适应了吧？如果不是他母亲，估计他也急着回？他母亲的病,得花多少钱呢?这个钱某种程度也许直接影响着李工和她在上海的生活——如果他们还能继续的话。

没想到,次日晚,她收到李工的信息,说有件事和她说。他考虑了好一阵,准备回老家工作。年前已同市里的一家单位谈过了,对方同意给一个福利购集资房名额。"两房两厅,带装修,在市里的新区。上班后交了房款就能入住,我准备把我妈接来……她的病,没准拖不了多久,我不想让自己后悔。"

李工父亲去世早,他兄妹几个是李工母亲拉扯大的。吕美红一时不知如何回复。李工并没劝她一起回老家,是等她自己做选择?或是已觉得他们不合适,正好就此散了?

她接到他的信息时,正在新区一家娱乐城和同学唱歌。她本不想去,但其中有个男同学,高中时她曾喜欢过他。每次运动会有他的长跑项目,她喊加油都把嗓子喊哑。几年没见,她见他的第一眼,觉得今晚不该来的。他完全没了过去在她眼中的光彩,普通得有些乏味。

"上海到底不一样。"他说她。很高级的赞美了。她一笑。她穿着蔡小姐那件绛红色大衣,黑靴子。这衣服使她觉得与周围暌隔。有人给她杯子倒上啤酒,她坐在沙发靠门处,腿上搁着蔡小姐那只银色搭扣的黑包,像随时准备抬脚走。她环抱着手臂,指尖触着大衣柔软面料,好面料令人上瘾。穿过好的,就难忍受不好的了。"好"是爱情,是高潮。好与不好是这样分明。难怪那么多人用好的身体、好的年纪去换好的物。蔡小姐是这种吗?她不知道。

包厢内歌声喧嚣,不时有人把自己点的歌"优先",她点的不知沉哪儿去了。她本也不想唱,不想说——大分贝的歌声里,说话像喊。她找了个借口先走了,趁那个男同学上洗手间时,她怕他要送她,刚才从他看她的眼神里,不是没这个可能。

来时下了点雨,现在又大了点。她在路边撑着伞等出租车,冷得有点哆嗦。这身衣服适合室内。靴子箍得腿有些发木,她跺了跺脚,想起中介那次说碰见蔡小姐和一个男人打车。不知为什么,她脑海里常会掠过蔡小姐,是因为穿着她的衣服吗?似乎气息令她们有了一种联结。蔡小姐成了一个多少与她有关的熟人。她既是抽象的——只有中介说的"蛮漂亮",又是具象的,有气味和尺码。

举伞的袖口散发隐约的香水味,这是蔡小姐的气味,城市的气味,繁华与动荡的气味。她想念那间公寓和窗外的法桐,雨打在树上的声响。有若干次,她站在窗边凝视夜色中的法桐,像注视一个还没醒来便已开始怀念的梦。若不是住进了这间公寓,若蔡小姐没留下那些质地优良的锦衣,兴许她会在脚下这个地方待得更久,谁知道呢。但一切不同了。是在哪里看过一句话,见过飞翔,就不能再忍受匍匐。她不知道自己能不能飞起,但她被一种隐约的东西怂恿着,鼓动着。她一只手插进衣兜,触到一个东西,是那枚金属的叶子小挂件。她在掌心握紧它,像握紧某种凭持。

物为人证

——评《锦衣》

毕光明

从来在物质与精神二者之间，我们总是鄙薄物质而厚扬精神，把不为物质利诱所动，不追求物质享受看作高尚人格精神的体现，仿佛衡量人的道德水准和意志力的强弱，物质是最重要也是行之有效的试金石。由于这样的价值观代代相袭，因而我们历来都把守得住清贫看作一种美德，若是现实中有人贪恋物质，我们立马会警觉其去堕落已经不远。尽管没有人不期冀自己物质生活条件的改善，但人人又都顽固地在观念世界里受着一个不为物役的道德信条。陈蔚文的短篇小说《锦衣》，引起我们对这种鄙薄物质的传统观念的反思。作品表达的主题是，在人的具体生活中，物质不仅是一种需求，也是人之为人的一种证明。

《锦衣》写的是一个打工族女性对有品质的衣物的渴念并意外享有的故事。二十七岁的吕美红，从外省的小城来上海在公司里打工，住宿一直是与人合租，留下的都是极不好的回忆，以致三年搬了四次家。这一次看了酒店公寓的一个寻租的房间，尽管超出预算几百元，她还是果敢地把它租了下来，促使她下决心的是前面那个不辞而别还欠着房租的漂亮女孩，提前弃租而去却留下了一橱价值不菲的衣物和一些尚未用完的化妆品，让一个尚在美好季节却没有条件打扮以致不胜烦恼的女子难以拒绝它的诱惑。住进洁净而现代的酒店公寓里窗前有法国梧桐的房间，吕美红的生活感受完全改变，而那个名叫蔡小姐的据说是艺术院校学生的女孩留下的那些有档次的衣物和用品，包括黑色羊绒大衣，麂皮绒的灰色的风衣，皮质不错的高筒黑靴子，蕾丝边的文胸，有银色搭扣的黑色手包，洗面奶、粉底液、睫毛膏、安娜苏粉饼、卸妆水等化妆用品，浴后用的精油、磨砂盐和乳液，出门可以喷上的发出馥郁的甜香的香水，一床空调被和四件套床品……让她的身心突然间焕然一新。蔡小姐弃下的这些衣物，在他人的眼里不过是堆需要处理掉的垃圾，可对吕美红来说它们像天降的礼物，正因此，这意外的馈赠让她享受到渴望已久的生活，也让她确认了好的衣物对人的生活的意义。小说通过一个女性偶然地体验到自己理想的生活，揭示了人要靠物质生活来证明自我价值这一真理。

蔡小姐留下的美好衣物，于吕美红自小至今都不敢奢想，但因为租房而可以将其据为己有，不难想象为何在租下这个房子，面对满屋的凌乱，她却"像面对重大考古挖掘现场般按捺着激动"，为何对这些衣物爱不释手，看也看不够。这些适合她穿用的美好衣物，让吕美红遽然间进入一个与曾经有过的生活反差极大的新世界，不仅让她体验到她所渴念的生活值得拥有，也让她坚定着自己的追求，决计永远背弃老家的那种生活及其观念。老家的生活，给予少女时代和成年之后的吕美红，都是物质的匮乏以及由此造成的自尊心受到伤害，让她从未光鲜而只有黯淡。"中学阶段因穿得差，不仅被女生奚落，还在一次校运动会上被男生嘲笑"。上大学了，为了置装只得动用已经是最低限度的生活费。她就是为了告别这样的生活才来到大城市上海找工作，可上班后还是没什么改变，谈的一个生活俭省、以穷为荣的男友，吃不起馆子，超市买菜尽拣打折的，一起逛商场不过是自取其辱的消遣，更让她难受的，是她在公司里由于衣着寒碜被女同事们编派。因此她有理由需要好的衣服，"大概因为匮乏，她对衣服的心思绵延不绝，似乎要弥补从衣物中受到的伤害。"果然，蔡小姐的这些质地优良的衣服，让她找到了另一种生活的感觉。第一次试穿蔡小姐的黑皮靴奇迹就发生："她穿着靴子站了起来。这个高度一下给了她某种支撑，高于生活的海拔。"新的穿着，填平了过去的屈辱而让她获得了尊严："自从她穿蔡小姐的衣服后，她能感觉到眼光落在衣服上折射后的态度。连公寓门口开便利店的阿姨也热情些。""因为蔡小姐的衣物，在女同事们的眼里，她也许没那么廉价或随性了。这是她从她们的眼光中读出的。那眼光中包含了点惊讶，似是对她这个人的重新界定与认识。"衣服关乎的岂止是女性的虚荣心，它维系的是人在现代社会里的生活理想。

　　吕美红的现代生活理想，是这个时代赋予她的。城乡差别，贫富悬殊，是她在生活中时时处处切身感受到的，正因为有差距的存在才有了向上的动力。在上海工作过，她再也不喜欢老家聒噪的空气和陈旧的道德，春节回家不多的几天就让她感觉家乡反成异乡，如今她的心已属于有无数漂亮美物的连空气都迷人的上海，那里精致而优渥的城市之光令她无比依恋，因为生活本身以及在哪里生活比什么都重要，不然我们为什么要不断地建设，不停地发展。苏格拉底说未经省察的人生是不值得过的，吕美红的可贵正在于她从生活教给她的物的重要性里不断地发掘人生的价值。不错，她热爱衣物是"因着曾经的重度匮乏而成为同样重度的执念"，但她并不停留于这一执念，而是一旦发现并接触到物的美好，便从中深入地体验生命的美好，她对物的爱都是为生命寻找能与之对应的形式。例如当终于有机会用上酒红色丝织面料的四件套床品，她知道它的光滑是为清洁的身体和气味准备的，于是用蔡小姐留下的护理用品对自己进行了一番精心打理，终于感觉到自己的清新与美好。爱与生活因有了可以支持仪式感的物品而升华。其实在民间从来就有对生命需要显现形式的哲理表述——"先敬罗衣后敬人"。她将其阐释为"衣服仅仅是面料的连缀吗？仅仅只是蔽体御寒吗？不！它是符号，是标签，某种程度也是命运与道路"，进而从一位设计大师所说的"'自己'这个东西是看不见的，撞的一些别的什么，反弹回来，才会了解'自己'。所以，跟很强的东西、水准很高的东西相碰撞，然后才知道'自己'是什么"的话里，悟出了她与这间公寓以及蔡小姐留下的物件的碰撞让她发现了一个新的自己或者说对一个新我的渴望的道理。

"见过飞翔，就不能再忍受匍匐"，有了大上海生活体验的吕美红不会跟着因为母亲患癌症而回到家乡工作的未婚男友李工一道回老家，尽管她看不出靠自己来拥有蔡小姐那样的衣物还要多长时间，甚至无法肯定最终有没有可能，但蔡小姐的衣物给予她的感受已经令她们有了一种联结。她不知道蔡小姐是不是用好的身体、好的年纪换来好的物，但是蔡小姐所拥有的物是值得拥有的。她虽然没有见过蔡小姐，但蔡小姐对她来说并不陌生，她的灵魂里已经有了蔡小姐，就像她在超市里碰见的那个气质高雅、购物阔绰、手上拿着一把名车钥匙的女性，她们指引的生活方向正是她期望到达的，尽管看上去遥不可及。所谓"穿过好的，就难忍受不好的了"，表明在这个良家女子的心酸故事里，"锦衣"既是证明人的存在的符号，又是人能被其异化的坚硬之物。

骗子来到南方

阿　乙

一

　　我从红乌西站出来。两年前，也就是2017年9月，这座高铁站开通运营。从此红乌到武汉和北京的行程分别被缩短为一个半小时和四个半小时。我是从故乡亲友的微信朋友圈知道这一消息的。对久居红乌、因志气和体能丧尽而失去迁徙可能的人来说，这条消息是对他们的一次重新命名和赠予，会带领他们进入虚幻之境。同样的幻觉在1989年武九线红乌站建成通车时出现过一次，在同年底红乌撤县建市时出现过一次，在2010年杭瑞高速公路红乌段建成通车时出现过一次。每一次，人们都感觉自己置身于世界与历史的中心，或者至少，是被纳入某张网或某个体系中。事实较凄惨。火车给红乌带来的只是几个骗子，有一年捎来一名杀手，他沿红乌市区主干道一连杀害七人，而捎走的则是一批又一批要去大城市挣钱的劳力。有几年春运，火车门根本不开，人们不得不砸烂车窗，将亲人连带行李塞进去。在2015年第1期的《世界轨道交通》杂志上，一篇署名吴献龙的文章谈及高铁的"虹吸效应"，它这么说："中小城市利用高速铁路带来交通发展、吸引人才聚集的想法并不能实现，而是更多的资源、人才被沿线的大城市所吸引，造成小城市越来越缺乏活力。"

　　它说得没有办法再有道理。

　　我从红乌西站出来。和我一同出闸口的不足十人，我们作为一支渺小的军队行走在由一块块正方形大理石砖拼凑成的，足有二十几亩地大的广场上。广场边缘停靠几十辆出租车。一些司机跑来揽客，其中一名说："一位一位一位嘞，你一来咱们就走。"但在走近后，我发现车里并无其他乘客。"你再等等，再等一位咱们就走，"他说，"或者呢，你加五元钱。"

　　"行吧，加。"我说。

　　汽车经过占地面积达六十亩的市体育公园。主体育场有一万三千个座椅，是中乙一支球队的主场，报道说常有数千人观赛，我去过两次，都只有几百人。在体育公园和高铁站周围，是挖开一半的山体，露出整整一面的红土，远望过去，会发现它有一种往下不知为何的呆滞感。汽车通过被废除的原市区中心，北上，经过人去楼空的钢管厂宿舍，右转，到达此行的目的地：毗连红乌站的永修路。过去，永修路叫农商街。几乎在红乌站建成的同时，农商街夹道建起两排三层的商品房，我父亲在路北买下一幢，左邻姓梁，右邻姓温，如今这两家均已易主。我祖母和父亲都是在这幢屋内辞世的。他们在生前最后几年饱受疾病折磨，我记得父亲已经死了，喉结那还鼓动一下，呕出一口黑血。母亲有一次说，她听见死去的我祖母在阴暗的室内一边摇扇一边走动，不停地诅咒她。买这幢屋是我父亲一生所做的最失败的决定，让一大家子人住进商品房的欲望战胜了他的理智，他原本应该是故乡少有的几个理性的人，能站在事情面前认真分析。我仿佛听见开发商对他说："就差你一家了，你住进来咱们就和自来水公司签协议，接通自来水。"或者，"火车一响，黄金万两"。

后来因自来水久不曾接通，农商街居民在房子里掘井、装手摇水泵。我记得作为中学生的我和弟弟，每天不得不手握摇杆，各自压够两百下，好让鼓着大腹的粗陶缸注满水。我们都责怪对方压的次数不够，在偷懒。我一边压，一边望向盖住天井的玻璃。光线透过它照下来。我在想："还有比这种枯燥的劳动更让人难以忍受的吗？"后来我在越来越多的名人著作里看见同样的感慨，比如加缪的《西西弗的神话》、陀思妥耶夫斯基的《死屋手记》，要么说"再没有比进行这种无效无望的劳动更为严厉的惩罚了"，要么说"我想，几天之后，囚犯就会上吊"。最近我在读韩炳哲的《娱乐何为》，发现在第五十一页，编者提供了这样的注释："埃古普托斯希望自己的五十个儿子娶他兄弟的五十个女儿，达那俄斯被迫同意，但却命令女儿们在新婚之夜杀死各自的丈夫。四十九个女儿遵命而行，因犯罪恶，被罚日夜打水，而水缸永远不满。"我记得自己在参加警校新生军训时，因无法忍受教官命令我们成百上千次地做同样的动作而选择罢训。2002年，因无法忍受在办公室日复一日地撰写材料，我辞职离开红乌。

二

我走入在永修路三十号的家。我要在这儿住上些时日。父亲是三年前辞世的，母亲在她漫长的人生里第一次获得自由。葬礼结束后，我们从她脸上看见一种被解放的欣喜。十三四岁，她就开始照料自己的父母。后来和我父亲生下七个孩子，其中两个夭折。她将五个孩子照料大，又开始照料孩子的孩子一共五人。此后，她又开始照料卧床的我祖父、我祖母和我父亲，直至他们先后辞世。现在，虽然被糖尿病、心脏病折磨，她仍然享受一个人待在家、自由自在的感觉。她掌控着这幢房子。没人能把她请走。

天井下的水井已填上，地面贴着像河水一样呈亮灰色的瓷砖。这块地方应被视作穿堂，连接着客厅和厨房、卫生间。我注意到卫生间贴墙安装着一根水管。水龙头的扳手开关被转到一个位置，水从出水口滴滴溜下，坠入水桶。我想到，这是一种生活经验，或者说生活伎俩。单位时间出水量虽少，但水表内红三角不转，因此不用缴费。况且只要不管它，一上午的工夫，它就准能给你蓄满一桶水。待到解手，我才知事情并非如此。从马桶水箱压不出水。我得用瓢到水桶舀水，冲掉秽物。"是水只有这么大，厨房的水也只有这么大。"母亲说。我将厨房水龙头的扳手开关几乎转到顶头，发现水流也就细线那么大。母亲说："这还算好的。一到大家煮饭、洗衣，就更没水。早上打开水龙头，水还是黄的。要放一阵子，水才清了。"

"那怎么生活？"我问。

"慢慢积水呗。过去在农村，没自来水不是一样生活？"母亲说。

母亲提到，隔壁邻居的情况差不多，他们处理的办法是在家里装上价值四五百元的增压泵，或者在楼顶装水池（一说水塔），将水抽上去贮存，使用时再输送下来。具体原理我不懂，也未去实地察看。我只听母亲嘟囔，自打邻居这么干，分摊给我们家的水就更少了。

将洗澡时，我打开热水器，发现只有少量的水像伤口的血一样，从花洒浸出来。我打车让司机带我去澡堂，发现原本建在电池厂和通江东路的两家扬州洗浴中心已经关张。司机说："家家户户有热水器，谁愿意来澡堂洗？"最后我到宾馆开钟点房才洗成澡。我决定打电话给自来水公司。母亲说："打了啊。光一家打没用，要十家一起打。可是在家的都是老人家，没法打。年轻人都在外头。即使在屋，也不见得齐心。"我说我总得试试。我从网上搜到自来水公司客服电话。能判断出接电话的是一名毕业不久的姑娘。我们命名她为A。A说普通话，客客气气地让我记下维修部号码。我没听清，她耐心复述。我拨打至维修部，接听者是一名年过而立的女人。我们命名她为B。B心中有无尽的烦躁。之所以说话还算礼貌，是出于谨慎（比如：万一来电话的是巡视组的什么人呢）。这种礼貌异常冰冷，甚至可以说寒气刺骨。她让我打电话至北郊分公司。我查找到该分公司电话，拨打过去。接听者是一名年近五十的大姐。她冲着我的耳膜大喊："你做么事？要做么事？"

"我要修水管，我屋里快没水了。"我说。

"你不懂拨打自来水公司的客服电话吗？要我教？"她说。

我们命名大姐为C。C叫我找A，A叫我找B，B叫我找C，如此沿一定路径不停流动，情况有点像矿井里的"循环风"。

我知道这条路在故乡无法走通，毋宁说是确认它走不通。不久，我与初中同学吃饭，聊及此事。胡漾说有个叫何辉东的朋友在自来水公司。胡漾拨打何辉东的电话。胡的手机底部有一排孔眼，从孔眼里传出何辉东的话："你说的事我能不办吗？"

回家后，我按胡漾给的号码，给何辉东发短信，说明大致情况。此后我致电他。我有种感觉，我是在给一名仰躺在哪儿的醉鬼打电话。他抓着手机，一个字一个字地对我说话，字与字间间隔了些距离。几次我以为他睡过去了，他又把剩余的话说完。"喂，哪里啊……有数……了……你等……着吧。我向冯……总汇报一声……去办……都是兄……弟。"他说。后来我只听见他粗重的呼吸声。我说："何主任那我挂了啊？"不见他应声。我斗胆挂了。一直在旁竖耳谛听的母亲走出门，将自来水公司要来维修的消息散布出去。我们在家等了近一个礼拜，不见谁来。

三

我家门前铺的是水泥路。沿马路东行一百四十米，能找到通往人民公园的歧路。我父亲自2009年中风不良于行后，多半时间用于公园锻炼，期待能再次拥有如飞的步履，或者像骗子承诺的，"可以重新下地劳动"。直到2016年10月凄惨地死去。我每次走进那条贯穿公园、被露水打湿的沥青路，都会想到父亲曾在此艰难前行。他用右手提住蜷曲的左手，朝前迈出右腿，定定，然后将左腿朝空中划去，划出一道优美的弧线，落在眼前。我想到像蝴蝶一样围着他飞的好奇的小孩子。公园里有一些穿着透气、紧身运动服的跑友。2002年我辞职离开红乌时，县城还没人跑步。现在，不去健身的人似乎很少。就连我的母亲，也习惯在四点起床去做操。

我沿公园的缓坡上行。每行六步，就因胸闷憋气不得不停下。我在此遇见市人大常委会副主任澹台诗晨。澹台主任和夫人一边往下走，一边大幅度做扩胸运动。擦肩时，他一拍巴掌，说："这不是安顺老师吗？"澹台主任仅比我姐大一岁，可我总觉得他是上一代的人。这可能和他身居要职有关。澹台主任是邻县人，十七岁师范毕业，分配至我们红乌一家厂矿的子弟学校执教。因文采过人，被借调至市档案局、市委组织部。后官至市委组织部秘书科科长，又在林场、乡镇和市委办任正职。四十四岁时当选市人大常委会副主任。澹台主任笔名"吴楚"，时有诗作在省市报刊发表，以前曾赠我诗集《中部省份的西格蒙德》，其中一段如下：

> 必须重视美、清洁和秩序
> 特别是把秩序引入生活的河床
> 肥皂应被视为文明的标志
> "啊，自然的微粒！"
> 古今皆然，但是我要缓和这沮丧

我少于研习诗歌，不知道别人诗歌的好。我猜这样的诗句不会坏。我和澹台主任认识，是因为彼此都热爱文字。或者说，都想吃这碗饭。我们的友谊相当于一名染匠和另一名染匠、一名木工和另一名木工的友谊。我的作品被翻译至七国发行的事迹，对故乡人而言，如秋风之过耳，但在澹台主任那里却激起极大反应。我写过一篇反响寥寥的长篇，有十八点八万字。澹台主任说他一字不落地抄下来，抄完五个笔记本，抄坏三支圆珠笔。今天，澹台主任穿白色汗衫、黑色金丝绒裤，蹬一双耐克鞋。外套缠系腰间。平日他将头发梳成分头，用发胶定型，今天只是任其蓬松地挺立。另外，因为是邻县人，澹台在我们红乌只好说普通话。我们小地方人容易对说普通话的人产生敬意。澹台主任过去常解释自己也是乡下伢子，后来，面对人们持久的盛情，他逐渐感觉却之不恭。现在他就是用一口标准和高昂的普通话朝我说：

"什么时候回来的，回来怎么也不打一声招呼哇？"

"没几天。这不怕您忙嘛！"

"身体最近怎么样？"

"还成。就是上坡时还有点喘。"

"你得多回来，呼吸呼吸家乡新鲜的空气。"

澹台主任见我手拎一袋换洗衣裤，又问："你这是要干吗？"我说去宾馆洗澡。他说家里就不能洗吗。我没说自来水公司的不是，只是尽情叙述家中的窘境。我说我家的自来水可真细啊，细得比懒汉打盹流下的口水还细。澹台主任的眉毛就往眉心聚拢。他火气冲天地说："真是岂有此理，这些人就是拿着国家工资吃闲饭，尸位素餐。"他对我许诺，事情定会得到妥善处理。他讲，曾有人大代表就类似问题提交建议，自来水公司答复时强调了很多客观原因。"现在看来，这不是某个地方的问题，而是很多地方的问题；不是什么个别的问题，而是普遍存在的问题。这月正好是'代表建议督办月'，我请我们人大领导全去自来水公司看看，到底是什么原因让我们的大作家吃不上水。"澹台主任说。

四

不日，一辆白色郑州日产皮卡开到永修路。下来七人。其中六人穿浅灰色工服，上衣兜插笔，肩挎帆布包。另一人穿带肩章的浅蓝上衣，着藏青色裤子。上衣掖进裤内。这个明显是领导的人，就是何辉东。何主任带队来到我家门前场地，让他们站成一排。最左者身高体大，脊背挺直，是当排头兵的好材料。何喊"整理着装"，带头捏领子、纽扣开襟，众人跟随象征性地捏上一遍。何喊"向左看齐"，排头兵不动，其他人向左转头，脚步窸窸窣窣移动。又喊"向前看"。又喊"报数"，从排头兵开始，一个个转头将数字递下去。最后一人是用方言报的数，"六"报成"录"。又喊"立正""稍息"。街坊们背着手，都来看热闹。何主任例行训话。训毕，喊"解散"。他们捡起地上的帆布包，跟随何主任来到我家门口。我母亲眯眼，露出一口假牙对他们笑。我记得何主任大步走来，双手捉住我母亲的一只手猛摇时，胸前的领带随风起舞，舔了一口我母亲长着斑块的脸。"你就是邓姨吗？邓姨你好啊。"他说。

看见我从室内的阴影里走出来，他又说："这位想必就是我们的大作家邓安顺邓老师咯。你的书我都读过，妙趣横生，精彩至极。记得给我签名。"

我从没在一个人身上看见如此亲密的笑容。这种亲密超过空姐、导购以及骨肉中表。不独我，那些街坊，这一天也感受到这久违的只有在婴童时期才能感受到的来自他人的亲密。"就跟有很深很深的血缘似的。感觉手上有点钱，放他那，比放自己手里还安全。"街坊们说。

母亲请他们进屋坐，他们婉拒。母亲将板凳一张张端到场地，只有一名长着铁灰色头发的员工坐下去。他大概就是何主任对我母亲说"我把我们公司的活化石带来了"的"活化石"。化石一边蘸口水，一边翻动一本蓝色皮面的账本。像母亲推测的那样，永修路自二十五号至三十四号共用一根从过境主管道连接过来的支管。何主任指使员工去这十户调查。十户中，六户在家（其中两户是承租人在家），四户门上悬锁。这四户中，两户是孪生兄弟，在城东经营超市，闻听后，共骑一辆电瓶车赶来；另两户在外地，嘱咐亲戚带钥匙前来。其中一户锁坏了，亲戚做主，借来锤子，一把将锁敲落。自来水公司员工入户前，要给鞋子套上粉红色的一次性鞋套。住户普遍劝阻，有的甚至扯住鞋套不让套。他们表示这是规定，不能套。他们进入厨房，给水龙头接上水压表。先是一家家地测水压，后来把十家的水龙头一齐拧开，看各自的水压还剩多少。数据通过对讲机汇报给化石。之后，他们又询问十户人家的户主或代理人。这些人和我母亲的态度一样，只要自来水公司能修好，哪怕费用自己来出也行。问完，自来水公司的人聚在我家门前的场地商议。化石一个人走到水泥路面，用脚步来回丈量。他停在一棵伞状的树下。

"你们有没有注意到，这棵树比别的树要粗，叶子也相对茂盛。"他说。

"你这么一说，还真是。"有人应道。

"说明它根部有水，水管就是从这破的。"

有人问是不是用漏水检测仪检测一下，他大力挥手，说："不需要，百分之百是这里。"他在树干上缠系一块红布，用粉笔在邻近水泥路面画上一个方形。此时，何主任电话声响。他一瞧号码，身体瞬间打直。他一边朗声应答，一边毕恭毕敬地点头，说"是、是"。不久，市人大常委会副主任澹台诗晨、朱晓雨，副市长王琢越，住建局局长王静，自来水公司总经理冯威携十袋生态香稻米、十瓶金龙鱼油、十盒月饼，驱车来到永修路。随行的有市电视台记者。何辉东身轻如燕，小碎步子，在领导跟前跳来跳去，详细介绍情况。一些数据精确至毫米。因为太感光荣，他脸色灿烂如朝霞，眼中迸发出透亮的光。后来，我和母亲在电视节目《红乌新闻》里看见专题报道：人大"问水"。母亲指着屏幕上喜庆的老妪说："这是我吗？我这么老啊？"

五

　　翌日上午，三名来历不明的农民工身穿荧光背心，头戴安全盔，来到永修路，找到缠系红布的树及路面用粉笔画好的方块。这就是自来水公司指定采挖的路段。农民工在路段两头摆放红白两色相间的锥筒。锥筒之间牵线，悬挂一溜三角旗。我记得因为少一个锥筒，他们找来一只灭火器顶替。之后他们从三轮车上将配电箱搬下。他们想从二十九号的蓉蓉美发店接电。开店的姑娘害怕给房东添麻烦，未同意。他们找到我家。他们尚未开口，我已欣然同意。他们中年龄最小的那位给电镐装上六角尖凿。银灰色的尖凿从包装里拆出来时，掉在地上，发出叮的一声脆响，显示出分量非凡。

　　过去十七年，我在苏州、塘沽、燕郊、北京谋生，住过十六间房子。就像牛蝇追赶牛一样，几乎我去哪，电镐声就追踪到哪。有时听起来像在耳边，然而在楼内甚至是整个小区找，都找不到。今天——说来也是有缘——是我第一次看见电镐真身。小伙子戴着墨镜、手套，双手握紧它，让凿头对准水泥路面。他只是按了一下开关，镐身就发出让人熟悉的怪叫声。随着凿头剧烈振动，水泥路面出现龟裂，很快碎裂成一块块砾石。小伙子击穿一处，把凿头对准另一处。他是那么平静，仿佛这没什么。我是个有妄想病的人。我贪婪地看着眼前的一切，心脏被可怕的想法攥紧。我惊叹于它强大的破坏力：在想要毁灭什么时，毁灭就已无法挽回地完成。有人一定打过主意，将振动的凿头对准白净的肉身，让鲜血从开膛的地方飞溅出来，在半空中形成一道血帘。仅仅这样想，我就大汗淋漓。后来走路，双腿还略感发虚。

　　水泥路厚十四厘米。凿完，年轻人放下电镐，甩动因长久抓握而变得不灵活的手指。他的同伴之一伸手去摸滚烫的凿头。经验告诉他会发生什么，他还是忍不住去摸。果然，在触及的同时，他的手就受惊地缩回。他夸张地叫起来。水泥路下面是土基。他们用铁锨挖土。他们挖一会儿歇一会儿，背靠背坐下来抽烟，并将沾满口水的烟蒂扔得满地都是。后来我在那一颗烟蒂也没看到。我想它们要么是和砾石一起被清走，要么是被清洁工扫掉。有时他们打扑克。每打一局，输家就骂骂咧咧地付钱。挖到一半时，方坑已然像葬人的坟穴。伶俐的小伙子在里边躺直，佯装发出畅美的鼾声。又叫同伙立在穴边，为他默哀致意。唉，那俩中年人满脸迟钝，根本不知道配合。要到下午四点，在太阳最后一次发出刺眼的光芒，并且那光照在人身上还使人灼痛时，他们才将涂满泥污的水管挖出来。方坑已有九十厘米深。自来水管直径六七厘米，粗细如矿泉水瓶。因为锈蚀，它的外表长着深红色的斑块。水正从数处孔眼往外喷溅。围观者越来越多。包括住在红叶宾馆的台商唐南生。唐身高一米五〇，腹大背驼，小肩儿向下溜。前额光滑，因为光滑，额头弧度显得大而饱满。顶上只有一小绺头发，耳后却有茂密的一团。他还留络腮胡子。因为年近花甲，这些毛发多数像雨丝一样呈银白色。他这会儿把手拢在嘴前点烟，然后用自以为有磁性的沙哑嗓子说："所以，基本上，它起的是一个让人比较不那么开心的作用。"没什么人理他。他欠本地很多人的钱，每天做的事就是借钱来还款，或者许诺去借钱来还款。他不像过去那样拥有庞大的信众。只有那三位干活的农民工，在听他说话后，血液涌上面颊。仿佛是他们搞坏了水管。当然，脸红也可能是因为有几十双眼睛俯瞰他们。唐南生用完烟，背着牛皮书包，往永修路西头走。然后沿人民北路南下，到被废除的原市区中心，也就是老红绿灯那儿，去找肯德基。他吃完汉堡、薯条，要么即刻沿原路返回，要么坐在肯德基外的台阶上，看来往女性。有时他会跟她们中的一个搭讪："小女生啊，我跟你讲。"

六

晚上，没有火车在红乌站停留，也就不会有拉客的小车在附近往来飞奔。永修路共架设二十盏路灯，如今还在照明的有五分之一，光线暗淡。在永修路东头，再往东一点，一段沙石小路的南侧，青松翠柏中，矗立着一座叫"壹号公馆"的娱乐会所。白天看，它是一栋大门紧闭的独立别墅。墙皮部分脱落，露出殷红的砖头。窗户也多有缺损。屋前的喷泉池生长着杂草，已经荒废。到了晚上，公馆灯火辉煌，从大厅和廊道传来男女嬉戏的声音。声音在墙壁形成嗡嗡的回响。永修路住户多为老年，他们商定这是鬼宅，反复向年幼的家人交代："你可千万别过去失了足成千古恨啊。"这些老人习惯早睡。一到晚上九点，生物钟就提醒他们，让他们连打哈欠，沉沉睡去。

我们所说的这一夜，永修路上，只有三位农民工在干活。他们不再从我家接电源。自来水公司员工符马活（就是那位"活化石"）前来查看采挖情况时，提起要给我们家补偿一笔电费。我说区区小事何足挂齿。符马活说还是要付一百元的。不过后来没见谁来付。我不知道农民工是从哪里接电的。他们将工作灯悬挂在那棵伞状的树上，雪白的光照向敞开的洞口。他们携带电焊枪、法兰盘、扳手等可以想见的工具下到洞内。支管的阀门已经关好。黄昏时符马活给我们十户人家通知过，他叫我们提前蓄点水。我们说敢情好。其实就是蓄，又能蓄到多少。我睡得并不比我母亲晚多少。从我家门外传来焊接管子的吱吱声。可以想见那火星一定又密又多，正飞溅向穿戴严实、手执面罩的工人。子夜，我被一阵响动扰醒。那声响有点像是我父亲在咳血。咔咔有声。正从一处蹿向另一处。逐渐地我意识到是我家水管跑进了水。门前漏水的支管已维修好，阀门已经拧开。那股水像是犹疑的动物，试图冲过管道，却总是跑到一处时刹住脚，张望四方，好判断有没有危险。最终，从我家楼下没关好的水龙头那传来它奔腾而出、砸向地面的响声。母亲耳背，没有听见。我因懒惰，也没下楼去关水龙头。清晨我才下来。母亲裤腿高挽，赤足走在清澈的积水里。她一边打扫，一边笑着对我说："水好清，我对着水龙头喝了好几口，比细时在泉眼口喝到的还凉还甜。"

农民工永远地消失了。方坑被填上，一部分土没有回填进去。我们那习惯用筐来计量土，他们说差不多有两筐土没有填回去。善于利用一切机会教育儿子的街坊魏寒枫，把儿子叫过来，说："这个坑有一点八个立方米。我们假设挖出来的土重一吨，现在回填进去的却只有零点九吨。你说说因为什么？"他那左撇子儿子魏星真搔抓后脑，低首看地，一言不发。

"你说说看。"他父亲催促道。

"不知道。"他说。

魏寒枫抓住魏星真两肩来回摇动，说："你呀。挖掘前的土基是碾压过的，密度大体积小。挖出后，土块松散，有了很多空隙。这是自然常识。"

土堆边搁着被切下的水管。在它表层长满大小不一的疙瘩。有的地方疙瘩脱落，出现穿孔。盯着它看，像盯着一张被硫酸烧伤的脸，或者一截在手术中被取出的肠子，心中会有惊悚。水管两端被切割得极为整齐。有人说是钢锯锯下来的。有人反驳，说恐怕是用切割机切下的。用钢锯切，还不切得累死。而且钢锯怎么能切得这么齐。不多久，永修路上开来另一支施工队。一辆自卸车倒、倒、倒，倒到工段边沿，举升货厢。沥青滚烫冒烟，从倾斜的车厢底板滑落向浅浅的路床。工人们用铁锹铲起沥青，均匀地浇向各处，用木耙子推平，接着推来一台手扶夯实机，又开来一台振动轧路机，将沥青反复碾平、压实。看着沥青不够，自卸车又举升货厢，倒出来一些。最终，摊铺进来的沥青与路面齐平，看起来像一块方形的芝麻糖。几名小孩跑来，踩来踩去，享受它的黏性。他们自己玩玩也就罢了，还招呼别的小孩也来。直到他们的妈妈跑来，大巴掌扇向他们的屁股。

自这以后，我家的水就来得特别大、特别猛和特别地欢腾。水龙头下冲出的雪白水柱，有大拇指粗，击打于手背甚至有痛感。母亲把积压在箱柜内的衣物全部抱出来洗。洗到后来连抹布也不放过。母亲还找出废弃的皮管，接上水龙头，对着后院的菜地浇灌。那些萎蔫的油菜，一个上午就获得巨大新生。翠绿肥大的叶子摇摇晃晃，越看越淫荡。它们简直是张开双臂，抢着过来迎接水柱。从松过的土壤那里，传来猪一样吧唧吧唧的饱食声。母亲同情地看着土巴们，说："孩儿们别着急哈，又不是没有份，个个有份，都有份。"我在卫生间洗澡。我给身体打沐浴露，搓得到处是泡沫。然后打开花洒，看着泡沫在热水的冲击下，全部掉向地面，从地漏旋转着溜走。我的母亲跑到邻居那儿，提醒他们不要用增压泵："（现在）水通了，水压正常了。再用（增压泵），水压就高了，容易把水管撑破。"我知道母亲的用意。她是怕自己得来不易的水，被别人用增压泵又给截走。

母亲从此过上幸福快乐的日子。

七

人看管得最严的不是自己的孩子，而是钱。为了让人把钱从口袋中掏出来，借款方说出比糖还甜的话，频繁许诺。有的还抽出刀子威胁。唐南生让人掏光自己和亲人朋友的钱，有的还去银行和钱庄贷款来满足他，依靠的是拒斥的技术。我得解释，我之所以知道这些事，并非因为我打听过它，而完全是因为我无法不知道它、不得不知道它。有人说，红乌市区有接近五分之一的人卷入这场融资游戏，几乎每家就有一个。我的哥哥、妹妹、堂兄、堂弟、表姐、表妹以及初恋情人，要么直接卷入其中，要么间接被牵连。

六年前，一个请风水师看过的吉利日子，唐南生及其更江南集团在刚搭建好的售楼处发售股权，我们红乌人蜂拥而至。队伍排起长龙，超过五十名警察、保安进驻现场维持秩序。邻人的广泛参与、国家机器出面，以及之前市四大家领导（他们的专车车牌正好是从〇一到〇四）同来剪彩，使人们感觉自己的投资行为得到担保。这件事直至变为灰烬，庞大的工地结满蛛网，部分投资者还是对唐南生及其更江南集团充满信心，认为时间终究会给出令人信服的答案。队伍前方，一张栗色的电脑桌上，堆放着一摞《投资入股协议书》。排到最前的人坐上带滑轮的圆凳，或者弯腰，在一式两份的《协议书》上签字。唐南生的搭档、集团总经理续章代表甲方银象江南投资有限公司签字。在文件的盖章处及骑缝处已盖好公司印鉴。《协议书》约定一笔股金为十五万元，每人最多认购二十笔。认购股金须在协议签订后三日内缴清。一摞签完以后，秘书又抱来一摞，并在桌面蹾齐。新的一摞签了不到十份，搁在桌面的对讲机发出嘈响，传来唐南生尽力压制的话："请续董过来一下。"从声气判断他刚从后门进入办公室，对事情发展超出预期深感不满。续章对秘书说："不要动它。"女秘书取镇纸压住文件。站立后头的保安移步向前，双手后背，看守住它。续章进入办公室。反身锁门时，对外张望了一眼，似乎是怕人们听见将要发生在办公室内的对话。片刻，从里边传来霰雪雨雹般的责骂："干林娘，我们是要外钱，可是，不要那么多，你知道吗？外钱太多，我们做事的目的就不是，替自己挣钱，而是，做公益，你知道吗？"人们仿佛看见唐南生正揪住续章的一只耳朵，让那只耳朵老老实实地听他讲话。汗水从续章的下巴尖滴滴流下。一会儿，身高一米八〇的续章从办公室走出。他张大鼻孔吸气并且咬紧腮帮子，脸色惨白。坐下后，他将那摞《协议书》揭走一半，丢进抽屉。想想，又从那留下的一半里揭走一半。他对过来签字的排队者说："能不能只买一笔？"

"为什么？"后者问。

"买那么多干吗？你家里不生活不吃饭吗？"续章说。

这时，从挂在屋檐的喇叭里传来唐南生的劝告声："入股有风险，投资请谨慎。涉及钱的事我奉劝你们多加考虑，最好是翰（和）家人一起考虑。考虑成熟了，再做决定。毕竟，这是把自己的钱交给别人。"又说："我们双方都考虑一下，今天就签这么多。明天，我们再拿出一个让双方都满意的后续方案。"几个排在队伍中心的人明白了什么，跑向前头。余人一看，也往前冲，为的是抢夺桌上的《协议书》。售楼处的门面只有那么大，一旦有人占据那儿，就有人将他往后拉。那些占据到前排位置的，无不是靠双手死死扒住桌沿或门框才得手的。他们扭动腰身，阻止他人向前。或者学骒马尥蹶子，踢后面的人。后面的人呢，有的试图从觅到的人缝里挤进去，有的牺牲身体平衡，朝前长长地伸出手臂，有的大呼在前的亲友，请求帮忙带一份出来。半空中全是人所发出的嗡嗡的嚷叫声，它们像乱飞的箭支，彼此交会、撞击，甚至是穿透。一时沸反盈天。因为拥挤，最前排的人终于扑倒。原本是立体的四脚电脑桌被压成平面。一个人因为踩在带滑轮的圆凳上，仰面摔倒，被送医救治。一度，他手上抓着三份《协议书》。他在向病友表述时，感喟不已。原本他计划好一份给父亲，一份给外父，一份给自己。倒地时，他手中的《协议书》被一份份地扯走。"我要是有一份也好，一份也没有。反而得了脑震荡。里外里，隔多大的事。"他说。保安不得不手挽手组成人墙，将群众阻挡在售楼处外。一些人计无所出，想到一门古老的手艺，从钱包取出一张或两张人民币，晃晃，塞入某位保安的裤兜。那保安无法抽出手阻挡这不义的行为，只好叹息一声，稍稍让开身体，让行贿者猫腰钻入。这应该是我们红乌撒县建市以来，市区所经历的最大一次群体性事件，其规模似不亚于光绪三十二年（1906）上千农民捣毁厘金卡、1918年八百农民开仓夺粮六万斤等县志有记载的事。最后，人们在现场再也找不到一份《协议书》，就是连白纸也找不到。那些一无所获的人返回家后，将被连篇累牍地数落。对他们而言，痛苦是双重的。一是错过近在眼前的致富机会；二是再次在街坊面前暴露出软弱和无能。过去他们和学区房无缘，现在又没办法弄到一份由银象江南投资有限公司盖章的《协议书》。他们在社会中的估价再次被无情地压低。

八

需要补充的是：那些抢到《协议书》的，几乎是瓮中捉鳖，将续章捉到，然后往路肩上一放。"签！"他们带着凶狠然而你没办法举证说它凶狠的语气说。他们看着续章将《协议书》垫在膝头，甩动钢笔，龙飞凤舞地签名，无不面露狞笑。签过百份之后，续章因为想到什么（我估计是罪孽），舌挢色变，签字的手麻痹起来。穿白大褂的中医院医生吴迪走来，抓住续章那比鳖壳大的手背按压，又甩动他的手臂。

吴迪问："还麻呗？"

续章说："似乎是不太麻了。"

吴迪说："不麻就把我那份签了。"

据说续章的搭档、集团董事长唐南生看见之后，眉心紧皱，捡起桌上的玻璃杯就摔。他懊恼地说："谢谢啊，我谢谢你们（祖宗八代）啊。"然后钻入玛莎拉蒂轿车，扬长而去。续章嘴唇嘘着泡沫，说不能再签，这样签下去会死人的。人们哪里管得了这么多，把他背到老人平时下棋的石桌那儿继续签。就是回到宾馆房间，还有十数人跟去。"你有那么多的资金和那么大的财力吗？"续章说。

"这个不用你管，我们说没钱也没钱，有起钱来，也吓死人。"他们说。

次日一早，有两家银行将贵宾室辟出来，专门处理客户对更江南集团转账的业务。客户将钱如数转入指定账户，集团方面开具收据，作为客户日后领取利息及房产、参与分红并且到集团上班的凭证。更江南集团在售楼处也设立收款处，人们排队缴付现金。一些人又犯下失心疯，冲到队伍前，将成捆的钱朝里扔。验钞机因持续工作，滚烫发热，发出就要烧焦的臭味。在人们的恳求下，转账截止日期被推迟两次。因此，整整七天，都有人找更江南缴钱。像前边说的，有的人为凑足钱去借高利贷。实在凑不出的，就吵着向更江南打欠条。这就好比人家向你借钱，你反而向人家借钱，好把钱借给人家，从道理上讲不通。更江南予以坚拒，后不知为何心软，给一个人开了口子。这个口子一开，有四十余人仿照办理。

融资前，唐南生去本地东方红艺轩工艺品店定制半卡车的奖杯、奖盘、奖牌、获奖证书和奖章，还有一些摆件。我想之所以在本地定制，一是怕材料易碎，不宜长途搬运；一是唐南生融资经验丰富，认定客户尽是些蠢货，事情做起来没必要太过谨慎。现在有些骗子对受骗者的不尊重已到顶点。我曾见骗子接受采访。他说："不是我要骗他们，而是他们要我骗。我不骗，他们不干。"或者，"我清清楚楚地告诉他们，我骗你们的。他们说你怎么能骗我们呢。"他说："盛情难却，我只好骗咯。"我之所以说这些，是因为后来人们在讨债队伍里发现东方红艺轩的店主。他们夫妻抱着试试看的态度，给更江南集团投资三十万元。唐南生到省会找打字店合成一些自己与领导、明星、富商的合影照片，并租用一辆玛莎拉蒂轿车。轿车自带车牌，号码后四位是二一〇四。唐捻断茎须，计上心来。以后他和他的业务员总是说："国家用五十年时间发展第一产业、第二产业、第三产业，成绩有目共睹。步入二十一世纪，中国六十五周岁以上人口占比超百分之七，至2027年，将达百分之十四。中国从老龄化社会迈入深度老龄化社会指日可见。对这一严峻形势倘无应对，大好基业将轻易葬送，一切美好也会付诸东流。所幸我们政府最擅长于面对困境，解决困难，他们像我崇拜的奥地利派经济学家德荷埃梅·契维埃里梅耶·德·洛沃歇伏所说的那样：'若不能克服自己的弱点，就把它变为优点；若不能克服不利形势，就把它变为有利条件。'他们在过去将人口负担变为人口红利，使超过十亿待养的国民变身中国晋级世界第二大经济体的建设者；今天，面对'养老困局'，他们除开针对人口生育政策翰退休政策做出调整，还尝试在税收、土地等方面制定优惠条件，推动养老业的商品化、市场化、经济化翰集约化发展，使养老业成为继农业、工业、服务业之后的第四产业，成为中国经济新的增长点。只是！执政者还不便于公开发布这项计划，一旦公布，就会对诸多等待社保养老的老人构成心理冲击，增加不必要的社会矛盾翰改革阻力。所以！执政者要找有实力的企业、商人翰朋友来，争分夺秒地，悄悄地，把事情做起来。国家对这件事是鼎力支持、有总量布局的，因为不便发布红头文件，就将它命名为'代号二幺〇四工程'。换言之，是'二十一世纪优先发展第四产业工程'。其实，目前已有副国级的领导对工程公开表态。他在视察时接受采访，称政府的态度是'允许存在，有序发展，严格管理，低调宣传'。这么说不是政府要打击翰控制，而恰恰是以谨慎的口吻将赞成的声音放出来，给参与者吃定心丸。国家对养老业的重视，在我们省体现得尤为明显。我们省森林资源丰富、工业环境污染少、气候温暖湿润、交通网路发达，是'二幺〇四工程'理想的落地省。我们省也围绕国家决策，提出'养老立省'的口号。只是大家还不常在电视翰报纸里看到。但是你看新修的省政府大楼，如果有心去数，就一定能数出它的外墙玻璃一共是二千一百零四块。还有，你们看，摆在我们售楼处的大象石雕，是省发改委赠送的；大象后面的巴西木盆栽，是省计委送的。寓意何在？聪明的朋友马上猜到。对，大项！目！这些都在说明，我们省要建设美好的养老环境，将生活在长三角、珠三角、北上广乃至亚洲、世界特大城市的富裕奋斗者，吸引过来，安度幸福晚年。我们要建立起一批设施过硬、品质优良的示范型养老基地。今天，这样庄重的任务就落在我们集团、我们公司翰我头上。我本人对此虽心中有愧，但重任在前，唯有义不容辞。你们可以看我们的车牌，它是省政府特意选定给我们的，意思是要我们引领全省的'二幺〇四工程'。尊贵的朋友们，一块车牌虽小，但足以反映出省政府、省领导对我们集团、我们公司翰我的真诚鼓励与巨大鞭策。现在，我提议大家翰我一起念：历史承载着每一个激动的时刻，记录着我们的足迹与汗水，这里有我们的声音，这里有我们的灿烂的笑容，然后我念'二幺〇四'，你们念'四四四'。"

更江南集团还租赁三辆大客车，将一百名我们红乌的潜在客户载至邻省某市江南鲜花港参观。进入闸口，检票员手按计数器清点人数，并未拦下一人验票。大家以为，因为自己是唐总的客人，唐总已打过招呼，事实是更江南方面预先团购好了门票。进去之后，一名穿藏青色套装的导游追上来，一边掰开嘴前的耳麦，一边用雪白的牙齿和甜美的笑容说："失敬失敬，不知唐总的尊贵客人这么快就到达，抱歉来迟了。"她提醒，因为大家是内部客人，参观最好低调进行，这么做仅仅是为着使大家不受游客打搅。她将大家领上瞭望台，手指远方。于是大家看清，在鲜花港边沿，种植着一圈有四种颜色交替呈跑道形的花带。在花带以里，又种植着一圈类似的花带。在这类似的花带以里，又种植着一圈与类似的花带类似的花带。"不知大家注意没有？这样四四方方的花带，鲜花港内一共种植了三层，合起来就是'四四四'的回声，反映出花海创办人唐总对祖国'二幺〇四工程'的回应，"导游说，"说到这里，我不得不提一个八卦。大家肯定比我清楚京东商城。取名京东，是刘强东为纪念自己和恋人龚小京的一段爱情。今天，我们看见的鲜花港，从设计、投资到拿地都离不开唐总。最终的掌控人，我们在大广告牌上也看到了，是江满月小姐。我想说，唐总和江小姐认识多年，感情早已超越友情，但因为各自组建家庭，彼此唯有以礼相待。两人爱你在心口难开，最后只好将一段情缘化为招牌上的两个字。'江南'，就是从江满月小姐和唐南生先生的名字里各取一个字。"我们红乌有一位投资人推搡旁人胳臂，道："搞，我怕还是搞了的啊。"众人爆笑不止。游览毕，导游随客户上车，去苏杭继续参观。一路所见如东方之门、诚品书店、阿里巴巴、绿城地产、娃哈哈，在她嘴中，无不与唐总有莫大关联。似乎是为了给今后唐南生无力还款埋下伏笔，她还说："我们唐总呀，什么都好，就一点不好，摊子铺得过大。钱都撒下去，产生利润不知道要等到几时呢。"后来我们红乌有人醒悟，哪里有在花海工作的导游跟自己四处跑的呢，这还不是老骗子唐南生请来的托儿。可惜有此觉悟时，钱已转账到对方户头。

这样夸口吹牛的事，别的融资者也会做。使唐南生领先一筹的，是他懂得适度披露自己和项目的弱点。他发给客户看的《江南湿地公园及江南实验养老小镇项目前期可研报告》，四十页厚，用"两会"专用石头纸印制。《报告》的一部分笔墨用于阐述项目的宏伟计划，比如围绕红乌现有资源创建江南湿地公园、江南鲜花广场、江南实验养老小镇、江南实验老年医院、江南实验护理学院，打造一个总投资额超三十亿元的综合性商圈，使红乌成为"产城融合、宜居宜业的滨水生态园林城市""亚洲首选老年生活城市"；另一部分笔墨则用于披露公司、项目自身的不足及所面临的困境。比如提到我们红乌市时说："人口基数小，且呈现人口外流趋势，城市化水平低，属于内需型城市，房地产市场需求增长幅度极为有限。"有些不足的指出甚至达到吹毛求疵的地步。比如指出项目用地南临三〇三省道，道路货车通行较多，有较大噪声影响。且西临武九铁路，噪声不可避免。还有，项目目前与外部只有一条出入口相连，通达性差。然而正是这种"面对问题、正视问题的态度"，使客户感受到唐南生"想做事、认真做事的决心"。他们都说"这样的老板绝不忽悠"，是"投资界的一股清流"。一位本地诗词爱好者为此赋诗：

> 唐公宝岛人，
> 银象公司魂。
> 公益随国策，
> 造福千万民。
> 投身养老业，
> 创办江南城。
> 行事总地道，
> 享誉政商群。

另外像前边说的，唐南生对蜂拥而至的投资采取拒斥的态度，却招引来更多的投资。有人说唐熟读《孙子兵法》，玩弄人心于股掌间。这些事不再赘言。

九

后来，每当我们红乌人行至城南那块死气沉沉的荒地，就会心酸地想起唐南生、续章两个外乡骗子在雅典大酒店举杯给自己敬酒的那个夜晚。唐南生一边将头顶仅有的一绺水草般的头发向后甩，一边晃动酒杯，走过来。人们察觉后，纷纷起立。唐南生和就近的人碰杯，然后高举它，表示一块儿敬了。在唐南生昂首张嘴、咕咚有声地吞饮时，总有我们红乌的某位投资人说："唐老板带领我们发财啊。"唐南生让桌上人验看空杯，低首指向刚才说话的人，说："没有你，就没有，我。"又问身后："那谁？那首歌怎么唱来着？斗月月斗斗拉拉——"续章朝着比自己矮三十厘米的搭档弯下身，竖耳谛听，让空着的手跟随唐南生念出的旋律起伏。然后他高声唱："没有天哪有地，没有地哪有家。"

"没有家哪有你，对。"唐南生跟着唱。他并且微举双手，抬高下颏，做指挥状。于是众红乌人合唱："没有你哪有我。"

那天，更江南集团举办宴席答谢红乌股东。有的股东拖家带口前来，集团也不介意。雅典大酒店全部房间、餐桌均被订下。酒店怕人力不够，还请同行施以援手。后来听说，更江南集团只结算了一千零二十元，剩余的都挂在引资单位账上。人们说唐南生那天喝得有点疯。他嘴上说"我真的不能喝了，再喝就酒精中毒了"，可酒还是尽着自己先倒。大腹的高脚杯，容积巨大，一倒就是大半杯。他脸色发紫，嘴唇发黑。那紫色和洋葱一样紫，黑色和夜晚一样黑。眼睛上，一对吊梢眉有如打霜；眼睛下，两只眼袋比吊在橡梁的沙袋还沉。人们说这是太监总管李莲英、火葬场化过妆整过容的遗体擎着酒杯来到现场。敬到一半，唐南生用夹着烟的手拍打扈从续章的后背，驱赶后者来到主席台。两人你一句我一句地说祝词，每说一句就清脆地碰一次杯。一个说我祝福你一帆风顺，一个说我祝福你双喜临门；一个说我祝福你三阳开泰，一个说我祝福你四季发财；一个说我祝福你五谷丰登，一个说我祝福你六六大顺；一个说我祝福你七星高照，一个说我祝福你八面来风；一个说我祝福你九九归一，一个说我祝福你十全十美；一个说我祝福你百事顺心，一个说我祝福你万事都如意万年青。台下喝彩时，唐南生斜望天花板，陷入沉思。后来他对台下作如是感慨："有件事不知该不该讲。我唐某人行走江湖如此多年，其实只信一句话：做梦。梦有多大，舞台就有多大，业绩也就有多大。即便有时取得的业绩并不尽如人意。但有一个道理一定是通的，即：你做的是一个很大的梦的话，至少可以取得一个中等的业绩；做的是一个中等的梦的话，至少可以取得一个下等的业绩。我还没听说，一个只做下等的梦的人，取得中等或中等以上的业绩。也许你们听说过，你们可以翰我分享，但我没听说过。我没听说过一个梦想只是扫街的人，后来成为比尔·盖茨，开上宾士或蓝宝坚尼。大家说我说得有没有道理。在此，我郑重提议大家翰我一起说：想发财，做梦吧！"众人之错愕可以想见。在突然出现的沉默里，人们甚至能看见从唐南生嘴里说出的话，那最后几个字溜走的痕迹。唐南生把酒杯放在讲台，双臂上挥，继续说："想发财，做梦吧！"他的忠实战友续章极为尴尬，不时朝下边眨眼，意思是他究竟喝多了。我们红乌股东面面相觑。一些人从宽厚的角度想，唐南生只是一时口拙，并非有心，跟着稀稀落落地喊："做梦吧。""对，做梦吧！"唐南生说。随后从他嘴里发出一连串几乎没有止境的古怪笑声。"哈哈哈哈哈哈哈哈"，笑声的炮弹多角度、全方位撞向酒店的天顶和墙壁，成为我们红乌人以后内心永远的痛。但在当时，没人敢承认这是一种彻底的无礼行为，是侮辱和嘲笑。

据说，唐南生和续章在解手时发生凶狠的争吵。也许不能说是争吵，而只能说是单方面的咒骂。个儿高的对个儿矮的说："够了，我受够了，你就是一个疯子。"大量唾沫飞向后者的耳廓与头皮。后者面不改色，对着挂在壁上的便斗继续解手。紧裹着他臀部的是一件紫色的亵衣。这也是后来人们相信讲述者所述为真的缘故，因为只要人们愿意去看，就一定能看见那穿白大褂的实习生从唐南生身上挑落下这样一件带蕾丝边的丝绸三角内裤，虽然它沾满泥土，几乎变成一条泥裤子。

"我后悔死了，"续章说，"为什么是你当主角我当配角，而不是反过来？你知道我鞍前马后地为你服务有多累吗？你个儿这么矮，我每天给你低头弯腰都弯成腰肌劳损了你知道吗？何况我年纪比你大。还有，我们在吃苦受累、以全部精力投入到工作当中时，你在干什么？你在花天酒地，一门心思要把我们拖向火海。害得我们一次次跑去给你擦屁股，反复地擦屁股。你说说除了这个，你还会干什么？你今天倒是说说看。"唐南生一边拉拉链一边瞟向自己的亲密战友，说："第一，当初是你主动要当副手的；第二，你现在退出还来得及。"

回到酒席时，唐南生对身后的续章发出严厉警告："你不要想我现在得到多少，而应该想想你过去能得到多少。"这是大家都听见了的。

十

一辆拖拉机把上百亩地懒洋洋地翻耕一遍。也正是翻耕后，人们知道那里的土壤还算肥美。更江南集团请来十几名临时工抛撒花种。一些摄影爱好者（在我离开的十七年里，他们如雨后春笋般涌现在县城，就像我前边提到的跑友）用专业设备拍摄下播种的场面：晨光照耀下，形同剪影的雇工侧身行走在田野，看起来不像是他们在播撒种子，而是种子像纸片一样从他们手心飞走。更江南方面在附近张贴招聘启事，计划以税前八千元每月的薪资条件招聘五至八名有经验的捕鼠员。人们感觉它要大干一场，今后像这样的招工恐怕会越来越多。超过百人前往应聘，却无一人能见到所谓的面试官。

土地在沉寂一段时间后，长出一种我们本地人不太熟悉的植物。起初它葱绿、娇嫩、驯良，似乎预示着自己有一个辉煌的未来。可仅仅一瞬间，它的皮肤就变得粗糙多刺，疯长的枝条，其先端变为尖刺，就连簇生的叶柄也变为尖刺。它们普遍长到一个初中生那么高。为了存活，为了内心最黑暗的欲望，它们几乎是毫无死角地搂住对方，相互倾轧、杀害，相互切割。它们吃对方的肉，喝对方的血。它们之间所发生的无声而庞大的战争，令赶来观赏的人触目惊心。后来，鲜黄刺目的花朵从这些丑陋并且蒙尘的身体里长出来，之后长出的则是五六厘米长的荚果。

现在看来，与其说是更江南方面播种了它们，还不如说是它们自己播种了自己。更江南起的只是一个引导的作用。它们的繁殖力如此惊人，以致我们城南只要还有一点荒地，就会被它们迅速占领。有的人说自己频繁地看见种子从迸开的荚果飞出，落到几尺开外的土地。它们像野火一样四处蔓延。人们后来打听到它的学名叫荆豆或金雀花，总是跟随神父、殖民者去新的地方，起初只是作为围篱，后来发展成为当地的生态灾害。有人对此否认，认为它只是地锦、刺柏的变种。

说到底它只是一种灌木。更江南集团收了我们红乌人那么多钱，在我们红乌的土地种出一堆无用的灌木。这些灌木走自己的路，让别的植物无路可走。这就是这个集团唯一干的事儿。（我要补充一点：他们在布置好所谓的鲜花广场后，连荷兰风车也不愿配置，而是花三十五元去农家购置一个扇谷的风车摆在那。"广场"边扎了一批吹吹打打的稻草人。）

有人提议一把火烧掉它，但没人负得起这个责任。后来还是靠了一场让我们牙齿咯吱作响的霜冻来解决这一尴尬问题。严寒冻死了我们红乌三位老人，也冻死了城南那上百亩丛生的杂草。它们一夜间死个精光。要过很多天——甚至到了来年春天——人们才确认它们死了。因为它们不再生长和对外侵略。它们扑在彼此身上一动不动，像一卷又一卷铁蒺藜。到现在它们都还没有腐烂干净，化为土地的肥料。

十一

更江南集团在红乌融资，总额有说二十余亿，有说二十亿余。保守说法是十二亿。唐南生抽走百分之七十五，剩余按比例分给董事、经理、组长、业务员等四级员工。但只发放一半。足额领取须继续在集团服役一定年限，协助处理善后事宜。坚持做下去的并不多。他们中有人还反水，加入向唐南生或更江南集团讨债的队伍中。这些业务员被招聘进更江南集团时，曾接受团建，唐南生敲打着黑板对他们说："一个干大事的人，如果事情到了要抢劫自己母亲的地步，他是不会犹豫的；毕竟一张拿到手的钞票要比一打母亲有用得多。"当时他们想，这是在鼓动他们去骗社会上的"鱼"。现在看来，他们也不免是"鱼"。换言之，唐南生组织人去骗人，后来把这些组织来的人也骗了。可见他骗人是六亲不认和一视同仁的。这里不再赘述。

唐南生拿着到手的巨款，一部分，用于偿还在其他地方欠下的债务。有的还百分之五，有的还百分之十。那些人对他翘首以盼，总是在将要绝望时，看见他带着一些钱来。后来我们红乌的债主也是这样，有些人在看见他打出那个著名的分钱手势后，禁不住泪流满面。另一部分，用于偿还在澳门等地欠下的赌债及利息。趁着手上有余钱，唐南生再度进入赌场。这样他不光输掉余钱，还喜添新债。包括我们红乌在内，一共五个县市、一个农场，无数投资人奋斗半生积攒的钱，涓滴成河，经过唐南生那晦气的手，慷慨地流入赌场。

我们知道唐南生是滥赌鬼，证据有二。一是我们红乌数十人作为唐南生电话通讯录上的"亲友"，被放贷集团用网络虚拟电话卡和"呼死你"软件恶意谩骂、滋扰过；一是有人作为赌客，在省会附近地下赌场见过唐南生。此人叫叶焱，外号老三，他在我们本地经营玉石床垫。他没有向更江南投资，但是以两分利息向投资更江南的人放款。他对那些更江南的股东说："我要是看错了，情愿把眼珠子挖出来。"

老三是经熟人担保进赌场的。这名熟人在宏都大市场经商，他驾车将老三送至郊县某所放假停课的中学。那里停靠数辆旅游中巴，其中一辆未熄火。一名戴墨镜、穿黑衬衣的青年简单拍打老三全身，核实并拍摄他的身份证，然后将其领上车。青年要求车上人戴上他们备好的眼罩、耳塞，直至被告知可以摘下。"就当睡一觉好了。"青年说。虽然按照要求将橡皮耳塞深深推入耳洞，并且车内也播放了音乐，老三还是听见外面的一些声响。有一阵子他听见轮胎轧过砟石。有一阵子听见林间吹来的风扑打在车窗上（紧接着他感觉心脏失重，那意味着汽车在下行）。有一阵子什么声音也没有，但他知道车辆在运行。间或从青年手握的对讲机传来嘈响，青年对它说"请讲请讲"。车辆一共停下三次。第一次不知是为何；第二次是为着等同行车辆驶来；第三次则是抵达终点。那里有一幢围墙上方铺设筒状铁蒺藜的洋楼。赌场设在二楼会议室。茶水间被用作码房，两名女子提着筹码箱、POS机、账本进入待命。几名男子将两张会议桌拼接在一起，好把绿色扇形桌布铺上去。

老三在这儿看见唐南生，甚至可以说是不得不看见。当时老三在饮水机前打水，当他旋紧杯盖、站直身体，发现眼前站着一名脸相峻刻的侏儒。后者狠狠白了他一眼，似乎是在怪罪他接这么久的水，让自己久等。老三退向一边，为自己如今得到的待遇深感惊愕。半年前，在更江南集团和我们红乌市政府联合召开的投资座谈会上，唐南生又是握手又是拥抱，将我们红乌的意向投资客户代表一一请上主席台。对老三，唐南生特别留意，他一边摇动老三的手，一边用左手指向他，说："你这名字好哇，火火火，预示着我们共同的事业必然跑火。"末了还踮起脚尖在老三的脸颊上亲了一口。现在，叶老三试图向唐南生提醒自己是谁，话已经来到唇边，却又吞回到肚腹中。他感觉解释会带来二次的窘迫。后来几次通过眼神交流，他确信唐南生完全不记得他。"如果我是直接的投资人，我会感到难过，好在我并不是。"老三在回到我们红乌后讲。

在那张五米长的桌布上，划分有十数处下注区。每区前坐有一位下注额较大的大户，后边跟着人数不等的散户。唐南生坐在最中心面对荷官的下注区前，可谓"大户中的大户"。老三因是初来，只敢购买六千元筹码，一直捏在手心不敢入场。唐南生总是二十万元二十万元地买。他也不是买，而是向半空伸出一只手，就像我们平时在餐馆点菜那样，于是就有小哥跑来。在听取唐的简单命令后，他从码房领来一万元一只、一共二十只的金色筹码，并将一本翻好的账本呈给唐。唐抓起系在账本上的笔，在翻好的那页签名。

唐南生赌钱时一直念口诀："开庄买庄，开闲买闲，见跳跟跳，损三暂停。"大致策略是庄赢下一手买庄，闲赢下一手买闲，如果跟买连输两手，改买前一手的相反。可能就是因为迷信种种下注秘籍，他输掉很多。有人总结他是：虚拟下注赢，实际下注不赢，指点别人赢自己下注不赢，小打小闹赢加重下注不赢，撤回筹码赢不撤筹码不赢，改押庄家闲赢，改押闲家庄赢，押什么什么不赢，不押什么什么准赢。用唐自己的话说是"邪门了"，或者"有一位菩萨在专门跟自己捣鬼"。这样埋怨的声音大了些，就有彪形大汉过来微笑着提醒："注可以随便下，话不能随便讲。"叶老三后来学别人，瞅着唐押的相反押，获利一万元。

老三说，很难想象，在唐老板这样的成熟赌客身上，仍然隐藏着大量赌场菜鸟才有的毛病。概而言之，就是盲目、冲动、想当然，花哨、咋呼、飘飘然，固执、迷信、一根筋、焦躁、易怒、愤愤然，赢了不肯收手，输了不愿离场。老三记得唐南生只赢过一次大注。唐喜出望外，不停用舌尖刮扫、舔舐下唇，又起身到场边跳一种轻佻的舞蹈。多数时候呢，就垂着一对吊梢眉，拉扯顶上那绺海带似的头发，有时用指头将它一圈圈缠绕。有时挖鼻屎。有时猛捶桌面。散场时，那原本殷勤的小哥端着托盘过来。托盘上有一只插着吸管的密封水杯、唐南生签过名的账本以及一张需要唐南生签名确认的文书。唐南生取过账本，翻阅一过，脸色大变。二十万元一笔的筹码，今天他已经借过二十笔。而他手里剩下的筹码只有六七枚，算起来也就二万元到顶。还不如他给小哥的小费多。他痛苦地看向小哥，想自己至少能获得对方的同情。谁知后者早已最大程度地收敛起笑容，将头半仰着，歪向一边。有一点公事公办的意思。唐南生变得十分难过，整个人沉浸在一种被辜负、被下了钩子、现在在别人的屋檐下只能认宰然而内心又实在不甘的情绪里。最后他厌恶地拿起笔，在那张可能是抵押文书的文书上签字。

老三不知道我们红乌市的红人唐总是怎么离开赌场的。扫了几眼返程的客车，也没看到他。老三没说唐南生花的就是我们红乌股东的钱，只说从古至今没见一个人如此败家。我们红乌股东善于自我安慰，他们认为：一个这种级别的老板打打牌、打打高尔夫球，用掉几百万元是正常的事。不这样倒是不正常了。难道还要让他骑载重自行车、怡（吃）方便面不成？

十二

前文已述，我之所以知道唐南生的事，甚至是不得不知道，是因为我的亲戚（无远弗届）普遍参与这一场教训惨痛的融资游戏。在我回到永修路三十号的家后，他们来看我。有的开轿车，有的骑电瓶车。在他们脸上，再也见不到亲人之间才有的甜蜜而信任的笑容。即或有，也倏忽即逝，如闪电光。他们眼睛通红，盯视某处，沉浸在煎熬的情绪中。有时因思维触及那严峻的事实而满头发汗、浑身颤抖。他们不承认那个事实，一直否认那个事实，但那个事实一直无情地向他们宣示自己的存在。那个事实和死了孩子一样重大，就是放在唐老板处的全部家当，打水漂了。

这里面包括我嫡亲的哥哥安华。在我回家期间，哥哥只来过两趟。我感觉在他心目中只来过一趟。因为第二趟来时，他还在问我："几时回来的？"他共向更江南集团购买二十笔股金（合计三百万元）。更江南许诺，投资三百万元及以上者未来可以进集团上班。为此他定制了一套西服。他就是穿这件已经发皱的西服来家里看我的。我知道他的资产连一百万元都没有。凑足三百万元，定是打了岳母和同学的主意，兴许还借了高利贷。这些来到永修路三十号的亲人，如果是独自前来，我总感觉他会因抑郁而自杀。如果是邀集前来，我就不会有这种不安。他们头碰头聚在一起商议时，艰难的处境似乎得到缓解。他们总是把握十足地举证，说明唐老板不是骗子："这么大的老板怎么会骗人呢？"

"要是骗子怎么还敢在我们这儿活动？"

"他在江苏、河南有产业，这些大家都是亲眼见过的。实在不行，把这些产业出售他也可以还我们的债。只是他不愿走到这一步。"

"资金回笼慢了一些而已。资金目前都转化成实业、生产线。"

"要是骗子国家还不把他法办了？国家允许一个人骗这么多钱？"

有人说："我就担心唐老板是台湾人。"有人反驳："正因为是台湾人我们才不担心啊。"似乎是触及什么笑点，他们相视片刻，哈哈大笑。有时他们问我："你应当和一些市领导熟悉，听到什么消息没有？"我曾和一位已调至外县任职的刘姓处级干部品茗，我就更江南的事请教于他。他沉吟良久，说："你说是骗子可以，说不是也行。最终还是要看实绩。事情如果成了，我们就要承认它是一种创新。要看你怎么看。"我没有将刘部长的话转述给亲人们。母亲总是对他们说："等会儿在这里吃咯。"他们说："不吃不吃，吃做么事？"然后一边看手机一边开车走了。

按照《项目前期可研报告》《投资入股协议书》及多份报道写明的，江南湿地公园及江南实验养老小镇应于2015年5月1日建成营业。距离此日尚有一年时，有懂基建的股东提出异议，认为一年时间绝对不够更江南集团建造好规模如此庞大的公园及公寓群。他建议股东方面派出代表，查访项目建设情况。不过响应者寡。多数股东认为，干大事者，思想自异于常人，我们小地方的人，最好不要用自己的经验去揣度别人。在其位谋其政，不在其位呢就不谋其政，我们做好自己就行了。反正我们的权益受到白纸黑字的文书还有法律保障，届时坐享其成就好了。有人讥讽异议者，说："你说'不够'也就罢了，为什么还要在'不够'前边加上'绝对'两个字呢？"随后的国庆、春节很快过去。到了2015年5月1日，也就是更江南集团应许项目落成开张的日子，股东们除开在城南上百亩的荒旷之地看见大片新种的荆刺，什么也没看见。一种过去从未在这个群体的脑海中出现的想法，开始生长。恰好那段时间唐南生不在，人们心中的焦灼可想而知。他们纷纷去集团售楼处打探消息。大高个儿续章在伏案工作，见他们前来，摘下套袖，几乎是露出全部牙齿，和他们亲切地打招呼。然后他命秘书泡茶，自己呢，一边架起长长的二郎腿，一边用右手指尖轮番叩击椅子的扶手。"诸君，"他眉开眼笑地说，"稳坐钓鱼台呀。"事后有人说唐南生离开时给续章遗下一副锦囊，嘱他困窘无计时打开。续章拆开锦囊，一看是这五个字，以为是说给上门股东听的，照着念了。他还自我发挥，添上一句"一切自有安排"。谁承想收到奇效。大家信了续章神秘而亲切的微笑，似懂非懂地回家。实情是唐叫续章稳坐钓鱼台，不要着急，一切等他回来应付。

6月，唐南生驾驶一辆车牌尾号四二三四的银灰色奔驰返回红乌。车身长达六米，看起来像房车。不过懂车的说是灵车。我猜测租车行的人可能感觉唐为人随便，就将这车推荐给他。唐南生下车后，大步走向迎接他的股东，逐一拥抱、亲嘴。"亲爱的战友们，想死我啦。"他说。人们记得，在他那张因为接受暴晒而暂时变得黝黑的脸上，涂了一层光亮的油脂。他的热情奔放让我们这些小地方人完全无法抵挡。讲演时，他一只手握拳（拳心向己），一只手跟着自己游移的目光，指向这儿指向那儿。他不停向人抛出媚眼。他像报告特大喜讯一样，上气不接下气，而事后经过我们红乌股东判断，这席话应该经过准备和排练。他说："在这里，我要向大家隆重分享一个甜蜜的遗憾。这次出门，我可以说是不虚此行、不辱使命，甚至可以说是不负众望。为什么这么说，各位亲爱的股东你们马上就会明白。因为有更大的资金啊，在等待注入。因而，我们的工程不得不延误和暂停，等它被纳入一个更大的框架重新考量。说到这个新的、大的项目，我的心情到现在还激动不已。出于保密的要求，我还不能向大家透露更多。但我可以负责任地告诉大家，项目是由几个省的一把手牵线，联合各地最优秀的企业家共同打造出来的。目的是在我们国家中部建设一个符合'互联网+'、人工智能、区块链技术要求，分工明确的新形态城市群。鄙人以及鄙人在红乌推进的项目在我们省领导关心下，有幸进入到这个宏伟的项目中。在此我不能透露更多了。我只想对我最亲爱的红乌股东和红乌父老乡亲说，千载难逢的机会来了。事情如果进行得顺利，十年之内，我们这里将出现一座人口相当于阿拉伯联合酋长国、达到九百万的大型城市，我们每人手中的股权，折价将是今天的百倍、千倍，乃至万倍。而这种好事，还只是刚刚开始。亲爱的朋友们，等着吧。"

我们红乌人管撒谎叫"捏泡"。唐南生靠捏这个泡挺到2016年5月1日。这一天他捏了一个新的泡，说在他的穿针引线下，红乌成为全国产业转移的目的地。"是之一啊，目的地之一，不是唯一。"他故作认真地强调。这个泡只管了半年多一点。2017年元旦，他在致股东的一封慰问信里，称我们红乌已被内定为粤港澳大湾区的"一块飞地"。好比阿拉斯加之于美国。未几，他又许诺工程将于2019年10月1日完工，说是在中华人民共和国成立七十周年之际代表红乌向全国人民献上一份大礼。

十三

2017年元宵节过后，在孩子们上学时，人们发现，返回到更江南集团售楼处工作的员工非常少。包括过去一直吃住在售楼处、显示集团深耕本地决心的总经理续章，也不见了。续章一直待到年前除夕，最后仿佛是不得不离开，才驾驶那辆人们熟知的红色起亚轿车来到红乌站。途中，他专门停车，下来和认识的人握别，说"节后见"。他那辆红色轿车停在站外广场非常扎眼，显示不久他就要搭乘火车归来。然而，人们再也没见他回来。他那笑起来显露无遗的两排大牙齿以及时时对人示好的态度，让人们记忆犹新，又像梦一样永逝不返。唐南生说，续章被派去领导集团在河南的事业，会有新的董事会成员进驻红乌。然而人们一直没见到这样一位顶替者。有人说，续章出于对可能背负的巨大刑事责任的恐惧，跑路了。后来，有气愤不过的人撬开续章的座驾，发现里边值钱的东西早被拆走。包括方向盘上镶的一块玉。

不少人像我一样，对唐南生不跑心存疑惑。因为他才是最需要跑路的，同时也具备跑路的条件（并没有人或机构限制他的人身自由）。另外，我们红乌经过他一顿凶猛的融资之后，已缺乏继续融资的空间和价值。我们红乌作为区区一县级市，也缺乏玩头。我有一名同学在某县经侦大队工作，我就这个疑问请教于他。他说："你不懂吧，现在的骗子不比以往，他们一不用化名二不跑。"不过他没有说深层次的原因。我猜唐南生之所以滞留于红乌，一是不想用跑来坐实自己是骗子，因而承担一系列的法律责任；二是想留下来把从政府那里低价拿到的土地转让，或者用它抵押贷款；三是就像他对手下业务员交代的那样，他并不把面对追债讨债、和债主谈判视为畏途，相反还把它当成一种必要的锻炼，迎难而上，"享受那种冲浪才有的快感，完完全全地enjoy它。"他说；四是他对人有玩弄之心，性喜撩拨群众。有一些不肯面对上当事实的股东则认为，唐南生不跑，是因为他本来就不想骗人。事情之所以出现一时的挫折，是因为他在想法上浪漫了一些、做法上激进了一些。只要坐下来冷静冷静，将事情梳理一遍，做到分清主次、抓大放小，翻身可说指日可待。"我们不要被别有用心的人利用了。"这些对唐南生死心塌地的人说。2017年开春，在经过一场暴风雨般的争论之后，部分股东离开讨论的茶楼，大步走向更江南集团售楼处，找唐南生要求撤资。剩余股东，半是观望，半是害怕没能跟着领到钱，从茶楼或家中赶过来。当初有多少人在这里围抢《投资入股协议书》，现在就有多少人在这里围堵唐南生。现在比当初还激动。当初只是将一张四脚的电脑桌压平在地，现在差不多要将整座房子推倒。他们朝前挤的同时，摇晃着手中卷成筒的文件。质疑的唾沫从各个角度飞向处于事件中心的侏儒。事后人们回忆，若是一般人遇见类似情况，怕是早就魂飞魄散了，唐南生却丝毫不见慌张。他仰起头，向这些似乎准备大干一场的人扫视过去。他一滴汗也没有出，脸色和动作均较为沉着。呼吸比平时还要平稳。他看向众人时，眼光带有些微的不解。"你们这样一起说，说实在话，即使是你们自己也听不清。有谁能告诉我，你听得清自己说了些什么吗？其实，你们想说什么我完全懂，你们的心情我也完全理解。现在，我恳请你们花费宝贵的几分钟，听我老唐讲几句。"他这样说过，用袖子擦拭满头的痰沫。看了看，然后将那段袖子扎起来。他清清嗓子，以真诚的语调说："集团的政策一如既往，是以造福股东、造福社会、造福人民为目的的。集团一贯将股东的利益置于首位。集团所面临的困难只是暂时的。打一个不恰当的比方，好比是一块东西堵住马桶，通一下就好了。我们现在面临的困难也是如此。集团的未来是光明的。退一千步一万步讲，集团在我们红乌的项目亏得分文不剩，那也不会影响大局。在河南，在江苏，在山东，在内蒙古，我们有两万亩的中草药基地，有年产一万辆的新能源汽车生产线，有全国首家专门为聋哑人就业兴建的爱心工厂，有一千亩为我们集团养老客户种植果蔬的特供基地，有专门的牧场，有这样有那样，有很多。这些都是你们亲眼见过的，你们的眼睛不会欺骗自己。你们一定要相信集团。就我所知道的，集团现在的财务健康得很，一点问题也没有。我一直认为，没有任何事情能击垮我们更江南集团，击垮我们的'二幺〇四工程'。只有一样，那就是你们所丧失掉的信心。"

有人即刻跳起反驳："别光嘴上说得漂亮。从钱交到你手上，已经过去整四年。请问四年来，你让我们见过表示项目在建的一袋水泥、一根钢筋或者一块砖头没有？"有人帮腔："有的就是你们花三百元钱买来种在我们城南一百亩地上的劣质种子。长出来的草怎么清理也清理不干净。"

"对呀，"原先申讨的人继续申讨，"唐老板，你能告诉我们，你把钱用到哪去了吗？我们这些人的钱都是一分钱一分钱地攒，攒了大半辈子才攒出来的。都是辛苦钱，血汗钱。是孩子的读书钱、结婚钱，老人的治病钱、救命钱。我们把这些钱都交给你。我们还四处找人借钱。我们借钱都是算了高息的。这四年来我们都在辛辛苦苦地还利息，头都抬不起来。唐老板啊，我们把借来的钱也都交给了你。你现在就不能告诉我们一声，你把它们用到哪去了吗？"

这时又有人帮腔："何况作为股东，我们也有权知道集团的用钱动向。"

据说唐南生听完，眉心紧皱，眼睛缓慢闭上。他半仰起头，深吸一口气。因为吸气，整个胸部鼓胀起来。在此过程中，他似乎做了个痛苦的决定。之所以说是痛苦的决定，是因为它不符合本意，是大家逼他这样做的。如能按他本意，毫无疑问，大家都能在可见的未来成为亿万富翁。"你们呀，就是沉不住气。"他说。

"有谁能沉得住气呢。"有人说。

"时间会证明你们就是一帮糊涂蛋。"唐南生痛心疾首地说。过了一会儿，他像是从悲哀的情绪中走出来，努力展现出微笑，说："在你们当中，有一部分人的意思我懂，就是撤资。对不对？对有这种意愿的朋友，只要他不后悔，我来安排，尽量快地还上。"他让仅存的几名业务员为自愿撤资的股东登记。人们排队时，他走来走去，既像是和某个人说话，也像是和所有人说话。他说："我不知道你听过阿里巴巴的故事没有。阿里巴巴曾经也是这样，撤资的比投资的多。马云很感激他们。若非他们撤资，马云几个人怎么能积累那么巨大的财富呢？我听说有人后来自杀。换作是我，也会自杀。为什么啊？因为十几代人努力奋斗也攒不到的这么多的财富与自己擦肩而过。巴菲特说得对，财富永远只属于少数人。很对，永远。"

有人回应唐南生："唐老板，是我们没那个命。"

唐南生指向他，表示赞许，说："当然。"

要到整整一周之后，要对唐南生数度围追堵截，他才指示会计对这些撤资股东转账。偿还额是当初投资本金的百分之三。"一次性退返全部本金是不可能的。不是我唐某人不愿意，而是我办不到。这些钱已经投出去，一下子抽回来很难。但是你们要对我老唐有信心。我只要心中有这根弦，就一定会想办法。而只要我手中有了钱，就一定优先还给你们，直到全部还完。"他说。这其中有将近五十名股东，短信一直没收到到账通知。去银行查，户头也未进钱。他们自然要结伙去找唐南生。唐南生指着身旁西装革履的律师对他们说："你们来得正好，我正打算起诉你们。我说我的项目怎么进展得如此缓慢，原来是你们在用白条投资。我请你们翻开手中的合同，看仔细了，是不是你们违约在先？按照当初双方约定的，我现在可以一分钱都不还给你们。你们自己说是不是？"于是来者翻看《协议书》。奇怪，当初觉得都是对自己有利的条款，如今都对唐南生有利。唐南生要是较真，还真是一个子儿也不用赔给自己的。这些人眼见着没有辩论余地，只好提高声音说："你也忒不讲道理了。"

唐南生说："到底谁不讲道理了？你们扪心自问，这世界上有没有找人借钱还要他还钱的道理？你们不要以为我是一位讲良心的老板就好欺负。我哪里有那么好欺负的。"有人急了眼，拉开架势要揍唐南生。唐南生挺起身躯，凑过来。他并且指着屋角说："你们自己数数有多少摄像头吧。你们想要坐牢的话，就动手。我管保你人财两空。"还有一人，每逢有事就带祖母出来。现在，这位身着蓝布褂的祖母娇呼一声"没法活了"，坐向地面，又躺下去，像翻倒的乌龟，朝天空伸出四肢，一通乱蹬，嘴角则吐出层层绿色的唾沫。这根本打动不了唐南生。唐在保安掩护下打算走掉，忽然留意到一脸苦楚的寡妇新姐。他长叹一声，将她请入办公室详谈。好几个人提醒新姐："一定共进退啊。"新姐四十六岁，丈夫早死，留下一名遗腹子。新姐的孩子长大，下颏都出柔毛了，毫无征兆地失踪。此事几年后，因为要领补助，新姐被迫将孩子的户口注销。新姐手头只有三十万元，这次都投给更江南集团。又打条子找更江南借贷六十万元。合计投资九十万元。唐南生将她请进去，让她坐在办公桌对面。唐擦擦眼镜，看了新姐的《协议书》。然后他捏住新姐的手说："你看看，在补充协议这块，规定了你还款的截止日期以及违约责任。这个日子我看看，已经过去了三年。这就意味着，从法律层面讲，你肯定是拿不回投资给我们的三十万元，可能还得向我们归还借贷的六十万元。即使法院最终支持你，判你不必还这六十万元，但这几年所产生的利息，他们可能认为你还是得还。"

新姐因惶恐而摇头晃脑，泪水都甩出来了。她不停嘟囔着。虽然用的是方言，唐南生还是明白了。她在责怪一起投资的人，恨他们将自己带到如此境地。"我家里上有老下有小的。我可怎么办啊。我上面有四个老人要养，下面有三个孩子要带，都得靠我。我又颈椎痛。"新姐说。眼泪很快打湿她足前的地面。唐南生起来，将没有锁严的门推上。返回后，他抓住新姐还搁在桌面不敢撤下的手，说："这份合同已经不能支持你，你可以考虑把它扔进废纸篓了。不过呢，考虑到你的具体情况，我还是为你开个口子吧。希望你不要跟人讲起。先不要说谢谢。现在只有一个办法能让你一分钱也不少地得到你投进来的三十万元。就是你先把欠我们的款项（六十万元）打给我们，然后我们再启动对你的全额赔偿（九十万元）。"

新姐说："唐老板你大人大量，就不能不计较我，直接把三十万元退给我吗？"

唐南生说："不是我不能，是公司财务不能，集团董事会不能，更江南的全国股东也不能。我只能为你想到这样一个办法。你呢要么忍着三十万元不要，要么先还我们六十万元，然后得到九十万元的赔偿。"

唐南生和这个爱哭的女人说了差不多二十分钟。这二十分钟里，他像农民掌握一头牲畜一样，完完全全掌握了这个女人。他开始在话语里施加压力，使用诸如"你必须这样""这是你的最佳选择""不这样你一定会有牢狱之灾"之类的词句，可说将语言在操纵和命令方面的特质发挥得淋漓尽致，使可怜的女人脸色一阵儿发白，一阵儿发乌，几次因受惊要晕厥过去。自这以后的十天，她有若中蛊，一门心思地去筹集现金。她四处讨要欠款，又向别人举债。她把值钱的首饰和家具典当或出售。她还联系血头预约卖血。有股东发现她的异常，召集人来劝阻。她对他们一脸轻蔑，说我要不是听你们忽悠到更江南投资，怎么会沦落到如今这个田地，摊上违法犯罪的事。她到银行转账。工作人员见涉及的金额巨大，将半张纸那么大的《防诈骗提示》一个字一个字地读给她听。她说我自然知道，我怎么不知道，我每天在家看电视，防范意识强得很，绝不可能被骗。工作人员请示领导再三，只给她转出二十万元。愤慨中，她将剩余存款取出，又凑上家里保险柜藏的现金，骑电瓶车送唐南生那了。更江南售楼处的验钞机因长久不用，早就蒙尘。为使它重新运转，秘书还为它上油。验钞机啪啪作响，把新姐的四十万元现金都点清楚了。唐南生收好钱，当着新姐的面撕毁旧约，和她新立一纸协议，并庄重地盖上公章。至此，新姐感觉架在脖子上的重轭被解除，原本淤滞的生活之河也变得通畅起来。她心安理得地回到讨债大军中，并且在下一次的催讨中获得一万八千元的补偿。

有人说："新姐你这是什么思路呢？"

新姐说："我就是感觉理顺了。"

新姐亡夫的兄长听说后未发表意见，倒是新姐自己的弟弟坐不住了。他从乡下特地赶来，当着很多人的面痛斥姐姐："天上的鸟儿吃多了鸟食，也晓得不吃。地上的老鼠吃多了老鼠药，也晓得躲开。河里的鱼儿吃多了饵料，也晓得忍住不张嘴。你倒好，人家什么东西都不给你下，你自己凑过去上当。人家这是夏天碰到雪水、瞌睡碰到枕头、擦屁股碰到纸巾。你专门让亲者痛仇者快啊。我怎么有你这样笨的一个姐呢？我真是为你感觉脸红。"他这样说的时候，撕扯自己的头发，抽打自己的脸颊。新姐脸色暗沉，趁天黑去卧轨。要不是赶巧有铁路工人检查铁轨，发现直挺挺躺着的她，她就被火车轧死了。铁路工人说，新姐被拉起来时，还愤慨地说："就我一个人错了啊？我真不晓得我错在哪里。"

十四

今后的事情变得相对简单。唐南生不再费心向我们红乌股东编造什么新项目、新规划，而是"有钱还钱，无钱筹钱"，把分期还钱当作他当前及今后"最重要也是唯一重要的事"。我们红乌股东多数对此持接受态度。可以说让唐南生慢慢还钱，比将他送官法办要划算。再说等他跑路，报官也不迟。现代社会，科技发展日新月异，一个人说跑，能跑哪儿去？有些人问在司法部门上班的人，究竟是报官好还是不报官好，后者亦称暂时只宜观望。每次唐南生乘车离开，总有一些我们红乌的股东踏歌送行。睽违的日子里一天数条微信，有的还和他玩视频通话，以表思念之情。唐离别愈久，人们对他的思念便愈浓厚。有时思念以致翻肠搅肚，人们忍不住去车站眺望。还有人怕唐南生从此一去不返或者死亡，设法要来唐的生辰八字，请算命先生推算，看他寿数几何。每当唐归来，迎接、探视之人摩肩接踵。有人甚至泪如泉涌。觉得唐南生究竟还是像他自己说的那样，保留着人类的最后一丝诚信。

有的人以被债主催逼甚急为由，向唐南生要求优先偿还投资款。唐谛视他良久，伸出一根指头指向自己。来人不懂，凑近去请教。唐南生对他耳朵说："我怎么对你，你就怎么对别人。"此人心虽不甘，不过依样学样，厚起脸皮来，也扭转自己在债务关系中的不利地位。某天，唐南生驾驶奔驰开道，将几大车外乡老人带到红乌。这些人一个个身量矮小、皮肤黝黑，不过语言及饮食习惯均与我们近似。唐南生没有带他们游览城南花海，而是将他们拉到市政府广场、一家老兵工厂及长江边尘烟滚滚的水泥厂参观，并让戴着口罩的他们高举"运动养老选银象"的横幅在水泥生产线前合影。这家在亚洲都数得上的水泥厂是马来商人投资兴建的，现在被唐南生当作名下产业介绍给外乡的客户。"看呐！塔吊空中林立，工地浓烟滚滚，车辆频繁进出，工人汗流浃背。这随处可见的火热场景，正是集团超速发展的一个缩影。"他说。据说拍照后，还有两名少女跑到队伍前，边跳边喊："一二三四、二二三四、三二三四。"这些异乡人跟着举起拘谨的双臂，喊："四二三四。"少女们接着又唱："左三圈右三圈脖子扭扭屁股扭扭早睡早起咱们来做运动抖抖手啊抖抖脚啊勤做深呼吸学爷爷唱唱跳跳我也不会老。"当天，一些被严选的红乌股东作为投资代表，被邀至戴安娜宾馆会议厅，和这些外乡人座谈。这些老人有的一边脚上有袜子一边脚上没有，有的为御寒穿着环卫工的红马甲，有的手心放着不舍得抽完摁熄的香烟，有的镜腿坏了用细绳权且替代。他们好像青蛙，单纯地望着我们红乌股东。也就是从这些可怜的外乡老人身上，我们红乌股东看见当初的自己。当初，我们一些红乌人作为有意向投资的客户，坐在差不多大的会议室，忐忑地望着对面中原某省的股东。在那些中原股东的脸上，有一种故作的真诚。他们极力颂扬更江南集团以及集团的领头人唐南生。回想起来，这些中原股东就像是极富耐心的溺死者，在一步步等待别人下水，好替代自己成为新的水鬼。现在，我们红乌股东也这样，一口一个"我们亲爱的唐总""我们致富甚至是暴富的带路人"，将谎话吹送给那些不知从何而来的老人们，直到他们全都咧开嘴，为几乎是触手可及的美好前景笑起来。自宾馆出来后，有几位我们红乌的股东，因为感觉事情太过造孽，狠批自己的脸颊。后来，我们红乌股东一次性得到相当于投资本金百分之八的补偿。有一天，唐南生将售楼处挂上U形锁，到红叶宾馆包下一间小房常住。一月房费只需三百元。房间里有一张单人床、一只床头柜、一台老彩电及一台空调。唐南生将西服挂在宾馆的杂物房，要穿就取走。唐南生之所以住在这儿，是方便自己去壹号公馆唱歌。他喜欢那些抹黑眼膏、穿短皮裙的女人。他一边抓着酒瓶，一边摸她们的肚皮，嘲笑我们红乌股东最擅长于痴心妄想。他说："你给我三百万元，我立刻返还你五百万元。请问哪里有这么好的事？有这么好的事我还用介绍给你？"她们说："你就不怕他们说你是骗子吗？"唐南生说："我跟他们说了我是骗子，他们不信，说唐老板您哪能说这样的话呢。"她们说："你就不怕警察把你抓走吗？"他说："我是怕他们不来抓，我又不是没坐过牢。我这人没什么特长，就是有一身毛病。我真的需要监狱给我系统治治。再说了……"她们说："再说什么？"他说："再说坐牢就不用天天和这帮刁民打交道了。"她们说："你就不怕他们生气把你杀了吗？"他说："不怕。你看我进你们这儿，探头已经拍下来。我去哪儿，探头都拍下来。他们想杀我，除非是自己不想活。小女生啊，我跟你讲，我平生最爱法律，也爱探头。不是它们，我哪能安安心心地在这儿翰你们喝酒？"他又说他现在最大的愿望是死，死了省却一切烦恼。她们问："那第二大愿望呢？"他说："是吃自己的一样东西。我想老天爷把我生得这么矮，就是想让我吃到它。可惜事与愿违，我努力几百次，眼看它近在眼前，就是吃不上。"她们用粉拳轮番敲他胳臂，着急地喊："你真坏。"

十五

　　母亲喜欢到邻居门前坐坐，邻居也喜欢到我家门前坐坐。在阳光所照耀出的一块明亮地面上，她们或者手里在择菜，或者逗弄学步的小孩。每天，她们的眼睛成百上千次地扫向马路。就在自来水管修好的几天后，她们感觉到一种异常。这种异常带给她们不自在和烦躁。有一件熟悉的事物不见了，然而她们又想不起来是什么。直到一些更江南集团的股东（包括我的哥哥）找过来，问她们有没有看见唐南生，她们才一拍大腿，醒悟过来。她们每天看着这名台湾老板像钟点一样准时，从红叶宾馆出来，沿马路西行，去街上的肯德基买吃的。这名老板将手插进裤兜，每走上十来步，就用力将头上那一绺头发向右后方甩去。从黏黏糊糊的走姿看，他有着刻骨的自恋，总觉得背后每个人都在看自己。现在她们将他看丢了。股东们焦灼地问她们有几天没看见，她们说一两天，或者两三天。有的说五六天，遭到反驳。他们撇下她们，跑向红叶宾馆。宾馆的曹姨为他们打开唐所住的房间，发现他的皮箱，还有一台手机留在那里。唐搁在杂物间的西服也没取走。大家都知道，唐南生惯用两台手机。正是因为这两台手机都无法接通，股东们才出来寻他。他们在房间内还在充电的手机上看见四十多个未接来电，都是他们打来的。有人在现场持续拨打唐带走的那台手机，结果和以前一样，显示关机。

之前他失联从未超过一天。

一种不祥的预感在人们心中出现。或者说，一种长期以来就有的担忧被眼前的景象坐实了：弄走本地人几乎全部积蓄的客商跑路。他留给我们红乌股东的是庞大而充满嘲讽的空气。还在红叶宾馆，就有人撕扯头发痛哭。有人挽着他一边手臂，劝慰他。无非是"钱乃身外之物""留得青山在不愁没柴烧"这样的话。越劝，对方哭得越厉害，最后弄得自己也泪如泉涌，因为自己亏损的数额并不比对方少。哭过一晌，他们两眼通红，失神地看往某处，情形和家里死了人是一样的。有的人怒视地面，说："说了不投说了不投，非逼着我投。我说投了收不回来的，非不听，非逼我投。"又说："世上哪里有这样的好事呢，说了不听。你害自己也就罢了，还害我。害人害己。"有的人走到永修路上，卧倒，用右拳捶打地面。捶累了就翻滚自己，要让过往的车辆碾死。有的人用额头撞树，把叶子撞得纷纷坠落。有的人因悲伤出现反常，铆足力气哈哈大笑。有的人当着别人的面投湖，以抢救及时告终。有的人害怕债主催逼，当天逃往南方打工。妇姑勃豀、手足失和之事不可胜计。一对亲兄弟（哥哥随父姓李，弟弟随母姓唐）相约在市民广场决斗。两人一个砍开对方额头，一个抹伤对方脖子，又分乘三轮车到市中医院自救。起因是哥哥认为弟弟不应拉自己去投资，弟弟认为是哥哥赖着自己一起去投资的，在哥哥的哀求之下，他还为哥哥凑了八万元。

有退休者奉劝大家不必失态。因为从过往经验看，唐南生无论离开多久，都会返回，而且总是带来一笔不能说多却能够维持其信誉不倒的资金。现在和过去的区别无非在于，过去通过手机和社交软件能掌握唐的行踪，现在不能。其实掌握了又能怎样，人家要跑照跑，因此这个区别可以说不算区别。唐老板资金周转困难已不是一次两次。可能这一次的困难比以前更大，解决起来也更费劲。可能就是因为一时筹不到钱他难以启齿，选择关机。老者接着说："我还是那句话，人家要跑早跑了。一分钱不还就跑，比还了一部分再跑，明显划算。他要跑，开始就跑了，又何必来还咱们的钱呢。咱们应该给对方也给自己一点信心。世上的人没我们想象的那么坏。"有人回应，说我们要听其言观其行，不妨再等三日。三日后若仍无动静，就得出手。众人称善。有人开始到红乌站、红乌西站以及汽车站坐着等。几乎是下来一批乘客，就逐个儿地瞅去。有时怕唐老板是易装出现，还抓住某人的双肩细加辨认。写到这里时，我庄严而忧伤，想起那些不知儿子已被大海吞没仍竖耳听风、苦苦等待的母亲。

三天之后，唐南生仍无动静，手机还在关机。在红叶宾馆、壹号公馆、肯德基等唐经常去的地方也未见他露面。有人甚至去政府找蔡副书记和庄副市长打听，因为唐南生常夸口"我和你们蔡书记、庄市长很熟"，并且人们也确实在多个场合见过他们关系亲热、异于常人，不是勾肩搭背，就是称兄道弟。两位领导对来探问唐南生下落的本地股东态度客气，他们凝眉思索片刻，说："我还说找你们问问呢。"有人想到更江南集团在中原、内蒙古等地有实业，一些地方自己去考察过，与当地投资代表有接触和交流，因此翻出当初交换得来的名片，打电话过去。那些异地的投资者说："这人已经很久没有信息了，我还想问你们呢。"

也是到此时，我们红乌股东才知道自己并不掌握唐的籍贯所在地和家庭住址。根本没办法去联系他的家人，也没办法去当地找他。大家唯一清楚的是他说一口的台湾话。群情激愤之余，一批人主张报案。另一批人坚决反对，因为报案意味着债务无法清偿，债权人只能一次性得到较少赔偿，甚至是零赔偿，并且会失去继续追讨的机会。不到唐南生一个子儿也不肯赔，绝不应当走到这一步。于是有人说："我们不报他骗钱，报他失踪总可以吧。"另有人质疑："我们不是他亲属，有没有资格报他失踪呢？"他这么说，大家才意识到自己从未考虑过这一问题。股东队伍中有一人的兄长兼职做律师，叫郭朝凤。于是大家咨询他。郭朝凤查找文献，说报案失踪须具备以下条件：

一、完全民事行为能力人失踪超过二十四小时；

二、报案人须系失踪人直系亲属，报案时须持本人身份证件及和失踪人的关系证明文件，并提供失踪人户口簿及近期照片二张。

走投无路之时，众人想到公安局退休的副政委刘少余。刘的女婿在武汉经商颇有积蓄，刘女想给刘一笔钱出门旅游。刘以签证难办为由拒收，因此刘女做主，以刘少余的名义向更江南集团购买一笔股金，算是投资。众人想，刘家虽然只购买一笔股金，投入十五万元，但那也是钱，只要是钱就会让人心痛。因此相约去找。刘少余在朱雀路有一套三层的商品房。因为夫妻不和，妻子住二楼，他住三楼，一楼出租他人做奶茶生意。刘少余在三楼种花植草、养猫饲狗，还喂了一大缸的红色金鱼，共计四百余条。刘少余头发浓密，像是理发时清洁碎发的琥珀色的刷子。在他的大鼻子和左眉眉弓上，各生长一颗黑痣。见到来说明情况的股东，他匆忙点起雪茄，含在嘴里，说："啊！又有什么事？你们这些人，尽不学好。"烦躁之情溢于言表。因为他耳背，兼之脾气固执，人们花了十分钟才将事情跟他说清楚。他好像是第一次听说此事，说："唐老板是骗子？跑了？我也投资了？我怎么不知道呢。"他取出手机拨打女儿电话，称呼对方"小朋友"。他从"小朋友"那问到确有这一笔投资后，姿态大变。他对股东们说："真是岂有此理，一个大活人没了还不让查了？要是失踪的是孤儿，人们就不能够去报案吗？"众人说就是就是。他一挥手，带大家下到二楼，支走老伴，同时说："这是牵扯到多少家多少户的事情啊。"众人说可不就是嘛。在二楼客厅墙边的高腿茶几上，摆放着一台米黄色的电话机。刘少余揭下盖住电话机的罩布，抖抖，瞟了一眼期待地看着自己的众人，从嘴里发出"咔"的一声。墙上贴着一张通讯录，刘少余的手指在上边移动，定在"法制科"那。他一个个地按号码，按好，对着话筒说："法制科吗？我免贵姓刘，刘少余。杨科长在吗，在的话叫他过来接电话。"然后张开嘴在那等，手上还抓着核桃玩儿。少顷，从话筒里传来对方的声音。刘少余把情况简要复述，问对方应当如何处理。"这种事总不可能不处理，对吧？"刘说。然后两下无话，众人判断这会儿杨科长正搁下话筒，走向文件柜，扫视书脊，然后拉开玻璃门，抽出其中贴满小便签条的一本，蘸着口水翻动。很快从话筒里传来声音，杨科长建议各位股东按照公安机关查找疑似被侵害失踪人员的相关规定到刑侦大队申请立案，依据是人员携带大量财物失踪，且在失踪前与他人有重大矛盾纠纷。刘少余又拨打刑侦大队电话，刑侦大队指引他们去大队报案。当日，大队值班领导是教导员，他指定分别在市区中队和技术中队实习的两名警院学生处理报案，有事向市区中队民警高晓强请示汇报。高晓强以前是北片中队的副中队长，因犯错误被降职。

十六

两名实习生都是异地儿郎。一名叫陈旻，蓄平头，戴眼镜，眼小鼻短，皮肤黑黄。个子显矮，性格温驯，然而并不柔弱。真要是打架，两个人拿不下他。他是跑步爱好者，每天跑八至十公里，周末跑三十公里，但凡有马拉松比赛就设法去参加。因为跑步，小腿肚鼓胀而结实，用手去抓，和抓石头一样。在刑侦大队，民警因工作需要常穿便服，只有陈旻穿制服，并且戴警帽、打领带，有时还戴白手套。他总是在腋下夹一黑色公文包，内藏材料纸、印泥和笔。从外表就能看出他做事比较拘谨，一板一眼。一名叫秦歌，眉清目秀，唇红齿白，皮肤吹弹可破，然而思维和行动敏捷。相较于陈旻，他对打扮更为上心。有时甚至穿那种黑色、宽松的丝绸衬衣，衣上印制数只鼓翼飞翔的白鹤。其人爱笑，爱去体育场看球赛。陈旻每做一件事前，都会隆重地问："秦歌，你怎么看？"

我们红乌股东一共有三十人到刑侦大队报案，后在高晓强建议下，精简为五人，以吴胜火为首。陈旻秦歌在大队会议室接待他们。陈旻秦歌要求他们出具唐南生有效身份证明。"兀哪里有哩？"吴胜火说。在我们红乌方言里，"兀"是助词，用于句首，无义，和《诗经》里"维以不永伤"的"维"近似。

"我们只是问一下。"陈旻秦歌说。然后在笔录上记录：报案人无法出具证明。他们又问："你们是否在其他地方报过案？"

"没有。"吴胜火答。

"我们也只是问一下。"

接着，陈旻秦歌又问："唐南生失踪前是否与他人有重大矛盾纠纷，有没有人说过要找他报仇、杀了他之类的话?"

吴胜火等人说:"这倒是没有。人生气倒是有的。"

又问:"有谁生气?"

他们答:"个个都生气。你说他欠人那么多钱,被欠的还不生气?说起来我们真是倒霉,摊上这么一个老板。我们烧香拜佛求他还活着,他活着就还能还钱。真要死了,我们什么指望都没了。"

之后,两名年轻人骑电瓶车到红叶宾馆,举起相机,眯着一只眼,对着唐的住房进行各个角度的拍摄。然后掏出镊子夹走唐留在枕巾上的碎发,并取走唐留下的指纹、掌纹。他们还扣押唐的手机、衣服、牙具等所需物品。他们开列清单,要曹姨作为见证人签字。曹姨急得汗如雨下。两人只好作罢。两人锁上房间,贴上封条。曹姨见此,脸色惨白,不停地跺足。秦歌问为何,曹姨说自己损失太大,一则这间房再也不能用于住宿,二则房客看见这间房门上贴着封条肯定害怕,别的房间也不敢住。秦歌问房费一月多少,曹姨说六百。秦歌让她掏出手机,用微信转过去六百元。

"以后呢?"她说。

"以后的事以后再说。"秦歌说。

"那别的房间呢?别人看了封条还敢住别的房间吗?"她说。"你或许可以整块帘子盖住封条。"秦歌说。

如此曹姨才作罢。

就如何查找唐南生的下落,高晓强拟订"四三三"方案,让两名实习生逐项去做。"四",即从人际往来、交通出行、财产处置、通信记录四个方面查找唐南生失踪前后的活动情况。"三",即从本市110、派出所接处警记录中比对查询,从周边地区新出现的绑架、杀人等犯罪线索中比对查询,从"全国未知名尸体信息管理系统"和"全国公安机关DNA数据库"中比对查询。另一个"三",即向报案人、唐南生家属及其他关系人调查唐南生的情况,制作询问笔录。

这样的方案,条理分明,对两名实习生而言锻炼价值巨大。它不但有助于两人熟悉工作流程,也快速培养了他们和各种人打交道的能力,比如事情找谁批准、找哪个级别批准,去车站、电信这样的机构调查时和哪个部门对接,来往公函应如何写,甚至致谢时是敬礼还是鞠躬、询问的口气是软还是硬,事先都要考虑好。

也正是通过这次调查,唐南生是台东人的说法被澄清。实际上他是福建省莆田市仙游县赖店镇留仙村十一组人,原名唐锣生,别名唐伟俊。其妻患结核病早逝,未曾生育子女。其家常年无人居住。前几年台风,老宅浸泡水中,自行瓦解、倒塌。

不过收获一时也就这么多。两人准备向高晓强请示,去调看视频监控。正当此时,以吴胜火为首的我们红乌股东前来献言,说现在探头这么多,何不去瞧一下呢?可谓不谋而合。高晓强说:"我何尝不知道去看监控。看监控已经成为我们公安机关最重要的破案手段。我们只要开展侦查工作,首先想到的就是调看监控。甚至可以说是'本能地就想到'。它在追溯犯罪嫌疑人的行为和收集犯罪证据方面，有着不可替代的优势。它神奇到什么程度呢？好比它是一只盒子，你只要揭开，就一定能发现里边有自己想要的东西。我们在第一帧画面看不到的东西，在第二帧会看到。在第二帧看不到，在第三帧也会看到。只要我们想看，就总会看到。无非是看累了，多滴几滴眼药水。我记得有一阵子，我眼睛都看得充血。我听说，在很多地方，技术已经发展到这一步：监控系统已经不再是对事物进行被动地感知，而是像人脑一样，可以主动地去认识、分析。换句话说，已经用不着我们用肉眼去察看。遇有可疑处，它就自动示警。我们红乌也快了。也许你们实习没结束，我们的技术就到达这一步了。在这种情况下，感到沮丧的除开犯罪分子，还有我们刑警。刑警不再是侦查活动的主导，而可能只是监控系统一个可有可无的帮手。刑事侦查作为一项古老的、综合性的技艺，正面临失传的危险。你们学历比我高，见识比我多，我说的这些你们一定懂。"

"我们也只是接触一点点。"二人答道。

"你们知道这件事，为什么直到今天还存在吗？"

"什么事？"

"就是去调查一个明显是跑路的人被侵害。这非常荒谬。你们知道这件事一直到今天还存在，是为什么吗？"

"不知道。"

"是我们不忍心拒绝刘老政委。你想，债户失踪，那不就是不想还钱嘛。股东们应该去找'处非办'和经侦，可他们害怕在那边立案后，自己的钱没人还了。他们又不想让人家就这么不见了，因此想到来我们刑侦报案这一出，就说唐老板可能被侵害。你看人的心思是不是很微妙？这件事直到今天还存在，还因为荆教导把它当成一次演习，专门锻炼你们实习生。说说看呢，这些天你们都做了啥？"

两人将自己的调查经过一五一十汇报。高晓强一边听一边颔首，说"好""不错""孺子可教"。然后他思虑再没有别的什么要锻炼他们，就说，现在你们可以去调看视频监控了。他说："我的本意不是不让你们看视频监控。今后你们办案切记还是先看监控。我只是想交代，你们千万不要因为有了监控，就丢掉其他侦查技能。你们得有一技之长，否则就容易被替代。看监控是连小学生都会的事。我说得对吗？"

"您说得对极了。"二人说。

"乖，去吧。"高晓强说。

十七

我们红乌共架设监控探头五千台，分布在大街小巷、重要路口、学校商场、机关单位以及居民小区。监控点还在逐年增加，可以说悄然间布下天罗地网。在红乌市区主干道，红绿灯一般安装在长臂灯杆上，有一天，人们发现，歇足于灯杆的不再是一排麻雀，而是望向各处的摄像机。陈秦二人去市局指挥中心查看监控材料前，好生做了功课。他们翻看、分析询问材料，并重新走访关键知情人，初步确定唐南生失踪于2019年9月13日夜，具体消失于肯德基至红叶宾馆的一段返程路。那么，去查找相关路段当天及之后几天的监控视频就好。这就好比在进行手术或尸体解剖前，先在肉体上比画，找准下刀的地方。

除开应酬，唐南生一天三餐都在肯德基快餐店解决。每次都是从永修路的红叶宾馆出发，西行至环岛，然后沿人民北路南下，经过两个红绿灯，到达开在原市区中心的肯德基。西行的一段距离是四百米，南下的一段距离是一千五百米。加起来是一千九百米。一天往返六次，合计十一点四公里，对应手机里统计的步数是两万步。唐南生将它理解为一种旨意，每天虔诚且甜蜜地去执行它，甚少违反。我的感觉是他虚无而疲乏的生活需要填入一副合金骨架，填入能让他感受到活着的东西。当然这只是我的臆测。肯德基是唯一一到我们红乌落户的国际著名餐饮连锁品牌。开业之日，顾客队伍排到店外四百米处。一些原有的快餐品牌如KBC、麦肯基，有如李鬼见李逵，羞愧难当，无脸见人，拉上卷帘门歇业了。我们红乌人对肯德基的感情很深，虽然它招聘的员工都是本地人，我们还是常对他们竖大拇指，说："你们干得好。"我们都知道，像星巴克、麦当劳、哈根达斯、赛百味这样的品牌是不来的，就是来了也会摇头走掉。只有肯德基不单来了，还租下整整两层楼。我们像是被封锁的国家，看见一位体面的朋友穿越迷雾，前来和自己建交。阳光每天穿过洁净的玻璃窗，照射到肯德基米黄色的餐桌上。我们红乌人举家出动，来到这过去只有在电影里才能看见的地方。那些小孩，定睛，抓着汉堡、鸡腿认真地吃，仿佛他们的胃天生就是为这些垃圾食品准备的。大人也忘记几千年饮食传统对自己的约束，变成"中西餐并重"的杂食者。肯德基外的十字路口原先是市区中心，曾有交警在路心岗亭值勤。在肯德基东边、和肯德基隔一条马路的是几代人的购物中心：百货大楼。仍然存在的柜台代表着森严的等级秩序。曾经，柜台里的人面无表情，高高在上，柜台外的人翻出辛苦一年赚来的一点钱，看着它被全部拿走。我听说当初有人为了能进柜内工作，而向竞争者下毒。现在它早已失去往日的繁荣，就是照进来的阳光，也比别的地方晦暗。可是只要望见它，就像望见弃用的断头台，心中仍会感觉悚然。在物资匮乏的年代，是百货大楼集中了几乎全部物资，好让我们白白看着，数落自己的贫穷。肯德基斜对面是农行储蓄所，我记得储蓄所后曾有一幢四层的农行职工宿舍楼，墙体刷成青色。大约二十年前，宿舍楼被拆除，现在出现在它位置上的是一家酒楼。我记得我这一生第一次喜欢上的女孩，就住在那青色的宿舍楼里。我没有得到她任何眷顾，哪怕是一次礼节性的握手。在我脑海里，她是那么神秘、深奥、难以捉摸，她说的每句话都值得详加分析。我认为她配得上我这么爱她。直到互联网来了。在互联网时代，她即使没有说什么，但她选择过什么、关注过什么、对什么点过赞，还是无情地暴露出来。她的思想、见识、趣味，以及骨子和本能里的东西，被泄露一空。她变得太清楚。我为自己曾喜欢这样一个人感到费解和难忍。唐南生把肯德基的菜品挨个吃完，他最喜欢搭配一杯冰镇可乐。他一边用餐，一边摆弄两台手机。有时他会来到门前台阶，坐下，看像大规模迁徙的鱼群一样打马路经过的骑电瓶车的中学生。有时他会对落群者说："小女生，我跟你讲，你知道你有多漂亮吗？"她们在经过时会看他。她们心里的话是那么明显。她们边看边用眼神示意同伴，似乎在说："快瞧，这里有一个台湾佬呢。"我们红鸟探头的架设规律是越靠近市中心，架设越密。陈旻秦歌二人踏勘发现，在肯德基周边，直径二十米的区域内，架设有三十余台探头。北上一公里，平均五十米架设有一台探头。再北上五百米，平均一百米架设一台探头。永修路总长六百六十米，架设五台探头。其中一台呈半球状，架设在通往人民公园东北门的岔路路口，监控距离不足十米，主要为监控进出公园人员。可忽略不计。另外四台为枪式摄像机，分别架设在距离环岛零米、二百六十米、四百六十米、六百六十米处（我们不妨将之称为A机位、B机位、C机位、D机位，除A机位镜头朝东，BCD机位均镜头朝西）。这款枪式摄像机最远监控距离为六十米，因此整个永修路留下三块长度均为一百四十米的监控盲区，分别处在AB机位之间、BC机位之间、CD机位之间。大致情况如下：

相信在不久的将来，这些盲区会被消灭。制造和铺设摄像头的成本越来越低，没有什么能阻止它们去扩张繁衍。它们繁衍起来就像城南荒地上的荆豆一样迅猛。但就目前而言，我们红鸟摄像头的安装仍然受2009年和2017年两次政府拨款的限制。拨款多少，采购到的探头就是多少。有限的探头被优先安装在重要场所，像永修路这样案发率低的偏远路段，分配到四台已属不易。安装前，市公安局指挥中心的民警数次前来踏勘，进行测算，充分考虑了"点和线""点和面"之间的关系。可以说，将监控点设立在这四个地方，符合"布局经济合理、监控效率最大化"的预期。如果通过监控观测一辆奔行在永修路的汽车，那么每隔一会儿，我们就看见它消失一下，然后又重新出现。这就像是骑自行车的少年，穿过别墅群那边的马路。我们透过别墅之间的缝隙看他时，他是出现一会儿、消失一会儿，再出现一会儿。我们据此也能完整复原他的行为。

这是陈旻秦歌二人第一次调看监控视频。他们找到9月13日永修路B机位的监控视频，在下午四时往后一点的时间，发现唐南生背着牛皮书包往环岛方向走。他是那么好辨认啊，因为他身高只有一米五，并且一条腿略长一条腿略短，因而走路一高一低。还有，即使是在画质不很清晰的监控画面上，人们也能从他身上看出其所散发出的一股子自恋气息。我们常在一些面部浮肿、长相丑陋的中老年男人那看见这种自恋。唐南生往前走时，总觉得身后每个人都在驻足或回头看自己、欣赏自己、啧啧称赞自己。他将两手插入裤兜，不时甩动顶上的一小绺头发。他的背上仿佛长了一千双毛茸茸的眼睛，在对着你不停闪动。啊，真是让人恶心坏了。接着，陈秦二人在架设于环岛的A机位那儿，看见唐南生走来的景象。他们就要一个个机位地看下去时，指挥中心副主任王一涵过来，抓住鼠标，连续点击数下。也就是到这时，陈旻、秦歌二人才知道，在高晓强那还只是展望或者说期待的人脸识别技术，市局指挥中心已经在应用。他们想起学院教授反复说过的一句话："科技比我们的想象要快。当我们还在设想什么东西并且这种想象还没结束时，科技就已经将它呈现出来。"王一涵点击放大视频中唐南生的脸部，然后停在那儿。仅仅只是稍加等待，原本模糊的唐南生头像变得异常清晰。"是不是他？"王一涵问。

"可不就是嘛！"秦歌说。

王一涵又点点鼠标，于是电脑自动对唐南生的眼角、鼻尖、鼻翼及嘴角等关键点进行定位、描述，依据这项数据，它到视频库里自动进行人脸比对，很快回溯出唐南生所有被监控到的行踪。陈旻、秦歌二人主要查看唐失踪前几小时的活动。他们看着唐一会儿从画面上端走到下端，一会儿从画面左侧走向右侧（或者相反）；一会儿从小变大，变得清晰，一会儿从大变小，变得模糊；一会儿从这帧画面消失，一会儿从那帧画面出现。唐南生花了一小时才游荡到肯德基。傍晚六时一刻他走出肯德基，并在出门时和一人相撞。画面显示出此人特征为"男性、成人、短袖、长裤"。王一涵说："如果你们想知道这人身份证号码是多少、亲属是谁，分分钟就能查出。"唐南生和那人不肯相让。那人将唐推回至餐厅，自己走进去。唐再度出门时，回头看着里面，满腹闷气，喋喋不休。王一涵说："如果你们想听清他骂了些什么，那也是能办到的。"而后，唐在肯德基前的台阶上坐下来，他一边单手握住胯裆，一边不由自主地看向过往的女人。如果女人是骑电瓶车飞驰而去，他的脑袋像是受惊一样猛转过去。如果女人是走路，他转头的速度也会放慢，一直目送她们消失。他伸直两条短臂，大张开嘴，狠打了几个哈欠。然后，在傍晚六时三刻，他起身北上，向红叶宾馆的方向走去。人民北路是一条坡道，沿它北上，容易吃累。唐南生走走停停。马路西面开着一溜内衣店、蛋糕店、咖啡店、珠宝店，相对时尚。东面房子破旧，开着手机卖场、烟店、小吃店、性用品店。唐南生自然是掀开门帘，进性用品店去了。中途他举着一个粉色的倒模出来，就着光看，还尝试掰开它双腿，然后又送回去。再度出来后，他拍打着双手，明显是什么也没买。性用品商店上方是一家小规模的家电城，门口摞放着一堆液晶电视，正在放"维密秀"。唐南生眼睛一眨不眨地看着。少顷，他往上走，看见鑫宇形象设计的员工统一着装，在门前站成一排，接受店长的训话。这次训话似乎是因为有一名员工在店外抽烟。"我不是说不允许你们抽烟，而是你抽烟能不能死远一些抽，能不能脱下制服抽？你知道人设对我们生意对我们事业对我们实现'五个一'目标的重要性吗？我们的人设难道是松松垮垮地站在店门外，把烟往嘴里送，抽一大口吗？"店长说。然后他问一句，那些员工就集体答一句，要么是"好"，要么是"不能"。唐南生继续北上，这里是公交公司啦。已经下班的师傅就着门口的石礅六个人一伙地甩纸牌，旁边是送来的若干份快餐，用一只大薄膜袋子装着，袋口扎紧。应该是饭还没送来。唐南生踮着脚看一个人手里抓的牌，那人看他在看，将展开的牌合拢。不过唐南生还是饶有兴致地将这一局看完。似乎是有人邀请他来顶替自己，他伸出一只手，摇摇，说不会。"这一块的监控显示得真清楚啊，连打牌人嘴里的一块银牙都照出来了。"秦歌说。再往上，过红绿灯，就是原政府大楼。

政府搬去城东后，大楼让给公安局。我曾经在公安局上班，也曾在政府上班。后来我辞职去了外地。唐南生在陈旻秦歌目光的紧盯下，继续浑然不知地朝北行走。过第二个红绿灯就是人民公园南门。人民公园占地三百二十亩。人民北路的北段和永修路紧贴它的西面和北面。人民公园的南门前，有一块两个篮球场大的广场，时有老妇人结伙在此跳舞。这一天也不例外。通过视频画面，陈秦二人发现唐在广场边上的石凳上端坐良久，后来弯腰，让双肘抵在大腿上，又用双手抱住低下的头。他似乎在经历一阵巨大的病痛，兴许是胃痉挛，总之能看见他的上身在颤晃，特别是背部。在他面前，滴下一摊水。不久他们知道，唐南生那一滴接一滴往下滴的并不是汗，而是眼泪。他也不是身体不好，而就是悲伤。这简直是奇迹性的发现，此前可从没人看见这样一个无耻之徒哭啊。他哭泣的时间特别长。那哭泣的水箱干了，又添进来新的一箱。那些跳舞的老妇人们表情麻木，专注于自身肢体的动作，对此一无所知。唐南生边哭边拉扯头上的头发，他口袋里全是从肯德基顺来的纸巾。他展开纸巾擦拭鼻涕和眼泪，然后将它们揉成团。地上到处是他扔下的纸团。走上马路后，他一次次将双手朝两旁的空气插去，脸上还在哭泣。这时有人看见他哭了。通过监控视频，陈旻秦歌发现，有一辆密封式三轮车和唐南生相向而行。唐南生在马路东边走，三轮车在马路西边走。接近时，三轮车驾驶员拨开塑料车窗，探出头观看。其间，车辆并未减速，但轮子向唐南生这边拐过来不少。似乎是为了凑近看清楚一点。而后，三轮车加速，扬长而去。在人民北路的北段，路西是废弃的钢管厂宿舍，路东是公园围墙，五百米的路程，摄像头的架设开始稀疏。这里应该有五块各长四十米的盲区，其中第三块被博物馆自装的摄像头拍摄到，因此只剩四块。陈旻秦歌看见，唐南生带着他被路灯照射出来的影子，一次次出现在镜头里，一次次消失在盲区。直到他来到环岛。在环岛他已经完全正常，既不看路上的行人，也不哭泣，而只是专心于如何走回红叶宾馆。永修路上的A机位和B机位捕捉到他东行的踪迹。但是在经过B机位，走入那段长达一百四十米的盲区后，他就再也没有出现。C机位一直没有拍摄到他到达红叶宾馆。这时是9月13日晚八时零四分，从这时起他失踪了。也可以说"不翼而飞"。

十八

　　唐南生消失于永修路上第二段监控盲区。盲区内，路南有住户二十六户，路北有二十五户。路北之所以少一户，是因为要留下一条巷道，便于车辆通行至附近的裕丰村。陈旻秦歌二人认为，9月13日晚，唐南生无论是主动还是被动失踪，只能是通过以下途径：

　　（1）从巷道离开；

　　（2）进入永修路五十一户人家中的某一户；

（3）搭乘路过的交通工具（滴滴、公交、私家车）离开。

以吴胜火为首的我们红乌股东具有丰富的想象力，他们认为不能排除唐南生搭热气球逃走及被化尸水处理掉的可能性。我记得很清楚，就在两名身高相同的预备警察走进永修路的同时，寒冷的天气跟着降临。天空压得很低，雪花在风的吹动下到处飞舞。沉甸甸的落叶堆在沟渠旁。地面变得湿滑，汽车一辆辆奔行过去，各种款式的轮子卷起地上黑色的泥水。几乎还在上周，人们还穿短袖上衣，本周就不得不穿上秋衣秋裤、羽绒服，围上围巾。夏天它消失得比爱情还快，而冬天一旦来临就坐稳它的江山。我想起自己离开红乌，就是源于对枯燥无聊的工作和湿冷天气的双重厌恶。北方的干冷是可以抵御是可以去好好相处的，南方的湿冷却不能。南方没有暖气，室内的水泥地总是渗水，比室外还冷。人穿的贴身衣服过了一会儿就湿透，粘在脊背上。人被逼得没有地方去，人宁可抱着烧红的铜柱把自己烧死，也不愿意待在寒冷刺骨的世上苟延残喘。我记得就是在这样的天气中，我和兄弟被迫走向路边，解下龙马运输车冰冷的车厢挡板，拆开绳索并将它从扣眼里抽出来，掀开青色苫布，将从外地批发来的货物搬进仓库。我们家做了几十年的小生意，一家人活下来全仰赖于此。现在只要看见运输车我就恶心，这种恶心甚至波及蓝色这种颜色，因为当初所有龙马车的车厢都刷着这种颜色的车漆，甚至听到这种车鸣笛我也会冷得哆嗦。一听到，我就想到自己要张开皲裂或长着冻疮的手，去提捆扎在纸箱上的打包带，让它的边缘像刀一样割进指肉里。利润是如此地少如此可怜，人还得在这样的天气出来劳动，累得半死。父亲的脸和冬天一样冰冷、没有表情，只有简单的命令和无可挽回的裁决。想让他过来搂住你安慰你，做梦吧。一切所见全是彻骨的冰冷。树枝是冷的，桥是冷的，枯草是冷的，水洼是冷的，甚至在店铺和餐馆帮忙的女孩也是冷的，因为没文化。没有文化就没有愉悦，只有负担。与之性交有如自我谋杀。河里边没有水。依据一动不动的电线杆，我们知道该死的柳条在飘拂。我还记得一位养老院的老人不慎滚下床后，冻成冰柱。火化的时候，人们要用铁锨先把冰敲碎。

我看着两名预备警察，仪式感十足，按照"南一家北一家"的次序，一家一户地进行搜查。从盲区西头一路搜向东头。我赌他们手里没有搜查证，后来事情被证实果然如此。逐户搜查是两人的意志，他们需要通过这种方式体现自己对人生经手的第一起"案件"的重视。没有人给他们别的机会。我们常在一些球队替补队员那儿看见这种郑重其事。哪怕只是给这名队员几分钟的出场时间，他也会把事情的程序做足，把它产生的可能性都实践掉。哪怕教练本意只是想利用换他上去消耗一些时间。我们红乌市公安局刑侦大队领导的想法也是这样，只是出动两名实习生来搪塞那些更江南的股东。要是有人质疑，领导会说："他们就不是警察吗，还考上了研究生呢，比我们所有人学历都高。"领导不会批准他们去搜查，也不会阻止。领导不会说"你们去做做样子吧"。面对他们高涨的热情，领导只是强调："切记不要惹出事来。"因此我赌他们拿了一张过期的或是空白的搜查证，在入户前以闪电般的速度取出来又放回公文包，表示已经向户主出示过。神态不失自然。前边交代过，永修路过去叫农商路，是农民进城买房的地方。因此这里的住户文化水平普遍不高，对法律程序了解更少。你就是不出示搜查证，他们也不会觉得有什么。陈旻秦歌就这样一户户地进去，东寻西觅，翻箱倒箧。席梦思床垫都推起来，怕床下藏尸。家里还有未填封的水井的，须拿长杆捅向井底，看有无异物。后来他们还游说在警犬中队实习的同学牵来一条四腿棕黄、前额发黑、背部滚烫发热的德国狼犬。狼犬进门后找到楼梯，一跃而上，把每个房间跑遍，然后快速回到楼下驯犬员跟前，摇晃尾巴。应该是等待后者计时，给它奖赏。挺吓人的。陈旻秦歌二人一直没有搜到唐南生失踪的证据和痕迹。他们搜到一家时，有几名街坊正聚拢在客厅带孩子。陈秦二人忙时，她们欲言又止。等两人要走，她们中的一人轻轻捉住他们的衣裳。

"有什么事吗？"陈旻秦歌问。

那妇人低下头正要放弃陈述，旁边有人推她胳膊。于是她鼓足勇气，举起左手，让拇指和食指的指尖相连，构成一个圆圈。同时拿右手食指捅那个圈。

"啥意思啊你？"陈旻秦歌说。

她领他们到窗前，指向对面某家，说唐老板可能和那家人有奸情，五十元一次。"冇那么贵哦。顶多三十一次。"旁边有人斧正。

"不过……"妇人说。

"不过什么？"陈旻秦歌问。

"不过不要这么快就过去查，免得她知道是我说的。"她说。

陈旻秦歌对视一眼，兵贵神速，出门骑上电瓶车往对面冲。还是依靠前轮撞上墙壁，车才停下来。他们嘭嘭嘭地拍打防盗门，大叫"有人吗"。而他们刚离开的那户人家已闭好门，窗帘也拉上。家中在放的电视想必也关掉了。一名大马脸女人慌里慌张地打开门。她理着长波浪发型，给本来就大的眼睛画了眼线和眼影，使它看起来有如牛目，给丰厚的双唇也抹了鲜红的口红。她还可能隆了鼻子。这么冷的天，她微微敞着雪白的胸口。可以说，为了使自己变得富有吸引力，她尽了力。可是这张脸给人的最大印象还是死气沉沉。

"说，你把唐老板藏哪儿去了？"陈旻秦歌问。

女人听不懂，木然地看着他们。少顷，她坐向地面，又侧躺下去。然后不停蹬双腿。两名实习警官问："你这是咋啦？"

"哎呀，你们这样诬赖我，我要死了。"她说。

她越如此阻拦，陈秦二人越觉得其中藏着猫儿腻。他们强行往里突，女人则紧抱住他们双腿。他们要想向前迈一步，就得拖动一次她长而丰腴的身体。永修路的街坊多半围过去看，觉得事情就要水落石出啦。后来陈秦二人依靠居委会帮忙，还是对女士的住所进行了搜查。女士情绪平复后，也对她进行了问话。结论让人扫兴。她和唐南生没有任何瓜葛，她甚至没听说过唐，也不知道更江南。房里挂满她糟糕的油画和诗作。她作为一名文艺青年的身份被暴露了。这就是她羞耻的根源。不久，在我打点行李返京时，我听说她搬去邻县。她家防盗门上多拴了一道链条锁。她跑得就有那么快。我仿佛看见她在逃亡时双手捂着脸，自言自语："好了，叫你不嫁人，叫你不上班。"妈妈给我编织了一对毛线手套。那些天，我戴着手套，交替让双腿落向地面，站在永修路三十号的家门口，看两名90后警官像蚕食桑叶一样，稳定而有效率地对盲区领域内的人家进行搜查。一路搜向我们家。灰白色的马路使用多年，还算平整。有一段路面——大概有一米长——微微拱起，汽车经过难免会颠簸一下。不过并不碍事。有几次我发现，骑电动三轮车经过的师傅，眼睛是闭着的。这说明他们在利用这一段好而平坦的路面打盹儿。有时车辆一辆接一辆地奔行过去，有时一辆车也看不见，光秃秃的马路上只有穿橘色马甲的清洁工在扫地。我看着两名警官走到我跟前。他们个儿一样高，不过一个黑一个白，一个粗糙一个英俊。我一开始还以为是一男一女两名警察过来。这种错觉保留了很长时间。我自打看见秦歌，眼睛就再也没办法摆脱他。我们的距离是如此近。我们对视着。我看见他微微张开嘴唇，露出一半雪白的上牙齿。这是一种中间状态。很明显他不急着说话，但又不想抿紧嘴，使人感觉生分。他有一双有光的眼睛。他将眼神微微上抬，半是恭敬半是渴望地看着我。我感受到他对我的信任，这是一个人对上级或耶稣的近乎虔诚的信任。他的脸小巧，皮肤细润如玉。原本弧形的眉毛被修得又黑又直。在他左下眼睑的中心有一颗非常小的痣，这颗痣和散布在脸颊外侧的另两颗同样小的痣处在一条直线上。我甚至能看见第一颗痣与第二颗痣之间的距离，恰好是第二颗痣与第三颗痣之间的距离的一半。在他雪白的脖子上挂着一条带着淡青色小圆坠子的项链（有那么一刻我想我要是这颗坠子就好了）。我们就像有着多年亲密的情谊，如今的见面不过是这种持续的交往中自然而然的一部分。在我们这样不知羞耻地对视时，陈旻轻轻碰了他的伙伴一下。秦歌根本不理他。直到我听见自己作为中年男人的吞痰声。我低下头，躲开他火辣辣的目光。我为自己感到羞耻。我刚才的失神，一切所作所为，从客观角度讲，就是一名中年男性对年轻女子表露出赤裸裸的馋，色心不死。让我更感羞耻的是对方恰在这时开口。他一开口我就知道他是男性。我醒悟过来，这个世界已经不再阴森而单一，"男女两性的性别差异在逐步缩小"，男性出现女性化的倾向，正如女性出现男性化的倾向。

"不像。"秦歌摇摇头，说。

"我说了不像的。"陈旻对他说。

"什么不像？"我问。

"我看你丫很久，不像是什么杀人藏尸的罪犯。"

他这样说时，还大力拍打我的左臂，对我表示安慰。我稍微推算了下，他应该出生在1994年。我没有告诉他，我就是在1994年考上了他现在所读的警察学院的前身：省公安专科学校。我也没有告诉他，自己做过几年警察。我看着他用拇指巧妙地盖住搜查证上的日期，把那张纸在我面前晃晃。我什么也没说，给他们推开门。

他们后来还去调查9月13日晚在永修路经过的车辆。直到结束实习，离开我们红乌，他们也没找到唐南生的一根毛。我们红乌的股东亦多次自发去找唐南生，均无功而返。

十九

我想重申，我之所以对事情知悉得如此详细，并非我去做过什么调查，而是主动来找我讲述的人太多。这些信息源包括身为更江南股东的亲友，也包括我在公安局工作时的同事。我这次回来待的时间很长。最初，当我醒来时，我需要经过好一阵子的思考和判定，才能知道自己身在何处。有几次我的视线会朝着与门相反的方向去寻找门。后来我就熟悉了故乡，包括熟悉这些像空气和风一样无处不在的关于更江南的消息。不过，我知道唐南生被找到，还是在离开之后。

揭开秘密盖子的人叫潘洹夫。

潘洹夫我认识，他常穿一件易被误认为是中山装的蓝色呢子大衣，嘴角含半根积满烟灰的香烟。两根湿漉漉并且粗大的鼻毛从鼻孔伸出来，越过浓密的小胡子，直抵上唇。头发呢，像一把硬刷子。潘洹夫有件事迹我们红乌人都知道，就是三年内五次到派出所申请改名，最终获得批准两次。他原来叫潘锋，后改名潘峰、潘达、潘瀚公、潘洹夫。潘洹夫毕业于地区学院文传学院，在乡下教书若干年后，考中市科技局公务员。据说他为此复习将近一年，可仅到科技局上班三个月他就挂冠而去。第一个月他表现出烦躁，说所在办公室同事，一无理想二无道德三无价值观，自己置身其中，未免虚度年华。第二个月他诉苦，每日在此弯腰行礼、屈身于人，把自己弄得一点骨气也没有，简直是庸俗极了。第三个月仿佛是为了给这样的想法来一锤子，他抓起办公桌上的瓷杯砸向地面，说："我情愿去做生意，过得造孽一些，也好过待在这里。"然则他生意也做得并不顺心。那些员工说他去超市，就是对货物有仇，要逐一加以审判。食品添加不必要的色素，下架；蛋糕含反式脂肪，吃了不能消化，下架；不能排除农用化学物质污染的，下架；未标明是否转基因的，下架。后来他知识进步，认为转基因其实比非转基因好，又把那些强调非转基因的货物下架。他搜集整理有问题企业名单，贴在超市公告栏。但顾客并不因此就买账，他们反而埋怨他定价太高，要向物价局举报。他入股美容美发店也是这样，反感向顾客销售会员卡。后来他因为想法得不到其他股东支持而退股。

我和潘洹夫有过一两次短暂的接触，都是市文广新旅局吴宝笙带他来，探讨写作上的事。我看出此人喜欢对人交心，热爱公平、正义，相应的是，一旦察觉自己和他人言行存在瑕疵，也必深恶而痛绝之，认为"一个人不能这样不得体"。最近一段时间，我喜欢在和人相处时赞扬对方。我打好腹稿，准备称赞潘洹夫是"新时代的匕首、投枪和斗士"。谁料他先自己说："要说啊，我吃亏就吃亏在自己是新时代的匕首、投枪和战士。"我很庆幸彼此相谈甚欢。说实在的，一旦出现分歧，我还不知道如何收场。在处置唐南生一事中起主导作用的王池深，和我一样，看出潘洄夫有不可托付、不可共事的地方。王池深他们那天约定九人聚议。他们戴口罩、帽子，或用围巾遮挡嘴巴，从三个不同入口走进原刀剪厂老楼。在那里，二楼会议室窗帘紧闭。来者手机被要求关机，统一保管在多屉柜的一格。现场清点人数，多出一人，潘洄夫就是那多出来的第十人。当时甲认为是乙将他带来的，乙认为是丙将他带来的，没有人深究。说起来潘洄夫也是受害者，这次为投资更江南还出售了一套房产。议事前，王池深关灯，打开手机照相，在房间内转圈，看屏幕上是否有红点。根据一种说法，如果屏幕上出现红点，就说明这里装着针孔摄像头。王池深在阐述自己的计划时，一边扶镜腿，一边握大头笔在白板上画示意图。几乎在画好的同时，又将它擦掉。大家或双手交叉抱臂或单手支颐，坐着，微微凝眉，陷入思索。只有潘洄夫又是击掌又是拍打桌子，表现兴奋。他拍桌子也不是猛拍一下，而是像乐章进入高潮乐手拍打鼓面那样又急又快，几乎是没有休止地拍。他拍够了，绷直身子凑向王池深，向后者递出一个大大的拇指。王池深就是在这时看见自己的灭亡的。之前他不是没想过被逮捕，只是这样的事实像死亡一样遥远而抽象，人在好好活着时，谁会想到死呢，尽管从古到今还没有人能免于死亡。现在，就在这一刻，就在潘洄夫用熠熠发光的眼睛看向他时，他看见自己那很快就会实现、几乎无法逃避的结局。他看见几十名警察簇拥着两名警察，两名警察抄起他的双臂，在啪啪作响的照相机拍摄下，将他押进死牢。只要他一启动这计划，他也就难逃一死。他的心像是被猛划一刀，难以忍受的痛苦攫紧他，令他不得不低下头，闭紧双眼。他若是把唐南生送上西天，自己也就得跟着上西天。王池深站着发呆，任内心充满后悔和责怪的情绪。片刻后，他开始向大家（其实是向潘洄夫一人）表露态度，他才不会实施这一计划呢。在确信白板上一个字也没留下后，他快步走向门边，摁熄所有的灯，说："你们以为我真的想弄死他啊？我只是气不过罢了。我从小就知法懂法，遵纪守法。"少顷他又补充："这事也就说说，出出气，谁还敢真干哪？"

"有什么不敢的，怕么事？"有人问。

"要干你去干，我可不干。"王池深说。

"好哇！是你叫我们来干的，你现在又不想干了，你是么子意思？"那人说。

王池深没有回答，他拉开抽屉，取走自己的手机，又拉开门扬长而去。大家在昏暗的光线中推推搡搡，低声骂娘，挤向抽屉那儿翻找手机，然后作鸟兽散。今后，每当王池深想重启这一计划，就会想及潘洄夫那近乎诅咒、极为不祥的眼神，因而一而再再而三地推迟它。那些和他志同道合、一门心思要弄死唐南生的人对此有双重不解：一、潘洄夫也是投资受损失的股东，实在看不出他会有什么理由同情唐南生；二、从聚议那天潘洄夫的肢体语言及眼神里，大家看见的是他对行动的绝对支持。支持到什么程度呢？支持到手舞足蹈。拍桌子时还双足离地，往上跳。

"为什么你会觉得这样的人会背叛我们呢？"他们问。

事情解释起来过为复杂，王池深选择不去解释，只说"你们听我的没错"。很多天以后，在他被捕，并且确认自己落网就是因为潘洄夫举报之后，他对那名他引为知音的讯问者说出自己忌惮潘洄夫的理由。"因为他热爱真理，"王池深说，"他热爱就会去支持。这种支持彻底而深入，很容易转化为行动。也就是说，一旦他认定什么事，就一定会为它做点什么。然后……你会，悲哀地发现，真理在他心中并非像磐石一样坚固，而是像气候一样始终在变。你懂吗？昨天他还支持的真理，今天就反对了。他转而去支持一个和昨天的真理完全是对着干的真理。他在两次的支持中投入的热情是一样的。也就是说，今天你看见他支持我们以私刑处死唐南生，明天又会看见他以同样的热情支持你们逮捕我们。哪怕这对他没有半点好处。这就是我害怕他的地方。"

王池深下决定按原计划行事，是因为志同道合者不停地催促。一段时间以来，聚会商量如何处死唐南生成为这些人生活的一部分，甚至可以说是最重要的一部分。有时他们不需要谁召集，到了点，就不约而同来到某处，从日升到日落地聊起来。他们开始聊的时候，自动接上次结束时留下的议题。这次聊天结束以后，又为下次聚会预备新的议题。这使我想起烤火，新的一次烤火总是由刨出昨日掖在灰烬之中的炭火开始，到再为明日埋好接续的火种结束。在聊天中，懦弱的人因为处在集体中，胆量被释放出来。他们往往表现得比别人残忍十倍。为如何弄死唐南生并且装扮这具尸体，他们提出许多让人不安的建议，这些建议最终一一得到落实。在聚会的次数达到一定数量后，他们中有人开始伏在桌面哭泣。这种屈辱的情绪感染了大家，使大家对自己恨之入骨。"我们只是口号上的巨人同时是行动上的矮子啊。"哭泣者说。他说过之后，行动就没有拖延和迟缓的余地了。王池深能做的是带领大家举香，朝黑暗中的关公像鞠躬作揖，并且祈祷。他祈祷潘洄夫装聋作哑，少管闲事。另外他也庆幸，在具体实施行动的那一天，潘洄夫恰好去省里参加由一家医疗美容有限公司举办的"医商财富分享会"。

9月份，当唐南生失踪的消息传出来时，潘洄夫站在路边，右手握拳，将拳头击向等候在半空的左掌，面露神秘之微笑。他让路人拍下自己这一拱手照，发到朋友圈，并配图说："探虎穴兮入蛟宫，仰天呼气兮成白虹。"仅仅几天后，同样在朋友圈，他又发出疑问："求教：以不公正的方式对待对自己不公正的人，就是公正吗？"你无法知道，这样的疑问出现，是一段时间持续思考的结果，还是灵感的火花刚刚冒出。你只能确定，自从它来了，就像最凶猛同时最具耐药性的癌细胞，就在他的思想之躯体扎下根，再也不会离开了。它只会不可逆地变大、扩散，终至不可收拾。就像王池深后来说的：眼瞧它从一滴水珠变成溪，从溪变成江，从江变成海，又从海变成大洋，或者从一颗卵变成鸡，从鸡变成鹅，从鹅变成猪，又从猪变成大象，你根本无法把这样的想法掰回来。在历史上还没有先例。"他，他妈绝对是个疯子。"王池深说。王池深在看见潘洄夫发出这样一条朋友圈消息后，汗如雨下，敏锐并悲哀地意识到，自己在自由社会的日子已经屈指可数。他想把潘洄夫也杀了，为此还绘制草图数张，对步骤进行设计。但最后他只是利用假证搭乘高铁，去了理论上能到达的最远站点，在那里隐姓埋名地生活。"然而这不过是自欺欺人。"后来王池深对民警说。

此后，几乎是每三天一条，潘洹夫在朋友圈发出自己对"私刑"这一方式的思考：

一问：你决定对一个人采取私刑，依据的裁量标准是什么？是国法（包括成文法和不成文法）、宗教的经文、《论语》、江湖规矩、行业规定，还是只是你自己的"良知"与"理性"？

二问：你为什么相信自己的"'良知'和'理性'"就是"'良知'和'理性'"？有谁（包括机构和人）为它背书？你有什么证据证明它不是"一时的冲动"或者"泛滥的兽性"？

三问：在实施私刑的过程中，你如何做到只是惩罚罪犯，而不夹带任何发泄兽性的私心？如果你自信能做到这种单纯，你又如何确保你的同志也会做到？如果别人质疑你是在发泄兽性，你能提供什么证据证明你不是？

四问：你得问自己一个问题：你是在惩恶扬善，为恢复社会的公正秩序而努力，还是"狂热于暴力和血腥本身"？如果答案是前者，你能"确保自己掌握好惩罚的度"吗？能做到不偏不倚吗？你具有这样的专业背景和技术条件吗？能充分讯问和询问当事人吗？能广泛、深入地取证吗？你会允许当事人聘请律师吗？你允许他为自己辩护吗？你能给他提供一个"看得见的诉讼程序"吗？你为审判配备了陪审团吗？你能把案子办成铁案吗？

五问：如果无法从技术和程序上保证私刑的公平，你又怎么能确信自己是在消除不公，而不是在制造新的不公呢？又怎能确信自己的行为是1-1=0，而不是1+1=2，也就是使原本只是一份错的错变成两份错呢？

六问：如果你认为自己有权以自己的方式处置死者，那么死者的儿子同样也认为自己有权以自己的方式处死你。然后，你的儿子也认为自己有权以自己的方式处死死者的儿子。然后，死者的儿子的儿子也认为自己有权以自己的方式处死你的儿子。然后你的儿子的儿子也认为自己有权以自己的方式处死死者的儿子的儿子。如此冤冤相报，世代为仇，人类如何看得见出路。你会认为你所据有的是绝对正义，死者的儿子所据有的就不是吗？如果死者的儿子这么干了，你不支持你的儿子针对他也这么干吗？他们不但和你一样认为采取私刑是权利，简直还是责任和义务。

七问：为什么数个世纪以来没有一个政府承认个人有私刑的权利？你不觉得现代社会之所以还在有序地运行，基础之一就是我们每个人都在停止行使私刑的权利，将它让渡给了集体吗？这是基本的契约。我们中有谁动用这一封存的权利，都是对契约的凌驾和践踏，都是对他人为社会默默付出的伤害。

八问：如果我们不能保护自己厌恶的人免受私刑之害，也就不能保护自己和亲人免受同样的伤害。一千个人有一千种"'良知'和'理性'"。我们面对具体法律条文能够自信地生活，面对浮动、多变、那一千个人的"'良知'和'理性'"，却只能恐惧，担忧，不再具备任何安全感。

九问：为什么越是学历高的人越视私刑为洪水猛兽，而越是文化水平低、受教育少的人越是迷信和崇拜这古老的裁量方式？我们衡量一个人是否进入现代社会，其重要标志不是他是否在使用肥皂、香水，而是他是否克服了私刑的欲望。我们不能葬送一代代先人为我们搭建好的文明大厦。

他继续写：我为自己感到羞耻。

他又引用约翰·多恩的诗句：

> 无论谁死了，
> 都是我的一部分在死去，
> 因为我包含在人类这个概念里。
> 因此，
> 不要问丧钟为谁而鸣，
> 丧钟为你而鸣。

2019年12月31日二十三时五十分，在一阵强过一阵的焦虑感的催促下（据他自己说，就像是一阵又一阵的涟漪从手臂扩散到全身），他站起身，拨打110。一俟接通，就说："怎么这么久才接电话呢？我得报警，唐南生被杀了。"接电话的是名姑娘，因为饱受报假警、报假案之苦，她一边说"请讲"，一边本能地提醒："谎报警情可是要被行政拘留的。"

"我怎么可能报假警呢？我知道唐南生老板被杀了。"潘洹夫说。

"你慢慢讲，他被杀了，在哪儿被杀了？"

"我不确定是在哪儿被杀的，我知道杀他的都有谁。"

于是，潘把那天聚议的时间、地点，以及参与人员姓名，详尽说出。其中一人叫孟祎，他强调"祎"是"示字旁加一个韦字"，而非人们常用来写他名字的"一二三四的一"。"你们找这些人一个个问，没有问不出来的。"潘洹夫说。挂电话后，因为感到禁锢自身的道德束缚已解，他来到窗边，看窗外正在燃放的烟火，朝胸前不停挥动右拳，后来又撕去2019年日历的最后一页。在去公安局刑侦大队录口供时，他对民警说："你不用保护我，你就跟他们说是我举报的，我承担得起。我的眼睛容不得任何沙粒，沙粒不取出来，我苟活何益？我若有一天为此事而死，也是死得光荣，死得其所。"

警方派出六队人马，将在红乌的六名犯罪嫌疑人抓获。另外三人有两人火速回来投案，一人尝试继续逃亡，虽然戴了防尘风帽和口罩，并且压低帽檐遮住眼睛，还是被外地警方很轻易地抓获。他们一个个股栗欲堕，汗流浃背。其中一人在警方还没有把他带到讯问地点讯问前，就已把杀人经过完完全全、详详细细地倒出来，使得同伙没有发挥之余地。

二十

永修路三十八号住着一对进城做早餐生意的年轻夫妻以及一双儿女。我对他们家有印象是因为他们房子面街的墙体，没有装窗子，露着两个很大的洞口。他们买房时房子就是如此，他们可能还想把它出售。我们知道，一旦要卖房子了，花在房子上的装修款就全打水漂了。不过我记得他们在永修路住下至少也有七八年。在这七八年里，他们那发育很早身材瘦长同时脸色酡红的女儿，似乎从未停下奔跑的脚步。她整天和弟弟在马路和场基上，像狂蜂一样按"8"字形的轨迹追逐。总是她在前边跑，身量只有她一半的弟弟在后边追。总是她打一下他，或者只是做出打的手势，他就像感应机器人一样埋头追起来。我们在她的奔跑里看出真切的慌张（啊，她弟弟简直要吃了她），然后在意识到将对方落下太远后，又原地蹬跳，等待他接近。有时，她就是端一碗粥在门外吃，双腿也在持续不断地踏步。她的妈妈总是对那些被她冲撞得七零八乱的邻居说："唉，我真巴不得她被汽车撞死。"

我忘记她是叫张霞还是张丽。

我问母亲，母亲在电话那头说："我本来是知道的，要死呗，你这一问，我一下子记不起来了。"这名不知道是叫霞还是叫丽的姑娘，在她倒了大霉的这天上午，从永修路西头的环岛，铆足劲朝东边跑。她在来往奔行有如相向移动的"撞岩"的车辆的夹缝中穿行，反超了一辆无声无息奔驰的电动三轮车。后来她跑向路边。她拨开几乎是刺向她的枝梢，以跨栏姿势飞过数个中心积水的沙堆。有一次她提前伸出并拢的双手，在它们接触到共享单车座垫的同时，一推座垫，将自己的双腿摆到空中，从一侧翻越过去。人们看见奔跑的她脸上有两小团肉在上下晃动，辫子在脑后一蹦一跳。她张大嘴，像飞机将横幅拉出来并展开在空中那样，将要说的话扔向身后。"来啦，公安局的来啦。"她喊。她躲开一切危险，却几乎是在最平安的地方，像是被巨大的磁力吸附那样，扑向一辆从巷口缓缓驶出的小客车的侧面。"尢哪里叫作行驶呢，比乌龟爬行还慢。"司机逐一向人解释。有几人目击，不过他们婉拒司机要他们作证的恳求。他们都看见是她张大四肢，飞到车身去。她鼻子被撞平，一只眼睛又青又紫，难以睁开。一只手脱臼。有人怕她窒息，说要把她舌头拉直。司机就着自己的车，把她送往医院。

在她报信之后一刻钟左右，一辆轮胎有微波炉那么粗的特警防爆车、一辆福特福克斯警用轿车、三辆瑞风警用面包车、一辆法医用车、两辆施工车、两辆装满工人的大三轮车以及一台挖掘机，带着一股巡游或接受检阅的凝重，依次开进永修路。一直到来到我们家附近，才停下。一批辅警提着锥筒下来，以那棵看起来又长大不少的伞状的树为中心，设置一个面积约大于一百四十平方米的警戒区。十五名警察、辅警背着双手，站在警戒区外沿。我在微信朋友圈和一些群里看见有超过三十人发布视频。有些人是站在人群外拍，他们高举双手，使镜头越过挤挤挨挨的前人。有些人是通过自家二楼的窗户往下拍。有一人是透过屋顶麻将房的窗子往下拍的，画面中出现自动洗牌的声音以及挖掘机那高举到空中的橙色长臂，不过后来证明这机器没发挥什么作用（也许它起的唯一作用是为不停赶来的围观者提供一个路标）。拍摄者一边拍一边压低声量介绍，他们说的话以及采用的夸张语气几乎一样："快滴昂嗒（快点嗒），嗯搭都来壳哦嗒（你们都来看嗒），唐老板个尸要挖去来哦（唐老板的尸要挖出来哦）。"这些视频的碎片，组成一个全方位、多层次的整体，使我对这件就发生在我们家门前的事有了充分的了解。这一天，天气阴沉，根本找不到太阳在哪儿。建筑物像浸在乳白色湖面的座座岛屿或停泊的船只。不过，近处的能见度又出奇地好。每个出现在镜头里的人都像被特意抠过图，留下发亮的轮廓线。包括长着卷毛的棕色小狗，镜头纤毫可辨地拍下它四条腿先后落向地面那勤勉而欢快的过程。因为寒冷，人们在镜头里咧开嘴，牙齿打战，搓手，或者将手插在袖子里。警戒的警察普遍穿着带毛领的警服。如果有人尝试往前跨上一步，他们就会将早已准备好的话说出来："看什么，有什么好看的？"一名似乎是带队者的警督拿起话筒大声说："肃静，肃静。"他这样喊并无必要，因为人声哪怕是异常嘈杂，也不会影响挖掘那有条不紊的进度。不过警告还是起了作用。在往地底下推进的电镐停止工作时，现场只是传来一些咳嗽声以及像是有很多老鼠在棉花地里穿行的窸窣声。那是人们默默往前挤时羽绒服擦来擦去的声音。围观的人很多踮着脚，也有人踩在砖头或找来的凳子上。人一共围了七层。在人民北路和永修路上，不时还有新听到消息的人骑电瓶车赶来。最里一圈的人获得观察的最佳视角，他们非常珍惜得来不易的机会，像抗洪救险的官兵那样，表情坚毅，组成一道坚不可摧的人墙。有一些卖水果、零食的在附近转悠，有人因此在这里吃上热乎乎的水豆腐。在三台电镐的击荡之下，一块有我们家客厅那么大的地面——它就像一块打着黑色补丁的鸽灰色地毯——被分化为一颗颗碎片。红色的土基显现出来，四五名工人上前，高举锄头挖掘。锄刃挖进去后，他们借势扒拉一下，以使泥土变得更加松软。一会儿，他们暂时撤下，顶上来四五名持铁锹的工人，后者用脚踩住锹肩，使锹头没入地面，然后把这一铁锹的泥土铲出来，浇向一边。那棵长势喜人的伞状的树，被刨了出来。它被抬上三轮车时，根部还紧紧抓着大量的泥土。考虑到挖出来的砾石及泥土可能含有证据，警方铺开聚乙烯彩条布将它们盖住。在今冬的第二场雪像撕碎的纸片从天空晃晃悠悠飘下来时，从现场传来消息。一名哑巴工人把铁锹往地上一插，指着某块地方向警察示意。"啊吧，啊吧。"他这样发音时看不出来有多激动也看不出来有多不激动。警察循着哑巴坚定的食指所指的方向看过去，发现泥土里伸出了一根像是胡萝卜的手指。之后的挖掘工作改由法医及其学徒进行。几乎在人群想朝前挤上一步的同时，执勤的警察往外迈出一步，扩大警戒范围。法医对着现场拍照，然后和学徒推测出尸体在泥土中的位置，用石灰标记出。石灰线外的仍用锄头挖掘，石灰线以内的则用小平铲来铲。一会儿，死者的胳膊显现出来。一会儿是鼓隆的肚皮。随着尸体暴露得越来越多，空气中开始弥漫一股惊人的臭气。就是一万篮的臭鸡蛋、一万对死鸟、一万担厨余垃圾外加一万缸的粪便，也比不上如今人们正经历的这股像蘑菇云一样向外扩散并且其威力并不随着扩散而减弱的臭气。长着灰羽的麻雀从天空笔直掉下来。一些自豪能挺过严寒的花朵开始发皱，自枝条掉落。人们普遍头晕脑涨，眼睛翻白。有的人还没来得及跑到沟边，就已开始呕吐。有的一边呕吐一边翻滚自个儿，这也是奇观吧。警察都戴上口罩。事后，我的母亲在我的姐姐、妹妹协助下，给家里每个地方打上消毒液，用毛巾擦，用水清洗，复又喷上芳香喷雾。面街的窗帘也全部撤换。过去我母亲总是不舍得扔这个不舍得扔那个，这次都被我姐姐和妹妹随手一扔，就扔了。她没有半点异议。尸体完整显现出来后，法医和学徒用毛刷细心刮走上面的泥土，好像是清理一件工艺品。唉，"那模样实在吓人，说起来也使人不寒而栗"。唐南生的腹部挺得差不多有我们吃饭的桌子那么高。全身漆黑、肥肿，像"熟得裂开了表皮"的烤红薯。可能是光线的原因，在另外一则视频里，尸体的颜色又和葡萄一样紫。看起来他就像一只酒足饭饱的青蛙，正张开四肢躺在地上晒太阳。有人说他双臂之所以张得这么开，是因为生前双肘被用反关节技术掰断。一名学徒用竹竿挑落缠在他脚踝上的带蕾丝边的丝绸三角内裤，另一名学徒张开塑料袋袋口，让这条沾满泥土的内裤落进去。唐南生的阴囊胀得像只大柚子。那男性标志物被剪掉，如今塞在他的嘴里，鼓鼓囊囊的。就像普鲁斯特形容乔托壁画"七恶质"之"贪欲"（嫉妒）一样："为了把蛇含进嘴里，她的面部的肌肉全都鼓起来了，就像小孩儿吹气球一样。"唐南生生前曾对一些性服务者说，他平生最大的愿望是死，第二大愿望是能亲吻到契弟，如今有人打包满足他了。唐头顶那绺宝贵的头发、一对吊梢眉以及还算浓密的花白胡子全被拔光，饱满的额头上留着边缘整齐的小洞，都可以通过这些小洞猜到砸下去的石头的大小。他的颈部留下多处被撕扯的伤口和斑纹，法医在泥土里找到钢丝钳。应该有人用钢丝钳拧住他颈部的皮肤，旋转几圈，然后扯断。在泥土中还发现大量的发暗的血迹以及一只拉锁式透明塑料袋，袋子里保存着一张材料纸，写着：

　　　　有天为证
　　　　帝、龙
　　　　可、军
　　　　口、疋
　　　　慢、快
　　　　the ONE
　　　　Song'song
　　　　金中飒
　　　　东东东
　　　　孙权拜将

　　　　　　　　　　　　　　己亥年癸酉月癸丑日月圆之夜

这就是那九位自认为是"义士"的人所留的代号。他们既不想直接泄露姓名，又不想让报复变成彻底的匿名行动，从而削弱报复的快感。他们的签名力透纸背，看得出他们对此还是感到蛮过瘾的。根据王池深、孟祎等九人供述，他们以自来水公司名义聘请三名异地农民工，对永修路上的破裂水管进行更换，然后，又支付人民币九千元整，请三人在唐南生经过时将之击昏。事发时间是2019年9月13日晚八时许。在唐被击昏后，王池深一方派遣三人接替农民工，在洞穴内对唐进行处理。这样的处理据说包括对着奄奄一息的受害者宣读一份长达六页的判决书。处理完毕后三位农民工返回，对尸体进行掩埋。我们永修路很多人都记得这三位农民工，特别是那年轻的小伙子，从他宽厚的双肩似乎能生出无穷的力量，为人也伶俐，脸上神采奕奕的。相比之下，另两位显得死气沉沉。可是一切记忆止步于此，谁也记不清他们具体长什么样子。在生活中，谁会花心思去记忆一名加油工、一名送水员、一名清洁工的样子呢，我们只要通过他们所穿的制服知道他们是干什么的就行。这使我想起博尔赫斯所热爱的作家G.K.切斯特顿，他写过一篇名为《隐身人》的小说，说并不是没有人进入发生谋杀的房子，而是进入房子的那个人——邮差——被人们从心理上视而不见。

等到唐尸被挖出来，我的很多街坊都在拍脑袋，说："嘿！我怎么就想不到呢。就埋在我眼皮底下。"他们因此记起两名实习警官来到这里，千百次地问他们：在路面上可曾发现什么异常？

他们的眼睛千百次地扫向那被填平后又浇过柏油的地方，就是想不到尸体埋在下面。我相信有读者在把这篇小说看到一半时，就知道谜底是什么了。我自豪于自己有不少这样感觉敏锐的读者。不过今天所写的这篇小说，更多的意图是让读者看见生活的某一块，或者某一面。生活滚滚向前，我们在其中浮沉，我扫描出其中一段。大意就是这样。

现在科技太过发达，高承勇、劳荣枝以及韩国著名电影《杀人回忆》的凶手原型，均被查出。那三位民工被捕获应该也是迟早的事。

有一些人为唐南生的死鼓掌、放爆竹，更多的人则是哭泣。有人烧纸钱祭奠他，祭奠时告诉死者，就在2019年11月下旬，在唐先生您故去两个月之后，中共中央、国务院印发《国家积极应对人口老龄化中长期规划》，从五个方面部署了应对人口老龄化的具体工作任务。这五条——特别是第三条：打造高质量的为老服务和产品供给体系——仿佛是在重复唐先生您的说法。唐先生您要么用自己超人的智慧预见到一切，要么能力通天，在《规划》还处于起草阶段就接触到它。真可谓天不假年，天不假年哪。如果不是王池深那几个庸俗之人多事，唐先生您现在都已带领更江南集团上市，这会儿准在纳斯达克敲钟了。呜呼哀哉，呜呼哀哉啊！

为起尸而新挖的大坑，过了很久才填上。仍旧填补上柏油。仅仅为着辟邪，我的母亲用铁丝和篾条，将二楼冰冷的窗台改造为一座小的花圃。一开始她只是去市场买回盆栽，后来试着自己培育、种植一些。从此这里挤满鹅黄色、桃红色、紫色、白色、蓝色，像是"打开了它们的钱包"的花朵。很多人路过时驻足，向我亲爱的母亲致敬。街坊们模仿了这种做法。星星之火可以燎原，市区到处出现这样漂亮的窗台。要不是城管及时出面阻止，在窗台种花就会成为我们红乌往下延续一百年、一千年、一万年的美好习俗呢。

对荒诞骗局的荒诞追问
——评《骗子来到南方》

刘卫东

《骗子来到南方》中，有一个黑色幽默："受骗者"逼着"骗子"骗自己。阿乙把故事置放于"现实"，写唐南生以红乌市更江南集团融资为名，欺骗群众，但带有强烈"荒谬"色彩。小说中，"受骗者"在利益驱动下，无人关心后果，聚集售楼处，争先恐后交钱入股："那些占据到前排位置的，无不是靠双手死死扒住桌沿或门框才得手的。他们扭动腰身，阻止他人向前。或者学骡马尥蹶子，踢后面的人"，"半空中全是人所发出的嗡嗡的嚷叫声，它们像乱飞的箭支，彼此交会、撞击，甚至是穿透。一时沸反盈天。因为拥挤，最前排的人终于扑倒。原本是立体的四脚电脑桌被压成平面。一个人因为踩在带滑轮的圆凳上，仰面摔倒，被送医救治"。这幅群氓相争图景，滑稽，荒诞不经。骗子不收钱，"受骗者"都不答应。

显然，这是带有隐喻意义的瞬间。如同鲁迅写到的"围观看杀人"（《药》）、易卜生写到的"市民投票"（《国民公敌》）、尤奈斯库写到的"大众变犀牛"（《犀牛》），荒诞场景的背后，有着作家对群氓及其生存境遇的深刻洞察。《骗子来到南方》中，荒诞的局面如何达成？骗子唐南生处心积虑，精心包装了所谓代号"二幺〇四工程"，以各种巧语许诺，吸收入股，聚敛钱财。骗局再巧妙，也是骗局，最终难逃被识破的结果。有意味的是，作品并不把"骗子是如何构建骗局的"作为重心，而是早早揭开骗子面纱，并由此继续讨论了"骗子能无耻到什么地步"。骗子在小说中，肆无忌惮、左右逢源，"对受骗者的不尊重已达极点"。唐南生诈骗后，欠下巨款，却并未潜逃或战战兢兢，反而大摇大摆，"稳坐钓鱼台"，以各种理由拒绝还钱。他也不怕被报复，扬言"我去哪儿，探头都拍下来。他们想杀我，除非是自己不想活"，"我平生最爱法律，也爱探头。不是它们，我哪能安安心心地在这跟你们喝酒"？骗子以法律为盾牌，扬扬得意，逍遥法外。

"受骗者"的境遇，更为荒诞。此前的"群体心理学"中，已有对"乌合之众"的深入讨论。勒庞在《乌合之众》中认为，群体会产生极化现象，个人的判断力下降，独特性被湮没。无疑,《骗子来到南方》对"受骗者"的揭示,更达极致。作品中,"受骗者"在骗术面前,毫无分辨能力,陷入迷狂,失去理性。"他们"拿出毕生积蓄,甚至贷款,落入"骗子"的圈套。奇异的是,为了讨回欠款,"受骗者"反而讨好骗子,产生"斯德哥尔摩"情结:"唐离别愈久,人们对他的思念便愈浓厚。有时思念以致翻肠搅肚,人们忍不住去车站眺望。还有人怕唐南生从此一去不返或者死亡,设法要来唐的生辰八字,请算命先生推算,看他寿数几何。每当唐归来,迎接、探视之人摩肩接踵。有人甚至泪如泉涌。""受骗者"对骗子的举动,近似魔幻,由此,故事的荒诞性更进一层。不止于此,当骗子又准备行骗时,此前的"受骗者"非但不进行阻止,反而扮演了为虎作伥的角色。他们极力赞颂骗子,一口一个"亲爱的唐总","我们致富甚至是暴富的带路人"。此时,"受骗者"已经加入骗子阵营,成为骗局的设计者、从犯,"像是极富耐心的溺死者,在一步步等待别人下水,好替代自己成为新的水鬼"。

令人不寒而栗的是,不经意间,《骗子来到南方》中骗子与"受骗者"之间的关系发生转化,由对立变成了"友军"。一场声势浩大的骗局,就此形成。每个人都参与其中;每个人既是骗子,又是"受骗者"。更可怕的是,长期生活于其中,大家已见怪不怪。或大或小,或真诚或无奈的"骗局",延伸到作品的各处,无所不在。小说中,"我"家的自来水始终不能正常供应,多次反映无效,经领导干预,终于获得解决。不久,市人大常委会副主任澹台诗晨、朱晓雨,市长王琢越,住建局局长王静,自来水公司总经理冯威携十袋生态香稻米、十瓶金龙鱼油、十盒月饼,驱车来到永修路。随行的有市电视台记者。何辉东身轻如燕,小碎步子,在领导跟前跳来跳去,详细介绍情况,一些数据精确至毫米。因为太感光荣,他脸色灿烂如朝霞,眼中迸发出灿烂的光。后来,我和母亲在《红乌新闻》里看见专题报道:人大问"水"。本来是惠民事件,可喜可贺,但经由"电视台",演绎为"表演"。一干人如演员般粉墨登场,此前不作为的主任何辉东大秀演技,不啻一出荒诞派戏剧。

荒诞的背后,是严肃、坚硬的现实——人的私欲。骗子行骗,利用的无非是人性的弱点。场面貌似荒诞,却有严密的现实逻辑。在唐南生画的大饼面前,"受骗者"私欲膨胀,不计后果。受骗之后,解决问题时,"受骗者"的思维与此前如出一辙。"受骗者"聚会研究,"懦弱的人因为处在集体中,胆量被释放出来。他们往往表现得比别人残忍十倍"。结果,群体极化,铤而走险,杀死了骗子唐南生,辱尸后,又将其藏匿在"永修路"开挖的深坑中。他们作案手段粗劣,内讧不断,为荒诞剧又添新料。正是由于问题过于严肃,小说才不得不借助荒诞。如潘洹夫之问:"求教:以不公正的方式对待对自己不公正的人,就是公正吗?"这是个无解的悖论。在作品中,潘洹夫最清醒,报案者也是他。如同他的质问必将湮没一样,他于事无补,丝毫不能改变"行骗者"的命运——"受骗者"想杀死他,甚至画好了行动草图。现实能被荒诞消解,但不能消除。

"受骗者"在呼唤骗子,荒诞不会终结。

长篇小说评论

序 言

烟火人间的多重书写与表达

王春林

2020年12月26日，中国小说学会2020年度排行榜在江苏兴化揭晓，胡学文的《有生》、贾平凹的《暂坐》、迟子建的《烟火漫卷》、王松的《烟火》以及70后作家房伟的《血色莫扎特》五部作品荣登年度长篇小说榜。多少带有一点巧合意味的是，迟子建和王松的两部作品的标题，不约而同地出现了"烟火"二字。事实上，对于烟火人间的关注、思考与书写，正是这五部长篇小说的一个共同特色所在。

在阅读胡学文耗费多年精力完成的长篇小说《有生》的过程中，我不禁联想到余华的长篇小说《活着》。《活着》充满着死亡的景观，到最后，除了那头与福贵相依为命的同样被命名为"福贵"的老牛之外，其他所有的亲人全都因为这样或者那样的原因而不幸弃世。正如同《活着》一样，《有生》也是一部充满着死亡景观的长篇小说。主人公祖奶（乔大梅）漫长的一生中，先后嫁过三任丈夫，一共生育九个子女。到最后，除了第二任丈夫白礼成以及女儿白花下落不明之外，另外的两任丈夫和八位子女都先她而踏上了死亡之途。但在承认以上这种影响存在的同时，我们更需注意到，作为一部字数多达五十万字的长篇小说，胡学文在借鉴余华的同时，也有着自己独具个性的艺术表现方式，更有着自己对世界、生存以及人性的深刻理解与判断。当然，所有的这一切，都是建立在胡学文对以祖奶为核心的一众乡土人物活色生香的日常生活的精准描写之上。

贾平凹《暂坐》的烟火气，集中表现在以海若为中心的那十数位城市上层女性身上。暂坐，何以为暂坐？单从字面的角度来看，暂坐，大约也就是暂且来坐坐的意思。在日益繁忙紧张的都市生活中，停下急匆匆的脚步，暂且到这个茶庄休憩一下，大约可以被理解为是"暂坐"的本义。正如同在浩大的宇宙时空面前倍感自身的渺小，陈子昂因而发出"独怆然而涕下"的感叹一样，贾平凹借助于《暂坐》中那一群城市上层女性的故事所传达出的，其实正是人生太过短暂。假若说《暂坐》一定有着什么微言大义，恐怕也就是突出地体现在这一点上。质言之，人生终归不过是一个"暂坐"的过程而已。

在呈示一众小人物日常生活世相的《烟火漫卷》中，迟子建以一种绝对称得上从容不迫和闲庭信步的心态，耐心细致地展开对当下时代哈尔滨市民日常生活场景的精描细绘。很大程度上，在这部《烟火漫卷》中，哈尔滨其实完全可以被看作小说中的潜在主人公形象。只要稍加留意就不难发现，从一年四季的自然风景，到近现代以来所逐渐形成的中西结合的标志性建筑，其中当然也包含有那些与宗教信仰紧密相关的教堂、清真寺以及如同极乐寺这样的寺庙，再到充满烟火气息的简直就是热气蒸腾的民俗风情，所有这些，都蜂拥而至地汇聚到了迟子建富有灵性的笔端。

京津地区曾经兴盛一时的市井社会，有着突出的民间性质，是一个以拥有各种手艺或者从事商业活动的市民为主体的民间社会。以王松的《烟火》为例，活跃于其中的市民形象，都是蜡头胡同凭借着各种手艺谋生的平头百姓。举凡做拔火罐儿的老瘪、刨鸡毛掸子的王麻秆儿、能够测字算卦兼卖神祃儿的尚先生、狗不理包子铺的高掌柜、绱鞋的老朱、打帘子的马六儿、拉胶皮的保三儿、卖帽子的杨灯罩儿、玩石锁的刘大头、开铁匠铺的老疙瘩，等等，都是如此。主人公来子身上寄托着一种"正"，实际上是根植于中国传统文化优秀一面基础之上的一种民间正义。

房伟《血色莫扎特》的构思，在一定程度上曾经受到东野圭吾《白夜行》的影响。虽然故事的核心是一桩罪案，但围绕着这一桩罪案，作家所真正展开的，却依然是当下时代中国普通民众一种充满烟火气的日常生活图景。

"向死而生"或者生命的坚韧
——评《有生》

王春林

  阅读胡学文耗费多年精力创作完成的长篇小说《有生》（载《钟山》长篇小说2020年A卷），首先引起我高度兴趣的，就是何为"有生"？以及胡学文到底为什么要把他的这部长篇小说命名为"有生"？依照百度百科的说法，所谓"有生"，有两种语义。其一是有生命者，专指人类。其二是"活着的时候"。一方面，以上的两种语义，都切合于胡学文的这部长篇小说。另一方面，由其中的第二种语义，我们很自然就会联想到余华的那部长篇小说名作《活着》。虽然无法确证胡学文在酝酿构思的过程中曾经对《活着》有所借鉴，但二者之间某种相似性的存在，却是无法被否认的一种客观事实。《活着》中，充满着死亡的景观。到最后，除了那头与福贵相依为命的同样被命名为"福贵"的老牛之外，其他所有的亲人全都因为这样或者那样的原因而不幸弃世。正如同《活着》一样，《有生》也是一部充满着死亡景观的长篇小说。女主人公祖奶也即乔大梅，漫长的一生中，不仅先后嫁给过三任丈夫，而且也还一共生育有九个子女。到最后，除了第二任丈夫白礼成以及那个名叫白花的女儿因失踪而下落不明之外，另外的两任丈夫和八位子女也都先于她而踏上了死亡之途。别的且不说，单只就情节设定这一方面的相似性，我们也可以确认，胡学文的《有生》肯定受到过余华《活着》的影响。但在承认以上这种影响存在的同时，我们却更需注意到，作为一部后来的字数多达五十万字的长篇小说，胡学文在借鉴余华的同时，却也既有着自己独具个性的艺术表现方式，更有着自己对世界、生存以及人性的深刻理解与判断。

  《有生》叙事上的一大特点，就是对百岁老人祖奶这样一个叙述者的设定。应该注意到，胡学文设定祖奶这样一位百岁老人来作为小说中的第一人称叙述者的一个成功之处，就是可以借助这位早已看遍世事，见惯生生死死，历尽人生沧桑的百岁老人恰如其分地传达某种对命运无常的感慨，某种对世事人生的形而上思考。比如："她的遭遇算什么呢？如果我能开导她，如果我还有说话的可能，我会把我的经历讲给她听。那很可能吓着她，我自己也被吓着过，但我绝不认为自己是不幸的。一个又一个坎，一场又一场难，那是活着的代价。我接生过上万个孩子，没有一个是笑着出来的，恰恰是哭声证明了生命的诞生。"一生中经历了那么多苦难，尤其是身边的亲人们，除了孙子乔石头外，全都先她而离开了人世，如此一种情形，当然是非常不幸的。如此一种惨烈的境况下，祖奶却仍然要执意强调"绝不认为自己是不幸的"，所表明的，其实既是祖奶，更是胡学文对生命存在的一种辩证性认识。一方面，人生固然是不幸的，固然是"一个又一个坎，一场又一场难"，但在另一方面，这些"坎"和"难"的存在，却不仅没有成为阻止生命存在的力量，而且还进一步证明着人类生命力的坚韧不拔。而这，很大程度上也正构成了这部长篇小说的标题"有生"最根本的寓意所在。再比如："如果没遇到牧羊人李贵，如果不是在那个季节，甚至如果没看到那只蚂蚁，我和父亲会错过宋庄，更不可能扎根。命运是什么？时时想得到，但永远也说不清楚。"什么叫命运？这个无论如何都难以说清楚的东西，首先需要的就是一个必要的时间长度。只有在一个必要的时间长度内，命运方才会有浮出水面的可能。一部人物众多的《有生》中，之所以只有祖奶才配得上去感叹并谈论命运，正因为她已然经历了百岁人生。此外还有一点就是，貌似变幻无常的命运，其实总是会和所谓的偶然性紧密联系在一起。具体来说，这里的偶然性，既体现在李贵身上，也体现在那只蚂蚁身上。李贵的重要性，体现在他为走投无路的乔大梅父女提供了未来人生的一个方向，一个最终的落脚之处。那只尽管被父亲的一泡尿液百般浇淋但却依然能够活下来的蚂蚁，带给父亲的人生启示，就是必须坚持着活下去："父亲本可以捻死蚂蚁，但父亲整个人呆立着。父亲不相信蚂蚁还活着，还能窜。父亲盯着一个奇迹。"很显然，如果说蚂蚁的活着就是一个生命的奇迹，那么，它所带给乔大梅父女的人生启示就是，不管遇到什么样的艰难，都要坚持活下去。很大程度上，活着或者说"有生"本身，也正是人类生命最根本的意义之所在。而这，也正暗合于胡学文长篇小说《有生》所要表达的思想题旨。

当然，如果着眼于《有生》思想题旨的表达，更值得注意的一点，其实是作家对祖奶也即乔大梅身份的特别设定。小说中祖奶，曾经先后拥有过两种不同的身份。首先是子承父业的锔炉匠，其次是"自作主张"的接生婆。所谓"自作主张"，就是指尽管遭到了黄师傅的数次拒绝，以及公爹李富的规劝，但祖奶却依然不管不顾地选择了接生婆这一职业。所谓"锔炉匠"，就是指各种瓷器开裂后的弥补者："父亲是锔炉匠，清早踩着蛇（前文中作家曾经把出村的弯曲小路比作'蛇'。——笔者注）离开，黄昏踏着蛇归来。盆、碗、碟、盘、罐、缸、篓子，长缝短缝，经父亲修补后，滴水不漏，即便再裂，也不会从锔钉的地方开裂。"从一种象征的意义上来说，祖奶子承父业的锔炉匠身份，很显然意味着一种对生命裂痕的及时弥合。至于接生婆，作为最早迎接生命到来的"活菩萨"，其呵护生命的意味，乃是一种显而易见的事实。由以上分析可见，无论是锔炉匠，还是接生婆，作家对祖奶前后两种不同身份的设定，事实上也都是服务于《有生》思想题旨表达的。这一方面，一个无论如何都不容忽视的细节就是，祖奶的曾经自杀。那是在她的第三任丈夫于宝山当场之前，这个时候的祖奶已经经历了身边亲人的很多次死亡以及不幸离散的沉重打击，只剩下了孤零零的一个人："就是那个时刻，我听到急促的脚步。与孟性男人的脚步不同，我能辨出来。我在凳子上立定，把绳套从脖子移开。我若去了，那些婴儿怎么办？那是天命，我不能违抗。我没再犹豫，扯掉绳子跳下地。来人进院，我已经准备妥当。确实，是请我接生的。"是的，既然是接生婆，那就无论如何都得接生，也就自然成为祖奶不可能违抗的天命。正因为祖奶已经深深地体味到了自己所肩负天命的存在，所以，也才会有接下来一段叙述话语的出现："一夜忙活，母子平安。那家人致谢，说我是菩萨现身。这样的话听得太多，我从未在意，但在那个早上，却如信念植入我的骨髓。我不能死，必须活下去，好好地活着。死去的亲人虽多，但我要接引更多的婴孩到世上。"我们在前面已经强调《有生》是一部充满着各种各样死亡景观的长篇小说，但只有在注意到祖奶自杀未遂这一细节之后，我们才能够彻底明白到底什么叫作向死而生。因为从根本上说，只有在各种死亡景观的映衬之下，我们才更能够意识到生命存在的意义和价值。

不管怎么说，在一部字数多达五十万言的长篇小说中，借助于坐标系结构的精心打造，一方面充分地表现人生本质的"燥和烦"，另一方面深入地谛视思考人的"生与死"这一永恒命题，最终呈现给广大读者一个精神分析的百年乡土中国图景，胡学文的这部《有生》的确可以被认定为一部相当优秀的现代性特色明显的史诗性长篇佳构。

故事梗概

《有生》全书共二十章，以核心人物祖奶和如花、毛根、罗包、北风、喜鹊等五位次要人物命名，按伞状结构交替变换叙事视角，讲述了乡土中国近百年的沧桑历史，绘制出挣扎于斯、生死于斯的生民百姓的心灵图景。

祖奶乔大梅出生于1900年，父亲是锢炉匠。十岁那年，举家从河南虞城逃荒北上，母亲在途中难产而死。父女俩一路流浪，最终在营盘镇宋庄落脚。因为看见接生婆黄师傅头顶的光芒，乔大梅萌生了拜师的想法。她有一双典型的柳叶手，悟性极高，天生就是吃这碗饭的。乔大梅也把接生当成天命，不论雇主高低贵贱，不管喜钱多少，都一视同仁尽心救助，甚至不惧流言，多次帮日本人接生。面对人命如草芥的乱世，乔大梅自己也不断生儿育女，先后嫁给李大旺、白礼成、于宝山三任丈夫，生下了九个子女。然而造化弄人，除了白礼成以回乡探亲为借口带白花一去不回，其余亲人都纷纷因为意外、战乱、疾病、自杀等原因离开人世，仅有孙子乔石头与她相依为命。乔大梅数次遭遇失去亲人的打击，也一度想要自杀，是产妇的呻吟和婴儿的啼哭把她拉回人间，让她一次次挺了过来。她意识到自己不能死，必须活下去，死去的亲人虽多，但要接引更多的婴孩到世上。接生婆乔大梅一共接生了11986人，不仅因为接生的技艺被传扬，更渐渐立德树望，成为宋庄人心中近乎神祗的祖奶。

祖奶不吃不喝靠香气喂养，即便躺在床上无法动弹、不能说话，依然能给子孙心灵慰藉。与乔大梅近百年的人生回忆相对的是，如花、宋慧、麦香、乔石头在"一个白天和一个夜晚"的时间，逐一向祖奶倾诉当下的痛苦，并牵引出五位视角人物的悲欢命运。如花坚信死去的丈夫转世变成了乌鸦，精心喂养的"乌鸦丈夫"却被毛根开枪射杀。毛根爱上了热心肠的有夫之妇宋慧，表白失败后心灰意冷，转而把守护埋在垴包山的妻子当成活着的念想。罗包与麦香的婚姻名存实亡，他与同样慢性子的安敏相爱并生下女儿，随着安敏再次怀孕，麦香威胁罗包一切都要结束了。杨一凡（笔名北风）总在半夜被咔嗒声惊醒，他尝试蜂针疗法，一次春梦醒来后发现与养蜂女赤裸相对，吓得落荒而逃，随后养蜂女在一场大火里失踪。两年后，杨一凡收到蜂王复活的神秘短信，他决心用写诗对抗焦虑。喜鹊从小爱慕乔石头，却在准备给自己说亲前夕惨遭强暴。离开宋庄后，她和胆壮生猛的黄板在一起。然而，黄板坐牢后像变了个人，固执认为垴包山埋着丰厚墓葬，一心躲在洞里日夜挖掘。为了重新激起黄板的血性，喜鹊把乔石头作为药引子，约他午夜时分前来，并让黄板第二天一早务必回家。

而看似胆大妄为、无所不能，甚至要买下垴包山造一座祖奶宫的乔石头，也有怯懦如鼠的一面。他向祖奶坦白了强奸喜鹊的人就是自己，一直以来愧疚快要压垮他，他必须向喜鹊忏悔，求得宽恕。乔石头走后，已经越过生死界限的祖奶看见了死神，并再次感受到每次失去亲人时都会出现的"蚂蚁在窜"……

女性书写与生命的暂坐体验
——评《暂坐》

王春林

  贾平凹，毫无疑问是中国文坛一棵硕果累累的常青树。能够在相当长的时间内，保持差不多两年一部长篇小说的创作节奏，而且这些长篇小说还都在所谓的水平线之上，都在业内引起过不同程度的深度反响，其实是非常不容易的一件事情。这不，那部旨在关注沉思一段沉重历史的《山本》余热未消，他的创作视野很快又返归到当下时代同样沉重的社会现实，一部主要以城市女性为表现对象的长篇小说《暂坐》已然横空出世。小说之所以被命名为"暂坐"，主要原因在于其中不仅写到了一个名叫暂坐的茶庄，而且这个茶庄还成为人物与故事的主要聚居地。暂坐，何以为暂坐？单从字面的角度来看，暂坐，大约也就是暂且来坐坐的意思。在日益繁忙紧张的都市生活中，停下急匆匆的脚步，暂且到这个茶庄休憩一下，大约可以被理解为"暂坐"的本义。然而，这样的一种理解，肯定只是最粗浅的一个层面。一般意义上，我们在客观的现实生活中并不可能看到寻常人等会以如此一种特别的方式来为一座茶庄命名。又或者说，我们恐怕也只有在贾平凹的小说作品中，才能够发现如同"暂坐"这样其实潜隐着某种深邃意味的茶庄命名方式。某种意义上，也正因为"暂坐"的命名方式出现在长篇小说《暂坐》之中，才会促使我们去深思，贾平凹到底为什么要把这座茶庄命名为"暂坐"？虽然并没有从贾平凹那里得到过证实，但我私意以为，他的"暂坐"命名或许与古人的诗句存在某种关系。实际上，只要是对中国古典文学有所了解的朋友就都知道，"暂坐"这样的一种表达方式在古代诗文中屡屡出现，意思就是暂时停下来。"坐"是虚指，"暂坐"在诗文叙事中往往会起到调节节奏的作用。比如清代方式济的《远行曲》中有句云："出门口无言，寸心煎百虑。请取囊中琴，暂坐理弦柱。"写作者离开故乡，孤苦无告，遂以琴解忧。我们都知道，贾平凹是一位对中国古典文学有着通透了解的中国当代作家。唯其如此，我自己才会猜测，贾平凹"暂坐"的命名来历，或许与此有关。倘若结合整部《暂坐》的故事情节，尤其是结合人类个体非常短暂的人生过程来理解，那么，所谓的"暂坐"其实也很明显地包含着在更为浩大的宇宙时空面前，生命过程短暂的人类个体，充其量也不过是一个脚步匆匆的人生过客而已。从这个意义上说，贾平凹《暂坐》思想艺术境界可以说直通陈子昂的《登幽州台歌》——"前不见古人，后不见来者。念天地之悠悠，独怆然而涕下！"正如同在浩大的宇宙时空面前倍感自身的渺小，陈子昂因而发出"独怆然而涕下"的感叹一样，贾平凹借助于《暂坐》中那一群城市白领女性的故事所传达出的，其实也正是人生太过短暂，整个过程差不多也就相当于到这个被命名为"暂坐"的茶庄坐着喝了一会儿茶的模样。假若说《暂坐》一定有着什么样的微言大义，很大程度上恐怕也就突出不过地体现在这一点上。质言之，人生终归不过是一个"暂坐"的过程而已。

我们注意到，处于《暂坐》中心位置的，主要是以暂坐茶庄的女老板海若为核心所形成的一个城市白领女性的圈子。关于这一点，叙述者曾经借助于视点人物，那位来自遥远的圣彼得堡的俄罗斯姑娘伊娃的口吻而有所揭示："伊娃说：你那十个姊妹我只见过三四个，这次我可要全认识哩。"必须承认，这是一种多少会引起一些歧义的话语表达。一种理解是，这里的十个姊妹是包括海若在内的，加一起一共十位。另一种理解是，十个姊妹并不包括海若，加起来也就成了十一位。根据文本中的描写，海若周边的这些女性分别是：陆以可、冯迎、夏自花、司一楠、徐栖、严念初、希立水、虞本温、应丽后、向其语。如此这般罗列下来，连同海若自己在内，一共十一位。由此可见，她们姊妹一共是十一位的理解是正确的。但请注意，在文本中，我们却也同时发现了类似于这样的一种叙述表达。比如："便也端了酒杯，接着陆以可的话，说：咱姊妹么，我觉得叫十钗不好，这是套用金陵十二钗，本来就俗了，何况那十二钗还都命不好。应该叫十佳人。"再比如："羿光说：向其语认为称作佳人也俗，也确实落了俗套，我建议，既然你们每人都是佩戴了一块玉，不如就叫西京十块玉。"从这样的一种表达来说，海若她们姊妹加起来恐怕应该是十位才对。那么，作家的创作本意到底是十位，还是十一位呢？一种可能的情况是，贾平凹或许一时疏忽，竟然把十位误列成了十一位。细细想来，以上这些女性形象中，从重要的程度来说，如同向其语或者虞本温，都是可以忽略不计的。去掉其中的某一位，并不影响整部《暂坐》的思想艺术格局。

应该注意到，在前面我们所引述的叙事话语中，羿光曾经不止一次地把海若周边的这十多位白领女性比附为《红楼梦》中的"金陵十二钗"。贾平凹或许是要借助这种方式巧妙暗示《暂坐》艺术构思上与《红楼梦》的某种渊源关系。事实上，只要是关注贾平凹小说创作的朋友，就都知道，他不仅一贯擅长于女性形象的刻画塑造，而且有不少作品干脆就是以女性形象为核心主人公的。典型如中篇小说《黑氏》，长篇小说《带灯》《极花》。只不过这一次到了《暂坐》中，取而代之的，是以海若为中心的一个城市白领女性形象群体。但问题在于，一部以一个城市白领女性形象群体为主要关注对象的长篇小说，就必须被看作一部女性小说吗？就我个人的阅读体会来说，答案恐怕是否定的。正如同《红楼梦》虽然也以很大的一部分笔触书写表现着"金陵十二钗"的生活，但我们却并不能因此而把《红楼梦》看作一部女性小说一样，我们也不应该仅仅因为贾平凹在《暂坐》中集中关注一个城市白领女性群体而把这部作品简单而粗暴地指称为女性小说。在我看来，海若她们这个女性群体固然是《暂坐》的主要关注对象，但隐身于其后的，却是当下时代整个中国的社会现实状态。贾平凹以一种象征隐喻的方式所真切关注思考的，其实是后者。从这个角度来说，海若她们这个女性群体，乃可以被看作一种直接通向当下时代中国社会现实的症候式存在。就此而言，一个不容回避的结论就是，与其说《暂坐》是一部女性小说，莫如干脆就把它理解为一部拥有深邃批判意指的社会小说。

故事梗概

《暂坐》的故事，发生在公元2016年。这一年雾霾天特别严重的初春时节，曾经在西京城里留学过五年时间的伊娃，又一次回到了为自己所魂牵梦绕的西京城。小说就以俄罗斯姑娘伊娃这样一位与小说的开头和结尾两个部分均紧密相关的视点性人物的视角，展示了以暂坐茶庄的女老板海若为核心所形成的一个城市上层女性的圈子，讲述了海若、陆以可、应丽后等"西京十块玉"以及羿光、辛起、伊娃等人物的遭际和命运。

小说一开始，海若组织众姊妹轮流看护生病住院的夏自花，在这期间又无微不至地照顾夏自花的老母亲及其三岁不到的儿子，并且在夏自花离世后，将夏自花的墓地、下葬等事宜安排得有条不紊，又与众姊妹商量老人的照顾和孩子抚养权的问题；在陆以可的广告公司经营不善，司一楠的木材生意遭遇挫折难以为继以及在应丽后面临还债危机的时候，海若也不遗余力地为其东奔西走、出谋划策，并竭尽全力消除姐妹们之间的情感隔阂，维持姐妹之间的友情和关系。没想到，好景不长，市委书记和市秘书长落马后，海若在经营茶庄过程中存在的权钱交易的行为被查出来，先是曾给书记换过金条的小唐被带走调查，之后给市委书记行贿的齐老板被抓，最后海若也被纪委带走，音讯全无，这之后茶庄发生爆炸，姐妹们随之分崩离析、树倒猢狲散。

小说在展现海若这一中心人物遭遇的人生惨剧的同时，也引出了海若的其他姊妹以及羿光面临的生存困境和精神困境。辛起来找希立水，向她倾诉自己婚外恋的失败以及骗取精子的计划，希立水劝阻未果，转而向海若寻求帮忙。在海若和希立水的共同劝说下，辛认识到自己既可怜，又无耻；在茶庄认识伊娃后，两人成为同病相怜的挚友，最后共同奔赴圣彼得堡。应丽后通过严念初与口腔医院的王院长认识，并向王院长的朋友胡老板借款一千万，四人签署了借贷合同，严念初和王院长也成为合约里的直接担保人。没承想胡老板携款潜逃，在万般无奈下，应丽后又和王院长重新签订了新的偿还合约，胡老板高额贷款的一千万由王院长分四年把本金还清给应丽后，严念初却偷梁换柱把自己的直接担保人换成间接担保人，企图明哲保身。应丽后发现时大为震怒，找海若求助，海若又找到了严念初，以姊妹身份指出她的自私，严念初也羞愧自己的所作所为，与海若一起想办法，跟海若提到了开讨债公司的表弟章怀。于是海若和应丽后决定就让章怀替其讨债，却没想到章怀在讨债过程中，无所不用其极，甚至使用违法手段。应丽后怕人财两失，放弃了追债，从此以后应丽后与严念初貌合神离、形同陌路。陆以可为了从许少林手里争取到市里LED显示屏的生意，找到了海若，希望海若替自己给市委秘书长求求情，让市委秘书长给市城管局局长打招呼。而陆以可之所以一直留在西京，则是因为她在这个城市见到了两次再生人父亲，一次是路边修鞋的鞋匠，另一次是见到了酷似自己父亲的夏自花儿子的生父。作家羿光经常受邀与海若众姊妹聚会，他看似洒脱，但是身处中国的政治环境中，却始终难以自由，北京政客来访，他需要作陪，市委书记被双规，他也被要求与其划清界限并出席相关会议。小说揭示了作为文人的羿光在动荡的环境中生存的尴尬、不易与内心对艺术追求而求不得的无奈、痛苦。小说中那位自始至终都没有正式出场的冯迎，实际上也构成了另一条带有某种悬念色彩的结构线索。小说一开始冯迎就托严念初的表弟给海若捎话让羿光把当初欠自己的钱直接还给夏自花，但是，事实上，冯迎已经在飞机失事中去世。向其语开设了一家专门缓解亚健康的能量舱，工商局的老申在给她介绍生意时无意中透露严念初离婚之前的一桩丑闻，她转而兴奋地告诉了海若和陆以可，还在姊妹中有意无意地搬弄司一楠和徐栖的是非，最终被人嫌弃……而返回西京城后的伊娃，做了茶庄的服务员，与海若的众姊妹成了朋友，并与作家羿光发生了关系，在目睹了海若她们那一众城市上层女性不期然间遭遇的种种人生惨剧后，失望至极，携同辛起登上了重返圣彼得堡的飞机。

"草蛇灰线"中的人性与命运究诘
——评《烟火漫卷》

王春林

　　阅读迟子建的长篇小说《烟火漫卷》，艺术形式层面上最值得注意的特点之一，就是对所谓"草蛇灰线法"的成功设定与运用。所谓"草蛇灰线法"，并非迟子建的独创，而是早在中国古代文学时期的金圣叹，就在小说评点中较为广泛使用的一种技法术语。在其著名的《读第五才子书法》中，金圣叹曾经写道："有草蛇灰线法。如景阳冈勤叙许多哨棒字，紫石街连写若干帘子等是也。骤看之，有如无物，及至细寻，其中便有一条线索，拽之通体俱动。"①通俗一点说，作为中国古典小说的结构技法之一，"草蛇灰线法"就是指，在小说的故事情节和人物关系之间隐伏贯穿着一条若隐若现、时断时续的线索脉络。在《烟火漫卷》中，迟子建非常娴熟地多次成功使用了这种"草蛇灰线"的方法。具体来说，其中最令人印象深刻的，一共有两处。

　　一个出现在上部的第五章里："刘建国平素是不怎么联系他的。但有个礼拜天，他突然给于大卫打电话，求他一起带个男孩，去澡堂泡澡。于大卫说你又不是带女孩泡澡，干吗这么忌讳，还得我陪绑？刘建国说他不习惯带学龄前儿童洗澡，怕有闪失。"即使仅仅从刘建国给出的说法来看，其闪烁之处的存在，也是显而易见的事情。只有到后来，伴随着故事情节的逐渐展开，我们方才彻底了解到，原来，刘建国之所以特别惧怕自己单独一人带着男孩去洗澡，与他在四处搜寻铜锤而无果的过程中，一次无意间犯下的罪恶紧密相关。但在展开对他的罪孽的分析之前，我们却首先需要注意到这样一个细节的存在。那就是，在上部第七章的结尾处，刘建国搭乘客栈老板的汽车返回驻地："客栈老板打开了雨刷器清理虫子黏腻的尸骸时，刘建国仿佛看见了一道道血痕，心阵阵作痛，他对客栈老板说：'请慢点开。'"一个人，能够如此体恤关注蚊虫蝼蚁的生命，其内心深处的善良，当毫无疑问。如果我们更进一步地把这个细节，与刘建国为了

---

① 金圣叹：《金圣叹全集》第一册，江苏古籍出版社，1985年版第22页。

寻找铜锤竟然不惜耽误自己的青春和生命这样的故事情节联系在一起，那么，他的善良无私与道德高尚，也就是毋庸置疑的一种客观事实。

但令人无论如何都难以置信的一点是，刘建国这么一个心地善良的人，居然也会在情绪失控的情况下，犯下不可饶恕的罪孽。"刘建国来洗澡，最怕遇见小男孩，尤其是六七岁光景的。这些孩子大都由家长带着，或是父亲，或是爷爷。刘建国一见他们童真的脸，纯净的目光，无瑕的裸体，就有被阳光刺痛的感觉，会不由自主地缩着身子，闭上眼睛。这个时候的温水池，对他来说就是深渊，他觉得自己在下沉，被深不见底的黑暗吞噬了。"正所谓"为自己讳"，长期以来，尽管刘建国竭尽所能地想要遗忘掉这件罪孽，但它却一直梗在他心中从未消失。其实，更准确的表达应该是，对那些心存善良的人来说，罪恶是一件不管怎么说都沾不得的事情。具体来说，这件令刘建国一想起来就追悔莫及的罪恶的真相是，1983年的夏天，四处搜寻铜锤的刘建国，来到了作为中苏界湖的大兴凯湖畔。正是在大兴凯湖畔，一方面想起自己这么些年来因四处搜寻铜锤所饱受的那些委屈，另一方面也因为联想起了知青时曾经的恋人张依婷，刘建国曾经一个人大放悲声。但也正是在这个特定的时刻，他忽然在一条被废弃的船的舱里，遇到了"一个穿白背心的六七岁模样的男孩，光着屁股，玩万花筒"。刘建国无论如何都想象不到，这个天真无邪的小男孩的突然出现，竟然会刺激出他内心里潜伏着的魔鬼邪欲来："他那无邪的姿态，令他想起张依婷在林场倾着身子拉小提琴的情景，而他天真的脸蛋，简直就是张依婷天使般面庞的翻版。刘建国一阵恍惚，哽咽着叫了一声'依婷'，热血上涌，他疯了似的跳进船里，扑倒小男孩。船底已无舱板，小男孩躺在沙地上，被他压得喘不过气，他哭叫着，用万花筒砸刘建国的额头，浑身滚满了沙子。此时的刘建国满心都是魔鬼，难以自持，然而未等他彻底发泄，沙滩上传来四蹄动物奔跑的声音，一条狗根本没有叫一声，昭示它的到来，旋风般跃入，咬住他后脖颈。刘建国疼得松开小男孩，瞬时从噩梦中惊醒，羞愧交加，虚汗横流。"请原谅必须把这些相关文字抄引在这里，不如此就难以充分凸显出刘建国的罪恶来。从此之后的刘建国，不仅怕见光屁股的小男孩，而且也怕见月亮和狗。到后来，一直到翁子安刻意闯入到黄娥母子的生活之后，刘建国方才渐渐地鼓起勇气去面对自己曾经的罪恶。只有到刘建国重返大兴凯湖畔，经历过一番耐心打探，方才了解到，自己当年的罪恶行径的确对那个名叫武鸣的小男孩造成了相当严重的精神创伤。不仅怕见成年男人，而且一直到现在都是一个人孤独地生活。也因此，如果说当年那个偷走了铜锤的人对刘建国造成了严重的伤害，那么，刘建国自己则同样也对武鸣造成了严重的伤害。正因为刘建国已经真切地意识到了自己的罪孽深重，所以，他最终才决定用余生来陪伴武鸣，以如此一种充满着忏悔意味的行动来为自己赎罪。

另一个，则出现在上部的第七章："自从于大卫告诉他不必找铜锤之后，刘建国确实没再来过犹太公墓，以致他把车停在墓园外，看守人见刘建国和一个陌生人来此，觉得奇怪，不像往常似的见着刘建国和于大卫立即放行，而是朝翁子安要身份证，做个登记。刘建国得以觑见翁子安的二代身份证信息，上面标注他1977年2月生人，地址是鹤岗市下辖的一个县。"紧接着，两人便进入公墓。翁子安在将石子摆到谢普莲娜墓前之后，要求刘建国先离开，他要一个人单独待一会儿。没想到，这一等，就是整整一个小时。一向都是医院里出医院里进的翁子安，为什么好端端地要来拜谒看起来与自己毫无关系的犹太公墓？还有，作家为什么一定要在这里披露翁子安出生的相关信息？虽然刘建国对此似乎毫无怀疑，但作为读者的我们却不能不心生疑窦。但其实，这也是迟子建事先埋下的一条"伏脉千里"的"草蛇灰线"。与此紧密相关的，则是翁子安不仅对他当年的丢失铜锤产生了浓烈的兴趣，而且也还向刘建国打听了解事件的全部过程，以及若干相关的重要细节，比如，那只掉在了地上的虎头鞋。实际的情形是，所有的这些叠加在一起，最终也都构成了这一条"草蛇灰线"的有机组成部分。

但其实，在从于大卫那里了解到自己乃是日本遗孤的奇特身世之后，刘建国就不仅放弃了继续寻找铜锤的行动，而且也对人生产生了巨大怀疑："自从于大卫告诉了他的身世遭遇，刘建国倒是放下了寻找铜锤的念头，因为他活了大半辈子，竟然连自己是谁都不知道，他对镜中的'我'，突然感到陌生（请注意，这里实际上也已经涉及'我是谁'这样一个根本的现代哲学命题）。"在试图查找到自己的亲生父母而最终无果的情况下，"刘建国明白，自己是被命运之鸟，衔到哈尔滨的一粒风中的种子，落地生根，已是刘家土壤的一株植物，与此荣枯"。但命运就是如此吊诡，正所谓"踏破铁鞋无觅处，得来全不费功夫"，就在刘建国因为心灰意冷而放弃了寻找铜锤的行动之后，他反而在不期然间获知了铜锤的下落。给他最终揭开谜底的，就是后来被取名为翁子安的铜锤本人。原来，事情的真相是，翁子安的母亲，当年和一个上海知青谈恋爱，结果这个上海知青返城后却遗弃了她。关键的问题是，翁子安母亲这个时候已经有孕在身，尽管家人一致反对她把孩子生下来，但翁子安母亲却坚决不从。到最后，孩子不仅在七个月时早产，而且在一次感染肺炎后送到医院三天后就夭折。孩子的夭折，对翁子安母亲的精神形成了巨大的打击。为了使翁子安母亲的精神得到足够的宽慰，他的舅舅只好在火车上做手脚偷回了一个小男孩。这个男孩，就是铜锤，当然，也是翁子安。是的，正如你已经预料到的，寻找铜锤已经四十多年的刘建国，在获知了这一消息之后，一时陷入到了巨大的震惊之中："刘建国多想大哭一场啊，可他没有眼泪，头脑一片空白，好像走在茫茫无际的雪原，没有日月，世界一片虚空。"而翁子安，一时之间也不知道到底该怎么面对自己的舅舅了。其实，也不只是翁子安，即使是他那位已经罹患喉癌的舅舅，也因为自己当年的犯罪行为而陷入到了深深的悔恨之中，他之所以一定要把煤矿股份的百分之三十转让给刘建国，也正是如此一种悔过心理充分发生作用的结果。

其实，除了以上这些我们已经深度分析过的"草蛇灰线"之外，《烟火漫卷》中，也还有着黄娥和杂拌儿的故事。这一方面，最早出现的具有强烈暗示性的意象，就是那只雀鹰和那顶卢木头曾经戴过的帽子。黄娥之所以会对那只雀鹰先后给出过"讨债鬼"与"守护神"两种截然相反的理解，也与她内心里所潜藏的精神隐痛紧密相关。

原来，她的丈夫卢木头，不仅早就因为怀疑她与刘文生偷情而活活气死了，而且她也已经一个人神不知鬼不觉地将卢木头葬在了鹰谷之中。既然对卢木头之死心存愧疚，黄娥便准备自己也一死了之，好去阴间陪伴丈夫。但唯一令她忧心忡忡无法放手的，就是儿子杂拌儿的未来生活该怎么办。黄娥之所以不惜千里迢迢也要跑到哈尔滨来，硬是要把杂拌儿塞给四处奔波寻找铜锤的刘建国，就是为了能够早一点去陪伴早已是阴阳两隔了的卢木头。

归根结底，在一部充满着人间烟火气的长篇小说中，迟子建能够通过"草蛇灰线"这一艺术手法的成功运用，最终实现对人性和命运的双重究诘和追问，无论如何都应该获得我们充分的肯定与认可。

故事梗概

刘建国在1977年回哈尔滨探亲时，在火车站弄丢了于大卫和谢楚薇的孩子铜锤，导致于大卫的母亲谢普莲娜至死也没有见过自己的孙子，刘建国喜欢的女孩张依婷也因此跟他分手。因为心怀愧疚，刘建国就开始寻找铜锤，寻找了半生。退休后，刘建国为了寻找铜锤，成为驾驶"爱心护送"的二手救护车的司机，并认识了翁子安。翁子安跟铜锤的年龄相仿，每次出院都是凌晨四点，而且每次都要刘建国来接。刘建国有个哥哥叫刘光复，有个妹妹叫刘骄华，父亲刘鼎初是俄语翻译专家，在动乱岁月被打成反动学术权威，被强行送进精神病院，一周后被几个疯子活活打死。刘光复在退休后，倾其所有做了一部反映东北工业发展历史的纪录片，结果被多家电视台拒绝投资和播出。在心灰意冷之际，刘光复又被诊断出已经胰腺癌晚期。刘光复自知时日无多，临死前，他请来了于大卫，求他放过弟弟。因刘光复的请求，于大卫在母亲的墓前宽恕了刘建国。刘骄华退休后，跟丈夫之间的感情也逐渐出现了裂痕，后来她得知了丈夫出轨的事情，深感失望，为了报复丈夫，她甚至去出卖自己的身体，虽然悬崖勒马，但自此之后沦为酒鬼。黄娥听说了刘建国的事迹之后，带着儿子杂拌儿找到了刘建国，让刘建国做杂拌儿的父亲，刘建国无奈之下联系刘骄华，将他们安置到了榆樱院，这之后，黄娥就成了刘建国的出车助手。黄娥对外声称，她和儿子来哈尔滨是为了寻找自己离家出走的丈夫卢木头，但事实上，卢木头因为怀疑黄娥对自己撒谎，而被活活气死了，死后尸体被黄娥扔进了鹰谷。也正因此，黄娥认为刘建国从江边大桥带回来的雀鹰是卢木头来向她索命的，她决定安置好杂拌儿后就去自杀。铜锤丢失后的这些年，谢楚薇陷入了精神抑郁，于大卫也逐渐生出了对谢楚薇的怀疑，怀疑铜锤到底是不是自己的骨肉。但是这两年因为杂拌儿的出现，谢楚薇神色比以前明朗了。而于大卫也因带着杂拌儿泡了一次澡，因杂拌儿的童真而喜欢上了杂拌儿。

刘光复死后，刘建国安葬了大哥，第二天，接翁子安去林场，在那里他向翁子安吐露了自己弄丢铜锤的经过。后来，刘建国也回忆起了在寻找铜锤的过程中，他在一个小山村侵犯了一个小男孩的往事。刘建国本想将这件事情告诉于大卫，没想到却从于大卫那里得知了自己的真实身世，原来自己竟然是被刘鼎初收养的日本遗孤，他寻找了铜锤四十年，但是竟然连自己是谁都不知道。而翁子安在榆樱院见过黄娥后，就喜欢上了黄娥，并默默守护着黄娥，在黄娥发生车祸后，他搬到了榆樱院。在翁子安的陪伴下，黄娥也走出了卢木头死亡的阴霾，翁子安的怀抱点燃了她本已寂灭的爱欲和情欲，她放弃了轻生的打算，打算好好跟翁子安生活。当刘建国快把翁子安遗忘的时候，突然接到他的电话。电话里得知，翁子安要带刘建国去见一个人，这个人能让刘建国余生心安。翁子安带着刘建国见了自己的舅舅，并向刘建国坦白了真相。原来，翁子安就是刘建国寻找了四十年的铜锤，翁子安的舅舅就是当初从刘建国那里偷走孩子的蓝衣工人。翁子安每次都选择在早晨四点出院，就是因为他一直把这个时间当成了自己的出生时间。得知真相后，刘建国一生的寻找终于有了结果和答案，他喝醉了，从酒醉醒来已是午夜，他来到院子，烟花的盛宴开始了，夜空被火焰点燃了，其中一个巨型烟花绽放后的白色光束，向下倾斜，"仿佛流向大地的泪滴"。刘建国将铜锤找到的消息告诉了于大卫，但谢楚薇并不因得到铜锤的消息而欣喜，她已经把杂拌儿当成了自己的亲生儿子。而刘建国拒绝了翁子安舅父的巨额经济赔偿，离开了哈尔滨，从此陪伴在了被自己侵害过的武鸣身边。

一部充满市井烟火气的津味小说
——评《烟火》

王春林

　　首先必须承认，王松是一位在中篇小说这一文体的创作上取得了突出成就的作家。不久前，我不仅在《收获》杂志上读到过他一部非常优秀的中篇小说《别字》，而且还带着一种激赏的心情为《别字》撰写过批评文字。但就在这篇批评文字刚刚完成不久，我们很快就又读到了他一部新近发表在《人民文学》杂志（2020年第1期）上的长篇小说《烟火》。但在展卷阅读《烟火》之前，我们注意到的却是"编者"在《卷首》中从文学史谱系的角度出发，对《烟火》作出的一种高度评价："津门众多优秀作家以确凿的作品建构了一个文学的深水大港，其中的津味小说，是当代中国文学流脉的重要组成部分。尤其是二十世纪八十年代之后，冯骥才、林希等作家创作出一批引领文坛市井写作风潮的名作。这些作品以天津历史尤其是近现代市井、掌故为基本故事要素，具有天津性格特色的人物和切合天津时代变迁的丰富情节充盈其间，适量取用灵巧鲜活又容易意会的天津方言，津腔津韵，蔚成大观。""长篇小说《烟火》，承上启下，相信读完作品的人们，认定这是津味小说的里程碑，并不为过。""读《烟火》，不仅会关联到津味小说这一序列，还会让我们想起京味小说大家老舍的《牛天赐传》《月牙儿》《骆驼祥子》《四世同堂》《茶馆》《正红旗下》等。从整个市井题材的创作史看，《烟火》对世道和各种生命迹象的充分容纳之上，对人的内心之'正'的追索，是有大成气象的。"（"编者"《卷首》，载《人民文学》2020年第1期）说实在话，在一篇带有明显即时性色彩的《卷首》中，对一部初始问世的文学作品给予如此之高的文学史评价，虽不能说是绝无仅有，但也是极其罕见的。应该说，正是编者的这样一种高度评价，首先吊足了读者的胃口。最起码在我，是抱着一种充分期待的心理展卷阅读的。在极短的时间内前后两次认真阅读之后，我虽然未必认可编者所说的那样，王松的《烟火》已经取得了很高的文学史成就，但王松这部长篇小说究竟是花费了不少心思，下了不少工夫的。客观公允地说，无论如何，《烟火》都是一部水平线之上的长篇小说。

　　诚如《人民文学》的"编者"所言，在中国现当代小说史上，的确存在着以市井社会为关注表现对象的所谓京味小说与津味小说。老舍、冯骥才、林希等，均为这方面的顶级高手，均有着不俗的表现。但只要稍加注意，就不难发现，以上这些市井小说大家的具体聚焦的那个历史时段，均为十九世纪末二十世纪初，最晚也不过只是延续到1949年。之所以会是如此，关键还是在于只有这一历史时段方才可能形成这些作家所津津乐道的那样一个市井社会。从根本上说，市井社会的形成，有赖于两个方面的条件。第一，是相对成熟的商业运营。如果缺少了那些用来彼此交换的五行八作，那些手艺与商铺，就不可能会有市井社会的出现。第二，是相对自由独立的市民生活空间。如果处在某种政治意识形态的强压之下，伴随着市民们独立自由的生活空间的极度萎缩，市井社会同样会不复存在。1949年之后的情况，即是如此。也因此，通观中国历史，也唯有十九世纪末二十世纪初，最晚至1949年那个阶段，才容得下一个以市民和商业为主体的市井社会存在。很大程度上，正是这一历史时段，为老舍、冯骥才、林希以及王松他们，提供了书写创作市井小说的英雄用武之地。王松长篇小说《烟火》的故事时间，之所以要从晚清开始写起，一直延续到1949年前夕，根本原因正在于此。从本质上说，京津地区曾经兴盛一时的市井社会，有着突出不过的民间性质，是一个以拥有各种手艺或者从事商业活动的市民为主体的民间社会。即以《烟火》为例，活跃于其中的市民形象，都是蜡头胡同凭借着各种手艺谋生的平头百姓。举凡做拔火罐儿的老瘪、刨鸡毛掸子的王麻秆儿、能够测字算卦兼卖神祃儿的尚先生、狗不理包子铺的高掌柜、绱鞋的老朱、打帘子的马六儿、拉胶皮的保三儿、卖帽子的杨灯罩儿、玩石锁的刘大头、开铁匠铺的老疙瘩，等等，都是如此。但在充分描写表现一个活色生香的市井社会的同时，也诚如"编者"在《卷首》中所着重指出的，作家王松在主人公来子身上寄托着一种"正"。其实，扩大来看，也并不仅仅只是在来子身上，那些活跃在他周围的，诸如尚先生、高掌柜、王麻秆儿、保三儿等一众人物身上，也都有着类似于来子身上的这种"正"。以我所见，这种"正"，实际上是根植于中国传统文化优秀一面基础之上的一种民间正义。而这种民间正义，也正是市井社会在其长期运行的过程中自发形成的。从这个角度出发，我们完全可以把王松《烟火》的写作过程，看作一种关于民间正义的文学想象行为。而且，如果不是从更严格的文学标准来衡量，我们也可以说王松的这种文学想象行为是相对成功的。

故事梗概

《烟火》借鉴了话本与通俗小说的传统，采用了第三人称和第一人称相结合的方式，隐去了"我"，于是有全能视角的自由，但又有一个潜在的"我"，可以方便地用天津话来"说"，这也导致小说中方言词汇比较多，口语化特征明显。小说结构表述借用了相声的术语，分为"序·垫话儿""第一部·入头""第二部·肉里噱""第三部·瓢子""第四部·外插花""第五部·正底"，共71章。

小说从1840年的天津写起，到新中国成立，时间的跨度是一百余年，描写了京津地区曾经兴盛一时的市井社会。这一市井社会，有着突出的民间性质，是一个以拥有各种手艺或者从事商业活动的市民为主体的民间社会。所以小说中的人物大都是以手艺谋生的平头百姓，做拔火罐儿的老瘪、刨鸡毛掸子的王麻秆儿、能够测字算卦兼卖神祃儿的尚先生、狗不理包子铺的高掌柜、绱鞋的老朱、打帘子的马六儿、拉胶皮的保三儿、玩石锁的刘大头……当然也有靠歪门邪道谋利害人混迹市井的杨灯罩儿以及洋人、买办各色人等，更有为民族大义不畏牺牲的英雄。

主人公来子是个既聪明又厚道的人，但他在少年时就遭逢了被父亲抛弃，母亲瘫痪病死的惨痛命运。青年时，来子跟小闺女儿私定终身，小闺女儿却不告而别。后来二人终于重逢，小闺女儿却命不久矣。来子人到中年才与女儿相聚，几年后自己却被亲弟弟牛帮子告发，而死于日本人之手。来子拉过洋车，在包子铺、鞋铺、水铺当过伙计，他的手艺并非专门，但他深谙生意之门，懂得趋利避害，更坚守做人之道，他的身上寄托着一种"正"，这种"正"实际上是根植于中国传统文化优秀一面基础之上的一种民间正义。这个"正"，大概就是透过机言巧语、穿过求生苟活、浸过世道杂味的天津人的底色和本色。

小说以来子为中心向外辐射，以他的一生串联起了老朱、老瘪、王麻秆儿、尚先生、小闺女儿以及作为"反派"的杨灯罩儿、牛帮子、"二饽饽"等形形色色近百个人物在风起云涌的大时代下的命运。小闺女儿离开来子后，遵照她爸的遗愿，为了她生性窝囊的大哥，嫁给了张同旺。张同旺死了，几个儿子为分家产闹了起来，越闹越乱，甚至把留给小闺女儿养老的绸缎庄卖了，小闺女儿气不过就爆发了，这之后就被打了，这一挨打，一下就气得挺过去了。老瘪抛弃来子母子后，被老朱收留，老朱参加革命死后，老瘪跟二闺妞生活在了一起，开了一间"嘎巴菜"铺子，但二闺妞不是安分的人，跟"二饽饽"又好上了。一天，老瘪喝了从傻四儿那里打来的有老鼠药的水后，当天就死了，临死前把从杨灯罩儿那里得来的跟鞋帽铺的契约给了儿子牛帮子。牛帮子找到了来子，这才从来子、尚先生、保三儿那里得知，原来老瘪被杨灯罩儿骗了。这之后，牛帮子被来子收留，在鞋帽铺干了一段时间，干不下去了，就去找"二饽饽"学说双簧，给日本人做事了。杨灯罩儿这么些年无恶不作，给大卫李和洋人办事，专门坑害胡同里的人，最后自食恶果，被马杜龙夺走了所有钱财，沦为乞丐后，冻毙于风雪之夜。刘大头因不配合日本人，被活活打死；牛帮子、二饽饽在抗战胜利后，因当过汉奸被惩治；王麻秆儿的儿子、老朱的孙子则为了民族大义而牺牲；七十年后，侯家后的街上又有了一个鞋帽店。老板姓申，是申明的孙子。这年春天，一天早晨，一个女孩儿来到这个铺子，打听田生的消息。申老板对女孩儿说，他爷爷申明临死前告诉他，田生在那一年的除夕，牺牲了，抱着两个想抓他的人，一块儿从桥上跳进海河里的。"他爷爷还说，告诉来的人，要找田生，去海河就行了。""就是咱天津的这条海河。"

小说以天津百年历史为内容，描绘了一幅以波澜壮阔的历史巨变为背景的天津城市的市井图画，通过对普通市民形象的刻画，写尽了城市底层的世道人心和人性物理。作品以老城里为中心，辐射到码头、租界与市郊农村，绘制出了全景式的天津风俗文化地图。

简论《血色莫扎特》的音乐话语和抒情美学

颜水生

音乐话语是《血色莫扎特》的重要内容，音乐话语加强了小说抒情气氛和象征意蕴。《血色莫扎特》不仅刻画了众多热衷音乐的人物形象，而且把音乐融入了小说情节的发展过程中。莫扎特的《土耳其进行曲》《莫扎特第十六奏鸣曲》《G小调第四十交响曲》等乐曲流淌在小说情节发展过程中，使小说始终洋溢着浓厚的音乐色彩和艺术氛围。小说以"血色莫扎特"命名，使小说题目具有丰富而深刻的象征意蕴。"血色"或许是指小说中的几桩血案，也可以说是野心和欲望的代名词；"莫扎特"可能是指小说主人公夏冰和冯露。夏冰喜欢莫扎特的曲子，把钢琴和作曲作为自己的精神寄托；冯露是天才般的钢琴少女，她有着崇高的音乐追求和艺术理想，但所有这一切都毁于那桩凶杀案，她不得不放弃了钢琴和音乐理想。"莫扎特"也可能是指韩苗苗，韩苗苗酷爱舞蹈，也有自己的艺术理想，尤其是她的死就像小说结尾所引用的"莫扎特之死"一样，从小说开篇就像一个难以解开的谜团，韩苗苗的死亡真相直到小说结尾才由邹玉红的供词和冯露的信透露出来。"血色莫扎特"的寓意或许就在于通过夏冰、韩苗苗、冯露的人生悲剧，表达了艺术理想在物质时代与欲望社会中的终结。正如作家通过小说人物的语言表达了对艺术的看法："艺术让我们的生命，在绝望中舒服一点。"

《血色莫扎特》不仅把音乐融入小说情节，而且把音乐融入了情感抒发过程中。小说第十二章的标题"在这神圣殿堂"引自《魔笛》选段《在这神圣殿堂》，小说引用了这个选段的部分唱词，这些唱词与曲调庄严肃穆、深情无比，唱词主要内容是倡导宽容、化解仇恨。然而这个选段似乎与夏雨的内心世界格格不入，夏雨自小沐浴着音乐的幸福音符，他小时候把《魔笛》当催眠曲，但在父母死后，夏雨度过了一个个孤独夜晚，他的天空没有太阳总是黑夜，他的内心总是怀着为父母复仇的强烈愿望。小说第十二章的开头还引用了《唐·璜》中的唱词，"每一口干枯的井里，都有一个伤心至死的灵魂"暗示了夏冰的感情和命运。在夏雨心中，爸爸是一个善良的音乐家，爸爸对妈妈有着不可泯灭的爱情，但爸爸最终心碎而死。夏雨对父母有着无限的怀念，在知道父母死去的原因后，夏雨发誓要报复那些无耻的家伙。由此可见，小说引用《魔笛》《唐·璜》中的唱词，对夏雨形象的塑造作了极好的铺垫，也为夏雨内心情感的抒发作了很好的衬托。小说第五章引用莫扎特的歌剧《费加罗的婚礼》中的选段《你们可知道什么是爱情》，这是一首著名的抒情女高音咏叹调，曲调饱含抒情、哀怨、凄婉。冯露家的钢琴上放着一本经常被弹奏的歌剧曲谱本，其中有一首就是《你们可知道什么是爱情》。小说引录了这首咏叹调的唱词，唱词内容饱含了忐忑、迷茫、忧伤、痛苦，这些唱词暗示了冯露对夏冰的爱情。《你们可知道什么是爱情》无疑是冯露在孤独人生中的内心写照和真情告白。

一般看来，威廉·福克纳的《野棕榈》、弗吉尼亚·伍尔夫的《海浪》、米兰·昆德拉的《生活在别处》《生命不能承受之轻》和石黑一雄的《小夜曲——音乐与黄昏五故事集》等小说是小说结构音乐化的代表性作品。《血色莫扎特》在结构上也借鉴了复调音乐的形式。《血色莫扎特》共有十三章，前十章以葛春风、吕鹏、薛畅三人轮流作为小说叙述者讲述故事，最后三章以邹玉红、夏雨、冯露分别通过采访、对话、写信的方式向葛春风讲述故事，这六个叙述者讲述的故事都是以夏冰、韩苗苗的死为主题，六个叙述者可以看作音乐作品的六个声部，六个不同的旋律共同演奏了夏冰和韩苗苗的悲剧人生。由此可以在形式上把《血色莫扎特》看作一部有十三个乐章、六个声部的音乐作品，六个声部各自独立但又密不可分，它们都是以音乐为线索，以夏冰和韩苗苗的悲剧为主题。六个声部并不是简单的重复，它们在内容、风格或旋律上各不相同，比如葛春风讲述的故事浪漫温馨，吕鹏讲述的故事荒诞不经，薛畅讲述的故事冷血无情，邹玉红讲述的故事尖刻辛辣，夏雨和冯露讲述的故事充满了悲凄与痛苦，六个不同的声部共同合成了一支多重旋律的乐曲，因此《血色莫扎特》无疑属于巴赫金所说的复调小说类型。

故事梗概

房伟的长篇小说《血色莫扎特》是一部综合悬疑、惊险、官场、市民、艺术的"传奇"作品，小说以多年前轰动麓城的"钢琴王子杀妻案"作为悬疑和惊险焦点，塑造了众多具有鲜明性格特征的人物形象，生动地再现了世纪交替时期的人性变迁和社会风貌。案件的核心人物韩苗苗和夏冰原本是大学艺术系学生，夏冰专攻钢琴、痴迷作曲，是学校里的"钢琴王子"，韩苗苗致力于芭蕾舞，两人由恋爱到结婚，被认为是"麋鹿"与"天鹅"的绝美组合，但后来夫妻俩都成了冯国良、陈中华的野心和欲望的牺牲品。夏冰、韩苗苗夫妇与冯国良、冯露父女有着错综复杂的情感纠葛，他们四人都因血案而丧生或受伤。在冯校长家里，冯露要韩苗苗离开夏冰，三人相互指责并激烈争吵，冯露割伤了自己的脖子以死相逼，夏冰则在激烈的争吵中刺伤了韩苗苗。这桩血案背后牵扯并引发了一连串的凶杀案，邹玉红派来的杀手郝大志早已潜伏在冯校长家里，韩苗苗被夏冰刺伤后并没有死亡，郝大志对着韩苗苗的脖子和心脏连捅两刀。郝大志在追杀夏冰的路上被大卡车轧死，夏冰则因恐惧而选择在废井中饿死。这几桩血案都是因冯国良而起，冯国良害死了妻子，并设计与陈中华轮奸了韩苗苗。后来，陈中华还要冯国良和邹玉红除掉韩苗苗，最终置韩苗苗于死地。在韩苗苗和夏冰的人生悲剧中，冯国良和陈中华是真正的罪魁祸首。冯国良和陈中华因为欲望和金钱而不择手段，他们设陷阱使韩苗苗成为情妇，还使韩苗苗成为天鹅夜总会的高级妓女。小说叙述者葛春风、薛畅、吕鹏都是夏冰和韩苗苗的大学好友，五人之间有着复杂的爱恨纠葛，爱情、友情似乎都经不起权力和金钱的诱惑。小说的另外两个叙述者冯露和夏雨分别是冯国良、夏冰的孩子，他们似乎都有着美好的人生和光明的前景，但都由于"钢琴王子杀妻案"而人生陡转，各自走上了为自己母亲复仇的道路。小说叙述复杂、情节曲折、语言平实，既有冷峻的社会反思，又有深刻的人性剖析，小说具有丰富的思想内涵和深沉的艺术力量。

网络小说评论

序 言

创新风潮　精品气象

肖惊鸿

经网络文学专家推荐及中国小说排行榜评委会评审，产生了十部年度完结上榜作品，爱潜水的乌贼的《诡秘之主》、猫腻的《大道朝天》、会说话的肘子的《第一序列》、皇甫奇的《人皇纪》、吱吱的《花娇》、知白的《长宁帝军》、任怨的《神工》、沐清雨的《无二无别》、后觉的《技术宅推理之真相的精度》、春溪笛晓的《盘秦》等，一定程度上反映了2020年度网络小说的创作特征，代表了网络小说的创作成就、创新风潮，彰显了网络小说的精品气象。

这一年，作为最"传统"的主流网文，幻想类型网络小说出现现象级作品，创作水准进一步提高，题材、内容、风格多样，拉升了年度网络小说品质。网络作家爱潜水的乌贼，以西方奇幻题材《诡秘之主》的完美收官，刷新了其创作影响力和创新力的峰值，也为网络小说传承创新制造了一个年度话题。小说世界观设定缜密奇崛，引入克苏鲁神话与蒸汽朋克元素，既符合年轻读者的知识趣味，又为小说增加了迷人的美学风格。

继《庆余年》的火爆播出，猫腻无可争议地再次成为2020年现象级网络作家之一。他的最新作品《大道朝天》在一以贯之的高水准创作中，完成了东方玄幻"神经三部曲"的收官。在三段式的时间河流中，宏大世界观得以全面展开，人物塑造整体推向制高点。它用独具特点又有普遍共识的"大道"完成了猫腻的长篇文学世界。

热血男儿战场争雄，从来是男频玄幻文的卖点与热点。作为另一部上榜的玄幻小说，《人皇纪》以独特的构思、细腻的笔触广受读者好评。网络作家皇甫奇将细节刻画的特长，用于场面描摹与情节构建，以小见大，收放有度，写出了义不容辞的家国壮阔情怀，凸显了作品的精神品质，体现了年度玄幻题材传承创新的努力。

作为男频主要类型之一的架空历史军事文，《长宁帝军》以其润物无声的精神气质赢得广泛关注，成为年度翘楚。网络作家知白以其细腻敏感的创作手法，铺展了少年开疆拓土的成长故事。想象强大烧脑，情节酣畅淋漓，热度不断发酵，吸引了海内外读者追捧。一个独特的创作现象是：男频网络小说整体创新探索中，都市异能与科幻题材融合的探索趋势显著，女频创作"破圈"频仍，对未知领域大胆探索。《第一序列》就是其中典型。网络作家会说话的肘子仍将视野投向都市异能类创作，却体现出别出心裁的独特设定。小说设置"后启示录"的科幻背景，主角吸收正能量步步崛起、改变世界，彰显了"心向光明、永不言弃"的精神内核。

古代言情小说是女频网文的主要类型。《花娇》将穿越元素与商业角斗相结合，延续了网络作家吱吱一贯的精耕细作风格和大开大合手笔。内容惊心动魄、情节环环相扣，引发读者热议。情节设定的戏剧化手法和女性意识精神向度的结合，体现出年度女频网络小说的创作探索。作为网络小说的小众品类，女频历史题材《盘秦》以其亮眼表现脱颖而出。网络作家春溪笛晓以真诚的创作态度，展现战国末年百家式微、天下动荡的历史乱象，以及秦国统一中国的历史进程。壮阔的历史画面中，植入轻松欢快的基调，将沉重的历史主题融入明快易读的剧情之中，成为女性视角历史小说的代表作。

加大网络文学现实题材创作力度，体现了国家意识形态引领，同时也是对网络作家创作的挑战。如何扭转网络文学现实题材创作"叫好不叫座"，探索其艺术规律、做到提质增量，是整个网络文学界的重要问题。2020年，网络文学现实题材创作理念深入人心，更多的作者愿意挑战自我、勇于尝试现实题材创作。在政策引领、平台扶持、作家重视的合力下，现实题材作品艺术品质不断提升，社会影响力日趋扩大。网络作家任怨的《神工》在年度现实题材作品中表现突出。作品以工业制造业高精尖技术为情节推动，基于现实，遵循科学，升级体验感与现实代入感俱佳，既体现爱国主义热忱，又遵循当代生活理念，成为一部"艺术"与"技术"高度结合的现实题材力作。

2020年是脱贫攻坚收官之年，网络文学界涌现出一批同题材作品。网络作家沐清雨的《无二无别》以扶贫助学做公益为切入点，立意高远，文笔细腻，既有浓郁的现实关怀，又有热烈的浪漫色彩，题材处理得当，将女频文创作手法与读者阅读体验结合起来，在同类小说中斩获旺盛人气，成为现实题材年度优秀作品。作为小众品类的网络推理小说年度表现抢眼，网络作家后觉的《技术宅推理之真相的精度》榜上有名。作品由《阿撒兹勒的低语》《英雄无名》《渣男制造》《邪念》四个故事组成，理工男主角以严密的理性思维，屡屡破获惊天大案。广阔的社会和隐秘的人性深藏于复杂的案情之中，具有十足吸引力，成为另一种现实题材佳作。

2020年网络文学内容生产题材多样，创新频出，成果丰厚，不乏现象级作品，体现出网络作家积极进取的创作姿态，以及网络文学行业探索新的发展理念、构建新的发展格局、促进高质量发展的决心和行动。

《诡秘之主》的精品化趋向与启示

周　冰

　　《诡秘之主》是爱潜水的乌贼创作的第五部小说，在《诡秘之主》问世前，爱潜水的乌贼先后创作《灭运图录》（2011）、《奥术神座》（2013）、《一世之尊》（2014）、《武道宗师》（2016）四部作品，这些作品既有东方式的玄幻、西方式的魔幻，更有现代游戏、武侠、都市等的植入，它们的题材、风格、设定等均不相同，体现出作者对写作的创新性追求。经过这四部作品的"练笔"和沉淀，2018年的《诡秘之主》一经推出，就获得不错的口碑，广受赞誉。这部作品的成功或许有多种原因，但是作者审慎的写作态度、写作设定上的创新、主题上的人文之思等不可或缺，它们组合起来，使得《诡秘之主》流露出明显的精品化倾向。

　　首先，是作者审慎的写作态度。《诡秘之主》为幻想类作品，但幻想总要基于现实。作者曾经自述，最开始是比较单纯地希望营造一个类似十九世纪英国维多利亚时代的社会背景来承载幻想，但是自我知识结构和见闻阅历不足以支撑这样一个世界，于是就不得不购买、阅读《维多利亚时期英国中产阶级婚姻家庭生活研究》《深渊居民：伦敦东区见闻》等众多著作。正是基于这样的审慎态度，小说的"知识考古"倾向明显，作品中有关维多利亚时代的经济、人文、社会、风俗等呈现还原，细腻到位，栩栩如生，如在目前。更为关键的是，作者在每一部结束时都会进行"总结"，与读者进行读—写互动，叙述自己写作过程中的优点、不足，呈现自我的心得、体会，进行一定的自我反省，阐明下一步的写作打算、改正措施。比如，作者对第二部的部分总结，认为比较"零散"，"故事节奏一直比较绷比较紧"，"塔罗会每周举行一次，容易有重复呆板感"，"在文字上试图做一些创造，但还有待摸索，有待改进"。这样的自我写作剖析，在网络文学界独树一帜，其应和着作者的"知识考古"，为作品的精品化奠定了坚实的基础。

　　其次，是创新性的世界设定与体系架构。创新是网络小说最重要的武器，而想象力则是它的第一生产力。但是，随着网络文学的发展，越来越多的作者开始满足于在现有世界观框架下故事宇宙中的构建，这导致了网络文学的同质化倾向。在同质化的语境下，《诡秘之主》多少显得有点"另类"，它一方面利用了现有网络文学的写作套路，如穿越、打怪、升级、换地图等，但另一方面它又有着反套路，如对西方神秘学、克苏鲁背景、卡巴拉神秘学、类SCP元素、蒸汽朋克的融合，22条有趣的晋升途径、220种魔药、220种"职业"的晋升体系设定等。这使得小说虽然以常见的"穿越"设定作为切入点，但是在世界设定与体系架构上则与众不同，凸显出了新颖与炫目、"小众"与陌生、复杂与经典。对于幻想题材的网络文学作品来说，最难的就是构建一个设定宏大、内涵丰富、细节清晰的世界与体系，但作者却通过自己的努力，为我们创造了一个以前网文所不曾呈现的世界，这不仅是创新，更是一种精品化的考量与追求。

最后，是幻想里的现实关怀与人文之思。阅读《诡秘之主》，我们能感受到这固然是一个非凡者的世界，但谁能否认这同时也是一个普通人的世界？小说虽然有着各类非凡性的因素，但是现实日常生活却是它的底色。比如，主角克莱恩，他有自己的家人、朋友、同事，有自己的工作，他也需要赚钱养家，需要研究投资，需要进行消费，而为了晋升"诡秘侍者"，他甚至还需要创造一个密偶城市乌托邦，以现实的方式让城市运转。再比如，在小说中，魔药固然是获得非凡能力的关键物，但谁又能说它不是人欲望的一种折射？扮演固然是消化魔药，避免失控的关键，但谁又能说它不象征着人的多样性与多面性？在这个意义上，围绕着魔药、扮演建构起来各序列角色、非凡者既是它们自身，但似乎又不仅仅是它们自身，如小丑、无面人、奇迹师、愚者等，不仅仅只是它们表面的序列形象与功能，而是有着一种象征与隐喻色彩。因此，进入《诡秘之主》的世界，我们会发现，这里有残酷、杀戮，有疯狂与混乱，有欲望与沉沦，但也有岁月静好、守护、亲情、友情；有神性，也有人性；有堕落，有无尽的黑暗，但也有奋起，希望之光，等等。在某种意义上，《诡秘之主》从生活体验出发，回到世界与人的本体进行思考，从幻想中来，到现实中去，让魔法、玄幻照进现实，用玄幻谱写现实，它在呈现出世界复杂与混乱的同时，观照的是人与人性，在返乡与回归之途中实现的是超越的意旨。这样的写作不仅使小说烛照着一种人文关怀与悲悯精神，而且也使小说主题走向了深化，提升了小说的思想境界和审美境界。

时至今日，中国网络文学发展已超过二十年，网络文学已逐渐从边缘走向中心，精品化创作已是人们的共识。站在网络文学"升级换代"的历史节点上，"爆款"和"口碑"的《诡秘之主》会给我们哪些启示？在我看来，这主要有三：其一，写作主体应该对写作保持一种敬畏，以审慎的态度来进行写作；其二，网络文学的幻想元素、套路机制、爽感元素不可或缺，但要创造性地使用与转化；其三，网络文学应该来源于生活但又应高于现实，强调精神表达与价值意涵。从这样的角度来讲，《诡秘之主》是"一部提升了网文品格，融汇了人文内涵的典范之作"，它为玄幻小说如何与现实相连开拓了一定的空间，为网络文学精品化转型提供了极具可行性的操作样本。或许，伴随着《诡秘之主》的完结，其阅读的热度将出现一定的下滑，但是不管其如何沉潜，其都将是网络文学发展历程中的重要创获，不可或缺。

故事梗概

《诡秘之主》是爱潜水的乌贼创作的幻想型网络小说，作品于2018年4月1日开始在起点中文网连载，2020年5月1日结束，历时两年有余，共包含"小丑""无面人""旅行家""不死者""黑皇帝""倒吊人""愚者""诡秘之主"8部，约447万字。小说从追寻乌托邦气质的欧美蒸汽朋克文化和展现人类面对宇宙面对未知世界时渺小虚无感的克苏鲁题材出发，将玄幻、魔幻、异世大陆等题材综合起来，巧于构思，精于设定，在22条晋升途径，220种魔药，220个不同"职业"的庞大架构中，既呈现了主角克莱恩的晋级、"奋斗"与荣光，又传达出了作者对世界的尖锐认知。

小说起始，地球人周明瑞因霉运连连，尝试"方术纪要"中的转运仪式，导致灵魂穿越至受提哥努斯笔记影响自杀的克莱恩·莫雷蒂身上，从而进入了正神、邪神、非凡者、普通人构成的异世界。为回归故乡，克莱恩再次尝试转运仪式而进入灰雾，无意间召唤奥黛丽与阿尔杰进入灰雾，了解了非凡者的隐秘，组建了塔罗会，开启了他在异世界的冒险与诡秘之途。

在这个新的世界，克莱恩从教会下属的"值夜者"工作开始，以"占卜家"作为自己晋升的序列途径，先后经历古堡探寻案、连环杀人案、贝克兰德大雾霾等事件，在逐步融入这个世界的同时，对这个世界的诡秘进行着揭示。他因抵抗真实造物主降临而死亡，却又因灰雾的神秘特性而复生；他因探索地下建筑，而得到第四纪贵族的秘辛；他因友人塔利姆的死亡而重入0-08封印物的视野，遭受死亡威胁；他因得知地球就在脚下却无法返回过去而迷茫，陷入自身情绪的内卷而需要心理治疗……

他先后化名夏洛克·莫里亚蒂、戈尔曼·斯帕罗、道恩·唐泰斯等，扮演着不同的角色、身份，收集着前穿越者罗塞尔的日记，消化着不同的魔药，游走在不同的国家、地域，结识着不同的人，与不同的邪神、非凡者战斗，经历着不同的神奇之事，发展着不同的塔罗会成员，终至序列最高级别的愚者，与大反派阿蒙进行了决战。

最终阿蒙战败，在对自我反思中离开了地球，走向了星空流浪，而克莱恩则在安排好塔罗会众人的任务后，为了能更好地与福生玄黄天尊争夺身体的控制权，陷入了沉睡。

猫腻和他的《大道朝天》

夏　烈

《大道朝天》是猫腻的第七部长篇小说，连载于起点中文网和创世中文网，2017年10月15日开篇，2020年8月21日完结，总字数299.96万字。实体书于2019年11月—2021年1月已出版6册，天闻角川出品，云南美术出版社、羊城晚报出版社先后印制发行。

猫腻在完结那天的"后记"中宣布，这是我的"最后一部大长篇"，并且由此宣告他向读者承诺的"三部曲"因为《大道朝天》的结束而和盘托出——"很多年前写《朱雀记》后记的时候，我就说过我想写'神经三部曲'，分别是入神、出神、走神。应该很多朋友没有注意到《大道朝天》最后一卷叫出神记，是的，这就是三部曲的最后一部。……从《庆余年》到《间客》再到《大道朝天》，这是我一直想要完成的一个世界"。猫腻在《大道朝天》的后记里透露了很多信息，仿佛老猫（网友对他的昵称）告别一个人生阶段、迈向新的愿景的一种顾盼、梳理、自得与筹划未来之感——比如他从对于自己笔下虚构世界的完成、年龄、兴趣等原因表示接下来将进入中短篇的写作，比如他要亲自参与《间客》的影视化，"自己想拍个电影"……这些都让读者在跟随和期冀之外，更为珍惜起眼前这部《大道朝天》的价值与位置。

1

《大道朝天》也确实是一部颇具特别之处的作品，无论在猫腻的小说创作序列中，还是网络玄幻小说的总体。因为它实际上可以视为一部小说的两截体文本，或者两部小说的一体化文本。小说第一卷至第七卷的200万字构成了一个标准意义上的玄幻小说，与修仙、与古装、与中华传统调性丝丝入扣，所以猫腻自己也在那里"真诚地说，把《大道朝天》前面两百万字单拿出来，相信也是部很不错的修仙小说"，但他同时也"提前示警"："喜欢纯正修仙流的读者朋友们，看到这里就可以了。"原因这是"我最后一部超级长篇的最后一百万字了，容我放肆一下"。于是，小说的第八卷至第十二卷，将飞升后的主人公井九的故事安排为了"另一部小说"即软科幻的场景，借用科幻文学的术语，那半部则是——太空歌剧。

所以，猫腻的《大道朝天》破天荒地成了一部东方玄幻（修仙）+软科幻（太空歌剧）的结合体，它不仅考验着网文读者的惯习、经验，某种程度上还必须调动读者对于猫腻其他作品的了解度——在《大道朝天》的文本结构里，蕴藏着猫腻过往长篇叙事的两种主要类型，即玄幻和科幻的两类作品、两股传统，过去，猫腻是用《朱雀记》《庆余年》《将夜》《择天记》来主要承载玄幻叙事及其传统的，而用《间客》构建了更接近科幻的机甲流和太空歌剧式的想象与传统，二者都可圈可点、足以扛鼎，构建着网络文学创作史的重要材质——但过去它们毕竟分而治之，不怎么"打架"；这一回，猫腻的"放肆"之举是将二者融合为一，让读者在200万字和100万字之间直截了当地体验文明材料的跨界，也即阅读体验的跨界、文本感受的跨界。这强化了猫腻这位网络作家的独特性，他始终居于网络小说的市场化、收费阅读和爽文力量之中，但又一贯用另一种胜利法挑战读者的舒适区、消化功能，比如情节的出人意表，比如人物生命意志的强烈前进，比如文青式的语言造句，比如小说类型的多元实践，而这一回更是让两种异质文本大剂量地衔接融通，让读者不适或者妥协。这让我们对网络文学的一般评价有所失效，市场化、类型化的网络小说不就是对最大限度的读者们的顺应吗？那么如此份额的挑战怎么理解？是因为猫腻足够大神了所以施受关系逆转，可以任性？还是猫腻擅于使用挑战的手法刺激读者，激发了他们更强的阅读欲？这些源自猫腻《大道朝天》文本特质的实验性，包含着丰富的、复杂的、有趣的、有价值的时代创作的技术和艺术、可能性和创造力。

那么，回到猫腻的"三部曲"，事实上这种异质文本的打通同样在显现《庆余年》到《间客》到《大道朝天》的内在关联。也就是说，猫腻自己是认为这种玄幻+科幻的组接并不违和，它不是外在的形式探索，而是内在的思想展开。《庆余年》中的神庙以及范闲的母亲叶轻眉，《间客》的星域以及许乐，都为《大道朝天》的两个世界（朝天大陆和科技太空）作了准备，除了有些许人物的关联（即地球核战失控后有两个人类组织选择逃亡，在遥远的异星群里建立了联邦与帝国，范闲女儿范小花误入飞船到达新星系成为《间客》主角许乐的先祖。许乐最终成神牺牲自己点燃恒星，阻止《大道朝天》飞升后世界中的暗物之海蔓延），还有的正是关于大道绵延和终极意义的探究，换言之，猫腻从社会制度、宇宙科技到终极意义，用"三部曲"演绎了他的关怀与构想。所以，他在《大道朝天》的后半部中说明了朝天大陆的修真世界只是遥远的文明史上前代宇宙文明所存留的封闭空间（监狱），后来被许乐当作保存部分物种类型的实验所，这样，玄幻的修真世界就被纳入了更广大的宇宙文明的现代科幻之中，并因为始终处于同未知的暗物之海的博弈，造成了小说中强烈的生命紧张感以及关于生命终极为何的抵达之谜。

在此意义上，我过去讲从我吃西红柿等作者的小说看到了网络文学"科玄合流"的趋势和巨变，而猫腻的这个《大道朝天》就直接是二者的形式与内涵的焊接了。

2

生与死，生命的大道，因此成为猫腻绚烂纷纷的故事剧情背后始终悬置乃至绷张的意义之弦。

《大道朝天》的主人公井九是朝天大陆里不二修真者，因为道心的不二，万物一剑的合体，他在小说里无论怎样貌似懒散，不得不料理青山宗内外世事，屡次迎击强敌，甚至昏睡数年不醒，其实都在不停歇地修行。那么，不停歇地修行为了什么？从小说情节看，自然是飞升仙界。那么飞升意味着什么？为了"得长生"。长生为了什么？猫腻在小说后记里有这样一段话："活着的意义到底是什么？是要看看山那边，是要想想水为什么往下流，是要找到一切的源起，存在的道理。如果找不到呢？那就继续找。那如果一切，包括存在本身就是没有意义的，那怎么办？这是一个伪命题，就像书里说过，永生是无法被证明的，一切没有意义也无法被证明。所以井九才会不停前行，用活着证明活着，用追求意义证明意义的存在。"——用活着证明活着，用追求意义证明意义的存在。猫腻由此还引用了另一位网络作家流浪的蛤蟆书里的话：千般法术、无穷大道，我只问一句，能得长生否？他说，"这就是我从小以为的修仙原则"。

所以在当代网络文学尤其是男频玄幻小说中，类似道家的"得长生"甚是有趣地出现在一众作品的意识之中，其作用还高出于儒家的"浩然之气"，更远过于佛家的"缘起性空"，这是一个值得细究的文化元素。当然，猫腻直接将生命的有限性原则的反弹"得长生"与"向死而生"的人类对终极奥义的求索紧紧联结，我以为，既有以意逆志的个人性情，也有对具体亲与爱的生命消逝的感喟，更有源自现实科技的全面进展所影响到的关于人类未来思想情感的那么一种忧乐在里头。

猫腻把生命大道的理解寄托在《大道朝天》中，他说"我的真实想法就是想把大道写成一首诗"，然后他说：

"是哪首诗呢？就是书里用过的那段话。史铁生《我与地坛》最后的那段话这几年一直在抚慰我，我觉得那就是一首好的不能再好的诗。"请允许我再次抄录于此：

> 但是太阳，他每时每刻都是夕阳也是旭日。当他熄灭着走下山去收尽苍凉
> 残照之际，正是他在另一面燃烧着爬上山巅布散烈烈朝辉之时。
> 那一天，我也将沉静着走下山去，扶着我的拐杖……
> 有一天，在某一处山洼里，势必会跑上来一个欢蹦的孩子，抱着他的玩具。
> 当然，那不是我。

但是，那不是我吗？

宇宙以其不息的欲望将一个歌舞炼为永恒。

这欲望有怎样一个人间的姓名，大可忽略不计。

这些分行和标点的改动，自然是猫腻所做的，为了使之更像诗？还是无意而已。但有价值的是关于生死和生命，这部异想天开的小说似乎同《我与地坛》的情怀情愫与认识认知，保持着文学和哲思上的一致。

故事梗概

天下大乱，朝天大陆第一宗门青山宗掌门师弟景阳真人凭借其无上剑法，为师兄太平真人扫清路障，坐稳掌门宝座。之后，太平真人建立梅会制度，以强者为王为宗旨，借天下太平的名号肆意杀戮，想要屠尽凡人。这与景阳的大道相背离，于是景阳将师兄太平真人打入剑狱。

随着时间的推移，景阳真人功法已臻圆满，即将得道飞升。飞升之前要渡雷劫，太平真人痛恨景阳的背叛，用附身之法化为冥三，在景阳飞升之际阻挠破坏。飞升失败的景阳只能瞬间将魂魄与天下第一宝剑"万物一剑"合二为一，于是他的神魂和神剑结合重生，成为颜貌绝伦的井九。

井九因此是承天剑的剑灵，承天剑由此而成天灵真宝，井九开始重新修炼，但无法以正常人的方式进阶，只能再创新法。但青山掌门从此失去了承天剑，只剩剑鞘。掌门柳词担心井九不受控制，于是放出关在剑狱的师父太平真人，牵制井九。

上一世的景阳真人有着世间最锋利、最淡漠的道心，就像是被水洗过万年的仙剑，却依然无法斩断那些因果。重生后的井九结识了少年柳十岁，并与其重回曾经的宗门，重开因自己飞升失败而封禁的神末峰。后来，井九与赵腊月又游历世间，参与四海宴，在梅会上仅凭棋力便打败对手，夺得第一。他在朝歌城的梅园里听到了那道琴声，去西海与前世知己连三月相遇。之后，井九遭遇凶兽的袭击受困在雪域多年，被救出的时候寒毒入体，为解寒毒获得了魂火之御。解了寒毒后的井九实力大涨，在问道大会的问道比试中夺得长生仙符。为了拯救天下苍生，井九先后经历了与太平真人的隐峰之战，又以洗剑溪为鞭困住白刃仙人，并与白真人做了此间的最后一战。

井九再次飞升，飞升后的世界却不是想象中的仙境，而是科技文明主宰的宇宙大陆。故事由修真世界进入到科技太空。《大道朝天》后半部写太空科技时代前代飞升的旧仙人与井九为代表的新一代飞升者的路线斗争，前代仙人希望牺牲化身"万物一剑"的井九来抵抗人类之敌暗物之海，但井九持不同的生命观和个人意志，反对被牺牲，最终战胜了旧仙人群体，但在新的生命意义的求索中离开了年轻的伙伴们。小说结束前，猫腻另一长篇《间客》的主角许乐以神明的身份出现，不仅解释了《大道朝天》中的谜团以及与《间客》的后续关系，还暗示了《庆余年》中机器人"五竹"的下落，"三部曲"在世界观上形成了连接统一。

点燃谁的希望之星火

庄　庸

废土题材在网络文学之中，一直都是小众潮流。

但当两部的爆款网文甚至是现象级作品的大神——"会说话的肘子"的《大王饶命》和"爱潜水的乌贼"的《诡秘之主》问世后，网络文学作家纷纷把新书的题材锁定"废土世界"，还是引发了一波关注。

这是要引发新一轮"废土流"吗？至少，它们或许点燃了从系统流到废土流的希望之星火。

《第一序列》设定为废土世界，但走的还是系统流路数，并融合建构成变异中的超凡者序列故事。

从世界观设定来看，《第一序列》设定为废土世界：整个世界因为大灾变成为废土；由此形成"文明大断代"，"二维码"等前代文明已经消失，留存的"知识"被新权贵富阶层垄断。

幸存下来的人聚集于权贵堡垒和流民集镇之中；流民集镇是围绕着权贵堡垒而存、赖其而生——这是两个泾渭分明的"新阶级"。

整个废土世界人类社会的组织形态，其实就是以"堡垒—集镇"为节点，形成了一种新的"权贵富—贫流民"阶级社会网络。

在此网络之外，物种普遍变异、进化和发展"超凡能力"，如普狼变异成超狼，能够袭击与毁灭人类工厂；部分人也成为变异的超凡者，发展出各种超凡能力——这被堡垒阶层视为新的威胁者，就像猎捕女巫一样，普遍、持续猎捕变异超凡者。外有变异新物种，内在异化超凡者，都被他们视为威胁。

主角是生活于某个流民集镇上的孤儿，金手指是像宫殿一样的系统。

这个系统可以交易、纳物和解锁各种能力——如它可以让主角复制目标对象的高级技能，甚至超能力，如完美枪械机能和影分身超凡能力。因此，主角不需要训练，就可以通过系统掌握相应的技能与超能力。

通过系统，主角也可以购买各种物品——如果他有足够的"货币"的话——如购置所谓的"灵药"，就能有效疗治某些"特殊伤害或疑难杂症"，让主角瞬间可以成为一个

"妙手回春的神医"，改善自己及身边人的生存处境——开篇这个场景总让人品味出某种"黑色幽默、荒诞喜剧和讽喻世相"的感觉。

系统货币的赚取之道，就是完成系统交给主角的各种任务，从"给人指路"到"救人一命"，从"收割真心感谢值"到"作为冒险向导"……这些任务的发布、完成和评估，也很有"黑色荒诞剧"的特效。如：为了任务而任务，为了指路而指路，为了完成而完成——系统给主角发布"给人指路"的任务，主角随手一指就完成了任务，从而获得了系统的奖励和回报。至于指路是否正确，主角不在乎，系统不要求。

主角不需要通过任务来磨炼自己，获得成长。他的技能、能力甚或超能力，完全可以通过交易、解锁、学习或复制而获得——简单得就像喝白开水一样容易。因此，在这个故事之中，不会看到主角的刻苦训练、磨炼意志，通过任务来提升技能和能力，获得自我成长，或者帮助他人从而获得丰厚的回报——从物质的超额回报到友情和精神的奢侈馈赠。一切有形无质的软硬技能，都可以通过主角和系统的交易获得。

至于所谓的意志、精神和心性，在这个废土世界求活的软硬能力，都在主角强烈求生欲望的生存经历之中，磨砺出来了，如：辨识酸雨环境之下哪些水可喝哪些水不能喝；野外生存如何寻找食物；与人偕同而行时，绝不把后背交给别人……就像文中所说，在流民集镇只有靠轮流守夜才能安全度过每一个危险之夜的人，绝不会像那些堡垒之中很少经历野外生存危险的人一样，轻易把自己的后背交给别人——哪怕他是那私人部队的军官。

在废土世界里，信任是一种很奢侈的事情。把自己的后背交给他人，是一件很愚蠢的行为。你交出去的不是信任、友情和后背，而是自己的生命。

这其实是《第一序列》整体风格"很压抑"的原因：废土已经不是所谓弱肉强食、优胜劣汰、物竞天择等自然进化论所能形容和描述的世界；它毁掉了一切文明秩序、法则、社会关系和人际伦理的根基；所有的人回归到"与野兽共存""靠本能选择"的状态；所谓神性、人性统统都返祖归源，融汇于人作为生物本能的兽性之中……至少，在废土荒野之旅临时组合起来的"探险队"之中，是看不到所谓"人性的光芒"：人和人之间互相防备、猜忌、倾轧，甚至是赤裸裸的敌对和掠夺。

《第一序列》引发争议的，也正是在这里：这样的人包括主角；主角就是这样的人；从主角的视线所向进行叙述和内心独白（心理描写），全都是这样的"灰色基调"，甚或是"黑暗人设"（人物形象和理念设计）。

比如，主角作为向导，带领由私人部队、演艺明星和神秘玩枪女组建的探险队，前往另外一个堡垒；主角各种毒舌、嘲讽、讥刺、耍贫，如嘲弄女明星"你还有脸救自己"的黑色段子……

这种风格打破了故事主角光环和阅读者预期所能达致"有史以来最大公约数"的黄金法则或底层潜规则：所有的配角都可以是宇宙黑暗森林或社会丛林法则的信奉者，但是，主角一定要"自带一丝求真、求善、求美和有爱之念，如米粒之光，亦可大放宇宙光明"——但这种公约数的要求，对于废土世界观设定的作品来说，本身就是最大的黑色幽默、荒诞喜剧和现实讽喻。从这个角度来说，《第一序列》似乎更接近废土世界的真实法则、真理逻辑和价值真相。

逆转就在这里发生——无论废土真实的法则如何残酷，荒原真理的逻辑如何荒谬，末世之后的人类社会价值取向如何黑暗，主角唯一可付"真心"的，就是与之相依为命的另一个孤儿兄弟：他是弱超凡者，拥有所谓"幸运许愿"的微弱超能力——如果他许愿主角打猎捕鸦有好运气，那主角就一定能猎捕到变异的大乌鸦；但是，他必须要为此付出超级代价，如身体虚弱、高烧不醒，像生了一场大病。

这是主角在废土世界里唯一可以把后背交给他的人：宁愿他不使用超凡能力；倾尽真心，也要在这个充满恶意的世界，保护他不受伤害；希望彼此都能活下去，且活得更好……这一丁点真心，的确如米粒之光，微弱而渺小；但的确可能如"星星之火，可以燎原"，甚至有望"大放光明"，让整个《第一序列》的"故事宇宙"璀璨如星河。

就是不知道会说话的肘子，是不是这样设定《第一序列》未来的剧情和故事的。这个问题留待阅读诸君去故事冒险之中寻找、探险和发现……

故事梗概

《第一序列》是网络作家"会说话的肘子"的新作。

会说话的肘子以爆款作品《大王饶命》而走红网文界，成为"新晋网文大神"。

《第一序列》是废土题材、系统流和超凡者等类型融合建构的作品。它讲述一个世界遭到毁灭、重建新秩序、主角从废土流民成为新世纪强者的故事。

废土之上，人类文明得以苟延残喘。一座座壁垒拔地而起，秩序却不断崩坏。

有人说，当灾难降临时，精神意志才是人类面对危险的第一序列武器。

有人说，不要让时代的悲哀，成为你的悲哀。

有人说，我要让我的悲哀，成为这个时代的悲哀。

……

主人公任小粟就是生活在113号壁垒外的流民。他意外开启脑海中宫殿系统，成为超凡者，开始了在灾难中寻找光明与出路的废土冒险之旅。

此时因为超凡者刺杀壁垒管理者的事件，财团对超凡者进行大肆抓捕与研究。任小粟作为向导跟随私人部队前往境山执行任务，开启境山的秘密。

在境山内与女主杨小槿相遇，并遭遇庆氏财团作战部队，其间杨小槿刺杀庆氏财团主要人物，导致任小粟与其一起逃亡……

正是在废土世界强烈的"求生欲"驱动之下，凭借顽强的意志力一步步寻找和拓展生存的空间时，才越来越深刻地意识到：灾难降临、世界重启、新秩序重建，希望才是人类面对未知危险的第一序列武器。

在对历史的想象中彰显家国情怀

桫　椤

　　网络文学作为网络时代的文学形态，深受媒介属性的影响，其分众化的传播方式使之对题材的处理呈现出与传统写作不一样的特质。例如，对现实题材的处理更加贴近日常生活、贴近大众情感，以与读者共情的方式"吸粉"；而在幻想类题材中，丰沛的想象力为读者逃离庸常的现实、实现情感的转移创造了空间，从而有了精神消遣的意味。历史题材介于现实与幻想之间，具有两重性，从作为事实的历史来讲，它是过去已经发生过的现实，是现实的一种；而历史又由于已经脱离了当下的现实，与"此在"的生活相隔日久，文学处理历史题材往往需要依赖想象，加之关于历史的文字记录本身就带有明显的主观性，因此任何一种历史典籍都不可能穷尽全部的历史。从这个意义上说，历史小说是对历史可能性的探究。网络历史小说《人皇纪》即是这样一部作品，其借想象力建构起来的格局庞大、情节复杂的故事，鲜明的家国主题和有感染力的人物形象，对历史进行了重新结构和演绎，带给读者别样的阅读感受。

　　宏阔的叙事视野和奔放的想象力交相辉映，建构起庞大的历史世界。《人皇纪》采用的是虚与实相结合的世界观架构，初看是架空题材，主角王冲横跨当下、前世和历史三个时间段，但在历史时间中引入了唐朝的历史，例如安史之乱，以及在经略西域和对外关系中，都可以看到唐朝的影子；在空间设定上，除了中土神州，人物的行迹横穿欧亚大陆，西域、阿拉伯、大食等，皆是地图延展的地方。此外，作者赋予了王冲一个穿越重生者的身份，小说开始于他因一颗流星出现而穿越为王府十五岁的少年，他凭借在现代社会里玩战略游戏积累起来的军事才能以及前世的知识，一反附魂前身的纨绔，而主动选择到军营锻炼，并最终成为一代名将。这种时间、空间和人物命运的设定方式，凸显了作者宏阔的叙事视野；作者笔下的历史世界，既有朝堂上的权谋，也有战场上的厮杀；既有主角的一腔热血，也有精锐战队的勇往直前；既有王府里的日常生活，也有大漠戈壁上的烽烟四起。小说里描写的世界秩序和生活内容极为驳杂和繁复，为读者理解故事和历史，感受其中的主题价值提供了物理支撑。同时，跟随作者的笔触，读者的思绪不断出入于不同的场景中，在广袤的西域战场和朝堂争斗中释放精神。当然，这种建构世界的方式也得益于较大的篇幅体量，这也是网络文学受到媒介影响的例证。

对历史发展逻辑的重新思考和设定,使作品充满反思意识。在《人皇纪》中,除了在历史大背景下以主角的经历虚构出跌宕起伏、扣人心弦的故事情节外,作者对素材的处理贯穿着自我对历史的理解,这种理解充满反思意识。例如大唐与南诏之战,在正史上,唐朝与南诏进行过三次战争;在小说中,作者将王冲的封爵之战放在洱海之战中,王冲凭借前世对历史的了解知道这是一场艰难的战争,他无法将真相告诉他人,只能凭借自己的军事才能率领兵马截断渡口,使前来增援的乌斯藏大军不能如期抵达,从而改变了战争的结局。在作者笔下,人物具有创世功能,他虽然遵循人物成长的逻辑,但显然其个人意志具有超越历史、改变历史的强大力量。在某种程度上,历史材料在网络文学中常常需要顺从主角成长的需要而被解构。更重要的例证表现在人物对传统历史观念的反思中,小说中的主要矛盾有两对,一是中土神州与外邦的矛盾,激化出无休止的战争,为人物展现军事才能提供了机会;二是内部矛盾,主要表现为兵家与儒家势力的斗争,由于王冲所秉持的通过实力战胜敌人的理念与儒家试图以礼教文化同化外国的目标完全不同,当王冲横扫西域巩固边疆的战果传到朝中,引起了儒家的担忧,战场的厮杀转变为朝中的政治斗争,王冲也因此丢官罢爵,但最终东山再起。儒家思想是中国传统文化的基础和精髓,人物对此的反思折射出历史在另一个方向上的可能性。

家国情怀提升了作品的主题格调。网络小说一向被认为是供大众读者消遣、娱乐的写作,但任何文学作品不可能只提供单向的消费功能,在文字背后一定蕴含着主题价值,因此网络小说也绝不可能只是文字的游戏而没有社会意义。《人皇纪》最重要的价值指向在人物身上寓寄着的家国情怀,其对中土神州国土和子民的浓烈情感富有强烈的感染力,有力地抬升了作品的主题格调。王冲的前世本就是末世时代的兵马大元帅,但天时不济兵败;转世之后,他遇到了本已死去的妹妹、父亲等亲人,当战争再一次降临时,他立志要阻止家破人亡的悲剧再次发生。在姚广异陷害父亲王严的行动中,他凭借前世的智慧洞悉阴谋,借助小妹的力量挽救了父亲,也树立起自己的形象。南诏之战他以高超的军事才能改变战局,为了报效国家,他以自己的封地为根基,打通西域之路,击败大食,巩固西部边疆。当他被儒家诬陷导致被调离西域,自己辛苦筑起的防御阵线毁于一旦。但他的报国之心未泯,当安史之乱内乱蜂起,他成了拯救黎民于水火和国家混乱的英雄;而当外敌再次来犯,他乘胜而起,扩大大唐疆域,建立起一个庞大的霸主帝国,他自己也封异域王,成为当之无愧的人中之皇。在从小到大、从前世到今世的历程中,王冲始终心怀家国,既是为了功业而战,更是为了国家和百姓而战,表现出强烈的爱国主义精神。

故事梗概

在一场席卷天下的浩劫末期，天下兵马大元帅王冲临危受命，但因天时不济而兵败。临危之时，在一颗命运之石带领下转世重生，回到了十五岁，重新见到自己死去的亲人后，他暗暗发誓，一定要阻止所有悲剧。在宫廷之中，姚家和齐王联手，想要扳倒宋王，而王家就是首要目标。姚广异约王冲的父亲王严在广鹤楼见面，除了王冲之外，没有人知道这是一个陷阱。借助小妹的力量，王冲破坏了姚广异的阴谋，借此不仅改变了自己给别人的纨绔子弟的印象，而且获得了家族里的重视。当南诏洱海之战爆发，王冲带着五千高手士兵离开了昆吾训练营，参加了兵力悬殊、注定要失败的战争。他知道战局的走向倍感痛苦，但是受到命运之石的约束，不得泄露天机。王冲展露了自己的军事指挥艺术，成功地截断了渡桥，拖延了乌斯藏的铁骑大军，成功地改变了这场重要战斗的结局，他以十五岁的年纪成功封爵，成了帝国几十年来最年轻的封爵者，并拥有了自己的封地。在中亚以西，阿伯拉大食帝国秣兵厉马，枕戈待旦，中土神州遭遇了重大失败，大唐帝国最精锐的三万战士覆没在了异域沙场。王冲利用自己的前知优势修造了一条西域坦途，并积累了大量的兵力、粮食，成功击败大食，巩固西部边疆。他在对外扩张上的胜利引起了儒家的反感，他在朝堂里迎来了最强劲的敌人，一句"国虽大，好战必亡"彻底剥夺了王冲的权力，他被调离了西域，封地被移除，军权被夺取，数年的苦功毁于一旦。同时，儒家推行礼教，以仁义治天下，试图以仁义感化大食，这是一场理念的争夺，王冲要对抗的是世俗几千年的信念。当权者的退让让西方大食看到了一个内乱、虚弱的中土，中土神州由向外扩张变为内耗，从此以后，中华大地变成了一场内乱史。罪魁祸首安禄山挟带着滚滚的钢铁洪流，从北方席卷而下，中土神州面临着前所未有的乱局，王冲成了拯救大唐的英雄。随后在怛罗斯之战中战胜大食兵马，封异域王；兵儒之争获得最终胜利，封天下兵马大元帅；大食、大唐灭国之战杀大食传奇古太白，灭掉大食，名封凌烟阁；东北之战，剿灭幽州及诸国联军，建立起了第一个统一的横跨大陆的霸主帝国。

灿若云霞，密如织锦，人比花娇两相妍

王　颖

　　作为网络文学女频中重要及热门的一个类型和题材，重生文，指的是主人公在经历了重生之后改写自己命运的故事。主人公有的是回到了死去的那个瞬间，有的则回到了更小的时候，若干年前的自己。转世为人的主人公保存了上一世的记忆，因为经历了世事，有了深厚的阅历和开阔的眼界，对人情世故有了洞察，从前一世通常是委屈地含恨而终的主人公往往能在这一世重新开始，成功地改写自身，活出自我。按照重生的时间节点不同，可分为都市重生、历史重生、异世重生等。

　　这篇女频大神起点白金作家吱吱的《花娇》属于历史重生。128万字的体量，收获了253万总推荐，161周推荐。吱吱自2009年在起点女生网发表作品以来，已创作小说9部，计1400万字。是起点高级VIP、起点名人7级，荣获白银徽章、高级VIP章、2011女生网最受欢迎作者金章等。

　　《花娇》主要讲述了商铺小女子郁棠和裴家大宗主裴宴在因缘际会下携手揭开画卷谜案，发展商贸经济，成就美好姻缘的传奇故事。小说保留了吱吱作品的最大特色，就是不疾不徐，绘声绘色地娓娓道来。她描绘事与人的细致、耐烦，透出了对生活、人情、人性的耐心品察与热爱，才能将这份精彩栩栩如生地描绘出来。小说如同一幅画卷般在我们的面前徐徐展开，且看且收，且收且看，如一幅《清明上河图》向我们展示了明朝中叶完整鲜活、生动丰富的民间生活。此前，吱吱的《庶女攻略》就被封为宅斗种田文的开山鼻祖，"种田"一词原出自唐·独孤及《癸卯岁赴南丰道中闻京师失守寄权士繇韩幼深》诗："种田不遇岁，策名不遭时。"现代"种田"一词最早出现在SLG（策略类）游戏中，玩家以"高筑墙、广积粮、缓称霸"为宗旨，保护自己的地盘并且大力发展，后期则开始征服其他玩家扩张势力。这里的种田文则更偏向字面意思，又称为家长里短文，一般以古代封建社会为背景，描写人物的家长里短，平淡生活琐事，更注重突出细节及人物心理描写，力求贴近史实和生活。这部以重生、种田为类型元素的古言，将细水长流平平淡淡的日常生活写得活色生香如珠似宝，同时又加入了一定的悬疑因素，以盗画、前世今生的不同走向设置悬念，将故事写得一波三折，风生水起。小说从招婿、定亲、偷画、杀人、抓人、不认、博弈、认定、理解、坦白、和盘、计谋等一路写下来，格局越来越开阔，明朝人的日常起居、婚丧嫁娶、生活情趣，商贾之家的谋生之道、铺头生意、开发山林田庄、商贸海运发展、官场风起云涌等场景与情节，一一叙来，灿若云霞，密如织锦。

其次，小说的人物形象鲜明立体。说到人物，这篇小说有着正统古早言情的味道，阴鸷的霸道总裁先是误会，再冷冷地观察，最后爱上女主。也就是吱吱强大纯熟的古言写作的功力，把一个旧故事写得如此玲珑剔透。

女主人公再世为人，因已不是当初那个十五岁的小姑娘，有了年纪和阅历，成熟懂事后参与到今世中，行事作风、心智见识有了不同，有了能力让家里往好的方向走，以摆脱前世的厄运。因前世的经历刻在了骨子里，她可以好好利用，现在的她更有担当和主见，胆识过人，能屈能伸，屡屡在家庭陷入紧要关头时负起责任，见招拆招，日子过得有声有色。不仅改变了自己的命运，也帮助家人朋友改变了命运。

作者很喜欢从旁人的眼光来书写两位主人公的形象。都说郁棠美，怎么美，从诸多人的眼光反映了她的各个侧面，渲染出女主人公的明艳美丽，落落大方，行事果敢，不卑不亢，言辞平和，人比花娇。不仅风姿绰约，活泼开朗，体贴细心，大气通透，更重要的是漂亮得有自己的风骨，持的是不卑不亢、从容淡定的立场，端的是光彩夺目的风流和气度。这是一个眼神里有着独特光芒的女子。这位小女子怀着大志向，渴望在此生成为能自己赚钱养家自强独立的女性。

两位主人公各美其美。裴宴亦如是。作者对裴家宗主裴三爷裴宴的铺垫更用心，他在传言与目光中缓缓登场，小说同样用各个侧面一点点一笔笔勾勒男主的形象。先是神秘、低调、强大、高高在上；后是年轻、精明、沉着、冷峻、肃杀，身怀金戈铁马之气；时而孤傲，钟灵毓秀，时而豪爽快意，外表冷漠，内心火热；一面是如松似竹，风神俊逸，仪表不凡集于一身，同时又是清正高洁，侠肝义胆，能以性命相托之人。

吱吱也精心安排了两人的交集，草蛇灰线，伏脉千里。从第一次见面郁棠被以为是碰瓷的，到第二次见面又被以为是个骗子，第三次见面更是被误会水性杨花，但之后裴宴在郁家老宅被混混追逐时又被英勇地救下。每一次见面吱吱都会留下伏笔，使得两人的明枪暗箭，你来我往的互动颇有趣味，种种机缘巧合下两人从误会到冰释前嫌到互相欣赏，继而相知、相爱、相亲，两情相悦，如两股线头有条不紊地捻在一起。日子过得像花一样红火，而人亦比花更娇柔明妍。

除此以外，作者还花了许多笔墨在描绘家族亲人及普通人之间的情味。"家里的事，就应该你顾着我，我顾着你才是""想做好事，就要先做好人，要有眼光和格局"，郁父郁母，郁伯父一家，闺蜜马绣娘等，亲情、友情的温暖温馨在文中体现得淋漓尽致。

故事梗概

《花娇》的故事发生在明朝中期。主人公郁棠在前世，养在深闺不谙世事，还有点儿调皮任性，胜在家庭和美，顺风顺水地长到了及笄。然而一个夏天，临安城的长兴街突然失火，烧毁了所有铺子。郁氏漆器铺子也被焚烧殆尽，从此一蹶不振，开始落魄。母亲身体一直不好，之后父母在求医之路上又遭遇不测。她在官宦之家李府愿意借五千两银子给大伯父的恩惠下嫁过去，不想相公过世，她抱着牌位出嫁，不被婆婆待见又被长兄觊觎，最后落得家破人亡的境地。

十年后上天给了她一次改变命运的机会，让她重新回到了遭遇大火的当夜，回到了父母还在之时，她得以好好珍惜现在的时光，不让前世的恨事重演，不让这个家支离破碎，亲族离散。这一世，她想弄清许多事情的真相并好好帮助家人振兴家业。此世的她，人生轨迹在自己的努力下出现了扭转。虽然郁父照旧不顾劝阻，花大价钱悄悄买下了好友鲁信手中的《松溪钓隐图》，让郁家经济雪上加霜，但郁棠却得以结缘临安城最显赫的家族裴家。他们的第一次缘分，是在典当《松溪钓隐图》时被佟掌柜认为是幅赝品，郁棠也被幕后东家裴宴误会是"碰瓷"而讽刺了几句。

第二次是郁棠把鲁信揪了出来，打着裴家的旗号吓得鲁信还了买画的钱，谁知又被无意间经过的裴宴看见。郁棠以为裴宴会出面澄清，裴宴却只是斥责了几句，警告她不要再利用裴家的名号就放过了她。

郁棠心生感激，就在她和堂兄郁远为铺子的重建奔走之时，得知裴府决定帮助被烧的铺主重建商铺。

郁家重现生机。

巧合的是，与此同时，郁家屡遇奇事。先是家中遇贼，后有郁棠的相亲对象突然溺水而亡，接着鲁信突然死亡，这一世李府依旧向郁棠求亲，而这一切都隐隐指向那幅《松溪钓隐图》。郁棠决定化被动为主动，开始暗中调查这一切。裴宴偶然的一次救命之恩，又成为郁棠屡次脱险和找到真相的助力，之后两人之间的牵绊越来越多，了解越来越深，最终深深地爱上了彼此。慢慢地，真相得以揭开。无论前世还是今生，裴宴都于郁棠有恩，令她敬重，夫妻俩琴瑟和鸣，成就了一段美满姻缘。

网络历史架空小说的情感浓度
——评《长宁帝军》

周志雄　江秀廷

　　二十世纪末，新一轮科技革命引发了数字媒介变革，通俗文艺借助互联网实现了对机械复制时代艺术生产模式的超越，网络类型小说由此空前繁荣。网络玄幻小说和网络历史小说是众多类型小说中颇令人瞩目的两个类型，前者是新兴，后者为革新；前者向"虚"，后者趋"实"。我们从《斗破苍穹》《盘龙》《诡秘之主》等玄幻小说中感受到了想象的奇诡，又在《琅琊榜》《上品寒士》《孺子帝》里体味到历史真实的残酷。网络历史小说是如何接过传统历史小说的接力棒，实现该类型小说的二次复兴的？答案在于"架空"二字。架空即是想象出一个虚拟的历史空间，塑造出历史上非实有的人物形象，虚构出戏剧冲突激烈的情节故事。其实质是"实"对"虚"的借用，两者整合后，终于虚实共生。这样做有什么好处呢？写作者可以脱掉历史真实人物、事件的沉重外衣，轻装上阵，驰骋千里。这种叙事方式也符合"日更——VIP付费阅读"模式，毕竟想象的速度是超越知识考据的。所谓一切历史都是当代史，网络历史架空小说采用"六经注我"的创作理念、策略，立足当下的同时又把中华五千年的文化精神内核吸纳进来，一切为我所用，历史精神的真实取代了具体朝代背景、人物事件的真实。如果说《三国演义》是对《三国志》的文学叙事衍化，那么当下的架空类历史小说就是对《李自成》《曾国藩》《康熙王朝》的又一次类型变革。

　　作家知白的《长宁帝军》就是一部颇为出色的网络历史架空小说。小说里的宁国在中国历史上并不存在，小说里所有的人物也都是虚构的。但是，架空并不意味着小说是无源之水、无本之木，小说里的众多叙事元素都是作者在历史抽象基础上的灵活移置。例如，宁国就是对盛唐的临摹，宁国最强大的对手黑武国与历史上的匈奴非常匹配，而桑国显然暗指丰臣秀吉时代的日本，大宁水师则让我们看到了明朝郑和时代水师的强盛。在人物设定方面，皇帝李承唐兼具李世民和朱棣的豪情与野心，主人公沈冷和孟长安的英雄气概、赫赫战功可以与历史上的霍去病对应起来。此外，与这种显性的设定相比，作者准确把握了历史和历史演义的两个最重要元素：权谋和战争。内部的权力斗争，特别是皇权的斗争一直是该类型小说的焦点问题，在知白的笔下，皇权与后权、相权、太子继承权间的冲突都得到了充分的戏剧性呈现。战争不仅是小说的主题更是作者结构故事的重要手段，主人公在南征北战、东讨西伐过程中的惨烈、艰险、豪情始终激荡着阅读者的神经。

《长宁帝军》的一个典型特征是"类型聚合"。作者在聚焦战争、权谋的基础上，还充分借鉴了悬疑小说、武侠小说、言情小说的形式与内容。沈冷究竟是不是皇帝的儿子？这一悬念在小说开头就被提了出来，作者在最后一章才给我们答案，历史故事里常见的"换子疑云"成为这部小说存在的逻辑起点和终点。同时，小说里不仅有庙堂，还有流浪刀、流云会、红袖招这样的江湖组织，暗杀与反杀更是作者百试不爽的招式，"刺客列传"甚至可以成为这部网络历史架空小说的另一个名字。但在笔者看来，《长宁帝军》最大的特色在于其情感浓度，作者强烈的情感表达方式无疑是让人吃惊的、与众不同的，我们可以将这种写作方式称之为情感的"偏执美学"。所谓偏执，是指情感的绝对、纯粹和炽热，爱憎分明，这种偏执的情感既塑造了小说人物扁平的单向性格，更是制造"爽感"的重要途径。

首先，从内部的文本世界来看，人与人、人与国的情感关系是非常浓的。五百多万字复杂的人物关系中，君臣、夫妻、师徒、兄弟、敌友关系都得到了个性化呈现。例如，宁国皇帝与主人公沈冷之间已经打破了原有历史逻辑的君臣之道，彼此间绝对的信任、关怀和爱取代了皇帝的威严、对臣子的提防，臣子对皇权的恐惧、仆从也几乎消失不见；沈冷与沈茶颜由青梅竹马到婚恋生子，从来都是一心一意，爱情里容不下任何第三者，这与我们在赛博空间里常见的"种马文"何其不同；青松道人与沈冷、沈茶颜间的传统师道伦理已经荡然无存，老师可以没大没小、"无理取闹"，学生可以捉弄、调侃老师，师生的严肃演变为轻松的游戏性存在；兄弟和敌友之间的关系是两对截然相反的情感呈现，孟长安和沈冷这两个"基友"，平日里言语间总是相互拆台、"互撑"，战场上却能够两肋插刀、舍命相救，但对于敌人，沈孟两人从不心慈手软，他们诛杀沐筱风、裴啸等人的时候都是斩草除根、毫不留情。在个体与国家的关系上，无论是皇帝、大臣还是士兵、普通人，都有着强烈的民族情怀，有能力的将领如沈、孟，把维护国家统一视为己任，普通人民也对国家充满了认同感、荣誉感，他们都对祖国爱得深沉。《长宁帝军》既对中华传统文化中的"仁义礼智信"进行了时代阐释，又把当下中华民族复兴的豪情融入人物对话、情节冲突中去，情感的浓度以一种偏执的又带有"正能量"的方式表现出来。

其次，从文本世界之外来看，作者知白与读者粉丝的情感交流也非常值得玩味。《长宁帝军》共有1600章，作者时常在章节结尾处的小结讲述自己的生活日常、创作计划，读者则会在每一章的书评区发表见解、与作者讨论情节设定等。例如在第893章的小结里，作者知白这样写道："之前一章中描写火药包中放了大量铁钉，这不符合实际，欠缺考虑，已经修改，在这个环境设定下，铁钉的大量制作并不容易，所以改为碎石子和少量碎铁片以及箭头。"为什么会改呢？因为阅读者对最初的设定提出了怀疑，像这样读者影响甚至改变作家创作走向的例子非常多。可以说，小说世界的情感浓度是以小说世界外作者对读者粉丝强烈的情感投射为基础的。网络小说与传统通俗小说最大的一个不同就在于阅读接受上，随着上架感言、段评、本章说、弹评等伴随文本的大量涌现，尤其是声音、图像甚至视频不断出现在网络小说的文字间隙，传统的阐释理论是否还能跟得上今天的创作实践？二十世纪中叶以来，相较于文本中心论，姚斯、伊瑟尔等德国学者提出了"以读者为中心"的接受美学理论，其"期待视野""召唤结构"的概念极大丰富了文学研究的理论资源。但今天的网络文学，"间性写作"已经逐渐取代了单纯的主体性写作，如何建设、发展、完善包括接受美学在内的网络文学理论批评体系，就是一个令人不得不去思考的重大课题。

故事梗概

　　身世成谜的少年沈冷是宁国治下鱼鳞镇的一名码头装货工，虽然身份卑微、备受养父欺辱，但他生性果毅、胸怀天下，渴望拥有万夫之力，杀尽祸害百姓的水匪。沈冷十二岁时，故知青松道人带着小姑娘沈荼颜来到江边小镇，除掉水匪头目孟老板之余，带走了沈冷。此后三年，道人将高深武艺和军事兵法悉数授予少年，并把他送入水师军营。凭借一身本领和刻苦努力，沈冷成为军营里最耀眼的战士，屡立战功、频繁升迁。成功并非一帆风顺，以当朝大学士之子沐筱风为首的纨绔子弟，因为嫉恨沈冷暗下黑手，幸在沈冷每次都能化险为夷。沈冷从不逆来顺受、任人宰割，在军营里他设计杀死了沐筱风，长安城击溃黑道组织流浪刀，又前往北疆封砚台，千里驰援好兄弟孟长安，危急时刻击杀国家蛀虫裴啸。边疆冲突不断，朝廷内部也暗流汹涌：皇后杨氏勾结外戚，争权夺势；大学士沐昭桐心怀不轨，誓为爱子复仇；废帝李逍然罗织群雄，举兵造反……这些阴谋都在皇帝、沈冷等君臣配合下一一瓦解。此后，沈冷率领大宁帝军东讨西伐、南征北战：东疆消灭渤海国，宁国兵士得以驻军于此；西疆打败羌人和吐蕃，巩固了安西都护府的统治；南征求立国、南越国、日朗国，维护了边疆的稳定。最为惨烈的是北伐宁国心腹大患黑武国，一战息烽口，杀敌十万；二战普洛斯山三眼虎山关，打通敌军南院大营的通道；三解别古城之围，利用火药击溃八十万大军，先后消灭黑武皇帝桑布吕、国师心奉月、摄政王元辅机。因为赫赫战功，沈冷在短短几年内由普通士兵成为禁军大将，获封柱国、安国公，并迎娶了青梅竹马的人生佳侣沈茶颜。回到皇都后，沈冷等人又挫败了废太子李长泽、外戚头目薛长衣等人的篡国阴谋。而在天下太平之时，海外风云又起，桑国国王高井原对宁国宣战，大宁皇帝派遣沈冷、孟长安、海沙、闫开松等战将前往讨伐，在这最后一战中宁国军队依靠万钧战舰步步为营，利用英条柳岸等人的不满心理，引发桑国内乱，终于攻陷桑国都城、荡平东瀛。论功行赏之时，沈冷的身世之谜也终于揭开，他并非皇子，却阴差阳错地成为大宁的女婿。

在不可能的世界里大放异彩
——谈《神工》中新人形象的塑造

马 季

　　《神工》的篇幅较长，逾四百万字，在线评论很活跃，但故事的时间跨度并不长，似乎就发生在两三年之中；主要人物有十来个，故事涉及的领域十分广泛，包括大学校园、国家重点实验室、专业研究机构、商场职场、部队，以及军工产业、娱乐业、电影圈、西方上层社交圈、体育竞技业、汽车制造业等。主角的身份以不变应万变，公开身份是水木大学的学生，最多算是被导师相中，破格纳入硕博连读计划的特等生，但隐秘的身份那就多了，比如机械加工大师、钟表制作大师、顶级整容大师、顶级超跑制造大师、顶级发动机制作大师、最精准狙击步枪纪录保持者、顶级军工专家、顶级材料专家、顶级飞机火箭发动机制作大师等，关键是，他还是个资本猎手，产业经营大师。从类型上划分《神工》虽然是一部都市题材小说，但作者巧妙借鉴了玄幻小说的思维方式，对现实生活进行虚拟化处理，在塑造人物形象的手法上，让想象力发挥到了极致，让人物在不可能的世界里大放异彩。

　　在当今社会，财富无疑是展示一个人身份尊贵的重要标志。《神工》的主角郭泰来不是一个完美的人，他身上有不少毛病，比如"爱财"。所谓君子爱财取之有道，而这个"道"，说的正是胖子郭泰来的财富增值过程。最初，由于和师姐赵晏晏的成功合作，胖子郭泰来的发明转化成了经济收益，这让他初尝甜头。技术是郭泰来起家的法宝，此后，他在精工制造方面一路开挂，所向披靡。但技术控并不是郭泰来这个人物的单一色彩，在资本运作方面的才能，使得这个人物脱离了"实业"的藩篱，进入了更大的虚拟空间，以便更好地发挥才能。在中国对外开放政策的推动下，郭泰来带着不菲的身家进入西方社会，准备一展身手，却警觉地意识到知识产权将是未来最大的行情，不仅可以使自己的财富迅速增值，还可以改变华夏在科技领域的命运。

　　在与美国人、俄罗斯人、法国人打交道之后，郭泰来看到了商业社会经营法则：资本博弈，而且要走在别人前头。进入资本领域，郭泰来迅速将注意力转移到了知识产权领域，在娱乐业，收购艺匠娱乐公司、西太平洋制作公司，涉及《终结者》《异形2》

《惩罚者》以及《深渊》等大片的版权运作，并投资若干好莱坞大片。在体育竞技领域，入股AC米兰、加盟F1赛车、改装顶级跑车以一亿多美元卖出。在信息高科技领域，投资苹果公司1.5亿美金、入股谷歌公司。在世界品牌领域，入股爱彼手表、入股意大利帕加尼摩托车。在版权领域，收购蜘蛛侠人物版权、购买漫威娱乐股份……郭泰来在西方社会的资本战略如鱼得水。现代社会的名人效应也被他运用得得心应手，他跟众多社会名流的交际，跟演艺界、体育界明星的来往，如罗纳尔多、麦当娜、范思哲胞妹等人，都能驾驭自如，甚至对巴黎时装秀也是耳熟能详。这正是《神工》这部作品采用"心理补偿"与读者建立盟约所采用的春秋笔法。比如，在对方毫无知觉中从范思哲小姐嘴上取下骨胶原，治好MJ的皮肤病，保养好身体让他开全球演唱会，给乔布斯治好胰腺癌，给保罗·艾伦治好他的癌症，让本该伤心衰老死亡的阿涅利先生得以获得更长的生命来经营阿涅利家族……郭泰来非凡高超的技能随处可见，但他从不表白自己的爱心和仁义，而是以平常心帮助他人，这个朴素的价值观乃是当今社会的主流，赢得广泛尊重自然在情理当中。

其实，这一切描述都包含着作者的良苦用心。郭泰来这个人物的塑造包含多重性，他既是我们身边的普通人形象，又代表科技文明竞争环境下的"新人"；他既是父母和师长眼里的乖孩子，也是同辈人无法超越的翘楚。他不张扬，但绝不让步。他是个先觉者，却立足当下，尊重现实。

在《神工》的人设中，郭泰来清楚地意识到，在即将到来的二十一世纪，人工智能、量子计算、无人机、国防军工定向能等产业，将不再属于科幻范畴，而是现代工业科技发展的必然结果，国际竞争将进入一个全新的阶段。故事里的二十世纪九十年代，中国尚未加入WTO，海外排华势力以各种手段对华封锁高精尖技术，中国在艰难之中努力寻找自己的发展之路。这是一段真实的历史。郭泰来清楚地看到了这一切，他在以一己之力探寻一条捷径，试图弯道超车……我们可以由此解释《神工》的潜台词：华夏强国梦正在郭泰来这一代青年身上一点一滴地实现。

这个有点萌、看上去一点也不狡黠的胖子，其实是有"心机"的，他在主观上为了个人或是他所统领的小集体的利益，客观上是为了华夏民族的腾飞。他的出色在于不经意之间轻轻松松获得了我们称之为理想状态的二十一世纪的现实。

人生有很多遗憾，个人有遗憾，社会有遗憾，国家也有遗憾。很多时候我们在事后回顾，常常会有一种想法，如果当时怎样怎样，那该有多好？时光不能倒流，也只有在虚拟的作品中，让读者感受到一个遗憾稍微少一点的世界。但凡年纪超过四十岁的读者，一定能够从中领悟到作者的意图，与其说这种"心理补偿"在一定程度上弥补了我们曾经的缺失，不如说它是对中国未来的一种良好祝愿。

作为一部典型的科技工业强国文，《神工》的核心是爱国主义情怀与个人价值实现的统一。男主郭泰来从一个普通大学生成长为国家的精英栋梁，他的所作所为显然不是一种个人行为，更不是心血来潮的自我表现。郭泰来的成长之路，以及他的各种头衔和荣耀，印证了改革开放以来国家工业事业的高速发展与辉煌成就。总而言之，《神工》的应有之义乃是文学与时代的共生，这部工业题材网络小说关于新人形象的塑造有哪些得失，值得研究和关注。

故事梗概

水木大学大四学生郭泰来，假期去游览故宫博物院的时候突然晕倒，醒来之后脑海里多了一个纳米机器人控制系统，身体内多了一万个纳米机器人。这一变化令他发现自己拥有非凡的手工加工制造天赋。在教授和校办工厂退休九级钳工刘老等高级技师指点下，郭泰来系统学习了钳工装配等一系列的高级技能，很快成为手工制造装配的大师。靠着精湛的手艺，郭泰来得以加入国家重点实验室，人生的奇迹一件件由此发生。由他亲手打造的高精度车床和高精密陀螺，成功打破了巴统协议之后瓦森纳协定对我国的技术封锁，将我国工业发展史上的一些弊端揭示并填补，真实再现了改革开放推动科技进步的艰难历程。

郭泰来的师姐赵晏晏，水木大学精仪系博士生，一位有心理问题的不婚主义者，高干第三代，出国深造后回到祖国，在家庭和偶然事故影响下进入军队。在她急于求助专业人才制作小型火箭发动机的时候，郭泰来不失时机地出现，并以惊人的速度帮助她成功制作改良机械，大大提升了某型号火箭炮的射程和射击精度。通过师姐，郭泰来得到了梦寐以求的微米级钛粉，迅速补齐了身体所需的纳米机器人，并引发控制系统第一次升级。升级之后，郭泰来的加工精度更高，测量精度更准，装配技能更加娴熟。

南方集团专门为郭泰来成立了一个协调联系办公室，为郭泰来解决各种原材料的供应。郭泰来在燕莎商场摆摊修表，借此观察、完成美术老师的作业。因为出色的保养手表的技能，与某人起了龃龉。某人找人教训郭泰来，却反被郭泰来教训。超前的设计加上极精细化的制作和大师级的装配，让郭泰来在钟表领域一鸣惊人，使其成为世界闻名的制表大师。郭泰来用全新的耐热耐磨金属复制出经典的转子发动机，性能得到大幅度提升。他因此在发动机行业声名鹊起，并得到了各大改装厂的青睐，成为首屈一指的高性能发动机改装大师。郭泰来的超高精度加工逐渐进入各个高精度加工行业，从精度最高的狙击枪到顶级超跑，从高性能飞机发动机到超高精度光刻机，郭泰来不断挑战加工难度和精度，成为无级别钳工之神。郭泰来和赵晏晏的爱情之花，也随之盛开。

现实主义视角下的励志甜文

王文静

    网络小说的爽感体验不仅是维系读者阅读兴趣的重要途径，也是其大众化和娱乐性的典型特征。相比仙侠、玄幻、悬疑、穿越等题材，现实题材创作往往思想性强，意蕴深厚，很难脱离现实而单凭臆造一个"新世界"或"异托邦"来完成读者的主观代入。由此可见，对厚重的社会现实进行多彩轻盈的呈现是网络小说现实题材创作中的一道难题。面对这个固有的写作难度，《无二无别》一方面聚焦余之遇、肖子校等当代年轻人投身中医药科学和教育扶贫事业的人生经历，一方面讲述都市青年追求个人理想、公平正义和美好爱情的曲折故事，为弘扬中医文化、致力脱贫攻坚等时代话语找到了温暖励志、细腻甜美的网络表达方式。

    《无二无别》鲜明的现实主义风格体现在其题材的时代性上。小说的故事讲述围绕余之遇和肖子校的事业和情感经历，并把弘扬中医药文化和脱贫攻坚作为社会背景，与国家战略相呼应，为小说提供了大格局。负责网站"公益板块"的余之遇在跟进采访肖子校到贫困县临水开展医学实践课的过程中，也更加深入和全面地感受到了教育贫困的严重性，因此激起他把公益助学作为自己新闻职业新方向的决心，从主动支教、策划"城市体验营"到推出"小太阳"女童助学计划，坚定了通过公益助学的方式将教育扶贫进行到底的决心。男主人公肖子校作为中医学博士和南城中医大的教授，因一起阴差阳错的新闻报道与大阳网主任记者余之遇相识。肖子校潜心中医，花费三年时间进行实地研究和医学实验，以大量客观的科学数据为依据，确定了适合临水培育生长的多种药材，凭借个人科研团队的专业力量，从源头把好中药材的品质关，为偏远山区找到脱贫的资源优势。同时，在哥哥万阳药业总裁校谨行的全力支持下，把"道地中药材种植基地"建在贫困山区，村民变成"药农"，脱贫致富有了希望。2020年年初，"新冠"疫情暴发后，他率团队奔赴一线支援武汉，个人事业与国家命运融为一体。当人物的理想和志业选择呼应了国家战略层面的时代目标，他们的甜宠爱情也获得了时代发展的动感能量。

    在鲜活的社会现实背景之下，作者以"无二无别"为题赋予小说充足的浪漫情调和理想情怀。"无二无别"为佛教之语，本意为万事万物没有差别，小说以此喻指人人都有向往幸福生活的权利。而帮助那些深陷穷困、逆境的人们创造生存平等的壮丽事业，是历史所趋、民心所向，《无二无别》表达的正是共享美好生活的新时代愿景。不仅如此，作者还以此"独一无二"之意表达了小说中人物对爱情和理想的忠贞和执着，在利益与是非、事业和私欲的交织中，无论是肖子校的深情、余之遇的热烈还是陆沉的内敛、校谨行的包容，他们始终选择用真、善、美面对着这个复杂多变的世界，叩问着属于自己的人生意义。在造成万阳药业负面影响的报道事故发生后，余之遇勇敢地承担责任，为实习记者的失误负责，勇敢面对问题并尽力把损失降到最低；在药材种植的可行性研究中，肖子校不仅表现出精湛高超的专业水准，他对科研团队中喜树等研究生的严格要求、理解关爱以及对他们学术行为的尊重，都绽放了理想人格的光芒，而肖子校对余之遇的欣赏、宽容和宠爱，更体现了作者唯美主义的创作风格。

《无二无别》把个人的恋爱情感融入时代的发展巨变，以极具层次感的人设获取读者的代入和共情，跳出了以往甜宠风格的俗套，"职业范"和"甜宠系"的交融不仅让人物的精神肌理更加丰富，同时也架构起男女主人公爱情的精神之桥，提升了现代都市爱情题材的思想深度。男主肖子校是一个细心、温柔、善于倾听的大哥，更是一名专注学术、潜心研究中药材的"医学男"，他对余之遇的爱情虽然也"霸道"，但绝不是无脑的"霸道总裁"。前女友林久琳恶意破坏实验数据使他明白"道不同不相为谋"，而他对余之遇的欣赏更来自对方的真诚坦率，以及对于中医事业的关注和尊重。女主余之遇既是一个内心善良、直率勇敢的柔弱女生，更是一个面对不公和逆境敢于说"不"的新闻人。故事一开始她就陷入被动的新闻事故，同事黄静的排挤、新上司祁南的敌视、林久琳蓄意的报复以及南城波诡云谲、瞬息万变的药企竞争……余之遇并不是身无长物的"灰姑娘"，而是在职场和爱情的双线并进中不断成熟和成长，一个幽默俏皮又自信独立的现代女性形象成为小说的亮点。除此之外，小说对于次要人物的塑造也同样注重立体感，校谨行的商业才能与爱家顾家，许东律深谙职场规则但对年轻人提携帮助，叶之珠出身豪门却朴实真诚可爱，等等，都避免了人物的单一性和脸谱化。

对擅长行业题材写作的沐清雨而言，《无二无别》是她继军旅三部曲《时光若有张不老的脸》《你是我的城池营垒》和《若你爱我如初》，民航系列《所有深爱的，都是秘密》《翅膀之末》《云过天空你过心》和关注城市养老问题的《渔火已归》之后的又一力作。持之以恒的行业关注和写作，给作品带来了严谨的内部逻辑和焕然一新的故事冲突，现实主义底色又赋予了作品较高的故事立意和深刻的思想，优美细腻的文笔和清新流畅的行文使《无二无别》既充满现实意义，又不失浪漫的童话色彩，是一部接地气、正能量的励志甜文。

故事梗概

　　大学毕业前夕，余之遇因在新闻实践课上曝光了男友陆沉家族企业中新药业的黑幕，两人黯然分手，陆沉出国。在酒吧买醉时余之遇和同样刚刚失恋的肖子校偶遇，二人喝到断片，各奔东西。五年后，余之遇走上工作岗位并成为大阳网主任记者，在曝光中药材市场一起"假中药"事件时，助手的疏忽导致万阳药业被无辜波及并停业整顿。为找到事实真相，她深入一线采访南城某中医药大学教授肖子校，却并不知道与此人曾有一面之缘。

　　采访中，余之遇被肖子校帅酷的外表、精湛的专业水准和一丝不苟的敬业精神所吸引，还被"诓"去临水县与他的科研团队一起上采药实践课。在余之遇的跟进采访和肖子校建立中药材种植基地的过程中，两个曾有过一面之缘的"陌生人"因为事业中的相互吸引和个性的彼此欣赏渐渐走到了一起。面对林久琳这个对肖子校纠缠不休的前女友，余之遇正视并承认了内心这份感情并勇敢出击，揭开了林久琳佯装示弱、故作姿态的伎俩和恼羞成怒以毒蛇报复余之遇助手的丑陋，与肖子校坠入爱河。

　　陆沉回国后，着手打理中新药业并决定进军中医药领域，与肖子校的家族企业万阳药业展开了激烈的市场争夺。身为余之遇闺蜜、陆沉未婚妻的祁南空降大阳网，成为余之遇顶头上司后对余之遇百般刁难，余之遇负责的网站公益板块难以推进陷入困境。逆境中，肖子校与哥哥校谨行兄弟齐心，巧妙渡过了"研究成果泄露"的难关。余之遇也不向强权低头，凭借过硬的专业成绩和许东律、夏静、叶上珠等人的支持迎来了职场的转折。

　　临水之行不仅让余之遇对偏远山区的实际情况有了进一步了解，也坚定了她通过公益助学的方式将教育扶贫进行到底的决心，并策划推出了"小太阳"女童助学计划，募集专项基金资助贫困地区失辍学女童。肖子校作为万阳药业总裁校谨行的亲弟弟，则致力于推动万阳药业把"道地中药材种植基地"建在贫困山区临水县，努力摘掉当地的贫困帽子。2020年"新冠"疫情暴发后，肖子校等人奔赴一线，为守护生命、记录历史而勇敢逆行。

论科技推理小说中的技术叙事
——《技术宅推理系列之真相的精度》的启示

吴长青

第一，在技术哲学层面上，技术叙事通常包含着如下双重含义，一是人们在日常生活中通过技术展开文化实践，二是技术史家的写作实践，它们分别对应日常知识和专家知识。《技术宅推理系列之真相的精度》作为以科技类型为硬核的推理小说，具备了技术哲学上的双重含义。同时，它还具备了卢卡奇所论及的关于消遣读物的本质性问题的探讨。

作为江北省公安厅特聘后备警员、江北科技大学联合实验室技术接口人的徐木升是一个称职的IT男、技术宅。在科层文化森严的现实生活中靠着过硬的技术获得了江北省公安厅长韩烨的认可，同时，他的大舅邵志恒还是全国前三的房地产集团——天宫集团的董事长。这样的人设巧妙地将人物置于另一个中心——官与商的交集。其实，这样的设定是有危险的，因为一不小心就落入高富帅之流的俗套故事，但是作者刻意回避了这个套路写作，将人物的内核锁定在挫折的求爱之路上偏偏逢上各路技术高手，人物内心世界便寄托在伦理信念上。无论是在对邵天泽的无端被陷害，还是对待程璇所遭遇的种种不测，他都能从伦理信念上追求一种更为客观、公正的立场，相对于职业刑警陶琛种种预设的立场来说，更加契合小说这种文体作为一种不断形成的"过程"来呈现，而不像其他文体刻意强调静止的存在。

第二，技术形塑了人物的内在品质，构成了人物关系的基本核心。作为日常叙事，徐木升的技术品质不仅维系着徐木升与滨江市公安局系统乃至江北省公安厅高层的关系，也是吸引滨江市公安局刑侦大队新入职警察明媚愿意跟随其后作为徒弟的正当理由。除此之外，作为滨江市公安局刑侦大队技术骨干的陶琛与明媚同为江北科技大学"贝克街221号"的推理社成员，他得知新同事明媚将徐木升拜为老师之后，则对徐木升产生了强烈的敌意，在一起办案的过程中，他处处鸡蛋里挑骨头式挑战徐木升，后被徐木升的技术能力所折服，继而成为徐强大的得力助手，多次在案件的关键点作出突出贡献。

除此之外，作为徐木升一直百折不挠追求的女友——秦若莹，作为原江北省公安厅副厅长的女儿，因为徐木升参与侦办的案件牵扯出她父亲早年的一次过失，导致秦副厅长为弥补过失而身亡。于是，她单方面提出分手远走美国求学。在得知明媚拜徐木升为师后有心撮合，借此彻底忘掉徐木升，但徐木升的与众不同的表现（这些表现中最为瞩目的还是徐木升的技术精神），时常唤起她尘封于心底的旧情，最后顶着巨大的思想压力重返滨江这块伤心故地，直至与徐木升重修于好。在与犯罪分子的斗争中，徐木升一直是反派眼中的强大对手，针对徐木升的逻辑推理，对手不断研究他的推理，作了反推理，甚至具有迷惑性的隐忧式的种种残局与误导。在与对手的斗智过程中，徐木升的技术精神和技术能力不断展示，这也是本作品吸引读者的主要策略。

第三，通过挪用"异质"要素，诠释技术作为日常美学的意义。这里的"异质"是指构成文本叙事的历史文化，在《阿撒兹勒的低语》中，不遗余力追寻"阿撒兹勒"的来历，甚至徐木升为此一直飞到德国，找到徐兰的丈夫齐勒核实曹迪的真实身份，至此才找到这份秘密的军方材料的真实来源，也为能确定幕后的元凶起了关键的证据作用。这当中，生活实践与技术实践是互为生成的，甚至融合一起，这当中穿插了徐兰与李润林的不洁的关系，特别是曹迪的身世之谜也尘埃落定。因此，技术实践应理解为人们在生活世界的实践活动中，通过把过去—现在—未来的，技术的、自然的、社会的、个人的，认知的、利益的、政治的、情感的等要素"接合"(articulation)起来，生产、体验和重构"技术物及相关活动的意义"的文化实践过程。其中的美学价值与前文提及的伦理学关系一样重要，技术美学同样是技术叙事的前提，共同构成了此种类型小说的形式。

第四，作为消遣读物，技术叙事在本质上与虚无相连。这是卢卡奇对消遣读物的判断，德文中的"虚无"是指无规则性，并非是东方文化中的"空""无"之意。按照卢卡奇的理解，小说是一种无法做到"封闭"的"过程"，是一种"半艺术"。因此，在本质上是不可定义和不可表达的，这种"规则"决定了小说的"约束力"。技术叙事中的"技术"是既有时间性也无时间性的，前者强调的"升级"功能，后者强调的科学时代，技术与人的关系，重构了社会关系，驱动了社会结构，乃至人与技术，人与社会的关系的重新调整。因此，技术推理的消遣性更为明显，自此成为对人类具有强烈吸引力的文化人类学意义。

第五，技术叙事离不开人类情感的支撑，与技术一道参与塑造"共情"的维度。本书作为技术推理小说，并没有停留在单一的技术叙事上，还夹带了大量的情感叙事，使得作品富有强烈的人情味，几对青年男女的情感纠葛、暧昧嫉妒、执念不渝……这些都为作品营造了暖男的情调和"共情"的氛围，共同构成了朝向建构人类"真善美"家园的技术伦理倾向。当然，作品中不免有主题先行、技术作为一种"过去式"的预埋的线索等缺陷。

总之，作为通俗的大众的网络文学能够观照技术推理并将之作为一种书写类型，这是一种了不起的进步。可以说，其开创精神与经典文学价值在本质上处于共同的维度。

故事梗概

《技术宅推理系列之真相的精度》全套书系四部，共104万字。以虚构的滨江市作为故事发生地，其中着力塑造江北省公安厅特聘后备警员、江北科技大学联合实验室技术接口人，素有"江北大名侦探"之称的徐木升在破获一起手机转账案过程中被带入一桩桩更为离奇的凶杀案。

《阿撒兹勒的低语》：新锐画家在画室自残而死，网络作家在家中发狂后陷入昏迷，流浪歌手在地下通道突然像野兽一样撕咬听众。其强烈的迷幻药性接连引发多起恶性事件，徐木升火线加入专案组，却被高智商的幕后主谋步步算计引入致命陷阱。最终，市局刑侦队新人、有着"陶尔摩斯"之称的陶琛，成功抓获了利用信息网络技术和国际信息资源研发、传播"阿撒兹勒"新型毒品的幕后真凶。

《英雄无名》：这是一个剧情反转的故事。滨江市怪事连连，哄骗老人的无良保险经纪人被打；以阴阳菜单坑蒙顾客的餐厅被烧；耍流氓坐女学生大腿的老赖被淹死在小河湾；购买不安全食材的幼儿园女教师被高空抛物砸成重伤。难道真的有一个类似网络小说《都市英雄》中的大英雄打破次元壁来到现实世界行侠仗义？徐木升以敏锐的眼光看出在这一系列逞英雄式的报复案背后隐藏着一个被仇恨吞噬了理智的杀人凶手。

《渣男制造》：平安夜，手游《山海萌妖录》的特约女主播米可在酒店房间直播表演被游戏里新发售的怪兽饕餮吞噬。原以为这本是一次游戏公司设计的博眼球的恶作剧，不承想假戏成真……徐木升破解完"双重密室"之后，在找到米可尸体的同时却撞见了一桩恶性杀人案，自己也被沾染HIV携带者血迹的利刃划伤，深陷被传染的危机。就在众人为徐木升能否通过隔断药物闯过鬼门关而揪心之际，被死亡阴影笼罩的徐木升却大彻大悟给出了双重密室的第三种解法和一个更加令人唏嘘的真相。

《邪念》：光清影业大老板赖光清夜间散步被残忍分尸。接着，江北影视圈又有多人接连遇害。凶手被锁定为接受过特种兵训练的特技演员杨洪。杨洪自知已经暴露，不但不跑还设下陷阱从围捕的特警队员手中抢走枪支，随后更是在偌大的城市里神出鬼没大开杀戒。专案组众人皆在苦恼如何才能找到杨洪，并在尽量避免伤亡的情况下将他抓捕归案。徐木升却执意探究杨洪暴走背后的原因。原来这是一个被多重邪念所缠绕的必死之局！

君子之治与女性历史书写

——评春溪笛晓《盘秦》

王玉玉

　　春溪笛晓创作于2020年的女频历史类网文《盘秦》，以重生之后的公子扶苏的视角，改写了秦国的历史。重生而来的扶苏拥有了累世的知识与经验，因而跳出了历史的局限，重民生、兴文教、强科技、振经济，早早为统一后的秦王朝排除隐患，改写了秦二世而亡的结局。建立如此丰功伟绩的扶苏却并不是一个手段老辣、深谙权谋的政治家，恰恰相反，在整个故事中，扶苏身边的人对他最多的评价是"天真"和"软和"。

　　所谓"天真"，就是相比于怀疑，更倾向于信任，相信友谊不会遭到背叛，相信血浓于水，相信人性本善；"软和"就是温厚仁善，对贩夫走卒甚至战俘囚徒都同样宽和有礼、平等相待，不好战、不嗜杀，对于六国有识之士，相比于威慑镇压，更倾向于诚心求教、以德服人。

　　但扶苏的"天真"不是愚蠢和幼稚，恰恰相反，他有一种历尽沧桑、超然无我的悲悯与通透。最初未知赵高矫诏真相时，扶苏以为赢政心中更属意胡亥，于是一心想的是趁着自己还未见弃，尽可能将自己拥有的一切留给大秦，留给将要继承秦国基业的弟弟妹妹们，留给天下百姓，等到赢政另立太子，便乘船出海寻仙山，天高海阔，总有去处。他做了最坏的打算，也未尝不知人心险恶，却还是学不会憎恨。

　　扶苏的"软和"也不是懦弱，更不会一味心慈手软而放弃原则。樊於期战败叛国，赢政问扶苏樊於期的家人该不该杀，扶苏说该杀，扶苏知道樊於期家人无辜，但叛国重罪，若不按律严惩，后患无穷，对于为国死战的将士们也不公平。扶苏明是非、讲原则，也曾亲身经历过战场的残酷与朝堂的诡谲，甚至因此身死。他只是不在乎自己的得失输赢，所以心中能够容纳天下。扶苏的"天真"与"软和"便是君子之德，一言一行都是坦坦荡荡，近能亲睦宗族、友爱兄弟，远能体察民情、顺应民心。

　　以这样的扶苏为中心，整个故事也浪漫温馨得像个童话，甚至还有点"萌萌哒"。历史上阴戾残暴的秦始皇化身傲娇的"炫娃狂魔"，人生一大乐事就是听人花式夸扶苏，虽然嘴上践行着"夸奖是绝对不能夸奖的"的严父之道，心里却是"我家扶苏哪哪都好，要啥给啥"。张良将扶苏视作知己，在韩国尚未灭亡前便投奔了扶苏，与扶苏抚琴舞剑、纵论天下，成为扶苏不可或缺的挚友与助力。扶苏的一众弟弟妹妹都得到扶苏悉心教导，一群软软糯糯的小团子每天赖在扶苏身边，对扶苏信任依恋，胡亥受赵高蛊惑的悲剧也就没有重演。无论是改良农业技术、发展学宫教育还是改革官制，扶苏的每一项提议都能够顺利实行，赢政认同他、支持他，百姓也念着他的好，技术发展了，百姓生活有了奔头，于是原本的六国之民也心悦诚服，不再一心筹谋复国，成了自豪而快活的秦朝子民。

作为一篇女频历史文，《盘秦》与大多数男频历史文有着明显的区别，没有血腥残酷的政治斗争，没有进退维谷的义利抉择，没有厚黑学与阴谋论，每一个人都活得自由而舒展，善举能够赢得尊重，善政能够获得支持，君子不用手染污秽，就能天下归心。我们当然可以说，这是对现实的简化，但它有时却更接近于那些史书中记载的故事，接近于人们最朴素的政治理想：士为知己者死；得道者多助，失道者寡助；大道之行也，天下为公。"厚黑学"一词最初诞生于民国，以"面厚心黑"解释古来政治家们的成功之道，而民国恰恰是社会急剧变革、政治环境恶劣、传统政治理想崩溃的时期。"阴谋论"也是同样，任何一个阴谋论盛行的时代，都必然是社会价值信念失效、民众对于政治环境失去安全感的时代，阴谋论永远与虚无主义一体两面。从这样的角度来看，对于人类历史中的政治环境一概做厚黑学与阴谋论式的解读，提到朝堂就联想到风云诡谲，提到政客就联想到面厚心黑，其实未尝不是另一种对现实的简化。

《盘秦》的主人公虽然是男性，但整个故事却充分承接了女频网络文学的创作传统，从最具体的人物关系（赢政与扶苏的父子关系）出发，关涉外部世界，美好的人物、温馨人际互动与光明的社会图景相互印证，共同勾勒出具有鲜明理想主义色彩的故事世界，体现出女性历史书写的独特魅力。除《盘秦》外，春溪笛晓还有三部同系列的穿越历史题材作品，分别是2018年的《玩宋》，2019年的《闲唐》，以及2020年的《嬉闹三国》。《盘秦》的主人公是秦始皇赢政之子扶苏，《玩宋》的主人公是王安石之子王雱，《闲唐》的主人公是李渊之子李元婴，《嬉闹三国》的主人公是曹操之子曹冲。于是这四个故事其实都是关于"第二代政治家"的故事，他们的父辈是创业的一辈，他们则是守业的一辈。创始之君要铁血手腕、杀伐果断，守业之人却要温和仁厚、民胞物与，甚至还该有点与民同乐的余裕和雅趣。解除了战战兢兢的战时状态，才能发展文艺、文化与文明。所以这个系列的作品把题眼放在了一个"玩"字上，《盘秦》的"盘"就是摆弄、把玩的意思。2018年的相声《文玩》让"盘它"成了一句网络流行语，从此以后，"圆润"变为"盘"的最高境界。《盘秦》也是圆润的，去掉了苦大仇深、悲戚惨烈的枝枝节节，把最美好的那一种可能性完完整整地端给你看。今天中国的年轻人们，就是守业的一代，历史上的艰难困苦与无数英雄前辈的伟大牺牲固然应该永远铭记，但与此同时，他们总该有余裕、有能力去畅想更理想的社会与更美好的未来。

故事梗概

被赵高与李斯联手矫诏赐死的公子扶苏，因机缘托生于灵气充沛的修仙世界，得以窥见诸多不同小世界的样貌，学习其中的先进技术。修仙有成的扶苏却没能顺利渡过天劫，幸得师父护他魂魄，让他重生回到原本的世界，了却遗憾。于是，公子扶苏带着前世的记忆，带着从诸小世界中获得的知识和理念，从六岁那年开始重新度过自己的一生。扶苏借口"仙人授梦"，将自己在小世界中习得的技术搬回秦国，发展耕作与养殖技术，造纸做墨，筑窑烧瓷，改良织布机，制作蜡烛与肥皂，收集推广治病良方，发展解剖医学，极大促进了秦国的经济发展与技术进步。扶苏还建学宫、聘博士、普及教育、广纳人才，通过考试选拔官员，一举改变了秦国文化落后的面貌。

因为扶苏的重生，很多人的命运都发生了改变。程邈、张良与萧何都成为扶苏重用的谋士贤臣；韩非可以专心著述，无须惨死狱中；李斯之子李由不用再战死沙场，倒是作为"阉诸祖师爷"，以另一种方式留名青史；扶苏的妻子李裳华不再日日以泪洗面；荆轲没有刺秦，韩信也不用受胯下之辱；六国的亡国之君们没有被处死，而是在秦国玩着蹴鞠、打着麻将颐养天年，还顺手写出反思亡国之因的《马吊夜话》，堪为后世鉴。秦王朝依旧按照原本的历史统一文字、货币与度量衡，修直道、搞水利，废分封、实行郡县制，却不再大兴土木建长城与阿房宫，仿建的六国宫殿也从秦始皇的享乐之宫变为了餐饮中心、纺织中心等等商业活动场所，衣食住行面面俱到。秦国不仅在军事上横扫六合，也使治下百姓生活富足、习文明礼，天下归心。

在这一过程中，扶苏渐渐发现前世取他性命的诏书并非出自父亲嬴政之手，于是父子相得，加快了秦统一六国的脚步。误会既解，血浓于水的亲情便显露出来，扶苏对父亲孺慕敬仰，嬴政对扶苏的喜爱也都是发乎本心而无关帝王权术。扶苏作为长子，关爱、教导一众弟弟妹妹，指引他们发挥所长，阻止他们走上邪路。本是无情帝王家，却能其乐融融、共享天伦之乐。前世历史中的种种遗憾一一弥补，公子扶苏众望所归，被立为太子，彻底改写了秦朝二世而亡的悲剧命运。

图书在版编目（CIP）数据

2020中国小说排行榜 / 中国小说学会编选 . -- 北京：作家出版社，2021. 10

ISBN 978-7-5212-1295-2

Ⅰ. ①2… Ⅱ. ①中… Ⅲ. ①小说集 – 中国 –当代 Ⅳ. ①I247

中国版本图书馆CIP数据核字（2021）第107225号

2020中国小说排行榜

作　　者：中国小说学会
责任编辑：向　萍　乔永真
封面设计：杜　江　李　娜　周　侠
出版发行：作家出版社有限公司
社　　址：北京农展馆南里10号　　邮　　编：100125
电话传真：86-10-65067186（发行中心及邮购部）
　　　　　86-10-65004079（总编室）
E-mail:zuojia@zuojia.net.cn
http://www.zuojiachubanshe.com
印　　刷：唐山玺诚印务有限公司
成品尺寸：185×260
字　　数：891千
印　　张：41.5
版　　次：2021年10月第1版
印　　次：2021年10月第1次印刷
ISBN　978-7-5212-1295-2
定　　价：138.00元
